大英雄本色

采风楼主◎著

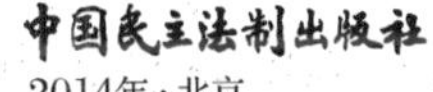

2014年·北京

图书在版编目（CIP）数据

大英雄本色 / 采风楼主著. — 北京 ：中国民主法制出版社，2014.10

ISBN 978-7-5162-0611-9

Ⅰ.①大… Ⅱ.①采… Ⅲ.①传记文学—中国—当代 Ⅳ.①I25

中国版本图书馆 CIP 数据核字（2014）第 215887 号

图书出品人 / 肖启明
出 版 统 筹 / 赵卜慧
责 任 编 辑 / 刘向鸿　刘春雨　张　霞

书　　名 / 大英雄本色
作　　者 / 采风楼主　著

出版·发行 / 中国民主法制出版社
地址 / 北京市丰台区右安门外玉林里 7 号（100069）
电话 /（010）63055259（总编室）63058068　63057714（营销中心）
传真 /（010）63055259
http: // www.npcpub.com
E-mail: mzfz@npcpub.com
经销 / 新华书店
开本 / 16 开　787 毫米 ×1092 毫米
印张 / 47.5　　**字数** / 906 千字
版本 / 2014 年 10 月第 1 版　2020 年 11 月第 2 次印刷
印刷 / 北京建宏印刷有限公司

书号 / ISBN 978-7-5162-0611-9
定价 / 89.00 元

开篇词

词曰：

诗词篆赋空璀璨，
四大发明亦枉然。
本享八方朝圣礼，
竟成弱国献媚颜。
垂帘忍卖母亲肉，
攘内剿混华夏天。
乱世阴霾谁可破？
一轮红日跃韶山。

上录七律，乃是作者成书之吟。

公元二〇〇二年秋，紫云夫人曾阅小说草本，于西山共赏红叶，感而得《满江红》，以补今世之憾也！

大河狂泻、似天降，何分昼夜？浪波里、泥沙混下，折煞豪杰！努尔哈赤身后恨，锦缎老娘空悲切！不肖孙、愧对列祖宗，轰然灭！

群雄逐、虎狼邪。石头城，独夫跌。风云突变，红色星火遍野。二万五千夺魂路，八年三载壮士血！破阴霾、大作真风流，夺日月！

——斗转星移！如今华夏幸得太平盛世，中华大地千百颗明珠异彩纷呈，三十多个省市处处锦绣多姿。中国人腰板直了，体魄棒了，脸上笑了，昂然于世界之林，中华民族的伟大复兴之路锐不可当……可是，半个多世纪之前的中国是怎样一个情景？伟大的思想家、文学家鲁迅先生只用两个字便说得清清楚楚：吃人！

那是一个人吃人的社会！

由被“吃”的奴隶到笑着“做主人”，是中华民族千年进程中的一次成功飞跃。这飞跃犹如长夜苦旅盼到日出——陕北民间歌手李有源唱道：

东方红，太阳升，
中国出了个毛泽东。
他为人民谋幸福，
他是人民大救星。
……

毛泽东正是“大作”的主人公、“夺日月”的巨人。他是改变了中国历史进程的人民领袖、中华民族的大英雄。他的一生乃演绎了一幅惊心动魄的历史画卷而又和中国革命史诗融为一体的绝代传奇！他不但感动着中国人，也影响着整个人类世界。

本书据史而非史，乃小说也。十余年沉箱之后重新修订才诚惶诚恐付梓。此非为史作，但一页页翻开，书中一定不乏共和国不能忘记的历史——伟人、他的战友们及爱戴他们的人民群众共同创造的历史。

采风楼主　　辛卯秋谨言

目 录

楔　子

天下无序书生访南岳　神州有缘隐士探韶山

神州大地，乃是天下最富饶、最壮丽的疆土之一。你看它：长江为脉、黄河为魂；三山为魄、五岳为韵。又有四海作势，致万里江山多娇。于是，便风土人情各异、贫富贵贱不匀；天演地动而气象万千——江南梅雨，华北春旱；西域燕沙，山东海啸……独有那八百里洞庭的芙蓉之国旱不竭、雨不涝；七十二峰衡山冬不枯、夏不荒，实为中华版图上的一块宝地。故云："湖广熟，天下足！"在这富甲天下的芙蓉之国的衡山山脉深处的山路上，一位头戴帽盔儿、肩负行囊、身穿长袍马褂的书生模样的青年男子正艰难地跋涉。一阵山风吹来，他瘦弱的身子禁不住一个趔趄，便慌忙伸手抓住山路边的松枝失声惊呼："呀！吓煞我！"低头看，万丈深渊难探底；举头望，重峦叠嶂，祥云绕缭千种树，重雾弥漫万重山！

"好山！"书生忍不住感叹，"倘若我是仙人，也会在这人间难觅之胜地开洞筑巢来修行——三音大师好眼力！"

旋即，书生的脸上又变得惆怅起来，自言自语道："哪天才能找到仙人洞谒见三音大师？腿都快走折了！"迈迈腿，注了铅似的沉重；抬抬脚，被山路吸住般难以挪动。"唉！自己不过才走了个把月的路程。可见古人'读万卷书，行万里路'要付出何等的艰辛。"

"走！"书生鼓鼓勇气，奋力攀登。

猛然间，山那边闪出一头青牛，牛背上稳坐着谁家牧童，衔着竹笛悠然地吹，听那曲儿就是世外之人！书生好不兴奋：青牛、仙童、竹笛，这不正是书中说的、戏里演的"仙人来指路"吗？慌忙抱拳上前行个大礼："仙童！我找的好苦！龙兆庭这厢有礼了！"那童子停住口中笛儿，望望挡住路的陌生人，伸手拽一下缰绳，那青牛便顺从地收蹄不前。龙兆庭又谢。童儿问道："你我萍水相逢，怎么平白无故地行这么个大礼？想是认错了人？"

"没有——看您一派仙风，一定是仙人洞的仙童了！"

"你这先生胡乱猜！"童子连忙摇头，"衡山七十二峰九九八十一洞，叫做仙人洞的恐有三五处，可那三五处的仙人洞，洞洞没咱落脚之处。"

"难道汝非三音大师门下之仙童？"

"小童不敢欺骗先生！"

瞅瞅童子十分淡定，龙兆庭不觉泄了气，仰天一叹："可怜龙兆庭三千里跋涉之苦！告诉我如何才可找得三音大师？"童子瞅着龙兆庭，脸上的顽皮骤然收去，面露怜悯之

意，对龙兆庭道："哦！原来先生如此渴望见三音大师！我虽无缘三音大师门下，却知道大师去处。我告诉你吧。""真的？"龙兆庭转忧为喜，忙又有礼："多谢多谢！"童子道："不要客气！虽然我指一条路给你，能否找得到，还得凭大家的缘分。"

"龙兆庭明白——仙童明示。"

"不算远了！"童子用千层底小布鞋儿轻轻磕一下青牛的肚皮，那牛又迈开方步走起来，"你顺此路走，再翻一十八峰。切记：遇水不涉、逢桥必走，看到白孔雀起舞之处就是了。"

"白孔雀……"龙兆庭念念有词。再看时，只见童子继而横笛，转到山后边去了。"走！"龙兆庭自己命令自己，"总算有指望了！"

夜以继日，"四体不勤"的书生，用他软绵无力的双腿在衡山山脉里向前丈量着……

又一个日头西下，又是一处山重景不重的人间仙境。龙兆庭真开了眼界：怪不得湖南出了曾国藩、左宗棠等俊才，如此好山好水，怎不孕育匡世奇才？可惜我龙兆庭无缘投胎潇湘，而诞于寻常的漳河北岸！但愿此行借得南岳瑞气、得到大师指引，从此鲤鱼跃龙门……

想着想着，不觉两行热泪滚下来！

原来，这龙兆庭生于古都邯郸的一个没落地主家庭，尽管家景败落，父母还是节衣缩食请了当地名秀才到家中教他读书。老秀才病故后，兆庭又读四年私塾，弱冠之年便才华出众，写得一手好文章，名传十里八乡，日日盼金榜题名、封妻荫子……不幸的是，龙兆庭两试不中。令他愤愤不平的是，同乡中那无人不晓的"老菜"孙富贵却高中进士。"其舅为受宠太监，其甥能头戴花翎！悲哉兆庭！"但天天厮守的"内人"却不但不同情他，还隔三差五地奚落他："觉着自个儿是盘儿好菜——其实是狗肉上不了台盘！"直羞得龙兆庭心急如焚、脸烧似火，也只好强忍着。不幸的是，又天降一把大火，把父母留下的栖身之处烧成一片焦土，只好搬到岳父家过着寄人篱下的"倒插门"的日子，时常听得丈母娘背地儿里抱怨乡试秀才的老泰山"瞎个屁眼，挑个假斯文儿的女婿当文曲星"，心里更是窝着八丈的火没处撒！为卜命运，乡里乡外的真假神仙门都被他踏破了门槛儿，把龙兆庭折腾得坐也不安，立也不是，渐渐地，他对自己的前程感到迷茫。西村有个人称"半截子道行"的瞎子刘大白话的一番话让龙兆庭动了心："大侄子！念你先父曾接济于我，大叔给你指条明路——去南岳仙人洞拜老道呀！那三音道人可是前知五百年后知五百年的活神仙！"接着，刘大白话讲评书般又是风又是雨的说动了龙兆庭，方有此行。

暮色苍茫，群山渐渐隐于暮色之中。几声鸟啼，几声猿咽，几声狼嚎。脚底板打的血泡针刺般疼，肿粗了的腿比石头还沉，腰真的不愿直起来——奈何还没走到童儿所指的白孔雀起舞的地方！

"往前走啊！"龙兆庭自己给自己打气，咬着牙往前挪动。猛地发现背后有火光照过来。回头看，那火光越来越亮——分明是有山客举着火把赶过来。瞅着那火把越来越近，龙兆庭憋不住地喊出声来：

“可遇见菩萨了！劳驾给指条明路啊！”

接着弯腰施礼。

“火把”停在龙兆庭侧面。龙兆庭看得清楚：是个挑柴赶路的樵夫。龙兆庭心中窃喜：既是砍柴的，想必他的家离此不远，又识得路，天黑路险，不如求个方便凑合一宿。于是壮起胆子搭话道：“打扰了！我贪赶了几步路。借问，前面可有驿站客栈歇歇脚？”

“你走的不是官道，是羊肠小道，哪个官家把驿站修到深山老林来！”樵夫的话语之间流露出“给你提个醒”的意思。

“我都累昏了头——那么，可有村落栖身？”

“前面无甚村落。”

“这……如何是好？”龙兆庭灵机一动，忙问樵夫：“兄长，听口音你是北方人？”

“兴许同乡——听口音，你像是邯郸人？”樵夫反问。

“正是。在下龙兆庭，字文昌。先生……大哥你也是邯郸人？”龙兆庭喜出望外。

“哦，河北牛城隆尧人。在这里相逢，我们算得上是老乡亲了。若不嫌我草舍寒酸，可到我家凑合着歇歇脚。”

“多谢多谢！”龙兆庭连忙作揖，感激不尽。樵夫爽朗笑道：“别说是老乡亲，就是谁人迷路撞见了，也少不了给个方便。‘与人方便，自己方便’嘛。”

“那是，那是。”龙兆庭连忙称是。

半山腰里依山傍树搭起一间竹棚，就是樵夫的家了。这是龙兆庭见过的最奇特、最简陋、也最不像家的家了。一张竹床、两把竹椅、一张竹桌、几只木碗，加一个架起铁锅的灶头，就是整个的家当了。寒暄之后，龙兆庭屁股一沾椅子便呼呼睡去。醒来，已是旭日东升了。樵夫笑道：“看起来渴了饿了累了都不好受。你只好晚饭早饭一起吃喽。”望见竹桌上白花花的大米饭和绿得抢眼的青菜，龙兆庭顾不得客气，端起碗来一箸菜一箸饭往嘴里扒，樵夫一袋烟，龙兆庭一餐饭，一粒米一叶菜都不剩下。望着面露惭意的龙兆庭，樵夫叹道：

“人是铁饭是钢，一顿不吃饿得慌！不假啊！”

“那是，那是！”龙兆庭点着头。

“我看老乡文绉绉的是个读书人，家景也不错吧？为何跑到千里之外的大山里撞？”樵夫不无疑惑。龙兆庭叹口气道：“说来一言难尽！在下家里也有一本儿难念的经啊！”于是草草描述一下家事，把话头儿引到怀才不遇的题目上来：

“不瞒兄长，弟兆庭志在鲲鹏却遭燕雀讥讽，是可忍，孰不可忍！十二岁罗成可打登州；古稀之年太公可封帅！可见富贵有命，贫贱在天。难道我就没了指望？故此，龙兆庭有此行，南岳访仙人洞，意在求三音仙师点化，好顺成天意，不枉此生。”

樵夫听了，微微一笑，婉转地道："话是这样说。但即便见得大师，怕也未必如先生所愿，说不定让你空走一遭。"龙兆庭听了，两眼发直，自言自语地道："如无功而返，我也认了——谁又抗争得天意？俗话说'不到黄河不死心'，既然快到山门了，哪有不朝拜之理？"樵夫"哦"一声道："倒也是。龙先生见过大师否？"龙兆庭摇摇头。樵夫又问："可知仙人洞何处否？"龙兆庭又是摇头。樵夫道："算你有缘。看你如此执著，我带你去如何？"龙兆庭闻听大喜，两眼直勾勾地望着樵夫："你……认识大师他？"

樵夫默默点头。

龙兆庭做梦都想不到："天哪！父母在天之灵听秉：儿子遇到好人了！他是河北老乡，叫……"忙问樵夫，"对对！兄长你尊姓大名？都怪我粗心，连恩人姓名都不曾问！"

"啊。我虽未出家，却已归山野，不如就以'樵夫'相称吧。"

"兄长樵夫大恩大德、成人之美，兆庭铭记在心！"

"龙先生客气了。"

"龙兆庭知恩必报！兄长，请受小弟一拜。"说着，龙兆庭深鞠一躬。樵夫连忙拉住："都是老乡亲，不必客气。正巧，再过两天是大师六十五大寿，因时下国家正乱，大师闭门谢客，只约了我前去赏菊。你随我去吧。"龙兆庭更是高兴，再次施礼。樵夫邀龙兆庭观赏衡山之美，龙兆庭那颗心早已扑向幻觉中之仙人洞，幻想着三音大师的山洞是否如太乙真人的仙洞那般虚幻，还是《西游记》里的那些洞般千奇百怪？三音大师是身披道袍还是手揽拂尘？热心的樵夫导游于青山绿水之间，讲述着皇娥女英泪染斑竹的传说，龙兆庭只有"嗯""哦"之声，哪里听得进去？后来的饭菜越吃越没有隔夜第一碗那么香，竹床还没有第一晚上竹椅上睡得舒服。好不容易熬到第三天早晨出发，龙兆庭才笑逐颜开，抢在前头赶路……一路上，樵夫两眼扫视着山路两旁的果树，捡那些熟透的个儿大的味道鲜美的果子摘进褡裢里。龙兆庭便问："莫非，兄长精心选摘这些果子送与大师？"樵夫淡淡一笑："不错。我许多年不进城不入市，没什么可孝敬大师的——偏偏大师爱的是素果，信手拈来，顺便捎上。"龙兆庭听了点点头："是了！仙人果然清雅。我若天天吃素，怕饿得头昏眼胀腿抽筋哩！"樵夫道："人嘛，到哪山说哪话，习惯成自然。"龙兆庭嘴上诺诺，心中并不认同。路上，二人或说一些家乡的话题，或谈及八国联军掠北京、"老佛爷"垂帘听政误国、三岁登基的儿皇帝尿床……渐渐地，话语间互相少了磁性，以致只剩下"沙沙沙"的鞋底儿磨地声。

"到了到了！"龙兆庭又惊又喜，拍手叫起来。樵夫便问他："如何判断到了？"龙兆庭道："我曾遇到扮成牧童的仙童指引，'遇有白孔雀起舞处便是'。那不是白孔雀吗？所以龙兆庭敢断言，前面就是大师修行之地！"樵夫摇头纠正道："龙先生轻信了！这世上哪有什么仙童？你遇到的怕是大师的友人道临隐者的书童——是否骑青牛吹横笛的少年？"龙兆庭点头称是。樵夫便道："我崇拜大师，但大师不是神仙。故大师也没有不食人间烟火的灵丹妙药。在我看来，大师是位德高望重、学识渊博的长者，与世无争的智者。龙先生见到大师后出语慎重，万不可把大师看作左道旁门或江湖相士！”龙兆庭闻听一惊，心中狐疑：看似淳朴厚道的樵夫竟然有此高论！是了，想必是显现身价、卖卖清高，让人高看他一眼。于是自忖：也不必和樵夫争什么黑白。接着，有些滑稽地笑笑：“我慎重就是了。”

说话间走近了白孔雀。白孔雀双双起舞，似欢迎之意。看得龙兆庭心花怒放。再向前，穿过古松翠柏，迎面的是一簇茂密的竹林，不见了路径。龙兆庭正疑惑时，不知从何处蹿出一只白猿，直扑樵夫而来。吓得龙兆庭往后便躲。见那猿和樵夫异常亲善之举，龙兆庭才定下神来，心中自忖：何谈没有仙童？连白猿都如此通灵，非仙人点化怎能如此？樵夫与白猿在先，龙兆庭随后，左拐右折进了山洞。竟和龙兆庭此前想象的不同，山洞是山洞，既没观世音菩萨的莲花座，也没有《西游记》里那些洞窟的光怪陆离——实实在在普普通通的山洞！失望刚袭心头，龙兆庭马上又警惕地告诫自己：书上多有文章说，为了试探你是否真诚，大仙们往往制造苦难清贫的假象。想必三音大师今亦如此。自己一定小心了！再打量，石椅上坐着一位鹤发童颜、精神矍铄的老人，看那风度，定然是三音大师了！推开白猿的樵夫还未及引荐，龙兆庭慌忙抢上前拜见：

“学生龙兆庭拜见三音大师！祝福大师万寿无疆！万寿无疆！”

三音大师一怔，指着龙兆庭对樵夫道：“呵呵！叫金銮殿上那位儿皇帝听了，恐怕此山不保了！”便问龙兆庭：“青年人，我看你是读书之人，怎的分不清礼节？万寿无疆者，皇家专享，你怎么用到这儿啦？莫非，你把我道家当成程咬金式的山大王么？”龙兆庭一时尴尬，无言以对。倒是樵夫为他打个圆场：“龙先生虽然读书之人，也会风趣，是给大师开心。”龙兆庭忙顺坡下驴，脸上尴尬，口中喏喏：“对对！学生徒步三千里求拜大师，没带金银孝敬，一句天下最吉祥最有分量的话送给大师，就算见面礼了。”三音大师摆摆手，收了笑道：“二位都坐。山人本想邀将军品茶论经，却不料将军携来个读书人。好，要换个题目谈了。”龙兆庭听大师一席话惊疑不小：将军？谁是将军？环顾石洞：大师、樵夫、自己和白猿，并无他人，亦不见神仙现身！三音大师哈哈大笑，问龙兆庭：“你被君引来，不知君何人？”龙兆庭摇头。三音大师手指樵夫对龙兆庭道：“此乃将军也！”龙兆庭一下子听得呆了，重新打量樵夫，光张嘴却说不出话来。此时，樵夫冷静泰然，淡淡地道：“都是老黄历了，化成一把灰了，早被风吹得无影无踪了。”三音大师不禁感叹：“将军把功名、富贵荣华视如粪土，令人敬佩。”龙兆庭这才转身向樵夫赔礼：“学生有眼不识泰山，龙兆庭慢待失敬了！”樵夫道：“说哪里话！我早已是布衣百姓，没什么可抬举的。龙先生千里求师，何不爽爽快快将心中疑难讲出，请大师解析？”龙兆庭见樵夫如是说，清清嗓子，再拜三音，拽文嚼字地道：

“大师在上。在下龙兆庭虽家境没落，也不失鸿鹄之志。不敢言夺孔孟，然出手不逊天下文章。学生志在进士，重振家风。谁知科举竟废，龙兆庭愁无出头之日；四体不勤，做工不达。五谷不分，耕种难收。心无经济，不敢问商……满腹经纶而困于书房，岂不

悲哉？学生得闻大师虽隐居深山，有诸葛智、伯温才，故不远千里求赐发达之门。望大师不吝赐教。”

三音大师听了呵呵一笑：“哪里这么多道听途说！我不过世外闲散之人，赏山玩水是乐，琴棋书画是趣；世外清心不问事，洞中寡欲是闲人。定让龙先生失望了。”

“这……”听三音大师一番话，刚才那火烧似的热情被凉水浇下般从头凉到脚，不知如何是好。徒步三千里、吃尽风餐露宿的苦头，怀着满腔的渴望，好不容易找到了，却碰一鼻子的灰……冷使人静，龙兆庭转念一想：是了！大凡世外高人都不会轻易出招的，先是推诿敷衍，后为真情所动，必肯赐教。于是，以头触地再拜：“兆庭执意而来，定得大师赐教方肯拜别。不然，兆庭留在衡山伺候大师罢了！”三音大师叹一口气道：“科举废黜，千年进仕之门关闭。龙先生，凭考举子点状元的路断了，但以我看来，未必是坏事。你想，李谪仙考举入仕否？前无古人后无来者也。明太祖科考否？少小牧牛，亦得天下也！龙先生既有满腹经纶，何愁报国无门？”

“可时下国家安危不测，内外交患，战乱不止，哪有我一介书生出头之地？望大师指引。”

“哈哈！”大师扬扬手，“龙先生何愁前程？英雄自有英雄路。诗仙有诗云‘天生我才必有用’，你想，天下者，文武之道。时机成熟，还愁没你才子得势之日？”

“谢大师指点。敢问大师，龙兆庭何时出头？”

三音微微一笑：“谋事在人，成事在天。天公之意，我辈怎敢妄言？龙先生何必急于求成？岂不闻‘欲速不达’？”龙兆庭还欲再问，被樵夫拦住：“大师话说到这份儿上已够你受用了！何必‘打破砂锅纹（问）到底’？”然后对大师道：“人是铁，饭是钢。一餐缺了饿得慌。我和龙先生可是大半天赶路，早就饥肠辘辘啦！”三音大师“哦”一声：“看！险些慢待了客人。童儿，端上来。”随着一声应“是”，童子端个竹托盘上来，盛满香茗、鲜果、野味及素食之类。三个人一边享用一边论诗说经、引经据典，三皇五帝、唐宗宋祖，清代轶闻、外夷内寇……令龙兆庭折服不已，方明白不虚此行。

后来，龙兆庭在北洋政府谋得个“六品”差事，一下子变成“人上人”，思量起三音大师昔日之言，越感世间无论有否神仙在，自己要“宁信其有，不信其无”。便决意再拜衡山，以谢三音大师开导之恩，更欲求大师指点“更上一层楼”之诀。二访衡山的龙兆庭已是官位在身，一路上累有驿站，渴有美酒，行有轿子好马，杂事有随从料理。虽也少不了路途的辛苦，但和当年拜南岳时是天壤之别，轻轻松松到了衡山。凭得好记性，仔细辨认出已离三音大师的仙人洞不远，让轿子、随从留下，自己徒步攀崖入洞拜见三音。依旧是白孔雀起舞、白猿迎接，却扑了个空！童子告知：大师去衡山七十二峰的仙女峰赏景去了。龙兆庭犹豫之后下了决心，转道仙女峰谒见大师。

那仙女峰又称韶峰，乃是古郡长沙西南方向一百八十里处的一座名山。上古唐虞时，舜到仙女峰，见此处青山绿水美妙、平原舒坦肥沃，不禁歌唱赞美，并亲制乐器伴奏，为韶乐也。韶乐优美动人，令韶峰之百姓欢呼雀跃，连百鸟也纷纷聚来合鸣。百鸟之王的凤凰不舍韶峰而筑巢栖身——即凤凰传说之始。乐曲，音也；音召百鸟来，“音”、“召”为“韶”，故称韶乐。好山好水自会有人居住繁衍，因此有韶山冲。

赶到韶峰的龙兆庭乃饱学之士，自然知道韶之传说。立马下山，龙兆庭仰望韶峰，禁不住赞叹不已：“果然名不虚传！”

韶峰巍巍，直衔云间。翠谷十里，遍生竹、柏、枫、杉、松。溪水潺潺，吟唱韶山八景。山峦平川互衬，堪为巧夺天工！遥如龙脊图腾，近似凤凰飞鸣中！

龙兆庭暗暗称奇，果然是天下妙峰。心中暗忖：怪不得三音大师来此赏景！就是古书里对胜地的极美描述也不过如此。正在马背上眺望，忽有大雅之声悠悠传来：

万劫沧桑风韵在，
千年故地还闻韶。
烽烟四起虎龙斗，
天下欲安共举矛。

细品，正是三音大师风雅之音。龙兆庭毕竟是读书之人，不肯轻易放过挠耳之音，仔细品味那歌词，觉得大师嘴上说自己是“洞中寡欲”“世外闲散之人”，其实并非“两耳不闻天下事，一心只读圣贤书”，明明牵挂着历史、牵挂着天下、关注着国之命运！“天下欲安共举矛”，是主张武力安天下，还是另有含意？想到这里，龙兆庭苦笑着摇摇头，暗暗对山巅之上的三音大师道：人为财死，鸟为食亡！谁又躲得过此？心中嘀咕着攀到大师跟前，依然是毕恭毕敬，打躬施礼：

“学生祝大师健康长寿，福如东海！”

三音大师微微笑曰：“龙先生得志否？”

“不敢！”龙兆庭言语之间不无喜悦，“全凭大师点化……”

大师摇摇头：“是龙先生自己的造化。”

“还求大师指点学生未来之前程。”

三音并未回答，和身旁的“樵夫”对个眼神儿，对龙兆庭道：“龙先生不忙，我等到山下茶肆小歇如何？”龙兆庭忙称：“那敢情好！学生正当报二位恩人，再买些糕点之类充饥。”

一行人蜿蜒下山，停在一片楠竹半掩的茶肆前。茶肆为石头垒起，门楣上镌刻着秦篆“潇湘茶室”，尽显古雅之风。进了茶室，环顾四壁，皆石块垒就。而家具却是古藤编制，典雅之极。早有茶童迎接，引到一个清静的茶位坐了，就见一位老者上前招待：

"敢问几位先生是用浓茶还是淡茶？内茶还是外茶？""樵夫"问何为内茶外茶？老者解释道："外茶，绿者龙井，青者毛峰，江苏碧螺春，武夷山之大红袍。内茶，乃韶峰产土茶。"龙兆庭听了挥挥手："要上好茶……顶级龙井。"三音大师却道："且慢！店家，不妨上你的土茶品味。"龙兆庭道："学生怎好请大师吃无名之茶？"三音道："无名未必不香！"店家忙接了话茬："客官所言极是，品过便知。如不称心，再换不迟。"很快沏茶上来，三音大师是以茶为伴的行家，端杯子在鼻前闻闻，然后轻轻送到唇边小心翼翼地吸一口，嘴唇悄悄一碰，似咽非咽，点头说："好！就用此茶！"喜得店家老人眉开眼笑："这茶我不收钱，请三位尽管喝。还有湘橘、山梨相送。"说罢，就去取山果相赠。三音大师叹道："三湘人杰地灵，又不失淳朴，可歌可颂哉！"龙兆庭应和道："大师所言极是！八百里洞庭、五百里衡山，孕育了曾涤生等多少英雄人物！"三音大师沉吟片刻，对樵夫、龙兆庭道："湘人天生一股锲而不舍、奋力向上之精神，国人中佼佼者也！今后，更少不了英雄辈出。"龙兆庭听了忙问："愿闻其详。"三音大师道：

"清朝政权重在京畿，那里是顶戴花翎官宦之天下。南粤为中国门户，是藩夷诸雄交斗之重地。加之鲁、沪、浙、闽经年鏖战，外寇染指、枭雄割据，百姓难休养生息也。唯潇湘北拒长江、南屏韶关、西横湘水、东扼罗霄，一个'封闭'之芙蓉国，利于英雄出少年！英雄既出少年，岂无大英雄立国乎？"

龙兆庭学富五车，却对三音大师的一番话感到陌生又新奇。他误以为三音大师爱屋及乌才有褒湘之论，故心不同感亦不争论，只期待向大师再讨一个进仕真言，便随声附和："那是！那是！"三音大师有洞察秋毫之智，明白龙兆庭敷衍之意而只做不知，继续道：

"盘古开天辟地之前，九州始为混沌！天地既开，雷击电闪出阴阳，风吹雨打生雌雄。万千劫难，人始有祖；斗转星移，方得轩辕。人尊尧舜立德性，火成大灾识耕种。耕生霸，霸生王，王思治，是为国家。为生存相争，因贪婪剥削，千年未变之习也！故圣人游说天下播一个'德'字。"

大家危坐聆听。伴大师抑扬顿挫之声，竹喧之，松啸之，鸟吟之，雨声和之，茶肆小屋似入幻虚仙境。说到高兴处，三音大师戛然而止，对"樵夫"、龙兆庭道："外面雨停，此时天色正美，说不定还有好看的呢！我们继续去赏景如何？"龙兆庭哪里还坐得住？第一个跳起来说："好！"大家起身走出茶肆，随三音大师观山景。原来，刚才一阵山雨把韶峰洗过一遍，那山更绿，花更红，天更蓝！斜阳之下，满山遍野的竹、松、杉、枫、花、鸟、溪、石更为清新，如诗如画。阵阵山风吹来，似有韶乐声起。三音大师如痴如醉，慨而叹之：

"美哉！美哉！天意恢恢，乱世之秋，天必降旷世之奇才也！"

龙兆庭闻听，丈二和尚——摸不着头脑！心中疑惑又不便问。想到此行有话未及求教，上前悄悄问三音："大师！我虽得了一官半职，可志在鸿鹄而非燕雀……"三音大师瞥一眼龙兆庭道："燕雀安于小巢，性也；鸿鹄翔于云端，志也；然知风云振翅，误入歧途折翼。知否？”言罢，手指山下一马平川的打谷场动情而呼：

“妙哉，少年！美哉，少年！”

“石三伢子！石三伢子！”

似幼稚之声从打谷场那边隐约传来。远远望去，一群山娃子正在那里戏耍。只见一个英姿勃勃的少年郎应声举起一只胳膊，似乎在发布命令。随后，那少年郎撒丫子就跑，孩子们随后追，一齐喊：

“毛——润之——”

龙兆庭隐隐听得一个“毛”字，便联想到三音大师那咏唱之句“天下欲安共举矛”，心中微微一震：“啊？莫非大师另有所指？”旋即释然：“龙某多虑了！这本是风马牛不相及之事。”欲再问三音大师个人之事，只见三音大师不间断地瞅那戏耍山娃，便不好再打扰。龙兆庭不禁暗自叹息：“大师竟恋童稚乎？”

——传说者，因说而传，因传而说，非本书之旨、作者寓意之说也。

诗曰：

英雄何必问出处？
天下英雄百姓中！

第一回

毛贻昌称霸上屋场　石伢子大闹韶山冲

大清光绪十九年十一月十九日，在民间，是一个再平常不过的日子。这天先是一阵雨夹雪，很快放晴，刮起阵阵瑟风。在田间小路匆匆疾行的毛贻昌还不知道，天公已把未来肩负治国大任的大英雄投向人间——韶山冲上屋场。婴儿的第一声长啼，正伴随着父亲毛贻昌在淤泥中跋涉的脚步声……

穿着布衣长衫的毛贻昌还算“讲究”：缎料的帽盔，洋灰布长衫整齐干净，脚下的千层底布鞋乃出自京城名号“步瀛斋”，可惜赶个雨雪天气，鞋上早沾满了泥巴。他知道妻子的产期到了，却想不到儿子已经降临，否则，他也不会为讨两块银元的账，跑到十里之外的山那边去堵老表的。“鬼天气！”毛贻昌瞅着沾了泥巴的新鞋心疼，忍不住骂一声。他的八字胡并不给他消瘦的脸添什么精神，精神的是那双不大但炯炯有神的眼睛。

突然，他停住了脚步，望着路边的滴水洞出神，口中念念有词：“列祖列宗，良弼（毛贻昌号）没有辱没毛氏门庭！日子一天比一天兴旺起来了。”

毛贻昌说的是实情。

滴水洞是“高人”勘定的风水宝地，毛家依命立坟于此。

毛家始祖，既非名门，也无缘高贵血统，也没有哪个祖宗留下过像样的遗产。依家谱上溯，周武王灭纣之后，封弟弟叔郑为毛伯，子孙世袭，遂称毛氏。在那漫长的繁衍中不见显赫的记载。直到朱元璋起义，江西吉州府龙城县毛太华应征，南征北战升至百夫长，才是毛家有史可查的鼻祖。毛太华随军南征云南、平定叛乱之后，便戍边澜沧江畔，娶滇妻而落户。直到几十年后，毛太华被恩准还乡，但他只带了妻子和儿子毛清一、毛清四，留下了毛清二、毛清三继续为国戍边……谁知义军又起内战：那朱元璋、陈友谅互相厮杀，跟随朱元璋的毛太华故没能回到江西，被遣往湖南湘乡绯紫桥。征途的劳累夺去了年迈老人的健康，毛太华不久病逝。不知何故，毛清一、毛清四再迁湘潭七都七甲即韶山。从那之后，毛家世代繁衍，遂成韶山冲大户。到毛贻昌得子，已是第二十代孙了！

毛贻昌的持家本事胜过父亲毛翼臣。他勤劳节俭又有好脑壳，十七岁便持家做主，种得地肥苗壮，稻谷装满了家里的谷仓不说，农闲时还做起粮米生意，靠好使的头脑和勤快的两条腿，赚回一串串铜钱、一块块银元。时光老人犒劳的是勤快人。毛贻昌不但还清了父债，还水田增亩、牲口添栏、钱袋子鼓起来。然而，毛贻昌却不大开心！为什么？毛贻昌是读过两年圣贤书、懂得大道理的人：“不孝有三，无后为大”——烦恼的是堂客文七妹生过两胎伢子，竟两个夭折！毛贻昌望着滴水洞向列祖列宗祈祷：祖宗们保佑七妹生下个壮实伢子啊！保佑伢子生下来平安长大……

良久，毛贻昌向滴水洞行着注目礼。蓦地，天空似有一声响雷惊他一跳！想起即将临盆的妻子，便匆匆赶回上屋场……前面说过，他没能听到儿子来到这个世界的第一声啼哭。他踏进家门第一眼看到父亲毛翼臣在天井里那欣喜的样子，就猜着个八九分。没等自己开口问，父亲乐得合不上嘴儿：

“生了，是伢子！接生婆说又胖又壮。”

毛贻昌三步并作两步抢进屋里，望着襁褓中的儿子，两眼分明湿润了，声音颤抖地说：“我有儿子了！毛家有后了！我有指望了！”产后虚弱的妻子文七妹撑起精神，用美丽的大眼睛瞅着丈夫，提醒他：“别忘了给伢子认干娘。”

“我怎么会忘？就听算卦先生的，拜他外婆家里的那块大青石当干娘。”毛贻昌平日里那难得一见的笑脸此时乐得开花儿似的。

石三伢子，是毛贻昌早就准备好了的乳名。此前两个孩子夭折，新生儿行三，故为三伢子。遵照算命先生的嘱咐拜大青石为干娘，故名中不可无石。文七妹听了，知道“石三伢子”在丈夫的口中说出来，那是毛家的“金口玉言”，本就“三从四德”的她忙对丈夫道：“就这名儿，真好！”接着，便是释然的、甜蜜的笑。目不转睛瞅着儿子的毛贻昌笑眯眯地说：“你大功。我犒劳你，给你杀鸡宰鹅。对，给祖宗烧高香！请客！三朝那天请，都请！”他说着挪动身子，一只脚伸到屋外，冲在天井一直乐的父亲喊——或许是命令：“你老张罗请客是里手，你张罗，咱大请宾客！”

毛翼臣确信自己的耳朵没有听错，一个劲儿点头：“就依你，请！嗯，我张罗。”

其实，对毛翼臣而言，儿子长到十七岁之后什么事不依着他呢？哪一次“活动”不是儿子策划，自己执行呢？但老人家没有怨言，他服气：自己只能是给儿子“搭下手”的材料。儿子脾气又倔又暴，但有过好日子的本事，自己的选择只能是忍耐和听从。在这一点上，毛翼臣在家里的地位并不比文七妹有多少优势。

毛贻昌添丁之喜，早旋风般刮得韶山冲风吹草动，男女老少皆闻。毛家宗族被邀赴宴，那些外姓人也借机蹭顿酒喝，因为都看到或听说毛贻昌请屠户李一刀宰了好大一头肥猪！世代共居韶山冲，哪有攀不上的缘？见一向精打细算的毛贻昌欢欢喜喜迎客待宾，连那些站在上屋场打谷场圈外看热闹的人也搭讪着混进宴席吃喝，准备的桌子不够用，便摘下门板支起来让大家坐。大碗的酒，大块儿的肉……大声的奉承，在打谷场上此起彼伏：

“这孩子多福相！长大肯定当大官！”

“哈哈！当了咱湘潭县的父母官，咱们可都是有光彩的‘父母’啦！”

“贻昌公，那时可别下眼皮肿啊！”

“……”

毛贻昌乐呵呵地劝酒、冷静地回谢大家：“多谢乡亲们抬举。其实，石三伢子只要进

得学堂识得字打得算盘就行了。"心中的算盘拨拉的最清的毛贻昌，昨天夜里就打定了主意：把石三伢子培养成务田好手，还能执掌粮号的"掌柜"，让家业更兴旺。

南岸私塾的先生邹春培，虽然几杯黄汤下肚，仍不失文雅之风，双手相抱恭喜毛贻昌："恭喜恭喜！良弼先生，我看贵子决非凡人之相，日后必成大器。如不嫌弃，将来把石三伢子送到南岸学堂，我管教他成材！"

"生在种田人家，不求大富大贵，"毛贻昌对邹先生向来毕恭毕敬，说出心里话，"先生只要教他认得字，读得四书五经，懂得孝道，打得算盘记得账就蛮好了。"

"那还不是小菜儿一碟……有大号了吗？"

"哦！石三伢子这一辈儿排'泽'，就叫泽东。"

"好！好响亮的名字！"邹春培听了点头赞许。在场的哪有不敬佩邹春培先生的？都跟着附和"好好好！"邹春培听了，以为毛贻昌是应酬谦恭之词，并未留意，忙应酬向他敬酒的乡党们，把毛贻昌的话忘得干干净净！哪里知道，日后，这位毛家后生却不如父亲所愿，无意种田，也无意粮店的"掌柜"，执意走出韶山闯天下。石三伢子继承了父辈的倔强，父子之间产生矛盾形成对立的时候寸步不让、针锋相对，才有了下文的大闹韶山冲。

转眼之间，毛泽东个头儿蹿到门锁那么高，该进学堂了。

公元一九〇二年的初春，清光绪二十八年的正月。早饭之后，按照当家人的吩咐，文七妹为长子毛泽东梳理辫子，换上熨得平平的浅灰色薄棉袍，嘱咐他："你已是大孩子啦！到了学堂要听先生的话，好好念书。"

"我晓得。"毛泽东天生是个好学的后生，未进学堂，已在祖父和父亲不经意的指点下识了不少的字。

站在一旁等着送毛泽东去学堂的毛贻昌板起脸训诫："要懂事！到学堂可调皮不得。小心邹先生的戒尺打手背！"

毛泽东翻一眼父亲，三分不高兴："我晓得。"

"你不服气呀？！"毛贻昌开始吹胡子瞪眼，举手要打的样子。毛泽东一跺脚，冲母亲申诉："我还没进学堂，怎知我不听话哩？"

"你哪里是个省油的灯！"毛贻昌翻着白眼。知子莫若父，虽然是小小年纪，毛泽东淘得已够做父亲的费心了！

邹春培先生一眼就喜欢上这个高挑儿、相貌堂堂的后生毛泽东，眯起眼睛瞅着，对毛贻昌道："哦！真快！都这么大了！好！"老先生感叹时光的流逝，更为毛泽东出落成眉清目秀高挑健康的后生高兴。便拉着毛泽东做入学的第一件事：到神龛前向"大成至圣先师文宣王孔子之位"的牌位行了大礼。邹春培仔细地观察着毛泽东的一举一动，满意地点着头："好！甚好！当年我就说嘛，这伢子生得天庭饱满，地格方圆，是富贵之相。良弼兄，还是当年的话：交给我你就放心，我管教他将来光宗耀祖！"

“不敢奢望！他只要算得数记得账……”毛贻昌也还是那句老话。

不出邹先生所料，天资聪颖的毛泽东竟有过目不忘之才！不但教过的书，就连有些未曾教的书竟也早熟读于心。

“润之，你怎不背功课？”课堂上，邹春培见学生中只有毛泽东不咿咿呀呀地背书，面露不悦。

毛泽东不慌不忙站起来回答：“阿公，我在读，我已背过了。”

“是吗？好！我点书你背。”邹春培根本不信，尽管他知道毛泽东聪明。

“学生无戏言，先生不必累心。”

毛泽东轻轻松松毫不胆怯的样子让邹春培有些生气：“你是我教的学生，我岂能不点书你背？”

“先生，我都背得熟，不敢欺骗先生。”

“那好！”毛泽东越是沉着冷静，邹春培越感到权威受到挑战似的，沉着脸点生僻处难毛泽东。不料，毛泽东像数“一二三四五六七”那样背得滚瓜烂熟！学生们都听得呆了！邹春培先是惊讶，旋即，那绷起的脸开始“阴转晴”，忍不住露出笑意：

“我再试你一试，庄子：‘天下’……”

“天下之治方术者多矣，皆以其有为不可加矣……”毛泽东背得兴起，竟然倒背如流，“民之理也，皆有以养，老弱孤寡为意，蕃息蓄藏……”

学生们听得惑然，邹春培听着明白，扬手制止毛泽东：“刚才是先生难你，却没想到没难住你。你如何连没讲过的都背得熟？”

“学生从外婆家借得《康熙字典》，在家边看课本边翻字典，先生还没讲过的已先看过，所以功课都晓得。”

“原来如此！”邹春培恍然大悟。上前拿起毛泽东的作业看，填红处不是“填”而是摩，字字工整，页页漂亮。邹春培不由得喜在心头！不到两年功夫，毛泽东在邹春培的南岸私塾把入门功课《百家姓》《三字经》《千家诗》读完，又读《论语》《孟子》《诗经》……学尽了邹春培的看家本领。到后来，邹春培外面有事忙活，干脆让毛泽东代管学堂。消息不胫而走，毛泽东成了韶山冲人人称道的“小先生”。邹春培自然心里舒坦脸上有光，也更加信任毛泽东。

然而，邹春培高兴没多久，就差点儿被毛泽东气炸了肺！

毛泽东是孩子，自有顽童的脾性；毛泽东是农民的儿子，天性亲近自然；毛泽东少揣鸿鹄之志和潜在的叛逆性使他具有挑战性格。邹春培的影子不见了，学堂里也少了毛泽东及几个同学的身影——他们已是水塘里的小小“浪里白条”。大热的盛夏，光溜溜地跳进水里，狗刨也好，仰凫也罢，耍个痛快。

这事儿一次又一次瞒住先生，好久。

这天，邹春培想起堂客的叮嘱，要自己买些腊肉，布置下作业，便照旧要毛泽东“看管”，自己去杂货铺买肉送回家。毛泽东也照旧，等先生走的不见了身影，挥挥胳

膊："走喽！"同学们一窝蜂地冲出学堂直奔水塘，边跑边脱衣服，到水塘前"噗通""噗通"纷纷跳下去。游啊，耍啊，扎猛子打水仗，刚才还平如镜的水塘如来了一群小白龙，沸腾了起来！

毛泽东的水性甚好。他仰凫、立凫都出色，更能躺到水面上一动不动地晒太阳而不下沉，引得那些不会游水站在岸上的同学叫起好来。

突然，叫声和戏水声均戛然而止！躺在水面上"享受"的毛泽东感到奇怪，一瞅，便忙收"功夫"：先生邹春培站在岸边怒目而视！

被先生逮个正着，活该出事。铺子里腊肉缺货，邹春培没回家去，故而早早回了学堂。先生立的规矩里就有"不许到水塘戏水"这一条，何况是在上课的时候偷跑出去戏水！

毛泽东同样不敢吭声，况且自己是以带好头的身份带了坏头！

大家一个个从水里慢腾腾地走上岸，光溜溜地站在岸边，耷拉着脑袋，心里"咚咚"敲小鼓：挨顿戒尺是跑不了啦！小伙伴儿们悄悄埋怨他："非打肿手背不可。"

毛泽东自然也明白这"传统"的惩罚，但他似乎不害怕："没事的。"

"你还说没事？"小伙伴儿们冲毛泽东直瞪眼。

"穿上衣裳！你们成何体统！"邹春培真的很恼火。在先生的心目中，自己不但教出毛泽东这样的才子，更希望每个学生都是韶山冲的文明人。他们和那些在野地里跑的孩子是不能一样的，甚至要有天壤之别的！

回到学堂，同学们鼠避猫似的哆哆嗦嗦各自归位，屁股底下立了针垫般坐不住，生怕第一个挨戒尺的就是自己。

邹春培是很有修养的先生。他的做法是以理服人，文武结合，先文后武但从不宽恕犯错误或学习成绩"差"的学生！在韶山冲他算得上是一张"铁嘴"，用话语震慑毛孩子们，自然手到擒来：

"你们不可以到水塘戏水的……"

话没落地，毛泽东站起来，理直气壮地反问先生："先生不是教我们拜孔子学圣人吗？"

"是啊。"虽然毛泽东也在犯规矩之列，而且有悖于自己的重托，但邹春培十分喜欢他，乃至想饶他这顿戒尺。见毛泽东语出有理，尽量掩饰内心的偏袒之意："润之要检讨吗？那好……"

"但是先生，圣人是准许下水洗澡的！"毛泽东从容辩解。

"什么？"邹春培以为自己的耳朵出了毛病。

"看！"毛泽东一边翻手里的《论语》，一边煞有介事地辩解，"'子在川上曰：逝者如斯夫'！川是什么？既然孔夫子都下河戏水，我们是圣人弟子，又有何不可？"

"你、你说什么？"邹春培丝毫没有想到毛泽东会和自己玩这样的文字游戏，又气又急，一时语塞，气得脸色由黄变红，由红变紫，由紫变青，说不出一句话来。底下的

“避猫鼠”们仿佛遇见一根救命稻草，大着胆子交头接耳：

“原来圣人好几千年前就主张游泳啦？”

“那是！圣人行，咱不行？”

“我们不知呢！还是润之博学。”

“……”

邹春培看在眼里，急在心里，炸在肺里，无名大火直冲脑门儿，胳膊一挥，手中的铜戒尺往桌上使劲一摔，大吼一声：“散学！！”转身冲出学堂，直奔上屋场。正巧，毛贻昌手里提个箩筐从上屋场往外走，见邹先生匆匆赶来，忙恭敬地收住脚请安：

“先生好……”

“你家不得了，毛润之不得了！文曲星下凡啦！”邹春培抢过话，张口就是连珠炮。

毛贻昌如遭当头棒喝，一下子愣住了，丢下手中箩筐，上前搀扶邹先生：

“先生有话屋里说……”

邹春培怒火中烧，一扬胳膊推开毛贻昌：“润之比我才气大，我教不得他了。”

“这是什么意思？邹先生的学堂不要石三伢子了？”他从没见过甚至没听过邹先生如此发火，不由得腔子里那颗心怦怦直跳！忙向先生赔礼：

“我知道他就是个闯祸的苗儿！先生，我狠狠教训他给你出气……”

“不用啦！明天他不用去南岸学堂啦。找曾涤生教好啦！”说罢，邹春培拔腿就走。被刚才的打击弄懵了的毛贻昌打个冷战跳起来，回身上屋场打谷场，从正玩耍的二子毛泽民手中夺过藤条，像被激怒的狮子般吼叫着奔向南岸私塾。

上屋场距南岸不过百步之遥，毛贻昌三步并作两步，一会儿工夫就赶到了。正撞见毛泽东和小同学们一窝蜂似的跑出学堂。他大吼一声，举起藤条直奔毛泽东。学生们见状吓得一声喊四散开来。机警的毛泽东知道大事不好，夺路便逃。爷儿俩前逃后赶地在南岸兜了两圈儿，毛贻昌气喘吁吁地依然穷追不舍，小同学们中有人提醒毛泽东：“往山上跑啊！”毛泽东听了便一头跑上山去，钻进竹林里。虽然毛贻昌咆哮如狮子，但毕竟有些年长，怎追得上鹿般灵巧的伢子？两条腿像注了铅似的沉，实在跑不起来了。他一手掐腰，一手举着藤条冲着大山喊：

“好呀！你跑上天不成？回家我不打断你的腿！”

毛泽东早没了踪影。只有青竹随风向毛贻昌打着招呼……

“你蠢么？你混么？”

毛贻昌冲着空山骂。他怒气难消。

回头再向邹春培先生赔礼道歉时，邹春培早已踪影全无。毛贻昌虽然平日里一个铜钱都攥出汗来，此时却格外大方，回到家，气呼呼地叫堂客文七妹：

“你去李家肉铺割二斤肥肉！”

文七妹正在牛栏里往外清粪，听当家人呼叫，忙放下粪杈来到站在天井中央的毛贻

昌面前问："你是说割肉？"

毛贻昌又气又不耐烦："不是割肉还是让你割头？都是石三伢子惹祸！叫你去你就去，啰嗦什么！"

当家人两眼瞪圆，像要咬人一口似的！文七妹不敢再问，便解围裙洗手，接了铜板往外走，毛贻昌又叫住她："等等！"

"还买别的东西？"文七妹收住脚步回头问。

毛贻昌叹口气："还买别的？你当我开着金山哪？买了肉给邹先生送去！"

"哦！可到底是怎么了？"文七妹茫然地望着当家的。

"是……问什么问？你把肉送到邹先生那里就知道啦！"毛贻昌使劲地摆着手，显出极其不耐烦的样子。

文七妹回到家，毛贻昌还在天井里哼呀的有气没处撒。见妻子回来忙问道："邹先生消气没有？"

文七妹摇摇头。

"嘿！白扔了二斤肉。"毛贻昌跺跺脚。

"说什么也不行。先生说他才气没石三伢子大……"

"那是托辞！那是堵你嘴！"毛贻昌暴跳如雷。

"要不，你再去求求邹先生看？"

"我？出了这样的事，我还怎么觍着脸去说？"毛贻昌急得在天井里打着转转，突然挥挥手说："那……算了！不上了！"

文七妹反对："哪能说不上就不上了呢？再说，石三伢子是个人才，邹先生前天还夸他……"

"今天他就把邹先生得罪了！算啦！"

见毛贻昌凶得想把天捅个窟窿的样子，连毛翼臣都张张嘴没吐出话来，文七妹更不敢贸然顶撞。毛泽民和堂妹毛泽建惊得大气不敢喘，躲在屋里从窗子探头探脑看动静。

"还不烧饭？"毛贻昌瞪眼吼。这句喊，算解除了天井里的尴尬局面，文七妹进灶间烧饭，毛翼臣去给牛添草，毛泽民和毛泽建缩回屋里。毛贻昌想起甩掉的箩筐，匆匆夺门而去。

家，又恢复了平静。其实，石三伢子没少惹父亲生气。只是这回彻底激怒了毛贻昌而已。

吃饭了，还不见毛泽东回来。不肯端饭碗的文七妹寻思一下，起身要走。毛贻昌喝住她："么子？不要叫他！饿他肚皮前心贴后心，看他还有本事顽皮！"

"天黑了，伢子被狼咬了怎么办？"

"没了他倒清静……"

毛翼臣忍不下去了，"蹭"地从餐椅上蹿起来："咱找去！"扭头奔出天井。文七妹瞥一眼当家的，随后走出上屋场。毛贻昌扒拉几口饭感到“食之无味”，扔下饭碗进屋。泽民、泽建趁机也溜之大吉。毛贻昌见了皱皱眉：“嘿！老老小小没一个沉住气的！他哪回挨打不天黑就回来？”便一个人去屋里往蚊帐里一仰，躺倒歇着生闷气。

这回毛贻昌的老经验失灵，天黑时分也没等到儿子像往常那样回家。去找毛泽东的家人一个也还没有回。平日里嫌上屋场乱的毛贻昌忽然觉得孤独才是更可怕的。躺着不自在，又下床到天井里透透气。此时天上繁星密布，上屋场像黑夜里的一口井，卧房、牛栏、猪栏、谷仓……都像是井底的虚幻又恐怖的另一个世界。而自己，正被困在恐怖之中。

毛贻昌忐忑不安，忙打火点灯。

马灯照亮了天井，猪呀牛呀谷仓呀都现了原形。毛贻昌长出一口气，自言自语：“有鬼……没鬼的……阴森可怕呢！”

几个黑影依次走进天井里来。他看清楚了，是父亲、妻子和孩子们。但没有石三伢子！

大家都默不作声。

在家喊叫惯了的毛贻昌在自己没兴趣喊的时候，还真不习惯沉默环境。他忍不住了，大着嗓门儿问：“没把他‘请’回来？”

毛翼臣撅他一句：“就怕野兽‘请他’走掉啦！”

“不会。”毛贻昌嘴上这样说，心中也不免忐忑嘀咕道：这个小东西！今天真拧上劲儿啦，不会出什么意外吧？

“我们把孩子们送回来还得找去，”毛翼臣总算有了回训斥儿子的机会，“乡亲们听说石三伢子丢了，都准备火把上山去找！你狠心撇下不管？那你就躺在屋里睡大觉吧！”

毛翼臣出去之后，就听得打谷场那边响起嘈杂声，光亮在天井上方闪动，随即渐渐隐去，那是乡亲们在夜色里去找石三伢子了。毛贻昌把脚一跺向门外黑暗中窜去，嘴也不闲着：

“找回来再跟他算总账！”

一连两天，谁也没找到石三伢子。

霸气的毛贻昌也撑不住劲儿了，算总账的念头早忘得干干净净，睡不着，吃不下。

俗话说“虎毒不食子”。毛贻昌虽然霸气，家长作风厉害，其实是为了牢牢地统治这个家庭，管教好长子毛泽东，希望他长了本事好继承毛家产业。他为儿子的英俊和才气骄傲，他憧憬着石三伢子必是乡里出类拔萃的后生，会比自己更出息的：无论种田还是当店掌柜，肯定都是一把好手。骨子里，毛泽东是他的希望和未来。

真丢了石三伢子，那不是剜去自己的心头肉？

毛贻昌这才慌了神！他否决了自己的霸气和尊严，先跑到滴水洞祈祷祖先保佑儿子毛泽东平安无恙，然后悄悄加入到寻子行列中。“石三伢子”的呼唤声在韶山冲、在群山飘荡……

又是一天，所有的人都无功而返。

文七妹的两眼哭得红肿。毛翼臣用绝食抗议儿子无情地逼走了孙子。泽民、泽建闹着要哥哥。毛贻昌嘴上不说，心里不是滋味儿：马上要晚稻插秧，少不了石三伢子一把好手啊！

自从这个家少了毛泽东，上屋场便少了生气。尤其是晚上，更多听到的是长吁短叹声，还有文七妹的抱怨声。毛贻昌终于态度软下来，叹口气对妻子说："好了！往后，石三伢子的事，你管。"

文七妹泪眼盯住毛贻昌："往后？要是没有'往后'了哪？"

"不……不会的！石三伢子什么命？他命硬！能逢凶化吉！"

"可都两天了！活不见人死不见尸！"

"唉！没想到这伢子这么犟……"

"什么葫芦爬什么架！怪谁？"

"……"毛贻昌语塞了。

正当毛家欲哭无泪的时候，一个陌生的自称砍柴的异乡人把灰鼻子土脸儿的毛泽东送回家门。上屋场一下子恢复了生机。毛翼臣忙着要跪谢恩公，被手疾眼快的砍柴人一把拉住："前辈！您这不是折我的寿吗？别怪我说话刻薄，有这么天资聪颖的后生是你毛家的福气！"毛贻昌忙接话过来："多谢先生褒奖，太淘！哪有学生那样气先生的。"砍柴人道："能难住先生的学生不是好学生吗？润之前途无量啊！好了，既回家门，再没危险，我告辞了。"毛贻昌喝文七妹取银票相谢，砍柴人坚决不受，淡然而去。毛贻昌唏嘘不已：世间果有奇人，真是慷慨之士！

第二天早上，毛贻昌早早起来，让泽民跟爷爷下田插秧，又叮嘱文七妹："石三伢子上学堂的事，你找邹先生。"文七妹道："这事你去还妥当。我一女流，怕不够面子。"毛贻昌背起褡裢往外就走："我说了，石三伢子的事你管。粮店今日进稻谷哩。"文七妹只得把连夜浆洗熨过的衣服让毛泽东换了，深情地对儿子说：

"阿爹的脾气你是知道的。其实，你才是他的心肝儿。你可别犯昏。你要记住哦，你是长兄，要给弟弟妹妹作表率的。是读书人了，要尊敬先生，'师徒如父子'。以后不能耍小聪明戏弄先生和任何人。懂了吗？"

毛泽东点点头："送我回来的王先生也这样说。我今后不顽皮，好好读书。"

"好！"文七妹轻轻拍一下儿子的肩头，"我已向邹先生为你陪了好话，先生原谅你了，他还夸奖你的才气呢。"

就这样，毛泽东重返南岸私塾。邹春培的确不计前嫌，师生之间再没有不愉快的事情发生。但这年秋天，毛泽东征得家长同意，离开了他的启蒙老师邹春培，转学关公桥私塾。由于关公桥私塾没有新鲜课程吸引，毛泽东又转学桥头湾、钟家湾再读。但同样是"白菜萝卜、萝卜白菜"，那些课程他早熟读于肚。此时，对古典文学有了初步理解的毛泽东，对书法产生了兴趣，从学欧阳询着手，再学颜、柳，小小少年便练得一手好字。到除夕过大年，毛贻昌再也不用求春联，自家门上贴自家儿子写的对儿，看着漂亮，想着也舒坦！公元一九〇六年伊始，毛泽东又师从堂兄毛宇居，入井湾里私塾。虽然这里的《公羊春秋》《左传》之类的历史类教科书，比以前所学多了“故事性”，但总不比《三国演义》《水浒传》及《西游记》等古典文学作品吸引人。而这类“杂书”是不准在私塾看的。

毛宇居发现毛泽东在课堂上以《左传》挡着《水浒》有滋有味地看着。发现“秘密”的毛宇居没有当场揭穿，而是准备以“声东击西”的战略，先用背书抓住“辫子”，再惩罚他“不务正业”。

如邹春培，点书毛泽东背，这个方法抓学生的“辫子”往往很奏效。但毛宇居难不倒毛泽东，无论点学过的什么文章，毛泽东背起来如行云流水，令毛宇居暗暗赞叹不已！

当然，毛宇居不可能听任学生在学堂偷看“禁书”。他瞅准了，趁毛泽东魂儿都钻进小说王国的时候溜过来，铜戒尺“啪”地压在毛泽东的书上，冷冷一笑：

“毛润之！”

毛泽东吓一跳，知道“露馅儿的包子是拿捏不过的”，站起来解释说，屋里太憋闷，背书效果并不好，自己是调剂一下读书的时间……毛宇居一撇嘴说：“嘿嘿！你甭往背书那道儿上引，我还能上你的当？走，跟我来！”

毛泽东狐疑地问：“去哪里？”

毛宇居更不搭话往外走，毛泽东不敢不随着跟出来。毛宇居走到院子里的水井旁，伸手指指：“以井作诗，以诗说井。如果我听着诗好，免你一罚。”

这招儿够难为毛泽东的。虽然“熟读唐诗三百首，不会作诗也会吟”，毛泽东毕竟是会背诗的学生，不是会“推敲”的方家，更何况就是潇湘名家曾国藩接此题也未必轻松！学生们窃窃私语：“糟了！润之倒霉啦！”

毛泽东别无选择。在同学们的簇拥下，毛泽东绷着脸儿围着水井转，边转边瞅，瞅井台、瞅井帮，伸脖子瞅井里……转到两圈便停住脚步，望着毛宇居。毛宇居稳操胜券似的倒背双手，眯起眼，那声音一半儿从嘴一半儿从鼻子里挤出来，多少有点儿幸灾乐祸的样子，催毛泽东：“吟，吟啊？”

毛泽东张口道来：

天井四四方，
周围是高墙。
清清见卵石，
小鱼囿中央。
只喝井里水，
永远养不长。

“好！”同学们一阵喝彩！

毛宇居禁不住暗暗称奇：“奇才！贻昌叔好福气！此人日后的前程不可估量。”自那以后，毛宇居破例“睁一只眼闭一只眼”，无论毛泽东看什么书，都不管他。而渐臻世事的毛泽东觉得，韶山冲里里外外的师塾都读遍了，也读腻了，向父母祖父提出停学务农，自学读书。毛贻昌第一个赞成，笑眯眯地说：“停了好哩！早已识得数打得算盘记得账，田里店里好帮手。”

这年春夏之交，毛泽东告别了私塾，开始了“半耕半读”的少年生活。

不到半年时间，毛泽东把韶山冲的藏书都借阅完了。对书的渴求，迫使他走出韶山冲寻求更多的精神食粮。书，成了少年毛泽东的伴侣：油灯旁、树荫下、水塘岸边、田间路上……到处都有毛泽东捧读的身影。毛泽东成了远近闻名的少年读书郎。邹春培与毛宇居相遇湘潭县夫子庙，谈起毛泽东双双由衷感叹其“青出于蓝而胜于蓝”。后来，毛宇居还特地找到上屋场游说毛贻昌：“润之乃可塑之才，埋没乡里可惜了，当离乡远走高飞，展大鸿之翼。”毛贻昌尊重先生，心里有自己的“小九九”，面上和气相待：“庄户人家子弟，读几年书，认得字打得算盘记得账就行了。再说废了科举，读再多的书也不能‘金榜题名’啦！”毛宇居在毛贻昌面前乃“小字辈儿”，说话行为须谨慎，只得悻悻而退。令毛宇居没想到的是，他的一番话让毛贻昌警觉起来：石三伢子一天天长大，那颗心一味儿地扑在书里，心思不在种田做生意上，早晚心野了收不住！翅膀硬了，拴也拴不住哩！女人才是拴住男人的绳索。对，该给石三伢子讨堂客哩！成了家，添个壮劳力，三年两载生男育女，那可是红火日子哩！

毛贻昌把“小九九”拨拉得清清楚楚，明明白白。

然而，毛泽东是老虎上磨——不听那一套。

“要娶你娶！我不要！”毛泽东一口拒绝。

“我娶？你昏话！”毛贻昌被激怒，脖子上青筋直跳。嘿！哪有男子汉不想媳妇的？在毛贻昌眼里，少年毛泽东是大人了。

“反正我不要！”毛泽东态度坚决。

这是毛贻昌始料不及的。

然而，毛贻昌是当家的，举足轻重的大事必须由他定夺。不管毛泽东愿意否，“父母之命，媒妁之言”是千年的铁打规矩，定亲的换帖仪式照样进行。这就意味着，毛泽东从换帖之日起已经是准丈夫了。令毛贻昌不得不急的是，石三伢子根本没把换帖当成一回事，依旧是下田之外一头钻进书堆里，“一心只读圣贤书”。

毛贻昌寻思治石三伢子的办法——生马驹子不训是不服的！上不得笼头，多好的马也中看不中用。

得来个管用的“杀威棒”治治他！

早饭后，毛贻昌叮嘱：“石三伢子，滴水洞的田该追肥啦！三十担六十堆，要摆的均匀。你今日早去晚归，都把粪挑进去，明日好追上。”

“知道了。”毛泽东应着，挑上粪箢拿了书就走。毛贻昌早算计好的，那片田是一天干不完的。他知道毛泽东在田里劳作累了便在树下乘凉看书的习惯，有时看书则忘了锄田，为了应付自己，曾经每垄只锄地头那一段，害得收割时分不开哪是苗哪是草！瞅他带的是他最着迷的《三国演义》，心里琢磨：不偷懒儿才怪呢！哼！等着瞧！

日头偏西时分，毛贻昌悄悄到田间“捉鬼”，果然逮个正着——石三伢子正坐在树底下全神贯注地看他的《三国演义》。

毛贻昌大吼一声跳了过去：“你偷懒么！”

毛泽东抬眼望望暴跳如雷的父亲，似乎明白父亲的用心，淡然处之，继续看他的书。

“你蠢！”毛贻昌怒斥。

毛泽东反问父亲：“我蠢何处？”

“你不干活只顾看书，稻谷能长出来吗？”

“谁说我没干活？”

“你还抵赖？粪箢还扔在那里！”

毛泽东“呼”地站起来，指着大田对父亲道：“你自己去看么！”

毛贻昌愣愣神儿，跑去稻田看仔细：果然，六十堆，不多也不少，且整齐划一，无可挑剔。

毛贻昌呆了！他甚至怀疑石三伢子看书多了，学了什么法术。

无论如何，毛贻昌栽了。

晚上，毛贻昌躺在床上翻来覆去睡不着。“儿大不由爷”这句话深深刺痛他的心。他感到自己的权威正受到威胁，这威胁不是来自外面，不是来自长辈和堂客，而是来自小小年纪的长子石三伢子！等罗氏过了门儿，就安排石三伢子去县城湘潭当学徒——看他是个大掌柜的材料。

他说给文七妹听，文七妹泼他的冷水：“怕是一样儿也通不过。他心思没在这些事情上……”

“胡闹！怎么能由他性子来？还有老有小不？”毛贻昌听妻子为儿子掌理马上火气直冲脑门儿。

文七妹不再吭气。一个月后选下吉日，毛贻昌张罗着把罗氏娶进家门。令毛贻昌尴尬的是，小夫妻不是那么回事——别说并非“干柴遇烈火”，甜甜蜜蜜，倒好似两个同住客栈的路人，看不出一点儿缘分在。文七妹细心，把忧虑讲给当家的听。毛贻昌不以为然：“哪里那么多‘讲究’？夫妻者，开始还不得‘将就’？慢慢就好上了。”

然而，几个月过去，文七妹没发现儿子“好上了”的蛛丝马迹。毛翼臣忌日，亲友们都来，毛贻昌几杯米酒下肚，流露出对儿子毛泽东的不满：“他蠢！不孝！”毛泽东本来就压着一肚子的怨气，便反唇不让：

“我不孝？古云‘慈父孝子’，我不孝因你不慈！”

毛贻昌大怒，把酒杯往桌上一摔："你敢顶撞老子？"

"圣人说的不对吗？"毛泽东并不示弱。

"你……不忠不孝！"毛贻昌急得手打哆嗦。

毛泽东振振有词："忠，精忠报国。学不得本领，如何报效国家？"

毛贻昌不过识得字、记得账，哪里有"隆中对"似的本领？说不过打得过，毛贻昌跳起来便抓毛泽东！众亲友相劝相拦，毛贻昌积压在胸中的那些怒气刹那间爆发，拦也拦不住，转身抄起扫把就打毛泽东！毛泽东拔腿就逃，毛贻昌紧追不放。两个犟脾气在上屋场前打谷场上转圈儿狂奔。纤弱的罗氏、慈悲为怀的文七妹、惊心动魄的弟弟妹妹、不知所措的亲友们乱作一团……

猛地，所有人都愣住了：毛贻昌中了咒语似的"定"在那儿！仔细看，明白了：毛泽东"前腿弓后腿绷"，作出跳水塘的姿势威胁父亲："你再追，我一头扎水塘淹死！"

毛贻昌咬咬牙关克制了自己，他明白石三伢子是做得出来的。只得自己把火往下压，把扫把往地下一撑，心里狠狠地骂："嘿！你有种！给老子来这么一手！看亲戚们散了老子收拾你！"

毕竟，毛贻昌没有犟过儿子。正因此，毛泽东才冲破樊篱展雄翅，飞出大山寻高枝。

看官：

鸿鹄有志在蓝天，
丰羽怎能不欲飞？

第二回

考头名润之进一师　念儿郎良弼上长沙

就在父子僵持之际，大家一窝蜂地冲上前去抱稳毛贻昌、拉住毛泽东，一场冲突才算中止。毛贻昌跺跺脚仰天一叹：“唉！上辈子我欠他的！”大家左劝右劝，把父子俩又劝回上屋场……

秋天的韶山，充满了诗情画意。又是一个风调雨顺的好年景。毛泽东没能和家人共享丰收的喜悦——在毛宇居和亲友们的游说下，父亲“恩准”他去有名的湘乡县东山学堂继续读书。

明天，毛泽东就要离开养育了自己十六年的韶山冲，到外面求学了。他嘴上不说，心里有股说不出的别样滋味儿。

毛泽东眼睛看到桌上的账簿，仿佛看到父亲那张精明但有些冷酷的脸。桌上的账簿就是父亲的希望和寄托，它也是父亲的创业史。勤劳本分是他信守的准则。攒钱、扩地是他生活中的最大乐趣；他爱财惜财，不是自己的钱财不牵挂；是自己的绝不轻易让人巧取豪夺。记得那一年，本村一个阿婆把一口肥猪卖给父亲，父亲忙着粮店生意，交了定钱，说好几天后再赶猪走。几天后毛泽东带了钱代父去赶猪，谁知阿婆变了卦——行情看涨了，阿婆要加钱！加钱的事只有父亲做得了主。他见阿婆家日子艰难，便任凭阿婆毁约，讨了定钱空手而归。父亲大骂毛泽东不惜财，不知过日子。如果把自己曾经在半路将一担白米送给揭不开锅的乡亲的事告诉父亲，不知会闹到何等地步！

“父亲保重！”毛泽东暗暗祝福，暗暗向父亲保证，“人各有志，原谅孩儿不能守孝。但我一定会为您老争光的！”

和母亲的感情是毛泽东感情世界的支柱。隔窗默默望去，母亲还在灯下缝补着什么……

想起日本僧人月性的那首诗，毛泽东不觉心潮涌动，顺手从父亲的账簿上撕下一页纸，持笔蘸墨，对原诗改动，用工整的小楷写下四句诗：

孩儿立志出乡关，
学不成名誓不还。
埋骨何须桑梓地？
人生无处不青山。

然后，轻轻叠好，翻开账簿把写好的那页纸夹进去……

第二天，一家人送走毛泽东后，毛贻昌翻开账簿发现那首小诗大吃一惊，想不到长子石三伢子竟有如此大的抱负！回想过去的日日夜夜，毛贻昌这才重新认识自己的儿子……

“石三伢子！”硬汉子毛贻昌泪眼模糊了！

一身布衣的毛泽东挑着担子匆匆走在去湘乡的路上。

他的心情从来没这么好，虽然肩挑行李、书籍，却身轻如燕，没有累的感觉。

东山学堂的看门工给了他一个下马威。见穿着土气、挑个担子的乡巴佬往门里闯，看门工毫不客气，冲出来挡住他：

“干啥子？干啥子往里闯？！”

毛泽东解释：“找校长么。”

看门工蔑视地打量着毛泽东，以为他是哪个富家学生的家仆：“你？给主子送东西来的吧？”

“不，我是求学来的。”

看门工哈哈大笑：“得得！有你这个样子求学的吗？”

“求学还论‘样子’？”

“当然了——那还用说么！”

毛泽东毫不胆怯地和看门工周旋：“我这个样子的正是求学的——校长的客人。”看门工不耐烦了，往外推毛泽东：“捣乱！走走走！”毛泽东犟劲儿也上来了，便往里闯，身强力壮的毛泽东把看门工带了个趔趄！看门工回手拉住毛泽东的担子怒喝：“滚出去！”接着招呼院子里课间休息的学生，“打穷小子！”那帮课间正戏耍的学生闻声冲出来，冲毛泽东抡巴掌就打！毛泽东见状扔下担子，两只胳膊一挡，把冲过来的几个人挡个趔趄，严厉质问：

“你们不问青红皂白就出手打人，是李校长教的吗？”

众人见毛泽东身强力壮语出不凡，收敛地搭腔：“你为何打看门的？”

“笑话！我挑担儿在学堂门口打人？天下奇谈。”

“那……你干什么的？”

“和你们一样，上学来的。”

“和我们一样？”学生们指指自己，又指指毛泽东，不由地嘲笑起来：“和我们一样吗？”

一个是家织土布做的便衣；一伙儿是细绸软缎精制长袍小马褂。毛泽东明白怎么个不一样了！

这时，一位儒雅的中年人从里面走出来，问道：“你们嚷叫什么？回去上课！”学生们望望来者，纷纷往校内“撤退”。看门工指着毛泽东刚张嘴吐出一个“他……”，中年人扬手制止住他，问毛泽东：

“你，有什么事情吗？”

毛泽东见来者器宇不凡，在学生面前很有权威，猜他一定是个人物，便实话实说：“我是来拜见李校长求学的。”

“看你的行头，老远来的吧？”

“湘潭县韶山冲。”

中年人点点头，对看门工道：“搬他行李到我办公室来。”看门工闻听脸上掠过一阵的春夏秋冬，点头又哈腰：“好哩，校长。”

“原来您就是李元甫校长？”毛泽东心里的一块石头落了地。

李元甫坐在办公室的太师椅上品着茶打量着毛泽东，不说一句话。毛泽东规规矩矩地站在屋中央，敬候校长发落。

“你从湘潭来？姓甚名谁呀？”李元甫终于问话。

“毛泽东，”毛泽东回答，“毛延寿的‘毛’，大泽乡的‘泽’，东周列国的‘东’。”

毛泽东的回答使李元甫心头一震：这后生是个有知识的人呢！不熟读“三国”怎知毛延寿？不读“陈胜吴广”怎知大泽乡？不觉有了三分喜欢。

“有表字吗？”

“回先生，字润之。”

李元甫点点头：“好，字也好。你进学堂读过书喽？”

“是。我的启蒙老师是韶山冲南岸私塾邹春培先生，后转学关公桥毛咏生先生，推荐我求学来的毛宇居先生是我的第四位先生。另外……”

“毛宇居是我故交。‘另外’什么呀？”李元甫脸上微微有笑。

毛泽东继续回答：“我还自学了两年。”

“自学？都学过什么呢？”李元甫很感兴趣。

毛泽东如数家珍：“都是那些私塾未读之书：《孙子兵法》《史记》《汉书》《后汉书》《李太白集》《天工开物》《易经》《儒林外史》《红楼梦》……杂书也看，算吗？”

李元甫笑起来：“好好，我知道了。算，算啊！”

从堂兄毛宇居口中得知，东山学堂是一个开明办学的学校。和自己读过的那些私塾不同，东山学堂不仅允许新潮存在，还吸收国外教学中文明先进的教学方法，系统地教授地理课、数学课，是国内少有的。

“毛泽东，挑副担子百里求学，可见心之所诚。这样，我出个题考考你怎么样？”李元甫不掩对毛泽东的欣赏。

“请先生出题。”毛泽东欣然接受。

李元甫略作思索，对毛泽东道：“你即刻写一篇文章，题目嘛——‘言志’，如何？”

“学生知道了。”毛泽东忙解开行囊，取笔研墨，铺就毛头纸，略作思索，一挥而就。洋洋千言，字字含金！李元甫仔细看了，真真大喜过望，马上令人请来语文教员谭咏春。谭咏春是个惜才如金的人物，边看“言志”边言志：“校长，此等学生交给我，我保他在潇湘文笔夺冠！”

李元甫点点头：“后生可畏啊！的确好文章。”

“那，我带他去宿舍……”谭咏春话没说完，李元甫拦住他：“莫急嘛！”

“如此优秀之学生，为何不痛痛快快收下？我愿收下这位有志青年。”谭咏春大惑不解。

李元甫不住地点头：“是啊！伯乐爱千里马。可是……”话没说完，就见校董事阿黄急匆匆赶来，按捺不住喜悦的谭咏春忙对阿黄道：“黄先生，校门有幸，投奔来一优秀学子……”

“我正为此而来。”阿黄脸上不悦。

“正好！李校长还犹豫呢……”

没想到阿黄白一眼谭咏春：“还犹豫什么？不能收！”本想争取阿黄支持的谭咏春没想到效果相反，想和阿黄“理论”，李元甫拦住他：“谭先生有所不知，东山学堂向来不收湘乡之外的学子。”

“就是嘛！”阿黄长出一口气，以为校长不会收下毛泽东的。谭咏春瞪起诧异的眼睛争辩道：“这是什么规矩？湘潭人怎么了？不是中国人？中国人都可以到日本、美国求学，湘潭人怎么就不可以进东山学堂？”阿黄道：“这是县里的规矩，谁敢破呀？”谭咏春急了：“这是蠢规矩，应当废掉！东山学堂是培养优秀学子的进步学校，不是囤积草包的库房！为一个蠢规矩而使一名优秀青年失去学习的机会，这是东山学堂的耻辱！”阿黄也不示弱，伸长脖子喊：“他优秀不优秀和我们学堂何干？啊？”谭咏春气得直喘粗气，手指阿黄谴责：“我看你就是西太后的孝子贤孙——上边闭关锁国，你们锅里吃锅里拉，自我作孽！”

李元甫忙两边劝阻：“二位！都歇歇。我看，上董事会讨论吧。会上说吧。”

二人这才作罢，看李元甫如何调解。没想到董事们也是两个截然不同的意见：一个反对破规矩收外乡学子进学堂；一个主张解禁收下毛泽东，双方唇枪舌剑互不相让。李元甫知道这样吵到天亮也不会有结果，只好行使自己的权威了，便站起来表态：

“好啦！东山学堂破个天荒，收下这名栋梁之才。我担负责任。”

大眼瞅小眼，没有人再吭声。于是，毛泽东得以入学东山。

在东山学堂，毛泽东如鱼得水，不但知识面得以扩展，思想境界也有了大的飞跃。李元甫慧眼识英雄，谭咏春惜才助少年，使得毛泽东在人生的道路上迈上新的台阶——在毛泽东需要“更上一层楼”的时候，二位师长马上写信推荐他投考湘乡县驻省中学。一九一三年春天，毛泽东又以全省第一名的成绩考入湖南省第四师范。第二年“四师”并入湖南第一师范。第一师范聚集了杨昌济、徐特立、黎锦熙等教育界的名流雅士。因此，毛泽东才猛虎下山有霸气，蛟龙入海显神通！

转眼间又是秋风扫落叶、菊黄蟹肥时。毛贻昌和妻子文七妹商量要前往长沙看望毛泽东。今非昔比，在毛贻昌心目中，长子毛泽东再不是惹他生气的顽皮孩子，而是自己乃至韶山的骄傲：全省考第一呀！要是时兴科举，还不得中状元探花的？看体面的儿子去，老子也光彩么！当然，罗氏因病去世，毛泽东再婚问题也是此行的重中之重。

说起来，韶山冲到省城长沙不过二百里地。但毛贻昌要凭两只脚板拍打，也不是个近路。可毛贻昌就是毛贻昌，驴？不骑！滑竿儿？更不可能雇！就凭两条腿，一步一步迈到了长沙。

在韶山、湘潭，毛贻昌是绝对见过世面的人。哪条街哪条道他不知道？哪座山哪条河他迷过路？进了省城，他老人家真的傻了眼！站在城乡结合部陌生的十字路口，毛贻昌两条腿走不动了——并不是累的，而是不知如何走。要是在湘潭哪怕宁乡，熟悉不说，站在任何一个路口就能把整个县城看得一目了然，而眼前的长沙路口，放眼望去，茫茫的浓雾密锁古城，路外连着路，楼外连着楼；路上车水马龙，楼上招牌林立……走哪条路去一师找儿子毛泽东呢？

毛贻昌踌躇难进。

猛地，他想到鼻子下那张嘴——问呀！

毛贻昌选择了路边的香烟摊贩问路——他知道从事此种职业的人的特点是“门儿清”。

烟贩儿瞅瞅穿戴讲究的乡下人，一边低头收拾洋烟卷儿，一边漫不经心地仰仰下巴颏儿回答：“去一师？往北走，好远么！”

“谢谢！”毛贻昌哈哈腰，朝下巴颏儿指的地方继续赶路。

越往前走，行人越多，也越繁华。马路上不但有湘潭也有的洋车，还有湘潭没有的小汽车和停了就会上下人的像小房子一样的公共汽车。这里没有稻田池塘，却是瓜果李桃鸡鸭鱼肉齐全。满大街熙熙攘攘的你来我往的人群。毛贻昌看不惯那些不老也不小的坐洋车的懒人们：“脚下没长两条腿呀？”

虽然他明白两条腿走路是何等艰难、辛苦！

更让毛贻昌看不下去的是那些剪了辫子、留着齐肩头发、穿马褂儿长袍的“四不像”们，在大街上公然搂住女人的腰大摇大摆地逛，什么东西！嘿，一个打扮妖艳的女人悄悄凑过来，扯住他的一只胳膊，又挤眉又弄眼：“大哥！累了吧？到里边歇息要耍？”毛贻昌吓一跳，胳膊一甩把女郎推开，两眼瞪圆：

“起开！”

拔腿就颠。

他明白那女子是干什么的！“使不得！使不得！”头也不回快步而逃。惹得路人笑起来。“还笑！真是幸灾乐祸！要是在韶山冲，看乡亲不把她撕烂才怪！”

“这老先生真倔哩！”路人目送老先生好远，觉得老先生有点儿意思。这一切惊动了

路过此地的一位学生模样的青年人，他迟疑一下，忙追上来问：

“您刚才说，您从韶山冲来？”

毛贻昌用警惕的两眼瞅定青年人：“是哦！你……么事？”

“那你可认识毛润之？”青年人很礼貌客气。

“那还用说！他是我的儿子么！”毛贻昌脱口而出。青年人一听笑道：“我是湘乡萧子升，润之的同学。您来看润之吧？”

“原来是润之的同学！”毛贻昌也高兴起来，“我正愁找不到地方呢！”

“伯父，跟我走好了。”原来，萧子升是毛泽东的同窗好友，自然恭敬热情，忙伸手拦住一辆洋车，双手架住毛贻昌就往车上请：“您老坐好。”然后又截住另一辆车坐上去，嘱咐车夫：“跟着我，去一师。”

两辆洋车一前一后在马路上飞也似奔驰。从截车到两个人坐上车不过挥手之间，毛贻昌来不及说什么就“被动”了——不是遇到儿子的同学，自己才舍不得坐这洋玩意儿呢！此时坐在洋车里想说句客气话给萧子升，但两车相距一两丈远，怕是听不清，心想停下车再说吧。恍惚之时车停下来，毛贻昌忙一边伸手去褡裢里摸钱一边问车夫：“多少铜板？”只见萧子升早抢过来把铜板往车夫手中一塞，对毛贻昌道：“伯父请。”毛贻昌下车瞅瞅，校门口旁边那牌子上的大字他认得的：湖南第一师范！马上脸上浮现笑容，心中好激动：全省的大学府哩！

第一师范就坐落在长沙古城的南门外书院坪，即原来的城南书院。大门有人看守，有点儿衙门的意思，不过人们进进出出并没人过问。只见萧子升冲看门的举举胳膊，带着自己顺顺当当进了学校大门，毛贻昌说：“看来你在这里挺有威望的。”

“我不比润之，他才是一师第一人。”萧子升说。

“你抬举他了。”

“真的！伯父，你有福分，有这样优秀之后生。”

“淘气，小的时候淘气！现在他……”

“哈哈哈！”萧子升大笑，“小的时候有几个不淘的呢？您好久没见他了吧？好英俊的人物呢！”

还是城里出息人！不走近了看，毛贻昌真的不敢认儿子毛泽东了呢！儿子真的长成一个大小伙子了！一双和他母亲很像的漂亮的大眼睛，天庭饱满，地阁方圆，看上去高大健康，举止文雅得体……还是大学府出息人啊！他突然觉得有多少话要对儿子说：你妈身体好，泽民泽覃学习也是“冒尖”，堂妹泽建吵着要上女学，罗氏怎样病逝……可是此时一句也说不出来。

他心中彻底信服儿子是对的，比种田当粮店掌柜出息多啦！听毛宇居说润之将来做大先生么！嗯，韶山冲润之出类拔萃第一人！毛贻昌心中暗暗自慰。

萧子升等几个平日和毛泽东要好的同学簇拥着毛贻昌来到学生宿舍，给老人家打水洗脸，沏茶添水，毛贻昌心中感到一阵阵热。萧子升提议大家请老人家到离学校不远的“潇湘人家”饭馆儿吃饭，毛泽东道：“我们大家做东，老人家出钱，他大小是个财主么！”毛贻昌听了乐呵呵地把话接过去：“是啊是啊！我请大家吃炒菜！刚才路过的一家‘洞庭春’可是湖南名馆呢！咱们去那里。”萧子升不同意：“那倒不必！‘潇湘人家’便宜实惠，味道还好，离学校又近，吃过饭好让老人家早点休息。”大家随声附和“有理”，便簇拥着毛贻昌到“潇湘人家”去进餐。正欲起身，只见先生王季范一脚插进来喊道：“叔公，这顿饭怕是我请了！”学生们忙向王季范施礼，王季范笑眯眯地道：“今天特殊，是亲友相聚，不是在课堂，故不以师生论。论辈分，良弼先生是我叔公……得得，今日没大没小热闹一回！”大家正说得热闹，只见一个十岁大小的俊秀英气的小姑娘出现在宿舍门口，大大方方地对毛泽东说：“润之兄，我父亲让我告诉你，明天是星期天，请你们到家里吃午饭。”

王季范笑问小姑娘：“你们？开慧，包括不包括我呀？”

“父亲没说啊！”小姑娘抿起小嘴儿笑笑，“你又不是学生！”

王季范乐呵呵地说道：“听口气，你不大欢迎我是不是？告诉你妈妈，不能少了我最馋的土锅鸡！”

开慧俏皮地用手指头刮一下自己的面皮，做个鬼脸儿跑掉了。毛贻昌见了笑着对王季范说：“谁家的细妹这么机灵？”

王季范道：“杨怀中教授家的千金，叫开慧。”

毛贻昌听了半天合不上嘴：“她父亲……大教授请你们学生吃饭？”

“不是稀罕事儿！”王季范平静地解释，“润之他们几个有志青年，是教授家的常客，有的时候不请也到。”毛贻昌听了有些急，从褡裢里掏出一张银票来交给毛泽东：“怎么可以总搜刮先生呢？把这些兑成钱，明天拿十块大洋给先生带上。”毛泽东冲大家挥挥手中银票：“怎么样？财主慷慨着呢！”逗得大家笑起来。

正是：

守财不肯轻出手，
未到掌门心动时！

第三回

杨昌济慧眼识徒　萧子升肝胆交友

第一师范的确聚集了当时许多顶尖的师资，杨昌济教授是他们中的佼佼者。

杨先生又名怀中，乃潇湘饱学之士。因为他曾留学日本、美国，教学理念不同于国内那些学究或师塾版的教书匠，尤其他执掌伦理课程，注重的是学生们的思想教育，主张的是改良教育、改良国民思想，提倡现代文明。当他结缘毛泽东、蔡和森、萧子升等一群优秀学生时，精神宽慰，希望之星在心中升起。他预言："润之、和森，必为国家之栋梁也！"

栋梁之材，园丁岂有不细心浇灌之理？

上午要出去有个应酬。杨教授叮嘱夫人"多备俩菜，润之的父亲也在"，便匆匆走了。杨夫人向振熙正在杀鸡，笑着点点头说："晓得了。这个月你的工资又超支，得添铜板了。"

"你主内么！"杨昌济挥挥手走了。

杨夫人同样喜欢丈夫喜欢的这些学生们。他们的品德和好学，尤其忧国忧民的意识也感动着她。她没有丈夫的学问，但有中国女性的传统美德，把自己的身心全部奉献给丈夫和家。谁家有了这样的女主人，谁家就有好的日子过。月下老人赐给谁这样的姻缘，丈夫就有了通向成功的桥。

杨先生好福气。

儿子开智在故土板仓守家，小女儿开慧带在身边。开慧虽小，却是个懂事的小姑娘：在东西文化融为一体的父亲的影响下，她思想开化、进步。在师兄们面前，是一个懂事——懂得多的和她年龄不相称的小师妹。而她，更愿亲近的师兄却是毛泽东。

"妈妈，霉豆腐不多了耶！"开慧掀开厨房桌子上的绛红色瓦罐盖子瞅了又瞅，"我去买，润之要吃的。"

"那你去买么，"杨夫人把杀好的鸡放在清水里洗，"我脱不开身的。对，再买些辣椒，最辣的那种。"

"知道！"开慧撒丫子就往外跑，猛抬头，正撞上父亲和毛泽东的父亲毛贻昌有说有笑地并排走进李氏芋园来。毛泽东和蔡和森、萧子升及熊光楚等紧随其后。杨昌济笑着对毛贻昌道："这是小女开慧，正顽皮。"毛贻昌忙说："见过哩，见过哩！"杨昌济"哦"一声嘱咐开慧："叫叔公么！"开慧虽然大方地叫一声"叔公"，脸儿忽地红了，挤个缝儿向外就跑。杨昌济笑着对毛贻昌道："太宠了的！学生们在，她就更人来疯。"毛贻昌道："看这多好！大脚片子满处跑，能不是个好身骨儿？说起孙中山革命，别的我不懂，给女人放脚我真赞成！"

大家又说又笑继续往院里走，杨夫人从厨房里赶出来欢迎："毛先生来啦，请屋里喝茶歇息。"毛贻昌连说"打扰"，指指毛泽东和蔡和森提的礼品说："不成敬意！我们乡下人不懂城里规矩，他师母别笑话。"杨夫人道："看您说的！别见外呀！怀中看他们几个跟自己孩子似的，没那些个讲究！您屋里坐。"毛贻昌说声"谢谢"，随杨先生进了客厅。宾主谦让落座，毛贻昌打量一下，墙上挂着的可不是一般的字画：孙逸仙的"天下为公"，蔡锷将军的墨迹"共和不朽"，郑燮的墨竹，临《兰亭序》……还有西洋画。教授自勉的墨宝令毛贻昌崇拜不已：

"嘿！'德行天下'，好字好字！"

正在这时，只听院子里有人道："不速之客来也！多拿双筷子哩！"

大家一听，知道是王季范到了。毛泽东、萧子升等忙去迎着。寒暄未止，就听又去端菜的杨夫人的打招呼之声："徐先生！黎先生！屋里请吧。"大家迎出来，徐特立、黎锦熙两位先生和毛贻昌见过礼才进屋来。他们是杨昌济教授特地约来陪客的。杨昌济道："大家到齐了，请入席边饮边说话。"客听主便——大家在谦让中围坐一圈儿。杨昌济、毛贻昌、徐特立、黎锦熙、王季范、萧子升、毛泽东、蔡和森、熊光楚共九人，见另有两把空椅子摆在位子上，毛贻昌不肯端杯："还有客人，等等一起来？"

王季范笑道："这两个位子是夫人和千金的。杨教授是在西方生活过的，不像乡下，有客人来了女人不上席！在教授这里，人人平等。"

毛贻昌心中一下子不能接受这"反传统"的新规矩，但出于礼节，还是点点头附和道："新规矩！新规矩！好！好！"

酒过三巡，菜过五味，母女俩也忙完了厨房的活儿凑到席上来。毛贻昌连忙向夫人敬酒。杨夫人端起面前的红酒和毛贻昌碰碰杯："毛先生您喝好。"已经几杯酒下肚的毛贻昌仰脖儿把杯中酒喝干，脸更红了。接着小字辈儿的集体敬了一杯，毛贻昌便略显醉意。王季范见了端起酒杯："我知道叔公不胜酒力，这杯酒算我代叔公敬杨教授一家的。"说罢一饮而尽。又斟一杯对徐、黎二同僚道："干脆，敬你们的也过了吧！"徐、黎平日也是轻易不沾酒的人，双双举杯说："好。"酒，算喝过高潮。王季范放下酒杯，对毛贻昌说出一番话来：

"叔公！提起杨教授和这几位学生，那真是天下少见的伯乐与千里马的缘分……不，不是这样说，是——一群伯乐！恰好，润之、和森、子升等学生又是难得之千里马！只有千里马得遇伯乐，才有佳话诞生。我敢说，在中国的未来，润之他们必是东方冉冉升起之星……"

"王先生此话有理！"黎锦熙抢过话去，"不过，好像是杨教授那句名言的翻版？"

"是，'毛泽东、蔡和森，必国之栋梁也！'"王季范笑道，"我'篡改'得离谱吗？"

杨昌济笑道："王先生深知古训，对新词儿也是信手拈来！"

大家都乐。黎锦熙道："第一师范请得杨教授，是三湘学子之幸。润之等人近水楼台，乃天赐良机。如此天作之缘，日后必彰显于青史。"

毛贻昌听众人之言，方明白儿子毛泽东不但胸怀大志，亦是可望之才。心中不免后悔当初不该阻挡他求学。他有心端起酒杯向儿子毛泽东说声"对不起"，但还是把话咽了回去，而把酒杯举向几位先生：

"多谢了！"

众人看出毛贻昌不胜酒力，不再敬他也不再劝他酒，纷纷给毛贻昌夹菜。杨昌济感慨道："其实，一个人的学习进步，那不是一个先生的功劳。当今形势下更是如此。比如润之，启蒙于故里邹春培，得助于堂兄毛宇居，湘乡李元甫、谭咏春慧眼识英才，第一师受命育英才。"毛泽东见恩师如此，诚惶诚恐地站起来向杨、徐、黎、王依次深鞠躬：

"润之决不辜负各位先生的期望，学成于国家、于天下百姓有用之才！"

"嗯，"杨昌济点点头，"从东山学堂的《救国图存论》到后来的《讲堂录》，足以看出润之的远大抱负和过人才气。不过，凡励志者，无不付出艰辛。你曾以曾涤生、梁任公自勉，要努力，要有超过二公之志。"

毛贻昌是识字之人，自然听得明白曾国藩、梁启超是何等人物，心中暗惊：润之将来有那样的本事，可真是毛家祖坟冒青烟啦！偷眼扫，开慧正给石三伢子夹菜，悄悄劝茶："妈说茶可解酒，你又没甚酒量。"不由得心中一震：哦！莫非……不不，我都想哪儿去啦！

"叔公好福气呀！"王季范给毛贻昌添茶，"你别忘了：当初为放润之这只虎出山，我和宇居死劝活劝你才松口啊。"

"别哪壶不开专提哪壶！老黄历，那是老黄历了！虎被你们引出来再送回去我还不干了呢！"毛贻昌乐得合不上嘴儿。

大家开心笑起来。一直插话不多的徐特立说："好男儿志在四方。润之啊，先生们盼着你不但'青出于蓝而胜于蓝'，还要似谭咏春先生说的：要成建国之才！"

毛贻昌为之震撼！他万万想不到自己本打算培养成识得字记得账的儿子毛泽东竟为师长们看做国之栋梁。

直到告别长沙，毛贻昌也没有把此行的另一桩心事吐露半个字——为毛泽东"续弦"的事。从小就怀揣大主意，长大了更不由爷！何况，老人家有看在眼里、想在心里的不能贸然说的感觉，那不一定是幻觉。

这天，杨昌济正在李氏芋园家中翻看陈独秀主编的《新青年》，觉得毛泽东对陈独秀的评价可谓恰如其分。毛泽东说看李大钊的文章"令人耳目一新、有得新天地之感觉"；而陈独秀的文章"魄力雄大、见解进步而独树一帜，诚非一般学者可比拟"。并且建议学校"应当推荐西方科学，以唤青年追求进步，改变国家"。杨昌济深感学生毛泽东觉悟之高，自己和李大钊素有交往，何不引荐毛泽东与二君相识？润之既然心崇，如得此二位教诲，必如日中天。正在这时，只见爱女开慧气喘吁吁地跑进来，焦急地向他报告：

“爸！出事了！出大事了！”

杨先生还没从关于毛泽东的思绪中缓过神来，望望开慧：“你说什么？”

“哎呀！我不是告诉你，出事了！”

杨昌济认真起来：女儿急成这个模样，看来是有大事哩！

“校长张干要开除润之啦！”

“什么？”杨昌济闻听从椅子上“呼”地站起来！“会有这等事？”

“真的！同学们不干了，聚集起来要造张干的反呢！”

杨昌济猛地回想起来：几天前，校长张干贴出一纸布告，要在校学生每人缴纳十元的“杂费”！可谁都清楚，一师开办以来对学生是免费的。人们议论纷纷，怀疑张干这样做的目的是用此举讨好省议会，为自己升官发财铺路。早就传闻张干在省议会上扬言“减轻政府负担”，看来果真如此！杨昌济知道，十块大洋对于学生的负担会有多大，更何况是有悖一师办学宗旨的！毛泽东当即行文表示抗议：

> 校长张干，身为一校之长，不重教育而图私欲，致使名校一师教育之风每况愈下：教员不能安心授课；学生不能静心习文！贻误青年，罪在误国！不撤张干校长之职，一师无宁日也！故一师千名学生誓求省教育当局立即撤销张干校长之职！

学生无不拍手称快！教职员工也纷纷声援。想不到张干抢先一步，向自己的爱徒下手了。遇到这样的事情，杨昌济怎会不站出来？先生忙去敲邻居徐特立的门，二人匆匆交换意见，马上联络同住李氏芋园的王季范、黎锦熙、方维夏几位先生，再和广大师生达成共识：如果张干不撤销开除毛泽东的错误行为，全校将罢教罢课。杨昌济愤怒难耐，用粉笔在课堂的黑板上写道：

> 强避桃园作太古，
> 欲栽大木拄长天。

先生的诗意是明白的，表示了自己教学育人以图报国的决心，也彰显了保护进步学生毛泽东的心情。在师生们施加的巨大压力下，张干不得不撤销开除毛泽东的决定，但仍坚持给毛泽东记过处分。

是夜，躺在床上的毛泽东怎么也睡不着。倒不是为那个处分烦恼，而是觉得没有达到“驱张”的目的，不能半途而废。像张干这种不重教育专图私欲的校长得不到清除，必将对一师的教育事业造成莫大的损害。

自己素与张干无怨，只是他的行为令人不能容忍。毛泽东记得，张干曾当众大加赞赏自己的作文，并流露要毛泽东留校任教之意。但毛泽东心中揣的不是一个“我”而是一个“公”字，既然张干是一师之蠹，岂能任其在一师这片净土“胡作非为”？

不能！

想到这里，毛泽东从床上一跃而起，去找好友蔡和森。蔡和森也正为此纠结，二人自然共鸣。毛泽东便道：

“张干不去，一师难宁。我们组织同学们罢课，迫使当局撤掉张干一师校长之职！”

“我同意！”蔡和森马上支持，“我们要当局必须答应我们三个条件：一、撤销收取学生杂费的决议。二、撤销对毛泽东的记过处分。三、撤销张干一师校长职务，改派进步、崇学之校长。”

“好！”毛泽东点头赞成，“这‘三撤’提得好！是不是再加上一条：学生有结社活动自由？”

蔡和森对毛泽东道：“甚好！明天早饭后就在饭堂集合，宣布罢课，到省衙门示威请愿。我这就通知大家按此计划行动！”

早饭之后，在骨干们的组织下，为保护自己的切身利益，一呼百应的学生们像烈火熊熊燃起，以班级为单位，排成条条长龙，手举“三撤一有”的横幅大标语向省政府进发。省长张敬尧还没遇到过如此阵势，慌忙派秘书长出面和学生们“谈和”。但学生们提出，“和”的前提是“三撤一有”，秘书长哪里做得了主？忙回衙门提请张敬尧“勿因小利而乱大局”。那张敬尧虽然与张干乃一丘之貉，却也不愿“为虱子烧袄”，只得答应学生们的四条要求。秘书长出来向学生们传达省长张敬尧的答复，学生队伍马上沸腾了！大家纷纷抢上前把毛泽东抛起来，又抛起来，雀跃欢呼胜利！涌动的“长龙”在长沙城舞动着，像过盛大的节日，引得长沙市民纷纷驻足观看。回到学校，大家不肯散去，在操场再度聚会。早有人搬来桌子，兴奋的萧子升跳上去，胳膊一挥，即兴诵之：

> 大成至圣，故尊孔子为万世师表。礼义仁至信，得弟子三千、贤人七十。我湖南一师，盛在多贤良之师也。今日学子、来日先生，岂不分黑白乎？凭我潇湘，岂无良师益友？怎容张干祸害一师！故我等此举非为小我、实为忧国：任其倒行逆施，一师溃矣！潇湘伤矣！此胜，润之大功也！

大家拍手称快，众人欢呼请毛泽东讲话。毛泽东向同学们致意，以幽默的口吻道：

> 我们摸了老虎的屁股，它回头咬我们，也在情理之中。我们为什么敢摸老虎屁股？因为它屁股坐错了地方，挡住了我们的“去路”！“摸”了它一下，它非但不认错把挡路的屁股挪开，反而咬人，逼着我们赤手空拳也得打虎！没有同学们千只拳头一齐举起来，“老虎”真的吃定毛泽东哩！

只要我们团结起来，千只铁拳对一只老虎，哪怕一只狮子，也不怕它！

在公众面前讲演，文人雅士们“拽文”是“游戏规则”，毛泽东的“大白话”让人耳目一新，听着爽快。博得阵阵掌声。萧子升凝视着同窗好友毛泽东暗暗称奇：他总是能推陈出新！乍听似不经意的大白话，其实何等犀利、何等幽默。他的举止言谈既显英雄气概，又饱含高深之韬略，非众生能及。

对毛泽东，他心里服气敬重。晚饭时，萧子升以汤代酒敬毛泽东：“润之，明儿礼拜天，我们去橘子洲击水如何？”毛泽东爽快答应：“好么！别忘了叫上司马龙珠。”

岳阳学子司马龙珠年龄虽小，人很耿直，又好水性，颇得毛泽东喜爱。熬过周末之夜，毛泽东和往常一样早早起床跑步锻炼，然后到井边打水冲凉洗澡，最后才一个个把睡在帐子里的同窗叫起来。蔡和森、萧子升、张昆弟、司马龙珠，一行人直奔橘子洲头。那橘子洲头果然好地方：

> 携衡山之精脉，含潇湘之灵气。投八百里之洞庭，得古郡之风采！潇洒亲衔橘子洲，多情力邀白云来。岳麓书香、爱晚亭雅，浩浩荡荡北行去，我行我素芙蓉开！

大家发一声喊，纷纷跳入水中。张昆弟立凫似浪里白条，蔡和森仰泳不逊混江龙，萧子升击浪如三太子，司马龙珠戏水堪英豪。毛泽东见水真是“胜似闲庭信步”，他侧泳似箭、仰泳如舟，潜泳与河鲤共舞，出水像鲤鱼跃龙门！萧子升长于涟水之畔，想不到在池塘洗澡的毛泽东竟有如此好水性。

游得累了，大家回到岸上，在树下绿荫坐地小憩。望着江面上冒着青烟的火轮和飞桨扁舟，清澈的江水让白鹭鱼鹰齐飞，还有隐蛀树蝉和鸣，毛泽东早沉醉在美妙的诗意中……司马龙珠探过头问：“师兄想什么哪？”

毛泽东“哦”一声说：“大自然多美呀！看：红壤披绿裳，绿裳有花衣。碧水蓝天任鸟飞，百舸争流湘江漪……”

“润之兄诗兴大发。”

“不是诗兴，是忧患！”

“忧患？还忧什么患？省长不是答应撤张干了么？难道还怕他捣鬼变卦？”

毛泽东摸摸司马龙珠的头：“小弟！张干走了，那只是折其一‘小枝’而已。‘大树’不倒其祸仍在啊！”

司马龙珠明白了毛泽东所指何意，若有所思地点着头：“要拔掉旧制的‘大树’谈何容易……”

毛泽东也点点头：“当然不容易。历史上也曾有过多次欲推翻旧制的农民起义，可到头来是失败的失败，做了皇帝的还是袭承旧制，换汤不换药。”

“唉！”司马龙珠叹口气，“这是几千年的老规矩，没听说谁打下天下自己吃糠咽菜，让别人吃大鱼大肉的。”

“傻瓜皇帝也不那样啊！”萧子升感慨，“孙大炮放了几炮，有什么‘天下为公’，谁听他的？还不是外甥打灯笼——照旧（舅）。封建的清朝被推翻了，清朝的遗老遗少们和孙大炮叫上板儿了。”

毛泽东道：“子升兄只看其一未看其二，‘山雨欲来风满楼’——这种乱象正预示着新的革命的到来。”

“新的革命？”萧子升、司马龙珠都听着新鲜。

“李大钊、陈独秀的文章值得一读。像封闭的屋子打开了一扇窗，新鲜的空气让人心旷神怡。”

“真的？”

“真的，”蔡和森插话，“我们这代人的使命就是砸烂旧世界，建立新世界！”

“真的？”司马龙珠惊得睁大眼睛。

毛泽东连连点头：“不但是真的，还要我们去做。”

萧子升听着，再次刮目相看同窗毛泽东。想不到毛泽东和蔡和森的胸怀如此之大，不但盯着张干、一师，还装着全中国啊！“润之，我也不聋不瞎。八国联军火烧圆明园乃民族之耻，我辈之辱！让关东、割青岛、失港澳，国家多处被蚕食，被染指，亦我辈之痛！但我辈一介书生，又怎奈何？”

毛泽东道：“祖国是四万万同胞的母亲，哪有母亲被宰割而不顾的道理？华夏子孙，无论男女老少、工农商学兵，人皆有责！我们的母亲之所以被宰割，是内患不绝，不堪对敌。”

“外忧内患！”张昆弟叹口气，“谁有可治之良方呢？”

“李大钊、陈独秀是忘我而寻‘良方’之人。”毛泽东站起来，左手掐腰，右手指着静静流淌的湘江：“人类社会像这江水，总会前进，没有什么力量阻挡得了。企图阻挡它的人，只能喂了鱼虾。而李、陈二人，革命之导师也！”

“这么说，今后我也得看看他们的文章了？”萧子升问毛泽东，又像是问自己。

“不光看还要思考，要研究。要下马看花，仔细赏花，才会有收获。”毛泽东说。萧子升听了心悦诚服，同堂上课，同室为寝，想不到毛泽东不但课内的学问首屈一指，课外的知识竟也如此渊博。像毛泽东这样的自少年起便立志改变中国的学子真是凤毛麟角。“学而优则仕”“千里做官为吃穿”是谁也绕不开的理，但“先天下之忧而忧”者在中国历史上也频频出现。看来毛泽东的胸怀绝不在古人之下。毛泽东忧天下立志于改变中国之现状……至于毛泽东心目中的中国未来是什么样子，不得而知。他佩服毛泽东的远大抱负，但自己无意雷同。萧子升向往的是杨昌济、徐特立等受人尊敬的学识和职业，无意政治家之路，但毛泽东的品质和精神像一股不可抗拒的磁力打动着他，吸引着他，使他不离毛泽东左右。

晚霞开始映红橘子洲头的上空，五彩斑斓的水上世界更加迷人。激扬文字的书生们怀着不舍的心情返回校园。快进校门的时候，萧子升突然扯扯毛泽东的胳膊，神秘地问："暑假到了，我们两个的'计划'该进行了吧？"

"计划？"毛泽东一下子没反应过来。

萧子升不回答，做一个迈步走的提示，又伸手做个请的意思。毛泽东"哦"一声道："没忘没忘！这个'计划'一定有很大意义呢！"众人问什么计划，毛泽东、萧子升相视一笑：

"这个嘛，保密！"

正是：

别出心裁考察去，
佳话风流道未来。

第四回

乞丐行乡奇女子预言　教授北上小师妹寄情

从长沙通往湘乡的山路上，两个衣装简朴、包裹简单的青年人匆匆前行。他们的身上不带食物、没揣一文钱，沿路乞讨来完成他们的千里之行。他们乃不是乞丐的乞丐、不揣钱的有钱人——他们就是毛泽东和萧子升。

酝酿已久，终于成行。对于不揣一文钱行走千里路，萧子升不敢苟同。但同窗好友那说到做到的精神，使萧子升豁出去了："丢人不丢人的反正谁也不认识谁！"

其实，毛泽东的心里也没底。

两个人都在内心自问：古有王冕树枝当笔大地为纸作画成名家，唐伯虎揣支画笔走天下是身怀绝技，我们呢？一文不名走千里，像叫花子那样觍着脸要饭吃，作为一介书生，那嘴不是说张就张得开的！

"润之，我们碰了壁怎么办？"萧子升觉得他们的行为近乎荒唐。

毛泽东淡然一笑："嗯，要有挨饿的准备哩。不过，瞎子瘸子都可谋生，我们两个不能？就凭萧兄的一手好字，何愁没有施舍之人？"

萧子升听了，用微笑回报同窗。在萧子升的眼里，除了毛泽东，没哪个同学的才学能和自己相比。钦佩和信任往往是孪生兄弟，在他的心目中，毛泽东有克服困难的智慧，是充满霸气的征服者，是值得信赖的学生领袖。当然，这并不意味着自负的萧子升在毛泽东面前"俯首称臣"，如果对毛泽东的做法有不同意见，他会毫无保留地摆出来或者与他争论。如果不是毛泽东否决，也许他主张的毛、萧、蔡"桃园三结义"真的可以拈香磕头。

"怎么？后悔了？"毛泽东问。

萧子升拍拍胸脯："谁说的？大丈夫一言既出驷马难追。走啊！"说着加快了步伐。毛泽东笑了笑："好！那咱们就大着胆子往前走。"

"走啊！"萧子升回头，"反正你比我个儿高，天塌下来有你顶着。"毛泽东说声"好嘞"，也加快了脚步。一边走路，一边探讨问题，二人兴致极高。谈起古文尤其旧体诗，都是二人的偏爱。屈原的气节令人钦佩。萧子升推崇诗圣，而毛泽东更偏爱诗仙，《蜀道难》和《将进酒》就挂在嘴边，背诵起来是那样铿锵激越，激励感人。《岳阳楼记》中那令天下人心动的"先天下之忧而忧，后天下之乐而乐"，也备受两个少年的推崇。

"我们去登岳阳楼，亲身体验范仲淹的博大胸怀。"萧子升抹着额上的汗水，大气直喘。毛泽东同样满头大汗，点头称"要的"，指指前面的一丛毛竹说："我们走得不近啦！歇歇脚怎么样？"萧子升那两条腿早酸酸的了，连忙说："我也是此意。"走到竹前一屁股坐到地上：

“实在太累啦！”

毛泽东和学友相对而坐说道：“谁都会累。我们此行可以体验古训‘读万卷书行千里路’的境界了。”

“就这半天的路程，我就体会到李白是何等的飘逸与坚韧。润之，你说得对，许多答案都在实践中。”

“这才哪儿到哪儿？人经历痛苦往往比享受奢侈更能得到真知。试试看，我们从洞庭湖走回来的时候，心里的感受会大不相同。”

“你总是考虑得那么深刻，将来必定是个哲学家。”

“我要做一个革命者，一个为改变中国而献身的革命者。”

说这番话的时候，毛泽东平静而坚定。萧子升知道同窗好友志在国家。他对孙中山先生进行的革命十分钦佩，但认为那是资产阶级的革命，不可能拯救中国，或者说不是劳苦大众的即人民的革命，因此大权旁落，被袁世凯窃权又“总统轮流坐”，以致不能改变诸侯割据、战乱不止的局面，使中国的老百姓长期处于水深火热之中。对于毛泽东讲的巴黎公社和列宁十月革命，萧子升点头称是，但并不十分上心，觉得那是乌托邦式的理想，离自己则更远。

萧子升苦笑一下说：“我的腿不听使唤了，肚子也‘咕咕’叫着抗议啦！”

“彼此彼此！”毛泽东说，“那我们解决‘咕咕叫’的问题去。”

是得“解决”！萧子升暗忖，可就空着两手上哪儿解决去？毛泽东似乎看出萧子升的为难，安慰他：

“我刚才说什么来着？凭你圣手书生萧子升，我们还挣不到饭吃？”

萧子升见毛泽东如此抬举自己，内心感动，也反褒毛泽东：“惭愧！我怎比润之宋玉之才？”说着背诵起一九一六年“日俄协约”时毛泽东写给自己的那封信。

毛泽东道：“唔！依稀记得。”萧子升道：“如此洞察国之安危的文章岂敢忘却。在我看来，润之之见，国人尚无人可匹对！”毛泽东长叹一声道：“政治家不看各国家动态，军事家只图占领地盘儿，中华民族岂不悲哉！”

话说到这份儿上，两人不免心里沉重。一阵沉默后，两人目光相对，不约而同地站起来，往前走——他们的肚子都发怒抗议呢！

“有了！”毛泽东突然眼睛一亮，轻轻叫出声来。

“你说有吃饭的地方？在哪儿？”萧子升来了精神。

毛泽东用手指指树影半掩的石牌坊说：“饭就在那里。”

萧子升忙忍了脚酸腿疼肚子叫直奔石牌坊，走得近了瞅瞅，那牌坊上刻着“孝义可风·光绪御笔”的鎏金大字。“哦？是个大家族——有钱人家！还有皇帝的封赐哩！”毛泽东挥挥手道一声“走”，便直奔那大户人家。边走边观察，见牌楼往前一里之遥现出一座飞檐斗拱的建筑群。萧子升扯扯毛泽东的衣袖，悄悄道：

“你看。”

毛泽东也正瞅着那建筑群：“看啥子？”

“就那阵势，比县衙门还威风，怕不好周旋。”萧子升少小便随祖父进过县衙门，即便是祖父那样有名望的举人，要见个县太爷也非易事，何况两个陌生的穷学生去比县衙门大多少阶的贵族家里碰运气？太没谱了！

正在这时，只听有人呼喊：“喂！二位先生，这边坐呀？”

二人掉头望，只见路旁的槐荫下搭起一家饭铺，老板娘正冲他们招手呢！

“走！”毛泽东给萧子升使个眼色迈步就走。萧子升心里忐忑，也只有跟上来。老板娘麻利地为他们斟上两大碗茶水，请他们落座。见二人踌躇不安的样子，老板娘笑道：“吃呀，不要你们钱么。”

“多谢！多谢！”二人端起碗便喝。那茶水不凉不烫正可口，眨眼工夫已碗底朝天。老板娘掂壶为他们续茶，萧子升接过大茶壶说：“谢谢大嫂——我来我来。”

老板娘松开手，和他们搭话：“二位先生是投亲吗？”

“不……”

“那——靠友了？”

“也不是。”

“既非投亲，又不靠友，两位是？”

“哦，”毛泽东把话头接过，“是拜访此地德高望重之人。”

老板娘若有所思：“何等德高望重之人？”

“比如读书人。”

“这倒有！”老板娘一指那边庄园，“岂止读书人，还是翰林，大学士！”

“果真？”毛、萧听了，不无惊诧。

“是呀是呀！”老板娘又指点着说，“那老翰林教过皇上呢！”

“原来如此！”毛泽东点点头思索着什么。善于察言观色的老板娘以为毛泽东不相信她的话，又补充说：“刘翰林是我们这一带最有名气的人物了。逢年过节，那县里的省里的更远处的到府上拜访的人多了去啦！别看人家落架的凤凰，还是有钱有势。就一点儿天不遂人愿：绝户头！”

“绝户头？”

“就是光生千金不下带把儿的！”

毛、萧闻听忍不住笑起来。“真的真的！”老板娘觉着自己刚才的话粗了些，也自嘲地笑了两声又说：“老翰林的女儿都嫁走了。可能心里不是滋味儿，把自己关家里闭门谢客啦。”

“你是说他不见任何人？”萧子升心头一紧。

老板娘说着直摇头：“倒也不是，一般的客人那是没门儿。我在这里土生土长的，那大门儿真没进去过半步。把门儿的是个老仆人，对老翰林忠着呢！六亲不认！”毛泽东听了点点头："是哩。一品大员么！'宰相府里七品官'么！"萧子升相信毛泽东会想得出办法的，但送给同窗好友的目光里还是不尽的忧虑。毛泽东用手拍拍萧子升的肩头，小声说："别急么！敲门砖就在你包裹里。"萧子升疑惑地望着毛泽东，毛泽东提醒他："你包包里有什么？"萧子升恍然大悟，连忙点头说"是是是"。谢过老板娘，二人边走边商议如何行动。毛泽东道："一品的翰林，必然有一手好字好文章。我们要用心才可打动老先生。"萧子升便提议：由毛泽东出句自己接——论文采，自己毕竟略逊一筹。

"好吧。"毛泽东开始琢磨诗句，萧子升则从包裹里取出文房四宝，铺宣纸，研墨汁，提狼毫待命。

"首句么——'翻山渡水之名郡'，"毛泽东脑袋一晃诵出来，"竹杖草履谒学尊。"萧子升挥笔而就，接着自吟自书："途见白云如晶海。"毛泽东和道："沾衣晨露浸饿身。"

萧子升把四句诗写毕，落款是"潇湘学子　毛泽东　萧子升"。毛泽东举起宣纸看看："想当年白居易凭借两句'野火烧不尽，春风吹又生'在长安'居亦易矣'，今天我们一首'谒翰林'，亦有饭矣！"言罢，工工整整把纸叠好，用带着的信封封好，工工整整写上"呈　刘翰林　雅启"，重新收拾好行囊，兴冲冲奔刘家而来。近前一看，果然气派非凡：

> 依山傍水，坐落好大一个庄园。绿树围墙而不抱，瓦舍楼宇半隐半掩。浮云缭绕，分不清哪是云哪是雾。门前清塘芙蓉，留一座石桥通衢。铁环大门紧闭，关不住旧日威严。书外闻香，门心大字鎏金。高墙阴森，分明里外两重天！

萧子升吐吐舌头："想不到在这山里有如此威风大户人家！"毛泽东道："正好'化缘'哩。"便上前叩门。一阵狗吠鹅鸣之后，那铁环大门"吱扭"开了一道缝儿，一双老眼死死盯住两个陌生人："二位——何事？"

毛泽东把信递给老者说："我们从长沙来……有书信给刘翰林，请通报。"老者审视片刻才伸手接过信，说声"稍候"，"哐当"一声关上大门。毛、萧二人相视一怔，只得耐心等待。见长时间没动静，萧子升忍不住自言自语又似问毛泽东：

"怎么没动响？悬！"

话刚落地，门"吱扭"一声开了，把一扇门开到够敞，还是那位老者，只是脸上多了一丝笑意："二位请进。"

老者把他们引进第一进深的客房，请他们坐。接着女佣上茶。二人打量，中堂是黄慎的山水画配潘龄皋的楹联，左墙悬车万育临《兰亭序》，右墙挂曾国藩行书"偏殿多恩泽，深山自养性"是贴切的赠言了。二人刚端起茶要品，只见从屏风后走出一位七旬之上的老人，看他那后脑稀疏的花白头发扎起猪尾巴似的辫子和长袍马褂，就知是地地道道的清朝遗老。刚修过的山羊胡白多黑少，淡淡的眉毛下架一副正圆的金丝眼镜。斯文

的步履，贴身的马蹄袖……果然不一般的刘翰林！

毛、萧忙站起来问安。老翰林说着“请坐”，慢悠悠坐到主位上，老眼透过水晶镜片打量着不速之客，流露出疑惑：

“二位先生年纪轻轻诗书俱佳，为何如此装束？莫非中途遭遇不测？”

毛泽东回答老翰林：“前辈，我们并未遇到不测。”

老翰林更加疑惑：“哦？莫非你们代他人而来？”

“我们是路过贵庄。”萧子升见翰林者也不过和自己祖父一样，同常人般的衰老有气无力罢了，畏惧之心去了大半。

“如此，二位就是毛泽东和萧子升了？”

“正是晚辈。”

“既是二位——一定是读书人了。”老翰林的言外之意是读书人缘何如此狼狈？萧子升忙解释道：“我们是一师的学生。对古文偏爱。欲走访潇湘名士……”

老翰林闻听老眉一扬：“古文？二位少年，研习甚古文哪？”

见老翰林来了兴致，毛、萧自然也提起兴致。毛泽东便说起《十三经》，又说对《老子》读得多些，《庄子》也常翻看。老翰林点点头：“庄、老乃读书人必修者。二位以为哪家之注释最佳？”

“我以为，”萧子升回答老翰林，“‘老’者王弼；‘庄’者郭象。”这也是他和毛泽东的共识。想不到老翰林频频点头：“极是！极是！听口音二位不像长沙人。敢问仙乡何处？”

“我是湘乡人，”萧子升答，又指指毛泽东，“毛泽东是湘潭人。”

老翰林笑道：“我们都是曾文正同乡。”——亦以曾国藩为骄傲。

“高祖曾在曾文正家中执塾。”萧子升更有骄傲的“本钱”。老翰林闻听不觉“哦”一声：“在曾文正家任塾师……那，令祖定是好学问了！”这时，老翰林便多少流露出“当刮目相看”的神色，说声“稍候”，站起身来退入屏风后。萧子升悄悄和毛泽东耳语：“备饭。”但老翰林的举动出乎意料，他重新出现在客人面前的时候，面有笑意，从袖中掏出一个红纸包递给萧子升：

“二位笑纳，以补‘饥身’之苦。”

“多谢前辈。”接过沉甸甸的纸包，萧子升知道是钱，也明白是送客的意思，享受翰林府大宴哪怕一餐“家常饭”的希望没有了。只得谢别翰林府，重返乞讨路。离开刘府打开纸包看，包的是闪着紫光的铜元，转郁闷为欣喜。二人飞身跑到刚才赠茶的路边小铺子，叫菜叫饭，饱饱吃了一顿，付完账数数，竟还剩三十三枚铜板。毛泽东风趣地道：“嗯，沾你萧子升祖宗的光哩！否则，老先生不给这么多的铜板呢！”

“反正这两天吃喝不愁了，旗开得胜！”萧子升乐呵呵地把剩下的铜板重新包好，放进包裹里。

二人的精神头又上来了。

当晚，不必费脑筋，花几个铜板住客栈。往通铺上一仰，浑身散架似的，酸疼涨木，都懒得吃饭。醒来，日头早上三杆。萧子升感到腰腿不听使唤，翻翻身又躺平。睁眼瞅，毛泽东浑身湿漉漉地走进来用手巾擦着身上的水，便懒洋洋地问：

“这……你还跑步冲凉啦？”

毛泽东点点头：“习惯了，到时不起来难受。起来洗洗，吃点东西好赶路。磨蹭时间久了，晚餐时间就赶不到宁乡县城了。”萧子升伸伸懒腰爬起来，感慨地说：“李白的《蜀道难》写得那么生动磅礴，是一步步踩出来的呀！”毛泽东道：“有道理。由此可以理解，《三国演义》写刘备弱势求贤似渴，诸葛逢险巧计生，曹操志在统天下，关云长千里单骑既忠且勇，火烧赤壁不灭曹，业霸川蜀未成统……实乃罗贯中胸有天下志可图王。可惜‘天不逢时，地不与利，人无俱和’，只做了个‘文章皇帝’！”

“对！后人说罗贯中‘有志图王’嘛！因朱元璋先得了天下而移志著书立说。‘三国’者，非一介文人可成——你如是说，好像杨教授也是这样说。”

“誌者，志也！”毛泽东一叹，“走吧！我们不带钱而行千里，才会体验到人间冷暖，世态炎凉，看到我们从本本儿上看不到的东西。”

萧子升听了暗暗感叹：毛润之就是毛润之！连走路都是用大脑走的，思想和智慧总是伴随着他。

日落西山时分，二人进了宁乡城。早知同学王熙的家在宁乡县城，便找到王家借宿。王熙见毛、萧二人的寒酸样儿十分不解，当然少不了热情接待。毛泽东向王家人解释此行目的，令王家大小唏嘘不已。王熙知道毛泽东常“野蛮其身”以健身。深入社会似“解剖麻雀”明志。第二天，特地陪二人游宁乡城外香山寺。游过香山寺，毛泽东请王熙引路攀城西回龙山，游白云寺。白云寺住持乃是得道高僧，一双慧眼看学子，六块光洋赠路资。毛、萧好不得意，谢过住持，又奔沙田杓子冲。

杓子冲的小学教员何叔衡见到从长沙来的“书信知音”毛泽东，十分高兴，并置酒款待。毛泽东不善酒，倒是萧子升豪饮。听何、毛二人谈《每周评论》与李大钊，《新青年》与陈独秀，越谈越投机，越谈越亲密，高兴得二人握手拥抱，大有相会恨晚之意。萧子升听得朦朦胧胧，最后半躺在罗汉床上睡去。一觉醒来，毛、何谈兴依然热烈。后来，毛泽东、何叔衡双双代表湖南共产主义小组到上海参加中国共产党的第一次代表大会，那是后话。

何家也算得当地殷实之家。当小学教员的何叔衡有不错的收入；父亲和弟弟种田，所收稻谷足以养家；养猪饲禽，可换银积累；零星地块点菜置蔬，可丰富生活。何家视毛、萧为贵宾，少不了杀鸡煎鱼，割肉置酒。毛泽东、萧子升过大年般痛痛快快地在何叔衡家连歇三日才告别。何叔衡送毛泽东到“十里长亭”亦不忍回。萧子升感而有诗曰：

泪飞未必是男女，
同是英雄亦断魂！

二人匆匆上路，少不了谈天下事，说民间情，心情好似前几日。傍晚时分，在山道的十字路口见一双老年夫妇抱头而啼，便上前询问。原来，二老膝下只有一个女儿，长到二九一十八岁，出落得如花似玉。临村黄家恶少抢走纳为小妾，女儿不甘受辱悬梁自尽。为女申冤，老夫妇状告县政府，县长不但不给做主，还以诬告罪鞭挞老爹。听罢哭诉，毛泽东怒火心头起："国民政府不为民伸张正义，算什么国民政府！老爹莫哭，我帮你们打官司，惩治罪犯！"萧子升忙劝阻毛泽东："天下冤屈何止二老？即便管得了二老也管不了天下数不尽的冤屈。况且，'衙门口朝南开，有理没钱别进来！'我们若管，说不定更给老人家添乱。"毛泽东冷静考虑，觉得不无道理。二人商量一下，把讨得的银元给老人家两块，安抚老人家回家，才继续赶路。毛泽东一路上还是愤愤不平："什么'新政府'？换汤不换药！"

萧子升知道毛泽东是敢爱也敢憎的人，知道他被自己阻拦未能替老夫妇打抱不平而心里憋屈，只是装聋作哑不吭声。看看天色已晚，便投宿沩山密印寺。那时的寺庙有留宿路人之善举，僧人接待二人并安排沐浴，见二人谈吐不凡，又引见了方丈。当老方丈见到毛、萧，得知他们确是博学之士，且是一路乞讨而来，顿时起了恻隐之心：

"如今世道混沌，二位既是雅士，何不皈依佛门，共守一片净土？"

毛泽东知道方丈误会了自己和萧子升"特殊的旅行"的本意，也不愿说出真情，便话锋一转，问方丈道：

"敢问方丈，寺中僧人多少？"

老方丈道："百余之众。"

"如此之多？"毛泽东似显惊讶。

"此数并不包括挂单僧人，都算要三四百人。不瞒两位，时下清冷，贫僧刚承佛恩做住持那会儿，寺里不下千人。"

毛泽东感慨一叹："如此说来，这密印寺香火挺旺呢！看来，'净土'也不能'独善其身'，天下之乱，亦殃及寺庙！"

"先生所言不无道理。密印寺传承千年，遇安则旺，遇险则荒。其实，寺内寺外，犹如鱼水也！"

老方丈谈兴越浓，特请毛、萧共进斋饭。僧人们记得，近二十年来老方丈只陪过左宗棠、曾国藩等寥寥几人进餐。

赶到益阳，二人自然想到昔日的师长、如今的县长张庚峰，那是一定要拜访的。但与此前投奔何叔衡、王熙不同，虽然张庚峰把二人也敬为上宾，却总令人有"应酬"之感，有"道不同不相为谋"的味道。于是，二人不便更多打扰，去探望已在益阳工作的校友，然后再投奔沅江。自然依旧是昼行夜宿。恰巧，一家小门店前一位相貌俊美的姑娘和他们打招呼：

“二位先生想必是住店了？”

瞅瞅她，不但貌美，那身段儿也是百里挑一：窈窕而健康女人特有的美令人心动，隆起的坚实的胸部更显臀上的细腰。修长的腿，“解放”的脚，蜡染的梅花蓝底褂儿合体漂亮，既有农家女的朴素，又有城里人的气质，把萧子升看得呆了！

“润之！是天上掉下个林妹妹……不不，林妹妹非如此健美！”

毛泽东点头称是，忙回答姑娘：“是住店。”

“那好。请跟我来。”姑娘带他们往店里走着，回头一问：“二位从何处来？”

“益阳。”

“可二位不是益阳人。”

萧子升反问：“何以见得？”

“口音不对么！”

毛泽东笑了：“你说对了，我们不是益阳人，我是湘潭人，他是湘乡人。”

姑娘闪着长睫毛的一双秀眼睁得老大：“呀！好远路么！靠走路撵着地来的么？”

毛泽东摊摊双手：“你看到了么，没有轿子也没有驴子，两只脚板走过来么。”

姑娘亮晶晶的眼睛扫一眼毛泽东，“格格”一笑：“那，你们是干啥子的？”

“行乞，就是要饭的。”

姑娘直摇头：“不是吧？”萧子升把话接过来：“你不信？我朋友说的是真话。”

“你们骗得别人，骗不过我。”

“我们何必骗你？”萧子升辩解。姑娘道：“二位明明是书生，怎会是乞丐？”

萧子升、毛泽东都莫名惊诧：“你怎么看我们非乞丐而书生？”

姑娘嫣然一笑：“天下哪有如此文质彬彬的乞丐？再说，衣服虽破旧，分明是学生服。哪有穿学生服的又气宇轩昂的乞丐？”

好一张利嘴！好一双慧眼！二人对对目光互送奇异。萧子升还欲逗耍，姑娘道：“二位不必遮掩了。虽然你们剃了光头，可都与佛门无缘，所以，一路化缘也并非顺利。”

“连这些你都知道？”毛泽东少随母亲也有些迷信，现在，当然懂得自然科学才是解开世间谜团的钥匙。不过，对陌生姑娘的神奇猜测有些兴致。

“虽然无缘佛门，却都是非凡之人。”姑娘说着，把毛、萧请进了一间宽敞明亮又干干净净的房间里：“还满意吗？我去给你们打水……”

“不忙！”萧子升也不累也不渴了，为姑娘的“妙算”近乎“倾倒”，追问姑娘：“你是怎么推算的？你是巫……师？还是姜太公传人？看起来有两下子！”

姑娘这才说：“当然不是太公传人。可我懂些卜相之术，是我祖父教的哩！不信？信不信没什么，反正我开的是店，又不以卜相为生。实不相瞒，我祖父不仅会相术，也是有大学问之人！《桃园曲》就是祖父所著。家父本可考举入仕，可惜早逝，撇下我们孤儿寡母。小女子只好听天由命，开这间小店赡养老母，供养弟妹长大成人。”

二人听姑娘诉说家史，不由不同情，亦感此女子非弱女子，顿起三分敬意。“瞧，我

说这些干啥，二位一定还没吃晚饭吧？”姑娘凄然一笑说道。

“没有没有！”毛、萧异口同声——的确饿了。

“那，想吃啥子？”

“随便了！”

“顶数这‘随便’不好伺候。要不这样好不好？巧了，灶间还有一块儿大肉半条腌鱼，再配样青菜，凑合一餐。”毛泽东和萧子升忙表谢意——这还不够奢侈？

“我知道你们不是苦命人，算得上是富贵之人，本应好好招待才是。可惜小店条件有限，只好委屈两位先生。”

“不不，我们凑合吃碗白饭也可以的！”

姑娘摇摇头：“那不忒慢待了？姑娘我并非贪图金钱的势利小人，有什么需要的尽管说，只要本姑娘做得到的！”

想不到这姑娘还是个爽快慷慨之人！毛泽东越感新奇。天还蒙蒙亮，两菜一汤和两大碗白米饭送了过来。相处有些熟了，吃着喝着，毛泽东便和姑娘搭话说：

“看起来，你真的会相术？”

姑娘眉毛一扬说：“我又不是跑江湖的，何必骗你们？”

“那，你给我看看，我前程如何？”毛泽东脱口而出。姑娘道：“刚才说话我就看出个子丑寅卯……不过，还要问一下您的姓氏。”

卜卦不问生辰八字问姓氏，毛泽东越觉得新奇：“我姓毛名泽东，他姓萧名子升。”

“我只说说你，毛先生……呀！”姑娘瞅定毛泽东欲言又止，面露惊讶。毛泽东以为她有不便讲之忌口处，笑着对姑娘说：“但说无妨！但说无妨！”

“毛……这姓不好！”姑娘说着摇摇头。毛泽东听了哈哈大笑：“这姓——子随父姓么，好与不好如何选择得呢？”

“义和团造反是长毛，窃国的袁大头那‘猿’也是长毛，所以你姓毛不好。”姑娘振振有词。

刚才还觉得姑娘有点儿神秘的毛泽东此时觉得她像是“蒙世”了。心想，这姑娘跟祖上学一点皮毛，开开玩笑罢了！毛泽东欲辩解，姑娘淡然一笑：

“毛先生以为我是信口开河吗？好，我说给你看！凭你的面相，你本有坐龙床当天子的命。可惜你的这姓——弄不好得做山大王。总之，你不是凡人，你也做不了凡人！……别急，虽然你姓氏不好，可你唇下有痦子，以痦冲误，可得正果……所以你有一闯。闯过三十五岁会时来运转。哦？五十五岁之后大吉大利，要做真龙天子呢！”

萧子升听着像天书，毛泽东听了又哈哈大笑。

姑娘正色道：“你笑什么？信不信走着瞧哩！还有，你虽然少也有四房夫人的命，但不旺子孙。毛先生，你面上温文尔雅，甚至有三分女人相，但你生性好斗，虽成得大业，却一生得不到安逸，享不得荣华富贵。”

“唔。”毛泽东只得点头，表示自己认真在听——姑娘分明是很严肃的。

“不信，当耍子。”姑娘瞥一眼毛泽东封住了口。萧子升觉得好玩，忙往姑娘前面凑：

“他不信我信！给我也看看嘛。”

姑娘瞅瞅萧子升没吭气。

“说说，说好说歹我都听得！”

“你，”姑娘眨眨眼说：“和毛先生不同，看你仙风道骨性情飘逸，却又重情感，博学有才但无霸气。所以，你非隐世便浪迹天涯……”

“我只想知道我能有几个老婆？”萧子升不无调侃的意味。

“你虽有两次婚姻，却只有一个螟蛉之子！”

萧子升听了咧嘴一笑自嘲道：“我比润之少两房太太也罢，竟然两房夫人都是不孵蛋的鸡？”

“先生不闻‘道家无子’？”

萧子升不再说话，无奈地摇摇头，低下头接着扒饭吃。姑娘亦不多言，去打理店务。第二天吃过姑娘准备好的早餐，毛、萧商议后决定多拿出两块大洋给姑娘，谁知姑娘非但不多收一文，而是分文不取。毛、萧坚持让姑娘收下，姑娘秀目圆睁，十分生气的样子：

“本姑娘开始就打定主意不收你们钱的，不要以为生意场上的都是唯利是图的人。本姑娘不是！”

见姑娘坚持不收，毛、萧心中感到过意不去：

“这……姑娘如此仗义，请留下芳名，我们也好日后回报。”

姑娘淡淡一笑：“小女子不是‘钓鱼’的，更无半点儿奢望。一个是鹏程万里，一个是行云流水，哪里会记起一面之缘的山野之人。两位先生保重，一路顺风！”送到门外挥手作别。一路上，二人感慨不已。走近洞庭湖旁的沅江县才知道，前面正发洪水，已是一望无际的水泊江洋，哪里还有去路？正是“计划赶不上变化”，二人无奈只得改变初衷，乘船走刀子、横岭二湖返回长沙。免去以脚丈量大地之苦，自然轻松许多。二人总结此行，无限地感慨。

萧子升问：“润之，你以为那位姑娘所言如何？”

毛泽东坐在船头的甲板上，望着粼粼湖面出神：“她说得对，她的确不是拜金主义者。她有一副侠义心肠，她看人看世界的方法与众不同。”

“是啊。可除她之外，有几个瞧得起穷学生的？”

“或者施舍，或者怜悯，或者顾面子，或者……当然，友情之间例外。”

萧子升点着头，若有所思。

毛泽东凝重的目光透露着坚忍：“民间的风情折射出国之现状！民族到了危难之时，多数国民还麻木不仁，是非不明，岂不是中华民族之悲剧！？使命落到我们肩上了！”萧子升望着师兄久久不语，心中暗忖：国家兴亡匹夫有责。他想起那位奇女子的话，觉得她的确有眼光，润之仿佛生就的职业革命家。

毛泽东认识到提高国民素质的重要性。回到长沙稍事休息，毛泽东就和几个进步的

同学操办工人夜校的事情。他刚起草完“招聘工人夜校义务教员启示”，正要安排大家分头去张贴，只见师妹开慧悄悄进来，一脸的愁滋味儿。便问她：

“怎么啦？么子事不开心啊？”

开慧声音低低的：“我……和爸妈要走了。”

“你说什么？”毛泽东以为自己双耳有误。

“你忘啦？”开慧秀眼流露出责备，那会说话的秀眼同时反问毛泽东。

“哦……去哪儿？”毛泽东还是疑惑地不知所然。

“北京——就是北平啊！”

毛泽东忽地想起来：快放暑假时，新任的北京大学校长蔡元培曾致函杨昌济，特聘几位进步学者到北大任教，恩师便是其中之一。蔡元培决心改革教育，任用接受了东西方教育精髓的杨昌济，是明智的举措，也是顺理成章的事。也许，张干的劣行更促使恩师杨昌济决心北上了。

“什么时候走？”毛泽东克制自己让心情平静下来。不舍恩师、也不舍师妹开慧。几年来，恩师那渊博的学识和高尚品德，自己和师妹之间虽未言传但两颗心心相印的心，潜移默化地把他们交织在一起。或者说，早已是朦朦胧胧的爱了。

“就这两天。”开慧回答，声音极小。

“等一下！我向司马龙珠交代一下，跟你去家里。”毛泽东招呼师弟司马龙珠，叮嘱他如何张贴告示，如何接待报名工友，便和师妹开慧直奔李氏芋园……

诗曰：

若是鸳鸯分南北，
离别滋味心自知！

第五回

千里重逢开慧说独秀　咫尺同事润之结守常

一九一八年八月十九日，新民学会的十名会员和十三名非会员，在毛泽东、萧子升的带领下来到古都北平。此行的目的是为留法做准备——参加预班学习。负有名望和地位的章士钊先生，为这批留法学生集资两万大洋，交给毛泽东，这样，十名新民学会的会员可以享受统一的食宿、生活及预班学习。而非新民学会会员则投亲靠友，自己想办法，届时和会员同行旅法。由于蔡和森先期到达北平并得到北大校长蔡元培的支持，不但办妥了旅法事宜，还安排好了住所，即地安门内三眼井胡同七号。所以，毛、萧一行从前门火车站下车后，便直奔三眼井胡同。毛泽东等人都是第一次到元明清等几朝古都北京（因民国政府建都南京而改称北平也），对箭楼、前门楼直到天安门那风格各异的门和楼惊叹不已。巍峨的故宫建筑群，数不清的王府和阔宅，使大家目不暇接。由于是内城，百姓宅基较少，和那些皇宫贵族的辉煌建筑相比，清一色的低矮的灰房子，正所谓天壤之别。清朝的遗老遗少，流产"帝制"的副产品，一茬又一茬的"国民"政府官员和军阀官兵，在皮鞭和大枪下生活的老百姓……看到的这一切，也是中国昏暗时代的缩影。

大家走得两腿快"拉不开栓"的时候，总算找到了三眼井七号。进到里面一看，大家愕然而说不出话来：屋子不算小，但大部分面积被一条大土炕占去，只留下窄窄一条通道。炕上不铺东西，甚至连稻草也没有，只有一层薄薄的芦苇席子。虽然不习惯，但入乡随俗的道理还是懂得。况且，屋子里干干净净，还是"先锋官"蔡和森用"灰鼻子灰脸"换来的。大家进屋后相悖南方人见汗冲凉的习惯，往炕上倒头便睡。直到掌灯时分才被蔡和森一一唤起，洗洗涮涮吃了饭——住处不是旅店，没有灶间，蔡和森早看好胡同口的一家小吃店，当晚就在那里就餐。

小吃店的掌柜见一下子满满当当坐满了吃客，乐得合不上嘴儿："各位各位！大家别急，小店人手少，谁吃什么，一个一个点……"毛泽东打断掌柜的话说：

"我们是一起的，在校一样的伙食，出门也是一样的饭菜，一样的标准。每人一大碗大米饭，一份儿菜。"

掌柜的闻听一怔："客官您说什么？大米饭？我这儿哪有那个呀？全北京——不不，北平！瞧我这嘴，就是改不过来——除了六国饭店，难碰着大米饭哪！"

有人叫起来："没米饭我们吃啥？"其他人也嚷嚷："是啊，我们吃惯米的！"

蔡和森道："我来几天了，大米味儿都没闻到。其实，改改口味也挺好，这家的面条饺子我吃着蛮好。我们早就听杨教授说过么，西方吃的西餐和湖南菜、白米饭不沾边儿，到了法国就饿肚子吗？"毛泽东接着不失感慨地道："饭么，是要吃的。人是铁饭是钢嘛！为了铁打的身子和武装起头脑，半‘钢’也好、全‘钢’也罢都得吃！没这‘钢’填肚皮，这‘铁’可就保不住喽！”大家被幽默的毛泽东逗乐了：“那就有什么吃什么！”“换换口味呢！”

“哦！怪不得……客官们是南方人！”掌柜指指蔡和森：“这位先生说过的，好多同学要来。这么的吧，大家先凑合两三天，我想法子淘换些大米来，专门儿给你们吃。天津的小站米那可是天下闻名的贡米！”

“谢谢！”毛泽东向掌柜致谢，问蔡和森，“你早到早尝过了，你就安排吧。量大一些，大家饿得前心贴后心，往‘铁’里多填些‘钢’吧。”大家又笑。蔡和森便对掌柜道：“那就来点实惠的，每人一大碗肉馅儿饺子！”掌柜忙应“好嘞——”冲灶间喊：

“猪肉大葱大肚水饺十二碗！”

不愧是生意人，不用客人报，他早弄清楚是十二个人的饭了。等饭的时候，好奇的萧子升移步灶间挡口往里瞅，只见里边两个青壮汉子，一个把和好的面在手中攥、抻，在案板上搓成粗细均匀的面棍儿，然后“啪啪啪”揪成一个个面剂子，双手把面剂子按扁，一只手抄起小擀面杖，另一只手抓起面剂子，那面剂子在前后滚动的擀面杖下转两圈就被擀成片儿扔出去。另一个汉子接过擀好的面皮儿在巴掌上摊开的同时，另一只手的小木铲早扻了馅儿往面皮里一按，在小木铲抽回的刹那间双手一捏，一个大肚水饺飞落一旁！这过程不过瞬间完成，转眼间饺子堆成一堆。萧子升回头对毛泽东道：“嘿！简直就似变戏法儿！”毛泽东点点头：“这东西还真没尝过呢，估计好吃。要不，李自成打下北京连吃了十八天饺子？”蔡和森笑道：“的确好吃。不过，蜜多不甜，天天吃饺子，怕也会腻！”掌柜听大家议论说：“除非西太后、袁大头他们会吃腻！”萧子升问：“你是说普通老百姓吃着不腻？”毛泽东笑起来：“萧兄是聪明一世糊涂一时——老百姓有谁能天天吃得上饺子？自然就没有‘腻’那一说了！”萧子升恍然大悟：“是了，别说天天吃饺子，窝窝头怕也吃不饱呀！”掌柜一叹：

“寻常百姓家？吃糠咽菜吧您哪！”

“是啊！”毛泽东深沉地说，“‘朱门酒肉臭，路有冻死骨’。这个世道早该换了！”

饺子好吃，没人有异议。算过账，毛泽东和大家商议：“就是掌柜弄来大米，吃馆子也不是办法。”蔡和森道：“要不，我们自己支灶做饭？”

毛泽东知道，同学中还真有会蒸饭炒菜的，这主意不错。又吃了两天馆子，蔡和森和会做饭的两个同学东拼西凑弄了锅碗瓢盆柴米油盐醋，在住所院子里支灶做饭……算是留法前的小试“勤工俭学”，等待到预科班学习，等待踏上出国之行程。抽出身来，毛泽东去看望恩师杨昌济一家。

匆匆赶到豆腐池胡同杨昌济的家，见毛泽东犹如天降，开慧一怔，眼圈儿红了：

“润之，是你？”

“开慧！”

杨开慧一下子扑进师兄怀里。

毛泽东对突如其来的亲昵吓了一跳："哦！师母老师他们……"

开慧撤开双臂，抿起小嘴儿，含情脉脉地瞅着毛泽东："都出去了嘛！爸和李大钊有约会，妈去买菜……你什么时候来京了？"

"三天……"

开慧秀目圆睁，故作生气的样子："都三天了？那，为什么不来看我？"

"哪里抽得出身哩。"

"什么事来？那么忙？"

毛泽东便把事情经过简要诉说一遍。开慧点点头："我说呢！进屋去，我给你削苹果，北方的大苹果可甜呢！"

如今的小师妹完全是典型的学生扮相：洁白的褂儿配黑色裙儿，方口布鞋高腰的袜子，大方得体。过耳的剪得齐齐的短发又黑又亮，比昔日更美丽，充满着少女的青春气息。

再看教授的新家，和长沙李氏芋园不同：典型的北京四合院儿，是大大的院子而非天井。正房四间，飞檐的大瓦房，红漆的柱子，花格子镶玻璃的满天红大窗，气派豁亮。三间西厢房，三间南屋——因为门洞占去了南屋一间，故东厢房也只有两间，一间厨房，一间储存间。院子里，古柏双抱，使人感到幽雅殊静；石榴累累，引得蝶飞燕舞；月季常开，诱得葡萄坠架。"别有景致！令人心旷神怡！"毛泽东赞美。杨开慧扯一把毛泽东："看看我的卧房——和板仓、李氏芋园都不同！"

正房的四间，中间的两间没有隔山（墙）的堂屋，八仙桌太师椅等都是明式红木配套家具。墙上挂的自然是古今名家字画，书香门第之风。上房自然是教授夫妇住处，另室就是开慧的闺房了。

屋子宽大明亮，床铺家具典雅大气。虽然中式的木架榫卯结构的屋子里放了只欧式皮沙发，竟然和屋子里的陈设还算和谐，足见杨家人，包括开慧品味之高、审美意识之雅。令毛泽东没想到的是，开慧把他的一张在岳麓书院的留影镶在了镜框里放在床头的位置!

他知道自己在小师妹心中的位置了。

正在这时，听得大门的开关声。开慧拉拉毛泽东的手说："妈妈回来啦！"毛泽东明白开慧的意思，跟着跑出来迎接师母。向振熙见女儿和毛泽东一起从屋里迎出来，面现高兴，微笑着问道："润之来啦？你再不来家，他们爷儿俩要去三眼井胡同找你啦！"毛泽东刚张口解释，开慧把话抢过去：

"润之解释了，忙着安排学生们吃住呢！"

向振熙笑呵呵地对毛泽东说："看！从来就这么护你。屋里坐去呀，教授一会儿回来。正巧，我割了肉，给你做红烧肉吃。"

毛泽东爱那一口："师母，我来搭下手。"说着毛泽东去师母手里接活鸡、鲜肉、青

菜等东西。向振熙推开毛泽东的手说："我自己就行了，你和开慧说话去吧……对，你们什么时候动身去法国呀？"

"还要上预班，估计要一两个月后。"

"哦！"向振熙点点头，进灶间去了。开慧双手抱住毛泽东的一只胳膊："走啊，我有好多话要跟你说呢！"二人重新回到开慧的闺房，开慧一边给毛泽东削苹果，一边说着北平和长沙民俗风情的不同，语言有差别，天气凉爽多了，等等。然后问："你们真的快出国啦？"

"真的。"

"要在国外待多久？"

"三年两载，或者更长，说不准。"

开慧便问："兴许还不回来了？"

"那倒不是。去法国的钱是章士钊先生募捐的——是为国家培养人才才募捐的，哪个能不回？"

"不说别人，反正你必须回来！"开慧说着脸儿一阵红，"你总是说为国分忧么！人家出钱供你留学，不回报国家，那不是背信弃义吗？"

"我毛泽东不会！"毛泽东听出开慧话中含着的另一层意思，"我的根在中国，我的用武之地也在中国么！"

开慧笑了："就是嘛！前天李大钊伯伯来家，爸爸还说'毛润之、蔡和森若到西方学习，接受新思想，回国后必是年青一代先进思想的领军人物'呢！"毛泽东自信这一点，嘴上说："争取吧。有恩师、李大钊、陈独秀诸位先生做榜样，我有信心。"

"那好。我在北平等你回来。"说着，开慧脸儿又红了。

毛泽东早明白小师妹的那颗心，他也清楚自己的心早被开慧占得满满的了，只是两个人都心照不宣，等着水到渠成的那一天而已。也许是出国留学的事加速了小师妹的表露，毛泽东当然也乐于和声，庄重承诺："你等我回来，我八抬大轿'请'你！"

开慧毕竟是在受西方文化影响的父亲调教下成长的新女性，不像"大门不出二门不进"的封建女子，虽也有羞涩，但更多的是幸福感和快乐。她深情地向毛泽东行着注目礼，一言未发。而毛泽东从她的目光里看到了少女那颗纯洁的挚爱的心！

第二天正好是礼拜天，杨昌济教授约了北京大学图书馆主任李大钊到全聚德烤鸭店会餐。清王朝的御膳房寿终正寝，御膳房的挂炉烤鸭技艺却在民间生根——祖籍河北冀州的杨全仁的全聚德就因得到御膳烤鸭秘籍而誉满京城。

两位教授就是冲着这一口而来的。当然，招待爱徒毛泽东，在这样的场合让毛泽东认识他崇敬的李大钊，不失为妥当的方法。此前，李大钊读过毛泽东的不少理论文章，想不到当杨昌济介绍毛泽东给李大钊时，李大钊有些惊异："喔！毛泽东！原来如此年轻！你的文章好犀利！"

毛泽东听了有些感动："教授还看过我的拙作？请多多指教。"

李大钊道："为杨教授器重者，必是英才——你的《体育之研究》论出了一个民族的健康的哲理。教授，我看此人大有作为。但不知供职何处？"

杨昌济道："学生润之毕业于湖南一师，正准备和新民学会的十几位青年留法，等预班结束就可启程了。"

"哦——"李大钊点点头，"蔡校长曾提及此事。好！教育是强国之路，我们的教育如一潭死水，不'动'是不行了。好，带回先进的教育理念来。不嫌冒昧，我劝毛先生去关注一下马克思主义，我坚信那才是救国之良方，人民之未来。"坐在妈妈和毛泽东之间的杨开慧忍不住插话说："伯伯正说到润之兄心坎上！他特别喜欢读您的文章，还爱看《共产党宣言》。"

"是吗？"李大钊笑着反问一向讨自己喜欢的开慧。

"大人说话，孩子不要插嘴！"向振熙微微含笑地批评女儿。开慧争辩："谁还是孩子啊？都快和您一样高了！"杨昌济道："瞧我这宝贝女儿！生怕别人小看她。哈哈哈！"大家都附和了笑。李大钊道："开慧真的不小啦！连许多教授都不读的《共产党宣言》都知道，真的不小啦！"

大家说笑间，烤鸭店的杨掌柜上前照应，冲李大钊鞠一躬："李主任好！好些日子没见您，今儿用点儿什么？"

李大钊道："今天非同寻常，杨教授请客我掏钱——全鸭席呗！我们五个人儿，你看着上吧。"

"好嘞！"掌柜杨全仁又鞠一躬。杨昌济道："掌柜的，别听守常兄的，本来是我请！"又把脸转向李大钊："您就让让吧！"毛泽东便道："我看二老莫争，这顿饭学生请。一是尽孝敬恩师的一点点心意，二是能结识李教授真是喜出望外。我请，合乎礼仪。"李大钊道："怎么说也轮不到晚辈掏银子吧？你说呢，开慧？"开慧故意绷起脸儿道："那还不好办，这儿时兴划拳，您二位划拳行令不就解决啦？"说笑间，堂倌儿送上四个凉碟：芥末鸭掌、盐水鸭肝、京味黄瓜和五香花生米，还有一瓶六十七度衡水老白干。

开慧知道毛泽东不善酒，伸出玉雕般的秀手把放在毛泽东面前的酒杯拿到自己的口碟旁："润之不喝酒，就以茶代酒吧！"李大钊道："平日不沾酒，今天少来一点儿嘛！我和怀中对酒，是能喝就多喝，不能喝少喝，但跟前不能空杯子。对不对教授？"杨昌济只得说"好好好"，把开慧拿开的杯子又放回原处："今天，每个人面前都要有酒，不能喝，也要端一端的。"李大钊是唐山乐亭人，自有燕赵豪放慷慨之气："是这话嘛！我先敬杨教授伉俪！"

酒过三巡，热菜开始送上来，先后有烩鸭四宝、火燎鸭心、醉鸭胗、韭菜炒鸭肠、蒸水蛋、烧菜心。李大钊一一向毛泽东介绍各式菜的特点，喝着高兴，话自然多起来：

"刚才开慧说润之读书不少，对哪些书感兴趣？"

毛泽东回答：“课外的我更感兴趣，比如《世界英雄豪杰传》《新青年》《每周评论》《物种起源》《共产党宣言》……”

李大钊面露喜色：“哦？果然博览群书之青年！据我所知《共产党宣言》刻本印数不多，想不到润之读得。你可有评点之处？”

“晚辈不敢！”毛泽东在杨昌济面前从来就谦恭，“我有何资格在两位大教授面前说‘主义’？可是班门弄斧了！还请多赐教。”

“在知识面前没有辈分之说。对不对杨教授？”李大钊说着又回头鼓励毛泽东：“你有何见解尽管讲嘛！”毛泽东的目光扫过恩师那赞许的目光，大胆讲道：

“依学生之见，虽然西方有胜我之经济、强我之科学，然外国之情未必适我中华者！即使取其所长，岂能照搬？巴黎公社之举，亦非中国工人阶级必取之路。我以为，无论暴力革命还是温和之革命，一切权力归人民乃必然之势。先生与上海之陈独秀，当今革命之旗手，读二位前辈文章我诚心佩服！”

一席话让李大钊不得不刮目相看这位青年人。怪不得杨昌济常炫耀自己：“今生幸者，有毛泽东、蔡和森二弟子也！”果然是少年英雄！其思想之敏锐见解之深刻，岂是等闲之辈可比？寥寥数语，就说明了无产阶级革命的实质，如从自己内心说出，令李大钊兴奋不已，站起来和毛泽东握手：

“我与毛君同志也！来，干！”

说着，把酒杯举过来。毛泽东虽不善酒，但被北大知名教授、中国共产主义学说的“鼻祖”称为“同志”，真是“别有一番滋味在心头”！忙举杯向李大钊表示敬意：“读李先生文章如拨云见日，亮堂起来！”杨昌济并不插话，微微含笑，轻轻点头，虽然他不是共产主义信徒。

“杨教授，”李大钊对杨昌济道，“我与润之，虽各生燕、湘，又非同龄，但真乃一见如故！此等栋梁之才，怎能久置岳麓山下？”杨昌济笑道：“李教授把我心中之痒道出来了。可惜我初来乍到，难为学生谋深造之路。李教授如此看中润之，何不为他安排事由做，也好‘近水楼台先得月’啊！”李大钊笑道：“哈哈——杨教授真不失时机地见缝插针！你是说我那图书馆缺个管理员的事？毛君如不嫌弃，那就定了！”

正在这时，店家把烤鸭送了上来，果然是餐中上品！

> 其红似枣，其形如琢；晶莹如玉，香气似熏；未品而倒君子，观赏即醉众人！是从瑶池偷得来？还是仙子被烧身？

“简直就是艺术品！”杨昌济感叹，“说到吃，我们中国人可是全世界第一！要是中华民族复兴而文化经济也第一，那会多好！”

“封建社会必将寿终正寝，人民做主人的那一天必将到来！”李大钊话语铿锵有力。毛泽东亦说话掷地有声：“共产主义的幽灵在欧洲产生，也一定会在中国、在全世界现身！”

“好！”李大钊喝彩！

“还望李教授指教！”

两人都有相见恨晚之意。杨昌济暗暗称奇：真是惺惺惜惺惺，英雄爱英雄啊！

几天后，毛泽东一一送学子们到留学预备班学习。张芝圃、曾以鲁、李和笙到保定班；蔡和森前往蠡县班；萧子升、陈赞周等六人留在北京班；同行的罗章龙改变初衷而考入北京大学就读；毛泽东也改变初衷，他止住了留法的脚步，在杨昌济的支持下，到李大钊掌门的北京大学图书馆当了一名图书管理员，并在业余时间做了杨昌济、邵飘萍等名家学者的旁听生。

北大聚集着国之精英、富甲一方的子弟，食要精衣要阔，唯毛泽东布衣便鞋，我行我素，加上他浓重的湖南口音，常常被还以白眼，甚至受到无礼对待。毛泽东虽心中不快，仍泰然处之，对工作一丝不苟，做得井井有条。李大钊看在眼里记在心上，安慰毛泽东道：“燕雀安知鸿鹄之志哉！衣帽取人者俗！润之不必在意。”毛泽东甚慰。

图书管理工作不免有些枯燥。但毛泽东如鱼得水——在书的海洋里任意驰骋。加之旁听名师讲课，眼界自然开阔不少。主讲新闻研究的《京报》总编辑邵飘萍的理论和办报经验引起毛泽东的极大兴趣。因此，西四牌楼羊皮市胡同九号邵飘萍的家，就成了毛泽东常常造访的地方。

那时的办报人自然是西装革履。但邵飘萍和记者们一样，职业的特点是“和所有人打交道”，何况邵飘萍也欣赏这位知识渊博又好学的北大图书馆管理员。

每次，他都热情地接待他。

不仅如此，邵飘萍不但毫无保留地介绍怎样办报，还带毛泽东到《京报》报社参观他的总编室、编辑部、发行部乃至排版和印刷车间。诚然，毛泽东回长沙办《湘江评论》于此受益匪浅——那是后话。邵飘萍不但教以知识，还慷慨解囊资助毛泽东解决经济窘迫，实乃毛泽东人生路上不可多得的一位贵人！

半年的北京生活，使毛泽东思想飞跃成熟，对社会有了更深层次的了解。志在报国的毛泽东，为百姓的困苦焦虑，被封建统治者的倒行逆施激愤！反叛旧社会、拯救中华民族的信念更加强烈。

他不想在书斋里待下去了。

从红楼到地安门不是很远。每天，他都凭两只脚“走读”，他熟悉了这里的每条胡同、每条街道、每个建筑，乃至每棵树、每家店铺。不过，从明天开始，他就不再“走读”它们了！

他要离开北京。

早春二月的北京寒气逼人。告别了李大钊、邵飘萍，送别了顺利踏上旅法征程的新民学会的朋友们，毛泽东才去告别恩师杨昌济、师母向振熙和恋人杨开慧。

此时的毛泽东已经二十五岁。同龄人大都过上封妻育子有家有业的日子了。而自己

还孑然一身。与师妹开慧相亲相爱，虽无“父母之命，媒妁之言”，却是心照不宣的“准婚姻”。

就要离别。为了鸿鹄之志，他义无反顾。

他深信与开慧相爱是天作之合。在那个旧中国，有知识又贤惠且接受新思想的女性不多。自己得以结缘开慧，足以圆梦一生。

泪眼婆娑的杨开慧尽是少女难舍之情。前门火车站站台上少女那挥动的胳膊和飘动的围巾久久萦绕在毛泽东的脑海里。

“开慧，毛泽东还会回来的！”

回到湖南的毛泽东，究竟如何作为？下回自有分说。

正是：

蛟龙入海惊蟹虾，
浪打礁石露峥嵘！

第六回

邓中夏千里单骑　毛泽东一鸣惊人

就在毛泽东离开北平不久，便爆发了震惊中外的五四运动。北京大学的进步学生们不满当局之卖国行径，联合其他十二所院校的学生，在北大法科大学堂举行联席会议，对反动当局割让青岛的卖国“和约”强烈抗议！义愤之极，有的学生当即撕断衣襟、咬破指头，以血而书“还我青岛”以示抗议之决心！学生们当即起草电文，通电出席巴黎和会的中国代表拒签“和约”，通电全国五月七日为中华民族的国耻日，号召全国爱国志士游行示威，同时决定五月四日在天安门前集会。五月四日午时，北京各校几千名爱国学生高举“拒绝巴黎和会签字”“内惩国贼外争国权”“废除二十一条”“誓保中华国土统一”等条幅汇集天安门广场，并散发油印传单《北京学生界宣言》。

> 夫日本虎狼也，既能以一纸空文，窃掠我二十一条之美利……是亡青岛耳……山东亡，是中国亡矣。我同胞处此大地，有此河山，岂能目睹此强暴之欺凌我，压迫我，奴役我，牛马我，而不做万死一生之呼救乎？

众学生声泪俱下，慷慨激昂，痛斥反动当局首要曹汝霖、陆宗舆、章宗祥在亲日的段祺瑞政府的支持下派反动军警驱打学生，逮捕二十一名学生和一名同情学生的市民的反动行径。抗议当局撤掉同情学生运动的教育总长傅增湘、北大校长蔡元培的职务。怒不可遏的学生们当晚到步军统领衙门口请愿，要与被捕同学一起坐牢。五月十七日，北平学生联合会派代表向当局提出三项要求：拒绝在巴黎和会上签字；惩办卖国贼曹、陆、章；挽留傅增湘、蔡元培，同时宣布全市大中学校即日罢课！反动军警动用武器、车辆更为残酷地镇压学生运动！学生领袖许德珩、黄日葵、邓中夏翻墙而逃，化装出京。很快，五四运动的浪潮波及全国，天津、上海、济南、武汉、南京、广州……学生爱国运动一浪高过一浪。

一个扮成工人模样的青年人匆匆上了南下的列车，悄悄潜入古郡长沙，坐上一辆人力车，向湖南一师附小飞驰而去。到了附小，青年人和看门的工友说了些什么，就见那工友忙走进院内一间还亮着灯的房子前轻轻叩门：

“毛先生，北平来人找你。”

屋门打开了，一个高大魁梧的人影出现在门口：“黄师傅，是么子人哪？”

“说是从北京大学来的邓中夏。”

“哦？老朋友找我毛泽东来了！欢迎啊！他人呢？”

“在门房候着呢。”

“快请他进来嘛！”毛泽东说着也跟了出来。他当然记得和邓中夏于月色下在未名湖畔的椅子上研讨《共产党宣言》的短暂岁月。

门房里昏暗的灯光下，四只大手紧紧握在一起。

“中夏！”

“润之！”

二人的目光相碰的刹那间，毛泽东知道邓中夏不是来访友游玩的，忙请邓中夏到自己屋里说话。进得办公室兼卧房，毛泽东倒杯茶给邓中夏：“看你有话要说的样子！莫急么！喝杯水歇息一下。”

“润之……”邓中夏大口大口把水喝了，急着要说明来意。毛泽东道：“莫急。邓君南下长沙，自有原因——与‘五四’有关吧？”

邓中夏点头：“是啊！”

“这不，”毛泽东指点案头油印的《湘江评论》说，“这是刚发刊的。我正着手编辑‘五四’特刊呢。你喝水歇息，我这就给你找些吃的——北平到长沙这三千里江山肯定亏着肚皮！”

是啊！一路逃亡，此时才心平魄稳，这才感到肚子咕咕叫着找麻烦了。

邓中夏认识毛泽东，是在北大图书馆，而引起邓中夏的注意并来往较多，则是因为他是不一样的旁听生：语出不凡，思想进步。当然，邵飘萍的“难得的人才毛泽东”的感叹，更是邓中夏欣赏毛泽东的重要原因。当他拿起案头毛泽东起草的文章看时，忍不住为这位曾经的北大旁听生的文章叫好！

> 历史上的运动不论是哪一种，无不是出于一些人的联合……辛亥革命，似乎是一种民众的联合，其实不然。辛亥革命乃留学生的发踪指示，哥老会的摇旗唤呐，新军和巡防营一些丘八的张弩拔剑所造成的，与我们民众的大多数，毫无关系。我们虽赞成他们的主义，却不曾活动。他们也用不着我们活动。然而……大逆不道的民主，也是可以建设的。

文章还说：

> 南北战争结果，官僚、武人、政客，是害我们，毒我们，剥削我们，越发得到铁证。世界战争的结果，各国的民众，为着生活痛苦问题，突然起了许多活动。俄罗斯打倒贵族，驱逐富人，劳农两界合立了委办政府，红旗军东驰西突，扫荡了多少敌人，协约国为之改容，全世界为之震动。匈牙利崛起，布达佩斯又出现了崭新的劳农政府。德人奥人捷克人和之，

出死力以与其国内的政党搏战。怒涛西迈，转而东行，英法意美既演了多少的大罢工，印度朝鲜又起了若干的大革命。异军突起，更有中华长城渤海之间，发生了五四运动。旌旗南向，过黄河而到长江……洞庭闽水，更起高潮。天地为之昭苏，奸邪为之辟易。咳！我们知道了！我们觉醒了！天下者我们的天下。国家者我们的国家。社会者我们的社会。我们不说，谁说？我们不干，谁干？刻不容缓的民众大联合，我们应该积极进行！

“妙哉！妙哉！”邓中夏忍不住叫好，“就是北大雄辩之士，恐怕也未必写出这样文章来！”

端着饭菜进屋来的毛泽东，听见邓中夏赞誉之声说道：“在邓君看来，这篇文章还真能刺痛张敬尧之流？”邓中夏道：“何止湖南张敬尧？全国都会为之动容！”毛泽东笑道：“过誉了！文章固然有用，但还得靠武装啊！”邓中夏道：“是啊！表面上辛亥革命赢了，推翻了清王朝，但孙中山只落个空名而已——手里没有武装啊！”

“说到点子上了！”毛泽东一叹。

饿极的邓中夏风扫残云般把饭菜用光，抹抹嘴巴说：“饱啦——中夏来湘，受十三校师生之托，希望长沙学界支持北平学潮，实行全省总罢课。就凭润之文章，可知您高屋建瓴，何用我赘述？”

毛泽东道：“国难当头，焉有匹夫不奋起之理？这样吧，何叔衡先生乃三湘进步之士，素与我志趣同，他那里又方便，你我同往他那里商议如何？”

邓中夏点头道：“既到贵地，客随主便嘛！”

“那好，我们就去。”

二人匆匆赶往楚怡小学何叔衡处。已到长沙任教的何叔衡早已成为怀揣革命抱负的知识分子，见好友毛泽东带着北平来的“客人”进门，心里猜个七八分，便热情置酒款待。当明白邓、毛来意后，何叔衡马上安排人腾出大教室以接待全市学生代表。两天后，各校学生代表聚集楚怡小学。他们是：

湖南第一师范　蒋竹如、陈书农
湖　南　法　专　夏正猷、黎宗烈
湖　南　商　专　易礼容、彭璜
湖　南　女　校　魏壁、劳启荣
湖　南　工　专　柳敏、花明心
……

毛泽东首先欢迎大家的到来，把邓中夏介绍给大家。邓中夏向大家介绍了北平五四运动之经过，然后进行鼓动演说：

"同学们！让祖国母亲不受侵害，是中华热血儿女们的责任。古有岳飞精忠报国，今有我们青年学子捍卫中华。到了我们报效国家的时候了！我们必须马上行动起来，反对当代'秦桧们'卖国求荣。我们长沙学生界要和北平、天津、上海、青岛、武汉等市的学生们一样，联合起来，以罢课表示我们反对卖国行径的决心。我们要有组织地走出校园，向反动当局示威！！"

掌声热烈响起！学生们的情绪一下子火燎般高涨起来："我们湖南学子不能落后！""我们组织起来上街游行示威！"有人喊道：

"润之兄！你是湖南学界有口皆碑的领袖，怎么行动你说呀？"

毛泽东同样情绪高涨，振臂一呼：

"同学们！邓先生的话不但代表着北平学界、也是全国青年学生的共同心声！我们团结起来，组成一道新的钢铁长城，捍卫祖国的尊严，保卫祖国的每一寸土地。向北平学生学习，组织起来，反对卖国误国！"

众人鼓掌表示拥护毛泽东的讲话。接着，大家展开了热烈的讨论，一致同意由何叔衡、毛泽东、彭璜组成指挥部，各校分别组织一个方队，第二天上午十点到省政府前面集合示威游行，声援北平学生的爱国运动。长沙学界的大游行、大示威惊得湖南反动政府如惊弓之鸟，更有毛泽东主编的《湘江评论》特刊有文章似重磅炮弹炸得张敬尧之流魂不附体！在北平的马克思主义者李大钊、在上海的思想家陈独秀、文化巨人胡适等看过《湘江评论》的主编二十八画生——毛泽东的文章无不拍案叫好。李大钊撰文说：

润之之文章，犀利而深刻，我辈革命认识之里程碑也！

长沙的反动军警自然视学生运动为洪水猛兽，尤以毛泽东为眼中钉肉中刺。被湖南一师师生赶出校门的张干见有机可乘，为解心头之恨，连夜上书省长张敬尧，诬告毛泽东"妖言惑众，大逆之人"，"不除毛泽东，长沙无宁日"，预置毛泽东于死地。

那张敬尧虽然自恃"长沙王"，平日里有恃无恐，但知道北平因镇压学生运动，大总统黎元洪不得不免掉曹、章、陆的公职，心里虽然敲小鼓，却又暗暗盘算：长沙不是北平，没有李大钊、蔡元培嘛！量一个学生娃娃——就算什么小学校长，翻不了天么！再说了，是北平那个姓邓的撺掇起来的，是冲着北平政府闹的，我何必兵刃相见？

所以，长沙的学生游行示威并没有发生流血事件。

然而不久，张敬尧贼脸一翻马上下令："即抓毛泽东以安长沙！"

原来，张敬尧借庆五十大寿大肆敛财，激起长沙各界愤懑。张不惜重金从北平、上海请来戏曲名伶唱堂会，以"千人宴"祝寿，而这些花费自然出在辖区国民身上。他授意属下强迫绅士名流们"慷慨解囊"，单那千面锦缎寿旗就足以使"长沙绸缎贵"！爱憎分明的毛泽东自然不肯漠然处之，亲写文章痛斥并发动学生和群众张贴标语抗议。一意孤行的封建寡头是不顾民意的，张敬尧非但不予收敛，反而公然抓捕抗议学生，下令“缉拿首犯”毛泽东。一时间，“黑云压城城欲摧”！

在严峻的形势面前，长沙学界代表们齐聚楚怡小学研究对策。

多数人劝毛泽东“三十六计走为上”。毛泽东力排群议：“大家莫急么！张干的权力是开除我学籍。张敬尧是湖南省主席、督军，权力大得很，要抓毛泽东去坐班房。可是我毛泽东怕他甚？并非毛泽东对不起他，是他对不起湖南的老百姓！他抓主持正义的青年，我们驱赶他鱼肉百姓之贪官污吏滚出湖南！”

“哦？”众人无不意外惊奇！学生可以赶张干出一师也罢了，驱赶一方大员，可不是简单容易的事。

毛泽东看出大家有为难之意说道：“顺民者昌，逆民者亡！这是亘古不变的道理。积怨如山，压得老百姓喘不过气来。只要我们肯捅开堵塞‘闸门’的那层纸，必使反张怒潮席卷长沙，漫及三湘！他不是还打着国民政府的牌子吗？好！我们到北平请愿——撤换张敬尧！”

“到……北平请愿？”

又是新鲜的一招！大家一时不置可否。何叔衡站出来支持毛泽东：“诸位！我看润之主意好。毕竟，张敬尧的为官根基在北平。我们组团北上，可以把张敬尧的丑恶嘴脸暴露于全国人民面前，迫使北平政府罢免张的督军、省主席职务。同学们，一切皆有可能！一切正义也必靠斗争取得！躺到床上想是想不到胜利的，听润之的，上北平！”

何叔衡的话起了作用。有人带头鼓掌，接着大家就上北平请愿七言八语议论起来。最后达成一致意见：组成一个三十人的请愿团。为稳妥起见，毛泽东、何叔衡等先和北平的湘籍文人墨客、教授学者、社会贤达及学生接触，得到了充分支持回馈，以毛泽东、何叔衡为首的请愿团迅速北上。

虽然屡被镇压，北平的学潮并不能平息。撒传单、贴标语，反抗的烈火继续燃烧在北平的大街小巷。北平当局在镇压学生的同时亦心怀鬼胎：怕自己出卖国家利益的罪行惹起更大民怨。新任“大总统”徐世昌采取回避战略，不肯接见湖南请愿团。不得已，湘籍的北平精英商榷之后，由湖南在北平名流范源濂等人巧妙地把请愿团带进了国务院，迫使国务总理靳云鹏不得不见。于是，首席代表毛泽东历数张敬尧十大罪状，并严正表示不撤掉张敬尧湖南省主席之职，三千万湘人绝不罢休！靳云鹏一边“彬彬有礼”地接待，一边诡称：

“诸君列举之事，政府也有所闻。但湖南乃军事前线，督军者，岂是可随意调动的？倘若影响大局谁负得起责任？”

毛泽东当即驳斥道：“总理阁下何出此言？兵在前线，将更须光明正大，廉洁无私！张敬尧罪恶累累，如何统领大军？”

靳云鹏搪塞道：“毛君所言不无道理。然，湖南问题非云鹏一人能决断得了的。

抱愧！”

“何言抱愧？内阁总理管不了湖南？”毛泽东紧咬话头不放。

想不到靳云鹏向毛泽东作揖问道：“那么，除了诸君的意见就没有其他良策了吗？”

何叔衡为靳云鹏的应酬格外义愤，质问道：“孙中山先生创建民国者，非同封建王朝，应为国民生计工作之政府！总理阁下，祸国殃民的省主席不撤，还叫什么国民政府？国民政府如何取信于天下？”

无论代表们怎样据理力争，靳云鹏不怒不火不许愿。但大家看得出，靳云鹏的态度证明了张敬尧在皖系中的地位并非坚不可摧。仅此，便大大鼓舞了请愿团的士气。一九二〇年十月十三日，请愿团及湘籍学子聚会湖南会馆，迫使十位湖南籍议员在驱张通电上签了字，声明如不撤掉张敬尧的湖南省主席、督军职务，全体议员集体辞职以谢潇湘三千万父老！五天后又游行示威，高举“撤免并严惩张敬尧”“为三千万民众请命”的横幅标语聚集中华门。得知此时靳云鹏在家中，便浩浩荡荡向靳云鹏在棉花胡同的私宅进发。被堵在家中的靳云鹏生怕学生们激愤之下做出不可预料之事，答应请愿团“暗箱操作”，把张敬尧调离湖南。

靳云鹏没有食言，即调张敬尧为长江上游警备总司令，由吴佩孚任湖南督军。可是吴不买账，靳便采取折中的办法，想让张敬尧“让”出省主席的位子，只做督军。张亦不接受！身为内阁总理的靳云鹏无可奈何，向请愿团透露苦衷。毛泽东听了摇了摇头：“看来，总理大人也是骑驴难下啊！”

可是，“驱张”运动决不可半途而废。

大家分析了当下的局势，认为执政当局的确无力扭转乾坤，便决定南下“做文章”。何叔衡、夏曦率团到衡阳求见吴佩孚。那吴佩孚雄踞衡阳，手上有精锐之师，垂涎长沙已久。于是派秘书长对请愿团表示“同情”，又致函张敬尧：“学校乃育才之本，勿涉学子爱国之举”，“劝说”张“息事”。同时，毛泽东率领的南下广州的请愿团得到广州军政府的明确支持——电请北平政府迅速撤换张敬尧。一时间，全国学生乃至工人声援之潮漫卷。张敬尧如热锅上的蚂蚁，一时乱了方寸。但兽性就是兽性，困而犹斗！张下令开除请愿团的学生，查办何叔衡等进步教师，收买叶德辉等学界败类组织“保张团”与请愿团对抗。“保张团”致电大总统徐世昌又通电全国，说张“仁政过乎汉唐，武功过于汤武”，还组织人马到北平上演“旅京湘事维持会”的闹剧。但上海的《民国日报》刊出了揭露真相的《长沙通讯》，把“保张团”的丑恶行径揭露得体无完肤。《天问》周刊则对“保张团”进行系列报道。三月十五日，平民通讯社由湖南公民代表毛泽东领衔通电：

> 张敬尧罪大恶极，久经湘人控告，积案如山！全国人士亦复口诛笔伐，同声攻击……乃有号称“旅京湘事维持会”者，散发传单，以伪乱真，浮词耸听，以保罪臣为乐事。三年以来，湘民于水深火热之中，九死而难一

生，家无应门童，野有自径女！湘人谁不痛恨？奸佞不去，湘人何幸？今欲救湘，首在驱张！张去而湘可维持也！

在各路大军的围剿下，“保张团”自命不保，很快呜呼哀哉！随后，广州军政府在“驱张团”的游说下，开始挖张敬尧的墙角：以拨给吴佩孚六十万大洋的军费为条件要求其“驱张”。吴佩孚本就自恃自己打下的湖南，而由段祺瑞政府把湖南的省府主席和督军双双封给张敬尧不满，如今有了茬口，如何不动心？当即接受广州军政府的条件，领衔驻湘之第三师、十一师、二十师、十六旅等大军通电全国，指控张敬尧“害及军人之种种罪行”及暴征米盐捐税，使张陷入四面楚歌之绝境！见大势已去，恶贯满盈的张敬尧慌忙收拾细软财物，带一家老小连夜逃出长沙。随后，被其控制的数万北洋军队全部撤离湖南……至此，“驱张”运动大胜。进步的教育家易培基感而书曰：

铠甲将军失在无道，
布衣学子赢于有德。

从此，毛泽东，一个响亮的名字为长沙人口口相传。他主编的《湘江评论》成了影响更大更远的热门刊物。易培基参与“驱张”有功，委以省教育会会长、省图书馆馆长兼第一师范校长之职。受五四运动的影响，易培基崇尚民主与科学，摒弃封建帝制，所以，在北平、上海、杭州等地聘进十几位进步教师，如夏丐尊、田汉、周谷城、王鲁彦等知名学者任教，并留毛泽东、陈章甫、熊瑾玎等人在一师工作，毛泽东担任一师国文教员兼附属小学校长。易培基还采纳毛泽东的三项治学主张：一曰学生自治，即学生可派代表参加教务会，参议教学及生活诸事。二曰允许学生自治会开展发扬学生个性工作，不以种种理由开除一个学生。三曰学校经济公开化。从此，一师面貌焕然一新。在毛泽东的主持下，学校自选教材，像李大钊的《今》，徐特立的《一个留法老学生的自述》，鲁迅的《狂人日记》，以及陈独秀介绍共产主义的文章，列为主修课程。用夏丐尊的话说：一股春风吹进了打开窗子的教室里！

这天是毛泽东的国文课。只见毛泽东手拿一本儿薄薄的书走上讲台。他对学生们说，这堂课要把西方一个大学问家的伟大著作介绍给大家。

“同学们！今天我们不讲孔夫子，不讲周易，而把西方的一位伟大思想家的伟大不朽的文章介绍给大家。这本书就是马克思的《共产党宣言》。”

“对于大家来说，马克思、共产主义可能是陌生的字眼。但是，在欧洲，无产者已经把它作为自我解放的政治纲领。当资本主义膨胀到与工人阶级水火不容的时候，失业和脆弱的生产力就会埋葬腐朽了它！资本主义社会是剥削阶级的最后天堂，无产阶级则是天下的主人。让我们共同欣赏卡尔·马克思在《共产党宣言》中的精辟论述。”

总之，共产党人到处都支持一切反对现存的社会制度和政治制度的革命运动……共产党人不屑于隐瞒自己的观点和意图。他们公开宣布：他们的目的只有用暴力推翻全部现存的社会制度才能达到。让统治阶级在共产主义革命面前发抖吧。无产者在这个革命中失去的只是锁链。他们获得的将是整个世界。

全世界无产者，联合起来！

毛泽东用他那高亢的湘音朗诵着，而听课的学生们则如同喝惯了淡茶忽然品到美酒般兴奋！教室里坐满了人，不少学生挤在最后一排课桌后面，乃至门口窗外都是听讲的人群。善于接受新鲜事物是青年人的特点，但善于思考是长者的强项——连易培基都“闻风而动”，在窗外“偷听”。

“先生！”有学生大胆要求毛泽东，“如此好文章，可否印成册子发给我们细细地读？”

“当然要的。”毛泽东当即应允。

“屋里的别吵吵好不好？听毛先生讲下去！”走廊里“蹭课”的学生大声抗议。

毛泽东接着讲下去：“说到底，正如马克思的亲密战友恩格斯所说的，‘从原始土地公有制解体以来全部历史都是阶级斗争的历史……被统治阶级和统治阶级之间的历史……只有认识到这一点，我们才不会糊涂地活下去！到了无产阶级解放自己的时候了！’同学们，我们将是这一不可避免的革命的生力军！”

教室内外鸦雀无声。从做学生到当先生，从讲课到听课，易培基还没有经历过如此感人、如此让学生们高度精神集中的课堂场景：“想不到我三湘会出此奇才！其学识早在我辈之上，其抱负志在国家。其人必将为平民之天子也！”

毛泽东激昂慷慨，像是向这个糟透了的社会宣战：

“同学们！共产主义的幽灵不但在欧洲游荡，也已在全世界激荡，而且必将在中国安家落户！正如《共产党宣言》中说的，‘现在是共产党人向全世界公开说明自己的观点、自己的目的、自己的意图，并且以自己的宣言来反驳关于共产主义幽灵的神话的时候了！’可以预料，必将诞生的中国共产党也必将在这片古老的土地上生根、成长、开花、结果，成为一股不可抗拒的政治势力！”

……

正是：

生是人杰天涯小，
德观世事品自高！

第七回

游香山知音说青史　醉杨府三雄议国是

秋天是北平最美最宜人的季节。迷人的香山红叶是古城最美丽的风景。蓝天白云下的香山像降下了道道彩虹，把枫叶装扮得红里透金、紫中含翠，形成北国一处独特的绚丽风景，引得城里人蜂拥而至——漫山遍野都是登山人。

此时，在爬山的"长蛇阵"中，一对情侣正向"鬼见愁"攀登。开慧从来没像现在这样拉过心上人那温暖的大手，登山给了她这幸福的机会。一日离别如隔三秋的滋味顷刻化为乌有，取而代之的是慰藉和甜蜜。

"可到（鬼见愁）了！"开慧仰面望望，气喘吁吁地说。

"累了吧？"毛泽东话语里流露着疼爱。

"腿都发酸啦！"开慧甜蜜地笑答。

"坚持！"毛泽东鼓励师妹，"胜利在坚持之中。"

开慧瞅一眼毛泽东："怪不得爸说你有哲学头脑——连爬山都有理论。"

"本来么！"毛泽东说，"好多人失败在不坚持。读书学习、发明创造、革命斗争，莫不如是。"

"嗯！"开慧点头。也许与父亲平日里对毛泽东赞扬的影响有关，杨开慧对毛泽东近乎崇拜了。

爬上"鬼见愁"，开慧身子骨儿发软，忙找个干净石头坐下，喘着粗气说："好累！"毛泽东道："看起来还是锻炼得少哩！爬山可是个很好的锻炼。"

登高望远，山壮丽，云飘逸，雾缥缈，树成林，草如毡，寺幽静，游人似长龙。毛泽东感慨不已："人讲南秀丽北壮丽——真是贴切！"

"你说的是山？"开慧有所领悟。

"对！"毛泽东点点头，"远远望去，像数不清的一首首跃动的诗！"

"诗？"开慧顺着毛泽东手指的方向瞅瞅，看不出也感觉不出哪儿"是"或者"像"诗，更不用说"跃动的诗"了！"你是不是诗兴来了？喂喂！自从你的《沁园春·长沙》后，还没见过你的新词作呢？"

毛泽东"哦"一声说："对！我曾抄录了寄给你的。"

开慧莞尔一笑，背诵起来：

独立寒秋，湘江北去，橘子洲头。看万山红遍，层林尽染；漫江碧透，百舸争流。鹰击长空，鱼翔浅底，万类霜天竞自由。怅寥廓，问苍茫大地，

谁主沉浮？

携来百侣曾游。忆往昔峥嵘岁月稠。恰同学少年，风华正茂；书生意气，挥斥方遒。指点江山，激扬文字，粪土当年万户侯。曾记否，到中流击水，浪遏飞舟？

毛泽东不无惊讶：“哦？你竟然背过它？”

“岂止我，”开慧绷起脸儿，“爸爸也诵过的！还说……”

“还说甚？”

“‘非胸装天下之人无此作。’真的！”

毛泽东相信开慧说的不是假话。作为恩师和未来的老泰山，既有知遇之恩又给予自己坦诚的亲情，令毛泽东十分感动！正是有毛宇居、李元甫、谭咏春的相助，自己才走出韶山，开阔了视野。更有了杨昌济、徐特立、黎锦熙、邵飘萍的教诲，才一步一层天，步入知识的新天地。李大钊出现在自己的生活中，影响了自己世界观的形成，使自己立志做一个共产主义者。而这关键的一步，也得益于恩师的开明和关怀。

“恩师知遇之恩，当‘涌泉相报’！”毛泽东讷讷自语。

“坐呀，”开慧扯扯毛泽东的衣裳，“老站着干吗？”

开慧虽小毛泽东八岁，但由于她的生活环境所致，对新文化、新的生活方式接受较快。每有重逢，有过一次“蹩脚”婚姻的毛泽东大有“男女授受不亲”的样子，互相碰碰手都避讳！倒是开慧主动拉他。

“坐下歇嘛！”开慧使劲扯毛泽东的衣角，不由得毛泽东不坐下来。

开慧双手抱住毛泽东的一只胳膊，把头轻轻依到毛泽东的身上。毛泽东顿时感到身上的热血渐涌心头——哪有青春不萌动的男子？

毛泽东克制了自己，没有冲动，没有似旁边情侣的拥吻。他们像两尊雕塑，静静地注视着香叶红山。

爱的表达有各种方式，含蓄的或狂烈的。沉默中的爱的表达未必就浅显，伟大的爱是心心相印的，更深刻的。

开慧抬起秀眼问：“你想我吗？”

毛泽东点点头。

开慧眼睛汪汪含水，流露着多情。她满足了。

“看！”毛泽东指指东方，“皇宫！”

远处的蓝天白云下，在隐隐约约的大片建筑群中，金碧辉煌的紫禁城格外抢眼。

“呀！真的！好漂亮呢！”开慧抬起头来望着四代王朝盘踞过的紫禁城。如今，它已完成围护帝王的使命，由冯玉祥将军做主向人民大众开放——千年皇宫不再禁，普通老百姓也可以进去“探禁”了！

“封建王朝算是寿归正寝了！”杨开慧感叹。

“怕是藕断丝连呢！”毛泽东说，“据说，溥仪和清朝的遗老遗少们还做着复辟梦。那几位走马灯似的大总统们哪个是真要共和的？还不是‘挂羊头卖狗肉’，继续搞封建那一套！”

开慧听着点点头：“嗯。他们的所作所为真的和帝王们没多大的区别！那，中国历史上千百个皇帝，就没个好的吗？”

毛泽东笑了：“当然有，而且不止一两个。大家都知道尧舜是圣贤，因为他们和民众之间相对平等。一般来说，每朝的开国君王都较顾及百姓。像秦皇汉武，唐宗宋祖，都是有建树、对中华民族有过贡献的。我们的文字统一，度量衡统一，中国的统一，秦始皇功不可没。”

“秦……他焚书坑儒……把书都烧了！”开慧惊异毛泽东把人们说为暴君的秦始皇捧为好人。

毛泽东笑了笑：“都烧了？那秦以前的历史和文化怎么传下来的？”

开慧愣住了，她不知所然。

毛泽东继续道：“我们不能按现在的标准要求历史上的人物。评价历史人物不能离开历史环境。但马克思主义告诉我们，从奴隶社会到封建社会包括西方的资本主义社会，无一不是统治阶级的剥削史和劳动人民的血泪史。所以，孙中山推翻清王朝是革命之举——虽然是资产阶级革命。”

“喂喂！”开慧质问毛泽东，“你早先就说过，中国没有资本主义……”

“刚刚萌芽，”毛泽东耐心解释，“我们说辛亥革命是资产阶级的革命，是因为辛亥革命本身并不是无产阶级、劳苦大众的革命，是资产阶级为自身利益而推翻封建王朝的革命。我们肯定它的进步性和贡献，但它不是彻底的革命。彻底的革命要由无产阶级来完成——由人民当家做主人的社会主义革命而最终实现共产主义的伟大理想。”

“那，会是什么样子的社会？”开慧听着新鲜。

毛泽东娓娓而谈：“那是一个没有阶级存在没有剥削，人人平等互不歧视，社会财富的源泉充分涌流，各尽所能按需分配，社会高度文明的社会。在共产主义社会里，没有皇帝，没有奴役，没有穷富之分……”

“啊？会有那样好的社会？”杨开慧觉得太新鲜了，像西方人说的“乌托邦”似的！“真有？我第一个去参加。”

“我说的是理想，共产主义理想。目前可没有现成的共产主义供你我享受啊！”

“那，什么时候有？”

“我也不知道。”毛泽东说着，神色凝重起来，像是自言自语，又像是说给远方的什么人听：“但我坚信它会到来。要实现它，需要无产阶级团结起来斗争……”

开慧不再追问他。看得出，毛泽东正沉醉于美好的想象之中！爱一个人，就要为他付出，对他忍耐，甚至接受他的缺点——况且，在淑女杨开慧的眼里，毛泽东就是一个值得为他付出、忍耐、信赖的人。

"开慧——"毛泽东望着开慧，两眼充满着深情，欲言又止。

"说呀？"开慧故作生气的样子。

"你不知道，革命不是喊喊口号写写文章就可以胜利的。要在斗争中取得。而且……很残酷！巴黎公社的经验告诉革命者：流血牺牲是不可避免的。"

开慧虽然对毛泽东讲的革命还不甚理解，但她早就知道，像毛泽东这样敢向旧社会挑战的人不是没有风险的。她知道，凭毛泽东的聪明才智，完全可以做教授求官入仕，过舒心的日子。但他志在国而非家，欲叱咤风云非碌碌一生，所以，他的话不是搪塞而是坦诚，是负责任。开慧心中无比感动：润之，真真大丈夫也！其实，名门闺秀的开慧和那些钟爱心中男人的女子们是一样的：真正爱一个人是不避风险的！何况毛泽东胸中装的不是一个空洞的天下，而是天下的老百姓！

"无论你立志国家，还是做学问教书，我义无反顾跟定你！"开慧态度十分坚定，"开慧是你的开慧！"

毛泽东心头一热，一语未吐，嗓门儿被堵住似的说不出话来。那是千言万语的爆发，一张嘴不足以表达的心情！

他终于把小师妹抱在怀里，没有甜言蜜语，没有放浪形骸。但，两颗跳动的心紧紧贴在了一起。

夜晚，豆腐池胡同杨昌济教授家灯火通明，不仅仅是招待未来的女婿毛泽东，还因为请来了李大钊教授和北大新任文科院院长陈独秀。杨昌济从爱女口中知道，爱徒毛泽东来北平是与李、陈探讨"共产主义在中国"的秘密后，便以同僚的身份请二位"到寒舍小酌"——四合院的家把大门一关，毕竟方便多了。

如约，李大钊、陈独秀相继而至。初见毛泽东，陈独秀以极其欣赏的口吻赞道："哦！果如守常所言，少年英才啊！你的文章好犀利，好厉害！"

毛泽东谦逊地和神交已久的大名鼎鼎的教授握手："久仰久仰！还请陈先生多多指教。"

"大家里边坐，"杨昌济乐呵呵地往餐厅里让，"振熙早沏茶烹鱼恭候二位教授。"李、陈忙致礼道："不敢！有劳嫂夫人。"寒暄之后，大家进屋分宾主落座。毛泽东与貌不惊人但名扬天下的陈独秀初次见面，略表崇敬之意：

"润之仰慕先生已久。先生主编之《新青年》对全国学界乃至国民影响甚大。前闻院长因起草《北平市民宣言》被关进京都警察厅，湖南学界甚为关切！"

陈独秀听了一笑："请代独秀致谢湖南三千父老。独秀与守常、润之都为马克思信仰者，愿献身共产主义事业，为四万万同胞光明之未来，莫说进班房，掉头又何足惜？"

一席话感动了毛泽东，对陈独秀表示敬意："陈院长真共产主义者之楷模也！"李大钊哈哈大笑："真是'惺惺惜惺惺、英雄惜英雄啊！'来来来，——我们为陈、毛二君得逢干杯！"

四人举杯互碰而干。趁毛泽东为大家满酒之际，杨昌济道："二位教授与学生毛泽东都是信仰马克思的人。我虽无意政治，不独崇一家，但诸君之正义、忧国为民之心令怀中钦佩！'怀中者，在海外亦怀装中国也！'国之大难，匹夫有责！我无力臂挺一方，但可箪食壶浆供勤，摇旗呐喊助威！"李大钊道："杨教授过谦了！君之伦理课，岂止学生要学，我等亦为必修之课。为何？剔除封建糟粕，汲取西方文明，树中华之新文化，乃我必经之路。而杨先生之学说，正符合当下国人之需，我等又岂能例外？"陈独秀亦道："共产主义并非有些人污蔑之'洪水猛兽'，封建统治者才是鱼肉百姓的猛虎豺狼。共产主义是一个没有剥削压迫人人平等的社会。因此，我们才为它的到来而奋斗！"

"润之也这么说。"给大家续茶的开慧插话。端菜上来的向振熙听了批评女儿："你不要掺和啊，人家是研究学问的。"李大钊是熟客，冲女主人扬扬手："这是家宴，大家随便聊的。愿掺和的就掺和。"逗得大家都笑起来。

酒过三巡菜过五味，大家又不存芥蒂地畅所欲言，家宴达到高潮。大家又说到《共产党宣言》，趁着酒兴，毛泽东开口背诵起"宣言"全文，竟一字不差。陈独秀是对"本本儿"最认真的人，对毛泽东更刮目相看，感而叹之：

"后生可畏！润之必是共产运动之悍将也！"

"陈院长过奖！今后，我毛泽东少不了请教几位先生。"

至子时，几个人不肯罢杯。女主人向振熙不时为他们添茶，以解酒力。虽然大家尽兴，但无一嗜酒，故无醉者。只有不胜酒力的毛泽东面红耳赤，略显酒多。李大钊继续建议：

"湖南有毛泽东、何叔衡，武汉有董必武，山东有王尽美，广东有陈公博，上海有李达，北平有张国焘……我看，陈院长动议之各地应筹建共产主义小组一事可以考虑了。这样，就可以为召开第一次代表大会打下基础。"

"甚是！"毛泽东赞成，"组织起来！"

开慧见状忙劝毛泽东喝口茶以解解酒，毛泽东摆摆手："没事儿，我很高兴！现在说的是关乎革命之大事。"李大钊看看腕上表说道："都快两点啦！我们是'夜猫子'，可苦了嫂夫人、开慧硬陪着不睡！该撤啦！"说着把随身带着的包袱打开，是一顶瓜皮帽盔儿和蓝布大褂儿。"化化装——这可是蔡校长嘱咐过的。"

大家明白，虽然当局迫于各界压力释放了陈独秀，但并没有真正"放虎归山"的意思，有风声说正在布置警察厅重新抓捕。所以，北大校长蔡元培密派李大钊安排陈独秀回上海"避风"。李大钊是"老北京"了，秘密送陈独秀出城，自然非他莫属。三个共产主义志士互相握手作别。

毛泽东很快赶回长沙，筹建湖南共产主义小组。

偏偏天有不测风云，毛泽东返湘仅三个月，突然接到北平传来噩耗：恩师杨昌济病危！毛泽东立即北上。遗憾的是，赶到北平时杨昌济先生已经谢世。毛泽东扶棂大哭，以孝子身份料理后事。开慧把父亲弥留之际留给前教育总长章士钊的信给毛泽东看，其云：

毛蔡二君，当代英才。君言救国，首推二君也！

师母向振熙亦告教授临终遗言：“我走之后，家事可问润之。”石头人也会感动，何况有情有义的毛泽东？他深知恩师走了，留下的不仅是他的进步思想和品德，也留下了挥之不去的亲情。在蔡元培的授意下，毛泽东含悲起草讣告云：

先生操行纯洁，笃志嗜学……吾国学术之不发达，绩学之士寥落如晨星。先生固将以学终其身，天不假年，生平所志，百未逮一，为教育、为个人，均重可伤也。

北平各界为杨先生追悼者终日不绝。后听从老夫人向振熙之意送先生回湘治丧。先生长子杨开智、学生毛泽东扶柩出城，径回长沙板仓杨门故里。

时有人叹曰：

人生父母有双重，
昌济师徒佳话中！
慧眼捧星因雾霾，
何年华夏太阳升？

第八回

聚上海志士赴会　移南湖中共诞生

深冬的潇湘被一场雨雪扫荡得七零八落，湘江两岸寒意袭人。长沙县板仓杨家，杨昌济教授的遗孀向振熙老人又把屋子里里外外收拾一遍，望着放晴了的天空喃喃自语：

“他们也该回来了。”

“他们”，是指爱女开慧和准女婿毛泽东。

原来，今天是大喜的日子：女儿开慧和学生毛泽东将在家举行婚礼。说是婚礼，其实什么铺张也没有，备下一桌酒菜，贴上大“囍”字，一家人聚在一起吃顿饭而已。如此节俭的婚礼是毛泽东和杨开慧共同的主张，也并非囊中羞涩——章士钊先生为新民学会募捐的那两万元还有大部分存在毛泽东手中，但那是公款，自己是不会动一个铜板的。向振熙老人懂得这些大道理。

终于盼来了新郎新娘。大家一起动手，一桌丰盛的菜肴，一瓶米酒，新郎新娘、老夫人、开智夫妇，轻松快乐，吃得舒服，说得高兴。入夜，夫妻手牵手入洞房，有说不尽的恩爱。婚后，二人在板仓小住两日，便告别母亲、哥嫂回到长沙清水塘。第二天，在好友陈昌的家里，几个平日里交往密切的友人包括毛泽民夫妇，大家亲自动手下厨，烹炒煎炸一桌菜，热闹一番。

转眼冬去春来，又迎来了夏日。这天，毛泽东正伏案阅读关于共产国际执委、民族殖民地委员会秘书、驻中国代表马林和赤色职工国际代表尼克尔斯基来华的简报，见案头有封未拆的上海来信，打开看时不由兴奋异常！信是上海共产主义小组的李达寄来的，通知他湖南小组派两名代表到上海参加第一次全国共产党的代表大会。

“太好了！终于盼来党要成立的这一天啦！”毛泽东点起一支烟，边吸边又一遍地看那封上海的来信，并第一时间把这大好的消息通知何叔衡。考虑到两个人都是反动当局的眼中钉、肉中刺，为了安全顺利成行，二人议定分别于水陆启程，到上海会合。

正准备出发之际，萧子升从天而降。

毛泽东大吃一惊：“你……子升？”

萧子升拥抱一下毛泽东哈哈大笑：“做梦都没想到吧？”

毛泽东惊诧不已：“你怎么回来啦？你不是在法国勤工俭学吗？”

“是你亲自把我们送上船，难道我坐船到太平洋跳水凫回来不成？”萧子升开个玩笑，收敛笑意，告诉毛泽东因家事回国。萧子升还说得知毛泽东新婚，受旅欧同学们的委托，作为代表特来祝贺。毛泽东格外高兴：“我肯定要请老朋友喝喜酒呢！听说和森、警予在法国结婚了，志同道合，好！”

接过毛泽东递过的热茶，萧子升轻轻一抿，告诉毛泽东："得到你们结婚的消息，我和和森出面，代你请了咱们一师同学们吃了一顿中餐，庆祝了一番呢！"

"谢谢你们在海外还惦记着我们。"

"何必言谢。我们旅外游子怎会忘记组织护送大家出国的大师兄？"萧子升神秘地眨眨眼睛："猜猜看，我给你们带来了什么礼物？"

"那可不好猜，总不是凯旋门吧？哈哈哈！"

"想不到吧？"

"唔？"

萧子升打开手提箱，拿出一件凯旋门的模型——非常精致的工艺品，冲毛泽东晃晃："和森的主意：凯旋门是巴黎的标志性建筑，它代表着旅法学子们对你们的爱，包括仙逝的老师。当你看到这凯旋门，就好比我们在你们身边！也请你们相信，我们一定学成凯旋。"

说到此，萧子升动容了，近乎哽咽。毛泽东拍拍萧子升的肩膀说："我想着你们，常常想你们！希望你们学成回国，报效祖国！对了，我有好消息请你带回去。"

"什么好消息？"

"再好不过的消息！"

"看你的样子，一定是大好的消息！"

"绝密哟！中国共产党第一次全国代表大会就要召开了！"

"真的？"萧子升闻听差点儿从凳子上跳起来。

毛泽东把双手插在衣袋里，在屋里踱着步，强抑激动："刚刚收到上海的来信：每个共产主义小组派两名代表到上海参加会议……怎么样？你也走一遭？"

"好哇！我还经常回忆当年我们那次'乞丐行'，回想一下，是件终身受益之举。和你在一起，有无穷的乐趣和力量！"

"一言为定？"

"一言为定……不过……"萧子升欲言又止。

"'不过'什么？"

萧子升苦笑着说："我又不是你们共产主义小组的，我去，不是出师无名么？"

"哦——是这样，我和何叔衡作为湖南小组代表参加会议。你可以陪我去，说不定对你对大会都有益！"

"何以见得？"

"你从巴黎公社的诞生地来，那里也是马克思主义的诞生地。从某种角度讲，你有些发言权么！"

萧子升信赖毛泽东，尊重毛泽东，看毛泽东那么真切，说道："陪你去就陪你去！不过我……"话没落地，开慧拎着菜篮子回来了，惊叫一声："萧……怎么是你？"

萧子升站起来，煞有介事地审视着自己："怎么就不是我了呢？"

逗得毛、杨笑了。开慧解释说："你不是去法国留学了吗？"

"所以，以为我是'幽灵'回来了？可惜，我不是'宣言'里指的那个幽灵。"萧子升打量着开慧说："小师妹成标致的大姑娘啦，恭喜你们成百年之好！师兄有礼物送上祝贺。"说着，俯身从提箱里取出一只精美的盒子，打开看，里面是两个拥抱在一起的西洋布娃娃，正嘴对嘴儿亲呢！开慧见了脸儿"刷"地红了："萧兄你真逗……"毛泽东一乐说："子升他们到世界浪漫之都学习，自然要用浪漫之方式表达对我们的祝福。谢谢你和旅法的朋友们！我这不胜酒力的人今天也试试量——子升，来，我们今天比比看哪个先醉倒么！"

三个人笑一回，说一回，好不亲热快活。开慧先把两个小菜端上来让二人做下酒菜，又忙着下厨烹鱼炸虾，忙个不停。毛、萧坐个对面，开怀而饮。两杯酒下肚，毛泽东又把话题引到"一代会"的话上来："关于到上海参加会议的事，千万保密……"

"这个我懂。请放心。再说，从现在起我和你形影不离一起到上海，我向哪个'透露'？"

"甚好！"毛泽东举杯和萧子升碰，倒不仅仅因为萧子升答应保密，而是萧子升终于痛痛快快答应同去上海。有萧子升为伴，不但一路上少了寂寞，还可以进一步了解留法同学们的情况乃至法国、欧洲的革命形势。

"我只是陪你，但不参加你们的会议。"萧子升声明。

"我们的会议？"

萧子升点点头，以真挚恳切的目光瞅着毛泽东。毛泽东明白了：这位老同学和老朋友虽然留法，在马克思主义的故乡学习，却并没有接受马克思主义。毛泽东心里实在希望才子萧子升能与自己为伍，成为为共产主义事业奋斗前程上的战友。于是对萧子升道：

"共产主义是世界性的革命，不是一个国家可以实现的。共产党——中国共产党的使命首先是拯救危难的中国。这次会议，是中国革命进程中的里程碑。你知道，李大钊、陈独秀都会参加，听听他们的见解也许对认识有帮助。"

萧子升扬扬手说："润之兄，你我之间不打诳语！实不相瞒，我是不会参加共产党的。"

"为什么呢？"毛泽东不解。

"我看不到共产主义的前途……"

毛泽东明白了，谈出自己的看法："而我以为，纵观国内外形势，只要坚持奋斗，共产党必能在三五十年内夺取政权，建立一个不一样的新中国。"

萧子升睁大眼睛望着毛泽东。自信是毛泽东的特性，此前的毛泽东以实际行动表明了自己的自信不是吹牛皮放空炮。"但是，改变中国，说白了那要当上中国的'头'才有那改变之资格！"萧子升心中不能没疑问，毕竟，中国四万万人，到处藏龙卧虎，而且有数不清的党派，谈何容易！

"你不相信吧？"毛泽东似乎看出了萧子升的心思。萧子升从沉思中被惊回："我相

信历史是进步着的，中国总要向前进。如果你们做得好，倒说不定可以统治中国。共产主义的理想真的实现，当然是国之洪福。”

“看来，你还没认真读过马克思关于共产主义的学说。”

“我读了，但……”萧子升摇摇头，“历史上夺天下的人喊为民的不是没有。就说国民党吧，‘三民主义’什么的，谁个兑现了？它是历史以来最‘革命’的吧？现在怎样？所以，即便共产党真如你所愿坐了天下，就会对中国的老百姓有多少好处？”

啊！毛泽东隐约觉得老朋友似乎走进无政府主义的胡同里去了。于是，进一步解释道：“共产党的宗旨就是把无产阶级劳苦大众从苦难中解放出来，建立一个没有剥削和压迫、人民当家作主的幸福社会……”

萧子升道：“在法国，我和蔡和森他们争论过这些问题。说一千道一万，要达到你们的共产主义？想象不出。润之兄，我信服你的才干，但唯独这件事我不敢苟同。”菜肴都上到桌上来，开慧也坐过来作陪，对毛泽东说：“人各有志，大家换个话题好不好？关于主义之争，你们路上说去呀。我还想听萧兄讲讲他们在法国的故事，比如蔡、向他们？”

“就是嘛！”萧子升冲毛泽东做个鬼脸儿，“平常话儿我争不过，这共产主义的事我更不行啦！现在，我给师兄师妹讲讲向警予三难新郎。”

“《醒世恒言》里有个‘苏小妹三难新郎’——你不是拿老同学开心吧？”开慧忍着乐。

萧子升哈哈大笑：“真是‘近朱者赤，近墨者黑’——跟润之兄学的吧？我刚张嘴，小师妹就破了我的‘相’，嘿嘿！跟你们说，蔡和森、向警予两口子，那也不是等闲之辈。”

萧子升口若悬河，讲同学们初到法国生活不习惯，特别是吃的，面包黄油怎么也不对胃口。讲大家勤工俭学，讲周恩来、蔡和森等人在法国也成立了共产主义小组……毛泽东认真地听，直到开慧提醒他们该收拾行李了，别误了赶往码头坐船。上船后，两个人一个上铺一个下铺，萧子升伸出脑袋回敬毛泽东：“共产党三五十年可领导中国有些‘天方夜谭’。”毛泽东则坚持：“封建王朝的大厦已经倾斜，先进的共产党领导无产阶级人民大众一定彻底推翻它！”二人争到船进洞庭，谁也说服不了谁。说累了便呼呼大睡，醒来时船已入长江。萧子升叹口气，对毛泽东道：“陪你吵一路的架就没意思啦！反正我无意你们的会议，润之兄，我不想到上海了。前面就是汉口，我下去了。”

毛泽东听了一阵骇然，向萧子升解释：“我们是理论之争，不输宅子不输地，更非个人恩怨，争论出真理么，不要耍孩子脾气么！”

萧子升去意已决，请毛泽东原谅“再不奉陪”。毛泽东无可奈何，只得和萧子升作别——这一别竟天各一方，一生再也无缘。

萧子升中途离去，使毛泽东一路上怏怏不快，确是“食之无味，睡之难寐”。船于汉口东下，虽是顺流，也要续航几个日夜。好不容易到了上海码头，又赶上东洋人的远洋船进港，中国的大小船只得避开让行，冷在一边儿等着。一个小时之后，船才进码头靠岸。毛泽东提着箱子走出码头，招呼到黄包车，直奔信中通知的报到地——法租界蒲柏路博文女校。

想到中国共产党就要诞生，毛泽东一扫萧子升半路辞别的不快，心情骤然开朗起来。中国共产党的诞生，就像在大草原上点起的火炬，必在神州大地上熊熊燃烧起革命的烈火来！李大钊、陈独秀也将重逢！这一切，都使毛泽东兴奋不已，恨不得长出一对翅膀飞到博文女校去。

但走进博文女校一看，毛泽东哑然失声：为代表们准备的“客房”是光溜溜的床板，别无他物。

“哦！”作为教员的毛泽东明白了，正值暑期，学生们放假走了，又是女学生的集体宿舍，不要说被褥，连生活日用品也不留一件。李达的夫人王会悟的解释和毛泽东推断的一样。毛泽东幽默地说：

“无产阶级的政党诞生在光板的‘基础’上，倒也合乎逻辑。”

这时西装革履的李达走进来和毛泽东握手：“是毛润之？我，李达。久仰久仰！”

毛泽东打量着李达：“我是毛泽东。看你的文章蛮老辣，原来如此年轻？”

“彼此彼此！”李达摇着毛泽东的手表示歉意，“条件太艰苦了，为了不引起法国巡警的注意，没敢搞大动作啊！”

正说着，一对打扮讲究的年轻伉俪走进来。王会悟忙介绍说：“这是广东代表陈公博和他的新婚太太。”

毛泽东和陈公博握手致意，自我介绍：“湖南代表毛泽东。”

“知道的啦，《湘江评论》主编嘛，很不得了嘛！毛先生一个人来的吗？”

“为了避人耳目，我和何叔衡代表一个旱路一个水路。想不到我这水路到了，旱路的何叔衡还没到。”

“现在军阀割据，铁路也分段管嘛，自然说不好的啦！”操着广东话的陈公博叹口气，“我们两夫妻不也一样？费好大周折才赶来的啦！”

毛泽东想了一下，问陈公博：“听说孙中山先生正准备在广东建立军校，消息确切吗？”

“哇！”陈公博甩着一口让人难懂的粤语，“莫知其详——好像是的啦！不过，孙大炮的话未必一定实现的啦！”

接着，早些时候到会去逛街的山东代表王尽美、武汉代表董必武及陈独秀的代表包惠僧回来了，当大家知道面前的英俊青年就是主持《湘江评论》、赶走湖南一师原校长张干、组织北上请愿团并南下广州游说广州军政府发力吓跑一路诸侯张敬尧的毛泽东时，口称“久仰”上前和毛泽东握手。大家正有相见恨晚的倾诉时，只见一个盛气凌人的青年人走进来冲王尽美等人批评道：“你们不言一声上街乱串什么？同志们，我们将要举行的是中国历史上具有重大意义的大会，必须在极其秘密中进行，暴露了怎么办？想到后

果了吗？”

王尽美觉得有点儿小题大做，说道：“张国焘同志，我们上街买点日用品。你不知道这儿就一张光板儿，什么都没有？”

“那也不能乱窜去！”张国焘见王尽美顶撞自己，大为不快。到上海后，王尽美对张国焘自持是共产国际代表的翻译而盛气凌人的样子本就反感，忍不住反唇相讥：“谁不知道保密？就你警惕性高是吧？”董必武见状忙劝开二人：“好啦好啦，注意就是了。”

见王尽美仍有不服之意，李达对王尽美道：“张翻译话是呛了些，他的出发点还不是为了大家的安全？据情报员说，同志们的到来已经引起有关当局的注意，还是慎重好。”

王尽美这才不再吭声，一时显得有些尴尬。李达挑个话头：“共产国际的代表也到了。我们是礼仪之邦，是不是派代表拜访一下？”

没等别人张口，张国焘瞪瞪李达：“添乱！马林同志正在休息。等我安排了再说吧！”李达是代表大会的召集人，又尽地主之谊，虽招呵斥，也便忍了。一直没插言的毛泽东是见过张国焘的。那时，张国焘是北大的学生，偶尔也到图书馆借书看。之所以有印象，是因为张国焘借书未还又借书，按规定不能再借，但年轻气盛的张国焘发牢骚一摔借书证走人……今日重逢，张国焘斜了一眼自己装作不认识，毛泽东也就没有主动打招呼。为了扭转不和谐的气氛，便把话儿引开：“我们是不是先解决肚子的问题？‘兵马未到，粮草先行’，各路‘兵马’快到齐了吧？无‘草’也就凑合了，可别无粮啊？”李达闻听忍不住笑了：“吃饭没问题，学生们没把饭堂的锅头拔走嘛。”大家听了笑着直摇头。张国焘不说也不笑，甩个脸子大步离去。王尽美“嘘”一声道：“嘿！‘钦差大臣’似的，神气什么呀？！”

更神气的是后边。

各地代表到齐之后，中国共产党第一次代表大会的开幕式就在博文女校二楼举行。李达向与会代表介绍完到会的各地代表姓名及个人基本情况后，张国焘首先宣布：

“各位代表！我受共产国际的委托，同时作为马林同志的翻译，首先传达共产国际对成立中国共产党的指示！同志们，共产国际对中国共产党的建立十分关切和重视。众所周知，中国是世界上人口最多的国家，拥有亚洲最大的版图，就全球而言也仅次于苏联。苏联十月革命的经验就是我们的方向——我国也完全可以组织工农大众武装夺取政权！共产国际认为：中国的革命时机已经成熟！建立无产阶级政党的迫切任务就落在我们身上。因此，共产国际指示我们：

“一、中国共产党是无产阶级之政党；

“二、成立中国共产党，要组织工农迅速夺取政权；

“三、中国共产党和全世界无产阶级政党团结起来，消灭资本主义，在全世界建立共产主义；

“四、这次会议的议题和任务是成立中国共产党，选举党的中央局，确立党的宗旨、纲领、章程……

“……”

开幕式简单而短促。

为安全起见，会议的正式进行挪到法租界贝勒路树德里三号李书城家。张国焘夸夸其谈，一讲就是两个多小时。代表们纷纷做着记录——看来张国焘俨然是共产国际的“第二钦差大臣”！轮到共产国际代表马林讲话的时候，更令不少与会代表肃然起敬：马林说一句，张国焘翻译一句。从马、张流畅的配合中可以看出，马林欣赏张国焘，张国焘恭维马林，用“凌驾于众人之上”来形容此时此刻并不夸张。

但，各地代表毕竟是中华之精英，对共产主义运动的研究未必在张国焘之下。更有如毛泽东者，不但研读马克思理论，又在实践斗争中对中国社会的现状和斗争形势有自己的认知。所以，当会议进入讨论阶段时，尽管张国焘是主席团主席，但他的声音很快就被代表们的发言淹没了！到会的张国焘、马林之外的代表毛泽东、何叔衡、李达、陈潭秋、王尽美、董必武、陈公博、李汉俊、邓恩铭、刘仁静、周佛海及陈独秀的代表包惠僧等，就中国共产党的宗旨、组织、章程……各抒己见，莫衷一是。到第三天的会议上，争执更趋白热化！这时，陈独秀的代表包惠僧又提出一个大家没有思想准备的议题：

“还有一个不容忽视的问题，就是如何看待辛亥革命的发动者孙中山先生！我觉得孙和我们代表的是两个对立的阶级，他的那个被架空的政府甚至比北洋政府还危险！”

陈潭秋和李达坚决反对包的说法。李达讲出自己的认识：孙中山先生是推翻封建王朝的统帅，代表的是进步的潮流，是革命力量。诚然，孙代表的是资产阶级革命，与无产阶级专政的宗旨不同。肯定孙的革命性的一面，和孙合作，是明智的选择。

这也是多数人的意见，包括毛泽东在内。见大家争论不休，张国焘和马林“咬耳朵”之后宣布：“对孙中山批评又合作，是中国共产党今后的原则，这也是共产国际的指示。”大家这才停止关于孙中山的争论。对辛亥革命，毛泽东是有过研究的。由于被指派为大会记录员，发言的机会少了些。但他有意从理论上阐述一下为什么说辛亥革命是资产阶级的革命，为什么必须团结孙中山领导的国民党，但张国焘一挥手定了乾坤，定的调子又和自己的观点雷同，便把话咽回肚子里。当话题又谈起成立后中国共产党要“迅速夺取政权”的“指示”时，毛泽东坐不住了！他认为：夺取政权靠的是武装即军队，无产阶级要夺取政权则要靠无产阶级自己的武装。而无产阶级自己的、可以推翻敌人的武装，绝不可能在一朝一夕乃至在短时间内完成。这样的“指示”非但不可行，甚至会扼杀无产阶级的革命。

“我想就‘党成立之后马上武装夺取政权’的问题谈谈我的看法！”毛泽东向会议执行主席张国焘提出请求。

张国焘早看出湖南代表毛泽东就是当年北大图书馆的图书管理员。作为北京大学的风云人物，他根本没把毛泽东放在眼里。他依稀记得北大图书馆门旁的那些漂亮的毛笔字“告示”，让毛泽东当会议的记录员很“尽其才”。他不相信毛泽东会在共产主义理论方面有什么建树，便不无嘲讽地对毛泽东道：

“你记好录，还是先听别人的。”

如果泰斗级的人物李大钊、陈独秀在，毛泽东的境遇肯定不一样。因为在场的人除何叔衡之外无人曾和毛泽东谋面，并不能认识此时毛泽东的理论水平。即使了解又怎样？张国焘手持“尚方宝剑”家长式的做法又有何人敢与其顶撞？倒是何叔衡为张国焘的做法愤愤不平，向张国焘提意见：“既然是代表大会，每个代表都有发言、表决的权力！我们开的是进步的共产党的会议，不是金銮殿上的‘圣旨下’，毛泽东怎么不可以发言？”

张国焘没想到有人突然在会上打横炮轰自己，一时答不上话来，支支吾吾道：“我……是考虑毛泽东同志在记录……会议记录是何等的重要！”

“不是还有周佛海记录吗？”王尽美也呼出不平。毛泽东见状，怕偏离了会议的方向，站起来道：“总会有发言的机会的。请同志们静下心来讨论大问题：我们的党成立之后是不是就必须‘立即武装夺取政权’？诚然，武装夺取政权实行无产阶级专政是我们共产党人的责任，但党的建立并不意味着就具备了夺取政权的条件。我认为，把‘立即’二字去掉是正确的。”

掌声，一阵掌声送给毛泽东。

张国焘一阵惊愕！不知是因为毛泽东的发言，还是大家的掌声，而除了自己宣布“开幕”之外，自己的讲话还没人主动鼓掌。他刚欲张口，只见担任门外放哨的王会悟急急忙忙走进来告诉大家：

“门外边发现了可疑的人在窥视这里……”

“马上撤离这儿！”张国焘不假思索忙“下令”，大家纷纷站起欲走。

“慢！”有人制止。

大家望去，说话的人是毛泽东。

“你……要干什么？”张国焘脸色难看地盯着毛泽东，那表情分明在谴责他！

毛泽东镇定地道：“既然外面有人盯上这里，就是说他们有备而来。我等这样一窝蜂似的抢出去，岂不是自投罗网？”

张国焘冷笑一声，质问毛泽东：“怎么？以你的想法，我们在此束手就擒？”

“当然不是！”

“那，能怎么办？”张国焘咄咄逼人！众人也不无担忧：会议刚刚开个头就被警察局抓走，岂不是共产国际运动中的一个悲剧？

显然，连有革命经验的马林也沉不住气地站起来踱步，寻思着主意。

“有麻将吗？”毛泽东问李汉俊。

“有啊！”李汉俊点头回答。

“那好！”毛泽东似胸有成竹，“大家把有关文字的东西藏好，打麻将。”

“行……”

“也只有这一招儿了！”

有人支持。

张国焘刚从嘴里蹦出一个“不”字，就被马林的“哈啦少”（哈啦少——音译，俄语“好”的意思。）给噎住了！马林告诉张国焘：毛的主意是可行的。张国焘马上宣布：“那就装作下棋打麻将什么的迷惑敌人！”

“请国焘同志护送马林同志离开这儿吧！”李汉俊提议，“没有马林同志在场，我们‘朋友一起玩儿’的理由更瓷实些。”

“对对对！”张国焘第一个赞成，并翻译给马林听。马林点头称“哈啦少”表示同意。于是，张国焘便陪同马林撤出李家。剩下的代表们有的围在桌前打麻将，有的打扑克，有的悠闲地品茶读报……转眼间会议室变成娱乐厅。果不其然，不大的工夫进来两三个鬼头鬼脑的探子东瞅瞅西看看，用挑剔的目光打量着屋子里的一切。正读报的李达把报纸一垂，仰脸问探子：

“你们什么人？私闯民宅干什么？”

其中的猴脸探子讪笑着掩饰来意：“我们……找人，找姓陶的……”

“对不起！我们这儿就是没有姓陶的！”李达用话把探子顶回去，用目光“赶”着探子。

“哦哦，对不起！”猴脸探子点头赔礼，一边转身往外退一边奸笑着说：“错了，走错门儿了。”

探子们虽走掉了，大家的警惕之心丝毫没有放松。不知谁吐露了一句“这儿不能待了”，引起大家的共鸣。李达的夫人王会悟深感责任重大，提议说，既然特务怀疑这里了，不会就此罢休。应换个开会的地方。可是，去哪儿呢？

他们并没有会议地点的第二套方案。原以为把会议地点设在法租界会平安无事，想不到还是被特务盯上。

“有了！”王会悟也许是突发奇想，也许是冷僻聪明，一个主意，成就了中国共产党有了一只起航的船！“去嘉兴南湖啊！”

其他各地代表不甚了了，但李达熟知南湖：那是远离上海市区又不甚远且交通便利的游览地，正好可以以游船为掩护继续开会……

风景秀丽的嘉兴南湖和往常一样吸引着八方游客，没有人注意到“到此一游”的怀揣历史使命的特殊游客——看上去他们一点也不特殊：先由西装革履学者风度的青年李达租下一只大的游船，其后，三三两两的朋友们一边笑谈着一边休闲地上船来：山东大汉王尽美、潇湘英雄毛泽东和何叔衡、楚天骄子董必武、“钦差大臣”张国焘、特派代表包会僧，以及李汉俊、陈潭秋、邓恩铭、刘仁静、周佛海诸君。广东的陈公博已于昨晚携新婚妻子前往杭州西湖续蜜月，不再参加会议。善水者熟桨，毛泽东和董必武各执木桨分左右，那船轻轻飘向湖心。

誓师何必拜金甲？

一叶扁舟筑国魂！

南湖水面鳞光闪闪，天上白云不忍飘去。游船点点，鱼鹰傲舞。没有别人知道，盛夏的南湖上正聚集着十二位中华民族觉醒了的志士英雄，策划着中国的未来。争论、演讲、交流、再认识，共同的理想，使他们最终达成共识：

以无产阶级之武装推翻反动统治阶级，由工人阶级为主导团结劳苦大众重建国家，消灭阶级乃最终之使命！实行无产阶级专政，展开阶级斗争，废除私有制，没收一切生产资料，包括土地、厂房、机器、生产品，等等，均归全社会所有。

联合第三国际。

选举陈独秀、张国焘、李达为中央局成员。陈独秀为书记，张国焘为组织主任，李达为宣传主任。

拟定了中国共产党今后的发展规划。整理会议纪要，完成相关文件并分发各代表。

会后，李达诚意留毛泽东在上海协办《共产党》月刊。他说："你有办《湘江评论》的经验，文笔犀利，理论水平高，有你在，我这主编就踏实了。"毛泽东婉言谢绝道："我当助一臂之力。然我还任课一师且兼任附小校长之职，另有压手之事亟待处理，如不返湘，恐有悖常理。"李达听了不便再留，叹曰：

"谁得润之，谁得天下！润之此去，红色革命之火必在三湘首燃！"

毛泽东面上谦逊几句，胸中成竹早成。

正是：

蛟龙出海显身手，
从此三湘大不同！

第九回

离经叛道新女性　志同道合好伉俪

清水塘住进毛泽东、杨开慧夫妇，打破了过去的清冷，日渐勃勃生气。在那时，中国人十个有八九个目不识丁，莫说一师的语文教员兼小学校长，就是一个普普通通的教书先生，也被百姓极其尊重。年轻漂亮、待人热情的杨开慧，很快被街坊邻居刮目相看。人们更羡慕她无忧无虑、快乐幸福的生活状态——能吃穿不愁、不为家事拖累的女人毕竟少之又少。

开慧还沉浸在新婚的幸福之中。凭实讲，作为师妹的杨开慧怎么也没想到自己会成为师兄的妻子。

二十世纪八十年代初，在杨开慧离世50多年后，湖南政府修缮板仓杨家故居时，从墙缝中发现了开慧的诗文手稿，当时的初恋之情跃然纸上：

> 不料我也有这样的幸运！得到一个爱人，我是十分爱他，自从听到他许多事，看见了他许多文章和日记，我就爱了他，不过我没有希望过和他结婚。一直到他有许多信给我，表示他的爱意，我还不敢相信我有这样的幸运。自从我了解了他对我的真意，从此我有了一个新意识，我觉得我为母亲而生之外，是为他而生的。我想象着，假如有一天他死去了，我的母亲也不在了，我一定要跟着他去死！假如他被人捉去杀了，我一定要同他去共这个命运！

对伪爱情，“婚姻就是坟墓”，而真爱之婚姻，却是开满幸福花朵的常青树，芬芳又生机勃勃。开慧对于婚姻的幸福感是无法用语言准确表达的！

夏日的长沙酷热而气闷。不施粉黛的开慧素面朝天，却像一支盛开的白牡丹，朴素无华的衣装而更体现素雅之美。毫无疑问，出现在公共场所的如此丽人享有过高的回头率，欣赏而无非分之想，是她呈现的一身正气——新女性中少有的自爱与矜持、自尊和娇美。

对毛泽东打开暗恋之窗的那一刻，是她自爱自尊、矜持而幸福的展现！

一次，看望开慧的毛泽东说：“霞姑，听说你曾有诗赠友？”

“是啊！”开慧点头回答，又补充道，“我女中闺友李一纯——她赠我盆菊，我回她五言诗。”

“就是它吧？”毛泽东指指窗台上的黄花怒放的秋菊。

“是。”开慧秀眼瞅瞅毛泽东，猜着师兄的心意，不由得摇摇头。

“摇啥子头么？”

“写得不好嘛！”

“不妨让我听听，我正是求你赐诗哩。”

“那可不敢。”

“我想要。要不，把赠给李同学的那首诗抄录给我怎么样？”

“那哪成，还是我背给你听吧！”开慧年轻，在北平耳熏目染，很容易地把南北语言混合，读起诗来更有韵味：

尚谊薄云霞，温和德行嘉。
所贻娇丽菊，今尚独开花。
月夜幽思永，楼台入幕遮。
明年秋色好，能否至吾家？

毛泽东用心听着，又抚掌而笑。开慧不知润之所笑何意，脸儿涨红，埋怨毛泽东：“我说不好吧，你偏让人家背了笑话我。”毛泽东收住笑意：“不，此诗甚好。似写给我的一般！”

“本来不是的。”开慧极力“澄清”。

“你看：‘尚谊薄云霞，温和德行嘉’，润之当之何愧？‘所贻娇丽菊，今尚独开花’，分明闺中待嫁么！‘明年秋色好，能否至吾家’——霞姑，我心慕久矣！”

一番话打动少女心——那颗期盼而自抑的心。梦一般的幸福感顿时萦绕全身，泉涌般血流从心脏向上喷发！但杨开慧就是杨开慧，此时如同炉火上的水壶——翻腾在内而平静于外，但通红的面色已把少女的心告诉给毛泽东……

自从夫君离湘往沪，开慧的心亦飞到了上海滩。感情的眷恋之外还有担心：她深知革命者是封建统治者的死敌，一旦那些刽子手们得知，后果不堪设想！

月色皎洁。双手捧书、坐在窗前藤椅上默默出神的开慧深深体会到什么是离别的苦滋味！月光如水撒罗帐，她不由自主地想起大诗人李白的千古绝唱《静夜思》……

轻轻的叩门声把开慧从凝思中惊动。打开门，风尘仆仆的毛泽东出现在面前！睁大眼睛的开慧一怔，旋即扑进爱人的怀里！俗话说“久别胜新婚”。

从上海回湘之后，毛泽东更忙了。算得上大家闺秀的杨开慧一步迈进主妇的坎儿，是忙上加忙：她要尽妻子、主妇的责任，丈夫的衣食住行、家里的油盐酱醋茶都要操心；接待同学朋友同志，她责无旁贷；入夜，她还要抄写毛泽东的文章，为毛泽东整理文件资料，是名副其实的没有薪水的秘书。紧张的生活节奏带给开慧的是快乐、幸福和自豪感。

“这些工作本是要省委派秘书来做的。”灯下笔走龙蛇的毛泽东抬起头来望着爱妻说，流露着歉意。

“我来做更方便一些。”开慧笑着瞅瞅夫君。

毛泽东明白妻子考虑的是由她代替秘书工作更有利于保密，但自己担心的是家事、工作都压在妻子身上，担子太重了：“我担心长期下去你吃不消。”

“我没事。”开慧含笑而答。

毛泽东放下手中的笔，走到开慧面前，双手爱抚着妻子的肩头，关切地说：“何况你身怀六甲……”

开慧动情地仰脸凝视着丈夫：“那我也不嫌累。”

毛泽东知道妻子说的不完全是真话。自己“一身轻”都常常被“累”袭扰，何况怀孕了的开慧？他明白开慧的心，她不但深深地钟爱着自己，也爱着年轻的中国共产党进行的革命事业。

“润之，请你做我的入党介绍人好吗？”开慧问。

毛泽东记得，这是妻子第二次请求了。此时的中国共产党不过像练翅刚飞的小鹰，还无力和暴风雨搏斗，但它的诞生就意味着必须经受暴风雨的考验。就湖南省委，或者全国党的组织而言，还不曾有女同志参加的。妻子开慧是何等的勇气啊！开慧有着善于接受新事物、进步向上的性格，强烈的使命感，无疑，这是不可多得的好同志。他对妻子说：“霞姑，你知道的，加入组织，就意味着把自己的一切献给党，包括生命。”

开慧果敢地站起来：“我知道！无论是家庭还是革命，今生今世我和你在一起！”

坚决、铿锵、真挚！毛泽东再一次被感动了！

“我认真地读了《共产党宣言》，看过党的成立宣言和章程。我志愿加入中国共产党，为共产主义事业奋斗今生！”

仿佛，今天就是自己的入党宣誓仪式，杨开慧庄严、凝重。仿佛，自己面对的不是自己的丈夫，而是鲜艳的党旗！毛泽东此时才明白：小师妹已不仅是那有家教的师门千金，更是与自己患难与共的革命志士了！

“好！”毛泽东激动地表示，“何叔衡同志也会乐意做你的入党介绍人的！”

“润之！”开慧叫着，展开双臂抱定毛泽东，“我会永远地爱你！”

“我们彼此永远爱！”

精神的亢奋，令二人久久不能入睡。讲一个共产党员的职责、权利和义务，谈国际共产主义运动的兴起，分析中国革命斗争的形势……越谈，两个人越亲近、越理解，正所谓“同呼吸、共命运”！

志同道合非空议，

离经叛道因红心！

不知不觉，春风又拂潇湘柳，燕儿重返小屋来。清水塘毛家居住的小院子里月季花开，绿草成茵。毛泽东从案头站起来，伸伸懒腰，打个舒展，走出书房，望着飞进来飞出去的燕子，对院子里的保姆孙嫂道：“霞姑说得对，看样子还是去年的那对儿燕子呢！鸟儿也有灵性。”正说着，开慧抱着小岸青从屋里走出来，对毛泽东说：“伢子听见你的声音啦，听你在院子里说话就小腿儿乱踹高兴啊。”毛泽东笑笑，把小岸青接过来，乐呵呵地道：“爸爸的大嗓门儿吵醒你啦？”保姆孙嫂道：“小孩子一百天认母，五个月认父——当然能听得出爸爸的声音么！”这时，已会满地乱跑的长子毛岸英从外边跑回家，闹着要抱小弟弟。正热闹，就见何叔衡急急忙忙进院来。毛泽东把孩子递还开慧，对何叔衡道：“你来得正好，屋里谈。”

两人关系甚密，就互不客气，进了书房带上门。何叔衡向毛泽东通报：“据上海传来的消息，孙中山要召开国民党第一次代表大会，说要请中国共产党的代表参加。”毛泽东道：“我也正是要为此找你商量。中央局要听取各省的意见，我们应召开省委扩大会议讨论一下，听取大家的意见。”何叔衡点头表示赞成，若有所思又问毛泽东：“你的意见呢？”毛泽东不假思索地回答：“参加。听说孙中山先生提出了三大政策，其中就有‘联俄、联共’，并准备在国民党的全国代表大会上通过。所以，我个人赞成应邀参加。”

平时的工作中，何叔衡非常尊重毛泽东，在重大问题上更重视毛泽东的意见。倒不是盲从，而是过去的经历让何叔衡看准了毛泽东的大气和睿智，无私而勇敢。作为副手，何叔衡甘为绿叶。

“那好，”何叔衡点头道，“那就礼拜天上午到岳麓山？”

“行啊！和平常游玩一样，在书院后边的榕树下。”

“我通知省委的各位同志。”何叔衡又匆忙告辞而去。哄得岸英睡下，开慧为毛泽东换茶之际，观察毛泽东面露喜悦，便问：“何先生有好消息给你吗？”

“对么！”毛泽东笑对杨开慧，“是个情理之中、意料之外的事。”

“你说‘三国’哪？”

“不是三国，是一国。”

“一国？”开慧虽算不上博览群书，但在父亲和丈夫的影响下，也读书不少，可不知“一国”是何书？

毛泽东忙向夫人道歉：“哦！对不起霞姑！我让你误会了！是这样，孙中山邀请中国共产党派代表参加他们的代表大会，一国之两党共商国是。”

“是这么回事啊！”

“孙中山先生这个决策是个好兆头。”

“什么好兆头？”

“你想想看，我们的党是刚成立不久的在野党，还弱小稚嫩。想必孙中山先生看过了我党的纲领。他这样做，起码是容得共产党的，是有合作愿望的么。”

杨开慧听了，内心钦佩丈夫的政治头脑的清晰、敏锐，为丈夫高屋建瓴考虑问题的思想方法折服。她问：“在哪儿开会呢？”

“还不清楚。不过，我看在广州的可能性大些。”

“怎见得呢？”

“现在的国民政府设在那里，孙先生调得动的军队也在那里呀？”

开慧若有所思，微笑着点点头。

“我走后，你的任务可就加重啦！”毛泽东深情地望着开慧，“要注意保密，注意休息。”

“嗯！”开慧说，“我认真做，怕是能力不够啊！”

“你是可以的，有斗争经验啦！”

“我？”开慧秀目圆睁，有些惊诧。

毛泽东板起指头数道：“当年一师斗张干，你小小年纪啥也不怕，东跑西颠送‘情报’的是你吧？”

“那……什么还不懂，出于义愤送个信儿么。”

“反张敬尧，到北平请愿，无论是到新华门还是闯国务院，你冲在前头对吧？”

“还不是因为有你在嘛！”

“近一些的，你在周南女中，赶在教会学校悖它‘规矩’，人家读圣经做祈祷，你哼小曲儿。人家唱赞美诗，你则看杂书……”

“不是杂书，是《湘江评论》！”开慧声明。

“总之，你‘斗争’经验不少，做我的秘书总可以吧？”

毛泽东寓真意于笑谈之中，杨开慧心里清楚。她愉快地接受了丈夫——省委书记交给的任务：让省委书记缺席的湖南省委工作照常运转……

扩大的省委会议也没“扩大”到杨开慧这一级，毛泽东走后，开慧为书记整理文件时，发现毛泽东的那首词《沁园春·长沙》。这首词她看过多少次了，回回为毛泽东那宽广的胸怀和超俗的诗意打动，情不自禁又轻轻朗诵起来：

“……问苍茫大地，谁主沉浮？”

那词的意境像拉西洋片似的在开慧脑海里幕幕浮现：在橘子洲头的湘江里，毛泽东、蔡和森、张昆弟、熊光楚、萧子升、司马龙珠……个个身手矫健，如生龙活虎。他们回到岸上，谈的是国家大事，抨击的是腐朽败落、贪官污吏！在他们的身上，看到中国的希望和未来。短短几年的夫妻生活伴随的是跌宕起伏的政治生涯：从“一大”回湘建立湖南支部、成立自修大学，到随夫君调任上海中央工作……开慧伴随夫君的，不光是幸福快乐，更有奔波的艰辛、事务的繁累，惊险和危险也时时伴随！自己从未彷徨过。

既然跟定毛泽东，就要和他“同呼吸、共命运”，这是开慧雷打不动的信念。

最近一段时间里，丈夫心情并不是很好。昔日的同志朋友如蔡和森、向警予等人留法未归，熊光楚下落不明，萧子升则转投东洋。只有司马龙珠依旧追随着润之。而润之始终希望好友加才子的萧子升加入到共产主义运动的队伍中来。

人生总会有遗憾！

然而，人世间的事不以某个人的意志为转移啊！

开慧又想起丈夫讲过的俊女占卜的故事，突然觉得那女子的话真的令人不可思议。“非大王即天子”，现在就有人在报端发表文章说共产党“要占山为王”！看过那“御用”文章，开慧曾担忧共产党真的被逼上梁山当山大王可怎么办？湖南新任总督就扬言：“湖南只有合法之国民党，异党异派必铲除之！”省委高度警惕，并将此向上海的中央政治局汇报，却是久无回音。有传言，陈独秀跑到广州的国民政府做官去了。这么大的事，党内为什么不通报？那张国焘呢？他不是管党的组织吗？为何也无踪无影？李达负责宣传啊！他家就在上海，且是收信人，为什么也杳无音信？还有令毛泽东郁闷的是一直“鸿雁传书”讨论共产党的“实质性”问题的蔡和森也久没书信来……

开慧知道，此时有孙中山先生的与会邀请是何等的重要——就是说国民党向国人宣布共产党的合法化！

现在，可以不必杞人忧天啦！国民党向共产党伸出橄榄枝了。

杨开慧也舒一口气。

又是一个月色皎洁的夜晚。

岸英、岸青都睡了。毛泽东夫妇相拥床边，双双瞅着他们的两个孩子，沉浸在深情和眷恋中。

虽然胸怀天下，也同样珍惜家的温暖。毛泽东对于夫人开慧，爱得深沉而博大，有太多的感动和感激。而开慧爱毛泽东，爱得执著而坚定。互爱、互相无私的选择，是他们婚姻的柱石。

当然，金无足赤——美好的婚姻也会有磕磕绊绊，正所谓“马勺总要碰锅沿”。杨开慧也委屈过，虽然她后来知道那是误会。而因工作经常离家到外地的毛泽东对自己的眷恋和歉疚，在那首《虞美人·枕上》表露无遗：

> 堆来枕上愁何状，江海翻波浪。
> 夜长天色总难明，寂寞披衣起坐数寒星。
> 晓来百念都灰烬，剩有离人影。
> 一钩残月向西流，对此不抛眼泪也无由。

“霞姑，辛苦你了！”毛泽东说，“此去又不知多少天。”

“你放心去，”开慧瞅着爱人，“我为你而生，我们为革命而生。在革命面前，一切都为它让路。”

那么平静、那么坦然的话出自一位“弱女子”之口，毛泽东心中不免感到震撼！爱人的表白，让作为丈夫的毛泽东深感慰藉。

“霞姑！”毛泽东声音有些颤抖并略带沙哑。

“放心去吧！”开慧安慰丈夫。

回到卧室，开慧为毛泽东收拾行李和笔墨纸砚——文房四宝是毛泽东出门时形影不离的“伴侣”。书，则是一日不可无的“精神食粮”。

“带什么书呀资料的？”开慧问。

“那些，我自己收拾吧。你洗洗睡吧。”毛泽东正在书堆里挑书。睡前躺着看书，不看书难以入睡是毛泽东的“毛病”，或者说是他的习惯了。

子夜钟响，夫妇才同枕安歇。

在轰隆隆的南下列车上，毛泽东双手捧书而不读——他的思绪又回到长沙清水塘。开慧送别时的泪眼挡住他的眼帘。英雄也要过平常人的生活，但作为一个革命者，他注定不能稳定地享受这份生活。与开慧少不了耳鬓厮磨，但更多的是聚少离多……想到这里，毛泽东再也抑制不住感情，新词一气呵成：

挥手从兹去。更那堪凄然相向，苦情重诉。眼角眉梢都似恨，热泪欲零还住。知误会前番书语。过眼滔滔云共雾，算人间知己吾和汝。人有病，天知否？

今朝霜重东门路。照横塘半天残月，凄清如许。汽笛一声肠已断，从此天涯孤旅。凭割断愁丝恨缕。要似昆仑崩绝壁，又恰像台风扫寰宇。重比翼，和云翥。

第十回

孙中山联俄联共扶工农　毛润之为工为农救国家

那孙中山先生也是一位千古奇人。

他生于广东香山，初从医图拯民。后明白拯救一个偌大的中华民族非已一支听诊器一管输液瓶所能及，便弃医从政，漂洋过海铸志，奔走四方寻真理，建“同盟会”，唤精英豪杰，于公元一九一二年推翻大清封建王朝而建“中华民国”……可惜，那些重兵在握的封建宿将遗臣乘机篡夺革命成果，迫使孙中山流亡国外。多幸蔡锷将军发动正义之师反“帝制”而护“共和”，袁世凯先“登基”而后“驾崩”，后有北伐救国，虽未统中华，但孙中山主政之国民政府得以立足广州，进而再图统一天下。艰难曲折的革命经历，使“孙大炮”清醒地认识到，自已领导的辛亥革命虽然炮响五洲，却举步维艰。反思之后，孙中山决定召开国民党全国代表大会，并邀请共产党参加，团结国之进步力量，共商救国大计。

受邀的共产党人有李大钊、陈独秀、毛泽东、周恩来、蔡和森等几十位共产党员。孙中山在大会上重申他的“三民主义”，并向全世界宣布执行“三大政策”的政治主张，得到与会两党代表的热烈欢迎，也成了各家报馆的热门话题。在大会期间，两党进行了广泛交流，达成两党合作、共救国难的共识。毛泽东、李大钊等共产党员被选为国民党中央执行委员会委员，毛泽东同时兼任国民党中央宣传部副部长。会议还总结了辛亥革命以来的经验教训，决定筹建军校以培养军事人才，以浙江奉化溪口人蒋介石为校长，并请共产党员周恩来、叶剑英等到军校任职。史称“国共第一次合作”。

孙中山先生事业之成，黄兴、廖仲恺、章太炎、宋嘉树功不可没，蒋介石救驾有功，还得力于夫人宋庆龄相随左右。史之虞姬陪霸王，那虞姬只不过“陪”而已！而孙、宋结合，乃是中国近代史以至中国历史上绝无仅有的传奇佳话。时有广东名儒上官玉城记云：

余在广州，客游三日欲归惠州。忽闻今日孙文偕宋夫人视察珠江，故不忍离去，以睹其风采。市民知大总统巡珠江，两岸聚集万人。正值木棉花开，羊城处处树绿草青，珠江两岸火红一片。然万花不抵一秀也！午时，有车马队过江桥，众拥器宇不凡之一男一女履地而行。男者虽五尺之躯有大山之势，伟也；女者长裙小袄，正值青春少年，风华绝代，妙也！众呼“孙大总统及夫人至！”盖孙逸仙、宋庆龄伉俪也。余早闻孙、宋老夫少妻联姻东瀛而心存疑惑：此合非钱即势，今日睹而愧矣！以宋之质，绝美而不妖冶，年少俱大家风范。孙、宋乃报称之“革命伴侣”也。

宋庆龄确是中国革命史上的一位特殊而作出巨大贡献的伟大女性，后文自有交代。

毛泽东得以在国民党“一大”期间亲睹宋庆龄女士风采，后供职国民政府于上海时，为请宋赐有关妇女解放问题之文稿专程拜访。初次接触，宋庆龄颇为吃惊：

“原来毛先生如此年轻？”

其实，毛、宋共庚也。

毛泽东和宋庆龄握手致意：“都过‘而立’之年了。您身体好否？”

毛泽东早闻宋在广州兵变时流产的事，故有此说。

“还好。”宋庆龄请毛泽东坐下吃茶，关切地问道：“毛先生工作顺利吗？”

国共合作，宋庆龄十分关心两党同志的合作是否融洽。

“还算顺利。”

“这就是说还不尽如人意？”宋庆龄思想非常敏锐，追问毛泽东。

毛泽东哂然一笑解释道：“我这个宣传部副部长有着双重身份，初到中央工作，和大家需有个磨合过程，也许过一段时间就好了。”

宋庆龄对毛泽东的话很是满意：“先生所持态度令人敬佩！总理一再强调无论国共‘党员’，大家须同心协力工作，坚决地、不折不扣地执行三大政策。工作中如有不妥之处，还望毛先生指出。”

“谢谢夫人，”毛泽东话转正题，“您是当今妇女之楷模。陈独秀同志准备刊发一篇关于女性解放的专稿，而由您来写会更具号召力。”

宋庆龄微微一笑：“感谢陈独秀先生和毛先生的信任。您用茶——首先表示我的态度，这样的文章越多越好。可我最近忙，而且自觉文笔粗浅，怕不能胜任啊。”

“就我所知，夫人完全能胜任。如夫人忙而不能脱身，只要夫人打出初稿，文字造句之事可由我辈完成。”

宋庆龄略加思索说道：“毛先生，你看这样如何，你们拟题，我来作答，再由你们整理出来发表如何？”

“很好！”毛泽东马上接受这一建议。些许兴奋，下意识地掏出烟卷儿又往衣兜里摸火柴……猛看到墙上的“天下为公”镜框里的孙文墨迹，才醒悟到这是在女主人的私宅做客，匆忙收回香烟，尴尬地向夫人道歉：“对不起！我习惯了……”

宋庆龄甜甜地一笑，从茶几上拿起火柴递给毛泽东：“先生写文章的人，抽烟是不是可以提神？你尽管吸就是了，没关系的。”

笔不离手、烟不离口的毛泽东只得感谢，点一支烟吸。

“开始吧。”宋庆龄莞尔一笑。

此时，毛泽东已没有了刚踏进宋宅时的拘谨，放松而坦然，开始向宋庆龄提问。解

放妇女，也是孙中山先生实行的政策，比如“放脚”——千百年折磨、残害中国女子的裹脚陋习就是辛亥革命后废除的。

“夫人，能谈谈您对总理废除裹脚陋习的看法吗？”

宋庆龄道：“废除裹脚恶习，是功在千秋的大好事。女子缠足是封建统治压迫妇女的铁证，严重地摧残着妇女的身心健康，使妇女成为男人的附属品，使全国二分之一的生力军变成不是残废的残疾人，黑了中国的半个天。女子‘放脚’，对中国的思想解放、文化进步将起到非常大的促进作用。男女平等共建中国光明之未来的历史即将开始。”

“谢谢，讲得太好了！”毛泽东飞速地用水笔在本本上记着，他没有想到年轻的宋庆龄会有如此深刻之见解，“请您谈谈对中国妇女的希望？”

宋庆龄侃侃而谈：“我在西方求学，生活到成年，在那里看到的是健康而受教育的女性。她们光鲜、自由、进步。我希望中国妇女的这一天尽快到来。因此，妇女们应当团结起来，为了自身的权益、为了中华民族的强盛而奋斗。”

接着，宋庆龄一一回答了毛泽东关于恋爱、婚姻、家庭、教育、工作、参与社会活动等诸多方面的问题。毛泽东一一记下：“感谢夫人接受长时间的采访。”正是这次采访，毛泽东和宋庆龄互相留下了深刻的印象。

遗憾的是，文章还没发表，毛泽东便结束了在上海的任职，携妻带子离开上海回长沙。这原因便是副部长这个官儿确不好当，是个既不当家也不做主的角色——自己反倒成了被捆住手脚的“小媳妇”！

于是，借口养病离职返乡去，继续专心致志地开展党的革命事业。毛泽东一家人踏上了返乡的行程。

火车上不算拥挤。昏暗的灯光下，旅客们东倒西歪地瞌睡在椅子上。杨开慧怀里抱着岸青、腿上趴着岸英，脸上不无倦意。正靠在椅子上看报纸的毛泽东放下报纸对开慧道：“来，还是我抱一会儿吧！”开慧摇摇头说：“上车的路上你又掂行李又抱孩子，累得汗都湿透了后背。”

“我是男人么！”毛泽东伸出双手。

“怎么？你白采访孙夫人啦？”开慧故作生气，“原来你就有男女偏见？”毛泽东知道妻子的用意，摇了摇头：“呵！怪不得宣传部里有人说，毛夫人好张厉害的嘴！我也领教喽。”开慧听了抿起嘴儿笑笑，闭上眼睛不再搭理毛泽东。毛泽东心内一热，用感动的目光凝视着妻子柔和的脸，久久没有离开。当他翻开列宁的《国家与革命》刚要阅读时，一个熟悉的声音在耳旁响起：

“润之兄！”

望着面前那衣冠不整的青年人，毛泽东又惊又喜：“司马！”

毛泽东怎么也不会料到在火车上“撞见”司马龙珠！

“是我。”司马龙珠两眼即刻湿润了。

“你……怎么搞得？”毛泽东望着破衣烂衫的司马龙珠惊愕不已。

“一言难尽！”司马龙珠叹口气。被惊动的杨开慧瞅着司马一愣：“我的天！司马……真的是你？快坐下说呀！”

毛泽东忙从车厢挂钩上摘下湿毛巾让司马龙珠擦把脸，递给他水喝，才问何以如此？司马龙珠这才说明因由——

原来，为了发展地方党的组织，在毛泽东赴任上海之后，省委派司马龙珠回家乡岳阳开展革命工作。不久，就发展建立了几十名党员，建立起岳阳党的组织。不料，一个新党员因土地纠纷和本村的土豪发生冲突，大言自己是共产党，“马上组织农会斗倒你土皇上！”土豪告到县衙，那国民党党部主席是反共分子，马上借“有共产党造反”之名，将那名新党员抓进县牢严刑拷打！那位新党员是个气壮如牛胆小如鼠的人，竹筒倒豆子般地把党的组织交代得清清楚楚！顺藤摸瓜，司马龙珠在劫难逃，被警察抓住。亏了有名警察是远房亲戚，找个借口在半路放跑自己，才千里往沪投奔毛泽东。等他找到毛泽东工作的机关时，毛泽东已辞任离职……想不到在火车上奇遇。

听完司马龙珠的诉说，毛泽东良久没有说话。几年来的经验让他清楚地知道：那些旧军阀和封建政客表面上趋从孙中山的革命政府，其实是阳奉阴违各行其是，就连孙中山先生的一些嫡系，也对孙的“三大政策”心怀芥蒂，对共产党人歧视、排挤乃至诬陷……表面上是政治的诉求差异，实际上是立场的截然不同：是为人民群众谋幸福，还是为某个集团争利益。换句话说，是资产阶级革命还是无产阶级革命。

共产党是为劳苦大众谋幸福的，它必须依靠工农群众、团结工农群众、发动工农群众，砸烂一切旧的枷锁以解放自己。共产党的目标就是让人民当家做主人！

要实现这个伟大的目标，就要从发动群众做起！

“司马！”毛泽东安慰司马龙珠，“革命的大趋势是谁也阻挡不了的。当然，饭要一口一口吃，斗争也要一步一步来。莫急！我们回长沙！从有基础的地方做起。想想看，我们为什么能搞得粤汉、安源大罢工？”

“我明白了，依靠群众！”司马龙珠有了精神。

“对喽！”毛泽东点点头，“记住：依靠群众是我们制胜的法宝——这是实践告诉我们的啊！”

是的，依靠群众才能取得斗争的胜利。安源路矿工人罢工过去快两年了，依然历历在目！

当时，毛泽东指派一些同志到基层群众中宣传马克思列宁主义，调查劳苦大众的经济、思想和生活情况，然后汇总研究，以利制定斗争策略。他自己也不例外，带了司马龙珠到安源煤矿，深入到矿工中间体验、考察。在安源矿工的家里，毛泽东第一次感受到了什么是无产阶级！当工人领袖罗林带着毛泽东、司马龙珠走进那既不避雨、也不挡风的“家”时，毛泽东想起《共产党宣言》中的一段话：

> 现代的工人只有当他们找到工作的时候才能生存，而且只有当他们的劳动增殖资本的时候才能找到工作。这些不得不把自己零星出卖的工人，像其他任何货物一样，也是一种商品，所以他们同样地受到竞争的一切变化、市场的一切波动的影响。

而时下罗林连“零星出卖”自己的机会也失去了！被矿主解雇就断了生活来源，锅里的米、灶边的菜是工友们“凑”来的。

毛泽东清楚，这样的无产阶级分子的斗争性是坚决的。革命起来，“来去无牵挂”，只求生存、解放。

屋子里没有让毛泽东坐的地方——哪怕是屁股大小的地方。铺上和仅有的一条木凳上全是煤黑和尘土。罗林尴尬地咧咧大嘴干笑笑：“哎呀，连个让毛书记同志坐的地方都没有……”毛泽东拍拍罗林的肩头说：“谁说没得地方坐？你这个无产阶级好歹还有‘乌木’凳子坐哩！”说着就稳稳地坐在一条凳上。罗林见省里来的大人物如此的不嫌弃自己，没半点架子，心里热乎乎的，说道：“毛书记同志，真不好意思！您不嫌弃俺，俺就听您的！您说，咱怎么办？”

毛泽东道：“你说呢？大家还能怎么办？团结起来和矿主斗争，维护咱们工人阶级的权利——权和利呀！”

“权和利？”罗林听不太明白。

“我问问你，在这矿井里，谁流血流汗？”

“还用说，咱矿工兄弟们呗！”

“谁把挣得的钱拿走了？”

“人家东家呗！”

“你被解雇了没饭吃对不对？东家呢？”

“东家……人家整天躺床上睡大觉也照吃照喝照花呀。”

“他那不干活照吃照喝照花的钱是哪儿来的？”

“卖煤……钱不都流进东家手里了吗？敢情他有吃有喝有花的！”

“这就好弄明白啦！”毛泽东耐心解释，“把煤卖出去收入的钱，除了给大家发薪水、水电费、运输费，即生产各环节的费用外，剩余的钱就叫剩余价值。那些钱都被资本家揣进了腰包。资本家心越黑，他揣进腰包里的越多，我们工人得到的就越少，以至于填不饱肚子吃不上饭，对不对？”

“毛书记同志这么一讲我明白了！”罗林拍拍脑袋，“是！是这么剥削我们的。那咱就这么和他东家算账呀？”

“可是，资本家可不同意这么算啊！”说完，毛泽东瞅着罗林，那目光似等罗林说话。罗林稍加思索说：“对！让东家出钱比割他身上的肉还疼！他可不念毛书记同志说的那个理儿，咱们唯一的出路就是和他斗！他不同意我们的要求，咱罢工！”毛泽东笑道：“好！这就叫‘觉悟’。有了觉悟，大家才知道为什么斗争，怎样去斗争。大家团结起来、组织起来，才能取得胜利。”

“怎么组织起来？毛书记同志你下命令吧！”

毛泽东点起一支烟，吐出的烟圈儿向上旋转、扩散。他从凳子上站起来说：“组织起来嘛！举个例子，这儿有一桶水、一袋水泥、一片散沙、一些钢筋，你罗林脚踢水桶，水撒；手扬水泥，粉扬；一片散沙任你摆布。钢筋呢，虽硬，也是没有作为的光棍儿！现在我们按比例把水、沙子、水泥和钢筋和到一起，不是就成了踢不散、扬不开、摆布不了的有用的钢筋混凝土了吗？”

“明白了！”罗林若有所思，请求毛泽东，“看起来还是共产党办法灵！毛书记同志，我也加入你们的组织吧！”

毛泽东闻听笑道：“好嘛，当然可以。不过，对希望加入共产党的同志是有条件的，不是你一想就可以加入的呀！”

“什么条件？您说！只要不是要钱，其他好说——不是像林冲上梁山似的要‘投名状’吧？”

毛泽东指着罗林哈哈大笑：“你这个罗林！那就让省委秘书李挺同志在这儿多待几天，让他告诉你怎么个条件！”

“毛同志你……还得走啊？”

李挺解释道：“毛泽东同志负责着湖南全省的工作，不能总待在安源。”罗林“哦”了一声，瞅着毛泽东说：“真是个不小老大的官呢！看看，在我这里的凳子上坐一屁股黑，这……”

“嚯！”毛泽东开怀大笑，“你这个罗林！我哪是什么‘官’，和你们一样，是找你们东家‘算账’的！”众人更是大笑不止。

十天之后，一个学生打扮的青年人来到安源矿工中间，他是带着毛泽东的亲笔信和派遣来领导安源煤矿工人罢工的刘少奇。李挺把刘少奇介绍给大家之后，刘少奇激动地对大家说：

“毛泽东书记在信中讲得太好了！‘在罢工中，紧密地团结，勇敢地斗争，要遵照哀兵必胜的古训，提出‘友而动人’的口号，争取社会各界的支持，罢工才能取得胜利。’因此我建议，我们罢工的条件不以政治军事相协，而以劳工之苦相诉，这样，合情合理，可以‘友而动人’。”

见是毛书记同志派来的人，话又入耳，罗林带头欢迎。他灵机一动，想起一个词儿来：“昨天和李同志聊天，大家提出个口号叫‘先前做牛马，如今要做人’！怎么样？”刘少奇觉得好。大家都赞成。当天，刘少奇和大家同吃、同住，共同拟定与资方谈判的“十七”条，如不答应决不复工，并有《罢工宣言》公开张贴：

各界的父老兄弟姐妹们啊！请你们看，我们的工作何等的苦啊！我们的工钱何等的少啊！我们时时受人家的打骂，是何等的丧失人格啊！我们所受的压迫已经到了极点，所以我们要改良待遇、增加工资，组织团体——俱乐部。现在我们的团体被人造谣破坏；我们的工资被当局积欠不付，我们已再三向当局要求，至今没有圆满答复，社会上简直没有我们说理的地方啊！我们要活命！我们要饭吃！现在我们饿着了！我们的命要不成了！

……我们要求的条件是极正当的，我们死也要达到目的！我们不做工，不过是死……大家严守秩序，坚持到底！

各界的父老兄弟姐妹们啊！我们之罢工完全是为了生存，而与政治、军事等问题不发生关系。请你们支援！我们两万多人饿着肚皮在这里等啊！

罢工的怒潮席卷安源……

回忆还在脑海萦绕。杨开慧给司马龙珠拿饼干递水果，一个劲儿催促司马龙珠吃。面对老同学司马龙珠，毛泽东情不自禁地讷讷自语：“嗯！司马，大司马，任重道远啊……”司马龙珠闻听问：“润之兄说什么？”毛泽东“啊”一声清醒过来，笑着说：

“有大司马在左右，润之有幸！”

司马龙珠一时不懂学兄何意，望着毛泽东似求下文。毛泽东亦不解释，摸出烟吸起来。

正是：

追求真理救中国，
又返三湘搅风云。

第十一回

逸仙仙逝举国致哀　庆龄龄少衷心护国

回到湖南长沙清水塘，毛泽东和何叔衡等省委的领导同志们研究了党在当前的工作，向大家通报了自己回湘“养病”的原因。不久，毛泽东接到国民党中央邀请他参加国民党第二次代表大会的通知。在国民党“二大”上，他又被选为国民党中央候补中央执行委员，主办广州农民运动讲习所并任所长，为国共两党培养了大批农民运动领袖，为此后全国农民运动的蓬勃开展打下了有力的基础。同年，前往武汉创建国民党中央农民运动讲习所。这期间，毛泽东更加深了对农民运动重要性的认识，也更清楚深入地、客观地掌握了农村及农民的基本情况。所以，他让司马龙珠同行，走遍湖南的湘潭、醴陵等几十个县市，缜密地考察了各地农民运动的情况。其后，毛泽东风尘仆仆回到故乡韶山，静下心来对那一大包资料进行整理、分析研究，写出了中国历史上具有划时代意义的《湖南农民运动考察报告》和《中国社会各阶级的分析》，更坚定了他在中国实行“马克思列宁主义救中国”的理想。同时，他也认识到，在中国这样一个工业刚刚萌芽的社会里进行无产阶级革命的艰难性，开始思考中国革命的出路。作为中央农村工作委员会的书记，他的目光自然地投向了农民。

从踏上生养自己的故土那天起，毛泽东的心情就难以平静。无论在国民党、共产党中，他都身居高位，在老百姓眼里是个了不起的“大官”！但毛泽东心里明白，他的这个“官”其实很脆弱。毋庸置疑，孙中山先生志在拯救中华民族，提出《三大政策》的治国方略是坚定不移的。北洋军阀至今割据中国，国民党内部派系纷杂，虽举“三民主义”之旗，实唯个人利益是图者不在少数。因此，国共合作的前景不容乐观。

不要说在国民党中央，就是在共产党权力中心，自己也没有实质的决策权——为共产国际或其代表新任的主政者是听不进他这个“泥腿子”理论家的话的。要实现自己的抱负，脚踏实地与工农结合并依靠他们，是毛泽东决心实践的道路。

踱步在上屋场前的打谷坪上，少年时代的回忆骤萦心头。弹指间，自己已为人父，过了而立之年。按中国人的说法，“三十而立”，应事业有成——在社会上站得住脚了。

而自己的事业——共产主义运动的实践者的“事业”则刚刚起步！

“润之！”毛福轩从那边赶过来，肩上扛根楠竹扁担，挥手打招呼。他是自己发展的韶山第一批地下党员，现任韶山党支部支部书记。

“扛个扁担，是要上山还是下田？”毛泽东握手致意。

“上山挑昨日砍下的柴。这回回来就不走了吧？”毛福轩两眼充满渴望。

“当然要走嘛。”

“要走？唉，你要不走就好了！”

“毛泽东不是三头六臂，分不得身么。”

毛福轩嘿嘿笑：“我们恨不得你会孙悟空的分身术。有你在多省心呢！”

“哦！”毛泽东突然乐呵呵地说，“我分身有术啦，也教你分身术如何？”

毛福轩直卜楞脑袋：“你说我？可没那造化！”

“这造化你有——好好学习马列主义，帮助其他同志也掌握好马列主义，不就是分身有术吗？”

毛福轩听明白了，忍不住笑起来，一个劲儿点头。

“你这个支部书记干得还不错！”毛泽东夸奖，“韶山的土改经验得以推广，你毛福轩功劳不小。”

“你这大书记过奖。润之啊，听说那被斗的家伙正串通乡绅到县里去买通县官，要报‘一箭之仇’哪！”

毛泽东叮嘱：“要注意反革命的反扑。我们分了他的土地财产，灭了他们的威风，他们是不甘心的。要抓紧时间武装起来，以对付反革命的武装！”

“记得啦！”毛福轩神色严肃地接受指示。毛泽东是目前也是韶山有史以来最大的官了。仅此，就使封建专制下几千年来惧官的老百姓——包括毛福轩由衷地敬畏和恭维了！

上屋场许久没有这么欢乐的团聚了。毛贻昌、文七妹去世后，毛泽东理应是上屋场的当家人，但毛泽东的心思从来不在这里，自然，二弟毛泽民就担起家庭的担子。受毛泽东革命思想的影响，毛泽民也成为一名秘密党员，为革命工作奔走。三弟毛泽覃就当仁不让操持家事——后来，毛泽覃亦成为中共秘密党员，过继的堂妹毛泽建成了家中忙里忙外的主儿。久而久之，毛泽建也宣誓入党，泽民、泽覃之妻亦归红旗下……可谓满门一色红！如此一来，大家都忙着各自不同岗位的革命工作，上屋场就很难齐家团聚了！

今天，兄弟姊妹们聚到一起，实属难得。长子毛岸英是“远”字辈儿的孩子头，指挥着弟弟岸青、叔弟远新在天井里“捉猫猫”，闹得乌烟瘴气。杨开慧上前叮嘱岸英：“别总是耍！看你的满脸脏快洗洗读书去——你爸像你这么大都识得《百家姓》了哩。”毛泽覃过来哄撅起嘴的小岸英，“宝贝儿，《百家姓》咱是不读了！”

“那读什么？”岸英扑进叔叔怀里。他喜欢小叔叔，教他读书，也带他爬山、戏水、捉迷藏……

“读革命的书——小人书，你一定喜欢。”

“嗽！小叔叔给我看革命的小人书喽！”岸英跟着叔叔屁股后面往泽覃的卧室跑，岸青、远新紧追不放。刹那间，“天井风云”挪到毛泽覃的新房里“刮”去了。随后，杨开慧和毛泽建及弟媳等把桌子、椅子、凳子搬到天井摆好，端上毛泽建主灶的农家菜，好好吃一顿团圆饭，以享天伦之乐。即使此时，大家三句话不离本行——又议论起革命问题：国共合作的前景到底如何？大哥任国民党中宣部副部长工作顺心吗？为什么要把革命的注意力放在农民身上……

真是一场“非正式革命理论研讨会”！

此刻，远在广州的孙中山正积极推进革命进程。

为他器重的救驾功臣蒋介石统领黄埔军校，侠肝义胆的廖仲恺辅他建功立业，忠贞不渝的宋庆龄为他扶魂慰胆，共产党人的肝胆相照，这一切铸就了事业的发展壮大，万象更新。商团作乱，五千黄埔军校生操刀上阵安定羊城，孙中山名声大振，令盘踞北方莫名谁主的大军阀张作霖、段祺瑞、冯玉祥各衡利弊，一致“邀请”孙中山主驾北平慰天下！

被政治磨难戏弄已久的孙中山，接到三大军阀的“邀请”未能马上做出反应。叛将陈炯明炮轰总统府的硝烟似乎还未消去，是担忧自己北上后广州大本营不保，还是对那三巨头不信任？不得而知。

夫人的身体还有些虚弱。那是在陈炯明炮轰总统府时夫人为掩护自己，只身于府内同敌人周旋而导致流产留下了终身之疾。一个胆过大丈夫、义冠三军的“弱女子”，何其壮哉！

他不忍拖累夫人远行。

其实，熟知医道的孙中山也清楚自己病魔缠身，在与敌人公开斗争的同时也在默默地与自身的病魔作斗争，肝痛时时折磨着这位革命巨人！

这一切，都是他难下决心北上的原因。

然而，倘拒绝北上，岂不自行中止统一国家的脚步？

卧床休息的夫人宋庆龄关切地问：“先生还没下决心吗？”

孙中山长吁一口气：“是很难啊！”

“是先生的身体难以支撑吗？”

“孙文何惧自己安危？恨不得立统天下！”

“担心庆龄拖累先生？”

“当然不是！汝舍命救我，孙文再生之恩，岂有此念？”

“或疑北军不诚？”

孙中山沉吟道：“这，我考虑再三：张、冯、段各不相让又互不称臣，让我做‘钟馗’也是可能的。而且，也会在我身上各打各的主意，我必须有充分之思想准备。”

“是啊！你应和仲恺先生合计——廖先生于民国无二志。”

“是啊！”孙中山感慨地说，“现在，只有他了。”

革命如大浪淘沙，一路走来，无论挫折或成功，是沙，总要沉下去或被浪抛侧岸！而廖仲恺乃是经受住大浪淘沙考验的真诚之革命同志。

“还有，共产党人毛泽东，是可信之人。不知他已到任否？”宋庆龄提醒。她曾与先生沟通，总理对毛润之印象颇佳。

“得闻其见识锐利——预言日本必与我一战者实为惊世之语。如能得见毛君甚好。”

孙中山刚进他的总理办公室，广东省省长廖仲恺跟进来。孙中山便道：“说曹操曹操到——快请坐。”

顾不上坐，廖仲恺向孙中山汇报：“冯玉祥将军又致电总理，万望您迅速北上。”

孙中山已经分析过了：北方三雄，奉系之张作霖号称“东北王”，霸东北几省辽阔富饶之地，拥几十万关东强悍之师，欲并天下已久；直系军阀段祺瑞，号令京华，权横朝野，以直隶之厚重，挟渤海之重镇，称雄一方；而冯玉祥北盘长城，西踞大漠，凭燕山之障，扼南口之喉，握重兵以虎视天下。今三雄所设无论是“鸿门宴”还是“煮酒论英雄”，都不能不去了。就算有项庄舞剑，孙文胆不逊沛公；煮酒论英雄，孙文绝不听‘雷’而失盏！毕竟，革命之势渐得民意，逆者必亡！谅他们不敢冒天下之大不韪！况且，我孙文革命为民，又何惧牺牲！

接过廖仲恺递过的冯氏电文仔细阅过，孙中山对廖仲恺道：“去！我必须去！”

见总理如此坚决，廖仲恺知道作为政治家的孙中山深思熟虑过了。而作为总理的左右臂，自己也时时关注着国家的局势。平定广东境内的两次叛乱，革命军继而东征叛贼陈炯明，由共产党员与国民党左派骨干组成的黄埔军校两个教导团、粤军、滇军、桂军力量之联合，澎湃领导的东江游击队的配合，使广东的局势得以巩固，也引起全国的关注。而不久前的直奉大战使中国北部的局势骤然变得微妙：大总统曹锟派吴佩孚在山海关迎战奉系张作霖，双方鏖战之际，冯玉祥联合陕军一师师长胡景翼、第十五混成旅旅长孙岳共发和平通电，继而回师北平“接管”了北平政府，阴错阳差，皖系首领段祺瑞坐上了“中华民国总执政”的宝座，冯玉祥被拥为“中华民国国民军总司令”兼第一军军长……在廖仲恺看来，段祺瑞以“总执政”的名义电邀总理，意在使“总执政”合法过渡为“总统”；张作霖自然不甘段祺瑞之后；唯冯玉祥将军有匡扶孙中山“正位”之意。否则，身为总司令的他，何必以自己的名义致电总理？

据此，廖仲恺所忧者不在北平而在广东：“总理此去，广东怎样安排？”

孙中山道：“正为此要和先生商议。我虑之再三，有仲恺戍守，羊城当无恙。”

“仲恺一定尽力，但恐难当此大任……”

孙中山动情地道：“你就不必推辞了！你为省长，我为总理，都不过只可治理广东而已，实为一体一脉。吾难决者并非北惧三雄、南忧粤滇，而是忧着‘北上无君，我心不安，北上有君，广东何安？’”

听总理如此肺腑之言，廖仲恺大为感动：“总理如此看重不才，仲恺唯肝脑涂地以捍卫民国！仲恺有报国之志，无分身之术，望总理权衡而裁之。”

孙中山略为思索，眉毛一扬，乐呵呵地道：“还是你提醒了我——有了！”

“总理有何良策？”

“把你廖仲恺一劈两半儿嘛！”

“总理……”

“哦！”孙中山笑着摆摆手，“你别误会！我有了两全之策：你虽不能伴我北上，但随时可在我身旁。”

“这……”廖仲恺不知所然。

孙中山兴奋地提笔于案头宣纸工整而书：

廖仲恺　财政部部长　兼　军需总监

胡汉民　代理大元帅　兼　广东省省长

……

可见，关键时刻的廖、胡移职，是孙中山倾心之举。如此，廖仲恺既能虎视广东，又便于配合自己更举大业。廖仲恺易职完成，安排好广东其他事宜，孙中山才放心北上。公元一九二四年十一月十三日跨海启程，有夫人宋庆龄扶持左右，长子孙科、兵权在握的汪精卫以及戴季陶、李烈钧同行。次月四日抵渤海门户天津卫，竟有数万民众热烈欢迎！孙中山万分感动，频频挥手向欢迎人群致意。宋庆龄也时时摘下头上的帽子向人们挥动致意，悄悄与孙耳语：

“先生，民众如此爱戴您是因为您的天下为公！”

尽管夫人有宽慰自己之意，却也不失偏颇。想自己为革命奔波至今，以唤起民众为本，然此前挡在自己面前的大多是清朝的遗老遗少、封建贵族和持武军阀。今天民众之赐实出望外，此景象又怎不慰藉？

当晚，专程赶来天津“恭候”多时的段祺瑞的代表叶恭绰、许世英表示“十分的欢迎”。在下榻的惠中饭店，孙中山直言抨击道：

“照二位话说，北平（政府）主张‘善后会议’？此举乃司马昭之心路人皆知！孙文奔走革命，首为废除满清同列强签订之不平等条约！你们为何无动于衷？你等‘外崇国信’的幌子是出卖革命，何必邀我北上？”

那叶、许如何回答得总理犀利之问？双双哑口无言。良久方缓过气来，拱手答道：

“段总统以诚对孙先生。请孙先生尽快进京以商国是。先生准备何时进京？我们已在惠中饭店二楼备下酒席，为先生接风。”

“不必了，”孙中山马上拒绝，“四万万同胞处于水深火热之中，我怎吃得下酒席？”

“那……孙先生先休息，卑职不敢勉强。我等在此恭候先生启程。”叶、许只得悻悻起身告退。

“请二位转告，我当然要去北平，稍事休息而已。”

孙中山不急于前往北平，稍事休息是一个原因，静观各界反应以拟对策才是真正的

原因。于津门休息过二十又七日，即十二月三十一日，孙中山一行方抵北平。前门火车站盛况空前。各界代表及自发聚集的民众热烈欢迎这位“中华民国”的国父。孙中山身着由他自己创制的“中山服”，精神抖擞，笑容满面地向人们挥手致意，并发表简洁演说：“谢谢同志们！谢谢朋友们！孙文北上，非为地位，亦非权力，是与大家共同救国而来！”顿时，响起雷鸣般的掌声与欢呼声！这位中国历史上第一个站出来推翻封建王朝、主张国为民生的民族英雄，受到人们的极大尊重。冯玉祥将军显示出对孙中山的格外崇敬，亲自安排一行人住进北京六国饭店，派心腹组织卫士护卫孙中山一行。入夜，为先生递茶的宋庆龄发现他的面色流露出痛苦之意，关切地问：“您哪儿不舒服吗？”

“哦！”孙中山叹一口气，他知道是瞒不过夫人那双敏锐的眼睛了，“腹下……略感不适。”

宋庆龄判断先生是肝病发作，不免愁袭心头。如果国家统一的契机已经来临，病魔的袭击、纠缠会影响到统一的进程，甚至国之命运。

“先生，我们马上去协和医院吧！”

孙中山摇摇头：“还是等等吧。”

宋庆龄知道先生的心：为了国家大业，他宁可忍痛工作，“先天下之忧而忧”，置个人安危于度外。但是她也明白：肝脏之疾决非头疼感冒，是未必可忍得住的！

“先生，为了国家安危，你必须注重个人之安危。你的安危直接关系到中国之安危。”

是啊！孙中山又何尝不知？作为懂得病理的他希望剧烈的肝痛不致击垮自己！但人与病魔的斗争是很难测的！

“我躺一会儿……也许会好些的。”

先生这样说是为了安慰自己。当看到他一个简单的卧床动作就汗珠满头的时候，一种不祥的感觉震撼着这位伟大女性的心头：不能由着先生的性子来！

“我们必须马上去医院，先生！”

孙中山仍固执地摇摇头说：“我怎能现在倒下？不能让冯玉祥将军……国人失望！”

“可是你的病……”宋庆龄焦急万分。

“事情处理完后再看医生不迟。坚持乃胜利之神。”孙中山强作笑脸，极力安慰夫人。为了爱和民国大业，她付出、献出的也太多，太多！

“去医院吧。你知道的，协和医院是全国最好的医院，且距此不远。”

“这些我知道……也许，国家统一也为期不远……”

“你要坚强！你是属于四万万同胞的！”

“是的，我首先属于你。”

“先生，你先静心休息一会儿。如继续疼痛就必须到医院了。”

“好。”

为了让夫人放心，孙中山强忍腹痛，闭上眼睛佯作入睡。宋庆龄不敢延误，轻轻为先生关好房门，然后依次敲响汪精卫、孙科的房门，匆匆合议之后，秘密联系了医院，以备不测。第二天一早，孙中山就起床洗漱、正装亮履，开始会见冯玉祥、段祺瑞等人，听取各方意愿……不料病情突然恶化而昏倒在会客之沙发上！一九二五年一月二十六日入协和医院救治并实施手术，住院月余，于二月十八日移居铁狮子胡同原顾维钧住宅休养。国之统一大计只得暂时搁置不议。

病榻上的孙文自知天命难违，立嘱曰：

> 余致力国民革命凡四十年，其目的在求中国之自由平等。积四十年之经验，深知欲达到此目的，必须唤起民众，及联合世界上以平等待我之民族，共同奋斗。现在革命尚未成功，凡我同志，务须依照余所著《建国方略》《建国大纲》《三民主义》及《第一次全国代表大会宣言》继续努力，以求贯彻。最近主张召开国民会议及废除不平等条约，尤须于最短期间促其实现，是所至嘱。

家嘱曰：

> 余因尽瘁国事，不治家产。其所遗衣物、书籍住宅等，一切均付吾妻宋庆龄，以为纪念。

公元一九二五年三月十二日，伟大的中国革命先行者孙中山先生走完了他五十九个春秋的非凡之旅，带着壮志未酬之憾永远地闭上了眼睛。

孙文仙逝的噩耗，很快传遍了平津，传遍了五湖四海。设在社稷坛的灵棚里，每天都有数以万计的各界人士前来吊唁。文人献诗，将士宣誓，百姓号啕，古城四处飘白！葬礼那天，通往西山安榇的大道两旁泣声不绝。

悲痛欲绝的夫人宋庆龄强忍悲痛，完葬后忍泪启程前往上海家中，闭门谢客志哀！独守空房，宋庆龄于痛苦中追思亡灵，更不忘先生未竟之大业，密切注视国内局势，暗下决心捍卫先生之伟业，继承先生之遗志，为平等、自由之中国而献身！

正是：

不让须眉巾帼志，
朦胧叠嶂雾中花。

第十二回

一波三折国共终分裂　狭路相逢毛蒋始交锋

忽闻孙中山先生猝然仙逝，毛泽东不胜惊骇！在国共两党都重任在肩，熟悉两党状况的毛泽东不免产生“风雨欲来风满楼”的忧患。

毛泽东的忧虑并非空穴来风。孙中山尸骨未寒，国民党的右派势力便在北平西山秘密集会，以邹鲁、戴季陶为首的少数右派人物草草“通过”一项“决议”，开除陈独秀、毛泽东、李大钊、周恩来、叶剑英等几十名在国民党任职的共产党人的国民党党籍，并即刻公布于世。

一时天下大哗！孙中山亲手制定的救国蓝图已被撕裂，国共合作之成果即遭践踏！

宋庆龄再也坐不住了！她不能眼看着总理用毕生心血铸就的建国方略就这样被邹、戴之流毁于一旦！

此时的宋庆龄也知道，尽管自己亲历了总理近十年的革命实践，无论风花雪月还是枪林弹雨都不离先生左右，但中国不是英吉利、不是荷兰，女人没有法定的、可以和男人共享权力的地位，只有名分而无权位。作为总理之遗孀，面对谬误她无力回天！

她想到了远在广州的廖仲恺。

那里正处于权力的真空。权力的争斗必在南海之滨掀起，因为国民政府的武装和政治舞台就在那里。要确保总理遗嘱不打折扣，非廖君莫属。

她决定亲往羊城以求救国之策。

广州是宋庆龄又伤感又寄托希望的地方。

春天的羊城繁花似锦。依然的木棉花，依然的珠江水，却不一样的心情。

此时的广东，虽胡汉民主政，但实力派却是汪精卫。“虎去猴子精”，汪精卫大有“挟天子以令诸侯”的派头，并不把胡汉民、廖仲恺放在眼里。对孙夫人只有寒暄应酬，不进国是一言。胡汉民劝夫人“节哀保重”，亦不谈政治。

登门拜访的廖仲恺刚一进门，宋庆龄便迫不及待地问他：“廖先生，政府、军界对开除陈独秀、毛泽东、周恩来等人的（国民党）党籍可有议论？”

廖仲恺以实相告：“肢解革命力量，背弃总理救国方略，多有非议。况邹、戴等人有何权力代表我党开除负有领导责任之党员？总理有知，亦不瞑目！”

一番话让宋稍得慰藉：“你说得对呀！总理尸骨未寒他们就翻天，怎不让人痛心？”

“夫人，我想听听您的意见。”

“作为先生的追随者，绝不能听之任之！”宋庆龄斩钉截铁地说，“我建议召集紧急会议，对邹、戴等人的错误做法作出处理，向全国宣布撤销错误‘决议’，回到执行总理三大政策的方向上来。”

“好！”廖仲恺点头称是，“我和汉民、精卫接洽，马上召集紧急会议。”

“越快越好，”宋庆龄叮嘱，“另外，你可告诉陈、毛诸君，邹、戴之荒唐行为并不代表国民党。我们会对邹、戴的错误行径做出公正、公开的处理，希望诸君以国家为重，继续团结，以完成总理未竟之事业。”

“我即刻安排。”

廖仲恺为宋庆龄的侠肝义胆所感动。他为有夫人这样的捍卫者而信心倍增，决心精忠配合，不负总理知遇之恩。

没有意外。在召开的国民党特别会议上，大家一致同意开除邹鲁、戴季陶等人的党籍，撤销他们盗用中央名义开除陈、毛、周等人国民党党籍的所谓“决议”，并通过报刊、广播公布于世。看到国民党特别会议的公报，张国焘大为高兴，致信李大钊说：“总归正义战胜了邪恶。看来共产主义不但在我党、在国民党里亦有市场。”李大钊不敢苟同，将张信原件转寄毛泽东，并附言说：

“随信附国焘同志信。他乐观之极。然我辈似感此议不妥。君在宣传部执掌舆论，注意文章导向才是。”

毛泽东看了李大钊的信，十分重视。他明白李大钊把信转给自己的原因，那就是决不可因党籍事件而产生幻想，更要警惕国民党内的右派势力重新抬头！自己身为国民党的代理宣传部部长并主编《政治周报》，实际上主掌着宣传舆论大权。诚然，宣传的宗旨离不开“三民主义”“三大政策”之资产阶级革命的范畴，作为共产主义者尤其一个理论家，他并没有因到国民党里做官而荒废共产主义理论的研究。面对国民党内别有用心者散布的“共产主义不适合中国”“我党人才多得很，干吗还要共党分子掺和‘三民主义？’”甚至污蔑共产主义就是“共产共妻”，扬言“中国乃礼仪之邦，决不可把中国变如西方共产共妻之社会”等污蔑之词，他想请人写一篇反击污言秽语的文章。

他想到了司马龙珠。

在广州农民运动讲习所任教员的司马龙珠是毛门常客。在毛泽东的帮助下，司马龙珠的马克思列宁主义水平不断提高。加上他本人善于和群众打成一片，深得学员们喜欢。这样，大家有愁有喜都愿跟他说，就连谁家两口子吵架、谁家不孝父母他都知道。杨开慧笑他是“公共家长”，毛泽东说：“这个‘公共家长’贴着群众的心，贴着党的心，这样，党心民心好连在一起么！”杨开慧听了说：“我看，让司马当你的秘书最合适，准能准确理解你的意图。”毛泽东道：“目前有你就行啦。我们的干部紧张得很哪，还是让他人尽其才——讲习所里靠他和萧楚女等几员大将支撑呢！”

司马龙珠课讲得不错，也写得好文章。

晚上，司马被请到毛泽东的寓所。开慧把鱼头汤端上来的时候，毛泽东开玩笑说：“今天这饭可不白请啊！”

司马龙珠瞅瞅大师兄——他们之间是不开玩笑的。

“吃嘛！”毛泽东用手中的筷子指指桌上的饭菜，“医学科学家说，吃饭的时候不宜讨论问题。那就饭后说。”

司马龙珠见毛泽东面无笑意，不知有什么事，还是追问：“是不是事情很重要？”

毛泽东品味着鱼头汤，头也没抬说道：“嗯嗯，饭后再说……”

司马龙珠把筷子往餐桌上一放：“你不讲我吃不下——如果我做不来怎么办？吃下的东西可是吐不出来呦！”

见司马认真的样子，开慧忍不住“哧”地笑了，说道：“怪不得润之说‘再认真不过司马，较不出真儿饭都吃不下的主’。真是的！”毛泽东这才笑指司马道：“此事非你莫属！”司马急了：“别把人闷煞——到底是什么哦？”开慧这才道：“润之请你写篇文章给《政治周报》，他卖个关子你就认真。”

“我就是个认真的人。润之兄要哄我，那还不一哄一个准儿！”

司马龙珠是实话。毛泽东的话他不用考虑就听，就执行，都习惯成自然了！

“此事非你‘较真儿’的司马不可，而且要有马克思主义的认识水平才行。”毛泽东脸上微露笑意：“吃嘛！吃饱了好回去准备‘炮弹’。”

“炮弹？”

“炮弹——这篇文章要顶得一个师的炮弹才行！”

“哦。”司马龙珠虽然还不甚明白要自己写什么文章，但知道要接受的一定是一个特别的写作任务了。虽然自己比不了“下笔如有神”的大师兄，但自己也是人们公认的名校学子，写篇理论文章并不为难。于是便坦然地吃喝——鱼头汤也盆漏似的“下”去了。饭后，毛泽东和司马龙珠详细研究了国民党右派人物错误言论的错误实质和危害，怎样用孙中山先生的“三大政策”及“三民主义”批驳它，应注意文章的矛头对的是错误言论而不点名、不对人。

文章印发后不几天，宋庆龄打电话给毛泽东：

“谢谢你，毛君！也谢谢文章的作者司马！这是一篇正确理解和宣传总理的救国方略和政策的文章。文章中批评的党内外那些错误言论，庆龄亦深恶痛绝！‘两党团结中国幸，倘若分裂民族危’，此说中肯。建议向全党推荐之。”

宋庆龄的愿望是好的。但是，国民党显赫人物中并非人人真的信仰并执行孙中山的救国大略，相当一部分人举的是“三民主义”的旗帜，干的是要独霸江湖的勾当。

孙文已去，填补权力“真空”乃国民党迫在眉睫的大事。国民党第二次代表大会自然是争夺权力的角斗场。鉴于毛泽东、陈独秀、李大钊等人的出色表现，大会仍选举他们为国民党中央委员会执行委员或候补执行委员。出人意料的是，黄埔军校的校长蒋介石一跃而登上国民党中央的高位，成为国民党领袖中的“新星”。

说他“新星”，是他新在从一校之长一步登上党魁的宝座，连汪精卫、胡汉民都没思想准备。他们却不知道，有思想准备的是蒋介石本人——举足轻重的黄埔军校势力和平叛救驾有功是他得势的资本。作为军人，蒋当然明白乱世武力定天下，国民党的生力军在握，使他得势便猖狂，马上流露出对国民党中央及国民政府中共产党人的不屑，并透露“必清共党”之意。得知蒋介石还未“登基”便欲“清君侧”，会未结束，极右势力就以“莫须有”的罪名抓捕了几名在政、军中工作的共产党员，还扬言要赶走共产国际派到中国指导工作的苏联军事顾问团。

独具慧眼的毛泽东感到问题的严重性，思索着如何面对当前微妙而严峻的政治形势！

暗流涌动、江面平静的珠江水滋润着美丽而繁华的羊城。沿江公园点缀的花草赏心悦目，如诗如画。高大的榕树沿江而立，贪婪地把一条条气根伸进江水里，尽享湿润之乐。宽阔的江面上舟飞船逐，两岸的楼宇错落有致，西洋风格的跨江铁桥上车来人往……这一切，让坐在榕树下吸烟的毛泽东感受到这座南粤商贸名城与古郡长沙的不同。

此时的毛泽东，正如流淌的珠江，镇定的表象，涌动的心潮，严峻的形势不容麻痹——“大意失荆州”的关云长之悲剧在眼前不断浮现！

“听任蒋介石发威，国共合作休矣！”毛泽东大口地喷着烟雾，心潮难已，“必须拿出办法来拯救革命！”

毛泽东明白，要撼动蒋介石已取得的地位并非易事。他拥有刚刚得到的合法宝座，而维护其宝座的资本则是以黄埔军校学生军为核心的武装力量。胡汉民书生意气，不足与蒋争锋；尽管汪精卫麾下十万之师，但那是没有严格训练、缺少精英将才的庸军，难以与新锐蒋之黄埔军相比。胡、汪、蒋三驾马车虽入一辕，久必为蒋所虏。那时，共产党的处境就危难了！

猛地，一个大胆的想法使毛泽东为之一振：如果“两广”的军力联合，则可胜过蒋之势力！

毛泽东认真分析了当下之形势，是“就广州一城，蒋介石居于优势。就广州军政府而论，所主之‘两广’武装居于明显优势”。如果以广州军政府之武装力克一城之霸主，便可扭转乾坤。

毛泽东的大胆设想不是没有依据。时下，蒋介石的武装力量还仅限广州一城，除黄埔军校外，只有王伯龄的一个师、吴铁城的武装警察队伍即一师一营而已。而广州军政府辖精锐之第一军革命基础较好，认清蒋之倒行逆施必反之。第二军谭延闿、第三军朱培德、第四军李济深和第五军李福林素与蒋貌合神离，其中李济深与蒋积怨已久，稍加游说便可揭竿而起。共产党员叶挺统师肇庆，可做“总监委”之安身之地。再联合桂军李宗仁率师加盟，形成诸侯伐蒋之局面，可获大胜。

想到这里，毛泽东立即起身去找黄埔军校政治部主任周恩来、第二军党代表李富春讨论自己的意见。周、李听了，都觉得“局势如此，只有一搏”。慎重起见，三人找到“苏共”军事顾问古比雪夫陈述毛泽东的建议。古比雪夫听了点头说了两遍“哈拉少”，但斯大林派来的苏共中央委员布勃诺夫为首的军事考察团就在广州，应听听他们的意见。

毛泽东觉得有道理——作为共产国际的中国支部，是受共产国际其实乃苏共领导的，听听他们的意见也在情理之中。

然而，久未得到古比雪夫回音。待到问时，古比雪夫耸耸肩头，连说“涅！涅”！又摊摊双手。毛泽东不懂俄语，还是周恩来翻译说：“‘涅’——不，不行的意思。”毛泽东问为什么，古比雪夫摊摊双手耸耸肩，叽里嘟噜说了一串儿——周恩来翻译之后，毛泽东惊愕不已！知道扭转乾坤的时机丧失了！心中一叹：看来，赤手空拳的革命难成功啊！

原来，蒋介石得知毛、周等共产党人欲策动广州军政府联合桂系李宗仁抗衡自己，亦知只要布勃诺夫来个“哈拉少”，自己必朝夕不保。有保定陆军军官学校和日本军校学历、有上海投机混混儿经验的蒋介石，绞尽脑汁地想出一个连环毒计：先是软硬兼施，令不熟中国国情又被蒋介石“保护起来”的布勃诺夫不得不听任自己摆布，向莫斯科作假汇报。然后釜底抽薪，把古比雪夫撤回苏联。紧接着，以共产国际名义从苏联运来的一船军火交给了蒋介石！布勃诺夫明知助纣为虐，却有苦难言！

毛泽东知道再无回天之力，遂离开广州，携妻小、带司马先回上海去了。

返沪休息养病的宋庆龄很快便得到改组后的国民党“总监”蒋介石开了杀戒，清洗、抓捕在中央和政府工作的共产党员的消息，舆论界非议四起，她感到先生的遗愿再次受到践踏，甚为不安。又听廖夫人何香凝女士电话中告诉，因廖仲恺奉劝蒋介石不要破坏先总理的三大政策而遭不明身份者恐吓，不久即遭暗杀！更有“山雨欲来风满楼”的不祥之兆。作为国民革命的战士，孙中山先生救国方略的忠贞执行者，她不能容忍有人倒行逆施。

轻轻推开窗子，吹进一阵清风，招来半边残月。星光暗淡的苍穹深邃而清冷，飞天的嫦娥一定在苦守着无穷的寂寞，窗子里的女主人则有着挥之不去的丧夫之痛和与嫦娥截然不同的孤独！她太需要支持的力量了！

但她有着常人没有的坚强，她更有着常人不具备的坚忍和忠贞。她早已把自己的命运和革命连在一起，没有什么可以把她们分开了。

“丁零零”。是电话铃声。

回身轻取听筒，传来的是熟悉的何香凝女士的声音。

“你好吗？”问候的声音伴随着温文尔雅，“你在上海？”她的脸上浮现出久违的笑意，且带惊喜，“什么？就到莫里哀路？好，好！”

放下电话，宋庆龄款款移步，迎出门去。

客厅里，主宾拥抱、问候、落座，双双隔着热泪看对方：每个人的痛苦何必言表？

“蒋介石是个不折不扣的阴谋家！”何香凝义愤填膺，“有人还疑惑他要干什么？他还能干什么！”

宋庆龄点点头："没想到邹、戴阴魂未散，又有人兴风作浪！他要把民国带往何处？"

"独裁！背叛国民革命！"何香凝怒火中烧。

香茗早被冷落，保姆再三换过，姊妹二人无人触动。宋庆龄从案头拿起几张写了字的稿纸递给何香凝："这是我起草的一份声明，请廖夫人斧正。"何香凝接过来看，情不自禁诵出声来：

> 惊悉国民党几个别有用心之人，盗用国民党中央之名，做出开除陈独秀、毛泽东、李大钊等几十人出党的荒唐行为，不仅我党同志愤慨，国人多有异论！联俄、联共及扶持工农乃总理所制国策，救国拯民之大计，岂容毁于一旦？国共合作以来，革命形势日见顺畅、成绩斐然，何罪之有？更有甚者，竟冒天下之大不韪，打起拥戴总理旗帜而行破坏合作之实，抓捕在国民政府及党内工作的共产党人，此倒行逆施不止，何谈民生？何谈民权？又何谈民主？
>
> ……

"好！"何香凝对宋庆龄的胆识和犀利的批评表示钦佩，"蒋某人是得势中山狼，一天比一天猖狂！他就是民国罪人！大家瞎了眼，把他抬上去，我抗议！"

正在这时，保姆进来通报：毛泽东先生在外求见。宋庆龄闻听一怔："毛泽东？"这是她没料到的。

"那，我谢绝他。"保姆见宋庆龄犹豫，连忙表示。

"不，请他进来，"宋庆龄知道保姆误会了自己的意思，"去吧！"

保姆转身去请客人。何香凝便道："来客人？我回避一下。"宋庆龄笑道："此人可是大大有名的毛泽东啊！廖夫人不想一睹风采？"

"如雷贯耳！那就陪夫人共睹这位大理论家的风采？"

说话间，客人走进来。只见他：

> 浅灰色布衣长衫，尖口儿千层底布鞋，朴朴素素的一身打扮；颀长的身材挺拔伟岸，勾勒着健康之美；乌黑的长发中分左右，衬托着那张周正而洁净的脸；淡眉下一双女人般的大眼睛明快漂亮，和鼻口和谐、匀称；点睛之作的那颗痦子长在唇下方，使英俊中平添几分锐气。英雄中的美男子，美男子中的英雄。

初见毛泽东的何香凝暗暗称奇：凭此人相貌堂堂、一身正气，是值得孙夫人赞誉哉！当宋庆龄把何香凝也介绍给毛泽东时，毛泽东向何香凝表示敬意："今日有幸得见何先生，十分高兴，望多指教啊！"

何香凝见毛泽东彬彬有礼而又平和热情，全然没有国民党中一些大官的不可一世的样子，心中十分好感，和毛泽东握握手说："毛先生客气了。正要听听毛先生对时局的看法呢！"

宾主落座。宋庆龄道："夜晚来见庆龄，毛先生有什么事情吗？"

毛泽东回道："天有些晚了，很抱歉打扰您！但明天我就要走了，只得晚上来向夫人辞行。"

"哦？回上海这么短的时间毛先生又要走了？"宋庆龄有些愕然。

毛泽东坦然回宋庆龄道："事已至此，只好离开了。"

宋庆龄当然明白其中缘由，不禁摇摇头暗自惋惜："毛先生今后如何打算呢？"

毛泽东道："'革命尚未成功，同志仍需努力'，我辈怎可因一时挫折就半途而废！人人都有革命之权力和责任，润之会继续努力，拥护孙中山先生的治国大略，革命到底！"

宋庆龄异常感动，先生逝世之后，除廖仲恺之外，她还没听到他人像毛泽东这样恳切、真诚的话。"谢谢润之先生！请代我向其他被伤害的同志转达庆龄的心声：我期盼两党像昔日那样合作，并为此不懈努力。"宋庆龄说道。

"谢谢孙夫人，"毛泽东亦十分感动，"您永远会得到所有正义人们的尊重！"

何香凝忍不住感慨："我党多几个毛先生这样的人物，何愁不能内统外御！"

"何先生过誉。我先行告辞了！"毛泽东站起身来要走，就见保姆神色有些慌张来报："夫人，蒋介石先生来了。"

大家一愣。宋庆龄旋即微微一笑，对毛、何道："他来他的——你们都不必回避，就在这儿坐着。"然后让保姆去请蒋介石。

一身戎装的蒋介石挺着腰板走进来，没料到毛泽东、何香凝二人做客宋宅，面露惊愕和尴尬！但他毕竟是老道的江湖，忙以微笑掩饰过了，对何、毛一一寒暄："廖夫人别来无恙？毛润之也在？"

何香凝把头别过去不予理睬。毛泽东微微一笑，站起来致意："真是巧极了！我来向孙夫人告别，巧得很，在这里得见何先生又见蒋校长，那就一并辞行了！"

蒋介石故作吃惊的样子："是吗？润之要离开上海？为什么呢？"

毛泽东坦然回敬虚伪的蒋介石道："国民政府的饭碗端不成了么！总得找个吃饭的地方！"

"润之说笑了，"蒋介石自己看个椅子坐下来，"据党内同志反映，只要润之——当然还有其他共产党员，公开声明脱离共产党，我党之党籍自然恢复，职位亦恢复！"

毛泽东立即驳斥道："蒋先生刚才是说笑话了！那不同样是违背孙中山先生的初衷？不是和'三大政策'背道而驰吗？"

"既然共护国父之主张，统一到国民党旗下不是更好？"蒋介石还想狡辩，何香凝再也听不下去了，手拍茶几喝道："这不是耍无赖吗？不要拿着'不是'当理说！国民革命迟早要毁到你们手里！"

尽管何香凝当场给自己下不来台，但面对“相国”遗孀，蒋介石知道何香凝憋着满肚子的气没处撒，就这样不给自己面子，又是在宋庆龄面前，也不好还一眼色，便皮笑肉不笑地劝何香凝息怒：“我们是自己人，有什么问题另行再谈。”

何香凝冷笑道：“蒋校长还知道谁是自己人？那好，还我仲恺！”

蒋介石一震：“这个……人死不能复生，中正起死回生乏术……”

何香凝愤然道：“你当然管死不管生！那我问你，你们宣布陈独秀、毛泽东等一百七十九名共产党人为危险分子，你们捏造罪名，证据呢？何以服天下？什么人干得这‘好事’？李宗仁、陈果夫、李石曾、吴雅晖、黄绍竑，五丑罢了！中央监察委员会几十个人，你是总监，他们敢在你的眼皮子底下公然冒天下之大不韪？”

“廖夫人息怒，中正也为此遗憾！”

“是吗？”何香凝“轰”地从椅子上站起来，怒目蒋介石：“那好，你明天以个人名义在报上声明你的遗憾！”

“这个……”

“‘这个’，你当然不会做！”何香凝说着向宋庆龄说声“再见”，转身就走。蒋介石不知如何是好，脸上一阵红一阵青，对宋庆龄道：“不料廖夫人对中正发火……唉！”蒋介石假惺惺地叹口气，“是啊，廖相不测，她怎会有心情？”

毛泽东怕蒋、宋有家事要谈，亦起身告辞。蒋介石不无揶揄地冲毛泽东一笑：“润之，后会有期！”

“宜早不宜晚！”毛泽东表示。

“润之，此话怎讲？”

“国共合作破裂而东西，如不修复，三五十年，共产党必得天下！”

见毛泽东那么认真、自负，蒋介石冷冷作笑，笑得宋庆龄浑身快激出鸡皮疙瘩来。在蒋介石的眼里，毛泽东太“鸡蛋碰石头”了！一帮手无寸铁的书生，写写文章弄弄笔墨制造点儿麻烦也就罢了，怎敢狂言必得天下？！

此一别，拉开了国共两党斗争的序幕。直到重庆谈判时，蒋介石不得不和毛泽东平起平坐，是蒋介石此时做梦也想不到的……

是后话。

拥兵百万可称霸，
作乱人间伪国君！

第十三回

秋收起义集结文家市　收拾残部投奔井冈山

国共第一次合作终告失败。蒋家王朝在血雨腥风中日见巩固。羽翼丰满的蒋介石用尽权术、调动兵力，南平黔贵、中扫两湖、西拢川陕、东削蚀皖赣，再次北伐而定中原。令他颇费心机的是雄踞关东之少帅张学良。蒋介石知道，关内各路诸侯或降或归或和，臣服的是中央军，听命的是自己！而少帅张学良继承的是土匪出身的号称“东北王”张作霖的东北军！那几十万东北军是名副其实的虎狼之师，但讲军事对抗，也难料鹿死谁手，更何况真的“鹬蚌相争”，得利的很可能是东洋人。亏得张学良心怀民族大义，权衡分和利弊，选择了东北易帜，蒋以“国民革命军副总司令”之职安之。于是，共产党就成了他的心腹大患。继叛变革命、屠杀共产党人的汪精卫之后，蒋介石下令“宁可错杀一千，不可放过一个”共产党员，仅“七一五反革命政变”后就疯狂杀害共产党员两万多人，其中干部四千多人、中央委员三十七名。屠杀无辜百姓无数！一时间，反革命血腥恐怖笼罩大江南北……

湖南长沙，北门外八角楼。

毛泽东夫妇已安排保姆带二子岸青到板仓躲避，自己和夫人开慧、长子岸英及出生不久的幼子岸龙从清水塘搬到这里来。

虽然白色恐怖无处不在，但从公开的寓所搬到秘密新居，毕竟安全多了，况且这里和省委联系又方便，利于工作。

夜深了，毛泽东还坐在书房兼办公室的案头前吸烟慎思。严重的革命形势、血的残酷教训，让毛泽东夜不能寐。国民党反动派已把共产党人推向绝境，中国共产党人的出路在何方？

开慧悄悄把热茶送进来，轻轻放在毛泽东面前，毛泽东竟没察觉似的。开慧不忍离开，叫了声：“润之，喝点茶吧。”毛泽东这才“嗯”一声从沉思中还过神来。

“你都两三天没好好休息了。”开慧提醒他。

“哦！”毛泽东挺挺身子，“你也没睡？我睡不着呀！”

开慧拉拉旁边的椅子，默默地坐下来。毛泽东瞅一眼面色显得憔悴的夫人，心中不免有些酸楚！这些年难为了妻小，长沙—韶山—上海—广州—武汉走马灯似的转来转去，没有一个安定的生活环境，还几次冒着生命的风险，开慧从无半点怨言。她也早视共产主义事业为已任，把生死置之度外了。

“我们没有别的选择了！”毛泽东用深沉的目光望着开慧。

“我理解你。”开慧平静地一笑。

“除了你，还有谁更懂我？”

毛泽东这样说是发自内心的，也是客观的。是心心相印的夫妻，也是志同道合的同志。

“你不要气馁。‘五大’对湖南农民运动的肯定，不就是对你的肯定吗？”

“算是吧！”

“这次，他们——中央派你一个政治局候补委员回湖南领导省委，是什么出发点？”

“这是党组织的决定，是工作。作为共产党员，我无条件服从并完成工作。”毛泽东向开慧解释，“党要发展壮大，必须从发动工农尤其农民做起。在某种意义上讲，中国的问题首先是农民问题。因为我们与西方不同，还是农业大国，工人阶级的力量相对薄弱，很难从根本上动摇反动统治。首先武装农民造反是无产阶级革命的基础。可是，中央的主要领导同志陈独秀听不进去，张国焘不以为然，只有共产国际的罗明纳兹在‘五大’表示了态度，并让我以中央特派员的身份回湖南领导省委工作。我这个中央特派员该做点推动革命向前进的事了。”

“你有打算了？”

“发动农民，建立农民军。”

开慧点点头，知道夫君已下决心了！建立武装，就意味着枪对枪、刀对刀地斗争……

“霞姑，我们过去只是纸上谈兵，从理论到理论，秀才遇到兵，有理说不清，更是没人和你讲理，动辄屠杀镇压。而我们呢？毫无抗击能力，因为我们没有武装！”

“我在省委会议上提出武装起义的主张得到省委的认同，并决议组织秋收起义，我是总政委、总指挥。”

开慧明白夫君把这些告诉自己的用意：“你是起义的主要领导，也是一名共产党员，执行组织决议天经地义，我不会拖你后腿，因为我不但是你的妻子，也是一名共产党员，你的同志。”

“我这个在野党的中央特派员不是什么官儿，而是带头冲锋陷阵的战士……”

“润之，我知道你要说什么，”开慧截住毛泽东的话，“革命会有牺牲，武装斗争更是如此。为了全中国四万万同胞的幸福，我们别无选择！”

“看来我要离开一段时间……”

“这里有我，你放心去吧！”

毛泽东心中一热，情不自禁地起身把爱人搂在怀里，动情地说：“霞姑，我会平安无事回来的。你多保重！”

“我知道，我和孩子会天天想你的。”

是夜，两个人有道不尽的眷恋，说不尽的恩爱，不必尽诉。第二天，毛泽东召集夏

明翰、易礼容、彭公达、贺尔康等负责同志开会研究秋收起义的诸多问题。苏联驻长沙领事、共产国际代表马耶尔到会指导。在听取了大家的发言之后，毛泽东分析道：

“要发动农民起来革命，土地是根本问题。说土地是农民的命根子一点儿也不夸张。现在，许多的农民没有‘命根子’，我们组织农民起来夺回自己的‘命根子’，农民就会拥护我们。

“据调查，大部分的土地掌握在中小地主而非大地主手里，所以，我们斗争的对象不能仅限大地主，中小地主的土地都要分，才有土地革命的实际意义。”

主张只没收大地主土地而不动中小地主土地的易礼容看看毛泽东，没有表示什么。

夏明翰道：“我原则同意润之的提法。我还主张把自耕农的土地统统没收。土地归为国有。”

省委书记彭公达道：“我认为，毛泽东同志的意见比较切实可行，因为这样不但让农民人人有了地种，又打击的是少数、团结了大多数。这道算术题一定要算清楚。否则，就得不偿失，我们的革命武装也无从谈起了！”

大家听了再无异议。贺尔康提出，秋收起义是否以国民党的什么名义发起，毛泽东道：“七 一五汪精卫发动反革命叛变，天下皆知其背叛了孙中山先生的三大政策，蒋介石更是登峰造极地杀害共产党员，迫害进步人士，他们打的都是国民党这块臭了的牌子。我们举着这样的牌子革命，有多少人信呢？有多少人会跟我们呢？我的意见是，举起共产党鲜红的旗帜！”

“我还要说明的是：目前我们要发动的农民运动还不是马克思列宁主义所指的无产阶级专政运动，而是在土地革命的基础上建立工农民主专政，即工农民主政权。有的同志主张马上鼓动全省的农民起义，我以为不妥。那样，等于在一盘散沙上建房子，是站不住脚的！如果我们选择一个或几个中心区域发动起义，则便于领导起义和巩固胜利果实。所以，我主张集中力量在湘东起义，然后以长沙为中心，发动湘潭、宁乡、醴陵、浏阳、平江、安源、岳州同时起义。”

夏明翰首先赞同。

毛泽东接着道：“以上问题统一了认识，是战略上的问题，还有军事问题有待认真研究和部署。既然起义，就是打仗，要打胜仗，仅靠组织农民是不行的。没有军事素质和纪律，就会成为一哄而起又一哄而散的乌合之众。”

毛泽东向洗耳恭听的与会领导同志讲述着自己对起义、对战争的理解。毛泽东志在救国，意在共产主义运动，但他没有陈独秀、李大钊那样的名望，也没有张国焘的共产国际撑腰的地位，尽管他檄文犀利，有叱咤风云的造反经历，却很难被推举到共产党的最高决策层。而在长沙，则是公认的红色领袖了。加上他中央特派员的身份，秋收起义总指挥非他莫属了。到会的同志像一只只小船一样被冲进思维的共鸣之湖，当即拟定秋收起义的宣传口号：

（一）暴动！打倒唐生智、汪精卫！

（二）暴动！打倒反动之省政府！

（三）暴动！打倒伪国民政府！

（四）暴动！杀土豪劣绅！

（五）暴动！农民夺取政权！

（六）暴动！没收土豪劣绅财产！

（七）暴动！实行农民协会专政！

（八）暴动！组织革命委员会！

（九）暴动！农民革命才是真正之革命！

（十）暴动胜利万岁！

会议决定成立秋收起义前委，毛泽东任前委书记。会议之后，毛泽东护送夫人开慧和长子岸英、幼子岸龙回板仓，只身连夜返回长沙——谁也不曾料到，此匆匆一别竟成为夫妻之诀别！是后话。

毛泽东在长沙交代过省委的工作后，便带上司马龙珠到安源张家湾主持召开军事会议。传达中央指示精神，并将省委关于秋收起义的决议进行传达、解释，然后和与会军事将领共同策划，对各地武装力量进行统编，宣布成立中国工农革命军第一军第一师。组成如下：

师　长　黄埔军校第二期毕业生　余洒度

副师长　平江县农军负责人　余贲民

第一师下辖四个团：

由原武汉政府警卫团两个营和平江农军组成第一团，团长钟文璋

由安源工人武装和萍乡、醴陵农民自卫军组成第二团，团长王新亚

由原平江、浏阳农民自卫军组成第三团，团长苏先俊

由余洒度收编的敌人残部武装编为第四团，团长邱国轩

原武汉政府警卫团团长卢德铭为整个部队的军事总指挥，毛泽东以前委书记的身份领导这支整编后的革命武装，并对起义进行部署：

第一团　攻占平江

第二团　攻占萍乡

第三团　攻占浏阳

第四团　攻占醴陵

攻克四城之后再向长沙推进，与长沙市的起义队伍里应外合夺取省城。

一切安排就绪，毛泽东离开安源，赶往铜陵。他将随驻扎在那里的三团一起参加战斗。九月的潇湘骄阳似火。顾不得汗流浃背，毛泽东和同行的浏阳县委书记潘心源、安源煤矿工人俱乐部的易绍钦、秘书司马龙珠边走边谈，憧憬着革命的未来。潘心源说：

“毛委员，农军的同志们劲头都憋足了，恨不得一口把地主老财吃掉，把县党部砸烂！起义成功了，民众当家做主人，那该多美好啊！”

毛泽东乐呵呵地说道：“是么！我们革命的目标就是要人民坐天下。”

司马龙珠道：“苏联十月革命胜利之后，阶级斗争依然十分激烈。建设社会主义也不会一帆风顺呢！”

“是的。”毛泽东同意司马的观点，补充说：“当然，困难的性质就不一样啦！”

“和敌人调个个儿，怎么会一样哩？”潘心源格外兴奋。

雨后的山路有点儿滑。青山绕绿水，稻田缀黄花。湘东的山水自有美妙之处。赏美景、谈论自己高兴的话题，大家有说不出的兴奋。刚绕过一个山包，走到张家坊的村子境内，突然从树丛中蹿出十几个手持大枪的地主武装——民团团丁，刷地围上来，高喊：

“哈哈！共产党来啦！”

安源煤矿工人俱乐部负责人易绍钦有丰富的对敌斗争经验，见状不慌不忙，和团丁交涉：“各位老总，我们是做粮食生意的生意人，路过此地，到浏阳谈生意的。误会误会！”

“骗得别人骗不得我！就凭你们这派头也不是什么生意人！”一个尖嘴猴腮的家伙一边嚷叫，一边晃着手中的大枪，“老实点儿！”

另一个家伙用眼睛在毛泽东身上晃来晃去，往前凑凑，仰起脸诈唬：“我怎么看你像共党头子毛泽东？”

司马龙珠闻听大吃一惊，连忙上前分辩道：“他是我们的大掌柜，姓李。我们可不知道什么共党不共党的！”

“你少打掩护！”尖嘴猴腮冲司马龙珠瞪起眼，“谁问你了？”然后冲团丁一卜楞脑袋：“不管他是不是毛泽东，带回去再说！走！”

“走！”众团丁齐吆喝。

毛泽东表现得镇定而泰然，而心中不免自责：自己太大意了，光顾和大家高兴，放松了警惕，毫无戒备地落入敌手。而起义马上就要开始了——未曾交战先被擒，怎么得了？

毛泽东等人被十几杆大枪押着走在泥泞的山路上，县委书记潘心源心中更是焦急万分！他暗暗责怪自己这个县委书记没有保护好上级领导，更忧虑起义队伍没了前委书记岂不乱了套！走着走着，看见前面树木茂密，苇塘连成一片，心中想：只有舍命一拼救毛泽东！便向并肩走的易绍钦几递眼色，示意左右两边的丛林。易绍钦很快明白了潘的意思，用目光表示同意。趁团丁们吵吵嚷嚷怎样回到团部请功领赏之际，潘心源用肩头撞一下易绍钦，二人拔腿分别往两侧树林奔去。等团丁们反应过来，潘、易就冲进了树丛，团丁们慌忙兵分两路去追。这突如其来的举动令毛泽东一怔！正所谓“说时迟那时快”，司马龙珠使劲一扯毛泽东的胳膊，拉着毛泽东钻进芦苇丛之中。追到树林的团丁回头望望山路不见了人影，以为都钻进树林逃向山上，便向山上树林中追去……

伏在芦苇丛中的毛泽东和司马龙珠不敢轻举妄动，直到太阳西沉才警惕地走出芦苇丛，向铜陵方向继续赶路。由于跑掉鞋子划破了脚，在水中浸泡时间太久，毛泽东的脚开始感染化脓，只得强忍疼痛，一瘸一拐地往前行。司马龙珠忙把自己的鞋子脱给毛泽东——根本穿不进去。此时，毛泽东依然不失幽默：“嗯，要是裹了小脚就穿进去啦。”司马龙珠咧嘴笑笑说：“我背你试试？”

“你没‘四两拨千斤的本事’，还是我自己走吧。”

“我搀扶你走，总可减轻一些对脚的压力，脚疼的也轻些。”

二人蹒跚行走。二更时分，见山坳里有灯火闪烁，分明是一间民房，司马龙珠提议，自己先去打探，看是否可以借宿一夜，求点吃的，天亮再赶路。毛泽东道：“也好。想当年我和萧子升囊中空空，行乞千里路……如今又要重演历史了！只不过那次是‘少年不知愁滋味’。现在不同了！深知百姓的‘滋味’何等的苦！我要准备一些钱给人家。”

司马龙珠摸摸口袋儿说：“幸喜钱没丢，我想着就是了。”

敲开农家门，一位四十岁上下的男子迎出来，望着狼狈不堪的不速之客惊异地问：“你是……”

“我们迷了路，想求个方便，不知大哥家方便吗？”司马龙珠解释，“半夜打扰，实在抱歉！”

“哦，那就进来吧。”虽然面露疑虑，主人家还是让不速之客进了门。

“我的同伴伤了脚，在那边等候，”司马龙珠进一步解释，“我接他来。”

“好呀好呀。”房主大方地应允。

房子的主人没看出什么不对的地方，见毛泽东谦和、文雅，不像是恶人，便热情招待。他为不速之客打水、拿布巾，又试探地问：“此时天没降雨，两位兄弟怎么弄得泥水一身？”

毛泽东有到各地农村考察、深入农家的经验，看出房主是个老实人，便坦然相告：“就不瞒大哥你啦！我们是到浏阳农会检查工作的，半路遇到点儿意外，所以才弄成这个样子。”房主听了眼睛一亮：“原来是自己的同志！我就是农会会员！请二位放心，在这山沟里保你们平安无事，有什么困难尽管讲。”

真是喜出望外！毛泽东和房主握握手，高兴地说：“是一家人哩！”毛泽东抬抬受伤的脚，“你看脚划破了，鞋子也跑丢了，那就劳驾老兄你找双能穿的鞋子吧！”

“好好！”房主痛快地答应。他不但为客人备饭冲茶，烤晾衣服，还摸黑去叫开附近一家杂货铺的门，买来两把雨伞和一双大号的鞋子。第二天早晨把毛泽东、司马龙珠送到三岔路口往铜陵的路上，才挥手告别。中秋节那天，二人到达铜陵三团驻地，团长苏先俊正组织大家赏月会餐，见毛泽东到了，马上兴奋地带头欢呼起来！

虾蚧怎能困蛟龙？
飞舞出海抖精神！

前委书记既到，三团官兵无不欢欣鼓舞。毛泽东首先召集团长苏先俊及营以上干部开会布置行动计划，分配战斗任务，然后对全团官兵进行战斗动员：

“同志们！我们自己解放自己的时候到了！拿起武器，向欺压百姓的反动政府、反动军队发起攻击的时候到了！‘不要说我们一无所有，我们要做天下的主人’！这不是一句口号，而是我们的明天！”

掌声惊天动地！

“战友们！战斗就要打响了！大家要明白，我们不是为个人而战，我们的目的是推翻压在我们劳苦大众头上的三座大山！为了千千万万母亲妻子兄弟姐妹的自由平等和幸福，我们——中华民族的优秀儿女，把枪口对准我们的共同敌人，开火！”

惊天动地的掌声再次响起来！

九月九日，省委组织群众破坏了株萍铁路，首先切断敌人的交通命脉。十日，第二团在安源起义，首攻萍乡不克而改取老关，再下醴陵，战浏阳，终因敌众我寡而失利，被敌军重重包围。团长王新亚在突围中壮烈牺牲！第一团则于十一日强攻平江。主力部队刚进金坪镇，营长邱国轩叛变倒戈，使一团背腹受敌，两营皆溃，团长失踪，残部移师浏阳。第三团从铜陵出发攻占浏阳朔方之白沙镇，十二日攻下东门市。十四日上午，敌军两个营加上东门市“团总”及地主武装，分三路包围三团，双方混战半日，义军之三营长、共产党员汤采芝于激战中不幸中弹，一手扶着流出体外的肠子，一手挥刀奋战，直至壮烈牺牲！势不敌众的残部只得向上坪方向撤退。因伤脚溃烂不能行走，战士们用绑上竹竿的椅子抬着毛泽东行军。至上坪的毛泽东得知各路起义部队均遭失利后，马上以前委的名义通知各部停止进军长沙的计划，到浏阳县境内的文家市集结。到十九日黄昏，各团剩勇陆续赶到文家市。点兵数将，王新亚、汤采芝等十几名共产党员已血洒疆场，义军所剩不过千人！毛泽东悲痛不已，急召主要指挥员研究对策。师长余洒度依然坚持兵进长沙，与毛泽东意见相左。有着作战经验的义军总指挥卢德铭支持毛泽东的意见，说道：“敌我力量悬殊，如此进攻长沙，势必遭到更大失败甚至全军覆没。我们应当尊重前委书记毛泽东同志的意见，停止原计划，先休整部队保存实力，再图进攻。”

原来，余洒度乃卢德铭的老部下，迫于卢的资格威望，只得放弃攻占长沙的主张，不大情愿地问："不拿下长沙，我们到哪里落脚？"

毛泽东在陆续得到义军失败的消息后，就暗暗谋算义军的"落脚地"，已是成竹在胸。

"王新亚同志曾谈及失败后的退身之地。"毛泽东大口大口地吸完又一支烟，甩掉烟蒂，有条不紊地道："此去不远就有个好去处，叫井冈山。"

"井冈山？"卢德铭若有所思，点了点头："此山是罗霄山山脉东翼，虽在江西境内，西邻湖南，是座环形山，内为肥沃之盆地，山险峰高，只有黄洋界一关通衢，是屯兵的好地方。"

余洒度听了，瞅瞅老上级，望望毛泽东，似有"愿听其详"之意。为打消余之顾虑，毛泽东进一步介绍道：

"井冈山有一界（黄洋界）、二坪（茅坪、茨坪）、五井，地势险要，易守难攻。山上有王佐盘踞茨坪、山下有袁文才自卫军驻守茅坪，反动派多次调兵遣将也奈何不得他们。三国时期曹操兵败赤壁、华容脱险尚知养精蓄锐再图天下！我们就不明白东山再起的道理吗？"

余洒度一咬牙下了决心，马上要传达命令进军井冈山，毛泽东摇摇大手："不忙。"余洒度用疑惑的目光一瞅毛泽东，那眼神分明是质问：明明你说的去（井冈山），怎么又"不忙"？到底葫芦里装的什么药？

"书记的意思是不是在这里休整一下部队？"卢德铭问。毛泽东道："正是此意。"卢德铭道："王佐、袁文才也号称共产党。袁文才是我旧识，我和他有书信来往，也曾提到你。因此，我们来沟通也许方便一些。可我们也不能这样'随随便便'去见他们啊。"毛泽东道："正因如此，我们要对部队进行政治思想教育，以适应新的情况，以免发生不测。"

部队休整一天，少不了要补充给养、清理武器弹药、整治军容军纪，进行政治思想教育。第三天整装出发，又成了一支斗志昂扬的部队，直奔井冈山。令毛泽东悲痛的是，因前锋侦察失误，部队在进行中遭遇敌特务营和保安团的伏击，卢德铭亲率一连兵力强占山头阻击敌人，掩护了部队转移，却不幸牺牲为革命捐躯！躲过敌人的伏击，毛泽东率部向卢牺牲的方向默哀致礼——卢德铭是黄埔二期的高才生，曾在叶挺领导的独立团任连、营长，战功赫赫，乃将帅之才！后来，毛泽东告诫全党"许多革命先烈为着人民的利益牺牲了，让我们踏着他们的血迹前进吧！"话语出自毛泽东肺腑，心中一定淌着卢德铭的血……

部队继续前进，向着井冈山。一路上打土豪分田地除恶霸，并应莲花县共产党负责人的请求攻下了莲花县城，解救出关押狱中的共产党员和农民自卫队队员，开仓济贫，宣传革命道理，吸引不少青年人踊跃参加义军队伍。一路上少不了与敌人遭遇交火，月底到达茶陵、莲花、永新与宁冈四县交汇处的小山村三湾村。这里是政治的盲点，也是军事空白之地。毛泽东命令部队停下来……历史上有名的"三湾改编"就是在这里进行的。从此，才产生了中国工农红军的精髓力量，有了革命军队的不朽灵魂！

剔除糟粕，留得精华，成精悍锐利之师。革命者自愿，不为个人私利。三心二意者不留，志同道合者方共谋。党指挥枪，支部建立在连队，为钢铁长城之关键。政治工作与军事工作并行，成天下独一无二之师！

改编之后，中国工农革命军第一师缩编为中国工农革命军第一师第一团，重新任命团、营指挥员：

团　长　陈浩
副团长　徐恕
参谋长　韩庄剑

一营营长　员一民
党 代 表　宛希先

三营营长　张子清
副 营 长　伍中豪
党 代 表　何挺颖

特务连连长　朱建胜
党　代　表　罗荣桓

军官队队长　吕赤

卫生队队长　曹嵘
党　代　表　何长工

开天辟地，毛泽东第一个在军队实行军官不许打骂士兵；废除封建礼节；开会时士兵有讲话的自由；经济公开，官兵平等；连队建立士兵委员会，在党代表的领导下，士兵可以开展文艺活动，参与伙食管理，监督各项民主制度的执行；等等。正是这新型的建军思想，使毛泽东领导的红军队伍具有无可比拟的生命力，渐渐壮大起来！

正是：

官兵相虐几千载，
今日当兵也做人！

第十四回

同根生兄弟险相煎　异途归同志喜合一

主峰（海拔）九百九十九米高的井冈山，是罗霄山山脉中段的一处奇异地貌：环山围起九百九十九（平方）里一块沃土，是世界罕见的天然屏障，可谓“小天府”，称作茨坪。盆地里五井成局、八村虎踞，从井冈山进来却只有寥寥几条小道，隐蔽在崇山峻岭的古树杂草之间。参天大树可蔽日，遍地青竹能隐身，只有黄洋界一关是外通门户——正是一夫当关万夫莫开之势。袁文才、王佐区区几百之众，山上王佐盘踞茨坪，山下袁文才把守茅坪，任凭官军多少次围攻都无功而返。那井冈山铁桶般巩固，成为官兵不敢轻易染指的“禁地”！

毛泽东率部赶到山下宁冈古城按兵不动，主持召开扩大会议，统一营之上的干部们的思想，为上井冈山做准备。会议一开始，一营营长员一民就拍起胸脯哇哇叫：“不就是袁文才、王佐吗？我们营去端了这盘儿小菜儿！”

“喔？”毛泽东早有所料，故作不明的样子，瞅着员一民。

“保证完成任务！”员一民站起来答道。

毛泽东正色道：“就是怕大家有这种想法，才召开这次紧急会议。”

“书记你……”员一民愣住了。

“同志们！袁、王和敌人不同。他们不是反动军队，我们怎么可以以武力相拼呢？”

“那……他们也不会拱手相让出来呀？”员一民振振有词。

毛泽东耐心解释：“我们上井冈山的目的不是占山为王么！是和袁、王联合来的。他们虽然貌似占山为王的强盗，其实是有革命因素的！比如，他们杀富济贫，打的是共产党的名头，这就是可以合作的基础。同志们，我们是革命的队伍，不能有狭隘的小团体主义思想，团结一切可以团结的力量才能无往而不胜。所以，经党委研究，制定了这次行动的纪律。下面，请团长陈浩同志来宣布！”

与会的营以上干部们把目光集向新任团长陈浩。只见陈浩严肃地站起来，从衣袋里掏出一张毛头纸，小心翼翼地展开，大声念道：

现在我宣布革命军第一师第一团纪律！

（一）听从指挥，统一行动；

（二）团结友军，共同革命；

（三）爱护百姓，鱼水情深；

（四）五项注意：军容要整，说话客气，讲究卫生，令行禁止，战无不胜！

以上各条，全体官兵严格遵照执行。

陈浩宣布完毕，全场鸦雀无声。有的干部心中琢磨：从老祖宗那里就没听说过这么治军的啊！

特务连党代表罗荣桓站起来第一个表示拥护："我坚决执行组织决议，回到连队认真传达，并保证我们党支部人人带头落实、执行。"卫生队的党代表何长工随后同样表态坚决执行新颁布的纪律。三营副营长伍中豪站起来说："我们营也不落后，我们营向一营、特务连及卫生队提出挑战，看谁执行得好！"

毛泽东的脸上露出笑容，鼓励大家："加强纪律性，革命无不胜。我相信，只要严格纪律，我们的队伍就会得到人民的拥护。有了人民群众的根，就会一天天壮大起来。"接着，"我们为什么起义""我们为谁打仗"和"为什么要执行'纪律'"的讨论热烈展开，一直到深夜……

最后，毛泽东决定派人先到井冈山同袁文才、王佐接洽、谈判，团参谋长韩庄剑自告奋勇前往。

毛泽东带领秋收起义的队伍直奔井冈山、驻扎宁冈的消息不胫而走，坐守茨坪的王佐坐不住了，慌忙下山到茅坪，问镇守山口要塞的袁文才："司令可知毛泽东率兵奔我而来的消息？"

正在擦拭盒子炮的袁文才并无惊异之意："探子报啦，已兵到宁冈城。"

"可他分明是冲井冈山而来！"王佐坐立不安，焦急得眉拧嘴歪，"听说有一千多人哪！"

"王副司令多虑。"

"什么？我多虑？你以为毛泽东是吃素的呀？"

"哈哈！"袁文才仰天一笑，"王副司令今天怎么啦？变得胆怯了？"

"哎呀不是！打起来，我们未必是毛泽东的对手。"

袁文才问王佐："你怎么断定毛泽东来打咱们？"

王佐脸上青筋直蹦："小秃脑袋上的虱子——明摆着的！不打我们，跑这儿干什么？"

袁文才哈哈大笑："现在我告诉你王副司令，毛泽东是什么人？不是民团，不是国民党的旧军阀，是共产党中央政治局的大人物，秋收起义的前委书记！他打的是反动军队，不打咱们。"

"好像你有多大把握似的！他是共产党的大官又怎么样？"

袁文才用手指指指自己的鼻子："我也是共产党！"

见袁文才那认真的样子，王佐摇摇头，鼻孔里直出粗气。袁文才把枪往桌上一拍："我就是共产党！我是公开的共产党！毛泽东能共产党打共产党吗？"王佐道："好好，你是共产党，是共产党！可你是人家那共产党吗？人家谁承认呢？"

袁文才咧咧嘴："我还没顾得告诉你，不久前，我的老朋友，就是秋收起义和毛泽东一正一副的那个卢德铭你知道吧？"

"哦，好像听你说过。"

"他有信给我呀！信里怎么说的，你知道吗？"

"不知道……我哪儿知道啊。"

"对！还没顾上让你看。信中说呀，'毛先生为人坦荡，忧国忧民，共产党中远见卓识者……'你说，这样的人物怎会兄弟相煎？"

王佐知道，袁文才从落草那天起就没甘心做一辈子山大王。他是被逼上梁山的英雄好汉，是绝不被蒋介石政府"招安"、也绝不投降的、没有上级组织的共产党，一个人的共产党。他心向毛泽东，或多或少有共产党情结。王佐心中盘算：如果毛泽东攻打井冈山，山寨难保——必然落入革命军之手，那时候自己自然也难保。容纳毛泽东，岂不是自己做王伦？凭自己这点儿墨水儿哪里是闹一师、主笔《湘江评论》、驱走省长张敬尧的毛泽东的对手？此人在国民党、共产党中双位高官，决非等闲之辈啊！

"琢磨什么哪？"袁文才看出王佐心事重重，开导他："王副司令，想开点儿。实话跟你说，我袁文才不能白白是个共产党。我也明白我这两下子，横竖就是个几百人的司令，弄大了，我也顶不起来！话还得说回来，日子长了，就凭蒋介石那霸道人物，容得下你占山为王？他是顾不过来罢了！现在是咱们的好机会，不能犹豫啊！"

一席话，使平日里自封"小诸葛"的王佐无言以对。虽然心中感到不是滋味，明觉得是口苦酒，也只好咽下去。因为这个山头上真正有号召力的山大王是袁文才，不是自己。无奈之下，点头表示听从袁文才的主张："那好，司令你决策吧。不过，我们也要预防万一啊！"

"这还用说？这又不是小孩子'过家家'！"

"那我就放心了！"王佐起身要回山上。袁文才一把拉住他："既然你我兄弟都欢迎毛泽东上山，也是大喜事——今后，红军大旗往山上一插，咱就不是山大王，是名副其实的革命队伍了。高兴啊，留下陪我喝一杯！"王佐正不放心山下之事，便重新坐下，与袁文才对酌。兔肉菜心就米酒，袁文才又吐心声：

"秀才，我粗人一个，但知情达理。就凭咱兄弟俩加上几百兄弟，毕竟不是长久之计！最近，我看了几本儿卢德铭捎给我的书本本儿，你说怎么着？脑袋还真开窍了！这人光为自己活着也没什么劲！来来，为咱们今后成了'有娘的孩子'干杯！"

"干……干杯。"

酒刚半酣，只见自卫队的黄副官来报："司令，红军派人联络来了。"

"哦！"袁文才放下手中酒杯，"怎么不请进来见我？"

"来人说，请司令到宁冈城里相见。"

王佐对袁文才道："司令，不可自投罗网……"

不等王佐说完，袁文才挥挥手截住他说："不会！我相信卢营长的话。兴许，毛泽东

还不了解我！”

“司令慎重些好。”王佐提醒。

“那好，”袁文才对黄副官道，“你先去试试看。”

“我？”

“就你——哎呀，你怕什么？不是王副司令拦着我不用你……大胆去，保管你安全活着回来！两国交兵还不斩来使呢，毛泽东派来的人怎样？”

“和气着呢！”

“这不就结了？”袁文才挥挥手，“你就告诉那个代表，我只和毛泽东谈，别的人不伺候！”

黄副官领令而去。袁文才兴奋地和王佐碰杯喝酒。王佐心中暗暗琢磨：司令啊司令！一山难容二虎你不知道？我看你今后的日子还怎么过！

黄副官给袁文才带回来的是好消息：毛泽东的代表不但坦诚、友好，而且还挺慷慨，答应送给袁文才一百五十条枪作为见面礼，而山上最缺的就是武器。袁文才一听就乐了，对王佐道：“怎么样？用你们秀才的话讲‘以小人之心度君子之腹’了吧？卢营长没骗咱，毛泽东是真朋友！”王佐见状尴尬地笑笑：“这个……”袁文才拍拍王佐的肩说：“别这个那个的了！你上山好好准备，迎接毛泽东的红军上山，我去见毛泽东。”

如约，这天清早，袁文才便带领黄副官等三五人赶往步云山白云寺，和永新县委负责人刘珍、王怀、贺敏学及县委妇女部长贺子珍见面，畅叙快乐之情，坦言有毛泽东率红军上山“有了盼头”。不多会儿，就见一位头戴红五星八角帽、身材魁梧的中年人打头，同样头戴红五星八角帽的三两个红军相随，朝白云寺走来。刘珍指着打头的魁梧中年人对袁文才道：“毛泽东书记到了。”袁文才抢先迎上去，“啪”地立正，举手行一个不太规范的军礼，亮开嗓子呼道：

“袁文才欢迎毛书记上井冈山！”

毛泽东亦紧赶两步走过来和袁文才握手：“袁文才同志你好啊？”

“好好！”袁文才握住毛泽东的手，激动地问候：“你身体好吧？接到卢营长的信后恨不得早一天见到你和真共产党！”刘珍被袁文才的话逗笑了，对毛泽东说：“袁文才同志听到共产党领导农民打土豪、分田地，觉得共产党真正是为着老百姓的，就自己给自己入了党。我们认识以后他才明白加入中国共产党还有一套手续呢！”毛泽东也忍不住笑了：“真叫是入党积极分子呢！好！”回头对身后的韩庄剑、罗荣桓道：“补个手续吧，你们当入党介绍人嘛！”袁文才兴奋地对黄副官说：“准备一千块大洋给毛书记。”永新县委妇女部长贺子珍调侃插话：“袁司令真是势利眼！和我们相识这么久，一个铜板也没舍得给，和毛书记刚见面就一千块大洋的礼！”大家都笑起来。刹那间，大家没了界限，一家人似的乐乐呵呵簇拥着进了白云寺大殿。刘珍早于大殿备下为双方“压惊”的酒宴变成了欢宴，席间，毛泽东带来的韩庄剑、罗荣桓、司马龙珠和袁文才的随从黄副官等人互相敬酒致意。尽地主之谊的地方同志敬了毛泽东，又敬袁文才，亲热友好的程度超出人们的意料。袁文才好酒量，几碗米酒下肚并无醉意，只是满面泛起红光，对毛泽东道：

“真是我袁文才三生有幸！山大王的帽子我是戴够啦！今后，我老袁也是真共产党啦……”

“要成为名副其实的共产党员。”毛泽东举举酒杯。

“对对对，名副其实。记住啦！黄副官，你也记着。你们都记着！”袁文才叮嘱部下。

贺子珍过来向毛泽东敬酒：“毛书记，我也敬你一杯。”毛泽东举杯相碰，微笑问道：“你就是刘珍同志讲的会使双枪的永新县巾帼英雄贺子珍？”贺子珍脸上泛红，强忍羞涩道：“听他们说！我的枪法和指挥千军万马的毛书记比差远了！”毛泽东听了哈哈大笑：“那你是想错啦！我扛过半年枪，那以后再没摸过枪。别说和你百发百中的左右开弓比，恐怕对面放个大篮球都打不着呢！”贺子珍以为毛泽东是逗着玩儿，和毛泽东的酒杯一碰，转过身把酒一口喝尽。虽然毛泽东并不善酒，大家敬酒或敬大家都是“意思意思”，见女同志敬酒都一口干了，只得也干了杯中酒。贺子珍说声谢谢，忙回到自己的位子上去。袁文才十分开心，举酒敬众人：

“明日我在茨坪大摆酒宴欢迎毛书记，欢迎红军兄弟们！永新、宁冈的朋友——同志们都光临！”

至此，毛泽东知道，上井冈山的路铺平了。

第二天，毛泽东率领红军第一师第一团官兵浩浩荡荡开进井冈山。不费一枪有了中国共产党领导的革命根据地，也是红色革命的摇篮。星星之火开始从这里燎原——

乱世英雄揭竿起，
星星之火可燎原！

第十五回

袁文才偏情袒旧部　毛泽东严令治三军

红军上山，毛、袁团结，使井冈山的面貌焕然一新。不但袁文才的自卫军，红一团官兵也因有了一个稳定的环境得以学文化读政治、练枪法习军事，部队素质迅速提高。由于袁文才打心眼儿里佩服毛泽东，配合各种工作，融为一体的井冈山武装不但团结、进步，战斗力也今非昔比。土地革命本是毛泽东立足之本，井冈山的土地革命开展得热火朝天——红军得到农民大众的拥戴，军民一家，盛况空前。袁文才看在眼里喜在心里，对王佐道："怎么样？还是有'娘'好吧？"

如今，袁文才已是"真党员"了，工作热情更高，浑身的力气使不完似的，学理论，看文件，举石锁，耍大刀，练枪法……忙得不亦乐乎。

井冈山的早晨景色宜人，风和日丽。战士们出操，袁文才也不赖被窝，早早迎着朝阳练射击。大树上高悬一只只空酒瓶，他抡枪就射，"啪啪"两只酒瓶应声变为碎片溅落下来。

"好枪法！"

有人喝彩！

袁文才回头看，毛泽东和永新县委妇女部长贺子珍一前一后走来。袁文才忙道："毛书记——毛委员早！"

上井冈山之后，为秋收起义而设的"前委"自然失去意义，红军与袁文才的自卫军合二为一。中央任命毛泽东为中国工农红军第一师政治委员，师长就是袁文才。

"毛委员，来几枪？"袁文才举手递枪。

毛泽东摇摇大手："使不得，我不摸枪呢！"回头一望贺子珍，对袁文才道："这位巾帼会枪么！你俩一试？"

袁文才倒是有闻贺子珍会枪的传闻，也和贺子珍有过三两回谋面，却只是见面寒暄一两句而已，并不真正了解贺子珍武艺了得。他是一个从来不把"女流"当回事的大男子主义者，如不是给毛泽东面子，才"好男不与女斗"呢！

"来就来！"袁文才答应是答应，流露出不屑的意思，问贺子珍："打树上的那酒瓶怎么样？"

贺子珍瞅瞅树上挂的高高低低一排大小不一的瓶子，微微一笑："行是行……"

袁文才也是个粗中有细的人，听出贺子珍那不情愿的意思，觉得大丈夫的脸面有些挂不住，提高嗓门儿问贺子珍："那你说怎么个比法？"

贺子珍秀目一闪，见几只乌鸦飞过，说时迟那时快，从腰间抽出枪向天上一甩，"砰砰”两声枪响，天上的两只飞鸦坠落下来。大吃一惊的袁文才缓过神儿来，受惊的天上的飞鸦早已远去。袁文才睐定贺子珍双手致礼：“佩服！真是‘高人背后有高人’！”出于对毛泽东的关心，又道：“毛委员今后有此神枪手做警卫员，我就不愁你的安全问题了！”

贺子珍听了脸儿泛红，袁文才感到自己语出冒失，便补充道：“我是说，贺部长要是个男同志就方便了。”然后转身对毛泽东说：“贺部长好枪法，老袁甘拜下风！”贺子珍忙道：“哪里话！百米炸‘狗头’谁人不晓？小女子不敢！”毛泽东笑道：“论枪法，你们俩一个‘没羽箭’，一个‘小李广’，都是咱红军的骁勇！”逗得袁、贺都乐呵呵地笑。

以石为凳，三个人坐下说话。袁文才对毛泽东张口又是赞美、感激之词，毛泽东制止袁文才道：“你我一起共事共同闹革命，哪里要那么多的吹吹拍拍。你把一顶顶高帽子都戴毛泽东头上，不怕压着我呀？”

“不是那意思！我是真心哪！”

“今后，我们之间有事论事，平等合作，不来一点儿虚的。我毛泽东也有缺点么！”毛泽东恳切地说。

正说着，只听山那边传来一放羊娃稚气童音的歌声：

山上来了毛委员，
一下子就红了天。
穷人分田又分地，
从此不再受熬煎。

山上来了毛委员，
红军亲人一样般。
鱼水情深一家人，
从此百姓把身翻！

贺子珍听了对毛泽东道：“听了没？你不让袁司令说你好，老百姓的嘴你可封不住哩！”袁文才迎合道：“就是么！你毛委员不来，我想听这美滋滋的歌子还听不到呢！你们猜以前老百姓背地儿叫我什么？”

“哦？”

“四不像！”袁文才尴尬地嘿嘿一笑，“当时挺气的，现在回头想，也不冤我！”

毛泽东哈哈大笑：“群众的眼光是亮的么！好啊，革命不分早晚，文才同志，什么时候也别忘了自己是个共产党员就行啦！”

“是！毛泽东同志！”袁文才“啪”地一个立正敬礼。贺子珍道：“这姿势真够标准的。”袁文才收了姿势说：“罗荣桓同志手把手教的么，合格了吧？”

三个人正高兴说着话，只见到基层搞土改工作的司马龙珠风风火火赶过来，向毛、

袁敬礼报告："毛委员，袁司令，我到处找你们……"

"大司马急急火火回来，有什么高兴的事报告？坐下说么。"毛泽东最近不叫他司马龙珠，简称司马，非正式场合戏称他"大司马"。

"不是好事，是——坏事！"司马龙珠摇摇头，表示遗憾。

"么子坏事？"毛泽东收敛笑意，几天前大司马还行文汇报土改、农民武装双丰收呢。

司马龙珠望一眼袁文才伤感地说："我都没想到！王佐同志的原副官刘三儿强奸了被斗地主的小老婆，影响极坏，还蛮横不讲理，说什么'坏蛋的小老婆白干'。我回来向王佐同志征求处理意见，王佐同志说'骂一顿得了'，横竖不同意我们小分队按红军纪律处理的意见，我只好来请示毛委员和袁司令。"

毛泽东听了强压怒火，问袁文才："你看呢？"

"我看？"袁文才用手扤扤头皮，"按律当斩，可是……"

"可是什么？"毛泽东向来疾恶如仇，对袁文才吞吞吐吐的样子不甚满意，"有什么不同意见说说看。"

袁文才叹一口气："毛委员，你知道，王佐与我冒死打下这井冈山，有些面子我不好不给。那刘三儿是他内弟，立过战功。我不是强调不处分，是不是不杀头？绕他一条狗命，打他五十军棍，让他滚蛋！"

毛泽东道："你这么做，给了王佐一个人情。可是你想过吗？有法不依的革命军，老百姓还信任我们吗？要老百姓说我们也是'四不像'吗？"

一句话触动袁文才的自尊心和良知，涨红了脸，气呼呼地道："我明白！王佐的工作我去做。杀那混蛋，该咋办咋办！"

说完转身就走。司马龙珠不无忧虑："他不会和稀泥去放跑刘三儿吧？"

"我了解他，这个不会。"毛泽东点起烟大口大口地吸起来，拧起双眉，不再吭声。贺子珍对司马龙珠道："袁文才这个人大家都了解他的脾气，只要当面说了的就算，不当面一套背后一套的。你甭多虑啦！看你泥猴似的脸，都几天没洗啦？回去好好收拾收拾自己的卫生吧，天掉不下来！"

"好。"司马龙珠长出一口气，转身默默离去。

贺子珍安慰毛泽东："真生气啦？值得吗？走，你不是要我带你去拜访张老秀才吗……"

"不去！"毛泽东挥臂一吼，把贺子珍吓一跳，"我们革命军的脸就这么随随便便让他抹黑了？"

毛泽东气愤之极，仿佛在质问贺子珍似的。瞅着毛泽东那发怒狮子般的样子，贺子珍那一双秀眼一眨不眨，泪珠儿缓缓滚下来。毛泽东这才发觉自己的"有名大火"撒的不是地方，尴尬地向贺子珍道歉赔礼：

"真是对不起啦！我被气昏了头，和你没关系的。"

贺子珍是一时被唬懵了，很快明白毛泽东刚才是情绪失控，也并非冲自己来的火气，见那么大的委员向自己赔不是，旋即破涕为笑，泪眼婆娑而含着俏皮地反问毛泽东：“谁说和我没有关系？”

“怎么，和你有啥子关系呀？”毛泽东认真地问。

“你刚才说的——他往红军脸上抹黑，那我脸上就好看哪？”

毛泽东明白了！呵呵一笑：“对对，都有关系。”

贺子珍偷眼看毛泽东，他英俊的脸上流露着歉意，蕴含着毛头小伙儿所不具备的成熟。诗人的气质与共产主义斗士的霸气令人捉摸不透他在想什么……非但不再委屈，心里反而荡漾着莫名的躁动：自己平日里那谁碰着一下也不干的倔脾气不知跑哪儿去了，在这位领导面前自己怎么也横不起来，而暗暗涌动一种莫名的小鸟依人的感觉。

“你……怎么啦？”毛泽东关切地问。他发觉贺子珍神情异常。

“啊！”贺子珍怕毛泽东看透自己心事似的，忙掩饰说“头有些疼”。毛泽东一听，关心地摸了一下贺子珍的额头：“不烧么……”贺子珍尴尬地笑笑：“我有过头疼病，不要紧的。我们去张秀才那儿吧，时间不早了。”

“好，不能失约的。”毛泽东还是不放心地问：“你的头……”

“没事没事！”贺子珍卜楞着脑袋嫌烦似的撅毛泽东，马上自觉不妥，向毛泽东撒娇地一笑，“我说没事就没事么，你烦人！”

“哈！还有个小脾气哩！”毛泽东大度地笑了笑，“走啊。别让老秀才以为我毛泽东不守约，不借给我书读了啊！”

贺子珍走在头里，一阵风似的。毛泽东虽人高马大，但追起来很吃力。毛泽东打趣地喊她：“你还是神行太保？慢一些么！”贺子珍更加快了脚步，回脸儿俏皮一笑：“追呀，我又不是没等你！”

那一笑，仿佛看到的是夫人杨开慧的影子。毛泽东情不自禁心中涌起几分歉疚：秋收起义之后再没开慧和孩子们的消息。长沙早已处于白色恐怖之中！投奔井冈山而来的胞弟毛泽覃讲，曾在长沙寻找开慧母子，得到的消息却是已被敌人所害……为了革命的大家，无力眷顾小家！毛泽东不禁黯然伤感。

“你生气啦？”贺子珍见慢下脚步来的毛泽东脸色晴转阴，吓一跳。

毛泽东忙把伤感压向心底，笑道：“你不生气就好哩！我哪里有那么多气生？我倒没想到你这位弱女子不弱，某些地方胜过男子汉呢！”

这句话，说者无意，听者有心，着实让贺子珍心里高兴。

袁文才找到王佐居所，劈头盖脸就指责王佐管教小舅子不严，闹出犯了纪律的事还包庇，丢山上人的份子！王佐睁大眼睛瞅着气势汹汹的袁文才，不认识了似的：

“司令！你还真因为毛泽东他们而不认昔日兄弟了？”

袁文才一怔：“……谁说的？你我一起从枪子儿上、大刀下钻过来的情谊，八辈子也忘不得！”

"这是你口上说！"

"我也是这么做的！"

"那好，"王佐冷冷地问，"你要是还买我这兄弟的账，就放过刘三儿这一次！"

"你糊涂！"

"我这辈子就求你这一回行了吧？"王佐鼻子不是鼻子脸不是脸地说："你也知道，刘三儿救过你的命！不是他，我们能有今天？杀了刘三儿，我们的良心过得去吗？"

王佐讲刘三儿救过袁文才的命确是事实。刚上井冈山的时候与土匪赵混子搏斗，是刘三儿飞身挡住赵混子的子弹救了袁文才。从那以后，刘三儿的左胛骨被穿了个洞，落下左臂再不好使唤的残疾。袁文才明白王佐那句"我们的良心过得去吗"的潜台词是："你忘掉你当时说过的话了吗？"

没忘。袁文才记得清清的：兄弟你今后有难，我袁文才替你去死！当时自己是这样说的！

"好！"袁文才一跺脚，"我替他死！我这就找毛委员说去。"刚转身要走，就听有人在门外问：

"嚯！这是哪位英雄好汉要替别人去死呀？"

袁文才抬头看，毛泽东大步迈进来，后边跟着司马龙珠、贺子珍和罗荣桓。说道："毛委员，我正要去找你呢！"

"不用找，我这不是来了吗？"

想不到毛泽东在此节骨眼儿上闯进来的王佐显得十分狼狈，又让座给毛泽东，又忙着沏茶倒水，掩饰道："我们兄弟之间的事，嚷嚷几句……"

毛泽东在王佐"让"的座位上坐稳，问王佐："听说你喜欢看戏？是吗？"

毛泽东如此有问，令懊恼中的王佐毫无思想准备，仿佛一堆正燃着的篝火被泼上一盆冷水，火抑烟浓，一时品不出什么滋味："我……是喜欢。我祖父是戏班子里拉弦儿的，打小我跟着祖父……"

毛泽东点点头："哦！那你看过《赤桑镇》了？"

"看过！那是热戏，老百姓喜欢的戏……"

说着，王佐就卡壳了。他马上明白毛泽东问他看没看过《赤桑镇》的用意了，不觉满面通红！毛泽东掏出烟点了吸着，不紧不慢地问：

"你们两个还不如封建士大夫的觉悟高吗？一个要刀下留情、一个要以命抵命！亏得你们想得出。想想看，这件事到底怎样办才对？"

王佐耷拉脑袋不吭声，袁文才瓮声瓮气地说："刘三儿按纪律该杀，我袁文才凭良心该替刘三儿死！就这么个理儿。"

"你看呢？"毛泽东问王佐。

"我并没说袁司令替死……我正向司令诉说求情，你们就到了。"王佐解释。凭实讲，王佐当然不会同意袁文才替死。没了袁文才，自己不就少了依靠？王佐知道自己在自卫军里的地位，自然也清楚自己在红军中的地位了。他是想逼袁文才到毛泽东那里求情，达到免刘三儿一死的目的罢了！

毛泽东找上门来，并且把袁文才也堵在一块儿，只有碾子碰磨——实（石）打实（石）了！王佐不禁后脊梁骨发凉：这下，讨价还价儿的地儿都没有了！

毛泽东道："坦率地说，我毛泽东也不愿杀掉自己的同志！可是，我们的纪律是干啥用的？就是给我们自己定的。我们不遵守，定它干什么？人人不遵守它，还会是一个战斗集体吗？我们指挥员、领导不带头遵守，这个纪律还成为纪律吗？《赤桑镇》里的包拯愿意杀包勉吗？他是'嫂娘'即包勉的生母养大的。这情义如何？"

袁文才、王佐一个也不吭声。

"于理，有纪律摆在这里，杀，无话可说吧？于情，比不过包拯和'嫂娘'吧？如果我们连这些道理都扯不明白，这个共产党员和红军指挥员不是愧对革命这两个字了吗？"

大眼儿瞅小眼儿，袁、王都不作声。

"发生这样的事情，也是我、是所有红军官兵都不愿看到的，但任何人都无权超越纪律，无论多大的干部，违反纪律同样受到制裁，这就是革命军。"

"我们还要成立人民政府。在新的政府里，包括我毛泽东在内，犯错误违法都一样受惩罚，没有什么含糊的。"毛泽东说着站起来，"不是我毛泽东和刘三儿过不去，也不是袁文才和他过不去，更不是你王佐不讲情义，是纪律不容！所以，找到我这里，我也只有一个办法。"

"什么办法？"王、袁几乎异口同声。

"你去和纪律对号入座，问它去。"毛泽东说完转身就走。袁文才听懂了，自言自语道："它……肯定不答应。"

王佐望着毛泽东远去的背影，巴掌往桌子上狠狠一拍："刘三儿，你个混蛋！"

袁文才掉头看，王佐一屁股扎进椅子里直喘粗气而没有了下文，便长叹一声：

"不争气的东西！杀！"

一声清脆的枪声在罗霄山里响起，它是革命军惩罚罪恶的号角！它震撼着每个革命军战士的心，也牵动着人民群众的心，就连小老婆被刘三儿侮辱的大地主也心情莫名：这革命军对自己人也一点儿不客气？这是怎么回事？

把刘三儿押走执行枪决，公审大会主席台上，毛泽东向大家发表简短讲话。他说：

"我们是革命的队伍，是保护人民、维护人民利益的武装。在正义面前，我们坚持的是是非原则，惩恶扬善，不分穷富贵贱，不分汉苗回满，在纪律和法律面前人人平等。'打铁先得自身硬'，纯洁革命队伍是我们的首要任务。欢迎人民群众监督、批评，使我们的队伍成为一支打不烂、拖不垮的队伍！"

会场上响起雷鸣般的掌声，接着是惊天动地的口号声：

"工农革命军万岁！"

“向毛委员致敬！”

主席台上的毛泽东并没有马上离去。他温和地安慰身旁的王佐：“因此而失去内弟，我清楚你的心情。但是，挥泪也得斩马谡，你想得通吗？一时想不通没关系，可以找我谈，我也可以找你谈。总之，一定得想得通才好做后边的工作。你们老王家有个宋朝的你（王佐），断臂的义举何等壮烈！今天你失去了一个犯下罪恶的内弟，可是你赢得的是群众的心。对不对？”

一席话，终于打通了王佐的心结，也被眼前的场面感动了，眼睛有些湿润地向毛泽东表示：我想通了！我一定把包袱甩掉，干好革命工作！

袁文才此时也如释重负，心里轻松许多。当晚，他独自一人关进屋里喝得酩酊大醉。司马龙珠莫名惊诧，毛泽东听过微微一笑，说道：“不是兔死狐悲，也不是自我忏悔。他是为忘掉昨天而醉。”

背叛荒谬和错误，是革命者的进步。袁文才的进步，为两支不同武装力量走到一起、成为一家人立下不可磨灭的功勋。此后的日子里，井冈山大不一样！有诗为证：

东风荡旌旗，歌漫罗霄峰。
月下扁舟静，云中飞鸟轻。
魍魉刀下死，志士火中生。
一座井冈山，千年万代红。

至此，中国共产党领导的武装力量有了自己的革命根据地。

正是：

占山革命不为王，
从此书生指挥枪。

第十六回

归中华朱德重佩剑　聚南昌周公初用兵

自古以来，朝朝英雄开天地，必有左膀右臂人。为拯救中华民族，英雄际会的时刻终于到来。

一艘远洋客轮徐徐驶进上海吴淞口。在海上漂流了几十个昼夜的游子们纷纷跑到甲板上，动情地望着渐渐靠近的祖国大陆，或欢呼，或审视……旅客中，一位貌不惊人的中年人虽西装革履，却不盛气凌人——那时候，但凡穿得起上好西装的人是不屑与百姓级的人叙话的。他却不然，竟然为一名萍水相逢的妇女旅客的孩子清扫屎尿，就像一个慈祥的父亲。

他不老，过了不惑之年而已。如果脱去西装革履而换上毛贻昌那平日穿的对襟褂儿，就像去串亲戚的庄户人，没人会想到他是留德归来、曾任滇军将领、云南省省会警察厅厅长的朱德将军。

在常人眼里，从佃农之家走到省会警察厅厅长的位子，享不尽的荣华富贵，执掌生杀大权，够风光够得意的了。但是，朱德放弃了官高权重和荣华富贵，毅然走出国门，为寻求真理、为拯救民族而踏上赴欧洲留学之旅。在那里，他接受了共产主义学说的洗礼，结识了青年革命家周恩来，加入中国共产党，由旧军人蜕变为职业革命家。由于他的独特经历和军事素质，决定了他必然卷入到革命风暴中心。

来到上海，顾不得休息，他马上和上海的党组织取得联系，表示随时听从组织安排，接受工作任务。那时，主持工作的领导者注重的是文章而非武装，对于朱德这样的“变”过来的高级将领并没提起重视，一时没有事做。这天，朱德去邮局投信刚欲回寓所，一辆福特牌轿车“嘎”地停在他身旁，从车窗里伸出一只胳膊冲他打招呼：

“朱旅长！”

转头看，竟是昔日在云南时的老上级兼同事朱培德军长，情不自禁呼道：“朱军长！”

“你不是去欧洲了吗？”朱培德开门下车和朱德叙话。朱德道：“德国又不是咱的家嘛，能不回来？”

“哦！那……你今后有什么打算？”

“……还没打算啊！”

“啊——愿意不愿意到我这里干哪？”

“军长在上海高就？”

“这大庙哪轮得上我这小和尚来念经！我驻防江西，闷得慌，到这花花世界转转。喂，不嫌官小，南昌市警察署署长的位子怎么样？下边还有一个军官教导团也归你！”

“多谢厚爱！”

“你我还客气什么？就马上上任吧！”

朱德接受了朱培德的委任，几天之后便到南昌就职。如同庞统当知县，南昌市一个警署的活儿对朱德来说是小菜一碟儿。公务之外，有充裕的时间读书、浏览报端国家政治形势的文章，只等着党的组织有指示来。

七月中旬的一个下午，朱德正在办公室审核警署和军官教导团人员的档案，值勤报门口有位姓周的朋友来访。朱德闻听喜上眉梢，一边说“有请”，一边自己也迎了出来，抢上前握住客人的手，兴奋之极：

“可盼到你了！快屋里请。”

客人正是前黄埔军校政治部主任周恩来。

“你好，朱德同志！”儒雅的周恩来和朱德热烈握手问候。

两个人一边往里走，一边互表关切之情。朱德说：“听说你回国了，我恨不得插翅膀找你去。蒋介石叛变革命，到处抓捕共产党人，我整天替你担心！还好！嗯，毛发无损！”周恩来爽朗地一笑，说道：“屋里说话。”朱德这才封住嘴，一直拉住周不松手，直到会客厅。

“知道你海量，今天得好好喝喝。”朱德吩咐副官李业：“到望江楼订一个包房，要大一些的。”

“是！”李业领令而去。早有警员献茶。朱德劝茶：“这是贺龙军长带给我的西湖龙井，品品如何？”周恩来端茶闻闻：“好清香！酒中衡水老白干儿，茶中西湖龙井，名不虚传哪！”然后话题一转：“这么说，今晚我可以和两把菜刀闹革命的贺龙军长共饮哪？”朱德悄声道：“当然。还有二十四师师长刘伯承和叶挺将军。”周恩来更加高兴，这几个人正是自己想要见的人：“太好了。朱德同志，注意，我们的聚会不要引起国民党特务的怀疑，以免对我们的行动不利。”朱德道：“我想到了，就以给我祝寿为名，反正外人也不清楚我何年何月生。”周恩来笑道：“西历一八八六年十二月一日诞生于四川省仪陇县李家湾……哈！离诞辰还有五个来月之久那！我们胜利了，我主持你的四十二大寿。”朱德憨厚地笑道：“都说恩来好记性，果然如此——今天提前过了，到生日那一天就免啦！”

“又有嫂夫人了吗？我要抽时间拜访啊。”周恩来对同志体贴入微是有名的，在德国时得知朱德孑然一身。

“不忙。我目前不考虑讨老婆，革命胜利了再说吧。”

“革命不是当苦行僧嘛！你年龄不小啦，遇到有缘的，就讨嘛。”

朱德似有愧疚之意：“你知道，我在入党申请书里‘解剖’过自己，在昆明当警察署长的时候一度生活不检点……”周恩来截住朱德检讨的话，安慰他说：“那时，你过的是旧军人的生活。如今，你是一个无产阶级的革命者。不一样嘛！有个人在身边照顾你，大家也放心。”朱德亦询问邓颖超的情况，周恩来告诉朱德“小超还在天津”，便请朱德介绍南昌城内外武装力量的分布情况……

望江楼二楼左首的包房两面临江，从窗子北望赣江，浩浩荡荡向东北方向流去，仿佛是脱缰的骏马奔腾，看得人也心潮澎湃！留着小胡子、嘴里衔着烟斗的贺龙回首对叶挺将军道："好气势！叫人心跟着跳。"刘伯承笑对贺龙道："要不，苏东坡怎么写得出'大江东去，浪淘尽，千古风流人物'？"贺龙把烟斗拿到手里，对刘、叶道："曹、刘、孙不过是为家族利益而战，我们是为天下受苦人革命！它淘不尽真正的英雄——人民大众！"

贺龙正感慨之际，周、朱走进来。周恩来叹道："武可治军，文能咏史，贺军长真是革命军人中之奇才啊！"贺龙知道是八一南昌起义的前委书记周恩来到了，冲周恩来敬礼：

"周主任好！"

贺龙还以黄埔军校之职称之。

周恩来和贺龙亲切握手，说道："早闻贺龙'两把菜刀闹革命'的传奇故事。大家看，没上黄埔军校照样当好将军，贺军长堪比关云长嘛！"贺龙道："过奖！就算有了五虎将，不还得周公这个孔明来指挥么……"周恩来谦逊笑道："贺龙同志！你是总指挥，军事上你是帅。你们都是军事家。在起义的诸多问题上，你们多考虑多提意见，我们研究决定。这是中国共产党人指挥的第一次武装起义，意义非凡，责任重大！关于起义的部署和实施，还要密报中央。"

"共产党领导的起义，当然要报中央同意。我懂。"贺龙首先表态。周恩来问朱德："这次起义，里应外合是有利于我们的战争条件，内应非常关键。朱德同志，你的工作越细越好。"朱德胸有成竹地道："不瞒各位说，得到我们准备在南昌起义的消息，我就留意南昌的地形、军事部署，当然对我管辖的警署里尤其军官教导营的人梳了一遍又一遍。我发现教导营的几个尉官能重用。"

"说说看。"

"一个陈毅，巴蜀豪士，还攻诗文，是员儒将；一个林彪，善琢磨，对军事有独到见解；还一个王尔琢，英勇善战。这三个人又情况熟悉，每人带领一个团分别把三个城门打开迎接外面的起义部队保证成功。"

贺龙道："朱德同志在云南时就打出威名，城里的事就交给他啦！对啦，上菜呀，咱们今晚主要是为周书记接风，捎带着汇报工作嘛！等城外部队研究好了，我们再综合研究，做出起义的战斗方案，请周书记再报中央批准。"

叶挺将军道："我同意贺龙将军的意见。另外，我们必须冷静分析战局：敌人的兵力是强过我们的。我们出其不意可很快拿下南昌，但守住南昌是要付出代价的，就是说守住南昌要充分考虑战斗力的补充、弹药后勤供应，等等。"

"是的，这些缺一不可。""但是，我们党由没有武装到有武装，肯定是一个艰难的

过程。我们只能在战争中逐渐完善、壮大。当然，积极细致的准备是胜利的前提。还有，从侧面做好官兵们的起义动员工作，最关键的是让大家认识清楚：由于蒋介石背叛了革命，背叛了孙中山先生的革命原则，我们必须和他划清界限……”周恩来提醒大家。

“重树革命旗帜！”贺龙跟上周恩来的话，举举拳头，“好啦！大家共敬周书记一杯！”

谁也不敢保证饭店里没有敌人耳目，怕说事太久透露风声，说不定会义旗未举便被扼杀……贺龙再次把话头引到酒上来。

得到中央的批准，起义就进入倒计时。七月三十一日中午，前委和起义部队的将领在二十军军部召开紧急会议，就起义的准备、行动、作战部署和相关事情进行了深入讨论。会议达成共识：

起义的口号：

（一）反对叛变的反动政府！

（二）打到蒋介石！

（三）听共产党指挥！

起义的目标：

（一）占领南昌城！

（二）召集国民党左派会议，成立别于反动派把持的党组织！

（三）决定新的革命的政治纲领！

最后，贺龙有些动情地对部下军官道：“我贺龙决心和蒋介石一刀两断。愿意革命的，跟我贺龙走。不愿跟我走的，我不勉强，可以离开！我贺龙明人不做暗事，现在申明我的观点：今后，我听共产党的，因为共产党是代表人民利益的！我贺龙举起菜刀闹革命，不就图个为穷人争口气嘛！”

军官中大多数是跟着贺龙南北转战、出生入死一路走来的革命志士，可以说是一呼百应。周恩来高兴地对起义将领们说道：

“强将手下无弱兵！我相信起义一定成功！你们的功绩将永垂青史！”

“谢谢周书记的鼓励！”贺龙随后宣布：“行动暗号‘山河统一’。义军颈系红色布带，象征红色革命。左臂扎白毛巾，以辨敌我。一个小时后，各师、团按我的命令行动：封锁南昌地区所有道路、交通，进入战争状态！听候进攻命令！”

“是！”众将领令散去。

八月一日凌晨两点时分，南昌起义总指挥贺龙、副总指挥朱德及叶挺、刘伯承所辖的武装力量分别向目标发起攻击。总指挥部大楼灯火通明。周恩来和贺龙、朱德、叶挺、刘伯承等或眼盯墙上的南昌地图，或望望窗外，耳听案头电话，心悬各路进攻部队……

屋内，空气都紧张得不够大家呼吸用似的！

贺龙剑眉高挑，抽烟不停。周恩来的目光从贺龙移向朱德时，朱德明白周恩来此时的心情，会意地点点头，并没作声。叶挺见状安慰周恩来：

"周书记，战斗进行得很顺利。"

周恩来望着叶挺："这么说，你们都'运筹帷幄之中，决胜千里之外'，区区南昌，更胜算在握喽？"

朱德酣然一笑："西门拿下了。"

"哦？这么快？"周恩来虽然听了高兴，但遇事谨慎，下意识地脱口而出。贺龙道："两兵相接，初为呐喊，再为战叫，而决胜时欢呼！听！满城都响起胜利的欢呼声，自然如朱德兄所言，西门拿下了！"

话声刚落，作战参谋来报："报告总指挥，南昌西门被我军攻下！"随后又报："城内守军全歼！各部队正在集中俘虏，打扫战场！"接着案头电话铃声响起，就近的刘伯承拿起电话，微笑着递向总指挥贺龙，贺龙示意刘听下去，刘伯承边听边点头，放下电话，对周恩来等人道："外围警戒部队打退了朱培德部的进攻，一切正常！"周恩来兴奋地说："我摆酒为大家庆功！很好！我们打响了胜利的第一枪，必将鼓舞全国人民起来反抗蒋介石的反动统治！"贺龙激动难耐，骤然高呼：

"共产党万岁！革命万岁！"

大家欢呼、拥抱，庆祝起义成功！

上午九时，谭平山以国民党特别委员会的名义在南昌召开由部分中共委员、各省区及韩外党部代表参加的联席会议，会议选举宋庆龄、谭平山、贺龙、周恩来、张国焘、林伯渠、吴国璋、叶挺、何香凝、邓演达等二十五人组成"中国国民党革命委员会"。贺龙、宋庆龄、谭平山、邓演达为主席团主席，并昭告天下！主席团充分肯定南昌起义的巨大贡献，授命起义军以贺龙为总指挥，以二十军为主力，南下出征赣南、闽粤。

研究讨论制定新的政治纲领会议散会后，周恩来就不见贺龙的踪影，还是贺的副官告诉他，贺军长进屋把自己关在里面，不让人打扰。周恩来亦觉得莫名其妙，悄悄走进贺龙的办公室，听不到里屋有什么动静，转身正欲离开，房门开了，正是贺龙。

"周书记，请进！"

周恩来笑道："你把自己关在屋里不许打扰，一定是有重要事认真思考。那，我就不打扰了。"

"不……"贺龙一把拉住周就拽进屋里，"我正要找你请教哩！你都送上门来啦！"

"喔？"周恩来面露惊异，"请教不敢，有事倒可以商量嘛。"

等周恩来坐稳，贺龙方说出心里话："周书记，我要求加入中国共产党！"

周恩来忙站起来握住贺龙的手："欢迎欢迎！包括我，许多共产党员也加入了国民党，愿意两党合作，共同努力，改变落后之中国。可是，孙中山先生去世后，国民党右

派势力冒天下之大不韪，开除共产党员离开国民政府，抓捕屠杀革命志士，我们不得不另举革命大旗！你以国民党一军之长的身份加入中国共产党，正说明得道多助，失道寡助的真理！”

“我是握枪杆子的，握起笔来还真不好使！写入党申请书正不知从何说起……”

“和党说的是心里话，不需要华丽的辞藻，有什么说什么。你写得战争理论，写入党申请没问题嘛！”

“我明白了！”贺龙剑眉一扬，感激地向周恩来行着注目礼！

“对了！还有事……”贺龙想起来了，转身从桌子上找出一张信笺递给周恩来：“这是我起草的《告全体官兵书》，请您指正。”

周恩来认真看后表示：“很好。对于你坚决听从党指挥的决心和行动，中央也给予肯定和褒奖。有个问题你考虑了吗？你们二十军将士多是湘鄂川和贵州人，南下广东福建，是否思想上不情愿啊？”

“有！有这个问题，也是实情。如果在两湖展开斗争，群众基础好，兵源补充也容易……可是部队执行什么任务，是要听从党的指挥的。这个工作我来做！”

“这是共产国际和中央的既定方针，我也是无条件服从。”周恩来坦诚而言，“革命道路不会一帆风顺，会遇到各种各样的困难，我们一一克服就是了。”

“是。”

“一会儿我要去参加一个活动，你的《告全体官兵书》我再看一看退还给你，怎么样？”

“请您多多指导——可不能出漏子啊！”

周恩来点点头，和贺龙握手告别。望着周恩来渐渐远去的潇洒背影，贺龙感慨而自语：今后能和共产党之陈独秀、李大钊、毛泽东、周恩来这般英雄共事，也不枉革命一场了！

正是：

锋锋铁骨昭天下，
千古武林一帅才。

第十七回

金陵惊梦中正遣将　赣南歌起贺龙鏖兵

万里长江从青藏高原奔腾而下，浩浩荡荡向东方，出高原、走川渝、别云贵、横楚天，跨江淮大地而归黄浦，才恋恋不舍地奔向东海！一路蜿蜒串起一串明珠：最耀眼的，当数酒乡宜宾、山城重庆、武汉三镇、古都南京和东方乐园大上海。其中，又古都南京独领风采！

钟山揽九天之灵气，
长江注大地之经脉！
叹仲谋不守，惜成祖弃之！
逸仙失志，蒋家王朝如何？

到公元一千九百二十七年即中华民国十六年，蒋介石羽翼丰满而称霸江东，掌门国民党。集党、政、军大权于一身，统嫡系、地方、杂牌大军不下百万，根本不把共产党放在眼里。当南昌起义和秋收起义相继爆发之后，蒋介石才感到事情的严重。尤其得知以宋庆龄、谭平山为首成立了中国国民党革命委员会的消息，不禁恼羞成怒，表面上说给长子蒋经国、实际上是说给夫人宋美龄听：

"娘希匹！贺龙造反，黄埔的学生也叛变于我！孙夫人糊涂，上他们的当！"

从苏俄归国探亲的蒋经国听父亲发牢骚，只听不敢吭声。坐在沙发上的宋美龄自然明白那话是在"敲"自己，但亦不动声色——虽是亲姊二姐，可知道自己无力扭转姐姐的意志。当年二姐与孙文的结合可谓惊天动地，父母都急到要跳楼的份儿上，二姐还不是我行我素？老天爷都管不了！眼下的主义之争，我怎搬得动政治观点比石头还硬的她？

"他们不让我好受，我也不会让他们有好日子过！"唱独角戏的蒋介石雷霆震怒，"我要消灭他们！统统地消灭！"

宋美龄听了，依旧不作声。蒋介石见子、妻都沉默不语，几乎咆哮了："难道不是吗？"

宋美龄冷冷讥笑道："孙夫人是你想动就动得了的？"

这讽刺意味的话出自宋美龄之口，使蒋介石分外尴尬，因为当着儿子经国的面，他也只好咽下一口气：这已不是第一次领教了！当今，宋、孙、孔三大家左右中国半壁江山，他蒋介石清楚自己虽羽翼丰满了，却心怯来自家族潜在势力的威胁——尽管只是"潜在"！不等蒋介石还口，宋美龄起身进内室去了。蒋经国偷偷扫一眼脸变得猪肝色的

父亲，试探地问：

“父亲，您要派兵征讨南昌？”

“不必！”蒋介石挥挥胳膊，“杀鸡何用宰牛刀？有个钱大钧在那里足够了！”

“父亲说的是！”蒋经国诺诺称是——虽然蒋经国留苏归来又侍从父亲有了时日，但在独裁者的父亲面前从不敢犯颜。

那钱大钧接到蒋介石进攻南昌讨剿贺龙的电令，把心中的小算盘着实扒拉了一番：作为江西驻军，蒋介石命令自己出战贺龙是顺理成章的事，自己没有理由抗拒不从。但是他也明白贺龙是什么人！在国民党军队的系列中，很难找出能比肩贺龙的将领。那是一个极其特殊的军事怪才，就像传奇中的人物，似乎天生就有军事才能，加上无人不晓的“三把菜刀闹革命”传说，令钱大钧心有三分胆怯。但是，军令又不可违，只好硬着头皮琢磨这仗如何地打。心中正七上八下，哨兵又报贺龙的二十军离开南昌城向南进发。钱大钧闻听暗暗叫苦：这贺胡子！我还没打你，你倒进犯我来了！我本想使个招儿搪塞一下蒋介石，你今儿冲我来了，逼鸭子上架——不上也得上啦！只好指挥部队迎战贺龙的二十军。钱大钧鼓起勇气吆喝：“截杀叛军，休叫走掉一个！”便指挥部队老虎扑食似的冲向行进中的二十军！

此时的二十军经过南昌起义一战，少不了减员，加之所属蔡廷锴途中带五千余官兵叛逃，唐生智安插在二十军的参谋长陈浴新也伺机带七百众逃往武汉，二十军目前只剩下编制的三成官兵。但兵不在多而在精，剩下的大都是坚定跟贺龙继续革命的志士，见冲来一群阻击者，个个血往上涌，又见军长贺龙身先士卒，带头冲锋陷阵，大家如群虎下山之势迎上去，杀声惊天动地！早晨交锋，杀至午时，钱大钧部节节败退，溃不成军！二十军大胜！

南征首战告捷，周恩来大喜，亲自赶来为贺龙庆功。只见贺龙从文件包里取出一封信交给周恩来说：“请组织考验我。”

“入党申请书？”周恩来含笑问。

“是。”

“好！”周恩来当下表示，“组织上会尽快答复你的。”

“是！”贺龙给周恩来一个标准的敬礼，然后上马向前飞驰而去。行进中的战士们见了，响起一阵欢笑声：这位叱咤风云的大将军，有时又像个孩子般天真！

将军的身后，响起嘹亮的歌声：

我们跟定贺军长，
贺军长紧跟共产党！
队伍打到哪里去？
打到全国都解放！

周恩来听了问陪伴身边的二十军党代表廖乾吾："这歌出自谁手？"

廖乾吾指指军中策马向前的三师长周逸群答道："你的同宗革命同志周逸群。"

周恩来感慨道："多少文人雅士也投笔从戎了！我们的'文曲星'郭沫若同志就是个大才子啊！"接着对廖说："谭平山同志愿意当贺龙同志的入党介绍人……"

"周逸群同志也乐意当贺军长的介绍人。"廖乾吾抢话，又觉得有失礼貌，以憨笑表示歉意。

周恩来并不在意这些，高兴地说道："好啊！贺龙同志、朱德同志及叶挺等都是我党的栋梁之才！是我们最急需的革命'本钱'啊！"

不说周恩来器重各将领，但讲义军击溃钱大钧部乘胜前进，直逼会昌。蒋介石得知钱大钧兵败、贺龙兵逼会昌，知其心意在广东。广东是国民政府革命之策源地、孙中山的故乡。如若广东被共产党占领，就好比撤了国民党的底气！万万不能容忍贺龙占领广东！而会昌正是赣、粤之咽喉重镇。虽然会昌守将马林拥有重兵，但有了钱大钧的教训，蒋介石心有余悸，怕马林有失，立即增派两个军交由马林统一指挥，并派大公子蒋经国做钦差大臣专飞会昌督战。

马林不敢怠慢，亲自到会昌城内外巡视备战，深得蒋经国赏识，密电其父："马警惕备战，况会昌城坚山险，量胜券在握也。"蒋介石这才松下一口气来。

义军之指挥部里，周恩来、贺龙、朱德和叶挺等正研究怎样攻克会昌。叶挺请缨率部攻坚。贺龙道："叶将军主攻，我和朱德将军配合副攻，定斩马林于马下！"周恩来见众将领个个情绪振奋又制敌有方，心情亦佳，及时电告中央，不叙。

领命之将叶挺深知会昌虽小，但兵重将悍，并非唾手可得。以义军不到万人对敌军五万，硬拼不是上策。兵至会昌三十里，叶挺命部队按兵不动，自己和保卫参谋李响化装成两道士先行进城侦探敌情，再作攻城打算。二人化妆之后悠然而进会昌城门，虽守门士兵盘问甚严，但并没有对二人产生怀疑，吆喝两声便放他们进城。二人不慌不忙，在城里"云游"布道，行善超度。那些列队东来西往的持枪军人个个面目表情紧张，仿佛战场就在眼前。叶挺走进街旁一卖橘者，故作不解地问道：

"大哥，为何部队东走西串的？"

卖橘人头都没抬地回道："东走西串？你说得真轻巧！这是调防！要打仗了！害得我没个站脚地儿……"

"哦——"叶挺佯做不知，"是不是城里出了什么大事？"

"狗屁！"卖橘人倒是真的不知部队为何在城里城外"乱折腾"，"唉！没想到龙旗降下，青天白日旗升起来，当官的换了一茬又一茬，老百姓的苦日子还是老太太摘乱麻——"

"怎么讲？"

"没头啊！"卖橘人这才注意面前是两个道人，面露惊讶，"原来是道长。莫怪刚才有失礼仪！实在是张飞鼓肚子——气人！"

“幽默。先生定是读书人啦？”

“人们叫我‘逗乐窦’——我姓窦。如今，我都快变成‘没乐窦’啦！道长，看您是修行了的，你可知世事如何？”

叶挺心中不免生喜：正好与此人进一步接触……便点了点头。卖橘人面露喜色：“糊涂活着，不如清楚死。好！反正今天没生意，二位道长不嫌弃，到寒舍一叙，窦某自有施舍。”

叶挺忙行道家之礼，口中说道：“贫道先谢过施主了。”

卖橘人挑了橘子在前引路，叶、李一左一右相随，看似亲友熟人一般，走街串巷大半个城，才到窦家。卖橘人把门一关，对叶挺道：

“叶将军好大胆！不怕他们认出你来逮捕你送蒋介石请功？”

李响一把把叶挺拉到背后，指着卖橘人喝道：“你是什么人？”

卖橘人哈哈大笑：“叶将军不知我，我知叶将军——我原是独立师一团侦察排排副窦文波。敬礼！”卖橘人冲叶挺“啪”地一个敬礼。

叶挺笑着点头道：“原来是我的兵啊！”李响提醒叶挺：“凭他说就可认定是将军旧部？”

卖橘人忙自己证实自己道：“敬礼时拇指略向里扣，是排长规定的暗号！”

叶挺笑道：“你们那个排长鬼点子蛮多……他人呢？”

窦文波鼻子一酸：“老师长，您离开后，排长被强加‘叛乱共党分子’罪名枪杀了！我和另外几个战友趁夜色逃离才幸免一死！想不到在这里撞见老师长！我怕发生意外，才一边演戏，一边把您引开——老师长，您无事不到会昌来，南昌起义我听说了，有事您指示，我窦文波还是您的兵！”

真是想不到的收获！叶挺便坦言义军将攻城南下，自己带李响进城侦察，急需了解会昌地形及兵力部署。窦文波道：“我是会昌人，不是说大话，对此处地形了如指掌。老师长，您知道，侦察兵的两只眼睛是干啥的！就连兵力部署也留意一二！”叶挺大喜过望，握住窦文波的手道：“窦文波同志，谢谢！”

“老师长哪里话！我还是您的兵！”

当下，窦文波割肉置酒与老师长倾诉战乱之苦。

叶挺道：“老子有云‘乃知兵者是凶器，圣人不得已而用之！’不要战乱，必以战争完成之。这也是革命之真谛。如果有一天真如马克思所言，人类可以到达没有战争、没有剥削、人人自由平等地过生活，那真是地球的福气！”

窦文波道：“世事难料，没什么不可能——孙中山十次革命终于推翻封建王朝。我看，蒋介石玩弄民国革命于股掌，说不定哪天被共产党取代。”

一席话让叶挺对窦文波刮目相看：“借花献佛——我敬你这老部下如此有见地！小窦，愿意不愿意再行伍呀？”

窦文波摇摇头：“老师长，不是我小兵驳您面子！混战的兵我当够了。我就做您不在编的兵吧！今天我把知道的情况是竹筒倒豆子——一个不落地告诉给老师长，就算对老师长的一点儿心意吧。另外，老师长率部攻城，我做内应！”

“你单枪匹马如何内应？”叶挺不解，“你提供情报就足够让我感激不尽了。来，我代表起义军官兵谢谢你……”

“老师长，我说做内应可不是一句空话！”

“你说说看！”

“不瞒老师长，会昌城里有我磕头的另外四个弟兄，个个会那么三拳两脚的功夫，战斗打响，我和弟兄们溜到军火库给它个连窝端！军火库一炸，保管城里乱了营。那时，起义军狠打北门……”

“你是说重在北门？”

“北门城门年久失修，不堪重击！派一个精锐营足可解决问题。”窦文波献策：“只是，马林所统部队大部分在城外集结，必阻击义军南下攻城。”叶挺道：“这些都有准备。但详细军力部署情况请你仔细画出草图，以供指挥部做出对应作战方案。”

“这个容易。”窦文波当即取来纸笔，画出会昌城概图及城外交通图，一一注明马军部署情况交与叶挺。叶、李返程时，窦文波为二人各准备一担橘子挑了以掩耳目。出城时虽遭守城士兵洗劫了些橘子，但所幸情报未曾丢失……

战斗打响了！

有准备之仗的打法是不一样的。知敌知彼，叶挺大胆布兵攻城，战斗有条不紊地进行！由于贺龙、朱德以凶猛之师前后夹击、钳制外围敌军，使会昌成为孤城。叶挺指挥大军猛攻北门，勇士王超、郑逸祥分两路架起云梯爬城，激战两个小时，王超首先攻上城墙，并迅速扩大战果。马林正死命抵抗时，忽听天崩地裂一声响，火光映红会昌城，方知军火库爆炸！义军士气大振，用木梁将城门撞开，起义军决堤洪潮般涌进城门！接着，其他三门相继攻破，义军和守敌展开激烈巷战，战歌响彻会昌城上空：

中华无天日，
我们举义旗！
挥起正义剑，
重新立天地！

傍晚时分，战局已被控制在义军手里。马林见大势已去，便弃城而逃，妄图与城外援军会合，却不料正陷入朱德的“口袋阵”，又折了三成的人马。贺龙见城破敌溃，便指挥二十军勇士由狙击变进攻。那些援兵本无斗志，又知贺龙威名，从未遭遇如此凶猛之师，单听那地动山摇的呐喊声便腿肚子抽筋儿，无意恋战，调头就跑。贺龙、朱德、叶挺指挥大军直追百十里方收兵安营，打扫战场。由于部队的目标是南下广东，便将缴获的武器弹药重新装备部队，而将一部分粮食就地分发给穷苦百姓。会昌的老百姓无不拍手称快！叶挺不忘为攻克会昌做出贡献的窦文波，委李响前往致谢。待李响找到窦文波

家时，才知窦家已毁于战火。打听街坊邻居，无人知晓，只得悻悻而归。叶挺闻讯默默无言：战火无情，生死难卜！实再难致谢回报了。而像窦壮士这样的人，即便见得面也未必接受馈赠，也无以表达谢意啊！

部队开往小城宁都休整。

在宁都，周恩来以中国国民党革命委员会的名义为贺龙、朱德、叶挺庆功。席间，周恩来与贺龙交盏，告诉他："经谭平山、周逸群二位同志介绍，组织已批准你为中国共产党党员。"

贺龙激动得半天说不出话来："好……今后，我是党的人了……"

"祝贺你，贺龙同志！"周恩来和贺龙再碰杯，"明天，组织为你和郭沫若同志举行入党宣誓仪式，张国焘同志代表党中央主持仪式。"

"张国焘代表党中央主持？党给我太大的荣誉了……"贺龙两眼湿润，"我一定把自己的一切都献给党！"

为军中文之魁首、武之将星举行入党仪式，是革命队伍中的大喜事。在宁都城的义军临时指挥部里，精心布置的"礼堂"红红火火：绣着斧头镰刀的中国共产党党旗高挂墙上，并排而挂的是马克思和列宁的画像。贺龙威武，郭沫若文雅。二人在张国焘领诵下，举拳宣誓，仪式简短而庄严。宣誓之后，诗人郭沫若情怀触动，诗兴大发，即席咏联：

> 虽刚展翅，乃是大鹏，前程何止万里？
> 端的振翼，不过燕雀，寿命岂有百年！

众人都喝彩！人们知道，才子郭沫若从东洋归来而投笔从戎，任武汉革命政府政治部副主任，目睹国民党右派势力之反革命真面目而选择中国共产党，故以此联隐喻：继承封建王朝衣钵的蒋家王朝必为代表人民群众利益的中国共产党所代替——历史应验了诗人的预言。

义军南下首战告捷，大大鼓舞了广大官兵的士气，也加强了中共中央的信心，命令义军转福建战长汀，乘胜攻上杭。前委决定：由贺龙率主力部队出兵广东攻占汕头再取惠州，在那里建立新的革命根据地。朱德率第九军和十一军的部分人马攻占广东大埔县的三河坝，留守在那里以钳制梅县方面的敌军，狙击敌军攻击贺龙主力。贺、朱领命，互相鼓励话别，不必详述。

只说朱德率部顺利拿下三河坝，不久，钱大钧遣三个整师的兵力进攻三河坝。十月初，两军交锋，鏖战四个昼夜，朱德部歼敌千余。但朱德深知，以弱对强难以持久对抗，为保存有生力量，失去和前委联系的朱德决定撤出三河坝向潮汕方向转移，与主力部队会合。兵至饶平，正遇到三两百主力部队的散兵游勇，才知道主力部队作战失利，几乎全军覆没！细问散兵中之军官，均称周恩来、贺龙、叶挺和刘伯承下落不明，与其他领导人李立三、恽代英、澎湃、聂荣臻等人也失去联络。真如晴天霹雳轰顶，朱德霎时心急如焚：难道起义就这样完结了吗？看看自己保存下来的两千之众，心中翻江倒海般难以平静！眼下这两千官兵，可是看家的宝啊！

部队在山间一个不知名的小山村休息。这时候北方早已凉爽宜人，但广东还热得炙人。朱德手里摇着大蒲扇在临时指挥部里踱来踱去，不吭一声。他浓眉紧锁，两唇紧闭，却掩饰不住他难以平静的心情：怎么办？怎么办？！

不知何时，他的三员虎将已并排站在指挥部门口。

“你们？”朱德发现了三个表情严肃的战将，问。

快人快语的陈毅第一个跨进来，用浓重的川音向总指挥报告：“军长，目前军心不稳，应统一一下思想喽！这样下去，仗没得打嘛！”王尔琢亦表示同样的心情：“陈师长反映的情况必须高度重视，心不齐，仗不好打呀！”

“我也知道队伍中厌战情绪抬头。可也不能全怪他们！”朱德痛心地叹口气，“一时的胜利冲昏了头脑，从南昌起义到南下：会昌之战、广东之战……部队连续作战而没有很好地休整，以疲劳之师而战，不败才怪！”

“那，也不能眼看着完蛋么！”陈毅急了。

朱德冲陈毅苦苦一笑：“自从重新拿起枪，我就没犹豫过，我们共产党员是干啥的？带领群众革命到底！我朱德绝不见困难就畏缩！但是，陈毅同志，形势如此严峻，我们不能盲目行事，把这两千名同志葬送掉！”

“可是……”

“战士们有情绪，我们教育、引导嘛！剩下的同志都是浴血奋战、经过血与火考验的同志，他们不会背离革命。我是想，我们应该何去何从？”

朱德的话令陈毅大为感动。他佩服领导又是兄长的宽大胸怀和远见卓识：“还何去何从？现在和谁都联系不上了，看来只好我们自己拿主意了。”

“对！”王尔琢赞成，“快拿主意吧！这儿不是我们的久留之地。”

见林彪不语，朱德猜他另有心事，便问他：“林彪，你看呢？”

站在门外一直没进来的林彪咕哝咕哝嘴说：“两万之众打剩下两千人，武器弹药不足，伤病员拖累，中央又联系不上——如果张国焘、周恩来……万一……”磕磕巴巴说个半截话，又摇摇头。

“林彪同志似乎丧失信心啦？”朱德淡淡一笑，对陈、王道：“他就是某些人的思想代表么！来来，我们首先解决林彪同志的问题，就举一反三了！”

陈毅听了笑出声来：“对对对！我和尔琢没说动他，还得军长训他么！”

林彪辩解道：“不要嘴硬嘛，再硬打硬拼试试？打不赢还不溜，等死呀？”

“这么说，你是从战术角度考虑的？”

“我要是革命意志不坚定，不就早溜了吗？”

“嗯！”朱德若有所思，“看来，我们这两千官兵就得‘溜’——不能把党交给我的武装就此了结！留下种子不愁种不出庄稼来，我们走！”

这三员中级军官确是朱德的信赖人物。凭他的一双慧眼，成就了中国未来革命战争史上两颗熠熠生辉的将星！

正是：

留得青山在，
不怕没柴烧。

第十八回

朱将军中流砥柱　毛委员博大胸怀

主意已定，朱德立即召集营以上军官紧急开会，和大家一起分析当前的战争形势，传达下一步战略意图——冲出敌人的包围圈，向革命基础较好的湘南挺进，求得生存再发展。由于此前陈毅等三人思想明确，在会议上积极引导，众人较快统一了认识，都表示愿意跟随朱德向湖南转移。

两天之后，部队在崇山峻岭中向湖南进发。

蒋介石得知南昌起义的武装中还有朱德部一两千人未歼，怒斥钱大钧“放虎归山”，责令“即全歼之！”

钱大钧不敢怠慢，一边派人打探朱德部行踪，一边集结兵力，信誓旦旦要“全歼残匪”！于是，两千义军在赣、闽一带大山里迂回，敌军几万人大部队东扑西追，演了足足七八天的“捉迷藏”。直到十月七日，两军在赣、闽交界的武平遭遇。面对强敌，义军拼死而战。熟知兵法、有丰富实战经验的朱德，以大智大勇指挥义军，伺机击垮敌人两个团的狙击，杀出一条血路，掉头向南而甩掉追兵，抵达安远县。数点兵马，已不足千人。师团以上军官只有陈毅一人。朱德当机立断，召集残部开会宣布：此后，这支部队由自己和陈毅来领导，不愿坚持者可以走。他坚定地对官兵们讲出自己的肺腑之言：

“就是剩下几个同志，我也是要革命的！大家回想一下，孙中山先生十次革命斗争才得以胜利，推翻满清王朝靠的是什么？坚持！我到过苏联，知道苏联的十月革命，一九〇五年革命失败，黑暗笼罩整个欧亚大陆……结果呢？正义最终战胜邪恶，于一九一七年取得胜利！坚持就能胜利，因为我们是革命的、进步的、代表人民的力量！”

陈毅带头鼓掌。他明白：朱德是一个平日里不爱说话、不把大道理挂在嘴边儿上的人，未必不善讲演！他是那种干得多说得少的人，节骨眼儿上才说……

他敬重朱德，他的为人！“同志们！我们还没有真正摆脱敌人的追杀！”陈毅鼓舞大家，“只要我们咬紧牙关两条腿别停下来，就会甩开敌人。甩开敌人就是胜利！为什么？因为我们是拖不垮打不烂的革命军人！我们，是革命的火种，走到哪里，哪里就会燃起熊熊革命烈火！”

诗人讲战争也是诗的语言。但他这次近乎大白话的语言，士兵们听进去了，而且“有味道”！

在部队严重缺员的情况下，为便于领导，朱德决定打破常规编制，撤销军、师、团、营编制，合编为一个纵队——国民革命军第五纵队，下辖三个支队。为利于隐蔽，朱德化名王楷，任纵队司令员，陈毅为指导员，王尔琢为参谋长。轻便的部队，有效的指挥

系统，使纵队更便于在山里或行军或隐蔽。十一月上旬进入粤、湘、赣交界之“三不管”的地方即上堡、古亭一带。这里山高岭峻、层林叠嶂，十分利于隐蔽。朱、陈、王决定在此“屯兵”——休养生息并军事训练，尤其是掌握游击战术。王尔琢本是军校教官出身，正派上用场。游击战术，则由朱德亲自教授——他既有从军正规作战经历，又有警署非正规野战经验。

几天下来，有的战士手心痒痒：老不打仗也受不了哩！胆子大的，就找到司令部发牢骚：

“当兵不打仗，老躲在深山老林里自己折腾，这叫哪门子兵啊！”

朱德绷起脸儿问：“怎么，才几天不拉枪栓，憋得手痒痒啦？”

“可不是嘛！”

“嗯，”朱德慢条斯理地说，像是自言自语，“要不，明天行动？”

“真的？”

“嘿！你这小鬼！”朱德打趣地说，“军事秘密都透给你了嘛！”

“小鬼”仍然追问不舍：“什么秘密？你只说‘行动’，没说别的呀？”

“告诉你‘行动’还不是秘密？”见“小鬼”那认真的样子，陈毅故意绷起脸儿说道：“我看你这个小鬼要管司令员的事，想要当司令啦？”

“那可没有啊，指导员！我是时间长了不打几枪手痒！”

陈毅哈哈大笑：“你怕个啥子么！‘不想当将军的士兵不是好士兵’——这不是我陈毅的话，是西方的一个大军事家说的。”

“小鬼”突然打个立正：“报告指导员！我大字不识文盲一个，不想大的，今后立功了提拔当个班长、排长的就烧高香啦！”

朱德、陈毅都笑了，臊的“小鬼”调头就跑开了。朱德冲着“小鬼”后影道：“嗯，是块钢。”陈毅道：“剩下的这千八百人个个是钢——收拾几个土匪，费不多大劲儿的。”

朱德相信，土匪虽野，个个心狠手辣，但弱点也在“野”上，毕竟没有正规的军事素质，况且匪首王吉不过三五十条枪，尽管其中有一两个神枪手，也形不成什么威胁。但此时的重中之重是保存革命力量，要少牺牲、不牺牲而求胜利。陈毅明白了朱德的意思后说：“对，我也这么想。你看，林彪、王尔琢谁去完成这个任务？”朱德略加考虑说：“交给王尔琢吧。南昌起义以来他情绪一直稳定，工作积极热忱，战斗经验也丰富。”

“我同意。”陈毅说着，就见王尔琢侦察归来，用毛巾一边抹满头的大汗一边汇报：“侦察清楚了，和老百姓提供的情况基本相符——三几十人，倒是人人有枪，都是打家劫舍用的破枪。不过，他们存的粮食物品可不少，够咱们用一阵子的！”

“好。消灭他们，既补充我们米粮不足，又为老百姓除害，一举两得。”陈毅说，“司令员下命令吧。”

朱德对王尔琢道：“为保百分之百成功，参谋长，明天你带两个分队把王吉那伙土匪端了怎样？！”

“是！”王尔琢受命，不惊也不喜，镇定而坦然。在朱德眼里，王尔琢是最具军人风度也最有前途的青年军官。

果然，太阳没落山，王尔琢就把所有出战人员都带回来，除几人受伤外，无一人阵亡，另外还带回来大量粮食、食物、布匹及生活用品。“小鬼”在这次战斗中还崩了一个土匪，高兴地对司令说：“这回用不着发愁了，够吃好几十天的！”

朱德听了和“小鬼”聊：“嗯，够！够！小鬼，那几十天之后呢？吃完这些东西怎么办？没得土匪打了，我们总不能去抢老百姓的吧！”

“当然不能！”

这个，革命战士都知道。

“那，我们又该怎么办？”

“到别处找土匪打呗！”“小鬼”还挺鬼呢。

陈毅乐道：“呵，那样我们就成荡寇将军啦！”说着面色凝重起来，对朱德道：“说笑是说笑，还真得考虑今后怎么办么！”

朱德道：“我有个想法，正等尔琢回来我们商议呢。”对对眼神儿，三个人走进临时司令部，朱德谈自己的考虑：

“现在，我们和前委、和中央都失去了联系，但打仗是避免不了的——随时可能遭遇敌人，而蒋介石必然一步也不肯放松对我们的追杀。实事求是，我们战斗力再强，以不足千人对多少万军队的战争是很难创造奇迹的。因此，我近几天一直琢磨我们的出路，就有了一个大胆的设想：我们先钻到‘铁扇公主’的肚子里避避‘风’，然后再寻找机会回归革命队伍。”

原来，国民革命军第十六军军长范石生是朱德在云南讲武堂求学时的同学，现驻防湘粤边界。本来受命消灭朱德的范石生摸到了朱德部队的踪迹而不行动，是因他深知朱德是一位善于用兵的将才，他欲同朱德合作治军，借朱德的治军才能提高十六军的战斗力。他曾派心腹找到朱德传达自己的意思。所以，朱德才有“钻铁扇公主肚子”的说法。

陈、王听了，觉得目前没有别的办法。为了保存义军这珍贵的“种子”，此举不失为一个选择——而且有机会选择。

“我知道，”朱德说，“我们领导的队伍，打的是国民革命军的旗子，实际是党的武装，这么做，要上报前委乃至中央批准。但是，现在和前委、中央都失去了联系，而时间不等人啊！”

陈毅知道朱德肩上的担子有多重，朱德的顾虑是情理之中的事。但是，这不是出卖革命武装，而是挽救革命武装的一个无奈的选择。

“当年，关云长为保护两位嫂嫂而降汉不降曹——不是自作主张吗？！何况我们一不降谁，二不是不受命，三我们不是小集团利益，是为了党的武装生存发展！”王尔琢道：“不能犹豫了！担责任我们一起担！是我们党支部通过了的！”

“这样，”朱德说，“有两个条件是不容商量的。第一，我们这支队伍可以编入十六

军，但要以一个不被分割的单位入列；第二，我们是共产党的武装，允许共产党的组织存在并信仰自由。还有一点是要说明的：适当的时候，我们的武装要听从中央调遣而离开。”

“哦！前两个也许不难商量。另外那一点行吗？”陈毅担忧，“姓范的既然要的是你，他怎肯放你？喂，不会再重演过五关斩六将的故事吧？”

“绝对重演不了！”朱德憨然一笑，“时代不同了，大炮不是青龙偃月刀，朱德何德何能？还不是靠大家！”

陈毅感慨不已：“你除了谦虚还是谦虚！咱们的队伍里谁还能比您的资格、德行、才能？好啦，你就全权和姓范的谈去吧。”

朱德大手往桌上一拍：“好，我去！”

听说朱德答应到十六军来，范石生十分高兴，置酒款待朱德，毫不隐晦自己请朱德到十六军的动机。而朱德亦不含糊，向范说明自己的条件。范石生一口答应，并希望朱德尽快带队伍来。朱德离开十六军时，范派自己的一个排护送朱回驻地，并捎上五百大洋为义军搬迁之资。三天之后，朱德率部入编十六军第一百四十团。

义军安定下来，朱、陈不敢懈怠，白天加紧军事训练，晚上对官兵进行政治教育学习，很快，第一百四十团就成了十六军的佼佼者。

范石生叹服不已！经常邀请朱德到军部聊天或小酌，其实是借此探讨军事，考量国之政治，分析国际形势……范受益匪浅。

不觉，时光飞流，中秋又至，范石生邀朱德到私宅赏月品酒。喝得正高兴时，副官急急送来电报，范接过一瞅脸色骤变：

“你看看！老蒋又搞啥名堂？他调我驻防这里才几个月，又让我走！”

朱德亦面露疑虑，心中暗忖：自己刚刚和党中央联系上，莫非被南京政府发觉了？决定听听范的口气再说，于是道：“是吗？不过，军队换防也是兵家常事。”

“他蒋介石就没什么‘常事’！他分明是拿我这非嫡系去碰共产党！表面上是换防，实际上他演的是‘鹬蚌相争，渔翁得利’！”

朱德听了，心中暗暗庆幸范石生不糊涂。这样自己也稍稍宽心，不必为防范而纠结。此次调防是否蒋介石听到什么风声而采取的行动？于是问范石生：

“是不是蒋某人怀疑什么了？”

范石生大大咧咧地摇摇手：“不是不是！老蒋那两下子我还不明白？他要嗅到什么早邪乎了！这你放心，我范石生再不够意思，也不会办坑害你的事吧？我是听你高见，你别想歪了嗨！”朱德忙解释道：“我是担心连累你么！”范石生举杯和朱德碰碰，说道：“我惹不起老蒋，但我知道怎么应付他。你就在十六军里待着，真的有什么风吹草动，我告诉你再走也不迟。”

朱德信其言，即随十六军向广东进发。忽一日，中央的特使来到军中面陈中央指示：中央决定组织广州起义，要朱德率部赶往广东支援。朱德与陈毅、王尔琢碰头通气，三人一致决定，待十六军行至湘粤边界时便向范辞行。

看看快到韶关，王尔琢带来几个衣服褴褛的士兵向朱德报告：他们和一起疏散下来的三百来人是参加广州起义的义军幸存者。这就是说，广州起义失败了！

收留下三百散兵，朱德不得不改变前进计划：再往广州，肯定没什么意义了。而自己已和范打过招呼，说自己接到中央调动队伍的通知，待十六军到达驻地之后，将率第一百四十团离开十六军……现在，形势发生变化，自己又无法和范石生讲，只有另做打算了！

朱德决定率部往湖南境内进军，听从王尔琢的建议，在狮子山安营扎寨。狮子山距湖南边境小县宜章不远，是个林木茂盛的山区，隐蔽而便于迂回。由于部队纪律严明，对百姓秋毫无犯，深得人民群众欢迎，不少青年报名参军，使队伍得到扩充壮大。朱德一面派参谋长王尔琢督导训练士兵，一面安排陈毅负责和当地党的组织联系。

不久，一位神秘客人被带进朱德的办公室。

来人一身农民打扮，见到朱德就开门见山地道："朱德同志，我是毛泽东毛委员的代表，专程来访朱司令。"

朱德闻听为之一振："毛泽东派来的？就是主编《湘江评论》、发动学生赶走张敬尧、领导秋收起义的毛泽东派你来的？"

"是的。坐不更名立不改姓，我叫何长工。"

"既然如此，请坐！"

朱德喜出望外："毛泽东同志在哪里？"

"井冈山。"

"井冈山……嗯，是个养兵的好地方。听说有个打着共产党旗号占山为王的袁大王在那里，还挺让官兵头疼的？"

"不鸣一枪，起义部队上山，并整编了袁文才、王佐的武装，成立了红一师。"

"哦！"朱德点点头，"好！好！"

何长工道："毛泽东同志委托我向朱司令致意。"

"谢谢。"朱德全然没有司令官的架子。面对农民打扮的何长工，他更像一个和朋友谈家长的农家大叔，他问道："井冈山的形势怎么样？"

"好啊。在毛泽东的领导下，土地革命开展得红红火火！老百姓的革命积极性高极了！毛泽东同志的主张是，要想发动武装斗争，就必须依靠农民。农民的积极性起来了，革命就成功了！"

朱德听了心中想：嗯！这还真是个好主意，明确地提出依靠农民、发动农民闹革命，还真是个新鲜理论。细想，还真符合中国国情。他猛地想起周恩来早在法国时就谈起过的话："湖南的毛泽东同志把大家送出国门，他自己留在了国内。"就在南昌起义过程中周还讲过："看来，毛泽东同志的目光是最犀利的……"从目前共产党主导的武装力量

看，毛泽东走的路无疑是符合实际情况的，而且也是第一个公开打起共产党以武装力量对抗蒋家王朝的大旗的领导者！

“很好。”朱德自言自语。

“毛委员希望早日能见到朱司令，以共商武装革命大计。”何长工对朴实、爽快的朱司令印象颇佳，亦直言不讳。

“你回去告诉毛泽东同志，我也盼望早一天见到他。在赣、湘、粤边区有我们两支武装配合，互相支援，好比单拳变双拳，肯定会大有益处。”

“我一定把您的话一字不落地转告毛委员。”何长工敬礼和朱德辞别。

送走何长工，朱德兴奋异常，对陈毅、王尔琢道：“今后总算不孤军作战啦！”陈毅乐得哈哈直笑：“你朱司令是福将么！跟着你，我们要大发展嘛！”几个人正高兴，卫兵通报范军长派副官求见。朱德忙说“快请”——非常时期来非常客人，一定有非常事情！

果然，范石生让副官专程密告朱德：广州起义被镇压后，国民党特务机关获悉朱德部隐于十六军，广东军阀命范“逮捕朱德”，“解除其武装”！范石生转告朱德：自己不会做对不起朋友的事！并由副官送来五万块银洋，请朱德迅速离开十六军驻防区，以防不测。朱德表示感谢范军长之情义。送走副官，马上与陈、王商议对策。陈毅道：“既然范军长如此做，说明情况之紧急，我们必须离开此地。”王尔琢道：“事到如今，我们只有谋求一个部队安身立足之地了。”朱德打开地图对陈、王道：“我们往北略动，就是湖南了。那个宜章城可以暂时安身。”陈毅道：“不错，那就行动吧！”

“不忙，”朱德道，“我们不能不请自到吧？”

“请？难道还有个‘范石生’请咱不成？”陈毅直摇头。

朱德道：“这就看你陈大秀才的了。”

“我？”陈毅以手指指指自己的鼻子。

“是啊！”朱德不紧不慢地说，“你以国民革命军四十六师师长王凯的名义给宜章县长写封信，就说……然后，叫胡少海进城送信——胡少海在宜章县可是名气大得很哪！又有国民革命军的信，他会请的。然后如此如此……”陈、王听了齐称“甚妙”。陈毅当即按朱德意图挥笔而就。其信曰：

> 宜章县县长张恭先生台鉴：
>
> 我国民革命军四十六师驻防郴州，有缘途经贵地，荣幸之至！特遣我部宜章籍胡少海少校率先遣队入城，以商大部队通畅之路。况宜章、郴州唇齿相依之势，一衰俱衰，一荣俱荣，我部敢不牵挂！专此敬函！
>
> 国民革命军四十六师
师长　王楷　即日

朱德拿起信纸端详，不由得赞叹："真是下笔如有神啊！那区区县令见了，敢不组织欢迎？嗯，后面就看胡少海的了！"王尔琢道："为防意外，我配合胡少海同志一起进城执行任务吧？"朱德思考片刻表示同意："有参谋长前往，万无一失。"

果如所料，早闻胡少海名气的宜章县长张恭，见胡持国民革命军给自己的信函而来，不敢怠慢，亲自出城迎接。颇有绅士风度的胡少海在张恭面前表现得十分得体、倜傥，张恭遂敬为上宾，并邀来地方士绅名流数十人作陪，在县衙大开酒宴招待胡少海。正吃得痛快，只见"收拾"了县衙地方武装的王尔琢率全副武装的百十号官兵冲进来包围住宴会厅，厉声喝道：

"地方百姓状告宜章县长张恭不顾民生民计，贪污、掠夺民财不计其数。警察局局长、商会会长一干人等皆有罪恶！我代表四十六师接管宜章。张恭等罪犯羁押大牢候审！"

这突如其来的行动令张恭等宜章头面人物吓得个个筛糠的筛糠、叫苦的叫苦，无人敢有一丝的反抗。张恭连连向胡少海作揖求饶："胡长官，看在乡亲面子上，请贵军高抬贵手！"胡少海淡淡一笑，对张恭等道："我们师长既然接了百姓诉状，哪有敷衍之理？'善有善报，恶有恶报'，只要你们老实坦白自己的罪行，才能求得师长不杀之恩！"

"是是是！"张恭等人只有唯唯诺诺，被押进大牢，换出被他们颠倒黑白"颠"进去的老百姓，品尝做梦也不曾想到的牢狱滋味！

城内不发一枪结束战斗，王尔琢向城外方向连发三颗绿色信号弹，告诉朱德已取得宜章县城的控制权。朱德、陈毅率军人城，在县党部召开纵队会议，宣布改番号为工农革命军第一师，朱德任师长，不再使用化名王楷。陈毅为党代表，王尔琢任参谋长。堂堂正正地举起红色革命大旗！朱德等严治军、广爱民，得民心而队伍壮。驻守韶关的国民党军得知宜章事变，派独立二师师长许克祥率六个团进攻宜章，欲扑灭湘南刚刚燃起的"星星之火"。令许克祥想不到的是，朱德的工农革命一师深得民众支援，如虎添翼，把许克祥的六个团打得落花流水而缩回韶关！为扩大战果，朱德挥师北上，发动郴州、耒阳一带的革命斗争，后称"湘南暴动"：百万农民参加斗争，十几个县掀起轰轰烈烈的农民革命运动……

湖南省委的某些领导见状头脑发胀，"左倾"盲动主义占据上风，错误地下令工农一师发动农民把粤湘通衢左右五里的村舍全部烧毁，美其名曰"阻止国民党军沿粤湘大道进攻湖南"！朱德、陈毅极力抵制湖南省委的错误决定，但不胫而走的"指示"引发了地方一些狂热分子们的狂暴欲望，不但"执行"错误的、被漏风的"指示"，更有甚者又烧又毁且大肆杀人，使群众恐惧、疏远革命，于是，"一师"如无水之鱼。湘、粤、桂三地军阀互相混战杀戮之后，纠结一起，分三路围剿工农一师。双方多次激战之后，一师难以立足，被迫在迂回躲避中向罗霄山转移……

悲哉！

喜耶悲相连，
福兮祸所伏！

疲于奔波、无落脚之地的工农一师师长朱德和党代表陈毅、参谋长王尔琢往往在行军中研究工作，被陈毅称之为是“旅行军”。正当工农一师处境被动之时，毛泽东的代表何长工又来到朱德面前。朱德热情接待毛泽东的使者，并通报工农一师由盛而衰的过程。何长工告诉朱德：毛委员已得知这一切，让他带来慰问话：

“朱德同志保留住南昌起义的队伍不散失，本身就是对无产阶级革命做出的巨大贡献。朱德同志坚定的革命信念和不屈不挠的斗争精神令人钦佩，是我党最具领导才能的军事家。”

朱德听了深受感动：“毛泽东同志过奖了。你看，我现在连个立足之地都没有了么！”

“毛委员已写信给湖南省委，严厉批评了他们的错误行为。”何长工透漏。

朱德一叹：“他们错误的一句话，帮了敌人的忙，险些彻底毁掉工农一师啊！”

“是啊！”何长工接着说，“我这次来见朱师长，特别带来毛委员的意见……”

“请讲！”

“井冈山是易守难攻、地理位置特殊的屯兵之地。欢迎朱师长率部会师井冈山，共谋革命大业。”

“好！”朱德激动感慨地长出一口气，“润之，知我者也！”

正是：

毛朱合璧偶然遇，
却是一生革命缘。

第十九回

毛朱会师井冈山　双杨败阵永新城

在井冈山茅坪的一处普通居所内，年轻的女主人正坐在堂屋的竹椅上聚精会神地翻看一本磨旧了的油印小册子。她青春靓丽，英姿勃勃，漆黑的短发仿佛散发着芬芳，系着腰带的灰色土布衣装可体、整洁。放在一旁的带红五星的军帽说明她是一名战士。

她还有了一个新的身份——毛泽东的新婚夫人。她就是原永新县委书记贺子珍。

新婚燕尔，喜悦和甜蜜伴随着新娘。革命斗争，艰苦与幸福同行。贺子珍比丈夫年纪小许多，从认识到恋爱，从相爱到结婚，她自觉不自觉地把自己摆在一个学生的位置上——毛泽东知识的渊博程度简直让贺子珍难以置信。古今中外、诗文书法、历史地理……无论问起什么，毛泽东都会如数家珍似的，令新娘有说不尽的新鲜感。这册《湖南农民运动考察报告》就是丈夫的文章，虽然自己文化水平不高，但由于文字通俗易懂，加上自己经常深入农村工作，熟悉农民，所以，读起来亲切感人，仿佛文章里说的那些就在眼前。贺子珍对毛泽东几乎达到像崇拜圣人那样的地步。

正读得津津有味，忽听到一个再熟悉不过的哼唱声响起：

> 我本是卧龙岗散淡的人！
> ……

贺子珍从竹椅上一跃而起，笑迎走进来的毛泽东。见毛泽东满面春风的样子，贺子珍用多情的眼神盯着毛泽东："今儿怎么这么高兴？"

毛泽东乐呵呵地坐到竹椅上，开心地道："大喜事么！中国工农革命军的大喜事、革命武装的大喜事么！"

"真的？"贺子珍笑得天真烂漫，"么子喜事哩？"

兴奋的毛泽东坐不住似的，身子一弹站起来说："三军有帅了，不是大大的喜事？"

"三军有帅……你不是帅吗？"贺子珍大惑不解。

毛泽东摇摇头："我是党代表，不是司令。"

"那……袁文才呢？"

"他是员好将，但不是帅。"

贺子珍脑袋飞转："三军有帅了——到底说谁呀？"

"忘了吗？南昌起义的指挥者贺龙、朱德？"

"你是说他们？怎么，贺龙有消息啦？"

“还没消息。”

“朱德！”兴奋的贺子珍拍拍手，为自己猜着高兴，“他不是被湖南省委给弄得走投无路吗？”

“瞧你怎么说话——何长工和朱德同志第二次会面谈得好！朱德的工农一师要上井冈山喽！”

“你是说……合并？”

“会师，也可以说是合并。朱毛朱毛，猪有毛体善；毛有猪得生！哈哈！”

毛泽东乐得合不拢嘴。

斗争经验使毛泽东明白，目前中国的革命，说到底是农民革命。革命的斗争手段是武装斗争，武装斗争的领导核心是中国共产党，胜利的关键是高素质的指挥员。毛泽东慧眼识英雄：朱德，是他神交已久的英雄。

“子珍，二十年后，毛泽东、朱德要和蒋介石换个位置！”毛泽东坚定地说。

贺子珍闻听一怔。在她的思维里，共产党领导老百姓闹革命，是要改变当牛做马的苦日子，过上自由平等的好日子。和蒋介石换位置？那不是要当委员长吗？他和朱德……天啊！没想过！

“真的？”

毛泽东泰然一笑说：“往后走着瞧么！”

“你真的有把握？”

“我毛泽东开过政治玩笑么？”

“看你神气劲儿！凭什么那么有信心？”

“凭我们有了马克思列宁主义，凭我们代表着人民的利益。”

毛泽东的“理论”无人能驳得倒，何况自己呢？贺子珍臣服了。

宁冈县的砻市，红旗漫卷，鞭炮齐鸣。工农革命军两支武装会师井冈山下，人们怎不兴奋？从南昌起义那第一枪响起，中国两个阵营的决战序幕已经拉开，工农革命军的出路即中国革命的出路只有一条，那就是推翻代表反动势力的封建王朝建立人民政权。中国工农革命军，正是肩负这一历史使命的生力军。

四只大手紧握一起的那一刻起，两颗心就再没有分开过。未曾谋过面的毛朱似曾相识，如同天作地合。主导中华大地翻天覆地变化的中流砥柱在白色恐怖中崛起……

“毛泽东同志！”

“朱德同志！”

工农革命军的生命力，正是毛朱“合璧”的结晶。在中国历史上，没有独挑大旗得天下的君王，即使周之灭殷，姜尚为师；始皇称霸，李斯为相；刘备与孔明不必说，唐王有魏征、明成祖离不开刘伯温……就是能推翻帝制，孙中山无黄、廖、宋、章怎可想象？历史证明，毛朱合璧，周公鼎力，是共产党得天下缺一不可的要素——这也是后话。

两位工农革命军领导者并肩走到三军前，挥手向大家致意！会场上响起热烈的掌声和欢呼声。毛泽东首先致欢迎词：

“同志们！知道今天是什么日子吗？……好！有的同志回答我是大喜的日子！不错，是大喜的日子！因为我们迎来了我们的司令——我们的红司令朱德同志！……对，还有同志答今天是五四运动纪念日！不错，九年前的今天，在北平爆发了学生爱国运动！可以说，那是中国革命前夜的火种。今天，革命的烈火已经熊熊燃烧起来！迎接我们的是艰苦卓绝的斗争和最后的胜利！我毛泽东、总司令朱德将和大家同甘苦、共患难，去夺取革命的最后胜利！下面，请工农革命军第四军军长朱德讲话！”

朱德身着戎装，向三军致意，讲道：

“同志们！我宣布：中国工农革命军第四军今天正式成立！政治委员毛泽东、军长朱德郑重宣告：中国工农革命军第四军是代表人民群众的队伍。内惩国贼、外争国权是我们的目标！建立人民政权是我们的神圣任务！”

从主席台到整个会场欢呼成一片！像热浪，一浪高过一浪，像春雷，惊天动地！人民群众从来没有如此激动，如此欢欣鼓舞过！井冈山，已敞开她的胸怀欢迎她的英雄的儿女……

云游于此的三音道人感叹不已而咏《太常引》：

开天辟地灾难多，今日又蹉跎！
喜看人间事，异军突起其奈何？
乘风好去，江山万里，谁救我山河？
莫道无英雄，念一声“南无阿陀”。

毛、朱井冈山会师的壮举令湘赣闽界区穷苦百姓精神大振，纷纷投奔井冈山，参加人民的军队闹革命，也引起国民党惊呼一片！蒋介石谴责江西驻军第二十七师师长杨如轩“无能，置党国安危而不顾”！令其“迅速消灭之”！杨不敢懈怠，即刻令副师长王建之率“老虎团”先行，自已带领部队做接应，开展有史以来对井冈山的最大规模进攻，欲踏平茅坪，捣毁茨坪。

消息传到井冈山。毛泽东早料到会有这一天，与朱德商议对策。朱德从来遇事谨慎，对毛泽东道：“杨如轩派王建之带一个团为先锋，自已率另一团接应，应有三千之众进犯。论军力，我们比他强。尽管如此，我们不和他硬拼，讲点战术怎样？”

“你看这仗如何去打？”烟不离口的毛泽东先听朱德的意见。

朱德道：“我们准备两个团的兵力，由我带领迎战，采取声东击西的战术，由王尔琢、袁文才带领一个连袭击杨如轩，给他造成被主力打击的假象，阻击他使他不敢轻举妄动。我则带陈毅一个团、林彪两个营集中力量消灭王建之团，然后回头收拾杨如轩！”

“我看此作战方案可行，”毛泽东说，“打好这第一仗，对巩固井冈山革命根据地非常重要。”

“正是这样。”朱德点点头。他们二人心里明镜似的：此战不但于第一军而且于全国的红色武装都有着不寻常的意义！朱德去调兵遣将走后，毛泽东也轻松不下来，伫立在作战地图前一支又一支地吸着烟，以致王佐来到身边都没注意到。

“毛委员。”见毛泽东的目光久久不离开地图，王佐忍不住轻轻叫一声。

“是你？”毛泽东回头惊异地望着王佐，“你不是在黄洋界把守吗？”

“是，没有敌人一兵一卒的影子。”王佐报告，“我纳闷儿，这不就来问问你怎么回事。”

毛泽东紧绷的脸上浮现出笑意，说道：“你有什么担心的吧？”

“说实话毛委员，我担心朱军长吃亏——你经常讲‘以两倍以上的优势兵力歼灭敌人’，可朱军长只带和敌军相当的兵力……”

“哦！我明白啦！”毛泽东挥挥手，“这回，你的担心多余喽！”

“为啥子么？”

“平时我告诫过你们，作为军人要学习军事理论。可你啊，总是抱住井冈山的险要不放，以为敌人奈何不得！别忘了，世界上没有攻不下的山头。攻和守正如成语‘自相矛盾’中的矛和盾，看兵家怎样运用了！”

“哦……”王佐做出听懂了的样子，“那，我就去了！”

“等等！”毛泽东叫住王佐。

“我想通了，回去向战士们解释呀！”

“等朱军长凯旋的时候再解释吧！”毛泽东说，“你熟悉这儿的情况对不对？”

“不是吹，哪儿有狼窝、狐狸洞我都知道！”

“你是不吹的吹！”毛泽东呵呵一笑，“我不是要你找狼窝、狐狸洞，我问你，茨坪谁家的酒好你知道吧？”

“当然知道。毛委员你寒碜我？我都快忌酒啦！”

“哪个寒碜你？我要你去买两坛好酒犒劳凯旋的朱军长他们！”

王佐摸摸脑壳，尴尬地笑笑：“是这么回事啊！”双腿一并“啪”地一个立正，“保证完成任务！”

“请何长工到军需处领银元，不许欠商家一分钱。”

“是！”王佐领令出了指挥部，边走边琢磨：真那么神？一个诸葛亮、一个关云长？待在屋子里就知道这仗打赢了？

“等等！”毛泽东追出门来喊，“买好酒你就直接送到永新去！”

王佐不相信自己耳朵似的：“送永新？”那里是国民党杨如轩的驻地呀！往那儿送酒，那不是找死吗！

“犹豫什么？让你送你就送——我们的朱总司令在那儿等你哪！”

“什么？总司令在永新等我？越说越神了。”王佐虽早已对毛泽东的本事深信不疑，但此时还是有些将信将疑。这也是军令，王佐懂得“军人服从命令为天职”，不敢怠慢。不出毛泽东所料，洒到永新，朱德早已稳坐中军帐！佩服得王佐和老搭档袁文才击掌大呼：“真是神仙下凡啦！看来这天下早晚是咱们共产党的啦！”袁文才毕竟觉悟高过王佐，纠正他：

“应当说天下必然是共产党领导的人民的！大家都有份儿！”

匆匆赶来的毛泽东打趣地对王佐道：“今天我不限你酒，喝个痛快！”王佐嘻嘻笑着说：“我敬毛委员您！敬朱总司令！”

来自美酒之乡的豪士陈毅闻闻那酒，哈哈大笑：“哈哈！毛委员的酒，我陈毅一醉方休！”朱德笑对毛泽东道：“这个陈毅，还善诗文，非常欣赏你的诗，要向你讨教呢！”毛泽东和陈毅握手说道：“诗可以论，酒就不论了。”何长工在一旁解释道：“人对酒精的适应度不同。毛委员的酒我替啦！”毛泽东道：“陈毅同志听到没有？医护首长都发话了，杯下留情喽！”朱德道：“一役之胜不意味着彻底胜利，我们要防备杨如轩反扑啊！”毛泽东道：“朱老总说得对。大家该吃吃该喝喝，脑袋里那根弦可别放松喽！”陈毅喊道：“菜都上了，各位首长，馋得陈毅流口水喽！”逗得众人哈哈笑。毛泽东指点着陈毅对朱德道：“你的这位师长可是个外交人才呢！”陈毅乐呵呵地道：“毛委员，等咱们共产党打下天下，我就当外交部长啦！”毛泽东挥挥手：“好好！你陈毅是个儒将，能文能武，又是出过国见过世面的人物，等那时你就做外交部长！”

后来，即中华人民共和国成立之后，毛泽东果然提议并经国务院任命，陈毅出任共和国第二任外交部长，显示出了他非凡的外交才华。此是后话。

红军胜利之后欢宴不提。再说那二十七师师长杨如轩一战而失永新，在他眼里，原以为毛、朱不过小菜一碟，没想到红军的战斗力锐不可当，他被蒙在声东击西之计中轻易折兵失城。他着实咽不下这口气。便到吉安一带抓丁添员，共纠集四个团的兵力，志在夺回永新。这日清晨，当杨率兵逼近永新时却不见红军动静，忙收住兵马，疑虑重重：朱德唱的是空城计，还是设下伏兵等我“钻口袋”？

城门连扫地的“老军”都没有，当然城上更无“诸葛”抚琴。正不知进退，见有老百姓或背篓或挑担开始进进出出，忙遣人上前搭问虚实，才知道永新在昨天已是一座没有一兵一卒的军事空城。扫视一下黑压压望不到尾的部队长龙，杨如轩先是郁闷不已，继而仰天大笑：“哈哈！毛匪必是害怕被我消灭，拱手让出了永新城。”忙令部下拟稿发电，向南京报功。进城返回官邸，杨如轩自慰自乐自饮樟树老酒，连他的部下都啼笑皆非，不知到底是福是祸！

此时，朱德率部向宁冈撤退，途中“顺手”占领军事要地高陇镇，伺机出击——毛、朱判断杨如轩一枪未发复得永新，必以为红军惧战，很可能再袭宁冈，故驻扎宁、

永之间的军事要地高陇镇，便于用兵。果然，骄兵之将杨如轩调大部兵力进攻宁冈，而自已则和外室小翠玉在一起饮酒作乐，等候捷报。不料，刚刚与小翠玉解衣共枕，忽听外面枪声大作，副官慌报红军打进城来！杨一下子从“锁金帐”里跳出来，顾不得戎装上身，仓皇爬城而逃——爬城时，撅着的屁股被一颗飞弹“亲近”，他捂着血淋淋的屁股落荒而逃。

反“围剿”的胜利，使井冈山地区的革命形势发生了巨大改变，革命武装迅速壮大；民众的革命热情空前高涨。中共中央指示将中国工农革命军第四军改为红军第四军，朱德为司令，毛泽东为党代表。朱德、毛泽东加紧部队教育和军事训练，以巩固革命成果。井冈山革命武装的壮大，使蒋介石视为眼中钉、肉中刺，电令江西杨如轩、湖南杨池生合兵再围剿井冈山。杨如轩对永新兵败耿耿于怀，誓报“一箭之仇”。与杨池生各指挥三个团的兵力，分两路向永新、宁冈之边界老溪岭、新溪岭进犯。杨如轩知道自己的家底：他那三个团虽说没豆腐那般软，但和湘军比，差得不是一星半点儿！没有湘军合战，他还真没再打井冈山的胆儿了。有了湘军像有了撑腰的了，极力吆喝部队快走紧行！令他想不到的是，红军又弃下永新城而“逃”。杨如轩仰天大笑：

“哈哈哈！我看你毛泽东、朱德还敢杀回马枪不成？”

笑声刚落，老溪岭埋伏的红军伏兵杀声四起，竟是红军司令朱德率部包抄过来！杨如轩急令部队开枪抵抗，奈何赣军早被勇猛的红军吓破了胆子，许多士兵还没举枪就腿先哆嗦，顷刻溃不成军，眼巴巴被红军吃掉一个团之多！剩下的哪敢恋战，不听命令调头就撤。急得杨如轩直骂娘——骂奶也无济于事，士兵们只恨爹娘少生两只腿，拼命逃命。虽杨池生派两个团来支援打永新，但中途即被等在那里的红军拦腰斩断，猛冲猛打，正所谓“刺刀见红”！湘军固然为善战之军，但却从未见过如此虎狼之师，一交手就沦为下风，损兵又折将，节节败退，亦落荒而逃。毛、朱指挥红军乘胜追击，重占永新并攻下莲花县城，接着再取吉安、下安福、克遂川、破酃县，红军在湘赣边界形成真正意义上的武装割据，红透一方。井冈山地区有人编了民谣唱道：

朱司令，毛委员，
打了永新战遂川！
青天白日旗子落，
红旗插遍罗霄山！

第二十回

会剿红军国军徒劳　戏战国军红军奇胜

司马龙珠前往湖南按下暂且不提。但说毛、朱两位领导者深知红军反扫荡的胜利并不代表革命的成功，反之，更会面临愈加残酷的斗争环境。于是，演军练兵不在话下，更注重巩固红色的革命根据地并制定多套防御战略。果然，南京政府再次调集人马“会剿”井冈山。七月上旬，湘、赣两省国民党驻军又一次聚集大量武装力量卷土重来，大有不踏平井冈山绝不罢休的架势！情报传来：杨如轩凭十五个团的兵力信誓旦旦地狂言“不铲平井冈山誓不为将”！

红军将士正是斗志高昂之时，闻得敌军来犯，个个急着出击。毛泽东、朱德却按兵不动，稳坐钓鱼台。代表官兵呼声的陈毅找到司令部来请战：

“水来土掩，兵来将挡。敌人都围上来啦，我们怎么还不动窝？”

毛泽东、朱德相视而笑。陈毅不知二人为何笑自己，用眼睛把自己浑身上下打量一遍，并没有发现什么不妥之处，疑惑地瞅瞅两位首长：“笑、笑什么嘛！”

朱德指指陈毅道：“论文才，你堪比萧让。论打仗，你不逊索超啊！”

毛泽东道：“你陈毅可不要把自己局限在‘急先锋’的标准上！我们不是水浒一百单八将哦！我们将来要有百万甚至更多武装力量，要做元帅么！”

陈毅听了一时摸不着头脑，望着两位首长发愣。朱德道：“老毛的意思是提醒你今后要站在高处思考问题，即用战略眼光看问题。”

陈毅略一思索，笑起来：“哈哈！这么说，我们按兵不动是有了对付来敌的办法啦？”

毛泽东道：“前几次反‘围剿’我们打的是几只狼，这次反‘围剿’我们面对的是一群狼，而且是恶狼！当然要讲讲策略喽！告诉同志们莫急，朱总司令马上向你们布置作战任务。”

“是！”陈毅的表情略带俏皮，但立正敬礼的姿势很认真。

在团以上干部参加的作战会议上，朱德布置作战任务并讲出作战意图：留下三十二团守卫井冈山，其余兵分两路：一路由毛泽东带领三十一团在永新牵制江西进犯之敌，另一路则由朱德率二十八团、二十九团绕到湘军之后去攻酃县、茶陵，迫使进攻井冈山的湘军掉头补救，红军则在运动中出其不意打败敌人，然后和毛泽东率领的三十一团会合，集中兵力合歼赣军。

战略既定，毛、朱便各带部队按计划行动。朱德率领二十八团、二十九团行军未到茶陵时，不料军中有变：由湘南农军组成的二十九团战士中不少人思乡情结发酵，

往日主张攻打郴州的杜修经成为战士们拥戴的人物，杜趁机鼓动士兵们跟他“打回老家去”，并谎称湖南省委指示二十九团打郴州。任凭朱德怎样讲道理，都不能解决军中的返乡思潮。

朱德为难之极，一时无计可施。

陈毅心急如火燎，问朱德怎么办。朱德长叹一声道：“二十九团不会听从我这司令的命令了！”

“那怎么办？总不能眼睁睁地看着部队分裂吧？”

“我正为此发愁！”朱德又是长叹，“我有生以来还没做过违心的决定，看来今日难躲此举。”

陈毅急了：“让他们走？”

“不是让那些思乡打郴州的战士走，是二十八团一起走。”

“你是说——”

“我考虑万一二十九团进攻郴州失利，二十八团也好接应。为了保存革命武装力量，只好这样做了！”

“可是，毛委员不知道这些啊！他按计划打下去，等不到我们的接应怎么办？”

陈毅的话，正说中朱德忧虑的问题。

“而且，驻守湖南郴州的是范石生部！”陈毅直摇头，“我们怎好打他么！”

这又正是朱德闹心的另一点！朱德道：“难道湖南省委不明白这些？忘掉了我们和范石生的交情？范无意和我们为敌，为什么现在要进攻郴州？这不是盲动吗？”

陈毅听了急得直搓手：“这是怎么搞的么！”也别无良策。朱德只得带领二十八团、二十九团向郴州进发，战斗的结果是失败而退。朱德决定回师井冈山休整再战，杜修经又操纵二十九团攻打宜章，结果全军覆没，只逃回百十来人。没想到自己为保存革命武装违心做事，结果二十九团还是没有躲过此劫！朱德强忍悲伤带领残部退兵沙田镇，设法与毛泽东会合。

一见到毛泽东，朱德悲愤难抑：“唉！没想到会有这样的事情发生！老毛，看来此前你提醒得对，思想工作落后了也要吃败仗啊！”

“胜败乃兵家常事，无有例外。”毛泽东安慰朱德，“吃一堑长一智，我们汲取教训就是了，来日方长么！总司令，走，回井冈山，我们重打锣鼓另开戏！”

“好！”朱德激动地握住毛泽东的手说，“我们回井冈山！”

二十八团、三十一团合并一队，返程井冈山。途中，有人报告说，有一位叫袁崇全的营长哄骗了百十来名士兵欲叛变投敌，团长王尔琢当即追逃叛军，并向被骗的士兵喊话，士兵们知道自己是被蒙骗后纷纷跑着归队。袁崇全极力阻拦，并无一人听从，气急败坏地冷不防向王尔琢开枪射击！

王尔琢当即倒在叛徒的枪下，一颗正冉冉升起的将星陨落了！

得知王尔琢牺牲在叛徒枪下，朱德、陈毅等无比震惊和悲痛。王尔琢是红军中少有的黄埔军校毕业生，忠诚的共产主义战士，却以这样的方式离大家而去！战士们围着他的遗体，泣不成声，默哀向烈士告别。陈毅亲自为王尔琢收敛遗体，在青山翠柏之间选择一块朝阳之处安葬。毛泽东悲痛地说："王尔琢的牺牲，换回了两个连，稳定了红军，挽救了革命啊！"在追悼大会上，朱德沉痛地致悼词曰：

"王尔琢同志是黄埔军校毕业生，自南昌起义以来，指挥了无数次战斗，是我的好助手。他的不幸牺牲，是我们红军队伍的重大损失！我们不要忘记王尔琢同志，纯洁队伍、增强战斗力，打好革命战争！"

毛泽东和朱德战后总结的时候，朱德再次为王尔琢的牺牲痛心不已，并自我检讨道："我姑息了杜修经而断送了王尔琢啊！"

毛泽东道："攻郴州，你也是不得已嘛。袁崇全叛变，给我们敲响了警钟：钢不纯，软；兵不纯，变。我们该加强部队思想建设了！"

"听你的，老毛！我们整顿后再战，一定收回宁冈！"

听从毛泽东的安排，部队在沙田整训三天，对党的组织重新调整，对连级以上的党组织进行政治工作专训，清除占据领导岗位的动摇分子，把有政治头脑和军事才能的人才调整到领导岗位上来。其后，红军攻克遂川、收复宁冈的战斗中，这些新走到领导岗位的同志发挥了出色的作用。

十月，中共湘赣边界第二次代表大会在茅坪召开，毛泽东主持会议。由于革命队伍中有的同志产生了悲观情绪，毛泽东作了《中国的红色政权为什么能够存在？》的报告。这次大会不但纠正了某些人的错误思想，统一了革命认识，决定了边界党组织和红军今后的任务及斗争策略，还对红军的健康发展奠定了坚实的政治基础。会后，中共中央指示成立红色革命根据地的党的最高领导机关"前委"，毛泽东为书记，朱德、陈毅、何长工、林彪、罗荣桓等为"前委"委员。"前委"下设"军委"，朱德为书记。十一月中旬，朱德率红四军主力从茅坪出发，于宁冈、永新境内大败敌军，红军四占永新城。

南京政府的蒋介石意识到，屡"剿"不灭的红军已是心腹大患，再次命令赣军、湘军"全歼红匪，不留一兵一卒！"赣、湘两省之"国军"屡次遭遇红军，未战先怯。这次，得蒋介石之令，即聚集近二十个团的兵力，以绝对优势兵力分三路进攻罗霄山。冒着凄凄细雨，杨如轩指挥大军分东、西、北三面进攻，只留南面派两个团埋伏——原来，井冈山是座环形山，南面最为险要，只放两个团，是为防备红军万一从此溃逃好"拿下"。午时两军交火，顿时硝烟弥漫，枪声、炮声、喊杀声，响彻整个山谷。各路红军均占据山头要塞，利用山险自上而下射击，又有天然掩体掩护，可谓天时地利相助，任凭"国军"人多势重玩儿命地往上鸣枪射弹，但在红军顽强抗击下，最多攻不到半山腰就被打回山下。鏖战十几个小时，午夜时分，杨如轩还不肯下令停止攻击，五次冲锋都被打回，一片鬼哭狼嚎。杨如轩气得嗷嗷叫：

"我三万大军攻不下它？冲！冲上山者赏大洋十块，升官一级！"

军中自然不乏奋勇求利者，亦在新一次冲锋时毙命山腰。急切之下，杨如轩亲点嫡

系忠勇二百人为敢死队，鼓动道：

“毛、朱二人只不过几条破枪，还不是凭着这山头保命？只要冲上去，那些‘共匪’不是你们的对手！攻上山者，杀一匪者赏十块；活捉毛泽东、朱德者，官升两级、赏大洋两千！”

敢死队的队长赵二狗是杨如轩警卫营的一名连长，杨的爱将。点他为敢死队队长，可见杨如轩是下了血本。赵二狗身经百战而总能死里逃生，被杨称为福将。此人亦以“福”自居，又自恃会个三脚猫、四门斗的功夫，把上衣一甩，振臂大呼：“不怕死的跟我来！”，第一个冲向山去。前面有交代：井冈山乃“一夫当关万夫莫开”之险，黄洋界虽为通山门户，却只有咽喉路一条。爬到半山腰便被红军伏兵打死十几个兵卒，越接近“咽喉”处，越无躲避枪弹之处。敢死队的队员们畏缩不前，赵二狗以手枪顶住前头队员后脑逼迫着往上冲。乱枪之中一弹击中前头队员，血污横流地滚下山去，吓得赵二狗“呼”地趴到石头后不敢动一动。兵痞子大老孙向赵二狗喊话道：“这黄洋界是个瓶子口，就是钻进去也得玩儿完。不如留下三五个弟兄佯攻，其余兵分两路，躲开共军火力点，找他薄弱环处突破。”

往山上望望，红军是你往上冲就打、你不冲就停，可谓以逸待劳。赵二狗无计可施，只得听从大老孙的建议。赵二狗四下瞅瞅，左边不远处隐隐约约有条羊肠小道通向山上，仔细观察，那边山上不见有红军动静，便小心翼翼地在山间蠕动爬行，好不容易找到羊肠小道，挥枪带头顺小道往上冲，见山上没反应，直起腰壮起胆子冲上去。快到山顶时，猛听头顶上一声喊，子弹雨点般扫射下来，枪声、炮声震耳欲聋！赵二狗被这突如其来的一切吓一跳，痴愣之间，头中一枪，身子一歪滚下山去。本就信心不足的敢死队一时没了头头，屁滚尿流地败下山去。怕杨如轩不饶，大老孙跪下求饶：“共军的火力太厉害了，还有大炮轰……打雷似的！硬攻怕是难拿下呀！”

杨如轩虽有望远镜，但月色蒙蒙，看不到交战之真实情况，但明白这样打到天亮也难奏效，只得暂且收兵。随后各路战报报来，都是无功而返。令杨惊奇的是，各路报告的情况一致：山上红军弹药充足，还有炮响雷鸣！而自己得到的情报是红军不过万把人两三千支枪，还弹药短缺！莫非一夜之间那些武器弹药从天而降不成？

琢磨不定的杨如轩决定孤注一掷，命令部队于午前吃饱喝足，继续攻山。结果，又一一败下阵来。杨如轩不由地哀叹：和毛泽东打仗，好比老牛赶兔子——有劲儿也使不上啊！你追到窝边儿，明知在窝里，守着洞口愣没辙！

湘军同样遭遇难堪。商议再三，杨如轩采取部下建议，派特务化装进山先刺探情况，看山上到底兵力如何再定攻山战术。认真筛选之后，挑出沈胖子、韩瘦子化装成卖药郎中，混上山刺探军情。

黄洋界隘口，把关红军战士见一胖一瘦两个人背着包袱径直上山来，喝道：“什么人？站住！”

沈胖子好嗓门儿，冲红军战士喊：“我们是卖药的郎中，红军弟兄别开枪！”

见山顶上没回声，韩瘦子接着喊："我们不是国民党兵，是云南大理来的！"

又一袋烟的功夫，只见两个持枪的红军战士从隘口走下来，一边打量沈、韩二人，一边问："你们是游乡郎中？"

"半拉子郎中，一星半点儿的小病小灾儿能看！"沈胖子点头又哈腰。

"从云南大理来？"

"真的真的。"瘦子哈腰又点头。

年长一些的红军战士问："真的从大理来？"

韩瘦子心里打扑腾，忙说："不敢欺骗长官，我们是老实巴交的买卖人……"

"哦！是买卖人，上山干什么？"

"看病卖药挣点钱儿花。"

"挣点钱花？卖药……"

"不信你看，上好的白药。看看，都是云南上好的白药。"沈胖子把肩上的包袱解下来，往地下一放。

年长些的红军战士拿起白药仔细看看："呵，还真是。那好吧，到山上让我们卫生队的首长看看，要是价钱合适，就买下来。"

"谢谢长官……同志！"沈、韩连连鞠躬，互相递个眼色，暗暗高兴可以混上山了。两个正暗暗庆幸，年长的红军战士突然问："山下的国民党部队没怀疑你们？"

"怀疑我们，没有没有……对对，我们好好向杨长官解释，才放我们过来。"沈胖子遮掩说，"真不是东西！把我最好的药给扣下了！"

"为啥？"

"不让卖给红军呗！"

"那，你们怎么还上山？"

"这……我就都说了吧！是我贿赂了当官儿的！明白吗？贿赂！"

"明白！明白！"年长的红军战士大大咧咧，哈哈大笑，"谢谢你们送药上山。红军可公平交易，不用怕！"

"不怕不怕。"胖子瘦子强绷着胆儿，生怕漏了馅儿。

过隘口，沈、韩偷眼看，就见数不清的持枪红军战士用威严的目光盯着自己，仿佛已看出自己是探子似的。不但隘口处，敢情到处都是埋伏着的红军，而且个个有枪。还有火炮支在那里。瞧！子弹箱一堆堆的，正有老百姓继续往山上扛呢！韩瘦子给沈胖子直递眼色，意思"武器弹药大发啦"！

二人正用眼睛说话，只见走过来一个官样儿的红军，用浓重的川音问放他们进来的红军战士："你们抓的俘虏吗？"沈胖子忙辩白："不不，我们是郎中……"

"哪个问你么！"官样儿的说，把目光瞅向红军战士，"正在打仗，我们山上正摆兵布阵，带陌生人上山怎么得了！"年长的红军报告："首长，我盘问过了，他们是卖药的郎中。如果我们需要，就买下来。不需要，就马上叫他们下山去。"

沈胖子借机偷看，树林里、山坡后都是埋伏的红军。远处望望，尘土飞扬的远处隐隐约约喊杀声不绝于耳，正不知有多少兵马在活动。本就怀着鬼胎，胖、瘦二人神色不免紧张。被称作“首长”的人问胖子道：“你们是生意人吗？”胖子忙道：“是是是！”“生意人是要赚钱的喽？”“是，长官！”“王连长，问他多少钱，请卫生队按价付给他们银元，让他们即刻下山，免得被演习部队误伤他们。”

首长走了。连长对胖、瘦二人道：“你们看看！叫你们弄得我差点儿犯下错误！多少钱哪？我去叫人来付钱，你们快走人！”

“这……”胖子问瘦子：“多少钱……啊，卖给红军，便宜！五块，五块大洋！”

“你们等着。”连长挥挥手走了。沈胖子见剩下的年轻红军战士没把自己当回事似的，壮起胆子搭话：“红军同志，你们人马还真不少哪？”

“那当然……你问这干啥子？”红军战士警觉起来，“你到底是不是郎中？”

“是啊是啊！”

“别多嘴！拿了钱快走人！”

“是是！”

两个探子不敢再吭声。不大工夫，只见连长带了两个人来，验过货，付了银元，二话没有，掉头就走。连长问沈胖子：“走吧！还卖什么？脑袋不想要啦？”二人忙鞠躬道歉：“不不，谢谢！我们走，走！”便匆忙下山向杨如轩报告敌情。

杨如轩听到报告，摇着脑袋自言自语：“原来红军还真兵强马壮！这难啃的骨头偏偏让我遇上！”

参谋长早看出杨的心思，献计道：“啃不动就不要硬啃了。我们损兵折将，势力越弱，老蒋越拿咱不当人！”

“那怎么办？撤？”

“撤。”

“嘿！老蒋不饶啊！”

参谋长附耳对杨如轩道：“只要湘军一撤，咱就有理由对付老蒋了！”

“这……”

“这样……”参谋长几句话把杨如轩说动了，点点头，“只好如此啦！”

湘军此行军饷由杨如轩供给。湘军郑德林正为攻不下山头着急，又得不到杨如轩及时拨付军饷，便无心恋战，悄悄撤回湖南。杨如轩得知郑德林兵撤，亦兵回吉安。

“送走”沈胖子、韩瘦子，连长和士兵捂了嘴才笑。原来，毛、朱得知杨如轩带重兵围剿井冈山，根据敌强我弱的状况，把有生力量分配到黄洋界等重要隘口拒敌，组织民兵运送弹药、食品。为虚张声势，由何长工组织老百姓把各家山羊集中于树林，倒悬山羊于鼓上，羊被倒悬，拼命用两蹄拍打鼓面，远闻如枪炮之声。用铁桶内燃放浏阳鞭炮，如密集之枪声。马拖树枝扫地，扬起尘埃如大兵运动。模拟的枪声、炮声、硝烟尘埃，加上战士们的真枪实弹，造成井冈山上声势浩大的“战争”奇观，吓怯了敌人，事半功倍，保卫了革命根据地井冈山。那探子被两个红军战士“粗心大意”领上山，也是陈毅设下的计谋，故意诱其看红军之声势以迷惑敌人。杨如轩果然望而生畏，自己撤兵，反告郑德林临阵撤兵之状。红军再反“围剿”胜利，军民士气大振，革命之根据地更加巩固壮大。战后，毛泽东异常兴奋，挥笔写下了气壮山河的诗，词曰：

山下旌旗在望，山头鼓角相闻。敌军围困万千重，我自岿然不动。
早已森严壁垒，更加众志成城。黄洋界上炮声隆，报道敌军宵遁。

第二十一回

二扑韶山何键欲鞭尸　再回溪口中正痴圆梦

打不垮剿不掉的红色幽灵越来越壮大，总是石头城里梦想独揽天下的蒋介石的一块心病。由于接连的蒋阎斗武、蒋桂大战，太多地牵涉蒋介石的兵力精力，一时间顾不上“剿匪”动作，此间，红军得以休养生息、发展壮大。蒋桂、阎蒋之战均以平息归顺为果，“剿匪”之事重又提到蒋家王朝的议事日程上来。在蒋的眼里，尽管李宗仁、白崇禧精于用兵，但二人反的不是民国，而是图一地之利。阎锡山霸道，不过戴顶“山西王”的桂冠而已。毛泽东们不同，他们奉行的是共产主义，最善鼓动百姓造反，是和自己水火不容的，必先除掉而后快！陈独秀、张国焘、李大钊、李立三、朱德、周恩来、毛泽东……毛泽东是最不能放过的人。毛泽东文可鼓动天下，武创不摧的革命根据地，是真正的“匪首之首”！制服了毛泽东，如群龙无首，红军自灭，到那时，再铲除没了武装的共党还不是轻而易举的事？

这日，正在总统府琢磨如何调兵遣将围剿井冈山之时，新进幕僚龙兆庭谒见献计：“卑职曾访三音道人到韶山，后悟出那毛氏得老道点拨成气候。如不嫌弃，卑职愿往南岳衡山再拜三音，以求破解之谜。”

蒋介石历来听信巫术，对毛泽东头疼又正无计可施的蒋介石听龙兆庭讲识得道教名家，不免动心：“南岳真有此得道高人？”龙兆庭见蒋有意，便把当年自己不得志、如何访南岳、如何见三音、三音在韶山预言之事添油加醋地描述一遍。蒋介石听了面露不快，“如此说来，那毛泽东是受天命而来……”龙兆庭是机警之人，忙补充道：“委员长：只不过是毛家祖上占得一处好风水而已！大树参天，根也！如绝其根，树焉能存？卑职愿再赴潇湘求道长助国军清匪安天下。”

最后一句话蒋介石十分爱听，时常总爱板着的面孔一下子有了笑模样：“那就辛苦龙先生了。”

“卑职愿效力于委员长！”龙兆庭深深一躬，得意地领命而退，择日再拜衡山。

此番上山又不比上次以公济私，借得公车公差伺候，早有“大内主管”为他安排妥当：川行有福特，逢山马驮滑竿抬，夜宿随从给铺床，进餐随地有人请——“钦差大臣”出京，少不了阿谀奉承前呼后拥，令龙兆庭心花怒放：人生真个是“十年河东，十年河西”！如今这般风光，虽非昔日状元之荣华富贵，也足慰平生啦！走近南岳，想起当年从河北一步一步攀山越岭的艰辛，心无着落的莽撞，不禁仰天一叹：“谁可违得天命哉！”

凭着好记性，山底停下轿车、半山留住马匹、入仙人洞小路外下了滑竿，龙兆庭怕惊了三音大师，叫跟差的等候，自己徒步去拜三音。凭感觉就到了竹松半掩之白孔雀起舞之处，仔细观察，路还是那条路，山自然还是那座山，怎么就不见了竹吟松涛、孔雀起舞？上前瞪眼啾啊啾，别说有仙人洞在，连个虎窝狼穴都没有！

龙兆庭慌了神，惊得倒地就拜，口中念念有词："弟子龙兆庭请大师敞开洞府，受弟子再拜！"

山不动容，草没反应，清风一掠而过。

"大师开恩！"龙兆庭吓得魂不附体，连磕响头。

龙兆庭当然明白自己此时的处境。本想借机拍拍马屁，为蒋家立功后更得重用，没想到会连三音大师的门都找不到！这如何回复于蒋？蒋介石的为人为政自己是知道的，如果空手而回，那就是"欺君之罪"——蒋介石名为总统，实则暴君，即使保得小命，自己的"锦绣前程"也就此完结了！

龙兆庭越想越怕，跳起身来以掌击石，呼道："三音大师！龙兆庭求您开恩了！"

龙兆庭不知道，那从南京随来的"跟差"并非一般的差人，乃是蒋家心腹何琏，专监督龙兆庭此行并见机行事，如果龙果真拜得修行道人，便高规格请下山，入金陵养为御用高参。一路上何琏对龙得意忘形之派头早就心怀不悦，尤其就要见到仙人了却把自己甩在门外，只是碍于钦差的面子不便发作。等得不耐烦儿试着上前看看究竟，大老远地见龙面对空山耍猴，便怒气冲冲地奔上来破口大骂："混账！你敢耍委员长？！"

一个小时前的笑面虎突然变作凶神恶煞，令龙兆庭感到事已不妙，慌忙解释："我说的是真的！若有假，家遭不测，我被五雷轰……"

"你们这帮喝墨水的就知道耍人弄鬼混饭吃！"何琏一把抓住龙兆庭的脖领子就揪，"哪里有什么鬼呀仙的？纯粹耍花招糊弄人！明明这儿连老鼠洞都不见一个，还编造神仙洞！神仙洞呢？你钻进去呀！"

越说越气，何琏揪住龙兆庭的耳朵把头往石头上撞："快叫大仙出来！他出来我就饶你！"

见不到仙人洞的龙兆庭本来就吓得灵魂出窍，脑袋往石头上只一碰就倒了下去！

苏醒过来，已是日斜西天。龙兆庭摸摸脸，黏糊糊沾了一手的血，惊叫着爬起来喊："人呢？丢下我一个人啦？"

四下看看，寂静的山，寂寞的树，蔚蓝的天，飘浮的云……没有孔雀白猿自然没有仙人洞，没了随从听差——那马呢？滑竿儿呢？汽车呢？都没有了？龙兆庭不敢久留，折根树枝当杖，趔趔趄趄向山下走去。

何琏回京，自然少不了向蒋控告龙兆庭"欺君之罪"。巧的是蒋介石正为面合心不合的李宗仁、白崇禧有悖国民政府的事犯愁，无暇顾及龙兆庭，把手一挥，"撵走"，由手下去处理。数日之后，蒋又为井冈山忧虑，忽想起那无用书生龙兆庭的那句"如绝其根，树焉能存"的话，马上叫通长沙何键的电话……

何键不敢怠慢，马上点五百兵将虎扑韶山。途经湘潭，叫上县党部主席、警察局局长一干人等直奔韶山。韶山地下党的支部书记毛福轩正欲到山上砍柴，发现一队人马朝韶山奔来，知道那是国民党的军队，亦料到“善者不来”，忙飞奔回村急召党支部委员们做好准备，以应付突发事件。得到通知的支部委员们迅速分散到群众中去，说服群众，集体对付敌人。

中午时分，何键指挥军警包围了韶山冲。

被一个个、一家家、一群群赶到军警包围圈儿里的乡亲们见是来过的何键，明白又是冲着毛泽东家来的。第一次何键突剿韶山冲就知道毛家早已空无一人，此来又为何？

开始，谁都猜不透何键葫芦里卖什么药。

何键一挥马鞭喊话道：“韶山冲的乡亲们，别害怕！本司令来这里不是难为大家的。你们知道，韶山是个安居乐业的好地方，不幸的是出了匪首毛泽东。毛泽东是什么人你们清楚吗？他是一个乱党首领，包括已被砍头的匪首杨开慧以及毛氏泽民、泽覃、泽建，都是党国不共戴天之敌。毛氏一家出如此众多匪首不是偶然的，有风水先生看出其中缘由，是毛家祖坟风水所致。蒋委员长虚怀若谷，只是让兄弟我带人来挪挪毛家祖坟，于国于民，于韶山的老百姓都有益，大有益！因此，本司令奉劝你们，配合国军完成此举，是你们的责任！”

群众中一片哗然：堂堂的警备司令带兵挖毛家祖坟来啦！动人家祖坟都被视为缺八辈子德的事，挖人祖坟，岂不是冒天下之大不韪、顶损的勾当？

“不要交头接耳！快告诉本司令毛家祖坟在哪儿？”何键扫视全场，群众中竟无一人回答。

“不说也跑不了！”湘潭县国民党党部主席喊，“毛家活着的人长着两条腿能跑，他家祖坟没长腿吧？总找得到吧？谁说出来，本主席赏大洋五块，免捐三年！”

对于贫穷的老百姓来说，这可是个大诱惑！然而，诱人的条件竟没有“钓”到猎物。

韶山的老百姓是经过农民运动锤炼、识大体有组织的老百姓。打土豪分田地，他们尝到了革命的甜头，同时他们也深知国民党反动派的丑恶嘴脸是不会轻易上当的。被革过命打倒过、对毛家怀恨的土豪也许肯给何键透个风，但早就躲到城里去了，虽然也被革过命但没伤筋动骨的小土豪在场，却也没人站出来指认毛家祖坟！

“嘿！我就不信了！”何键两眼瞪得牛眼大，指指一个后脑勺留着小辫儿的小小少年，“给我把那个后生拉出来！”

后生吓得死死拽住母亲的胳膊不松手，前来抓人的胖子兵抬脚一踹把后生蹬倒在地，一只手把后生提溜起来往人群中间一扔，瞪眼吓唬：“说！”

后生又气又怕，两眼含着泪回答：“我不知道！我整天到学堂读书，不知道村子里的事！”

胖子兵抡起胳膊就打！只见孩子的母亲疯了似的冲上来护住儿子，斥责胖子兵：“你凭什么打孩子？”

胖子兵一歪脑袋瞅着孩子的母亲冷笑道："凭什么？你眼瞎还是耳聋？那你替他说！"

"你们讲理不讲理？我不知道！"

"呵！挺漂亮的小娘子啊！就不怕老子当众给你颜色看看？"

"不知道就是不知道！"

"我叫你不知道！"胖子兵把大枪往背后一推，双手抓住那不服软的女子，"刺啦"一声撕开女子上衣，女子拼命反抗挣扎，胖子兵哈哈淫笑着接着往下连撕带拽……群众一阵骚动，呐喊声起！

就在这时，一个五十开外的男子站了出来，高喊："住手，不要和妇道人家折腾！我领你们去。"

何键闻听如得救命稻草一般，问那中年男子："你说你领去毛家祖坟？"

"是。"

"你是？"

"毛国清——和毛泽东是同宗。"

"哦——好好好！"何键笑眯眯地打量着毛国清，"你为党国立功，重重有赏！带路吧！"

何键美美地点点头，冲县警察局长挥挥手。警察局局长明白，上前拉住毛国清，生怕他跑掉似的。

老百姓面面相觑：毛国清是个懂道义知道好歹的人啊？今天这是怎么啦？"农运"他还分得两亩水田，竟让狗吃了良心！人群中的毛福轩见状也暗暗着急却没办法阻止。正焦急，只见毛国清掉头往山那边就走，还招手示意何键快跟上。毛福轩瞅着毛国清上山的方向，那颗悬着的心一下子放实了：那条路和毛家祖坟滴水洞的方向正相反！

可是，毛国清这是干什么呢？毛福轩丈二和尚——摸不着头脑！但他明白毛国清是为乡亲们解围把何键引到别处去！

可是，让何键走一圈儿挖不到毛家祖坟会善罢甘休？那就会拿毛国清开刀不算，还会继续折腾乡亲们啊！

想到这些，毛福轩又焦急起来，和党支部的两个同志小声商议一下，招呼几个骨干群众跟上去挖坟的国民党军警后面，看看毛国清到底要干什么，再见机行事。

毛国清在前引路，何键等紧随其后。上羊肠小道，穿竹林荆棘，过溪水乱石，爬左丘右坡，崎岖五里之遥，果不其然，山秀树茂、竹喧草吟的半山坡上有一座荒冢，无碑无字，孤立于山间。毛国清向荒冢弯腰鞠躬，口中念念有词：

"对不起老前辈！为了韶山冲百姓的平安，我不得不打扰您！请您恕罪！"

然后冲何键点点头。

这时，毛福轩才明白毛国清的良苦用心！心中暗暗佩服其超人的周旋能力……

何键早已气喘吁吁，指着荒冢问毛国清："果真是它？"

"小民再多长几个脑袋也不敢糊弄长官你吧？"

“谅你也不敢——可是怎么没有石碑？”

“有石碑还用得着我告密吗？”毛国清振振有词，“其实，毛家祖上多少辈儿日子贫苦，哪里立得起碑？再说了，不是名门望族立它何用？”

何键听了寻思一二，觉得没什么词儿挑。看看荒冢附近山秀林茂，的确是块风水宝地。正要定夺，只见毛国清伸手问他要赏：“何司令，我答应你的办了，你答应我的也该办了吧？”

何键似乎早忘了湘潭党部主席的许诺，“哦”一声道：“是吗？对，是你湘潭父母官说过。你找他么！”

毛国清转身问党部主席要，党部主席把眼一瞪：“你个刁民！挖挖看是不是有尸骨再说——万一你小子骗人呢？”

毛国清见状回身往冢上一趴，对何键嚷起来：

“你们说话不算话！这不是毛家祖坟！你们别挖了！”

“开挖！”何键果断命令。就凭毛国清这一趴，他就“定夺”了！军警们扑上前拉开趴在坟头上的毛国清，挥镐舞锹就挖！见跟前的毛福轩等人亦有牢骚之声，何键不再怀疑有诈……果然，棺木渐渐露出来。望着半朽的棺木，和毛国清说的毛家早年并不宽裕的日子相吻合，便命令“把尸骨扬了！”

“扬！”县党部主席跟着喊。

深埋地下的尸骨被军警们从朽木中挖出来，扬得到处都是。何键这才拍拍手，好像他也亲自动手扬坟了似的，向军警们扬扬下巴颏，得意地向山下走去。毛国清不肯放过党部主席，拉住其不松手：“我的赏……”党部主席回手给毛国清一个耳光，骂道：“赏你个耳光尝尝！要不要再赏你两年牢坐坐？”

“你们骗人！”毛国清还要闹，毛福轩过来拦住他拽到一边儿劝道：“算啦算啦！他给你演戏，你也给他演戏，该打住啦！”毛国清摸摸半边脸：“狗日的，抡圆了抽了我一耳光！”毛福轩道：“你抓住那狗官不放没用啊！——他们鱼肉百姓可以，想从他牙缝里剔点儿肉都难啊！”毛国清道：“你当我真的跟他要？我是当众寒碜他……哎呀！可对不住啦！”说着挣开毛福轩的手，回身冲满地白骨鞠躬请罪：

“真是对不住啦前辈！没法子，委屈你们啦！”

毛福轩也向尸骨鞠躬道歉：“请原谅吧！择个吉日，韶山父老乡亲们重新厚葬你们！”

原来，此处埋葬的是几十年前从大西北逃荒亡命此地的夫妇二人。毛国清记得，当时是父亲出面主持择地埋葬于此。情急之中出此下策为韶山冲父老乡亲解了围、保护了毛家祖坟不被破坏。

得到何键扬了毛家祖坟的报告，蒋介石即为何键膀上添星，并好言慰之。迷信风水的他认为毛家风水已破，毛泽东元气必伤，便再令赣军进攻井冈山红军革命根据地。他偕夫人宋美龄归奉化溪口祭祖——有风水先生肖莹同往，好为蒋家祖坟“锦上添花”。

当年，肖莹曾随蒋到过溪口为蒋家风水“把脉”。那时，刚愎自用的蒋介石年轻几岁，对肖萤的卜道不以为然：“虽萤踞龙脊首，却为文昌克。帝王可到家，屡败政敌手。”几年下来，自己可以荡平手握雄师之阎、李、冯、傅，确难对付小米加步枪的红军主帅毛泽东！究竟问题出在何处？蒋介石横竖想不通，琢磨到风水上来，也不奇怪。

蒋家故里溪口镇虽然不大，却也是剡溪九曲之出口，群山相拥之沃土。山环有水抱，溪绕有鱼虾，风景不为不美。传书圣王羲之于此隐居挥墨而成家；越王勾践在二曲驻跸而得运。溪口镇街长一里半之遥，南通平川，北壤四山，镇出约五百步乃蒋家旧宅，曰“丰镐房”。故肖萤对蒋宅有龙脊之说。

第一次带肖萤到溪口，主要是蒋母生前嘱蒋“不与汝父同穴”——实则不愿与大婆、二婆同穴！蒋不违母命，特请肖萤为母择葬身之地。肖萤巴不得攀上蒋家大势，十分的卖力，跑遍了溪口的山山水水，才“勘定”镇北三里地的白岩鳞状的岙中垒为墓。据肖萤讲，远远地望蒋母之穴，如定位弥勒佛肚脐眼儿上，必荫后人……蒋介石依稀想起肖萤之语，觉得自那以后自己平步青云，由将而帅，由帅而王，可谓步步升天！既然“堪定”风水可以由贱而贵，也会再借“勘定”风水之力而克制对自己形成威胁的毛泽东，好独霸天下！

知道自己此行的使命，肖萤好不得意：能为帝王说相行术者几何？愿似姜尚赢得周公八百步——为蒋策划，何愁前程？

然而，此行似有出师不利之憾！为何？譬如匠师雕玉，在一块料上做足了文章，或南水或北山，再无回刀之处，由不得自己“再创作”了！初到溪口，肖萤煞费苦心地把事做绝，今日在蒋家老坟旧宅上怎好再“动手术”？正所谓“狗咬刺猬难下嘴”。要是伺候别人糊弄糊弄也就过去了，这是蒋家王朝啊！若搞些画蛇添足的把戏日后被看出毛病，自己岂不是“偷鸡不成倒蚀一把米”？但是又不能不应酬。肖萤在溪口东游西逛半日，装模作样地又念咒又施法，煞有介事地对蒋介石道：“毛匪故里韶山形似草龙，起势不容小视。溪口有剡溪九曲如龙腾，天下独尊。不可二龙于一海，只要略施小计即保真龙升天，草龙涂地，天下安平。”

蒋介石逐问其祥。

“闻韶山有滴水洞，洞口为草龙之口也。口向东南而衔剡溪之脉，因而毛匪时有得势。”

“哦？那怎样处置？”

“我置法物于四明山密处，遥射草龙之口滴水洞。草龙必伤元气，永不得翻身，蒋公再不必为‘共匪’忧患了。”

“好好！那就辛苦肖先生了。我要去庐山会见重要客人，由经国陪同肖先生。你为蒋家、亦是为国。”蒋介石和肖萤握手说道。

“肖某荣幸之至。”肖萤算松了一口气：毕竟，嫩娃蒋大少爷不比蒋介石那般诡辩多疑，自己可以放心大胆地作法，轻轻松松地撤退了！

其实，蒋经国对调治风水有多大意义并不苟同。他留过苏，接受过共产主义启蒙教育，但蒋家王朝的引力还是把他吸进“党国”核心，成为蒋介石的御用干将。顺从父亲

是他的底线。尽管对肖莹装神弄鬼指点山水不敢苟同，面上却积极配合。有人说，某人如果具备自足的生活状态、与世无争的处世哲学，他就会对天命漠不关心。既然天命不可违，谁又有本事改变天之命？倘若肖莹他自己有变天命之术，岂不可以变为“肖委员长”而“总裁”天下吗？

“宁可信其有，不可信其无。”国人“退一步想”的处世哲学才使大小真假相士们如鱼得水……

呜呼！

美庐坐落在庐山松云花簇、雾漫石掩之间，是一幢洁白的西式别墅。这座名胜中的点睛之作从选址、出图到建成，几易名家之手，也历尽沧桑，终成中国别墅建筑史上最具传奇色彩的杰作之一。

美庐是蒋介石赐名并送给夫人的礼物。

在蒋介石的心目中，宋美龄是他感情的上帝、精神的依托。人到了为皇为帝的地步，称之“高处不胜寒”并不为过——高度集权于一身，下边的人怕他，他也猜忌下边人。从这个角度上讲，没有不孤独的帝王。受西方教育而驾驭东方文明古国第一家庭的女主人，令总统“统”起她来可不是随便脑袋一热就像骂某将领“娘希匹”、或者说撤就撤一个军长的职那么容易。宋美龄的美貌令他弃糟糠而续弦，夫人的睿智使他悦服，而她那在中国举足轻重的家族背景叫国之首脑的他也必须慎而待之！某种意义上，他们也是名副其实的政治夫妻。

政治夫妻之间，是政治的联姻，较之普通人家要相对平等。何况在蒋家王朝中，宋美龄乃不是外交部长的“外交部长”，时间将证明这一点。

如此说来，送一个美庐，也不过分。

依山傍水，穿松过竹，一条专用车道直通美庐。蒋宋伉俪的车一停下来，侍卫拉开车门，伸直猿臂挡在车门上方护迎他们下车。宋美龄手提极其精致的鳄鱼手包稳稳地站着，半眯起眼儿瞅瞅刚重新装修过的美庐会心一笑：这才是自己中意的“美庐”！

“夫人，这是上帝赐给你的礼物。”蒋介石脸上浮现出少有的多情。

“不！是上帝赐给我们的。”宋美龄莞尔一笑。自从娶宋入室，蒋介石也信奉起耶稣，成为天主教信徒。

“好，”蒋介石有些感动，“夫人请。让我们在上帝赐给我们的美庐静等消灭井冈山红匪毛泽东们的胜利消息！”

别墅内的奢侈豪华自不必说。夫妻们也一定体会到了舒适温馨甚至浪漫——对于蒋不能没有舒适，而对于宋岂可少了浪漫？二人正共枕享受，突然响起“丁零零”的电话铃声。

“嗯？”蒋介石扫兴地伸长脖子愣了神儿。作为“党国”之首，他明白追到卧室的电话绝非小事情！

只得从被窝里爬出来接电话。

那是目前除自己之外资历最深的陈诚的声音：“报告委员长，湘、赣剿匪失利。毛泽东、朱德又攻占了永新宁冈……”

“娘希匹！”蒋介石把电话一摔，披起睡衣跳下弹簧床，穿上拖鞋往临时作战室奔去……

正是：

天算地算人也算，
看谁算出世人心。

第二十二回

毛彭合师井冈山　周朱欢聚瑞金城

毛泽东与朱德合璧，是历史的选择，是红色武装的基石，是符合中国国情的毛泽东军事思想得以实践的保证。而井冈山正是中国红色革命的摇篮。无疑，毛泽东是这一摇篮的主要编织者。

井冈山上战旗红。蒋介石眼盯着它不放是欲置其死地而后快。革命的武装力量向往它，则是毛泽东、朱德的英明和井冈山的战略地位：地理位置和政治的号召力。

中国革命斗争史上另一位叱咤风云的人物登场了！他就是平江起义的领袖彭德怀。审时度势，彭德怀决定率部投奔井冈山。几千条枪、两万义军之众，是当时唯一可以和毛朱领导的红四军相提并论的革命武装。当毛泽东得到彭德怀要来投奔井冈山的消息后，开怀大笑起来：

“红军又得一大将啊！”

朱德亦高兴异常：“听说彭德怀是苦出身的将领，革命意志坚定的猛张飞啊！此人勇冠三军，更有赛陆逊的智慧。老总，今后你有了强有力的左右臂啦！”

“多希望咱这棵梧桐树引更多凤凰来吆！”朱德开心地笑道，“平江起义可是我党领导的武装起义斗争中唯一的失少胜多的战例啊！”

“是啊！”毛泽东赞同地说，“事实证明彭德怀不但有杰出的军事才能，还有敏锐的政治头脑。平江起义胜利而不固守，是识时务的决策。看中井冈山是能攻善守的根据地，有战略眼光么！”

“好！”朱德兴奋地拍案而起，“有了陈（毅）罗（荣桓）刘（伯承）林（彪），又来了彭（德怀），五虎上将啊！我这总司令的日子好过喽！”

毛泽东大手一挥：“好啊！我们一起去欢迎彭德怀！”

何长工、毕占云领着两个陌生人匆匆奔向红军司令部而来。毛泽东、朱德迎上去，没等何长工介绍，毛泽东上前和那位雄赳赳、身材结实的大汉握手问候：

“欢迎你，彭德怀同志！”

“你好，毛泽东同志！咦，我们见过面？”毛泽东热情地直呼其名的欢迎使彭德怀误以为“似曾相识”。

“你不是也认得出我么？我们这才叫一见如故嘛！”毛泽东乐呵呵地摇着彭德怀的手，“也叫缘分嘛！”

“缘分！缘分！”彭德怀哈哈大笑。

众人哈哈大笑。彭德怀抽出手向毛泽东敬礼："平江起义义军军长彭德怀向毛书记、朱总司令报到！"

朱德握住彭德怀的手说："欢迎你啊，彭德怀同志！你这一来，蒋委员长更头疼喽！"

"一个军，蒋某人犯愁。两个军呢？他要哭鼻子喽！"毛泽东幽默地抿抿嘴摇摇头，别人开心地笑了，他点火吸烟，忍住不笑，"不过，蒋介石可不是小孩子，闹脾气归闹脾气，剿灭红军可是他做梦都想的事，怕是正策划着调兵遣将呢！"

"那，咱就叫他老蒋再头疼一回！"彭德怀信心满怀。

十二月十一日，两军在宁冈县新城镇召开合师庆典。少不了首长致词、代表们发言及放鞭炮、舞狮子等民间娱乐活动，胜过春节过大年。红旗红标语红袖标红绸舞……红红火火的革命火焰越烧越旺！井冈山一带成了享誉全国的革命圣地。湘、鄂、赣与井冈山接壤的国民党势力惶惶不安，警报雪片般飞向金陵。蒋介石大为震惊，忙布兵排阵，重兵进攻井冈山。而此时的中共中央指示前委：由彭德怀率平江起义而编为红五军的部队及王佐部留守井冈山，毛泽东、朱德率红四军向赣南进发，去开辟新的革命根据地。作为党的领导者的毛朱是遵守党的纪律的模范，无条件地执行中央决议，率部离开了井冈山。

腊月的井冈山依然绿树成荫，青竹片片。雪后，几支红梅争相斗艳，格外醒目，预示着春天即将到来。

可是，迎接彭德怀、王佐的却是严峻的考验：国民党集结十几倍于红军的兵力团团围定井冈山，分四路八方一起进攻井冈山！

彭德怀和党代表滕代远及王佐调兵遣将四面迎敌。将士们奋勇作战，伤亡重大。潜伏的挨过红军斗争的地主分子陈八斤暗暗联系国民党军，带他们从隐蔽的山路突进井冈山，使猝不及防的红军腹背受敌。战报送到蒋介石的案头，蒋介石大喜，嘉奖并命令"乘胜进剿，不留祸根"。湘赣鄂的国民党军首多年为井冈山之红军头疼，正是解恨出气的好机会，便命令大军倾巢出动上山。一时间国民党军漫山遍野，蚂蚁上树般向井冈山推进！彭德怀不得不下令突围，暂弃井冈山。经过三个昼夜的浴血奋战，方杀开一条血路冲出重围！清点部队，只剩三千余人。从坐山大王到加入红军从未离开过井冈山的王佐情绪波动，不无抱怨："真是树大招风啊！千把人他蒋介石也就睁一只眼闭一只眼了！几万人的大部队，他能容得下吗？"

"不！"彭德怀纠正他说，"话不是这样说。老毛讲的'星星之火可以燎原'什么意思？发展壮大呀！不错，就算上万人声势不算小了，可要达到打倒反动派的目标才不过星星一点的力量啊！王佐同志，失败乃成功之母嘛！振作起来，咱们找毛泽东他们去。"

王佐面露难色。滕代远劝慰道："毛委员、朱总司令就在赣闽一带活动，我们找到他们就有了立足之地，咱重整旗鼓再来，把井冈山再夺回来。"王佐只好点头认同。于

是，彭德怀召集残部讲话，告诉大家："困难是吓不倒革命者的！革命者是不会被牺牲吓倒的！毛泽东领导的红军在井冈山也曾经过浴血奋战，在永新、宁冈一带和敌人展开过'拉锯'战。我发誓，一定把红旗插回井冈山！"

部队冒着大雪忍着饥饿向赣南行进。一路上屡遭敌人的围追堵截，部队不断减员，到宁都县境内时只剩下三百人、二百八十余支枪，子弹也所剩无几。最令彭德怀忧虑的是还没有找到毛泽东、朱德的部队。彭德怀和滕代远商议："我们在深山老林里这么转来转去，既联系不上组织，也难'碰上'老毛他们。我看，咱们还是先找个地方安顿下来，再设法和地方组织取得联系，也许能快一些联系到他们！"滕代远表示赞同。于是，滕代远带上一名参谋去找部队的落脚之处。二人在山林中摸索前行，发现一座寺院坐落于半山腰间。只见那寺：

黄瓦红墙，金碧辉煌藏于绿树丛中；
飞檐斗拱，沾云带雾巍巍隐半空。
两扇山门紧闭，几只铃响招风。
并不见香客出入，亦没有僧人影踪。

滕代远叹道："国有难日，连佛门净地也未能幸免！"

参谋道："听说家乡嵩山少林寺被一群反动军警持枪恐吓洗劫，真是可恶之极！"

滕代远道："我们共产党人是唯物主义者，不信神不迷信，但不妨害别人的信仰。我们到寺里看看有否可能借宿，记住，要礼貌待人。"

参谋道："我十二三岁时曾在少林寺做过俗家弟子，知道寺规，请滕副军长放心。"

滕代远道："怪不得你身手矫健，原来你做过少林寺和尚。好，有你和他们说话就方便多了。"

于是，二人向寺院走来，轻拍寺门。良久，有僧人开门，瞅瞅二人问道："请问两位施主有何贵干？"

参谋忙行佛家之礼，答道："我们是路过此处的外乡人，有事与方丈相议，请予通报。"

和尚看二人不像鬼祟之徒，又有参谋行佛家之礼，便说声"施主请等"便复闭了寺门。不大工夫，和尚回来开门请滕代远二人进寺。往里走，才发现是座好大的寺院！而寺院虽大却冷冷清清。穿几许院落过三五殿堂才进得方丈，就见身披袈裟的住持出面相迎：

"老僧慢待施主了！"

滕代远还以举手礼："我们贸然打扰住持，请多包涵。"

"施主请坐，用茶。有用贫僧之处请讲。"住持以礼相待。

"实不相瞒，"滕代远说明来由，"我二人是红军代表，我是党代表滕代远，这是刘参谋，行伍前也是佛门俗家弟子。我等与主力部队会合经过此地，欲求借一宿。如不便即刻告退。”

“红军？”住持若有所思。

“住持听说过红军吗？”滕代远问。

“当然有所耳闻……阿弥陀佛！但不知贵军多少人马？”

“官兵三百，没有兵械战车，只求借贵寺一隅休息即可。”

住持道：“老僧明白了！莫说三百人，就是五六百人本寺也有房间容纳。只是寺里只有斋饭可供，要委屈将士们了！”

听话音住持已同意部队借住寺院，滕代远忙致谢：“多谢住持！红军大都穷苦人家出身，有碗粥喝就可以了。”

“既然如此，我让徒弟们清扫干净，请将军带人来住下就是了。”

滕代远再谢住持，回部队向彭德怀汇报。彭德怀长出一口气，马上召集部队传达进寺纪律：尊重僧人信仰，不许破坏寺院一草一木。遵守红军纪律，注意卫生等等。进入寺院后，红军官兵个个遵守纪律，一切行动听指挥，不但秋毫无犯，而且主动和泥搬砖修补寺院破损院墙，会木工的修缮殿内老化之结构，做过瓦工的上房换瓦灌浆……住持及寺里僧人大为感动。住持还特请军长彭德怀到方丈品茶叙话，对红军十分敬佩。不日，与宁都党组织取得联系，住持执意又留红军三日亲送山门之外惜别。在宁都县委的帮助下，彭德怀率部与毛泽东、朱德在赣闽边界会合。

硬汉子的彭德怀见到毛、朱的第一句话几乎哽咽：

“井冈山失守……对不起二位首长！”

面对井冈山革命武装的缔造者，彭德怀不无内疚。

毛泽东安慰彭德怀：“‘野火烧不尽，春风吹又生’。蒋介石在南京庆功会上吹嘘连毛朱都消灭了！你看，毛朱不是好好的吗？你老彭不是也活得好好的吗？”

“只剩下三百人了……”

毛泽东道：“你比曹操还多二百八十二人么！不要气馁，你还是红四军的副军长、副总司令么！”

“我……”彭德怀以为自己的耳朵有毛病，朱德解释道：“得知你来的消息，前委决定由你兼任红四军副军长。”

彭德怀向毛、朱敬礼道：“彭德怀一定听从指挥，奋勇杀敌！”

毛、朱少不了又安抚彭德怀一番。在此后的与敌战斗中，在前委的领导下，彭德怀积极工作，战果日增，兵员迅速得到补充，故仍以红五军编制作战，与红四军珠联璧合，沉重、巧妙地打击了敌人，成为国民党反动派越“剿”越壮大的革命武装。后来，红军直逼闽西，攻占瑞金城。在战略家毛泽东的领导下建立了中国共产党领导的第一个红色革命政权——中华苏维埃人民政府。毛泽东当选为第一任主席。词曰：

千年无盛事之小城，今四海扬名之红都。

建都无登基大典，虽封吏薪水全无。

虽为官，不受俸禄；或为民，享受尊严。

党内党外官兵一致，万众一心团结革命。

毛泽东权掌红都，制法令、倡民生、精武装、废旧习、立新制，使瑞金成为中国历史上第一个由人民群众参与管理的新型政权。发动农民起来革命是毛泽东的英明决策，而瑞金红色政权的建立，则从法律的层面上保证了农民利益，得到人民群众的拥护。“苏区”的革命形势蒸蒸日上：打土豪分田地不在话下，军爱民、民拥军，军民一家亲，让彭德怀十分叹服。现实让彭德怀认识到，文化对于一个高级将领的重要性，军事之外借来“本本”抓紧时间学习革命理论。

这天，朱德、彭德怀二人到毛泽东的住所探望，贺子珍忙着烧菜招待。菜得酒满，毛泽东刚端起酒要敬，只见一位英俊潇洒的男子走了进来。朱德马上站起迎上去，又惊又喜，喊道：“恩来！”

“朱德同志，你好！”

“真是从天而降啊！”朱德兴奋异常，忙向大家介绍：“这是周恩来同志……”

“晓得！晓得！”毛泽东放下酒杯和“客人”握手，“我们在广州国民政府就认识的。”

“你好，毛泽东同志！”周恩来问候，“辛苦了。”

“你也辛苦了！南昌起义南征后没你的消息，朱老总好牵挂你哦！后来听说你调中央工作了，老总那颗心算稳住喽，就是想你，哦！你就来了。”

众人附和地一笑。周恩来和大家一一握手、认识。周恩来说明来意：“是这样，中央派我到瑞金来有两个意思。第一，中央否决了让毛泽东、朱德离开红军的意见。中央相信毛泽东和朱德同志会把红军工作做得更好。”原来，此前有位“钦差大臣”到瑞金“传达”中央指示，要毛泽东、朱德离开红军。听到周恩来的话，众人这才放下心来。

周恩来接着道：“另外，中央派我到瑞金来协助你们的工作，也是来学习的。今后，我们就一口锅里抡马勺了！”

“太好了！”

“欢迎！”

大家又纷纷重和周握手表示欢迎。毛泽东幽默地说：“两个‘钦差大臣’，一个惹得我们得请彭军长的酒，一个则让我们惊喜发现要端的是接风酒！恩来恩来，好啊！”

周恩来哈哈大笑。众人重新落座，互相敬酒欢叙。

正是：

英雄相聚可天赐？

从此中华有美谈！

第二十三回

鱼水情深沙洲坝　鸳鸯共游红军营

这天，毛泽东到连队深入基层调查党支部的组织生活现状后打马回城，路过一个叫做沙洲坝的小村子，看到男女老少抬的抬、挑的挑，在大道上拉开一条运水的长龙。毛泽东的神经被触动了，拽一拽马缰，望着“长龙”观察，自言自语地道：“哦！运水呢……”

“对！弄水的。”警卫员小褚也脱口而出。

“你去问问，这是怎么回事？”毛泽东指派小褚。

“怎么回事？这不是运水吗？”小褚忍不住笑了。

“我当然知道他们在运水——我要你问问怎么跑这么远运水？”

小褚明白了：无论工作中还是生活中，只要毛泽东发现有悖常理的事情，他都要过问，说是“细节可以决定成败”“百姓生活无小事”。

“是！”小褚三步并两步地赶过去问，又跑回来向毛泽东汇报：“报告主席，由于沙洲坝没有水吃，乡亲们要到十里之外的地方去运水来吃。”

“是这样？”毛泽东思索着，竟忘了赶路回城。小褚提醒他：“毛主席，朱老总还等你呢？”

毛泽东像是自言自语又像是对小褚说：“莫急——我知道。村里没井……十里之外……这怎么可以？”

“老乡说沙洲坝不靠江不靠河，他们祖祖辈辈就这么过来的。”小褚提醒毛泽东这没什么奇怪的。

“这么一辈子一辈子地过来的……为什么？”毛泽东问。

“村里没井就没水，可不就得到十里外弄水回来吃——没有水，您不是说水是生命之源吗？没水比没粮还不好受！”

“哦！”毛泽东说，“你只回答了我的问题的一半儿。”

“您是说还有问题的另一半儿……不知道！”小褚摇晃着脑袋。

“很简单！那是没人去想，也没人去做。只要做，找准了地方打井，每天跑十里路取水的辛苦就不用啦！”毛泽东道，“回城后你帮我找一下陈毅，叫他来见我。”

“是！”小褚听命，回到瑞金就把陈毅找来见毛泽东。

大嗓门儿的陈毅见到毛泽东“啪”地一个敬礼：“主席，陈毅前来报到！”

毛泽东道：“你陈毅会打仗，会写诗，还得会治水。抓你个美差怎么样？”

“不要说美差，苦差、累差都保证完成！”陈毅快人快语，说话干净利索。

“那好！”毛泽东要布置作战任务似的挺严肃，“瑞金城外有个沙洲坝？”

“有。”

“你去给它请个‘龙王爷’来怎么样？”

“是……请龙王爷？”陈毅想笑没敢笑。他知道毛泽东经常以诙谐的口吻表达自己真正的含义，这幽默的背后一定有严肃的内容。

“我见那个村子的老百姓，男女老少提的提、挑的挑，到十里之外去打水来吃，心里不是滋味儿！”毛泽东不紧不慢地说着，然后话入主题：“听说你的师里有个干农活的行家里手？”

“有啊，人送外号叫‘韩大能耐’！”

“那，你挂帅，韩大能耐当先锋，给沙洲坝村民挖口井取水吃怎么样？”

陈毅又是一个立正敬礼，“保证完成任务！”

毛泽东对陈毅道：“井挖好了，我记你一功！”

“功就不要了，”陈毅开诚布公，“主席请我喝一次酒就行喽！到时我也好借酒遮丑，在主席面前班门弄斧哦！”

陈毅说的是诗词唱和。陈毅算是三军中的儒将了，时有军旅之吟。

几天之后，沙洲坝的老百姓们发现韩大能耐像模像样地在沙洲坝村外转了几个来回，像地质专家探矿似的，最后停在村边的一棵大树旁，用手中的铁锹往地上一戳，不容置疑地对跟随他的几个战士说：“就这儿啦！”

战士们往地下瞅瞅，一片野草中开着几朵野菊花，几只采蜜的蜜蜂“嗡”地飞逃而去。的确和其他地儿看不出有什么两样来。

“行吗？”有战士有疑问，虽然他也不知道自己为什么怀疑。

“‘行吗？’把‘吗’去掉。行！”韩大能耐参军有年头了，鼓捣个什么东西没人能比，就是没当过领导——哪怕是班副！今天，陈毅师长点名由他负责——负责是什么？都得听他的呀！着实该过把领导瘾。

“好好！你说行咱就行！”

于是，大家七手八脚忙起来。先是以韩大能耐戳铁锹的点为圆心，开挖个五尺见方的圆坑，圆坑内侧砌一圈儿砖壁，随着井的进深，砖壁跟着下延。瓦工则不断砌砖，井、壁同步进行。挖到一人深的时候，韩大能耐指挥战士们用三根杉木搭起一个金字塔形的架子，架子上吊一滑轮，滑轮上穿过一根粗粗的拴着铁钩的麻绳，几名战士拽住绳的另一端，或松或拉，铁钩上下运动着，把盛满了挖下的泥土的筐子运上来，倒掉土再把空筐子送下去……上上下下，反反复复，第二天下午太阳还高高的，井底下传来韩大能耐的喊叫声：“见水啦——”

果然，再运上来的泥水汪汪的。

“下水桶！”井下传来韩大能耐瓮声瓮气的喊声。

于是，一桶水、一筐泥地交替着从井里运上来。天摸黑，韩大能耐在井下宣布：“成功！”战士们欢呼起来——村民们兴奋地又跳又唱！原来，沙洲坝的老百姓开始还以为红军搞什么“军事”，明白毛主席要为沙洲坝挖井找水时便纷纷参与进来。

第三天，韩大能耐带战士们把井口砌得整齐、结实，又亲自动手做了辘轳，给乡亲们示范怎样用辘轳打水。示范的过程也是井水净化的过程。下午，沙洲坝的乡亲们便吃上了自己村子的井水。韩大能耐真能耐！高高兴兴地向前来验收的陈毅报告：

“报告首长，红军‘请龙王小分队’完成任务。请指示！”

陈毅还亲自摇了一把辘轳，尝尝打上来的水，哈哈大笑：“甜！好水！”来打水的乡亲们热烈地鼓起掌来！陈毅高兴地去向毛主席汇报，讨那一壶酒喝。新中国成立以后，沙洲坝的乡亲们在井旁立了一块石碑，上面刻着“吃水不忘挖井人，时刻想念毛主席”，成为美谈。

听了陈毅的汇报，毛泽东非常高兴，请朱德作陪，为陈毅置酒。贺子珍把菜端上来，对陈毅说：“我烧饭做菜手艺不行，没朱老总做得有味道。”陈毅乐呵呵地道：“改日咱们到朱老总府上尝他的辣子炒肉！你不知道吧？快喝上老总的喜酒啦！”

“真的？”贺子珍关切地问。

“我哪敢造总司令的谣言么！有八成了！”

毛泽东笑道：“你可真是陈快嘴儿！才八成就要喝人家喜酒？”

“我陈毅是干什么的？观察家！主席，你们俩再给他二位推推力，老总这事儿就成了——老总啊！身边没个人照顾怎么行呢？”

“是啊！”贺子珍同意陈毅的说法，“老总身体再好也比不得年轻力壮的，该有个人照顾了！”

“你们说得如此热闹，对方到底是谁呀？”毛泽东一边为大家斟酒，一边问。朱德还未开口，陈毅抢着“泄露”秘密：“康克清，女，江西吉安人……”

“哈哈哈！”毛泽东忍不住笑起来，“我说陈毅同志，这‘女’你就不用介绍啦！不用说了，我知道了！”

“主席知道？”陈毅睁大眼睛望着毛泽东。

“当然知道，就是敢从敌人手中夺枪、有红军‘女司令’称号的那位女英雄嘛！英雄惜英雄啊！”毛泽东笑眯眯地说。

朱德憨然一笑：“看来真是纸里包不住火呀！这点儿事你们都清楚呀？我坦白，我和康克清同志是产生了感情，一开始她还不怎么愿意……”

“现在愿意不就结了？”陈毅端起酒杯举向朱德，“借花献佛，先祝老总一杯！”

贺子珍插话道：“女同志哪像男同志一样地吐露什么，朱老总你多主动嘛！”

毛泽东听了笑着对朱德说：“嗯，贺子珍同志经验之谈么！老总，我看康克清同志是

个适合的革命伴侣，加油！”

贺子珍脸儿有些红起来说：“老总，等你的喜酒啦！”毛泽东端起酒碗说：“好！到时候我给老总证婚。”

“你得主婚哪。”陈毅望望毛泽东说道。毛泽东道：“主婚么，有个更合适的人选……”

“谁？”

“周恩来同志么！”

“对对对呀！还是主席想得周到！”陈毅下意识地拍拍桌子，“周恩来同志既是中央领导又是老总的入党介绍人——再主持婚礼，嗯，服务到家了。”

“哈哈哈！”

酒没喝多少，笑声却不断！

“陈毅同志，”毛泽东说，“要喝朱老总的喜酒，你的动作得麻利些……没忘了交代给你的任务吧？”

陈毅脑袋飞转马上道：“不就是协助咱苏维埃人民银行行长毛泽民同志搬迁印刷厂的事吗？人力物力都组织好了，就等朱老总一声令下！”

“我也借花献佛，”朱德举碗和陈毅碰碰，“那可是担负我们苏区货币印刷任务的秘密工厂，一定要做好保密工作。来，干！”

“是！”陈毅把酒喝下去做一个俏皮的表情，“看来，毛主席的酒不能白喝呀！”

毛、朱、贺都又笑起来！

朱德、康克清的新房就在军部朱德办公室里间。贺子珍亲自动手布置，贴窗花、吊花纸、摆家具——一床一桌两椅加条凳而已。只有床上的一条蜡染蓝花被是新的。毛泽东风趣地说：“不简单的朱老总，在再简单不过的新房里成百年好合，也是一桩传奇美谈哪。朱德同志，我可是给你带来礼物啦！”

朱德摇摇手：“礼物就免了吧！我和克清同志达成共识，不收礼物，不讲排场……”

“这个礼物要收，”毛泽东说，“陈毅、罗荣桓同志去执行任务，怕赶不回来，特别请我代为准备的。不过，要等明天婚礼举行才送来。”

婚礼就要举行。

两个战士正往新房的大门上贴着喜联儿。这喜联儿就是毛泽东所说的礼物：

得知己大将军奋志
伴英雄奇女子建功

楣横是“革命姻缘”。

一看那熟悉的墨迹，就知道出自毛泽东之手。那字草而不乱，飞如凤翔龙舞；狂而有序，深得怀素之神、博张旭之风；心之所注，灵之所悟，手之所到，功到垂成也！

“妙字！”朱德赞赏。

“好缘。”毛泽东附韵。

二人大笑。这时，周恩来匆匆赶来，大远地就拱手祝贺：“恭喜恭喜！”

毛泽东道：“恩来的时间掐得可是真准哪！就看陈毅赶得上赶不上喝喜酒喽！”话刚落地，陈毅快马加鞭而来，大嗓门儿喊着：

“陈毅完成任务，来喝老总喜酒喽！”

大家好不兴奋，就在小院子里纷纷为朱、康道喜。证婚、主婚都到，婚礼仪式开始。周恩来虽到苏区不久，凭他独到的睿智和超常的记忆能力，他看到院子里的人群中既有红军的元老如陈毅、罗荣桓、林彪、何长工、彭德怀等人，还有李立三、任弼时、王稼祥等中央负责同志和地方党组织及农会代表、各界朋友与社会贤达。与其说是热闹的婚典，不如说是瑞金各界人士的大联欢！贺子珍搀扶着新娘从“娘家”走进院子的时候，掌声响起来！只见康克清身穿一身干净整洁的红军军服，剪短了的黑发上，戴着红星八角帽，腰扎武装带，格外端庄秀丽、英姿潇洒。周恩来即宣布婚礼开始。

> 同志们！今天很荣幸主持朱德、康克清同志的婚礼。我认为，他们是革命队伍中的婚礼，我们不讲俗套，举行一个新式的革命的婚礼，议程如下：
>
> （一）婚礼仪式开始；
>
> （二）证婚人毛泽东同志宣读证婚词；
>
> （三）夫妻分别发表新婚感言；
>
> （四）来宾代表祝词；
>
> （五）喜宴；
>
> （六）婚礼仪式结束。
>
> 现在我宣布，朱德、康克清同志的婚礼现在开始！

在热烈的掌声中，毛泽东站起开始“宣读”（并没手稿）证婚词：

朱德同志是天府之国的娇子，是我们民族的英雄，是我们红军的骄傲。朱德同志出身于佃农之家，勤劳的母亲含辛茹苦带养他们兄弟姊妹多人，上不起学啊，凭天资勤奋，考入不收学费的云南讲武堂。他从一个贫困的农家子弟而成为旧军队的将军，又享省警察厅长的荣华富贵，但看到中华民族的灾难而弃官不做，到大洋彼岸的德国寻求救国之路……才有了今天我们熟悉的红司令朱德！朱德同志和恩来、贺龙、叶挺同是南昌起义的领导者，是他们向国民党反动派打响了第一枪，揭开了人民武装斗争的序幕。康克清同志大家熟悉，是我们红军中罕有的英雄女战士。所以，我受陈毅、罗荣桓之托代送的

礼物也是我们红军的共同礼物，“得知己大将军奋志，伴英雄奇女子建功”！我相信，革命姻缘必将创造出更光荣的革命奇迹！祝贺他们！

一席话激起热烈的、长时间的掌声。

周恩来请朱德介绍恋爱经过。这是创新，是旧的婚礼仪式所没有的。戎马半生的总司令虽然有过四次婚姻经历，但要在众人面前讲恋爱经过还真有些别扭。他站起来犹豫了一会儿才道：

“毛泽东同志太褒奖了！我是个共产党员，一切以共产党员的标准要求自己。我和康克清同志的恋爱是建立在为共产主义事业共同奋斗的基础上的，没有现在青年们的浪漫，没有山盟海誓，共同将革命进行到底就是我们的理想和奋斗目标。”

掌声淹没了农家小院。周恩来打手势让大家静下来，请新娘康克清讲话。康克清正值豆蔻年华，在战场上面对顽敌都不带眨眼的，但此时不免满是女儿羞涩，好不容易才说出一句话：“老总说的也是我说的……”周恩来看了不再勉强，宣布喜宴开始。毛泽东、周恩来、彭德怀、李立三、任弼时、王稼祥、罗荣桓、陈毅、林彪、司马龙珠……及各界来宾纷纷向朱德、康克清敬酒。战士文艺宣传队还专为婚礼赶排了文艺节目。单口快板是根据“真人真事儿”编出来的：

说的是，骄阳似火三伏天，
战士们挑粮走山间。
你追我赶不觉累，
谁也不肯落后边！
肩上的扁担吱吱响，
脚下的草鞋飞一般。
队中有个老同志，
和年轻人一样走得欢！
他就是我们的总司令，
官兵一致美名传！
……

花鼓戏《刘海砍樵》轻松优美，风趣诙谐，引起大家阵阵喝彩。一位川籍连长的祖传绝活“变脸”让人们惊叹不已。自编自演的表演唱《吃水不忘挖井人》则激起更热烈的掌声和欢呼声。毛泽东捅捅身边的陈毅：“你酒也吃了，该不该出个节目啊？”陈毅摇摇头：“主席你出我的洋相嘛！我出的什么节目嘛？跳又跳不得，唱也唱不得。”

“谁说你唱不得？”毛泽东很认真。

“戏曲不会……”

"诗呢？"

"诗……在主席面前，我不敢班门弄斧……"

"你这个陈毅！挺痛快的人么，今天怎么扭捏起来了？朱老总大喜的日子，献上一首助兴嘛！"

被毛泽东鼓励，陈毅振作一下精神说："好！我想想。"等最后一个节目演完，陈毅站起来道："朱老总大喜，我献诗一首！"

"好！"周恩来第一个鼓掌。

陈毅用他那不折不扣的川音朗诵即兴用心"写"的五言诗志喜：

巴蜀大将军，
手牵心上人。
同行革命路，
一样有青春。

第二十四回

重新布阵中正骂将　四破“围剿”朱德用兵

毛泽东、朱德、彭德怀、陈毅等红军将领细密运筹，打退了蒋介石组织的一次次“围剿”，并扩大了战果：瑞金之外的上杭、才溪、长汀、永定、龙岩、茶陵、平江等地相继插上红旗，使赣、闽、湘边界红成一片。国民党有识之士惊呼：共产党志在天下啊！

刚愎自用的蒋介石此时亦听不进宋庆龄等“左派”高端人士的联共忠告；更不理会社会贤达的“吹风”，置帝国主义尤其是日本帝国主义染指中国而不顾，专抡“内战”大棒：蒋桂大战、蒋冯大战、蒋阎大战相继爆发并终归“国民革命军”旗下，唯独最弱小的苏区是他啃不动的硬骨头！

紫金山笼罩在朦胧的烟雨之中。竣工不久的中山陵就耸立在紫金山之上。它蓝白的格调与青天白日旗相映，恢宏的建筑群势盖右翼的明孝陵。站在中山陵前眺望，石头城若隐若现，镶嵌在城里的那颗明珠玄武湖与滚滚东流的浩瀚长江使这座文化底蕴深厚的古都彰显生机！江边湖旁的青砖瓦舍依旧，孙吴旌旗、夫差宝剑、太祖遗诏……都灰飞烟灭，消逝无踪！兵戎的惨烈和山河的锦绣造就了南京城的阳刚之气与阴柔之美共存，诗情画意和民俗淳朴融合。而穿城而过的长江，那涌动的江水，从来都是一支唱不尽的沧桑历史的咏叹调！

孙中山先生谢世七个春秋了。他的灵柩迁葬紫金山后，每逢三月十二日，不忘先生亡灵的民国要人和须打“国父”大旗的权贵要上山进行祭祀活动。

烟雨之中，一行人朝中山陵拾阶而上。披黑色斗篷、着美式三星上将军服的蒋介石偕夫人宋美龄走在头里，军政大员们尾随其后。但孙中山的遗孀宋庆龄不在此列——她早于一个时辰扫墓后离去。宋美龄知道，二姐宋庆龄和自己夫君蒋介石之间的矛盾已经不掩世人了！而作为第一夫人和小妹，她必须慎重处事。她也体味到自己既改变不了二姐，更改变不了夫君——虽然出自名门且得西方“新生活”之熏陶，但她是不悖中国封建世俗“嫁鸡随鸡，嫁狗随狗”理念的妻子，正因如此，她这“第一夫人”在某种意义上又是一名名副其实的无奈“忍者”。

在宋美龄的心目中，二姐庆龄是一个倔强的女性：从以身相许孙中山到寡守空巢、与蒋分庭抗礼，她一步步朝前走，一步一个脚印，脚脚独到，印印鲜明。虽自己的夫君蒋介石颇有微词，但在国人包括国民党右派的元老中大多“理解”“赞佩”她。或许二姐借得了“国父”的光环，仍有着“国母”的风采，而自己这第一夫人虽然“瓷实，”却还显得不够“分量”！

用“伴君如伴虎”形容自己的体会恰如其分，只是蒋介石的利爪不会轻易——或者说不敢冲自己张开。从上海滩他死命追求自己信誓旦旦今生今世“以妻为荣”到现在执掌国之金印，蒋的确对自己宠爱有加！当自己多次眼见丈夫怒目官僚、冷对将领的时候不免怀疑，这是否与私密相处的丈夫为同一个人？

当她深入思考不得不从政治层面考量时，心中不免隐隐一丝怜悯情：他玩弄那些高级将领、政要大员于股掌，独偏安自己，是他太爱自己吗？多少次自问而不能自答。当她骤然回忆起在美利坚的少女时代时，她朦胧感到自己的婚姻和西方两性相悦的大不同。当她目睹文明古国的男婚女嫁时，回避不掉的现实令她扪心自问：他对我，相貌、青春、品位追求之外，还有什么？是宋家的显赫？二姐是国母？大姐是孙中山的秘书又成为金融大鳄孔家的太太……想到这里，宋美龄的心中像推倒了五味瓶，什么滋味都有，又什么滋味都品不出来！

“夫人，”蒋介石对宋美龄说，“国父在天之灵当自慰了！”

宋美龄瞅瞅蒋，似乎不明白他要说什么。

“中正不负国父，东征北伐，降桂平冯，安陕陇而治华北，‘中华民国’不再是个虚名。”

见夫君洋洋得意的样子，心里正“开小差儿”的宋美龄少有地以讥讽的口吻道：“达令！你现在驾驭着中国战车，锐不可当。可我不觉得这战车像是铁打铜铸的，仿佛是组装的？”

夫人的话一下子刺痛了蒋介石的软肋！不错，自己有黄埔军校的一帮学生军保驾，并且迅速任命为各军各地执牛耳者。但不能不承认，就全国而言，无论政治军事，虽然大部统一，实际上倒像是“组装”起来的“四不像”——虽然打起了民国大旗，私下里还是阳奉阴违，各打各的小算盘。

蒋介石暗暗佩服夫人一针见血的刻薄讥讽。

“啊！夫人眼光好敏锐！”蒋介石苦笑两声，“如此说来，蒋某人有些太自信喽？”

宋美龄不作声，踏着两只镶钻皮鞋拾阶而上，凝重的目光望着上前方，似乎不闻。蒋介石脸色骤然间由尴尬变困惑，由困惑变抑怒，旋即皮笑肉不笑：“唉！唉！”——他注意到随从们紧随上来了，也许夫人是有意回避他们的！

蒋介石不免扫兴。

一路两人再无“悄悄”话。入陵，瞻仰孙文雕像，行三鞠躬大礼，观看刻于石镶于壁的孙中山遗嘱及国民革命纲领，有人诵出声来：“联俄、联共、扶持工农……”，宋美龄听了心头不觉一震：诵此音者调不高且似出不经意之间，却如雷贯耳！因为早就无人敢在委员长面前提“联共”之说了！现在一提到“共”，让“委座”闹心的不是陈独秀、李大钊或者目前中共组织领导架构上的那几个人，而是执掌红军兵权的毛泽东、朱德！

宋美龄知道，夫君未料到泥腿子、书生出身的毛泽东会成了大气候。毛泽东不但白手起家创建了红军与国军对抗，还明确预言“星星之火可以燎原”，让工农当家做主人。当然，工农当国家之家，就是共产党取而代之坐天下了！

她相信毛泽东的本事，却不相信他成功的可能。不管怎么说，土包子造反，古有之皆终败之，何况区区几万小米加步枪的工农武装？能对抗几百万洋枪大炮的正规军？祭祀完毕，蒋介石站在陵峰远眺，蒙蒙烟雨之中的石头城虎踞龙盘，大江相吻如龙腾，碧湖镶嵌似珠戏，果然是成就帝王伟业的好地方啊！他想到功成名垂的开国太祖皇帝朱元璋，又上溯到东汉吴王孙仲谋，再春秋战国一朝霸主夫差……不由得自负而骄横：蒋某人胜孙权以金陵为国都，过太祖之威独领风骚，李冯阎陈不在话下，量区区湘赣闵一带"星火"妄图在狂风暴雨中燎原，岂不是荒唐？想到这里，情不自禁地冒出一句："联共？哼！看我大军如何剿灭毛朱'共匪'！"

众闻而愕然。蒋介石不屑一顾，转身匆匆下山回府布置剿共计划，发布新的围剿苏区命令：派得力大将陈诚统领二十万大军围剿苏区，"务必全歼！不留一兵一卒"！

陈诚不敢怠慢，马上调集部队、研究作战方案。这陈诚是黄埔军校的中坚骨干，更是蒋介石最信赖的嫡系，且处世谨慎。国军屡剿红军不胜，已是蒋介石的心头大患。让自己挂帅围剿红军，陈诚掂量得出此任的分量。他也充分地掂量过对手：毛泽东虽然没有军校经历，却是个无师自通的军事高手。他自创游击战术，臻熟古今兵法，尤其他与百姓如鱼水交融，万万不可大意！陈诚正举棋不定之时，忽闻二十六军两万余人在宁都起义，军长季振同、副军长赵博生、参谋长董振堂宣布脱离国民党投向共产党，全国为之哗然。此必使红军士气大振。一虎镇三狼——我虽两倍于红军之兵力，也未必能稳操胜券。如果出师不利，蒋介石岂肯轻饶自己？

真是天助陈诚——正在踌躇，特务营来报：共产党政权变故，毛泽东被撤销前委书记职务，淡出红军队伍了。陈诚大喜过望——得知此消息的蒋介石亦打电话给陈诚鼓气："毛泽东出局，是消灭'共匪'武装的最好时机！我再调三十万大军由你指挥，必一举全歼红军于瑞金，把'红根'彻底拔掉！"

"是！"陈诚信心倍增。

毛泽东审视时局，虽不能断定中央解除自己红军前委书记的真正原因，却清楚在上海的中央机关来到苏区，并由博古任红军总负责人，这实际上是上海的临时中央和苏区的中央局合并为一。这样，不仅自己被剥夺红军领导权，看来朱德、周恩来也难以真正当起红军的家了！面对来势汹汹的五十万国民党大军，十万之众的红军要立于不败之地，必得益于战略战术的正确。他相信朱德的指挥才能，相信周恩来的睿智磊落，但如果不能像前几次反"围剿"那样顶住某些中央领导的"左"的干扰，甚至被控制在错误路线之下，那就危险了！

不惑之年的毛泽东已磨炼、修养成中国共产党内最成熟、最有实际斗争经验又最博学的革命家，把马克思列宁主义和中国革命相结合的先行者。强烈的使命感使他不能在红色武装遇到危难时袖手旁观——革命的果实毁于一旦，那就是对革命的犯罪！

甩掉手中的烟蒂，他拔脚就冲出家门！

但他又像被注了铅似的“定”在院子里！

“我现在的身份是没有军权的‘苏维埃主席’，对新来的中央领导人博古等不了解——他们也未必了解我。万一大家产生误会，势必造成矛盾冲突，影响团结……”

想到这里，毛泽东踌躇着又回到家里，继续一支接一支地吸烟，把屋子喷得烟雾弥漫。

“老毛！老毛！”有人喊。声音熟悉，况且叫他老毛的不过朱德、彭德怀而已！

“朱老总！我在这里！”毛泽东甩掉手中的烟蒂呼唤战友！

“好家伙！都成烧窑的了！”虽看不到人，朱德熟悉毛泽东住所的一桌一椅一床一壁，“找”到了缭绕烟雾中的毛泽东，举举手里拿的东西说：“看我给你带什么好东西来了？”

“哦！腊肉……大战在即，你怎么离开司令部？”毛泽东不无担忧。

“你不是说朱毛、朱毛吗？没你毛我还是朱吗？给子珍补补身子，克清叮嘱我一定送来！”朱德乐呵呵地说。

毛泽东接过腊肉瞅了瞅，喊贺子珍：“子珍！朱老总送腊肉给你补补——收下啦！”贺子珍从里屋出来问朱德好，又问康克清好，从毛泽东手中接过腊肉说：“我这就去炒，你和润之喝两盅。”朱德道：“这是克清让送给你补身子的，我们可不敢享用啊！”

贺子珍知道朱老总玩笑中流露着真情——康克清与自己工作中是战友，生活中似姊妹，是没有血缘关系的亲戚。

“我和润之说点儿事还要走——回司令部开会。润之几次夸你红烧肉做得地道。”朱德冲贺子珍挥挥手说道。

“听他的呢！我是被逼的‘鸭子上架’。闹革命也得过日子吃饭不是？楞琢磨着做的。那好，你们说话，我去给你们烧水沏茶。”

贺子珍一走，朱德便道出自己心中的忧虑：“润之，没有你，我心里还真不踏实呀！”

“你和恩来同志是可以合作得好的，”毛泽东恳切地说，“如果合二而一的中央、中央局团结一致，不过多地干扰军事指挥工作才好。”

“他们正是乱指挥的军事外行，”朱德叹口气，“都说‘秀才遇到兵，有理说不清’！现在是秀才指挥兵，他根本‘理’不清！这不，我和恩来正研究破敌之策，他们强令我出兵搞什么‘先发制人’，进攻敌人重兵把守的南丰。这不是盲动吗？这不是拿红军弟兄们的生命当儿戏吗！”

“还会断送日益壮大的红军！”毛泽东大手一拍桌子，忍不住地吼出声来，“不能听从瞎指挥而断送了红军啊！”

“我当即反对以弱少兵力去硬碰强敌的鲁莽之举，向中央局提出集中优势兵力在运动战中各个击破来犯之敌，灵活机动地和敌人作斗争。麻烦就麻烦在中央局坚持让我们红一方面军进攻南丰，然后再攻南城、抚州。问题是你硬攻南丰就必败无疑，还谈什么再攻抚州？”

“胡闹！”毛泽东拍案而起，“十万红军是大风吹来的吗？苏维埃是天上掉下来的

吗？是无数先烈的鲜血换来的呀！”

烟，伴随着愤怒中的毛泽东，弥漫在小屋里，呛得朱德直咳嗽：“润之，我反复琢磨过了，要听中央局的指挥很可能一败涂地，不听他的又会出现难以预料的后果……恩来的意思是让我听听你的意见。”

毛泽东听了心头一热，有周恩来的这句话慰藉不少。虽然和周相处时间不长，但以自己的慧眼可以看得准：周恩来是共产党内不可多得的灵魂式人物。他讲原则而不失灵活处理事务的方法，睿智又善于谋略，是智慧型的领导者。如果毛、朱、周团结在一起，可以说是政治的“天作之合”。

“哦——”毛泽东若有所思，“那，恩来是什么意见？”

“他的意见是，无论怎样，保存红军实力是第一位的。”

“嗯！”毛泽东点点头，“既要保存实力，又‘执行’他们的决议……很难两全其美呀！我看，不妨先应酬一下，以部分兵力佯攻南丰，在战斗中根据情况调整对敌战略战术，而以保存红军实力为最主要的原则。”

朱德听罢若有所思表示赞同，然后向毛泽东告别：“我快去和恩来通通气……润之！沉住气，红军不可能永远没有你——我和恩来都是这句话！”

“请转告恩来，对牛弹琴虽然难为知音，但还是要‘弹’的。他还有中央领导的身份，注意策略就是了。”

可以说，正是雄才大略的毛泽东看准了朱德，认准了周恩来，在此后的革命生涯中可以运筹帷幄而决胜千里，在立国之时彰显共产党的民族责任心且深明大义，在社会主义革命时期担负历史重任、鞠躬尽瘁、死而后已，才保证了中国这艘革命巨轮拔锚起航、扬帆万里……

朱德回司令部向周恩来通报见到毛泽东的情况，以及毛泽东的意见，周恩来表示赞同。就在陈诚还没来得及摆开决战架势的时候，红军便摇旗呐喊着来攻南丰。南丰驻扎着国民党精锐部队五万余人，见红军部队攻势甚猛，急忙开火迎战。激战三个小时，红军火力渐渐不支。陈诚的爱将吴七精神大振，命令大军出城追击。红军难以抵挡，只得败退。吴七一边向陈诚报捷一边指挥部队穷追猛打。陈诚见报大喜，即命令所辖两个军从两翼夹击“溃逃”之红军，并传令“捉得毛、朱者赏大洋三十万”！重赏诱得兵将勇，国民党大军漫山遍野抄向败走的红军……令国民党军诧异的是久追而不能俘虏一个红军，更没有困住红军一排一班！明明红军就在前面，却总是着了魔法般被甩下半里之遥！国民党的“正规”部队打阵地战确有优势，但打运动战有些不称心如意，从早晨追到黄昏，已累得疲惫不堪！看看日头西坠，红军残部逃进名为鬼谷走廊的大山里。吴七举起望远镜望望，山谷并没多深，是个死胡同，大笑不已：“哈哈！我看你往哪儿跑！追！”

属下不敢怠慢，一窝蜂地涌进山“胡同”！

就在国民党大军冲进“胡同”之际，只听“胡同”上方两边山顶上枪声大作，埋伏在山顶上的红军主力把手榴弹、子弹包括石块一齐倾泻而下！一时间吴七慌了手脚，部队溃不成军！而“逃命”的红军此时又回头一个回马枪，直杀得“国军”丢魂丧胆，恨不得地下生洞钻进去！吴七从未见过如此虎狼之师，急令退兵，不料自己被流弹一下子射中脑壳，顿时脑袋开花。国军伤亡数万，被俘七千，还有两个师战场起义投奔红军。陈诚大惊，不敢隐瞒军情，只得向蒋介石如实禀报。蒋介石在电话中大发雷霆却又无法因损兵折将而降罪陈诚。宋美龄见夫君又恼又怒的样子，过来安慰他：“陈诚带几十万大军还打不赢，可见红军将士确非等闲之辈呀！”

坐在沙发里的蒋介石气得直喘粗气。

宋美龄为他送上一杯顶级的龙井绿茶。

“愧对我的栽培！愧对黄埔……”蒋介石怒气难消。

宋美龄悄悄坐在一旁，默默未语。

“娘希匹！”蒋介石有气没处撒，恨恨地骂。

“也许……二姐的话不无道理。”宋美龄似自言自语，又似说给蒋介石听的。

“她是叛党叛国！”蒋介石脱口而出，“不要提起她！”

“你说二姐背叛中山先生？有谁信呢！”宋美龄冷笑一声。

“你好像对‘共匪’有恻隐之心？”蒋介石怪声怪气，两眼扫扫宋美龄。婚后这么多年了，蒋介石第一次斗胆讥讽夫人。

“上帝没教我恻隐之心，但叫我宽恕……”

“共产党红匪是不能宽恕的，我与他们不共戴天！”蒋介石几乎是咆哮着喊，“一天拿不到毛泽东、朱德之人头，我一天不罢兵！”

“达令！”

“你不必再说！这些话李济深、黄炎培、柳亚子他们都说过了！”

“党内的同志都这么认为吗？”

“党内的同志？哼！我蒋中正就是党！就是民国！”

“为了党国利益，你应慎重……”宋美龄还欲说什么，蒋介石冲宋美龄摆摆手：“你不用劝我什么了。还是多问你自己吧！”

“你……这是什么意思？”

“你问问自己，此番话对得住党国吗？”

“你干脆说对得住蒋某人吗？”宋美龄说完站起来就走，“砰”地把自己关进屋里再不露面。那“砰”的一响好像抽在蒋介石的脸上，心底的火忽地往上蹿……但，理智胜过魔鬼，蒋介石自己管住了自己。他想起了追求宋美龄时的承诺：今生今世永不惹她生气，永远给她的是快乐！

台案上的英国镶金座钟嘀嘀嗒嗒在数着时间，沙发里的蒋介石恍恍惚惚在骂着街。忽然，座钟的门打开了，敲钟老人手持钟锤从密室里走出来，朝钟弦上敲了一下又转身退回密室——已是凌晨一点了！

天刚蒙蒙亮，蒋介石马上叫大公子蒋经国调一架飞机，口中念念有词："好个朱德、周恩来！我倒要看看你们的道行在哪里！"

起床了的宋美龄问他："你又要去哪儿？你应该休息……"

蒋介石板着面孔回答："去天上转转。"

"天上？"

"看看井冈山瑞金上空有没有菩萨？"

"杨如轩报告说井冈山武器很厉害……"

"红军的烧火棍还够不着我的美龄号！"

看来，夫君还在生气！宋美龄用目光侧视一眼蒋介石，回身取下斗篷为蒋介石披上。而平日里这活儿是经国或者副官干的。此一举，抹去了昨晚的不快，令蒋介石挽回了面子。他轻声道："你也要加件衣服的。"

"我以为你不让美龄去了呢！"

"那怎会……我说过，今生不离不弃的。吵架是吵架，在一起是在一起。"

宋美龄知道他的话一半儿是谎言：昨晚，她就让自己独守空房。

飞机在湘赣闽边界上空飞了几个来回，在井冈山一带转上几个圈儿，又在瑞金上空盘旋。蒋介石突然大笑："好！不过弹丸之地！何虑之有？"

他望望宋美龄，宋美龄好似没听到似的，正注目舷窗外的白云，还是下面的青山绿水？

"我要在这里演绎一场比赤壁之战、淝水之战还壮烈的战争！"

宋美龄仍没作声。

"我起百万雄师剿瑞金小城，叫它顷刻就土崩瓦解！"

宋美龄依旧没有出声。蒋介石自觉尴尬，赌气闭住了自己的嘴。蒋经国提醒闭目并非养神的父亲："父亲，是否回飞？"

"美龄号"在苏区上空呼啸，继续飞。

它的命名是蒋介石对爱妻的馈赠，和庐山美庐同为宋美龄的骄傲，是高贵的象征。不过，今天的宋美龄既骄傲不起来，也没因高贵而快乐，眉宇间凝结着不易觉察的疑云。

"达令！我相信你刚才说的，你做得到……"

蒋介石诡异地笑起来："知我者还是夫人……"

"那么，达令，你的百万大军是不是也可踏平黄河长江呢？"

蒋介石一下子语塞，两眼发直，久久望着宋美龄没有出声。

正是：

夫妻虽是同林鸟，
各有心思也费猜！

第二十五回

司马龙珠怒斥博古　苏区百姓惜别主席

军权旁落的毛泽东并没有赋闲在家，也不会对当前的局势置若罔闻。美龄号在苏区上空盘旋侦察，早已令毛泽东警觉，知道蒋介石要进行更大规模的军事行动！如果红军不采取切实可行的对策，就会遭遇不测！当得知蒋介石要调集百万大军“围剿”苏区时，毛泽东善言把持中央军事大权的秀才们不可轻敌，应采取灵活的战略战术，不能和敌人硬碰硬，可以敌进我退，敌退我扰，敌疲我打，集中优势兵力伺机打击敌人薄弱环节，保持红军有生力量，在胜利中发展壮大自己的方针。不料，马上得到秀才们猛烈的批评，说毛泽东是出卖革命果实的右倾逃跑主义——连水来土掩、兵来将挡的常识都不懂，他毛泽东要干什么？怕死还革什么命？

得知此论的毛泽东不免苦笑，“第一个上井冈山的中央委员怕死？那，毛泽东、朱德的脑壳就不值三十万大洋喽！”

周恩来怕生性好强的毛泽东找到秀才们理论而引起矛盾冲突，给即将展开的反“围剿”斗争雪上加霜，安慰毛泽东道：“博古、李德等同志刚到苏区，大家还互不了解，可能有些话说得偏颇。泽东同志，你主持苏维埃中央人民政府的工作，又在养病，担子也不轻啊！请你相信，红军不可能没有毛泽东。此前不是也有过挫折吗？记得陈毅同志请你回红军领导大家吗？不仅仅是陈毅一个人的意见，是红军和全体前委的共同心声，这心声是不会磨灭的。”

一席话感动了毛泽东。曾几何时，自己被排斥于红军领导之外，是陈毅亲自下山请回了自己……

“走，到我屋里吃茶，慢慢谈。”周恩来邀请毛泽东。

“好啊！”毛泽东马上应邀，“早就想和你交流一下对时局的看法哩。”

来到“周府”，正晒衣服的邓颖超见恩来带客人来，停下手中活计和毛泽东打招呼：“毛主席来啦！我这就给您泡茶。”毛泽东忙笑着问“邓颖超同志你好”，然后环视一下院子，说：“女主人一到，这家就变啦！看来，你邓颖超不但是天津卫的学生领袖、职业革命家，还是持家里手呢！子珍可比不得你。”

“子珍同志是豪放性格的女同志，多关注的是‘枪把子’嘛！”

毛泽东笑道：“嗯，斯人爱枪，我不动枪，我们夫妻是文武颠倒呢！”

“以我看，您虽自己不动枪，却是我党最懂枪的人。”邓颖超似随便一说，但听者有意，从邓颖超的弦外之音，毛泽东确乎也明白了周恩来对自己的态度，似乎也清楚自己在苏区人们心目中的地位。

周的住所亦是普通的农家小院配稻草顶的土窝窝。家居简朴但干干净净。很快，一股清茶的香气扑鼻而来。毛泽东善茶，先闻后品，连说“好茶”，就听得邓颖超在院子里喊：“恩来，博古带李德同志来了。”

话声刚落，就见博古带着一位高个子、大鼻子的白皮肤青年人走了进来。毛泽东打量着，这位共产国际派来的外国军事顾问，不过二十岁出头的样子。周恩来上前欢迎，握手：

“欢迎李德同志！”

“达哇里希周！”

毛泽东不懂洋话。周恩来用俄语把毛泽东介绍给李德：“这是苏维埃中央人民政府主席毛泽东同志。”

李德和毛泽东握手致意。毛泽东不无幽默地道：“哦！李德，洋教头。”

李德望着和自己同样高但明显比自己“大”的毛泽东，想起李立三的“毛泽东更适合当一个政治家”的话，点点头，用俄语说：“不错，是个政治家！请问：洋教头是什么？”周恩来翻译给李德听。李德耸耸肩，“我明白了，这就是东方的幽默！”

周恩来介绍道：“毛泽东同志是我党杰出的理论家、哲学家和军事家，红军的创始人……”

“好啦！”站在李德身旁一直没插上话的博古不耐烦地截住周恩来的话，“李德同志很忙，不要扯远了！这样，李德同志急于了解红军的基本情况，所以我安排周恩来、朱德同志陪同李德同志到各处转转，实地考查一下。大战在即，不要扯闲篇啦！你们负责把李德同志送回中央局好啦，我还有事。”

不容大家开口，博古转身走人。见毛、周、朱面露尴尬之意，李德望望博古的背影，回头瞅瞅屋里的三个人，不明白博古说了些什么，摊摊双手：“这也是幽默？”周恩来忙掩饰道：“博古同志说要我们带你下去转转，然后把你送回中央局。”李德和周恩来握握手：“你会俄语，很好。”毛泽东道：“那好，你们陪李德同志，我走了。”邓颖超闻声出来相送，毛泽东对她道：“你要休息好哇！把病养好再工作嘛。”

“您也注意休息。”邓颖超关切地说，“给子珍同志带好。”

周恩来、邓颖超夫妇总是礼仪相随，充分显示了两个人的修养和品位。毛泽东暗暗赞赏不已。往回走着，忧患思绪在毛泽东心中不停地翻腾着：这位洋教头如此年轻，了解中国的革命形势和斗争特点吗？朱德曾担忧博古等中央局的领导们见红军发展到十万之众，又连挫国民党军的围剿，急于攻打中心城市。大有一口吃个胖子的危险思想，如果洋教头听从他们的主意而盲目对敌硬拼硬打，死搬硬套外国的打法，那就危险了！他相信朱德会反对“蛇吞象”的冒险，但胳膊拧不过大腿怎么办？眼睁睁看着红军武装被断送？

聚精会神地思考，使自己忘记了是在走路，两条腿下意识地往前迈着，以致头猛地碰到路边一棵小树上才“啊”一声回过神来，抬眼望，就要到自家门口了。习惯地从口袋里掏出烟点了吸，望一望，是难得的艳阳天。日光把漫山遍野的花草树木染成片片金黄，使群山更加多娇。鸟儿飞着唱着，尽情享受着短暂的祥和，全然不知一场大规模的血雨腥风即将来临！在鸟儿的世界里，赣、湘、闽红成一片，任飞任舞，但在中国的版图上它还只是巴掌大的一小块儿！也就是说，红军的力量相对“国军”是非常弱小的。固然，冷兵器时代的战争不乏以少胜多的例子，但在今天，不是靠一人之猛如张飞三喝退曹兵，也不是凭勇冠三军的青龙偃月刀斩下将首即可退敌！战场上直接交手的是将士，而将士实力的对抗往往决定战斗的输赢。

敌人以多红军十倍的武装力量来犯，怎可盲目硬拼？

毛泽东心急如焚！

猛地，一阵争吵声传来。仔细一听，仿佛有熟悉之声夹杂其中。毛泽东感到奇异，顺嘈杂声寻去，不由得大吃一惊！一株大榕树下，司马龙珠被五花大绑捆在树上！只见博古正训斥司马龙珠：

“你不服？我可以代表中央局处理你！”

司马龙珠怒目反讥：“你们绑住了我的胳膊腿，可绑不住我们红军的心和思想，绑不住红军的军事路线！”

“再嘴硬军法处治！”博古大喊。

“你们凭什么这样对待一个有不同意见的共产党员？”

博古冷笑一声，“凭你煽动不满情绪！凭你背叛革命对抗中央局！”

“哈哈哈！”司马大笑，“博古同志！你自己戴着‘左’的帽子罢了，还把‘右’的帽子往别人头上扣！到底谁背叛革命？我是不能眼看着你们葬送革命成果不管！”

“你，你竟敢攻击中央局！”博古怒不可遏，“枪毙了你……”边喊边掏枪。但他的手没能抬起来——一只有力的大手摁住了他掏枪的手。

“老毛！你……”

博古冲毛泽东瞪起眼。

毛泽东强忍着怒火，“你这是在干什么？”

“他司马龙珠是个危险分子！破坏党的工作……”博古把攥枪的手松开，才从毛泽东的大手里挣脱出来。

“哦？”毛泽东瞅着博古，不相信司马龙珠会搞破坏活动，“罪过还不小呢！”

“当然！”博古直喘粗气。

“能告诉我他犯的什么罪吗？”

博古瞪瞪毛泽东，“你来护什么犊子？这是军内的事，你少掺和！”

一句话把毛泽东惹急了！可谓怒发冲冠，打雷般吼道：“你说什么？我少掺和？我还是苏维埃主席，是中央委员，没权力问吗？”

正和博古一起处治司马的项英忙劝解毛泽东：“毛泽东同志！司马龙珠公然和中央局唱反调，形象极坏。不处理他，工作怎么进行？你听我说……”

“请问：这件事彭德怀同志知道吗？”毛泽东问。

“没来得及通知彭德怀同志……”

毛泽东哑然失笑，“处理一个副师级干部，他的军长不知情！这是哪家军法？请你们马上放人。有什么问题，要有组织地进行处理！他没行凶没动武，就算凭几句话，就绑起来要打要杀，总是不妥吧？”

“得得老毛！”博古冲毛泽东摆摆手，“又是你的思想工作那一套！这里不是和尚庙，念经行善的，是军队……”

毛泽东又被激怒，指着博古的鼻子问：“你说什么？思想工作那一套怎么啦？它凝聚、团结了红军，使红军成为一支人民的武装，使红军战士知道自己为什么打仗、为谁打仗，好打胜仗！”

在大义凛然的毛泽东面前，博古一下子被镇住了，一时不知所云。项英见势不妙，忙往毛、博中间一站，“二位！二位！都是为了工作嘛！息怒，有话好好说。”毛泽东怒气难消，对博古道：“你作为党的最高领导者，一言一行都要对全党负责任！请你记住：思想工作那一套是红军的法宝，是红军的光荣传统！丢掉它，就丢掉了红军之魂。我提醒你：思想工作的核心是民主。听不得不同意见，只能是自己变成孤家寡人！”

“你教训我？”博古大喊，“你知道你在跟谁说话吗？”

“太上皇？你不够资格吧？”

这时，只见周恩来、彭德怀等人匆匆赶来，劝住毛泽东和博古。博古喊道：“还有没有大小啦？中央局开会！马上开会！”丢下刚到的周、彭等人，丢下还捆绑在树上的司马龙珠不管，拉着项英就走了。彭德怀素来视司马龙珠为爱将，遂亲自上前为司马松绑。

“怎么搞成这个样子？”

司马龙珠向彭德怀倾诉：“博古同志找我谈话，让我反戈一击揭发毛泽东、朱德的军事逃跑主义！我据理力争，向他解释‘你误会了，红军从无到有，从弱到强，正是毛朱实行的正确军事路线才有今天。没有毛朱，你中央局怎么可能到苏区来？苏区是红军打出来的，不是天上掉下来的！’结果越谈越崩，博古骂我是死硬毛派，是埋在红军里的定时炸弹！后来，叫卫兵把我捆在这里……”

“你说得没错么！没有南昌、秋收起义，尤其没有井冈山武装斗争，哪来的苏区？他们又怎能跑到这里来指手画脚、作威作福？”彭德怀是个不平则鸣、不吐不快的人，本来对博古等人到苏区后的一些做法就非常不满，听司马一席话更是忍无可忍，对周恩来道：“你是中央军委负责人，得主持正义啊！”

周恩来此时的处境又微妙又困难，却又不能把底儿端给大家——遵守组织原则是周恩来处世的底线。昨天的会议上博古还强调红一方面军“必须绝对听从中央局的领导”，而中央局的做法的确不符合当前的局势……

然而，中央局是苏区的最高领导机关，事实上中央局和中共中央是两块牌子一个班底，有苦也没处诉——代表共产国际的军事顾问李德显然听从于博古。为了顾全大局，为了不致发生内讧，周恩来颇费心机也找不到解决问题的好办法。他知道，毛泽东是个原则性极强的人，是红军鼻祖，只要他稳住阵脚，红军就不会乱。于是对毛泽东道：

“泽东同志，我会在中央局会上反映大家的意见。维护党的团结是当务之急！你安抚大家冷静下来。我一定把苏区各界的心声反映到中央局。”

毛泽东提醒周恩来：“这我相信。不过，博古同志年轻气盛，又很固执，怕是听不进你的意见啊！”

周恩来点点头，没说什么。他暗暗钦佩毛泽东观察问题的锐利目光。由于自己心中没有说服博古等人改变盲动主义的法宝，所以，无法向大家作出承诺。而毛泽东自然明白他的处境，对周恩来道：“不必纠缠什么个人的恩恩怨怨！如果红军的命运攥在他们手里，党的领导核心也控制在他们手里，令人忧虑啊！恩来，老总，倘若不慎，全局皆输啊！”

周恩来知道毛泽东话语的分量。

可是，在中央局的会议上再次否决了朱德、周恩来的意见。不仅如此，还剥夺了朱德、周恩来的军事指挥权，改由李德、博古和项英为三人军事领导小组，实际上架空了中央军委，朱德、周恩来只能指挥红一方面军。

九月下旬，蒋介石以五十万大军、二百架飞机进攻苏区，很快攻占了苏区东北部之重镇黎川。博古、项英震惊万分，匆匆制定“御敌于国门外”的防御战略，并命令红四方面军北进收复黎川及进攻敌军驻地资溪桥等地，如伸出五个指头要抓十个鸡蛋，一个也没得手。红军陷入极其被动的局面！朱德、周恩来力图规劝博古等人改变错误的作战方针，竟然被扣上“与中央军委意旨背道而驰”，对革命“是动摇的”大帽子，强令朱、周“必须服从”他们的“一切命令”！为了红军和党的命运，朱德、周恩来苦苦相劝，动之以情、晓之以理。无奈李德、博古以“必须统一前后方指挥”为名，迫使朱德、周恩来回瑞金“待命”！

接下来的战局对红军更加不利，博古、项英不善军事，无计可施的李德在紧要关头抱病躲避。紧急情况之下，被选为中华苏维埃共和国执委、中国革命军事委员会主席的朱德毅然担起支撑全局的重任，指挥红一、九军团进行运动战而克敌，取得温坊大捷，歼灭敌东路军李延年纵队两个师约四千余人，缴获大量武器弹药。虽然有胜，但局部的胜利不可能挽回铸成大错的全局，苏区缩小到瑞金、会昌、于都、石城、宁都、兴国、长汀等几个县城。显然，中华苏维埃政权和红军武装创下的革命根据地难以保存了！

战略转移势在必行。

此时的毛泽东正备受病魔侵扰，在家中养病。严重的疾病和被排挤的心中创痛，使毛泽东身体非常虚弱。受周恩来的指派，司马龙珠到毛泽东养病的凤凰岭向毛泽东通报情况。听了司马的陈述，毛泽东道：

“虽未全军覆没，可败局已定。苏维埃的红旗要从苏区拔掉了！”

“润之兄你……知道要转移了？”司马龙珠脱口而出。

“这不是明摆着的吗？”毛泽东叹口气，“可惜啊！”

司马龙珠气愤地发泄着对三人军事小组的不满，差点儿骂娘。毛泽东递一支烟给司马，划火儿为司马点上了，自己也口衔一支，欲点火时却又停在嘴巴下，直到火炙疼了手才忙举向衔在嘴唇间的烟。

两人沉默良久。贺子珍从里屋走出来，用手驱着烟雾，“两位老先生，屋子里都成烟囱啦！”

若是平日，司马会和嫂夫人笑着搭两句词儿，今天是一点情绪也没有了。

“呀！平日里两个人到一块儿有说不完的话，今儿个怎么啦？”其实，贺子珍并非不明白他们此时的心境，只是借话儿打破他们的沉闷罢了。

“周恩来同志让我转告你不要急，他会来看你。”司马龙珠说出来意。

“和我道别吗？”

真是什么都瞒不过毛泽东。司马知道了中央局的决议：毛泽东不在随红军转移之列，留下来“养病”。

“他们会很够‘朋友’。”毛泽东缓缓站起来，走到窗前望着远山，冷静地说，“他们会‘妥善’地安排我，让我这个创建红军的人独自扛着苏维埃共和国的牌子，继续当我的光杆司令主席……总之，我必须离开红军。”

“可那是他们的一厢情愿！”司马龙珠“轰”地跳起来，“我第一个不答应！”

毛泽东泰然一笑：“‘野火烧不尽，春风吹又生’，我还可以重来嘛，大不了从打游击开始！”

阳光穿透烟雾，映衬出毛泽东那充满自信的大中华脸。司马龙珠心里一热，对毛泽东道：“我留下来，和你一道从头再来！”

“你？”毛泽东回眸一望。

“对，我。”

毛泽东含笑摇头。

“你不相信我？”司马诧异。

“当然不是。”

“那为什么？”

“你现在重任在肩，那里太需要你了。”

“润之！”

“不要再固执啦！你去吧。告诉恩来，我毛泽东拿得起放得下。希望他和老总带好部队，保存好实力，要保存好革命的火种啊！”

话虽这样说，毛泽东的眼圈也红了。司马龙珠只好洒泪而别。第二天，周恩来代表中央和毛泽东谈话，通知他，中央已成立“三人团”，由博古、李德和周恩来组成红军战略转移的最高决策者。除由项英、陈毅率领一万七千红军队伍在苏区坚持武装斗争外，其余红军主力之一、三、五、八、九军团和中央纵队、军委纵队共八万六千余人向西战略转移。

毛泽东要随军转移了……其实是红军将士们选择了毛泽东。沙洲坝的村民们用楠竹精心赶制了一副担架，供转移行军时抬着重病未愈的毛泽东用。送出瑞金城一程又一程，大家依然不肯停下送行的脚步。他们无法挽留住毛泽东，告别时把心中最关切的话留给毛泽东：

“毛主席，红军什么时候回来呀？”

毛泽东握着乡亲们的手，动情地说：“三五年！我们一定会回来的！”

送君千里终须别。乡亲们久久伫立在“十里长亭”外继续目送红军不散。毛泽东挥手向乡亲们告别，心潮难平！

正是：

鱼水情深情切切，
苦甜与共乃同心。

第二十六回

石头城授功庆典　湘江水横阻红军

转移中的红军在朱德的指挥下与围追堵截的蒋介石大军浴血奋战，终于南渡赣江，杀出一条血路向西挺进。

屡屡受挫，使洋教头李德和飞扬跋扈的博古开始认识到，指挥行军打仗还是朱德在行，渐渐有了妥协的苗头，开始注重朱德的意见。朱德虽不在“三人小组”之内，但有个中华军委主席的名头，又在红军中享有威望，指挥大军西行，总的说还顺利。不过，从严格意义上来讲，红军转移乃是没有目的地的大搬家，中央纵队和军委纵队两个非作战队伍，就有一万五千之众，光挑担子的士兵就一千多人，队伍缓缓移动，日行不过三五十里。朱德心中焦急却又无计可施：既然是搬家，盆盆罐罐舍不得丢，更不用说妇女家眷、病员老小……还有些投奔苏区的革命老人、社会名流，都要有人照顾，亦拖累行军。

“速度太慢了！”周恩来叹息。

朱德也无奈地说：“这已经是最快的速度了。”

周恩来不无忧虑：“照着这样的速度行军，敌人会抢在我们前头封锁湘江渡口，那时我们渡江就困难了。”

“是啊！”朱德同感，“据侦查报告，敌人已在湘江设下四道封锁线，不惜血本儿要吃掉我们。”

周恩来望望前不见首后不见尾蠕动着的队伍，对朱德道：“突破湘江防线的方案还需再研究啊！”

“你的意见呢？”

“最近林彪同志的情绪不太稳定啊。”周恩来提醒朱德。

朱德明白周的意思，问周恩来：“你是担心由林彪作攻坚先锋会不利？”

周恩来讲出自己的意见：“由彭德怀同志指挥攻坚是不是更合适？”

“当然更好，”朱德马上表示同意，“大敌当前，用将不可大意！蒋介石放出风来了么，要把毛泽东埋葬在他的故乡！”

“而且蒋介石给湘军下了死命令，谁错过把红军全歼于湘江的战机，必立即军法处置。形势严峻啊！”周恩来说。

“是啊，”朱德若有所思，“不知润之此时何意？”

周恩来道：“毛泽东同志力推彭德怀打头阵。”

“那好，先锋易人。我马上去重新布置。”朱德拍马而去。周恩来这才松一口气。

此时的南京，总统府里的大礼堂里正热闹：庆典即将开始。

一时间，御用工具《中央日报》连篇累牍地报道中央军“剿匪”大捷的喜讯，吹嘘“蒋委员长运筹于南京，决战于闽湘，全线大捷”，“匪首毛泽东下落不明”“残匪向西南流窜”云云，并预言“必将歼匪于湘江”。

庆功宴就是在这样的政治气候中开始的。

在宋美龄的精心安排下，蒋介石刻意打扮了一番：三星美式上将军服披上斗篷，大盖帽罩住秃顶则显得年轻许多。平日里冷峻的、不苟言笑的脸今日多多少少有了一丝笑模样。他走进礼堂的时候陪他于左侧的是仪态万方、更显高雅的夫人宋美龄。她美丽而华贵，一身高级丝绸绣花旗袍，两只镶珠嵌翠缎面鞋，项间的项链吊坠是一象牙十字架，向世人表明她是一名天主教信徒。可以说，在政治层面上，她是陪伴蒋介石的绝好绿叶。而在生活状态里，她则是一朵独具风采的花。

一声“蒋委员长到”，百人的宴会厅里嘈杂的乐呵声马上静了下来。

军乐队七音奏起。

尽管使人觉得那是强作出来的笑，毕竟也是从委员长脸上露出的难得一见的笑。于是，人们紧绷着的神经便稍稍松懈下来。在闪烁的镁光灯下，蒋、宋夫妇享受着历代封建帝王在天之灵的嫉妒。蒋介石走到唯有他可以就位的坐席前，得意之色浮现眉目之间：

“今日剿匪之大捷，乃三军将士奋战之结果，三民主义胜利之体现，中正甚为欣慰！我要颁布命令，参加剿匪之尉校将官均晋升一级，并授奖勉励，士兵各奖大洋五元。”

宴会厅里马上显出活跃气氛。难得委员长有笑，更有大大的奖励！在蒋介石的“提议”下，全体人员共干一杯！笑容可掬的宋美龄也举杯向众人致意，然后把酒杯往嘴唇上碰碰，放下杯了听蒋介石训话。

“我要提醒诸位的是，剿匪还不是彻底的胜利！朱德带领他的残兵败将正向湘西逃窜，匪首项英、陈毅带领部分人马继续留在闽、赣、湘一带顽固抵抗。因此，我们不能因大胜而掉以轻心，不彻底消灭残匪不为彻底胜利！诸君仍需努力！”

掌声、碰杯声、嘈杂声充斥着宴会厅。那些蒋家王朝的爱将、近臣纷纷上前给蒋敬酒。蒋介石高兴，“你们喝！一醉方休嘛！”这可真是开了“蒋禁”，文臣武将甭提多高兴了，“御赐”美酒佳肴，尽情享受……

回到官邸，蒋介石乐不可支，倒背双手，嘴里哼着江南小调，在书房踱步。宋美龄不无忧虑地道：“达令！你不觉得你少了一只眼吗？”

“什么？”蒋愕然，“夫人何出此言？”

“你以为今天在座的都是恭维你的？”

“莫非还有异端？”

宋美龄道：“我隐约听得有人议论‘东北沦陷，日寇魔爪正伸向华北……安内而不攘

外，必将自危党国’。因此我……”

“娘希匹！”蒋闻而大怒，“一帮糊涂虫！民国大患者‘共匪’！‘攘外必先安内’是中正既定国策，夫人不必赘言。”

宋美龄脸儿一沉，三分的不高兴：“你想的未必是国人之虑！东洋人就要占据我们半壁江山，你身为元首，只顾剿共而不抗日，把东北军也撤到关内，国人怎不有异论？”

“夫人多虑啦！”蒋介石劝夫人释怀，“尽管日本人咄咄逼人，但毕竟是弹丸之国，怎敌我泱泱大国四万万之众？消灭‘共匪’再赶走日本人也不晚！”

“问题是……”

“没那么多问题。好啦！”蒋介石强作笑脸，“看，经国从俄国寄回的信和照片——娶苏俄女人为妻，哦，蒋家出了个外国儿媳！”

宋美龄接过照片瞅瞅：“蛮漂亮的白人姑娘。喂，是不是经国在苏俄待下去了？”

蒋介石脸儿由晴变阴：“绝不可以，他必须回来！”

“听说他在苏俄和共产党接触频繁？”

“那就更要回来！”

蒋家两公子经国、纬国。宋美龄知道大公子经国偏爱政治，是蒋介石的希望。自己不得送子娘娘的顾盼而至今无出，蒋家的江山不可能有宋家血脉的后人继承了，对小蒋关爱，是宋美龄坦然为之。不管怎样，蒋家后人也无人敢斗胆欺到自己头上来！老蒋自不必说。“党国”之父遗孀乃自己的二姐、大姐夫婿是党国财政大臣、胞弟子文居民国要职……宋美龄可谓中国自古至今史上铁打的第一夫人，无人可撼！更不说自己还有的美国背景！

“经国学业未满啊！”

“那又怎样？总不能让他当了共产主义的俘虏吧？”

“是否听听他本人的意见……”

“让他回来接受‘三民主义’的教育吧。回到我身边！”

宋美龄没有吭声。她明白夫君，任何心腹内臣都不及父子情深。

朱德率部赶到离湘江二十里时，侦察连长报告，敌军早已把湘江封锁得密不透风，只等红军“钻口袋”。后面追兵咬得亦紧，红军面临前后夹击之势，情况万分紧急！朱德正谋划夺江强渡之策，周恩来来传达“三人小组”的决议：要求主力部队两日内突破湘江封锁强行渡江。对“三人小组”的决议，朱德表示赞同：如果不能尽快渡江，势必落入敌人的“口袋”之中，红军的命运未置可否！于是马上召开师长以上将领会议研究作战方案。信任朱德的众将领纷纷表示愿听老总调兵遣将，“时间拖延久了，一切都晚了！”于是，朱德果断下令：

——彭德怀率两个军直逼湘江渡口，以两个主力师力歼一号渡口守敌，强行渡江，在对岸敌阵杀出一条血路，摆成一条“铁胡同”，掩护中央纵队、军委纵队过江。

——林彪率一个军，在彭德怀直逼湘江的同时从右翼占领沿江阵地，协同彭部夹击守江之敌，然后阻击左翼增援之敌，待中央纵队、军委纵队过江后迅速过江。

——刘伯承率一个军，与林彪形成左右同攻之妙，从右翼夹击敌人，阻击右翼增援之敌，待中央纵队、军委纵队过江后再迅速过江。

——司马龙珠带一个师，从湘江上游十里处突破敌人防线渡江，佯向郴州方向挺进，以吸引敌人主力、迷惑敌人，掩护我主力部队向西转移。完成任务后与主力会合。

……

战斗打响了。担负吸引敌人主力、掩护我主力部队转移的司马龙珠部猛虎般杀向敌阵，以迅雷不及掩耳之势击溃了敌人守江防线，夺江而渡以诱敌人。接着，冲破对岸敌阵硬杀出一条血路往郴州方向挺进。果然，湘军总指挥张连洞急调主力并援军桂军合力追杀。司马龙珠率部边战边退，从清晨到傍晚，拖着敌人部队，浴血拼杀百十余里。待彻底甩开敌军之后，便依命向预定之会合目标转移。清点部队，只剩将士三千余人。

尽管司马龙珠吸引开湘、桂之敌，我主力部队依然遭遇两倍于红军之敌的阻击。彭德怀、林彪率部杀出一条血胡同，江东江西筑起两道“长城”，掩护中央纵队、军委纵队过江。鏖战四天四夜，红军终于渡过湘江。会合之后清点部队，只剩下三万余人。部队未及休整，敌机又从空中追上来，一阵狂轰滥炸，随后又有敌人追杀过来！聂荣臻率一师之兵顽强狙击，保护主力向西转移，进入湘西大山之中才甩掉追兵。此时的白面书生博古、洋教头李德再也神气不起来了，像遭了霜的茄子般耷拉下脑袋，恨不得肩生双翅飞离大山。

周恩来明白，在严峻的形势面前，“三人小组”已无力指挥红军摆脱困境，红军的前途令人担忧。他认识到指望“三人小组”或者说指望李德、博古把红军带出困境如痴人说梦——李德没戏可演了，博古自然没了主心骨。巍巍群山为屏障虽好掩护，但几万人的部队且千八百人的老弱病残、妇女孩子，怎能持久风餐露宿？

他想起了担架上的毛泽东。第二次反“围剿”的时候，战士们用担架把病中的毛泽东抬下山，指挥红军打退了国民党军的进攻。如今，不是用担架把毛泽东一路抬来了吗？他暗暗庆幸当时由于将领们的执著，抬来了毛泽东。他想到自己初到苏区时，并不完全信任毛泽东而不听毛的劝阻，在闽南贸然一战，诚如毛泽东所料“此役必败”……实践证明，没读过军校、没有军衔的毛泽东，是红军中最懂得打仗的人！

周恩来策马寻找担架上的毛泽东。

“恩来！”

听到急促的马蹄声，躺在担架上的毛泽东知道周恩来到了。

“主席！”周恩来跳下马走到毛泽东身边，关切地问：“身体怎么样？”

“好些了，我下地走没几步又被他们架上来，看来还得恢复几天……仗打得很残酷啊！现在是‘逃’还是‘进’啊？”

周恩来以实相告："中央、军委各领导意见不一啊！有的主张不走了，在湘西攻占一地建立根据地，有的主张躲在深山里养精蓄锐图东山再起……"

"你和老总的意见呢？"

"首先，某些同志躲的意见行不通。我们还有几万人马，纵有大山掩护，也没可能有好躲的去处。李德、博古前几天一言不发，现在又极力主张在湘西攻下一城一镇做根据地，但即使攻下一城一镇怕也难守得住嘛！"

"是啊！如果能守得住一城一镇，也就没必要让六万多同志牺牲在转移的路上了！"毛泽东不无伤感，"我们在踏着他们的血迹前进啊！"

"看来，李德同志在苏区实行的'六路出击'的作战方略是造成反'围剿'失败的主要原因。值得总结啊！"周恩来叹息。

"他是共产国际指派的顾问，可他什么都不问就贸然行事，不打败仗才怪呢，问题是没人碰得动洋教头嘛！"毛泽东紧锁眉头，"有张国焘、徐向前率领的红四方面军的消息吗？"

周恩来摇摇头。

"现在我们只剩三万余人，能打仗的不到两万人，"毛泽东不等回答接着说道，"但愿徐向前、叶剑英他们顺利些！保存革命武装的实力是转移的根本，必须突破敌人的围追堵截，在运动中求生存啊！"

"主席，我想听听你的意见。"

毛泽东从口袋里摸出烟，却找不到火柴。周恩来从自己衣袋里掏出火柴划着火为毛泽东点上烟，并把火柴塞给毛泽东："你留下用吧。"毛泽东点头致意，苦苦思索着。

"以战辅进！"

毛泽东把烟蒂甩掉，从口中蹦出四个字来。他腰一挺，仿佛要跃出担架去指挥大军作战，虎气咄咄逼人！

"主席的意思是在转移中出其不意打击敌人，以小胜赢得喘息时间？"周恩来马上理解了毛泽东的意图。毛泽东点点头说："从捡来的报纸上看，报道'红军只剩下小股残匪流窜'。我们抓住机会就吃它一口，打击其精锐，灭灭他气焰，长长我志气！要让同志们知道，我们发展红军武装是为抗日，这样，我们不但出师有名，得到人民的拥护和支持，也使'先安内而后攘外'的蒋介石失去道义，被人民所不齿！"

"好！"周恩来浓眉一扬，"到底是泽东同志站得高看得远！这是我们今后的政治纲领和宣传口号！有了这些等于我们红军又有了灵魂。我马上找其他领导同志统一一下思想，做好政治工作！"

"恩来，"毛泽东语重心长地叮嘱，"你首先和朱老总沟通。他是任命不久的中革委主席，有权有威嘛！老总挑大旗，众必呼应。"

"好的！"

周恩来凝重地点着头。

几天之后，红军寻机以一个军的优势兵力吃掉桂军一整个师，令追兵胆战心惊，摸不清红军到底有多少大军。为保存自己的实力，桂军不再恋战，悄悄龟缩于广西境内，而以“捷报”应酬蒋介石曰“毛泽东、朱德等红匪被我歼灭于湘西”。蒋介石虽将信将疑，但军统情报也说“久不见红军于湘西踪影”，便七分释怀，乐对夫人道：

“呜呼！不自量力之毛润之，终于魂断湘西啦！”

虽非掩耳盗铃，却也夜郎自大！

正是：

天下之忧百姓问，
英雄大略定乾坤。

第二十七回

过蛮荒红军大义　渡寒水司马舍身

红军终于摆脱了敌人的追剿，得以喘息休整。即便胜捷，也付出了牺牲两千战友的代价。艰苦的战争环境和对革命前途的疑惑，使一些人产生动摇，开小差、不辞而别者时有发生。对此，周恩来在“三人小组”会议上提议请毛泽东主持部队的政治思想教育工作。

看到毛泽东重新站到大家面前，万人的红军队伍里响起热烈的掌声和欢呼声！大病初愈，毛泽东虽面容清瘦，但依旧风采不减，兴奋地问候大家：

“同志们辛苦啦！”

一声问候，一片温暖！万众齐应：“首长好——”

毛泽东向大家致意并说道：“……无产阶级的革命导师列宁曾经指出，‘无产阶级的出路只有一条，那就是胜利！’这就是说，红军的出路也只有一条——胜利！摆在我们面前的一切困难、挫折都不过是我们通往胜利道路上的坎坎坷坷，勇往直前就是胜利！”

掌声、欢呼声惊天动地。

“同志们！我们的事业是正义的！我们是代表人民的利益的！因此，我们是最有生命力的！我可以预言：国民党反动派消灭不了我们！我们还会壮大起来！因为我们来自人民，而人民是我们取之不尽的力量源泉！”

毛泽东的话再次被掌声、欢呼声打断。

“我们肩负的是拯救中华民族的使命。日本帝国主义侵占了我们的东北，又染指华北，因此，抗击日本侵略者是我们当前最迫切的任务！同志们，挺起你们的胸膛，北上抗日，保卫祖国，把日本侵略者打回老家去！”

会场上响起口号声：

“我们听毛主席的话！”

“坚决拥护北上抗日！”

“发扬井冈山精神，艰苦奋斗，革命到底！”

毛泽东兴奋地和大家互动：“谢谢同志们。请同志们牢记，我们的战略大转移，一是为保存革命力量，二是为北上抗日救国。同时，请每一个红军战士记住，你的任务不仅仅是打仗，还是一名宣传员，一路上要向老百姓宣传革命道理，让更多的人了解红军、了解革命。你还是播种机，走到哪里，就把革命的种子播种到哪里……”

周恩来、朱德带头鼓起掌来。见红军如此拥戴毛泽东，博古心里不是滋味儿，洋教头李德则有些瞠目结舌：他们崇拜毛泽东胜过圣彼得堡的群众崇拜列宁。

……

会后，连、营、团、师、军各级党组织进行讨论，进一步学习、认识毛泽东讲话的精神和意义，帮助那些思想动摇的同志提高认识，使大家明确了方向，坚定了革命信心。部队各文工团还编了快板儿、歌曲在行军途中作鼓动宣传。部队的面貌焕然一新，仿佛换了一个队伍似的。

洋教头李德冲博古直做鬼脸儿，说道："毛厉害！厉害！"

部队向西挺进。渐渐地，后面不见了追兵，前边也不见了堵截，头上也不见飞机盘旋骚扰。正当大家松一口气的时候，却发现先头部队进入了一个"未被开垦的处女地"，山高不见人行之路，林密难觅太阳之光，百鸟鸣啼而不见其形，猿啼狼嚎而阴森凄厉……似乎盘古开天辟地以来就无人猎及。往林中深入，树上多种无名果，地上花草杂乱生。长时间处于半饥半饱状态的战士们纷纷摘野果充饥，个个眉开眼笑——不用顾忌"三大纪律八项注意"，放开了品尝。

毛泽东吃着警卫员递给他的野果子，连连点头："哦！有大山掩护，有鲜果饱腹，好日子哩！这是什么地方？"

"从地图上看，应是湘西张家界一带。"朱德答道。

毛泽东若有所思："这么说，离贺龙同志的家不远喽！"

"贺龙同志是湘西桑植县人。"周恩来点点头。

"在井冈山就听说八一南昌起义后贺龙回到湘西搞武装斗争，建立了红色根据地，是吧？"毛泽东像是自言自语，又像是问别人。

周恩来道："是的。可惜后来中央住所不定，和贺龙同志失去了联系。"

"是这样……"毛泽东感到惋惜。

周恩来问："主席的意思是和贺龙联系？"

"谈何容易！"毛泽东摇摇头，"我们不能在湘西久留，要尽快向贵州方向转移，来不及了！"

博古插话："我们可以派人试着找找——找到贺龙的根据地，我们也好踏踏实实休整一下。"

"找到当然好，"毛泽东说，"贺龙可是个'百万军中取上将之首如探囊取物'的将才，他对湘黔一带熟悉啊！我们怕是没那福气啊！"

博古不吭声了。他知道，在众人面前自己说话的分量远远不及毛泽东。

毛泽东长出一口气说："还有那个陈毅，和项英留在苏区……他们一定也难啊！"

众人听了陷入对战友的思念之中，沉默不语。

"陈毅是员福将，"毛泽东对朱、周笑笑，"定能逢凶化吉、再建奇功。"周恩来也笑

着说："还别说，国民党报纸都讲枪毙陈毅好几次了，他还是那个活蹦乱跳的红军军长嘛！"

见大家围着毛泽东"转"，却少有人和自己搭话，博古不无醋意地说："诸位！还是说说眼前的吧！我们既然没找到贺龙革命根据地的福分，但可以抓住机会攻占一个城镇落脚，可能自然就联系上贺龙……"

"不可以呀博古同志！"毛泽东谈自己的看法，"情报确认，蒋介石已在湘西摆下口袋阵等我们去钻，往西不能走了。"

"何以见得？"博古脸上流露愤懑。

毛泽东视而不见，坚持他的分析："你没得到侦察部队的报告吗？国民党调集中央军和川军共几十万大军在修工事、排兵布阵，只要我们再往西几十公里，就钻进去了！"

博古还欲争辩，周恩来以手势制止博古："听听泽东同志的意见嘛！集思广益嘛！然后我们再研究决定。"

"我们向南，向贵州境内行进。"毛泽东坚定地说。

博古冷笑着问毛泽东："你当着万人在大会说北上抗日，结果却南下贵州？"

"北上没错，我们会继续北上！"毛泽东道，"但现在有人在我们面前挖了个坑，我们再直着走就掉进去！绕个弯子再北上不可以？这叫虚晃一枪。"

在场的中央负责人王稼祥、李维汉觉得毛泽东讲得有理，当即表示支持。博古不说话了。他知道，关键的时候周恩来会主张"少数服从多数"的表决方式，而自己肯定是少数了。

穿过原始森林，翻过一座山头，快进入贵州境时，忽见密林中冲出一群身着奇特服饰、持弓携弩的人挡住去路。有的战士从未见过此类人马，惊诧之间举枪做出要射击的样子。闻讯赶来的刘伯承喝令战士们收枪，亲自上前和这群人对话。然而对方听不懂他的喊话，又是举矛又是挥枪地大喊大叫，虽没有向他们攻击，但似在发泄着愤怒。

"首长，打吧！"

有的指战员沉不住气了，请示刘伯承。

刘伯承批评道："为什么打？他们不是老百姓吗？是国民党反动派吗？"

"可是……他不让咱们过去！"

"我是四川人，了解云贵川一带，大山里还有一些少数民族乃至原始部落，虽然他们身居深山与世隔绝，但还是被历代军阀、土匪骚扰杀戮。因此，对闯进他们领地的武装力量百倍警惕，敌视就不足为奇了！马上报告主席、老总。"

通讯员走后，刘伯承叮嘱大家放松下来，给这群人以示好的架势，果然对面的人群也放松了下来，还以"冷处理"，和红军一样对峙在那里，并无进攻之意。不大工夫，拄着拐杖的毛泽东和周恩来、朱德、李德、博古都赶过来，边听刘伯承的汇报边观察对方的毛泽东马上说道：

“快找部队中川黔籍懂少数民族语言的同志来，请他和对主喊话。”

毛泽东话声刚落，他的警卫员王欣就自告奋勇：“主席，我来试试。”

“哦！”毛泽东望着一路为自己抬担架的警卫员兼脚夫王欣笑了，“是啊！好像你就是本地人么！好，你向他们讲清楚，我们是中国工农红军，是他们的朋友。我们只是经过此地，不会伤害他们。”

王欣照首长的话翻译给对面的少数民族弟兄。随后，周恩来让王欣转告，如果他们不放心，我们可以派代表和他们谈判。对面的首领表示同意。于是，周恩来指派司马龙珠和王欣作为代表过去谈判。司马、王欣不带武器，从容走到这群人前面，王欣对首领模样的人道：

“我们是红军，是穷苦老百姓的朋友。我们是路过此地。我们的司马师长也是湖南人，代表红军首长和你们商谈路过的问题。为表示诚意，红军特送几袋盐巴做礼物。”

“你们送盐巴给我们？”

“是的。知道你们一定缺少盐巴。”

“你们也是红军？”

“这么说你们见过红军？”

“贺龙老总是好红军，他救过我的命。你们和他是一样的红军？”

“我们同贺龙领导的红军都是为老百姓而革命的武装。我们的首长是毛泽东、朱德。”

首领想了想，眼睛一亮：“毛泽东、朱德？就是在井冈山闹革命的毛泽东、朱德？”

“对呀，你知道？”

“贺老总说过。啊呀！原来是真红军到了，我们让路放行！”

司马龙珠大喜过望，马上跑回部队向众首长汇报，并带几名战士背过盐巴兑现承诺。首领感动之极，以十只上好山羊回赠红军。见红军虽在崎岖山路行军亦队伍整齐有致，首领拉住司马龙珠道：“红军真好！我很敬重你。”

“我也敬重你！”

“我们可以做朋友吗？”

“当然可以。”

首领上前一步情不自禁地拥抱司马：“我们是兄弟了！”马上令人杀鸡滴血入酒，与司马共饮宣盟。为助红军顺利过境，首领派出自己的心腹为红军带路进黔。后来，红军在黔北遭到敌军堵截再折回湘西，又得到部落首领的帮助顺利入川。在刘伯承的指挥下，司马龙珠带领一支先遣队冲锋陷阵，为红军主力一次次杀出一条血路，为红军迂回转移立下汗马功劳。后来红军四渡赤水，一次又一次摆脱敌人围追堵截。在试涉一条无名河时，无桥无舟，将士们惊愕之时，司马龙珠不顾水寒和大家的极力阻拦，执意下水探险。

参谋长力阻，然司马笑道：

“除主席之外，有谁敢说胜过我的水性？当年我和润之等在湘江击水如履平地，这条河算得了什么？”

“这比湘江水凶多了！水冷啊，况且不知水深几何？”

“知道水深几何还用试吗？”

参谋长知道拧不过司马，只得问战士们：“哪个习水性的敢下水同师长试渡？”

“我！”

“有我！”

“还有我！”

“……”

马上有十几个战士举手报名。参谋长亲自挑了十名看上去身强力壮的小伙子，又仔细问他们游过什么大江大浪，最后确定四名战士和司马一同试水渡河。在司马的带领下，四个战士学着师长把外衣脱掉，和武器捆在一起顶在头上，将一条长麻绳系在一名战士腰间，然后下水向河的对岸游去。

为了保护师长，两名战士心照不宣地奋力游在司马前面——四个人把司马围在中间。参谋长望着游到河心的五位战友，心都快提到嗓子眼儿上！这时，快马来报：军委领导指示，发现河对岸有敌人活动，渡江时要注意掩护先遣渡江部队。追兵距我军已不到百里，务须马上打通渡江通道。

终于，司马等五人游到了对岸，并迅速将绳子拴在岸边一棵大榕树上。参谋长立即指挥部队扶绳渡河。就在这时，对岸突然枪声响起，过河的司马龙珠等五人和敌人交火了。红军将士加速强行渡河，不到半个小时，就有百十名指战员强行渡河加入战斗。

司马龙珠发现了两只木船，令两名战士为一组、各划一只船回彼岸接应部队过江。参谋长命令一团长带领战士们把提前准备好的竹排架在河面上依次并起固定，筑起一架浮桥。先遣师立即踏勘浮桥迅速过河占领沿河阵地，保护主力部队、中央纵队及军委纵队安全过河。

与敌人厮杀的司马龙珠等将士，不顾个人安危拼力阻止妄图阻击红军过河的桂系国民党部队。被打退的敌人又一次反扑过来。司马龙珠是一名指挥员，更是一名战斗员，身先士卒，带领敢死队冒着枪林弹雨冲向敌阵。红军战士个个不要命地嗷嗷叫着拼杀过来。那桂系人马虽经蒋桂之战，却没见过如此玩儿命之师，不由得腿软胆怯，不敢往河岸方向推进。

红军胜利渡过无名河。清点部队人马时不见了首长司马龙珠。

敌人溃逃了，红军胜利渡过了天堑，但是英雄司马龙珠不见了。

当毛泽东得知司马龙珠失踪的消息后甚为悲伤，他那高亢的湘音冲着大山大河悲痛呼唤：

“司马——大司马——”

河水呜咽，没有那熟悉的湘音回应。只有大山把学长的呼唤不断传递着：“司马——”“大司马——”

壮哉！

身先士卒堪英烈，
司马英雄勇献身！

第二十八回

蒋中正调兵遣将　毛润之运筹帷幄

回头再说龙兆庭，本已京城得官、享薪筑巢，本也酒足饭饱、妻乐子贵了，贪欲之心导致他南岳之行遭遇尴尬，回到南京被革职查办——过了半年的牢狱生活，又过上了惶惶不可终日的日子——尤其是阔太太日子刚过出点儿滋味的老婆没有一天不数落他的："吃饱了撑的，跑大老远求什么神仙！不撒泡尿照照自己什么德行？""你天生就是个没造化的三孙子的命！还酸得叫人掉牙：'我文章天下第一'——狗屁！"

"不和妇人一般见识！"龙兆庭本就惧内不敢顶撞，只能暗暗自慰。被骂得实在忍不下去了，便溜出家门，到街上散散心。

虽是京城，却没有历史上的历代京城那么繁华热闹、万象升平，到处是军警横眉冷对、特务横行霸道、百姓人人自危——只有那些军政大员和大贾老板们依旧是山珍海味、酒绿灯红……

不时有请愿团被挡在总统府前，尤其是青年学生慷慨陈词于金陵，抗议国民党政府攘内而不抗日，声讨日本帝国主义侵占东三省又染指华北！要求南京政府改变"攘外必先安内"的错误政策，呼吁中国军民团结起来共同抵抗外来侵略者。

龙兆庭又被派上用场。

百无聊赖、被老婆奚落一阵的龙兆庭躲在大街上闲逛。看到那些坐高级轿车威风不减的将官们，龙兆庭郁闷不已：武安邦文治国，邦不安你们威风什么？真是人心不古啊！看看前面不远有一酒家，摸摸兜里还有两张未被老婆搜去的钞票，便打起精神走了进去，喝它两杯解解愁也好。

进了酒家，选一僻静处坐下，就有店小二上前照应。龙兆庭要一盘儿油炸花生米，一盘儿盐水鸭，再点三两洋河大曲酒，心不在焉地自斟自饮。俗话说"喜酒闷茶"，心事重重的龙兆庭平日没有多大酒量，可三杯酒下肚，心旌摇动，耿耿于怀的衡山之行又在肚里翻腾起来，不由得长吁短叹，失声如泣："妙手空闲蜗居家，不能为国献才华。书生再有出头日，孤笔轻挥天下诧！痛哉！惜哉！情何以堪！"

店小二见了吓一跳，一者惊异此客三两酒下肚便似醉非醉、如痴如狂，二不懂此客所云何意，要上前照应时，龙兆庭冲他喊道："这是什么孬酒！再来三两好酒！"店小二忙解释道："先生，这酒是本省最好的酒洋河大曲，客人无不称好！"

"我看并算不上好酒！"

"那……先生要喝什么好酒？"

"古井贡酒——贡酒！"龙兆庭眉都立起来。

“小店真没有古井贡酒。”

“那就衡水老白干儿！”

“这……也没有。”

“这也没有那也没有，你有什么？”

“小店有绍兴黄、梨花白、女儿红……”

龙兆庭醉眼直盯店小二：“你少拿那些杂七杂八的哄俺！我就喝六十七度衡水老白干！”

店小二应付不了，只得叫出掌柜来。掌柜出来一看，原来是国府龙秘书到了——在一次为某大员二房生日宴送菜时曾经见过。掌柜忙施礼问安：“原来是龙大秘书！失敬失敬！”

“还认得我龙兆庭啊？”龙兆庭说话已不怎么利索了。

“哪能不认得呢！”掌柜恭维地扶定欲站起来的龙兆庭，“您老来了，我这小店蓬荜生辉嘛！有什么需要的您尽管说！”

“酒！六十七度老白干！衡水老白干儿！”

“这酒小店正没有货。没关系，不远的百货公司兴许有，我让人看看去。”

“也好！”龙兆庭摆摆手，“快去快去！”

店掌柜忙让店小二去买衡水老白干。龙兆庭端起剩下的半杯酒一下子倒进嘴里：“好酒……老白干好酒！”店掌柜看出龙兆庭有了六七分的醉意劝道：“龙秘书喝得也差不多了！”

“谁说的？还差三两！”这句不是醉话——三上南岳的送行宴上他就有过六两不醉的历史，然而，那是“甜酒”。今日喝的乃是苦酒，自然另当别论了！

“今日一醉方休！”龙兆庭端起空杯又往嘴里倒。

店掌柜正手足无措，就见店小二满头大汗两手空空跑回来，忙问道：“老白干呢？”

“百货公司说，日本人进了关，在华北占青岛渗透鲁冀，货过不来了！”店小二气喘吁吁，边擦汗边诉说买不到酒的原因。店掌柜只好冲龙兆庭摊摊双手：“龙先生你看，比不得往常，如今叫日本人闹得，东三省沦陷、华北不保，说不定哪天南京也……该掌嘴！”

“说那么多干什么？拿酒！老白干儿！”

“对对！我那屋里还有半瓶六十七度衡水老白干儿。龙先生不嫌是开了瓶的，就送给您喝了。”

“行！只要是老白干儿就行……多谢。”龙兆庭点头同意。那老白干是烧锅中的极品，烈性酒之最，龙兆庭只续了两杯，就更难控制情绪，唱了起来：

胸有精兵一百万，
谁人笑我不英雄？

店掌柜知道龙兆庭喝多了，也不敢贸然劝阻，只是提起心暗暗祈祷："这位爷少喝些吧！可别让小店伺候不起！"

龙兆庭醉眼一瞥店掌柜，又饮了一口。这时，进来两个戴墨镜礼帽、穿便衣布鞋的人，向龙兆庭瞅瞅，互相使个眼色，冲龙兆庭道："嘿嘿！喝酒吟诗，好雅兴呢！"

龙兆庭不屑一顾，又吟道：

金陵城里摇摇头，
南北东西起大风！

"墨镜"们一听冲外一挥手，闯进几条大汉来，不由分说架起龙兆庭就走。龙兆庭吓出一身冷汗，酒也醒了一半儿。醉眼惺忪地问："干什么？你们要干什么？"

"啪"地一个嘴巴回敬了他："干什么？一会儿你就知道了！带走！"

"你们乱抓人！我不是共产党……"

拖走了龙兆庭，可吓坏了店掌柜，眼睁睁看着顾客——民国政府的大秘书被特务抓走，胆都快吓破，一屁股瘫在椅子上半天起不来。店小二提醒他酒钱没给，店掌柜摇摇头："还酒钱？没见刚才那阵势，不牵连咱就不错了！"

龙兆庭被抓进军统秘密审讯。特务们见他"出语不逊"，怀疑他是共产党要犯，要下工夫审出点儿有价值的东西好邀功。戴笠的得力干将熊贵礼听说"抓住一条大鱼"亲自来审问，一看，认出是昔日威风一时又成倒霉蛋的龙兆庭，马上泄了气，冲"墨镜"摆摆手："什么共产党大人物，这不龙秘书吗，抓他干什么？放了放了！"

"放了！""墨镜"冲手下喊。

龙兆庭如丧家之犬，拔腿就跑。刚出特务机关没几步又被小特务追上来："龙先生留步！"

龙兆庭脚下不停地回回头："我不是共产党！"

"知道……是戴局长有请。"

龙兆庭闻听是杀人不眨眼的活阎罗戴笠"有请"，更胆战心惊，跑了起来。小特务年轻，大步追上去一把薅住龙兆庭的脖领子，又好气又好笑地说："给你香饽饽你倒跑欢了，你怕个球？是好事！"

惊魂未定的龙兆庭痴愣愣地望着小特务，指指自己的鼻子问："我？好事？"

"戴局长听说抓的是你，马上对熊队长说'别让龙先生走！正四下里找他哩！委员长想他！'听见没有？委员长想你！不是香饽饽是什么？"

"真的？"

龙兆庭掐掐自己的大腿，疼！这才相信自己好运又来了。果不其然，戴笠亲自接见他，并安慰他回家洗漱一下，换换衣服，明天到总统府见委员长！

龙兆庭马上像换一个人似的精神起来。回家的路上还琢磨着这回要给老婆点颜色看看，得端着点儿。可老鼠毕竟怕猫惯了，见到老婆后不但腿软，胆也还是怯！老婆讥笑他："哟！怎么回来啦？街上转悠去啊？闷得慌到窑姐那里开开心去呀！……"

"你胡沁什么呀？把我那好衣裳找出来！"

"屁！你有这身皮披着就不错了！"

"我说正经的——快点儿！"

龙兆庭他反了？竟敢在家里命令我？老婆要擎"家法"——笤帚疙瘩。龙兆庭急切地喊道："且慢！你今天敢动我一下，蒋委员长不宰了你！"

"你……你吓唬谁？"老婆真的被"委员长"镇住了，"家法"停在半空中没往下落。

"骗你是王八蛋！"龙兆庭急了，粗话也喊出来了。

丈夫可是从来没敢这么胆子大过。婆娘翻翻白眼儿，将信将疑。没两天，"国府"任命龙兆庭为办公厅新闻秘书兼西南巡察特使，婆娘才眉开眼笑，夜间才肯向龙兆庭撩开久久"封闭"的被窝。

这日，重新受宠的龙兆庭下榻长沙潇湘宾馆，有何键亲自为之接风，并赠银千元补以路资。龙兆庭知道何键是何等人物，推辞不受。何键正了脸儿道："莫非龙先生瞧不起我，不相信我？"

"岂敢岂敢！"

"那就收下嘛！"何键狡猾地一笑，"同为国民政府文武，大家互相关照嘛！"

"有用得着龙某之处，何将军只管讲。"

"没什么！没什么！龙先生奉命巡察湘黔川，首发湖南，我湖南境内定提供方便。为照顾、护卫龙先生在湘平安顺利，我特派黄林营长一路相随，为龙先生保驾。"

龙兆庭听在耳明于心：何键执意送钱又派人伺候于我，分明是要我关照什么——无非是要我多颂其剿共有功、湘内少忧患罢了。这又何难？龙某笔下有情也就是了！于是连连道谢："何将军放心！湖南一直是剿共楷模，龙兆庭必以实书之。"何键大喜，当晚派人送名妓晚香、留玉给龙兆庭快活。

日上三竿，龙兆庭才恋恋不舍地从双凤怀里爬出来，穿衣系带做君子，那封藏于衣囊的蒋介石的手谕掉落出来。龙兆庭忙捡起再藏，仿佛老蒋的忧虑之心就在自己眼前砰砰乱跳！

湘、赣、闽、黔、川久被匪扰，诸将士剿匪多有功勋。然毛朱等匪首极具狡猾，且有刁民相济，久剿而未泯。顽匪西窜，必为我湘、黔、川军剿灭之！武安天下而文赋其德，党国之栋梁也。龙先生怀宋玉之才，可特使湘、黔、川诸省，研究、报道灭匪事宜，弘国军之威而灭'共匪'之志，

抚天下而昭军民，勿有辱使命也！

龙兆庭玩味手谕，自解其中味。其言“未泯”，却悖《中央日报》“匪首毛泽东在湘江被击毙”之说。而“必为我湘、黔、川军剿灭之”更说明毛泽东还活着。既然是“使命”，老蒋必是要自己帮腔了！可这腔如何帮呢？毛泽东到底现在如何，谁又说得清？猛地，他想起当年三音大师的话心中一惊：莫非得天下者真的是毛润之？

想到这里，龙兆庭的汗都下来了！

自古天下合久必分，分久必合，历代帝王哪一个坐下万代江山？推翻清王朝的孙大炮、夺得大明江山的努尔哈赤、灭元立明的朱元璋、开国建宋的赵匡胤……哪一个坐得了长久江山？老蒋虽拥兵百万，却明显是“组合”甚至“乌合”之众，难说能长久立于不败之地！如果为老蒋卖力气讨伐的是下一任天子，岂不种下蒺藜要扎自己的脚？

想到这些，龙兆庭不免后脊一阵凉气直逼，有些后怕。

但龙兆庭很快又说服了自己：俗话说“吃谁向谁”，况且也由不得不听从老蒋。虽然红军深得百姓欢迎，毕竟是无立足之地的草寇，推翻拥有三百万大军、执掌国民大权的国民党又谈何容易？

思来想去，龙兆庭还是决心把宝押在蒋介石身上。

历时两个月，转遍湘、赣、黔、川四省，问过将士显贵，龙兆庭经过三易其稿，以“雅仕”之化名抛出洋洋万言的《安内大捷谱》。其妙就妙在大言而没谱也！其云：

余挚爱中华、关注国是，为“共匪”乱国而不安。初冬，与友人西南行，得知国军追剿流窜之匪于湘、川、黔边界，目睹将士奋力剿匪、总统英明指挥，方有剿匪决定之胜利。国人岂不雀跃？

为昭示天下，余将西南之旅所见所闻整理成章，实录剿匪大捷诸事，凡十章也。

一、“攘外必先安内”，大计也。

国家者，四万万同胞共同之家也。中华民国，乃蒋委员长统帅之乐土也。承孙文之衣钵，志在革命；统一华夏，天下为公。少帅易帜、晋桂听臣，大势。势立而国盛，国盛而民康，民不康安得攘外之力？民康而御联军如利刃割韮，况区区倭寇哉！

然，国之不康者，红祸之乱。湘潭毛氏、川人朱德冒天下之大不韪而乱湖南、乱赣闽，袭国军于平川，避锋芒于山林，更猖狂于井冈山，造势于小城瑞金，大有偷天换日之势。内乱不除，安能对外？倭寇强占关东又进犯华北，皆“共匪”之过也！朱毛之罪也。笔者不才，斗胆直言：蒋总统乃合法之中华民国之总统，中华民国乃四万万同胞之大家，岂可不从家长者乎！故红祸不除，天下何以太平？民众何以幸福？故湘之何键、赣之何应钦、粤之陈诚、桂之李宗仁皆永炳史册之重臣也。

蒋总统乃中华唯一之领袖、四万万人民至尊者。何人可取而代之？况国军有擎天之力、排山倒海之功，剿乌合之红匪，自如探囊取物，只在弹指间耳！昔井冈山飘扬之红旗安在？瑞金苏维埃何存？朱毛流窜之残匪何处得以喘息？流寇无踪，即苏维埃不复在也！

二、铲除红祸，大势也。

铲除共党，非总统量小、国府不容，实因共党之理论荒诞之极！共党革命之处无不杀富豪士绅、掠金银财宝、瓜分土地房屋，为史上空前绝后之凶神恶煞哉！共产共妻，尤为肮脏！有瓶酒可共饮之俗，焉能有妻共淫乎？此等罪过，不剿不以顺天命！呜呼！

时有党内同志者意见相左，同情毛朱而口诛笔伐总统者。为正视听，余以公正之心暗访于湘水之滨民间老儒，其言令人胆寒：“皇恩浩荡。刘家世代为朝廷命官，备受国恩！积万贯家私置业于此。岂知天有不测风云，有吴姓共产分子煽动穷困潦倒之徒勾引长工加入农会，聚众没收我土地房产金银珠宝，游斗老文于街市，其辱其耻岂可言表？更有甚者，长工王小与我六房小妾勾搭成奸，农会非但不以惩处，反美之曰‘自由’！美之曰‘解放’！是可忍，孰不可忍！观本县三百村，多有此举者。王法何在？公理何在？铸此大错者共党！害我士绅者，亦共党也！我等翘首以盼蒋总统发兵剿匪安民者！”

刘家大儒，富贵有命，贵在天赐。妒忌其富而抢而夺，凭其力威而辱之，人道乎？任其蔓延，非但财产不保，妻女亦遭殃矣！共产不齿，共妻尤恨！

欣闻刘家大儒得国军剿匪后重振家纲，并建民团自护，绳未逃脱之赤色分子或砍头或刀剐或点天灯，亦不解心头之恨也！铲除红祸，民之所望，顺天之意也！

（三—八篇略之）

九、湘军壮哉。

“共匪”西窜，隔于湘江，入国军四重包围之中，虽四面楚歌，他负隅顽抗。何键将军率精锐之师与共军决战于湘江之滨。红军匪首朱德、博古及洋顾问李德涉江西岸，匪首周恩来滞于江东，指挥“共匪”两纵队老小病残欲渡江西逃。老虎团团长黄林提及此役不禁泪流两颊：面对困兽犹斗，湘军将士不辱使命，无论班排连营乃至团级各长官均身先士卒浴血奋战，血刃报国，秉何键将军命令湘军人人奋勇，誓让共军饮恨湘江。黄团长云：见匪首毛泽东骑一赤兔马在江边乱窜，卑职舍命而追，双足追四腿，唯恐失去机会，便举枪射击，毛氏应声落马也。

毛当毙命矣！

何键将军乃党国良将忠臣，与“共匪”不共戴天。其诚昭然若揭：两剿毛匪故里断其风水、枪决毛妻杨氏开慧、力剿“共匪”于湘赣闽，其功赫赫。誓曰：三湘绝不容“共匪”一兵一卒幸存！足见其诚。故总统嘉奖“民国精英，剿匪先锋”。

时下，何键将军挥师三湘，北扼洞庭，南固衡阳，东治罗霄，西霸沅江，铁桶般严守三湘，以践不让三湘存红军一兵一卒之誓。笔者别湘入黔，时见湘军兵勇于寒风中渡江，惊问其故，曰：“共军或男或女皆可涉水而渡。其战术或东或西，或昼或夜，冰雪均不阻其志。我不可不习之！”

其不壮哉？其不伟哉？

十、毛泽东竟还在运筹。

安内虽大捷，亦非全胜。虽歼敌数十万，所憾者匪首携残部潜逃也。军方权威人士称其匪首朱德、周恩来及博古李德具已漏网。或云毛氏于黄团长枪下又捡回一命。前报端称毛氏毙命战场亦难知所云耳！

忽有侦察报毛氏被匪兵担架抬于行军之路，更令人疑惑。然其军权旁落是实。据称，红匪有三人团指挥逃亡之路，洋顾问李德非懂吾国情者，屡遭非议；博古幼稚，阿斗是耳；周朱可合璧，无毛氏作主亦不为忧。从匪王稼祥、李维汉虽有高位而无实职，虚也。国军患者担架之上毛匪也！其善络人心，深得兵法之要髓，且极具狡猾，动能以假乱真，静可翻云覆雨，世人皆知。其虽排于三人团之外，仍眼观六路、耳听八方，运筹于帷幄之中，恐有东山再起之机会，国人不可不警惕耳！

龙兆庭似有灵感，他的文章中所忧患之毛泽东确实仍然运筹于帷幄之中。但他只说对了一半儿，那就是毛泽东必将决胜于千里之外。

正是：

虽是逃亡喋血路，
踏出革命史诗来！

第二十九回

三军不前古城整党　众星汇议星月分明

连续的行军作战使红军将士们无不身心疲惫。转战中的中央、中央局也好，中央军委也罢，其实都是设在马背上的无形机关。有的时候，重要的会议或决议就在走动的马背上形成。

党中央负责人洛甫，作为马背上的领导者心里很不是滋味。这倒不是因为他怕艰苦嫌条件差，而是心事重重。从苏俄受命回国来到红军中间，和从苏俄同行归国的王稼祥一样，感到理论和实践“两张皮”，起码是相差太远了！远在万里之外的共产国际指挥着中国工农红军的战争，实在是南辕北辙！而年轻气盛的博古和不懂中国情况的李德又总是唯共产国际指令是从，使红军往往遭受不必要的损失，举步维艰。如果没有周恩来的机智协调，也许情况会更糟，后果不堪设想，乃至有否后面的长征。

更确切地说，真正意义上的长征，是用担架抬来了毛泽东！

毛泽东是红军大转移中的灵魂人物。虽然他指挥红军的权力被剥夺，三人小组可以决定一切，甚至朱德有时也做得到“君命有所不受”，但实际上，毛泽东依旧影响着红军。这并不难理解，因为他是一个无私的、站得高看得远的政治家和臻熟兵法的军事家，红军之父。而他的诗人情怀又使他思维犀利，总能在复杂的环境中迅速理清头绪，觅得出路。这是周恩来的认识，也是朱德的共识，洛甫和王稼祥也逐渐认识到“卧龙”就在军中——中央解除毛泽东的红军指挥权显然是错误的！博古、李德，简直就是军事上的小儿科！

王稼祥忍不住为毛泽东鸣不平。他不明白共产国际为什么走马灯似的调换、任命中共中央及军事领导人，而且是“五马换六羊，越换越不强”！创建了红军、领导红军成功进行了四次胜利反“围剿”的毛泽东怎么啦？为什么说换就换？乃导致红军第五次反围剿的失败，使红军再无立足之地。

接触越多，王稼祥对毛泽东的信赖越强烈：党性强、知识渊博、谙熟军事、在红军中有着无人能替代的威望，只有毛泽东最适合领导红军。

为了挽救红军和中国革命的命运，他暗暗琢磨如何把自己的想法和党内的主要负责同志沟通，达成共识，然后集体向共产国际提议改组中央及军委，撤销中央局。

红军队伍行进在黔北大山之中，不远就是著名的历史古城遵义。

毛泽东正骑着马，只不过骑的不是龙兆庭文章中所说的赤兔马，而是一匹脾性温和的黑马。强渡湘江时毛泽东是躺在担架上的，不知那位姓黄的团长是怎么一枪把他“打

落马下”的。现在的毛泽东倒真的养好了病，能稳稳地骑在马背上了，但模样还是清瘦孱弱，只有那双女人般美丽的大眼睛恢复了精神，充满智慧之光。中分的长发过耳，漆黑发亮。他一只手托书默读，另一只手时常夹烟于指间，随时犒劳两唇。书是他最亲近的伴侣、最无间的朋友，或许也是他心境得到慰藉的地方。

王稼祥勒马回望，等着毛泽东的马与自己的马并排前行，问毛泽东：“润之，听说你在水里比在地面上还潇洒？我看现在的你都像长在马背上似的！”

毛泽东抬头望望王稼祥，微微一笑：“不是我骑术好，是马儿通人性，警卫员同志辛苦。”

不无道理。警卫员是井冈山时期的老战士，和毛泽东感情深厚，手中一刻也不离缰绳，眼睛一刻也不忘关注全神贯注在马背上读书的毛泽东。

“环境改变人哪！”王稼祥感叹，“不闹革命，我们说不定连马都不会骑呢！”

“是啊。”

“看起来您身体恢复得很好？”

“没事了。《安内大捷谱》让蒋某人空高兴了一阵子。可能被枪击的是关云长吧？他骑的才是赤兔马么！”

王稼祥哈哈大笑：“《中央日报》就是流言蜚语报！你和朱老总在他们的报纸、电台上牺牲了不是一次了！”

“任怎么说吧，悉听尊便，我们照样活得好好的，”毛泽东乐呵呵地说，“蒋介石这个人有个致命的弱点，就是一厢情愿，可红军和老天爷怎么想的他管不了。”

“堂堂《中央日报》，竟如此荒唐！”王稼祥不齿。

“可是，他们都需要这些东西。”

“他们需要这些荒唐的做法？”

毛泽东笑道：“司马昭之心——路人皆知嘛！毛泽东落马，去掉心中大患，是蒋介石需要的；击毙毛泽东，可以邀功，是何键们需要的。各得其所嘛！当然，最后结果得到的是什么，他蒋委员长心里应该清楚。”

王稼祥听了，心里回味着毛泽东的话，越觉得毛泽东思想深邃，观察问题敏锐，总能透过别人不注意的情节看到问题的实质。

他懂得红军将士们为什么那样不肯割舍毛泽东，抬也要抬着毛泽东一起转移了。洛甫跟上来对毛、王道：“什么开心事？可不可以和大家分享？”

“你支持，定有开心事可以发生。”王稼祥再勒马缰，有意让马放慢速度，好和洛甫交换意见。

“唔？”洛甫以为王稼祥开玩笑。

“洛甫同志！”王稼祥正脸儿严肃，“我的看法没错！毛泽东同志才是能把红军引向光明的领袖人物……”

两个人对话片刻，就相对而笑。显然，统一了思想。洛甫望着骑马在前的毛泽东，轻轻唱起毛泽东在马背上吟出来的《忆秦娥·娄山关》：

西风烈，长空雁叫霜晨月。霜晨月，马蹄声碎，喇叭声咽。
雄关漫道真如铁，而今迈步从头越。从头越，苍山如海，残阳如血。

的确“马蹄声碎”啊！洛甫策马追上毛泽东轻轻呼道：“主席同志，又有新作出炉吗？吟出来听听。”

毛泽东道：“没有啊。”

“等我们摆脱了蒋介石的围追堵截，红军的大转移就是一部史诗，你有的文章作喽！”洛甫出语恳切。

毛泽东道：“我们的大转移已经完成了！转移的够曲折的了。我们现在的口号是长征……”

“长征？”

洛甫感到词儿新鲜。

“你想想，我们这样转来转去，目标方向是什么？我们的目标方向应是突破国民党的围追堵截，北上抗日！北上抗日之路就是长征之路。换句话说，长征之路就是抗日之路！这样，既名正言顺又目标明确，于红军可鼓舞士气，于国民可获得同情支持。不好吗？”

“好，甚好！”洛甫连连点头，“这样，大家就不觉得我们是逃亡而是为了抗日救国而前进！”

洛甫从内心里钦佩毛泽东，不愧是雄才大略的大战略家。“此时不举明主更待何时？”心中也打定了请毛泽东重新出山的主意。部队午时小憩的时候，洛甫找周恩来谈话。

“恩来同志，我有个个人想法，想和你交流一下。”

“请讲。”周恩来从来都不乏谦谦君子风度。

“我本想就目前国内的革命形势和红军的领导问题向共产国际反映，希望重新考虑中国共产党的领导，特别是红军的指挥权问题，但上海的党组织领导机构遭到国民党特务破坏，无法取得联系！我和稼祥同志认为不能再这样下去了！”

周恩来知道，中共是受共产国际领导的，任何决策和人事变动都是共产国际说了算。中共与共产国际联系渠道是特设在上海的情报机构。而目前，国民党的血腥屠杀和白色恐怖，使上海党组织的领导、上海的机构严重受损，与共产国际的联络通道完全断掉，无法和共产国际联系。同时，红军也无法和上海的党组织取得联系。当然，共产国际的指示也无法传达给中共。

周恩来也更知道，目前的“政局”的确难以维持下去了：三人小组中的李德情绪消沉，面对困境一筹莫展，他的密伴博古则六神无主。请红军之父毛泽东重返指挥位置的呼声越来越高。他料到洛甫要和自己谈的是这个问题。

“你也看出来了，”洛甫直言，“必须解决当前的无作为问题了，比如你们三人小组的问题。”

“是啊！”周恩来点头，“上海的党组织被破坏了，和共产国际无法取得联系……”

“正因如此，我们才必须采取措施——总不能眼睁睁看着红军没头苍蝇似的乱撞下去吧？”洛甫情绪激动，镜片后的一双近视眼像冒着火。

“你和稼祥及中央同志们的意见呢？”

“活人不能叫尿憋死，”洛甫大手一挥，“我看应马上召开中央特别会议，形成一个挽救红军、也是挽救党的决议。恩来同志，你是否和朱德同志碰碰头，听听他的意见。”

洛甫平日言语不多，今天也不例外，说完就走。周恩来是何等睿智，心机一动就能判定别人葫芦里装的是什么药！洛甫都把葫芦盖子打开给他看，他当然明白得不能再明白了。当然，这也是他周恩来求之不得的事。朱德那里自然不是问题——朱毛朱毛嘛！他也考虑到党内的阻力，可事到如今，到了必须摊牌的时候了！

红军继续前进，攻占贵州之黎平、锦平，使中央纵队、军委纵队得以在洪州小寨休整。听从毛泽东的建议，缩减庞大的挑夫队伍，扔下一些坛坛罐罐，将腾出手脚的战士们编入战斗部队。剩下的挑夫队主要负责保护资财、档案等任务。这样的调整，大大精干了队伍，增强了战斗力。

中共中央政治局在黎平召开会议，讨论战略方针事宜，毛泽东成为主要发言人，并博得众人赞同，获得大多数与会者的支持。会议认为：在湘西建立苏维埃革命根据地的初衷已不现实，而应移师黔川边界地区，即遵义西北地区，再伺机北上抗日。因发高烧的李德缺席会议，会议后极力鼓动博古一起反对红军渡乌江向遵义方向进军，而是北向湘西与那里的红二、六军团会合。此议不但遭到政治局反对，也遭到红军将士的纷纷抵制导致三军停滞不前。面对尴尬，中央政治局只好召开扩大的政治局会议解决分歧，这就是中国革命史上有名的遵义会议。

毛泽东明白到了自己说话的时候了。但会议之始他并不急于发言，耐心地听着每个人的发言，一颗又一颗地不停吸烟。党内总负责人博古，党中央的负责人洛甫、王稼祥，三人小组的另外两个人李德、周恩来，中华苏维埃主席毛泽东，军委主席朱德，各军事将领彭德怀、刘伯承、林彪、聂荣臻、陈云、李富春、杨尚昆、李卓然、刘少奇、凯丰，《红星报》主编邓小平，翻译伍修权等悉数到会。第一个发言的，矛头直指博古的错误；第二个发言，矛头还是直指博古……博古委屈地道：

“红军弄成这个样子我心里好受？作为中央局和三人小组的总负责人，因为无计可施，前几天我自杀的心都有。不信问问聂荣臻！”

聂荣臻没有吭声，以沉默回应确有其事。

会场片刻寂静，马上又对准李德一阵炮轰！李德低头任谁批评、指责，并不反驳、辩解。

显然，在大家面前，用中国一句俗语形容，李德颇似“死猪不怕开水烫”的样子。平日大声吆喝命令的李德竟然“老实”起来，一句辩解都没有，令大家感到意外。谁也无法猜测他心里是怎么想的——此时也没人顾及他是怎么想的，而是关心毛泽东是怎么想的。

毛泽东一连三天都不发言。

博古、凯丰渐渐收回一点元气，开始争辩，尽量推卸一些责任。

朱德平时话不算多，但现在打开了话匣子：“你们还讲不讲理么！你们都摆脱责任总不能把责任推到毛泽东身上吧？十万人还剩两万人。这一路上洒的都是红军烈士的血啊！对得起他们吗？”

博古、李德面面相觑。从大转移的那天起，或者说从毛泽东被解职红军领导那天起，胜少败多的责任自然与毛泽东无关，他们也无法指责朱德，因为谁都知道，如果没有朱德那几次否定他们的盲目指挥，红一方面军还不知损失到何等地步！

他们亦难推责于周恩来。如果三人小组里没有周恩来这块“特殊材料”，或许三人小组分崩离析，红军会怎样不得而知！

博古、李德还要狡辩，只见彭德怀突然站起来：“我说几句！”

声如闷雷，把博古吓了一跳。这位个儿不算高但强悍勇猛的湖南汉子曾当众大声斥责李德打仗“瞎指挥”！今天，连平日从不对自己说一句逆耳之言的人都站出来批评，他彭德怀更不会手下留情了！

“从把老毛撤下来，我们打的是什么仗？你们闭着眼在那里瞎指挥，可代价是十来万革命弟兄们的血！葬送的是革命！如果这次不采取老毛的意见，抵制向湘西而强渡乌江来黔西北，我们有没有机会坐在这里开会还真不好说。钻进湘西蒋介石摆好的布袋阵，还有好吗？到湘西建根据地？那是老虎口里拔牙——找死！痛心哪！教训啊！不少同志议论，我们不清醒不行了，我赞成！重新选帅，我更赞成！”

彭德怀放完炮就原地儿坐下，还呼呼直喘粗气。本想今天发言的毛泽东听了彭德怀的“重新选帅”的话犹豫了一下，没有张口。他怕自己接着彭的话茬讲话而引起误会。周恩来觉察到毛泽东的心理活动，马上说道：

“同志们的发言很好。乍一听彭德怀同志的话激烈了点儿，但不失正言。作为三人小组的成员，我同样负有不可推卸的责任。为了纠正错误，我愿意虚心听取大家的批评，尤其是毛泽东同志的批评，因为他对红军的贡献最大，对红军比谁都有感情，也有发言权。请毛泽东同志发言。”

会场上响起热烈的掌声。博古、李德、凯丰面露尴尬，不过没人注意到他们。毛泽东一站起来就给人以威风凛凛的感觉。这种感觉，不是京剧演员那种亮相演出来的，而是革命实践赋予他的。凛凛是一种正气，威风是崇敬他的人给予的回馈。他的正气不是

士大夫的正，而是大政治家、军事家和诗人独有的气质！

李德被震撼了！莫名的敬畏令他没敢正眼对视这个曾经被他蔑视的中国农民的儿子。

“同志们！”毛泽东习惯地挥动着胳膊，衣袖上的深色补丁像动着的旗子，“的确，我们一路走的是一条用鲜血铺成的路，我们无言以对倒在敌人枪口下的十几万英灵，但不能无言面对活着的两万将士！如果我们再不改变斗争策略，连到马克思那里做检讨的资格都不会有！所以，这次会议是一个挽救党、挽救革命的会议！”

话声未落就被掌声打断！毛泽东举起双手表示致意，请大家安静，说：

“我讲我们走来的是用鲜血铺成的路，是我们大家与倒下的烈士们共同走过来的路！在座的同志有谁不清楚这一点？这些，我就不多讲了。我想讲三个问题。第一，为什么说错？我想同志们都看过《三国演义》吧？它写的不是真正意义上的历史，是小说，历史小说。里边有个刘皇叔，汉室宗亲，打着匡扶汉室的旗号与天下诸侯争雄。他也是司马昭之心路人皆知——做皇上，他文有简麋、武有关张，得徐庶始胜，有孔明才赢：隆中一对，方茅塞顿开！荆州北据汉沔，南望湖南，东连吴会，西通巴蜀，此用武之地，非其主不能守，是殆天所以资将军……百姓有不箪食壶浆以迎将军者乎？路线清晰了，目标有了，便步步走向胜利：联吴抗曹烧赤壁，埋下伏兵取荆州。有了立足之地，养精蓄锐，将有五虎，文有卧龙凤雏，取西川而成鼎立。我们将胜五虎，文星灿烂，重要的是我们干的是正义的事业，为拯救中华民族的事业，人民群众是支持我们的！只要方法对头，革命胜利毋庸置疑！”

一席话改变了会场上的紧张气氛，有人露出轻松的笑容，热烈鼓掌。

毛泽东话锋一转：“那么，我们为什么屡遭失败呢？”

“为什么？”

“因为我们既无‘荆州’，亦不明‘西川’何处，甚至无袁绍之力而过袁绍之迂，焉有不败？那么错在哪里呢？错在政治和军事上的幼稚病。”毛泽东接着娓娓道来。

众人屏气凝听。

“第二，同志们，我们面对的是蒋介石，不是刘禅！此人比曹操如何？也是一代枭雄嘛！而且他不用挟天子，自己令诸侯！举国之财力，拥兵几百万，与他抗衡，政治经济军事都处弱势！那我们又凭什么战胜他呢？正义，民心！我们就是靠着这两条来立足的。但是光这两条还不够，还要有对形势的正确判断和制定正确可行的战略战术，才能战胜国民党反动派。请问，我们这样做了吗？为占领一个城镇而打，为打仗而打仗，政治上的幼稚加军事上的盲动，怎么会不陷入被动？”

此言犀利尖锐，无人有反驳之意。

毛泽东接着说下去：

“第三，我们该怎么办？俗话说‘三个臭皮匠顶一个诸葛亮’，我们这么多行家里手在一起开个‘群英会’，定能火烧赤壁，定能巧夺‘荆州’，不但可以取‘西川’，也一定会把全国变为‘苏区’。当年我在孙夫人家偶遇蒋某人，我警告他，如果他执意反共，破坏孙中山之‘三大政策’，三五十年内共产党必得天下。只要我们克服了政治上和军事上的幼稚病，就会一步步走向胜利。取代反动腐朽的势力是历史的规律。不知大家信不信，反正我坚信不疑。”

时而鸦雀无声，时而掌声响起，毛泽东的话一次次激起与会红军将领、高级干部们的强烈反响。就座的政治局常委博古、洛甫、周恩来及政治局成员朱德、陈云，候补委员王稼祥、邓发、刘少奇、凯丰以及列席会议的负责人总参谋长刘伯承、总政治部代主任李富春、红一军团长林彪和政治委员聂荣臻、红三军团长彭德怀和政治委员杨尚昆、红五军团政治委员李卓然、《红星报》主编邓小平和翻译伍修权等，除博古、李德、凯丰外一致欢迎、赞赏毛泽东的讲话。

由于周恩来首先表示自己要承担领导责任，博古不得不检讨自己的指挥错误。令大家不满意的是在检讨错误的同时又强调敌我力量过于悬殊是“走麦城”的主要原因，马上引起彭德怀、朱德等人的驳斥。为避免陷入无休止的争吵之中，周恩来提议有些问题可以放一放，留到今后讨论、认识，首先应解决当前最主要的矛盾和问题。于是，洛甫提议，立即改组中央军事指挥机构，把不适宜在军事指挥位置工作的李德、博古同志撤换下来。不等博古表态，全场响起热烈的掌声。博古、李德顿时瞠目结舌！平日里曾污蔑毛泽东不懂马列主义、只知道《孙子兵法》和《三国演义》的凯丰，被红军将领们对毛泽东的崇敬所震撼，没敢抬起头来说一句话。

于是，大会终于顺利进行。在洛甫的主持下，大会一致决议：

改组中央领导机构选举毛泽东为政治局常委；

取消三人团。朱德、周恩来为最高军事首长和指挥者。周恩来是党内委托的军事指挥的最后下决定的负责者；

此后政治局常委分工：毛泽东为周恩来军事指挥的帮助者；

……

政治局扩大会议胜利结束了。重新回到红军指挥中心的毛泽东并没有流露出得意和兴奋，依旧是淡定而从容。

学者型的领导者洛甫却忍不住向毛泽东“贺喜”：“润之，‘柳暗花明又一村’啊！红军总算又有希望啦！”

毛泽东微微一笑：“个人的力量是有限的，靠集体的智慧才能成功。对不对？”

“对对对！”洛甫挑起大拇哥，心里佩服毛泽东谦虚又谨慎。

二人并马而行，转眼间回到了他们的临时驻地——一个旧军阀的公馆。毛泽东邀请洛甫到自己的屋里坐，贺子珍忙为洛甫冲茶献上，洛甫站起来接过盛满茶的精致茶杯放到鼻前闻闻，然后仔细打量着茶杯说：“很香啊！这一路上就没碰到过这么讲究的茶具，当然，也没品尝到如此香的好茶！”

毛泽东道："是啊！一路没安生么！这等上品只有这大人物才有啊！"

正说着，洛甫转眼间看到八仙桌上的报纸，愣愣神儿：

"嗯？"

引他关注的是一篇报道：

> 匪首朱德在遵义虎头山战役中被国军击毙。尸体尚未入棺，由其共军亲信以红绸裹起，并不断于尸前以三牲祭祀。其残部已不足万人矣。

洛甫看罢，把报纸抓起来团揉两下扔到地上，连喝："离奇！卑鄙！"

毛泽东淡然一笑说："这有什么奇怪的？毛泽东已在他们笔下'死'过好几次了！这样的消息不正说明蒋介石并不了解我们的真实情况吗？毛泽东被撤掉红军指挥权、朱德被降职，可国民党的报馆还蒙在鼓里拿毛泽东、朱德'说事'，可见蒋介石在军事上也是常'感冒'着的。"

"言之有理，"洛甫点头称是，"由此可见你毛润之、朱德不但在红军，在国民党那边也威信蛮高啊！"

说着，两个人都笑起来。

虽然面上矜持，毛泽东心里还是感到欣慰和高兴，乃至有些感动。他知道，自己能重返红军指挥中心，洛甫和王稼祥起到很关键的作用。邀请洛甫到自己屋里来，是有话要说的。

"洛甫同志，我想向中央政治局提议由你来替代博古，任党内总负责之职。"

洛甫听了忙摇起双手："那怎么行！无论是才是德，我一不如你，二不如恩来！不行不行！"

毛泽东道："眼下的形势你还看不明白？我、朱德和恩来必须集中精力打仗，尽快摆脱敌人的围追堵截，建立可靠的革命根据地。党的事务你来管，'天降大任于斯人也'，你就不要谦虚了。"

洛甫听了，望望毛泽东真诚的目光，没有出声。他想：润之的话倒也是真的！为了党的事业，自己应该挑起这副担子啊。

"我们还忽略了一件事，"毛泽东说着叼起烟卷儿伸长脖子去油灯上点烟，"李德是共产国际派来的军事顾问，博古则是共产国际指定的中央负责人。这次会议上中央免了他们的职，我们应主动报告并向共产国际作出解释，好取得共产国际的支持，是不是？"

"对呀！"洛甫恍然大悟，但马上又犯了愁，"可是，我们和共产国际的上海代表处许久联系不上了呀？"

"所以，要派个人去上海设法找到党的组织当面汇报。"

"是个办法——派谁去合适呢？"

"陈云。"

洛甫旋即点点头："是个合适人选。"

毛泽东道："也可以搞一个会议纪要带上。共产国际的同志有疑问的，由陈云去解释。"

"好。"洛甫起身告辞。毛泽东拦住他："不急不急，还有问题没谈呢。"

"什么问题？"洛甫抬起的屁股又坐下，望着毛泽东。

"可不可以谈谈你的个人问题？"

"我的个人问题？"

望着洛甫一脸茫然的样子，毛泽东哈哈大笑："洛甫同志，你乐意不乐意做湖南的姑爷呀？"

洛甫一怔："你说什么？开我玩笑了吧，润之？"

毛泽东绷住脸儿："你紧张么子？子珍同志昨天和我念叨起刘英同志，她人怎么样？"

"那是个好同志……"

"印象不错？"

"印象很好！"洛甫觉察到毛泽东今天怪怪的，眼镜片儿里的一双眼睛愣了神儿！

"你们都是留苏回来的吧？她对你讲授的革命课程好感兴趣啊！"毛泽东婉转地诱导着。

"是吗？"

洛甫依然公事公谈的样子。

"你们两个又在红军重逢，缘分么！"

洛甫迟疑地摇摇头："缘分？不不……"

"你这个老夫子！窈窕淑女，你不求，那可就没准儿被别人求得喽！"毛泽东笑眯眯地瞅着洛甫。

"革命成功再考虑个人问题吧！"洛甫嘴上这么说，可听话听音儿，毛泽东听出洛甫心里其实有些活动了。

毛泽东半似神秘地道："告诉你，贺子珍和刘英透过话儿……"

"透过话？什么话？"

"她对你印象很好。"

"真的？"

"不信你问去！"

"你说问贺子珍？"

"问刘英啊。"

"可不行，可不行！"

贺子珍端着做好的菜走了进来，大嗓门儿道出秘密："快直说给洛甫同志，让他高兴高兴吧。我跟刘英同志提了提，她愿意和你谈。"

“真的？”洛甫强忍激动。

贺子珍把菜往桌子上一放，故作有气：“不信你问她去。”

毛泽东哈哈大笑：“瞧见没有？这才叫夫唱妇随！都请你‘问问去’！”

洛甫听了回过味儿来，忍不住笑了。贺子珍也开心地笑出声来。

毛泽东许久没这么开心地笑过了！

是啊！

人逢喜事精神爽，
花到开时分外香。

第三十回

敬周公酣饮茅台酒　会叶丹共喝山鸡血

贺子珍把菜摆到桌上，给二人斟上黔酒，还未端起杯品尝，就见周恩来和朱德满面春风地走进来。朱德乐呵呵地弯腰瞅瞅桌上的菜，鼻子深吸两下说：“香！好香！手艺见长！不光是神枪手了，也是好厨工啦！”贺子珍道：“我哪会做菜？瞎蒙喽！哪有老总的辣子鸡做得地道！”毛泽东感叹：“这几个月可是辛苦了两条腿亏了一张嘴！来来，大家坐，口福同享喽！”周恩来一端酒杯就点点头：“茅台，好酒啊！”朱德道：“是好酒。就是度数高啊！”周恩来道：“说起白酒它还不是度数最高的。在天津喝过衡水老白干，六十七度，那真是火辣辣的醇香！”毛泽东道：“论酒，恩来同志是我们中的酒圣。好，这间屋子里有的是酒，喝个痛快！”

是啊！该“煮酒论英雄”了！

“黔川交界一带可是盛产美酒的地方，”朱德说，“茅台、五粮液、老窖、董酒、郎酒……咱们四渡赤水都没离开‘酒乡’嘛！”周恩来道：“美酒壮了红军的胆，迷了蒋介石的魂！来来，大家举杯，和泽东同志共饮一杯！”

“共饮一杯！”大家一起举杯一干而尽。

“共饮一杯”，喝的是美酒，品的是患难与共、志同道合的战斗情谊！

“泽东同志，委屈你了！”周恩来端起杯和毛泽东碰杯。只一句话就够了。剩下的已由他那双睿智的会说话的大眼睛在瞬间传递给了战友——无人可替代的战友。从此，中国工农红军和中国共产党的命运，因为毛周的珠联璧合而一步步走向光明而无往不胜！

“哎！这算不得什么！比起那些倒在反动派枪口下的烈士们，我毛泽东是幸运者！”毛泽东有些动情。是啊！几十万热血儿女为了革命事业献出了他们宝贵的生命！其中就有他的战友、爱妻杨开慧，胞弟泽覃、侄子毛楚雄和过继自家的堂妹毛泽建！由于忙于革命事业，开慧牺牲后自己的嫡亲三子流浪上海，至今下落不明……

周恩来举杯：“泽东同志，现在你又回到领导核心，是你也是红军值得庆幸的喜事。来，为党和红军重得领袖干杯！”

毛泽东亦是性情中人，感慨地道：“我党我军有恩来，党之所幸，军之所幸！大家叫你周公。周公周公，你最讲一个‘公’啊！”周恩来谦逊一笑：“过奖了！我一定配合好大家，尽快使红军走出困境，建立起我们第二个苏区。”大家称好，碰杯而饮。

毛泽东并不善酒。虽每每只是抿一小口，喝到现在已是“脸红脖子粗”了。“恩来说得对，我们要建立自己的革命根据地，我们的目的一定要达到。在座的都知道蒋介石这个人，心胸狭窄，容不得我们存在。可是，他是自己给自己打的如意算盘，自己想怎么

拨拉就在那里怎么拨拉，从来不管别人买不买账。刚发迹，他借中山先生衣钵摇国民政府大旗以为自己震慑天下，可惜狐狸总要露出尾巴来，他喊的口号和做的事情两张皮！大家再不买他的账！蒋某人只想着一声令下就可以荡平天下，却忘了‘得道多助失道寡助’的古训。树越大，就越要根基深厚。蒋介石走的是孤家寡人之路，缺少了营养水分土壤，不枯死才怪！而我们扎根于民众之中，有吸收不尽的养分，需之不竭的土壤。你们看，我们树虽小但生命力多么强大，怎不长成参天大树！”

“对对！”洛甫称是，打心眼儿里佩服毛泽东的雄才伟略。

毛泽东又说下去：“只可惜啊，我们党内有些自称懂得马列主义的人，从共产国际那里取回一个‘尚方宝剑’就自以为可以心想事成，结果给革命带来一连串的损失。中国的革命必须遵循中国的国情制定战略方针，既不能照搬外国的，也不能空想盲动，‘左’不得右不得，只能是把马克思列宁主义同中国的革命实践相结合，走出一条符合中国革命的一条道路来！”

“真是高屋建瓴啊！”洛甫更为叹服。一段时间以来，他和毛泽东接触较多，对毛泽东的思想脉络有所认识。今天的一席谈话，更让他坚信只有毛泽东才是中国革命的导师啊！于是说：

“看来，留苏也好，留法也罢，光书本儿上的东西不行啊。纸上谈兵是打不了胜仗的！就说李德同志，谈起西方什么战役张口就来，恺撒呀、拿破仑呀、毛奇呀，都一套一套的，教条！拿别人的衣服愣往自己身上穿，哪里就那么合适？马列思想，自己的办法——毛泽东你行！怪不得没毛泽东出面三军不前！现在好啦，朱毛加上你周公，咱们这红旗算倒不了啦！”

“洛甫同志说的是实话，”朱德道，“润之虽非军事科班出身，却比军人更懂得怎样打仗。我真正信服。”

“其实很简单，”毛泽东说，“一个实事求是，一个集体智慧。这就是我毛泽东的法宝。”

毛泽东说这番话时很平静，却正是他思索已久的肺腑之言。从秋收起义到井冈山建立根据地，再到瑞金建立中华苏维埃人民政府，不就是靠的这两点吗？如今，不但丧失了革命根据地，损失掉红军的大部分有生力量，竟没有一个站脚之地。自己被排除于红军指挥集体之外，旦能为红军命运着急而无力挽救，重回领导岗位亦不轻松：前面的道路上不但遍地荆棘，还有枪林弹雨……

在毛泽东“走神儿”的刹那间，周恩来觉察到了毛泽东的情感起伏，便端着酒杯走近毛泽东说：“主席，为我党我军的新生而干杯！”

“好，干杯！”毛泽东和周恩来碰过杯，仰脖儿一口把酒喝下去。马上，一片红晕遮上了脸。周恩来说声“谢谢”，心中暗忖：这是给足我面子了，他从来不大口喝酒的。自己和党内的高级干部、将领几乎都磨合过了，没有哪一个人的思想能达到如此高度，也没有哪个人的智慧可以和他比肩，更没有哪个人能让自己如此心悦诚服！

正在这时，忽听得门外有嘈杂之声。贺子珍笑呵呵地跑进来向毛泽东报信儿："可不得了啦，你看看吧！他们都来啦！"

"哪个？"毛泽东问。不等贺子珍回答，只见彭德怀大声喊叫着带头闯进来："主席呀，你请客只请大人物，没我们的酒喝？"

毛泽东一看，彭德怀之后跟进来的是林彪、罗荣桓、刘伯承、聂荣臻、李富春、何长工和杨尚昆等军事将领。只见大家立正敬礼：

"首长好！"

"好！好！"毛泽东好开心，"讨酒喝还敬啥子礼么！都坐，都坐！"

"坐！"彭德怀挥挥手，大家七手八脚找椅子、凳子往前就座——大户人家闻红军"共产共妻"而逃，酒啊粮啊桌子板凳跑不了，随手就提了来。毛泽东哈哈大笑："哈哈！老总，你的八大金刚到了！"朱德笑着对周恩来道："这八大金刚可是老毛的爱将啊！整天向我要毛泽东，这不，'要'回来啦！"说着掉头对彭德怀等道，"敬酒吧！敬主席，敬洛甫同志，敬周公！明白吧？"

"明白！"彭德怀等一齐回答，然后端起酒来给几位首长一一敬酒。贺子珍见了忙下厨接着做菜上菜，忙个不亦乐乎！毛泽东高兴，兴奋的热潮中，却又骤然涌起一阵悲伤痛楚，他想起留在苏区艰苦作战的陈毅，那也是自己的爱将啊！还有司马龙珠，自己的师弟兼战友；秋收起义牺牲的余洒度；井冈山皈依革命的袁文才、王佐……想着那些久别、失踪和牺牲的战友，他不免黯然神伤！

"主席，喝呀！"

将领们又敬。毛泽东一个激灵，忙端起杯来："好！好！喝！"周恩来伸出胳膊把自己的酒杯挡在毛泽东前面说："主席平日是不喝酒的。我代主席敬大家！希望大家再立新功。"

此后，"主席"渐渐成为红军内对毛泽东的尊称，甚至成为毛泽东的代名词。瑞金的苏维埃政府虽然短命，但那是革命者心照不宣的期盼。他们渴望的是毛泽东重登主席宝座，渴望的是革命的胜利！

不久，毛泽东再任红军总政委之职。中国工农红军形成毛、周、朱三人核心。红军的口号和目标是北上抗日，红军统一了的思想是毛泽东为红军的灵魂。那以后，红军一次次摆脱敌人的围追堵截，爬雪山、过草地、夺索桥……演绎了中国有史以来最艰苦、最壮烈、最传奇、最伟大的史诗——长征！

拦在红军面前的是难以跨越的恶水金沙江。此江两岸绝壁如削，恶浪轰似雷鸣，就是掉下一根羽毛也会即刻被恶浪冲失得无影无踪！飞鸟不翔，浮云不存，人何以堪？

先遣司令刘伯承派人请来了毛、周、朱。

此时的毛泽东已是红军名副其实的领导统帅。但有的将领曾对毛泽东主张实施的四渡赤水有非议，说他是胡折腾。南渡金沙江后，林彪曾以个人名义上书中央，提议"毛、

朱、周可随军主持大计，请彭德怀任前敌总指挥，迅速北进与第四方面军会合”。关键时刻，周恩来站出来，肯定毛泽东担任红军领导以来的工作是正确的，四渡赤水是灵活机动战略战术的典范之作。包括两进遵义，都是甩掉敌人、保存自我的正确军事行动。林彪不服，毛泽东怒目而视，喝道：

“你是个娃娃！你懂得什么？”

看似严厉，其实毛泽东对林彪有高抬贵手之意，同时又有对彭德怀的猜忌之意，或许怀疑是彭德怀做的手脚，鼓动林彪上书中央，大敌当前做了不利团结的事情。毛泽东怒斥林彪时彭德怀就在现场。他完全听得出毛泽东的弦外之音，但既没申辩也没流露不满，而是默默忍过。又是细心的周恩来不失时机地处理了险些激化的矛盾，使大家统一思想。为确保抢险顺利进行，毛、周、朱研究决定，由刘伯承代替林彪为红军先遣司令，带领先遣队闯关夺路。

“主席，没有渡船怎么办？”刘伯承望着毛泽东要计谋。

毛泽东看也不看刘伯承：“你是诸葛亮式的人物，去问你自己么！”

刘伯承明白毛泽东的意思了：要自己克服困难去解决。于是便在江边边踱步边四下张望……

“试试去！”

自言自语后转身就向那边正在犯愁的陈赓、宋任穷走去：“快，三营准备先行渡江！”

“有船啦？”宋任穷面露喜色，看了看陈赓。

“跟我来！”刘伯承命令。

“是！”宋任穷不知首长葫芦里卖的什么药，但必须无条件服从，指挥官兵跟上。来到临时指挥部，刘伯承命令大家换上缴获的国民党军装，自己带路，大摇大摆地向江边的村落走去。坐镇区公所的国民党区长沈三石正和地方武装的头目推牌九，听说来了一队国军，以为是上边来视察，忙迎出区公所，又是鞠躬又是敬礼，寒暄着把“国军”队伍迎进区公所大院。刘伯承摆摆手，留宋任穷等官兵在院子里等候，自己只带两个卫兵走进屋里，喝着沈三石敬上的茶，漫不经心地问战备情况：

“你们任务执行得怎么样啊？”

“很好……不不，请长官明察！”

“哦！发给你们的公文呢？”

“在呀！”

“拿来。我要一样样查对。”

“是是。”

沈三石忙翻出发给他的公文递给刘伯承。刘伯承一边翻看公文一边问：“公文上边不是要你们把船统统烧掉，以防共军用于渡江吗？烧了没有？”

“这……老百姓不干哪！不过，我们马上组织人烧去！”

“我们来了就不用急着烧了！”

“是是！先伺候长官。”

“我再问你，身为区长你熟悉这一带的情况吗？”

“不是夸口，在下没有不知道的事。”

“是吗？”

“那就请长官问吧？”

刘伯承正色问道：“此处河宽多少？”

“半华里不到。”

“水深多少？”

“三丈八尺——试过。”

“流速呢？”

“这……我明白了，和兔子跑得一样快！”

“两岸守军没临阵脱逃的情况吧？”

“这……”

“怎么不说啦？”

“我怕说了您告诉他遭报复！看样子您比他官大，我就说啦？”

“让你说的嘛！”

“那好！江对岸的我不清楚。这边，跑了七八个了！”

“拢共多少人，跑了那么多？”

“共一个连哪！没错，两岸一样多，一共是两个连。还有保安团，一个保安团……我说的对不对？长官。”

刘伯承突然脸色一变，拍案而起：“我们是红军！你要老实配合！”

沈三石一怔，旋即一乐：“长官开玩笑……”

“谁和你开玩笑！”刘伯承把帽子摘下往地下一扔：“带着我们把船都找回来。要是耍滑，你脑袋就地搬家……”

“不敢不敢！”沈三石明白过来了，跪倒在地磕头如鸡叨米，“小的一定配合红军老爷啊！”

“快起来！”

“是是！”

沈三石没敢捣蛋，带着红军把船一只只找到集中起来，然后由会使桨的战士分别划船到码头备渡。早就等候在江边的陈赓马上接应宋任穷，指挥待命候发的前卫连迅速渡江。

以为凭借天险可以安枕无忧的对岸守敌，发现突如其来的红军，一下子乱了阵脚，毫无抵挡虎贲之师，很快被击溃。红军控制了渡口，刘伯承、宋任穷首先过江并架设电台向总司令部报告渡江情况。凭借六条木船，一万多名红军得以迅速渡过金沙江。一个

星期后，蒋介石的追兵赶到金沙江时，早已不见了红军的一兵一卒。蒋介石大发雷霆，骂云龙，骂薛岳，再骂朱德、毛泽东：

“厉害！比孙猴子还鬼灵！你毛泽东比石达开还厉害？”

两万红军渡金沙江，再一次让以为要“阻共军以渡江，灭共党于江岸”的蒋介石失算痛首，不禁仰天长叹：天不灭毛乎？

大江挡住了国民党的追剿大军。

虽然把蒋介石的追兵甩在江南，红军得以喘息，亦不敢懈怠，总司令部马上命令刘伯承北入四川，直奔大渡河。

刘伯承明白，从四川北进是绕不开大渡河的。而要渡过大渡河，只有两条道路可选择：其一，经越西到大树堡渡河，再由对岸的富林走大道经雅安北上；其二，经冕宁、大桥到安顺场，此是山路，且要通过令汉人谈虎色变的大凉山彝族区域。刘伯承、聂荣臻不敢贸然决定，令侦察连分两路各自侦察路程、敌情及民族分布和给养等情况，并与当地的地下党组织取得联系。全部情况汇总后，即刻报告给军委首长，并随报告附上意见：

> 敌人显然判定我军必走西昌至富林大道，从而把富林作为防御重点。我军从富林渡江或遭重创而不易渡江。建议总司令部改变初衷，而由冕宁、安顺场渡江。虽路途遥远，还要穿越少数民族地区（由于受到历代统治者的歧视压迫，那里的少数民族对汉人多有猜疑），但做好工作反而会事半功倍，畅通无阻。

朱德即以总司令部名义回电同意，同时“万万火急”行文各部改变原行军路线，“改经冕宁、大桥、拖乌、筲箕湾、岔罗向纳耳坝、安顺场渡口北进。而第五军团则继续经越西北进，佯攻大树堡，以迷惑和钳制正面之敌，遇弱敌则歼灭之。注意随时搜捕敌探。绝密。”大军改变行军计划后迅速前进。

第二天，各部队收到出自毛泽东之手、以总司令朱德名义张贴的《中国工农红军布告》，云：

> 中国工农红军，解放弱小民族；
> 一切彝汉平民，都是兄弟骨肉。
> 可恨四川军阀，压迫彝人太毒；
> 苛捐杂税重重，又复妄加杀戮。
> 红军万里长征，所向势如破竹；
> 今已来到川西，尊重彝人风俗。

军纪十分严明，不动一丝一粟；
粮食公平购买，价钱交付十足。
凡我彝人群众，切莫怀疑畏缩；
赶快团结起来，共把军阀驱逐。
设立彝人政府，彝族管理彝族；
真正平等自由，再不受人欺辱。
希望努力宣传，将此广播西蜀。

“布告”深入浅出，通俗易懂。实际上它就是中国共产党民族政策的蓝本，那是后话。

布告在彝人中间引起极强反响。见红军果然与此前的任何军队都不一样，彝人对红军的到来采取了容忍态度，虽有小摩擦发生，但并没酿成大祸。

一天，负责红军宣传工作的肖华、冯文彬正向彝人宣传中国共产党北上抗日政策、对彝人秋毫不犯时，一个披长发、缠帕巾、赤臂光背、腰围麻布的健壮汉子挡在前面！他的身后是一群类似装扮、手持长矛的彝人，个个流露敌意、随时准备厮杀的架势。

“我是彝人小叶丹，要见你们的司令员！”

肖华赔以笑脸和善意：“我是红军宣传干部，可以和我讲吗？”

“不行！”小叶丹断然拒绝，“我是来求和的，不是来打仗的！”

出乎肖、冯所料！肖华向小叶丹行了一个也许他并不懂的举手礼，兴奋地说：“那太好了！红军和彝人兄弟本是一家人。”

小叶丹问：“你们布告上说的都是真的？”

文化人肖华急中生智，为和小叶丹交流感情，学着粗人挥挥拳头：“半点儿有假，我把脑袋留下来！”

小叶丹见了哈哈大笑：“果然是毛委员的队伍！名不虚传啊！”

“你知道红军、毛委员？”肖华、冯文彬惊讶地相视后反问小叶丹。

“我的表弟就在井冈山跟着袁文才落草，后来毛委员上山，他们才当上真正的红军。”小叶丹说出原委。肖华、冯文彬闻听大喜，忙令通信员向刘伯承汇报。小叶丹则立即喝令部下：“速回去告诉家里杀羊宰牲迎接刘司令员一行！”

随后，由冯文彬速回向刘伯承禀报与小叶丹相识的情况，好做赴宴的准备。肖华则留下来和小叶丹攀谈。二人谈得十分融洽。时间不长，就见冯文彬请来司令员刘伯承。小叶丹知道走在头里的戴眼镜的魁伟中年人必是刘伯承，忙以彝人礼节迅速取下头巾欲叩头行大礼！刘伯承抢前两步拉住小叶丹：“不必不必！革命队伍不兴这些，请坐。”

刘伯承拉着小叶丹在路旁的一块石头上坐定，问寒又问暖。得知小叶丹封妻荫子，刘伯承高兴地祝福他。小叶丹十分感动，对刘伯承道：“刘司令！从来没人这样问我关心我！红军真如我表弟所言，是老百姓的队伍，如刘司令不嫌，我想高攀与您结拜为兄弟可行？”

刘伯承万万想不到小叶丹会提出这样的愿望和要求。毛泽东不是蒋介石，共产党也不是国民党，同志之间、朋友之间是不准搞帮派和兄弟哥们儿义气的。但是，今天面对的是一个极其特殊又非常突然的情况，权衡利弊，刘伯承马上点头应允：

“好！为了反对我们的共同敌人——压迫彝人、杀害彝人的反动派，我们彝海结盟、喜结金兰之好！”

小叶丹大喜。马上令人回家取来一只活鸡和酒，拔刀抹断鸡颈滴血于酒碗，一碗敬刘伯承，一碗留给自己，对刘伯承道：“我愿意与刘司令饮鸡血结为生死兄弟！”刘伯承亦冲天盟誓：“刘伯承、小叶丹在此祈告苍天，从此结为手足兄弟，绝无二心！”然后双手捧起酒碗轻轻一碰，一饮而尽！刘伯承拉住小叶丹道：“我为兄、你为弟，走，到愚兄那里吃去！”小叶丹毫不迟疑答应：“兄长既请，哪能不去？走！”当下挑出十个随从赴约。刘伯承早让人从附近村落沽来好酒、置办菜肴，就于军中与小叶丹等彝人兄弟畅饮。宴罢，刘伯承以手枪一支、步枪二十支相赠。小叶丹喜出望外，感动至极，对刘伯承道：

“兄长厚意，小叶丹难以为报！红军有用得着彝人的地方只管讲！”

刘伯承道：“为红军出力，实际上就是为民族、为国家出力，为自己出力！这样，我再赠你服装鞋子一批，红旗一面，希望你把彝族兄弟们武装起来，反抗国民党反动派对彝人的迫害，和红军一样打击我们共同的敌人！”

刘伯承令人特意为小叶丹制作了一面红旗，上面有“中国工农红军彝族支队”字样，并委任小叶丹为支队队长。小叶丹更是喜上加喜，特意挑选几名强悍彝人参加红军，带领红军走出彝族地区。

正是：

千山万水终通蜀，
仰仗英明引路人。

第三十一回

大河横截欲断英雄史　铁索飞架却破总裁梦

蒋介石怎么也难以接受自己举百万大军却一次次、一回回都不能消灭弱小红军的事实！然而铁的现实令他瞠目结舌：毛泽东率领的红军不但突破乌江天险，而且顺利走过令人毛骨悚然的彝人区！难道他毛泽东有什么法宝不成？如果听任毛泽东带领红军继续向西或向北逃窜，无论青海、甘肃或宁夏、川陕一带，都不在中央军控制范围，必成党国大患！尤其想起当年与毛泽东邂逅宋庆龄宅第时，他说的那句“三五十年共产党必得天下”的话，更暗自心惊。

重庆的五月，天气已经暴热难忍。“美龄号”总统座机穿过薄薄的云层，稳稳地降落在白市驿机场。头戴礼帽、身穿长袍的蒋介石手拄文明棍儿走下舷梯。除宋美龄外，更有诸位军政大员随从。“四川王”刘文辉等地方大员早已恭候多时，飞机刚刚落地就迎上前去，敬礼问：“委座好！”

蒋介石一脸的铁青，鼻孔里哼一声，走两步停住脚步，回头对刘文辉道“文辉跟上我的车”，便径直向停候在停机坪旁的劳特莱斯轿车走去。刘文辉忙答“是”，心里却直琢磨：委员长虽然是带着妻儿来的，但定非游山玩水，一准儿是为剿共的事，红军刚刚进川，就冲我来啦？

轿车直奔重庆西郊林园官邸。戒备森严的官邸四周连一只飞鸟都不会放过。刘文辉虽然是在自己的地盘儿上，单车只身被带进总统官邸，也不免心里忐忑——倒不是怕老蒋把自己怎么样，恶心的是老蒋那喜怒无常的脾气。动辄骂你个狗血淋头。由于自己不再是名副其实的“四川王”而被收编为国民党军系列，或贬职或调任只不过老蒋一句话而已。离开巴蜀山水，远别天府之国，那是刘文辉最担心的事！

蒋介石先一步进入内宅，把刘文辉放在客厅里冷了许久。刘文辉坐立不安地揣测着蒋介石会作什么文章。正琢磨不透，蒋介石更衣后出来，当头即棒喝：

“红军顺利逃进四川，有你的责任！”

“是！”刘文辉站起来听训。

“如果毛泽东从你的眼皮子底下溜走，你就是千古罪人！”蒋介石翻一眼刘文辉，气冲冲地坐到椅子上。

“是！”

蒋介石瞪起三角眼：“是什么？如果你用兵不利，我就调中央军进川！”

刘文辉一听，五脏六腑拧到一起似的不是滋味儿。他知道蒋介石此话的分量：调中央军进川，那还不是老蒋上嘴唇碰下嘴唇的功夫？忙向蒋介石宣誓表决心：“报告委座！

川军之力足以消灭“共匪”。请委座放心！”

“剿共大业成与否，在此一举，”蒋介石铁青着脸说，“共军北窜，必经大渡河。你要在大渡河沿岸布下重兵，不管毛泽东在哪里出现，都要彻底消灭之！”

“属下明白。”

蒋介石鼻子里哼一声，瞅定刘文辉：“你是川将，应该知道，大渡河是拦截剿灭红军的最好天险！没有渡船，毛泽东再有本事也飞不过去！马上命令部队沿江搜索所有渡船，见一个烧一个，一个不留！一块木板也不许留！”

“是！卑职马上照办！”

“好吧，”蒋介石抬抬眼皮，“我在这里等你消灭红军的好消息。”

“卑职决不负委座之望，马上去布置。”

“等你擒了毛泽东，我在这里为你庆功。”

“文辉这就去调兵遣将，保准将毛泽东、红军一网打尽！”

“那就这样吧。”蒋介石挥挥手。刘文辉见蒋介石终于放自己走了，稍稍松了一口气，忙敬礼退下。

走出蒋介石的官邸，刘文辉一头钻进自己的车子，往靠背上一仰，就差骂出声来：“早干啥子？现在逼到我头上来了！”

刘文辉岂敢怠慢，回到自己的“王府”，便站在作战地图前仔细端详起来。思之良久，暗笑蒋介石小题大做：老弱病残加起来万余红军，又是疲惫之师，怎敌我十万装备精良的川军！虽然毛泽东狡猾，可以逃脱湘、黔两军的天罗地网，却插翅也难逃过我大渡河之天险。我只要在大渡河沿线布下精兵良将，严防死守，毛泽东必为石达开第二。于是，斟酌好作战方案报告蒋介石云：

> 总裁训斥乃至圣之言。国祸不除，蜀又安在？属下已派人员即拆除大渡河之泸定桥木板，全线封锁河岸，加固要塞碉堡，增配重型武器，量共军插翅亦难逃也。

得刘文辉电报，蒋介石仍不放心，复电云：

> 泸定桥一带或为“共匪”渡河之径，切勿懈怠。若共军顽抗，中正调飞机助之。此役获胜，兄功盖当世。

蒋、刘斥重兵以绝红军生路，早在毛泽东意料之中。毛、周、朱率众来到大渡河前，不禁为其险要震撼：

两山陡立，似刀削斧劈；恶浪翻滚，疑龙王闹气。两岸间九根铁索空架，河面上无船无人迹。凄惨惨鸟虫无影，轰隆声欲吞天地。崖虽险加筑碉堡，山虽近隔为东西！

红一军团首长林彪紧锁双眉，望着大渡河默不作声。平时不苟言笑的他此时更显得严肃、冷凝。长征一路走来，历经千难万险，作为一军团之指挥员，他还没有建功立业，展示自己的军事才能。现在，强渡大渡河的任务交由红一军团，是对红军的考验，也是对自己的考验。

为阻止红军北上，川军已拆了泸定桥上的大部分桥板，只剩下空荡荡悬在大渡河上的九条铁索，别说数以万计的大军，就是灵巧的长臂猿也会望而却步！但是，必须从这里抢过江去！如果延误时间，国民党追兵压境，红军只能硬拼，结果是不言而喻的。

强渡大渡河是红军一次生死之战。渡江，迫在眉睫！

林彪望着空荡荡悬在翻滚恶浪上的九根铁索，表面镇定而内心翻腾。没有渡船，只有九根无情颤动在大渡河凛冽江风中的铁索！红军，就要在这无船可渡、无桥可行的大江上闯出一条生命线！

"调红四团！"林彪命令。

红四团是红军有名的铁军。领导红四团的王开湘和杨成武更是啃硬骨头的名将。红四团所属之二连又是攻坚先锋。

"通信员，叫廖大珠！"王开湘明白，又到了敢死队显身手的时候了。

二连连长廖大珠、指导员王海云和党支部书记李友林站在王开湘面前。

"等候命令，准备战斗！"王开湘命令。

林彪指指横在江面上的九条铁索，对王开湘、杨成武道："红军的生命线就在这铁索上！命令你团在铁索上冲出一条生路来。"

"是！"王、杨敬礼接受任务。

"你们的任务就是要从铁索上冲过去，消灭对岸的敌人，为红军大部队过江扫除障碍。注意对面暗堡的火力，要不惜一切代价封锁它，掩护敢死队冲过去！我已安排五团筹集木板紧随你们其后铺设桥面。马上准备！"

"是！"

廖大珠、王海云和李友林三位指挥员身先士卒，一齐作为敢死队的领队，又挑选了十九名由排长、班长和共产党员组成的二十二人敢死队，齐刷刷站在团长王开湘面前等候命令。王开湘神色严峻地扫视一下全副武装的敢死队队员，然后一一检查每个队员的武装情况，满意了，才挥挥手，只见另外二十二名战友各端来一碗酒分别递给二十二名敢死队员。王开湘自己也取酒在手，双手捧起酒碗，对敢死队道：

"同志们！跨过这九条铁索，我们红军就冲出了死亡线！蒋介石要毛泽东做第二个石达开的预言就被彻底粉碎！毛主席、朱老总相信你们，你们是英雄的尖刀连的骨干，为

革命立下了一次次赫赫战功！相信你们今天一定会光荣地完成任务！飞夺泸定桥，消灭对岸敌人，为中国革命再立战功！”

“保证完成任务！”敢死队豪气冲天！

“来！喝了这碗壮行酒！”王开湘双手举碗，从左到右一一相敬，然后仰起头，把酒喝下去，看着队员们把酒喝干，一甩手中碗，大喊进攻命令：

“出发！”

廖大珠第一个冲上铁索桥，抓住铁索向对岸冲去。二十二名英勇壮士置生死于度外，奋力攀上铁索，冲向对岸。对岸的川军驻守部队万万没想到红军会徒手强行夺桥，被震撼得懵了头！醒过神来后赶紧疯狂开火扫射！敢死队的指战员们匍匐于铁索之上，冒死于枪林弹雨之中，边前进边还击敌人。

有勇士不幸中弹，坠落于滔滔翻滚的恶浪之中。

杨成武喝令重机枪手：“狠狠给我打，封锁敌人的机枪！”

火力压制住暗堡扫向铁索的疯狂射击的瞬间，廖大珠等勇士趁机猛向前冲。

后续部队在他们后边极速铺设木板，重新架桥。

大渡河上，一场世界战争史上从未有过的壮烈的、惊心动魄的战争画面呈现在天险之上！

恰逢其时，三音大师正前往峨眉，遥观此景感慨有诗，曰：

蜀道何其难？大河万仞间。
曾埋天国魂，大圣也茫然。
国乱群雄起，蜀中幸亦难。
两军对阵急，傍水弄硝烟。
桥吊九根索，水深恶浪寒。
枪林勇士闯，弹雨更直前！
星火溅半空，夜光似昼还。
英雄倒下去，旌旗猎风翻。
震撼泣神鬼，鱼龟江底潜。
无畏非为己，天公自斡旋。

毛泽东、周恩来和朱德在指挥所密切关注着大渡河上的战斗。

当毛泽东在望远镜里看到铁索桥上壮烈的战斗场面时屏住呼吸，久久未动！周恩来知道，毛泽东是一个在战场上叱咤风云，看到自己军队胜利冲锋会精神振奋，却不能目睹一个战士在硝烟中倒下去的情景。

“主席，”周恩来轻轻抓住毛泽东手中的望远镜，缓缓接过来，“王开湘手下的尖刀连是一面不倒的旗帜！廖大珠是啃硬骨头的英雄！他们一定会胜利完成任务的。”

毛泽东嗓子里像塞了什么东西似的："那个廖大珠我认识……"

周恩来举起望远镜，望着在铁索上艰难匍匐前进的敢死队员，他的眼里不觉闪动着泪光！在弹火交织的铁索上，廖大珠正伏在铁索上伸出长臂拼死往上拽一个将从铁索滑落的战友，缓缓向铁索提升……

"恩来！我们永远不能忘记他们！"毛泽东无限伤感。

周恩来放下望远镜："你说过，我们是踏着烈士的血迹前进的。"

"是啊！想起他们，我们就非常难过，"毛泽东半似自言自语，"共产党人是用特殊材料制成的！是不可战胜的！"

冲锋号响了！英雄们已经迎着枪林弹雨匍匐冲向对岸！几乎是在同时，木板也铺到了对岸。暗堡守敌那射向红军勇士们的机枪，在勇士们的冲锋中突然"哑"了！霎时间，"冲啊"惊天动地的呐喊声响彻江岸，中国工农红军的战旗高高飘扬！

红军拿下了泸定桥，彻底粉碎了蒋介石歼灭红军于大渡河南的企图！

九根铁索，它深锁大山之中，高悬渡河之上，默默无闻几百年。从此，因为中国革命历史上这次伟大创举闻名天下。它见证了红军是一个与古今中外不同的军队，英雄的集体。见证了这个军队中力挽乾坤的领袖集体，领袖集体中那位伟大的民族英雄毛泽东！渡过大渡河，望着高悬两山之间、寒水之上的铁索桥，毛泽东感慨又豪迈。

朱德感慨道："若非老毛坐镇，这冒枪林弹雨硬闯铁索桥的决心不好下啊！"

"这也正是蒋介石大意的地方！"毛泽东面色凝重。

"这真是一步不得不走的险棋。"

"出其不意！"

朱德冲大河对面冷笑道："我们没成石达开，蒋介石可要成为拥兵百万的孤家寡人啦！"

"说得好！"毛泽东点头赞同，"失道寡助么！蒋介石慢慢就把他的'本钱'丢光喽！而我们，会有越来越多的资本。"

平日脸上不挂笑模样的林彪今天不掩得意之色，和洛甫、王稼祥不停地搭话。毛泽东自然也欣赏这位红军将领中最年轻的将星："我们渡过了大渡河，日子就好过一些了。"

"请主席讲讲为什么？"林彪似乎改变了此前对毛泽东的质疑，谦恭地问。

毛泽东自然有他的道理："你们看，我们过江了，蒋介石的飞机随后炸坏了桥上的木板，断了国民党军的追路，他们只能望河兴叹了！我们总比蒋介石快半拍，而蒋介石总比我们慢半拍！快这半拍就使我们取得主动、赢得胜利。兵贵神速么！其次，我们迂回向川北行进，向川陕甘边界进军，那里是国民党中央军武装力量的薄弱地区。这些省的武装首领虽为蒋介石收编或归顺，却个个都怀揣着自己的小算盘，利于我们建立根据地嘛！"

"对对对！"林彪连连点头。

"走啊！"毛泽东大手一挥，"和红四方面军会合去！"

好像他知道红四方面军就在前面什么地方。

事实上，中央并不知道红四方面军当时的确切位置。

不管怎样，与蒋介石的国民党百万大军对决、智斗、迂回、周旋，辗转几万里，纵横几个省，摆脱了国民党中央军和地方武装的一次次围追堵截，胜利走上了毛泽东创立的北上抗日的道路。在重庆督战的蒋介石闻听毛泽东、红军渡河成功并神秘消失，一下子惊得两眼发直，拍着沙发扶手大骂：

“娘希匹！都是饭桶！饭桶！毛泽东是神还是鬼啊？！”

正是：

“匪”是义时天命顾，
官失信后万民反！

第三十二回

过雪山分久盼合　会懋功合又欲分

飞夺泸定桥之后，红一方面军继续北上。六月八日，中共中央和中革军委发出《为达到一、四方面军会合的战略指示》，强调指出："我军基本任务，是用一切努力，不顾一切困难，取得与四方面军直接会合。""我军必须以迅雷之势突破芦山、宝兴之线守敌，奇取懋功，控制小金川流域于我手中，以为前进之枢纽。"但要实现这个目标，就必须翻越挡在红军前面的四千九百多米高的夹金山。

部队进行短暂的休整，准备翻越又一个"拦路虎"！

坐在石头上歇息的毛泽东一边吸烟一边和躺在担架上的一位伤员交谈。

"感觉怎么样啊？"

"没想到还会见到你哩！"

毛泽东不无幽默："阎王爷都怕你么！不收你。马克思怪你，不要你——革命远没成功，你怎么可以撇下毛泽东上天堂享清福去！是不是啊？"

"润之……"

躺在担架上的伤员哽咽了。他就是毛泽东的学弟、战友司马龙珠。毛泽东安慰司马龙珠："莫流泪么！要高兴么！同志们要为你开庆功会呢！"

司马龙珠道："别寒碜司马了！我没把队伍带回来……"

"同志们都叫你飞将军么！你有功啊！"

"愧不敢当！想起开慧、泽覃、余泗度……我算什么啊！"

正在这时，只见王稼祥走来看望司马龙珠，把话接过去："嘿！大家可把你传得神了！说你蛟龙入水更见功夫，上岸大展英雄本色！到底是老革命呀！"

司马龙珠苦笑着望着王稼祥："你们合伙儿哄我！我知道自己吃几碗干饭么！"

毛泽东笑着说："在荣誉面前，我的大司马倒像个小姑娘哩！大司马的功劳可不仅仅是冲锋陷阵，昏迷中被老百姓救起，就地生根开花结果——发展起地方党的组织、建立革命武装，在我们飞夺铁索桥的时候阻击敌军守江民团，牵制了敌人的火力，好个赵子龙啊！"王稼祥轻轻拍拍司马的肩头，感慨道："你是湖南一师的骄傲啊！"

听王稼祥这么一说，司马龙珠忙问："润之，先生他怎样？"

毛泽东答道："好！好得很呢，像棵不老松！没倒下么！"

王稼祥感慨道："你们说的是徐特立老人？花甲之年，跟随大部队跋山涉水又冒枪林弹雨……真让人佩服感动。"

"徐老吾师，国之瑰宝也！"毛泽东感慨不已，满是崇敬之意。想起徐特立老人虽是

自己的恩师，为追随革命，冲破白色恐怖投奔第一个红色人民政权所在地瑞金，继而跟随红军转移、长征，虽时时和死神擦肩而过，却不动摇，是为佳话。

这日，来到夹金山前，果然好一座银甲大山：

夹金无金银作被，
天地共享一片白。

举目远眺：山高入云，云雪交融，左右看看全无人烟！毛泽东不无幽默地道："看来，会腾云驾雾的孙猴子没到过的地方，我们也要闯一闯了！"

众不语，望着这天下奇观出神。毛泽东沉思之后对王稼祥道："我们的《为达到一、四方面军会合的战略指示》是不能动摇的决策：我军基本任务，是用一切努力，不顾一切困难，取得与四方面军直接会合。我军必须以迅雷之势突破芦山、宝兴之线守敌，奇取懋功，控制小金川流域于我手中，以为前进之枢纽。"

王稼祥点头称是："是啊！我们要实现这个目标，就要翻越面前这座大雪山。"

毛泽东知道王稼祥的意思：面前的夹金山是一座海拔四千九百多米的雪山。山上常年积雪，气候瞬息万变，且又空气稀薄，少有人至。但是，红军必须从这里踏出一条生路！四渡赤水、抢渡大渡河、飞夺高悬九根铁索的泸定桥，哪一个不是中国历史乃至世界历史上的奇迹？

"稼祥啊！看来又是一次严峻的考验啊，"毛泽东举起手中那根伴随他走过千山万水的木棍儿信心满满地说，"爬过这座雪山，我们就离胜利又近一步！"王稼祥道："过了夹金山，就可以和四方面军会合了！"毛泽东道："两大红军主力会合，就会形成一股更能对抗国民党军围追堵截的力量，北上抗日去。"

一九三五年六月十七日早晨，对辣情有独钟的毛泽东喝完一碗热气腾腾的辣椒汤，身着夹衣夹裤，手持那根形影不离的木棍，同大军一起出发，向夹金山进军。大军沿着先遣部队踏出的又陡又滑的羊肠小道行进，蜿蜒于雪山中的队伍犹如一条虚虚实实的黑色线条，而那面飘扬在山顶上的红旗在召唤大家：

同志们，前进！爬过雪山和四方面军会合去！

大病过后的毛泽东得到恢复，有赖于他的革命意志和青少年时代的亦读亦农的生活历练，学生时代不折不扣的锻炼。走在湿滑的雪山路上，不时地关怀着身边的红军战士。为阻止他执意把自己的战马让给行军中的女同志骑，从来听话的马夫和他瞪起眼："这可不能听你的！"

"你这个同志！女同志们更需要它么！"毛泽东解释。

"你才最需要！"马夫顶嘴，这绝无仅有的一次，却又情有可原。

"多有一个同志爬过雪山，就为革命多保存了一份力量。"毛泽东近一步解释给朝夕相处的马夫听。没想到马夫依旧理直气壮顶回来："要是红军少了毛泽东这份力量，红军就会像没头苍蝇那样乱撞，还不知怎样呢！"

毛泽东用木棍戳戳脚下泥泞的山路，批评马夫："你还有理论？不听话吗？"

马夫翻一眼毛泽东，赌气地说："谁说不听你的话哩？这回例外！"

王稼祥见了哭笑不得，拍着马夫的肩头说："这回也别例外了！主席的脾气你还不知道？"

"自古以来，我就没听说过当官儿的让马给小卒子骑的，"马夫依旧愤愤不平，"我知道我说了没用，可我憋不住了！主席本来就病好不久……"

"毛泽东早就康复了哩！你这个同志不实事求是，"毛泽东说着挥挥手，"去去，把马给身体虚弱的女同志骑去！"

马夫鼻子里"哼"着，流露不满，手还是拉拉缰绳，无可奈何地让毛泽东走过去。

毛泽东振作精神往山上爬，刚到半山腰，就见彤云密布，山风怒号，骤变的雪山上空竟有冰雹噼里啪啦打下来！毛泽东见身旁的战士还向天空张望，一把拉住他："不要往天上看，低着头走，也不要往山下看。大家手牵着手，不要散开！"马上，战士们把毛泽东的话往前后传：

"不要往上看！也不要往下看……"

攀到山顶，虽然把冰雹甩在脚下，空气稀薄、无形的寒冷向"衣不蔽体、食不果腹"的红军将士们袭来。那些身体虚弱的战士支撑不住坐到地上就再也爬不起来！毛泽东发现认识的一名叫戴天福的战士坐在路边休息，忙叫他起来："坐在这里危险！快起来！"

戴天福身子扭动一下，无力重新站起。毛泽东伸出手招呼戴天福："起来呀——来来，我背你走！"

"不不！"戴天福惊愕地直摇头。

毛泽东急了："你还犹豫什么！这样危险！"

戴天福用感激的目光望着主席，有气无力地道："我不能拖累主席……你们快走吧！"

"不要啰嗦！你们可以用担架抬着毛泽东在枪林弹雨中走过来，毛泽东就不能背你一程吗？"

此言一出，所有人都为之动容。警卫员吴吉清抢先俯身把戴天福背起来就走。戴天福趴在吴吉清的背上饮泣不已，讷讷有语："主席……你对戴天福比爹娘还疼！跟你干革命就是死也不冤屈！"毛泽东听了乐呵呵地道："你这个有名的硬汉子也会婆婆妈妈的么！戴天之福，你现在是名副其实'戴天'了，福到眼前了，要敢于胜利么！我们的'福'就在前面，你现在落伍岂不遗憾？"戴天福听了更加感动，说不清是哭还是笑，只顾抹泪。把这一切都看在眼里的王稼祥心头一热，毛泽东为何深得红军将士爱戴，此时就可见一斑！

"这就是红军之魂，共产党之魂！"王稼祥连连感慨。

翻过雪山，部队来到懋功县的达维小镇，就被不期而至的惊喜包围，爬雪山而有的疲惫顷刻被忘得一干二净，大家纷纷奔向前去和列队夹道欢迎的红四方面军的先头部队互相拥抱欢呼！这时，毛泽东、周恩来知道：三月中旬退出川陕根据地的红四方面军的先头部队在此欢迎红一方面军。至此，红军不再担忧国民党军的袭扰，会合在一起的红军官兵欢欢喜喜聚在一起吃上一顿饱饭，睡上一夜囫囵觉。毛泽东、周恩来、王稼祥和洛浦都暂松一口气，躺在镇子里专门为他们打扫的屋子里美美地睡到天亮。

“恩来！”毛泽东颇为兴奋，“我们到县城休整吧，尽快和红四方面军的同志们见面，共商北上大计。”

衣服虽破旧，不逊美须公的风采。周恩来笑着道：“是啊！听说红四方面军第三十军政委李先念在懋功。”

“李先念？”毛泽东若有所思。

“对，李先念同志，”周恩来介绍，“就是在瑞金我提起过的木匠出身的李先念！”

毛泽东感慨道：“哦！有些印象。嗯，我们红军官兵大都是志愿投军的志士！既有叶剑英、徐向前等黄埔军校出身的教官、学生，也有从旧军队揭竿而起的如朱总司令、贺龙等将军人物！僧人居士不恋净土，学生教授投笔从戎，木工铁匠农夫渔民，老老少少妇女哲人，组成了我们的革命大军。”

周恩来亦是同感：“国民党军吃饷，还要拉壮丁。我们红军挨饿受冻，却个个心甘情愿来参加。看来，人心向背啊！”

“所以，我们才是扑不灭的火焰！”毛泽东不无诗意。

周恩来听了开心地笑了：“不但扑不灭，且越烧越旺！”

“是啊！”毛泽东兴奋地憧憬着和红四方面军会合后的壮观画面：十万雄兵聚川北，誓师北上杀倭寇！

两军胜利会师，无疑是万里长征中的大事，更是毛泽东和中央军委渴望的日子：两军会师，必将为开创新的局面创造有利的条件。红四方面军的李先念很高兴在此见到久仰的毛泽东、朱德、周恩来，倾尽军中好吃好喝的东西招待首长一行，也不过白米红肉而已。

中央已于此前收到张国焘等负责人“速决今后两军行动大计”的电文，并回电致红四方面军的张国焘、徐向前、陈昌浩等：今后两军总的方针应是占领川、陕、甘三省，建立三省苏维埃政权，并在适当的时候组织远征军占领新疆。但张国焘、陈昌浩复电中共中央，对中央的战略方针持有异议，而是主张红军北攻阿坝，组织远征军占领青海、新疆，或向南进攻。这样，会合并统一思想是当务之急！

“我已将今天见到中央首长的情况告诉了张国焘同志。”李先念向毛泽东汇报。

毛泽东听了点点头：“好啊！刚才以我和恩来、老总、闻天的名义再次致电张国焘、陈昌浩、徐向前同志，目前的形势须集大力首先突破平武，作为向北转移枢纽。希望他们立即下定决心，以免延误战机。”

李先念知道毛泽东的话意：如果待胡宗南的大军集结松潘，就会扼守红军进入甘南之路，影响北上计划。但是，李先念不是红四方面军的决策人物，虽然察觉到张国焘有悖中央而无能为力。只是婉转地对毛泽东道：“主席，可以再发电报催促一下。或许他们对中央的战略意图还不十分理解。”毛泽东略一思考，对周恩来道：“恩来，那就再致电张国焘同志，重申中央北上的战略方针。”

“好吧！”周恩来马上起草电文，并交由毛泽东、朱德过目，然后叮嘱警卫员立即送发。

然而，张国焘回电以“目前给养困难，此外似无良策”为由坚持向西发展。毛泽东皱起眉头，吞云吐雾之后甩掉烟头：“光凭电报是难以解决问题的！时不待我，必须当机立断了。”

“那怎么办？”张闻天急得直搓手。

毛泽东念念有词：“发电：立即赶来懋功，以便商决一切。”

六月二十五日，毛泽东同中央其他领导人到懋功县城以北的两河口，欢迎从茂县赶来的红四方面军主要领导者张国焘等将领，同时举行两大主力红军会师大会。毛泽东、张国焘是红军中的两个中共“一大”代表，已经十几个年头未曾谋面。张国焘对毛泽东明显以寒暄应酬，对从未谋面的朱德非常热情，不但在讲话时自己振臂高呼朱德总司令万岁，公然以红军西进作为讲话的主旨，令毛泽东、周恩来等人深感忧虑。

第二天，中共中央在两河口召开中共中央政治局扩大会议。周恩来作报告指出：我们目前的战略方针是考虑到地域便于机动、群众基础和经济条件三大因素，而川陕甘地区是首选。如果红军在懋、松、理这一带发展，不具备以上三个条件，是没有前途的。张国焘接着发言，勉强表示同意周恩来的报告，却又提出向南向成都打。毛泽东当即指出：

“红军要全力贯彻中央的战略方针，到新的适于发展的地方发展，建立川陕甘根据地是前进的行动，要向准备打成都的红四方面军的同志进行解释。第一，红四方面军会合后可以实现向北进军发展。第二，战争的目的不是防御或者逃跑，而是进攻。我们的根据地是靠进攻得来。因此，会合后的红军应打败前面的拦路虎胡宗南，占取甘南，向北进军。第三，我军须高度机动，选好向北发展的路线，抢得先机。第四，集中兵力主攻，即使胡宗南与我野战，我们有二十个团以上的兵力，是够的。今天决定，明天即须行动。兵贵神速嘛！第五，责成常委、军委解决统一指挥问题。”

不难看出，此时的毛泽东对两军会合后的战略战术胸有成竹，与会者无人持有异议。会议经过三天的讨论，通过了红军北进建立川陕甘根据地的战略方针，强调了“我们的战略方针是集中主力向北进攻，在运动战中大量消灭敌人，首先取得甘肃南部，以创造川陕甘苏区根据地”。同时指出“为了实现这一战略方针，在战役上必须首

先集中主力消灭与打击胡宗南军，夺取松潘并控制松潘以北地区，使主力能够胜利地向甘南前进”。

为了会合后的红军集中力量完成中央新的战略部署，中央领导周恩来、毛泽东、朱德等人进行了磋商，于六月二十九日的中央政治局常委会议上决定张国焘为中革军委副主席，徐向前、陈昌浩为军委委员。会议听取博古关于华北事变的报告。毛泽东讲道：“日本帝国主义想把蒋介石完全控制在自己手下，根据目前的形势，我党对时局应有表示，发出文件，在部队中宣传，反对日本的侵略。”这是“最能动员群众的”。于是，会议决定以中共中央的名义发表宣言或通电。在会上没有提出反对意见的张国焘回到红四方面军后闷闷不乐。陈昌浩问他：“你对红军北进持有疑虑？”

张国焘没有直接回答，往太师椅上一坐，伸手抄起茶壶对嘴儿抿一口，长出一口气：“看来，徐向前、叶剑英非常赞同啊！”

“你指的是两军会合还是北进决定？”陈昌浩试探着问。

张国焘依然不予正面回答：“还有好多问题没有解决，部队怎么行动？”

陈昌浩琢磨着张国焘的话意，点了点头：“明白了！”

“你明白什么啦？”张国焘两眼直逼陈昌浩。

“给个中革军委副主席就打发了？”陈昌浩虽非张国焘肚中蛔虫，也深知张的为人。

张国焘鼻子里“哼”一声说：“毛泽东也不睁眼看看，一万对八万哪！”

陈昌浩便道：“不错！凭什么呀？红四方面军的将士能服气吗？”

“那就给他们中央提意见，写信！‘统一指挥’和‘组织问题’也要解决。”张国焘鼓动陈昌浩。

“好！”

陈昌浩马上呼应。

中央没有看到红四方面军按照中央《松潘战役计划》北进，而是对中央提了一大堆意见，故意拖延。在中央红军翻过第二座大雪山到达芦花之后，朱德、毛泽东和周恩来致电张国焘，催促他立刻率部北上，特别强调张国焘、徐向前、陈昌浩迅速到芦花集中指挥。张国焘到达芦花后，中共中央于十八日举行政治局常委会议。讨论到组织问题时，张国焘提出要提拔一批新干部，“增补一批人到军委”。司马昭之心路人皆知，张国焘是在向中央要权、发难。

毛泽东首先强调：提拔干部是需要的，但不需要多人集中到军委，而是将一批有能力的人补充到下面去。权衡利弊，毛、周商量之后，决定将周恩来担任的红军总政委一职改由张国焘担任，周调到中央常委工作。中革军委当天发出通知：仍以中革军委主席朱德同志兼总司令，并由张国焘同志任政治委员。又于二十一日组织前敌总指挥部，徐向前为总指挥，陈昌浩兼政治委员，叶剑英兼参谋长。得到红军指挥权的张国焘对红军北上兴趣不大，却为自己控制红军的权力变本加厉，以集中统一指挥为借口，收缴了各军团的密电本，包括军委、毛泽东的通报密电本。这样，各部队只能和前敌指挥部通报联系，与中央也失去联系。令毛泽东担忧的事情终于发生了：由于延误战机，胡宗南得以集中兵力扼守松潘，红军难以经松潘沿大道到甘南，研究之后，只好撤销《松潘战役计划》，决定冒险由自然条件极其恶劣的大草地北上。于是，就有了二万五千里长征的另一个传奇——过草地。那草地绵延数百里，不要说人烟，连鸟儿都难飞过。更有毒蛇侵袭，沼泽吃人。但红军的确是铁打的汉，补以草根、马尿为食，皮带皮包煮而充饥，避免了和胡宗南部的正面交锋，保存了红军实力，闯过了二万五千里长征的最后一个死亡地带。毛泽东的警卫员吴吉清曾有关于长征过草地的回忆：

> 走进草地，情况就完全变了。天空像用锅底黑刷过的一般，没有太阳。眼前是一望无际的茫茫草原，看不到一棵树木，更没有一间房屋……如果一不留心，踏破了草皮，就会陷入如胶如漆的烂泥里，只要一陷进去，任你有天大的本事，也别想一个人拔出腿来。我因为性子急，走进草地不远就碰上了这种倒霉的事儿，幸好被主席那宽大的有力的手一拉，才摆脱了危险。拉上我之后，主席就打趣地指着我对大家说："别看他外表像个泥人，那泥里包着的可是钢铁！"
>
> 几天下来，他不仅把担架和马让给伤员乘坐，而且在每天的八九十里行军途中坚持工作。一路上，他不是和指挥员、战士谈心，了解部队的思想情况，就是向伤病员询问病情，鼓舞负责医务工作的同志们想尽一切办法，加强医疗护理工作。一旦了解到伤病员因缺粮而造成危难啊，主席就会立刻指示副官，利用中途休息时间杀掉几匹马，把马肉分送给各连队的伤病员。而他自己每天和战士们一样吃着青稞野菜汤，不要一点马肉。

这，就是毛泽东，战士眼中的毛泽东。

正是：

同甘共苦长征路，
谁比惜民领袖心！

第三十三回

红军陕北胜利会师　汉卿洛阳纠结赴宴

经过七天六夜的艰难跋涉，毛泽东和红军指战员们一道走出了荒无人烟的草地，到达班佑，并成功地进行了包座战斗，歼灭国民党军第四十九师五千余人，不但大大鼓舞了红军士气，也为进军甘南打开了一条通道。红一、四方面军会师后打的第一个胜仗一扫许久以来的晦气，人人面露笑容。

由于周恩来病重，毛泽东不但操持中央工作，更要掌控红军的命运。过草地之前，红军总部在制定《夏洮战役计划》时将红军分为左、右两路北上。右路军由红一方面军的第一、第三军即原第一、第三军团和红四方面军的四军、三十军组成，中共中央和前敌总指挥部随右路军行动。左路军由红四方面军之第九军、三十一军、三十三军和红一方面军的第五军三十二军（原第五、九军团）组成，红军总司令朱德、总政委张国焘和总参谋长刘伯承随左路军行动。现在，右路军已经过了草地，两路军会合就成为当务之急。于是，毛泽东、徐向前和陈昌浩联名致电朱德、张国焘迅速东进，向右路军靠拢。

然而，迟迟不见左路军向东靠拢的消息。毛泽东坐不住了："左路军为什么还不向东靠拢？莫非张国焘又打起西进的主意？"

揣测对了！张国焘在接到毛泽东等人的几次催促电报后勉强命令红五军进抵墨洼一带，却马上又下令撤回阿坝。此时，张国焘的分裂行径暴露无遗，一面致电左路军驻马尔康地区的部队，要正在北上的纵队转移到马尔康待命，有不听从者"将其扣留"！接着又致电陈昌浩、徐向前转告中央表示反对北上坚持南下，并表示"左右两路决不可分开行动"！而密电陈昌浩率右路军南下。

在这千钧一发之际，前敌指挥部参谋长叶剑英发现了张国焘发给陈昌浩的密电，立即拿着电报秘密赶往中央驻地巴西。为了不打草惊蛇，毛泽东迅速抄下电文，由叶将电文原件带回，忙召集张闻天、博古研究对策。大家一致认为此时再寄希望于以说服工作促使张国焘北上已无可能，而且必将导致更严重的后果。当晚，毛泽东在巴西同张闻天、博古、王稼祥及病中的周恩来等人召开紧急会议，当机立断率领红一、三军团迅速脱离危险境地北上，通知已经北上俄界的林彪、聂荣臻原地待命，同时以中央的名义致电张国焘：右路军南下电令，中央认为完全不适宜的。中央现恳切指出，目前方针只有向北是出路，向南则敌情、地形、居民、给养都对我们极端不利，将要使红军受空前未有之困难环境。中央认为北上方针绝对不应改变，左路军应速即北上。

部队就要出发之前发布了毛泽东亲自写下的《共产党中央为执行北上方针告同志

书》，其中告诫人们南下是绝路：“你们应该拥护中央的战略方针，迅速北上，创造川陕甘新苏区去！”

北上的红军出发了，毛泽东率部于前，彭德怀率部殿后掩护中央机关行军。天蒙蒙亮时，只见叶剑英率领军委纵队一部赶了上来。毛泽东大喜过望，挥手致意并道：“哎呀，是剑英同志来了！好！好啊！”毛泽东曾于晚年有“诸葛一生唯谨慎，吕端大事不糊涂”来赞扬叶剑英。当时，那位洋顾问李德在场，望着赶上来的叶剑英，对身旁的宋任穷说：“我同你们中央一直有分歧，但在张国焘搞分裂的问题上，我拥护你们中央的主张。”

宋任穷直言李德：“你那一套理论和中国实战套不上，不如主席的对症下药，能外御‘毒蛇猛兽’，内治‘肠胃不畅’。”李德听着一头雾水，瞪瞪宋任穷，又望望毛泽东，不知所然。

部队北行到俄界，毛泽东在中央政治局扩大会议上指出：“现在我们背靠一个可靠的地区是对的，但不能靠前面没有出路、后面没有退路、没有粮食、没有群众的地方。所以，我们应到甘肃才对。张国焘抵抗中央决议是不对的。”会议同意作出《关于张国焘同志的错误的决定》，明确了张国焘反对红军北上的战略方针、坚持向川康藏边境退却的方针是错误的。而中央同张国焘之间的争论实质上是对于政治形势的分析与敌我力量估量上的原则分歧。中央号召红四方面军的同志们团结在中央周围，同张国焘的错误行为作坚决斗争。为了不再延误战机、迅速北上，使部队适应新的战争形势，会议决定把红一军、红三军、军委纵队合编为中国工农红军陕甘支队，彭德怀为司令员，毛泽东为政治委员。由毛泽东、周恩来、王稼祥、彭德怀和林彪组成五人团领导军事工作。中国工农红军陕甘支队在五人团的带领下突破腊子口天险，翻过积雪千里的岷山，到达甘南小镇哈达铺。在哈达铺休整期间，毛泽东翻阅报纸时知道陕北有相当大的一片苏区与数量不少的红军。善于审时度势的毛泽东当即召集团以上的干部进行动员：

“我们要北上，张国焘要南下，张国焘说我们是机会主义，究竟哪个是机会主义？目前日本帝国主义侵略中国，我们就是要北上抗日。首先要到陕北去，那里有刘志丹的红军和大片的苏区。事实更将证明我们的路线是正确的。现在我们北上抗日先遣队的人数是少一点，但是目标也就小一点，不张扬。大家用不着悲观，我们现在比一九二九年初红四军下井冈山时的人数还多呢！”

提到井冈山，与会者不少人是从井冈山革命起跟着毛泽东一路走下来的。他们和其他同志一样经历了血雨腥风的三百多个日日夜夜，更见证了只有毛泽东才能将革命队伍带向光明。

“主席，我们听您指挥！”人群中有人表示，旋即众人应呼：“主席，您就下指示吧！”

毛泽东大手一挥，坚定地宣布：“中央决定把落脚点放在陕北，在陕北保卫和扩大

苏区！”

掌声在川北大地的小镇响起来。巴西，成为中国工农红军北上抗日的新起点。陕甘支队继续北上，攀过三千米高的六盘山，冲破了国民党军的最后一道封锁线，陕北苏区在望！毛泽东在登上六盘山之巅时心潮澎湃，难以言表，诗性涌动，填下那首脍炙人口的《清平乐·六盘山》：

天高云淡，望断南飞雁。不到长城非好汉，屈指行程二万。
六盘山上高峰，红旗漫卷西风。今日长缨在手，何时缚住苍龙。

过了六盘山，有人报青石嘴下有敌军的一股骑兵正离鞍休息。毛泽东略加思索，和聂荣臻等将领一起站到山头观察，然后召集各大队的指挥员来，指示要消灭这股敌人。毛泽东亲自下达命令：一大队和五大队从两侧迂回夹击，四大队从正面突击。三支队伍得令，猛虎般向山下扑去，很快就消灭了触不及防的两个连的骑兵。此举不但长了英雄胆，也诞生了红军的第一支骑兵部队。就在大家高兴之时，发现驻扎在陕北的东北军和马鸿宾的三个骑兵团尾随而来。如果容敌军骑兵尾随红军到陕北苏区，肯定会给陕北苏区发展埋下隐患。于是，决定“砍尾巴”。彭德怀指挥第一、二纵队果断出击，一举击溃尾随之敌两千余人。彭德怀对毛泽东道：“被红军当头棒喝，估计它近期不敢来犯。”毛泽东心情极好，挥笔有诗赠彭德怀：

山高路远坑深，大军纵横驰奔。
谁敢横刀立马？唯我彭大将军！

十月十九日，毛泽东随部队进驻吴起镇，看到一间窑洞门口挂着一块工农民主政府的牌子，感到万分亲切，大有到家的感觉。毛泽东那颗悬了一年多的心终于踏实下来。二万五千里长征结束了。毛泽东对长征的总结又何其精辟：

我们从瑞金算起，总共走了三百六十七天。我们走过了赣、闽、粤、湘、黔、桂、滇、川、康、甘、陕，共十一个省，经过了五岭山脉，湘江、乌江、金沙江、大渡河以及雪山草地等万水千山，攻下许多城镇，最多的走了二万五千里。这是一次真正的前所未有的长征。敌人总想消灭我们，我们并没有被消灭，现在，长征以我们的胜利和敌人的失败而告结束。长征，是宣言书，是宣传队，是播种机。它将载入史册。我们中央红军从江西出发时，是八万人，现在只剩下一万人了，留下的是革命的精华，现在又与陕北红军胜利会师了，今后，我们红军将要与陕北人民团结在一起，共同完成中国革命的伟大任务！

毛泽东信赖推崇的思想家、作家鲁迅先生得知红军胜利到达陕北，特向中共中央致电：

> 英雄的红军将领们和士兵们，你们的勇敢的斗争，你们的伟大的胜利，是中华民族解放史上最光荣的一页。全国人民期待着你们更大的胜利！

这也是国人的祝贺与心声。

但南京的蒋介石坐不住了！当他得知中央红军和陕甘红军会师的消息后立即重新部署，调集东北军的五个师的兵力开展新的进攻。在西边，有五十七军四个师由陇东沿葫芦河向陕西鄜县（今富县）东进；在东边，由六十七军第一一七师沿洛川、鄜县北上，企图围歼红军于洛河以西、葫芦河以北地区，彻底摧毁陕甘革命根据地，并亲自把张学良从西安叫到洛阳面训。

此时的张学良虽东北易帜时的国民革命军陆海空三军副总司令的桂冠不再享有，且被迫一度流亡海外，归国后还是重得了兵权，被委以西北剿共副司令。令张学良想不到的是自己的虎狼之师竟不敌红军，几次败下阵来。蒋介石传令，张学良就知道此行必剿共是问。

飞抵洛阳军用机场，早有小车等候，接了少帅直奔洛阳蒋介石的下榻处。进得门来，就见蒋介石在客厅等候，站起来和张学良打招呼："汉卿，你辛苦了！来来，我准备了你喜欢的法式牛排和东北蘑菇炖小鸡为你接风。"

"总司令让汉卿受宠若惊。总司令请，"张学良先敬礼后寒暄，然后脱去外衣摘去帽，来餐厅分宾主坐下，"总司令有何吩咐？汉卿洗耳恭听。"

蒋介石亲自为张学良夹菜，举杯和张碰碰，送到唇边抿一抿，对张学良道："汉卿，你以为党国最急迫要做的是什么？"

张学良未加思索，顺口而答："抗击日本侵略者。"

"哦……"

"汉卿所言不妥吗？"

蒋介石脸上冷峻，两眼冒光："红军都骑到你们的脖子上了，你还无动于衷？"

张学良道："司令，他们不过是呆在吴起镇那个小地方……"

"错！难道他们跑几万里地到陕北来，为的是一个乡间小镇吗？"

"但我谅他们也无力西安，只是暂且栖身而已。司令何必为一股流窜到陕北的红军忧患？难道三十万东北军对付不了他们？"

蒋介石闻听流露出笑意："好！汉卿有此言，我就不担心东北军继续吃败仗喽！好，我要你在三个月内消灭陕北的红军，把他们的所谓根据地连根拔掉，怎么样？"

"是！"张学良敬礼。军人以服从命令为天职，虽有金兰之交，亦有上下之分。

蒋介石面露笑容，安抚少帅："你剿灭了陕北的红军，就为党国立下大功。我知道你有抗日情结。收拾完红军再集中力量打日本人也不晚。"

此言一出，引起少帅一阵不安。抗日情结在胸，那是杀父之仇和民族之恨。少帅也曾对蒋坦言"攘外必先安内"是错误的，被蒋横加指责。而东北军将士中几个没有家仇国恨的？对红军作战就不一样了：没有恨的仗本来就不好打！

蒋介石似乎瞅出张学良情绪的变化，问张学良："汉卿又在想什么呢？"

少帅微微一笑："实不相瞒，学良心里还是有个疙瘩没有解开……"

"别说了！"蒋介石扬扬手制止少帅，"你那个心里的疙瘩就系在心里吧！消灭了红军自然就解开了！"

"司令……"

"不听我的话就不要叫我司令啦！"蒋介石开始发威，"你是个受过多所军事院校教育的人，是西北剿共副司令，剿匪是你的责任！难道还要我这司令来西安剿匪吗？"

张学良听到过有关自己剿共不力、蒋有调东北军南下福建的传闻，如果那样，东北军抗日的愿望更难实现了。蒋介石讲"难道还要我这司令来西安剿匪吗"或许是他有意透露的一点儿信息：再剿共无力，你就走人！

"不敢劳司令大驾。学良将遵照司令训斥，重整旗鼓，和红军决战。"

"好！等你消灭红军的时候，我来为你庆功！"

蒋介石面色缓和下来，举起酒杯。张学良将杯中美酒一饮而尽，向蒋敬礼："学良这就返回西安，部署剿共事宜。"

"我相信汉卿马到成功！"蒋介石点点头，和少帅握手作别。

正是：

只因少帅良知在，
面对独裁煞苦心。

第三十四回

毛泽东陕北赋诗　张学良南京酣酒

红军不怕远征难，
万水千山只等闲。
五岭逶迤腾细浪，
乌蒙磅礴走泥丸。
金沙水拍云崖暖，
大渡桥横铁索寒。
更喜岷山千里雪，
三军过后尽开颜。

这首气势恢宏的《七律·长征》是毛泽东离开马背以后吟出的第一首诗吗？不得而知。尽管某些“权威”对毛泽东的这首诗并不看好，认为它“流水账”似的记录长征，但或许恰恰因为它的“直白”和“流水”式的“记录”，再现了一个历史的伟大壮举，而且让人如亲眼目睹般记住了中国革命史上这壮丽的一页。这部史诗，恐怕也是空前绝后的。

只说红一方面军进入陕北，便得到侦察消息：共产党人刘志丹、徐海东、高岗、习仲勋领导的红军在陕北创造了大片的革命根据地，活跃着数以万计的红军和游击队。

毛泽东对周恩来道：“如此说来，我们进军内蒙古中苏边界创建革命根据地的设想可以重新考虑喽！”

“是啊！”周恩来颇有同感，“据当地党的组织反映，西安的绥靖公署主任杨虎城是主张抗战的进步将领，和红军有接触，愿意和红军联手抗日。”

“好！真是难得的政治环境。恩来，你看我们在哪里落脚好呢？”

周恩来道：“我们可以暂且在榆林休整，和刘志丹、徐海东取得联系，再伺机选择合适的根据地。”

“嗯！”毛泽东点头同意，“另外，注意和徐向前联系，我思念老总啊！”

周恩来听了心头一热，为毛泽东的有情有义感动。毛泽东常戏言“朱毛不分”，可见两人情谊之深厚。

“刚收到叶剑英同志的消息：红四方面军在川甘一带惨败，不得不听从朱、叶和徐向前的建议，向陕北撤来。”

毛泽东忍不住仰天一叹：“我们有太多的教训了。”

"是啊！"周恩来说，"等两军会合了，要总结啊！"

"不仅仅总结，要整顿，整风。我和洛甫同志交换过意见，他也是这个想法。"

"到时候你主持就是了——对张国焘，你是克星啊！"

"真理在我们手里嘛！"毛泽东笑笑，"如果他死不悔改，恐怕全党都会成为他的克星啊。"

拥有十三朝古都历史的西安，是陕西省府，又是中国西部的交通枢纽和军事重镇。秦汉盛唐，都以此为政治中心而演绎中华，极富文化底蕴与政治积淀，人杰地灵，在中国版图上拥有独特的地位。刘志丹、徐海东领导的红军在陕西得以立足发展，得益于它的政治环境：西北绥靖公署主任杨虎城的抗日爱国思想和无心内战、背着不抵抗骂名的少帅张学良不曾和红军大动干戈。环境造人，亦造势也！

在陕北停留快一年的时间里，塌下心休整歇息，使毛泽东有莫名的家的感觉。和山清水秀的江南故里相比，这里截然不同：

> 黄土高坡，草衰树稀，山空云淡，水少花奇。非南国妩媚灵透，有北国壮丽逶迤。山羊啃坡守猎狗，黄牛背上无牧笛。中秋月好歌高亢，夜半星暗乡音迷。白背心颇短，挽腰裤紧系。白羊肚毛巾缠头，山木杆儿烟袋横提。岁月年轮脸上刻，都因风刀太犀利！绥德好汉子，米脂俏婆姨。

走进为他准备的住所，毛泽东倍感新奇。真是一方水土养一方人哪！

这是建在山坡上的一座窑洞，门楣窗棂上连体的寿字结构的花格子，糊着窗纸。进门即进家，进家即看炕，炕是家的中心。炕的里外分别有灶台水缸桌凳家什粮米……分明是专门儿为自己腾出来的家——老乡的家。特意架起的"写字台"上已经摆上了毛泽东的"文房四宝"和书籍、土制烟缸。外边看大山知北国风光，室内看家当明陕人乡俗。再环视窑洞，墙上挂上了军用地图，跟自己一路"走"来的几箱书也摆在一旁。毛泽东感慨不已，走过千山万水，总算有个立足安神的家了！

巾帼豪杰贺子珍照顾完随军的红小鬼们后，匆匆回家看看，不由得一喜，对毛泽东说："呀！真像个过日子的家呀！听说，是恩来亲自给我们安排的？"

毛泽东说："他总是首先考虑我么。"

"我看，恩来是你最可信赖的人。"贺子珍并非轻率之言。作为党的早期党员、少年便执掌一县组织和妇女工作的领导者，也不乏一双慧眼。

"这还用说吗？"毛泽东坦言。这样背后"议论"党的同志，也许是他一生中唯一或者少有的一次。

正在这时，只见司马龙珠带着一位罕见的胖中年人来见。

"久仰久仰！"大胖子自报家门，"我，孙敬佛，中央代表，受命来调查刘志丹的问题。”

其实，毛泽东了解刘志丹。他是黄埔军校一期毕业生。虽出身豪门而励志革命，经百战创西北苏区，在陕甘一带声名显赫，有广泛的群众基础，是红军在陕西发展的坚实臂膀。毛泽东对孙敬佛的话感到不解。

“调查刘志丹什么问题？”

孙敬佛滔滔不绝地讲起来，大有上方宝剑在手恣意孤行的派头：“不服从指挥、不走党的路线……”

“你慢着！”毛泽东莫名惊诧，“你说他刘志丹不听指挥、不走党的路线？我怎么不知道？”

“你当然不知道了……在转移的路上嘛，”孙敬佛大大咧咧，并不注重毛泽东的感受，“我已经代表中央免了他的职！”

毛泽东不禁又气又好笑：哪里又出来一个“中央”以莫须有的罪名来调查一位红军将领？怎么冒出一个调查刘志丹的钦差大臣孙敬佛？看来，是要统一一下人们的思想、肃清组织关系了。于是对司马道：“你可带他去见洛甫同志，他是管党的总书记。”

孙敬佛道：“找您合适呀。我听说了，他们听您的！”

毛泽东正色道：“这不是谁听谁的问题，是事关一个党的高级干部的是非问题！洛甫同志听了会妥善处理的。”

司马龙珠知道毛泽东的脾气，孙敬佛如果再纠缠说不定会遭遇更大难堪，便拉着孙敬佛走出窑洞找洛甫。

贺子珍问毛泽东何以如此不耐烦儿，毛泽东道：“起码是场闹剧——哪个中央派他来？咄咄怪事！”说着往外就走。贺子珍喊他：

“润之，你不吃饭啦？我马上煮饭……”

“不吃。”毛泽东头也不回，去找其他政治局的同志通报自已对刘志丹事件的看法和意见。第二天，洛甫代表中央向孙敬佛宣布：

“中央从未指派任何人调查刘志丹同志。哪个‘中央’派你来处理刘志丹等红军将领的？你讲的刘志丹的种种罪状都是莫须有的不实之词。中央已决定恢复刘志丹同志的职务和工作。”

“这这……”孙敬佛尴尬至极。

“该干吗干吗去吧！”洛甫挥挥手作别。

刘志丹见到毛泽东、周恩来、洛甫和王稼祥等中央首长十分高兴，行一个标准的军礼并问好：

“首长好！”

毛泽东望着豪爽、朴实的西北汉子，风趣地说道：“说你出身豪门，可不见一点儿少爷遗风啊！”

刘志丹认真地答道："一家富而非天下足，非志丹所望。个人酒肉而百姓饥饿为志丹不齿，与工农同呼吸乃志丹乐趣，与封建家庭背道而驰乃志丹之路。"

毛泽东用欣赏的目光打量着刘志丹，然后对周恩来等道：

"这又是我们共产党人是特殊材料制成的例证！"

"志丹同志，主席和我们对你的态度是一致的、肯定的。"周恩来和刘志丹握握手，"有中央在你身边，你就放心吧。"

刘志丹把身后的徐海东、高岗和习仲勋一一介绍给中央领导："我们坚决服从党中央领导，听从军委的指挥。"

毛泽东笑道："打倒你们的那个'中央'不会再出现了！今后，以洛甫为总书记的中央不但不打倒你们，还要指望你们吃饭哪！"徐海东、习仲勋等都乐了。

周恩来道："正好，我们还饿着肚子。我请客，就算给志丹同志压惊。"

刘志丹忙道："那怎么行，该是我为首长们接风呀！"

毛泽东"批评"刘志丹道："这话也对也不对——何为你我？一家人又说两家话了！"大家听了大笑，气氛十分融洽。

保安的窑洞数不胜数，总有一个窗子的灯彻夜长明。灯下，笔走龙蛇，墨香意浓。他就是重新走上政治巅峰的毛泽东。中国共产党在瓦窑堡召开的会议上，推选毛泽东为党的主席、军委主席，在组织上和思想上确立了他的政治地位，可以说，从此，中国共产党领导的革命事业走上了正确的征程。

夜间耕耘，是战争赋予毛泽东的生活方式，或者说是游击战争迫使他改变了的生活习惯。他的著名力作《抗日战争胜利后的时局和我们的方针》《论持久战》《矛盾论》《实践论》等及难以数计的文章、社论、电文、书信，都是在窑洞里的灯光下写成的。那是后话。

身在窑洞而胸怀天下，一时安居而时刻牵挂着沦陷的东北诸省和正被鲸吞的华北。毛泽东思考着中国的时局和抗战方针战略。当然，陕西的军事力量的部署，更是他首要考虑的问题。由于杨虎城早就释放善意，与蒋介石的"攘外必先安内"反其道而行之，客观上使红军得以庇护。

但是，东北易帜的少帅张学良奉调入驻陕西，三十万虎狼之师，怎不是中共核心领导心中的一块"病"？

那是对日一枪不放、撤进关里的三十万大军。它的掌门人是土匪出身的大军阀张作霖的大公子，也是打起青天白日旗与蒋介石结金兰之好、封作"剿匪副司令"的张学良。不同于一般国民党的将领，张学良传奇式的从娃娃将军到稳坐少帅交椅的经历世人皆知，不抵抗而把东三省拱手让给日本人的骂名更是沸沸扬扬！谁都明白张家军不是不能打而是不打，不打不等于没有战斗力。

毛泽东一直关注着这一“东北虎”的动作。

春天迟到亦到来。秃山山顶上、山坡上刚刚被春姑娘涂上斑斑点点的绿色，天色突变，云遮风轻，把片片鳞甲漫山遍野飘下来！生于南国的诗人毛泽东对雪有着特别的敏感和钟爱，撩开棉被，踏上鞋子就往窑洞外面跑。真是好雪！

正如那句名诗所喻：

战罢玉龙三百万，
漫天飞舞白银甲。

贺子珍随后追出来，给毛泽东披上大衣，嘴里少不得埋怨几句：“你怎么就是不知道珍惜自己？看不把你冻得感冒发烧。”

在飞雪面前，毛泽东像个天真的顽童，品味着、欣赏着、快乐着！完全忘记了自己是站在冰天雪地里。他的目光慈祥、温和，嘴唇微微颤动着，仿佛进入了一个童话的世界……

没有浪遏飞舟，没有“清溪却向青滩泄”而难成婉约之诗，却成就了大气磅礴的豪放名篇《沁园春·雪》：

北国风光，千里冰封，万里雪飘。望长城内外，惟余莽莽；大河上下，顿失滔滔。山舞银蛇，原驰蜡象，欲与天公试比高。须晴日，看红装素裹，分外妖娆。

江山如此多娇，引无数英雄竞折腰。惜秦皇汉武，略输文采；唐宗宋祖，稍逊风骚。一代天骄，成吉思汗，只识弯弓射大雕。俱往矣，数风流人物，还看今朝。

张学良酒后纠结，在西安官邸里苦不堪言。此苦，非常人饥寒交迫之苦——自娘肚子里生出来就锦衣绸缎，酒足饭饱。亦非情场失意——少帅从不少红颜知己。苦者一，不抵抗将军的骂名谁能澄清？苦者二，三十万大军被指令绕过日军染指的华北而遣于陕西对峙红军，实在令他良心不慰。尤其甚者，蒋介石三番五次电催“速剿红军，消灭残匪”，自己不得已派一师之力剿共，竟然三剿三败，师长阵亡，在战场上有虎贲之称的爱将被俘……

“小爷，您喝多了！”妻于凤至温存伺候。

“没有。”和常人酒高一样，张学良腿软了嘴不软。

“你哪儿不舒服呀？”

“哪儿都不舒服。”

于凤至又好气又好笑：“我还不知道你？醉酒不醉心！小爷，你甭吓唬我！”

张学良躺在沙发床上，突然以拳击胸而疾呼：“学良无颜关东父老啊！问心有愧呀！”

于凤至安慰道：“你呀，什么都自己扛着！不抵抗怨你吗？干吗不把实情捅出去？”

一听妻子讲把“他”捅出去，张学良瞪起眼指着于凤至：“闭嘴！你闭嘴！国家大事，你女流之辈不可妄言！今生今世不可妄言！”

“知道了，听你的——你这不没喝多吗？”于凤至撅起嘴。

张学良叹一口气：“醉酒不醉心嘛！我……”

“我”字刚出口，“丁零零”电话铃声响起。张学良被惊似的从床上跳起来，却又缓缓地去拿电话机，自言自语地道：“又是催命鬼。”

于凤至忙用手捂住话筒悄声问：“是委员长，就说你不在，下部队了？”

张学良摇摇头，镇定地接过电话：“我是汉卿……”

于凤至确信，正是老蒋的电话，转眼间只见夫君只说一个“是”字，便放下了电话。

于凤至无意涉政，美丽的大眼睛投向张学良的是个大大的问号。

“要我去南京。”张学良淡淡地吐出五个字。

于凤至撇撇嘴，忍不住说了句：“老调重弹呗！”

“那也得去啊！”

“我看共产党也不是他们宣传的青面獠牙吃人似的……委员长这是干吗呀？”

张学良瞅瞅于凤至，欲言又止，心里想：一山怎容二虎？共产党要真是鬼，他蒋介石就不打了！

听说张学良飞机抵京，宋美龄别有一番滋味在心头。

那是在当年的上海滩，于百乐门舞厅邂逅少帅张学良。年轻、英气逼人又风流倜傥，一下子就吸引了情窦初开的宋美龄。少帅更为宋美龄那温雅、高贵的气质所打动。于是，咖啡厅里，黄浦江畔，影剧院里……留下了两个人双进双出的身影。

可是，月下老人却不看好他们。当宋美龄在报纸上看到张学良与赵四小姐的风流佳话后黯然神伤。接着，是在军界已露端倪的蒋介石拼命地追求。一波三折，在蒋介石登报声明与发妻一刀两断之后，便名花有主，成了蒋介石的夫人——当时的“第一夫人”。

“第一夫人”的桂冠戴得也并非什么时候都舒服。自从蒋介石和张学良结为金兰，每逢张学良出现在蒋家的时候，宋美龄的目光总要恍惚几下才能正视他，正所谓“初恋恋一生”。但宋美龄毕竟是出自名门、融通东西文化的新女性，虽有一时的尴尬，却无不卸的窘迫，会大大方方地接待如今丈夫的盟弟。

“汉卿请坐，委员长一会儿就过来，”宋美龄亲自为少帅斟茶，“辛苦你啦。”

张学良似乎忘记了上海滩的邂逅，一本正经地举手敬意：“谢夫人。汉卿自己来。”

“别客气，”宋美龄莞尔一笑，心里不是滋味儿，但依然春风满面，“凤至在西安吗？”

“在。”

“在那儿还习惯吗？”

“给军人做老婆，也是服从为天职——没习惯不习惯那一说啦。夫人最近作画又大有进步吧？”

“只是消遣而已……委员长到了，”听到蒋介石的干咳声，宋美龄知道自己该回避了，起身告辞，“你们谈，我去给你们安排西餐——你爱吃的法式牛排。”

“谢谢！”

张学良起身致意。见身穿中式大褂儿的蒋介石从屏风后走出来，张学良忙举手敬礼：“总司令好！”

“请坐——让你久等了，”蒋介石那常阴森着的脸并不放晴，一撩大褂儿坐下，当头就问，“怎么搞的？你的东北军不是很能打的吗？怎么一次次被残匪打败？”

张学良从戎以来还没有被人这样疼地揭过疮疤，火从心底直撞脑门儿。不过，坐在对面的是委员长、总司令，不是三教九流中的把兄弟！他早明白“那一结”是因为自己有三十万大军，在所有易帜的军阀中自己最有利用价值而已，根本不存在兄弟情分。

“汉卿无能。”张学良站起来，立正准备听训。

“如果你确实无能，我不怪你，”蒋介石瞪起三角眼，已有三分的火，“你是同情共党！”

“我不是同情共产党，是可怜被侵略蹂躏的老百姓。”张学良脱口而出。

“你狡辩！”

“汉卿背了不抵抗的骂名，不想再背一个内战的骂名。”

蒋介石勃然大怒：“你……在替谁说话？‘攘外必先安内’是铁打不动的决策，你要造反吗？”

“汉卿不敢。”

“谅你也不敢！”蒋介石怒气难消。在国民党里，还没人敢这样面对面地顶撞自己。见张学良不再吭声，蒋介石鼻孔里“哼”一声，警告张学良，“相信你，让你到西安去剿匪，不是去听信天游的，也不是让你去和毛泽东眉来眼去的！”

“总司令……”

“你要还把我当成总司令，认我这个委员长，你就老老实实地回去剿匪，消灭共产党，让共产党再也无路可逃，就看你的了！”

“是！”

“如果还是剿匪不力，我不会容忍下去的，”蒋介石瞥瞥张学良，“叫你来，我是给你面子的！”

“谢谢委员长教诲。”

“晚上我要会见美国人，晚餐就不陪你了，夫人和子文陪你，”蒋介石站起来就走，张学良相送，蒋介石头也不回地挥挥手，“你先休息吧。”

张学良窘迫得手足无措——即便是常暴跳如雷的土匪性子的父亲张作霖也从未如此寒碜过自己。

晚宴丰盛。

宋美龄为张学良夹肉，宋子文为张学良斟酒。

“谢谢！谢谢！”张学良谦谦君子风。

宋子文笑了：“汉卿一定是挨委员长骂了！”

宋美龄冲哥哥使个眼色：“哥哥说什么话。委员长和汉卿是兄弟，什么骂不骂的。”宋子文道：“都是自家人，说开了又如何，还不都是为了党国利益。”

“可民众的利益呢？”张学良问。

宋子文笑张学良死脑筋：“民众的……利益？党国的利益不就是民众的利益吗？”

张学良几近哽咽：“东三省父老乡亲们的利益在哪儿？我们放着日本鬼子侵略者不打，打红军，老百姓能欢迎我们吗？”

宋美龄为丈夫辩解：“委员长并不是不打鬼子……可能是国人对‘攘外必先安内’的理解不同罢了。”

“对对，”大国舅帮腔，“好比是先有鸡还是先有蛋的问题，说不清。汉卿，你是军人，就别和总司令顶着牛啦！来来，干杯！”

是苦酒也要喝下去，是悖论也得听下去。是军令就得执行！军人哪！张学良知道，枷锁套在脖子上，钥匙没在自己手里。

“喝！”张学良不乏酒力。

半酣的张学良抬醉眼望望，窗外月挂西天。又尽一杯美酒，张学良站起来冲西北方向喃喃而语：“毛润之……我们……一决雌雄吧！”宋家兄妹见了相视一笑，劝张学良不要过量。张学良哈哈一笑，回身又斟，向两宋举杯：“我们是朋友又是弟兄……对吧？”

“对对！”

“那好！请转告总司令，张汉卿连夜回西安剿共……干杯！”

宋美龄有些担忧：“汉卿你喝多了！”

“多多益善嘛！”张学良抱拳致谢，“告辞。后会有期！”说完就走。

宋子文一向和张学良交好，陪张学良同车到机场，等飞机起飞后才钻回轿车，叹道：“好一个醉酒不醉心的张汉卿啊！”

飞机在夜空呼啸着飞回关中。副官为张学良递上热毛巾：“副司令，没想到这么快就往回返，我还以为得待两天呢！”

“还待两天？我这不一宿都待不得嘛。”

“这么急！”

“回去剿共啊。”

“还剿？”

“不剿共，老蒋让我们三十万东北军到陕北干什么？”

副官无言，或者不敢再言。借副司令三分酒醉多了几句嘴，已是过分的了！

那么，少帅张学良会何去何从？

有诗曰：

惊天动地事多少？
逊色西安兵谏情！

第三十五回

翁婿相悖秀才作古　异途同归壮士成仁

书到这时，插一回故事与你听。不是京剧里的插科打诨，也不是晚会节目之间的补场，而是“情理之中、意料之外”的故事。

原来，七七事变北平失守、华北沦陷，青天白日旗换成太阳旗，中华民族人人自危的时刻到了！尽管国军南撤，北平的爱国师生和进步的知识分子却不甘为奴，掀起一次又一次的反侵略的浪潮。一二·九学生运动之后，天津、上海、武汉、广州、重庆、昆明……相继响应。

匹夫有责，岂能甘为亡国奴！

那位御用文人龙兆庭亦被陷北平。由于骂红军有功，他被恩赐为蒋家王朝北平政府议员，捉刀文坛，专作些拥蒋伐共的官样文章。令他满足的是满清皇宫大内主管李莲英的一处豪华外宅被赐为己有。出门非车不动，下馆子不名拒请，就连北平市政要也不敢轻易慢待他——谁不知他是朝廷的一只鹰犬，想啄谁就啄谁啊！

当然，他“啄”的最多的还是共产党红军，因此被人讥为内战文胆。龙兆庭的岳父虽然惧内但不惧贼，闻知宝贝女儿的夫婿发表些千人唾、万人骂的文章，脸上挂不住，心里顺不平，不顾家人阻拦，奔北平教训“小畜生”！进得龙家，老先生打量一下奢华的宅院，冲女婿龙兆庭撇撇嘴，口出一韵：

昨日茅屋今日宫，
是虫何必扮条龙？
是龙不下及时雨，
舞爪张牙造孽功！

龙兆庭虽良知有悖但文思不怠，心中不悦：嘿！接到家里信知道您来，我早就备上房、定名馆子，有好酒伺候您，让您看看昔日穷酸潦倒的三女婿今天过得是什么日子！您倒锔蛋缸戴眼镜——找茬来了！过去在老丈人家我是避猫的鼠，今天我是谁呀？民国刀笔吏。本想给老丈人点儿颜色看看，一者念老泰山昔日还是怜悯自己，二者老婆就在眼前，自己不给老丈人好颜色，老婆还不闹翻了天？于是，也来个诗文回敬：

茅屋官殿命中缘，

谁比兆龙路子宽？
才子从来皇上宠，
谁人无聊骂魁元？

老秀才见小婿不但不接受训斥，反而以诗相讥，不觉怒从心底生气打肝胆来，愤而又诗：

蠢才可去岳阳楼，
天下先忧亦自忧！
汝辈谁逼七步诗？
墨刀偏向国人头！

龙兆庭一听，心里更是老大不痛快。莫非老丈人做共产党的说客来啦？又一想，不能吧？老爷子是不是中邪了？虽耄耋之年，脑壳好着呢！管他三七二十一！既然老丈人以文挑战与我，你虽晚清秀才，可我也是不试举子、民国刀笔呀！于是，挖苦老泰山道：

步枪小米无薪水，
谁使耄耋当说客？
何问文章黑与白，
中正扶持你奈何！

老秀才见龙兆庭非但不听教诲，反而唇枪舌剑，仰天哀叹："吾门不幸，赘此孽婿！扶持扶持，扶国人乎？扶九州乎？国耻不掩，同根相煎，不为耻反为荣！尔充卖国贼子之吹鼓手，是吾家丑，亦为乡耻！我有何脸面回去见父老乡亲？"言罢倒身向廊柱上撞去！可怜，老人家头破血流，一命呜呼！龙兆庭老婆米氏虽出自书香门第，却是米家唯一不读书不习字的闺秀，本以为翁婿是文人，见面拽文逗趣的，没想到"逗"出人命来！米氏吓得六魂无主，惊得悲痛欲绝！扑到父亲尸体上大哭：

"爹呀！你闹的是哪一出啊？怎么说着说着就撞死在自家呀？"

猛地跳起来指着龙兆庭的鼻子骂："姓龙的，你怎么气死我的爹呀？我要你偿命！"

龙兆庭也没想到老丈人会如此烈性。心里憋屈：不就是说话的事吗？撞什么柱子呢？这不给我背黑锅吗？一时慌了手脚，向米氏讨饶。虽然痛失老父，吵闹、发泄之后，米氏渐渐泪住嚎停。米氏虽目不识丁但心里的小算盘拨拉得蛮清楚：闹得大了毁了他姓龙的，跟着倒霉的还不是我和孩子们？爹也七老八十不算短寿了，死也死了，稀里糊涂算了！于是，将老人家遗体收拾停当，叫来在北平谋生的二姐、姐夫，以婉言饰过老人

家死因，只说旅途劳苦染风尘跌倒误撞而亡。得些金钱首饰，二姐洒泪忍痛，不问太多，协助妹夫举丧，买得上好柏木棺材装殓米老秀才。请江湖术士算过，选择吉日，雇了两辆马车，一辆装了灵柩、一辆载人，出永定门，走大红门、黄村，过固安、上古驿道，离京南行。一路上但见兵荒马乱、民不聊生。俗话说“红白喜事避官轿”，马车上拉的棺材死人，就是官家老爷的轿子也要让一让。可日本人不管中国风俗，走到南宫县城被日本鬼子截住，刺刀一亮，吓得米氏直哆嗦。龙兆庭忙下车应酬：

“太君，我们是过路的——车上拉的死人。”

嘴唇上留一小撮胡子的日本鬼子小队长用刺刀挑开轿子车的帘子，色迷迷地瞅瞅坐在车里的米氏姐妹，问龙兆庭：“她们的，死人？”

龙兆庭赔着笑脸：“太君开玩笑。她们是我内人和大姨子。”

“八格牙路！”小胡子鬼子扬起胳膊冲龙兆庭就是一个大耳光，“你的，欺骗皇军！死啦死啦的有！”龙兆庭可不禁打，一个趔趄倒地，脑袋嗡嗡响，半晌没起来。小胡子鬼子冲轿子车吆喝：“统统下车的有！”米氏一见刺刀冲自己闪寒光就吓得半死，忙不迭地带着哭腔央求：“太君长官，我们是良民啊！”小胡子鬼子狰狞地笑道：“你的，女八路的干活！”米氏忙摇着双手告白：“我哪是八路呀？是良民……”从地上爬起来的龙兆庭上前和鬼子“讲道理”，被小胡子一枪托砸在肩部再次倒地，眼睁睁看着鬼子兵把老婆、大姨子强行拖到碉堡里去了！龙兆庭撕心裂肺地喊：“太君，不能啊！”被鬼子虚晃的一枪吓得再也不敢叫不敢动。坐在灵柩车上的连襟早闻日本鬼子的罪恶兽行，见妻子及小姨子被拖进碉堡，喊叫着扑上去，被鬼子兵举枪一戳，屁股上鲜血直流，疼得用手捂住直叫娘。从正午到日头偏西，米氏姐俩才被放出来。姐儿俩头发蓬乱，衣服不整，呜呜咽咽走路蹒跚。龙兆庭急火攻心，还要说啥，车夫劝道：“还不快走，留了条活命就不错了！回家治丧要紧。”米氏姐妹连滚带爬栽倒车上，车把式扬鞭打马就走。离开碉堡后，米氏哇哇地又哭又骂个不休：“车把式早就提醒你个老东西绕开有鬼子的地方走，你偏不信邪！在日本人前你充什么大尾巴狼？他们不是人！一个一个的畜生啊……这会儿你美了吧？”龙兆庭又急又气，半辈子没这么敢冲老婆吼过：“老婆叫人家轮奸了我还美？你混还我混？”

“你你！”米氏骂，“你个活王八！”

车把式劝她：“你就别骂了！蒋委员长都没法对付日本人，龙先生又有什么法子？唉！活该咱中国人遭这一劫啊！”

龙兆庭那连襟弄得屁股、身上、脸上都是血，米氏抱怨龙兆庭：“要是普通的老百姓也罢了！你空是个民国文胆、老蒋的红人儿，也受这没处撒的窝囊气！”龙兆庭长吁短叹无言以对。米氏用手指头戳着龙兆庭的脑壳数落个不停。

龙兆庭推开老婆的手：“去去！你懂什么呀？”

车把式不爱听，说龙兆庭：“她不懂，我看你也不明白！”

“我？”

龙兆庭一怔，心里纠结：变了，这世道真变了！连车把式都敢教训起文胆来了！

龙兆庭没发作——得罪了车把式，他要起牛来玩儿点儿邪的，自己只好趴在这儿干哭了！

做了几年“人上人”的龙兆庭眼睁睁看着自己老婆、大姨子都受了日本鬼子的凌辱却无计可施，越想越觉得这哑巴亏吃得不是滋味儿。发丧完毕，龙兆庭浑身无力，神志恍惚，犹如大病一场，在床上躺了两天两夜才爬起来，对米氏说：“我要去给委员长打电话。”米氏问他：“老人也入土为安了，家里的事都料理清了。咱绕道走，回北平得了，怎么又琢磨给老蒋打电话？你是不是嫌我身子不干净了，要休了我？”

说着，米氏又哭起来。

“唉！”龙兆庭叹口气，“都是我惹的祸……”

“你可要嘴上有把门儿的——‘那事’不能乱说。”

“哪事？”

“我爹撞死那事……叫暴脾气的二哥知道了还不撕烂了你！”

“借我俩胆儿也不敢啊！”

“你可不要嫌弃我……我以后对你好，再不咋呼你了！”

“不说这些，都老夫老妻的了。我得向委员长诉诉苦，告日本鬼子狗日的！”

米氏道：“我看你真是气糊涂了——向老蒋告日本鬼子有屁用？他自己躲得远远儿的，碰都不敢碰日本人一下！要告，得去共产党那儿告去……”龙兆庭一听急忙伸手捂住米氏的嘴：“别瞎说！叫特务听见就没命了！”米氏拨拉开龙兆庭的手，白他一眼：“瞧你吓的！我娘家谁是特务呀？你看不出来老乡们都拿什么眼神儿看你？知道为嘛不？”

“为何？”

“蒋介石不打日本人打红军，窝里横！你给他帮腔，你是真不明白还是假不明白呀？！”

“我吃的是这碗饭……”

“那咱就不吃他的这碗饭了！要是日本鬼子给你开钱你也舔日本人的屁股啊？小心秋后算账！”

“你别说得这么难听！”

“就是就是！我恨死日本鬼子了！我也恨老蒋！他要是把日本人挡在关外，我能受这欺负吗？”

话糙理不糙，龙兆庭竟无言以对。

龙兆庭打消了到县中学昔日私塾同窗那里借电话打给蒋介石的想法，直接回北平家里去。米氏二姐夫妇不愿与龙兆庭同行，另择日返程。为躲避日本鬼子的再次伤害，龙兆庭与米氏不敢原路返回，改由西路、贴近太行山而行。马蹄扬尘，车轮震荡，偶见飞

鸟凄厉，孤雁南鸣，萧瑟的秋风送来阵阵冷意。

米氏撩撩轿子窗帘，长出一口气："阿弥陀佛！走这边还算消停。"

龙兆庭没听见似的，耷拉着脑袋想心事。此行多难而遭乡亲白眼儿、亲戚非议，肚里一万个不痛快。想自己起起落落好好歹歹几十个春秋，穷也穷了，富也富了，做过人下人，又当人上人，酸甜苦辣什么滋味没有？到头来自己算个什么呢？不由得纠结有诗：

半生苦作愧文章，
知遇南京彷未徨。
如梦醒来惟汗颜，
文中丈夫愧还乡。

虽精神落魄，龙兆庭依然少不了孤芳自赏。车把式见龙兆庭长吁短叹，安慰他道："先生别难过了，反正事情都过去啦！前边的路还长着哪！"龙兆庭连说："难啊！"车把式哪里知道他的心事？

正走之间，只见车把式"吁"地一声拉紧缰绳，那马儿一扬前蹄停下来。七分思、三分睡的龙兆庭一愣："怎的停车？"

车把式嘴巴往前呶呶："走不了啦！"

龙兆庭揉揉迷恍的两眼望去，山路两旁有几个荷枪实弹的大汉挡住去路。龙兆庭大惊："又遇到日本人了？完了！"吓得浑身筛糠。车把式打量着拦路的大汉对龙兆庭道："龙先生先别急，不是日本人！"

"那是什么人？伪军？"

国人把投靠日本侵略者、替日本人打中国人的卖国败类称作伪军。

"不像，"车把式走的路多见的也多，琢磨着这些庄稼人打扮的持枪者是什么队伍，"是什么队伍呢？"

大汉中一个当头模样的人瞅瞅龙兆庭："嗯！像，就是你！"

龙兆庭忙解释："不不，不是我！我是……过路的良民，良民。"

"少拿对付鬼子的那一套对付我，走，"当头模样的用盒子炮指着龙兆庭，"别耍滑头，我这枪子儿可不会客气！"

不知为何，这些"拦路虎"只劫持他一个人，并不理会他的家妻，更没掩她走的意思。龙兆庭疑虑他们是强盗，忍不住问："你们要干什么？我老婆她身上不利落！"当头模样的听了瞟一眼在车里抖作一团的米氏，呵斥龙兆庭："你哪那么多的废话？走！"龙兆庭不敢再多嘴心想：完了！报应！都是报应！老丈人啊，对不住喽！你抬抬手吧！女婿是外姓，闺女是亲的吧，显显灵吧！

胡思乱想没有用，被两个大汉押着，深一脚浅一脚地顺着山路往山里走去。穿松林，走小径，过溪水，然后一个大汉用黑布把他的双眼蒙了起来，用手扯着他的胳膊往前走。大约一顿饭的工夫，脚步停下来，蒙在头上的黑布摘了下来。龙兆庭睁睁眼，好一会儿才看清眼前的人和景：宽大的大殿正中坐着一位长者，几个全副武装的年轻人分列两旁，虽无杀气，却也瘆人。

“报告王司令，真把奸细抓住了！”当头模样的人报告。龙兆庭不敢直视坐在殿上的司令，两腿发抖，脊背冒冷汗。

“在下何人？”司令问。

“卑职龙兆庭，借路回北平，被贵司令手下误抓，请司令开恩。”龙兆庭说着就磕头跪下。司令闻听问道：“龙……你是哪里人氏？”龙兆庭回道：“不敢哄骗司令，是邯郸人氏。”

“那请你抬起头来！”

龙兆庭嘟念着抬头看，惊得张开的嘴半天合不上，这司令怎么似曾相识？便壮壮胆子试探着问道：“莫非您是……”

司令哈哈大笑：“怎么把你抓来了？蒋委员长的御用文人龙兆庭！”

“您是……王将军？”龙兆庭又惊又喜。

“樵夫，算是故知喽！”

龙兆庭那绷得紧紧的神经这才稍稍松弛，两行热泪淌下来：“王将军！我好倒霉……幸亏遇到您！缘分！缘分！您这里是？”

“太行抗日联合支队司令部。”

“您抗日？”

“你是说我该学你们蒋委员长，不抗日打红军？”

“不不，不是那个意思！我是说您都多大年纪了……”

“你是邯郸人，可忘赵国之廉颇八十食斗米乎？”

“是啊是啊！”龙兆庭忙道，“原来王老将军宝刀不老，古稀之年还为国效力。令人敬佩！”

“龙先生请坐吧，”王老将军让座，“不知龙先生为何到此？”

龙兆庭坐了，喝一口大汉献上的茶水，长叹一声：“一言难尽！”然后一五一十地把事情经过说给王老将军听。王老将军听了对龙兆庭道：“先生尝到亡国奴的滋味了吧！国家有难，匹夫有责。泱泱大国而被岛国倭寇恣意侵占，烧杀掠抢，焉有不抵抗之理？”

王老将军虽没明着批评自己，龙兆庭心里明白，面出愧意，支支吾吾把话岔开：“是啊……不知三音大师身在何处？”王老将军道：“十年前大师往峨眉拜见师父，久没信息相通。”龙兆庭道：“遗憾！学生愧对大师教诲！惭愧！凡胎不知仙人旨！龙兆庭无颜大师，亦无颜王老将军！”王老将军道：“龙先生，休怪老朽出语不顺，人的一双眼睛如只盯着个‘钱’字，只看着个‘官’字，而忘却‘先天下’之训，又何乐哉？”

原来王老将军非仅一介武夫，乃出语不俗之秀才！龙兆庭惊诧不已。

王老将军继续道："如今倭寇猖獗，国难当头，做出任何亲者痛、仇者快的事都必然会为国人所不齿。惟抗日救国是本分。龙先生还记得当年骑牛横笛之牧童否？"

"记得，记得。"

"他已为国捐躯了！"

"为国捐躯……他？"

"给你指路的牧童姓花，叫春生，是三音大师的朋友道临隐者的高徒，一柄太极剑舞得出神入化，尤其一身轻功了得，穿房越脊似猫，飞檐走壁如燕，更有爱国之一腔热血。见倭寇猖狂进犯，毅然出山抗日，组织'爱国自卫军'，仿着井冈山毛委员的路子，请共产党秘密党员张振华做党代表，在石门西太行山一带与敌寇展开武装斗争。星夜飞身碉堡取鬼子小队长之人头、雪天仗剑县城夺汉奸卖国贼之命……直杀得鬼子胆丧、汉奸魂散，百姓称之'飞将军''夺命剑'，威震冀南三州四十八县，长了中国人的志气，灭了鬼子的威风！"

"令人敬佩！如此功夫了得，怎么就失手了呢？"

"由于叛徒出卖，敌伪一千多人包围了花春生等五人正执行秘密任务的李家洼。敌人知道花队长的厉害，不敢近战，用三门迫击炮对准他们住的小院子倾泻炮弹！唉！"

王老将军说到这里以掌击案，悲痛至极。龙兆庭听了亦被感动："可恨的叛徒！"

"龙先生，救国者，武以杀敌，文可唤起民众、鼓舞将士。你莫枉揣了宋玉之才！为正义呐喊，伐卖国误国，为抗日救国出一份力，岂不是胜过'安内'之蹩脚文章？"

龙兆庭恨不得找个地洞钻进去，连说"惭愧"。想那牧牛之童尚能明大义救国捐躯，自己饱读诗书倒怀里揣个"小"，助纣为虐！想到妻子姊妹眼睁睁被辱而无力解救，是谁之过？心中不免抱怨：你蒋大总统握几百万大军，乘"美龄号"座机，专门对付共产党红军而放任那倭寇吞噬中国，天理何在？如果自己继续做蒋家王朝的"文胆"，岂不为千古罪人？想到这里浑身惊出冷汗来！

"龙先生去吧！"王老将军冲龙兆庭摆摆手，"人各有志，老朽如有冒犯，请不必在意。"

"不，老将军，"龙兆庭站起来向王老将军鞠躬致谢，"您的话我记下了。我今后重新做人就是了。"

"好，"王老将军以礼相送，"如是，三音大师有知必亦慰也！"

龙兆庭一路走一路观察，国破山河碎，贼横黎民危！且喜抗日烽火正燃起，片片苏区飘红旗。回到北平大病一场，闭门谢客，月余卧床不起。忽一日便衣敲门，密送南京政府电文：

文昌先生台鉴：

委员长谕：时局严峻。我必文以声讨、武以操戈，党国之大任也。先生文胆，下笔可泣鬼神，泼墨即撼乾坤，栋梁也！时残匪剿尽在即，大有文章可做，盼火速来京，另有重任委先生。

国民政府　办公厅　十一月七日

捧读之后，龙兆庭癫狂大笑："好个'文以声讨'！又要我龙兆庭杜撰骂共产党红军的文章了！惭愧呀，我龙兆庭丢尽了人格，还要我继续做跳梁小丑吗？你放着几百万国军不抗日还不够？又要拉出我为虎作伥做倒行逆施的事？多少妻女遭辱？多少河山破败？你们还是中国人吗？"骂罢，撩被更衣，到案前润毫研磨，铺宣纸，提湖笔，一气呵成，有云：

中华大地尽受日军奸杀抢掠，凡此种种，皆不抵抗之过也。反之，所谓"共匪"，得民心者也！文昌虽有泼墨之技，实缺是非之德，致使亲者痛、仇者快，误国殃民，贻笑大方。文昌手无缚鸡之力，确有悔过之心，悬崖勒马，是为自救；亡羊补牢，是为悔过！拒吏封而坦然心静；修身性好淡泊明志。归布衣，本也。

写罢封好交与便衣，酣畅淋漓一醉又睡。醒来已是第二天凌晨，自知南京政府不会放过自己，撇下老婆孩子家私只身而逃。

诗曰：

是非能断家人祸，
浪子回头因国难！

第三十六回

少帅彷徨华山道　老兵泪洒古城郊

天上忽然飘飘扬扬下起雪来，老天爷似乎给正要上山的车队一个脸色看看。少帅张学良摇下车窗玻璃向外望望，风雪正无情地袭击着华山，天地间白茫茫一片，那鹅毛大雪片片飞进车里来，落到他的貂皮帽子上、脸上和大衣的狐毛领上。坐在副驾驶座上的警卫营长孙铭九回头看看少帅，轻轻问道："副司令，天气不好，还上山吗？"张学良摇起窗玻璃，犹豫了一下说："咱们是雪窝里长大的，还怕这点儿雪？"

"副司令，可这里不同关东，路滑呀。再说夫人她……"孙铭九婉转地提醒少帅。

这个季节的雪，在关东它随下随冻，厚厚地积一层，飘下来是什么样，积在那里还是什么样。在渭南地区就不同了，往往边下边化，路面马上泥泞不堪，雪花落在石板地面上，风一吹，结出薄薄的一层冰，车走在上面，轮子就会打滑。孙铭九担心雪天上山不安全，更何况"自古华山一条路"，想那山路一定十分难走。

作为军事家的少帅当然知道这些。

从南京回到陕西，少帅心里一直窝着火没处撒。如果自已不和共产党的红军决战，咄咄逼人的蒋介石是不会善罢甘休的！什么金兰之好，什么副总司令都免谈！他终于明白，把三十万东北军调到陕西来是对付红军——消灭陕西境内的共产党红军，自已这个副司令不过是被蒋介石当枪使。去南京之前自已曾经调集大军在陕北与红军几次交战，想不到三战皆输：心爱的师长丧命黄土高原，自称打遍天下无敌手、对谁都不服气的高虎子营长被俘虏。而被红军俘虏放回的官兵反说共产党红军如何光明正大、如何诚心抗日救国、如何愿意与东北军联合抗日……让张学良内心纠结不已，不能打日本侵略者的确愧对父亲在天之灵，愧对关东父老，这是自已心底里的痛！

面对严峻的现实，怀藏矛盾的心理，张学良被困于精神之牢笼，恨无化解之策。到华山来，与其说是拜岳，毋宁说是宣泄——"自古华山一条路"，自已面临的也是一条艰险的人生之路。

和红军决战，他难下决心。

"不抵抗将军"的恶名自已背得够沉重的了，撒手让出东三省给杀害自已父亲的日本人，更一直折磨着自已的良心。或许，公然面对面向蒋介石提出改变"攘外必先安内"错误做法的只有自已一人，但反对此"国策"的人比比皆是。如果再不抵抗，任由日本人占领华北，那才是"国将不国"了！

国有五岳。中岳嵩山，因十八棍僧救唐王而威名天下。南岳衡山，汇中华大地之灵透，天下神往。北岳恒山，巍巍于太行之巅，堪为镇国之神器。东岳泰山，位齐鲁而面大海，天威尊贵，历代帝王将相莫不拜之。西岳华山，久为道家之尊，传奇神秘，令人神往。少帅执意此行，其心其意不得而知。

夫人于凤至委婉相劝：“小爷，改日有个好天气再来也好。”

少帅鼻子里喷喷粗气，没有说话，望望车窗外的雪天，脸上流露自信：“放心吧！雪就要停——这麻将牌厚的一点雪，难走不到哪儿去！”

孙铭九、于凤至和司机纷纷隔玻璃往外瞅，彤云渐浅，朔风轻吹，雪花儿比刚才少了许多。

“还真是的！”孙铭九一叹，“副司令还上知天文……”

“我真那样，今天就不带夫人来了，”张学良苦笑一声，“也许是我的心感动了天庭？”

于凤至把话接过去：“小爷的心老天爷还不知道？神灵保佑你。”

“哦！”张学良叹口气，“知道又奈何……”

此言一出，孙铭九和于凤至都能听出点儿心酸来，但谁也不敢轻易和副总司令“聊”国事，这是心照不宣的规矩。到这时，于凤至明白夫君为什么有此行……心中暗暗祈祷：苍天啊，保佑小爷吧！然后含笑对少帅道：“幸喜天色还早，上得去下得来——十冬腊月，别有一番景致欣赏呢！”孙铭九听了望望少帅，少帅向前摆摆手，孙铭九明白了，对司机道：“开车。”司机挂挡加油，轮子又滚动起来，车队直向上山方向前进。

山脚下停车，一行人缓缓上山，鱼贯而行。少帅边走边看，华山真的名不虚传：

> 平川无际，冒出一座雄伟大山！天威难犯，只留一条小路通关。面西峭壁，如一剑插云；三面望野，关中大地独揽。雾薄似纱，蒙不住峥嵘本色；浮云化外，猜不透天上人间。

于凤至贵为司令夫人，但从小与山有缘，倒也不惧山路，秀手虽然戴了鹿皮手套，扶了铁链往上一步步地攀登，还是感到手掌发凉。走在她前头的少帅不时回头问候：“行吗？”

“行。”于凤至强作笑脸。

少帅看出夫人的勉强，对后面紧跟的孙铭九道：“你看能否找到滑竿儿？夫人快吃不消了。”

“是！”孙铭九应声马上喊：“一连长！”

“到！”一连长就地打个立正。

“马上带人去找两个滑竿儿来！”

“是！”

于凤至对少帅道：“别让他们费心了。冰天雪地的上哪儿找滑竿呀？我能走上去。”

张学良收住脚步望一望，风嘶云空，飞鸟全无，哪里有人的踪影？

“算了！”少帅冲孙铭九举举手，然后伸手拉住于凤至的手，“脚下踩实，那只手稳稳抓住铁链。”

“小爷！”于凤至嗓子像被什么塞了一下，两眼把感激投给少帅。于是，一行人小心翼翼一步步登向华山之巅——两千一百五十五米的最高峰。少帅赞扬夫人道：“巾帼不让须眉，英雄。”于凤至强忍腿酸腹疼，脸上浮笑：“我……凑个热闹罢了，家庭妇女一个，能陪好小爷就好。”张学良“哦哦”点头，却不知道于凤至已有病在身。

“不愧为西岳华山！”张学良有了兴致，“南接秦岭，北瞰黄渭，真是天下奇险第一山啊！”

众人莫不惊叹。

张学良感慨不已：“《山海经》里说它‘削成而四方，其高五千仞，其广十里’，不是妄语。史书记载黄帝及尧舜曾游，秦始皇、汉武帝、武则天等十几位帝王来拜，可见其地位之高。”于凤至道：“既然那么多的皇帝都来拜它，你也拜拜好。”张学良道：“我自然要拜。先在这华山之巅心拜，再到山下之西岳庙祭祀。”于凤至把手揣在怀里暖和一会儿，从挎包里取出小巧的莱卡相机给少帅留影：“看这华山多美！不照几张相可惜了这一趟。”张学良摆好架势，任于凤至拍照。见少帅有了兴致忘了烦恼，孙铭九等随从人员也眉开眼笑。

常言上山容易下山难，由于心情的不同，虽难却快。坐回汽车里，于凤至往靠背上一仰：“妈呀！我走不动了！西岳庙我就不进去啦。”少帅笑道：“好，你在车里歇息，我到庙里祭祀了咱们马上往回赶。”

车停西岳庙山门外，少帅徒步进庙参拜。但见西岳庙殿堂无数，气势宏伟，难怪人称“第二故宫”。

天上神仙人间塑，
皇家色彩赋庙门。

进得庙门，却不见有住庙道士人影，张学良有些纳闷儿：大殿外面的香案上香火正燃，怎么会没有人影？走进三清观，只见三清安然在上，默默享受着人间香火。一旁站着一个少年道士，对少帅一行视而不见。孙铭九看不下去对小道士说：“你家道长可在？张副司令前来上香，也不出来打个照应。”小道士不慌不忙答道：“三清在，香案在。将军请。”孙铭九跟随少帅经年，走南闯北，见过不少达官贵人、社会名流，还真没见过小道士这般满不在乎少帅的，也没碰到过像此处住持这样无礼的！

孙铭九提高了嗓门儿：“听见没有？少帅来了！知道谁是少帅吗？”

小道士冷冷一笑：“啊——是不抵抗将军吗？”

“你……”孙铭九就要上前“教训”小道士，被少帅喝住，只好愣在那里不作声。张学良对小道士道：“对不起，我的确是你们抱怨的少帅张学良。如此看来，不仅是你一个人对我有恨了？”

小道士道：“我之有恨，是家父被日本人杀害于松花江畔。道长回避，是民族气节使然！”

小道士的不饰之言如利剑穿心，令少帅心血四溅……少帅悻悻地道：“我无话可说……好，我会将功赎罪。这不，特意向神明祈祷。”说罢，推金山，倒玉柱，双膝跪到蒲团上，双手合十，两目紧闭，两唇开合，默默祈祷。急得孙铭九直跺脚，暗暗责备少帅：你这是何必？干吗到如今还替他老蒋背黑锅？把实情“捅”出来不结了？省得遭全国老百姓没完没了的骂！

跪在蒲团上的张学良面对三清默默祷告：外敌入侵，百姓涂炭，山河破碎，我张学良怎不愤恨？杀我父、弑我民怎不同仇敌忾？我张学良向三清发誓，身为中华子孙，再不做亲者痛仇者快之事。

回程大家一路无话。快进西安城，少帅忽闻有哭号之声，向车窗外望，只见一大老爷们儿坐在好大一堆土台上呜咽哭诉，好不悲惨的样子，便令司机停车，要孙铭九去问。孙铭九下车问了回禀：“副司令，他是咱的老兵，叫孙根发，我认识。”

“你认识……老兵孙根发？”少帅一怔。

“是。”

“他不在部队，一个人到荒郊野外哭什么？”

“副司令，我不敢讲。”

“他的事你不敢讲？奇了怪了！讲！”张学良生气了：你孙铭九是我的警卫营长，平时不离左右，还跟我有什么藏着掖着的？

“他对副司令失去信心，本是要当逃兵开小差儿的，投奔红军去……”

“哦？那他坐在这里哭什么？”

“他说：不离开东北军心里窝囊，离开少帅愧得慌……”

“瞎扯！他恨我才离开，还谈什么愧不愧的？”

“他说：‘我十六岁跟了大帅，雪窝里爬，枪子儿底下钻，胜仗败仗都经历过，没这么窝囊过！跟着少帅平叛兴奉，多么快活！可如今有家不保，有寇不杀，躲到关中自己人打自己人，这叫哪一出啊？’”

张学良听了推开车门跳下车，径往哭诉的老兵走去。于凤至以为少帅发怒去惩治老兵，扯开嗓子喊：“小爷，别跟他一般见识啊！”见少帅不为所动，忙下车跟上来。

于凤至愣住了！孙铭九也愣住了！只见少帅走到老兵跟前“啪”地一个敬礼，分明说道：“对不起！学良对不起！”

老兵孙根发吓得一个激灵跳起来，惊得嘴拙舌头笨：“这……”

“请跟我上车回去吧。学良会对兄弟们、对国人有个交代。”

见少帅态度诚恳至极，孙根发颤抖的身子渐渐站得直了，泪流满面地向少帅赔罪：

“副司令，你惩罚我吧！我本不是打心里恨，是又急又恨……”

“我没有怪你。孙大哥，走，跟我回去吧。我让你看看今后的张学良。”

“我回去，可我不坐车，怎么走来的怎么走回去——副司令，今后我不开小差儿了。”

“我知道。回去，我置酒为你压惊。我还要听你吐露肺腑之言呢！”

果然，少帅置酒与孙根发对饮。

“忠言逆耳，良药苦口，”张学良对孙根发道，“今天，我就洗耳恭听你的心里话。”

“既然少帅这么抬举我，我就心里有什么说什么了。”

“我要的就是这个！”

孙根发用手抹一把胡子拉碴的赤红脸，打开了话匣子：“你少帅是个顶天立地的大英雄，怕过谁？我明白，为了国家统一，你才归顺民国政府。三十万东北爷们儿有几个不听你的？可是老蒋他不说事儿呀！不放一枪拱手把东三省让给日本人，是人干的事吗？全中国都戳咱的脊梁骨呀！这个黑锅你背上，外人不清楚，我还不清楚？”

张学良专注地听，默不作声。

“我知道，你有你的难处，不能像我们扛大枪的，心里有不痛快的嘴巴就往外吐噜！可总不能这样无休无止地折腾咱东北军吧？谁不知道中华民族的当务之急是打日本鬼子，战场在东北在华北呀，把咱们弄到陕西干什么？到华清池洗澡啊？他蒋介石没那么够朋友。说白了，他是借刀杀人，杀不该杀的人。副司令，你就听高营长一句话吧：红军不能打。我们不能落下千秋罪名！抄起家伙打日本侵略者才是正路子！”

张学良端起酒杯和孙根发碰：“这就是你要离开东北军的原因了！”

“可我又悟出了不能离开你的理由。”

张学良听得糊涂了：“话又怎讲？”

“我出了城，深一脚浅一脚地往东北方向走，一路走一路埋怨你，挺聪明的一个人怎么就‘聪明一世糊涂一时’呢？不得民心的政权哪个长久了呢？及早打自己的主意才是明智之举呀！我听说老蒋都和你撕破了面皮，你不顺着他，早晚不得叫他算计？副司令，我走着走着，看见了那个土台子，土台子倒不稀奇，稀奇的是土台子上的碑！”

“碑？”

“是哩！那块残缺不全的碑可老有学问了……”

“老有学问？什么碑？”

此时的孙根发完全没了敬畏感和地位感，滔滔不绝讲起来：“说来话长——那是老辈子的事了。想当年，萧何月下追韩信，就在那个地方追上的……”

“这倒没考证过！”

“那儿的老秀才都这么说，所以那儿才叫‘回马坡’，”孙根发坚信不疑，“副司令，我坐在那里琢磨：您不是韩信，可比韩信还固执。要是有个‘萧何’把您‘追回’就好了！我是说，谁能劝您别跟着蒋介石的指挥棒转了。副司令，您听着不顺耳就当我没说，要不您砍了我。我把该说的话说出来了，死，也心里痛快！”

“难得！难得你如此忠心仗义，”少帅站起来敬孙根发，“你就是我张学良的‘萧何’！”

孙根发愣了，红肿的眼死鱼般瞅住少帅不动：“副司令，您吓着我了……”

“别说了！我知道你的话不仅仅是你自己的心里话，也是东北军将士们的心里话。你也说出了我汉卿的心里话。谢谢你孙大哥！”

“不敢。你是副司令，我是一老兵！”

“没有你这样的老兵保驾，我这副司令快没戏了！”

“副司令，我知道您心里放不下关东三千万父老乡亲们。我也明白您不忍我们的国家让日本人肆虐横行，所以我舍不得离开您呀！”孙根发说着又抹起泪来。张学良一拍胸脯铿锵发誓：“张汉卿不能枉活一生，不会愧对中华民族！”孙根发忘记了自己的身份，端起酒杯敬少帅：“副司令您这话我爱听！”伺候在餐厅外的孙铭九快步走进来呵斥孙根发：“老孙你老糊涂啦？怎么跟副司令说话呢？”张学良打个手势制止孙铭九：“没你的事！上饭！”孙根发的确有了八分的醉意，把手一扬喊道：“对！上东北大馒头！”随即便双眼一闭倒在椅子上，呼出鼾声。张学良不禁一叹：

“张汉卿！惭愧啊！”

正是：

位卑亦能晓事理，
英雄含愧泪沾襟！

第三十七回

梦先父汉卿反思　会同僚虎城坦言

黑山白水之间，坐落着一座历史古城——奉天。翻过去的是历史，留着的是今天——土匪出身的张作霖坐上了东三省的头把交椅，凭自己的本事打下的江山无人可撼，时称“东北王”是也。这东北王和封建王朝的“王”没什么两样，三妻四妾不在话下，封建专制沿袭照搬，视百姓如草芥，霸江山为己有。“普天之下莫非王土”，什么都是他张家的私有财产。

家有儿女，十一个子女中长子张学良更是他的掌上明珠、心中的至宝。

张作霖得子（张学良）的那天打了个大胜仗，认为是儿子给自己带来了好运，喜得连醉三日。说来也怪，自己的势力，随着儿子张学良的成长而不断壮大，以致坐拥北京城而虎视天下。

虽功成名就，但一路走来，目不识丁给张作霖带来的是一路的麻烦和别扭。尤其当上大帅，自然和绿林不一样，要行文，要告示，要书信往来……常常令他尴尬不已！所以，让儿子上学是他首要考虑的。于是，良好的基础教育使张学良受益匪浅。一步步深造和谦逊的学习态度，成就了张学良的大家风范。而无数次的战争考验，使他成为一个超越其父、名扬北中国的英雄将领。在当时，中国数不清的军阀中张家父子堪称一代枭雄。东三省，直系、皖系无可比肩者。

但他们成了日本人的眼中钉。

于是就发生了炸毁张作霖乘坐火车的皇姑屯事件。

无疑，父亲的死更促使张学良视日本侵华先遣军关东军为死敌。虽然拥有三十万大军，有海军、有飞机，军力强过蒋介石的国民军，但权衡利弊，少帅选择了易帜，成为国民革命军，东三省一夜之间飘起了青天白日旗……

少帅认为，国家统一是大势，只有把各地的军事武装集合起来才能有力地抗击日本侵略者。

令他始料不及的是，易帜之后事与愿违，三十万大军和他一起背着不抵抗的骂名被移师关中……

酒后的少帅张学良卧榻而睡。朦胧中，自己来到一个熟悉又陌生的地方。说它熟悉，是那忘不掉的黑山白水、大豆高粱和“窗户纸糊在外”的屯居民房，以及“反穿皮袄毛朝外”“大姑娘叼烟袋”的父老乡亲。说它陌生，是城里城外端着明晃晃刺刀的鬼子兵、被战火烧焦的房屋、被奴化的国民……

猛地，只见一个满头血淋淋的军人从燃烧着的灰烬中向自己走来！他身着大元帅服，威风凛凛，冲自己叫着："汉卿，你在哪里？"

"啊，是父亲，"少帅又惊又喜，忙迎上去，"我在这里。"

父亲四下望望，疑惑地问："'这里'是哪里？"

"这里是华山……不，是西安。"

"你不在奉天，跑到西安干什么？"大帅满脸疑问。

"是这样……"少帅把东北易帜的经过向父亲禀报，大帅带血的脸上双目圆睁："易帜……干吗易帜？离开黑土地你就断了根，也害了东三省父老！"

"父亲！"

"这三十万大军别毁在你手啊！"

"父亲！"

少帅扑向大帅，大帅突然不见了！少帅"啊"地惊叫一声醒来——却是南柯一梦，自己掉在地毯上。

守在旁边的于凤至吓一跳，忙上前搀扶，又好气又好笑："小爷！多大人了睡觉还不老实？"

"梦……是梦！"张学良惊魂未定。

"原来做噩梦——我说呢！看看，出了一头汗，"

于凤至忙找来毛巾为少帅擦脸，"快坐到沙发上，我去换杯热茶。"

张学良坐到沙发上，慢慢喝着热茶，思绪万千。突然，少帅一拍茶几站起来，喊一声"调车"就往外走。

于凤至忙给少帅披衣服，随口问道："小爷，这又去哪儿呀？"

"出去——别问！"

于凤至见少帅绷着脸的样子，知道他有什么重要的事去办，不敢再问，望着少帅的背影惶惑不已。

杨虎城将军接到少帅张学良的电话，约见大雁塔。

少帅在电话里并不讲原因，只是说一句"请杨主任马上到大雁塔相见"便放下了电话。杨虎城忙调车，坐到车里揣想：少帅用不容拒绝的口吻约自己，而且到大雁塔见面，不合少帅的平日做法呀，会有什么事情呢？

风在车外呼号，叼着行人的棉袍下摆疯狂地抖动，街旁店铺的幌子似乎要被掀走。但寒风阻挡不了城里人的生活秩序，走街串巷的小贩，挑肥拣瘦的市民，横眉竖眼的地痞，裘衣浓妆的贵妇人……纷纷在车窗外闪过。车出孔雀门，穿过护城河，直奔大雁塔。

车停大雁塔门外，早有少帅的副官迎接上前："杨主任请。"

"怎么，少帅请我考古呀？"杨虎城面露疑惑。

杨虎城一进院门，站在塔前欣赏大雁塔的张学良举手打招呼："没惊你的驾吧，杨

主任？”

“你这个少帅！”杨虎城不无抱怨，“你不是约我探讨唐玄奘的吧？我可没那雅兴！”

“主任里边请。”张学良不做解释，往屋里让杨虎城。杨虎城进得禅房一看，桌上早沏好茶，茗香扑面而来。

“好茶！”杨虎城一叹。

“请坐，”少帅含笑解释，“这是黄山毛峰——蒋夫人送的。”

杨虎城落座品茶，故意瞥瞥茶杯，悠悠地问道：“嚯！南京之行收获不小吧？”

张学良不苟言笑道：“是啊，收获的确不小。”

杨虎城眼睛一瞪，若有所思，然后瞅瞅少帅，故意一叹：“看起来这盟兄盟弟还是有情分么，我要是你汉卿，恐怕就是另一回事喽！”

张学良知道杨虎城话外的意思，哈哈一笑：“老兄就别故意寒碜我汉卿了，知道我为什么约你到这儿来吗？”

“考古呀——我把话说头里，唐三藏取经那档子事我可没研究！”杨虎城摆着手摇着脑袋。

张学良笑着说道：“人说杨虎城直率，原来肠子的弯儿也不少！”

“嘿！少帅你这话就不够朋友了。我杨虎城没说错吧？不考古到这儿干什么？”

“为躲避鹰犬的眼睛！”

“你说什么？”杨虎城一愣，两眼直勾勾地望着少帅张学良。

张学良一边用茶碗的盖子拨拉着浮在水面上的茶叶儿一边说：“也许杨主任怀疑我的话是否发自内心，那么，杨主任不会忘记我在陕西的任务是干什么的吧？”

“剿共啊，天下人都知道。”

“还有呢？”

“还有？”杨虎城瞅定少帅，等他下文。

“监督你的十七路军哪！”

“监督我西北军——监督我杨虎城？”

“明人不说暗话！”

杨虎城哈哈大笑：“我杨虎城身正不怕影子斜，随便监督嘛！”

少帅神秘地眨眨眼睛，问杨虎城：“你杨主任的确身正——委员长那里可有一本账……”

“什么账？”

“你西北军里有共产党员啊！”

杨虎城闻听又是一愣，旋即乐了：“呵呵！想不到少帅也代委员长兴师问罪来了——证据呢？”

“杨主任，我请你来不是要证据的。”

“那你要什么？杨虎城的人头？在这儿呀！”杨虎城右手指指自己的头。

张学良哈哈大笑："我是来和你交心的。"

"和我交心？"

"所以，我要避开鹰犬，在这里和杨主任推心置腹地谈谈。"

杨虎城的性子固然率直，但亦有三分精细，心中暗暗思量：他少帅表面上被老蒋捧得高高的，实际上拔了他和东北军的根。把个东北军从东三省调到中原，又折腾到西北来打红军，其实是往火上烤他少帅……传言少帅和老蒋近有不合——莫非是真？没准儿！是有报告说军统的人在西安活动，又有几十万中央军调集陕西……于是语气缓和下来，也哈哈一笑："你少帅看得起我，我奉陪呀！"

张学良知道杨虎城对自己还不太信任，便道："杨主任，我坦诚布公地告诉你，今天是请你来商量抗日大事的。"

杨虎城故作惊讶："是吗？少帅也说说抗日的事了？"

"不是说，是干！"张学良铿锵而语。杨虎城大有刮目相看的味道，站起来望着少帅，久久未语。

"老蒋不给令箭，你怎么抗？"杨虎城似乎没有了成见，话到正题。

"所以，和你杨主任商量。"

杨虎城看得出少帅眼睛里流露出的企盼，慢慢坐回椅子上，思考着。张学良见状从衣袋里掏出留洋日本时带回的东洋自来水笔撅作两截，恨恨往地下一抛，"我张学良不是真心抗日，雪家国之仇，如同此笔！"

杨虎城是性情中人，被少帅的举动感动了，向少帅敬个军礼："张副司令，刚才对不起！"

张学良向杨虎城还礼："我背的是不抵抗将军的骂名，你有顾虑是可以理解的。今后，你亲眼看着我张学良怎样把不抵抗的帽子摘掉吧！"

杨虎城上前握住少帅的手："其实，我早有心试探你，只是摸不准，没敢贸然吐露。"

张学良乐了，说道："你不打共产党，还请共产党员在西北军任职，不是告诉我了吗？"

杨虎城道："你可是和红军交过手了。"

"还可以冰释前嫌嘛！"张学良解释道。

杨虎城哈哈大笑："如此说来，少帅对共产党也刮目相看了？"

"谁抗日打鬼子，谁就是我们的朋友！""好！"杨虎城高兴地点头称是。

二人这才又双双入座，有了心思品茶，敞开心扉对话。

此一会，好汉共鸣明是非，英雄励志悖朝廷。关中大地、历史名城，将演绎一场震惊中外的是非之争！

夜半，少帅张学良刚刚就寝，电话铃响了起来。于凤至不耐烦儿地报怨："又是老蒋——不到这个点儿他是不来电话！"张学良苦笑，说道："这你还不明白？这才一抓一

个准呀。”于凤至嘟囔：“什么急事，明天白天打不行？”张学良幽默地道：“委员长睡不踏实，也就不让我睡得安稳。”

拿起电话一听，却是何应钦自报家门的声音。

“汉卿啊，我是何应钦，打扰你休息了。”

张学良心里想：这不是鬼话嘛，明知打扰还装腔作势！

“不打扰——何将军深夜来电，一定是有要事吩咐吧？”

“不敢！委员长前两天嘱咐要我关心一下副司令的冷暖……公务繁忙，这不，今天晚上刚腾出手，就代委员长问候副司令，当然喽，听到东北军消灭红军的消息，委员长将不胜欣慰。”

“谢谢委座。很可惜，我无战功可禀。”

“副司令，恕弟直言，东北军打红军，好比擀面杖捣蒜——用不着费多大力气的吧？”

“何将军的意思是我有意不打红军？”

“不不，不是这样说……”

“红军不是泥捏的，也不是剥了皮的蒜等着‘擀面杖’去‘捣’。他们能突破万里防线爬雪山过草地飞过天险到陕北，就说明红军不是等闲之辈！我为剿共断送了两个师长的命、几个团营军官的前程，难道他们是伸长脖子送死的无能之辈吗？”

“汉卿何出此言？弟不过照委座的旨意行事，绝无丝毫妄言，请副司令谅解。”

“算了！没什么。”

“汉卿啊，委座等着我明天的禀报呢，你看这……”

“请转告委员长，我已部署部队进攻红军根据地，有了战果马上报告。”

“好，也好！”

……

少帅放下电话从鼻孔里“哼”了一声忍不住自嘲：“嘿！我是什么副司令，成‘茄包子’啦！”

于凤至张张嘴想问又把话噎了回去，险些犯了张府大忌：女人家不可问家务以外的事。少帅不说，她一夜心里的疙瘩解不开：除了老蒋，听话音儿是那个叫何应钦的电话，他也骑到小爷头上拉屎？小爷这副司令怎么当的，窝囊不窝囊呀！

少帅同样一夜难眠：蒋委员长把鞭子伸到我屁股后边了。看来，为了应酬他，按兵不动是不行了。

一大早，他叫来了三十七军军长王以哲。王以哲问：“少帅有何吩咐？”张学良道：“你派一个旅，准备和红军打仗去。”

王以哲面露难色：“还打？副司令……”

“你知道我这个副司令是什么司令吗？”

“西北剿共司令部副司令。”

“司令是谁？”

"蒋委员长。"

"哦！你很明白。司令让我这个剿共副司令去打红军，我命令你出战，有什么不对吗？"

王以哲涨红着脸回答少帅："您执行委员长的命令没什么对不对的问题……"

"你的意思还有别的问题？"

"副司令想听真话，还是想听假话？"

"嘿！"张学良瞪瞪王以哲，"你王以哲也学会玩猫腻了，我能想听你假话吗？"

"副司令别急，既然听真话，我就竹筒倒黄豆——"

"你也学着拽文！是竹筒倒豆子，不是黄豆！"

"倒豆子……倒黄豆……对了，咱不是黄豆地里长大的吗？总忘不了家乡的风土人情！副司令——"

"你别往下扯了！"少帅挥手打断王以哲的话，脸上骤然变得激愤难抑，嘴唇抖动，两眼发直。王以哲吓一跳，立正向少帅敬礼赔罪："副司令，王以哲该死，冒犯了副司令，任由副司令惩罚！"

没想到稳定情绪的少帅摆摆手缓缓地说："不是你冒犯副司令，是我汉卿冒犯了国人！"

"副司令！"

"我不能做历史的罪人啊！"

"那就别和红军玩'窝里斗'啦，咱攒足了劲儿打回老家去呀！打日本鬼子呀？"王以哲忘情地喊出心声来。张学良用火辣辣的眼睛望着王以哲，直瞅得王以哲脊背发凉。

"副司令，我……"

张学良再次挥手制止王以哲，反问他："你说的是心里话？"

"不敢隐瞒副司令，是心里话。我敢说，这也是东北军将士们的心里话。"

"好，我相信。你的意思是？"

"我刚才说了，打回老家去……"

"就是说，不听委员长的命令？"

"对！"

张学良坐回椅子上，慢条斯理地问："东北易帜为什么？"

"为什么……"

"为的是中国统一，团结起来，集中力量抗击日本人的侵略，把他们赶回东洋，"张学良自问自答，"请问王以哲将军：我要是不听委员长的命令，和他分庭抗礼，后果是什么？分裂！"

王以哲忙说："不敢！副司令您这么说是折我寿！是啊，和老蒋闹僵了是要分裂……可是，这么黏黏糊糊下去，分裂倒是没分裂，他亡国呀！"

"你的话不完全对！"张学良纠正，"和委员长合作得好，也有分裂——和红军打，

打内战，不是分裂吗？”

“嘿！还真是一本儿难念的经！副司令，这还真是个难题儿。怪不得您整天愁眉苦脸的……那咱也得想个办法吧？活人不能让尿憋死吧？”

张学良微微一笑：“当然。”

“这么下去都把人腻歪死了，副司令快下命令吧！”

“你过来。”少帅含笑招招手。王以哲凑近张学良，少帅耳语一番，王以哲面露喜色，连连点头：“嗯！好！好！”高高兴兴领命而去。

正是：

对阵枪鸣不流血，
硝烟弥漫战无功！

第三十八回

迫军令佯作围剿　收利剑暗休哀兵

诗曰：

> 枕戈待旦梦游中，
> 但恨总裁义不同！
> 将士谁无亡国恨，
> 任由敌寇践华庭？

王以哲领了将令，高高兴兴回到军部，立即叫来属下旅长吕道清，满脸是笑地问：“道清啊，想不想打仗呀？”

吕道清摩拳又擦掌：“军长，副司令下决心了？”

“我问你想不想打仗？”王以哲瞪起眼问。吕道清以拳击掌：“那还用说！总算盼到这一天了。刚才大家还嘀咕呢，副司令叫王军长密谈，八成有戏。”

“还真让你们猜着了，”王以哲故意卖个关子，“有戏嘛，就得有‘演员’是不是？”

“是……军长您误会，我们说的‘戏’不是您想的舞台上的戏。”

“可我今天就给你一个‘舞台’，让你当主角去演。”

吕道清以为军长逗闷子，卜楞着脑袋笑：“我演戏？不行不行！那是梅兰芳、马连良的活儿，哪是扛大枪的人能干的活儿？”

“你懂得还不少。告诉你，这是命令，少帅的命令，这出戏你吕道清演也得演，不演也得演，而且必须演好。”

吕道清见军长转眼间由笑变酷，不由地愣了。王以哲指着吕道清的脑壳批评：“你是猪脑子呀？你以为我叫你上台和马连良比呀？是让你当一回《三岔口》的演员……”

“不不，那个咱也隔着行呢……”

“听我把话说完，”王以哲瞪瞪眼，“你比娶媳妇还急——记住喽：这次打红军，像戏台上的刘利华、任堂惠，只比划不来真的。伤着咱们一个弟兄也不行，伤着对方一个兵也不行。明白吗？”

吕道清比划着舞台上《三岔口》剧情中的动作，终于悟出军长的意思来了：“您是说——”

王以哲板起脸来：“不要说，你照着这意思去‘打’不就行了吗？猪脑子呀？”

“喔——”吕道清清楚了上峰的意图，点头似鸡啄米，叹一口气说：“‘戏’是妙戏，

可演不长呀！老蒋他不是吃素的，早晚露了馅儿不还是个麻烦？”

王以哲抬高了嗓门儿：“你哪来这么多婆婆妈妈的？你是军长还是司令？是不是要我换个人打？”吕道清连忙摇起双手：“别别！我多嘴！我坚决执行命令——放放空枪也比待在屋里挠痒痒强呀！”

“你又废话。”

“不敢，”吕道清“啪”地一个立正敬礼，“保证完成任务。”王以哲警告吕道清：“你别以为这出戏好演。关键是默契——让共军明白！懂不懂？”吕道清忍了乐回答：“懂！军长你就瞧好吧。你又不是不知道，我那参谋长是智多星式的人物，我一点就透，保准‘演’得又好又不露馅儿！”王以哲摆摆手示意明白。吕道清这才乐呵呵地转身离去。王以哲望着吕道清的背影自言自语：“嘿！这到底是演的哪一出呢？”

听到枪声、呐喊声，红军将领林彪和新搭档徐海东马上警觉起来。林彪浓眉一跳，额头一耸，走到窗前望望黄土高坡，没有作声。徐海东断言：“一定是张学良的东北军又来进攻我们了。”

林彪默不作声。

果然，侦查连长黄平来报：“首长，东北军小股部队向我方骚扰，只放枪不进攻，只嗷嗷叫不骂街。”

林彪转回身来盯着黄平：“你说什么？”

“敌人光放枪不进攻，光嗷嗷叫，没有像以往那样‘共匪’、‘共匪’地骂。”黄平重复刚才的报告。

林彪疑惑地“哦”一声，又思索起来。

徐海东望着林彪没出声。他知道林彪是一个具备军事素质的高级指挥员，是红军队伍里极具个性的年轻将领。虽然共事时间不长，他了解林彪的思维方式和作风，话不多，一旦说出话来别人轻易动摇不了他。他不惧权威，包括党和红军崇敬的领袖毛泽东，他也曾非议抵触。他长着一张不像关公的“关公脸”，很少见他有笑，基本天天属“阴”。身子瘦小单薄，却从基层一步步登上高级指挥员的位子，是红军队伍中最年轻、又败绩甚少的指挥员。

“走！”林彪望一眼徐海东，“看看去。”

仿佛不是去战场，而是去参加一个朋友聚会那样从容。

红军战士们很少放枪，浪费一颗子弹都是不允许的。因为红军没有军饷，更没有供应弹药枪支的渠道。枪里的每一颗子弹都是从敌人手里夺过来的，是用生命和鲜血换来的。

林、徐来到战场前沿，用望远镜观察敌情。正如黄平所报，敌军的枪声虽然密集，却并不是对准红军这边射击。呐喊声不绝于耳，却无谩骂的语言。

林彪纳闷：莫非是诸葛之草船借箭？不对！他们不但得不到红军送给的“箭”，更是白白浪费子弹。也不像另有攻击目标，他们的目标似乎只有这边的红军。

聪明的林彪茫然不解，有丰富作战经验的徐海东一头雾水。

“向中央军委报告。”林彪打破了沉思。

正在窑洞办公室里分析时局的毛泽东、周恩来和朱德、洛甫等中央领导，得到林彪、徐海东的报告亦深感意外，一时不知所云。此前，张学良的东北军几次败在红军手下，再次进攻不足为奇。但进而不攻、鸣而不打，的确令人匪夷所思。当众人的目光投向毛泽东时，毛泽东的一句话让大家未解其意：

“会不会是佯攻？”

“佯攻？”大家互相对视又把目光转向毛泽东。

“中心”的形成是不以人的意志为转移的。众人把目光一齐投向毛泽东。

毛泽东道：“我们想想看，进而不攻不围，打而不恶不伤，不是战场上的规则，也不是作战凶狠的东北军的风格，这说明对方是有意为之。”

朱德领悟地点点头：“嗯，有道理。”

毛泽东接着道：“我们得到过张学良透露的本不想和红军为敌的态度，会不会是张有意释放的一种善意呢？”

短暂的沉默之后，周恩来谈出自己的看法：“很有可能如此。据来自那边的消息，张学良几次在国民党的军事会议上公开表示不同意打内战，恳求蒋介石改变‘攘外必先安内’的错误做法，均遭到蒋的拒绝和训斥。”

“东北军在我们面前吃了一次又一次的苦头，他们军心动摇，也可能触动张学良。”朱德也谈自己的看法。

“无论如何，我们必须时刻紧握手中的枪，”毛泽东强调，“在没有弄清对方的意图之前，我们一刻也不能放松警惕，注意观察敌情。”

“可是，敌人为什么会这样干呢？”洛甫有疑问。

“这个问题提得好，”毛泽东用欣赏的目光望着洛甫，然后环视在场的领导同志们，“这才是我们需要了解的关键。”

的确，这是毛泽东关注的佯攻事件的核心问题，也是大家都感兴趣的问题。毛泽东说：“人不犯我我不犯人，人若犯我我必犯人。我们的主张不变。如果对方真的是佯攻而且释放的是善意，那我们不妨回以善意，也采取佯攻的方式回敬他们。如果张学良和杨虎城那样，我们当然求之不得。”周恩来表示赞成：“我们立即通知李克农与在西北军工作的王炳南同志联系，请他了解一下真实情况。”毛泽东道：“今后，我们要派更多的同志‘钻’到‘铁扇公主’的肚皮里去。知己知彼百战不殆嘛。”周恩来点点头：“李克农同志负责这方面的工作很在行，花费了不少心血。”毛泽东若有所思：“文的武的，两条路线都要走。恩来，如果张学良有可能争取，就到了你显身手的时候了——游说天下看周公啊！”这是有着一双慧眼的毛泽东罕有地对同志的赞誉，也是中肯的评价。周恩

来谦逊地一笑："不敢当不敢当。为了革命的事业，赴汤蹈火在所不辞。"洛甫亦叹："我党有润之，又有恩来，民族之大幸也！"大家称是。毛泽东笑道："看看，高帽子戴上了！"众人都笑起来。

西安城里的张学良同样关注红军的反应，在公馆的书房里等着"战报"。

从前线归来的王以哲军长不无得意地向少帅报告战情："副司令，效果相当不错。"

正擦拭、玩味手中镀金勃朗宁手枪的张学良停了下来："红军明白了我们的意图？"

王以哲显得很轻松："那还不理解？开始不明白，支着架子打我们，工夫不大就往天上打枪了。两军热热闹闹地'干'了一阵子，就都歇了——红军不放枪了，我们也没必要浪费子弹呀。"

张学良沉思了一会儿说："这样的游戏可以糊弄南京一时，可糊弄不了永远。委员长不是傻子。"

"倒也是，"王以哲点点头，"不过，一时半会儿他也弄不明白。"

张学良摇摇头："不会很久。一，军统的人不是来西安睡大觉的。二，仗在打，红军没被剿灭，委员长会容忍吗？"

王以哲也冷静了下来："是呀，那怎么办？"

张学良站起来，在屋子里缓缓走动着，像是自言自语："必须采取有力措施！对，有力措施！"

"副司令，有句话不知当说不当说？"王以哲鼓鼓胆子，试探少帅的口气。

"你说。"张学良回头一望。

王以哲瞅见少帅那不反感的神色，鼓鼓勇气说出来："实在不行，和杨主任联手，另起灶炉呗！"

这句话显然打动了张学良，他一动不动地"定"在那里，正说明引起他的重视。而他未知可否的态度，恰恰告诉王以哲他没有反对的意思。

"必须慎重啊！"张学良说，但没有回头。

王以哲胆子大起来了："副司令，不能让蒋介石一步步'困'死我们。我们不能把不抵抗的黑锅背到坟墓里去。我们东北军和西北军联手，公开打起抗日的旗子，就是他蒋委员长反对，国人也会支持我们。"

"红军也会支持我们。"张学良说着回过头来，目光炯炯地望着王以哲。王以哲大脑飞快地转，说道："那就和红军也联起手来，多一份力量总比少一份力量强。"张学良点点头："我正琢磨着从哪儿着手……"

"我愿意当代表去和红军谈。"王以哲说。

张学良没有表示同意还是反对，而是问王以哲："假如我这样做，弟兄们会怎样？"

"坚决拥护啊。"王以哲回答得干脆利索。

"好！"张学良点点头，"你去，我等你的好消息。"

毛泽东得到张学良要和中共、红军主要领导人会面的消息，当即召开新的中共中央政治局会议。毛泽东、周恩来、朱德、刘少奇和任弼时聚集在毛泽东的窑洞里，共同分析当前的斗争形势，一致同意派人和张学良接触。

周恩来成为国共鏖战以来互相接触的首位共产党高级领导者。

作为一个政治家，周恩来是共产党领导者中的佼佼者，有独特的外交才能。能用几国语言与他人交流，坚定的原则性和睿智灵活的对话艺术，奠定了他在政治舞台上无可替代的地位。

正是：

因有周公汉卿会，
兵戎相见便不同！

第三十九回

周恩来密使洛川　张汉卿相约古城

陕北小城洛川和平时没有什么两样，老百姓日出而作，日落而息。没有日本鬼子刺刀洋炮的暴戾，没有国共两军刀闪枪鸣的对峙，小城虽然贫穷落后，却少受战乱之苦。人们突然发现，或眼见或耳闻张学良的东北军和红军有仗打，却并不见有血溅大地，战火蔓延，好像一阵风似的刮过，老百姓也没有伤筋动骨的事。当飞机的轰鸣声在空中响起的时候，人们惊奇地望着空中没见过的“大鸟”从南天飞来，心里忐忑不安：“它怎么飞来这里？”“是个什么兆头？”

人们不知道，一个影响中华民族命运的事件在这片黄土地上正悄悄发生。

乘机飞来的不是别人，正是少帅张学良。

飞机降落在一片开阔地上的临时跑道上，就有军队看护起来。少帅张学良走下飞机，钻进早候在一旁的轿车里匆匆离去。而另一方向，几匹快马扬尘疾驰。他们，是周恩来和熟悉洛川情况的习仲勋及卫士五骑，进了洛川城后直奔天主教堂……

少帅张学良已等候在那里。当周恩来健步走进来的时候，张学良迎上前握手致意：“周先生好！学良恭候周先生，企盼与共产党方面商谈救国大计。”周恩来儒雅而笑容可掬：“中国的老百姓都希望这一天的到来。汉卿先生，我相信，我们都是怀着十分的诚意来的。”张学良听了心中不免为周恩来的坦率触动，握着周恩来的手说：“日本人把刀架在我们脖子上了，我们没有理由再互相折腾了。周先生，我们坐下谈。请！”

“少帅请！”周恩来伸出胳膊做个请的姿势。

“请！”

二人一见如故，气氛融洽，开的就是好头。

卫兵献茶、递水果。摆在桌上的水果十分新鲜，是周恩来久违的鲜品了。张学良捡起一只漂亮的橘子递给周恩来：“请周先生品尝。这是有名的赣橘，我特意准备了几筐，送给您和毛先生。”

“我代表毛泽东主席谢谢少帅厚意。”周恩来瞅瞅那只漂亮的赣橘，小心翼翼地放回托盘里：“我们那里，不要说这么好的水果，蔬菜也没多少。”张学良便道：“是啊，红军驻地荒凉之处居多。这样吧，我设法帮你们一些，蔬菜、粮食甚至武器弹药。”周恩来没想到少帅会如此慷慨地送给自己这样厚重的“见面礼”，站起来和少帅握手致谢：“谢谢！张将军真是雪中送炭啊。”张学良笑着说：“我们也算是打出来的朋友。今后，我们不打了，做朋友，共同抗日。”周恩来兴奋地道：“我们联合起来也有四十万武装力量，足可以抗击日本侵略者！当然，蒋委员长那里如果放下对内的枪口，就更是中华民族的幸事了。”张学良闻听沉吟了一下说道：“抗日救国匹夫有责，我东北军愿意联合红军抗日。”周恩来高兴地道：“好！不过，蒋委员长那里你不好应付啊！”张学良道：“不管他同意不同意，我决心抗日。我约见周先生，正是要共商共同抗日之大计。我想听听共产党方面的意见。”

周恩来敏锐地觉察到少帅张学良的思想变化，也看到了东北汉子的坦诚直率。于是道：“我们共产党和共产党领导的红军、游击队等武装力量，首要任务就是打击日本侵略者。我们深知团结全国一切可以团结的力量、建立统一战线的必要性。而同张将军的东北军建立统一的抗日战线，是我们的首望。”张学良听了说声“好”，上前拥抱一下周恩来：“真是肺腑之言！一言为定。今后，我们双方互不敌对为友好，互相支持为抗日。”周恩来同样表示了团结抗日的决心。

张学良大喜，置酒招待周恩来和随行的共产党官员。席间，气氛十分融洽，心境更加坦然，说话也就更少有拘束了。

“汉卿先生，”周恩来端起酒杯，“感谢你的款待，祝贺我们取得一致意见。”张学良忙迎过来将酒杯一碰说道：“今后，我们两军是友军，我们两人是朋友！”然后双双一干而尽。

张学良是久经沙场的帅才，也是逐渐成熟的政治家。周恩来知道他的一言一行都是慎重的、真情的表白。而张学良分明看到的是一个睿智、儒雅又坦率的政治家。今日一见，大有相见恨晚之意。所以，二人越加投机，互感投缘。酒过三巡，二人更加放松心态，话题也就说开去——

“周先生，你对中国的抗日战争有何展望？”

“我党认为，中国人民面临的是抗日持久战，正如毛泽东主席指出的，中日之战必将以中国人民的胜利而结束，但一定是一场旷日持久的反侵略战争。任何轻敌的、幻想一朝一夕取得战争胜利的想法都是不现实的。”

“嗯，有道理。”张学良频频点头。

在张学良眼里，周恩来何等聪明。寥寥数语就把共产党的抗日主张和战略方针说得明明白白。

张学良对周恩来道：“周公是学贯中西的政治家，尤其在法国留学时间更长，对共产主义见识颇深……”

“不是深浅的问题，是信仰，”周恩来含笑而解释，“我对共产主义坚信不疑。”

“学良明白。那么，共产主义最吸引你的是什么呢？”张学良问。

可以觉察出，少帅提问的口吻和神态完全似朋友之间聊天那样随意而出，与运用外交辞令时的积谋、斟酌不同。周恩来当然以善相回，像朋友聊天似的娓娓而言：

“共产主义者并不是像有些人污蔑的那样是毒蛇猛兽，相反，是代表人类进步的革命先锋，号召全世界无产者联合起来，为打碎万恶的旧世界而奋斗，建立一个人人平等、自由和幸福的新社会，没有阶级压迫，没有侵略和战争……”

"我听着有点儿像'乌托邦'？"

周恩来笑了："当然不是。乌托邦是空想共产主义者的自欺，而共产主义者的理想是靠武装斗争取得。"

张学良边听边琢磨："这道理蛮新鲜动人，回去了，我还真得琢磨琢磨，甚至找点儿书看看——能有那样的社会，我张学良都赞成啊！"

周恩来微微含笑："少帅同情革命，那可是革命者的福分。"张学良突然问周恩来："同情——假如我不仅仅是同情呢？"

周恩来没想到少帅会有此问，略一沉思便笑着对张学良道："革命队伍里有你少帅这样的领袖当然是幸事……"

"那么我要申请加入贵党呢？"少帅突然问。

周恩来眼睛一眨微笑而答："我十分欢迎。"

真是敏捷的、聪明的回答！周恩来回答时，有时用"我们"，有时用"我"。正是这一字之别折射出他的原则性和灵活性。张学良暗暗称奇：此周公日后必是杰出的历史人物。

"好！"张学良轻松地一笑，"那就拜托周公，来，我再敬周公！"

"少帅请！"

酒逢知己千杯少，话到投机情谊多。宴罢喝茶，二人再谈，秘而不宣。

张学良回到西安古城已是星斗满天。刚回官邸，夫人于凤至告诉他："你一天不在，电话来过十来个……找上门儿的好几个！"

"哦。"张学良表示知道了，并没太重视。也难怪，哪天的电话会少？上门来的客人，政界贤达、军人商贾乃至乡党友人……那就更多了。

"有蒋委员长的两次电话呢！还有，那个'笑面虎'也来找你。"于凤至迫不及待地提醒少帅。

张学良坐进沙发里，思索着夫人所说的情况，开始怀疑自己的行动是否引起西安"军统"的注意？南京两次来电和西安的军统组织有否关系？张学良知道"笑面虎"在西安的任务，就是监督国民党武装执行"安内"的，只要有风吹草动就告密戴笠，也就是说马上传到蒋介石的耳朵里。

"小爷，是不是给委员长回个电话？"夫人于凤至提醒。

张学良有些不耐烦地挥挥手："等他来吧，兴许他已经知道我回来了。"

果然，第二盏茶刚刚斟上电话铃就响了起来。于凤至要去接，少帅摆摆手，自己过去抄起电话一听，正是那个把自己耳朵快磨出茧子来的浙南口音：

"汉卿，电话都找不到你！"

"我出去视察敌情刚回来。委员长有何吩咐？"张学良应酬。

"哦！视察……情况怎么样？"

"没有发现红军武装活动。"

“你坐着飞机在天上飞，当然看不到他们。红军是土行孙，有山有水就有他们的隐身之处！”

张学良听了心中不快：莫非我这三军司令还要像连长排长那样挨个山洞去搜？我今天“飞天”你都掌握，日本鬼子都染指华北、鲸吞中国你却视而不见！怎么面对四万万同胞！于是不无揶揄地回敬道：“正是他们有土行孙的功夫，我才施展千里眼——在飞机上才可看出端倪呀。”

“无论怎样，陕西是我心中大患。你好自为之吧！”

“啪！”蒋介石把电话放了。

张学良没急也没慌，坐回到沙发上继续喝茶。和红军已有团结抗日之盟，西北绥靖公署的杨虎城早有悖蒋抗日之心，如果在西北与红军、杨和东北军结成三位一体的抗日武装战线，由不得他蒋介石左右了！

品茶正滋润，“笑面虎”来访。

张学良不禁淡淡一笑，对夫人于凤至道：“真是‘山雨欲来风满楼’啊！这个肖处长也紧锣密鼓地‘凑热闹’，把他迎到外厅。”

外厅，是张家接待“下人”的地方，或者说是接待非贵宾客人的地方。“笑面虎”不是第一次进张家大门，但是第一次被引进外厅为客，心里老大不舒服，但又不好表露出来，心里琢磨：嘿！今天这是怎么啦？把我一个人晾到这里了？

良久，少帅张学良风度翩翩地从客厅旁门走进来。“笑面虎”一见忙站起来寒暄：“副司令，打扰了。”

张学良故作惊异：“打扰？肖处长今天如此客气。”

“笑面虎”尴尬地笑着，“副司令刚回来卑职就造访，深表歉意！”

“哦！你知道我‘飞’了？”

“不不……知道……不知道也知道啊，这西安上空，除了副司令谁还有大鸟飞呀。”虽语无伦次，头脑颇为灵活的“笑面虎”还是把话绕了过去。张学良哈哈一笑：“这倒不假，我易帜那会儿，民国政府的飞机才有我飞机数量的十分之一嘛！”

“那是，那是。”“笑面虎”满脸堆出笑来。

张学良坐下，抬抬胳膊招呼“笑面虎”坐下。“笑面虎”连连致谢。张学良跷起二郎腿儿，以手敲着椅子扶手长出一口气：“有你们保驾，我心里踏实啊！”“笑面虎”闻听笑意顿无，忙问少帅：“副司令的意思是——”

“我张学良虽与委员长结为金兰，深受委员长器重，但有愧剿共副司令之职，”少帅的手依旧敲着椅子扶手，“共军不好对付呀！”

“那是，那是。”“笑面虎”连连点头。

张学良对笑面虎道：“老兄，学良求你件事怎样？”

“副司令尽管讲。”

张学良叹口气说道：“我那些弟兄，大多数是生长在东北黑土地上的汉子。你知道

吗，东三省的人大多数是山东、河北一带历代逃荒过去的，做小买卖的，做长工的，当工匠的，当响马的……总之干什么的都有。管好这些血统的后人，不是一件容易的事。”

“那是！东北汉子不好斗，梗！”“笑面虎”附和。

张学良突然正色道：“我怕军中有人通共，准备加强对官兵的监督，尤其是王以哲那个军。”

“副司令的意思是？”

“派你的人到那里去怎么样？”

“什么？副司令……”“笑面虎”简直不相信自己的耳朵。

“派人去也代表我监督他们。”

“不敢不敢！”

“我请你去，你倒不敢？”

“笑面虎”愕然：“副司令您……”

“我是说，我请你，你有何不敢？”

“笑面虎”苦笑着摇摇头：“我那不是‘太岁头上动土’吗？况且，派人监督副司令的部队，那不是给司令眼里插棒槌吗？”

张学良心中暗道：“你敢去，就叫你有好果子吃。”但面上故作惊讶，对“笑面虎”道：“哦？是吗？你还挺讲面子哪！”然后边思索边自言自语地说：“嗯，要体谅军统的工作呀，好。”少帅一挥手对“笑面虎”说：“那就不难为你了。记住，我请你们来监督，诚心诚意！不过，你考虑得不无道理。好，算了，这事不提了。不过，咱们明人不说暗话，你们为党国辛劳，我们东北军也不会熟视无睹，必要的时候要‘关照’你们！”

此言一出，“笑面虎”刹那间愕然，心中不免敲起小鼓来：什么意思？这不是“敲山震虎”吗？明着“请”暗里“敲”呀？还说什么请我到王以哲军监督——还不知谁监督谁呢！别，这爷可惹不起呦！对呀，副司令和委员长的关系谁说得清？就是戴局长也没副司令权高位重啊！我何必拿鸡蛋碰石头？今后还是不做“二百五”的好。于是，尴尬地对张学良道：“副司令言重了，过去有不妥之处，还望副司令大人海涵。”一闻此言，少帅张学良就明白“笑面虎”“明白”了，哈哈一笑，一语双关地说道：“肖处长不必客气，我张学良知道是非，兄弟，来日方长！”“笑面虎”忙见好就收，向少帅张学良告辞：“谢谢副司令，那我就先告辞了。”

“那就不留你了，我还要继续和委员长通话呢。”少帅话一出，“笑面虎”忙转身走。张学良追一步问：“肖处长，我忘了问，你还有什么别的事吗？”“笑面虎”回身摇摇手：“没，没有了。”大步流星只顾走。张学良马上叫来警卫营长孙铭九，毫不含糊地下达命令：

“告诉侦察营长李博，注意军统特务的活动。必要时，给他们点儿颜色看看！”

“是！”孙铭九领令而去。张学良刚要倒床小憩，蒋介石的电话就跟上来了。

“汉卿，电话又找不到你！”

“委员长好！我上天转了一圈儿，回来就有军统的肖处长跟进来，还没顾上向您报告。委员长，我看陕西的红军也成不了多大气候，我们没必要在几个红军身上消耗精力……”

“集中力量抗日！我知道你要说什么！汉卿，你最近的做法让我非常失望。南京白来了？”

“委员长听我说……”

“听你说！听你说！你是总裁我是总裁？”

“这……”张学良一时语塞。

“你再敷衍……甚至和共产党眉来眼去，我就不得不下决心重新考虑西北的问题了！”

“委员长……”

只听“咔嚓”一声，那边的电话挂了。

一夜难眠。凌晨昏昏睡去，又被一场噩梦惊醒。夫人于凤至拧了热毛巾过来为他擦脸。

“擦把脸……然后先喝碗燕窝粥。”

少帅在被窝里坐起来：“不是噩梦惊醒……我得睡到晌午。”

“吃点东西再接着睡。”

“怕睡不成啦，”少帅苦涩地一笑，“哪比当年？现在是做‘媳妇’了。”

于凤至见丈夫流露不平，便也壮了胆子凑上一句：“那怨谁？放着好好的爷不当，给他们当孙子——小爷，我话糙了！”

“理不糙啊！”

这是婚后多年来少帅第一次容忍夫妻之间谈及“大事”，且自己先谈起。往昔，只要家人敢问一下“大事”，少帅就会瞪起眼训斥。

“老蒋也是，怎么就非先‘攘内’不可？老百姓都反了——今天街上又有学生示威游行！”

张学良叹口气：“他这个人刚愎自用，听不得别人的反面话，也不看人心向背，如此下去才真的‘国将不国’了！”

“是呀，那我们东北军怎么办？”

“还能怎么办？在东北我都不要独立王国，现在……只有和四万万同胞共命运。”

少帅是肺腑之言。下决心易帜，不是轻易做出的决定。父亲被日本人炸死、东北军群龙无首，日本人想逼东北军成为关东军的附庸，使东三省和伪满洲国一样成为侵华的基地、称霸大东亚的桥头堡。那样，自己就成了中华民族的卖国贼和千古罪人！虽拥有三十万人马，有海军和中国仅有的空军，仅凭自己和日本人抗衡，胜负不得而知。由“独立”之东北王易帜为中华民国国军，是自己希望国家统一、共同抵御侵略者的举措。

自己怎么也没想到，蒋介石一边捆住自己的手脚不能御敌，一边却严令自己消灭红军武装。真是应了“不打不相识”的江湖名言——如今，到了和蒋介石摊牌的时候了。

西北的大动作，不能没有杨虎城的合作。虽然张学良清楚杨虎城反对内战力主抗日，和共产党方面关系通畅，自己也与共产党方面达成了共识，但要使东北军、西北军和红军结成“三位一体”的抗日友军，那层“窗户纸”还须捅破。

少帅正思索着怎样捅破那层窗户纸，有人报王以哲军长紧急求见。只见王以哲急急忙忙闯进来向张学良报告：

“西安学界在示威游行，一位东北籍教授为抗议政府不抵抗政策当众举火自焚，其状惨不忍睹！游行群众情绪失控，和军警发生冲突！”

“不能逮捕、伤害学生和老师！”张学良此言一出又觉得不妥，因为西安城区的防卫治安是由西北绥靖公署杨虎城负责，自己不便干涉。

“据说杨主任也下了这样的命令。”王以哲报告。

“好，”张学良松了一口气，“自焚的做法不可取，但教授的气节令人敬佩！”

“教授有大字张贴于绥靖公署门旁。”

“什么大字？”

“大家看了心酸、眼热，不少人抄录，我也抄了一份儿。”说着，王以哲把抄的“大字”的钢笔体递给少帅，少帅接过看：

> 山河破碎，匹夫有责，百万大军不前，让东北，陷青岛，又危中原，误国再误国，任四万万同胞落泪，其心何忍？
>
> 华夏有难，异军突起，几多星火燎原，走五岭，天险过，再逾塞北，宣言复宣言，为一百年民族雪恨，乃志壮哉！

张学良看了，不觉心颤不已。教授以身醒国，其词催人泪下，其情感人至极，铁人也会动容！

“副司令，将士们都忍不下去了，”王以哲试探地说，“教授说得中肯，身为军人，握着枪把子不能保家卫国，窝囊不说，老百姓都要反我们了！”

“我心中何尝好受！”张学良拳击茶几。

王以哲从少帅的表情看出他内心的痛苦。作为跟随少帅多年的部下，王以哲明白少帅的处境，他也隐约感觉到少帅正酝酿着什么，只是不得而知。于是，鼓足勇气向少帅张学良表示：

“少帅，无论您怎样做，我们东北军都跟着你！”

“我相信，”张学良平静地说，“无论怎样，我们不可孤军行动。”

“是呀！和杨主任和毛泽东联手抗日不好吗？”王以哲大着胆子问。

张学良瞅定王以哲问：“这是你一个人的想法吗？”

王以哲毫不犹豫地回答："不，是大家的愿望！"

张学良继续瞅着王以哲，久未出声。少帅知道，王以哲讲的是实话。正在这时，孙铭九进来向少帅报告："副司令，学生代表送来了请愿书，我让他们在大门外等候。请副司令定夺。"

"把他们代表请到客厅，我会会他们。"张学良当即"定夺"，出乎孙铭九的意料。"是！"孙铭九匆匆去了。

"走，"张学良对王以哲说，"跟我一起会会娃娃们。"

"是！"王以哲立正敬礼。

正是：

革命从来多迷茫，
是非垫底看少年。

第四十回

飞洛阳中正斥少帅　避泾水汉卿结虎城

学生们虽然义愤填膺，但不失礼仪，将“请愿书”递给他们早已在报端电台有所了解的少帅张学良。原来，坐在面前的统帅三军的少将军还挺谦和温良。当张学良认真读阅《请愿书》的时候，学生代表忍不住交头接耳：“原来叱咤风云的张少帅并无凶相，还彬彬有礼！”

张学良正认真地看那《请愿书》：

西安学界联合致张学良、杨虎城两将军书

晚清以来，辱国卖国条约累累，割港澳、卖山东、弃远东，致大好河山支离破碎、四万万同胞为洋人奴；国宝失、资源流、民心泯，使魑魅魍魉横行霸道，形形色色鬼怪祸国殃民。孙文励志，民国立而后继乏力，旧耻未雪，新恨又添：拱手让东三省，送青岛，国人无颜，国府有责！百万大军不攘外而安内，兄弟相煎何太急？长此以往，中华民族危在旦夕！张、杨将军雄师在握，空屯三秦而置祖国安危于不顾，岂不愧疚？同室操戈必亲者痛仇者快，天下岂不笑乎？我西安学界呼吁张、杨二帅持民族大义，救民族于水火，开赴抗日前线，国人箪食壶浆，学生甘洒热血，同仇敌忾揍倭寇，求中华太平自由之天地、人民之安康！专此请愿，不胜愤慨！

西安学界师生共宣

张学良看罢又重新看一遍，对学生代表道：“学良深为学子们的精神感动。身为军人，当为国杀敌，保卫祖国。我收下大家的《请愿书》，一定给西安人民一个交代！”学生领袖张子扬见张学良态度诚恳，对诸代表道：“既然张副司令这样说，我们就回去等候消息！”便退出张公馆，带领游行队伍向钟楼方向而去。

张学良还未喘口气，就见副官匆匆送进来南京急电——“汉卿兄：速来洛阳。蒋中正”。少帅放下电报，脸上浮现一丝苦笑：

“催命来了！”

“副司令，怎么回事？”王以哲见少帅神情黯然，忍不住问。

“委员长到洛阳了，电报催我立即去那里。”

“这么突然？莫非有什么特别的事情？”

张学良笑了笑：“司马昭之心路人皆知——逼我剿共来了！”

“不过，他这个人性情古怪得很，出尔反尔，还是提防点儿好。”王以哲提醒少帅。张学良有自己的考虑：自己不同于国军中的其他将领，是国民革命军的副总司令，也是西北剿共副司令，又和蒋介石有金兰之好，尽管蒋介石对自己剿共不利不满，两人吵也吵、闹也闹，但还不致把自己怎么样。

“咳！我和委员长也吵也闹，吵骂由他，不会有出圈儿的事，这些你们放心。”

“我坐镇空军飞行大队，万一有不测，空降老虎团营救少帅。”王以哲还是不放心。

“不必！”少帅制止，“委员长是来督战的，不是来抓我的。我是张汉卿，不是毛泽东。明白吧？”

“是！”王以哲敬礼领命。

少帅张学良没有说错，蒋介石不是来“拿”他的，是来督战的。说得更准确一些，是专程到洛阳来教训张学良的。张学良走进蒋介石的住所，就见戎装一身的蒋介石在院子里焦躁不安地走来走去。张学良收住脚步，轻轻喊道：“学良奉命来见委员长。”蒋介石侧目一看，转过身来说：“你来了？”然后用近乎挑剔的目光扫视一下张学良，没再吭声。张学良慢慢地走近蒋介石，在五步之遥停住，以立正的姿势等待蒋介石开口。少帅看到，蒋介石那猪肝色的脸在极力绷着，仿佛一张口就不会有好话喷出来。

果然，蒋介石张口就是火药味儿：“汉卿！我在南京提醒过你，派你到西安来是剿共的，不是让你和稀泥的，更不是让你开慈善机构的……”

“汉卿不明白委员长的意思。”

“可我明白你是什么意思！”蒋介石提高了嗓门儿。

闪在屋内及院子角落“回避的”随身大员和侍卫都屏住呼吸，待在那里不敢动一动。当今中国政治中心的两个顶级人物的“碰撞”让他们触目惊心！令在场的随员们想不到的是张学良公然和蒋介石顶撞起来！

“那就请委员长明示！”

蒋介石怒目而视：“你真的希望我把话说透吗？”

“委员长，汉卿易帜，是为国家统一，民族不受外辱！现国家虽然统一，却民族不能独立，内战不断，民众怨声载道，民族存亡，匹夫尚有责，作为军人却不能杀敌护国！你明白将士们的心吗？”

少帅和蒋介石由于分歧而语言冲突过去有过，但还没有像今天这样趋于白热化。一点儿都碰不得的蒋介石今天被少帅不客气地抢白，或者说是公然批评，那窄狭的心如何盛得下一团怒火？刹那间爆发，冲少帅大吼：“你糊涂！”然后怒气冲冲地走回屋里去，把张学良一个人扔在院子里。少帅似乎有思想准备，苦笑着摇摇头——这再平常不过的举动被随员陈诚看在眼里，印在心上，暗自钦佩：大将风度！少帅就是少帅，好气量！

其实，少帅张学良心如钳撕绳拽，恨不得有观世音菩萨的紧箍咒，阻止蒋介石一意

孤行的所谓“攘外必先安内”的“国策”。他仍以金兰之情和副司令之责面陈集党政军大权于一身的蒋介石，希望他听从规劝，团结抗日。

考虑之后，张学良跟进屋里，欲再陈联合抗日才是中华民族救亡之道理。

蒋介石回首一瞥：“你进来干什么？”

“委员长，常言说识时务者为俊杰——连西安的学界也游行示威，要求政府……”

“抗日！抗日！难道我就不想抗日吗？共产党的红军、游击队是党国心上的一把刀，不拔掉这把刀，谈什么抗日！”

“委员长……”

“不要在我面前再提什么统一战线联合抗日！我蒋中正决不会与‘共匪’为友！对共产党，只有剿灭，没有宽容。我飞来洛阳干什么？不是听你教训我的，是要看着你把红军剿灭的！如果你对剿匪为难，我可以考虑把你的东北军换防别处——总有地方放得下你三十万东北军吧！”蒋介石瞪着张学良口出“通牒”。

张学良万万没想到蒋介石会说出这样的话来。虽然蒋介石是有怒而发，却印证了自己得到的蒋有“调东北军往福建一带驻守”的传闻。本来抱着好心好意规劝——或者说“力谏”之诚心的张学良顿感心凉，半晌说不出话来！蒋介石见张学良语塞，以为自己一番话“将”倒了张学良，脸上浮现出一丝狡诈而得意的笑，背起手望着墙上的中堂画出神。而张学良亦隐约感觉到蒋介石在用冷战的方式奚落自己，不觉血往上涌……

张学良克制了自己。他明白，不能和蒋介石再争执下去，那样蒋不能下台，自己也无法规劝蒋介石改弦易张、走到统一抗日救国的路子上来。于是平稳一下气息，对蒋介石道：“学良身为党国将领，忧国忧民有错吗？”蒋介石听了歪歪嘴冷笑道：“言外之意我蒋某人不忧国忧民？哼！我不要和你说了！”蒋介石脸色愈发变得铁青，扭头就走，又回头警告少帅：“你回去！马上回去！要讲的我都讲了，没什么可说的了！”

张学良心里清楚：苦口婆心也好，好言规劝也罢，都不可能动摇蒋介石的铁石心肠了！飞回西安，少帅张学良闷闷不乐，坐在书房里喝咖啡。蒋介石的蛮横与跋扈、独裁并固执，令张学良深感失望。这更促使他下决心建立东北军、红军和杨虎城西北军的三位一体的抗日共同体。思索再三，决心已定，他和杨虎城会晤，探讨怎样尽快建立三位一体抗日共同体的办法。

三秦大地有大小十来支河流，其中渭水、泾水最为奇特：它们分别从秦岭向古城西安方向奔腾而来，于城郊相汇，注入黄河——奇特的是泾渭相汇而分明，清澈的泾水和浑浊的渭水在一条河里各行其道，成为世界独一无二的奇观。

两位大员——杨虎城和张学良在两水交汇处见面。张学良一下汽车就对杨虎城道：“主任阁下！我们不至于胆小到小过避猫鼠吧？怎么跑到这里来见面？”杨虎城哈哈大笑：“少帅，你忒小看虎城了！我和你不同，他老蒋不是委员长那块牌子，我都懒得搭理他！”张学良迎上前和杨虎城握手：“你不要说我和你有什么不同，是有一点相同才使我们二人走到一起的。”杨虎城略一思索，赞同道：“那就是你我都因主张抗日而不愿意打共产党。”张学良幽默地说：“这些连委员长都有‘共识’了！”于是，二人哈哈大笑。杨虎城用手指指泾渭分明的交汇处对少帅道：“我是请少帅来欣赏它们的。”

张学良望望泾渭交汇处的奇观：合流的泾渭二水各行其道，清浊不混分流于一河，互不掺和，叹道：“我从书本儿上知道泾渭分明的知识——真的不可思议。”

杨虎城道：“是不可思议。这两条河流到一处而混不到一起，渭水还是那么混，泾水依旧那么清。少帅，虽然同为国军，看看这泾渭二水，不值得我们自省吗？”

张学良闻听一怔，马上明白杨虎城的话是何等的犀利！杨虎城没有比喻错，显然，他是把他自己比为清澈的泾水。当然，被杨喻为浊水者不言自明，于是对杨虎城道：“清者自清，浊者自浊。我张学良绝不做中华民族的浊水！杨主任，你放心，在国家利益面前，我是清者自清。抗击日本侵略者，我责无旁贷！”

“好！”杨虎城高门大嗓地叫好，“我老杨和你并肩作战！”

“彼此彼此！”张学良亦兴奋之极。

“少帅，我明人不做暗事，我赞赏共产党的抗日政策，我不打共产党。”杨虎城坦白。

“杨主任，我也不打共产党了！”

“哦？看来我没判断错。”

“不但不打，我还同意你的观点：建立三位一体的抗日同盟。”

“好！”杨虎城吼着嗓子说，“打开窗子说亮话吧：老蒋这样顽固不化地‘安内’而不‘攘外’，咱们中国就要完蛋了！”

“是呀。”张学良点点头。

“既然我们都有心联合共产党抗日，就不必互相藏着掖着了，行动吧！”

张学良微微笑道：“杨主任真是爽快！好，你就让人通知共产党方面，约时间、地点见面吧。”

杨虎城闻听一怔：“少帅什么意思？我让人通知共产党方面？”

“不方便吗？”

“这——”望着张学良不容置辩的笑，杨虎城本想“抵赖”的心一下子“松动”，忍不住“噗”地笑了：“咱俩还演什么戏呀？好！我让刘鼎联系。”

刘鼎是在杨虎城身边工作的共产党员。

“少帅，你怎么知道我那里有共产党员的？”杨虎城问。

“委员长安插到西安的‘耳目’不是吃干饭的！”

“嗯！是这么个理儿，”杨虎城若有所思，“所幸的是老蒋没‘拆’动我们，抗日的决心使我们团结起来。少帅，今天我请客。怎么样？去哪家馆子你来点！”

“就在这儿野餐吧。”张学良指指大地。杨虎城听了摇摇手：“天寒地冻的在这儿怎么吃喝。”张学良道：“比起长白山的冬天，冷劲儿差远了！”

“就是不怕冷，也没得吃呀。”杨虎城摊摊双手，张学良哈哈大笑：“守着河还怕没吃

的？”说着冲候在那里的副官招招手，只见有备而来的随员们七手八脚地忙活起来：拿网的拿网，提桶的提桶，快步向河边奔来。张学良对杨虎城道：“今天我亲自捕捞鲜活之鱼为主任下酒如何？”杨虎城瞅着士兵们送来的渔网等物对少帅道：“少帅还有这雅兴——捞得着吗？”张学良道：“在东北，河面早结成厚厚的一层冰了，要用镐头之类在冰上凿个窟窿把网顺进去捞鱼。这关中气候没那么严寒，河面上只有一层由薄藻和水结成的冰凌，很容易敲碎，站在岸边下网就可以了。”杨虎城以为张学良指挥士兵们操作，却不料少帅自己亲自到河岸边把网下到水里去，然后和自己谈起关东的冬天如何迷人，如何与关中不同。说着说着激动起来：

“天下人责骂我是不抵抗将军，可谁知我一颗煎熬的心？现在，我东北军将士恨不得飞到抗日前线……”

“早就该打日本鬼子去！”杨虎城挥动着拳头，“我们吃着老百姓、喝着老百姓的不说，带着老百姓的儿子弟兄丈夫不去救水深火热中的父母兄弟妻女，良心何在！”

“主任！我张学良没有忘记家仇国恨，更不能眼看着国家山河破碎！从现在起，我们就摽起膀子一起干。”

“好！”杨虎城握住少帅的双手，久久没有松开。

一间搭建于泾河边的简易窝棚，成了烧烤的临时“厨房”。点起篝火，把鱼往火上烤，边烤边撒盐，那鲜香扑鼻而来。杨虎城用鼻子吸吸香气，赞不绝口：“香！香！”少帅让孙铭九取过酒来，递给杨虎城一壶：“烤鱼就酒，美呀！”杨虎城喝口酒，又咬一口烤鱼，点点头：“好香！”张学良和杨虎城碰碰酒壶：“多喝两口！”杨虎城乐呵呵地说：“我说少帅，我请你看泾渭，你顺手牵羊搞这么个现抓鱼现烧烤，不是也要告诉我什么吧？”

张学良微微笑道：“哦！泾渭可以合流，不同情操的人为什么不可以团结起来把枪口一致对外呢？”

杨虎城举壶和少帅碰碰：“哈哈哈……好！少帅的意思我明白！三位一体，干！”

有道是：

自古好汉爱好汉，
从来英雄惜英雄。

第四十一回

得密报入住华清池　鸣不平屈膝五间厅

就在中共、东北军与西安的杨虎城达成共识，三方拟定联合抗日纲领的时候，南京政府收到西安密报：张、杨和共产党方面正“密谋”联合对抗国府，结兵造反。正在肇庆温泉享受美浴的蒋介石闻知大惊，马上调机亲赴西安“救火”！如果情报属实，不但自己精心布置的剿共计划破灭，国民党也将面临分崩离析——桂系李宗仁、山西阎锡山会借题发挥，后果不堪设想。

惶惶不安的蒋介石一边大骂张学良“糊涂”“发昏”，一边抱怨军统情报迟缓，坐上“美龄号”总统专机还喋喋不休：“叛逆！叛逆！绝不饶恕！”当侍从室主任报告再有半个小时飞机降落西安机场，是否通知张学良、杨虎城接机时，蒋介石挥挥手，“不！到临潼华清池，不必通知他们！”

闻听此语，侍从室主任愕然，不敢再语。

夜色里，蒋介石秘密进驻临潼华清池五间厅。

华清池，因唐玄宗和宠妃杨贵妃沐浴而闻名天下。据史载，唐玄宗在位四十一年，竟有三十六次来此浴乐。其实，位于临潼骊山北麓的华清池所在地的沐浴寝宫已有三千年的历史，周、秦、汉、隋、唐，代代帝王于此修建行宫别苑，以供游乐。此处之温泉虽寒冬亦冒清澈的43度温水，水中所含矿物质如碳酸钙、二氧化硅、三氧化二铝、硫黄等多种，健体润肤，奇妙无比。大诗人白居易诗叹：“春寒赐浴华清池，温泉水滑洗凝脂。”

有诗为证：

温泉日月共存生，
富丽堂皇沐浴宫。
奢洗凝脂终有恨，
欢温玉体竟无朋。
荷花暂保青春驻，
御马难留妃子名。
当代军阀今又来，
并非沐浴为穷兵！

当然，这次入住，不是为了沐浴，而是为“收拾”张、杨二将而来。蒋介石无心像

往日偕夫人宋美龄来浴那样乐呵呵地注目门里一对雪松迎客，更没兴趣观赏飞霞殿之巧夺天工，过贵妃池而直奔五间厅下榻。不思茶饭，无心洗尘，琢磨着怎样“收拾”张、杨二人，怎样下手才万无一失。

“娘希匹！”

侍卫听见委员长在屋里骂。

寒风怒号着直打窗玻璃，仿佛要冲进来干扰苦苦思索中的蒋介石。送茶到门口的侍卫愣在门外不敢进也不敢退。贴身侍卫蒋孝先虽受宠老蒋，但在蒋介石暴怒之时亦不敢贸然惊动，怕把怒气撒向自己——那是领教过的。

“马上打电话叫张汉卿来！马上来！”

蒋介石在屋里大吼。

接到蒋介石要他马上到临潼华清池的电话，少帅张学良心中“咯噔”一下：委员长已到西安？他事先不通知、而住临潼不住西安行宫，是否嗅到什么了？

他顾不得仔细思考，打电话把突发情况向杨虎城通报。杨虎城闻听“哦”一声，思考了一会儿，给少帅鼓气：“他知道了又怎么样？横竖我们不跟他同流合污嘛！你不去临潼了吧。”

“你是担心委员长拿我开刀？”

“少帅，像他这种人不可不防吧？”

“啊，还不至于吧！”

“不得不防！你要多带警卫……”

“不必。我担心的不是我个人，而是我们的抗战大业！”

“那也不必担心，”杨虎城说，“只要你别坦白我们的三方共识，他能怎么着你？对，我做好准备，只要他老蒋敢对你动手，我马上带人攻进临潼华清池，把老蒋收拾了！”

挂断电话，张学良考虑一下，叫来军长王以哲，告诉他自己去临潼觐见委员长，要王看好部队，并无多嘱，就乘车前往临潼。

六十华里的路程，一个多小时的颠簸，车到骊山脚下。第一道岗卫兵见是少帅张学良的车，调枪放行。第二道、第三道岗和往日一样，并无疑处。但是走进五间厅，马上就感到什么是“来者不善，善者不来”了！

“汉卿，你要背叛党国吗？！”蒋介石劈头盖脸就喊。

张学良怀着挨骂的准备而来，但没想到蒋介石会不顾礼仪情面，自己一进门儿就遭到当头棒喝。不过，张学良还是和往常一样，礼貌地向蒋介石敬礼问候：“委员长好！学良听候司令训斥！”

“你明修栈道，暗度陈仓，就要把党国卖掉了！”蒋介石脸色铁青，怒不可遏。

张学良心中一惊：蒋介石的确嗅到什么信息，或者怀疑到什么了。

“委员长何出此言？学良不敢出卖党国。”

“你还狡辩，”蒋介石三角眼瞪着张学良，“你和共产党要合谋干什么？不是针对我、针对党国吗？”

“您有何证据证明我张学良和共产党合谋，出卖党国？我哪来的权力出卖党国？”

被张学良反问的蒋介石一下子语塞了。吭吭哧哧支吾道：“……我是有情报的。无风树不响……”

“见风就问责汉卿，委员长，你太不相信东北易帜的张学良了吧？”张学良从蒋介石的话语中分析出蒋介石并没有拿到三方共识的真凭实据，胆子更壮起来：“我承认我剿共不利，但不致出卖党国……”

“这个就不纠缠了！”蒋介石话锋一转，“我相信你不会背叛我的。你坐下，我们坐下说嘛。”

蒋介石不无尴尬。

“谢谢委员长。”

张学良虽然内心依然忐忑，却知道蒋介石刚才是“诈”自己。他早已看懂蒋介石，没有诈出什么来也不会不了了之，会转弯抹角地达到他的目的——无非更逼自己剿共罢了。

“吃茶，吃茶么！”蒋介石进一步缓和气氛。

“谢谢，”张学良端起茶碗抿抿，对蒋介石道，“委员长有何吩咐，汉卿洗耳恭听。”

蒋介石道：“说到家，话题就一个：马上把陕北的红军彻底消灭。这是不容讨价还价的。”

一句话焖倒了张学良。他知道，蒋介石怀疑到自己和共产党红军方面的接触又没拿到确凿证据，只有一诈了之。但他力逼自己剿共，确是真真切切的。如果自己不真枪真刀地和红军拼个你死我活，则面临的是由放风变为现实：把东北军调离陕西而调防至远离抗日战场的南方。那样，三方共识联合抗日救国的计划就夭折了。面对大权在握、一意孤行的蒋介石，少帅还想尽最后的耐心规劝蒋的做法，对蒋介石道：

“委员长，也许你内心是和共产党势不两立……”

“不错！”蒋介石抢过话头，“你不必再老调重弹——我是不会放弃剿共的。”

“可是，日本侵略者……”

“你糊涂！”

“是委员长糊涂！是日本鬼子危险……”

“你……你放肆！”

蒋介石嗓子嘶哑地大吼，手在颤抖。张学良突然从椅子上站起来奔向蒋介石，惊得蒋介石一边大喊一边躲闪：“你要干什么？你要干什么？”蒋孝先等候在门外的侍卫闻听撞门而入，马上被面前的一幕惊呆了：少帅张学良“扑通”跪倒在蒋介石面前，声泪俱下地恳求蒋介石：“委员长！如果继续坚持安内而懈于攘外，恐怕‘国将不国了’啊。”蒋介石不为少帅之举所动，以讥讽的口吻道：“你要干什么？用泼妇的手段要

挟我吗？”

此语一出，张学良本还抱有一线希望的心彻底凉透了！“泼妇手段”？在蒋介石的眼里，什么三军副总司令、剿共副司令、金兰兄弟都一文不值，日本帝国主义就要鲸吞中国的现状可以不顾，只有剿共才是他死活不变、一贯坚持的所谓“国策”。几次进谏无效，今天强屈男儿之膝依然不能打动蒋介石丝毫，张学良绝望了。令张学良更想不到的是蒋介石竟然拂袖而去，只留下他一人跪在屋里，尴尬之极。蒋之腹臣陈诚闻讯赶来劝起少帅，以语抚慰：“委员长盛怒之下怠慢了少帅，你不必介意。我陪你回西安吧。副司令，你算得上‘一人之下，万人之上’，是党国的第一栋梁，是委员长的左膀右臂，他对你期望很高。所以，还是尽快完成剿匪大业，委员长一定更器重于你。”张学良本是钢铁汉子，既然蒋介石连一点儿“君臣”的面子都不肯给，心中怨气难以消除，禁不住叹道：

“为国而进言，反屡遭斥骂，视为不肖。天理何在！”

陈诚闻听大惊，劝说少帅：“副司令，委员长对你绝无二意，是‘爱之深责之甚’。你消消气儿，回西安快调集部队剿匪，这点儿不快就过去了。看在你我兄弟面上，我推心置腹地说句话：如若不然，东北军南调，岂不更被动吗？”

张学良知道陈诚是中肯之言。如果蒋介石真的调东北军南下，自己无法面对迫切要求奔赴前线抗日的三十万东北军将士，更使三方共识的联合抗日大业受阻。眼下和蒋介石较真儿已毫无意义，只有回西安从长计议。于是，对陈诚表示感谢，起身回城：“西安再叙，汉卿这就回军营反思。”陈诚听了十分高兴：“那好，我马上向校长禀报，校长听到你这句话必定高兴。”送走张学良，陈诚即向蒋介石汇报规劝少帅有果、少帅有反思之意，蒋介石听了半信半疑：“嗯？他这个人……回心转意就好，我等他的好消息。”

正是：

鬼迷心窍独裁梦，
半夜引得勇士来！

第四十二回

众学子请愿临潼路　张学良泪洒灞桥头

西安，再不是一座“事不关己”的古城，日本帝国主义登陆青岛、染指平津，火药味儿呛到三秦。西安高校的进步学生得到蒋介石飞抵西安入住临潼华清池的消息后，便自发组织起来步行前往临潼找蒋介石游行示威！学生们慷慨激昂，高呼口号直奔临潼。

西安城外是张学良的防区，学生们一出城，张学良马上得到下属的报告，大吃一惊：“学生们到临潼？！”

为少帅递茶的于凤至感到诧异：“学生们爱国，抗议蒋介石不抗日怎么不行？”

“你真糊涂！灞桥外就布置着中央军！冲突起来，没有学生们的好果子吃。我得去阻止他们！”张学良边说边穿外衣。

身为帅府第一夫人的于凤至不敢再多嘴，眼睁睁看着少帅冲出门去，忙嘱咐警卫营长孙铭九：“盯紧点儿少帅啊！”孙铭九点头应承，却既不懂夫人的意思，也不知道少帅要干什么，他只知道自己的使命：忠于少帅，用生命保护少帅。

少帅的四个轮子的汽车超过了两条腿步行的学生们，拦在已到灞桥的学生游行队伍之前。愤怒的学生们见不抵抗将军、专在陕西剿共的张学良“挡横”，马上把怒火撒向张学良，冲张学良呼起抗议口号：

“反对内战，强烈要求团结一致抗日！”

“谁阻碍抗日谁就是历史罪人！”

“抗议蒋委员长不抵抗政策！”

“……”

张学良站在学生队伍面前，挥舞着胳膊向学生们喊话：“同学们，我不是来阻止你们呼吁抗日的，是来支持抗日的。”

闻听此言学生们莫名惊诧：他为支持抗日而来？

见路边有个高台儿，张学良转身跳上去，挥舞着双手请大家安静：“同学们听我说，大家马上回去，不要去临潼……”

“我们去找蒋介石！”

“我知道你们是去临潼，但不能去！”

学生们质问：“为什么不能去？”

张学良话到嘴头又收回，略有思索才道：“你们还年轻，有些事你们不清楚！”

“我们清楚你们自己不抗日，还不让别人抗日！”

"我们就去找蒋介石……"

张学良忙解释："你们误会了汉卿的意思……"

"那你少帅什么意思？"

"我……好好，你们推出两三个代表和我谈好不好？"

学生们略一沉默，马上回应："不选代表，不和你费嘴皮子，找老蒋去！"

说着，学生们又要继续"开拔"。张学良急了，喝住大家："站住！听我把话说完！"

学生们闻声不约而同地收住脚步——那威严的吆喝中分明流露着恳切的关爱之意。

"同学们！我不希望在我的眼皮子底下发生流血事件！"张学良倾口而出。学生们睁大眼睛望着张学良，顿时无声。张学良继续道："我张学良决不欺骗大家。同学们，你们的诉求我清楚，我一定把你们的愿望转告蒋委员长。请大家相信，我一定劝说蒋委员长动员全国一切武装力量抗日救国。"

话声刚落，有学生喊："蒋委员长不听忠言，我们知道，你的话也不例外！"

张学良又是一愣：真是纸里包不住火啊。自己同蒋介石的矛盾也不是什么秘密了！

但是，自己是不可在公众面前透露"内部机密"的。张学良只好回避蒋不听忠言的话题："同学们，汉卿十分敬佩学生们的爱国热情，并将鼓舞我们军人奋勇杀敌，拯救民族。"不想，一个同学的一句话又鼓动起学生们的"面蒋"怒潮：

"你是你，蒋是蒋！蒋介石是使中国人民成为亡国奴的罪魁祸首！"

学生中有不少东北籍的学生，有人带头唱起"我的家在东北松花江上……"，悲壮的歌声引起全场共鸣，学生、东北军人人情绪激动，不少人热泪盈眶，不能自已！

"走啊！找蒋介石抗议去！"学生队伍再次潮涌！眼看局面就要失控，张学良焦急地喊道："同学们，你们不要做无谓的牺牲啊！"

"我们不怕死！""打回东北老家去！"

"我相信会有这一天！"张学良大声疾呼，"有本事死到抗日战场上去，何必倒在不该牺牲的地方？"

学生们再次回望张学良，停住脚步。只见少帅脸色涨红，泪从将军的鼻梁两侧淌下来。

"少帅哭了！"有人轻轻惊呼。

张学良声泪俱下，情真意切："同学们，相信我张学良是坚决抗日的，我要劝谏委员长立即抗日。请同学们给我三两天时间，我一定给同学们一个满意的答复。"

少帅的话和他的异常表露感动了学生，大家静静地望着张学良，似乎等待他后面的话。可是，为了阻止学生们前往临潼，情急之中"不慎"以时间向学生们保证——又令从不轻言的张学良内心煎熬不已！少帅暗暗做着打算，杨虎城的话也在他的大脑里萦绕着："事到如今，该和老蒋摊牌了！"

"我们听少帅的，先回去。"学生领袖回应张学良。

张学良这才松口气，掏出手帕抹抹额头上的汗。

回到司令部，张学良身心交瘁，倒在床上闭目憩养，于凤至不敢问，纠结不已，在外间打转转，只好问孙铭九，孙铭九说："没什么，在灞桥劝回到临潼请愿的学生，可能是累了。"

的确，少帅太累了，尤其是他的心。

他明白，中华民族到了最危险的时候，自己也到了没有退步的地步了。显然，如果自己不马上和红军决战，"换防"到南方是肯定的。如果听从蒋介石的命令和红军决战……不！决不能去打内战！置国家存亡而不顾去打内战，势必成为千古罪人！

虽然累，躺在床上却只是躺躺，或者说松松筋骨而已，合眼都合不上的：他明白自己到了下决心的时候了。猛地想起和杨虎城、周恩来的约定，觉得该有所作为了。他从床上挣扎起来给杨虎城打电话，手还未抓起电话，电话铃倒先响了，一听，精神一振，不觉脱口而出：

"一荻？"

电话那边是久违的温柔知音："汉卿，是我呀！"

"你好吗？"张学良声音低沉、颤抖。

"睡不好……想你。"

"对不起，以军人论，我无颜面对父老国人。以朋友论，我对你有愧！"

"不！我知道你的心……"

"谢谢！"

少帅那颗备受煎熬的心顿时被热血注满。自古英雄怜美人，何况风流倜傥的少帅张学良。

"你怎么谢我啊？"赵一荻不无俏皮，仿佛她的妩媚的笑脸就浮现在眼前。

张学良"啊啊"两声，竟无言以对。电话那边传来赵一荻清脆的笑声。张学良干笑两声，对赵一荻道："有时间我打给你好吗？我要出去公干……"

"那好啊，我们见见面吧？"

"见面？"

"你不想吗？"

"想，可是我飞不过去啊。"

"可我'坐'过来了呀！"

"你'坐'过来了？"

"我没有专机嘛，我在西安！"

"你在西安？"张学良愕然又惊喜。

"是啊，在华山旅店。"

"那我去看你。"

"好吧！我等你。"

电话那边传来又喜又娇的低音。

少帅一进赵一荻的客房，赵一荻就张开双臂扑过来，嘴里叫着："少帅！你不想我？"

"当然想。可是，西安公务缠身，脱不开身。请你原谅。"

赵一荻"噗"地忍不住笑了，说："你以为我像那些只知道爱呀爱呀的糊涂女子一样不懂事理呀，"她松开双臂，拉少帅坐到沙发上，"你在西安日子不好过，全国人人都知道，我岂能火上浇油？"

少帅用手指刮一下赵一荻的鼻子："呵，原来赵四小姐不但是大家闺秀，还是有政治头脑的通情达理的人呢！"

"当然了。"赵一荻歪着脑袋斜了眼儿瞅着少帅，流露着少女的天真烂漫和多情。

"唉！"张学良下意识地叹口气，还没说话，赵一荻道："你不用唉声叹气了，你的难处我真的明白。你想抗日，老蒋让你打共军，你进退两难！听说你再不听话，就要把你和东北军调走？真的吗？"

张学良不免惊诧，问赵一荻："这……你也知道？"

"没有不透风的墙嘛！好多人都这么说，包括在火车上。"

张学良不置可否地摇摇头。

赵一荻半抱少帅的肩膀："那你可怎么办？蒋介石可是眼里揉不得沙子的人哪，还是加些小心吧。"

"我知道，你放心吧，"张学良把话题岔开，"一路辛苦吧？你先休息，我有公事要处理，然后请你吃饭。你想吃什么？"

赵一荻乖巧地回答令少帅感动："吃什么无所谓，看看你我就放心了，我不想给你添乱，明天就走了。"

"为什么那么急着走？"

"我是路过这儿，顺便看看你就放心了。你呀，千万提防着老蒋就行了。我到宝鸡看姨妈，回来再看你。"

张学良不免心里纠结。少帅出身名门，少年得志，年纪轻轻就飞黄腾达，身边美女如云并不夸张。与发妻于凤至恩爱有加，风流倜傥的少帅依然在外交场合和异性逢场作戏，而赵一荻和宋美龄则是他心仪的女性。赵一荻的一往情深和执著巩固了他和她的婚外恋——带几分传奇色彩的恋情。天津卫舞厅的舞步延续着爱的长跑脚步，他们曾经形影不离。

热恋中的男女是痛苦的，要挨煎熬的。少帅从赵一荻强作欢笑的目光里看到了依恋。他轻轻喊一声"一荻"就再也说不出话来了。倒是赵一荻安慰少帅："别呀！我又不是不再来看你，我早说过呀，我这一生永远属于你。为了你，我做什么都心甘情愿。"

少帅不停地点头。往昔那朝朝暮暮仿佛就在眼前……

天津卫，十里洋场灯红酒绿，中外浪子美女达官贵族尽情享受着纸醉金迷的夜生活。美女和英雄在昏暗的灯光下萍水相逢，却一见钟情，双双坠入爱河。女儿和有妇之夫的大军阀张作霖的公子张学良相恋，令津门富商赵家父母难以接受，甚至在报端声明和女儿断绝父女关系，却依然不能割断赵一荻同少帅的恋情，反而使赵四小姐更死心塌地地跟定了张学良。英雄爱美女，美女爱英雄。张学良和赵四小姐的话题一时成为天津卫、京津乃至全国的一大新闻。正是这一新闻惊动了对张学良动情的宋家三小姐宋美龄，使她把自己对张学良的爱封杀在萌芽状态而接受了蒋介石的爱，也为蒋介石的日后政治生涯夯实了基础。当然，那时的张学良政治势力和军事实力都是中国之最，对婚姻爱情都无政治野心和考量，该失去的由它失去，该得到的欣然接受……赵四小姐成为他雷打不动的红颜知己。

“一荻！”张学良欲言又止。

赵一荻见状，用深情的目光瞅定少帅：“你吞吞吐吐干吗？有话说嘛。”

张学良心里掂量过了，对赵一荻道：“你到宝鸡去吧，我不放心，派两个人护送你。”

“那倒不用。有你这份儿心意就够了。”赵一荻婉言谢绝。她从不肯给少帅添麻烦。

“你不知道，陕西——西北这边虽然没有日本鬼子侵略，但是也不太平！”

“那为什么？”

“唉！鸡多不下蛋……有西北剿共司令部管的东北军，有西北绥靖公署杨虎城将军的第十军，有手持尚方宝剑的中央军，有无处不在的红军，还有土匪队伍！总之，各自为政，互不买账互不信任，乱得很！”

“啊！”赵一荻旋即摇摇头，“那又怎么样？还能比天津卫的日子难？叫人天天提心吊胆，怎么也比亡国奴的日子好过呀！”说着赵一荻眼圈儿红了。

张学良望着赵一荻，她那克制不住的苦楚令人怜悯。

赵一荻从沙发上缓缓站起来，背对着少帅：“家不再是家，人不再是人。在日本人眼里，中国人还不如一条狗！上海的公园门口有告示‘华人与狗不得入内’，如今的京津，马上就会和东三省一样……”

赵一荻哽哽咽咽，说不下去了。

张学良站起来走近赵一荻，轻抚着她的肩头：“正因如此，中国的军人不能再沉默下去了。”

赵一荻回过头，用略带惊讶的目光望望少帅：“你……这样想吗？”

张学良点点头，用坚定的目光回答心上人。赵一荻相信，少帅不骗她。况且，从关东撤进关里那时起，她就了解少帅纠结的心。

“可是，你是副司令，你又能怎样？”赵一荻转过身来，目光不离少帅的眼神。

张学良张张嘴没出声，把赵一荻搂在怀里，避开了情人那执著的目光。作为军事将领，他清楚自己的一言一行都必须慎之又慎，何况三方共识仅仅是共识，还没采取实质性的举动就来了“拦路虎”——甚至把自己逼到了悬崖边上！而怎样面对眼前的危机，

自己还不得而知。“你又能怎样？”像鞭子一样抽在自己的心上。

自己又能怎样？

张学良默默问自己。他回答不了自己。

张学良不免深感耻辱！

“我总得对得住三十万东北军弟兄和我自己，也要对得住历史。”张学良婉转回答赵一荻。赵一荻睁大会说话的眼睛望着少帅，默默点头，然后抱住少帅，动情地说：“我相信，你是中华民族的英雄，不是狗熊！”

张学良被情人的情绪感染，情不自禁地搂定赵一荻，虽非气短，却也情切：“有赵四在，汉卿慰矣足矣！”

“你知道吗？我到宝鸡，探视有之，还有，是……”

“是什么？”

“是为离那些日本人远远的！”

“离日本人远远的……”

“他们是强盗、流氓！时时闯进天津作恶，强奸妇女、欺负百姓！我害怕……”

张学良闻听直起身来望着赵一荻，目光流露关切和愤怒：“他们伤害你了？”

“没有。不过，他们可不管你是谁……所以，我到宝鸡躲着去！”

“如果……你就在西安留下来，这里不会有危险。”张学良态度鲜明、坚决。

赵一荻摇摇头。

“为什么？”张学良问。

赵一荻摇着头说：“……不为什么。”

“这不是你心里话。”

“是心里话。我不给你添乱。”

张学良明白了她担心的是什么。“你不必担心我的家庭。我会处理。”

“我知道。”

“那就留下来。”

“那我也不来西安，”赵一荻固执地坚持，“我为了你，也为了自己。这个问题不谈了好不好？只要你心里有我，我心里有你就够了。我不是家庭妇女，我有我的人生观……”

“人生观？蛮新鲜的词儿！”

“杂志上看的……好了，你不是有事忙吗？等忙完了再来看我，反正我不马上走的。”

“等等！”张学良说着转身往外走，回头对赵一荻说，“我打个电话就回来！”望着少帅匆匆走出门去的背影，赵一荻寻思：他这是怎么啦？莫非……

张学良很快就回到客房：“我陪你吃晚餐吧。本来是约杨主任，碰巧他不在行辕，我另约他。”

赵一荻不再说什么。她何尝不希望和少帅在一起？哪怕分分秒秒。

“我的女同学张凤之被日人鬼子骗到京西南的卢沟桥那里轮奸了，那里有日本人的兵营，日本人像闯进羊群的豺狼，中国人像任人宰割的小绵羊！”席间赵一荻向少帅倾诉。

张学良听了把手中酒杯往桌上一墩：“可恶！揪心！”

“你们撤出东三省，那里更惨！日本人早就开始奴化中国人了，连学生的课本儿都是日本式的教育。正像当年共产党员毛泽东说的：日本弹丸之国而霸一千多万疆土之华夏，岂不辱乎？”赵一荻义愤不已。

张学良闻听，浑身热血猛涨，对赵一荻道：“你虽一弱女子，却胜过多少所谓的‘大丈夫’！是啊，四万万之众却受弹丸小国之辱，是我人心不齐也。各图一己之利而丢国家之大利益，中华之悲剧。”

“莫非，少帅另有打算？”聪明的赵一荻壮起胆子问。此前，她是从不和少帅谈政治的。张学良沉吟一下：“我还不知道究竟怎样往前走，但肯定不能原地踏步了——任凭日本人侵略而麻木不仁，还算什么中国军人？难道军队是专用来打内战镇压百姓的吗？”赵一荻听了高举酒杯，激动异常：“此话令赵四感动！少帅，不枉认识你一场。小女子没有杀敌的本领，但有不甘败国的心。来，我敬你！我想，国人谁听到你这样的话也会敬你！”

“干！”张学良和赵一荻碰过杯一饮而尽。

“少帅！”赵一荻借着几分酒力试探着问少帅，“我从来不向你问国家的事，今天我开开戒，说得不对，你骂你罚你打……”张学良听了大笑，说：“我为什么要骂你打你？爱还爱不够呢！你说，不对也不会怪你。”赵一荻道：“那我可就说了——少帅，你说不再原地踏步了，是不是要和蒋委员长分道扬镳？”张学良想了想：“不会分道扬镳，是反对他的不抵抗政策，积极投入到抗日斗争中去。”赵一荻若有所思：“这就是说你同意共产党的政策？”张学良道：“谁抗日就赞成谁，不管他是什么党派。”赵一荻道：“那，你可得小心委员长！他可不是省油的灯！”张学良道：“虽然有分歧，但他是国民党的领袖、总司令，我是副司令，再有分歧也是兄弟之间、内部之间的事，他不至于像对共产党那样对我。”赵一荻嘴唇紧闭、眨巴眨巴眼睛说：“但愿如此。可别忘了，他对国民党的元老包括宋庆龄，都翻脸不认人。”张学良苦笑一下：“我不是张澜、李济深，也不是宋庆龄女士，委员长对我还是另眼相看的。”赵一荻俏皮地做个鬼脸儿，说：“老蒋也是看人下菜碟儿。不过，凡是看人下菜碟儿的人都靠不住……对不对呢？”

张学良暗暗欣赏赵一荻真是个有头脑的女子，入木三分地分析出问题的实质。可是，自己不能人云亦云——顺着赵一荻的话题不设底线地讲下去，涉及军事秘密的时候是必须“刹车”的，包括对蒋介石的态度和将要采取的行动。

“无论怎样，我的目的是主张抗日，一致抗日。你不也是这样看吗？只要抗日，其他不必考虑那么多。”

“好好，”赵一荻笑了笑，“酒后多说了。明天我起早就走了，就不和你面别了。听说

凤至姐身体欠佳，现在怎样？”

“还行，正在看医生。”

“要是慢性病看中医倒好。”赵一荻像关心朋友那样，感情真挚。

“我也这样考虑……明早我送你上车。几点的车？”

“我说了不要你送，答应我！”

张学良知道，赵一荻温存的另一面是固执，只好答应她。赵一荻这才笑了，把杯举起来说道：“我知道你晚上睡得晚，所以不让你大早起来折腾，影响你休息。你集中精力处理你的抗日工作吧，东三省三千万父老眼巴巴地望着你呢！天津卫的老百姓也一样的心情，说‘光少帅的东北军也够小日本儿喝一壶的’！”张学良尴尬地一笑：“日本关东军训练有素，装备精良，轻视不得。当然，他再强大我们也要打，因为他侵略我们的国土，奴役我们。”赵一荻再次举起杯敬少帅：“好！我为有少帅这样的英雄朋友而骄傲。干！”

有诗叹曰：

红颜知己自古有，
少帅一荻世无双。

第四十三回

杨虎城动议扣蒋　孙铭九欣然请缨

第十七路军军长、西北绥靖公署主任杨虎城听到蒋介石飞临西安而住临潼华清池，不免内心警惕起来。他亦料到老蒋这次是来者不善，不会打打雷就走，说不定就坐镇临潼逼张学良“就范”再剿红军。考虑再三，他觉得，现在可以和共产党迅速签订协议成立西北统一抗日战线，是公开打出反对内战、联合抗日旗帜的时候了。

和往日一样，绥靖公署院里院外安静如常。“和尚们”该撞钟的撞钟，该扫地的扫地，秩序井然。杨虎城在自己宽大的办公室里时而踱步，时而临窗伫立，思绪纷繁地等候少帅张学良的到来——昨天从渭南回西安晚了，值班电话转到家里，有张学良电话找自己。回打电话给张学良官邸，张夫人于凤至接电话说“小爷外出未归”，流露出“云深不知处”的意思。深夜，少帅的电话打来，说今天难以下定决心，明晨来公署“有要事相商”。那话音儿流露出焦急和迫切，说明事情一定十分紧急，越发印证了可能与蒋介石进驻临潼华清池就召见少帅有关。他知道张学良和蒋介石的特殊关系，决心抗日，又难以和老蒋动真格的，没有第三条路可走而乱了方寸。正在琢磨着，卫兵报“张副司令到”——张学良匆匆走进来。杨虎城道：“听说你找我，我从渭南回到家就打电话给你，你又不在——哈哈！咱俩是捉迷藏怎么的？”

张学良忙解释：“一荻来了，我看望她时打的电话给你，你不在，就……”

“哦？你的红颜知己来了？我得请客呀！”

“不必杨主任破费，她已经走了。”

“走了？吵架啦？”

“吵什么架！她去宝鸡路过西安……”

杨虎城当然知道少帅和赵四小姐的风流佳话，笑道：“谁不知道你和赵四小姐情深意笃，怎么会打个照面就走？”

“你不了解，其实此前我也没想到她是如此深明大义的女子。你猜怎么着？她对形势看得明明白白，她竟然对委员长也分析得有理有据。还说中国只有统一抗日一条生路可走！”杨虎城道：“我们是当局者迷。国人有几个不明白这些的？恐怕全国的老百姓没几个看不透老蒋那两下子的，也少有不懂国家生死存亡的。是没有办法罢了。共产党红军为什么越剿越强？还不是得人心啊！”张学良点点头：“一荻谈了东三省、天津卫的现状，令人痛心！”杨虎城长出一口气：“少帅，不是杨虎城、张学良要和他蒋介石对着干，是民心不可违啊。嗨，坐下呀，这里没站票嘛！”二人这才坐下，一边吃茶一边把话头引到正题上。张学良道：

“主任，这次委员长来，是不会放过我了。”

杨虎城故意乐呵呵地道：“不一定。”

“不一定？”少帅眉毛一扬，想不到杨虎城有此说。

“这很简单，你继续打红军啊，而且是拼命打，老蒋自然不久就会放过你了。”

张学良指点着杨虎城笑了：“你杨主任拿汉卿开玩笑！我张学良主意已定，既然开弓，就没有回头箭。联合抗日，铁板上钉钉，变不了。”

“好！”杨虎城大手一拍桌子，“这不结了，那还管他老蒋放过不放过干什么？”

张学良站起来，走到墙上挂着的中国地图面前，看着大中华的腹地三秦问道：“主任，是不是马上和共产党方面联系，研究一下具体行动？”

杨虎城连连点头：“是啊，论政治眼光，我们不比毛泽东周恩来他们。我同意。”

“你这儿的刘鼎呢？是不是让他……”正说着，电话铃声响起，少帅不再说下去。杨虎城走过去抄起电话机一听，忙用手捂住话筒，对张学良眨眨眼儿：“是老蒋！”张学良扬扬手，示意杨接电话。杨虎城这才冲电话道：“我是杨虎城。”一听电话，忙又捂住话筒告诉张学良：“嘿！找你找到这儿来了。”张学良想起自己出家门前夫人于凤至问去哪儿，自己顺口说找杨主任，想必是蒋介石已经往家里打过电话。于是说：“你先接，就说我在。”

杨虎城点点头，继续接电话：“您找张副司令？他正好刚进门儿，让他接电话？您稍等！”然后把电话递给张学良。张学良接过电话说：“我是张学良，委员长有何吩咐？”

电话里传来蒋介石不满的声音：“你令我失望，再次失望！为什么还按兵不动？”

“有学生要到临潼找您，我阻拦他们……”

“什么阻拦？那是共党煽动的危险分子，为什么不镇压？你们手里的枪是干什么的？哄孩子的吗？”

蒋介石机关枪似的斥责，令张学良的热血又撞上心头。还没等张学良回话，蒋介石又骂过来：

“怎么不说话？你们在搞什么？”

张学良闻听脸色变得猪肝似的难看，电话柄在手中直颤，半晌答道：“我正要恳请杨主任合作。请委员长放心，两三日之内必有切实之举动以示国人！”

“哦……好！我等着你立功，等着为你嘉奖。”显然，蒋介石对少帅的这句话感到有些意外。

放下电话，张学良缓缓走回沙发坐下，没有说话。杨虎城问：“你的话是什么意思？三两日内有切实之举？那刚才我们说的怎么办？”

“马上举义旗，宣布抗日！”

“哦！”杨虎城明白了张学良的意思，哈哈大笑，“好！回答得好！回答得地道！不过，少帅，你想过没有，原来的计划还行得通吗？你没发现老蒋的三十万中央军已布防在西安不远的潼关？”

"当然知道。难道他还会动武不成？"张学良问。

"他的人在西安干什么？还不是监视你我！我们和共产党的来往还是秘密吗？"

"虽然如此，我们照样行动！"

杨虎城道："其实，正因为他蒋介石明白我们不怕，才没敢对我们轻易动手。"

张学良觉得杨虎城的话很有道理："那，主任的意思呢？"

杨虎城大手一挥："扣下老蒋！"

"什么？扣下他……"张学良张大了嘴巴。

"出其不意扣下他，"杨虎城斩钉截铁地重复自己刚才的话，"逼他抗日！"

张学良惊愕地望着杨虎城，半张的嘴许久没有合上。杨虎城道："我琢磨了，非此不能改变中国之现状！"

张学良的心中顷刻如翻江倒海，大脑却一片空白，对杨虎城道："我考虑考虑，晚上我们再商议？"

杨虎城叹口气："好吧！你呀，别聪明人办糊涂事，你少帅还幻想什么？机不可失啊！"

"给我一点儿时间……此举必万无一失才行。"张学良为这出乎意料的办法乱了方寸。

回到张公馆，张学良坐卧不宁，茶饭不思，陷入极端的彷徨之中。决意和共产党的红军联合抗日就已是伤筋动骨的"大逆不道"了！如果"扣蒋"，那就意味着把天捅个窟窿，会产生怎样的后果？自己和蒋介石毕竟有金兰之好——不管真好假好，外人眼里是结拜兄弟，兄弟反目，天下人怎样看？

于国于己，都令少帅难下抉择。

见少帅坐卧不宁，于凤至少不了问寒问暖："小爷，你哪里不舒服呀？"

"没有。"张学良摇摇头。

"碰到什么不舒心的事了？"

"也没有……我没事。"

"要不要叫厨子给你熬人参汤喝？"

"不不！我自己静一会儿就好了。"

于凤至听了，知道少帅是在婉言"请"自己出去，愣愣神儿悄悄退出去。张学良再度陷入苦苦思索之中。

他了解杨虎城将军。

将军少年时代就参加反清抗暴斗争，投身辛亥革命后，在反对北洋军阀的战争中坚守西安八个月，屡次击败十倍于自己的敌人进攻，是一个传奇式的爱国军事将领。"九一八事变"后，对蒋介石的"攘外必先安内"的政策强烈不满，公开主张抗日救国，并与共产党有秘密接触，是令蒋介石头疼的人物。将东北军调往陕西，是蒋的初衷之一，却由于"英雄惜英雄"，他们二人由互相戒备到互相了解，再到抗日的共鸣，又有了顺理成章的三方共识。由此，他认识到杨虎城是个爱憎分明的将军，自然心怀敬意。但是，

要自己和他一起扣蒋逼蒋，却难下决心。毕竟那样做，就意味着自己和蒋介石公开决裂，把东北军推到国民政府的对立面，这与自己加入西北三方共同抗日的初衷距离太远了！但是，如果自己不和杨虎城共同行动，杨虎城自己行动，说不定不仅仅是扣蒋，还会惹出更大的乱子以致不可收拾到引起内战！越想越后怕，张学良心一横，立即电话约杨虎城到家里来“喝茶”。杨虎城欣然答应：“好，我马上到，就等少帅你的一句话了！”

屏去左右，张，杨两位将军在密室摊牌。杨虎城急得额上青筋直跳：“少帅，你还犹豫什么？虽然蒋介石没把刀架在咱脖子上，但也把咱逼到悬崖边上了！他坐镇临潼了，还由着你联合抗日？”

“他能怎样？”

“撤你的职，把东北军调离！他劲头儿来了，用不着和谁商量，一个电话电报就让你唱戏的拿鞭子——走人！你怎么办？”

“我……”

张学良愕然难语。这是真的，蒋介石只要做，半夜睡醒了都可以下这样的命令——况且这样的例子不是没有。人们骂他独裁，不是空穴来风。

“我们研究一下怎样行动吧！”

杨虎城见张学良同意自己的主张，叫一声“好”，对张学良道：“是得好好研究怎样行动。少帅，我理解你的意思。我也不是处心加害他老蒋，咱采取这办法只是个手段，目的是叫他同意抗日，不打内战。你说，对他还有别的什么好办法吗？没有！这你最清楚不过了！只要他同意并保证一致抗日，他还是他的委员长嘛。”

闻听此言，张学良心情略宽松了些：“是啊！我们不能弄巧成拙适得其反。行动中以不伤及委员长的安全为原则。”

“这个我同意。”

张学良若有所思：“我们的口号叫‘兵谏’怎样？”

“兵谏？”

“兵谏——就是告诉天下各党派、各武装，我们此举是逼蒋抗日，不是出于其他目的。”

杨虎城点点头表示赞同：“对对对！省得有人借机做文章。”

接着，两位将军开始研究怎样“扣蒋”。

张学良道：“虽然委员长住在临潼，但他的随行大员住在西安城里，这些人兵权在握，见有风吹草动就会开枪动炮，发动战争。”

“这好办，”杨虎城果断地说，“我让人把他们控制起来，城里的事交给我。”

“他们分散住在不同的地方，且都有武装保护，要控制他们而不出乱子，是困难的。有什么办法把他们集中起来再动手？”

西安城的保安由杨虎城的十七路军负责，由杨虎城负责“处理”分散住在西安的随行大员是顺理成章的事。杨虎城想了想说道："这样，等什么时候行动，我'请'他们看大戏，或者吃饭，一窝端！"张学良听了，觉得是个不错的主意，表示赞成，随后对杨虎城说："到骊山'请'委员长，我派人执行。"

张学良的部队分布在陕西各重镇要塞和西安外围，到骊山捉蒋介石相对便利。杨虎城道："好，那就剩下决定什么时间行动的问题了。"

张学良道："我们这样干，有必要让将领们清楚我们为什么兵谏。所以，应召集军级以上将领秘密部署。主任的意见呢？"杨虎城道："行，我的部属没人不同意，我看你的东北军将领们也早就憋足了劲儿吧？"

"是啊！"张学良点头称是，"这样做，除了大家保持行动一致外，也让大家统一认识，不感到事态的突然。我在考虑，必须用一个可靠的军官去执行此任务。"

"不错，此人必须胆大心细，遇事不慌，"杨虎城说，"而且得熟悉临潼骊山甚至华清池的情况。"

"今晚我们就秘密召集将领们部署。"

既然决心已下，张学良马上摆脱了许久以来的彷徨迷惘，恢复了"皇姑屯事件"时的沉稳与果断。杨虎城站起来和张学良握手暂别："等我电话吧！"

当晚，张、杨两位将军分别召集自己的部下、高级将领们布置"兵谏"具体行动方案。众将得知要扣蒋抗日，无不击掌称快。杨虎城想好了怎样在"兵谏"之夜宴请在西安的国民党大员陈诚、邵力子、蒋鼎文、陈调元、卫立煌、朱绍良等人，并于宴罢看戏的计划，以借机稳定并控制他们。这样，布防在西安的几十万国民党中央军就群龙无首，只能原地老老实实"待命"，而张学良的"奇兵"则可以顺利奇袭华清池一举扣蒋。

张学良格外慎重，先找部将白凤翔密议。白凤翔道："跟随少帅出生入死，我白凤翔没说的。不过……"

"不过什么？"张学良最烦吞吞吐吐，用目光责问白凤翔。

"我只是看过画像上的委员长，从来没见过蒋介石真人，又是夜里行动，万一弄错了怎么办？还不闹出大乱子来！"

这倒是个问题！张学良思索着。

"另外，听说过那华清池在临潼骊山，但到底什么样、怎样个地理环境也不知道啊。"白凤翔是个仔细人。他明白，如果捉蒋失误，蒋介石就会马上号令中央军大开杀戒。那样，不但事与愿违，自己罪责难逃。更重要的是兵谏失败，统一抗日的大业流产，甚至可能造成天下大乱，内战升级，而日本侵略者长驱直入中原……

他把自己的忧虑讲出来，张学良道："嗬！你还真长见识了，有道理。这样，我这就带你去华清池走一遭，你把它记清楚！"

"那样就不会有失误啦！"白凤翔一个立定敬礼。

张学良只带白凤翔、孙铭九，到华清池以进贡礼品、看望为名，借机让白凤翔熟悉华清池地形，认识一下蒋介石，免得行动时出错。蒋介石见了少帅，那常阴着的脸流露着不满："汉卿，你又来讲你的抗日主张吗？我不是不抗日，是'攘外必先安内'！"张学良道："白师长仰慕委员长已久，手里有朋友送的冬虫夏草，希望孝敬您，给委员长补补劳累的身子，我就带来了。"

"哦！"蒋介石接过孙铭九递上的礼品盒，打开看看，"嗯，真是奇特的东西，又像虫子又像草。真是世界之大无奇不有啊。"

"委员长还有什么需要的吗？汉卿送来。"张学良问。

蒋介石摆摆手："不需要不需要。你不要再跑了，我要在这里休息几天。"

张学良便道："那就不打扰委员长了，我马上回西安……"

"要到延安前线，你亲自督阵。你的那些弟兄还犯糊涂，对共党有幻想。你要亲自督战。"

"是，下面的行动我亲自安排。"

"好！我等你的好消息。"蒋介石扬扬手表示送客。张学良、白凤翔和孙铭九坐回少帅的车上，白凤翔就道："听王军长说老蒋阴，今天一见果然是够瘆人的。"

"怎么，吓住了？"张学良问。

白凤翔忙解释："我是说他表象瘆人，我什么时候怕过鬼？何况是人！"

张学良不禁笑了笑，没有吭声。回到西安官邸，张学良把孙铭九叫到内室问他："铭九，我交给你一个任务，你有胆量做吗？"

孙铭九毫不犹豫地回答："有！"

张学良问："假如让你带人去把委员长扣住，你也敢？"

"敢！只要副司令下命令！"孙铭九丝毫不露畏怯。

"好！"张学良点点头，严肃地望着孙铭九，停顿了一下说，"搞不好，你我是要掉脑袋的——包括东北军的命运！"

"我知道，"孙铭九说，"不这样，您和东北军又能怎样？"

听孙铭九一说，张学良不由心头一震，想不到警卫营长有如此深刻的见解："这是你个人的想法吗？"

"不，这是每个士兵都清楚的形势。"

形势——这是张学良最敏感的字眼儿。张学良明白，将士们比自己更迫切希望加入到抗战行列中去，或者说，是将士们"推动"着自己加快了"兵谏"的步伐。

"你记清楚华清池的地形和布局了吗？"

孙铭九道："记住了。少帅，走到哪里都记清地点环境是我的强项。"

张学良点点头："那好。如果由你带队去临潼，你就挑选精兵良将组成突击队，待命去临潼把委员长'请'到西安来。做好准备吧！"

"我保证能完成任务！"孙铭九受命。

“切记，无论如何不能伤着委员长。”

“明白。”

“好，”张学良说，“你再考虑考虑有其他问题没有。你先去吧！”

孙铭九走后，张学良又暗暗思量“兵谏”行动细节。夜幕降临古城，张学良不思酒饭，在书房里偶尔吃口茶，不看书，不读报，仿佛此处无站脚之地，心中不无忐忑。中国几千年的文明史，漫长的封建社会之路，君主制是社会运转的轴心，君叫臣三更死，臣不敢等到黎明。君是金口玉言，臣是唯命是从，无论对错，臣只有绝对服从，包括牺牲自己的生命。不要说那些有罪于国家的恶人佞臣，即便是有功于社稷何罪之有的良臣，面对冤狱竟对“赐死”无可奈何。君臣之纲，以绝对服从皇上为“正道”。

如今，自己要以下犯上，“兵谏”西安，行“大逆不道”之举！

如果“兵谏”失败了怎么办？

张学良推想着：

突击队夜袭临潼，由于受到阻击而使蒋介石躲过一劫，他自然恼怒而不能容忍，必号令三军伐之。首先，屯于西安外围之中央军进攻西安，杨虎城的十七军和东北军与中央军血战三秦，内战爆发……

想到此，张学良不禁倒吸一口凉气……那不就事与愿违、国家反受其累吗？

如果不做此举……那将“国将不国”，依然是内战蔓延。此举只能万无一失，绝不可大意出纰漏。要“兵谏”干得漂亮，扣蒋又稳住局势，突击队是关键，带兵的人则是关键的关键。

孙铭九是信得过的人。用胆大心细遇事不慌形容他并不夸张。但是，袭击总统下榻的地方，重兵把守重重，难保进行过程中有意外发生。既不能遭遇成混战，又要“请”来一个完好无损的委员长，达到“兵谏”抗日的目的，才是此举的宗旨。

张学良反复思考，除了孙铭九还有谁是合适人选？

他一时琢磨不出第二个人来。正在犹豫，听得门外有人喊报告，正是熟悉的孙铭九的声音。

“进来。”

孙铭九进门一个立正敬礼：“副司令，请相信孙铭九，定能胜任临潼之行！”

张学良瞅着孙铭九说道：“此举非同小可——关系到国家、东北军和我们每个人的命运啊！”

“我明白！”孙铭九斩钉截铁地说，“我都考虑过了：蒋委员长眼下正顺风得势，目空一切，虽对您和杨将军不放心，但还不至于过多地防范，他的警卫是外紧内松，只要闯过第一道警卫线，以迅雷不及掩耳之势冲进五间厅，大功就告成！”

张学良掩饰不住刮目相看的神色，对孙铭九的分析默许赞成：“好，你要带多少人合适？”

“人太少怕力量单薄不能冲破委员长的外围警卫防线，人太多又目标太大容易引起他

们的注意，二百人就行了。”

“好，你认真挑选二百勇士执行任务。我让白凤翔师长接应你，万一遇到意外好接应。”

“是！”

张学良叹口气道：“不是张、杨要反，是迫于无奈。不行此举又奈何？但愿‘兵谏’成功，委员长幡然悔悟，统一到抗日的路子上来，民族之大幸！”

孙铭九不敢在少帅面前开口国事，只能表示决心：“副司令此举，内合军心、外合民意，世间自有公论。东北军拥护，三千万关东父老企盼！为了拯救中华民族，赴汤蹈火又怎样？”

张学良摆摆手，示意孙铭九可以走了，自己则心事难平。毕竟，这是一次艰难的抉择，而且难以预料“兵谏”的结局。他知道，刚愎自用的蒋介石不是平庸之辈，又有那么多黄埔军校学生位居要职掌控军政大权，他会被逼就范吗？

对此，少帅亦有忧患。

诗曰：

个人生死置度外，
民族存亡甚忧心。

第四十四回

配合有误未酿祸　暗藏玄机孕战争

张、杨分别准备就绪，约定十二月十三日凌晨举事。杨虎城的部队严密控制西安城，以防意外发生。张学良的突击队则奇袭临潼华清池扣蒋“兵谏”。杨虎城依照分工周密布局：第十七路军负责解除西安城内蒋系武装，占领特务机关，扣押蒋系高级将领，以保少帅部下到临潼无后顾之忧。具体部署为：陕西警备二旅孔从洲部及炮兵营由孔指挥负责城内，特务营宋文梅的四个连做总预备队，卫士队的两个连负责控制易俗社和扣押蒋系高级将领，警戒易俗社到蒋系将领寓所新城区域。十七师五十一旅旅长赵寿山担任新城指挥官。同时，西安各街口要地均有部队布下双岗，待张学良的人扣蒋成功立即行动。为了届时万无一失，杨虎城嘱咐举事部队做好准备工作，提前模拟演习以熟悉行动流程。

特务营长宋文梅对“兵谏”极为上心，作为预备队指挥，需要“眼观六路耳听八方”，少不了到各处看看。九日傍晚，他于西安东城城门楼遇见腰别两只“自来得”手枪的孙铭九，又见城下有几辆载满士兵的大卡车，像要出发的样子，匆忙问了一句：“孙营长，有行动？”孙铭九道：“去临潼一遭。”宋文梅闻听大吃一惊：行动提前？自己怎么不知道？心感事态严重！宋知道此时张、杨二位将军正在陪蒋系高级将领们在易俗社看戏，匆忙赶来把杨虎城请回新城十七路军总部紧急汇报。杨虎城得知孙铭九就要行动，以为事情有变，当即下令部队把演习变为“行动”，配合东北军。为了稳住正在看戏的蒋系将领，杨虎城下达命令后又匆匆赶回易俗社陪着看戏。此时的杨虎城哪里有心思看戏？只等孙铭九在临潼捉蒋成功，好下令控制在易俗社看戏的中央军大员们。然而，戏唱到十点，也没有临潼的消息。杨虎城灵机一动：延长演出时间。暗暗请地方士绅继续点戏唱下去，自己跑回新城总部了解临潼情况，依然没有临潼消息，只好再回易俗社陪着看戏。直到夜深十一时，宋文梅急急来报：“我去孙铭九处打探情况，孙铭九正在睡大觉，他说副司令怕学生们去临潼请愿干扰了大事，已让自己的巡逻队拦截可能去临潼的学生。”杨虎城闻听大惊失色。宋文梅道：“由于情况紧急，我没请示主任就撤销了‘行动’命令，部队已‘演习’完毕撤回各自驻地。”回到新城，杨批评宋文梅处事鲁莽，险些闯下大祸，嘱咐属下吸取教训，严阵以待。这时，少帅张学良打来电话，要夜间负责“行动”的军官前去“洽谈”，杨虎城道：“还是我去吧！”天刚拂晓，杨虎城匆匆驱车赶往张公馆。

两位将军相见，顾不得寒暄，直奔“主题”。杨虎城道：“我那部下不问青红皂白就断定行动提前，我下令部队进入了临战状态，要是行动秘密泄露了可就乱套了！”张学良听完杨虎城的解释松了口气：“我正为此纳闷儿。杨主任请坐，我们还是商量一下怎么

办吧。”杨虎城边坐边说：“你的意见呢？”张学良略有沉思：“干脆，事已至此，不如提前行动！”杨虎城“呼”地从椅子上站起来说：“好！虽然昨晚虚惊一场，但看得出将士们捉蒋心切！干！”

张学良道：“既然杨主任也是这么考虑，那就趁热打铁——提前！”

“十一日晚十一时开始行动！”

“十一日晚十一时开始行动！”

两位英雄双手紧握，预示着中国历史将开始改写！

夜幕把古城西安遮得漆黑一片。一支小部队乘坐着卡车悄悄驶出西安城，进入临潼，直奔华清池。由于西安城外是东北军的防区，孙铭九有带领卡车队巡逻“堵截”请愿学生的“惯例”，中央军并无疑虑，任孙铭九的卡车队通行。车到华清池门前，孙铭九第一个跳下车，胳膊一挥，几辆卡车上的人纷纷跳下车来，跟随孙铭九迅速向华清池里面冲去。守护华清池的卫士见状先是惊愕，继而惊惶！侍卫营长蒋孝先是蒋家嫡系，对于突发事件不请示亦可先斩后奏——举枪便射！

“孙铭九！你造反吗？”蒋孝先惊恐大叫。

孙铭九喊话：“我们不是造反，是来请蒋委员长的！请你让开！”

“混蛋！明明是……”蒋孝先又扣动扳机，子弹在孙铭九耳旁“嗖嗖”飞过。未等孙铭九动手，一连长李刚开枪还击，蒋孝先在枪战中仰面而毙。孙铭九带头冲破华清池第一道防线。外紧内松是高级别警卫原则，熟悉了华清池建构情况的孙铭九没费太多子弹就冲到了五间厅。蒋的贴身卫士负隅抵抗，双方激烈交火，不到一刻钟，卫士不敌，被东北军或毙或俘，孙铭九带虎贲军闯进五间厅，却不见蒋介石人影。搜查里里外外床上床下，就连橱柜也没放过。

“没有啊？”李刚不免丧气。

孙铭九毕竟有着丰富的警戒经验，冷静下来，环视蒋介石的卧房，见被窝铺盖在床上，分明是睡过的迹象，便伸手往被窝里摸摸，余温还在，立即命令士兵们：“委员长没有走远！大家分散开搜——注意，不可伤着委员长！”

“是！”

官兵们马上散开，在华清池展开搜查。

这华清池亦名华清宫，南依骊山，北临渭水，六千年的温泉穿织着代代动人的典故，传承着不朽的华夏文明，也成了当代霸主们光顾的地方。冬日，温泉散发的暖气在内墙环流，若有雪花降来，雪落为霜，似飞霜弥漫，故曰飞霜殿是也。西周之周幽王始建离宫，秦、汉、隋历代重建增修，到盛唐更是多次扩建，并赐名汤泉宫。唐玄宗携爱妃杨玉环冬浴华清，更是家喻户晓的谈资。大诗人白居易在《长恨歌》中叹曰：“春寒赐浴华清池，温泉水滑洗凝脂。侍儿扶起娇无力，始是新承恩泽时。”蒋介石本欲边享温浴之乐，边督战西北剿共，哪承想凌晨枪声起，“兵谏”惊华清。

不过，蒋介石选择华清池、下榻五间厅，可不是仅仅赏恋贵妃池之温泉。单说这五间厅，南依骊山、北邻荷花池，庭院阔而平坦，树木葱郁雅致，五个单独的房间相连而名。前廊由红色廊柱高擎飞檐，尽显皇家气派。它与周围的三间厅、望河亭、飞虹桥及飞霞阁相得益彰，浑然成趣，是中华建筑史上的杰作。而五间厅本身就是一个别出心裁的建筑群。蒋介石下榻并将五间厅设置为一个临时小“总统府”，由西往东依次是：秘书室、蒋介石的卧室、总统办公室、部署进剿红军的作战室、侍从室主任钱大钧的办公室。五间厅旁建于清代的仿“贵妃池”的沐浴室自然成了蒋介石的行辕沐浴室。

——都搜遍了，依然没有蒋介石的影子。

孙铭九质问一名被缴械的侍卫：“告诉我，委员长呢？”

“我在前院抵抗，不知道呀！”侍卫交代。

一句话提醒了孙铭九：五间厅后面！于是，马上命令官兵扩大搜索范围，尤其是五间厅后面。当他注意到蒋卧室的后窗半掩的时候，就清楚蒋介石是从后窗逃走，立即布置李刚带人到五间厅后面搜查。

蒋介石的确是从卧室后窗而逃。睡梦中的蒋介石突然被枪声惊醒，开始还以为是毛泽东的红军夜袭华清池，一撩被窝大骂张学良、杨虎城：“娘希匹！养虎遗患，都让‘共匪’打到这里来了”！贴身侍卫慌忙架起只穿睡衣的蒋介石，打开后窗催促：“委员长快走”！此时蒋介石早已魂飞魄散，任由侍卫推的推、搡的搡，爬出后窗，一个“空降”跌进屋后防护用的深沟里！两个侍卫赶紧跳进深沟，顾不得问磕碰没有，拖的拖、顶的顶，死活把蒋介石弄出深沟，连架带拖地“搀扶”蒋介石往山上奔。听得枪声在华清池四处爆响，蒋介石惊恐失语：“中正休矣！”一个没甚文化的侍卫，听蒋介石此时还要“休息”急了眼喊道：“都什么时候了还要休息？逃命要紧呀！”扯着蒋介石的一只胳膊拼命往山上跑……

找不到蒋介石，孙铭九心急如火：万一被老蒋逃脱，就意味着“兵谏”失败，那后果不得而知。他重新跑回五间厅，推开蒋的卧室后窗向外望，西绣岭挡在眼前！一个激灵，孙铭九大喊：“去！马上到山上仔细地搜！”自己也立即转身出了五间厅，奔向西绣岭……

“营长！委员长在这里！”

孙铭九听到有人喊，猛地刹住脚步，顺声望去，半山腰的一块虎斑石旁，一个士兵兴奋地挥舞着胳膊，向孙铭九“报喜”。孙铭九大喊：“司令有令，别伤着委员长！”便飞速赶上山来。走近一看，光着两只脚、只穿睡衣的蒋介石脑袋钻进草丛里，露在外面的屁股瑟瑟发抖，好不狼狈！

孙铭九叫着“委员长”，上前架蒋介石。此时天已蒙蒙亮，瞅着脸上有划伤、抖个不停的蒋介石，官兵们觉得实在滑稽——原来，平日里比阎王老爷还厉害、动辄杀戮的委员长也怕死！还不如咱兄弟们敢和死神较真儿呢！

后龙兆庭闻蒋被捉于华清池西绣岭虎斑石草丛，有打油诗曰：

谁说皇帝动不了？
陈胜吴广逼出刀！
万里长城依旧在，
始皇二世哪里找？

谁说王朝动不了？
张杨“兵谏”实在好！
急了民众四万万，
一把“龙椅”掀不倒？

谁说黑白难分晓？
华清水池照人妖！
一张糗脸扎草丛，
屁股何必再招摇？

谁说中华赢不了？
红火正在遍地烧！

日本鬼子何足虑？
统一抗战路一条！

孙铭九等扶起抖抖瑟瑟的蒋介石，未等孙铭九再开口，蒋介石懊丧地说：“杀掉我吧！杀掉我好啦！”孙铭九安抚蒋道：“委员长别害怕，我奉副司令之命来请委员长的。”蒋介石惊魂未定，哆哆嗦嗦，嘴依旧有点儿硬：“这是请吗？是请吗？”孙铭九知道不可一世的蒋介石遭此劫在大家面前脸面拉不下来，也不再和他计较，把自己的棉大衣披到蒋身上，喝令李刚护送蒋介石到西安，然后跑到五间厅打电话给西安的张学良：

“报告少帅，行动完成，即刻护送蒋委员长回西安！”

听到电话那边张学良的一声“好”，孙铭九那一直紧绷的神经放松下来，感到两条腿有点儿软。

公元一九三六年十二月十二日这天，中华大地像突然响起一声冬雷，三山五岳震撼，大江南北摇晃！“张学良、杨虎城在西安把蒋介石给扣了！”

杨虎城接到张学良捉蒋成功的电话，焦急等待的心“嚯”地一亮，马上命令部队：“动手！”潜伏在新城大楼及国民党大员住所的将士们得到行动指令，个个猛虎般跃起，扑向各自的“目标”……

住在新城大楼正做着美梦的南京贵客们一个个从暖和的被窝里被“掏”出来，被集中到一间颇大的客厅里——只是不是来做客，由十七路军参谋长宣布他们被“隔离”了！

“隔离？”蒋鼎文不满地喊起来。

十七路军参谋长韩光奇严厉喝道：“喊什么？张、杨二位将军决定扣蒋‘兵谏’，督促委员长停止内战一致抗日。你们暂时在这里‘休息’。请听从赵寿山旅长的指挥，任何人不得乱动。否则，后果自负！”

被扣押的大员中陈诚职务最高，也是蒋介石的宠臣。其余如蒋鼎文、卫立煌、朱绍良也颇得势。陈调元、邵之冲和陕西省主席邵力子等人虽居要职，但毕竟比不得蒋、卫、朱，尤其邵力子，对蒋介石的“攘外必先安内”心存异议，虽对张、杨的大胆之举惊讶不已，又暗暗责怪蒋介石多行不义遭此辱，面对持枪相逼的西北军沉默不语。

陈诚不像蒋鼎文那样年轻气盛，婉转抗议：“我们都是自家人，何必苦苦相逼？”

韩光奇冷笑一声道：“你这晋陕绥宁边区剿共总司令先委屈一下吧！我们是一家人，可是，我们端的可不是一样的饭碗儿呀。你是委员长的宠臣，劝劝委员长改弦易辙才能为中华民族立功。”

“这……”陈诚一时语塞。蒋鼎文瞪眼骂韩光奇：“你个叛逆小人，休得胡说！”

韩光奇不急不火：“我是小人？你撒泡尿照照自己吧……”邵力子站起来挥动双手制止他们：“二位！不必争了。相信张、杨两位不会伤害委员长，委员长也会面对局势作出明确决断。我们忍忍，听委员长的决断吧！”蒋鼎文冷笑道：“邵主席和稀泥！委员长都被他们扣了，还怎么‘决断’？还不是强逼委员长就范？”

这时，孙蔚如闯进来喝道：“抗日救国，匹夫有责。杨主任、张副司令‘请’委员长共商抗日大计何错之有？‘请’你们在此等候有何不可？我以西安戒严司令名义宣布，在‘兵谏’期间任何不听从指挥者军法处置！”

陈诚等知道，三十八军军长孙蔚如不是一个省油的灯，“恢复协力对外，以报仇雪耻，规复疆土”是孙的公开宣言，是“倔、犟、硬、碰”的陕人中冒尖人物，惹急了会做出不客气的举动，后果不堪设想。况且孙蔚如硬中有软，两个“请”字是给面子给“下台阶”的表示，好汉不吃眼前亏，于是劝慰蒋鼎文道：“我相信张副司令是拥戴委员长的，不会因此乱了大局。我们静等结果就是。”孙蔚如道：“这倒是句话。我代表杨主任向你们保证，此之‘兵谏’并无二心，只要委员长同意抗日，他还是委员长，我们继续听他的指挥！你们就不必‘咸吃包子淡操心了’！”说完，威严地扫视一下被扣押的诸大员，转身而去。

“大客厅”里刹那间寂静无声。

这时，蒋介石也被“请”到新城大楼。他的装束很滑稽，没有上将的戎装裹身，也

不是传统的绅士风度的大褂礼帽，而是孙铭九临时“借”给他的棉大衣和一双士兵脱下的布鞋，这双布鞋虽合脚却实在没有休闲时穿的“内联升”特制礼服呢布鞋顺眼。即便少帅张学良很快派人送来了上好的衣装，晦气的大总统仍似落架的凤凰不如鸡，活像一个从西安集市上错抓来的嫌疑分子，脸瘦头秃，表情沮丧，委屈又无奈，有气无力又假装嘴硬地嚷嚷：

“告诉张汉卿，枪毙我好了！”

他发泄他的，孙铭九依旧耐心地解释：“副司令绝无意加害于你！‘请’你来是商量抗日的。”蒋介石气不打一处来冲孙喊叫：“叫汉卿来，枪毙我好了！”任凭孙铭九怎样哄，蒋介石不吃不喝，以绝食对抗。孙铭九没辙，只得忙着向张学良报告。

此时，张、杨二将正起草《告全国同胞书》，其有八项主张：

（一）改组南京政府，容纳各党各派共同负责救国；

（二）停止一切内战；

（三）立即释放上海被捕之爱国领袖；

（四）释放全国一切政治犯；

（五）开放民众爱国运动；

（六）保障人民群众集会、结社等一切政治自由；

（七）确实遵行总理遗嘱；

（八）立即召开救国会议。

当天的《大公报》和《新华日报》及电台都刊登和广播了《告全国同胞书》。

集中国党、政、军大权于一身的蒋介石被部下扣留“兵谏”，马上引起中国政局的震荡。

收到张、杨通报扣蒋、邀请共产党派代表到西安共商和平抗日大计的电报，毛泽东和周恩来等红军领导人同样震惊。突然得到张、杨扣蒋的消息，毛泽东激动不已：“几十年的老冤家、共产党的死对头终于得到了应有的惩罚。”

任弼时说：“我刚碰见司马龙珠，他说该交由人民审判！我看此人该杀！”

在场的书记处书记们个个乐呵呵的，兴奋异常。任弼时扶扶眼镜说：“多行不义必自毙。剿来剿去，他老蒋把自己剿成‘囚犯’喽！”

毛泽东沉思了一下，又摇头否定自己刚才有感而发的话：“不！不能杀……”

“不能杀？”

大家把目光投向历来说话算话的毛泽东。

毛泽东点点头，分析说：“蒋介石是国民党的主席，也是国民党武装力量的总司令。如果这个时候杀了他，就会内战突起……这也不会是张学良扣蒋的初衷。”

周恩来说：“从张、杨的《告全国同胞书》来看，他们打的是‘兵谏’的旗子，也就是说扣蒋的目的是逼迫蒋介石抗日。”

“是啊！”毛泽东说，“估计南京政府的大员们不会听任张、杨扣蒋，一定会有大的动作。”

“此前蒋介石已调集大批中央军逼近潼关。如果处理不好，内战随时要爆发。”朱德谈出自己的忧虑。刘少奇道：“我们不是决定向共产国际发电报征求他们意见吗？等等斯大林同志的回音再决策为妥。”毛泽东对周恩来道：“这件事发生得太突然了！真是‘情理之中意料之外’呀！是要听听斯大林同志的意见，即共产国际的意见。恩来，又到了你辛苦一趟的时候了！”周恩来微微一笑：“这回，要和久违的蒋校长见面了！我看，他没往日那么威风了吧？”毛泽东道：“你我都和蒋某人有过交道，此人顽固得很哪！他不会轻易就范的。”

“有消息说，杨虎城将军表态，如果蒋介石不放下屠刀，不命令军队抗日，决不放过他，估计会的。”任弼时谈自己的看法。

周恩来道：“杨虎城和张学良的态度不尽相同。蒋介石对他们的态度是有区别的。另外，在抗日问题上杨虎城态度更明朗，或者说更公开。他不止一次对外宣称自己的主张，和我们党指派到十七军的王炳南等共产党员谈他的抗日主张，对蒋介石‘攘外必先安内’坚决抵制。如果处理得不当，张、杨两位将军发生意见分歧，那就更不好控制局面了。”毛泽东赞同周恩来的分析：“张学良力邀我们派代表去‘共商’，正说明你分析得有道理。从大局看，能迫使蒋介石联合抗日是上上策。”

书记们分析局势，研究对策，最终也没能下个结论。而此后斯大林的回电则更令几大书记们反复开会而未能立即定夺。第一封回电支持除掉蒋介石，然电报墨迹未干，第二封相反内容的电报就跟过来：目前，蒋介石是中国武装力量的总司令，杀掉他会不利于中国团结抗日的大业。两封相反内容的电报，说明了斯大林和毛泽东的顾虑或者说顾大局的思考是不谋而合的。

在临时的政治局会议上，刘少奇宣读了斯大林的电报，毛泽东向大家解释为什么有罪的蒋介石杀不得：“此人恶贯满盈，但还得留他一条命。天下的事，不能单凭感情决断。杀了痛快，可那就捅了马蜂窝，何应钦们就趁势起兵，搞个天下大乱，国民党互相厮杀、国民党军队和红军厮杀，那天下可真就轻易‘送’给日本鬼子了。为了国家大局，我们的恩来同志将去西安调停事变，说服蒋介石迷途知返。同志们，达到共同抗日、团结抗日的目标，这才是我们的愿望。”

周恩来知道，自己面临的是艰难之旅。当然，他也明白此行对于中国政治命运的意义。

南京政府得到蒋介石在西安被张、杨扣押“兵谏”的消息，马上炸了锅。没人会想到谨慎到草木皆兵的总司令会被自己人扣押，更不能想象一向对蒋介石唯命是从的张学良竟敢扣押他的拜把兄长总司令！群龙不能无首，这样，接管南京政府大权的首要当属

行政院长何应钦了。何马上召集紧急政治会议自然刻不容缓。

此时的何应钦力主马上攻打西安解救蒋介石。自认已大权在握的他自有自己的如意算盘：一旦蒋介石性命不保，自己就成为党国第一人了！

然而，有人提出如果打起来，杨虎城、张学良就会孤注一掷，反而使委员长性命不保！

双方各执一词，群雄互相打起口水战。

何应钦似乎义愤填膺，大声道："委员长有难，我们不救谁救？叛贼难赦，我们不降谁降？难道听任张、杨二贼胡作非为不成？"

"可是，如果动武激怒杨虎城，他不管不顾动了杀机反害了委员长怎么办？这个责任谁负？"蒋介石的"文胆"陈布雷反问。陈不是有衔儿的大员，但似蒋介石肚子里的蛔虫一般懂蒋介石，他是蒋介石的心腹自不必说，谁都知道，他是蒋委员长的魂，无人敢轻视一二。

何应钦被质问得一时语塞，旋即争辩道："你的担心不是没有道理。可是又有什么灵丹妙药能解救委员长？不以武力救委员长，难道凭你的一篇文章能救委员长出水火？笑话！"

面对何应钦不屑的表情，陈布雷的自尊心受到前所未有的打击。但是，他非常明白，在蒋介石生死未卜、失去指挥权的情况下，何应钦目前就是掌握国民党生杀大权的第一人。自己地位够高但并没有实权，换句话说，离开蒋介石、没有蒋介石的光环笼罩，自己连个师长旅长都不如，何况面对野心勃勃的何应钦？不过，陈布雷也不是轻易放得下架子的人，板起脸道："我写不出一篇能救出委员长的好文章，可我坚信，你贸然一炮就可能把委员长送上断头台！"

何应钦一拍桌子喝道："坏事都坏在你们这些狗屁文人身上！还有那个拍马屁的龙兆庭，不拍了又骂，什么东西！陈先生我告诉你，今天你拿不出马上救出委员长的文章来，我立马行驶我的权力，调兵进攻西安。你不知道吧？张学良自以为信得过的潼关守将某某，已提前告密张学良扣押蒋委员长的密谋，我已命令三十万中央军从陕西四面八方围攻东北军和西北军，很快就踏平西安……"

"不能进攻！"何应钦话声未落就被一个特殊的声音打断，那声音虽显阴柔但坚定严厉，有不可否定之势。众人惊视，乃蒋夫人也！

正是：

虽无权力女流辈，
一语既出撼众人！

第四十五回

宋美龄舌战南京　周恩来出使西安

见宋美龄从天而降，何应钦暗暗倒吸一口凉气。情急之下，他忘记了还有一个无权但威在自己之上的蒋夫人，一个当时只有她可以给蒋介石颜色看的女流！

“夫人……”何应钦忙从“帅位”上站起来迎接，请宋美龄落座。

宋美龄铁青着脸，对“赐座”视而不见，质问何应钦：“委员长被扣押，为什么不告诉我？你们想避开我吗？”

“夫人误会……我是担心您受不了这个打击……”何应钦忙遮掩。

宋美龄冷笑一声：“我受不了？你要出兵西安，把委员长置于死地我就受得了啦？”

面对咄咄逼人的宋美龄，何应钦心里不满：什么事儿都有你掺和？现在是特别政治会议，轮不到你来说三道四！但面上堆笑：“当然……夫人的意思是不出兵？”

“我正是这个意思。”

“可不出兵怎么办？张学良、杨虎城能把委员长送回来？”

“出兵打仗，委员长很可能就没有回来的希望了！”

“不出兵打，谁能保证委员长平平安安回来？”何应钦语气明显高了八度。

宋美龄道：“我看了汉卿的声明。他们目前没有加害委员长的意思。我们只有采取和平手段，才能保证委员长平安归来。”

何应钦眼珠子一转，说道：“作为委员长的追随者，我不能错失良机。不瞒夫人说，我已给叛军们颜色看了，中央军已向西安推进，飞机已去轰炸西安附近的城市。他们再不放回委员长，我马上调集更多部队进攻西安。我就不信我们中央军对付不了东北军和十七路军！”

宋美龄道：“也许你打得赢，可是那样的结果是什么？内战！同时把委员长逼到绝路上。所以马上停止进攻。”

“夫人，还救不救委员长啦？”

“于国，他是元首。于家，他是我的丈夫。你说我想不想早一点儿救？”

“哦……夫人说得有道理。可是——”

“没有可是，只有就是——停火！”

“那委员长怎么办？”

“我说过了，和平解决。”

“和平解决？我没那能耐！”何应钦挥挥胳膊。

“我有。”宋美龄口气坚定。

“你有？……哦！夫人不是一厢情愿吧？那杨虎城就不用说了，就是张学良，本就是绿林的后人，心狠手辣，翻脸不认人，万一性子上来动了杀机害了委员长，后悔也就晚了！”

“我已见过端纳，”宋美龄说，“请他先到西安见委员长和汉卿，进行协调。我和子文随后也去西安。”

此言一出，会场喧哗，在座高官皆曰“不可”。

“夫人！那可万万使不得……”何应钦依然反对。宋美龄脸色一变：“就这么定了！如果有人不顾委员长安危一意孤行，就等着委员长回来处置吧！”

“夫人，你可要理解何某的一片诚心啊！”

宋美龄再不搭话，甩手而去。何应钦尴尬地望着宋美龄那依旧不失端庄优美的背影，再望望不知所措的群雄，不停地摇头：“这……好吧，我下令暂停进攻。”

这时，张学良派来接共产党代表的专机已经停在延安的简易“机场”——就是铲平了的一片平地上。

毛泽东带领另外三大书记及政治局成员们为周恩来送行。共产党、红军被国民党军队“剿”了一次又一次，这是第一次被国军请，派飞机来请，而且是作为去帮助解决国民党“内部”矛盾的使者。如果此行能达到张、杨两位将领“声明”的目的，那么，共产党和红军的地位将发生根本性的改变。

毛泽东握住周恩来的手：“恩来，此去西安，胜过当年诸葛游说东吴。蒋、张、杨的态度决定事变走向，影响中国革命的进程。一定要注意安全，我不但希望一个停止内战、团结抗日的明天，还需要一个毛发无损的恩来。”周恩来不无感动：“请主席和大家放心。有张、杨两位将军，还有王炳南、刘鼎和叶剑英他们，我会安全的。”

周恩来一行走进机舱，飞机开始滑行、加速，在轰鸣中一跃而起，飞向蓝天。毛泽东挥动的胳膊渐渐停下来。朱德凑近毛泽东说道：“老毛，不放心吧？”

毛泽东道：“我相信恩来的智慧。事实证明张学良和杨虎城都非常信任他，就看蒋某人是不是花岗岩的脑壳喽！”

朱德点点头：“蒋介石这个人刚愎自用惯了，怕是禀性难移，是个‘杠’头啊！”

毛泽东道：“他‘杠头’，是因为还没遇见过快刀手。再说了，开水浇活猪，怕不怕还真得两说呢！”

朱德、刘少奇和任弼时听了都笑。刘少奇说：“就凭蒋介石往山旮旯里那一钻，我看，他起码不是个真不怕死的好汉。”

“是一代枭雄。”毛泽东像是自言自语地说。任弼时听了一愣：“主席，你对老蒋评价还蛮高的哩！”毛泽东转身往回走着回头瞅瞅任弼时说道：“你说，我们要是小看他，我们能有今天吗？”

“哦？”任弼时若有所思。

“这叫战略上藐视敌人，在战术上重视敌人。”朱德提醒任弼时。任弼时猛地想起来：毛泽东在一次会议上讲过这句话，是讲战争的。他一边走一边琢磨：毛泽东就是毛泽东。他不但了解自己，也了解对手，这不正是他无论在什么情况下都掌握主动权、克敌制胜的一个“法宝”吗？西安事变，毛泽东初听捉蒋十分兴奋乃至兴奋地喊杀，但很快就冷静下来分析事变的发展及会产生的后果，为防止内战、促进抗战而摒弃前嫌和恩怨，派员赴西安调停。

“毛泽东心里装的是大中华大乾坤，不是个人利益和小集团利益。”

任弼时越琢磨越觉得大家推举毛泽东为领袖是不二的选择。

西安。关在新城大楼、失去自由的蒋介石和来看望他的张学良依旧争吵而互不妥协。自然，蒋也不买杨虎城的账。双方的“谈判”就这么僵持着。在中央军的飞机轰炸西安四周城市、形势变得越来越严峻的时候，接周恩来的专机飞抵到了白市驿机场。

“哦？是你？”当蒋介石听到一个久违的熟悉声音的时候，抬头一看，惊愕不已。

“我是周恩来。蒋校长，我来看你，身体还好吗？”周恩来彬彬有礼而不卑不亢。

“嗯，好。”蒋介石极力端起架子，半是口音半是鼻音地冲着周恩来，打起官腔：“你来看我……很高兴。你是我的旧部，曾是我的政治部主任……”

“黄埔军校政治部主任，都过去十多年了。”周恩来把话接过，拉家常似的说。

“你为什么背叛我，不跟我一起革命？”蒋介石似乎忘记了自己是在西安新城大楼，以为还是在南京总统府，拿着腔“责备”周恩来。周恩来微微一笑，不软不硬地说：“不是我不跟校长革命，是国民党右派发动排共大屠杀，置共产党于死地，我和叶剑英等亦不例外，是不得已而为之。”

“哦……孰是孰非现在不纠缠了，”蒋介石摆摆手把话题一转，“听说汉卿、宜章和你们共产党联合一气对我，确有其事？”

“共产党、红军何时举过反蒋大旗？是国民党的军队‘剿共’不止，令人遗憾。”说到这里，周恩来话题一转挑明自己的来意：“毛泽东主席派我来，是为促成和平解决西安事变的。望委员长慎思，中华民族不能再分裂下去了。日寇已经吞下东三省，进而践踏华北，目的是侵略全中国。如果不放弃内战、不共同对外，国将不国，谁是历史的罪人？”

周恩来言语铿锵，字字在理，蒋介石难以对答，吭哧了一下说：“国家怎样往前走，我心中有数，用不着他们这样对我！”

“委员长三思！全国人民都在期盼委员长团结抗日。你先休息，我先告辞了。”周恩来知道，到了“刹车”的时候了。

“嗯，你再来看我。”蒋介石把话说出口后不觉有些尴尬，暗暗自问怎么会说出这样的话来。而周恩来品味蒋介石的话，隐隐觉得他已经下意识地流露出嘴上硬，但内心渴望尽快结束这被扣押的生活的情绪。回到张公馆，张学良为周恩来接风洗尘。张学良席间坦言自己的忧患：“我和委员长谈过几次了，他死活不在我和杨主任拟定的保证书上签

字。南京的何应钦已下令派飞机逼近西安，轰炸了附近的城市。这样拖下去局势必然恶化。那样，就事与愿违了！”

杨虎城一拍桌子说：“怕什么？大不了拼个鱼死网破——东北军、西北军都不是泥捏的！”

周恩来听了，举起酒敬张、杨：“对于二位将军的义举，我表示敬佩。我相信，所有爱国的同胞都会支持你们。”

“谢谢周公！”张学良一饮而尽。杨虎城把酒喝了，对周恩来道：“共产党真个叫虚怀若谷。掉个个儿，蒋介石肯定要动杀机。不过，老蒋不在那上边签字，我绝不放过他。”

张学良听了不动声色，缓缓夹起一箸菜，放进嘴里慢慢地咀嚼。周恩来看在眼里记在心里：显然，张、杨二将此时的心情是不一样的。宴罢，杨虎城告辞回府，张学良到周恩来的住处相谈，再叙自己的忧虑。周恩来似胸有成竹，安慰少帅：“汉卿，有些话我不便讲，你可向蒋委员长讲清楚，比如，请他向南京的何应钦下个命令，停止向西安进攻、停止轰炸，创造一个良好的谈判气氛。”

“这，恐怕委员长不买我的账，”张学良对自己丧失了信心，“就请周公劝他如何？或者我们一起劝他？”

“我想你是可以说得动的。”周恩来说。

“何以见得？”张学良有疑虑。

“毕竟都是国民党的武装嘛！难道他希望国民党自相残杀？”周恩来反问。

张学良默默地望着周恩来，没有作声。

“汉卿，蒋介石对共产党、红军的排斥可以说根深蒂固，但对自己的武装则未必。你想，如果中央军在陕西打起来，谁保证其他地方的军阀不兔死狐悲？蒋介石还考虑不到这些吗？”

“周公言之有理——可是，我够苦口婆心了，他横竖不买我的账了。”

“好吧，那我就去劝劝他。”周恩来点点头。

张学良高兴地露出笑容，说道：“真没想到给周公带来了麻烦。周公，事情过后，我张学良必有重谢，和红军建立兄弟关系，联手抗日。”周恩来笑道：“朋友之间何必言谢？要说谢，红军、全国人民都会感谢你张汉卿和杨虎城将军。”

张学良听了十分感动，和周恩来握手告别：“夜深了，您该休息了。请周公相信，汉卿真心诚意做你们的朋友。”

周恩来握着张学良的手：“我们共产党人永远信任你这个朋友。”

此刻，可谓是英雄惜英雄哉！

周恩来致电延安的毛泽东：

主席并各书记、中央：

西安形势紧急。蒋顽固坚持不肯签字。张、杨坚持蒋获释必签字但态度有异：张为瞬间可起之内战焦急；杨则欲以硬碰硬。时中央军逼近陕西，飞机轰炸西安四周诸城，何为讨张副总司令，任刘峙为东路军司令、顾祝同为西路军司令，双向进攻西安。张急，约我同劝蒋发令给何，阻其动以利和平谈判。蒋应否？局势随之而变也。我应高度专注以应其变也。故电。

周恩来

仔细研究周恩来的电报后，毛泽东立即召集政治局委员们开会，通报西安事变的最新动态。

“看来，西安事变不仅仅扣了蒋介石，也触动了国民党大员们的神经，或者说展开了空前的政治较量。事变前张学良曾和阎锡山达成密约：阎信誓旦旦表示会登报声明反蒋抗日，结果，张学良举事，阎老西按兵不动。是啊，阎锡山清楚自己的晋军不是中央军的对手。现在西安形势严峻，张、杨坐卧不安。恩来担心谈判久拖不果，西安战局一触即发。现在，张学良请恩来一起规劝蒋介石下令给何应钦停止军事行动，使西安事变达到预期目的。恩来电文的意思是让我们准备好应对还不能预料的后果。我和书记们研究了，再扩大到军以上将领和政治局范围，使大家对当前的形势有一个清醒的认识。以不变应万变，不变的是准备，变的是根据局势准备迎战。”

本来对张、杨西安扣蒋显得兴奋、满抱希望的将领们听说蒋介石顽固不化，张、杨奈何不了蒋介石、中央军兵临城下，便议论纷纷：

“不就是个打吗？怕他怎的？”

“蒋介石这种人你不打他是不行的！”

“和东北军、西北军联合起来和他干！”

“老不打仗，手都痒痒哩！”

……

毛泽东听了大家的议论，对朱德道：“看啊，你的大将们都迫不及待了！”朱德笑了笑说：“该打不该打，我们听主席的。”毛泽东道：“我这个主席不是蒋介石的‘一言堂’，是集体研究领导嘛。”朱德道：“道理是那道理——你是红军之魂，有你这红军之魂，咱红军无往不胜。”这时，只见一位将领站起来道：“主席，你就下命令吧。你指到哪里我保证打到哪里。”

大家看去，是原红四方面军将领许世友。

对此人，毛泽东并不陌生。此人是河南新县人，是个传奇式的人物。少小入少林寺学习武功，练得一身好功夫，其身轻可如燕，双手抓住屋顶椽子攀走如飞。其臂力能推墙，碗口粗树干一撅即断。枪法精准，刀功出神入化，性烈似燕人张飞，是红军中少有的一员猛将。红四方面军初到延安，许世友被冤枉入狱，在牢中大骂毛泽东，扬言手里有枪要毙了毛泽东。毛泽东知道后执意到狱中看望这位猛张飞，当下告诉李克农：“把他

的枪还给他，让他去见我。”面对凶猛且正在气头上的许世友，人们怎敢按毛泽东的话去做？毛泽东拗劲儿也上来了，发起脾气来：“给他枪叫他来！”李克农只好听毛泽东的，把枪还给放出牢笼的许世友。许世友奔出监狱大门，手持盒子炮去见毛泽东。令许世友想不到的是毛泽东的办公室里里外外不见一兵一卒防卫，大门敞开。毛泽东全神贯注地在伏案写着什么。他像不知道许世友是带枪来找他“算账”似的……许世友既不相信自己的眼睛，也不相信眼前的事实，一下子愣在门口。等毛泽东抬头发现许世友时，气壮如牛的许世友情不自禁双腿软了下来，把枪一丢“扑通”跪倒地下，眼中含泪叫道：“毛主席！许世友误会您了！今后我什么都听您的”……

此时毛泽东面对会场上激动的许世友笑道：“许世友，你呀，留着劲头打鬼子嘛！”

“是！”许世友敬个礼，老老实实地坐回原处。

毛泽东继续道：“国民党剿共剿了一年又一年，从江西追剿到陕西，越剿他越不得人心，直到‘自己人’都不得不‘兵谏’。张、杨将军的义举人民群众欢迎，但触动了国民党内部的权力之争。”

众人洗耳恭听。

“现在，何应钦恨不得马上踏平西安，让蒋介石死在张、杨手里，自己则一箭双雕，代而取之执掌国民党大权。我们当然不是偏袒蒋介石，问题在于那样一来，把国共之间的斗争演变为多方混战，正中日本人下怀，那样，中国就更危险了。这当然是我们不希望看到的。因此，我们得‘拉’蒋委员长一把呀！正基于此，周副主席到西安，我们主张放蒋介石一马。”

“哦——”

众人异口同声，听明白了。

朱德道：“主席的话听明白了？好！总之，我们盼望和平解决，达到共同抗日的目的。但是我们不能躺在炕上等，如主席讲的，要有最坏的准备。千万不可麻痹大意，随时准备反击来犯之敌。”

“是！”众将领敬礼。

虽然统一了大家的思想，毛泽东的心情依旧不能轻松。散会后，毛泽东回到窑洞办公室，久久注视着墙上的作战地图，思索着。西安事变如朝着正确的方向走将是万人至盼，但万一何应钦等人的阴谋得逞怎么办？三秦会发生怎样的战争状况？

战争的疑云笼罩在西安上空。

失去自由的蒋介石虽然表面上继续做着强硬姿态，其实心乱如麻。他也清楚南京那帮人并非都是自己的忠臣，有的会趁火打劫，名正言顺地“接管”蒋家江山。那样，自己就比三国的曹操还惨：自己这一辈儿就失去了苦心经营起来的天下，从此民国不再姓蒋！

门外有杨虎城的卫士站岗，切断了自己和外界联系的任何可能。自从被孙中山任命为黄埔军校的校长以来，踌躇满志一直伴随自己，做梦也没想到惊魂华清池的始作俑者竟是张学良，尽管张学良没少为攘外安内问题顶撞过自己，却没有料到自己还没有来得及把东北军调出陕西，自己反倒被张、杨扣押在西安！

张、杨的条件很明确：自己必须在和平协议上签字，才能重获自由。如果答应张、杨签字，那就意味着自己否定自己，将把柄交给了张、杨，这是自己不能接受的。如果僵持下去，南京有变，后果不得而知。从张学良和杨虎城“请”自己下命令给何应钦停止军事行动，他明白中央军开始营救自己，但如事情闹到中央军和东北军、西北军血拼的那一步，自己的下场就不言而喻！他相信张学良不会轻易对自己挥刀施绝，但杨虎城会不会把脸一翻做绝？自己心里没底。如果自己死在杨虎城手下，其后的一切都与自己无关了。经国还年轻，也还没有走进国民党核心，没有了自己，他只能就此止步于仕途了。更有娇妻美龄，正在丰润年华……

蒋介石越想越纠结，感到无所适从。

寒风似乎要把窗玻璃撕碎，呼呼叫着似要冲进来和自己较劲儿。蒋介石有生以来第一次体会到寂寞的可怕和精神折磨的痛苦。蒋介石也清醒地认识到命运的脆弱：无论你多么有本事有野心，一个“囚”字便可以使你的英雄梦化为乌有。越想越悲哀，蒋介石暗暗叹息：看来，做楚霸王、做汉刘邦都难啊！

大脑乱如麻。蒋介石同时体会到失去自由的悲哀。对于权贵，也许囚禁比痛快的死更可怕。此时的蒋介石甚至像被抓进监狱的小偷那样自己安慰自己：听天由命吧——主啊！

猛地听到有脚步声走来。蒋介石的心不由得一紧：谁？然后大脑一片空白。

睁眼看，是周恩来和张学良。

蒋介石嘴唇动了动，没说出话来。周恩来温和地问：“委员长午餐吃得好吗？没休息一会儿？”

“哼！”蒋介石鼻孔里发出重音，把头埋回去，“汉卿，还是那句话，枪毙我好了！”

张学良耐心解释：“我张汉卿东北易帜，为的是和您作对吗？有不尊重您的地方吗？我为的什么……”

“你不要拣好的说！我不要听——你把我扣在这里也是尊重我？”

“委员长，这是汉卿等人无奈的下策之举。难道您不明白全国的老百姓是怎么想的吗？”

“我是委员长！不是匹夫！”

“匹夫还知道打日本侵略者是当务之急呀，委员长……”

周恩来见张学良不愿再说下去，转身对蒋介石道：“我们姑且把政治的分歧放下不争，目前的危机不能不解决。委员长，你不希望国民党武装火拼、出现不可预料的后果吧？”

“当然……”

“对了！现在，只有你才能平息将要发生的不可预料的后果。”

蒋介石翻翻白眼儿，纠结的心像是被钥匙捅了一下：“还是你周恩来聪明！”

“不是我聪明，问题就摆在这儿，如果中央军继续攻打西安，后果还用考虑吗？”周恩来不失时机地提醒蒋介石权衡利弊，又给了蒋介石顺坡下驴的机会。

“别忘了，你周恩来本来是我的部下！”

蒋介石冒出驴唇不对马嘴的一句话，使张学良一阵紧张：若此话激怒了周恩来，周恩来把脸一翻和蒋介石吵起来，岂不是功亏一篑？还没等自己设法“补救”，只见周恩来郑重地对蒋道：“只要你答应停止内战抗日，不要说我听你的，整个红军都会听你指挥。”

此言一出，蒋介石刹那间愣在那里。张学良也没有想到周恩来会有如此坦荡的态度。他对周恩来讲“你是我的部下”本是他对自己资本的本能炫耀，没料到周恩来毫不犹豫地有此接应，令人感慨。张学良趁机对蒋介石道：“委员长听清楚了吧？只要您答应团结抗日，连红军都听您指挥！”蒋介石瞅瞅张、周说：“这……我会考虑的！”

“我代表红军表示，欢迎蒋委员长尽早在和平协议上签字，”周恩来说，“同时，我们更希望委员长当机立断，命令中央军立即停止军事进攻，保持克制，和平解决‘兵谏’问题，以免兄弟自相残杀，给国家造成更大灾难，应集中力量，把日本帝国主义赶出中国。”

蒋介石默默地听着，翻翻白眼儿没有出声。周恩来太了解蒋介石这个人了，没有体面的台阶下，他委员长的架子是不会轻易放下的。

“那好！请委员长慎重考虑一下，”周恩来温和而坦然，“我们相信，大敌当前，委员长会以民族安危为重，做出符合民族利益的决定来。”

周恩来和张学良走了。望着两个人的背影，蒋介石不免黯然神伤，一股连他自己都说不清的滋味直往嗓子眼儿涌……

此时，无论是周恩来还是张学良，内心也是忐忑不安。毕竟，就目前的局势，中国向何处去，他蒋介石举足轻重，关乎抗日统一战线能否建立起来。并肩而行的张学良对周恩来充满了崇敬：“恩来兄，实在令学良敬佩！你一句话就点了委员长的软肋。我看他的神色，有点儿松动的意思。”周恩来略作思索：“汉卿，我们都希望蒋介石掉转枪口抗日。但是，他这个人你也是知道的，是个见了棺材未必掉泪的人。”张学良收住脚步，用期待的目光望着周恩来。周恩来微微一笑：“无论如何，迫使他抗日是我们面前共同的工作。你刚才说有一个叫蒋鼎文的到南京去了？”

“是我放他走的，到南京做宋家兄妹工作的，”张学良点着头，“是蒋家的亲信。”

“哦，汉卿，事不宜迟。我们应注重此人之行，如果宋氏兄妹出面，也许对当前局势有所帮助。”

张学良若有所思，点了点头。

正是：

拯救民族大义在，
斡旋抗日说枭雄。

第四十六回

冷魔王也掉男儿泪　俏女子亦现丈夫心

南京总统官邸，蒋夫人宋美龄虽然保持着骄矜，但也不能掩饰住此时内心的焦虑与不安。多少年来，蒋宋联姻，蒋介石号令天下，一路风光，倍觉荣耀。国人无不觉得宋家三姊妹是中华民国史上的一个传奇，而在她心目中，自己才是三姊妹中的佼佼者：二姐庆龄名噪一时，然因国父驾崩而失势；大姐霭龄贵为财政大臣之妻，但怎比得小妹一步登天？主内自不必说，就是国之外交场合，也少不了自己的影子。正是春风得意马蹄疾，万不料天有不测风云，张、杨西安事变，把老头子扣起来！

是要他死，如何应钦等人所言？还是要他活，像张学良电话传来的信息？

纱帘半掩窗外冬色也半遮屋内焦虑美人。舒适的西式沙发、精致的红木家具、可口的舶来咖啡，这一切都显得没了兴趣味道。望着窗外雾锁金陵，迷迷茫茫，恍恍惚惚，蒋夫人不无后怕：如果手握兵权的何应钦贸然下令聚集在西安外围的中央军继续使用武力，必然危及委员长的性命。自己虽然一时阻止了何应钦，但阻止不了何的野心：他想的是趁火打劫，火中取栗，以救委员长的假象掩饰他欲渔翁得利的本意。不！不能让他得逞！

她急忙致电兄长宋子文。此时，没有比他更靠得住的人了。

宋子文急急忙忙来会胞妹宋美龄。这位高官厚禄的大舅哥虽不是百分之百满意妹夫委员长的所作所为，但君臣有制，不能不听。当其安危关乎自己乃至宋家命运的时候，自己当然不能袖手旁观。

宋美龄见了哥哥，矜持了一下子，而后声音流露凄凉：“哥！我们得快拿主意啊！我越想越怕……”

“别慌，”宋子文安抚胞妹，其实他的手都有些抖，“委员长不会有危险的。”

“我心里没底！”

“鼎文已经回到南京，给我电话了……马上就到。”宋子文有些语无伦次。

宋美龄急切地问：“他没透露点儿什么消息？委员长还好吗？”

“没有危险……不像他们想象的那样。”

“主啊！”宋美龄连忙祈祷。

终于盼到蒋鼎文了。宋美龄完全没了平日里威严第一夫人的样子，迫不及待地问：“怎么样？委员长他怎么样？”

蒋鼎文规规矩矩立正报告：“夫人，宋部长，鼎文向你们保证说的是实情，副总司令

他们无意加害委员长，好吃好喝好侍候。只是委员长他……”

“他怎么啦？”

“绝食！不肯吃东西，只肯喝水。”

宋子文听了忍不住苦苦一笑，欲言又止。宋美龄长出一口气：“我想汉卿也不会谋害委员长。那么，汉卿的意思呢？还有，委员长的意思呢？”

蒋鼎文回道：“委员长只是气愤，不听张副司令他们解释……张副司令他们希望夫人和宋部长尽快去西安。”

“他们？是包括杨虎城么？”宋子文追问。

“共产党的周恩来也是如此说的。”

“呃——”宋子文点点头。

宋美龄瞅瞅兄长说道：“既然如此，我们就准备动身好吗？”

“事不宜迟。”宋子文从嘴里吐出四个字，一脸的凝重和无奈，表情不无滑稽。

飞机落地放稳舷梯，第一个走出机舱的是第一夫人宋美龄。她依旧穿着讲究，举止得体。

第一个迎上前来的是旧知新怨张汉卿：一个顺应国民政府易帜革命且和委员长结下金兰之好的帅门之后，手握三十万重兵的少帅英雄。他的过去是那样传奇，无论军旅生涯还是感情生活。现在，他竟把难题出给了一国元首、也出给了他自己。而宋美龄，到夫君的部下解救夫君，无论结果怎样，都将是中国历史上特殊的一页。真是“别有一番滋味在心头”啊！

“汉卿！”宋美龄心潮难平也得平。

没有时间让她琢磨下去，张学良的手已伸了过来，分明是在叫着：“夫人辛苦了！汉卿深表歉意！”

宋美龄刹那间精神恍惚似的，但是还是听清楚了张学良的话的意思，马上振作起来，说：“都是自家的事，犯不上水火不容。我和兄长亲自来，就是真心诚意劝说委员长来的。”

这令张学良颇为感动：“还是夫人理解我张汉卿。夫人，委员长需要你，大家都寄希望于你。”

宋美龄微微一笑：“我也相信汉卿不会加害于委员长的。”

张学良听了宋美龄的话，想说什么又咽回去，心中暗忖：我当然不会加害他的。但是，不在那八条上签字，汉卿又如何下台！

听到门外有人来的声音，本是半仰在床上胡思乱想的蒋介石急忙躺倒，侧身做个大虾状，把被子一蒙头，准备“不予理睬”。当一下听到那久违的熟悉的皮鞋跟儿踏地的“咔咔”声时，就像一剂强心针注入心脏，不由得一个激灵。接着，大脑一片空白！

“达令！”“达令！”

是她，是夫人叫我？蒙在被窝里的蒋介石感到浑身的血一下子沸腾了！

"委员长，夫人从南京来看您了。"是张学良的声音。

蒋介石顿感血一下子都往脑袋上涌。怎么办？

装睡！

夫人轻轻叫着："达令，是我，美龄。"一边用一双玉手轻轻去掀被子。当玉手触到蒋介石那秃秃的头皮的时候，蒋介石再也忍不住了，一下子哽咽起来："夫人，是你……"

张学良说："夫人、委员长，你们谈吧，我们先告退。"宋子文也知趣地附和："对对！大家稍后见。"

蒋介石不吭声，宋美龄回身点头表示谢意。大家走出房门，守护的士兵轻轻把门带上。宋美龄看到，向来铁心肠的丈夫此时却两眼湿润着。

"委屈你了，"宋美龄安抚丈夫，转而又批评他，"只是你不该绝食，绝食于事无补。"

"我抗议！"

"可是，绝食不好，不是吗？你不想想，身体垮了怎么办？国人都指望着你指挥抗日呢！"

"汉卿他们不这样想！"

"他们怎么不这样想？"

"把抗日的总司令扣起来，这叫拥戴抗日？"

"他们扣押你是因为你抗日吗？"

"他们——"蒋介石磕巴了一下狡辩说，"他们不该联合'共匪'。"

宋美龄婉转劝蒋介石："识时务者为俊杰。你就不要总攥着'攘外必先安内'的主意不放啦。你的主意不改，他们不放你出去，你这个委员长总司令不就架空了？时间一长，难免不生出别的事端来。真要是走到那一步，你不想想，共产党没奈何你，内部就可以奈何你了！"

蒋介石听着，默不作声。就是平日里，他唯能听得进的就是夫人的话。青年时代，他对共产主义产生过兴趣，还读过共产主义方面的书籍。后来，在"革命的实践中"追随了孙中山之后就信了三民主义，追求宋美龄的过程又因其魅力所引而感知天主教，认知耶稣，这全因夫人的魅力所致。现在，失去自由的时候，他感到不能失去夫人和不能没有权力同样重要，失去自由的蒋介石彻底尝到了孤独的愁滋味儿。

"夫人……"现在，夫人来到了自己身边，还好言婉转相劝，似乎，他的话都在泪里了。

张学良、杨虎城为宋美龄、宋子文兄妹接风洗尘，并请共产党的代表周恩来作陪。古都西安，人文荟萃，饮食文化丰厚，尤以面食见长。不用说主菜，仅百十种特色小吃，就让人看得眼花缭乱。但此时所有主宾几乎都没胃口，各自琢磨怎样化解面前之危机。

周恩来曾任黄埔军校的政治部主任，大家自然并不陌生。听得张、杨解释共产党方

面为和平解决西安“兵谏”派周恩来特使到西安，宋美龄以礼致意：“谢谢周先生，辛苦了！我不饮酒，就请家兄代为敬一杯吧。”周恩来谦谦君子风，举杯回敬说：“蒋夫人和子文兄的到来，必将对和平解决危机起到促进作用，我代表毛泽东主席和红军将士重申，只要蒋先生放弃‘攘外必先安内’的错误主张，凝国人之心，聚全国之力，拒共同之敌，解民族之困，大家一致对外，抗击日本侵略者，我们愿意听从委员长统一指挥。”

周恩来一番话出乎宋家兄妹意料。当蒋鼎文回南京汇报共产党方面如何如何时，宋美龄还将信将疑。直面周恩来，宋家兄妹才相信共产党的诚意。宋子文便回应周恩来道：“我们一定把共产党的意见转告委员长。”杨虎城愤愤不平地接话道：“大家当面把话早说给委员长了，他横竖不买账！夫人，良药苦口利于病，他委员长再不听好人言，那可真是吃亏在眼前了。”宋美龄知道杨虎城是一员虎将，也是个天不怕地不怕的人，委员长现在又被扣在他的手里，便温和一笑：“委员长那个人你还不知道？脾气倔强得很。容我和家兄劝劝他。周先生，汉卿之外，就是你有资格劝他了。你也再费费心。”周恩来道：“少不了继续和蒋先生交换意见。为了保证委员长的安全和创造好的解决问题的气氛、环境，希望二位请委员长亲自下令西安外围的中央军保持克制，不要进攻更不能轰炸西安。”

“是啊是啊！”宋家兄妹一致答应。

望着坐在自己面前的宋家兄妹，蒋介石长长叹了一口气：“古人就说上阵父子兵，看来，你们才是我真正的嫡系。”

见兄妹认真地听而不语，蒋介石扫视一下“两宋”，又说：“汉卿、虎城之举我何尝不知，何应钦打什么算盘我也清楚！我是进退两难啊！”

“不管怎么说，三十六计走为上，得离开这里。”宋子文提醒蒋介石。

蒋介石又是长叹：“下决心难啊！”宋美龄对蒋介石道：“你下决心是难。可是你想想：汉卿和杨司令下决心就不难吗？”蒋介石闻听一翻三角眼瞪着宋美龄：“你说什么？这怎么能比？无论‘共匪’还是内鬼，是以邪犯正……”

“你就别掩耳盗铃了。你听不到大街上游行抗议的是怎么说的？你不打日本人专对付共产党红军，中国人打中国人……”

“历史上哪朝哪代不是中国人打中国人？”蒋介石差点儿吼起来。

宋美龄亦不示弱：“面对外侵而内斗是什么？你自己想！现在，连你的结拜弟兄都起来反你，为什么？”

听得出，夫人之怒饱含亲怜，不是无情的谴责。就在蒋介石神情恍惚之际，看出端倪的国舅宋子文劝慰蒋介石道：“孰是孰非姑且不论，现实是不可不顾的，如果你执意不妥协，谁也不知后果会怎样，尽管只有一种结果……”

“只有一种结果？”蒋介石的神经被触动了。

“是啊！结果只有一个，就是亡党亡国。或者，你被何应钦的炮弹炸死，军阀混战，内战蔓延，日本人占领全中国，亡国。或者，你不妥协，继续待在这里，国民军群龙无首，天下分裂，还是亡党亡国！”

蒋介石瞪着眼儿半天转不回来：嘿！这个大舅哥！他是要逼着我妥协呀！连宋子文话都说到这份儿上，蒋介石明白自己再固执己见真的要当孤家寡人了。但蒋介石毕竟是一代枭雄，心里软下来嘴上不能软，吭吭哧哧地表示：“连你都这样讲，容我考虑一下。”宋子文知道老蒋在给自己铺垫下台阶，也就顺坡下驴地说：“古话就讲‘留得青山在，不怕没柴烧’，你只要走出这间屋子，天下还不依旧是你的？”听了此话，蒋介石总算点了点头：“嗯！是这个道理。不过，我抗日是要抗日的，也不能叫红军阴谋得逞。我要好好考虑考虑怎样办。好！我要进餐。”宋美龄一听忙回身拉开屋门叫：“给委员长备餐！”

张学良闻听，一直紧锁的眉毛不由得跳了跳，从部下挥挥手：“给蒋委员长备餐。鸡和汤一起上！”吩咐过了，又请刘鼎转告刚刚离去的周恩来：“看样子委员长脑壳转过来了，接周公一起陪客用餐。”等宋子文从蒋的房间一出来，便迫不及待地对宋道：“宋部长！说服委员长抗日，您可是千古功臣啊！”

宋子文微笑摇头：“哪里！蒋鼎文传达和平信息，阻止了矛盾激化，我和美龄才放心来说服委员长！”张学良乐呵呵地拉住宋子文的手，如释重负：“谢天谢地！今晚可要敬你几杯呀——给你透个秘密：周恩来先生可是海量！”

不等张学良说完，宋子文把话接过：“早有耳闻。用酒，我们都不是他的对手。”张学良哈哈大笑：“酒品看人品，其实，周先生酒风也温雅。”宋子文道：“大敌当前，大家齐心协力抗击日本侵略者吧。”

张学良表示：“只要委员长同意联合抗日，我亲送委员长回南京。”

“哦？你放心，我和小妹担保你的人身安全。”宋子文暗暗钦佩张学良不愧是条敢作敢当的汉子，亦觉得张学良之“兵谏”出于公心。

张学良坦然一笑：“宋部长言重了。有夫人和兄长，汉卿何虑之有？”

可是，历史和正义开了一个大大的玩笑！

正是：

为表诚心护蒋去，
怎知一去入牢笼。

第四十七回

护送老蒋单刀赴会　惩治少帅何患无辞

美酒佳肴，高朋满座，乃是人之乐事。桌上美酒佳肴香醇味正，座上主宾高贵而未必是朋——对于张学良，无论少年相识然有情无缘的宋美龄，相互尊重的国舅宋子文，还是不谋而合的杨虎城，都是依归党国旗下的重臣。只有客人身份的周恩来是由敌而友的新知。周恩来的温文尔雅和睿智，既坚持原则又不失灵活性的大家风范令张学良钦佩不已。陕北暗晤知国是，西安事变更识君。他甚至暗暗寻思：如果国共沿着孙中山先生的主政方针并肩走来，没有内战，又有毛泽东周恩来这样的旷世奇才相辅，何愁小日本儿在中国大地横行？

“来来，我们共敬周副主席一杯！”酒过三巡菜过五味，张学良提议。杨虎城积极响应，高举酒杯等着和周恩来碰，宋子文堆出笑脸迟疑举杯，宋美龄冷笑着把酒杯压在桌面连说“身体欠佳不胜酒力”。

周恩来扫视一下大家，举杯言谢：“副司令客气了，我们何必言谢？今日得以宋家兄妹出面调停，想必皆大欢喜。为了早日建立统一的抗日战线，我们共饮此杯！”

在“叮叮”的酒杯相碰声中，没有端起酒杯的宋美龄似乎有些后悔：周恩来的一番话真是将了自己一军，显得自己心胸狭窄欠缺礼仪。

而杨虎城则对宋美龄的无理大为不满，自己把酒满上敬周恩来给宋美龄脸色看：“周副主席，我杨虎城是个粗人，但懂得御敌者爱国，红军坚持抗日，国人有知，杨某钦佩！我敬您！”

一席话焖得满席一时无言。此时更显周恩来驾驭环境的超凡能力，对杨虎城道：“把日本侵略者赶出去，是中华民族的共同责任，国共再次合作，必将改变战争局势，最终的胜利属于中国人民。我们为国共能联合抗日干杯！”

铿锵有力的话语把大家都感动了，纷纷举起杯来。杨虎城借酒直言：“夫人，宋部长！我杨虎城向二位保证，只要委员长在协议上一签字，马上就送他回南京。他要是觉得西安这个地方好，那就把政府搬到这里坐镇指挥，我杨虎城带兵第一个冲上抗日前线去！”

宋美龄听了默然一笑：“我一定把大家的意见转达给委员长。”

杨虎城快人快语，对宋美龄道：“夫人别怪我话直！委员长要是不听你的，那，怕是太阳从西边出来了！”

宋美龄毕竟见多识广，不愧大家，略一迟疑道：“杨主任言笑了！委员长的脾性大家是知道的，我极少过问国事。不过，我兄妹二人来，于情于理，也是在帮你们的。杨主任可不要不领情呀。”

张学良怕杨虎城话赶话赶出毛病来影响大局，忙把话接过说："杨主任有时爱开个玩笑。夫人，您饭后休息一下，再去看望委员长。我们静候佳音。"

"喔！"宋美龄点点头："不用休息了，我这就去。"

张公馆里，书房案几上的罗马座钟"嘀嘀嗒嗒"不紧不慢地响着，听得张学良心烦。连着几次电话铃响，几乎都是杨虎城打来询问消息的。此时的张学良盼着电话响又怕电话响，心中既纠结又企盼。他希望接到宋家兄妹"委员长同意签字了"的电话，那样，"兵谏"的初衷和一致抗日的夙愿得以实现。但又怕接到的是宋家兄妹相反内容的电话。他有点儿对杨虎城将军的不停地询问感到厌烦：难道我张汉卿就不急？虽然蒋鼎文传达了蒋介石的停火命令后何应钦没再搞军事行动，但依旧是箭在弦上。僵持下去，随时有擦枪走火的可能。无论什么原因造成兄弟相煎，都是亲者痛仇者快的事。用七上八下形容此时少帅的心情一点儿也不夸张。

终于盼来了宋子文。他带来的不是一个好消息，但也不是一个坏消息！宋子文说："委员长口头承诺不打红军、共同抗日。委员长说，等他回到南京，马上调兵遣将，展开抗日斗争。"

"这……"张学良一边照应宋落座喝茶，一边心里盘算怎样把情况通报给杨虎城和周恩来。他清楚蒋介石是个言而无信的政治家。封建王朝的皇帝有"君无戏言"之威，百姓也有"一言既出驷马难追"之信，可惜蒋委员长经常否掉自己说过、承诺过的话，甚至连自己亲签的正式公文也时有废弃。现在他口头承诺抗日、不打红军、停止内战，不要说红军方面，杨虎城将军能同意吗？

张学良着实犯了难。

正当他举棋不定的时候，杨虎城找上门来了，脚一踏进来见宋子文坐在那里品茶，劈头盖脸就问："宋部长，怎么样？蒋委员长给你面了了吧？"

宋子文放下茶盏，含笑而答曰："算是给了吧。"

杨虎城眉毛一扬，直瞅着宋子文："是真的？我就说么，老蒋信老婆……签了？"

"不不，没签。"

"没签？那你说给了面子？"

"是这样……"宋子文把刚才说给少帅的话又向杨虎城重复了一遍。杨虎城一听差点儿跳起来，大巴掌直拍桌子："老兄呀老兄，他这不是骗你们——骗我们吗？他那个人，空口白牙说什么你也信？"

张学良忙解释："委员长的态度总算有变化，可以进一步谈……"

"谈什么呀谈，我的少帅！你吃他的苦头还少呀！落到这步田地他还是那猫给耗子拜年——没安好心。就算他哄得过你少帅，怎哄得过红军？"

宋子文一听，似乎抓住了杨虎城的话把儿，反守为攻："杨主任，您这话就不那么对了，你们的初衷是'兵谏'是吧？"

“对，对呀？”

“这就是说，是一家兄弟们闹别扭，自家的事。这和红军扯不上吧？”

没想到杨虎城也不示弱，当即反驳：“行了吧，我的国舅爷！你以为这大中国就是蒋家一家的？眼看着日本人把大半个中国要吞进去，老百姓都急眼了！你不走出衙门看看去，老百姓都自发抄起土枪、抡起粪叉和日本侵略者干上了。要求抗日，何止共产党红军一家？我说错了吗？老蒋他不抗日，全中国谁都扯得上！”

一席话噎得宋子文大气都喘不出来。张学良忙接话缓和气氛：“好啦，大家别打嘴官司了，我们还是看看怎么办吧！”

杨虎城气呼呼地往椅子上一坐，胳膊一甩吼道：“他不签，我不放！”

张、宋面面相觑，欲言均止。张学良急急思索，安慰杨虎城道：“别急，蒋夫人还在谈！你先回去，安抚好兄弟们的情绪，有了新的情况我马上通知你杨主任好不好？”

杨虎城听少帅这么说，正不想和宋子文扯淡应酬，拔腿就走，回头甩下一句：

“可以拿我这小豆包不当干粮，可别把老百姓不当‘干粮’。水能载舟也能覆舟。宋部长，委员长他不会不明白这些吧？”

少帅不放心，担心杨虎城情急之下做出不利调停的事来，追出去，一路送一路劝慰杨虎城，好话说了一大堆。此时的杨虎城固执得很，还是那句话：不在和平协议上签字，老蒋他休想走人！

张学良知道、也理解杨虎城的心情。如果就这样不明不白地结束“兵谏”放走蒋介石，南京政府必然会反咬一口，如何应钦轰炸西安时叫嚣的那样，自己和杨虎城都作为叛逆而被惩处。如果蒋介石不顾规劝不肯签字，面临的局势将难以控制——西北军和东北军的将士呼声越来越烈，要求处决蒋介石。如果没有蒋鼎文的信息传递，没有宋家兄妹极力阻止，西北大地会战火连天，殃及全国。无论如何，都是不堪设想！

强烈的忧患意识纠缠着张学良！六神无主之时，他想到了周恩来。

当然，周恩来也在为僵持不下的局势焦虑。

乌云正笼罩西安，天地间灰蒙蒙一片。寒鸦飞过，留下几声哀鸣，给气氛紧张的张公馆更添几分寒意。从侍卫到佣人，或者肩上挂星的将官，无不感到这座古城正面临着暴风骤雨的到来。出去办事的差人和采购油盐酱醋茶的伍妈、李哥，带回来的消息不是学生们呼唤除蒋，就是市民忧虑快打仗了的议论。连派来服侍周恩来从不多一句嘴的尉官都忍不住问：“周副主席您高明，您看仗打得起来吗？”

“打不起来。”周恩来平静地回答。

“真的？”

尉官格外小心，声音极弱。按纪律规定，他是不许问及共军代表吃喝拉撒睡之外的话题的。

"宋美龄是可以影响国民党政治决策者的人物，她明白战火首先会烧焦她的丈夫。再说了，蒋委员长已经通过蒋鼎文传达了停火命令，又有蒋夫人亲临西安，国民党里的主战派便不得不慎重行事了嘛！"

尉官连连点头，钦佩至极：怪不得副司令对他佩服得五体投地，人家就是一个诸葛亮转世啊!

即便有诸葛之谋，周公此时也无法享受当年孔明"安居平五路"的悠闲，毕竟箭在弦上啊。当然，西安和延安的底线是明确的：蒋介石必须在和平协议上签字。如果稀里糊涂放虎归山，连个制约的笼头都套不上，西安事变将不是中国团结抗日的转折点，而会成为更大灾难的开始。

然而，历史竟如此无情!

十二月二十五日下午三点，一个车队在武装部队的护送下从西安城出发，直奔机场。车队停下之后，从第三辆轿车里下来三个人：戴礼帽穿大褂的蒋介石和穿裘皮大衣的宋美龄，以及从副驾驶座上走出来的少帅张学良。第二辆车上下来的穿着将军服的杨虎城，匆忙走到蒋介石身旁伺候着。蒋介石望望从其他车里走出来的国民党军政大员们，便转身走向停机坪上的专机。张、杨紧随其后。

登机前，蒋介石回身对张、杨道："今天以前发生的内战你们负责，今天以后发生的内战，我负责。今后我绝不剿共。"

张、杨没有料到蒋介石会在上机前有此表态。少帅张学良到底政治嗅觉不甚灵敏，尽管杨虎城多次劝他为防不测不要去送蒋介石，但张学良执意要去，对杨虎城道："西安'兵谏'众说纷纭，我用实际行动告诉世人，'兵谏'为民族而非私利。不用担心，子文兄和夫人已当面担保我的安全……虎城兄，我不在时，三十万东北军就交给你了。"

尽管少帅挺着精神说这番话，但杨虎城感觉到了少帅掩饰不住的忧虑和无奈。此时的杨虎城知道自己无力回天，再也改变不了已经发生的现状，只得默默点头，用力地握着少帅的手摇了摇。四目相对，难以用话语表达此时各自的心情。

两架飞机先后拖着轰鸣声向跑道的那头滑行，越来越快……

回头间，只见一辆轿车飞一般驶了过来，车门打开，急急下车的人是中共代表周恩来。

"周公！"杨虎城迎上前。

周恩来焦急地望着已经起飞的飞机，浓眉紧锁，无可奈何地叹息："怎么让汉卿走了呢？"

杨虎城向周恩来解释："汉卿拉着我就走，行动非常秘密，我都没有思想准备。我总不能拽住老蒋不放吧？我也考虑过了，僵持不是办法，万一打起来也不是大家希望的。"

"杨主任，我不是那个意思，我是担心汉卿……"周恩来依旧望着空中远去的飞机。

周恩来理解杨虎城的心境和处境。他是横下心坚持"老蒋不签不放"的，而张学良则认为既然蒋介石口头承诺不再剿共团结抗日，就不一定坚持非签字不可。双方各自坚

持自己的条件互不妥协，时间久了局势失控发生战争，那也是历史的罪臣。就西安而言，杨虎城不可能和张学良闹掰而使十七军、东北军分裂，对张学良的独断固执也是无可奈何的事。

“汉卿不该去呀！”周恩来叹息，“我来晚了。”

“我也替汉卿捏着一把汗！”杨虎城明白了周恩来的忧虑所在，也不由得摇头叹息。

周恩来和杨虎城的担心没有错。

一到南京，蒋介石再也不肯露面，而令军警将少帅囚禁起来，其后在南京组织军事法庭军法审判。宋子文是国民党中对日主战者，自己当面承诺担保张学良不会受到惩治的，没想到蒋介石如此快地把张学良逮捕关押，心中纠结良久，决意面陈蒋介石。为了增加影响力，他先找小妹商议。宋美龄亦为蒋介石出尔反尔，连自己的面子也不好看，赞成双双向蒋介石进言。不想，蒋介石把脸一拉怒斥二人：“此等叛逆，不惩处何以示众？其他人求情也罢了，你们也胳膊肘往外拐？”

宋子文觉得可笑：“是那个道理吗？你答应不追究汉卿，我才以小妹和我的名义担保汉卿不被制裁。说了不算的老毛病该从此打住了吧。”

一句话激怒了蒋介石，瞪起三角眼呵斥：“你在和谁说话？他们扣押的是民国总统，军队最高统帅！犯的是杀头的罪过！”

宋美龄沉下脸儿批评蒋介石：“汉卿虽一时有过，可他是你的结义兄弟，是东北易帜的功臣。你杀了他，于国于道义都说不过去。”

“杀了我就说得过去了？”蒋介石怒吼。

“可汉卿他们没有加害你的意思。”宋子文辩解。

蒋介石瞪瞪宋子文：“你能担保吗？”

“如果那样，你还能回来？”宋子文反问。

宋美龄亦质问：“汉卿亲自送你回南京，不是证明他的无私和坦荡？”

蒋介石冷笑道：“那不过是做做样子给世人看罢了。”

“那你也做做样子给世人看嘛！免得落个不仁不义！”宋子文不无讥讽之意。

蒋介石阴沉地一笑：“子文兄！我蒋中正不是供起来的泥菩萨，是中华民国总统，是三军最高统帅！我的眼里不能揉沙子！从来是逆我者亡！”

“砰”的一声，蒋介石把自己摔进内室。宋家兄妹好不尴尬、恼怒，却又无可奈何。不久，南京军事法庭判处张学良十年监禁。

隐于民间的龙兆庭有诗为少帅不平：

壮哉！
敢于奇兵制枭雄，只为误国不太平。
兄弟相煎纵日寇，腆何脸面做总统？

“兵谏”临潼天下变，功臣杨氏和汉卿。

悲哉！
“兵谏”促成共抗日，军民奋力斩倭兵。
红旗白日青天旗，扬着中华威武风。
莫道英雄不现身，莫须之罪入牢笼。

第四十八回

抚众怨主席高瞻远瞩　揣私欲总统绞尽脑汁

西安事变，改变了中国的政治局势，使国共两党有了第二次合作的契机。毛泽东审时度势，在周恩来、李维汉、朱德、任弼时及博古、彭德怀等红军领导者参加的政治局会议上深刻指出：现在是逼蒋停止剿共、逼蒋抗日的时候了。

春节将至，过年的气氛渐浓。人们把西安事变给红军带来的喜悦融入到节日中。毛泽东的夫人贺子珍把老乡送来的窗花展示给毛泽东看：

"润之你看！"

贺子珍举着剪纸窗花。正伏案疾书的毛泽东转过身来，瞅瞅那巧夺天工的剪纸忍不住赞不绝口："嗯，像是连环画呢。上面有青年学生在灞桥头对峙少帅，华清池捉蒋……哦！蒋委员长无可奈何的样子……看来，老百姓的眼光也是雪亮的，知道老蒋不情愿哩。可是，历史最终是不以某个人的意志为转移的嘛。"

到陕北之后得以休养生息，和其他人一样，贺子珍的健康日见恢复，消瘦的脸儿丰腴了许多，那双眼睛明亮如一泉清水，美丽动人。毛泽东望着贺子珍的目光久久没有离开。贺子珍发现毛泽东愣神儿的样子，不无羞涩地、娇意地道："看什么？又不是没见过！"毛泽东抿住嘴角微微有笑说："陕北的小米和南瓜把你又变成美人了呢！"贺子珍撇着嘴可心里甜甜的，把话岔开说："你看看这个怎么贴好看呢？"

毛泽东打量着上圆下方的窑洞纸窗说："别人家怎么贴的？要随风就俗么。你去看看康克清同志如何贴，她是个懂生活的人。也可以看看老乡们如何贴么。"贺子珍听了用眼白一下毛泽东："在你眼里我永远是个光知道打枪扔手榴弹的红军战士！"毛泽东听了，知道贺子珍怀疑自己又讲她英雄有本色、女儿情粗犷的个性，便不再和她辩解，回身继续写文章。贺子珍还要争辩，见有人进来，就收住话儿不再吭声。

进来的是留着胡子是美髯公、净了脸是美男子的周恩来。

"主席，"周恩来和毛泽东打过招呼，又问候贺子珍，"子珍同志！准备贴窗花？看来身体恢复健康了。"

"是啊！颖超同志挺好吧。周副主席你坐。"贺子珍忙放下手里的窗花，抄起粗瓷大碗去给周恩来倒水喝，周恩来连说谢谢，便把话引入正题："主席，潘汉年同志已和国民党的陈立人联系，要求中央派领导到南京就部队整编等问题进行谈判。我想听听主席的想法。"

"不用想，自然是你喽，你挂帅。"毛泽东站起来，回身照应周恩来坐到凳子上，接着说："不过，我们还要召开一次政治局会议，共同分析研究一下。恐怕那位蒋委员长不会大大方方地答应我们的条件，很可能用‘软刀子’割我们的‘肉’啊！当然啦，我们也不会随随便便对他妥协。兄弟分家有条件，合到一起‘过日子’，看来也少不了讨价还价。”

周恩来点点头：“听国民党放出来的风，蒋介石对红军的编制卡得很死，不可能答应我们现有军队的编制。”

毛泽东点头说道：“蒋介石抠得很哪！我们几十万人要从他锅里盛饭吃，他心疼么！看着这么多红军扛枪杆子他不舒服。他呢，一定要千方百计砍我们的武装力量。”

“我们当然不能让步。”

“他这个人只顾按自己的逻辑思考问题，全然不顾别人的感受，更不把民族的利益放在第一位。不过，西安事变，逼迫他承认红军的合法性，这已是我们很大的胜利了。”周恩来听了脸上浮出笑容：“今后，他就得改口了，再不能口口声声叫我们‘共匪’了！”毛泽东哈哈大笑：“这也算是打出来的朋友啊！走，我们到军委办公室开个‘群英会’。”

不必细表“群英会”上毛泽东论述统一联合抗日、国共第二次合作的重大意义。大家对周恩来出使南京表示极大的忧虑：虎口觅食，必须注意安全。老蒋抠门儿，我们也不能轻易让步。共产党浴血奋斗十几年，是“踏着烈士们的血迹”走出来的革命队伍，不能由着蒋介石变着法儿削弱红军。周恩来向大家表示：自己是代表党和红军也是代表人民的利益到南京谈判的，坚定不移执行党中央的决议，一定与同行的同志们团结战斗，不辱使命。

出发那天，毛泽东和中央领导、红军将领们亲自到机场送行。飞机伴随着轰鸣声消失在碧空白云之间，山头传来了高亢的歌声：

> 山丹丹那个开花哟红艳艳，
> 毛主席领导咱打江山，
> ……

大家听到了，毛泽东也听到了。刹那间，毛泽东心里感慨万千。中国千山万水，延安只是巴掌大一块儿地方。自从红军到陕北，有杨虎城的合作、张学良的化敌为友，才使延安苏区有了一个较为安定的社会环境，人民得以平平安安过日子。共产党领导的红军在苏区实行土地改革，耕者有其田，工者有其厂，苏维埃政权主旨为人民服务，人人自由，男女平等，是中国大地上老百姓真正当家作主的地方。这一切使毛泽东深信只有和人民同呼吸、共命运才能永远保持革命的生命力。想到这里，毛泽东的眼睛湿润了！

延河的冰开始融化，宝塔山上的枯草又发嫩芽。春风习习，轻抚着毛泽东那伟岸身躯。阳光明媚，舒展着诗人的浪漫情怀。

孩儿立志出乡关，
学不成名誓不还。
埋骨何须桑梓地，
人生无处不青山。

这首自己第一次走出韶山时悄悄留在父亲账簿里的小诗，几十年来，一直流淌在自己心底。少年壮志，才使自己心系天下，志在国家。

五年之后的一九一五年，“中华民国总统”袁世凯为称帝而急于求得日本帝国主义的支持，不惜将卖国的“二十一条”秘密条款泄世。毛泽东慨而明耻：

五月七日，民国奇耻。
何以报仇，在我学子！

那时，自己不过是一热血青年，唯可言志而已！

山下旌旗在望，山头鼓角相闻。敌军围困万千重，我自岿然不动。
早已森严壁垒，更加众志成城。黄洋界上炮声隆，报道敌军宵遁。

那流逝的岁月仿佛又呈现在眼前！井冈山，共产党的第一个红色革命根据地，那轰轰烈烈以少胜多、为中国建立起的革命摇篮虽因某些人的错误决策而丧失，却点起了无数革命的火种，以燎原之势在中华大地上漫延、壮大……

红军不怕远征难，
万水千山只等闲。
五岭逶迤腾细浪，
乌蒙磅礴走泥丸。
金沙水拍云崖暖，
大渡桥横铁索寒。
更喜岷山千里雪，
三军过后尽开颜。

被迫的长征，化险为夷的艰难之旅；前无古人、后无来者的雄伟创举；革命的史诗，英雄的画卷，意志和智慧的较量，红军命运的转折。一首《七律·长征》浓缩了长征，记录了历史。而古老的黄土高原，给了无产阶级革命新的契机，给了红军以取之不竭的生命源泉……

“共产党和人民大众水乳交融，休戚相关啊！”

毛泽东喃喃而语。宝塔山，延河，窑洞，质朴的黄土高原人民，为建立红色苏维埃政权打下基础的刘志丹、徐海东、高岗、习仲勋和红军指战员……这一切，都是毛泽东离不开、扯不断、志不移、情相伴的感情世界。

在南京的周恩来又有电报来：蒋介石提出了联合抗日的诸多条件，最刺激延安神经的是坚持只给红军两个军的编制。

不要说红军将帅，连士兵都清楚：纳入国民革命军的编制，不但意味着军需供给，更决定着合法武装力量的大小。只给两个军的编制，就是说，几十万红军只有三万人在编，其余红军指战员将解除武装。听到如此改编消息的红军将士和党政官员怒不可遏：明眼人谁看不出蒋介石这样的鬼把戏！借整编削弱红军，再图“鹬蚌相争”——借日本侵略者之手吃掉红军，自己得利么！

许世友、司马龙珠愤愤不平，找毛泽东“说事”。

到延安后蒙冤、因毛泽东明辨是非而获救的许世友，从“发小”就追随毛泽东革命至今矢志不渝的司马龙珠，都是拿毛泽东不当外人的铮铮铁骨汉子。走进毛泽东的窑洞没有婉转寒暄，开门见山直奔主题：

“润之，决不能答应蒋介石的无理要求！整编成两个军？那不是他几次‘围剿’都达不到的目的吗？”

司马龙珠一箭中的。

许世友也不含糊：“骂别人‘娘希匹’的蒋介石自己才是‘娘希匹’。他糊弄三岁小孩子呀？这一招也忒损了！主席，咱红军奋斗到今天可是拿多少人的脑袋换来的，可不能大意失荆州啊！”

毛泽东听着两员爱将发牢骚，一脸的严肃渐渐浮现笑意，问司马龙珠：“你大司马今天怎么变成猛张飞了？你可是党的老同志喽，蒋介石有他的如意算盘，他可以打他的，我们也有我们的如意算盘嘛。他要暗度陈仓，我们可以偷渡阴平嘛。莫急！莫急！”

许世友睁大眼睛：“毛主席，我知道你诸葛亮治得了司马懿。可是，大家心里没底，乱嚷乱叫要找你来评理。我拦住了‘不要乱闹腾，千山万水都过来了，毛主席自有治他的招’。这才拦住大伙儿。”

毛泽东一听，忍不住笑了：“你这个许世友！别借着官兵的名义来套中央的话，是你沉不住气了吧？不过，你刚才说得对，从井冈山开始蒋介石就千方百计、不惜放着日本侵略者不打打红军，结果越‘围剿’红军越强大，为什么？”

“咱正义呗！顺民心呗！”许世友脱口而出。

毛泽东大笑：“你也是一个粗中有细的猛张飞！说得对，我们越来越强大，而且本来是‘围剿’我们的国民党将士都有很多同情乃至站到我们一边的，就印证了你许世友的话。世友，我替你把名字中间‘仕’改为‘世’，就是希望你成为眼界更开阔的革命

者。你回去告诉同志们，第一，我们顾全抗日大局，统一抗日是我们党的一贯主张。现在，蒋介石被迫坐到谈判桌上谈条件了，我们不能拒绝而失去合作机会。第二，不管怎样，红军的武装力量不会被削弱。我们红军本来就是‘非法’环境下产生、生存、壮大的，现在，蒋委员长给了我们‘合法’的编制，我们反而不好生存了吗？”

司马龙珠毕竟是最了解毛泽东的人，似乎明白了毛泽东的“弦外之音”，点了点头：“是这么个理儿！”许世友见了小声问司马龙珠：“怎么，你知道怎么回事了？”司马龙珠扯扯许世友的衣角：“走走！我说你不信，非拽着我来见毛主席问清楚了才心里踏实。你还不明白？”

许世友茫然地摇摇头：“不大明白！”

毛泽东又笑了，对许世友道：“等今天的书记会后，召集军以上的同志们贯彻中央对整编的精神，那时你就明白啦。”

“是！坚决听毛主席的指示！”

许世友今天这样保证，这一保证就是一生。

南京，共产党的代表周恩来、彭雪松、叶剑英再会国民党出面人陈立人，递交了中国共产党的《中共中央给国民党三中全会电》，电文中提出了五项要求和四项保证。这被后人赞誉的著名五项要求为：

（一）停止一切内战，集中国力，一致对外；

（二）保障言论、结社、集会之自由，释放一切政治犯；

（三）召集各党、各派、各界、各军的代表会议，集中全国人才，共同救国；

（四）迅速完成对日抗战之一切准备工作；

（五）改善人民的生活。

同时，中国共产党明确表示，国民党三中全会将上之五项要求定为国策。为了达到全国一致抗日之目的，郑重作出各项保证：

（一）在全国范围内停止推翻国民政府之武装暴动方针；

（二）苏维埃政府改名为中华民国特区政府，红军改名为国民革命军，直接受南京中央政府与军事委员会指导；

（三）在特区政府区域内实行普选的彻底的民主制度；

（四）停止没收地主土地之政策，坚决执行抗日民族统一战线之共同纲领。

能有政策上的如此重大转变，是中国共产党人审时度势、具有极大政治勇气的表现。为了全民族的利益作出牺牲，是共产党人的必然选择。而执行这样的选择，对于坚持民主执政的党的领袖来说，工作并不轻松。

又是司马龙珠找上门来。

毛泽东清楚，司马龙珠是红军高级干部中有文化、有资历、有权威、有革命坚定性的代表性人物，同时又是和自己有着特殊关系的老同学、老战友、老部下。从风华正茂的少年到今天，是幸存的战斗友谊。正因如此，司马龙珠是唯一的见证自己全部革命生涯且肝胆相照的人，是对自己铮铮直言的挚友。

毛泽东亲自为司马倒茶、递烟："你现在是无事不登三宝殿！有什么建言哪？"

"润之，现在你太忙了，我懂得党的纪律，不能随便打扰。"

"这么说，你是为大事来的，譬如，《中共中央给国民党三中全会电》？"

"润之，你是一眼就看透我心思的人。是，同志们抵触情绪大了。"

"那，正需要你这秀才给将领们做工作么。"

"我做他们的工作？我都不知道自己的屁股往哪边坐——难怪大家议论纷纷，别的吧，还好说些，这第二条不是要命吗？苏维埃改成民国特区，红军改成国民革命军，还直接受南京之指导！这是谁的主意？"

毛泽东瞪起眼睛，似乎面前坐着的不是十几年来同自己一路走来的知己，而是一个陌生人："你，亏你还是党的高级干部！中央给国民党发电报，怎么会是哪一个人的主意？难道时至今日，还会有张国焘那样的欺世盗名的行为？"

"呃……我不是指你，"司马忙解释，"大家也觉得毛泽东永远不会做投降派……"

"住嘴！你什么意思？纵观我党历史，难道你看不出目前的党中央是最团结、最有战斗力的领导集体？！"

"这我明白……大家只是觉得在同蒋介石'联合'问题上'右'了！"

毛泽东克制一下自己的冲动，抓起烟来点，猛抽一口，缓口气说："大家的心情中央理解。但是，谈判么，从某种意义上讲是互相妥协的过程。当然，妥协也是有底线的。比如，我们绝不答应交出武装的无理要求。那样，不要说全党不答应，人民也不会答应。你注意没有？接受南京的是指导而不是指挥！"

"指导……指挥……的确不一样。"司马若有所思。

"哼！"毛泽东只是"哼"一声，不再进一步批评司马。司马本是聪明人，不过是一听说红军要"归国民党指导"，没注意"指导"和"指挥"的不同，就冲动起来代表大家讨说法。窗户纸一捅就破，司马龙珠明白了，站起来告辞："润之，对不起！我知道了。"

"光你知道了还不行，要让所有官兵都明白，党当前的中心任务是什么……"

"当然是抗日！"

"抗日。我们的口号也是我们的主张——建立民族统一的抗日战线。西安事变将了蒋介石的军，使他硬着头皮接受国人的呼声，同意联合抗日不打红军、停止内战，他是有条件的，总要给他点儿面子么！"

"不打扰你了！我回去做大家的工作。"

"记住，我们的党领导指挥军队，靠的就是思想政治工作走在前头！"

"是！"司马龙珠向学长、向党的最高领导人行一个标准的军礼转身离去。

因"回避"而躲在窑洞里边的贺子珍这才走出来，望着司马龙珠的背影，感慨地对毛泽东说："你有这么个老同学、老战友多好！"

毛泽东长出一口气，又坐回木板架起的"写字台"前，像是自言自语："大家的担忧也不是没有道理！统一战线建立了，一个锅里抡马勺，也未必风平浪静……"

贺子珍道："别说司马，我也想不通呢！可是只好如此。"

毛泽东没有作声，聚精会神地继续他的书稿《论持久战》……

南京的蒋介石也颇费心机，对共产党的要求和保证翻来覆去地研究、琢磨。尽管他绞尽脑汁，但由于社会舆论的压力、党内外名流的斡旋，最后，不得不做出了较为积极的姿态，表示愿意继续谈下去。

为了让国民党方面了解红军的诚意，毛泽东决定以共产党中央委员会和红军最高司令部的名义，邀请国民党方面派团到延安考察，进一步了解共产党和红军的联合抗日诚意。

国民政府陕西省主席邵力子等代表团一行人抵达延安后，受到毛泽东、周恩来等共产党和红军领导人的热情欢迎和接待，请他们到红军部队、苏维埃政府、边区人民政府及所属学校、工厂和鲁艺等团体参观，使代表团成员们看到一个从未见过的社会：健康、和谐、充满生机，人人脸上有笑容，个个手上有事做，官兵一致，敬老爱幼。代表团成员们大为感慨，邵力子更是暗暗自忖：共产党得军心民心，焉能不立足天下哉！

当晚，鲁艺的艺术家们为客人们表演了生动活泼、雅俗共赏的文艺节目：反映解放区军民团结智捉日本侵略者的活报剧《捉鬼》，还有快板书《朱总司令的扁担》、女声独唱《信天游》和京剧折子戏《逼上梁山》，等等，都深深打动了邵力子等人。传统相声《捧逗论》更让客人们有到家的感觉。代表团成员冯玉祥将军和朱总司令是老熟人，今日重逢，双双感慨不已，握住的手久久不肯放开：

"终于又见面了！"

有诗为证：

合作重逢为抗日，
民族危难怨纷纷。
家仇国恨欲雪耻，
同做操戈抗战人。

第四十九回

卢沟桥七七事变　南京城五五纠结

古都北京城西南方有一座旧城叫做宛平，宛平城外是一条由北向南流淌的河流，水宽浪平，景色宜人。河面上那座石筑之卢沟桥堪称艺术精品：桥栏杆上精美的石狮子千姿百态，无一相重。一九三一年“九一八事变”后日本侵略者又移师进关，到一九三六年已从东、西、北三面包围北京城，守卫在卢沟桥的国民党第二十九军三十七师一一〇旅已被日军“包了饺子”，危机四伏。

驻扎在丰台的日军时常进行挑衅性的演习，蓄意制造紧张态势，不断挑起事端。七月七日夜晚，日军故意在中国驻军附近搞军事演习，更诡称有一名士兵失踪，要强行闯入宛平城搜查。被中国守军严词拒绝后，日军立即向北京城和卢沟桥开枪射击，中国守军在旅长何基沣的指挥下被迫自卫还击。震惊世界的战火在华北之腹燃起——抗日战争拉开了序幕。

第二天，延安得到七七事变的消息。毛泽东紧急召集中共中央政治局会议，当即起草电文通电全国，紧急呼吁：

> 平津危急！华北危急！中华民族危急！只有全民族实行抗战，才是我们的出路！

同时号召“全中国同胞、政府与军队团结起来，筑成民族统一战线的坚固长城，抵抗日寇的侵略”！同时命令驻扎在华北地区的红军武装坚决打击进犯之敌。

得到卢沟桥七七事变的消息，南京政府一片惊慌。虽然南京政府也做着战争准备，得到卢沟桥中日军队交火的消息后，南京政府分析战事时还心存侥幸：卢沟桥事件到底是什么性质的冲突？甚至幻想把卢沟桥事变限制在“地方事件”的范围内，做着自欺欺人的梦，不肯对侵略者宣战。

忧国忧民的毛泽东不思茶饭，致电敦促国民党为拯救中华民族而抛弃疑忌，团结抗日。他首先告诫革命队伍内部“此时各方任务，一面自己真正地准备一切抗日救亡步骤，另一面同南京一道去做”。“盖此时是全国存亡关头，又是蒋及国民党彻底转变政策之关头，故我们及各方做法，必须适合于上述之总方针。”同时几次致电阎锡山，希望他“密切合作，共挽危局”。

黄土高原的夏日虽然非常炎热，土窑洞却有大平原上农家房舍比不了的凉爽。然而，在窑洞里焦急异常的毛泽东额头上却不断冒出汗来。贺子珍明白：忧国忧民的毛泽东此

时怎能静得下来！她不断把涮过的手巾递给毛泽东擦汗，劝慰他："别急坏了身子。平日心盛三山五岳的，今天怎么啦？心急火燎似的！"毛泽东焦急万分地道："我心能装三山五岳，可容不得日寇吞下华北、蚕食全国！蒋介石还不积极抗日，天理难容！"说着冲门外高呼警卫员："通知各书记开会！"

"是！"警卫员小跑着去找周恩来、朱德、刘少奇和任弼时去了。

中央政治局达成共识：

一，特别指定熟悉华北的南汉宸以共产党中央主席毛泽东及红军代表的名义同华北当局、各界领袖社会名流共商团结抗日之策略；

二，电告在南京的叶剑英，救国会及有关方面之要求，"我们都同意"，并且在进行中。请各社会贤达"与政府、国民党部及各界领袖协商，迅速组成对付大事变的统一战线"。再次呼吁"唯有全国团结才能战胜日本帝国主义侵略者"。

会后，毛泽东致电叶剑英，请他转告蒋介石：红军主力准备随时开赴抗日前线，待令出动。

七月十八日，延安召开援助平津抗战动员大会，毛泽东亲自到会讲演，动员军民说："同志们，父老乡亲们！中华民族到了最危险的紧要关头。日本侵略者占据了东三省，又使平津沦陷。如果我们继续不抵抗，亡国不可避免。北上抗日是我们的政治选择，是我们的责任，是红军的战斗方向。从现在起，时刻准备着奔赴抗日战场！"

北上抗日是红军长征时的号召，也是红军战士时刻准备着的战场。指挥员代表司马龙珠发言慷慨激昂，掀动人心：

> 同志们！战友们！
>
> 我们为国捐躯的时候到了！祖国需要我们，革命需要我们！人民需要我们！扛起我们的枪，举起手中的大刀，赶走日本侵略者！保卫长江，保卫黄河，保卫中国！

毛泽东和司马龙珠讲演时，大家无不摩拳擦掌、热血沸腾，"打倒日本帝国主义""日本鬼子滚出去""与日寇决一死战"的呼喊声一浪更比一浪高。红军总司令朱德也深深为眼前的情景感动，对周恩来说："这是正义的声音！这是人民的力量！我从军几十年，从没遇见这样让我激动的场面！"周恩来频频点头："伟大的时代，必有伟大的人物迎风掌舵。庆幸我们党有了毛泽东同志。"朱德点头有同感："是啊！危急关头，我们不能没有他呀。"

早已甘为人臣的周恩来，是在革命的实践中重新给自己定位的。早在瑞金苏区，被剥夺红军指挥权的毛泽东曾经劝阻自己不要贸然进攻国民党驻军的闽赣交界，自己未听劝阻导致失败而归。善于反省自己的周恩来战后总结教训，自那时起，就对毛泽东另眼相看了。长征路上他有发言权时，不但认真听取毛泽东的意见，更不忘在任何可能的时机为毛泽东重返领导岗位进言。而遵义会议的召开，则是自己与洛甫、王稼祥努力的结果，为毛泽东重回领导核心创造了契机。挽救红军的命运，拯救革命，非毛泽东不可。

“主席，按照你的意见，该下功夫敦促蒋介石了！”周恩来提醒党的首脑。

“嗯！”毛泽东点着头，“昨日蒋介石在庐山发表了谈话，说‘如果战端一开，就是地无分南北，年无分老幼，无论何人，皆有守土抗战之责任’。看来，算是一大进步呀。”

“主席知道，蒋某人向来言行不一。”

“这总是他对外问题上的第一次正确的宣言。因此，我们要公开表示欢迎。”

“但是，他仅仅是谈而不动，比如，并没有抗战的军事行动，甚至没有动员全国人民奋起抗战的动员令。”

“也许与我们红军武装力量的存在有关系。”

“主席是说，他还没找到摆布两种武装力量关系的好办法或者说没有准备好怎样对待红军？”

“恐怕有此因素吧。”

沉默了一下，善于在纷繁复杂中理清头绪的毛泽东嘴角略一动，对周恩来和同僚们道：“面对日本人的枪口，无非只有两个选择——坚决抗战或避让妥协。而不同的选择同样是两个不同的前途，生存或亡国。抗日战争的成败又决定国共两党的合作，仅此而已。”

大家赞成毛泽东的论点。

“事实上，从七月七日卢沟桥事件起，抗战已经打响。”

“是啊！”毛泽东没有说下去，但是，大家已经明白政治家的潜台词了。他的一句话引起大家的思索，“无论如何，这将是一场旷日持久的战争。”

共产党的声音也引起了外部世界包括新闻界的关注。尽管国民党层层封锁，美国人海伦·斯诺在宋庆龄的帮助下走进了苏区延安。

她是一个金发碧眼的高个子女人，她又是一个和中原文化格格不入的外国人，却因为记者的敏感和执著而探访神秘的“红都”。当她获得批准走进毛泽东的“官邸”——和其他红军官兵所住一样的窑洞时，却有不一样的感触：书籍、书架是洞中最显眼的奢侈品。堆满书籍、文件、文稿的书桌前是一只粗笨的硬木椅，连个软垫都没有。土炕和“办公区”用布帘儿隔开，着实藏不住什么私密。高大魁梧的毛泽东身上穿的衣服带着几块补丁，蓄着长发且不修边幅。海伦·斯诺不敢相信面前的操着浓重湖南口音的人，就是驰名中外、蒋介石几十万大军“拿不下”的“匪首”毛泽东。而话题一拉开，海伦·斯诺就被毛泽东那坦诚而不失幽默的话语、渊博又深刻的知识打动乃至钦佩。她很快明白传说中的毛泽东为什么会带领红军由“星星之火”而“燎原”了。

“毛先生，”海伦·斯诺说，“您本身就是传奇——独一无二的传奇。”

毛泽东微微一笑："不知你是否了解中国的历史，比如农民起义的故事。可是，毛泽东不是陈胜吴广，不是石达开，红军也不是揭竿而起的农工和太平军。"

"都是农民起义……有什么不同吗？"

"当然不同。历史上的农民起义是被迫的，仅仅是被迫揭竿而起。而我们，则是无产阶级的革命，不仅仅是农民，也有工人阶级和知识分子。最大的不同是我们有远大理想即为共产主义奋斗，为着广大被压迫者的翻身解放而革命。总之，我们不是为某一部分人或某个团体甚至个人而斗争，是要解放全中国，建立让老百姓都过上自由、平等幸福生活的新中国。"毛泽东侃侃而谈。他不像那些政客讲话时不是看稿就是一边打腹稿一边应付，倒似从山间流出来的泉水，清澈而自然，说者和听者都平静共享，兴犹难尽。

海伦·斯诺这时不知不觉融入到记者生涯以来心态最平和、毫无拘束感的状态中。尽管需要翻译，但她并不感到有什么障碍，沟通便捷而顺畅："您的抗日主张印证了您的话。到延安，我的观察也印证了您的政治纲领……"

"中国共产党的政治纲领。"毛泽东插话。

"对对，"海伦·斯诺甜笑着点头，"中国共产党的主席先生，延安的条件很艰苦，像您这样的工作状况，会影响健康！"

毛泽东轻快地一笑，不无自信地伸伸胳膊："我从少年起就喜欢体育锻炼，甚至喜欢在下雨的时候在雨中'撒欢'，清晨洗冷水浴更是雷打不动的习惯。而投入革命斗争之后，革命活动就是体育锻炼啦。延安条件是差些，但比起万里长征，那是天壤之别……成千上万的同志为北上抗日，没有倒在帝国主义侵略者的刀下，而牺牲在蒋介石内战的屠刀下，这样的惨剧不应继续了！"

"如您所号召呼吁的，枪口一致对外。"

"对！中华民族生死存亡在此一举。"

海伦·斯诺望着动情的毛泽东沉默了。英雄有泪不轻弹，她注意到大英雄眼眶里的湿润。

"我们能换一个话题吗？"海伦·斯诺轻轻地问。

"好，那好。"

"您可以谈谈您自己，比如，您的家庭，感情世界？"海伦·斯诺小心翼翼，生怕贸然提出"话外题"而引起主人的不快。

"你注意过此前报道的关于毛泽东的文章吗？"毛泽东神态坦然。

"读过，不过很少。"

"多是蒋介石的御用文人奉旨而为，骂骂街而已。今天，你看到的才是一个真实的毛泽东……"

时而清泉淌流，时而大河奔腾，时而霸主挥鞭，时而耕牛犁田，时而高山流水，时而鸟语花香。叛逆的少年，意气风发"挥斥方遒"。激昂的青春，为求真理"心潮逐浪高"！秋收起义到"黄洋界上炮声隆"，瑞金红都到"万水千山只等闲"，西安事变把握局势谁能比？延安屯兵积极抗日天下知！一路走来可歌可泣，回首往事惊心动魄！虽大丈夫而不乏儿女情……在西北黄土高原的一个窑洞里，毛泽东再次向世人敞开他革命家的胸怀。

大敌当前的蒋介石一度幻想，一度彷徨，对七七事变不断然决策，对共产党国民党联合抗日装聋作哑。西安事变给国人的希望未见端倪。卢沟桥的枪声再度把人们唤醒：这才是真的“长此以往国将不国了”！

庐山风景宜人，美庐更是世外桃源之安乐窝。每逢遇事而举棋不定，蒋介石往往偕夫人宋美龄到此小住，或者度假休闲，蒋介石也会首选庐山消磨时光。面对日寇疯狂攻势，蒋介石彷徨于战与不战，纠结于同红军合与不合。当侍从把西餐的银叉银刀收去之后，宋美龄忍不住问蒋介石：“达令，决心还没下吗？”

半仰在沙发上的蒋介石长出一口气，慢悠悠地道：“娘希匹！都是汉卿他们惹的祸啊！”

宋美龄道：“你可是答应过汉卿和杨虎城抗日的。”

“那不过是无奈之举。”

“俗话说‘君无戏言’！”

“为了党国利益，中正宁可被人谴责！”

宋美龄冷冷一笑：“如果现在你还无动于衷，国人不仅仅是谴责了！”

“难道又出来一个毛泽东吗？”

“毛泽东当然只有一个！可是跟着毛泽东的人会越来越多。”

“你……”蒋介石有些恼怒地瞪着宋美龄。宋美龄鼻子里“哼”一声，转身推门走进卧室，一甩手把屋门关上。有过这样的抗议，蒋介石甭想再推开那扇寝室的雕花木门。蒋介石忍不住冲紧闭的屋门嘟噜一声：“女人之见。”然后头往后一仰，靠在沙发背上闭目养神。良久，敲门声把他惊动，他抬抬眼皮有气无力地应声：“进。”

进来的是长子蒋经国。他小心翼翼地站在蒋介石身旁，停顿了一下，轻声报告：“父亲，邵力子、张澜等来电，请求面见您。”

“哼！”蒋介石流露出不屑的样子，“还不是那一套？为共产党说情！”

蒋经国干咳一声，更加小心翼翼地说：“父亲，依孩儿之见，大敌当前，没必要得罪他们。无论他们心里怎样想的，口号可是最能笼络人心的……”

自从蒋经国从苏俄留学回到自己身边，蒋介石就安排他不离左右，对长子的器重有目共睹。刚回国时，由于他在苏联曾经加入过共产党，谈话间不免流露出共产主义的词汇乃至理论，被早已对共产党恨之入骨的蒋介石大加呵斥：“今后不要在我面前提起什么共产主义！”挨过几次父亲的呵斥，共产主义的理想还没有在心中扎根的太子权衡利弊，很快便顺从了总统大人，开始继承父亲的衣钵，往脑袋里装三民主义，接受父亲之惟党国独尊的信念，“攘外必先安内”自然也成为蒋经国的信条。可以说，陈诚是蒋介石的干

将，蒋经国即为莫邪。

“我懂得他们，”蒋介石叹口气，“李宗仁、白崇禧他们也借机起哄，公开支持共产党的主张。阎锡山这个老滑头更是墙头草随风倒。”

“父亲……”

没等蒋经国说下去，蒋介石闭上眼睛冲蒋经国摆摆手，示意退下。蒋经国只得悄悄退出。不大工夫又有宋子文晋见，这位拍着胸脯向张学良“保证”不会被惩罚的前财政部长、国民党的金融大鳄、当朝第一舅爷对蒋介石言而无信本就窝着一肚子的火。七七事变，日本人都把中国逼到这份儿上了还没事似的，更让本就主战的宋子文张口就带气：“还和红军讨价还价呀？该出手了！”

蒋介石坐起身子，不耐烦儿地把头一扭：“你也当说客来了？”

宋子文声音不低：“我是说客！但我也是有民族气节的人！什么时候了？还不放下架子面对现实？非要等到霸王别姬吗？”

蒋介石闻听从沙发上“噌”地站起来：“你说什么？你从南京专门找上门来教训我的吗？”

“总比全国倒戈‘教训’好，”一向温文尔雅的宋子文再也忍不下去，挥动胳膊喊，“我是为国家、更是为你好！听不听由你！”说完掉头就走。守在门外的蒋经国见舅舅铁青着脸出来，忙上前和舅舅打招呼，宋子文怒气冲冲地对外甥道：“别把党国葬送在你们手里！”

然后，转身而去。

美庐一片尴尬。

一夜独眠之后，蒋介石与美庐作别时已经是夫唱妇随，和宋美龄高兴地乘机返回南京。当和共产党谈判的代表孙立人、张治中来倾听训令的时候，没想到委员长对建立抗日统一战线的态度有了九十度的大转弯儿，正起脸道：“认真和周恩来、叶剑英谈，不能丧失党国利益。说一千道一万，红军可编入国民革命军第十八路军序列，第四军番号还空着，可以叫新四军。但必须听从中央政府指挥。”

“是。”众将领行举手礼。

此时起，国共合作、建立全国抗日统一战线的大幕徐徐拉开。历史将翻开新的一页。

诗曰：

党派纷争暂偃旗，
共同抗战救中国。

第五十回

周恩来复命延安　毛泽东情动窑洞

由于得到蒋介石继续和谈的条件，孙立人、张治中等把红军编入国民革命军序列第十八路军和新四军的草案以及附加条件交予周恩来、叶剑英。留下叶剑英在南京，周恩来连夜飞回延安复命。五大书记立即研究南京政府的草案，从深夜到黎明，茶调烟续，心重话多——事关民族存亡，亦为红军前程精心策划。

毛泽东道："恩来、剑英在南京做了大量艰苦的工作，除了蒋介石外，和国民党元老李济深、张澜，孙夫人宋庆龄、廖夫人何香凝及高级将领张治中、冯玉祥等广泛接触，宣传了我党的政策方针，获得了广泛支持，对推动两党两军合作抗日起到不可替代的作用。"

"我们执行的是主席和中央的指示精神，是苏区、白区革命力量共同努力的结果。"回到延安复命的周恩来总是那么谦虚。

吞云吐雾的毛泽东微微笑着说："我们有谦虚谨慎于内、机警睿智于外的周恩来，顶蒋家王朝一个内阁嘛。"

看似谈笑间的"随意"之话，其实是政治家的心声表白。周恩来忙摇动双手婉拒党的主席的褒奖："革命实践证明，挽救党于危难的是主席。没有主席当'主心骨'，不能想象我们今天是什么样子。"

刘少奇表示赞同："主席、周副主席讲的都对。"

毛泽东笑道："好啦！没有在座的每一位，就不会有今天的成绩。三个臭皮匠赛过一个诸葛亮，何况我们这么多有共产主义理想的各路'神仙'。今天是小范围的'群英会'，明天是大范围的'群英会'，首先是领导干部统一认识，然后召开动员大会，就不会乱了阵脚。朱老总主持军队高级干部讨论，少奇同志召集党的机关干部贯彻中央决议，弼时同志作中军'调度'，我和恩来准备记者招待会。美国的、英国的，连日本的记者都来了。好，到了我们党和军队在国内外正式亮相的时候啦！"

毛泽东很兴奋。他知道有的同志感到心里不平衡，嫌蒋介石"太抠门儿"，甚至变着法儿削弱红军的力量。毛泽东则认为，从抗战大局出发，做出一些牺牲达成建立抗日统一战线的共识，符合党抗日救国的宗旨。就红军而言，取得合法地位，争取到军需供给，是最大的赢家。他指出：

"我们的底线没有被突破，即保存着武装实力，保留着红色政权的相对独立性。编制是一个数字概念，我们同样可以在数字上做文章。一间屋子可以住三个人，我们挤一挤，可以住十个人，只不过要军队干部们'屈尊下嫁'，官做得小一些了。"

朱总司令哈哈一笑说："我们本来官兵一致，没有国民党军队的高官厚禄，当什么'长'都是和战士们一样吃小米饭，喝南瓜汤嘛。我和左权同志谈，有的同志想不通为什么只给几十万红军这么点儿编制，我引用了老毛的一句话把他逗乐了：'逼蒋抗日全国人民就阿弥陀佛了，别把吝啬后娘当亲妈'。"

毛泽东笑道："不管怎样，也算逼着蒋介石这只鸭子上架了。我还要会见那个美国记者斯诺。"

周恩来见毛泽东脸朝自己，便补充道："等着采访你的埃德加·斯诺，生于美国密苏里州堪萨斯城一个从事出版印刷行业的家庭。青少年时当过农民、铁路工人和印刷学徒，密苏里大学新闻系毕业，曾任欧美几家报馆记者，是位传奇式的新闻记者和传记作家。一九三五年兼任燕京大学新闻系讲师。是位正直的新闻工作者。"

毛泽东对大家道："听见没有？恩来真是眼观六路耳听八方啊！对一个美国记者都知道得如此详细。那好，我去会会这位洋记者吧。"大家会心一笑，分头准备自己的工作。毛泽东高兴，一路走一路哼着京剧《借东风》，向自己的窑洞走去。

埃德加·斯诺是个会说中国话的美国人，采访时无需翻译。他高大清瘦，彬彬有礼，互相稍事寒暄，主客就进入最佳状态，话奔主题了。

"主席先生，许久以来，您和红军被笼罩在神秘的光环之下，富有传奇色彩。我可以向您提出一些也许是敏感的问题吗？"

面对金发碧眼的美国记者的提问，毛泽东轻松一笑："敏感问题？你提提看。"

"比如，您的出身，感情世界？"

"我是一个农民的儿子。我的家庭属于比较富裕的自耕农，父亲还兼做一些贩运粮食的生意，赚取银圆扩充家业，但没有影响我感受农民的困苦，也没有改变我对封建社会腐朽、落后的看法。接受马克思主义和为共产主义事业而奋斗，是奠定我把自己一生贡献给革命事业的基础。"

而后，毛泽东侃侃而谈，从调皮的顽童时代说起，说到厌倦死记硬背四书五经而喜欢上《三国演义》《西游记》，转学韶山各私塾最后休塾自学，不辍博览群书；从不满父亲的包办婚姻而执意求学，说到走出韶山冲，在东山学堂遇恩师，住省中学考湖南四师第一名，并在一师得益于杨昌济等伯乐识马，再说到北京大学图书馆真正接触马克思主义，结识革命大家李大钊、陈独秀；从上海秘密党代会、湖南建第一个党支部，说到第一次国共合作出任国民党执行委员到代宣传部长，再说到蒋介石叛变革命后被逼秋收起义失败而投井冈山……听得埃德加·斯诺津津有味，笔下划纸瑟瑟有声。

茶任其凉，灯任其暗，月任其沉，鸡任其鸣。话语之间，时而小溪潺潺，时而大河奔流。和风细雨情也真，暴风骤雨志难移。是心领神会的白话诗，是惊天动地之人间情。谦虚而不掩伟大，生动又不失偏颇。埃德加·斯诺完全被语言大师毛泽东吸引着，被红色中国的领袖感动着，忘记了时间，忘记了疲劳，也忘记了面前的共产党的主席、红军的最高统帅日理万机……

“主席先生，”埃德加·斯诺已完全没有了记者采访时那无冕之王的清高和尖刻，而是被一种莫名的折服所代替，“感谢您的坦率和磊落，如果您不介意占用了您太多宝贵的时间，还希望您讲述一下——当然，您已经告诉我婚姻方面的故事，可不可以重点谈谈您的感情世界？”

毛泽东似乎下意识地喃喃自语：“感情世界？”

伟人沉默了。无论伟人英雄还是大丈夫小家子，每个人都有自己的感情世界。动物是生存，人类乃生活，有着不同的生存环境及状态，更有着天壤之别的生存方式。因此，人因智慧而统治世界，也因智慧而雕琢感情。父子情深母女连心，都和夫妻不能并论，从某种意义上讲，夫妻是因两性而结合，更因感情才忠贞不渝。

这些，毛泽东有着刻骨铭心的体验：封建社会强加的麻木的“娃娃亲”；两情相悦而刻骨铭心之爱。刹那间，杨开慧的身影仿佛就在眼前。

“主席先生，也许您该休息了，”埃德加·斯诺发现毛泽东的情绪突然有了变化，忙表示歉意，“我们可以另安排……我希望在延安多待一些时间。”

“不！我不感觉累，一点儿也没有睡意，”毛泽东摇摇手，“我的生活习惯和别人不同，是黑白颠倒的，或许是受游击战争生活的影响。”

埃德加·斯诺相信，毛泽东那依旧炯炯有神的眼睛就是答案。毛泽东点起另一支烟——无法确认他现在点燃的是第几支烟。本来就通风不佳的窑洞早已烟雾弥漫，以致互相之间看不分明，就像对焦不准的影像，模模糊糊。而从毛泽东接下来的叙述中，那朦朦胧胧的情感之窗正徐徐打开：

> 霞姑和我的感情，胜过那些古典名戏中的男女主角的情感。我们是生活中相知、在革命洗礼中志同道合的战友。她不容忍亵渎革命之忠诚，也不肯在夫妻之间掺假，更不会在敌人的屠刀下屈服。对于她的死，我百身莫赎……

一个语言大师、写诗填词信手拈来的大家竟然无法用语言表达对亡妻之爱，足见感情的事是很难用语言说得清楚的。埃德加·斯诺为共产党人那纯洁的、轰轰烈烈的、刻骨铭心的爱情感动不已：

“这是我从来没听到过的爱情故事，也是不可想象的爱情故事！”

天亮了，雄鸡在唱。醒来的贺子珍从布帘里提醒毛泽东，今天上午不能按照黑白颠倒的“规律”躺到炕上以书伴眠，要主持政治局会议。兴犹未尽的埃德加·斯诺只好站起来告辞：“主席先生，未来一定属于你们，至少我是这样认为的。”毛泽东和埃德加·斯诺握手作别：“十年前我对蒋介石说过，三五十年后国共要换个位置，至今我依旧没有怀疑，除非蒋委员长他彻底打消‘剿共’的念头。”

埃德加·斯诺望着自信的毛泽东若有所思，默默地点了点头。十二年后，已回到美利坚合众国的斯诺被共和国的二十八响开国礼炮声震惊了：毛泽东的预言竟如此准确！世界上有影响的领袖中没有谁可以达到如此高的政治悟性。

那是后话。

多少年后，毛泽东在他的一首诗中写道：

为有牺牲多壮志，
敢教日月换新天。

第五十一回

平型关林彪扬威名　白洋淀好汉飞雁翎

国共两党经过三番五次的谈判交锋，终于达成抗日合作统一战线，红军被编入国民革命军的系列，为延安的八路军和江南的新四军。按照国共合作协议，八路军将士将奔赴华北抗日战场。毛、周、朱、刘、任五大书记及彭德怀、左权等红军主要领导经过认真研究，决定由总司令朱德、副总司令彭德怀及参谋长左权到冀南太行山区建立前线指挥部，指挥华北抗日战争。刘少奇富有白区工作经验，深入华北地区领导地下党组织，配合八路军的抗日战争。叶挺将军被任命为新四军军长，项英任政治委员。至此，抗日战争的统一战线形成。

既然把红军限制在两个军的编制之内，朱总司令都降格为军级首长，刘伯承、林彪、徐向前等军长只能是师长一级的指挥员了。林彪率领着一一五师驻扎在晋之东北、冀之西部太行山上，沿长城而布防，接到朱德总司令的作战命令：准备进军平型关，配合阎锡山之晋绥军歼灭日军东移之第五师团主力。

林彪乃作战谨慎之将领，他深知此举关系重大。

奉华北司令部调遣前往保定参战的日军第五师团，是侵华日军的王牌军，其中由三浦敏事率领之第二十一旅团更是一支被称为攻无不克的特种部队。日军装备精良，弹药充足，而八路军装备落后，甚至有的战士还挎着大刀片儿。平型关一带地形复杂险要，中国军队布防于居高临下的长城线上，面对居于北岳恒山和佛教圣地五台山之间的一条走廊，平型关卡在走廊的高处，把山西、河北的通道截为东西两段，是为咽喉之地。日军东进必经于此，盟军歼敌必利于此，即平型关是敌我挣不脱的一个死结。

接到朱总司令的命令后不敢怠慢，林彪和副师长聂荣臻摊开地图观察地形，分析敌情。两眼盯着地图，林彪浓眉紧锁，表情严峻，然后倒背双手走到窗前，望着窗外的夜幕呆呆出神，良久沉默不语。聂荣臻道："我们这里离平型关虽不太远，但山势险要路又崎岖难行，应赶在日军之前到达，是否抓紧时间进行战斗动员？"林彪头也没回，若有所思："哦！好。"

聂荣臻见林彪同意了自己的意见，便说："我马上组织召开动员大会。"

"好……告诉队伍注意隐蔽。"林彪回头冲聂荣臻的背影轻声一呼。等聂荣臻走了，林彪踌躇一下，匆忙转身走出指挥所，向山顶攀去。警卫员忙紧随其后，保卫首长安全。许多时候，做林彪的警卫员要观察林彪的肢体语言——无声的指示，你得接受无声命令

而配合默契，否则，就没好脸色看。

秋色尽染北国，太行山山脉雄伟壮丽，气象万千。中国的地理特点是南秀北雄，西险东阔，这巍巍太行正处中岳之北，雄伟中隐含秀气。万里长城由北向南蜿蜒而来，把险阔巧妙融合，也是一个风景奇观。林彪心中暗暗涌动遗憾：自己没有诗风，若毛泽东在此一观，必有诗兴词潮！

举起望远镜，远处的群山苍苍茫茫如龙腾虎跃；中秋的太行山葱茏的草木和怪石奇峰互为相衬，壮丽而雄伟。林彪曾经路过平型关，知道此关乃历来兵家必争之地，如今更是日军从山西通往河北必经之咽喉要塞，这就意味着不可避免的一场血战即将在那里展开！

同表面的镇定正相反，此时林彪的心里可谓翻江倒海。此前，红军并没有同日军展开大规模作战的经验。而日本侵略者对华战争可谓蓄谋已久，从日军东洋备战到打着亲善的幌子侵占东三省以来，不但训练有素，又以东三省做进一步侵略的基地，实力确实强大。面对来势汹汹的鬼子兵不要说阎锡山的晋绥军，更不要说没放一枪就跑的东北军，就连国民党的中央军也不无怯意。西安事变加上七七事变，使顾虑重重的蒋介石不得不硬着头皮答应抗战。

两军决战勇者胜。八路军要在即将展开的战斗中取胜，继续发扬不怕牺牲的精神是获得胜利的关键。他相信无需聂荣臻多费口舌，八路军将士们都会理解作战意图，会奋勇杀敌争取胜利。望着巍巍群山，林彪心中久久不能平静：此一战，是八路军挺进抗日战争前线后打的第一仗，是共产党的部队第一次在日军面前亮相，这是对红军的考验，更是关乎红军形象的第一战。

“哼！”听到从鼻子里发出的一声“哼”，警卫员知道，林彪师长谋略定了。

“首长，天那边云彩挺厚，向这边飘来了，怕是有雨。快回去吧。”警卫员提醒。

林彪望望西南天空，黑压压的乌云正压过来。常年经历游击战、风餐露宿的日子使红军和“老天爷”打惯了交道，颇有知风识雨的经验。林彪没有说话，默默转身返回，离总司令下达出发的时间只剩一个多小时了，要布署部队做好防雨准备……

看看腕上的表，聂荣臻忍不住问气喘吁吁赶回来的通信员：“林师长回来没有？”

“报告聂副军长，林师长……还没有。”通信员脚跟未曾站稳，磕巴着报告。

部队已做好出发的准备，不见了一号首长怎么得了！正在焦急时，偏偏乌云盖顶而来，哗啦啦下起雨来。正在犹豫时，只见林彪师长冒雨赶了回来，还没等聂荣臻说话，林彪挥挥手：“出发！”

军令如山！况且大家明白，总部命令二十四日晚进入阵地，本来崎岖的山路就难以行军，雨洒下来，行军更难，提前出发是为了抢占伏击阵地，隐蔽待发。大家懂得也理解。

“传命令：注意隐蔽，不可暴露行军目标。”林彪命令。

“是！”参谋长应声而去。

太行山之巅，在崎岖蜿蜒的山路上，在滂沱大雨的浇灌下，一一五师官兵们向平型关快速挺进。这支神秘的部队，在平型关西侧山头隐蔽埋伏下来。几个小时后，日军第五师团第二十一旅团三浦敏事率领的两个大队骄横地、目无一切地走进平型关。正准备出关踏进华北大平原时，埋伏在山上的八路军一一五师官兵如从天降，怒吼着杀向敌人。顿时喊杀声、枪响声震得平型关地动山摇。毫无准备的三浦敏事顿时慌了手脚，急令部队抵抗。正是“仇人相见分外眼红”，两山之间的山沟里，先是枪炮声乱作一团，接着展开了肉搏拼杀。待太阳高照时，日军三浦敏事部已溃不成军，千余人做了枪下魂儿、刀下鬼！缴获其所携之枪炮辎重汽车军需。

获胜后的林彪极其兴奋，平日不苟言笑的他眉开眼笑道：“向毛主席、朱总司令报捷：平型关伏击日军大获全胜！歼敌千余，缴获大批武器弹药和车辆辎重，详细数字待打扫战场后电告。”

此一战，林彪和八路军的名字一下子从默默无闻到名声大震，国内外报刊纷纷报道，连听到“共军”就皱眉的蒋介石也以委员长的名义电贺八路军总部，尽褒扬之词。至此，日本侵略者不可战胜的神话被打破，大大鼓舞了中国军队和民众的抗日信心及斗志。平型关之战，使华北成为中日两军激烈对抗的第一战场。封锁了在山西的日军东进的关口，收复了平型关内外几个县城，建立起华北地区第一个抗日根据地。此时，华北重镇保定，因它的战略地位而成为敌我必争之地。毛泽东不失时机地提出：“敌以少兵临大国，就只能占领一部分大城市……这就给中国游击战争以广大活动的地盘。”“广泛发动民众，领导民众开展游击战争，并使之深入持久。”同时提出了抗日游击战的军事理论，为八路军、新四军抗战的斗争原则。

古城保定及周边县城，早已在日军控制之下。而西距保定五十里的白洋淀，正演绎着一场别样风采的抗日斗争。

白洋淀把安新县城半圈于水泊芦荡之中。这芦苇荡方圆几百里，由纵横上千条河道组成，河道两侧长满茂密的芦苇和树木，陌生人进了芦苇荡如同钻进迷魂阵，既分不清方向，更不知左右，进退两难。淀的深处有一个村子叫槐树庄，庄子有七八十户人家，春夏秋以打鱼捞虾为生，冬季则以割芦苇编席子织篓为生。庄子里有个大能人由老贵，打鱼割苇自是一把好手，更有一身太极神功：渡水踏浪水上燕，穿房越脊猫般轻，腰藏一把流星锤，指东打西赛弹弓。那年张之洞坐保（定）府举行比武，正值少年的由老贵以四两拨千斤的太极掌力克群雄登顶，名扬天下。虽然名震四方，由老贵人不傲群，武不欺众，独爱打抱不平。西村有个恶霸欺男霸女，来槐树庄抢刘家黄花姑娘作妾，由老贵挺身出来挡横，掌劈腿扫几个招数，就把恶霸及其帮凶打得屁滚尿流。日本鬼子进犯保定危及白洋淀，由老贵挑杆而起，自发组织自卫队护淀。一日，在保定一师求学的女儿由桂英带回一名文质彬彬的小伙儿，由老贵先是冷眼相看，不温不火地接待，后在谈话之间不得不另眼相看。

"借花献佛，肖鹏敬老英雄一碗。"小伙儿双手举起酒碗。

"不敢，"由老贵是见过世面的人，以礼相回，"我由老贵是乡村野人，哪里是什么英雄！别客气，喝酒。"

二人一饮而尽。

肖鹏放下酒碗继续道："路遇不平拔刀助，自然是英雄。一师校友之父，晚辈自然可以尊为老，故称老英雄。"

"哈哈哈！"由老贵仰天大笑，"老是老了，闺女都十七八了嘛！至于'老英雄'就愧不敢当了！"

"老英雄谦虚。您于敌伪屠刀之下组织渔民自卫队护卫白洋淀，和卢沟桥七七事变之抗日英雄同样受到尊敬！"

不等肖鹏话音落地，由老贵直把两手摇："言重言重！我们不过是被逼无奈保护乡党，哪里能和正规军比！"

"保家卫国，何分正规与否？只要是正义之师，无论大小抗日的队伍，都是国家脊梁！"

一听肖鹏此话，由老贵不由得睁大了眼睛：到底是读书人，文雅的话说起来一点也不别扭，像河沟里流淌的水那么自然。再者，小伙儿话不啰嗦，却听起来道理蛮深。不过，对国家脊梁的赞誉由老贵不敢苟同："在保定府书馆听书，人家书里说的岳飞、穆桂英是民族……那个脊梁！咱一个顶着高粱花的老百姓算个什么呀！那可担当不起！"一直没插上话的女儿由桂英道："爹！人家肖鹏可不是凭空瞎说的。你在保定遭遇日本鬼子一掌劈死鬼子兵的事……"由老贵用手势制止女儿："那怎么能和英雄比？也是他日本鬼子太欺负咱中国人了，我实在看不下去！"

说着由老贵叹道："国家大难，要是关云长再世就好了！"

肖鹏道："别说关云长的青龙偃月刀，再添上张翼德的丈八蛇矛和赵子龙的银枪也救不了咱中华民族！"

"照你这么一说，咱中国人没救啦？"由老贵闻听冲肖鹏瞪起眼。女儿由桂英埋怨爹："瞧爹你！冲肖鹏瞪眼干吗？他又不是鬼子兵！"

由老贵道："我冲肖鹏瞪眼干什么？我的意思……"

"您的意思我明白：为国为民族忧患。"肖鹏笑对由老贵。

"就是嘛！"由老贵点点头，"真的没救了，谁不急？"

"有救。"

"谁？关云长出世？我是说关云长那么大本事的人出世啦？"

"比关云长本事大，大得不是一星半点儿！"

"是哪个？我投奔他去！当个马前卒也情愿。"

肖鹏不急不慌，对由老贵道："他是一个人，又不是一个人。想必大叔您听说过？"

由老贵睁大眼睛望着肖鹏，等待下文。

“听说过南昌起义吗？井冈山呢？延安？”肖鹏提示。

“你说的是红军……毛泽东？”由老贵低声问，生怕被人听到似的。也难怪，他亲眼见过国民党的兵五花大绑地把“共党分子”拉到总督署前大旗杆下枪毙。

“对。”肖鹏点了点头。

由老贵张张嘴没说话。“通共”的罪名可不小，就连白洋淀不常出淀的老头儿、老太太都知道。

由桂英不满地看着父亲抢一句：“瞧您怕的！您是不是和老蒋穿一条裤子啦？”由老贵冲女儿瞪起眼：“胡吣！我再怎么的也不跟老蒋一起要熊！”然后对肖鹏道：“话又说回来，天下这么乱，谁知道哪个是真老包（拯）？”

“人家肖鹏就知道！”由桂英倔声倔气地说。

“怎么的？竟敢当着客人的面冲撞老爹！死丫头！都怪你娘死得早，都是我从小把你惯的！”

肖鹏以微笑和手势化解父女的冲突，就从为什么保定一师闹学潮，为什么西安事变张、杨两位将军扣押蒋介石说起，讲到日本人不仅仅是占领东北再夺华北，而是要奴役全中国。现在，国共第二次合作，把枪口一致对外，一定能打败日本侵略者。

“不瞒大叔说，我就是党组织派到白洋淀，组织大家打鬼子的共产党员。”肖鹏坦然相告。

“你……”由老贵更是一惊。想不到，自己的闺女不打招呼就把共产党领到家来了。他更没想到，以女儿桂英未婚夫的名义和自己朝夕相处几天之后，肖鹏那说得头头是道的道理就打动了他：“共产党革命的目标是人人平等、人人有田种、人人都过好日子。抗日救国是共产党、八路军的首要任务。”再后来，肖鹏的表现更让他喜欢：读书劳动两不误，文雅朴实在一身。他知道的真多，三皇五帝自不必说，连日本人的家底都摸得清，苏俄的、美国的、欧洲的……由老贵感慨起来，暗暗自忖：“咱肚子里装的是杂碎大粪，人家肖先生肚子里装的是五湖四海！”

秘密地，由老贵成了槐树庄第一个共产党员。于是，有了灵魂的自卫队有了一个新名字：抗日雁翎队。很快，不但槐树庄，淀里其他“树庄”也出现了一个又一个雁翎队，巧妙地利用白洋淀的地理环境，展开了形式独特的抗日斗争。受父亲影响，从小就习武的由桂英成为女子雁翎队的队长，白洋淀虎口夺人更是百年不衰的佳话。

那是鱼肥虾跳时，秋风吹进白洋淀，把淡淡的荷香送到槐树庄。绒花树满枝头粉红正艳，飘香四溢，和荷花香交融在一起，使人沉醉。由桂英正在绒花树下给村里的大姑娘、小媳妇们上政治课，忍不住深吸一口香气，感叹一声：“家乡的空气真好呀！”坐在下面的堂妹由桂花跟上一句：“那就别外嫁了呗！这荷花淀里还找不到如意郎君呀？”外号“刀子嘴”的王家二嫂把话抢过去：“不是找不到，用文词儿拽文咋说的……对，是小伙子们望眼欲穿！”一下子局面失控，大姑娘、小媳妇们笑成一团。由桂英是谁？

在保府上了一年一师、见过世面的人物呀！见状马上把脸儿一抹，厉声喊："都严肃点儿！"见大家还在笑没听懂"严肃"是啥意思似的，又补上一句：

"都正经点儿！"

欢笑声戛然而止。大家听明白了，由桂英队长在训练场上的态度着实认真，看来上政治课也开不得玩笑哩！

"我说得不对吗？白洋淀的空气不像保定那么乌烟瘴气，去过保定的都知道。"由桂英摆起架子，生怕自己的形象不够严肃。

"我知道！"由桂花插嘴，"日本鬼子们在街上排着队走，大皮鞋跺地'哐哐'的，满大街暴土扬尘的！"由桂英眉毛一扬："就是那样子！同志们，我们能让日本鬼子到槐树庄来横行霸道吗？"

"不行！"

妇女们尖着嗓子喊，还挺一致。

"对！大家都看到了，老爷们儿的雁翎队好几次把进淀鬼子兵打得狼狈逃窜，华北军区还专门儿下了嘉奖令。所以，我们妇女同志也要拿起枪，扛起刀，时刻准备迎战来犯之敌。"由桂英挥动拳头问："大家怕不怕？"

"不怕！"

回答同样一致、响亮。

"好！下面，我给同志们讲讲当前的抗日形势……"

她还没讲完就被通信员叫走了。区委书记肖鹏交给她一个紧急任务：化装成农家小媳妇，和到省委工作的诸葛书记扮作夫妻，护送诸葛书记到天津卫，还要接受新的任务。由桂英一听就愣了！

正是：

此去天津开眼界，
巴山蜀水注新颜。

第五十二回

战华北八路声四起　迁陪都国军偏称雄

肖鹏把执行的任务一交代，由桂英心里就不是个滋味儿。且不说自己依恋“好空气”的白洋淀，舍不得刚刚组建起来的女子雁翎队，还有隐隐约约打心底里涌动着莫名的不舍。是什么？她自己也说不清楚的朦朦胧胧的纠结之情。

“我不去。”由桂英声音不大但很坚决。

肖鹏似乎想到了她会拒绝，温和地问：“为什么？这是组织的决定。因为你是最合适人选。你忘了你入党的誓词？”

“没有。”由桂英头都没抬，声音还挺小。

“那为什么不执行组织决定？”

“我怕……怕刚组织起来的女子雁翎队散了伙。”

肖鹏闻听忍不住笑了：“这你不用担心，女子雁翎队里还能挑出个代理队长吧？你那堂妹由桂英怎么样？可是你老爹提议的！”

由桂英惊疑地望望学长：“什么？爹他同意？”

“是啊。支部书记当然要知道。”

肖鹏公事公办的眼神里流露着也许只有她自己此刻才能读懂的隐情。由桂英知道，自己面临的选择只有服从。

“即……服从组织安排！”

肖鹏满意地笑了。由桂英又一次注意到了肖鹏目光里的克制和柔情。她也知道，面前的假丈夫的心灵之窗是对自己充分打开着的！

“保重！”

“保重！”

两个人的手握在一起的时候，互相感觉到了信任和关切。

到底是女儿柔情，由桂英张张嘴唇没有说出话来，但肖鹏完全看得出由桂英有话还要说而迟疑。肖鹏嘱咐小学妹：“放心地去吧！我等着你完成任务归来。”

“嗯！”由桂英像个听话的小妹妹，庄重地点点头，才依依不舍地敬礼而别。

由老贵亲自驾舟把女儿和诸葛书记送出淀外，叮嘱女儿要不顾一切保护好领导安全，把诸葛书记送到目的地，才挥手和由桂英及诸葛书记作别。诸葛书记是天津人，又对保定一带比较熟悉，反倒安慰护送人由桂英：“遇到敌人也别紧张，我熟悉这一带的风土人情，出现麻烦我来应酬。”

由桂英忙道：“那敢情好——可是，我是您的警卫员啊，遇到事可不敢马虎。”

诸葛书记笑道："看你就是个福相，我们保准顺利到达。"

由桂英见诸葛书记挺平易近人的，紧张劲儿也就松弛下来："首长同志，我是个还没毕业的师范生，不臻世事，更不知做媳妇的有什么规矩，得麻烦您指导，省得遇到麻烦漏了馅儿。"

诸葛书记道："想不到你这位小同志心还挺细嘛！那好，反正前面要走一段路，我给你讲段故事——做媳妇的故事怎样？"

"做媳妇还有故事？"

"人世间净是故事，就看你留心不留心观察。"

"那就请您讲吧。"由桂英仄耳细听。诸葛书记在头里边走边说，由桂英紧跟其后，一边听一边注意前后左右，怕有什么特殊情况发生。

中秋的华北大平原谷子低头高粱打伞，柳树上鸣蝉高唱，路边的野花香沁肺腑，令人心旷神怡。突然一声枪响传来，惊得由桂英一个机灵就拔枪，惊呼："首长小心！"

诸葛书记见状安慰由桂英："这是放冷枪，离这里少说也一二里地。放心吧。"由桂英这才收枪入囊，放下心来。诸葛书记继续讲媳妇的故事：

"我的老家在天津杨柳青东边的乡下。我们那里的老规矩，做媳妇的虽不强调三从四德，但封建束缚也蛮厉害。比如，妇女不轻易抛头露面，在家围着锅台转，缝衣带孩子全得干，扫地扫院扫炕头，客人来了吃剩饭。听公婆的，听丈夫的，丈夫没了儿子说了算。穷家也好，富家也罢，统统如此。"

"您说起来一套一套的，像说书的一样。"由桂英听着就笑了，"您讲的不是小媳妇的故事，是所有做媳妇的命运。"

"你说得对，到底是受过教育的新青年，"诸葛书记说，"问题一点就透。我再给你讲个具体的故事吧……

"冀东南有一条小河叫老盐河，河北岸有一个村子叫沿河庄。村子不大，只有百多户人家，却有一家有名的大财主：地有千顷，房有百间，各地有商号几十家。不如意的是，老财主生女五朵，朵朵花开娇艳，半老才憋出个儿子来。

"这位'迟到'的少爷的到来，令老财主欣喜自慰，喜庆三天……可等给儿子过周岁的时候就感到不对劲儿：一岁大的孩子还不会叫爹喊娘。宾客中自然不乏爱'吹喇叭'的，'许是贵人语迟啊'——这一'迟'就又多半年，才咿咿呀呀会说话，到十五六岁嘴皮子也不利索。财主家嘛，再傻也不愁娶媳妇，三媒六证，把新娘子娶进家。

"这位新媳妇可与少爷正相反：漂亮健康，伶俐可爱。这位少爷不知怜香惜玉也罢了，动辄就出手打比自己大三岁的媳妇。一年下来，小媳妇身上青的一块还没消，紫的一片又起来。到年底，财主家准备祭祀的时候，小媳妇也少不了在大院里忙里忙外。偏偏那位游手好闲的宠少爷添乱，要拉着媳妇到屋里陪他'睡觉'。当着亲眷佣人，弄得小媳妇粉脸儿变成大红脸，推了纠缠的丈夫一把。这下可惹祸啦，少爷抄起扫把就打！小媳妇一时憋在胸中的气呼地撞上脑门儿，飞起一脚把少爷踢进了猪圈的粪坑里……"

由桂英“啊”一声笑出声来：“这小媳妇挺厉害呀，会功夫啊！”

“你猜对了，她就是如今令鬼子也胆寒的盐河游击队队长，抗日名媛山河红。”

“山河红？俺听说过，她名气可大啦！”

“逃出夫家何处去？革命队伍献青春。英雄有了用武地，誓让山河一片红。吕正操司令员亲赐芳名‘山河红’。”

“我明白了，”由桂英的脑海里浮现出一个美丽可爱、英勇杀敌的巾帼形象，“和人家比，我差得远了。”

诸葛书记笑了：“你不也是白洋淀的巾帼豪杰吗？”

“天上地下！俺可算不了什么！”

“革命有先后，长江后浪推前浪，一浪更比一浪强。你也有辉煌的前程。”

沉默之后，由桂英向诸葛书记表示：“我也要向山河红那样为革命奋勇杀敌！”

“好啊，”诸葛书记赞许道，“你的父亲给你起名桂英，不是希望你像大破天门阵的穆桂英那样出类拔萃吗？一身功夫，心怀祖国，一定前程远大。”

“我能见到山河红吗？”

“能。”

“真的？”由桂英又惊又喜。

“到了天津卫你就知道了。”

“为什么？”

“现在可以告诉你一个秘密……”

“秘密？”

“山河红就是我的未婚妻，你和她一起参加华北党组织举办的干部训练班。”

由桂英又一个惊喜：“真的？原来肖鹏说的新任务就是这个啊！”

“怎么，想肖鹏啦？那可是一个难得的好青年啊！”

诸葛书记的话一下子勾起了少女的心思，刹那间明朗起来。爱神有不期而遇，更有瓜熟蒂落——月老就是自己。

由桂英护送诸葛书记于途中遭遇敌伪盘查、险些陷入虎口，是诸葛书记的智慧和由桂英的好功夫毙敌脱险。

三日之后，他们假扮夫妻完成旅程，到达训练班的秘密地——杨柳青镇的一家私塾，和前来参加培训的红色武装干部们会合。令由桂英大开眼界的是，参加训练班的不仅有各路抗日英豪，还有党的大干部如刘少奇、彭真、杨成武等大领导。这时，由桂英才明白，不仅仅白洋淀抗日热情高涨，太行山有朱德总司令和左权将军领导的八路军总部指挥着八路军抗日救国；冀中有彭德怀副总司令指挥着千军万马与日寇针锋相对。平型关大捷只是同日军开战的第一个战役，游击战是敌后抗日武装坚持长期抗战的主要手段和战略方针。作为游击战的指挥员，必须深刻认识《论持久战》的指导意义。同时她也看到了抗日烽火正在华北、大江南北熊熊燃起，早晚有一天，日本帝国主义侵略者会葬身于人民战争的火海之中。由桂英欣慰异常：真是不虚此行啊！授课老师诸葛书记的讲演格外鼓舞人心：

> 我们的出路只有一条，那就是打败日本帝国主义侵略者，解放全中国。四万万同胞之泱泱大国受欺于弹丸小国，非民众之过，好歹政府已改弦易张、共同抗日了。由于我们的民族不能集中国力、人力、财力、军力一致对外，造成了国力不强、人力涣散、财力空虚、军力割据的局面，与敌相比，虽大而弱，因此，不能只采取正面对抗的作战方针。根据毛主席、党中央的战略部署，今后较长的时间里，游击战将是我们采取的战略战术。坐在我们这里的同志们正是在今后游击战中发挥重要作用的指挥员。
>
> 同志们，虽然我们目前处于劣势，从长远看，我们的劣势会逐渐变为优势，而敌人的强势也会逐渐变为劣势。为什么呢？第一，因为我们为正义而战，敌人为侵略而战；我们得到绝大多数人的支持，而敌人恰恰相反，得道多助失道寡助嘛！第二，过去军阀割据、内战不休，给了侵略者空子钻，鹬蚌相争渔翁得利，今后呢，分开的手指攥在一起，团结就是力量，全国人民团结起来，吐口唾沫就能把小鬼子淹死。第三，日本人野心越大，战线就越拉越长，它就越被动，我们正好分着把它‘吃’掉。第四，我们的抗战会得到越来越多的国际社会的支持……

而八路军首长的战争形势报告令人兴奋不已：

> 同志们！日本帝国主义侵略者就算是一只凶猛的铁打的老虎，也摆脱不了灭亡的命运，因为它钻进了战争的火海！我们正是即将熊熊燃烧的火海的火种！就算它是一只铁老虎，也必然在熊熊大火中倒下去！

由桂英完全被激情的讲演陶醉了！她期待着早日返回白洋淀，返回抗日战场。不过，训练班结束之后组织找她谈话，由于工作需要，安排她去重庆配合八路军办事处工作。由桂英知道，自己已是党的女儿，听从党安排是自己义不容辞的责任。

“我服从组织安排。”

由桂英二话没说，和其他两名同志一起踏上了西行的征程。

第一次走进大都市的水乡姑娘由桂英，感到自己来到一个完全陌生的世界。这里没有芦苇丛生的平湖淀水，却有飞流激湍的大江。看不到一马平川的大平原，山外青山楼外楼的景观独具魅力。比之一天就转个遍的古城保定，重庆可谓大之又大，大得前后左右望不到边儿！最大的区别还是这里没有日本鬼子——怪不得蒋介石躲到重庆建陪都！

由桂英小看了蒋介石。

红岩新村八路军办事处的一号首长是周恩来，常驻代表是叶剑英。由桂英当然听过周恩来的英名，亲眼目睹，激动不已。大首长竟如此平易近人，问寒问暖问辛苦，还关心自己习惯不习惯重庆的饮食，怕不怕辣。

“怕……慢慢就习惯了。”

由桂英的回答赢得首长的爽朗笑声：“这个小同志蛮爽快嘛！”

“为革命掉脑袋都不怕，还在乎辣不辣？”见首长们笑，由桂英以为自己的回答有问题，忙补上一句。

叶剑英操着粤语笑道：“吼需昂的啦（好爽啦）！”

由桂英听不懂，冲叶剑英直愣神儿。怕影响首长工作，站在旁边的王诗琴秘书忙拉起由桂英说：“还愣着干什么？和首长都见面了，走，我送你到报馆去。”

“是。”由桂英向首长敬礼退出。王秘书一边走一边说：“你真够愣的！初见首长就逮什么说什么！”

由桂英痴怔怔地望着王秘书：“不说‘什么’说什么？”

这一来，逗得王秘书哈哈大笑：“你这个由桂英呀！”

“我……我怎么了我？”由桂英丈二和尚头脑摸不着。

“没怎么没怎么！”王秘书摇着手笑得直不起腰来，见由桂英一时不明白自己为什么笑了，就不想再闹，“走吧！我还得给你交代工作纪律哪！”

王秘书说的报馆，就是重庆出版《新华日报》的地方，《新华日报》实际上是共产党控制的舆论工具，工作人员大多是共产党员。由桂英的职务是新闻部记者，而更重要的工作是情报交通员，直接归重庆八路军办事处领导。新闻部的主任向由桂英介绍了如何当好新闻记者的相关事宜，然后暗示道：“其他需要告诉你的，王秘书会给你讲的。”便结束了谈话。

国民党的机关和国民政府的各个部委办动迁来渝，把山城重庆一下子搞得乌烟瘴气，鸡犬不宁。

重庆堪称中国之大都市，但历史上从没有皇帝建都的记录，甚至四川省的省府也没有在这里安过家。高官大员云集，青天白日旗到处飘起来，使天高皇帝远的重庆人感到这座休闲城市的空气马上变得紧张起来，一双双睁大的眼睛里流露着问号：陪都，陪来的是福还是祸？

刚到任没几天，由桂英就有了一次参加国民政府举行的记者招待会的机会。国防部新闻发言人首先做了开场白：

“欢迎各位记者光临记者招待会。我愿意回答各位提出的问题。首先，我向各位介绍中国抗日战场的形势。

“众所周知，七七事变之后，国民革命军开始了对日反击战，中日之间的战争全面展开。蒋委员长早些时候在庐山宣布：全国地不分南北，人不分左右，全国一心、倾国家之力抵抗日军侵略。可以说，改变中国历史命运的时刻已经开始，中国军队完全有必胜的信心。下面欢迎大家的提问。”

由桂英第一次见到身着美式将军服的发言人。也是第一次见到西装革履、金发碧眼的男记者和打扮各色的女记者。号称无冕之王的记者们的提问更是让初出茅庐的由桂英开了眼界：

“将军阁下，平型关大捷是中国军队同日军展开的第一次胜利之战，指挥本次战役的是共产党领导的八路军将领林彪。请问发言人，当时参战的还有阎锡山指挥的晋绥军的几个师，人们都知道，晋绥军吃了个败仗！你怎样评价两个军的不同？”

发言人干咳一声，极力镇定自己，望望提问的德国“德新社”记者，不太自然地一笑：“晋绥军、八路军都是国民革命军，我认为，除了番号不同，都是抗日的队伍。”

记者闻听，为答非所问的回答哑然失笑。

又有美国记者追问：“请问发言人，武器相对精良的晋绥军被消灭了一个加强团，而武器落后的八路军却大胜日军劲旅第五师团，是否印证了外界的说法：八路军是更勇敢善战的部队？”

发言人面露不悦：“我刚才已经回答了类似的提问。”

“那么，您认为抗战的前景如何？八路军将扮演什么样的角色？”

发言人干咳两声，回答记者的提问：“半个世纪以来，世界列强做着瓜分中国之梦，依我看，将永远是梦！历史上没有哪个国家可以征服中国，日本侵略者也一样。你还问到八路军将扮演什么角色，我想，在蒋委员长的统一指挥下，每个部队都有着不可替代的作用。”

作为《新华日报》的记者，由桂英提出一个让发言人尴尬的问题：“发言人你好！我的问题是：西安事变，蒋委员长没有兑现离开西安时的承诺，东北军的少帅张学良将军被囚南京并且被判监，在西北的几十万东北军和十九路军被肢解，杨虎城将军也会有少帅的命运吗？”

“我首先澄清，东北军和西北军没有被肢解，而是正常整编。杨虎城将军出国另有使命。至于蒋委员长的承诺，我无从知晓。不过，张汉卿扣留、威胁首领，理应受到惩处。”

日本“共同社”的记者问：“国外的观察家认为，中国虽然有几百万军队，数量多于日军，但战斗力明显处于下风。您真的就那么有信心吗？国民政府迁重庆立陪都，是否是继续退让？”

发言人瞅瞅记者道：“你应当看到这样的事实，国民革命军在黄河以南广大地区展开了全面抗击日军，阻击南下之敌。兵家云‘以退为攻’，我认为这是战争形势的需要，而不是什么退让。”

……

由桂英再次举手提问时，发言人不予理睬。当由桂英采编的新闻稿刊发之后，八路军重庆办事处的王炳南同志还委托王诗琴秘书转告由桂英：尊重事实是新闻工作的生命力，对于国民革命军抗日斗争的正面报道反映了新闻工作者的职业道德，应予肯定。

“首长的话是什么意思？”由桂英琢磨不透，以为自己的采写角度有什么不妥之处。

王诗琴告诉她，“不久前我们一位记者的文章里对‘国军’有贬义之词，领导给予了批评：团结抗日是我们党的主导思想，光明磊落是共产党人的一贯作风，要贯彻于整个抗日战争中。不能在舆论中持有不利团结抗日的言辞，而你的文章中没有这一倾向。”

由桂英听了甚为感动：共产党的胸怀就是博大！作为党的女儿，自己感到自豪骄傲。

正是：

英雄儿女多奇志，
文武结合共举矛。

第五十三回

洋记者西行漫记　俏巾帼北望启程

抗日战争高潮的到来，引起全世界的关注。八路军、新四军的英勇善战，吸引了境外媒体的目光，也引起美国作家史沫特莱的兴趣。由于史沫特莱不懂中文，就请会英文的吴莉莉当翻译，访问延安。

由于国共合作抗日，来延安比以往顺畅多了。史沫特莱在翻译吴莉莉的陪伴下来到延安。人高马大、金发碧眼的外国女人和美艳又打扮漂亮的吴莉莉一出现在延安，就吸引了大家的眼球，尤其那些从山沟里出来参加革命的小伙子们，第一次见到外星人似的直勾着两眼打量史沫特莱，继而议论纷纷："闹了半天世界上还有这模样的人哩！"对于穿着鲜艳衣裙打扮漂亮的吴莉莉，更似在享用无价可比的奢侈品。就连那些长这么大就没沾过如此漂亮衣服的女战士也目不暇接地瞧啊瞧。可以说史沫特莱、吴莉莉的到来是延河畔的一道靓丽风景。

由于此前到访的埃德加·斯诺的报道让外部世界了解了红军、了解了共产党，起到了枪杆子起不到的作用，中央领导对来自美国的集作家、记者于一身的史沫特莱一行十分重视，热情招待，配合采访，而史沫特莱也表示出友好，流露出才华，使宾主之间很快就如朋友般和谐相处。史沫特莱和吴莉莉都是交际场上的高手，能歌善舞，她们想在延安开设舞会的建议得到赞许。史沫特莱和吴莉莉示范，流畅欢快、轻松漂亮的舞姿让文娱生活贫乏的延安官兵大开眼界，很快便被接受。每到周日，中央首长们也来舞场跳舞——不过只有刘少奇、周恩来等一些首长会跳，而毛泽东、朱德则成了史沫特莱和吴莉莉的学生，在留声机的音乐伴奏下蹒跚学步。跳舞能让人心情放松，使人解除疲劳，也能融和感情。

史沫特莱接近了毛泽东，毛泽东也接受了史沫特莱的采访要求。和一般的采访、接受采访不同，走进毛泽东的窑洞，主客之间就像老朋友似的坐在昏暗的油灯下畅谈，拉家常，经常响起欢快的笑声：浓重的湖南高腔、清脆的异国情调和银铃般的笑声！

"主席先生，"吴莉莉翻译着史沫特莱的话，"您不仅是一位军事家、哲学家和诗人，您还是一位让人快乐的幽默大师。"

毛泽东告诉史沫特莱："来延安之前，你也许怀疑这儿有没有欢乐。你看到了，穷山沟里一样有欢乐。你带来了交际舞，很好。而延安没有交际舞前，我们的天才艺术家创造了活报剧，很受大家喜欢。传统的相声和其他曲艺形式则为现实生活服务，起到了宣传鼓动作用。"

史沫特莱道："您是乐观主义者。"

“我是革命的乐观主义者。”毛泽东解释说。

“苦中取乐？”

“不，乐在其中。”

“唔？”

“乐在为抗日救亡的斗争中，”毛泽东进一步解释说，“为了中国人民的解放事业，再苦也乐，因为红军从诞生那天起就树立了它的宗旨：为四万万同胞而战。”

史沫特莱越来越觉得面前的这位农民的儿子、共产党和红军的缔造者是自己生来遇到的最诚恳、睿智和性格倔强的领袖人物。她拜会过西服笔挺的美利坚合众国总统罗斯福，也采访过戎装在身的民国总统蒋介石，见到穿补丁衣裳的毛泽东，才隐隐约约重新感悟什么是人格的魅力。

“您给我讲述了您的许多感人的故事，但是，很少涉及个人的感情生活，不是吗？”

毛泽东望着史沫特莱，缓缓地说：“我的感情生活？哦，首先是‘父母之约媒妁之言’——我极力抵制的婚姻悲剧。然后是情投意合、痛失革命战友的惨剧。尔后是战斗情谊中的亲密结合的喜剧……”

“这么晚了还在说呀？”帘儿后面响起贺子珍的抗议声。

顿时大家无言。为了摆脱尴尬局面，伶俐的吴莉莉忙表示歉意：“对不起，影响夫人您休息了。”

“明天我还要工作！”贺子珍略有不悦地说道。吴莉莉向史沫特莱递个眼色，只好起身告辞。毛泽东不无尴尬地站起来相送，回身批评贺子珍：

“你又闹……为什么不考虑影响？”

“是你们影响别人！”贺子珍委屈而愤慨。

毛泽东没再和夫人争辩。毕竟，和自己黑白颠倒的工作习惯不同，贺子珍白天还要工作。同时，他也不愿意吵闹起来，影响不好。见毛泽东不吭声而无处撒气的贺子珍继续抱怨不休，令毛泽东懊丧不已，却又无可奈何。

毕竟，这是家事。

史沫特莱走了。毛泽东的窑洞里再也没有洋女人的说笑声，没有了穿戴漂亮、人也漂亮的中国女翻译。往日到门的常客，周恩来副主席远在重庆八路军办事处，朱德总司令领兵在太行抗战杀敌，刘少奇到华北局指导工作未归，只有任弼时偶有登门议事。史沫特莱虽遇不快，但她带走的不是遗憾，而是战略家毛泽东的政治抱负和人格魅力，令她钦佩的红军精神。她留下的不仅仅是交际舞，还有友谊。令人遗憾的是她并没有带走贺子珍的猜疑和纠结。

贺子珍突发奇想，要到苏联去学习，顺便看病。

吃晚饭的时候，她向毛泽东吐露了自己的想法，令毛泽东大感意外。

“你要去哪儿？去苏联干什么？”

毛泽东的智慧和学识多是祖国母亲所赐。虽然他亲自把热血青年们送出国门，然而，他自己既不像周恩来、朱德留洋西欧，也没有似张国焘、博古有从苏俄捞取的资本，他更注重马克思列宁主义同中国革命实践相结合的工作。贺子珍谈出国，简直有点儿天方夜谭！到苏联求学，或是职业革命家“朝圣”，你贺子珍凑哪门子热闹呢？

“学习，提高觉悟；看病，攒够本钱继续革命。”贺子珍言之凿凿。她并非只会打打杀杀的武将，也是会吟诗写文章的女秀才。没有文化的人不会爱上落魄时的毛泽东，才高八斗的毛泽东也不会爱上没有共同语言的靓花瓶。

毛泽东与贺子珍共同生活了十几个年头了，深知她倔强的性格：她认准的理儿八头牛也拉不回来。回延安述职的周恩来知道了贺子珍闹性子要离开毛泽东的事，极力规劝贺子珍不要去苏联，如果觉得延安的医疗条件不够好，可以到上海或者其他大城市治疗。平时最信周恩来的贺子珍同样不给面子。最后搬来了贺子珍敬重的徐特立老人，依旧不能使贺子珍回心转意。中央特别重视毛泽东的家庭问题，从某个角度讲，毛、贺的个人问题并非纯个人问题，弄不好会影响到党的工作，研究之后，委托任弼时代表组织和贺子珍谈话。此时的贺子珍大脑里装的就是一个“走”字，根本听不进任何人的劝告，一意孤行。毛泽东听了任弼时的通报后长叹一声：“她这个人哪……还是我和她谈谈吧。”

又是周末。晚餐之后，延安开始了夜生活：鲁艺的文艺演出，操场上的舞会，文化补习班，处处有条不紊地进行着。趁贺子珍还没有出去，毛泽东对贺子珍道：“子珍，我知道你心里委屈，一时转不过弯来。你是老党员了，应该懂得顾全大局。我很忙，不但不能照顾你还需要你的照顾。我希望你留在延安看病——傅连暲完全可以治好你的疾病的。”

“润之，你不要再说了，我去苏联——那里的医疗条件好多少倍，”贺子珍一改往日一说就急的态度，语气较为平和，“再说，我要学习，充实自己，也好照看一下岸英和岸青。”

贺子珍越是心平气和，毛泽东越知道贺子珍彻底拿定了主意，看来离别是不可避免的了。毛泽东把椅子搬到土炕的旁边，凑近坐在炕头的妻子，耐心地劝导：“你身体虚弱，到苏联去隔着千山万水，怕你经不住长途跋涉的折磨……”不等毛泽东把话说完，贺子珍反驳说：“再难也没有二万五千里长征难吧？九死一生都过来了，我不怕。”

毛泽东的话能说服司令将军，却说不动孱弱的妻子。感情这东西有的时候还真是“剪不清，理还乱”，耳鬓厮磨难长短！

“子珍，如果是我错了，请你批评……”

“你没错——我没说你错行了吧？刚才说了，我去治病、学习、照看岸英岸青兄弟两个。”

毛泽东没有灰心，希望能挽留要离开自己的妻子，继续做贺子珍的工作，“要不这样，你到西安那里看病，等病好了再接你回来？”

“我才不去西安——那和在延安有啥子区别？”

“区别可大了……”

“大我也不去。我就是去苏联，和过几天出发的同志们一道走。”

毛泽东沉默了一下缓缓站起来，点起烟吸着，在不宽绰的窑洞里直打转转，思索着。他知道，自己无法改变妻子的决定了。

一个月后，贺子珍走了，和派到苏联学习的一批学子们踏上了转道乌鲁木齐前往苏联的行程。被阻新疆几十天，有的人选择了返程，去心铁定的贺子珍没有回意，直到有了新的前往苏联的条件而重新启程。

窑洞里突然少了妻子，显得冷清了许多。青灯孤影，书桌前的毛泽东没有停住手中的那杆“惊天地泣鬼神”的笔，为中国人民的抗日救国战争拟定方略，耕耘不已！

正是：

正是红颜一怒走，
便有靓女笑声来。

第五十四回

延安府吸引英豪　土窑洞再续姻缘

毛泽东毕竟是顶天立地的大英雄，对党的革命事业极端负责任的红军统帅，很快就把全部热情投入到抗日救国的工作中。亲人远离，雄心犹在，《抗日战争胜利后的时局和我们的方针》等大作都是在青灯孤影下完成，正确及时地指挥着八路军和人民武装力量的抗日救国战争。毛泽东、朱德的名字为世人津津乐道。延安，成为爱国青年向往的地方，不少社会名流志士聚集宝塔山下，追求真理，加入战斗行列。这其中既有文豪作家诗人，也有演员音乐家杂家，还有从辛亥革命起就追求真理的斗士巨匠，如周扬、张瑞芳、白杨、陈强、冼星海，等等，可谓众星云集，英雄聚会。在上海滩已露头角的电影演员江青也慕名而来。

江青艺名蓝萍，姓李名云鹤，山东诸城人，在电影《王老五》等影片中表现出不错的演技。她苗条漂亮，年轻泼辣，一到延安就展现出不凡的艺术才华。延安还没有摄影机和胶片供文艺工作者驾驭，土台子上搭个席棚就是奢侈的舞台了。就是在这“奢侈”的舞台上，江青的京剧折子戏《打渔杀家》博得满场彩，也引起了包括领导人们的注意：毕竟，科班出身的江青的表演是延安演艺舞台上稀缺的“阳春白雪”，令对京剧艺术颇有欣赏力的党政军的领导和首长们感到愉悦。得到毛泽东等中央大首长们的赏识，看在眼里的江青喜在心里——任何一个表演者得到赏识都是骄傲的资本，何况大首长的赏识？

平心而论，延安的生活条件和大上海没法比，演出条件更是天壤之别。但是，信仰的力量是不可抗拒的，不要说吃糠咽菜的寒门弟子到延安后过上“小米加步枪”的日子多么有幸福感，就是那些在家大鱼大肉享尽清福的少爷千金也心安理得。江青虽也出自寒门，但在大上海混出个模样来也可以说是苦尽甘来。乍到延安，由面包香肠到小米粥的改变使她有过胃口不适，而革命的大熔炉可以让不适的胃适应粗茶淡饭，让脆弱的灵魂变得坚强，让革命战士忠贞不渝。创造如此神奇革命大熔炉的大师不是别人，正是伟大的领袖毛泽东。毛泽东以他无与伦比的智慧和人格魅力几乎征服了所有接触过他的人：

“我曾讲过‘自己动手，丰衣足食’。它是一句口号，但更是一种精神，一种动力，一条通向胜利的康庄大道。三国时期的诸葛亮和曹操都行驶过屯田之举以养兵强国，我们是人民的队伍，搞开荒种地大生产，减轻人民的负担有什么不好呢？蒋介石小气得很，只给我们两个军的给养，十个人端一只饭碗，饿着哪个都不是办法。饭是铁人是钢，有铁才有钢。蒋委员长不给我们吃饱饭，我们自己动手。同志们，开荒种地，我毛泽东也领一份儿任务。”

在大生产的动员大会上，毛泽东侃侃而谈，深入浅出的讲解让官兵们心服口服。毛泽东不时地挥动大手，告诉同志们：“我们中很多人是农民的儿子，个个是庄稼把式，是耕种的里手，放下枪杆子能种地，放下锄头能打仗，正是人民子弟兵的光荣本色。啃树皮嚼草根我们走过了万里长征，一边种地一边打仗，夺取抗日战争的胜利！”

坐在人群里的江青被毛泽东的话打动了：原来红军的首长讲起话来这样中肯朴实又通情达理！不打官腔，没有废话，句句说到人的心坎儿上。她聚精会神地听，注意观察着毛泽东的一举一动。毛泽东身上的衣服上下都打着补丁，长发过耳，眉目清秀中带着三分女相。她是党员，自然知道毛泽东是湖南山沟里走出来的革命者，是江南少有的伟丈夫。对异性的一种莫名好感顿时油然而生。

可惜，毛泽东的话结束了，而且匆匆离去。江青情不自禁地用目光瞟着远去的毛泽东的背影，以致没有听清后边首长的讲话。散会回到窑洞里，江青一阵阵发呆，不时地用自来水笔在小本子上写写画画。好奇的室友问她写的什么，江青摆着演戏的架子淡淡地笑：“听了首长的讲话写写感想，没什么。”说着合上小本子不再写。此后，只要听会，江青都要记录写感想，同样的秘而不宣。大家注意到，每逢毛泽东讲话的会议，江青总是抢在头里坐头排，认真地听，边听边记，甚至敢在毛泽东结束讲话的时候大胆地举手向毛泽东提问题：

“主席，我请教一个问题！”

江青声音甜美中蕴含娇柔，而且是第一个大胆打断首长讲话提问的听众，令毛泽东颇感意外。毛泽东迟疑之后，用手掌向上摆摆，含笑问：“你有么子问题呀？”

见毛泽东接受自己的提问，江青大大方方站起来。这时，在场的所有人都把目光从毛泽东身上转移到站起来的妙龄女子身上。

站起来的江青不慌不忙，用手向后一推长发，站稳身体，尽显恭敬之意：“我是从上海投奔延安来的文艺青年江青。请问毛主席：您在《实践论》中说‘存在决定意识’，您说的‘意识’是思想吗？”

“哦！”毛泽东望望青春靓丽的江青说，“意识，是人的大脑对客观物质世界的反映，是人的感觉和思维等心理活动过程的总和。思维，是人类特有的反映现实的高级形式……而思想，是客观存在、反映在人的意识中经过思维活动所产生的结果。思想是有阶级性的。”

“知道了！”江青满意地点着头，麻利地坐回原来的位置上，很有礼貌，显露出渴望获得知识的样子。

日落西山霞满天，染得纸窗尽斑斓。

晚饭之后，正在窑洞办公室里看前方战场“简报”的毛泽东得到通报：门外有个叫江青的同志有事请教主席。毛泽东闻听抬起头若有所思地“哦”一声：“是那个演《打渔

杀家》的姑娘？嗯，好像蛮爱学习的，让她进来吧。”

霞光里闪进一个苗条的青春身影。她虽不是军人，但向毛泽东行了一个比军人还规矩的军礼：“毛主席好！学生江青向毛主席请教问题来了。”

对这张俏丽的脸已不陌生。毛泽东笑着欢迎：“你就是那个张派的肖桂英、善于动脑子的那个上海来的青年江青？”

“毛主席您记得我啦？”江青格外兴奋。

“记得，爱提问题的青年。有啥问题坐下说。”毛泽东颇为热情。

这间窑洞的主人迎来送往的多是大男人，除周恩来和邓颖超、朱德和康克清、王稼祥和朱仲丽、洛甫和刘英伉俪外，美国女记者史沫特莱和翻译吴莉莉是特例，几乎没有异性可以随便踏进窑洞的门。江青可谓特例之特例。

“毛主席，我想请教有关《实践论》里的问题……有些地方我看不太懂！不知您有没有时间？”

“刚吃完晚饭，有一些时间，你说说看。”毛泽东很认真。《实践论》是自己的精心之作，尽管面对的不是康生或艾思奇那样的党的理论家，一谈到学术问题，毛泽东马上严肃认真起来。

透过纸窗的霞光把江青半边脸儿映得水灵灵的。她拘谨地挺身端坐，以示尊敬，让人感到美好的青春气息：“您说存在决定意识，我不懂。比如我，生活在大上海，但我不留恋灯红酒绿，满脑子想的是延安……”毛泽东哈哈大笑，望着似乎有些幼稚的江青说：“存在决定意识是讲人的社会存在决定他的思想意识，譬如《水浒传》里的黑旋风绝不爱李师师。而你出自山东农家，为列强欺辱中华民族而愤怒，投身革命行列……”

“毛主席您记性真好！”江青掩饰不住内心的激动，情不自禁站起来，又镇定下来坐回去，直搓两手，“有一次会前我问您问题，您问我是哪里人，我还以为您早忘掉了呢！”

“存在决定意识在理论上是这样的……”毛泽东认真地告诉青年人道理在哪里，但他没有注意到，面前的那张越来越朦胧的面孔专注的不是理论，而是尽情享受对面的共产党的缔造者、有着传奇色彩的红军之父的魅力……而毫无思想准备的毛泽东隐约发现，对面的半隐在霞光里的江青秀眼流盼，似在享受心上人的倾诉……

毛泽东要工作了，卫士进来报告，提醒客人也提醒主人。这时，送走依依不舍的客人，毛泽东也觉得心中少了点什么似的！

只要有机会，江青总会借故到毛泽东的窑洞请教问题。不久，卫士发现该自己做的工作被江青代做了，譬如为毛泽东缝补衣服、整理书籍、擦桌子。当卫士提醒“江青同志，这是我的工作”时，江青全然不似以前那样作为访客的谦恭，而落落大方地道：“谁都是为了革命工作，一样嘛！”卫士还要较真儿，毛泽东含笑对卫士道：“她既然做了，你就图个清闲么。”卫士瞪大眼睛体味主席的意思，江青对卫士说：“别愣着啦，回到你的岗位去。”卫士瞅瞅毛泽东，毛泽东没有反应，早坐在办公桌前办公了。卫士一边撤一边琢磨，忽然明白了：这是真的?

由康生出具证明材料来证明江青政治上的清白、可靠，是有权威性的。江青终于盼来了组织打开的绿灯，如愿以偿人主毛泽东的窑洞。尽管江青希望有个排场的婚礼仪式，但是毛泽东一句话就挡了回去：“我从来讨厌浮华虚荣！”没有婚礼，没有仪式，只是请了几个中央领导人等吃一餐比平常多几个菜的家常饭，另添一些瓜子、糖果和几杯薄酒，就把新夫人迎进洞房。夜深人静，月隐星淡。没有花烛的花烛夜，享尽欢娱的欢娱情!

有词《后庭花》为证：

持疑婚配逆逢转，洞房欢恋；欢乐少语不遮拦，情爱无间。
旭日东升宝塔现，歌声一片。美女英雄谁不见？鸳鸯同伴。

第五十五回

韩姑娘讲述地道战　朱老总转战太行山

女儿的诞生，给毛泽东带来新的快乐。看到咿咿呀呀学语的女儿，毛泽东幽默地对江青道："'君子欲讷于言而敏于行'，有了姐姐敏，她就叫讷了。"

江青眉开眼笑，不住点头："名字雅，好听。"

毛泽东知道江青不是随意地恭维。在一起生活以来，他发现江青不仅仅有艺术特长，会照相，还写一手漂亮的毛笔字，誊写自己起草的文件快捷、清楚，这在文化水平相对较低的红军里可谓凤毛麟角。

"那就叫李讷吧。"见妻子赞同，毛泽东一锤定音。江青也高兴：毛泽东有意无意不管，他为女儿选择了母姓，因为自己就姓李啊！

"乖乖，叫爸爸！"江青哄小李讷，其实"意在沛公"，让丈夫高兴。她看到毛泽东不是坐在书桌前写文章拟电文，就是开会——大会小会几乎天天有，会见来访者不计其数！总之，睡眠的时间比常人少之又少。在她的眼里，毛泽东、周恩来这些共产党的领袖们的精力让人难以置信：怎么就能常年的每天睡眠那么少？干起工作来总是那么精力旺盛？

虽然小李讷还不会叫爸爸，但懂得了和爸爸亲近，从妈妈怀里挣扎着要找爸爸。毛泽东彻底放下手头的工作，伸过胳膊抱过李讷，在女儿的小脸蛋上亲了起来。江青站在旁边咯咯笑着拍拍手，"讷讷，来，找妈妈，爸爸还要继续工作呢。"

毛泽东确实也满意比自己小好多的续任妻子。她给了自己快乐和安宁，也就给了自己温馨、温暖和和谐。

"那好。"毛泽东把女儿递还妻子，目光里流露着一丝谢意，也流露着一丝不舍。

"等爸爸写累了再来找爸爸。"江青抱过女儿，含情脉脉地瞅瞅毛泽东，似乎舍不得离去。毛泽东是顶天立地的大丈夫，也是血肉之躯的正常人，不觉一股特别的滋味儿涌上心头！

是啊，杨开慧和自己生有三子，陪着自己在上海、广州和湖南颠沛流离，并没过上几天安定的日子；续妻贺子珍是在井冈山艰苦卓绝的斗争中与自己相爱的革命伴侣，生的孩子不少，却只知女儿娇娇幸存，现在，小女李讷又出生，赶上第二次国共合作，虽然内战熄火，但抗日战争的严峻形势考验着每一个中国人，也包括女儿李讷！

"爸爸对不起你们啊！"

毛泽东暗暗叹息。

正在这时，卫士组长带来了一位十六七岁的姑娘，向毛泽东报告："主席，派来的保姆小韩同志向您报到来了。”

毛泽东调过头来瞅瞅，这是一位穿着八路军军服的姑娘，站到自己面前还面露羞怯，便站起来表示欢迎：“哦，小韩同志！欢迎你啊。”然后问小韩哪里人、什么时候到延安等基本情况，小韩一一回答。毛泽东接着介绍江青和女儿李讷，小韩向江青敬礼，江青笑容可掬地说：“到这里来工作就是一家人一样，不要客气拘束。”毛泽东指指小李讷，说：“李讷正是调皮的时候，你要累一些。我这里没有专职秘书，江青同志照顾孩子还要替我抄抄写写，忙不过来。”小韩忙表示：“到主席身边工作替主席分忧，也是革命工作，我不怕脏和累。”毛泽东满意地笑着点点头：“那好，有些事你可以问江青同志。”大家见过面，小韩便试着接过宝宝，没承想小李讷毫不犹豫就向小韩张开小手再伸出胳膊，江青笑了，说：“看啊，真有亲人缘儿！”大家介绍过了，毛泽东又回到书桌前忙他的工作。小韩抱着孩子出去玩耍。江青长出一口气，情不自禁地自言自语：“可该松快一下了。”毛泽东闻听回首一望，告诫江青：“小韩是保姆，但不是资本家家的保姆，是革命同志。你要注意呢！不要有等级思想。”江青忙申辩说：“主席您别冤枉我么！我是说减轻了我的负担嘛。”毛泽东这才回过头去继续工作。江青换一杯热茶放到毛泽东的书案书稿空儿里，不无撒娇地说：“我保证平等对待小韩同志还不行吗？”

平民出身的毛泽东从来不在下级们面前摆架子，对待身边的服务员更是一家人一样。没有几天，小韩和毛泽东、江青混熟了，话也就多起来——对毛泽东的提问毫不犹豫地回答：

“我们老家安平是老苏区，也斗地主啊，‘土改’搞得可热闹哩！”

饭后小憩的毛泽东坐在木凳上，一边吸烟一边和小韩唠家常，听小韩介绍家乡老百姓闹革命的故事。

“我们老家那儿也是老区——就是苏区，日本鬼子硬是攻不进去。”

毛泽东感兴趣了，“哦？是谁那么厉害？把日本侵略者挡在门外？不简单！”

“还有谁？县大队长‘双枪将’呗。可厉害了，说打鬼子的左眼就不打右眼。”小韩津津有味地讲着，“您听说过地道战吗？”

“地道战？你是说在地下打？”

“不是在地下交战，是我们的队伍藏在地下——地道里，打在明处的日本鬼子、汉奸！就是小鬼子发现地道进去了，也好比进了地下的‘八卦阵’，等着挨打。”

小韩越讲越有精神头，村里的党组织怎样发动全村老百姓挖地道，怎样利用地道捉迷藏和鬼子斗，县大队和村里的武装紧密配合，得机会就“吃”鬼子一口，弄得鬼子焦头烂额没办法。毛泽东听了十分高兴，说：“日本侵略者已经掉进人民战争的汪洋大海之中，早晚会被团结起来的中国人民消灭。”并鼓励小韩有机会“把华北平原军民团结打击日本侵略者的故事讲给留守延安的官兵们听”。小韩一听主席的意思是要自己作报告，直晃脑袋，说：“俺可不敢！”毛泽东笑了，说小韩：“怕个什么哩？你放开胆子讲，我保

你获得大家的掌声。”小韩依然说不行，“都是大领导们的事，轮不到我大字不识一箩筐的小兵子讲话哩。”江青插嘴，“官兵平等呀！要是我才不怕呢，主席让讲就讲呗。”毛泽东闻听扫一眼江青，虽没说话，江青已看出毛泽东的眼神儿不对劲儿。想起两天前毛泽东提醒自己“不要以为有了保姆就抬高了身份，你还是你，做好你的工作”的话，忙闭嘴不再吭声。

第二天，毛泽东又收到深入冀中带领八路军与日本军队作战的八路军副总司令彭德怀签发的战况报告，知道华北地区对日作战已进入最艰苦的斗争时期，站到挂在墙上的地图前，毛泽东的心仿佛飞到了抗日战争的前线、老战友们中间！

纵穿南北的太行山把华北截为东西两个部分，北连燕山，南接大别山，犹如中华大地的脊梁，战略地位格外重要。又因为太行山地形复杂多变，致沟壑奇特、河流诡秘，是中国军队进退自如、便于同敌人周旋的重要战场。

八路军的最高指挥机关就设在太行山深处的麻田。总指挥朱德和副总指挥彭德怀、参谋长叶剑英、副总参谋长左权率领八路军林彪为师长的一一五师、贺龙为师长的一二〇师、刘伯承为师长的一二九师，主战北国，在华北开辟了大片的敌后抗日根据地。由此，八路军牵制了日本侵略者南下的侵略步伐，并迫使日军掉回头来对付八路军主力的抵抗。惨烈的决战一次又一次在山区、在平原、在水泊、在城乡展开。

与总司令朱德一同转战太行山地区的八路军副总参谋长左权将军，是一位资深的高级将领，他不但是黄埔军校一期的优秀学员，还是一位入党早、有留学苏联经历的传奇人物。也正是传奇的经历给他的心灵留下难以磨灭的阴影：被无端扣上“托派”帽子却得不到洗冤。虽曾向中央申诉，却没有明确之回复。尽管如此，左权将军没有因为这些影响工作，当然，中央也没有因为他的“托派”问题影响任用。出任八路军副总参谋长一职，是组织对他的极大信任。左权在奔赴战场之时致信党中央毛泽东主席，其云：

> ……唯被托派陷害一事，痛感为我党之生活中的最大耻辱！实不甘心。虽一再向党声明，亦无法为党相信……迄今已将十年了，不白之冤仍未洗去，我实无时不处于极端的痛苦过程之中……我总以为真金不怕火炼……总有洗尽不白之冤之时，自慰一十七载而无果……我可以我的全部政治生命向党保证：我是一个好的中国共产党党员，恳请中央答复。

其诚其烈何等感人！

然而，没有人回答他。

五月二十五日，亦是抗日战争史上最黑暗之日：得到八路军总部地址的日军立即组织重兵围剿过来，为保朱德及其他首长的安全，左权不顾个人安危，在安排总部机关转移之后带兵阻击敌人，不幸被日军炮弹击中头部壮烈牺牲！

毫无疑问，左权将军是抗日战争中八路军牺牲的最高将领，也是一个带着遗憾和对党的热爱离去的忠诚战士。新中国成立后，他战斗过并为国捐躯的地方被命名为左权县，正是对将军的最大褒奖和灵慰——这自然是后话。

消息传到延安，正在伏案给新四军前线拟电文的毛泽东无比震惊，把手中的毛笔一扔站了起来："么子？！"

"左权将军牺牲了！"任弼时难过地低下了头。

毛泽东久久没有说话，眼睛湿润，手在颤抖，缓缓坐回椅子上，长叹一声，"失我左将军，悲哉壮哉！"

"我们对不起他！"任弼时想起左权给中央的申诉信，倍感歉疚。

毛泽东望望任弼时，缓缓摇头，"明知可为而不可为，我们都不好受。"

任弼时理解毛泽东的意思：关于左权的问题，不仅仅因为党内的不同意见，还牵涉到苏联共产党和斯大林同志，假如中国共产党为左权正名，消息会很快传到莫斯科，引起难以预料的问题。就目前的局势，又有谁能随便摸老虎的屁股呢！

"记住这位为革命献身的民族英雄吧！"毛泽东神情凝重地望着窗外，显得很无奈。为了大局，再虎气的人也难免有猴气的时候。当然，太行山前线的朱总司令和彭德怀副司令员又何尝好受？

初夏的太行山的傍晚凉意还袭。走进新的指挥部住所，朱德不肯进屋，率领机关全体成员向左权牺牲的方向默哀，庄严宣誓：

"左权同志，你安息吧！八路军指战员一定继承你的遗志、踏着烈士们的血迹前进，彻底打败日本侵略者！"

"出师未捷身先死"，战场上的无情古今一样残酷。为了八路军总部机关的安危，左权将军把危险留给自己，把无产阶级革命家的高风亮节和不怕牺牲的精神留给了这支英雄的部队。

见朱德不思茶饭，彭德怀来劝："老总，我思前想后，左权同志的牺牲我有责任。"

朱德望着彭德怀的目光有些诧异，"你有责任？"

"我不该同意他掩护总部机关……"

"老彭！"从不发火的朱德摆摆手，"话不是这样说的。南昌起义、秋收起义、井冈山基层反'围剿'，还有宁冈起义，长征……多少好同志献出了自己宝贵的生命！有战争就不能没有牺牲。我难过的不是责任，是付出的代价太大了！你也不是不知道，左权同志是怀着遗憾甚至不平走的。"

彭德怀两眼瞪圆，高声喊道："都是王明那几个混蛋从苏联带回什么'尚方宝剑'胡乱咬人害人！净是瞎扯淡的事！莫须有的事！老总，左权同志虽然走了，可不能把冤屈带进坟里吧？这事没完！"朱德叹口气，"老毛都束手无策，你我又有什么本事翻这个案？"

"那……怎么办？"

“还能怎么办？化悲痛为力量，为烈士报仇。”

彭德怀也只有长吁短叹，对朱德道：“派人去安慰左权同志的夫人刘志兰吧！他们的女儿还小……”

战场上的烈火金刚也忍不住双泪淌流。

躺在土炕上不能入睡的彭德怀思绪万千。左权的牺牲是彭德怀心里除不去的痛。一九四〇年的秋天，是自己和左权副参谋长组织、指挥了百团大战。那时，日本侵略军为了巩固华北占领地，施行毒辣的“囚笼政策”：以铁路为柱、公路为链、碉堡为锁，企图把敌后抗日根据地分割包围起来，形成囚笼，并一举将在中国北方作战的八路军和人民抗日武装扼杀，为侵略全中国巩固后方基础。作为军事家的彭德怀当然清楚日军的狼子野心，决定破坏敌人的封锁，打乱敌人的侵略脚步，组织破坏敌人的交通命脉铁路石太线，使其运输瘫痪；把公路网破坏，首尾不能相顾；打掉敌人碉堡，使日伪无藏身之地。本来组织了二十二个团的兵力教训敌人、鼓舞抗日士气，没料到对日寇“囚笼政策”恨之入骨的抗日武装乃至老百姓纷纷投入到战役之中。八月二十日夜，晋察冀军区所属武装力量、八路军一二九师、一二〇师奉命开始对石门到太原的铁路线进行破坏。到第三天，参战兵力达到一百零五个团。彭德怀清楚记得，当左权将军听取战况汇报后兴奋地说：“也不管他一百零四个团还是一百零五个团，就叫百团大战好了！”此后，人们就统称一九四〇年旨在破坏敌人交通网络和战争格局的三大战役为“百团大战”。

百团大战狠狠打击了日本侵略者，振奋了抗日武装的士气和信心，但同时也增加了八路军的困难。日军疯狂报复，重新评估战场形势，把作战的重心放在对付华北地区的八路军上。日军这次旨在消灭八路军总部的行动就证明了这些——左权的牺牲，正是此次反扫荡的惨重代价之一！

战争形势不容乐观。令彭德怀义愤的是那个躲到陪都重庆的蒋介石。平型关大捷好比给蒋介石惧日的心打了一针鸡血；而百团大战则让蒋介石震惊：共产党的号召力竟如此之不可想象的大，八路军的战斗力竟如此难以置信的强！同是中国军队，抗战先锋的威力不但没有鼓舞抗战总指挥蒋介石，反而使蒋介石又暗暗拨起自己的小算盘：共产党在战争中壮大了怎么办？

大家心里都明白：国民政府卡、缓、扣八路军的军需和武器弹药，正是蒋家王朝借用日本侵略者的枪炮削弱八路军武装力量的铁证。

“难道我错了吗？”彭德怀对自己主张并指挥的百团大战也纠结于心。

正是：

是非总有是非论，
欲解谜团靠后人。

第五十六回

夏侯雄傲慢司马　鲁老西宾服哲人

这天，延安边区政府副主席司马龙珠正在夜读毛泽东的《论持久战》，突然秘书报告有首长来访，忙起身迎接，前脚还没迈出屋门，就见一个高大魁伟的熟悉身影走了进来，他情不自禁叫出声来："润之，是你？"

毛泽东笑道："你这大司马，托人请都请不动你，非要我毛泽东找上门来啊。"

"我……不忍打扰你嘛！你太忙。"司马龙珠有寒暄之意，但更是肺腑之言。自从到达延安尤其是毛泽东成为党和军队的"一号"首长之后，他就尽量少去打扰，包括毛泽东和江青的喜酒他都回避了。

走进司马龙珠的家兼办公室，毛泽东认真打量，只见墙壁上挂着自己和朱德总司令的画像，还有自己的题词"自己动手　丰衣足食"，对司马龙珠说："看来，你这父母官儿当得也蛮认真——我可是听到了李鼎铭先生对你的溢美之词啊！"司马龙珠忙道："哪里！我做得很不够。"毛泽东道："谦虚是要的，成绩也是不能抹杀的。你代表红军参政边区，做了不少有益的工作，给党和红军添了彩，值得表扬。"

司马龙珠一面请毛泽东坐，一边找出烟来招待学兄，"吸支烟。"毛泽东接过烟瞅瞅，"哦，是边区卷烟厂的产品，我也在吸它。"说着掏火柴划着点起烟抽一口，"嗯，好像比史沫特莱带来的骆驼牌也差不到哪儿去。"

"我不会吸烟，不懂好赖。润之兄，是不是有什么嘱咐我？"司马龙珠试探地问。

毛泽东冲司马龙珠扬扬手，"什么吩咐？你不是当年的娃娃小师弟，是共产党的高级干部了嘛，你的好多体恤老百姓的建议就很了不起，譬如对骂毛泽东遭雷劈才解恨的那位老乡的处理……"

"他是误会生恨，所以我不同意采取敌对方式处理他。"

"你是一个注重调查研究、实事求是的领导干部。"

司马龙珠观察着毛泽东的神色，问："你毛润之不是专程来夸奖我几句的吧？有事说吧，是不是我工作中有什么纰漏？"

毛泽东笑笑说道："知毛泽东者大司马也！是啊，无事不登三宝殿。不过，不是你工作中有什么纰漏，我想请你到前线去，如何？"

"真的？"

"我是夜里来找你说假话的吗？"

司马龙珠从凳子上"噌"地蹿起来，"我早就想去，怕你批评我不安心工作哩！上哪里？"

毛泽东不紧不慢地说："抗日战争进入了更艰难的时期，你知道，左权同志的牺牲，说明日军把重兵用来对付八路军，并摆出了水火不容的架势。但是，这并没有吓倒我们，而且更激起中国人民的抗日情绪。八路军在扩充，地方游击队也在扩大，需要派遣有军事经验的干部去领导。老总点名要你，我看你有什么考虑没有？"

"这有什么考虑的？中央指哪儿我打哪儿，还用考虑吗？"

斩钉截铁的回答让毛泽东很高兴。"我料到你会这样。不过，听说你正和一个浏阳投奔延安来的姑娘谈恋爱，而且你已经四十多岁的人了。"

"让我改一下夏明翰同志的诗回答你吧：生命诚可贵，爱情价更高。若为抗日去，二者皆可抛。我们没有结果。"

毛泽东听了默然无语，内心暗暗涌动着对学弟的钦佩之情。从少年求学湖南一师到现在，旧时同窗只有司马龙珠一人陪伴自己一路走来，可谓肝胆相照。自己交往甚笃的萧子升早已另志海外；志同道合的蔡和森已为革命捐躯。回首往昔，峥嵘岁月稠，知己又几何？再者，司马龙珠为我毛泽东乃至一家人付出得太多，眼看着司马龙珠的青春将去，自己未能及时帮他一把，不免唏嘘："我关心你太少了！"

"婚姻是缘分。"司马龙珠宽释自己，也在宽释学兄，"有缘，何分天南地北？有爱，又岂在朝朝暮暮？"

毛泽东亦是性情中人，如何不为司马龙珠之挚情打动？"好！等你……"

毛泽东没有说下去，是等凯旋？还是等吃喜酒？还是更多的等待或期待？也许用"此处无声胜有声"更为贴切。

日夜兼程，司马龙珠赶到太行山八路军总部，朱德热情欢迎他，并开门见山地告诉司马龙珠请他"出山"的理由。

"龙珠啊，独立营有一个刺儿头营长夏侯雄，能打仗，也能折腾，是个老资格的同志，长征路上收进来的，过五关斩六将的英雄人物。因为他的部队处于国共交叉防守的敏感地带，有人担心他有意无意拉了团结抗日的偏套，得有个镇得住他的同志帮帮他。就辛苦你了。"

"老总信任，司马龙珠在所不辞。"在司马龙珠心目中，对党的安排从不打折扣，无论有没有困难。

独立营的实际编制要比一般建制大，由五个连队组成。这五个连包括一个特务连和一个骑兵连，是八路军系列里"特别能战斗"的部队之一。营长夏侯雄是个功高志傲的战将，他出自将门，文化稀松、功夫了得，十个八个的壮汉子不能近前。最令众人信服的是第五次反"围剿"失败突围，他一马当先杀出一条血路，一把大刀片儿在敌群中飞舞，卒逢即毙、将遇必亡，护卫中央首长们突围脱险，立下革命奇功。此人大错误不犯，小毛病不断，又是个专啃硬骨头的悍将，不要说大家对他无可奈何，就连领导也常常哭笑不得，因为他总能以战功"抵消"那些只能算犯错误的毛病。

司马龙珠是个低调的人，只有警卫员一人随从。进了夏侯雄的一亩三分地，司马龙珠不经通报，自己来见营长夏侯雄。

“你长脑袋是干什么用的？就为扛着个嘴吃饭呀？”夏侯雄正在营部拍着桌子训斥谁，见有人没喊报告就闯进来，劈头盖脸就喊司马龙珠：“出去！你也没心没肺呀？没见老子正忙吗？”

“你是夏侯营长吧？”司马龙珠看他的样子就想笑。

“没告诉你先滚出去呀？你也不长脑子！这是营长行辕，不是我夏侯雄还是谁……哎，你是谁？”

夏侯雄盯着不喊报告就大胆闯进来的陌生客，脸上流露出不屑：小个子、相貌平平、衣服打补丁的老兵——伙夫里的人自己都熟呀？喂马的也没他呀？

“我是延安来的，八路军总部派我来独立营工作。”司马龙珠不动声色，自我介绍。

“那你找我干什么？去干事那里报到——屁大的事也烦我！”

“我叫司马龙珠……”

“你说什么？司马龙珠？”夏侯雄睁大眼睛瞅着来人。

“是我。”

“你？”夏侯雄马上换一个眼神儿打量司马龙珠，忍不住笑出声来，“开玩笑！司马龙珠我早有耳闻！大名鼎鼎，怎么会到营里当差？你该找谁找谁去！”

“这儿有司令部的介绍信。”司马龙珠不慌不忙，掏出介绍信递给夏侯雄。夏侯雄接过介绍信，用疑惑的目光再瞅司马龙珠，然后看那盖有八路军司令部大印的介绍信，马上向被训的下属摆摆手：“孙成你先去！抽时间我再找你算账！”便换了笑脸欢迎司马龙珠：“刚才多有冒犯！你是延安来的领导，还请海涵！”

司马龙珠差点儿笑出声来：嘿！这家伙还是个蹩脚演员哩！

“以后你我在一起共事，不要客气。”

夏侯雄忙应酬：“好说好说。政委你请坐，我叫勤务员准备俩菜为你接风。”

“我不喝酒。”司马龙珠婉言谢绝，“说不客气，你又客气。”

夏侯雄拍拍脑门子：“瞧我这记性——喝水行吧？勤务兵呢，沏茶！”

“自己来自己来。”司马龙珠说着从挎包里掏出茶缸，自己倒水喝起来。夏侯雄瞅着司马龙珠心里直嘀咕：“早听说过这个司马龙珠，老资格，和毛主席一起上学、闹革命的主，还屡建奇功的人物，怎么看他也不像那大本事的人呀，人瘦小不说，也没那个派儿呀！”

“夏侯营长，”司马龙珠觉察到夏侯雄那表面恭维内里怀疑的心理活动，只是不动声色，“听总部首长说你是个打仗的硬汉，往往在关键的时候让你冲上去的好汉，不简单啊！”

“过奖过奖！”嘴上谦虚，看得出夏侯雄听到褒奖是又得意又享受的样子。

“实话实说嘛。听说你曾率一个连端掉鬼子一个中队？”

“小意思！”夏侯雄洋洋得意，“我夏侯雄就是小日本儿的克星。”

“事后上级首长嘉奖你么子来着？”

“别提啦？不但不嘉奖，还批我一顿：‘有功有过，扯平！’首长一句话，把我该提团副的机会给毙啦！”夏侯雄摇头叹气，“这算什么事儿呀！”

“这么说你不服气？”

夏侯雄连忙摇头又摆手：“不不不！好歹咱是党员……老党员啊！上级批评，咱接受，接受。”

“哦？”

“你别不信哪！不信你问贺军长去！”

“咱们是随便聊天，你以为我是婆婆妈妈呀？”

“当然不是，兄弟们在一起扯扯淡难免嘴上没把门儿的……喂，我可知道你是革命队伍里的这个……”夏侯雄说着挑挑大拇指。

“‘这个’是什么意思？”

“还什么意思！红军大辈儿呀！您都当上边区政府的副主席了，怎么下放到我这么个副团架子的独立营当政委？不是犯什么错误了吧？”

司马龙珠一听就笑了，说：“毛泽东同志讲共产党员要能上能下，这不好理解吗？你们的贺军长不是由红军军长再任师长么？”

“对对对！瞧我这破屁股嘴！还是跟毛主席身边过的人觉悟高！”夏侯雄故作大大咧咧地话头一转，“司马政委，你先歇着，我出去料理点事，回头见。”

“回头召集营党支部同志们一块儿见——大家互相认识一下，顺便开个生活会。”

“行啊行啊。”

夏侯雄扔下这四个字，头也不回地走了。

夏侯雄的独立营和晋绥军的一个号称“老虎团”的部队分别驻扎在相对的两座山上，中间被一道通道隔开，而这道通道正是太行山中段的咽喉，乃战略要冲。联合抗日以来，两支部队在打击进犯的日伪军时配合默契，相处友善。但不久前，老虎团的一位尉官透露：重庆方面来了个什么人物视察，对鲁团长不很满意，训斥说“共同抗日是必须的，亲共是危险的！”要晋绥军小心赤化。夏侯雄听到报告就火了，“老子没少帮鲁老西儿的忙！他要是听乌龟王八蛋的挑拨给咱使坏，咱独立营不是吃素的！”后来，果然出现一些纠纷——刚才训孙成就是嫌作为连长他“受窝囊气”——晋绥军的什么营副把独立营的战利品偷走了：五十多匹良种战马！那可是夏侯雄藏在山沟里预备补充骑兵连的宝贝呀！

应酬过司马龙珠，夏侯雄抽身出来要组织人员夺回战马。

还等着挨骂的孙成见夏侯雄匆匆来到连部，硬着头皮敬礼迎接：“报告首长，我想通了，向你检讨！”

夏侯雄瞪眼命令："先别扯淡！走，拉起你三连把马夺回来！"

孙成先是一怔，旋即领命："是！"

"夺回战马，我就免你一罚。听仔细喽，讲点战术，不能有大伤亡。"

"保证完成任务。"孙成转忧为喜。他不是怕打仗的人，倒是吃不住夏侯雄营长的劈头盖脸！

"你过来！"夏侯雄把孙成叫到跟前，如此这般地细语叮嘱一番。孙成听了眉开眼笑，向夏侯雄再行一礼："明白！"转身去了。

到吃晚饭的时候，夏侯雄满面笑容地请司马龙珠入席喝酒："政委同志你别装了！我打听着了，你不但能喝，还是好酒量。"司马龙珠没有笑的模样，对夏侯雄道："你痛快了，我可挨了师政委一顿批！我哪有心思喝什么酒？"

"什么？"夏侯雄将信将疑，"不能吧？你到独立营屁股还没坐热，就犯错了？就算近墨者黑，刚握握手就变黑了？也快了点儿吧？我夏侯雄没那大能耐吧？"

司马龙珠哭笑不得，问夏侯雄："你少揣着明白装糊涂！我问你，你我见面后你就火烧猴屁股似的溜掉，你干了什么自己还不清楚？"

夏侯雄双手一摊，"你这当政委的，不问青红皂白就扣帽子，我清楚什么呀我？"

"你派人调虎离山夺回战马，是不是？"

"你……知道啦？"夏侯雄"哎"一声，"我当多么大的事呢！司马政委，你可得一碗水端平喽，别在师首长那火上加油，这事是对方挑起来的！不信你调查！"

"你呀……"司马龙珠没说下去，叹了口气，冲夏侯雄摆摆手，"算我倒霉——到独立师第一天就作检讨，去给你擦屁股。"

司马龙珠约见晋绥军的老虎团团长鲁长发。

鲁长发是晋绥军中佩服八路军治军严明、政治素质高的中级军官，这不仅因几年的共同抗日生涯耳闻目睹，还起因他曾是黄埔军校的学员，对周恩来、叶剑英的风范打心里钦佩。虽然他无意共产党的主义，却同情共产党为劳苦大众而奋斗的宗旨。所以，当自己率领的部队和八路军有了合作抗日的机会时，就划定了友军为善的底线，和八路军独立营隔山自治，无意摩擦，逢战事配合也较默契。但自从重庆的视察团来到山西，尤其那位"特派员"的到来，这里讲讲那里说说，搞得官兵莫衷一是，议论纷纷。更让他没想到的是，特派员竟鼓动三连连长偷抢八路军的战马，让他还没想到的是八路军没有隔夜便把战马"完璧归赵"，巧妙夺回去。如此一来，那位幸灾乐祸的特派员不但借机把"八路军某部偷袭晋绥军战利品"的报告密报战区司令长官阎锡山，同时还上报重庆总参谋部，便引起了国共两军的纠纷之说。

司马龙珠正是八路军方面的首席代表。

作为资深的革命运动的领导者，司马龙珠虽然始终未能成为党的核心人物，但却一直处于斗争的漩涡之中，对党的政策和策略的把握是毋庸置疑的。正因如此，朱老总才

从毛泽东那里把司马龙珠“借”来“大材小用”。不过，一向低调而处事慎重的司马龙珠深知此行绝非局部的小事一桩，乃国民党内顽固的反共阴谋家的借题发挥，不顾民族抗战大局，旨在破坏国共合作。自己此行于使者生涯还是第一次，重任在肩：控制事态不致恶化、合情入理解决冲突是总部领导的指示，也是当务之急。这样，就粉碎了旨在破坏团结抗日大局的阴谋。

老虎团团长鲁长发在官邸友好地接待司马龙珠一行。稍事寒暄，便进入正题。司马龙珠的坦率和诚意，在开场白中就令鲁长发暗暗钦佩。

“鲁团长，我虽然初到独立营，但对两军抗战中的互助配合早有耳闻。我认为马匹事件只是局部间的偶然事件，不应影响抗战大局，造成亲者痛、仇者快的后果。由于双方都保持兄弟部队之间不开枪的底线，使事件始终都没有造成流血伤亡，没有伤及兄弟感情。所以，我方主张以协商的态度解决纠纷，续修联合抗日之好。”

未等鲁长发开言，坐在旁边的那位特派员冷笑讥讽：“你说的比唱的还好听！这明明是故意挑衅行为，声东击西把看守马匹的士兵引开，偷走马匹，欺人太甚！何谈没伤及兄弟感情？我看这其中的阴谋就是破坏抗日大局！”

司马龙珠瞥一眼特派员，问鲁长发道：“这位是？”鲁长发回答道：“哦，重庆来的视察工作的李特派员。”司马龙珠面对特派员问道：“是国民党中央的特派员吧？”

“正是鄙人——考察有无破坏抗战之劣行者！”

司马龙珠不无揶揄地道：“一家人过日子，出现一点兄弟争执不值得大惊小怪吧？非要继续矛盾升级搞得头破血流吗？国共第二次合作基于民族生死存亡，谁破坏它谁就是历史罪人！”

“我抗议！你一个连衔都不挂的小小代表竟这样无礼讲话！”

司马龙珠冷笑而驳：“不错，我是一个没挂衔儿的文职军人，但我是被授权代表八路军独立营前来同鲁团长协商解决纠纷的。请问李特派员，你是代表国民党哪个部分来和我谈判的？”一席话把李特派员噎得上气不接下气，不知如何回答是好。鲁长发对李特派员的破袜子乱出脚本就不满，见状正好借机把他“请”走，对李特派员道：“本来就是下面不守纪律造成的纠纷而已，何必无端扩大事态？那样的确不利蒋委员长的抗日主张。这样吧，这是局部间的小摩擦，不必劳特派员大驾。您到客房先歇着，有什么问题我找你去。”李特派员翻翻白眼儿，冲司马龙珠“哼”一声，气呼呼地转身而去。鲁团长回身对司马龙珠道：“请司马政委不要介意，我也相信小泥鳅掀不起大浪来。请，我们一边品茶一边商谈。”

“好！”司马龙珠应声入座，对鲁长发团长的热情表示感谢。当司马龙珠应鲁长发之意自我介绍之后，鲁长发更是对他刮目相看，对司马龙珠道：“怪不得兄长如此高论服人，原来是毛先生的同僚！不瞒兄长说，我读过毛先生的文章，好手笔。难怪红军剿而不灭，其奥妙在于能做到与民众合一。真奇才也！”司马龙珠道：“谢谢鲁团长深明大义。敢问鲁团长准备怎样处理马匹事件？”鲁长发哈哈一笑，说：“既然是兄弟之间的摩擦误会，就不讲醋从哪酸、盐从哪咸了吧？家务事有时说也说不清楚，也不必去说那么清楚！”司马龙珠便道：“我看这个主意行。只要马匹事件不再发酵恶化，大家团结抗日，几十匹马算什么？我们无数的战士、无数的同胞都倒在日本侵略者的枪口下啊！”鲁长发闻听司马龙珠一席话低头不语，良久方道：“司马政委之言动人心脾！如不嫌弃，鲁长发愿与司马兄结为金兰之好，不知此求可有违贵方纪律？”司马龙珠坦率相告：“我党不主张结拜之类事情，但也有例外。当年红军长征时路过彝族地区，刘伯承将军就在特殊的情况下应小叶丹之求饮鸡血结盟。我今天也痛痛快快答应你，行！我认你这位抗战英雄。”

于是，二人拈香八拜，结为兄弟，设宴欢庆。酒后，鲁长发亲送司马龙珠回八路军防地。夏侯雄见司马政委含笑而归，知道五十余匹良马归属有主，又听得随行参谋讲了司马政委舌战李特派员、感动鲁长发团长之经过，不得不挑大拇指：“哎呀！真是诸葛亮再世！佩服！”

他哪里知道，司马此行不仅仅给他“擦了屁股”，更为重要的是平息了“兄弟摩擦”可能导致的矛盾升级，维护了华北抗日战场的健康发展。

正是：

大局常因小事输，
一人智慧救危时。
隐名司马淡名利，
屡建大功有谁知！

第五十七回

宋庆龄慰访陪都　叶希夷身陷牢笼

话分几头。笔墨又书雾都重庆。

国民政府迁都重庆，宋家二姐妹也迁安而来。不仅宋家姊妹，迁来的自然还有国民政府大员、政府军队各部及达官贵族，还有许多社会名流也随之而来。正所谓动京城迁精英，一下子繁华了西部名城重庆。

宋庆龄没有到重庆，而是另路香港。自从追随孙中山先生起，她大部分时间是在上海度过的，孙中山逝世后她更把上海莫里哀路的公馆作为自己难割难舍的家。迫于战争时局和上海沦陷，宋庆龄不得已而避祸香港。身在英租界的港九，宋庆龄难以平缓心中的民族之恨：大宋因不敌金国大军直取中原而偏安杭州，使东京汴梁沦落而不堪回望；蒋介石不敌日寇扔下南京、撇下上海而偏都山城。抗战四年多了，用毛泽东的话说中国人民的抗战已到相持阶段，即由被动渐渐变为主动，胜利可望了。为了抗议汪精卫汉奸伪政权的卖国行径，鼓舞民族抗日运动，宋庆龄欣然同意小妹美龄的倡议：访问国民政府的陪都重庆。离多聚少的宋家三姊妹于香港启德机场起飞，绕道高山峻岭的广西上空折飞四川，最后降落在成都双流机场。当宋庆龄第一个出现在飞机舱口等候小妹美龄和姐姐霭龄时，机场上黑压压的欢迎人群响起雷鸣般的掌声、欢呼声。站在飞机舷梯下的蒋介石怀抱三束鲜花，是分别献给国母庆龄、夫人美龄和妻姐霭龄的。这是他一生中最浪漫的举动：同时为宋家三姊妹，也是当今中国最有影响力的三位绝代佳人献花。如此之举，绝不亚于自己参加总统大典的新闻效应：说到底，总统大典只是少数人的闹剧，而三姊妹的重庆之行则牵动全国四万万同胞的心!

当然，宋庆龄的心也情系四万万同胞。而对于“民族之希望”的中国共产党和红军即今日之八路军，她一直魂牵梦系。尤其在红军到达延安之后，对蒋介石失望的宋庆龄把希望寄托于红军和共产党。为了支持红军抗战，避开蒋介石对支援红军抗战物资的阻挠，宋庆龄发起并成立了“中国人民抗日战争同盟”，团结起一大批国民党左派以及民主人士和社会贤达，加入支援红军抗战的行列。所幸张学良、杨虎城斗胆兵谏西安逼蒋抗日，共产党持民族大义调停成功，使中国人停止内战而一致对外，才有了全国抗日一盘棋、国际支援不断的新局面。此重庆一行，是自己偕姊妹向四万万同胞发出的向日本帝国主义侵略者发起进攻的战斗动员，也是关键时刻的对四万万同胞的鼓舞：抗战胜利的曙光正在从地平线上冉冉升起!

三姊妹携手而行，几乎走遍了重庆的山山水水。新生活运动妇女指导委员会、重庆儿童保育院、伤兵之友医院……宋家姊妹以她们的社会地位和个人魅力不但给人们送来了温暖，也鼓舞了士气。人们确信，中日之战必将以中国人民的最后胜利和日本侵略者的彻底失败而结束。

慰问活动之后，蒋介石听任夫人美龄安排，在自己的官邸举行规模空前的招待会以谢二姐庆龄。美酒佳肴自不必说，嘉宾贵客也不必表，只说蒋介石今晚好开心：或俯身和宋庆龄细语递话，或含笑站近任记者拍照摄影，表现得十分殷勤、高兴。宋庆龄不失时机地敦促蒋介石："希望国民大会尽快召开，希望宪政尽早实施。"蒋介石嘴头诺诺应承，却"人一走，茶就凉"——尽管宋庆龄在记者招待会上讲话重提两个"希望"，除周恩来主持的《新华日报》外，其他右翼报刊均只大肆渲染蒋介石如何陪孙夫人出席活动等等，旨在借宋庆龄之光而映自己之亮而已。

婉言谢绝两姊妹加上蒋、孔挽留的宋庆龄回到香港，就又马上投入到支援内地抗战物资的筹备、运输工作中。作为国母、前总统夫人，在全民抗战的艰苦岁月里，宋庆龄过着和平民们一样的生活。她在香港的家不仅只有陋室一间，没有一件奢华之物，还自己腌制一大坛萝卜咸菜下饭，令爱国华侨巨商陈嘉庚的代表许先生大为诧异："孙夫人，据我所知，您每年为国内募捐的抗日善款不计其数，凭您的地位和影响，也不至于过得如此清贫啊？"刚刚从募捐物资仓库亲自清点造册归来，宋庆龄不顾洗漱就来会客，汗浸衣衫、尘沾发髻："啊，我也是抗日一份子，与全国老百姓同甘共苦，为抗日作一点儿贡献。"

稍事寒暄，宋庆龄就话入正题："陈嘉庚先生上次捐献的药品、物资已设法送到苏区。许先生，有劳您来回奔波了。"许先生忙道："与国分忧，匹夫有责。宋主席，我这次来是请您设法协调，从广东汕头运往苏皖新四军防区的物资不能再遭截留。您知道，真正缺医少药、军需不足的是苏区。"宋庆龄点点头："是啊，我来想办法好了。"许先生知道宋庆龄为接待自己刚刚从仓库赶回，还未来得及洗澡更衣，这对于一个平日讲究仪表的前第一夫人来说，是对自己表现了极大的尊重和热情，便起身告辞："好的，我马上电报陈先生，等候您的安排。"

刚洗漱、更衣完毕，又通报廖夫人何香凝来见，宋庆龄忙迎出门来。两人相见，没有客套寒暄，比一奶同胞的姊妹还情真意切，互相热烈拥抱。真个是从同盟会到辛亥革命，从北伐东征到北上平津，从国共之争到抗日战争，多少次风风雨雨，把两位夫人乃至两个家庭的命运连在一起。她们个人的感情也在几十年的风雨中休戚与共、患难知己。

"夫人，最近风声不大好，蒋介石他们可能要对新四军下毒手了！"

宋庆龄大吃一惊："你是说叶挺军长的新四军？"

"是啊！"何香凝面露愤怒和担忧。

宋庆龄对这样的消息并不感到惊讶。正所谓司马昭之心路人皆知：蒋介石的骨子里是容不下共产党的！虽然国共联合、全国一盘棋共同抗日，但寻找时机变相剿共才是他的如意算盘。

何香凝解释道，"据称，总参谋长何应钦和副总长白崇禧向蒋介石谗言：新四军不执

行军事委员会的北上命令，先是迟迟不动，继而不遵照指令的路线走，使蒋介石大为恼怒，命令战区司令长官顾祝同‘彻底加以肃清’！抗战正处于胶着时期，又生无端内战，让人心寒啊！”

“欲加之罪何患无辞！”宋庆龄深感焦虑。此前重庆之行，蒋介石还信誓旦旦地说什么团结抗日，转脸就要同室操戈！

“廖夫人，你知道，蒋介石怎会听我的劝阻？恐怕‘同盟’的人没人能就此搭得上话。”宋庆龄一时也无计可施。

何香凝提醒：“不是陈嘉庚先生支援的物资要送到新四军那里吗？是否可以把他们的阴谋透露给叶将军？”

宋庆龄听了表示同意：“也只好这样了。我马上去见负责运输的共产党代表。”

“事不宜迟。”何香凝说着站起身来，“我也回去，把消息告诉承志，看他有办法告诉延安没有。”

“好。”

说着，二人匆匆作别。

延安的毛泽东虽不知蒋介石的密令，却清楚新四军不得不听从蒋介石的调遣，即以毛泽东、朱德和王稼祥的名义电告新四军首长叶挺、项英：“军部应乘此时速渡江，以皖东为根据地，绝对不要再延迟。”并具体指出战略部署和北撤策略。但是，延安却迟迟得不到新四军北撤的消息。

一月的陕北天寒地冻、雪盖高原。披着羊皮大衣的毛泽东在书案前吸烟沉思，对新四军首脑不执行延安的指令百思不得其解，即使“将在外君命有所不受”，也应向中央说明原因，但却音信全无。项英是秀才指挥员，而叶希夷可是自己夸奖过的“第一任总司令”，是不会随意违背军人职责的。到底问题在哪里？

作为政治家和军事家的毛泽东对新四军的按兵不动难以置信。

雪花在窗外飘飘扬扬下着。不久前为师弟司马龙珠的出色表现感到欣慰，很快就被新四军的迷局所困惑。他再也不能在烟雾中保持沉默，马上拟电给中共东南局，以敦促叶、项立即兵撤江北。

但是，震惊中外的悲剧竟在江南发生：战区司令官顾祝同在蒋介石的授意下围攻正在向江北转移的新四军，军长叶挺被俘，突围中副军长项英和副参谋长周子昆被杀害，七千余名新四军将士遇难。消息披露，全国为之震惊！一时间为新四军鸣不平、谴责蒋介石背信弃义的呐喊声惊天动地。

周恩来与叶挺情同手足，在《新华日报》刊文，对国民党的劣性严加抗议：

千古奇冤，江南一叶；
同室操戈，相煎何急！

在香港的宋庆龄闻听新四军七千将士不是牺牲在对敌战场，而倒在蒋介石的屠刀下时忍无可忍，在报端公开发表文章谴责，并赶回内地和“抗战同盟”的同志们发起“反对新内战、保卫抗日统一战线”运动。

毛泽东了解事变的原因和过程之后，急忙召集在延安的政治局委员研究应对之策。在蒋介石宣布取消新四军番号、由军事法庭审判叶挺之后，中央军委立即发布重建新四军的命令，任命陈毅为新四军军长、刘少奇为政治委员。毛泽东告诫全党：皖南事变的教训使我们彻底丢掉幻想，要保持军队的独立性和共产党绝对领导的政策性，警惕国民党制造名目挑起事端，借机达到消灭八路军、新四军及其他人民武装力量的目的，在对敌战争中壮大自己。

事实上，在皖南事变中“赢”了的国民党，虽然使新四军伤亡七千将士，却让共产党人清醒：合作不是无原则听指挥；也让毛泽东下定决心不再被蒋介石束缚，公开恢复红军时期建立的“支部建在连队、党指挥枪”的传统治军方法。更让蒋介石没有考虑到的是，皖南事变在舆论和民心上帮了共产党的忙，共产党的八路军和新四军迅速壮大起来，加上游击队等编外武装，很快就成为拥有一百万人马的武装大军！

正是：

事与愿违因根劣，
有道功成是必然。

第五十八回

不出所料欧洲熄战火　竟出意外核弹降东瀛

蒋介石之所以明目张胆地对由共产党红军整编的新四军“彻底地消灭”，一则是觉得新四军已收编为国民革命军系列，该杀该打“名正言顺”，尚方宝剑在手；二则是由于中国建立了抗日统一战线，内战停止，得到了美国政府的支持和军援，觉得整编过来的共产党的新四军、八路军无足轻重，就凭自己的有了美式装备的几百万军队和美国人的支持，可以有恃无恐了！他万万没有料到的是又重复了过去围剿共产党红军的老路——越剿对手越强大。

山城重庆同沐天府娱乐之风。天府之国的富足和偏安滋养了川人的安逸休闲之气，即使侵略者的飞机也轰过也炸过，依然不能改变川人摆龙门阵、吃火锅的喜好。无论白日夜晚，茶馆总有挤不动的茶客、摆不完的龙门阵。

此间茶馆坐落在江边山下，门迎长江千帆过，窗览群山万翠香——却香不过这三尺茶案一杯茗。坐在大堂上首的尉迟良村抿一口青山绿水，整一整灰色大褂的雪白袖口，继续他的欧洲见闻：

“欧洲？和我们这里不一码事。那里没有四梁八柱起脊的大瓦房，多是刷直齐整的洋楼。人呢，女的卷毛、男的留长发不束辫儿。不管男女，有的头发黄，有的头发黑，有的头发灰，不过有一点一样——老了都变白。瞧见我没有？五十岁的人，就华发两鬓啦！”

“尉迟大叔，你不是说欧洲也打仗吗？怎么看不出你回来时像个逃亡的样子哩？”戴帽盔儿的黄家阿龙问。

“我待的地方它不打仗，瑞士，中立国。希特勒，知道希特勒吗？知道斯大林吗？是德国和苏联打，打得惨啊，差点儿把莫斯科拿下！”

“就是苏联的首都。”学生模样的少年郎插话，他比一般人知道的要多。

“对呀，就是叫苏维埃社会……是啥盟……”尉迟良村向上翻着白眼儿想想。

“叫苏维埃社会主义共和国联盟。”又是少年郎插话。

“对对对！”尉迟良村拍拍脑壳，“欧洲人的名字不好记，啥个的卢德罗夫呀，莎呀娜呀，只有这带娜的还像个女人名。咱言归正传——你说怎么着？斯大林急眼了，一声令下，苏联红军唰唰唰大反攻，一口气把德国鬼子赶回西欧，逼进德国！”

尉迟良村没有说错。在欧洲战场，苏联红军已把德国法西斯赶回希特勒的老家德国，直逼柏林。

在延安的大军事家毛泽东时时关注着世界风云变化，尤其是欧洲战场上的时局。当得知苏联红军胜利反攻的消息后，毛泽东满怀信心地预言：第二次世界大战必将以法西斯的失败而告终！

延安，随着中日之战的时局变化而声名四起。不少随迁陪都的有识之士开始向往延安，不远千里造访延安，包括辛亥革命前辈，国民党资深元老级人物，其中就有神秘人物龙兆庭。

原来，龙兆庭背离蒋家王朝之后，唯恐被特务杀害，便东藏西躲，过上居无定所的流浪生活。从北平到邯郸，从太行山而大别山再南岳群山，一路上看不尽的断壁残垣，数不清的背井离乡人。日寇横行，汉奸助纣为虐，令人心痛。而南撤的国民党部队不但不御外敌，竟与抗日之红军执意摩擦之能事，着实令人不齿。亏得怀揣盘缠不少，虽风餐露宿，也没倒下半老之躯。走走停停，牛车也坐，独轮人力车也雇，逃到岳阳古城，正遇西安事变，闻杨虎城、张学良扣蒋并诏天下，心中一震：莫非蒋中正的末日到了？

住进车马老店，老先生决定暂不继续远行，等待西安事变水落石出再定道理。一壶浊酒、二两花生米为自己解忧。遗憾的是一壶酒还没喝完就听店家互相拉闲话“张汉卿护送老蒋回南京了”，不由得万念俱灰。把喝剩下的半壶酒挥胳膊扫落地下，仰天一叹：

“汉卿休矣！国之不幸矣！”

店家问其故，龙兆庭故为醉状，摇头晃脑道：“玉皇大帝宝剑锈哉！”

店家摇头而去，口中念念道：“好大的年纪，还拿酒解气！”

一觉醒来，正是晴空万里的好天气。龙兆庭忽然想起这岳阳比邻洞庭湖，其岳阳楼是天下名楼，上有范仲淹之《岳阳楼记》，实为不可不欣赏之名篇。于是，雇了洋车来到岳阳楼。拾级而上，只见巍巍岳阳楼耸立洞庭之岸，风吹风铃响，浪拍浪花鸣，果然是“上下天光，一碧万顷！”再观其文，感慨不已！

> 庆历四年春，滕子京谪守巴陵郡。越明年，政通人和，百废具兴。乃重修岳阳楼，增其旧制，刻唐贤今人诗赋于其上，属予作文以记之。
>
> 予观夫巴陵胜状，在洞庭一湖。衔远山，吞长江，浩浩荡荡，横无际涯；朝晖夕阴，气象万千。此则岳阳楼之大观也，前人之述备矣。然则北通巫峡，南极潇湘，迁客骚人，多会于此，览物之情，得无异乎？
>
> 若夫霪雨霏霏，连月不开；阴风怒号，浊浪排空；日星隐曜，山岳潜形；商旅不行，樯倾楫摧；薄暮冥冥，虎啸猿啼。登斯楼也，则有去国怀乡，忧馋畏讥，满目萧然，感极而悲者矣。
>
> 至若春和景明，波澜不惊，上下天光，一碧万顷；沙鸥翔集，锦鳞游泳，岸芷汀兰，郁郁青青。而或长烟一空，皓月千里，浮光跃金，静影沉璧；渔歌互答，此乐何极！登斯楼也，则有心旷神怡，宠辱偕忘，把酒临风，其喜洋洋者矣！
>
> 嗟夫！予尝求古仁人之心，或异二者之为，何哉？不以物喜，不以己

悲；居庙堂之高则忧其民；处江湖之远则忧其君。是进亦忧，退亦忧。然则何时而乐耶？其必曰“先天下之忧而忧，后天下之乐而乐”乎。噫！微斯人，吾谁与归？

一遍又一遍，本倒背如流的这篇古文又重诵不已，足见龙兆庭仍揣忧国忧民之心。老先生正一个人长吁短叹，旁边走过一位青春少年郎，含笑问道：“老先生读古人遗篇而感慨，是为民而忧了？”

龙兆庭面露惭愧之色，“忧又何用？爹娘生下我就是孱弱之身，不能扛枪护国。唉，惭愧！”

少年郎闻听微微含笑，对老先生道：“杀敌护国，并非只有扛得枪放得炮，冼星海作《黄河大合唱》，神曲可抵十万兵。毛泽东几篇雄文，使红军壮大，让委员长汗颜、日本鬼子胆怯，也成为抗战之灯塔。”

真当刮目相看！龙兆庭连连点头称赞，“后生可畏！后生可畏！敢问小兄弟，是游山玩水，还是路过此地？”

“路过。”少年郎压低声音告诉龙兆庭：“去红旗飘飘的地方。”

“去红旗飘……延安？”龙兆庭试探一问。

少年郎点点头。

“好！有志气！”龙兆庭尽是钦佩之情，为少年郎之选择感动，竟也动了向往之心。本来隐居青山绿水之间，和时间耳鬓厮磨以了此生。不想怀揣的并非桃花源之心，身在深山心在外……终于不守寂寞而出山，为求真理访延安。

……走进苏区防地，他就呼吸到了沁人肺腑的新鲜空气。刚住下，就给了他一个意外：那个忙着做饭炒菜的伙夫怎么像在军统见过的“小狐狸”？他怎么成了八路的伙夫了？揉揉自己的一双老眼再打量，虽然长袍礼帽换成了粗布光头，他那鹰钩鼻子旁的一颗长着一绺毛的红痣太明显了。

“是他！”龙兆庭的心一下子提到了嗓子眼儿，忙把目光闪开，暗暗自问，“怎么办？他是投诚的还是混进八路的特务？”

龙兆庭犯了琢磨，一夜不眠。天一亮，还不到八路军首长接见他的时间，就告诉接待员“有要事见共产党大官”。接待员忙把龙兆庭的请求报告上级。很快，来了位干练的青年“八路”把龙兆庭引进一间办公室，屋子的主人客气地欢迎：“你好龙先生，请坐。”龙兆庭一怔：进延安自报家门叫黄家月，这位是相术大师呀？为啥叫出我的真名？

见龙兆庭疑惑不已，迎上前和龙兆庭握手的主人忙解释：“我叫李克农，中央情报部干部。我在南京国民政府当秘书时见过先生，所以认得你。”

“原来如此！”龙兆庭仔细地打量着李克农，“这么说，你是反水的？”

“不不，我到国民政府工作前就已经是一名共产党员了。”

“哦——”龙兆庭点头，“看来，越有本事的越往共产党这里跑啊！”

"应该说，有正义感的人有权选择自己的道路——龙先生不也是吗？"

"惭愧惭愧！"龙兆庭摇着手，"老朽啊！"

李克农便把话切入正题，问道："听说龙先生有要事反映？"龙兆庭"哦"一声，才把事情原委讲出来。当日"小狐狸"就擒。

三天之后，毛泽东主席在他的窑洞兼办公室里接见了他。

"龙先生，"毛泽东不无幽默地说，"你过去替蒋介石骂过我们，骂你不曾谋面的'土匪'。如今，你到延安来，进门就给个'见面礼'，还夸起八路军来。变化不小啊！龙先生，请用茶。"

龙兆庭仔细打量着面前被蒋家王朝骂为土匪、宣传得比青面獠牙还可恶的毛泽东。他面目清秀，谦虚又大气；女人般的眼睛里闪耀着智慧之光；他身材魁梧高大，似乎蕴含着"力拔山兮"的力量；他语言幽默，把现场气氛调节得活跃、温馨。

"毛先生过奖。"龙兆庭谦虚而语，"不过，我没白活这几十年，总算明白了一个道理：于自私而忧，小也；先天下之忧而忧，君也。我进一步地明白你们共产党了。"

毛泽东另点一支烟吸一口，"共产党和共产党领导的八路军目前的任务就是抗战，它的宗旨就是为人民大众服务。龙先生，你是晚清不第秀才，经历了清、民国包括抗日战争，你还将看到一个中国历史上从来没有过的新时代。也许有的人不喜欢乃至惧怕这个新时代的到来，可是，历史是无情的，新的时代一定到来。在欧洲，这个时代已经开始并延伸开来。"

"主席是说苏俄会是一个样板？"

"不，不是样板，是模式。模式不是模子。我想，由于国情不同，一样的制度也未必什么都照搬。但可以相信，无产阶级的革命风暴正席卷欧洲大地，法西斯离灭亡的日子不会久远了。"

"是否可以认为，日本侵略者的日子也不会太长了？"

毛泽东侃侃而谈："非正义的战争迟早是要失败的。欧洲战场的战争以苏联红军的胜利而结束，就会加速亚洲反侵略战争胜利的到来。"

"主席的意思是欧洲战场和亚洲战场互有影响？"

"希特勒的东侵、日本军国主义的'大东亚共荣'，是他们瓜分世界的二重唱。希特勒一倒下了，这台戏也就唱不下去了。时间暴露了日本超长线作战的不足，很快就会在战争中表现出来。"

龙兆庭连连点头，暗暗感慨：真是"与君一席谈，胜读十年书"啊！

公元一九四五年秋天是一个丰收的季节。它的丰收并不是传统的农业大丰收，而是欧洲战场上的苏联红军和联军一举横扫欧洲、攻克柏林，法西斯联盟土崩瓦解而结束战争；垂死挣扎的日本军国主义偷袭珍珠港美军基地，付出惨重代价的美国政府在广岛和长崎上空掷下两颗原子弹，前后两声天崩地裂的爆炸声让"不沉的大船"犹如即要覆没

于太平洋，日本恐慌了。在欧洲战场大获全胜的苏联红军掉头向东，进入中国东北参战，与中国抗日武装对日本侵略者展开合围。日本天皇感到大势已去，于八月十五日宣布停战投降。至此，艰苦卓绝的八年抗战胜利结束了！

消息传开，全国上下一片欢腾！遍布各战场上的抗日武装、工农商学及市民纷纷涌上街头欢庆战争胜利。延安的毛泽东欣喜之余忧上心头：面临的接受日军投降和建立联合政府，将会是怎样的局面呢？

历史自有交代：

旧的一页翻过去，
新的一页要掀开。

第五十九回

下峨眉蒋介石摘桃子　飞延安赫尔利梦蓝图

在峨眉山正享天伦之乐的蒋介石闻听日本天皇宣布投降，把手中的芭蕉扇往地上一扔，得意地对长子蒋经国道："哈哈，我要下山喽！"

"父亲，"蒋经国小心翼翼地问，"您的意思要去重庆吗？"

"去重庆……何止重庆！"蒋介石接过蒋经国递过的文明棍儿，疑虑的目光直瞅蓝天白云，"真是来得快啊！"

"父亲是指日本投降吗？"

"哦哦！是原子弹吓坏了天皇，还是苏俄胜利后宣布进军我们东三省打击日军起了作用？快得一点儿准备没有。"蒋介石面露惊喜。

"父亲，既然日本已宣布投降，是大喜啊！！"蒋经国试探着问，

"当然。"蒋介石瞥一眼儿子蒋经国，"倭寇投降了，可是共产党呢？还能把他们赶上山吗？"

蒋经国一怔："父亲，您承诺过建立联合政府……"

"联合政府是可以考虑的……我担心的是毛泽东、周恩来会借题发挥。"

"父亲是说他们威胁到国民政府吗？"

"难道能让他们平分秋色吗？"

望望蒋介石那至高无上的眼神，蒋经国不敢再发问，顺从地点点头，"我明白了，父亲。"

虽在左右，蒋经国的确也不能摸透父亲的心思。独裁者是很难对他人敞开自己的心扉的，包括妻儿。

何应钦是第一个被"恩准"晋见的人物。这位久久垂涎民国最高权力而不被上天垂青的黄埔系中仅次于蒋介石的鹰派一级上将，只好甘为人臣。西安事变使他清楚自己是布在四大家族麻将桌上的"红中"而已，看似显赫，其实任何一家都可以借故把自己"挤"出局。

接受立正敬礼之后，平时哭丧着脸的蒋介石一脸的悦色，"敬之兄辛苦了。日本投降了，我要给你这个总参谋长记大功！"

何应钦忙敬礼，"全仗委座栽培。"

蒋介石难得地一笑，说："胜利了，但不要现在就松口气呀！"

"我明白委座的意思！"

“哦，那说说看！”

“接受日军投降，和共军很可能有冲突，而且不可协调……”

不等何应钦说完，蒋介石“呼”地站起来，气儿来得真快，“你要记住，只有国民政府的中央军才有资格接受日军投降。”

“是！”

“皖南那些新四军的下场就是对他们的警示！”蒋介石沉吟片刻，又说，“当然，今非昔比，不可蛮干，注意有理有据……还有美国人的脸色要看呢！”

何应钦清楚蒋介石的意思：对抗日战争提供军援、在政治上支持国民政府的罗斯福总统表面上以公正的面孔出现，其实是“明修栈道，暗度陈仓”——和蒋介石穿的是一条裤子。

延安的毛泽东当然清楚美国人的心思，更清楚蒋介石的为人。不顾普遍的呼声迟迟不召开国民大会，不实行宪法，显然是别有用心。不过，蒋介石的如意算盘不管怎样偷偷地打，都瞒不过毛泽东的眼睛。

从不好吃酒的毛泽东破例主动请其他四位书记到家里来吃酒。酒是周恩来前些时候从重庆带回的泸州老窖，菜呢，由朱老总亲自下厨献上拿手的辣子鸡丁，外加江青操刀的红焖鲫鱼，其他几个蔬菜则由阿姨小韩烹制。毛泽东端起酒杯敬大家：

“八年浴血抗战，终于有了今天的胜利。大家从前线赶回来，我毛泽东给你们洗尘。干杯！”

抗战以来，大家离多聚少。而这次欢聚又不同于过去，过去聚因会议，这次心情毕竟好许多。胜利者是没有理由不快乐的。

“干杯！”五大书记纷纷碰杯，一饮而尽。只见毛泽东的脸马上泛红。

“和你们可以比吃辣，但比不了喝酒。”毛泽东说着夹口干炸辣椒，有滋有味儿地嚼着。五大书记中朱德是四川人，刘少奇是湖南人，都不惧辣。

周恩来好酒量，是公认的酒圣。他生于江南、学于天津，在北方步入革命之旅，可谓东辣西酸南甜北咸兼容，如同他能适应各种环境，应付应变能力出类拔萃一样，在生活上他也是多面手。“主席，你提醒得及时啊！蒋介石开始下山摘桃子了，匆匆下了峨眉山，召集国民党要员训令：只许国民党的军队受降，此举正暴露了他不召开国民大会、不实行宪法的实质，继续独裁。”

“说得好！蒋介石自作聪明，其实是司马昭之心路人皆知，他要的就是独裁。”毛泽东大手一挥，“他有他的做法，我们有我们的对策，总不能让蒋介石独吞胜利的果实，因为这‘桃子’属于中国人民，而不属于蒋家王朝！”

“那我们就针锋相对！”朱老总话语铿锵。

毛泽东对朱德道：“就以你总司令的名义发布命令：各战区部队严守阵地，就地接受日军投降。敢抵抗不从者就地解决；有随意进入我防区者，以进犯处置。”

“好吧。”总司令点头称是。

“恩来，看来轻松不得，麻烦还不少哩。”毛泽东说着，若有所思，“也许，你的任务更繁重了。看样子蒋介石要回南京重住他的总统府了。这些麻烦事，先要你去交涉。”

“恐怕交涉不易。”刘少奇判断。任弼时亦同感。

毛泽东含笑而语：“我们的出发点是谈，召开国民大会，建立联合政府。被西方列强奴役侵略几十年，又八年抗战，中国人民流血牺牲换来了胜利，但还没有换来自由和幸福，我们肩上的担子不能卸么！”

正如书记们预料的那样，虽然在接受日军投降问题上国共达成各自接受防区日军投降的协议，但摩擦还是在各地发生并越演越烈，国共之间的矛盾在昔日的抗日战场上演变为新的战争。当共产党的代表和国民党的代表协商谈判时，双方互责对方进犯自己的防区，谈判难以有果。

在宋美龄的启发下，蒋介石请出了他的后台老板美国人出面调停。

此人就是有名的赫尔利将军。

此君先到延安说服毛泽东和周恩来等中共领导人，再到重庆游说蒋介石——日本天皇宣布投降不久，比八年前逃往陪都更神气、以为已经是胜利方的总统先生。无法知道蒋介石记得否南京大屠杀惨死的三十万生灵和千万倒在日军枪口下的殉难者，但从表情上看蒋介石兴致勃勃：“欢迎你赫尔利将军！”

“看上去您的精神很好，总统先生。”赫尔利握着蒋介石的手，“作为美国驻华大使，我希望和平就要实现。”

蒋介石请赫尔利坐下喝茶，说：“很好。宋子文不是已经接到你的五点建议了吗，他会呈报我的。”

“不是我的五点建议，是我征得共产党同意的五点建议。当然，这个建议也是美利坚合众国没有异议的，或者说，是有益于国民政府巩固地位的建议。”

蒋介石知道，赫尔利曾于一九三一年代表美国总统来华访问，后被派往苏俄考察，为罗斯福总统所器重而成为特使来华调和国共矛盾，接着又被任命为驻华大使，代表美国政府继续协调中国国共之间的关系。赫尔利信心满满，没想到他一离开总统府就被宋子文告知：此五条建议是偏袒共产党的建议，无法接受。

赫尔利生气了。他本以为自己屁股坐在国民政府一边了，只不过是参照美国共和、民主两党的政治模式促使国共联合，给共产党一个参政机会而已。宋子文把自己辛苦奔波得来的成果一口否定，太不可理喻了！

事情还得继续，无论美国人出面调停与否。此时的美利坚合众国已强大到替代“前辈”帝国主义英法意诸国，意在指挥全世界，当然不会不插手中国事务，尤其在日本宣布投降、中国国内政治重新布局的关键时刻。

赫尔利自信依旧。在蒋介石踌躇满志地邀请毛泽东到重庆谈判的时候，赫尔利见延

安的军也好民也罢，更不要说共产党的主要首脑都反对毛泽东“虎口觅食”时，就拍着胸脯向毛泽东保证：“蒋总统不保证你路途安全，我和你同机往渝！”

毛泽东望着这位已经不再值得他信任的驻华大使，虽然没有表示赞同或者反对，但到重庆会会蒋介石这位老对手的主意已定。接下来，在陪都重庆，将要上演中国有史以来最为奇特壮观、惊心动魄却又诗情画意、大智大勇的正剧！

正是：

入虎口为谋虎子，
赴陪都为求和平。

第六十回

蒋介石积谋吓延安　毛泽东破局莅重庆

延安。

听到毛泽东要冒险到重庆和蒋介石谈判，延安军民几乎没有赞成、支持者。因为谁都知道，蒋介石明明是狐狸给鸡拜年——没安好心。作为大政治家，心怀国家命运前途的毛泽东去意已决。他知道，这是一道必须迈过去的政治门槛儿：其一，蒋介石先发邀请电后紧接着即在报端电台公开此消息，如果共产党无动于衷，将使蒋介石在全国人民面前将共产党的军，把破坏和平的罪责加在共产党头上；其二，如毛泽东不来，便扣个反和平统一的帽子，为内战作舆论准备。毛泽东知道，只有亲去重庆才能挫败蒋介石的阴谋。那个看似期望国共谈判成功的美国人在延安等待着同机前往，以显示自己决心和诚意。赫尔利宁可住陋室吃淡饭，但与蒋介石发邀请电后就登报告示天下可谓异曲同工，客观上也在将共产党人的军。

毛泽东迎难而上。用政治斗争的方式解决核心利益是最佳途径。

仲秋的延安渐有寒意。高原的秋风开始叼落白杨树上的叶子，像是飞舞着的闪闪发光的金色蝴蝶，轻飘飘落在黄土地上、窑洞门前。带着李讷玩耍的保姆小韩捡起一片叶子，瞅了又瞅，李讷问她："阿姨，你老瞅着它干吗？"小韩把叶子递给李讷，说："我们老家就有这样的杨树，叶子一模一样。"李讷点点头，说："阿姨，你是想家了吧？"小韩凝视着远方，说："可不是呗——抗战胜利了，不打仗了，我可以回老家看妈妈了。"李讷听了扭头就往窑洞里跑，嘴里叫着："妈妈，妈妈，小韩阿姨不陪我玩了！她要回家。"正在替毛泽东整理衣物的江青抬头望望李讷，说："别乱跑，小心磕着。"李讷撅起嘴，正要重复刚才的意思，只见毛泽东散会回来，便转向爸爸撒娇："爸爸，爸爸，小韩阿姨不和我玩，要回老家了。"毛泽东转身望着跟进来的小韩："么子？你要回老家？是不是觉得大功告成了要解甲归田，还是我们家做得不够好呀？"小韩忙解释："主席，您别误会。我是说回家看看，又不是不回来。"毛泽东点点头，说："是呀，十几岁的姑娘出来革命，一待就是好几年，思乡也是正常的呀。不过，你暂时回不了老家，一则这里离不开你，我要出门了，恐怕十天八天回不来；二则呢，现在探亲还不那么安全。等革命成功了，你可以放心大胆地回家，衣锦还乡。"小韩道："我只是那么想想，回家不回家的还不得组织批准。"毛泽东感慨地道："思乡念亲，人之常情。我也会经常想起父母……"小韩瞅见毛泽东说这句话的时候眼神有些恍惚，忙作自我批评："主席，我不该给您添乱。"毛泽东摇摇手，说："你是一个纪律性强又善解人意的好青年，没有添乱么！小韩啊，天下远没太平，路途依旧艰险，我怕你路上不安全。等革命胜利了，我替

你请假好不好？”小韩忙说：“主席，您别往心里去，就当我没说不行吗？”江青把话接过去，说：“主席，对小韩的工作我满意，我希望她就这么干下去。”聪明的李讷早从大人们的对话中听出门道，扯扯小韩的衣襟撒娇：“阿姨，你逗我玩呀——我们还去捡树叶吧？”小韩拉起李讷的小手往外走，“好啊好啊！”很快，窗外响起一大一小两个人的嬉闹声。

毛泽东点起烟深深吸一口，坐到书桌前，开始案头工作。江青收拾好衣物，问毛泽东：“主席，这中山装有些旧了，是不是赶制一套新衣服？”

毛泽东头也没抬地回道：“不必，这就很好了。”

“这是第一次国共合作之后你第二次在公众面前露面，不但有国民党，还有那么多党外名人……”

毛泽东抬起头，望望江青，“我去谈判，不是串亲戚，要那么漂亮干什么！”

“蒋介石穿笔挺的美式上将军服，相比之下，你穿得邋里邋遢的，那多不好？”江青直抒己见，“不能叫他小看了咱们呀！”毛泽东哈哈大笑：“小看毛泽东的人从剿到请——刘备也不过三请诸葛嘛——国内外已经知道，蒋介石需要和共产党商量什么了，尽管他心怀鬼胎！可偏偏毛泽东那么不知趣，就要赴他的鸿门宴！没有将军服，不要漂亮衣装，让全世界都看到：正义和尊严是不需要漂亮的包装的。”

毛泽东从不讲究打扮和虚荣，保留着农民的朴实和随意：他不修边幅，不喜欢客套和寒暄，和他写的文章一样，他的生活作风朴实无华，却让人感觉到他有着钢铁般的意志和满腹经纶的睿智。江青是毛泽东的崇拜者，但生活中的一些习惯情趣她不敢苟同。

“我说服不了你，随你。”江青语调不高，但流露着委屈，“听说你只带陈龙、龙飞虎他们几个卫士？不能多带人吗？”

毛泽东“哦”一声，“这是组织上的事，你不用过问。”也许觉得话太生硬了些，毛泽东解释说：“去了，嘴仗是免不了的，武斗，带一个团也无济于事。再说飞机上载不下更多人。关云长单刀赴会只带一个周仓，我左有恩来，右有若飞，还有剑英及诸将，何惧之有？”江青听了忍不住笑了：“刘邦、关羽又比你几何？”

毛泽东自信满满。

毛泽东力排群议，统一大家的思想，终于要飞往重庆去和宿敌加合作者再斗智斗勇了！他深知此行的意义绝不亚于五次反“围剿”，再次把国内战争的爆发点摆在国共两党面前。和平是希望，组建一个联合政府是历史的选择。

延安机场上挤满了送行人。

周恩来把自己的南洋头盔戴在毛泽东的头上，一下子改变了身材高大的毛泽东的“土”形象，儒雅之风洋溢，巨人风采焕发。与他同行的是党的副主席周恩来和王若飞及陈龙、龙飞虎等成员，美国驻华大使赫尔利、国民党谈判代表张治中一行。当毛泽东等人的车队驶进机场时，全体送行人员都把关切的目光投向走在最前面的毛泽东。不要说长征以前，到延安这么多年了，就没见过党的主席穿过一次这样可体的中山装。在感情上他始终和官兵们保持着零的距离，生活上则和大家一样艰苦朴素，勤俭节约。若论影响历史进程的大人物，他是中国历史上的第一人，也是和老百姓心贴心的第一人。

人群开始躁动，但没有人冲出自己的位置，不因感情的冲动而违反纪律。但是人们的心却没有樊篱，早已扑到敬爱的领袖面前。穿得这么整齐，打扮得这样讲究，仿佛去做客，要离开朝夕相处的亲人们远行，令大家依依不舍。和平日里的串亲戚不同，他做客之行并非会挚友相知，而是去见不言而喻的宿敌。尽管英雄虎胆，亦是龙潭虎穴一闯，吉凶难料。这怎么会让大家放得下心来呢？

他的战友们，从秋收起义、井冈山革命斗争到二万五千里长征，再到抗日战争，和他浴血奋战一起走来的朱德、刘少奇、彭德怀、任弼时，由师长而战友的徐特立老人，爱妻及娇女李讷，开明人士李鼎铭，林彪、贺龙、刘伯承、罗荣桓，三军猛将许世友，同门学弟司马龙珠，上千人的送行队伍，一齐把目光锁定毛泽东。感情之外，他们关注主席的安危，祝福重庆之行能让即将燃起的内战之火得以控制，换来一个进步的革命的联合政府，领导四万万中国人走上安定、团结、自由、幸福的明天！

毛泽东身上的担子太重了！

赫尔利是一个比中国军阀还喜欢自己说了算的美国人。他高高的个子，两眉之间的喜悦溢于言表，一路走一路和毛、周说些题外话。显然，毛泽东能成行重庆，他归功于自己的游说和调停，暗暗庆幸国共之间的和谈必将水到渠成。而同行的张治中将军则轻松严肃交融——他同赫尔利一样担保毛泽东此行的安全。当然，赫尔利保证的是飞行，而张治中保证的是平安着去，平安着回。为了国共第三次合作成功，为毛泽东一行的安全，他是拍了胸脯的。

此时，司马龙珠没有资格和学长挚友同行，站在欢送人群中注目毛泽东。当毛泽东扫视目光和自己的目光相遇时，双方都感觉到了别人不易觉察的停顿，哪怕只有一瞬间。

“保重！”

“保重！”

他们无声地在内心祝福。

大家都感觉飞机停机坪的距离太短了。毛泽东等“做客”重庆一行很快就走向舷梯，走到飞机舱门了。要进飞机舱门的毛泽东转身向送行的人群挥动巨手，刹那间，像平静的海面被风掀起巨浪，欢送的人群再也不能平静了，人们不约而同地高呼起来：

“毛主席万岁！！”

这突如其来的高呼声令张治中、赫尔利等大吃一惊。张治中偷偷瞥一眼毛泽东，只见他不停地挥动着巨手，嘴唇抿动着，眼睛似乎湿润了！高呼声震撼着大地，也震撼着张治中的心扉，心中百感交集：毛润之果然得人心啊！

飞机在简易跑道上缓缓滑行，向着前方，向着蓝天，突然加速，腾空而起！巨大的轰鸣声在山水之间、在宝塔山上空震荡。仿佛，人们的心也被带走了……

而重庆的蒋介石毫无思想准备。他揣想三封电报没有回音的毛泽东是没有胆子来了，赫尔利也好，张治中也罢，走走过场罢了——他只做着再次围剿共产党的准备！

重庆的十月已经不那么酷热了。蒋介石的林园风景幽静别致：假山真水互映，楼宇花窗相承。坐在院子里的茶几左右乘凉品茶的蒋介石夫妇显得十分安逸。

宋美龄问："达令，我们什么时候迁回南京呢？"

蒋介石抿一口香茗，说："陈诚已令人修整总统府，我料定毛泽东不来陪都，我们马上可以回南京了。"

"如果毛泽东来重庆呢？"

自以为胸有成竹的蒋介石仰天大笑："哈哈哈，夫人多虑，正如我估计的那样，毛泽东不会来的，不会来的！"

话声刚落，大公子蒋经国匆匆走进来。见父亲正得意地嘲笑毛泽东，蒋经国张张嘴没敢说出话来。蒋介石问："慌慌张张的，什么事？"

蒋经国表情尴尬，不得不说："父亲，毛泽东……"

"毛泽东怎么了？"蒋介石瞥着眼问。

"毛泽东和美国人赫尔利及文白同机，将要降落九龙坡机场。"

"什么？"蒋介石痴愣愣地望着大公子久难出声，然后长叹一声："我低估了毛泽东的胆识。毛泽东……"

"你也高估了自己。"宋美龄挖苦夫君。

"父亲，眼下怎么办？"见父亲尴尬不已，蒋经国忙把话题引过来。

"还能怎么办？兵来将挡水来土掩，准备谈，谈！"蒋介石出声不高但近乎歇斯底里，"谈！"

蒋经国提醒父亲："是，谈。那是否安排人接机？还有下榻何处？还有……"

蒋介石目光一抬，说了半截话的蒋经国把话噎了回去，瞪着眼望着蒋介石等候下文。蒋介石定了定神，"接机要隆重一点，要让全国都知道我的诚意。住嘛？就住林园。"

"住林园——这里？"蒋经国愕然，"这是您的官邸……"

蒋介石阴着脸道："叫毛泽东在蒋家住，也是一大新闻嘛。"

"明白。我马上去安排。"蒋经国不敢怠慢，转身退出。

宋美龄不无讥讽地瞥瞥蒋介石，"达令，你的如意算盘怕又打出毛病来吧？"

蒋介石诡辩道："我在保定上军校时听当地人说'出水才看两腿泥'，急什么！就是他毛泽东来了，在重庆他还能翻起多大浪来吗？"

再无人建言。但此时蒋介石的心绪远远没有平静下来。作为一代枭雄，蒋介石不得不佩服毛泽东的睿智和英雄气魄：这样一来，不但自己的如意算盘没有打成，反而被毛泽东占了主动！回想从上海一别后近二十年的较量，无论政治资源还是武装力量都与国民党不成比例的共产党，竟然发展为唯一能和国民政府叫板的政治力量和武装力量，简直就是一个奇迹。

“毛泽东，英雄啊！”

蒋介石自言自语。

飞机带着轰鸣声从天空飞来，降向九龙坡机场跑道。当毛泽东走出机舱的时候，令他意外的场面出现了，欢迎他的不仅仅是八路军驻渝办事处的负责人，更有国民党的高官元老及一群社会贤达：长髯飘逸、德高望重的民盟主席张澜老先生，及沈钧儒、章伯钧、柳亚子、郭沫若、陈铭枢、黄炎培、谭平山，重庆参议会秘书长邵力子、副秘书长雷震，重庆市市长贺贵严，蒋介石的代表、空军司令周至柔等。

毛泽东首先握住张澜的手致意：“张表老您好。”

张澜紧握着毛泽东的手十分动情：“润之先生为国事奔走，欢迎大驾光临！”

毛泽东不免寒暄：“您亲到机场迎接，不敢当啊，不敢当。”然后和诸位一一握手致谢。

当和文豪郭沫若握手时，郭沫若见毛泽东腕上空空，急忙摘下自己腕上的手表递给毛泽东，说：“主席来渝国事繁忙，戴上它好记个时间。”——此后，这块表一直陪伴毛泽东一生，算是后话。

周恩来不失时机地把毛泽东的书面谈话散发给到场的各位中外记者，然后与张治中、赫尔利同乘美国大使馆的专车驶离机场，直奔曾家岩张公馆桂园稍事休息。张治中表示愿意腾出自己的公馆供毛泽东进城会客之用，周恩来对张治中将军的友谊之举表示谢意。

未及入住红岩村八路军办事处，国民政府主席兼国民党总裁、军事委员会委员长蒋介石在山洞林园举行欢迎宴会招待毛泽东一行。

宴会厅灯火辉煌，餐台中西餐具讲究。菜肴之丰盛、制作之精巧，是过天命之年的毛泽东第一次看到，且作为主客品味。作为政治家和军事家，毛泽东的心思并不在品味菜肴，他关心和留意于蒋介石言谈举止间的别一番味道。

令毛泽东意外的是，在他走进林园的刹那间，蒋介石竟连呼三声“毛主席万岁！”此时，仿佛不是两个预置对方于死地的对手狭路相逢，而是老朋友聚会。酒会开始，蒋介石在祝酒时并不涉及政治国事军事，只讲祝福：

“欢迎毛先生、周先生和王若飞先生！祝各位身体健康，快乐！”

毛泽东用他那不变的湘潭话回谢：“祝蒋先生和赫尔利大使、魏德迈将军，张群院长，文白将军及各位先生健康、幸福！”

蒋介石首先向毛泽东敬酒，“毛先生喜欢辣，我特意嘱咐要准备两个辣菜。其实，重庆这地方不辣不成席啊。”

毛泽东随口回谢：“多谢蒋先生连我的口味都关心到。我爱辣但不善酒，甚为歉意。”

蒋介石忙迎合：“我就不沾酒。同感同感！毛先生请！”

“请！”

"请请！"

宴会间一团和气、和气一团。

主客互相敬酒，互相祝福，仿佛，大家不是战场上的对手和宿敌，酒会更不似古战场上那千古警世的鸿门宴。大家客客气气，温文尔雅，也没有刚下战场挥之不去的杀气，话不涉敏感之处，酒没见酗妄之态。好似一场盛宴泯恩仇，兄弟欢聚乐逍遥！

且住！果真如此，中华民族岂不大幸？但这不过是掩世人耳目的不露刀枪的文戏鸿门宴，暴风雨之前的寂静！宴会的序幕拉开之后，惊心动魄的较量就会开始！

正是：

只因主义不同志，
国共纷争接下来。

第六十一回

沁园春引得诸家和　如梦令纠结独裁心

看官，自古以来，中华大地有过多少谈谈打打的先例，哪一个不是精心策划？即便怀揣祸心，也少有不做表面文章的。可见蒋介石只顾自己想自己的套路而不考虑别人怎么想，实在是滑天下之大稽。

既然弄假成真，蒋介石只好把自己没有写好剧本的戏往下演。尽管没有“剧本”，始作俑者也只好继续他的“导演”能事：和共产党谈判毕竟开不得玩笑，然而，现准备是来不及了。当共产党的代表周恩来问及国民党的谈判条款时，蒋介石情急之下吩咐张治中，“那就先让共产党拿出他们的方案来好啦！”

共产党有备而来，方案在手，“拿出”是顺理成章的事。张治中将军带走“方案”迟迟没有回音。

毛泽东坐不住了，对周恩来说：“看来蒋委员长有‘雅量’啊！他三封电报催我，我来了，他稳坐钓鱼台，不说也不谈。好吧，反正是等，我要拜访各界朋友名流。”周恩来道：“朋友们都盼望着和你见面呢。一会儿柳亚子先生来拜访主席，他可是个大学问家。”毛泽东点点头，“是呀！柳亚子先生年轻时就发起文学团体南社倡导革命，弱冠之年其诗就誉满海内外。早年追随孙中山先生，曾任总统府秘书，后任国民党中央监察委员、上海通志馆馆长。他的狂草独树一帜，难有比肩者啊！先生到了快叫我！”

不大工夫，柳亚子到。毛泽东欣然迎出门外，搀其手进客厅。柳亚子谙熟旧制礼仪，少不了寒暄一下。毛泽东随意惯了，面对老先生也以礼相待：“稼轩先生来访，润之荣幸之至，请上座。”柳亚子再礼：“润之先生为国家和平安康来渝，令人敬佩。老朽虽无兵无权相助，却有敬贤之心，在豆花饭庄置席，请润之、周公赏光。”毛泽东道：“领先生美意。我这个人不善酒，少临大雅之堂。就请稼轩先生在此，容润之借桂园宝地留先生畅怀如何？恩来同志正好作陪。”周恩来和柳亚子在渝早有交往，亦说话挽留。柳亚子见大家情切意真，说声“好”，便欣然入席。酒过三巡，柳亚子诗兴大发，欣然命笔，以诗赠毛泽东：

阔别羊城十九秋，重逢握手喜渝州。
弥天大勇诚能格，遍地劳民战尚休。
霖雨苍生新建国，云雷青史旧同舟。
中山卡尔双源合，一笑昆仑顶上头。

诗毕，对毛泽东道："先生乃救国为己任，抗日为民族，深得国人敬佩。我虽昔日与君久未谋面，心相印也。稼轩恳请润之赏诗，如何？"毛泽东谦虚回道："忙于革命奔波，又疲于战争，少有作诗填词之雅兴。待我将旧作寄予先生，请稼轩斧正如何？"

"岂敢岂敢！"柳亚子抱拳致意。果然，柳亚子先生很快便收到毛泽东寄来的词《沁园春·雪》：

北国风光，千里冰封，万里雪飘。望长城内外，惟余莽莽；大河上下，顿失滔滔；山舞银蛇，原驰蜡象，欲与天公试比高。须晴日，看红装素裹，分外妖娆。

江山如此多娇，引无数英雄竞折腰。惜秦皇汉武，略输文采；唐宗宋祖，稍逊风骚。一代天骄，成吉思汗，只识弯弓射大雕。俱往矣，数风流人物，还看今朝。

柳亚子一看，便为毛泽东那大气磅礴的词风所折服，并寄给报馆。第二天，《新民报》在头版刊出柳亚子赐稿之《沁园春·雪》，当天的报纸被抢购一空。一首词，成为大街小巷的热议话题：原来会打仗的"野战军"首领毛泽东还是个大文豪、大诗人！

接着，柳亚子步韵有和《沁园春·雪》，郭沫若接着唱和，亦在《新华日报》发表，一时间，历史上的"洛阳纸贵"重现山城重庆，无不争相欣赏！

柳亚子步韵曰：

次韵和毛润之初到陕北看大雪之作　不能尽如原题意也

廿载重逢，一阙新词，意共云飘。叹青梅酒滞，余怀惘惘，黄河流浊，举世滔滔。邻笛山阳，伯仁由我，拔剑难平块垒高。伤心甚，哭无双国士，绝代妖娆。

才华信美多娇，看千古词人共折腰。算黄州太守，犹输气概，稼轩居士，只解牢骚。更笑胡儿，纳兰容若，艳想秾情着意雕。君与我，要上天下地，把握今朝。

郭沫若和词尽显敬佩之意：

沁园春·和毛主席韵

其一

国步艰难，寒暑相推，风雨所飘。念九夷入寇，神州鼎沸；八年抗战，血浪天滔。遍野哀鸿，排空鸣月鹃，海样仇深日样高。和平到，望肃清敌伪，除解苛挠。

西方彼美多娇，振千仞金衣裹细腰。把残钢废铁，前输外寇；飞机大炮，后引中骚。一手遮天，神圣付托，欲把生灵力尽雕。堪笑甚，学狙公茅赋，四暮三朝。

其二

说甚帝王，道甚英雄，皮相轻飘。看古今成败，片言狱折；恭宽信敏，无器名滔。岂等沛风？还殊易水，气度雍容格调高。开生面，是堂堂大雅，谢绝妖娆。

传声鹦鹉翻娇，又款摆扬州闲话腰。说红船满载，王师大捷；黄巾再起，蛾贼群骚。叹尔能言，不离飞鸟，朽木之材不可雕。何足道，纵漫天弥雾，无损晴朝。

陈毅将军远在江南亦有“慰柳亚老”之沁园春词：

妙用斯文，鞭挞权贵，南社风骚。历四番变革，独标文采；两番争战，抗日情高。傲骨峥嵘，彩毫雄健，总为大众着意雕。堪一笑，尽开除党籍，万古云霄。

服务人民最娇，是真正英雄应折腰。看新型政治，推翻封建；新型军队，杀敌腾骁。更有同仇，民主联合，屹立神州举世骄。抬望眼，料乾旋坤转，定在今朝。

《新民报晚刊》之西方夜潭副刊副主编吴祖光之父吴景州“用毛泽东先生原韵”亦步韵：

极目尽峦，千里沙笼，万叠云飘。看风车上下，徒增惘惘；江流掩映，不尽滔滔。似实还虚，不竞不伐，无止无涯孰比高？尽舒卷，需气弥六合，涵盖妖娆。

浑莽不事妆娇，更不自矜持不折腰。对荡荡尧封，空怀缱绻；茫茫禹迹，何恨离骚？飞絮漫天，哀鸿遍野，温暖斯民学大雕。思往昔，祗天晴雨过，昨日今朝。

几天之内，由重庆而西安，由上海而北平，虽有蒋介石组织门客文人针对毛泽东之词出笼攻击污蔑亦曰“和词”，却是弱不禁风，很快被淹没在追捧毛泽东的和词浪潮之

中。全国报端纷纷转载毛泽东之《沁园春·雪》，和词不下几十首之多，让大江南北掀起一股无人预料到的风潮，更引得海内外关注中国时局的政要华人聚焦重庆！在重庆，人们似乎忘记了毛泽东是蒋总统请来谈判的，而觉得是从天而降的大明星，掀起的追星热越演越烈。

有人按捺不住，把刊发《沁园春·雪》的《新民报》副刊呈给蒋介石，令属下惊诧的是蒋介石一反常态，似笑非笑、若有所思道："嗯，词好，有文采……只是有帝王思想。"蒋介石乃一代枭雄，虽然曾悬赏十万大洋要毛泽东的人头，但并不会把对手说得一无是处。他暗暗佩服毛泽东的学识和文采，更对毛泽东白手起家，靠一支笔一张嘴建起打不烂拖不垮、壮大到不能不面对的红军感到惊奇。

当然，他也头疼。

早年，他也曾和共产主义擦肩而过，孙中山的三民主义奉为大旗。不过，他更奉行的是独裁，不许天有二日。面对另一个太阳，是决不容许他升起的。本想讹诈吓住毛泽东而火中取栗，没想到毛泽东迎难而上，刚到重庆便演出了一场谁都没料到的"大登殿"——一首词让毛泽东成为光彩照人的明星不说，还反倒将了自己一军：只好让毛泽东出题自己解。军统的报告更让蒋介石闹心：重庆各界自发组织欢迎毛泽东一行来陪都谈判，还说是"为国事奔波"。毛泽东、周恩来和王若飞也没闲着，一天到晚地回访重庆政界、军界和知名人士，搞得一团和气，和气一团！蒋介石越听越火，忍不住骂起来："娘希匹！比东吴招亲还热闹！"

而对毛泽东大加欣赏的张澜、柳亚子等名仕名流可不顾禁忌，公开与毛泽东来往唱和，也不仅限于诗歌辞赋，他们真正希望的是民族团结、国家统一，让中国的老百姓过上安康幸福的好日子。

这天，张澜正在书房填词，闻毛润之来访，忙置笔起身出迎。毛泽东首先问好："表老可好？三日不见表方先生我毛泽东就坐不住了，就跑到府上来了！不打扰先生吧？"张澜挽住毛泽东的手道："大驾光临，荣幸之至！我正要有事请教毛先生哪！里边请！"

"表老请！"

进了书房，宾主落座，张澜亲为客人献茶，说："看来，毛先生突降重庆，政府方面乱了阵脚，原因是并没有谈判的准备。"

毛泽东坦然道："蒋先生并没有方案拿出来，而是要走我们的方案，三五日了，音信全无，印证了他们没有准备。"

"他们只做了你毛润之不来的准备？"

毛泽东点点头，"蒋先生错看毛泽东了！如此大事，关乎国家未来，我岂有退缩之理？枪口下毛泽东都不怕，来重庆谈判又何惧之有？"

"不然！"张澜提醒毛泽东，"虽日寇投降，并未刀枪入库。小心有人背后磨刀呀！尤其你等不带一兵一卒，万万不可大意啊！"毛泽东含笑而谢："在文白先生家里会友待客，定是安全。我虽住郊区红岩新村，蒋先生还是不会惹美国人不高兴的，赫尔利大使作保嘛，我可以放心地睡大觉。”张澜这才放心地点点头，“文白将军乃仁义之士，可以信赖。”话题又转到联合政府，毛泽东说：

“我们共产党人是信仰马克思列宁主义的，以完成无产阶级专政，达到共产主义为己任。但是我们不是国民党反动派污蔑的共产共妻，也不是剥夺所有人的财产。我们的口号是消灭剥削制度，让老百姓都过上幸福、平等的好日子。这是一个长期的革命过程。目前阶段，我们积极参与联合政府的建设，主张以孙中山先生的遗愿为今后的治国纲领，和国民党、各民主党派及无党派人士一起共同协商富国强国大计为盼。”

一席话，让张澜听着入理，觉得舒服，起身抱拳而谢：“润之，就看共产党的了！不瞒润之先生，有多少同志对四大家族掌控的民国政府失去信心！唯有建立各民主党派参加的联合政府，我们的民族才有希望。润之先生，老朽有一请求，不知可答应赏光？”

“张表老言重了，请讲。”

“昨日我与稼轩、鼎堂、茅盾诸君喝茶，甚为毛先生大义之举感动，民族团结、国家统一在此一举。特请毛先生到西南大学讲演如何？”

毛泽东道：“当然可以。不过时间要由周副主席来定，因为日程是由他来安排的。”

“那好，我和周公甚熟，找他就是。”

“哎，不是那个意思。我是说时间由他来定。我这个人不善于管家，事情都是他来操心。”

“喔——明白了！你是说周公是你的大管家喽？”

毛泽东开怀大笑：“准确说是我们党的‘大管家’么！”

“是呀是呀！如果国民政府的行政院长是周公而不是他人，那就好喽。润之，联合政府成立，自然你们共产党是第二大党派员入阁，我看，周先生是行政院长的最佳人选。”

毛泽东不免叹息：“怕是蒋先生没那个雅量啊！”

“不管他有否此雅量！我民盟参政，必选润之，必选周公。”张澜说着拍案而起，“此时不为，更待何时？”

接下来，毛泽东专程拜访在渝之知名人士：

孙中山夫人、抗日救国同盟主席　宋庆龄
孙中山的大公子、国民政府行政院长　孙科
国民政府军事委员会副委员长　冯玉祥
国民党元老、大书法家　于右任
国民党创始人之一、理论家　戴季陶
蒋介石之高参　吴稚晖
桂系军阀、小诸葛　白崇禧

学界泰斗、近代地质学家　朱家骅

学者、新闻界名家　叶楚伧

国民党中央党部秘书长、立法院副院长　陈立夫

原淞沪警备司令　熊式辉

法学家、政治活动家　沈钧儒

国民党元老、重量级人物　黄炎培

教育家、体育推崇实践家　张伯苓

经济学家、教育家　马寅初

著名新闻人、社会活动家　王芸生

政治家、作家　王昆仑

法学家、政治家　史良

国民革命军中将　王德全

文化活动家、作家　茅盾

诗人、历史学家、学者　郭沫若

政治活动家、学者　章乃器

同盟会元老　高崇民

民盟创始人之一、活动家　罗隆基

国民政府行政院长、总统府秘书　翁文灏

《中华民国》杂志、中华革命党创办人　邹鲁

历史学家、社会活动家　傅斯年

化学工业家　吴蕴初

……

计五十余人。同时拜会了英国大使薛穆、法国大使贝志高、加拿大大使库的伦、苏联大使彼得洛夫。毛泽东等共产党人的频繁活动引起国民党右派极大的不安，从西安寄给蒋委员长的一封信——只有一首《如梦令·血》——更刺激到蒋介石的神经。秘书、号称“文胆”的陈布雷犹豫再三，才告诉蒋介石：“总统，有寄给您的一封信，不看也罢。”

正在研读共产党所提的方案的蒋介石把文件往案头一放，用好奇的目光瞅瞅陈布雷，“‘不看也罢’——看也罢！我蒋中正什么阵势没见过？一封信都不敢看吗？”

陈布雷忙解释：“总统误会了。我是说这封信很可能出自龙兆庭之手。”

“你是说那个舞文弄墨的逆贼龙兆庭？”

“看风格应出自他手。”

蒋介石沉吟片刻，问陈布雷：“无非是他又反过来骂我吧？小人不得志才有此举。我倒要看一看他又编什么故事出来？”

陈布雷把信递给蒋介石。蒋介石看看信封，寄信人的地址、落款为“西安临潼华清池　阿贵”，立刻使蒋介石的脑神经绷紧了弦儿。那是他蒋委员长最不希望提及的地方！把信封调个个儿看，除了邮票印戳之外干干净净无他物。轻轻抽出信纸，慢慢展开，只见打着竖线的信纸果然只有《如梦令·血》词一首。

其曰：

旧骂新骂国骂，盖因屠刀挥下！一千万冤魂，竟还说不怕？不怕不怕，血染江山图霸。

蒋介石看了不觉稀奇，问陈布雷：“不过一首六句小令而已，值得陈先生大惊小怪？”陈布雷估计蒋介石并没悟得词中要害，只好解释道：“这是一首政治讽刺诗……不，是词，对对，词。这词看似简单，其实有隐意在里边。因为寄给你，所以必是有政治寓意在里边。这样分析，开头的三骂是指政府、共党和在野党的政治言论了。你左说也好，右说也罢，国军刀一出鞘，就镇压下了！后两句是说日军侵华致千万同胞丧生，不怕者，是警示不要再有内战了……”

“胡扯！”蒋介石怒吼一声，把信往地下一扔，头也不回地气冲冲走了！惊得陈布雷出一身冷汗，久久动弹不得，心中暗暗叫苦：“又冲我发什么脾气？唉！”

陈布雷不清楚此时蒋介石的心情：和共产党这老冤家到了重新较量的时候了！现在只不过是做做表面文章，给天下一个说法而已：共产党是拒绝和政府合作的祸匪，国军不得已而重擎平乱之剑！

噫！正是：

塞进狐狸尾巴去，
奈何狐臭外溢来！

第六十二回

反客为主现国策　暗度陈仓续独裁

桂园成为人们了解共产党人的地方，成了共产党结交、会聚朋友的政治沙龙。军统特务奉命对从红岩新村甚至桂园出入的共产党代表进行侦探、跟梢，乃至制造了一起又一起的恐怖事件。但这并不能阻止毛泽东、周恩来等人的正常活动，反而引起广大重庆民众的鄙夷和愤慨，就连张治中上将也不得不站出来为毛、周抱不平，亲自面谏于蒋介石：

“委座，文白不才，也知道两国交兵不斩来使，何况毛泽东是您请来的客人！有人在背后搞小动作，岂不坏了我们政府的名声？我是对周恩来先生拍了胸脯保证毛先生安全的。赫尔利更是以美利坚合众国的名义担保毛泽东‘不会损伤一根毫毛’的。毛先生一行白天在我的公馆接待客人，出了事我怎向委座交代？”

张治中特别强调“怎向委座交代”，就把蒋介石逼到了墙角上，使蒋介石不得不对张治中承诺：“客人是我请来的，我怎能不管？好啦，我立即给戴笠打电话，不许危及毛泽东的安全！”

“还有，中共的谈判方案已递交政府几天了，为何还没反应？”

蒋介石把脸一拉，说：“共产党的条件太高了！太高了！”

共产党的条件是公开透明的，张治中当然清楚。人和人之间还讲“来而不往非礼也”，堂堂执政之国民党怎能把请来的客人冷在那里不予理睬呢！

“那，可以谈嘛。总不能这样耗着呀。”

蒋介石眼一瞪，情不自禁说出真情：“两封电报他毛泽东没有回声，我以为他不敢来！结果他来了，我们反而成了打无准备之仗，需要准备嘛！”

张治中当然知道蒋介石是强词夺理。电邀毛泽东来渝，只不过是一厢情愿的“欲加之罪”计。毛泽东的到来，尤其是意想不到的“沁园春热”，犹如三国演义中东吴招亲的买彩礼，天下无人不晓毛泽东不但来渝，而且是一位了不起的大诗人，是奔着和平来的。毛泽东礼贤下士、襟怀坦白的风格及爱国情操，早已博得舆论赞扬。平心说，“何患无辞”——加罪于毛泽东的“辞”已难为人接受了。

“卑职建议，尽快拿出我们的方案来，以正视听。”张治中终于讲出自己的忧虑。蒋介石看都不看张治中，说：“当然要拿出党国的方案。会尽快答复毛泽东的。”

“那，委员长没有别的吩咐，我就告退了。”张治中敬礼退出来。候在外面的蒋经国和张治中打招呼：“张部长，你辛苦。委员长昨天还说累着了文白呢。”张治中举举手表示致意，“为国效劳，我之职责，不用客气。”

“张部长，依你看，这毛泽东他们到底打的什么底牌？”蒋经国神秘兮兮地问。

张治中不假思索道：“我也看过他们的方案了——是不是他们的底线，不得而知。”蒋经国听了忙道：“啊啊，对对对。张部长你忙。”便给张治中闪开了路。张治中感到心中不快，却也计较不得，知道此公子的分量：中国政治舞台上的大“千岁”，谁奈其何？

张治中清楚记得，九月二日，毛泽东邀请民国政府外交部长王世杰到桂园，再次重申两党谈判的八点原则意见：

> 在国共两党谈判有了结果的时候，应召开有各个党派及无党派代表参加的政治协商会议；
>
> 在国民大会问题上，如国民党坚持旧的代表继续有效，则中国共产党不会与国民党达成协议；
>
> 应给予人民以一般民主国家人民所享有的自由，现行法令应依此原则予以废止或修订；
>
> 各党派享有同等的合法地位；
>
> 释放一切政治犯，并列入共同声明中；
>
> 承认解放区及所有收复区的民选政权；
>
> 中共部队须改编为四十八个师，并在北平成立行营和政治委员会，由中共将领主持，负责指挥鲁、苏、冀、察、热、绥等地方之军队；
>
> 中共应参加分区受降。

两日后，没有谈判准备的蒋介石匆匆召见张群、王世杰、邵力子和张治中，指定四人为谈判代表，并交代中共之意见必须在中央原则之下方可考虑，比如：中共提议之自由断不可行；最多给予中共十二个师的编制；原国大代表不能废除；不承认解放区之合法性等。显然，中共是不可能接受的。于是，蒋介石邀请毛泽东在国民党军事委员会面谈。毛泽东告诉蒋介石，中共是被邀请来重庆商谈组建联合政府、讨论和平民主之宪法的，不是来奉送胜利果实、交出武装力量的。当晚，双方代表在中山四路德安里的国民政府军事委员会会议室举行正式会谈，中共代表周恩来、王若飞出席；国民党的代表张群、邵力子和张治中出席，就中共所拟十一条交换意见：

> 一、确定和平建国方针，以和平、团结、民主为统一基础，实行国民党第一次代表大会宣言之三民主义。
>
> 二、承认蒋介石在全国的领导地位。
>
> 三、承认国共两党、各派各党合法平等地位并长期合作，和平建国。
>
> 四、承认解放区政权及抗日军队和武装力量。

五、严惩汉奸，解散伪军。

六、重新划分受降地区。中共参加受降工作。

七、停止内战和一切武装冲突。

八、实行政治民主化，军队国家化，党派平等合作。

九、政治民主化办法：1. 由国民政府召集各党派及无党派代表参加的政治会议，确定省、县自治，进行普选。2. 解放区解决方案：由中共推荐山西、山东、河北、热河、察哈尔五省的主席和绥远、河南、江苏、安徽、湖北、广东六省的副主席以及北平、天津、青岛、上海的副市长；中共参加东北行政组织。

十、军队国家化之必要办法：中共部队改编为十六个军四十八个师，淮河流域及陇海路以北为中共驻地；设北平行营及北平政治委员会，由中共推荐人员参加军事委员会及所属各部之工作。

十一、党派平等之必要办法：释放政治犯，解散特务机关。

显然，蒋介石是不会答应中共的方案的。仅就军队编制，蒋介石只给六个师的编制，双方条件相去甚远。第九条的几个条件也是蒋介石所不能接受的。九月十七日，作为调停人的美国赫尔利大使出面了，他希望自己的乐观预测不致泡汤。毛、蒋刚刚坐定，蒋介石就毫不客气地威胁毛泽东：

“润之，你的八路军、新四军总共只能编为十二个师，如果还能考虑的话，最多再有两个预备师。我们要谈要和，就是这些条件，否则，请你回延安带兵来打好了！”

来到重庆，毛泽东很快就明白了蒋介石邀请谈判是假，找借口继续打内战是真，虽然蒋介石没有真谈的准备，不得已而谈的蒋家王朝准备与不准备都一样：用和平的办法吃掉共产党的武装，继续他的独裁生涯。毛泽东坦然一笑，对蒋介石道：

“蒋先生，这么多天了，你总算说出了你心里的话，还是一个‘打’字。我们从延安来，是谈和的，不是叫阵的。真的现在就打，我打不过你，可是，我可以用对付日寇及其帮凶的办法对付你，你占点又占线，我就占面，农村包围城市，咱们再周旋十年？”

蒋介石听了毛泽东的回敬之词，耷拉着眼皮一时没说出话来。他知道，写文章也好打对口仗也罢，自己不是毛泽东的对手。不过，用老百姓的话讲，蒋介石也不是省油的灯，抬起眼皮就要耍横的。赫尔利忙站起来劝解：

“蒋先生，毛先生，请心平气静讲。你们中国人讲‘退一步海阔天空’，你们国共双方都做一下让步。我提个方案：国家总共设一百个师，共产党的军队占二十个师，你们看怎样？”

没等毛泽东张嘴，蒋介石马上表示不能接受，甚至对赫尔利报以白眼儿，流露出强烈不满。会谈刚开始就戛然而止。赫尔利摇着头摊摊双手，再也没说出一句话来。回到林园的蒋介石进门就气不打一处来，一边骂着“娘希匹”，一边发牢骚：“屁股坐哪条板凳都不清楚！要越洋电话，叫罗斯福换掉赫尔利！换掉！”

晚上，饭后的毛泽东没有像往常那样收集报刊、电台新闻，观察舆论动向，而是把周恩来请到自己的寝室议事。自从遵义会议毛泽东重返中共领导核心之后，周恩来和毛泽东就成为中国共产党的灵魂，用“珠联璧合”来形容他们毫不夸张。中国历史上不乏君臣合作的典范，如刘备和孔明，唐王和魏征。但与那些典范不同的是，毛泽东和周恩来是一种崭新的非为一己谋天下的战友关系，是共产主义的远大理想和对中国革命的认知，把他们紧密结合在一起。毛泽东高屋建瓴的睿智和周恩来缜密灵活的理事才能，造就了中国共产党的成长史。

“主席，”周恩来谈自己的看法，“无论是张群还是文白，包括邵力子、王世杰，不过是‘双簧’前面的演员，蒋介石在后边定调子。谈了几次了，换了几个版本，关键还是蒋介石不肯突破底线，吃掉中共的底线啊！”

毛泽东听了点点头，说：“总不能这样僵持下去。我考虑是否做一些妥协，以赫尔利的说法，我们再做一些让步？”

“主席的意思是军队编制？”

“我考虑，在赫尔利建议的五分之一的基础上我们降到七分之一，即中央军现有二百六十三个师，我们应为四十三个师；此后中央军缩编，我们按以上比例缩编，如：中央军六十个师，我们十个师；中央军缩编为一百二十个师，我为二十个师。”

周恩来表示同意。

毛泽东继续谈自己的想法：“关于张群提出的军队驻扎地问题，可以讨论。是否将海南岛、鲁、浙、苏南、皖南、豫和两湖之部队北撤于黄河以北，集中补充到苏北、皖北即陇海路以北地区。此为第一步。第二部再苏北、皖北、豫北地区的部队总共四十三个师撤往山东、河北、察哈尔、热河及山西之大部分、绥远之小部分，解放区随军队合一。”

“那么行政官员的分配呢？主席有什么考虑？”

“山东、河北、察哈尔、热河四地及陕甘宁边区由我们推荐的人担任主席。山西、绥远之主席也应由中共委派。”

“主席的意思，天津、北平、青岛三市的副市长由我们派人？”

“正是此意。”

“还有，苏北、皖北、豫北三地我们的部队未撤离前，其专员和县长均由中共委任。”周恩来补充。

毛泽东表示赞同，“恩来，你和若飞与国民党方代表谈，这已经是我们的底线了。”

周恩来和王若飞迎接张群、张治中到桂园会谈。张治中站在院子里扫视一下对周恩来说：“客人在这里办公，比以前还收拾得干净整洁，足见贵军治理之严明。”周恩来笑道：“虽桂园而没桂树，院子倒也雅致，文白兄让出来让我们在此会客、办公，友谊之情

我们暂无以为报，做做卫生功课也好嘛！”张治中对周恩来的个人魅力早就欣赏不已，谈判桌上是对手，离开谈判桌就是朋友。

“周先生好。”张群和周恩来握手，“改日，我请周先生品尝珍藏多年的泸州老窖，文白作陪。”

“我乐意奉陪。”张治中附和。

周恩来笑着感谢：“预祝我们谈出国共第三次合作来，我们痛饮欢庆。里边请！”一边走，张治中一边对周恩来说：“周先生，我个人认为，既然是联合政府，有国民政府，军政合一，不能划河而治，让人误以为贵方要把中华版图一分为二。再说，以毛先生方案，中共要踞国土三分有一，不太合适吧？”周恩来解释道：“把军队从中共拿出去，恐怕广大官兵们都不会同意。这支部队的生命线就是中国共产党，无法一分为二。不过，我们可以做出让步……”

“同意蒋委员长的条件了？”张治中睁大了眼睛。

“我们可以在赫尔利先生提议的基础上再做让步，中共军队可以占国家军队的七分之一。”

张治中琢磨着周恩来的话，一时无声。周恩来问张群：“岳军兄以为如何？”

张群是国民党名副其实的元老，也是资历颇深的军政要员，还是蒋介石的结义兄长和保定军校同窗，更是为数不多的留学东洋的将军之一。此人处世老练审慎，从不轻易外露自己的态度。

“对于贵党提出的条件，兄弟我不做决断。究竟如何办，回头由蒋总统裁定。”

进客厅在沙发入座，和坐在谈判桌相对不同，大家相对轻松随便，多少有些沙龙气氛。张治中毕竟自我感觉和毛泽东、周恩来比较熟了，说话敞亮一些，“我的意见是中共不必在军队的数量上讨价还价，不是数量问题，是观点不同而已。”王若飞当即反问：“文白兄讲话欠妥。试问，国民政府连汉奸队伍都给编制、发军饷、拨地盘儿，为什么对战功赫赫、用鲜血和生命把失地夺回、建立起广大解放区的八路军、新四军予以制裁？”张治中连忙辩解：“若飞兄，我的意思……”不等张治中说完，王若飞把话截过去，说：“非是我王若飞无礼，打断你的话。文白兄，请你转告蒋介石总统，都什么年代了，总统不是皇帝，民国更非王朝，还是顺历史潮流，让四万万同胞共同管理国家……”

“四万万人共同管？”张治中惊诧一笑。

“是由四万万同胞民选的代表即议员参与并监督政府官员管理国家。只有这样，才会没有独裁，人民大众才有民主自由可言。”

张群听了直嘬牙花：“这是共产论，蒋总统断不可能接受。是这样，我们谈，谈条件，谈了，听了，我们——我和文白，请蒋总统定夺。”

谈了三个多小时，双方都各抒已见、互不让步。又是等待下回分解。

下一次来得比较艰难。国共双方在重庆的谈判桌上胶着，江南、华北接连有军事冲突报告。周恩来约见国民政府谈判首席代表张群，抗议中央军对解放区开枪、炮轰。

“抗战胜利，本应是中国人民高兴的事情。遗憾的是抗日战争的胜利并没有给人们带来和平的生活。解放区是中国共产党领导的八路军、新四军和地方武装浴血奋战换来的，应维持现状，等待国共谈判达成协议，召开国民大会后依法行事。可是，国民党的中央军冒天下之大不韪，公然对解放区进行挑衅，炮击解放区，造成了财产损失和人员伤亡，尤其在国共举行和平谈判的时候发生此类事件，不能不让人怀疑你们谈判的诚意。我方强烈要求国民政府惩办肇事者，维护和平态势，使国共和谈顺利进行，造福中国人民。”

张群诡异地一笑，“周先生只是一面之词。可据我们得到的报告完全相反，是共军挑起事端破坏和平谈判。我们也有证据。”

“岳军先生，您也是国民党的元老，目睹了几十年来国共之间的打打谈谈，打的时候多，谈的时候少，是主义之争也好，观念之争也罢，遭殃的是广大民众。现在，正是创造和平、实现民主统一的契机，希望蒋先生珍惜中华民族这一大好契机。”

张群亦明白周恩来是谈判高手、连对手都钦佩的政治家，自己也暗怀几分敬意，含笑辩解：“两军冲突，我们都不在现场。公说公有理，婆说婆有理，反正有个真相。我们请美国人配合，调查见证怎么样？”

“我们不持异议。我们双方谈判代表和美国人组成联合调查组，约请记者随往。”周恩来表示同意。谁知，张群向蒋介石汇报联合调查一事时，蒋介石用鄙夷的目光盯着张群，不无讥讽地道：“这主意是岳军兄所出？亏得你还是老党员！”张群闻听一怔，问：“总统以为有不妥吗？”蒋介石瞪瞪张群，甩下一句话拂袖而去，“妥得很。就去吧！”

张群先是一怔，旋即明白了：嘿！我怎么破袜子先出脚，一定是打破了蒋总统他的“计划”啦！事到如今，也只好去联合调查，否则，共产党那里怎么交代？

被誉为“老狐狸”的张群自责失算，懊丧不已。赫尔利听到要组织人马去国共交叉地区调查军事冲突真相，乐意主导前行。于是，由美国人赫尔利和国共代表共同组建的调查团赶赴军事冲突地展开调查。谈判暂且告停。

正是：

莫道人间多是非，
毕竟水火不相容。

第六十三回

假谈真打独裁布局　真谈假打领袖回程

赫尔利率领联合调查团到发生军事冲突地去调查按下不表。见蒋介石眉头紧锁，宋美龄问道："达令，一定是遇到难题了吧？"

蒋介石没有好气："蠢！别人也罢了，是岳军！"

"义兄惹你如此有气，想必是把天捅了个窟窿。"

蒋介石从椅子上一跳而起："何止个窟窿？把天要捅掉半边！"

宋美龄淡然一笑："如此严重吗？"

"是蠢驴！"蒋介石板着脸吼，"你说说看，他擅自答应组织联合调查组到军事冲突地调什么查！"

"这么说，那里有不宜曝光之处？"

蒋介石瞪着宋美龄，半晌才问："夫人多虑了吧？"

宋美龄冷冷一笑："好啦，达令！你那算盘怎么打我还不清楚？不过，一口吃成个胖子也不现实，何况毛泽东、周恩来、朱德是你啃了多少年都啃不动的硬骨头！"

蒋介石冲宋美龄挥挥手，"所以不能手软！听你二姐那些人的，我就得把这个总统的位子让出去啦！"

宋美龄骤然收敛笑容，"请你不要在我面前指责二姐好不好？你把共产党越打越大，越围剿越人多，总不能怪她吧？"

"可她公开支持、帮助共党，你是知道的！"

"这也不能都怪她吧。关上门说话，谁逼她走这一步的……"

"是共产主义勾引的她！"

"你别信口开河！她是个'三民主义'追随者！"

蒋介石一拍桌子叫道："'三民主义'是我扛大旗！是我！不是她！"

瞧着蒋介石歇斯底里的样子，宋美龄似不屑与之纠缠，转身走向内室，随手"砰"地把自己关进内室。蒋介石眉头一皱：两三天内，自己甭想挨近她，甚至进不了她的寝室了！

"岂有此理！"

蒋介石怒气难消。

蒋介石叫来外交部长王世杰，问他新闻界及国内外对和平谈判的舆论。王世杰一边掂量一边回道："说什么的都有。当然，同情中共的多是不得势的人，还有穷老百姓们……"

“这就是说，民众倾向他们？你怎么知道穷老百姓倾向中共的？”

这一问，差点儿把王世杰急出一身汗来！

“我在问你话！”蒋介石变了脸色。王世杰忙回答：“我不过是听得街谈巷议，不为准。其实，拥戴总统的人占大多数，都赞扬、称颂您胸怀宽大……”

“行了，别说了！你把他们颂扬毛泽东的词儿挪到我头上来啦？”蒋介石摇摇头，“曹操说‘宁可我负天下人，不可天下人负我’。难道人们也如此看我？”

见王世杰要张口，蒋介石伸手制止他，继续说：“不管怎样的代价，我是不会放虎归山留后患的。”

“是，是！卑职明白。”

“要把中共部队挑起武装冲突的例子登报、广播。你要向友邦吹风：中共没有谈判诚意，不断挑战内战底线。要争取美国等西方国家甚至苏俄的同情支持，为把中共消灭做舆论之准备。”

王世杰知道，内战不可避免了。邀请、和谈、调查，都只不过是内战的前奏罢了！一旦内战重启，自己这个外交部长又要求爷爷告奶奶地海外奔波了！

戴笠接着被点来觐见。

此戴笠，乃陈果夫之外最大的特务头子，但以他对蒋的忠心而备受蒋介石器重。

“外界谣传军统的人袭击了周恩来的座驾，确有其事吗？”蒋介石目光闪烁神秘，又很快转到别处。

戴笠比蒋介石肚里的蛔虫还明白蒋介石的心事，自然一点就透，装出认真的样子，说：“没有。完全是造谣加污蔑。”

蒋介石“哦”一声，话头一转，说：“不过呢，不给毛泽东点儿脸色看，他硬得很呢。但不能闹出人命来，那样，我蒋中正何以面对舆论？我的意思你不明白吗？目的是让他放弃帝王思想，交出武装。”

“明白，委员长放心。我知道怎么做。”

“我相信你是忠于职守的。”对于自己的副官兼军统局局长，他的忠诚，他的心毒手狠，他的不可替代，蒋介石当然心知肚明。

会谈戛然而止，周恩来、王若飞随调查团去军事冲突区，毛泽东在陈龙、龙飞虎的陪伴下和在重庆的名流友好交往甚欢。重访抗日同盟的宋庆龄主席，令毛泽东格外重视。她是为中共和红军做出重大贡献的挚友，是中国国民党革命委员会的领袖、三民主义的奉行者，更是自己敬重的伟大女性。

宋庆龄为在重庆与毛泽东重逢非常高兴。她亲自为毛泽东煮茶，递烟。

“润之先生，你看和谈有希望吗？”宋庆龄开门见山地问自己最担心的问题。

“这不取决于我们，而是取决于蒋介石先生的态度。”

和毛泽东谈话，总是给人以简洁、通畅的感觉，没有弯弯绕，没有回避。

宋庆龄点着头，认真地听。

“无论怎样，我们会以最大的耐心谈下去，希望和平谈判成功。”毛泽东说着把第二支烟续点，他那张生动的脸比当年在上海会见时圆了许多，也显露着掩藏不住的沧桑。这本是一位当世难得的治国之才，因为政敌执掌国家权力，像拦路虎堵住他的去路，使他难以登顶。

宋庆龄暗暗惋惜。

作为出色的处于政治漩涡中的大家，她看好他的前程，看好他为之奋斗的事业，虽然自己不能公然站在他们的行列里。她相信世界的未来一定会从封建专制中解脱出来。未来属于人民的拥护者。

毛泽东们正是这一力量的代表人。

她默默祝愿他们成功。

“和谈进行得太拖沓了！”宋庆龄叹口气，“听说你们很让步了，他还不满意。”

毛泽东谈出自己的看法：“蒋介石要的不是联合政府，要的是军权，即共产党裁到只剩十二个师，和国民党的二百六十三个师——还不包括收编的汉奸队伍——相比，自然是不再有抗衡的力量。也就是说，他想的是通过和谈‘和平’地吃掉中共及其武装，得到围剿得不到的东西，继续老一套的独裁统治。”

宋庆龄暗暗谴责，不无忧虑，“那样，三民主义也就被彻底抛弃了！”

“是的。”毛泽东说，“这也是我们不能接受的。”

“我理解你们。”宋庆龄由衷地表示，“还是发动统一抗战时说的那样，我、抗日同盟的同志们和你们的心是息息相通的。”

宋庆龄没有食言。此后的岁月里，风风雨雨几十年，她的心始终和中国共产党息息相通着。

联合调查团终于回到重庆。而带回来的“真相”依然不能作为谁是谁非的依据：摩擦的导火索各执一词，莫衷一是。尽管国内外希望和平谈判成功的呼声越来越高，蒋介石似乎不为所动，以“拖”应对，况且蒋介石稳坐总统宝座，“任你能说会拉，挡不住我一把死拿”的独裁者，吃掉中共才是他做梦都想的事，其他任何做法都不过是耍权术而已。

王若飞向毛泽东汇报调查情况，说：“事实证明，中央军是有组织、有预谋地挑衅解放区。有的记者已经在报纸上揭露了中央军的错误行径。我的看法是，蒋介石集团故意制造假象，嫁祸于我们，为他假谈真打的阴谋制造舆论。”

毛泽东道：“你分析得对。同时，蒋介石在谈判过程中采取流氓手段威胁我们的谈判代表，甚至采取暗杀手段。多亏了文白将军不是言而无信的人，遵照承诺加强了保安措施啊！”

“两国交兵还不斩来使。把和平挂在嘴上，把阴谋藏在肚里！”王若飞气愤地一拍桌子，“他这是逼着我们刀出鞘！”

“对蒋介石这样的人只谈是谈不出好结果的！”毛泽东把烟蒂往烟缸里一拧，说，“看来，对伪君子不能温良恭俭让，他进犯挑事，就以牙还牙，狠狠地教训他！在谈判桌上得不到的东西，他照样在战场上得不到！”

对于毛泽东的判断，王若飞十分佩服。他虽然不同于周恩来、朱德、彭德怀等人和毛泽东一起风雨兼程，但自从到达延安出任八路军副总参谋长以后，接触的机会多了，从传说到直接接触，毛泽东伟大的人格魅力和政治家、军事家的杰出才能令他折服。

“主席，我以为报纸上的某些说法不是没有道理，蒋介石还有一个阴谋，就是拖着谈判，也拖住你，有点‘软禁’你的意思。而延安是不能没有你的。”

毛泽东望望王若飞，默许他的分析。当然，决定来重庆的那一刻起，毛泽东是做着最坏的准备的：没有硝烟的重庆依旧是战场，意外的牺牲是可能的。当他把中共领导权托付给刘少奇时，党内外有识之士都明白了毛泽东的英雄气概，为了中国人民，为了中国革命事业，毛泽东已把自己的生死置之度外。

毛、王的谈话刚要结束，只见一位年轻女子领着一位小姑娘从外面走进来。小姑娘喊一声“爸爸”就扑向毛泽东，搂住毛泽东的大腿，仰脸儿望着毛泽东。毛泽东的眼睛里即刻流露出慈父的爱怜，屈身伸胳膊把孩子抱起，口中叫着：“我的小讷讷！我的大宝贝！”

旁边的年轻女人正是毛泽东的夫人江青。携女来重庆，是看病来的——当然，是因为毛泽东在重庆。

江青的两眼有些发红。显然，她心情不无激动。

“主席，延安的同志们可担心你的安全啦！听说国民党特务夜里对你乘坐的车开黑枪，更担心了。”

“不是我乘坐的车，是特务误认为我乘坐的车……因为我，启华同志牺牲了。”

“少奇同志、朱老总都嘱咐我转告你，注意安全。”

“我不是很安全吗？”

“可是，‘防人之心不可无’——蒋介石是要你放弃原则吧？”

“但是，我是代表百万红色武装和一亿几千万解放区人民谋求和平而来，我明白自己的使命。”

“我知道。可总不能没完没了地在这里耗着啊！蒋介石他们没安好心。朱老总说，不行就先回去……”

“回去？”

毛泽东像是反问，也像是自问。蒋介石不同意中共派毛泽东以外的共产党人为谈判首脑，自己来了，蒋介石只是礼节性地为其洗尘、会见，一次叫板式的威胁后，把谈判的事交由张群、邵力子等人。蒋介石躲在幕后，只等中共妥协再妥协，暗藏杀机。毛泽

东则走出红岩新村，与老友新朋来往唱和，昭示诚意。虽然和平谈判的前景不得而知，但毛泽东的形象却在舆论中树起，让世人认识了一个真实的毛泽东，一个坚强的在野党。而渐渐失去民心的却是始作俑者蒋介石集团。

毛泽东没有再说话。但是，是否回延安，是他挂在脑海里的一大问号。直到周恩来也谈及此事，毛泽东道："签个协议我就走，你和若飞留下。"

雾都重庆自有巴蜀特有的情调。和她的姊妹城成都一样，无论"阳春白雪"还是"下里巴人"，最讲一个休闲。显贵如李济深，名流如柳亚子，大才子如郭沫若，市民如忙里偷闲的小商贩、借机逗留的佣人，还有课下的学生，有丈夫的妻子和没嫁娶的姑娘……都会是茶肆常客，摆龙门阵的角色。

"永昌号"是重庆沿嘉陵江较为有名的茶楼。二楼雅座是阳春白雪们去的地方。一楼大堂，则是下里巴人摆龙门阵的去处。而有一名人称"说破天儿"的茶客，是永昌号隔三差五必到的重庆人。他虽非学历私塾，更非新校就读，但他那灵活的脑壳和如簧之舌缺席之日，会令茶客们品之无味。他若在场，似乎茶味更浓，气氛活跃不说，心情舒畅也是人人感觉到的。

> "诸位：你们都知道毛泽东到重庆了，知道不知道那位共产党的首领走啦？"

"走啦？"还真有不知道的。

> "走了！嘿！毛泽东可不是前些年报上说的那样，原来是凛凛一躯的人物，慈眉善目，睿智风流！我这不是夸张，真的是千古一奇人！"

"奇人？"有茶客忍不住问出声来。

> "要问为何说他是奇人，我有一段话说得明白。什么话？用说书人的话讲，那是'自从盘古开天地，三皇五帝到如今，英雄好汉代代有，情系百姓有几人？'毛泽东可是第一个出自公心，为天下老百姓谋福的人！"

"你就不怕他们治你的'亲共'罪？"有人为说破天儿担忧。说破天儿呵呵一笑，接着说道：

> "我本雾都一闲人，不入共党，更不入国民党，自由自在无牵无挂，不犯罪不违法……"

突然，有人打断他的话反问道："自由自在？你不是被国民党抓去蹲了几十天的监狱呀？是犯罪了还是违法了？"说破天儿竟被问得突兀，一下子没反应过来，打个磕儿才辩解道：

"那是千古奇冤！重庆人都知道，我不过是看不过去哦，替李公朴喊了一句冤罢了！不是放我出来了？所以，我赞同毛泽东的政治主张：言论开禁、言论自由好！下面，我接着说毛泽东签了'协定'离开重庆……"

其实，说破天儿说的还真与事实相差无几。毛泽东真的要离开重庆回延安了。蒋介石听到毛泽东要走的消息后不免心里纠结，猜不透老对手毛泽东打的什么主意，也无法阻止其回延安，假惺惺地出面挽留。

"润之，我们还要召开政治协商会议，你怎么就要走？"

毛泽东坦然作答："我家里有事要处理，只好先回去了。周恩来副主席全权代表留下。我们共产党是集体领导制，有他在就行了。"

"哦！"蒋介石无可奈何地点点头，"那好，我设宴为润之送行。"

毛泽东婉言谢绝："设宴就不必了。还是等到我们组建联合政府的时候共同庆贺吧。我知道蒋先生不爱酒，我也不善酒，但到联合政府建立时我一定陪蒋委员长喝两杯。"

蒋介石以为毛泽东是在将自己的军，不无尴尬地笑着道："好，我们后会有期！"

而此一别，两位主导历史风云几十年的老对手再也无缘谋面。

"毛泽东什么人物？大家！懂得什么叫大家不？杰出的呀！不信你们问问大学教授去，看我说得对不对？听我告诉你们重庆各界为毛泽东送行的事儿。热闹啊！隆重啊！少见啊！感人哪！送行是自发的，有国民党元老，有将军，有文官……"

"你就别卖关子了，往下说呀！"

"好！那我就接着说。你们知道有个周恩来吗？那也是赫赫有名的共产党领袖，外号叫周铁嘴，厉害！据说，一个周恩来顶仨国民党的外交部长王世杰！为什么？周恩来那是姜太公转世、诸葛亮再生呀！听呀，送毛泽东上飞机的时候，周恩来先握着张治中的手说：'谢谢你兑现诺言，护送毛主席回延安。'又握着毛泽东的手说：'主席一路平安。'接着对送行的人们说：'各位朋友，谢谢你们对毛主席、对共产党代表团的支持和爱护。你们是我们的朋友，也是广大解放区人民的朋友，是一家人。我们相信，国家

统一、人民团结的那一天必定到来！’大家听听，这是一般人说得出的话吗？咱老百姓可是盼哪……”

正是：

国家安定谁不盼？
天下归心敬贤人！

第六十四回

“双十协定”空一纸 单一守信无双赢

走了毛泽东，留下了忧虑：“协定”有了，和平真的有希望吗？不仅仅在重庆，在大江南北、长城内外都揪着人们的心！

周恩来感到自己肩上的担子更重了。

毛泽东热带来的红岩新村热并没因毛泽东的离去而降温。尽管国民党的特务不断制造威胁乃至明欺暗杀，八路军办事处已是客人们热衷于造访的地方。周恩来和王若飞热情地接待，耐心地介绍共产党的和平政策，用柳亚子的话说，“这里的空气格外清新”。

“格外清新”是老先生的双关语。政治的空气和自然的空气一样清新。和重庆相比，红岩新村不过巴掌大不到的小地方，但它的确是沉闷大房的一扇窗，让来访者呼吸到了新鲜的、自由的空气。

周恩来的办公室简朴而实用。郭沫若先生手书毛泽东的《沁园春·雪》挂在办公室的正面墙上，十分醒目。柳亚子先生凑近了瞅了又瞅，连连赞叹：“好词，好书法，人间双骄，当代谁能比肩？”

“此必千古佳话。”张澜亦赞叹不已。

宾主到客厅落座叙话，马上儒雅之风满堂。柳亚子快人快语，香茗未品便对周恩来道：“前有闻一多，后有李公朴，血淋淋的现实告诉我们，蒋介石已成人民之公敌！与共产党为敌，就不奇怪了。”然后对张澜道：“此暴君，何以为伍？表方兄，欲要民主，岂能不反？”

张澜道：“追求民主，乃中国民众之共识。多少志士为之抛头颅、洒热血，我辈矢志不渝追求之。民主同盟虽旗帜鲜明，却没有资本对抗国民党极右势力。只有共产党能与之抗衡。”

“周公，”柳亚子问周恩来，“既然蒋介石并非真的谈和平，贵党何必与其周旋？倒不如拉开队伍和他斗啊！”

周恩来解释道：“国家刚从连年的战争灾难中摆脱，民众需要休养生息，国家需要安定建设，我们共产党是不愿意看到烽烟再起。我们有足够的诚意和耐心等待蒋先生回到正确的路子上来，遵照协议，建立各党派团体参加的民主联合政府。”

“问题是他一意孤行，继续采取独裁政策，非战争能奈他何？”柳亚子挥着胳膊，“要他蒋介石实行民主？除非太阳从西边出来。我和表老都是孙中山先生的追随者，还看不透蒋某人的真面目吗？”

“悲哀呀！”张澜仰天一叹。

周恩来道："社会总是要向前发展的，对于蒋先生来说，民主政治也许不期而至，他难于接受也不足为奇。我们希望尽可能避免流血，通过民选的方式推动社会改革。"

当然，周恩来如是说，是含蓄的。否则，就没有必要和蒋介石谈什么判了。是否能够通过谈判之路达到和平召开国民大会、组建联合政府，现在还不得而知。张澜和柳亚子对对目光，说："我等手无寸铁，只能摇旗呐喊为正义之师助威了。"周恩来道："古人讲，得道多助，失道寡助，舆论的力量会变为武装的力量，红军到八路军、新四军，千千万万同志前赴后继，不就是革命的信念鼓舞着吗？"柳亚子连说"对对对"，从随身携带的皮包里掏出一坛西凤佳酿，说："今日借周公宝地请表方共饮如何？"张澜道谢："稼轩美意，周公雅量，正好作陪。"周恩来笑道："自带美酒反客为主，稼轩先生，若飞同志马上回来，请他掌灶，做一道地道的花江狗肉请两位老先生品尝。"柳亚子乐呵呵地说："对了，王先生是贵州籍，那花江狗肉一定烹制得好。"正说着，只见王若飞回来了，见张、柳二先生在，上前问候。柳亚子道："说曹操，曹操到，正等着品尝你的厨艺呢。"王若飞望望周恩来，笑道："周副主席把我'卖'了吧？只好献丑了！"张澜亦打趣道："非是献丑，而是献香。老夫口水都流了哩。"众人开心大笑。王若飞忙着下厨。不大工夫，厨子把几个小菜端上来，王若飞也将狗肉料理入锅，只待煮熟，便同周恩来一起陪二老品酒。喝到口顺，煮好的狗肉端上来，果然飘香四溢，周恩来请张、柳先尝。大家少不了客气一番，便下箸夹肉品味，连说"好香"。王若飞道："花江狗肉必选肥嫩狗一只或分割，配以生姜、狗苦胆、砂仁等多种小料炖制。《本草纲目》说：常吃狗肉可以安五脏，温补壮阳，清身益气，健胃补肾，温腰温膝，补血脉。二老可尽情地享用。"柳亚子端起酒，"好！吃了狗肉养好身体，我等着看蒋介石垮台的那一天。"张澜附和："失道寡助，只是时间问题。"周恩来和大家一一碰杯，"等人民当家作主的那一天，我和主席请二老尽兴方休。"张澜、柳亚子感谢不已，大家尽欢方散。

凡事未必如愿。蒋介石就遇到了不顺心的事，事情并不按照自己的意图兑现：来自各方面的压力迫使自己和共产党方面达成协议，以对民众和各党各派要求和平民主渐高的呼声。就连夫人美龄、爱子经国、国舅宋子文，都提醒自己不可逆着潮流而行。

重庆虽好，不是金陵。南京才是自己梦系魂绕的都城。回都南京只是时间问题。他不想把累赘带到南京。

"'纪要'有了，但剿共不能放松。"蒋介石做梦都念念不忘。

在蒋家王朝统治的王国里，没有人可以公然抵制蒋家的指令。作为谈判首席代表，张群只有当圣旨领命的份儿。令张群一块石头落地的是，自己毕竟可以从胶着的谈判中脱身了。而反共干将何应钦则忙着按照蒋介石的旨意调动兵力进攻解放区。

重庆的十月还没有走出"火炉"的时节。周恩来坐在办公室写字台后的椅子上，一边看着王若飞拿进来的密电，一边不停地扇着蒲扇，密电云：十八集团军某部在河南焦作附近查获一架国民党的军用运输机，发现机上有《剿匪手本》和蒋介石的密件——一封给“阎司令长官”的代电：“吉县第二战区阎长官勋鉴：兹附发《剿匪手本》两册，请查收。中正申酉。”申酉者即九月十七日。这就彻底戳穿了蒋介石三邀毛泽东和平谈判的阴谋，据可靠消息，十月十三日即毛泽东刚回到延安，蒋介石就下达了遵照《剿匪手本》“督励所属，努力进剿，迅速完成任务”的命令。

“周副主席，是否马上向主席、中央汇报《剿匪手本》内容，供中央决策？”王若飞问。

周恩来是一个细心、负责任的领导者，但从不草率行事，“当然要请示延安。若飞同志，你有什么考虑吗？”

“先听听延安的意见吧。”王若飞说，“听听毛泽东同志的意见，我心里踏实。”

“好。”周恩来令电报员即刻把电文发向延安。

延安当然没有被蒋介石的阴谋所蒙蔽。十月十七日，毛泽东在延安高级干部会议上把时局和对策讲得透彻、明了：

> 这次谈判是有收获的。国民党承认了和平团结的方针和人民的某些权利，承认了避免内战，两党和平合作建设新中国。这是达成了协议的。还有没有达成协议的，解放区的问题没有解决，军队的问题实际上也没有解决。已经达成的协议，还只是纸上的东西。纸上的东西并不等于现实的东西。事实证明，要把它变成现实的东西，还要经过很大的努力。
>
> 国民党一方面同我们谈判，另一方面又在积极进攻解放区。包围陕甘宁边区的军队不算，直接进攻解放区的国民党军队已有八十万人。现在一切有解放区的地方，都在打仗，或者在准备打仗。《双十协定》的第一条就是“和平建国”，写在纸上的话和事实岂不矛盾？是的，是矛盾的。所以说，要把纸上的东西变成实际，还要靠我们的努力。为什么国民党要动员那么多的军队向我们进攻呢？因为他的主意老早定了，就是要消灭人民的力量，消灭我们。最好是很快消灭；纵然不能很快消灭，也要使我们的形势更不利，他的形势更有利一些。和平这一条写在协定上边，但是事实上并没有实现。现在有些地方的仗打得相当大，例如在山西的上党区。太行山、太岳山、中条山的中间，有一个脚盆，就是上党区。在那个脚盆里，有鱼有肉，阎锡山派了十三个师去抢。我们的方针是老早定了的，就是针锋相对，寸土必争。这一回我们“对”了，“争”了，而且“对”得很好，“争”得很好。就是说，把他们的十三个师全部消灭。他们进攻的军队总共三万八千人，我们出动三万一千人。他们的三万八千被消灭了三万五千，逃掉两千，散掉一千。这样的仗，还要打下去。

正如毛泽东所言，国共之间的明争暗斗已经激烈进行。回都南京，蒋介石重入总统府，八年的政治流亡生涯带给他心灵的创伤还没痊愈，就打起日本人的主意来了。当他得知八路军受降遭到日军抵抗时，对伺候左右的蒋经国密授：让马法五之属下暗示日军，只有国民党的部队才可以受降。

于是，在日本天皇宣布投降的中国战场上，出现了诡异的现象：国民党的军队和八路军、新四军打，准备缴械投降的日军也和八路军、新四军打。

《双十协定》完全变成一张空纸。但是，共产党人依旧没有放弃对和平建国的努力，由周恩来为中共总代表，到南京和蒋介石集团交涉、谈判，敦促蒋介石放弃内战，执行“双十协定”各个条款。

古都南京在抗日战争中是江南战场上的重灾区。蒋介石撤离南京后，侵华日军对南京市民进行大屠杀，三十万同胞死于侵华日军的屠刀下，制造了世界战争史上罕见的血案，也使这座名城蒙羞。南京有蒋介石借以标榜自己“名正”的中山陵，可否想过二十几个春秋的生灵涂炭早已不再“言顺”，何颜面对国父之灵？

为了拯救中华民族脱离战争苦海，让百年涂炭的祖国走向光明，受毛泽东和党中央的委托，周恩来等共产党人来到累累战争创伤的南京为达到和平建国而做进一步的努力。

入住梅园新村，周恩来立即展开工作。得知周恩来到达南京的消息，蒋介石悄然偕宋美龄启程庐山，到美庐遥控国民党的动作。南京方面依旧由张群、张治中等大员应酬。

毫无疑问，张治中是国民政府的忠实护卫者，也是三民主义的信徒，当然更是一名出色的军人。护驾委员长蒋介石，他视为天职。而共产党人的光明磊落和坚定的革命信念，令他由衷地敬佩。所以，张治中和周恩来已是政见不同、友谊却在的朋友了。

张治中是个帅气的将军，亦不乏儒雅之风。对共产党的领导者毛泽东、周恩来，他始终彬彬有礼。

“周公，我们又见面了。说实在的，真有如隔三秋之感。”

周恩来知道张治中并非寒暄之意。首先把自己看得很清楚的一双慧眼，也容易看清朋友。他看准了毛泽东，中国共产党才走出沼泽；他能分辨敌营中的正邪，才在政治的较量中把“和”字用得恰到好处。

梅园新村是中共在南京的办事处。巧的是和重庆的八路军办事处一样都有一个“新”字。旧都新村，恩来不无寓意——或是天意？

蒙蒙细雨中的紫金山上空渐渐露出太阳的笑脸，张治中打趣地对周恩来道：“周公大驾光临，连绵绵细雨都请出日头来。可喜啊！”

周恩来面带忧虑，“我担心的不是‘喜’而是‘惜’！”

“周副主席何出此言？”张治中确乎惊讶。

周恩来叹口气："你刚才笑谈细雨斜阳，使我想起王若飞、叶挺、秦邦宪和邓发等同志……"

张治中明白了，那是共产党方面极其沉重的损失，曾有人形容王若飞等人的空难好比塌下中共的半边天。但是，在张治中看来，那是一次航空意外事故，与政治无关。

"周副主席，对于叶挺将军等人的空难，我倍感遗憾。"

周恩来挥挥手，"有一段时间我面对云彩过敏似的……请文白不要误会，我绝无他意。"

"周副主席，"张治中道，"周副主席的为人何必解释？我也没有为谁辩护的意思。我希望国家不要再战乱。"

周恩来道："'双十协定'有了。但是内战并没有停止。我们希望大家都坚决执行协定。我们来南京是抱着解决问题的诚意来的，也希望贵方拿出解决问题的诚意来。"

"蒋委员长指令由张院长和我出面。"张治中解释，"委员长身体不适，到庐山静养去了。"

周恩来含蓄地一笑，对张治中道："是不是蒋先生有意回避我们？"

"哪里哪里！"张治中摇着头，不无尴尬。周恩来态度温和地道："可是有知情的美国记者披露，蒋先生躲到庐山，真正的原因是幕后指挥。围剿解放区，如此大规模的军事行动，作为国民党的军事委员长怎么会不清楚？"

"周副主席，文白无权对委员长质疑。还是谈谈您的意见吧！"

"好吧。"周恩来侃侃而谈，"我想，蒋先生也不会忘掉这一事实：从某个角度来讲，红军是国民党打出来的，八路军和新四军是在战争中壮大的，我们是不怕打仗的。从几百人的红军到几十万红色武装，经过了国内战争和八年抗战，已经是谁都无法忽视的力量。文白将军，我们中华民族自相残杀的错误行径应该停止了！"

"当然当然。"张治中叹口气，摇摇头却没再吭声。周恩来接着告诉张治中："请你告诉蒋先生，中共代表到南京来，不是来吵架的，更不是求他什么！而是希望大家把问题摆到桌面上来，解决问题。停止内战，落实'双十协定'是我们共同的责任。为了表明我们的立场，我们将举行记者招待会，将事实公布于众。因为，早晚大家会明白：人民群众会选择正义的。"

张治中诚恳地表示，一定将周恩来的话转与张群和蒋介石。

听了张治中的电话报告，在庐山的蒋介石很不高兴，训斥张治中："文白，你是了解周恩来这个人的，的确有一张难于招架的利嘴。你就不要和他认真地讲什么政治了。不要说岳军和你，恐怕我们几个人加起来也未必是谈判的对手。你只应酬好就行了……"

"应酬？"张治中怀疑自己的耳朵。

"难道真的让毛泽东、周恩来加入我们的政府吗？容忍第二武装存在吗？"

"……我在听，委员长！"

“听了就执行！”

蒋介石把电话挂了。

张治中这才明白周恩来的话是何等的准确无误。仿佛，国共两军摩擦的枪炮声就在耳边响起。这时，张治中感到无助和无奈，自己这个谈判代表其实只是蒋家王朝的整盘棋子中的一个马前卒：只能进不能退，走到头就死。要想在国共没有和棋的对弈中不致无谓牺牲，不能不动，不能后退，又不能死打硬冲，只有躲着车马炮，在“原地”横着迂回。

正是：

并非徐庶不思刘，
探母投曹都是愁！

第六十五回

司马龙珠深山救孤　东方玉梅太行多情

暂不叙中共中央副主席周恩来在南京和国民党谈判，以挽救越演越烈的内战局势，再看内战重启中的芸芸众生。

雪后的太行山白也枯寒、青也萧瑟，山风狂吹，不尽寒意刺骨来。在山间小路上艰难跋涉的石门市地下党负责人司马龙珠回头望望紧追的通讯员吴刚：“怎么啦？你这二十岁的小伙子还跟不上我这快知天命的半截老头？”

吴刚气喘吁吁：“这山路又陡又滑……司马书记，您可不像那么大年纪的！再说您的腿脚多利索呀！”

“我这双老腿，从洞庭湖到长沙，从井冈山到雪山草地，延安到太行山，都征服了千山万水，哪像你，一座山都没爬完过！”

“俺家住石门东边，是大平原，走远路坐小毛驴车……”

“没坐轿呀？”

“财主才坐得起轿子。俺家也算是穷人家，出门儿坐毛驴车也是蹭的。”

“什么叫蹭？”

“就是……好比你们南方说的借光。”

“借光不是南方口语，是北方话。怎么样，跟着我当通信员后悔吗？”

“没有的事！书记您看我哪儿不顺眼就直着批评教导。我什么时候说了？我参加革命，能跟着书记您得意还得意不够哩……”

司马龙珠往回伸出胳膊，把手递给吴刚，“来，搭把手。”

“那可不行！哪有首长伺候小兵子的——我行！”

“快点儿，还嘴硬！”

吴刚见首长瞪眼，只好把手伸给司马龙珠。

站在山头上，司马龙珠望望连绵无际的太行，感慨地说：“好雄伟啊！”吴刚脸上冒着热气，问首长：“听说南方不下雪，冬天也青山绿水的？”

“是啊！”

“那，您怎么不在南方干革命哩？省得冻得牙根儿都打哆嗦！”

“你呀，真得好好学学革命知识——有蹲在家门口革命到底的革命者吗？哪儿暖和在哪儿革命？幼稚呀小伙子！”

“嘿嘿嘿！”吴刚傻笑着，“那咱们什么时候把国民党打趴下呀，首长？”

司马龙珠乐了，“呵！问了这么不简单的大问题——你得问毛主席去。”

“问毛主席……您蒙我。就我？还见毛主席？连朱总司令也没见的福分啊？”

司马龙珠忍不住笑了，“见得着朱总司令就见得着毛主席啦！”

“我明白了，他们老在一块儿！早就在一块儿！”

吴刚知道井冈山的故事。见毛主席，做梦他都不敢想。太奢侈了！

天渐渐黑下来，莽莽群山正在悄悄睡去，寒冷随之加剧袭来。司马龙珠鼓励吴刚：“加油啊！前面就到平山了。和县委的同志接上头，管你一顿热腾腾的煮山药蛋吃。”

“是！”吴刚敬个礼，不无企盼。从参军不到几个月的连队抽调到地方给首长当通讯员，时间一长，他就喜欢上了没有官架子、没有暴脾气的市委副书记司马龙珠。

猛然间，从哪里传来几声断断续续的求救声。凭军人的直觉，司马龙珠马上断定前面有情况。

“注意！”

吴刚也警惕地振作精神，把手搭到手枪套上，两眼寻找着目标。

“走！上前看看怎么回事！”司马龙珠挥挥手，二人在昏暗中向前摸去。不一刻，就见山坳里灯光闪烁，一幢农舍隐隐约约呈现在面前。求救之声更加撕心裂肺：

“救命啊——”

分明是一个女子的声音。

“进去！”司马龙珠话声刚落，吴刚一个箭步冲上去朝着房门就是一脚“砰”——眼前的场景令吴刚惊骇不已：两个穿着讲究的男人正在轮奸一名妇女！因为少年未知男女事，吴刚羞怯地掉头对着书记发呆：“真不是东西……”

“放手！”司马龙珠大喝一声，把枪对着趴在女子身上继续作祟的坏蛋。另一名正在穿衣系带的家伙松开系腰带的手，弯腰抓枪推弹上膛，被清醒了的吴刚一枪击中面部，一个趔趄倒地身亡。正行奸事的那位坏蛋打个滚儿忙跪下，把两只手举起来，嘴里求饶：“爷爷饶命！爷爷饶命！”

司马龙珠喝令其穿起衣服，“你们这些衣冠禽兽，就知道欺压百姓为非作歹！”

“八路爷爷饶命！下次再也不敢了！”

“你们是干什么的？”司马龙珠询问，“为什么到深山来作恶？”

“我们是石门一师特务连侦察兵。”

“到这里来干什么？专门强奸妇女来？”

“不不，是执行任务，顺便……”

“执行什么任务？”

“这……”

吴刚急了，把枪一抖，“快说！不老实就毙了你！”

“我说我说！”那家伙浑身筛糠似的，眼都不敢抬，“听说有延安来的大官儿在平山一带活动，上级派了我们分成几个小分队侦探，任务就是抓活口，弄清中共战略意图。”

“把他绑起来！”

吴刚掏出绳索，刚要上前动手，那坏蛋猛地飞起一脚，把吴刚蹬个趔趄，坏蛋抬脚就跑。说时迟那时快，司马龙珠飞身上前用脚一勾把坏蛋撂倒，坏蛋打滚儿逃命，滚下山沟去了。司马龙珠往下望望，早已没了踪影。“是死是活随他去吧，走！”

这时，二人才忙着照顾那位被欺辱的妇女。系好衣带，蜷伏在屋角饮泣的女子用惊恐的目光瞅着司马龙珠和吴刚，双手交叉紧紧抱住胸部。吴刚对她解释：“别怕。我们是共产党，是来救你的。”

极度紧张和惊恐，女子依旧不肯开口说话。

“请站起来，”司马龙珠安慰她，“我们不会伤害你。告诉我，这里怎么只有你一个人？”

或许女子终于明白面前的中年人是好人，“哇”地大声哭出来：“我没脸见人了！”悲愤的哭声让司马龙珠心酸不已。兽性不如的日本侵略者、国民党匪帮丧尽天良，奸杀抢掠无所不干，受辱的何止此女一人？面对强暴，手无寸铁的弱女子又怎奈何？司马龙珠安慰女子道：“该死的不是你，是欺凌千千万万同胞姐妹的外贼内奸、欺压百姓的坏蛋。你年纪轻轻的，今后的路子还长。好日子等着你哩！为一个坏蛋而轻生不值得！”

女子望望司马龙珠，不无羞愧地低下头，没再言死。

女子诉说，她叫朱雪梅，是石门市休门街人。到平山县投亲途中被那两个坏蛋花言巧语欺骗，在途中被强行欺凌。司马龙珠问她：“兵荒马乱的，怎么一个人远行？”朱雪梅回道：在石门日子也不好过，虽然鬼子投降了，国民党进驻石门，老百姓还是没平安日子过，汉奸不治、鬼子不伐，就是强迫老百姓穿国民党军装扛枪打八路。村里的一个恶霸见自己的丈夫不在家，又有几分姿色，就蓄意霸占。惹不起逃得起，她原准备到平山表妹那里避避难，没想到半路上又遇到坏人！

“小妹妹，我们也是去平山的，咱们同路。我们护送你到平山，不用怕的。”

“俺不怕……算雪梅俺有福，遇见好人了。真不知怎么感谢大哥你。”

“不谢不谢。我们共产党就是为老百姓服务的。”

“啥叫服务？”

“就是为老百姓谋幸福、办好事。”

“俺明白了……还真是一点儿不假！”

“以前你没见过共产党吗？”

朱雪梅摇摇头，“听说共产党神出鬼没的，还会飞檐走壁，俺一个妇道人家，哪里见得着呀？”司马龙珠笑了，“你面前不就是两个共产党的人吗？没那么邪乎。我们和大家一样，也是普通的人。”朱雪梅瞅瞅，说：“黑咕隆咚的，俺看不清楚。”司马龙珠一听又笑了。

摸到平山县城，已是晚上九点多钟。等在接头地点的交通员马上带领司马龙珠等人来到县委副书记的家。没想到县委副书记竟是一位年轻漂亮的罕见女子。只见她：

帽下青丝刚过肩，
眼睛明亮两眉弯。
悬鼻直下嘴唇薄，
双耳轻垂玉颈鲜。
绿底白梅棉衣紧，
蓝天紫雾腰带缠。
不因女流威风少，
立地顶天俏婵娟。

“呵！好个漂亮英俊的女子。”司马龙珠暗暗感叹。

“您是司马书记？我是县委副书记东方玉梅，专候您的到来。”女子大方又热情，向司马龙珠伸出玉手。司马龙珠轻轻握住女子的手，如春冬两个季节相遇，马上礼貌地松开，“对不起，我的手太凉。”东方玉梅笑着道：“从冰天雪地来，哪有不凉的？我又不是泥捏的，没那么娇气。司马书记，快用热水洗把脸就好了。”说话间，只见朱雪梅“啊”地一怔，瞪着东方玉梅喊出声来：“表妹？你当了官儿了也不管我！”说着，两行热泪滚下来。

“这么巧？”司马龙珠大感意外。

“这是怎么回事？”东方玉梅如坠五里云雾之中。朱雪梅说不出话来，双手掩面一个劲儿地饮泣。

一觉醒来，已是日起三杆儿。司马龙珠忙起身叫吴刚，洗漱更衣刚毕，东方玉梅就亲自送上早餐：玉米面窝窝头、煮红薯和小米稀饭配以红萝卜咸菜。东方玉梅依旧是昨日的打扮，只不过腰间别上了一只勃朗宁小手枪，更显英姿勃勃，出类拔萃。

“司马书记是南方人，不知吃得惯棒子面儿、小米粥吗？这个地方没有大米啊！”说这番话的县委副书记更像一位体恤人的家庭主妇。

“不客气。”司马龙珠解释，“我们革命者走南闯北，树皮草根都吃过。延安那个地方不就是小米、南瓜吗？我的胃早换成北国饭袋了……咱们一起用吧？”

东方玉梅笑着摇摇手，“俺早吃过了。你们慢慢吃。我已准备好了三匹马，草料也喂了。”

“哦！就剩‘喂’人了。”司马龙珠打趣，“人比马吃得快，稍等。”东方玉梅听了忍不住就“咯咯”地笑起来，说：“司马书记你可真有意思！俺说话欠考虑啦！”司马龙珠把嚼在嘴里的窝窝头咽了，说：“你没错嘛！是实话。”东方玉梅强收敛了笑，说：“你吃，俺不打扰你了，去里屋等你们。”说着闪身进了里屋。司马龙珠一边喝粥一边点头："嗯嗯"，三下五除二，粥净起身，看看吴刚，狼吞虎咽结束，抹抹嘴儿报告，“饱了，首长。”司马龙珠乐了，说：“还不饱？你都吃了两个窝窝头、三块大红薯外加一碗小米粥！”吴刚不好意思地低头一笑，东方玉梅从里屋掀帘子走出来，说：“吃呗！盆盆里不是还有呀？又不是吃份子饭！吃饱喝足。”这一番话，使刚刚相识的他们宾主不分、上下无隙，就像过日子的一家人。被解救的小媳妇朱雪梅过来看望恩人，抿着嘴儿，想说句道谢的话又说不出来，只是用漂亮的大眼睛冲司马龙珠和吴刚直忽闪——司马龙珠这才看得清楚：朱雪梅也是个漂亮人儿。两个姑表姊妹往一块儿站，眉眼儿真挺像的。

“雪梅同志，有你这巾帼不让须眉的表妹，就踏踏实实先待着吧。穷人彻底翻身的日子不远了。”

朱雪梅信任地点着头，“嗯嗯。”

“再见！”司马龙珠和朱雪梅握手作别。朱雪梅的脸刷地红了——她从来没和人大大方方握过手，何况是男人，这么大的共产党的官儿!

三匹马在太行山里时而疾驰，时而缓行。吴刚跟在两个首长后边警惕地观察着四周的动静，不敢丝毫马虎。在平原长大的后生吴刚对大山产生好奇：这一座座山是怎么从地底下钻出来的哩?

在太行地区战斗、工作经年的石门市委副书记司马龙珠早已适应了北国的春夏秋冬。面对白雪皑皑的群山，他自知此行责任重大。中国共产党将要在华北地区开辟一个举足轻重的革命根据地，地点由自己初选后供中央筛选，必须慎之又慎。抗日战争胜利了，中国的革命事业并没有取得最后胜利。如果国共第三次合作彻底崩溃，那么，越演越烈的摩擦将升级为大规模的战争，或许不只是国共之间的争斗，外国势力怎样介入还不得而知。显然，将是国共之间的一场决战。

在他的记忆里，平山地区山险路陡，既有北国的雄伟险峻，又有江南之秀美婀娜，是太行山脉少有的胜地。由于交通闭塞，是占点不占面的国民党军涉足不到的地方，且有“一夫当关万夫莫开”之扼，相对安全。

“司马书记，”东方玉梅问，“昨晚您说您是湖南人，和毛主席是同乡？”

“是啊。”

“您认识毛主席吗？”

“岂止认识，还是我的老同学。”

“真的？”东方玉梅眉毛一扬，流露出不一般的惊喜。

“而且是毛泽东同志带领我走上革命道路的。”

东方玉梅一勒马缰，停止向前，问：“这么说，井冈山、长征你也经过了？”

“怎么，不像吗？”

东方玉梅望着司马的目光刹那间移开去，点点头，“谁说不像哩！”

巾帼的柔情被司马龙珠捕捉到了。

两匹马儿红和白；两个战士男和女。微风吹动着东方玉梅的秀发，也拨动着她的女儿心。她隐隐约约感到了自己内心里的一种莫名的冲动。

拍拍马背，枣红马轻轻扬蹄又行。费了好大劲，鼓足了勇气，她问："司马书记，您这么进步，您的夫人也是不小的干部吧？"

"哪里，我还没有成家。"司马龙珠不假思索而答。东方玉梅听了，一双明亮的秀眼瞅瞅司马龙珠，不无惊讶的样子，说："您还没成过家？"

"没有。"

"那是怎么回事？您都老大不小了？"

"还没顾上考虑这些，等革命胜利了再说吧。"

司马龙珠如是说绝不是随便应酬，这是他多年坚持的理念。或许是没有足以改变他的理念的缘分出现。

"你这个人真怪。"东方玉梅脱口而出。

"我怪？是么？"

"革命和婚姻二者不可兼顾吗？"

"对于我，有那么点儿。"这也是司马龙珠的真话。杨开慧、贺子珍都曾关心过他的婚姻大事，都被他婉言谢绝了。

一听这话，东方玉梅的心"咯噔"一下，暗暗骂自己：你都胡乱说什么呀？不害羞。人家是毛主席的同学和战友，眼皮儿肯定高得不行。你多什么情哩？

"玉梅同志，你看！"司马龙珠兴奋地指着群山包围着的一块盆地，"天然屏障，河水半绕着一片森林……好地方！这儿叫什么地方？"

"西柏坡。"东方玉梅轻轻地答。

"西柏坡——我看不错。就看领导们的意思了。玉梅同志，这件事暂时保密，绝密，只有你知道就行了。"

"俺明白。"东方玉梅应声，但没有看司马龙珠，而是目光望着山间那一片光杆儿森林的西柏坡。司马龙珠完全沉浸在工作的喜悦中，没有"捕捉"大姑娘那瞬间的情绪变化。

已经是深夜了，东方玉梅还睡不着，翻来覆去地在炕上折腾。表姐朱雪梅被噩梦惊醒，见表妹不能入睡，悄声问："梅子，怎么了呀？折腾来折腾去的不睡？"

"不是不睡，是睡不着。"

月色朦胧。风轻拍着纸窗，屋里更是朦朦胧胧。朱雪梅当然不知道，表妹东方玉梅的思绪也朦朦胧胧地理不清头绪。

朱雪梅试探着问："看你回来就没精打采的，是不是司马书记批评你了？"

"那才没有哩！我没犯错误什么的，凭啥批评人？"

“那，就是有了心思啦？”

东方玉梅翻身背对表姐，没好气地说：“没有没有！”

朱雪梅笑了，“没有才怪！就你这腔调儿就自已坦白了！”

东方玉梅不吭声，极力命令自已睡。可是，睡神依旧不眷顾她。朱雪梅是过来人，猜到到了待嫁之年的表妹思春也是常理。猛地，她想起今天表妹是陪司马书记和吴刚出去的。出去的时候喜气洋洋，怎么回来就霜打茄子似的蔫儿啦？莫非司马书记……

朱雪梅不敢往下想！但马上就自责：都哪儿跟哪儿呀？司马书记是那样的人吗？再说了，还有通讯员跟着呢！

莫非表妹她得了单相思了？

正在猜想，只见东方玉梅回过神来，长出一口气，问：“姐，你想姐夫不？”

“不想。”

“你骗人！”

“那告诉我，你想谁啦？”

“我？”

“是呀！你还没成家就想上啦，你说姐姐想不？”

东方玉梅道：“都是该死的战争，让人们妻离子散家破人亡！更可恨的国民党反动派，不肯放下内战的枪！姐，我呀，不受那个活罪，不想了，革命胜利了再找婆家。”

“啊？”朱雪梅惊讶地脱口而出，“你又糊弄姐姐！”

“真的！”东方玉梅口气挺硬。朱雪梅困极了，没精神再和表妹较真儿，很快，鼻子里就发出均匀的轻轻的鼾声。这下，东方玉梅就更睡不着了。

诗曰：

情窦既开合亦难，
芳心躁动苦还甜。
人间多少多情女，
苦辣酸甜一百年！

第六十六回

撤离延安不撤人心　不过黄河亦撼乾坤

全面内战的枪声打响了。既然已经撕去了面具，就不必遮遮掩掩了——攻击延安、除掉心头之患毛泽东就成为蒋介石的头等大事了。为一举踏平延安，拔掉飘扬在西北高原上的红色旗帜，蒋介石派他的得意门生胡宗南为总指挥，分几路大军围剿延安，扬言只要三个月就可消灭已经命名为解放军的中共武装力量。

正如毛泽东在重庆谈判时所言，蒋介石的中央军集中在点上——大中小城市里。延安，是中共唯一占领的城市，也是红色政权的心脏和神经中枢。在蒋介石的眼里，仿佛拿下延安就“拿下了”中共，就使共军没了心脏，没了首领，没有了让他吃不香、睡不安的红色武装！

“不管别人是如何考虑的，蒋介石总是按照自己的想法办事。”毛泽东后来总结性地评价蒋介石的一厢情愿。而毛泽东却是一个“知己知彼”的军事家，总能避开敌人的优势，以自己的长处攻击敌人的短处，最后达到胜利的目的。这次蒋介石大军围攻延安又和以往的“围剿”不同：地处黄土高原的延安没有井冈山的可攻可守的险要屏障，给以弱胜强增加了困难；二者，解放军各部队分布在华北、东北、江南抗日战场的收复地，不可能很快地支援延安，是跑不过国民党军的汽车轮子的。换句话说，面对汹涌而来的几十万国民党军，除副总司令彭德怀率领的一个军在陕北与胡宗南的三十万大军对抗外，毛泽东手下别无兵将。

尽管形势紧迫，由于有毛泽东和几大书记在，延安并没有产生恐慌和动荡。蒋介石派大军进攻延安的消息一传开，人们马上想到的就是“兵来将挡，水来土掩”，继续和老对手蒋介石较量罢了。

但是，毛泽东另有主张。

会议正在进行。五大常委围坐在粗陋的大板台周围，各抒己见。室内烟雾缭绕，呛得不吸烟的周恩来不时咳嗽几声。这已是十几个年头以来常常发生的场景了，没有人感到这样的环境有什么不妥。

从西安事变到重庆谈判再到蒋介石公然撕破协议，面临全面内战，这个优秀的领导集体有争论，也有分歧，但更容易形成一致的力量。在充分分析了时局和敌我双方的武装力量之后，大家一致赞同毛泽东的主张：

“撤出延安，无论是感情上还是工作上，都是艰难的。延安虽然贫困，但它是我们的家，十几年的家了。所谓穷家难舍么！实际上，即使国共和谈成功，建立联合政府，延安也许不是久留之地。文白将军不是说过吗？要我们到南京去住。我说怕热，住就住在延安，开会再去南京。我留恋这个穷山沟沟啊！”

一席话说得书记们的心里发热，同感倍生。在这里，每个人都用自己的体热温暖着大山，用自己的爱心体恤着老百姓，和千千万万红军战士、从四面八方投奔而来的热血青年一起，构建了一个空前绝后的大社会：官兵一致，人人平等，人人奉献但不计回报，生产劳动是每个人的基本课，主席、将军、士兵，都要纺线织布、开荒种地……这里是一个自觉地实践“大同社会”的摇篮。革命的大熔炉，为革命事业炼就了无数精英栋梁，为八年抗战和此后的三年解放战争奠定了基础。

毛泽东继续道：“今天上午，一个从井冈山跟过来的老红军见到我，一听到撤离的消息就两眼泪流，‘死也要守延安！这是用血的代价换来的苏区啊！’是啊，延安养育了我们，给了我们施展的舞台。但是，要想不丢失这个舞台，就得舍得坛坛罐罐，为将来占领更多、更大的城市而调整战略。要我们的指战员明白这个道理，也要给延安的老百姓讲清这个道理。今天暂时的放弃是为了将来永久的占领；今天的局部牺牲是为了明天全面的胜利。”

“我建议，马上召开师级以上将领会议，贯彻书记处的精神。”朱德总司令表态。

“还有地方政府县级以上的干部，都要参加。”周恩来补充。

“同意。”

刘少奇、任弼时赞成。

“好。”毛泽东宣布。这时，他没有往常会议达成一致时的毛氏微笑，脸上有掩饰不住的一丝伤感。周恩来最后一个陪着毛泽东离开会议室，互相用目光传递着内心世界。他们似乎都感到，无论今后要走多么艰难的路，两个人是有史以来朝朝代代都独一无二的政治搭档。

“主席，我留下，还有彭德怀。你同部队过黄河到河北。”周恩来提议。

“不是由朱老总和少奇同志到平山吗？”毛泽东反问，“我留在延安。”

周恩来知道毛泽东的脾气：他要坚持的，难以被改变。见周恩来还要说什么，毛泽东说出了一句话就使周恩来心服口服了。

“虽然撤出延安，但毛泽东还在陕北，中央还在陕北，不但牵制住敌人在陕北的几十万大军，减轻主力部队运动的压力，又使陕北的老百姓相信共产党和红色武装不会失去他们。”

毛泽东是一面旗帜，也是延安老百姓的主心骨。这已经没有什么人怀疑了。

“让江青同志带上李讷随部队转移吧。”周恩来总是那么细心周到，无论身处狂风暴雨还是风和日丽，从无例外。

“也好。”毛泽东同意。撤出延安而不过黄河，意味着毛泽东、周恩来带领着中央机关在陕北和几十万武装到牙齿的敌人周旋，困难和危险不得而知。让江青和李讷随其他家属安全转移，是情理之中的事。

当胡宗南的大军疯狂扑进延安时，方发现延安已是一座空城。胡宗南从车里跳出来，望着宝塔山上的宝塔哈哈大笑："毛泽东呀毛泽东，你也有胆怂的时候？哈哈，报捷！向南京报捷！"

一时间，右翼报纸上吹得神乎其神：什么毛泽东丢盔卸甲落荒而逃，延安城荣归党国；什么共军四下逃窜惶惶不可终日；国军彻底消灭"共匪"指日可待；等等。左翼报纸如《新华日报》等则发布消息：毛泽东主席还在陕北，指挥解放军对蒋介石的国民党反动派作战。一时间消息纷纷扬扬，莫衷一是。

夜色降临黄土高原，把神秘的面纱笼罩在陕北天地之间，很快就漆黑一片。安塞城外的葫芦谷有一座住着几十户人家的小山村，别看村子不大，却有三十多个村民参加了红军、八路军或解放军，是苏区有名的先进村。村党支部书记焦德昶是拥军模范，仅自己就送两个儿子爱山、爱林和姑娘爱岚参加了八路军和解放军。听到毛主席、党中央撤离延安的消息，焦德昶别提多难受了！又得到胡宗南占领延安的消息，就更加忧心忡忡！

"毛主席、党中央到哪里去了？他们现在安全吗？"

大大的问号一时也离不开焦德昶的脑壳壳。点起炕桌上的豆油灯，老人家盘腿坐在炕上，装上一袋旱烟，叼在嘴里，伸着脖子去豆粒儿大的火苗上点着了，慢慢地吸，然后使劲地从两只鼻孔里喷出两道烟雾，又慢慢地吸，再喷出两道烟雾……仿佛，他在用此消磨时光，缓解忧愁。老伴儿从里屋轻轻走出来，悄悄靠近他，关切地问："你不睡啦？天不早了。"

"我不睡。睡不着哩！"焦德昶摇摇头。

老伴儿安慰他："你着什么急哩？毛主席能着哩，蒋介石逮不着他……"

"瞧你这嘴！怎么说话哩？你以为是小孩子玩捉猫猫呀？"

"那该怎么说呀？"

焦德昶提醒老伴儿："毛主席是诸葛亮化身，用空城计智斗蒋介石。我不是告诉你了呀？毛主席不过黄河，不离开陕北，还和咱老百姓在一起。"

正在这时，听得有敲门声。焦德昶警惕地把灯一吹，"有情况！"老两口伏附在炕桌旁仔细听外面的动静。

又几声敲门声，伴随着轻声呼喊："老焦叔，我是二胖。"

"是二胖！"焦德昶这才打火点灯去开门——二胖是党支部成员，一定有什么情况！于是，赶紧开门把二胖让进院子里，反身插上门，低声问："有事？"

"有！"

"有就说！"

"我见着彭副总司令和县委刘书记了！"

"真？"

"那当然了！在葫芦谷口……"

焦德昶忙拽一把二胖，“屋里说，有‘尾巴’没有？”

“你当我傻呀？谁知道村里有没有蒋介石那边儿的奸细，提防着呢。”

进到屋里，二胖告诉焦德昶：“彭副总司令说，毛主席和周副主席都好着呢！说不定这两天就到咱们村住几天。刘书记强调，我们要有准备，保证毛主席的安全。”

“太好了！”焦德昶摩拳又擦掌，“别的好说，关键是那两个怀疑对象！”

“把他们收拾了得了！”

“别鲁莽！虽然知道他们跟咱不是一个心思，但没抓住现行，也不能随便动手。你当咱们是国民党反动派呀？”

“那怎么办？”

“从现在起，马上安排焦石头和李二旺暗中控制他们的举动，发现可疑再说。记住，想办法不让他们出村。明白吗？”

“明白了！”

送走二胖，焦德昶就往外走。老伴儿问他，焦德昶呵斥一句：“歇着你的！”就反锁了大门而去。

他要准备毛主席一行的吃住，要告诉党员们做好群众工作：有毛主席在，胜利早晚是我们的！

毛泽东的确没有离开陕北，还有副主席周恩来、任弼时和副总司令彭德怀等领导同志。跟随和保卫中央机关的是仅有几百人的中央警备团，其他留下来的部队则由彭德怀率领着，和国民党汹涌而来的军队迂回作战，上演着一场惊心动魄的斗智、斗勇、斗耐力的较量，配合着毛泽东，把国民党的几十万大军吸引在陕北的黄土高原上。解放军的主力部队则按照中央的部署，集中优势兵力，在华北、黄河流域及东北地区一个个吃掉薄弱环节的国民党武装。

得到拿下延安的捷报之后，正在重庆的蒋介石怀着极大好奇心乘机前往延安，看看传奇人物毛泽东到底是以什么绝招发动群众，使数不清的青年学生乃至大知识分子投奔延安。走进毛泽东生活、工作了十几个年头的窑洞，蒋介石先是惊愕，继而迷惘，进而感慨，接着得意地冷笑一声：毛润之，你这是何苦呢？只要肯归顺政府，凭你的才华，总要安排个差不多的一官半职！不至在这山洞里搞什么共产主义，落得个流亡山沟、来日不保的下场！

蒋介石再一次低估了毛泽东。表象上他始终占着上风，其实逆风而起的毛泽东由呐喊的书生而组织武装起义，连“牌儿”都没有的“共匪”最终在西安事变后成为国民革命军系列之成员。虽然撕毁协议，天下人毕竟知道了蒋介石向世人公开的四项承诺：

人民之自由：人民享有身体、信仰、言论、出版、集会、结社之自由，现行法令，以此原则分别予以废止或修正。司法与警察以外机关，不得拘

捕、审讯及处罚人民。

政党之合法地位：各政党在法律之前，一律平等，并得在法律范围之内公开活动。

普选：各地积极推行地方自治，依法进行自下而上之普选。

政治犯：政治犯除汉奸及确有危害民国之行为者外，分别予以释放。

当然，世人也明白了蒋介石背叛了他的这四项诺言。他已再次失信于天下。

内战之发动，所谓蒋介石负责任者，有毛泽东和蒋介石的不同指令，是很容易明辨是非的。蒋介石在一连三次电邀毛泽东到重庆和平谈判之前就秘密向部队发放《剿匪手本》，在"双十协定"之后的第三天又密令部下"遵照中正所订《剿匪手本》，督励所属，努力进剿，迅速达成任务。"而毛泽东则在回到延安后的十月十七日告诫全党："谈判是有收获的。国民党承认了和平团结的方针和人民的某些民主权利，承认了避免内战，两党和平合作建设新中国。"一九四六年二月一日，由刘少奇起草，以中共中央的名义指示全党"重庆政治协商会议……已获得重大结果。""中国革命的主要斗争形式，目前已由武装斗争转变为非武装的群众的议会斗争，国内问题由政治方式来解决。党的全部工作必须适应这一新的形势。""我党即将参加政府……我们的军队将整编为正式的国军……在整编后的军队中，政治委员、党的支部、党务委员会等即将取消，党将停止对军队的直接领导"等等。并对干部队伍中存在的"主要危险倾向狭隘的关门主义"提出批评，认为是"党内目前主要危险倾向"。

谁是真求和平并付诸行动，谁是打着和平的幌子动手打内战，不是很清楚了吗？

但是，毛泽东和他领导的红色武装再次被逼上梁山！

毛泽东未能到热切期盼他住几天的葫芦谷村，因为战争环境不允许他的团队有行程上的雷打不动的预定计划。但是，已在人民心中扎根的毛泽东有无数个葫芦谷一样的山村期待着他和他的团队。这天，在甩掉了敌人的追击之后，夜行日歇的中央机关来到了日光峪。已是午夜时分，天公故意和夜行军开起玩笑，淅沥沥下起小雨来。周恩来和毛泽东商量，部队暂时避雨休息。为了不惊动已经休息了的乡亲们，毛泽东下令部队不要进老百姓的院子，就在大街上找个能遮雨的地方休息。在晋冀陕一带，大凡村落都有两庙：土地庙和关公庙，日光峪也不例外。杨尚昆亲自察看了土地庙和关公庙后，决定请毛泽东、周恩来和任弼时三位首长进保存较为完好的土地庙休息。富有革命乐观主义精神的毛泽东进得庙来，望望泥塑的土地爷像，不失幽默地道："很抱歉，打扰你们休息了！"卫士组长李银桥一听就乐了。

"你乐么子？"毛泽东似乎很认真的样子，"土地爷不容易，最基层，连妖魔鬼怪都欺负他。其实，他是劳动人民的化身。神仙群里，唯有土地爷最位卑、贴近劳动人民。我们为什么不同情一下呢！"李银桥拧拧毛巾的水递给毛泽东，说："主席就是主席，什么问题都解得开。我们老家也供着土地爷，我小的时候还断不了路过土地庙，甚至进去耍，可从来没像主席这样琢磨过。”

“对了，银桥，你为什么不叫金桥呢？”毛泽东思想活跃得很，不忙的时候就会捕捉生活中的某些细节问题。

李银桥随口就答：“我妈说过，叫金桥太金贵，怕我命没有那么硬，承受不起。”

“原来如此！看来你父母也是忠厚老实人。”毛泽东点着头，突然想起什么，用商量的口气对李银桥说：“对了，你从恩来那里到我身边的时候，我们讲好是一年，我放你走的……”

李银桥一听忙把话接过去，说：“我不是没离开吗？再说，我也没说要离开呀！”

说着的时候，李银桥动了感情，嗓子里像卡住什么东西似的，是雨淋未擦，还是泪水所致，昏暗的马灯灯光之下，他的眼睛是湿润的。

一年前，周恩来把跟随自己的卫士李银桥推荐给毛泽东。谁知李银桥第一次见毛泽东时就实话实说：不愿意到毛泽东身边来。毛泽东一怔，就问他为什么，是自己哪儿惹李银桥不喜欢吗？李银桥摇摇头，说：“那倒不是。”

“那又为么子？”毛泽东没生气，反倒为这名小战士的直爽来了兴趣。

“跟着首长进步太慢。”

“哦？跟着首长进步慢？”毛泽东听着一怔。

“就是吹。和我一起参加革命的人，有的都当上连长啦！可我还是个兵。我憋足了劲儿，下连队，当战斗英雄！”

原来如此！毛泽东没有批评他，而是和他商量：“你看这样好不好？我这里确实需要个合得来的人……你在我这里待一年，我放你走，到连队，去当战斗英雄！”

一年的“协议期”早过，毛泽东终于想起了自己的承诺来。当李银桥表示自己“舍不得离开时”，毛泽东也感动了，说：“那，你再待一年，看我怎样和蒋介石斗争，打败蒋介石。”李银桥默默地点点头，表示同意。

有早起的村民发现了雨中避在磨道里、门洞旁、树冠下抱枪而睡的解放军，立刻唤起还没睡醒的乡亲们，纷纷打开门，把战士们请到家里休息，熬热粥、煮鸡蛋、贴饼子招待人民子弟兵。毛泽东被惊醒了，睁睁眼问：“天还黑么！啥子闹哄？”李银桥告诉他，是乡亲们发现了同志们露宿街头，把解放军请到家里暖和招待。也是性情中人的毛泽东听了无限感慨，说：“鱼离不开水啊！”

部队出发了，要和胡宗南、刘峙指挥的几十万大军继续周旋。以三五百人之旅和几十万大军在秦皇古战场斗勇斗智，就是唱空城计的诸葛孔明也望尘莫及。三五百人，几乎是中共党政军之首脑和神经中枢，万一正面遭遇到国民党的大部队，几乎没有可以脱身的可能。那样，中国革命的损失就太大了，甚至历史将因为没有毛泽东、周恩来而改写。

历史等待大英雄创造奇迹。这个奇迹不是换汤不换药的封建专制，而是民主中国的诞生。她同时不同于西方现行之所谓民主即资产阶级政客操纵的民主，而是真正意义上的民主即人民群众当家作主的崭新社会。为了这一理想之实现，多少仁人志士前赴后继，用热血推动着中国革命前进步伐。戊戌变法虽仅为维新但算得上是冲破旧牢笼的一声呐喊；辛亥革命一举推翻几千年封建统治，迎来了民主的曙光而袭来“黎明前的黑暗”。红太阳何时升起东方？

李有源的歌声也是解放区人民的心声：

东方红，太阳升，
中国出了个毛泽东。
他为人民谋幸福，
他是人民大救星。

这是历史的选择。现在，似乎要听天意了！

细心的周恩来理解毛泽东战略部署的初衷。他更为毛泽东宽大的革命胸怀折服，同时也为目前的险境暗暗捏一把汗。从瑞金与毛泽东共事以来，他就明白敢于冒险的毛泽东总能逢凶化吉，细细分析，那是毛泽东非凡的战略家的眼光、军事家的谋略加上政治家的智慧融合的结果。而依靠群众、依靠老百姓则是获胜的法宝。毛泽东敢于只带领中直机关在几十万敌军的围困之中轻松迂回，正是他把战略家的眼光、军事家的谋略和政治家的智慧发挥到极致，相信人民群众则是他决策的底线。

追兵将至，小而不精的队伍行军并不利索，背负的是庞大的中央机关。天公似乎要和这支几百人的队伍较劲儿，哗啦啦降下大雨来。少雨的黄土高原突降大雨，对于敌我双方都是个措手不及！

乌云密布，电闪雷鸣，黄土高原似乎在跳跃，大地似乎在倾斜，山水似乎在翻腾——而行进中的队伍被雨打、被风吹、被雷震、被寒侵，但这些都可以忍受，不能不顾的是方向，部队往哪儿走？

与胡宗南周旋于陕北，没有既定之方向和目标点。

电闪雷鸣之中，任弼时突然发现横在部队面前的是汹涌澎湃的一条大河，不由得对着周恩来惊呼：“黄河！是黄河！”

周恩来用手挡着雨水瞭望，挡在大家面前的正是那条桀骜不驯的黄河！大唐诗仙李白叹其“天上来”。的确，它从青藏高原咆哮而下，九曲十八弯而归大海，途经西域兰州而北上蒙古大草原，和蒙古首府呼和浩特吻别南下，把陕、晋分为东西，才浩浩荡荡跨过中原向东而去！忧虑中的周恩来不仅一喜，对任弼时道：“是啊，是黄河。黄河那边就是我们的控制区域了。”

任弼时点点头，说：“既然如此，我们是否考虑先东渡黄河，把敌军彻底甩掉。”

“是啊。”周恩来说着，眼睛没有离开雨中黄河，仿佛在天地水一色中寻找着渡河的途径。任弼时靠近周恩来，说：“问问主席吧？他说过不过黄河呀！可是，现在的情况是敌军三面包抄过来，我们没有别的路走。”

任弼时讲的也正是周恩来忧虑的。尽管如此，周恩来知道毛泽东的脾性，他向外界宣布过中央不离开陕北，自已不离开陕北，要毛泽东食言，几乎不可能。任弼时似乎明白周恩来的顾虑，但是，留得青山在，不怕没柴烧，躲过眼前的灾难，再杀回马枪回陕北嘛。

“我去和主席说。”任弼时清楚，红军也好中央也罢，在延安之前，周恩来执掌大权，毛泽东建言而已；延安之后，毛泽东已在党政军内树立起绝对威信，甘居其后的周恩来和毛泽东配合用“相得益彰”或“天衣无缝”来形容不为夸张。任弼时觉得，为了党的命运乃至共产主义的伟大事业，毛泽东不必执拗不离开陕北的承诺，如果中央机关的这没有战斗力的一干人马落入敌手，什么承诺都会是一句空话了。

雨越下越大，大到睁不开眼睛，根本无法认路。风也疯了似的卷来，像要撕裂这个世界。为了毛泽东的安全，李银桥和几名卫士把毛泽东围在中间，在毛泽东的头上扯起一块油布避雨挡风。周恩来和任弼时凑过来，大声问毛泽东：“主席，看来这雨一时半会儿停不下来呀！”毛泽东没有说话，两手在身上乱摸。周恩来马上明白了，“主席要吸烟”，便挤进油布下，从自已的口袋里掏出一包延安边区生产的“大生产”牌卷烟。烟盒被包裹在层层油布里面，幸好没有被雨水打湿。周恩来抽出一支卷烟递给毛泽东，毛泽东摸出火柴，连划几根都划不出火花来。

“我来。”李银桥撒开擎举油布的手——早有另一个卫士上前接替——弯身接过毛泽东手里的火柴，小心翼翼地划，再划，同样不见火花迸现。借着闪电光瞅见，火柴盒里只剩下三根火柴了！李银桥的手软了。

“把火柴给我。”周恩来从李银桥手中接过火柴，屏住气，轻轻一划，失败了。再取又划，又失败了。周恩来抬眼望见毛泽东那凝神的脸和停在胸前的手，等待着火点燃的烟。

“嚓！”第三根也是最后一根火柴奇迹般划着了！卫士们惊喜地不约而同地轻呼：“着了！”

风雨声大惊呼声弱，毛泽东还是听到了“着了”二字，便低头叼住卷烟往火苗上凑，就在火光闪烁之间，举着遮在毛泽东头上油布的一名卫士手一抖动，水正好浇下来打灭了本就微弱的火苗，夹在毛泽东手指间的那支烟遇水解体，冲落地下。

“烟呢？”毛泽东吼一声。这一声吼令众人的心发紧：关键的时候没有烟，是毛泽东不能接受的。毛泽东不善酒，但离不开烟。

“烟，烟呢？”毛泽东又喊。

烟，就在自已囊中。但是，没有了火柴，等于没有烟。周恩来知道，烟是毛泽东思考问题时的无形神经，不能没有。他理解毛泽东此时的情绪，是选择命运之路的宣泄，

他理解这位个性十足的政治家。

“火柴！谁有火柴？”周恩来大声问。中央机关吸烟的不止毛泽东一人。但被大雨浇个透，谁的身上还会幸存不湿的火柴呢！

没人回答，只有电闪雷鸣、狂风暴雨的肆虐声。

正在窘迫之际，只见毛泽东的马夫凑了过来，“周副主席，我这里有……”

“快拿来！”周恩来冲马夫伸出手。

“是火镰。”

“哦！”周恩来把手缩回，说，“只要能取火就行。快！”

马夫是个从井冈山起就跟着毛泽东的老战士，为人老实，本分细心。火镰加绒毛，是他有备而藏的，曾几次为毛泽东点烟取火救急。只见马夫躲在油布底下弯下身子，把火石和火绒掐在手里，另一只手拿着火镰往火石上打，“嚓！嚓！”火星迸处，火绒被点着了。古老的取火术发挥了作用，缓解了不得而知的后果。

火绒被顶在卷烟顶端，随吸气而光大，一股烟味儿在卫士们围起的“帐篷”下四溢。周恩来为毛泽东点燃了一支烟。

毛泽东大口地吸着烟。周恩来明白，面前形势十分危急，毛泽东面对的抉择同样是困难的：是过黄河避开风险？还是坚持和十万国民党的追兵迂回？

“主席，我们过河吧？我们还可以再回来。”

不是任弼时，也不是周恩来，是卫士中有人忍不住央求毛泽东。

“屁话！谁说的？”毛泽东质问，“我说过的，不过黄河！”

周恩来知道，“不过黄河”不仅是毛泽东对陕北人民的承诺，也是他的革命信念。可是，凡事都可能有偶然性，面对后面的追兵，前面的黄河，就是阻挡国民党军前进的屏障，只要渡过去，却可以成为一条生路。这时，一个战士自告奋勇：

“报告主席、周副主席，我是当地人，知道不用渡船就能凫水过河的路。”

任弼时就此建言：“主席，是不是可以考虑这个方案？”

毛泽东把手中的烟蒂往地上一甩，说：“不！不过黄河！继续前行。”

这时，风雨渐小，人们可以清楚地看到呼啸奔腾的黄河的本来面目，看得清楚面前的路是通向两山之间的山沟里。令大家焦急的是前面出现了伏兵：刘峙大军已占领高地待战——密集的枪炮朝这边射来！

“怎么办？”人们把目光投向毛泽东，等待统帅的命令。卫士们纷纷子弹上膛。不足二百人的警卫部队拉开了拼的架势。毛泽东大手一挥，喝声“走！”，第一个大步朝着山里——伏兵压阵的方向走去。机警的李银桥忙抢到毛泽东的前头，随后，其他卫士也跟上去！周恩来挥挥手，“部队”跟在毛泽东身后向前！突然，迎面山上的枪声哑巴了——敌人停止了射击！没有人顾得上问为什么，跟在毛泽东、周恩来、任弼时之后疾行。在山顶守敌众目睽睽之下，一支不成规模的“共军”迅速走进大山，清醒过来的刘峙下令再次射击的时候，那支不可思议的部队已转进山里没了踪影！

黄河在咆哮。大山沐浴着雨后的阳光。毛泽东又一次避过被活捉、被歼灭的风险，向世人证明毛泽东和党中央确实留在陕西。坚持在陕北的解放军部队，在副总司令彭德怀的带领下有力地战胜并牵制着胡宗南的大军，使蒋介石集团重兵不离陕西，而解放军主力则在其他战场按毛泽东的战略有条不紊地进行战斗。

有诗为证：

战略部署堪有神，
三山五岳转乾坤。
轻骑四百黄河岸，
创下传奇给后人。

第六十七回

抢关东国共角逐　战锦州辽沈尘定

随着战争形势的进展，解放军日益壮大、国民党军日见萎缩，国共双方的武装力量由以强剿弱到势均力敌，不但使蒋介石对于自己要三个月消灭共产党的大话脸红，更认识到同毛泽东的较量不是可以用时间来推算的。而毛泽东却明确指出彻底打败国民党可以在三到五年之间完成。

恨不得一口吃掉毛泽东的蒋介石一直按“擒贼先擒王”的逻辑，几十年来莫不如是，并不曾伤到毛泽东的一根毫毛，反被毛泽东牵着自己的鼻子转，而毛泽东却因势利导发展壮大。现在，战场上获得主动的反而成了毛泽东！华北重镇石门被解放军攻克，令蒋介石震惊，朝野轰动：毛泽东的解放军开始进入反攻阶段了！

毛泽东离开了黄土高原，离开了陕北，同他的战友恩来、弼时及中央机关东渡黄河，到河北去和立足于西柏坡根据地的刘少奇、朱德总司令汇合。这意味着中国共产党将正式亮相政治舞台。由于解放军已控制了陕、晋北部大部分地区，毛泽东渡过黄河后在山西境内没遇到多少麻烦。在五台山瞻仰文殊菩萨之后，就来到华北解放区的冀中军分区驻地——阜平县南王庄。这里距石门——后更名石家庄的平山县境内的西柏坡不过百公里之遥，是一分为二的中共中央领导机构合二为一的最后一站。周恩来和任弼时稍事休息后便直奔西柏坡，留下毛泽东在冀中军分区驻地休养歇息，伺机南下西柏坡。

司令员聂荣臻为毛泽东安置的“家”是华北地区典型的农村院落，正房有明有暗，宽大舒适，厢房分列左右，齐整清洁。聂荣臻指示分区后勤部调最好的伙夫和管理员为毛泽东服务，并对“家”的周围环境进行梳理，以确保对毛泽东的安全。

毛泽东的心情极好。陕北的特殊战争把蒋介石搞得云里雾里，毛泽东也为解放战争的新格局付出了身心的代价，现在可以在暂时的“安乐窝”里休息一下了！无论怎样的艰难困苦和危急情况都不肯撇下的几箱书被摆列出来，供毛泽东随时享用——书，是它们主人的真正的情人：无论古今中外、天南地北，才子佳人、帝王将相，风土人情、政治风云，它们和他互相倾诉交流，如糖似蜜，如胶似漆，常常为没有佳肴美酒的盛宴开怀，为非亲非故的诸家名流不平！书，是毛泽东的另一个精神世界。

屋外阳光明媚。室内寂静安详。昨晚通读至清晨日上三竿，毛泽东在轻松愉悦中睡去。李银桥早已适应了毛泽东的工作和生活规律，总是在服侍毛泽东卧床休息，仔细检查卫士当值情况无误后，才到一旁合眼休息。作为卫士组长，梦中的李银桥也会半个神经不睡——屋外院里传来一阵嘈杂声把李银桥惊动，一个鲤鱼打挺起身下床，冲出休息室，问当值卫士：“什么事？”

“有敌机！”卫士紧张得不得了，“快请主席隐蔽！”

果然，天空中有飞机的轰鸣声传来。二话不说，李银桥转身来到毛泽东的卧室，轻轻叫道：“主席醒醒！”

毛泽东是最恼火熟睡时有人打扰的，李银桥也不例外。

“么事？”毛泽东强睁睡眼，很不耐烦。

“敌机来了！请主席快隐蔽！”李银桥说着上前扶持毛泽东起身，毛泽东一甩胳膊撵李银桥，“叫它来哩，我不怕！”

是啊！从井冈山揭竿而起，几次反“围剿”、长征路上、八年抗战、一年多的陕北转战生涯，多少飞机在毛泽东的头上飞过、炸过，毛泽东躲过怕过吗？

“主席！”军分区的保卫处长急冲冲撞进来，“快！快请主席隐蔽！看样子敌机是有目标来的！直在这一带上边盘旋！快！”

李银桥知道情况危急，但面对执拗的毛泽东却无可奈何。他是负责毛泽东安全的贴身卫士组长，更是不敢也不会违背毛泽东意愿的忠诚战士。他焦急地直搓双手，又不知如何是好。正在无计可施之际，只听一个浓重的川音喊着：“主席怎么还没隐蔽？快进防空洞！”

是毛泽东的爱将、司令员聂荣臻到了！

“我什么时候怕过它？”毛泽东轻蔑地用手往屋顶比划着，“瞎咋呼么！”

“你……”聂荣臻真的急眼了！他知道自己是理论不过毛泽东的，急得双眼瞪圆，扫视之后，大声命令：“摘掉门板，把主席抬走！”

“是！”

大家摘门板的摘门板，抬毛泽东的抬毛泽东，把毛泽东强行按到门板上后，几个人抬起来就飞快地冲进防空洞。就在大家把抬着毛泽东的门板放到防空洞地下的刹那间，只听“轰”的一声巨响，一颗炸弹落在院子里！久经沙场的司令员聂荣臻不禁惊出一身冷汗，“好险哪……”

这是一次由潜伏在军区后勤部食堂的国民党特务递送情报，图谋祸害毛泽东的“斩首行动”。费尽心机、由蒋介石父子亲自策划指挥的阴谋又一次落空，却让毛泽东告别了三年内战的最后一次人身危险，开始演绎中国战争史上绝无仅有、不可重复、经典卓绝的人民战争史话。

西柏坡，距石家庄市三十公里之遥的小山村，位于平山县境内的太行山麓，山环水绕，林密草丰。千百年来封闭在大山里的小村子突然来了无人不晓的共产党的大干部们，还有南腔北调但一律胸前缝着解放军布牌牌的粗布制服的大兵们，真是做梦都没有的新鲜事儿。

更新鲜的还在于，这些人对老百姓特别客气礼貌，甚至给老百姓帮忙、当不要工钱

的短工，挑水、扫院子是常事，看病扎针不稀奇，访贫问苦暖和人……连人见人敬礼的主席毛泽东、朱德都礼贤下士，亲得像一家人。一天晚饭后在村外散步小憩的毛泽东和朱德总司令被一位年轻漂亮的女同志追过来，敬礼时激动得话都说不利索：

“首长……好！”

毛、朱停下脚步，打量着面前的女子，是个陌生的面孔。毛泽东微笑着问道：“半路上杀出来的不是程咬金，是个巾帼么！”朱德乐呵呵地问：“小同志，你在哪个单位工作呀？”

“刚调来——到中直机关报到去。大老远认出两位首长，就贸然过来问候。您不怪我吧？”

毛、朱被这位爽快的女子逗乐了，互相点着头，说：“不怪不怪。”就连跟在他们身后的卫士组长李银桥也抿住嘴强忍着笑：这个姑娘可真愣哩！

“我叫东方玉梅，从县委调来的。主席，我认识你的老同学呢！”

毛泽东“哦”一声，说：“认识我的老同学？那他可是不小年纪了！谁呢？肖三？不会，他没在西柏坡；萧子升？早已是闲云野鹤喽……”

“你说的那些人我没听说过，都不是。”

“我料你也认不得他们嘛！”

毛泽东和朱德相视而笑。东方玉梅忙把话说清楚：“他叫司马龙珠，是您的老同学对吗？”

“对，对！”毛泽东对朱德道，“看看，我倒把大司马给忘了。”又问东方玉梅：“他人在哪里？我还没见着他哪！”

“看看！我正要打听，您把‘皮球’给踢回来啦！”东方玉梅撅起嘴——在两位大首长面前，她“定位”就是孩子，不无撒娇之意。

“这问题严重得很哩！”毛泽东故作严肃，“怕是这位巾帼要在老同学面前告我毛泽东的状哩！”

“俺才不哩！”东方玉梅敬个礼，“首长再见！”然后，怀着满足也带着遗憾转身跑开。纪律早有规定，不能随便干扰首长。今天运气好，虽然莽撞了点儿，总算首长不怪罪。只是装到心里再也拽不出来的市委副书记大司马再也无缘得见。

朱德望着东方玉梅跑去的背影对毛泽东说：“你的那位司马同学怎么回事？还没考虑个人的事？”毛泽东道：“当初，开慧和子珍都为他操过心，他都婉言拒绝了。”

“为什么？”

“他就那一句话：革命胜利了再谈。”

朱德没有言声。他知道，坚持如此婚姻观的同志不止司马龙珠一人。但是，革命的胜利没有一个简单的标准答案啊！

“这个女同志不错。”毛泽东若有所思，好像自言自语，又好像说给老搭档朱德听。朱德把话接过，说：“有机会，我们玉成鸳鸯共池么！”

毛泽东点点头："就看大司马有没有这个缘分喽。"

战争的形势继续朝着有利于解放军的方向发展。在主持召开中国共产党七届全会之时，毛泽东指出：中国人民解放军到了大反攻的阶段，开始以消灭敌人的有生力量为主，由"面"向"点"发展——以夺取大中城市为战略目标，在最短的时间内消灭国民党武装，解放全中国！

随后，在中央政治局扩大会议上，毛泽东的战略意见为政治局通过：增兵东北，占领中国之重工业基地，为解放全中国奠定有力的基础。

林彪是这一关键决策中的重要人物，一个被称作"常胜将军"的司令员，在抗日战争中首领风骚的个性将领。此时，他已领兵七十余万，辖十一个军、五十四个师和一个炮兵纵队、三十万地方部队，兵力超过在东北的国民党军五十五万人近一倍之多。部队之装备如大炮、战车、重机枪等武器也胜于在关内其他战场上的野战军。再加上东北之敌被解放军分割于长春、沈阳和锦州几个区域之内，难以互相支援，这些，都是取得战争胜利的有利因素。

毛泽东认为："夺取东北全面胜利，将促进和加快全国解放之步伐。现在看来，再有一年左右的时间就可以打败国民党反动政府了！"

大家信心十足。对于预言家的话纷纷点头，因为在一九四六年不可避免的内战爆发之时，毛泽东就预言用三五年左右的时间消灭国民党反动势力。而事实证明毛泽东的预言不但不含水分，且是留有余地的。

毛泽东重点分析东北战役的敌我双方力量对比和战略目标，"东北之战，是影响后面两个战役的第一战，甚至是决定解放战争命运的第一战役。"

任弼时道："请主席谈谈你的战略部署。"

"置长春、沈阳而不顾，先拿下锦州。"毛泽东成竹在胸，话语坚定。周恩来赞同道："嗯，这样，就掐住了'咽喉'，把卫立煌的几十万大军关在东北，我们回过头去再吃掉长春、沈阳。"毛泽东望望朱德，老总走到军用地图前，审视片刻，说："要守住入海口，不能让他从海上溜掉。"

"对于东北，蒋介石是骑虎难下：扔下撤走，舍不得也拔不出腿来；打，又顾虑重重。"毛泽东是知己知彼的军事家，早已把东北战场上的形势分析得十分透彻，"我看，可以请老虎出山了。"

毛泽东说的老虎，就是东北野战军司令员林彪。朱德补充："有他的最佳搭档罗荣桓做他的政治委员，我才心里踏实。"

老总的话有画外音。大家都明白，林彪是打仗的高手，但脾性偏执。少年气盛时连毛泽东都敢顶撞。虽然二万五千里长征尤其是遵义会议之后，在将帅林立、群星云集的革命队伍里，无不对毛泽东尊重臣服，包括他林彪，但此人仍有"将在外君命有所不受"的可能，不能不引起重视。东北之决战实为国共之关键一战，不能有丝毫纰漏。

“那就由林彪、罗荣桓、刘亚楼组成前敌委员会，林彪为书记，”周恩来提议，“由林彪统一指挥。”周恩来这样说是有道理的。此前，中央为了东北之战，已经派出了大批高级政治干部深入到了广袤的黑土地上开展工作，将领更是星光灿烂，既有谭政、萧劲光、黄克诚等战神，还有陶铸、肖华、李天佑等名将，人员组成如下：

司令员　林彪　（代号 101）
政治委员　罗荣桓　（代号 102）
参谋长　刘亚楼　（代号 103）
副政治委员兼政治部主任　谭政
政治部副主任　陶铸
作战处处长　苏静

第一兵团指挥员：
司令员　萧劲光
副司令员　陈伯钧
政委　肖华
政治部主任　唐天际
参谋长　解方
副参谋长　潘朔端

第二兵团指挥员：
司令员　程子华
政委　黄克诚

各纵队：
第一纵队　（38 军）司令员李天佑　政委梁必业
第二纵队　（39 军）司令员刘震　政委吴法宪　参谋长吴信泉
第三纵队　（40 军）司令员韩先楚　政委罗舜初
第四纵队　（41 军）司令员吴克华　政委莫文华　副司令员胡奇才
第五纵队　（42 军）司令员万毅　副司令员吴瑞林　政委刘兴元
第六纵队　（43 军）司令员黄永胜　副司令员杨国夫、李作鹏
政委赖传珠　参谋长黄一平
第七纵队　（44 军）司令员邓华　政委吴富善
第八纵队　（45 军）司令员段苏权　政委邱会作
第九纵队　（46 军）司令员詹才芳　政委李中权

第十纵队（47军）司令员梁兴初　政委周赤萍

第十一纵队（48军）司令员贺晋年　政委陈仁麒

第十二纵队（49军）司令员钟伟　副司令员熊伯涛　政委袁升平
　　参谋长王亢

炮兵纵队司令　朱瑞（继任苏进）

而敌方为：

东北剿匪总司令　卫立煌

副总司令　杜聿明、郑洞国、范汉杰、梁华盛、孙渡、万福麟、张作相、
　　马占山、陈铁

参谋长　赵家骧

锦州指挥所主任　范汉杰

副主任　贺奎

第一兵团

司令　郑洞国（辖新编第七军和第六十军）

第新编第七军军长李鸿（辖新编第38师、253师和290师）

第六十军军长曾泽生（辖第182师、265师和286师）

第八兵团

司令　周福成（辖第五十三军和第六军）

第五十三军军长周福成（辖第116师、130师和270师）

第六军军长罗又伦（辖第207师、165师）

第九兵团

司令　廖耀湘（辖新编第一军、新编第三军、新编第六军、第四十九军、
　　第七十一军、第五十二军及骑兵司令部）

新编第一军军长潘裕昆（辖新编第30师、50师和287师）

新编第三军军长龙天武（辖第14师54师和292师）

新编第六军军长李涛（辖新编第22师、169师和296师）

第四十九军军长郑庭笈（辖第79师和105师）

第七十一军军长向凤武（辖第87师和91师）

第五十二军军长刘玉章（辖第2师和25师）

骑兵司令部司令徐梁（辖骑兵第1、第2、第3旅）

锦州指挥所司令范汉杰 （辖第六兵团、新编第五军、第八军，第五十四军）

第六兵团
司令 卢浚泉 （辖第九十三军和第184师）
第九十三军军长盛家兴 （辖第263师、264师和266师）
新编第五军军长刘云瀚 （辖第26师、284师和293师）
新编第八军军长沈向奎 （辖第88师、288师和289师）
第五十四军军长阙汉骞 （辖第8师、36师和198师）

可以看得出，两军力量相比有很大悬殊。毛泽东和中央军委的战略决策无疑是正确的。

远在东北的林彪却对毛泽东的部署持有异议。他认为应当先拿长春，理由是东北野战军的给养离长春近，补充给养方便。毛泽东思虑再三，同意了林彪的方案。出乎林彪意料的是，长春的守敌并不像他想象的那样容易拿下，久攻不破。林彪无奈又请示毛泽东改为按中央军委原来的部署南下进攻锦州。于是，毛泽东指示东北野战军："置长、沈两敌于不顾，专顾锦、榆、唐一头。"据此，留下少量部队围困长春守敌，林彪指挥七十万大军直取锦州。

大兵压境，范汉杰自知单凭自已难以坚守，便向南京求救。蒋介石电召东北剿总卫立煌到南京，磋商救援锦州事宜，卫立煌拒绝救援，理由是"敌强我弱，救援锦州必沈阳不保"。无奈之下，蒋介石派飞机空投部队支援锦州的范汉杰。

林彪命令炮兵立即封锁锦州机场，致空投夭折。蒋介石大怒，派参谋总长顾祝同到沈阳督促卫立煌执行救锦命令。卫立煌依然坚持救必共亡、东北皆输的理由不予救援。顾祝同说不服卫立煌，便召集东北国民党众将领开会，传达蒋介石的命令。众将领知道支援锦州等于送死，又不敢公然对抗蒋介石的命令，便采取徐庶进曹营一言不发的态度，听任卫立煌和顾祝同争吵……

见顾祝同无能为力，蒋介石只得飞临沈阳亲自部署指挥。九月一日，一身四星上将军服的蒋介石抵临沈阳。他先把卫立煌大骂一顿，接着下达命令：

从华北和山东海运葫芦岛七个师，即华北刘伟俦的第六十二军三个师、黄翔的第九十二军一个师、罗奇的独立第九十五师、烟台王伯勋的第三十九军两个师，加上葫芦岛阙汉骞的第五十四军四个师，共计四个军十一个师，组成"东进兵团"，由华北第十七兵团司令侯镜如指挥。以沈阳地区的五个军十一个师和三个骑兵旅，组成"西进兵团"，由第九兵团司令廖耀湘指挥。东、西两路大军按照蒋介石的指令分别向锦州夹击，以打破林彪的围攻部队，不使锦州落入解放军之手。

蒋介石计划的不错，但仍旧是老毛病——一厢情愿。部署完毕，蒋介石于九月三日晚与师级以上军官共进晚餐后便匆匆飞离沈阳。

就在蒋介石还没离开沈阳的九月二日凌晨，东野总司令部人员所乘列车就抵达郑家屯以西。这时，林彪得到敌军增兵葫芦岛的消息，担心锦州未曾拿下就受到敌军来自沈阳、葫芦岛、锦西三面的夹击，当即命令列车停止前进，并向中央军委发电，请求改变进攻计划。但由于通讯障碍，攻打锦州的部队仍在向锦州挺进，林彪和罗荣桓、刘亚楼紧急磋商，决定继续向锦州挺进。

毛泽东回电表示：

> 你们决心攻锦州，甚好，甚慰。
>
> 在此之前我们与你们的不同意见，现在没有了。

林彪和“前指”到达锦州西北约三十公里的牤牛屯后，马上亲自侦察地形，立即召开军事会议，部署攻打锦州的作战方案。

在西柏坡“遥控”战场的毛泽东终于松了一口气：林彪和四野指战员们总算听话了。前天还不时紧锁浓眉的周恩来又有了爽朗的笑声。朱德问毛泽东：“老毛，你估计这场大战会顺利吗？”

毛泽东笑道：“从得到的军事部署情况看，战争会比预想的好。”

“但愿如此啊！”

毛泽东道：“林彪是在你的指挥下成长起来的军事家，你更了解他么！”

“哎！看人识人，还是你毛润之更高一筹。”朱德摇摇手，“把如此重担放于林彪身上，你是充分考虑了的。”

周恩来道：“打阵地战，林彪是优秀的指挥员。锦州一战，正好发挥他的长处。不出意外，不打无准备之仗的林彪和四野，将创造又一个军事奇迹。”

“现在看来，林彪想通了。”毛泽东说，“攻打锦州取胜的关键是截断敌军的增援之路。程子华阻击葫芦岛救援之敌；万毅、黄永胜和梁兴初阻击沈阳来的援敌；李天佑潜伏于锦州和塔山之间的高桥，作为战役预备，可北攻锦州，南援塔山，是一步妙棋。”

大家无不称是。

“由韩先楚部、邓华部和段苏权部分别攻打锦州之北、南、东，好比三虎吃一牛，虽费力却定能啃得它骨头上不剩一两肉。”

周恩来道：“拿下锦州，就奠定了东北全面胜利的地位。”

朱德道：“拿下东三省，我们就有了重工业基地和粮仓，关内决战就更有保障了。”

三人哈哈大笑。是到了笑的时候了！

正是：

解放关东执牛耳，
红旗便可漫中华。

第六十八回

蒋介石情乱神州　傅作义纠结北平

东北全面解放。

东三省被中共收入囊中，令蒋介石元气大伤，国军士气低落。坐镇古都北平的“华北剿总”司令傅作义将军感到“山雨欲来风满楼”，知道劫运就要轮到自己头上了！

傅作义并非蒋家王朝的嫡系。虽然重兵在握，却并不为蒋介石所信任。东三省的几十万精兵及多员将官死伤被俘，使国共武装力量的对比发生了根本性的变化。而北平的安危将是蒋家王朝颠覆的分水岭：如果北平易帜，中国三分之二天下姓共了！

如燎着屁股的猴子，蒋介石再也坐不住了！这是他雄霸中原以来受到的最大威胁，甚于太阳旗乱华之时。那时候，共产党的主力在大后方的黄河以北牵制着日军，扮演着先锋的角色，是中国整个抗日战场的一大军事屏障。那时，战火焚烧大江南北，庐山美庐是去不得了，但自己偕夫人美龄躲到峨眉山，依旧享受世外桃源之乐……如今国共决战，庐山美庐重得却没了雅兴去住上一住，因为唇亡齿寒的寓意他还是懂得的：东北之役败在了老冤家毛泽东手下，如果平津再失利，好比蒋家王朝的篱笆被拆，连亡羊补牢的机缘也没有了。

蒋介石也明白，自己虽然顺势北盟汉卿南降白李、西平阎马东镇吴淞，无哪路诸侯敢公然和自己叫板，但内里并非都是一条心，是个不争的事实。强权加势力浩大的中央军是自己稳坐钓鱼台的根基——如今，令人沮丧的是这根基已经被动摇了！如果盘踞各大区域的军阀们起变，对于蒋家王朝将是釜底抽薪，而反过来倒帮了共产党夺取天下的大忙了！

到北平去摸摸傅作义的底牌。蒋介石打定主意，正要下令备机，转念又改变了主意：不，还是要傅作义先到南京来。他亲眼看到了毛泽东在延安的指挥部是何等的简陋，却能足不出户就决策于千里之外。如今老对手毛泽东东迁太行山的一个什么坡里，又在那个山沟里于运筹帷幄之中拿下了东三省……毛泽东啊毛泽东，你到底是什么天星下凡？

想到这里，蒋介石抄起了电话：

“是宜生吗？我是蒋中正。请你马上到南京来。对对，到南京来，马上到南京来，好，我在南京等你。”

放下电话，蒋介石倒靠在椅子上闭目养神——尽管可以闭目，却实在养不了神。

接到蒋介石亲自打来的电话，傅作义同样心神不定。不是嫡系，但毕竟坐上了共命运之船啊——每个人的手上都或多或少沾着共产党人的血！不管蒋家王朝把自己摆在命运之船的何处，除跳海之外也别无选择！抗日战争时的北中国，八路军和自己的部队浴血与共；日军投降，原地驻防的原则使自己的部队和解放军交错于黄河以东的长城内外，可以说是互相牵制，也可以说是势均力敌。在平津地区交手，傅作义的兵力不弱。但是傅作义明白：东北失守，林彪的东北野战军，如今的四野，完全可能因毛泽东一声令下而进关，与华北的解放军对北平形成夹击之势。更不用说解放军那盘棋是一颗心在下，而国民党的这盘棋表面上是老蒋执子，其实车马炮并不真的听从调遣。紧要关头各顾各的例子还少吗？

想到这些，傅作义不寒而栗。

这里曾是清政府的心脏，清朝灭亡后几任将帅辅臣乃至首脑级人物入主中南海，来去匆匆的政治生涯留给这座园林式的大院子的除了遗憾就是垃圾。没有哪里会有如此壮阔而精巧的“海”造在院子里，可惜的是树影下不再是碧波荡漾的琼浆玉液，而是千奇百怪的垃圾！望着这自己根本无力也无心清理的太液池，傅作义内心不禁一阵凄凉！

有人在背后给他披上大衣。回头看，不是副官，也不是秘书，而是女儿傅冬菊。

“爸，有点儿凉吧？回屋好吗？”女儿二十有三，漂亮胜过某些明星，文采为人乐道，只不过不爱辞令爱新闻工作罢了！

傅作义默默转身，和女儿并肩而行。

“爸，您怎么啦？哪儿不舒服吗？”女儿关切地问。

“不，没有。”

“看上去您的脸色不好。”

“也许是没休息好吧。”

女儿收住脚步，只有亲情——充满父女之间的爱才有的目光里流露着抱怨。

傅作义勉强笑了笑，拍拍女儿的肩头，说：“父亲的喜怒哀乐不都与你有关，你不用担心。”

傅冬菊叫出声来：“爸！您一直把我当成长不大的小孩子呀？我是记者，新闻工作者！”傅作义举举手，示意女儿不要说下去：“你长大了啊！不过，在某些方面你还年轻。爸爸告诉你，今后，无论是采访还是做文章，不要锋芒毕露，不要跟风，懂吗？”傅冬菊睁大眼睛望着父亲，半天才把话说出口：“我是新闻工作者，能闭着眼睛说话吗？”

傅作义不知如何回答女儿，因为他知道自己在欺骗女儿，也在欺骗自己。但是，他自慰的这是为爱才有的欺骗。

“爸！”

“好啦——陪爸爸吃顿饭，不，是爸爸陪你吃顿饭。走吧。”

傅冬菊埋怨之中含着撒娇：“爸！这有什么不一样吗？”

女儿年轻。谁做主语，那话的味道确是不一样啊！

回到司令部，傅作义一边茗茶一边冷静地分析：目前蒋介石是在求自己，而不是以往的要挟自己。傅作义清楚，在徐蚌地区，解放军的华东野战军和中原野战军已经将杜聿明、刘峙包了饺子，困得死死的，江北很可能不保。北平再不守，蒋家王朝的半壁江山就会葬送掉。蒋介石要自己到南京去，一定是有关坚守平津的事。

但傅作义估计错了。

寒暄是少不了的。蒋介石随后一席话就把傅作义的心给伤着了。

“宜生兄，看来平津困难啊！”

“总统的意思是……”

“与其打而不保，可考虑南撤——但不能把北平的坛坛罐罐留给毛泽东。”

“南撤？”傅作义目瞪口呆：老蒋分明暗示自己将北平毁掉。

蒋介石显出无可奈何的样子，观察着傅作义的表情变化，叹一口气：“其实，我也是进退两难啊！”

这是傅作义早就分析到了的。解放军拿下东北之后又把重兵集聚长江以北的华东地区，实际上已经困定了平津，兵力处于劣势的蒋介石感到力不从心了，要以牺牲华北为代价，保住江南。但是，自己南撤而丢弃平津，就成了无根的浮萍，彻底被玩弄于蒋的股掌之中！

傅作义婉言拒绝，对蒋介石道：“总统尽管放心，有宜生在就有北平在。平津已有中央军八个军二十五个师，加上我的几十万兄弟，力量胜于共军。他共产党像在东北那样在平津横冲直闯，没那么容易吧？”

蒋介石知道傅作义打的是什么小算盘，是担心架空他或夺了他的兵权——可是，没有此虑的地方军阀又有谁呢？

“哦，如国军守住平津，打败华北解放军，就会改变整个战场的局势。”蒋介石随机应变，顺水推舟——蒋介石心里清楚，对于傅作义，他的“金口玉言”未必奏效。卫立煌东北违抗命令而闹到自己亲自去部署指挥，最后兵败如山倒，党内外不少人背地里对自己颇有微词。他不想出现第二个卫立煌，更害怕东三省的故事重演，只好来个缓兵之计，“那就按照宜生的部署办吧。我会随时支援你。”

“宜生绝不让总统失望。”傅作义尽量表演得真切。其实，傅作义对民国不谓不忠，只是对蒋介石不放心，担心失去领地，势力被削弱而已。

有蒋介石的逼迫，有自身利益的考量，加上英雄气概迷惘，傅作义决定和共产党展开决战。这时的傅作义之所以敢于和解放军比试，他手里也是有筹码的。作为国民党第九集团军兼察哈尔政府主席，京、张、津还控制在自己手中，平津不是东三省，没有卫立煌与范汉杰那样的各自为政，没有中央军与地方军的芥蒂，自己是有权威的。自己所统领的几个军战功赫赫，各个将领也是与自己同甘共苦的好弟兄。这些，都是自己的仗势。不过，作为军事家又是政治家的傅作义也考虑到了另一结果：北平不守就西撤察哈尔。那里是他傅作义的根据地。留下军长郭景云镇守西北重镇张家口，紧扼雄关大境门，正是不能不考虑退路的决断。

当解放军兵临城下之后，傅作义怕是北平不保，令郭景云撤到北平护驾。然而，技高一筹的毛泽东抢在了他的前面，下死命令给第三兵团司令杨得志，要求以不怕牺牲的精神抢在郭景云前面占领下花园，力歼郭景云的一万五千精兵。郭景云魂断长城。这样，傅作义的家底就丢掉大半，只有天津的陈长捷一张牌可打了。张家口失守则预示着自己的退路被切断，只有背水一战了！在他看来，平津地区解放军的兵力并不占有优势，而东北野战军至少要三个月甚至半年的休整，才能进关支援，真正威胁平津。因此，对于中共北平代表提出和平解放北平的主张，他既不拒绝也不答应，而是派剿总副司令邓宝珊出面商谈。谈，是策略，拖，才是本意。

傅作义知道，自己面对的毛泽东是当今无人能对的政治巨人，也是独一无二的军事家。与如此强大的战略家对峙难以胜券在握。昼思夜想，一个大胆的计划产生了：出奇兵奔袭西柏坡摧毁中共的核心，创造一个军事奇迹，没有了毛泽东，鹿死谁手就不一定了。

始料未及的是秘密被披露，中共的毛泽东不但在新闻媒体公布傅作义的“斩首行动”，还公然在报端透露解放军重兵相对的消息。本来就打的就是鬼主意，被毛泽东曝光后，心虚的傅作义忙命令从保定出发的“奇兵”停止行动，中止偷袭，怕“偷鸡不成蚀把米”。

拖和观望，是傅作义无奈的选择。

西柏坡，推动中国命运进程的决策正在有条不紊进行。

不再住窑洞，办公居住换成了有门有窗的北方民居——土墙砖地的通风建筑。依山傍水，林木掩映，这里的夏天是美丽的。

现在是冬天，常有雪花造访。每当雪花飘的时候，毛泽东就童心躁动，盯着门前、远山出神。少年时光，韶山冲的池塘和长沙的湘江水给了他勇敢和智慧；蹉跎岁月，大江大河给了他斗志和力量；真正踏上中国的政治舞台即抗战之后，雪，与他结下不了情。

诗人的情怀在重庆谈判时发挥到极致，一首《沁园春·雪》使重庆、西安、北平、上海、南京，无不洛阳纸贵！诗人的情怀容得世界，容得国人；国人同时也清晰地认识到中国的希望是毛泽东和共产党领导的人民解放军。

无产阶级革命家的胸怀感动着天下人尤其是人民，他毫不讳言共产党人的政治主张。他在悼念一个普通战士的时候即席而出的《为人民服务》，虽话短而精神博大，成为革命干部的行为准则，也成为人民大众拥戴共产党人的知音桥。

共产党是为着人民的利益而工作的。

毛泽东的名字已是革命胜利的象征。他的气魄和智慧是中共领导核心信赖的支柱。一个人在少年时定下的人生目标被人认可推崇又事业竟成——最终成为国之栋梁、民之救星。把此荣誉和荣幸送给毛泽东的，是人类的二十世纪。

曙光就在眼前。该敲响蒋家王朝的丧钟了！

毛泽东的思想已经插上飞翔的翅膀，锦州，平津，徐州，南京……最后又停在平津，鸟瞰着固守平津、幻想奇迹的傅作义固守的北平。

他了解傅作义这个人。他担心蒋介石扒光他的衣服，把他一脚踢出门外；也担心丢掉退路察哈尔。他难于下决心和平解决平津政局，怕的是政治风险。重要的是他觉得手里还有一定的筹码可以坚持拖延：如果国民党的华东交战有望起死回生，那么，傅作义认为自己面前摆着的并非绝路。

“到了决战中原的时候了！”

毛泽东抿抿嘴唇，披上大衣，走出门来，小心翼翼地踏雪而行。跟在后面的李银桥知道毛泽东有“怜雪惜如玉”之癖，也轻轻地踏地而行。毛泽东回回头，问李银桥：“你的功夫了得……轻功，轻功你会吗？”

没有丝毫思想准备的李银桥为毛泽东的提问摸不着头脑，“轻功……马马虎虎。主席，您问这个干什么？”

“我要是会，不要踩坏这雪，就在地面上飞过去，飞过去！”

李银桥不敢笑，心想大领袖有时也像孩子。良久才琢磨出词儿回答：“那，只有神仙才行。”

“那我们就要做神仙。”

李银桥听着云山雾罩的，疑惑而迷茫，“神仙？您可是不迷信的……”

毛泽东笑了，把话题一转，说：“还记得我们的君子协定吗？再有一年左右的时间，我们彻底打败蒋介石，我放你离开。”

李银桥留意到毛泽东说话时的感伤，不觉鼻子一酸，像个害羞的大姑娘似的，说：“主席，我舍不得离开您了，真的。”

真的——这是发自李银桥肺腑的话。毛泽东的伟大人格和献身革命事业的精神早就感动了李银桥和卫士们，毛泽东以为人民服务为己任，而自己是一个普通的革命战士，为什么不可以把自己的光和热献给敬爱的领袖呢！

毛泽东声音有些沙哑，说：“革命工作分工不同……只是在我这里进步慢些，因为就是这么个现状……”

“主席！您别说了！我心甘情愿。我无怨无悔。”

“嗯。文盲也有了文化，会拽文了哩。这是进步。”

“还不是您关心我们学文化的结果。”

“很好。等全国解放了，你们也要当家做主人，做国家的主人。搞经济建设，没有文化不行。”

“解放了您身边也得有人不是？我继续跟着您。”李银桥央求毛泽东。“离开您……我不放心。”

“朝夕相处的是你们，比我的家人还亲密……”毛泽东说这话的时候声音低，但充满感情。

这是真话。从某个角度讲，官高位重，自己没有了和常人一样的天伦之乐，也没有了其乐融融的家居人生。

中央军委会议室里的长条桌上已经布置好了茶水和炮弹皮做的烟灰缸，别无他物。粗制的木头椅子上没有坐垫，光板磨得又光又亮。五大书记坐到一起，先是拉家常长似的扯过几句，副主席周恩来几句开场白后，毛泽东就当前的形势作了简要分析，说："惊弓之鸟离枝不离树，是抱有侥幸和幻想。既然形势比我们预计的要快，不失时机地把握战机，消灭国民党的有生力量是摆在我们面前的迫切任务。傅作义不是在观望吗？那我们就给他点儿颜色看看：前委的刘、陈、邓、粟、谭到了动手的时候了。我们对平津地区的国民党部队围而不打，是稳住傅作义，不让他产生逃跑的念头，希望他认真对待我们和平解放北平的主张，保护古都风貌和文物古迹。现在，徐蚌地区的战略部署已经完成，由地方党组织发动的民兵、民工后勤支援也等命待发。值得注意的是：天津筑起了铁桶般的防御工事，国民党天津警备司令陈长捷誓言天津是攻不破的堡垒，我们只好让他看看是他的铁桶结实，还是我们解放军的枪炮厉害。战胜徐蚌的杜聿明、刘峙；端掉天津卫的陈长捷；拔掉北平以西傅作义钉在那里的几颗'钉子'，使傅作义上天无路、入地无门，我们的和平攻势配合得好，固守北平'孤岛'的傅作义就没有资格顽固坚守了！"

大家听了，由衷地钦佩毛泽东的战略眼光。

精于演绎毛泽东战略思想的周恩来说："据傅作义的女儿傅冬菊反映，傅作义有亲自和我军高级将领接触的愿望，是否可以安排会谈？由谁出面谈较为合适？"

总司令朱德提议道："平津战役前委的罗荣桓比较合适。"

刘少奇道："政治工作，荣桓先行。"

周恩来说："我同意。主席，我看这件事就由前委的林、罗、聂安排吧。《大公报》记者即傅作义的爱女傅冬菊是我党地下党员，请李克农、薄一波安排合适的同志配合她的工作。"毛泽东感慨道："连剿总的女儿都姓了'共'，可见人心向背呀！"刘少奇道："据北平党组织反映，傅冬菊是傅作义的掌上明珠，傅疼爱有加。关键的时候她可以对傅公开自己的身份，做傅的工作。"

毛泽东若有所思，"好。等华东和北平的外围清理得差不多的时候，傅作义真正选择和平解放北平这条路的时候，女儿的话或许能起到特殊的作用。"

傅作义毕竟是自己的父亲，或者说是傅冬菊心目中的慈父。在战争年代里未曾颠沛流离且生活安定，是因为生活在手握重兵的父亲的翅膀下。当她步入社会了解到水深火热中的中国人民的苦难时，她选择了以拯救民族为己任的中国共产党，并以她的特殊身份为党做出了特殊的贡献。战争的进程不但牵动着父亲的心，也牵动着女儿的心：该和

父亲“摊牌”了。

组织决定由傅冬菊做父亲的工作。早就希望组织批准自己和父亲“摊牌”的傅冬菊又兴奋又激动，她再也不必忍受与父亲对面如隔山的日子了。正当她忐忑不安地憧憬和父亲摊牌时的情景时，几个便衣冲进报馆，又砸又抓，傅冬菊也未能幸免，被带到军统北平监狱关押起来。“华北剿总”秘书长王克俊得知傅冬菊被抓，马上亲自带人赶去救人。虽然蒋介石的嫡系在平津势力大于傅系，但在城内，傅作义有着绝对的控制权。王克俊的出现，令军统特务头目心里一颤：什么事儿碍着这位爷啦？一进来就铁青着脸。

“瞎了你们的狗眼，胡乱抓人。”王克俊毫不客气，劈头盖脸就骂。

特务头目哈腰应酬：“王秘书长，兄弟有何冒犯之处，请指教。”

“少给我装糊涂！”王克俊质问：“谁给你的胆子抓总司令的千金！”

“抓了傅总司令的千金？在下实在不知，实在不知！”

王克俊一挥手，身后的警卫营长带着荷枪实弹的弟兄“唰”地上前扭住了特务头目，“把人给请出来！否则，别怪老子把你这里一窝端了！”就在这时，特务站站长楚德子从里边闪出来，皮笑肉不笑地对王克俊道：“哎呀，是王秘书长！怎么也不打个招呼？兄弟我好摆酒呀！”

王克俊冷冷一笑：“你们抓傅司令的千金，打招呼了吗？”

“你说什么？傅司令的千金？”楚德子转身问特务头目，“有这事儿吗？”

“抓回来问，是有个姓傅的女的，有。可、可谁知道是傅司令的千金啊！”

“混蛋！还不快放喽！”

“是！”特务头目忙到牢房去放人。

傅冬菊出来一见是王克俊，叫一声“王叔叔”，泪水就流下来！王克俊安慰傅冬菊说：“回家吧，爸爸在家等你呢。”

傅冬菊一进门，傅作义就关切地问：“冬菊，他们伤害你没有？”

“没有。”傅冬菊饮泣而答。

傅作义明白了：他们明知冬菊是我的女儿嘛！看来，是给我脸色看的！是谁敢明知是我的女儿而抓她的？没有授意，量几个小特务也不敢造次！是北平的军统头子？还是南京……

傅作义掏出手帕为女儿轻轻拭泪，问：“他们为什么抓你？”

“说我们是共产党。”

傅作义转身缓缓踱步，回头问：“告诉爸爸，那，你是不是？”

“是。”傅冬菊坚定而淡定的回答并没有引起傅作义的惊讶。

坐到桌子旁边的椅子上，傅作义久久没有出声，默默思索着什么。这没有什么奇怪，已经披露的潜伏在国军高端的共产党员还少吗？人各有志，父子因信仰不同而各司其主的例子也不胜枚举。处在内忧外患之中的傅作义倒容易理解女儿了。

“此时更须小心谨慎从事。那些人心狠手辣啊！”

傅冬菊点点头，“爸，原谅女儿瞒着您……”

“不瞒着我，怎么可能允许你参加共产党？”傅作义叹口气，“看来，好端端的一个国民党已经风雨飘摇了。”

“爸爸，”傅冬菊试探着问，“您该认真考虑共产党的主张了，和平解放北平，百利而无一害。”

傅作义默不作声。

组织和自己谈话时说过，父亲是爱国将领、追求进步的国民党员，希望自己适当的时候做好父亲的工作。傅冬菊当然知道父亲也在派代表和中共谈判，但他怀里揣的是自己的“小九九”，一手谈判，一手备战。可是，中共不会给北京的国民党当局留有无休止的时间。父亲不能再抱有幻想了。

“爸爸，您是军事家，战争的形势您清楚，无须女儿剖析；您也是政治家，中国革命向何处去，您也明白。您就是有个放不下的心结……”

“好啦！别说了！”傅作义举举手截住傅冬菊的话，“你们共产党确实厉害，把定时炸弹都埋在华北剿总总司令的身边，而且是我的宝贝女儿！真是不可思议呀！”

“爸，不是共产党‘埋’的，是我自己的选择。”傅冬菊问父亲：“您当年参加国民党，是谁‘埋’的您？”

傅作义顿时哑口无言。他无力地冲女儿摆摆手，说：“你去吧。”傅冬菊明确地告诉爸爸：“我是天津《大公报》的特派记者，今后就在北平，在您的身边。”

傅作义明白，这个共产党的幽灵其实早就“扎根”中南海的“华北剿总”官邸，把自己的军事秘密和方针谋略贡献给毛泽东了！

“两姓家奴！”傅作义暗自感叹，但没有骂出声来。

傅冬菊感觉到了父亲的失望与无奈。但她觉得会无愧于父亲，因为她坚信父亲的光明不是和解放军继续对抗，更不是听从蒋介石的指令南逃，而是放下武器与共产党言和。

后潜回北平私宅的龙兆庭有感于傅家父女信仰的不同而有诗：

忠孝古来难两全，
傅家父女自争端。
曲直终辨光明路，
幸有千金革命缘。

第六十九回

事半功倍平津役　以少胜多徐蚌功

远在西柏坡纵观全局的毛泽东又轻松又紧张：轻松者，战局朝着有利于解放军的方向发展，一厢情愿的蒋介石再也无力扭转乾坤；紧张者，决战中国的时刻已经到来，当年对蒋介石讲的国共调个位置的预言就要实现——走好每一步棋，作为全军统帅必须慎之又慎！

一九四八年的冬天正在蹒跚而行，似乎距离春姑娘还很遥远。雪封冰冻，朔风厮打着干巴巴的树梢；天晴日远，炊烟衡量着天地间的距离。毛泽东住所屋后的山坡上一支腊梅骤然怒放，李讷忙跑到毛泽东的屋里喊爸爸："爸爸快去看！花开了，花开了！"正在拟稿的毛泽东抬抬头"大宝贝！什么花儿现在开了？"

"梅花呀！"小李讷很着急的样子，仿佛怕梅花像昙花那样一现而去，忙于工作的爸爸就会无缘那支诗情画意的腊梅花。虽生子女不少，但只有李讷一直生活在身边，给予毛泽东以天伦之乐。毛泽东也是性情中人，眼睛一热，从椅子上缓缓站了起来，说："梅花放，好！我们去赏梅。"

"爸，什么是赏梅呀？"李讷不懂，问爸爸。毛泽东"哦"一声，耐心地向女儿解释："赏梅嘛……就是用喜欢的眼光去看。"李讷也"哦"一声，点了点头，说："我知道了。"

毛泽东不觉黯然神伤。战争岁月，连孩子的学业也耽误了。他想起了南岸学堂的少年时代，学风严谨的湖南第一师范……

"爸爸，你又'走神'哪？"李讷使劲儿拉拉父亲的手。

"哦！那就快点儿走。"毛泽东回过神儿来。白雪红梅，品位高洁的象征，文人雅士尤其是画家笔下的常客、诗人隽永的良友。作为政治家、军事家、也是诗人的毛泽东，同样喜爱梅花。欣赏梅花，此时的诗人没想到赋诗填词，而情不自禁地联想到冬去春来……中国革命的春天不远了。那时，李讷，全国千千万万个儿童就会有学上，人民大众可以尽情享受天伦之乐。

"乃知兵者是凶器，圣人不得已而用之。"为了和平的战争，为了中华民族的安康幸福而革命，使中国共产党人别无选择。尽快结束这场本来可以避免的内战，是毛泽东也是人民的愿望。陈毅到西柏坡参加中共七届二中全会时感慨地说："是人民帮我们打败日寇，又接着和我们一起打败蒋介石反动派！"真是不假呀！在冀南，在山东，在苏北，千万个老百姓扛起枪参加解放军，推起小车挑起担子支援人民子弟兵。中国共产党的武装力量，由小到大，由弱到强，由"匪"而军，不是人民给予的吗？

"孩子们有个安定读书的环境为时不远了！"

毛泽东和小女儿在赏梅，也在暗暗祝福还在战火中挣扎的孩子们。

两个同时进行着的战役都处于决战状态。华野代司令员兼政委粟裕将军的请示电文放在军委主席毛泽东的案前，牵动着毛泽东的心：华东战场不同于已经大获全胜的辽沈之战，也不同于正对峙着的平津，那里盘踞着的是蒋介石的嫡系，由黄埔军校班底组成的中央军，连同地方军，总数在八十万人之上。“剿总”总司令刘峙和副总司令杜聿明都是蒋介石的得意门生、倚重大将，旗下更是战将如云，像孙震、刘汝明、冯治安、李延年等为副司令，辖有第二兵团司令邱清泉、第六兵团李延年、第七兵团黄伯韬、第八兵团刘汝明、第十二兵团黄维、第十三兵团李弥、第十六兵团孙元良、第三绥靖区司令冯治安等，共三十个军。毛泽东清楚：这是三个战役中唯一以少攻多的“特例”。

不过，毛泽东看到了国民党军的软肋：指挥失灵和各自为政。华野完全可以利用蒋军的这一缺陷制定作战方针，在整个战役中，集中有生力量攻其一部，化弱为强，同样可以达到以强击弱的目的。

毛泽东了解粟裕。生于侗家的粟裕是位传奇式的将领，也是一员福将。早期的武平战斗中，一颗子弹从他的右耳上侧穿过，竟没碰到死神；另一次战斗中炮弹炸伤他的头部，死神把弹片留在头颅里却把他送回戎马之旅；左臂负伤留下残疾，右臂中弹弹头不取……转战赣、苏、皖、沪近十个省市，功盖三军都从来不跋扈张扬。苏区有民谣传“毛主席当家家家旺，粟司令打仗仗仗赢”。作为常胜将军，对于淮海之战，他有他的思路和谋略。

在中野的配合下，华野全歼盘踞徐州以东碾庄地区的黄伯韬兵团并击毙兵团司令黄伯韬。随即，国民党第三绥靖区第五十七军、第七十七军大部分官兵在副司令何基沣、张克侠的带领下举行战场起义，令远在西柏坡的毛泽东欣喜万分：

“淮海战役离胜利结束不会远了！”

设在土窝窝里的军委办公室里喜气洋洋。淮海战役第一阶段大获全胜，将对整个战役起到重大作用。

“看来，我们启用粟裕指挥这场战争是对的。”毛泽东笑对其他四大书记，“他的战略眼光把淮海一带的国民党军扫描得一清二楚。牵制就近的杜聿明，突袭歼灭黄伯韬，是关键的一步棋，使淮海地区敌我军事力量的对比发生了转变，已经是敌弱我强了。”

朱德总司令接着道：“粟裕为我们制定的歼敌于长江以北的战略实施奠定了基础啊！主席同志，我看可以批准下一步的战略：由华野配合中野歼灭徐州以南双堆集的黄维兵团；同时，防止杜聿明部西逃，由华野之一部包歼之，淮海之战就明朗了！”

“这样，就把蒋介石一点两线的战略布局打破，撕开了进军南京的口子。”周恩来兴奋地“点题”。毛泽东乐呵呵地道：“两个常胜将军包它的饺子，估计两黄逃不掉喽！先撕口子，再一口吞下，连一丁点儿‘馅儿’都不给蒋介石剩。”五大书记会心地一笑，任弼时对刘少奇道：“告诉你华北局的老部下，徐州包好了饺子；北平最好吃饸饹。你的老

部下得加把劲儿啊！”刘少奇道：“淮海的胜利会打消傅作义的幻想，好像吃饸饹没什么难的吧？”大家又笑。

饸饹，谐音“和了”之意。企盼和平，一直也是中共的努力方向。

……

淮海战役最终获得全线胜利，以歼敌五十五万五千，击毙黄伯韬和俘虏兵团司令黄维、副司令杜聿明而结束。明眼人都清楚：北平的傅作义已无路可逃，也无机可乘，应该明白只有放弃战争才是出路了。

兔死狐悲，物伤其类。中南海里的傅作义表面看似镇定，其实纠结异常。由于他不仅是一位“以服从为天职”的军人，也是一名政治家。而政治家是最讲“讨价还价”甚至梦想“咸鱼大翻身”的。傅作义也不例外。

时至今日，从整个江北军事局势看，此时不要说“咸鱼大翻身”，就是讨价还价的机会也不多了。天津的陈长捷竟然不堪一击，只不到三十个小时就被解放军攻进“固若金汤”的天津卫，十三万重兵被击毙的击毙，俘虏的俘虏，林彪的四野把渤海口封个严严实实，淮海之战国民党军全线覆灭。用报端的话讲，自己已是瓮中之鳖了！

屋里灯光昏暗。傅作义半倒在沙发上闭目养神，却怎么也养不住神。仿佛，女儿冬菊的话又在耳旁响起：“爸，您该下决心了吧？和平解放北平，不但您和几十万军人免于杀身之祸，老百姓不受战乱之苦，古都北平的文物古迹也可以免遭战火涂炭。您何必为一个被人民抛弃的封建王朝殉葬呢？”

我究竟是谁？

一个从来没有过的问号在傅作义的脑海里翻腾起来。

傅作义的祖上生活在黄河岸边一个叫安昌村的村子里，本是清贫如洗的家，由于八国联军火烧圆明园，逼慈禧逃亡西安而发迹：那年冬天特别寒冷，父亲庆泰租船运煤于西安、潼关之间。流亡到西安的皇室成为父亲的第一大买家，因此收益颇丰而家境改观，小作义得以步入求学之路。由太原陆军小学到北京清河镇第一陆军中学，再进保定军官学校第五期步兵科，学习成绩全优，射击为全校第一。毕业后回山西加入阎锡山的晋军，由团见习军官而至排长、连长，直到团长，可谓一帆风顺。率晋军八团守天镇三个月而不破，令傅作义名声大振……后阎锡山放弃与奉系张作霖的合作，归于国民政府麾下，历经战乱，蒋、冯、阎、桂四大派系联合，南京政府任命阎锡山为平津卫戍总司令，傅作义被阎委以国民革命军第五军团总指挥兼天津警备司令……此后，傅作义就成了上蒋家船容易，下蒋家船难的风云人物。他是抗日英雄，又成为国共平津之争的关键人物。

是历史的选择吗？

几十年的军旅生涯，使傅作义认清了国民党内残酷的派系之争，打着“国民”的幌子而实为一己之利的腐朽政治，时而愤愤不平又无可奈何。

“爸，选择起义吧！共产党不计前嫌。毛主席讲革命不分早晚，您现在还不晚。”——女儿和自己政治观点不同，但在傅作义心里，女儿的话的分量是不一样的。事实上傅作义明白自己的处境，事到如今，只不过是忧患自己和几十万弟兄的前程而已。换句话说，是忧虑中共是否按照协定对待自己和几十万弟兄罢了。

秘书长王克俊敲门进来，轻轻问傅作义："总司令，离中共给的时间点不远了。该下决心了。"

傅作义沉默片刻，问王克俊："你看，他们的承诺靠得住吗？"

"那么多起义的国民党将领的归宿不是告诉我们了吗？"

"是啊！可是，明明知道北平正在和平谈判，中共公布的战争罪犯名单上还有我！这怎么能让我下得决心？"傅作义有些忧虑。王克俊道："总司令可以听我谈谈看法吗？"傅作义有些责备的意思，批评王克俊："你我之间还有什么不可谈的？都什么时候了你还吞吞吐吐！"王克俊便道："那好，总司令，您觉得为蒋家王朝殉葬值吗？"

傅作义一怔："你怎么也这样问？"

"除了我和冬菊，还有谁这样问过您？"

傅作义目光发直，久未出声。

王克俊道："不事仁义之君为左道旁门；抛弃失道之王为正义之师。我认为，是共产党在帮您。"

"你说什么？"傅作义不免惊讶。

"不是因为你在名单之列，蒋介石才放松对您的警惕，使我们和共产党的谈判一直进行吗？"

"这不失牵强吧？"

"程潜、陈明仁不是也在名单之列吗？他们不是被共产党待为上宾了吗？"

傅作义望望王克俊，没有反驳，而是陷入沉思之中。

"总司令，蒋介石的所作所为您还不清楚吗？而毛泽东的红军发展到今天，是偶然的吗？"

王克俊的一席话，说到了傅作义的痒处。傅作义沉吟良久，猛地挥臂一拍沙发扶手，仰天一叹："顺大势吧！克俊，通知共产党的代表，签和平协议。"

"是！"王克俊敬过礼，急忙转身而去。

这一转身，不仅代表着傅作义将军的一个人生转折点，也代表着中国历史的一个转折点：千年古都北平没有遭受战火摧残，将投入人民的怀抱，将获得新生！

一九四九年一月三十一日，人民解放军浩浩荡荡开进北平城。成千上万的市民涌上街头欢迎人民子弟兵进驻北平。

远的不说，从八国联军火烧圆明园以来，这座古城就接连被外夷内患折磨，七七事变之后，老百姓过的更是水深火热的非人日子。解放军进城，标志着一触即发的战势化干戈为玉帛，使这座古城免受炮火的摧残，人们终于可以享受太平了！

"中国共产党万岁！"

“毛主席万岁！”

欢迎的人群高呼着口号，挥舞着彩旗，使古老的京城焕发着青春，激励着人们革命的热情。

身处沸腾的北平，龙兆庭老人也不可能不被触动，偕老伴儿到街上看热闹。眼前的场景，令龙老先生激动不已，大呼：“苍天有眼，华夏复兴之日不远了！”竟不顾年老体衰，参与到游行队伍中。

妙哉！

千秋功罪谁评说？
留下是非后世谈。

第七十回

两情相悦准幸福　一厢情愿事难成

毛岸英从乡下回到西柏坡，立即向父亲毛泽东报告：自己又毕业了。毛泽东从写字台后面站起来，瞅着儿子说："好！晒黑了，更健康了！你在苏联上了大学，参加了反法西斯战争；在延安拜农民为师，农民给了你毕业证。如今又参加土地革命回来，你是一个军、农都熟悉的共产党员了。将来再到工厂去熟悉工人阶级，你就可以领到社会大学的毕业证啦！"

"一切听爸爸的话。"

毛泽东道："岸英啊，你是毛泽东的儿子，也是党的儿子，一切以党的需要为原则。你长大了，工作得不错。爸爸很高兴。"

岸英也高兴。因为自己又经住了考验，而且满分"毕业"了，没给父亲脸上抹黑。

"爸爸，我还有件事向您请示……"

"喔？说么！"毛泽东像刚吃过精神大餐，愉悦而兴奋。

"我想结婚，和思齐结婚。"岸英激动地望着父亲。儿子成婚，也是了结父亲牵挂的一件大事，至少中国人的理念如此。

毛泽东若有所思，问毛岸英："思齐多大了？"

"再有几个月就满十八岁了。"毛岸英说着，那期待的目光一刻也没离开父亲的脸，心跳骤然加快。为和思齐结婚，岸英在父亲面前碰过钉子，就是因为年龄问题。

"不行！"刚才还满面春风的毛泽东马上脸色一沉，"差一天也不行！"

"可是我都二十六岁了！我们两个年龄加起来都超龄了！"从来没和父亲顶撞过的毛岸英难以控制自己，和父亲争辩起来。

毛泽东挥挥胳膊，厉声道："蠢！婚姻的年龄能这样计算吗？"

急迫之下，毛岸英两行泪水"唰"地滚下来，掉头就往外跑，差点儿撞在正欲进门的徐特立老人身上。徐老看清是岸英后忙喊"岸英你怎么啦"，小伙子早就跑到山后没影了。

"岸英怎么啦？一定是你批评他了！"徐特立问学生毛泽东。

毛泽东忙请徐老坐下，笑着解释说："岸英这孩子，还是不够成熟啊！这不，女孩子年龄不够要结婚，我毛泽东没有这个特权么！"

徐特立听了点点头，"原来如此！是啊，我们不能践踏自己的法律啊。"

"我相信岸英会想得通的，不说这些了。老师，您关于教育问题的思考非常好，我已转给恩来同志，也请其他同志传阅，作为人民政府教育工作的指导性文件。"徐特立

听了甚为安慰，说："我老了，有些想法说出来，不想带到坟墓里去。"毛泽东连忙摇手安慰道："先生怎有此言？您五十七岁参加长征，六十几岁参加延安青年游泳比赛，唯'当今一圣人'。您健健康康活着，看着我们解放全中国！"

"当今一圣人"是总司令朱德于徐特立老人七十诞辰时的赠言，显示了人们对老人的崇敬。作为苏维埃政权的教育家和领导者，徐老做出了杰出的贡献。

送走了徐老，毛泽东的心情还不能平静。作为父亲，毛泽东心中有着难以释怀的愧疚，但是作为党的主要领导者，是没有践踏政策的特权的。大革命以来，先后有夫人开慧、胞弟泽覃泽民、堂妹泽建、侄儿楚雄等五位亲人捐躯，他们是为了革命事业连最宝贵的生命都献出来的共产党员。他们都是岸英的榜样。

毛泽东了解岸英的朋友刘思齐的家庭背景。她的生父刘谦初牺牲在敌人的铁窗里；母亲张文秋是一名富有传奇色彩的党的地下工作者，也是毛泽东和杨开慧的老朋友。故友重逢还是因为在延安的一次文艺演出，一位少年演员的表演真切感人，令毛泽东动容。演出结束后，毛泽东把小姑娘叫到身边问她父母何人，小姑娘回首一指张文秋和继父陈振亚，令毛泽东大吃一惊：原来故友张文秋已在延安！毛泽东当下认思齐为干女儿。岸英从苏联回国到延安，两个年轻人从认识到相爱，得到了毛泽东和张文秋的赞同和支持。张文秋为女儿能成为毛泽东的儿媳而宽慰。毛泽东也为儿子岸英有思齐这样聪明懂事的孩子做伴侣而高兴……

他决定抽个时间约思齐到家来吃吃饭，同两个年轻人好好谈谈。儿女们想通了，自己的牵挂也就没有了。

"呦！怎么啦？脸拉得那么长？"半路上碰见岸英，见他闷闷不乐的样子，思齐关切地问。

岸英是个直性子，一句话把心中的不满倾了出来："爸爸不同意咱们结婚！"

"真的？你别吓我！"思齐不相信。平日对自己疼爱有加的爸爸，怎会不同意自己和岸英结婚？再说了，谁不知道这桩婚事是毛泽东赞同的？

"我骗过人吗？爸爸就是不同意！"岸英委屈地一屁股坐到路旁的石头上，双手抱住头，长吁又短叹。

"为什么呀？"

"还能为什么？嫌你年龄不够呗！"

"不就还差几个月吗？"

"爸说差一天都不行！"

思齐一听就傻了，爸爸说的话是没人能改变得了的。"那怎么办呢……走，到妈妈家去吧。"

倍感无助的岸英只好跟着思齐来到张文秋的家。张文秋对毛岸英的疼爱不亚于毛泽东，见准女婿到了，分外高兴——却发现岸英闷闷不乐！

“岸英，是不是思齐惹你生气啦？”

“不是。”岸英摇摇头。

“那是谁？”

“爸爸。”

“爸爸……你是说主席？”

“嗯。”

张文秋望望思齐，问：“是你们惹主席生气了吧？可不要！现在是国共决战的时刻，不能干扰主席……”

“妈！是岸英跟爸爸提出我们结婚……爸爸嫌我不够结婚年龄不同意。”思齐忙解释。

张文秋闻听“啊”一声，松了一口气，“我当出了什么事，就为这个呀？”

毛岸英低着脑袋生气，不吭一声。

作为久经战争考验的共产党人，张文秋立即明白了“醋从哪酸盐从哪咸”，是岸英错怪了父亲。她没有直接批评岸英，招待准女婿吃过饭之后，坐下来慢慢引导。

“岸英，你愿意听张妈妈的故事吗？”

“您的故事？”岸英疑惑地望着张文秋。

“你张妈妈是革命的幸存者，是六任‘丈夫’的过来人……”

“您说什么呢！”岸英惊讶不已，“您只有思齐的爸爸刘谦初叔叔和小华的爸爸陈叔叔……”

“孩子，没错。他们是我的两任丈夫。不过，我还有过另外四个与我假扮夫妻掩护地下工作的假丈夫。”

“真的有这等事吗？”岸英惊奇，思齐也睁大疑惑的眼睛。张文秋凄美地一笑，说：“第一次假扮夫妻，‘丈夫’是刘先源同志，他是湖北省委秘书长。第一个晚上我怎么也睡不着，坐在床边寻思思齐的爸爸刘谦初，刘先源同志向我宣布了地下工作‘不许暴露真实身份、不许发生两性关系’的纪律，就抱着被子到小套间里呼呼大睡了。”

岸英听着，觉得不可思议。

“第二任假丈夫是林育南同志。他是我在武汉工作时的老同事、老战友。他的公开身份是南洋富翁，后来在‘龙华惨案’中被害牺牲。第三个假扮我丈夫的是德籍华人吴照高，本来我在周恩来主持的中央军委工作，为了配合共产国际收取情报工作，我又成了吴照高的‘太太’。第四个假丈夫最令我敬重、惋惜。在他把组织上决定派我去苏联学习深造的决定通知我，同时安排思齐交由他的母亲代为抚养之后不久，就被叛徒告密落入敌手，被杀害了……他就是李耀晶同志。”

“妈妈！”思齐眼睛湿润了，“有机会我要去看李奶奶。”

张文秋叹口气：“兵荒马乱的，还不知能不能找到她老人家！”思齐伏在妈妈怀里紧抱着妈妈，仰起脸儿说：“妈妈，我一辈子都尊重您。”听故事听呆了的岸英终于悟出准岳母张文秋的良苦用心，站起来向张文秋深深鞠躬，说：“张妈妈！我明白了，我什么

都明白了。我是共产党员，是毛泽东的儿子，更应该带头遵守党的纪律和苏维埃的法律。我去向父亲道歉。”

“我和你一起去。”思齐从妈妈怀里跳起来，拉着岸英的手，说：“不能都怪你，我也有责任。”

张文秋这才释怀地说：“你们都去吧，知错就改，主席会高兴的！”

“主席会高兴的”——真被张文秋说着了。毛泽东见岸英转变了态度十分高兴，说：“你们的婚姻我是十分赞成的，只要达到法定年龄，我亲自为你们举办婚礼。”正说着，周恩来夫妇来看望毛泽东，令毛泽东格外高兴，对岸英、思齐说：“周副主席和邓妈妈是革命夫妻的榜样。他们从恋爱到婚姻既传奇又浪漫，为革命奔走，常常一个山南，一个海北。后来，你邓妈妈一个人从天津辗转到广州，你们的周叔叔竟然没到码头去接！”

“那为什么呀？周叔叔。”岸英问周恩来。周恩来爽朗地笑起来，“身不由己呀！临时有工作无法抽身，只好由陈赓代劳了。这个陈赓，他竟然还没接着你邓妈妈！”

“为什么？”岸英、思齐都睁大眼睛望着周恩来，等待答案。周恩来道：“陈赓没接着不算，回去还问我怎么没有邓颖超同志……小超她自己找到‘家’了，他陈赓才回来报告！”邓颖超乐着说：“恩来临时决定请陈赓接我，可陈赓和我不认识，又没有接头暗号，可不就接不着嘛！”

大家都笑，岸英没有笑。本是无意的一席话，细心的岸英体会到，作为革命家的前辈们，任何时候都是把革命利益放在首位。他想起那句婉约而豪放的词，“两情相悦，又岂在朝朝暮暮”，更感到自已的不足，要永远以父辈作为自已的榜样！而毛泽东注意到，虽经波折，但儿子更成熟了。

正是：

不因位重不律己，
会为尊严学做人。

第七十一回

待俄使润之置酒　别大山英雄启程

人民解放军连胜三役，占领了长江以北即大半个中国，而且直逼国民党的老巢南京。不要说舆论，就是蒋介石本人也感到无力扭转乾坤而江河日下了！就武装力量而言，解放军由抗日战争结束时的一百多万人增加到现在的四百多万人，而国军由抗日战争结束时的八百万人缩减至今天的一百余万人。解放军士气高涨，国军士气低落，已是神仙都逆转不了的大势了！

蒋介石感到大势已去，但绝不甘心拔掉石头城上的青天白日旗，更不甘心蒋家王朝退出历史的舞台！

“美龄号”从湖北宜昌沿着长江向东飞。蒋介石靠近舷窗不时地向下鸟瞰，“滚滚长江东逝水”印证着《三国演义》开篇词说得何等精彩！想到这里，“浪花淘尽英雄”接踵而来，蒋介石不由地打个冷战：我蒋中正真的就要彻底败在毛泽东手下了吗？

纠结之间，飞机到达武汉三镇的上空。想当年的北伐战争、国共合作，自己任北伐军总司令，彻底击败了受帝国主义指使的军阀吴佩孚、孙传芳和奉系军阀张作霖。武昌，是自己横刀立马的地方。从那时起奠定了自己在国民军的权威和地位，无人能撼。为什么却栽在从山沟里走出来的一介书生毛泽东的手里？可谓机关算尽，可谓兵力用绝，可谓不惜骂名……可是，上帝给自己安排的是要被“浪花淘尽”的命运！

黄鹤楼在飞机翅膀底下一掠而过。它的不远处就是传说中的赤壁古战场，连环一计，烧了曹操几十万大军。在长江上，演绎了多少可歌可泣的战争史话！冷兵器时代一去不返了，但横截中国南北的中国第一大江依然是南北天堑！一路飞来，他隐约看到江南岸早已筑起坚实的防御工事，有小诸葛之称的白崇禧布下了几十万大军，以阻止共军过江。显然，江北也聚集了几十万准备渡江的解放军将士。

九朝古都南京就在下面！紫金山、中山陵、总统府依稀可辨。蒋介石不敢再鸟瞰，吩咐着陆。因为他感到莫名的恐惧迎面袭来，脑袋一阵眩晕……

蒋经国安慰蒋介石：“父亲，虽然解放军占领了江北，但要过江，不是那么容易的。我们是否抓紧时机，扭转被动局面？”

“我在想，派谁去苏俄？”蒋介石面色冷峻，两眼发直，是蒋经国从来没见过的疲惫样子。蒋经国毛遂自荐：“父亲，我去试试吧。”蒋介石若有所思，说：“你曾留学苏俄，还亲过共……那你就去吧。”

“是，父亲。”

“带上你的苏俄老婆，她也一定想家了！”

蒋经国没想到父亲会说这句话，一时琢磨不出父亲的用意，便对父亲说："此去苏俄为公，还是不带方良去吧？"蒋介石挥挥手截住蒋经国的话，说："去就去吧，兴许她还可以帮你。"

"是，父亲。"

"美龄号"飞机安全着陆了，蒋经国的思绪还没有安全着陆。

就在蒋经国秘密出使苏联不久，西柏坡的中国共产党中央收到了苏联共产党和苏维埃社会主义共和国联盟最高领导人斯大林的密电：苏联将派斯大林的特使访问西柏坡。对于毛泽东和中共来说，无疑是天大的喜讯：斯大林终于承认中国红色政权的政治地位和对世界无产阶级革命的影响力了。

此前，毛泽东曾向斯大林提出访苏的要求，被斯大林婉言拒绝，理由是中国革命正处于关键时刻，作为领袖和统帅的毛泽东不宜离开。斯大林真是一位政治大家，婉拒的理由竟让人感动：作为国际共产主义运动的总指挥，他的心里也装着中国革命……

西柏坡是太行山里一个普通的小山村而不是都市，无论是中共的高官还是村里的老百姓，过的都是粗茶淡饭的村民生活，没有美酒佳肴更没有西餐。虽然中共领导者中不乏熟悉苏俄人的生活饮食习惯的政治家，甚至会调理西餐，可惜的是巧妇难为无米之炊，再有本事也鼓捣不出俄国客人喜欢的西餐来。见周恩来等人为突如其来的接待工作颇伤脑筋，毛泽东乐呵呵地摆摆手说："中国有句俗话叫'入乡随俗'，苏联的同志来了，只好随我们的'俗'了。等我们革命胜利了，进了大城市，恩来同志，我们的中餐可胜他西餐百倍呀！"周恩来笑道："我们就是这么个条件嘛，虽然没有北平、南京的燕窝鲍鱼，可把乡村小吃做好了也别有风味嘛！"

大家开心的笑声不断。恰巧，军委后勤部的东方玉梅从门前走过，周恩来叫住她："东方科长！请进来！"东方玉梅听到有人唤她，止住脚步顺着声音一看是周副主席在冲自己招手，小跑着过来，"报告！东方玉梅请首长指示！"毛泽东瞅瞅东方玉梅，打趣地说："这不是那个错怪司马龙珠没心没肺的女同志么？还找不找周副主席告状呀？"东方玉梅的脸"腾"地红了，掩饰说："谁说俺告司马书记的状啦？他把您的书丢在俺那里，是要还他书的，就是《实践论》嘛！"周恩来忍住笑，说："好啦，你和司马的事都不是什么秘密啦，就不必藏藏掩掩的了。玉梅同志，司马和主席的关系你知道吧？"东方玉梅利利索索回答："知道啊——那还用说。"周恩来冲毛泽东递个眼色，对东方玉梅道："司马和主席不仅是同学，还是知音。知音嘛，那是无话不谈。"东方玉梅一听忙解释："他爱谈不谈的，反正我们之间什么'事'都没有！"见东方玉梅急成那个样子，毛泽东忍住笑，道："看来，周副主席要给你们有事的机会啦。"周恩来这才道："我们西柏坡要接待尊贵的外国客人，需要到石家庄采购些东西。你和石家庄的司马副书记配合过工作，你找他协助，办点儿咱西柏坡没有的招待物品。怎么样？"

东方玉梅兴奋得两颊泛红，"啪"地一个敬礼："请首长放心，保证完成任务！"

毛泽东哈哈大笑，对周恩来道："缘分不在早晚——大司马艳福不浅哪！"周恩来也乐得合不上嘴，说："有这样一个既泼辣又温存的女同志做伴侣，司马今生无忧啊！"一直看着两个休戚与共的老战友开心调侃的朱总司令也凑上一句："老毛，别人我不说，司马龙珠成婚，我愿主婚！"

三元老哈哈大笑，笑得潇洒、开心！是啊，从南昌起义、秋收起义到井冈山革命，迫不得已的二万五千里长征到延安建立革命根据地，浴血的八年抗战到与蒋家王朝展开决战，什么时候会这样开心呢？

斯大林的特使来了。

一九四九年一月三十一日即中国农历正月初三，联共（布）中央政治局委员阿·伊·米高扬和三个随员：苏铁道部副部长伊万·瓦西利基·科瓦廖夫、翻译叶夫根尼·尼古拉维奇·科瓦廖夫和一名警卫人员一行飞抵石家庄机场。朱德总司令和政治局书记任弼时，中共中央办公处副处长汪东兴和中共中央书记处办公室主任兼翻译师哲到机场迎接，然后，乘坐在解放石家庄战役中缴获的美国吉普车，颠簸百余里的不平路后驶进大山封闭着的西柏坡。毛泽东、周恩来和生活翻译毛岸英已经守候在那里，热烈欢迎米高扬一行。

"欢迎米高扬同志访问西柏坡。"毛泽东握着米高扬的手问候，"一路上辛苦了！"

望着魁伟高大、相貌堂堂但衣服上打着补丁的毛泽东，米高扬暗暗称奇：此人就是让斯大林捉摸不透的毛泽东吗？

"我首先转达斯大林同志和苏共中央对中共领导同志的问候。毛泽东同志，斯大林同志讲：毛泽东等领导同志，在十分艰苦的情况下，打了这么多的大胜仗，两年多的时间里就解放了大半个中国，真是为你们的胜利高兴！向你们祝贺，向你们致敬！"然后递上斯大林委托他带给毛泽东的一块毛料，解释说："我这次来，是受斯大林同志的委托，听取中共中央和毛泽东同志的意见的，回去向斯大林同志汇报，我只带来听的两只耳朵，不参加讨论决定性的意见，希望大家谅解。"

毛泽东听了道："谢谢斯大林同志，谢谢斯大林同志派你们来听取我们的意见，研究我们的意见。我们只是想说明我们的想法，现在可以当面谈是很好的。非常欢迎你们来，非常之感谢！"

毛泽东的态度是真诚的。不一会儿，中共其他三大书记朱德、刘少奇和任弼时悉数到场。大家一一和米高扬握手、致意。周恩来提议，大家一边吃饭一边交谈。米高扬十分赞成，说："很好！你们的留学生经常抱怨西餐没有中餐好吃，今天我可以一饱口福了。"毛泽东笑着表示，近代的中国落伍于西方世界，但是，一个中国菜，一个中药材，永远是西方不可企及的东方之宝。米高扬听了，马上意识到毛泽东有着强烈的民族自尊心，而他也许并不经意的一句话灼伤了毛泽东，就是关于鱼的话题。

为接待尊重的客人，中央办公厅特意派东方玉梅到石家庄采购了一批食材，还有汾

酒、老白干和葡萄酒。知道西柏坡生活艰苦的苏联客人特意带来了一大堆罐头、面包和香肠之类的食品。西柏坡乃农耕之地，鸡鸭猪肉现成。鱼，是宴会餐桌上必不可少的大菜，汪东兴特意让人在西柏坡的河水中捉得活鲤鱼红烧上桌。米高扬闻着香喷喷的红烧鱼顺口问道："是活鱼做的吗？死鱼是不能吃的。"

和俄国人对话，周恩来是可以不用翻译的。由于是谈判之外的非正式场合，周恩来直接回答米高扬，是从河里捉来的新鲜活鲤。米高扬用不得劲儿的筷子费力地夹一块鱼肉，放在嘴里咀嚼，然后赞不绝口："好的，味道美极了！"

显然，毛泽东的自尊心受到了挑战。喜怒形于色的毛泽东当然要给客人面子，悄悄把不高兴的一面置于心里，向客人劝酒："米高扬同志，再次欢迎你！"

米高扬点头致意，把一大杯六十七度衡水老白干儿往嘴边一送，一仰脖，像喝凉白开一样喝了下去，令作陪的几大书记惊诧不已。毛泽东不善酒；朱德因嗓子有炎症不能奉陪；任弼时患有高血压与酒无缘；刘少奇倒是可以陪饮一两小杯；只有周恩来颇有酒量。但是与吃酒如喝凉白开的米高扬相比，显然陪不了多一会儿。

"喝！喝！"米高扬见中国东道主只动筷子不端酒杯，频频举杯。陪了两口的毛泽东脸早红成了关公，他灵机一动，用筷子指指桌上的那盘炸辣子，连说"请，请"，然后夹起一筷子放进口里有滋有味地嚼起来，米高扬见毛泽东吃起那红红的不知名的佳肴和自己品尝鲤鱼般甜美，也就夹起一大筷子放进口中大嚼……猛地，一股从来没有享受过的刺激火辣辣地满腔冲撞而来，张大嘴巴动不得！既无法下咽又不好意思吐出来，异常的尴尬难忍。米高扬开始明白，看似朴实无华的东西往往暗藏着巨大的能量，布衣毛泽东的确是一个独一无二的中国人。在此后的几天里，米高扬参观了西柏坡的中共中央和中央军委机关、苏维埃人民政府机关和西柏坡村，尤其是和毛、周、朱、刘、任频繁接触，对毛泽东有了进一步的了解：不但两只耳朵听进此前不知道的许多，眼睛也"额外"地收获了新中国的曙光。

斯大林同志：毛泽东同志是一位有远见的了不起的领袖。中国革命的希望就在他的智慧之中。

远在莫斯科的斯大林接到米高扬的电报后，叼着烟斗微微一笑。他知道，社会主义阵营里，毛泽东才是自己之外举足轻重的人物。

掌握在斯大林手中的天平，终于真正地向毛泽东、向中国共产党人倾斜了！

送走苏联客人，久久不能如愿的"恋苏"情结终于解开了。毛泽东知道，解放战争的进程改变了斯大林对中国共产党的态度，而斯大林对中共态度的转变，又促使自己对革命的未来做出更大胆的决策。

就在米高扬来西柏坡之前，这里还接待过另外的一个代表团：上海人民和平代表团。

这个冠以“人民”的代表团，是在蒋介石宣布下野，由副总统李宗仁代总统的形势下产生的。前提是李宗仁同意以共产党提出的八项条件为谈判基础，由颜惠庆、章士钊、江庸为代表，并有邵力子以私人身份入团。代表团于北平同中共代表商谈和平谈判问题之后，又有傅作义和邓宝珊将军加入。代表团到达西柏坡后受到毛泽东、周恩来和其他中央领导同志的接见。周恩来与大家进行了开诚布公的交谈，并就和平谈判、南北通航通邮等若干事宜进行了交谈。一个月后，促成了以张治中为首席谈判代表的国民党代表团和以周恩来为代表的中共代表团于四月一日起在北平举行和谈。那是后话。

就在中外两个代表团访问西柏坡之后短短的时间里，各民主党派、爱国人士和爱国华侨纷纷北上，投奔解放区而来。正所谓得道多助，失道寡助，大河之水向东流！凭着政治家的灵敏嗅觉，毛泽东知道中国共产党由农村指挥所迁址大城市的时候到了。

三月的西柏坡刚刚萌发春色：嫩芽初吐含朝露，携风柳丝戏杏花。韩桂馨望着李讷正放飞的风筝，脸上流露着幸福的笑容。去年十二月，她和自己的行政直接领导也是老乡的李银桥喜结连理，还是主席亲自拉的线呢！

李银桥也是河北安平县人，是武当派的俗家弟子，善太极掌和太极剑法，除了他的忠诚老实之外，十三岁就参加革命的李银桥能被周恩来“让”给毛泽东，恐怕还有一身好武艺也是重要的因素。当然，李银桥的忠诚老实才是获得毛泽东喜欢，两次提出要李银桥继续“合作”的原因。眼看着中国革命的胜利就要到来，李银桥也放弃了离开毛泽东下部队求进步的初衷，向毛泽东表示“再也不离开”了。

“你看小韩这个人怎么样？”散步的时候，毛泽东突然问李银桥。李银桥是党小组组长，韩桂馨是小组成员，两个人一个是卫士，一个是保姆，又都是毛泽东身边的人。

“不错呀！”李银桥随口而答。

“不错……那就多接触接触么！”毛泽东说话的时候冲李银桥神秘地眨眨眼睛。

李银桥可没有多想。

“多接触，好好谈谈。互相多关心帮助，将来……多好啊！”毛泽东进一步引导。李银桥明白了主席的意思。但是，战争年代，尤其是封建社会传承下来的不讲恋爱只要婚姻的观念支配下，李银桥没有勇气主动射出丘比特之箭。

“你和小韩怎么样了啊？”过了一段时间，毛泽东又提及，问。

“没怎么样呗！”战场上的豹子，却是情场上的羔羊。

毛泽东只好进一步鼓励：“你们谈，我是赞成的，不要靠媒人啊。我的卫士要自力更生娶妻生子么！”

……于是，当李银桥把结婚报告送到首长手上时，一件旷古绝今的“文献”诞生了。毛泽东首先在申请报告上签字：“大大好事，甚为赞成”；朱总司令注“完全赞成”；周恩来批“同意并致贺意”；任弼时阅而有“十分赞成”。当然，最后“总支委会同意”的批示绝不能少。五月四日，李、韩举行了简约而热闹的婚礼，由卫士组长阎长林主持。只有九岁的李讷不仅帮助收拾新房，还表演节目祝叔叔、阿姨快乐！

的确，婚后的生活是甜蜜的。解放军节节胜利的大好形势更增添了婚后的喜悦。

“小韩！”

有人叫她，调头看，是丈夫李银桥。

“什么事情这么风风火火的？”韩桂馨撅起嘴装气，心里却甜滋滋的。

“新任务——这两天你把李讷的东西收拾收拾，准备出发。”李银桥小声透露。

“出发？上哪儿呀？是不是绝密？”

是绝密就不想知道了——反正已习惯成自然了，该保密的绝不打听，哪怕是夫妻之间。

“这回呀……公开的秘密，到北平！”

“到北平？”韩桂馨差点儿跳起来！记得听毛主席念叨过，农村包围城市的战略目标就是最后占领城市——掌握国家政权。这就是说，夺取全国胜利的时候就要到了！

“知道就行了，只管收拾东西就行了。”李银桥叮嘱。

“我知道！”韩桂馨撅起嘴儿但分明是含着甜甜的笑。

甜甜笑的何止韩桂馨一人？西柏坡欢腾了。与此前的每一次军民的离别都不同，这一次是两厢情愿的离别，欢欢喜喜的分别。因为大家知道，此一别，不是以往的被国民党逼走，根据地的老百姓也不会因党中央的撤离而重新遭殃，党中央不是放弃什么，而是得到什么！

得到什么？毛泽东主席在早些时候的七届二中全会上就讲过了，告诉大家了，向世人宣布了：从现在起，开始从乡村到城市，并由城市领导乡村的新时期，党的工作重心由农村转移到城市。

一个新时期已经到来！

多少年之后，人们回顾历史，说“新中国从这里（西柏坡）走来”是何等的贴切！

十个月，在历史长河中只不过是弹指一挥间，它却是改变中国历史进程的黄金岁月；十个月，毛泽东用他的智慧和心血留下了数以千万字的书稿、电文和讲稿，是著书立说的方家们都汗颜的奇迹；十个月，后西柏坡以它的光辉历史成为中国革命精神传承和共产党人自我教育的圣地！

由第一次在病中躺在门板上被抬出瑞金，第二次挽起裤腿惜别延安，到今天乘坐四个轮子的汽车离别西柏坡，毛泽东为自己和红色政权的在野党位置画上了准句号。在西柏坡的时间虽短，但给毛泽东留下的是温暖的、依依不舍的感情。至此，他可以骄傲地向国内外怀疑“山沟里的马克思主义”的人们宣告：正是因为使马克思主义扎根于中国的泥土大地，才有了中国革命的胜利，也才兑现了当年蒋介石不足为虑的那句话：共产党和国民党的位置要调一个个儿。而且没有等到三五十年！

调一个个儿的机关就掌握在共产党人手里，现在，连共产党的敌人都不怀疑了。

西柏坡的乡亲们敲着锣鼓、放着鞭炮欢送毛主席和中共中央机关“进京赶考”去。毛泽东坐在放下窗玻璃的汽车里向送别的乡亲们挥手致意，感谢他们用瘠薄的土壤养育了健康的人民子弟兵；用肝胆热血陶冶了共产党人的革命情怀！挥手之间，毛泽东用无声的语言告诉人民：党，不会，永远不会忘记人民的恩情！是人民用肩膀扛，用小车推，用担子挑……把共产党人送到中国政治舞台的中央！

挥手之间，毛泽东的眼睛湿润了！

诗曰：

面对屠刀何所惧？
动情才下英雄泪！

第七十二回

蒋介石被迫下野　李宗仁不过玩偶

毛泽东带领着进京车队浩浩荡荡离开西柏坡，向北平方向进发，一路上畅行无阻。尽情欣赏大地春色，呼吸着自由之空气，是官兵们久违的享受了。

和毛泽东同车的有江青、李讷和卫士李银桥夫妇，大家一路上有说不完的话，发不尽的感慨。毛泽东告诫身边的人："我们的日子会一天天好起来，资产阶级也会出来捧场的。在西柏坡我就讲我们是进京赶考，银桥，你懂这话的意思吗？"李银桥郑重其事地回答："我懂，就是不要做李自成！"毛泽东一听就笑了，"哦，答案早就有了！"李银桥忍住笑，说："主席讲这些话的时候，我记在小本子上了哩！"毛泽东乐乐呵呵地表扬李银桥："嗯，你不但是武中卫士，还是文中秀才了呢！现在明白学习文化的好处了吧？人要进步，离不开学习文化知识么！"李讷撒娇地向爸爸声明："爸爸，你答应过我，进了大城市送我上学，我要读书。"毛泽东听了，轻轻拍拍李讷的背，说："要读书，一定要读书。建设一个新中国，人人都要有文化知识的。"于是，建设新中国，新中国是个什么样子便成了大家议论的话题。车里的谈话气氛就像外面的空气那样自由，无拘无束。平日里在办公室里的清规戒律都没有了，仿佛不是行军，倒像是一家人在踏春旅行。

南京的蒋介石先生可没有那么高兴快乐。没有人不反思自己，包括蒋介石先生。只不过反思的角度和定位不同而已。古人如曹操就曾"以发代首"，虽自责的方式诡异，一代枭雄却深知"上梁不正下梁歪"的哲理。失关东再兵败中原，蒋介石嘴里不说心上嘀咕：我这"梁"真的像舆论嘁嘁喳喳说的那么歪吗？

没有人敢正面回答他，包括他的夫人宋美龄和大公子蒋经国。

秘密访苏归来，不尽如人意——甚至没捞到一根救命稻草，蒋经国踌躇再三，才小心翼翼地走进父亲的书房，请安之后呆立一旁，良久才开腔汇报苏俄之行，被蒋介石制止："不必说了！斯大林和毛泽东穿一条裤子了，那个米高扬都去过西北坡了！"

"孩儿不孝……"

"是红祸猖獗！怪不得你！"蒋介石气不打一处来。

父亲的震怒令蒋经国惶恐不已，只有看脸色的份儿，不敢动窝。

接着是双双沉默，无声的沉默。仿佛屋子里的空气凝结，膨胀，膨胀得就要爆炸似的……此时，一扇门，那扇通往寝室的门打开了，好像那满屋子里膨胀的空气找到出口，使书房的气氛得以缓解——宋美龄出现了。她依旧是得体的旗袍，整洁的发型，如同到亲戚家参加婚礼的贵宾。

“怎么，父子都无语，天真的要塌下来吗？”宋美龄出语尖刻却语调温和，令抬抬三角眼的蒋介石和耷拉着眼皮的蒋经国都欲言无语，欲怒无门。

缓缓移步，款款入座，宋美龄不动声色。在蒋经国的眼里，后妈有点儿幸灾乐祸的味道，虽然他也清楚这样想这位民国第一夫人有失公允，她毕竟在民国危难之际独身美利坚，以东方女人特有的魅力征服大鼻子们，为抗击日本侵略者慷慨解囊，为战胜共产党给枪给炮，能力不输须眉——不，是外交部长王世杰乃至姨夫孔祥熙、国舅宋子文都逊色的女中丈夫。虽为后妈，必敬过生母，这是父亲教诲过的。

在蒋介石的眼里，娇妻永远是自己这个“老子天下第一”的总裁不能不敬的女人。封建传统“父母之命”的发妻，上海十里洋场风花雪月的女子，逢场作戏而为自己恋有所得的陈家女娇娃，都烟消云散，只有外人眼中“政治夫妻”的名门玉媛宋美龄才是自己情安理顺的“那一半”。名媛也是女人。女人只有女人的性情与脾气，是总统、是总裁、是目空一切的委员长，但也是女人的丈夫，做女中丈夫的丈夫，须用含蓄来安慰自己的冲动。良久，蒋介石仰天一叹：“娘希匹！民国之不幸！不幸！”

宋美龄正色道：“事到如今，你们父子还闷在家里长吁短叹何用？丢了江北的长城、泰山，还有江南的鱼米之乡。中国之大，害怕回天乏术？”

父子俩闻听都竖起耳朵。

“说下去，说下去！”蒋介石迫不及待了！

宋美龄从欧式沙发椅子上缓缓站起来，移步内室之前回首一瞥：“是下策又怎样？我还是不多嘴的好！”

蒋经国突然明白了，对父亲道：“我想起来了！”

“嗯？”蒋介石扭过头来。

“苏俄的人透露过：可以划江而治！”蒋经国有点儿兴奋，虽然好似病危时的一针强心剂。

蒋介石沉吟不语，从沙发上慢慢起身，思索着儿子的话。然后，自言自语，“千古罪人弹指间哪！”

“父亲，您何必自责太甚。”

“不自责又怎样……好啦，暂时引退吧！”

“引退？”

蒋经国惊愕不已！难道舆论讲的蒋家王朝即将崩溃真的就在眼前？

见儿子惊慌失措的样子，蒋介石意识到长大了的儿子还不是一个可以支撑国家的顶梁柱，不无遗憾，又是气不打一处来，冲蒋经国吼道：“难道你让我承担半个中国的罪名吗？”

蒋经国唯唯诺诺，咱的父亲同意“划江而治”的谋略了！等蒋介石避入内室，孤影孑立的他才悟出：姜还是老的辣呀！

不久，蒋介石辞去总统的职务而下野，由副总统李宗仁代行总统职务这新闻立即见于各大报端。消息说，蒋介石退位而携妻带子安于奉化溪口，不理朝政了。

得到此消息的毛泽东已入住北京香山的双清别墅。双清别墅位于香山寺以南的半山腰，是教育家熊希龄于民国初年所建。院内银杏树蔽日参天盖，竹林苍翠拥松柏，幽静中蕴含灵动，古朴中孕育现代，是不可多得之建筑佳作，京城外之“桃花源”。

然而，即使桃花源，因毛泽东的居住也无法世外逍遥，北平及慕名而来的名流雅士、社会贤达和政界要人来访者不断。追至北平的柳亚子迫不及待地拿着报纸来到双清别墅向毛泽东报喜：“主席啊，蒋介石下野啦！”

毛泽东照应柳亚子坐下，亲递一杯香茗，“是啊！李宗仁代总统，蒋先生到奉化去了。”

“那，主席对此有何评论？”

“司马昭之心么！他是假下野，真备战。”

“哦？何以见得？”

毛泽东微微一笑，说：“他只交出一个空壳的总统，或者说是一个总统的空壳而已。蒋家王朝的实质不在总统而在军队和‘党国’，独揽军权的委员长和独霸党务的总裁才是蒋家王朝的权力核心。你看，把总统的高帽儿戴给李宗仁，是让李应付目前难以收拾的局势罢了！”

听得此言，柳亚子拍拍膝盖，“啊”地明白了：“是这个道理呀！老蒋他一辈子玩儿的就是权术！他把烫手的山芋扔给李宗仁，自己养精蓄锐去了！”

“应该说，蒋介石金蝉脱壳，把壳让李顶着，自己另谋划东山再起。”

“就他？还能东山再起？白日做梦去吧！”

毛泽东道：“百足之虫死而不僵，何况蒋家王朝还远远没有灭亡。李宗仁的谈判代表来北平，就我们提出的八项条件来讨价还价，周恩来、张治中他们在谈。我看，就是谈得拢，他李宗仁也未必能交得了差！”

“润之的意思，李宗仁这个总统做不了主？”

“我看大半如此。李‘代’什么？代蒋受过而已！必要之时，蒋可能会把代总统收回，重新粉墨登场。”

柳亚子感慨不已，“原来，你把国民党的里里外外都看透了！怪不得辽战、徐蚌、平津之战，战战你毛润之说了算！”毛泽东哈哈大笑，说：“我们打胜仗多亏了两个运输大队长：一个是支前的民兵队长，为解放军送米送面送军鞋；一个是蒋介石大队长，送枪送炮送子弹。我们是不是也要给蒋介石记上一功呢？”柳亚子听了笑得前仰后合，说：“有趣！太有趣了！润之，你天生就是蒋介石的克星！”毛泽东点起烟吸着，说：“我能克他，是因为真理在我们共产党人手里。现在看来，我们完全有能力渡江南下，解放全中国。”柳亚子表示赞同，说：“反正蒋介石听你调遣了！等全国解放了，我还有话跟你说。”毛泽东并不知道柳亚子话里有话，随口应道：“稼轩兄乃当今诗中之俊，还望多多赐教。”柳亚子谦虚地道：“单说诗词，当今又有谁盖得过润之？一首‘北国风光’就使天下文人骚客‘稍逊风骚’了！”毛泽东连说：“实在是过誉了！”当下，毛泽东留先生共进晚餐，依旧有谈不尽的诗情，说不完的画意，其乐融融。

到香山鬼见愁拍照刚回来的毛夫人江青曾见过柳亚子先生，过来打招呼问好。柳亚子站起来致意，江青见柳亚子银髯不俗，打开相机为二人拍照留念。照片刊登于随中央机关从石家庄迁至北平的《人民日报》，读者莫不称颂毛泽东礼贤下士。而《中央日报》刊登蒋介石溪口留影，则招来非议声一片！蛰居北平的龙兆庭先生看过两家报馆之照，戏墨于壁：

西山大儒笑谈欢，
又有北平不夜天。
谁道魔王溪口恨？
可知天意灭庞涓。
长江不阻共军势，
奉化怎抚老蒋难。
欲问蒋家何处去？
漂洋过海一条船！

此本龙先生信口之吟，竟不幸而言中，真的有了蒋家离开大陆蜗海岛，这也算后话。

再说代着总统的李宗仁，受命于国民政府危难之时，就任之始还踌躇满志，一心收拾江河日下的民国残局，可谓早也操劳，晚也操劳。当他入主总统府，行使国家权力的时候，渐渐明白不是玉玺在握就可以“君无戏言”说了算的，依旧是把总统之名送给他“代”的人。

总统府是国家权力的象征。入主总统府的李宗仁知道，自己其实只不过是入住而已，根本玩不转这架统治机器。他不过是被绑架到蒋家王朝战车上的玩偶，掌握方向盘和油门的是遥控在奉化溪口的蒋介石，而自己既调不了军队，也无权党务，就连国共北平谈判，也要蒋介石拍板定音。

谈判桌也是战场，只不过是不挥枪亮剑的战场，是战争的继续罢了。当张治中带着以中共提出的八项条件为基础而双方妥协后的协议复命时，李宗仁看后犹豫再三：“蒋委员长传话来过，和共党签订协议前必交由他过目方可。还是请他过目再定夺吧。”

“也好。”张治中无话可说。这本来就是他不便插嘴的地方。

“干脆，你去奉化吧。”李宗仁叹口气，冲张治中摆摆手。

“是。”张治中更无话可说，马上动身前往奉化溪口。而此时的李宗仁仰倒椅子上良久动弹不得，难出胸中的怒气，突然伸胳膊一扫，把桌子上的笔墨纸砚和文件扫满一地，

恨恨地骂："我他妈窝囊！"

其实是李代总统多虑：换了谁来"代"又不会是这样呢？

前文说过，奉化的溪口镇是个风水好的地方。太多的中国人相信风水说，风水宝地更是政要显贵们的追求。而要把自己的家或者官邸的风水"升级"，则是政治抱负远大或者私欲极强的人的选择。蒋介石显然二者皆有之。他曾两次请风水大师到溪口调治，并有所指，足见其迷也信，不迷也信。不过，这次还乡，他没有请那位风水大师来——何况那位口若悬河的风水大师未必敢兑现预言：预言与现实其实格格不入！

千年古镇溪口，有中国最有名的四大藏书楼之一的文昌阁。既有文昌阁，必有文人雅士云集，也有行内行外附庸风雅，名人大家光顾。而蒋介石先生无疑是这块风水宝地上的佼佼者。此次还乡并非守望祖上，不过做的一个政治姿态而已，人在桃园心在党国。尤其是西安事变后软禁于此的张学良栽下的那几棵楠树，活得生机勃勃，令蒋介石心里不是滋味儿。张学良早已动迁他乡，但留给蒋介石的伤痛却无法隐去，甚至杀之而难以释怀！

"没有张、杨，也许中正没有今日！"蒋介石想起来就恨。

蒋介石依旧歪理歪说。他没有换一个角度思考：没有停止内战，没有国共合作之统一抗战，中华民族今日为何？

"娘希匹！"蒋介石常常烧起无名大火。

跟在蒋介石后边的夫人宋美龄似乎看出蒋的心思，去安慰他："达令，暂不要想它了……"

"想他？"蒋介石头也没回，语气僵硬，"我后悔当初……"

宋美龄是何等女子？连美国总统都钦佩不已，马上明白蒋介石听错了"它"，淡淡一笑，"'它'的今天，莫非是'他'所致？"

蒋介石愕然地望着宋美龄没有张开口，知道自己误听且误怪了。

"对不起！"

宋美龄迈动轻盈而优雅的步伐款款前行，仿佛不屑于搭理这位自负而并非事事知道进退的独裁者。蒋介石不会忘记，几次夫妻之间的冲突导致宋美龄躲开他异地独居，直到自己求上门去。眼下正是中华民国最危难之时，可以顶两个外交部长用的夫人是不能赌气离开的。

在女人面前，蒋介石有时也是小男人。他忙抬步追了上去。为生活而夫妻，食色也；因政治而伴侣，权力欲；患难乃夫妻，真人也！没人知道这两个在中国近代史上独具风骚又配合默契的夫妻是哪种类型，但这并不重要。重要的是，他们谁也不肯因为一时的气愤而割断绑在战车上的绳索。

接着，是蒋介石凑过来，宋美龄白一眼他，悄悄把自己的手挽进蒋的胳膊里去。

"要是退休后在这里养老多好啊！"蒋介石感慨。

"你？"宋美龄撇撇嘴，"骑到老虎背上你还下得来吗？"

蒋介石闻听一怔，想来想去，还就是这么个理儿。

蒋经国报张治中到，蒋介石顿时又大脑紧张起来。他知道，与中共毛泽东纸上谈兵的时间不会多了。

张治中把国共达成的谈判条款递给蒋介石，“李代总统请委员长过目。”

蒋介石接过条款，慢悠悠地打开看，问张治中：“德邻什么意见呀？”

“报告委员长，李代总统没有说什么。”张治中有备而来，知道蒋介石必问，在路上就想好了怎样的答词。

蒋介石看过协议条款，对张治中道：“这份协议签不得！”然后把协议递给张治中。张治中接过文本说：“请委员长明示。”

“十年前重庆谈判，是我们说了算，他们妥协。如今是毛泽东咄咄逼人了！不能签！签了，就把党国出卖了！”蒋介石一百个不满意。

张治中狼狈不已。自己是这次谈判的国民党的首席代表，蒋介石对协议的看法是出卖党国，等于当场掴了自己的脸。

见张治中不说话，蒋介石瞪着眼睛质问张治中：“我的元旦献词不是提出了五项条件吗？这里边有吗？”

张治中鼓了鼓底气，辩解说：“就目前情况，中共难以接受。而我们难以对抗共军的进攻。是否可以折中一下？”

“折中是要有人妥协的！”蒋介石情绪有些失控，声音大了起来，“我的条件是什么？无害于国家的独立完整——民国体制不变，保留宪法，军队有确实的保障。这协议条款上有吗？他们往这方面妥协了吗？毛泽东那八项简直就是诛灭党国！什么‘惩办战争罪犯，废除民国宪法’，什么‘改变一切反动军队’……不都是冲着我来的吗！”

张治中不敢回答，也无法回答。

“当然，和谈还是要的，可以谈。重庆谈判你也是一个，知道谈判不是一朝一夕就谈得拢的，可以慢慢谈。”

“是！谢谢委员长训斥。”张治中敬礼告退，蒋介石并没有留他的意思，而过去不是这样子的。张治中心里一凉，知道蒋介石对自己“另眼相看”了。离开溪口，张治中仰天一叹：“德邻兄，蒋家这辆战车你如何驾驭得了啊！”

回到北平，张治中联系老朋友周恩来，在电话中婉言请中共做一些让步，以期和谈不致破裂。周恩来在中南海丰泽园会见了张治中。

丰泽园位于瀛台之北，是清朝几代皇帝行演耕礼的地方，为两组四合院式建筑。园之前方曾有禾田数亩供皇帝习耕，园后有桑树千株，为中南海独特一景。丰泽园内建有颐年堂、澄怀堂、菊香书屋等主要建筑群，乾隆帝曾在颐年堂宴赐王公贵族，澄怀堂则曾是袁世凯执政办公的地方。解放军接管北平，这里成为中央几大首长聚会及接待各界朋友的地方。丰泽园，见证了中共中央由城市领导农村的开始。

"十年河东十年河西。历史的规律让人感慨啊！"张治中望着门楣上的额匾感叹。周恩来也十分感慨："历史终于迎来了它的新主人。请文白先生相信，共产党人绝不食言，把这里变成为人民谋幸福的办公场所。"

张治中听了心中思忖：周恩来虽睿智机警，但从不打诳语。如果蒋介石死死抱住他的底牌不放，内战必将继续，国民政府的牌子能挂多久就难以预料了。迹象表明，中共将建都北平。周恩来今天这样讲是有分寸的。他知道，在中共领导集体中，毛泽东的地位无人能撼；而作为毛的合作者，周恩来的地位同样无人可以替代。

"周公，尽管我们各司其主，但你的人格让文白钦佩。"张治中握住周恩来的手，动情而语。

周恩来坦然而回："文白先生为和平真情实意，我们不会忘记老朋友的。"

"谢谢。"

张治中感到，自己面对的实实在在是一位可以信赖的朋友。

"我们进去谈吧。"周恩来往里让张治中。进得丰泽园，第一进院落就是菊香书屋，一套典型的四合院，南屋和东西厢房都由廊道相连，与正房形成一个和谐的整体。建筑风格典雅简约又不奢华。绿漆廊柱和绿釉瓦片风格划一，门窗宽大，明亮整洁，院中几株松柏参天，铺地方砖留几处绿茵草地，算得上独具匠心。来到正房主宾落座，茶水未到，张治中就说明来意：

"不瞒周公说，我们对带回的条款不予接受，还望双方再行商谈。"

周恩来温和地道："当然可以谈。谈判的大门一直敞开着。但是人民的耐心是有限的。如果蒋介石把李宗仁挡在前面和我们玩文字游戏，他在背后积蓄力量备战，妄图阻止解放军南下，肯定是行不通的。我们愿意再做最后的努力，就条款进行商谈。"

"好。"张治中表示感谢，"文白愿尽心尽力。"

当晚，周恩来宴请在北平的社会名流和从四面八方投奔而来的知名人士、各党派代表，留下张治中共同欢宴。颐年堂灯火通明，中共五大书记及军队的高级将领和朋友们济济一堂，展望祖国明天，纵论天下大事，无不开怀，无不尽兴。真个是自由空气顺畅，衷心祝福中国光明之未来。

有词《千年调》为证：

盛宴葡萄酒，争握巨人手。千杯仿佛不醉，尽兴唱酬。只要爱国，一律解前仇。人悠悠，事悠悠，情悠悠！

天下大势，道行必无忧。三朝五帝休矣，只剩宫幽。欢歌笑语，人民谋幸福。天悠悠，地悠悠，乐悠悠！

第七十三回

毛泽东不睬划江治　斯大林吹来善意风

莫斯科克里姆林宫。约瑟夫·维萨里奥诺维奇·斯大林办公室里烟气缭绕，呛得不吸烟的米高扬不时咳嗽几声。叼着烟斗的斯大林站在高大的玻璃窗前凝视着窗外的什么，突然回头问米高扬："尤金到北平去，毛泽东同志会欢迎他吗？"

"我认为会的。"米高扬站在离斯大林约五米远的沙发旁，认真回答，"正如您想到的，毛泽东是一个哲学家，而尤金是哲学博士，哲学家和哲学博士沟通起来比较容易。"

"那好，就派尤金作为苏共代表到北平。告诉尤金，和此前你去西柏坡不同，他不能只带耳朵去。"

米高扬笑了，"是的，斯大林同志。现在情况不一样了。"

"请注意我的话：尤金此去，没有公开的官方身份，类似一名访问学者。"斯大林特别叮嘱。

米高扬有些意外，"这是为什么，斯大林同志？"

斯大林狡黠地一笑，"这样，使双方都有回旋的余地——我是说在哲学层面和国际关系方面。"

"我明白了，斯大林同志。这真是一个好主意。"

斯大林晃晃手中的烟斗，"听说毛泽东同志的著作水平高，很有研究价值。将来，尤金可以帮助他翻译成俄文。"

"这很好。在我们社会主义阵营，毛泽东必将是最出色的领袖之一。"

斯大林若有所思，"四亿人口，一个大党，谁都无法忽视它的存在……米高扬同志，是不是我们对毛泽东的认识太晚了些？"

米高扬没有正面回答，说："幸亏他取得了胜利，终于被人承认。从这个意义上讲并不晚，斯大林同志。"

"好吧！告诉尤金：嘴巴是带去了，但有半边是休息的——"斯大林叮嘱，"毕竟，尤金只是一个哲学博士，在毛泽东面前，他翘不得尾巴。"

"那就叫他把尾巴夹紧再去中国。"

说着，米高扬有些得意地在斯大林面前笑出声来。很少有人看到他笑的斯大林也笑了笑，"哦！还有，我几次拒绝了毛泽东同志到苏联来……而目前他更不能离开。不过，他可以派一名政治局委员来。"

"这是个好主意。"米高扬一个劲儿顺杆儿爬，也是个好主意。

双清别墅毕竟离市区远且道路坎坷，毛泽东坐车到中南海的行程要两个多小时。由于国民党潜伏下来的敌特还没有彻底肃清，由城区到西山的途中发生过几起枪击事件和谋杀案例。周恩来建议毛泽东搬到中南海去住，一则可以节省时间，二来保证安全。毛泽东摆摆手说："搬家的事先不议。在敌人的千军万马包围下都安全得毫发无损，现在倒怕起几个毛贼来啦？恩来，蒋介石学乖啦，也玩起'游击'来啦，边谈边拖边备战。我们麻痹不得呀！中央决定派刘少奇去苏联。"

"明天将和平建国大纲交给文白，等他从南京回来再下决心吧？"周恩来建议。毛泽东马上提醒周恩来："看起来张治中的处境也不太妙呀！有消息说老蒋背后骂他是张学良第二，这就叫人担忧文白的安全啊！"

周恩来考虑了一下，说："那就提醒文白不要亲自来回跑了，由其他人当信使就行了。"

"我看可以。文白是有正义感的人，从重庆谈判起一直把我们当朋友对待，也冒过风险担过责任，我们不能眼看着再幽禁一个张文白啊！"

"那，我就挡挡驾，请文白在北平等候，以防不测。"周恩来说。

就在国民党的"信使"离开北平的第三天，毛泽东收到一封来自莫斯科的密电，是斯大林发来的，建议国共两党以长江为界分而治之。这令毛泽东惊讶不已，不能理解斯大林何出此言！

怎样对待斯大林的建议，毛泽东慎之又慎。他虽不明白斯大林何出此言，但他明白，处理不好同苏联也即斯大林的关系，将影响中国未来在国际共产主义运动中的地位。毛泽东曾想召开政治局会议研究处理办法，但又改变了主意：与其公开拒绝斯大林的建议还不如自己装聋作哑匿下它，以便于和斯大林迂回交涉和解释。

几天之后，传来南京政府拒绝在和谈条款上签字的消息。毛泽东马上召集中央军委会议，以中央军委主席毛泽东和中国人民解放军总司令朱德的名义共同下达渡江歼敌命令。中国人民解放军吹响了向国民党反动派全线进攻的号角！

由粟裕将军为总指挥，百万大军渡江作战的又一个战役打响了！千里长江北岸聚结的百万人民解放军和近二百万民兵组成的支前运输大军，西起湖口东至江阴，同时发起渡江作战，开展了有史以来绝无仅有的、用波澜壮阔和惊天动地都不足以形容其惨烈、壮观、宏大和不可思议的伟大战役！粟裕将军稳坐中军，指挥着千里战线上的千军万马，掌控着整个战场形势的发展。

经常光顾茶楼的那位重庆"说破天儿"，说起百万雄师过大江来别有韵味儿：

说起百万雄师过大江，那是古来战场上的五绝呀！为什么这么讲？我得有说头呀，诸位听我一一道来！这第一绝：空前绝后！何为空前绝后？谁带领百万雄师会在千里长江防线同时向对岸进攻？它没有啊！第二绝：支前的比打仗的人多。你想不到吧？它还真是那么回事。解放军大部队后面的男女青壮年的民兵大队，推小车的、挑担子的、背托肩扛的，米呀面呀水呀菜呀鸡蛋猪肉呀……需要什么送什么！当然啦，运送伤员、炮弹也少不了咱民兵！你再瞅瞅对面儿老蒋那边儿，早乱成一锅粥啦！哭爹的，叫娘的，喊老婆孩子的……第三绝，伤亡比例悬啊，七比一！解放军伤亡七万人，国民党伤亡四十三万人！该第四绝了吧？对！第四绝：粟裕大将军指挥有方呀！大家想想，拿下千里长江防线，指挥百万大军，光军长就好几十个！每个军三个师长，每个师三个旅长，每个旅三个团长……光团长以上的军官就多少？大家算去吧！调动指挥这么多人，没两下子行吗！别急，还有第五绝：从毛主席到粟裕、刘伯承，算计得绝啊！淮海战役的时候，毛泽东只要掐指一算，就知道蒋介石什么个想法，怎么个做法，出个道儿让老蒋怎么走他就怎么走，现在，蒋介石他听话呀！三个战役输光了不听话了，晚了，他不听话有人听话，化敌为友，当场调转枪口反戈一击的也绝：国民党在江阴要塞的七千守军宣布起义，马上调转炮口向江南岸国民党守军开炮，配合解放军渡江。

当年赤壁之战，有诸葛孔明借东风之说。周郎因被西北风卷起的旗角拍打脸颊而惊慌失魄：火攻对岸曹兵水师，如逆风举火，岂不自焚？羽扇轻摇之间，诸葛借得东风，完成了孙、刘苦心经营的赤壁之战。

两千多年之后的今天，于长江下游待命渡江的二十三军军长陶勇，接到担任渡江作战第一梯队突击师师长的谭知耕的电话："报告军长！一切准备完毕，只等时间一到，立即起航渡江！军长，就是有一点对渡江不利……"

"请讲！"

"这两天老是刮东南风。"

陶勇当然清楚，当年赤壁之战是孙、刘从江东用火攻，自然靠的是东风，如今解放军从江北乘船南渡，有东北风才好。如今已是仲春四月二十日，长江下游的华东地区以南风为常，罕有北风。于是随口说道："风向也有可能变化的！"谭知耕完全明白军长的话，向首长表示："不管老天爷给东南西北什么风，我们一定完成渡江任务！"

放下电话的谭知耕走出指挥所，不经意间发现气象站的风向标停止了转动，继而箭头调转方向指向西南——分明是由东南风变成了东北风！谭知耕立刻眉开眼笑，"好！好！"在场的指战员及参加渡江作战的船工不由地一起欢呼雀跃，激动不已。几位船工大呼"好运！"最年长的一位说："当年诸葛亮借东风打败曹操！如今毛主席借来东北风打败蒋介石！"谭知耕乐呵呵地道："是呀！这东北风是毛主席从全国人民那里借来的。打倒蒋介石，解放全中国，下合民心，上合天意！胜利是我们的！"

渡江时刻一到，万船竞发，军民奋力，冒着敌人的炮火冲向江南岸！任凭国民党守军自吹自擂"共军半年也攻不破长江防线"，却仅三个昼夜就被英勇的解放军全线突破，

一举解放了南京、上海、杭州、武汉等大城市，和苏、浙、赣、皖、闽、鄂广大地区。至此，进军华南、西南，解放全中国已经没有悬念了！

在北平的毛泽东听到胜利的消息非常兴奋，写下了那首气壮山河的《七律·人民解放军占领南京》：

钟山风雨起苍黄，
百万雄师过大江。
虎踞龙盘今胜昔，
天翻地覆慨而慷。
宜将剩勇追穷寇，
不可沽名学霸王。
天若有情天亦老，
人间正道是沧桑。

南京解放，意味着蒋家王朝已基本颠覆。从一九四九年四月二十一日起，蒋介石的国民政府成了汽车轮子或者飞机上的"皮包政权"。同时，建立一个什么样的新中国提上了中共中央的议事日程。

国民党的谈判代表张治中等人自知历史使命已经结束，向毛泽东、周恩来等人辞行。周恩来亲自陪同张治中等人到颐和园去见毛泽东。

为了工作的便利，毛泽东听从周恩来的建议，到颐和园暂住。这里离北平城区较近，环境幽静且适于保卫工作。汽车从北门驶进，拐弯抹角地来到万寿山东部山顶上的一片建筑群。下车之后，大家步入古色古香的小院景福阁。此前，中共的周恩来，国民党的邵力子、张治中就在这里举行过国共和谈。所以，张治中对这里不陌生。

正在读报的毛泽东站起来欢迎张治中和邵力子，不无幽默地说："你们和恩来他们在这里吵了几十次架，不用说蒋介石先生，连李宗仁都不买账，拒绝签字，谈和失败。听说你们要辞行，周副主席劝你们留下来，我是赞成的。"邵力子望望张治中，说："企盼停止内战，希望和平建国是仲辉昼夜所思。现在，已无从谈起。文白、我等已是蒋、李不欢迎的人，还是听从毛先生和周先生的建议吧！"张治中道："李代总统也令我失望！不过，文白家眷都在南京，尚不知所以。"周恩来笑道："关于你们几位代表的家眷，为防不测，我们的同志在几天前已妥善安置，不久就会护送到北平和你们团聚。"张治中闻听又惊又喜，向毛、周深表谢意。毛泽东道："何必客气。现在，我们是一家人了么！恩来和我谈，决不能让文白和仲辉先生成为另一个张汉卿。我说，那就留下来。这样好的人才，我们新中国还缺得很哪！"邵力子激动万分，说："梦系魂绕的是新中国。能为毛先生、周先生领导的新中国出力，是毕生之荣幸。"

张治中道："既然后顾无忧，那就干脆声明脱离国民党，留在北平。"毛泽东高兴地笑了，说：“不仅我和恩来，同志们都会欢迎你们，欢迎你们积极参与新中国的筹建工作。”邵力子握住毛泽东的手，连说：“谢谢毛主席相信我们。老骥伏枥，我还要为新中国拉套出力。”毛泽东道：“邵老有此志，幸莫大焉。”当夜，毛泽东周恩来在益寿堂设宴款待张、邵，相聚甚欢。

当溪口蒋介石闻悉张治中、邵力子这样的民国中坚也投奔共产党后，气得半天喘不过气来，恶狠狠地用拐杖戳戳地骂“娘希匹”。除此之外，他已别无他招。

克里姆林宫的主宰者，也是共产国际首领的斯大林不免纠结：看来真的要调整自己的思路，重新考虑毛泽东和中国共产党的地位了。

一天就突破蒋介石最坚固的防线把南京总统府的青天白日旗降下，三天全线突破渡江，短短的几天就又解放南京之外的杭州、武汉、上海等大城市和华东六省大片土地，实在让在二战指挥苏联红军打赢法西斯希特勒的斯大林难以想象！在短短的几个月内就解放了大半个中国，只剩下区区华南、西南几省，斯大林怎么也猜不透毛泽东用的什么神仙招儿！像游戏似就把蒋介石的八百万大军“吃”剩下百万之众，而八十万弱势竟用两年多的时间变成了四百万大军的绝对优势。现在大局已定，中国共产党取代蒋介石的国民党的日子屈指可数了！

“该有一个新的姿态了！”斯大林自言自语地说。

毛泽东和党中央收到了来自克里姆林宫的祝贺，不是电报，而是国际长途电话。懂俄语的王稼祥没有听错，斯大林在电话中分明说：“祝贺中国同志们的胜利。希望解放全中国的日子早日到来！希望在莫斯科会见毛泽东同志。”王稼祥把话一一翻译给在座的毛泽东和其他领导同志听，毛泽东幽默地道：“看来，还是实力说明问题呀！也许，刚开始斯大林同志以为没读过军校，连步枪都不会放的泥腿子毛泽东，加上没有正规训练过的土八路，怎么也打不赢美式装备、训练有素的正规军。现在，斯大林不那么想了！”王稼祥道：“有的时候国际上的事情就和孩子玩家家一样，有的时候又似街坊市民，也没个准稿子。”周恩来含笑插话说：“允许人家有个认识过程嘛。我们取得最后的胜利没什么悬念，只是时间问题。但是，苏联的态度对于我们非常重要。”

毛泽东道：“恩来的意思是国际形势尖锐又明显：两个阵营，一个要资本主义，一个要社会主义。我们肯定是后者了。所以，要团结在苏联为首的社会主义阵营周围，除此之外别无选择。不管怎么说，苏联是我们需要依靠的力量，而且斯大林已经吹来了善意之风，我们是要领情的。”

不无幽默的一句话把大家说乐了。

客观地说，中国共产党的大部分领导人有着留苏或驻苏背景，容易接受来自苏联的政治信号；中国共产党需要国际力量的支援和支持，尤其是苏联人的支持。生活中，大哥者，可以呵护弟弟；弟弟者，视兄长为仗势也。当然，在政治生活中不尽相同，而是以利益为准绳，感情的因素也是有的。无论如何，中苏建立信赖关系是双方都希望的。

尤金特使经过辗转跋涉悄悄来到中国北平。虽然是秘密来访的特使，但王稼祥、李克农等亲自到前门火车站迎接，并到北京饭店西餐厅作陪进餐。王稼祥是莫斯科的熟客，懂得俄语，而尤金是汉语通，二人曾互有交往，所以，大家没有陌生感，倒有点儿老友重逢的意思。

“稼祥同志，为什么不吃中餐？”尤金望着烤得香香的面包和黄油、香肠，耸了耸肩。

王稼祥道：“按照中国人的礼仪，是希望客人有到家的感觉，所以……”

“不不不，”尤金摇摇双手，“新的生活是我的新课题，中国朋友！况且我对中国并不陌生，包括衣食住行。凭良心讲，中餐更适合我的胃口。”李克农道：“北平是个容纳百川的地方，各地风味小吃琳琅满目，尤金同志尽可大饱口福。”

李克农不同于“留洋派”王稼祥，是党的情报工作的忠诚战士，也是一位和毛泽东一样没有国外工作履历的高级领导人。他关注的是苏联客人的安全而非礼仪。对于尤金的安全，他这位中央社会部的部长责任重大。因为，这时新中国还没成立，规范的安保体系还没有形成，要摸索进行。

看来旅行生活的确劳累，尤金吃起不比中餐喜欢的面包、香肠津津有味。他一边往面包上抹着黄油一边说：“北平的现在比过去干净、漂亮了许多。都说中国共产党是治理农村的行家，看起来对城市的管理也不是没有办法。”王稼祥道：“我们党人才济济。既有晚清秀才、举人，也有民国时期的元老、革命家，各行各业的优秀人才更是数不胜数。我们有足够的能力和信心管理好城市。”尤金大口嚼着香肠，说：“是的，毛泽东同志从西柏坡出发时就讲‘赶考去’，来到北平，我感觉到秩序大有好转。我个人祝福你们‘赶考’成功。”

“你不会失望的，尤金同志。”王稼祥表示谢意。

尤金耸耸肩头，换个话题：“我希望能见到毛泽东同志，请你们转告我的请求。”王稼祥点点头，说：“刚到北平，除了党的事务，指挥解放全中国，毛主席还要接待全国各地投奔来的各界人士，比较忙。尽管如此，我们一定尽快反映，请书记处做出安排。”尤金打趣地道：“我知道，王稼祥同志和毛泽东同志有着不一般的关系，那就是你在长征路上红军最危急的时候拥护毛回到中国共产党的核心。”李克农也以开玩笑的口吻对尤金道：“看来尤金同志对我党的了解比某些中国人还清楚！”中国通尤金那敏感的神经刹那间一跳，连忙解释道：“不不，我只是道听途说，有不妥请谅解。”王稼祥坦然一笑，说：“我们党就是需要苏方进一步了解——了解出知音，对吗？”尤金忙点头同意：“是啊是啊！我就是来进一步了解毛泽东同志……好好，我耐心等待与毛泽东同志见面。”

第二天，百忙中的毛泽东在自己的临时住所颐和园益寿堂会见尤金。望着伟岸挺拔、健康英俊的毛泽东，尤金情不自禁叹出声来：“啊！和蒋截然不同……真是一个伟人相。”陪同会见的周恩来爽朗一笑，对尤金道：“按照中国传统说法，我们的主席是凛凛一躯的英雄相。”毛泽东谦逊地摆摆手，幽默地说：“我是蒋介石总统眼中的匪首！”尤金连忙把话接过去说：“从哲学的角度看，很少有政敌互瞅顺眼的，这叫矛盾的两个方面，政见不同可以导致对人格的歪曲。”

“哦？尤金同志是哲学家？”毛泽东重新打量苏俄客人。尤金还未张口，周恩来介绍说：“尤金同志是哲学博士。”毛泽东略有思索，对尤金道：“这么说，斯大林同志是请你来试试毛泽东的哲学水平了？”尤金忙又解释：“斯大林同志怎样想的我不知道，因为我不是他肚里的蛔虫。但我敢保证，斯大林同志最关心的是毛泽东同志对俄共和共产国际的看法，当然，还有新中国成立之后的建国方针。我特别申明：我们只是了解而不是干涉。”

毛泽东告诉尤金：“批评和自我批评是中国共产党的优良传统，我们是能正确面对批评的。苏共革命成功早中国共产党三十几年，好多经验值得我们学习。我们不妨有机会多谈谈哲学的问题，尤其是哲学的辩证法，是解开政治家决策的一把钥匙。”尤金听了不免心里忐忑，自知和面前的中国巨人兼学者谈哲学就不是一个级别的选手，对毛泽东说：“我虽然是哲学博士，但和主席不能相提并论，因为我仅仅是个哲学博士而已。哲学是政治、经济、战争诸方面衍生出来的研究而已，而毛泽东同志是诸多方面的实践者，我这次来，使自己有了一个学习的机会。”坐在尤金旁边的王稼祥感慨不已：在毛泽东面前，即使哲学名家也翘不起尾巴来！

果然，一有时间，毛泽东就通知王稼祥约尤金谈哲学。在中南海妙趣横生的瀛台，毛泽东和尤金坐在华盖肃穆的松柏树下聊天。谈到人格，毛泽东道：“人格不是孤立的，是和他的存在有关，存在决定意识，我在《实践论》中说过。我们中国有四大名著，《三国演义》你读过没有？”

“读过。”

“那好，里边的故事你一定记得。”

“请主席说说看。”

“曹操和刘备，你更喜欢哪一个？”

“曹操和刘备？”尤金笑了：原来毛泽东提出了一个再简单不过的问题！中国人谁不知道曹操是奸雄啊？“我和大多数中国读者一样不喜欢曹操，因为他是奸雄。”

毛泽东道：“那是因为走马观花读三国。你仔细读就不一样了！”

“请主席赐教。”

毛泽东道：“曹操推翻的是一个不称职的皇帝，挑战封建腐朽的世袭皇权，有什么不好？自封魏王后他重视农业生产，军队和老百姓一起屯田，对稳定政治和发展生产起到积极作用。三国时有位姓许的名士就评价曹操是‘治世之能臣，乱世之枭雄’。东汉后期，政治黑暗、战乱不止，生产受到严重破坏，曹操统一了中国北方，贡献是大的。”

真是不一样的毛泽东！尤金听得津津有味。

“一个人的人格往往不能用黑脸、白脸来形容。中国的京剧把人物脸谱化了，是为了在舞台上好表现人物个性。但现实中的人不是用一个黑或一个白可以判定的。”说到这

里，毛泽东问尤金：“蒋介石、毛泽东，你喜欢哪一个？”

尤金吓一跳，以为自己耳背，但看到毛泽东那毋庸置疑的表情时，知道是非回答不可的问题了，尴尬中急忙寻思恰当的字眼儿，“当然喜欢您，毛泽东同志！”毛泽东笑着摇摇头，说：“也许你讲的是实话。但是，喜欢的人未必不是敌人；不喜欢的人未必不是同志。这就是辩证唯物论。”

仔细品味毛泽东的话，尤金感到，毛泽东和自己谈哲学的目的并非探讨学术，而是隐喻着什么，又触摸不到。当他用另一种角度思量毛泽东的时候，猛地感到面前侃侃而谈的巨人是一个洞察一切而又革命意识强烈的民族大英雄。没人能撼动他钢铁般的意志！

“毛泽东同志，”尤金无限感慨，“现在，我不知道您到底是一位军事家，还是政治家、哲学家、预言家，还是诗人？”毛泽东淡然一笑，说：“我是中国人民的儿子。”

尤金彻底折服了。他是带着斯拉夫民族自豪感来的，现在，他明白什么叫“人外有人，天外有天”了。

“斯大林同志应该重新认识毛泽东。”尤金暗暗自忖。

“我们马上就要建立新中国了，”毛泽东告诉尤金，“你可以是国宴上的贵宾。”

“如果有机会，我相当荣幸！”尤金向主人告辞了，“但是，我得尽快回莫斯科，毛泽东同志。您也该休息了。”

送走尤金，毛泽东没有休息，又点起一支烟，坐回到写字台后的椅子上，思索着什么。

在人们的鼾声中，习惯于夜间办公的毛泽东又继续他的工作了。

正是：

开天辟地英雄胆，
睿智风流更过人。

第七十四回

蒋家王朝蜗海岛　红色政权孕北平

诗曰：

一夜寒风送客船，
漂洋过海到台南。
清明别恨何时废，
无限情思靠浪传！

这首七绝，乃是被退败台湾的国军“掴”到台南的杭州大学教授柳成行所赋。柳先生年富力强，善书法、精中文，是教育界不可多得的精英。解放军攻破长江防线，柳先生同另外五名专家、教授被强行押往机场，飞金门而转军舰到台湾。七绝二十八个字，道出了被胁迫到台湾的非国民党人士的离乡之苦、弃亲之恨。

由于大量大陆居民和国民党军队涌入台湾，这个南北纵深不过三百九十四公里、东西最阔处不足一百四十四公里的小岛一下子空投、海运五十多万人，无疑给台湾的经济、生活带来巨大压力；台湾原住、民众更是惶惶不可终日，以致发生民众与军警之间的冲突，导致多起流血事件。更有民众打出“蒋介石滚回老家去”的标语示威游行。

蒋经国紧急报告父亲，正在阳明山选址建行宫的蒋介石不假思索地命令：“扰乱国军和政府安置者罚！恶劣者杀！”

“父亲，党国在台湾立足未稳，大开杀戒恐不利立足台湾。”蒋经国提醒父亲。

“糊涂！”蒋介石喝道，“此处难以立足，我们又立足何处？你们还幻想在大陆有我们的一片天地？没听毛泽东的《将革命进行到底》的强硬措辞？共产党容得下我们吗？”

“是，父亲。”蒋经国唯唯诺诺，不敢造次。

台湾岛上响起了镇压的枪声。

血，台湾同胞的血，洒在大街小巷，洒在房前屋后，洒在鲜花盛开的大地上！在血迹未干的地方，蒋氏奋力挽救着已颠覆的蒋家王朝。

北平的中南海里，正进行着大规模的清扫运动，从部队调来的二十辆大卡车正日夜不停地往城外运垃圾。被皇帝赐名太液池的墙中之海，不知从何时起被当做垃圾坑使用，到解放军接管北平时，已如老农家的化粪池，龌龊而臭不可闻了！

市长叶剑英陪同周恩来副主席视察北平市容后回到中南海。走到瀛台和南海之间，周恩来对叶剑英道："要彻底清除海里的所有垃圾，还它一个清洁、美丽的本来面目。要保留这里的原汁原味，不要轻易抹去历史的痕迹。"叶剑英向周恩来汇报："根据中央精神，北平市政府正拟定北平中心地区修整方案，报中央审批。其中天安门地区是重点。"周恩来道："我们将在这里召开全国政治协商会议，听取各界代表对建立新中国的建议，其中包括首都的文化、文物保护抢救。我和主席谈起过，举行开国大典需要一个大而交通便利的地方。你提议西郊机场和天安门广场列为首选，主席是赞同的。当然还要进一步讨论研究才能决定。"叶剑英道："这两个地方都各有利弊。西郊机场场地面积大，视野开阔，但离市区远，群众集散不便，而且不能作为永久性集会场所。而天安门广场就不一样了，如果把广场重新规划，在保留原文化韵味的基础上加以拓展改造，使之成为集会、群众活动和游览的地方，会事半功倍。"周恩来听了觉得有道理，"这个想法很值得考虑。中央召开这方面专门会议的时候你可以谈谈你的设想。"

"不是我的设想，是市政府联谊会时几个专家学者的话题，我就转手卖给您了。"叶剑英说完，周恩来就笑了，"你这参谋长在许多关键时刻都能参谋到好处。好啊，一定用一个整洁、美丽的新北平迎接新中国的到来。"

"请中央放心，我一定落实好中央交给的任务！"叶剑英向周恩来敬礼。

正在这时，只见毛泽东的卫士长李银桥来找周恩来，"周副主席，主席在丰泽园勤政殿等您，请您过去。"

"好，我随后就到。"周恩来和叶剑英握手作别。李银桥回手指指停在路旁的小轿车，对周恩来道："为了节省时间，主席特别嘱咐用车接你去。"周恩来不再说什么，疾步走到车前，弯腰坐进小车里的同时，汽车轮子就向前转动了！

毛泽东和周恩来之间早没有了见面时的寒暄客套，而是开门见山直奔主题。

"恩来，现在看来，我们打败华南、西南的国民党军也没有什么问题了，尤其是广州，很快就会解放，只有西南那两三个省迟缓一些，但无关建国大局了。召开政治协商会议、筹建新中国已提到议事日程。看来，又要辛苦你了。"

周恩来谦逊一笑，听毛泽东说下去。

"蒋介石表面上还在广东、云南一带活动，其实早已把台湾作为退守的最后一站。这一点已不是秘密。我们建都北平也达成了共识。组织政治协商会议，条件已经成熟。"

"我赞成主席的意见。"

"我们不能一党独尊。是人民支持我们取得的胜利，各民主党派和进步人士功不可没。因此，关于代表的资格和分配，尽可能面面俱到，以体现会议的广泛代表性。我看，可以由你牵头成立一个第一届人民政治协商会议筹备委员会开始工作了。"周恩来道："这个筹备会应由你来当主席或者主任，以显示它的权威性和号召力。我主持工作就可以了。另外，除了我们党的领导同志外，请一些各党派的领袖和民主人士参加也非常必要。少奇同志也有此意。"

“那好。你就同少奇、老总、弼时同志议一议，酝酿成立筹备委员会开始工作。管这些事你比我强。”

周恩来忙道：“主席是统帅，我甘当助手……”

“米高扬的话对，”毛泽东挥手制止周恩来，“新中国总理的人选没有悬念。还有，我答应过陈毅，他做新中国的第一任外交部长，恐怕目前不能兑现啊。”

“主席的意思另有人选？”周恩来望着胸有成竹的毛泽东。

毛泽东笑了，“你么！”

“我？”

“非你莫属。再说，陈毅在上海——上海的经济地位和战略地位大家都清楚，同东北工业基地一样，举足轻重。蒋介石处心积虑要毁掉上海。保护上海，恢复和发展上海的经济，陈毅是胜任的。更重要的是为其他大城市积累经验，对全国经济的恢复和发展起到不可替代的作用。因此，陈毅暂时不宜离开那里。”

“如果暂时没有更合适的人选，我就先把担子挑起来。”

“这样一来，你就是书记处最忙的书记了，”毛泽东说，“恐怕是别无选择啊。”

毛泽东说的是实话。

在中国革命的紧要关头，如果没有周恩来和毛泽东的配合，谁都无法知道历史会怎样。而如果没有毛泽东，很可能人们还在漫漫长夜摸索——歌唱颂扬毛泽东和共产党的歌谣何其多？但没有一首能像《东方红》那样，用最朴实的语言、最真挚的感情、最准确最形象的比喻表达了人民和领袖之间的关系。

入夜，毛泽东才离开中南海回双清别墅，卫士长李银桥等同车返程。车驶出中南海北门，从西安门大街向西进入阜成门内大街，奔向香山方向。坐在后排驾驶员后边的毛泽东用手悄悄拉开窗帘布向外望去，久久不肯松开撩着窗帘的手。李银桥轻声提醒毛泽东：“主席，请放开手吧。”

毛泽东没听见似的，依旧望着窗外不松手。李银桥抬高声音再次提醒毛泽东：“主席，别看了！”

毛泽东掉头质问李银桥：“吵么子？”

李银桥解释：“主席，这是纪律……”

“啥子纪律？谁定的？”

“中央……”

“中央哪个不许我关注老百姓？”

李银桥哭笑不得，没法向毛泽东解释。为了保证首长的安全，中央警卫团根据中央办公厅的指示精神制定了安全保卫守则，细则里有关于行车方面的规定，路途不允许打开窗帘，怕被行人认出，发生不可预见的事情。李银桥一提细则，毛泽东更为生气：“我毛泽东离开人民就如鱼离开水。我什么时候怕过人民？这是谁的主意？”

“谁保证街上走的都是人民没有坏人？再说这也不是对着主席你一个人的，警卫团对中央首长都执行安全保卫守则。”

李银桥越解释，毛泽东越来气。李银桥平日里温和好脾气，今天是老虎上磨——不听那一套，伸出胳膊用手一拽，把毛泽东手里的窗帘夺过来推上，口中念念有词：“在警卫工作中我得听任弼时主任和汪东兴同志的。”

毛泽东也哭笑不得，只得把头正回来。其实，真正和毛泽东朝夕相处的是身边的卫士们，毛泽东和他们建立起了深厚的感情，某些方面胜过自己的孩子。卫士长李银桥更是毛泽东离不开的生活“拐杖”——端茶递水甚至梳头搓澡都离不开的。

“唉——”毛泽东长叹一声，流露出无可奈何的样子。大家看出毛泽东这一叹是给自己，也是给大家下台阶的，差点儿笑出声来。

“‘难为’了毛泽东，你们倒想笑！”毛泽东故作生气。李银桥又提醒毛泽东，“您忘了，我可没忘！才几天呀？过前门鸭子楼，您非要下车进去，结果……”

毛泽东当然没有忘。那天下午到南城看望刚到京的民主人士，车过前门，望见鸭子楼后叫停司机，要进鸭子楼看看。李银桥见行人不是很多，便给毛泽东戴上口罩和帽子，陪同下车。令大家始料不及的是鸭子楼的一位堂倌认出了毛泽东，情不自禁叫出声来：“毛主席！您是毛主席？”还没等大家反应过来，鸭子楼的堂倌、烤鸭师和老板都跑到前堂，把毛泽东围住，兴奋得又鼓掌又欢呼！卫士们连忙分开众人保护毛泽东往外走，毛泽东干脆摘掉帽子口罩，对李银桥说：“你们不要这样子么！我三十年前在这里和李大钊、恩师杨昌济、岳母、开慧吃过烤鸭子的。我看看么！”卫士们理解毛泽东的心情，但是，鸭子楼外的路人和邻居闻讯都争着来目睹自己伟大领袖的风采。很快，民众把鸭子楼挤了个满满，围了个水泄不通！人们不顾一切地欢呼、雀跃，无人会顾及安全等问题。这可急坏了李银桥等卫士！尽管李银桥是武当传人功夫了得，但被夹在水泄不通的人堆里也无法施展。情急之中，李银桥命令战士王虎挤出人堆从后门跑出找电话打给汪东兴求援，调来解放军部队，连劝带挤地在人堆里手拉手地分开一道人胡同，卫士们拥着毛泽东从人胡同里撤出了鸭子楼。可是，前门大街早已被闻讯围过来的人群堵得严严实实，好不容易进了停在马路上的轿车，却没路可开。大街上“毛主席万岁”的欢呼声不断，任凭解放军官兵怎样规劝，人们还是渴望一睹伟人风采，不肯离去。情急之下还是汪东兴主意高，命令战士们推着毛泽东的座驾，缓缓向前门箭楼移动……

想到这里，毛泽东无限感慨，说：“出不了门的鸭子楼啊！”

大家无人吭声。面对崇拜者的疯狂，卫士最棘手、最纠结。他们的职责是无论在任何情况下必须保证首长的安全。毛泽东如何不懂卫士们的心情？心绪平静下来的毛泽东又说了一句话：“真是清官难断家务事啊！”

李银桥听了心里热乎乎的，觉得这是主席对自己工作的褒奖。以毛泽东为中心的这个集体，其实就是一个团结和温馨的家。而家长毛泽东将要执掌更大意义上的“家”——国家，在这个家里，卫士的天职就是保证首长的绝对安全。

夜沉沉。璀璨的星光下，纵卧大地的香山已经沉睡，只有双清别墅毛泽东的书房灯光不熄。毛泽东在为“大家”的诞生做着准备。

一支香烟，一杯香茗，一桌文案，夜夜陪伴毛泽东到天明。繁星作别之时，也是毛泽东入睡的时候。从这个时候起到午时，毛泽东的睡房及其门前、窗外不能有嘈杂和干扰，否则将影响毛泽东的黄金睡眠时间，惹毛泽东光火。今天是李银桥当值，午夜的时候，李银桥烤好一块红薯，悄悄送进来，轻轻放到书案一边，悄悄往回退。毛泽东觉察到了，叫住他：

“银桥，你莫走。”

李银桥问：“主席，有事吗？”

毛泽东放下手头的工作，转过身来，和颜悦色地问：“现在算是和平环境了，可是，我这个晚上工作、白天休息的习惯老是调整不过来，害得你们卫士也黑白颠倒跟着转。”李银桥忙道：“主席，您为中国革命废寝忘食地操劳，我们是做卫士应做的本职工作，还生怕做得不好。您可别这么说。”毛泽东笑了，说：“你真是个老实人。银桥啊，我答应过你，让你看到我们打败蒋介石，就放你离开。现在虽然还不算彻底的胜利，也只是时间问题了。你想过你的今后吗？”

李银桥绝没想到毛泽东又提出此事。他早被毛泽东的伟大人格征服，不觉把自己融入到毛泽东的生活之中，对于当年两个人的“协议”早抛云外。毛泽东重提此事，令李银桥错以为毛泽东要撵自己走，“主席，是不是我哪儿做得不好，您撵我走？”

李银桥说着眼圈儿都红了。毛泽东站起来拍拍李银桥的背，说：“你是我最满意的卫士……可是，我得尊重你的选择么！”

“可我现在的选择就是一辈子伺候您！”李银桥一脸的委屈，“您要是真的不需要我，也得给出个理由嘛！要不，我得心里别扭一辈子！”

显然，毛泽东也被感动了，说：“我说过，你们比我的家人还亲，和我朝夕相处。既然你不想离开这儿，这件事就不提了。”

李银桥用手抹抹眼睛，低声说：“主席，吃几口烤红薯吧。”

“好，我吃，我吃。”

毛泽东坐回椅子上，伸手拿起烤好的红薯，不剥皮就吃起来。李银桥以为毛泽东马虎了，忙提醒他“还没剥皮呢！”毛泽东一边嚼着红薯一边说：“其实，有些植物的皮营养更丰富……”

李银桥给毛泽东案头的杯子里添上热水，不再打扰毛泽东，转身离开。黎明时刻，李银桥再看望毛泽东的时候，只见毛泽东头枕两条胳膊伏案睡着了，口中还含着半截红薯。李银桥含着泪水悄悄从衣架上拿起大衣，轻轻盖到毛泽东身上，把那半截红薯小心翼翼地取下来，再蹑手蹑脚地退出……

“银桥！”

毛泽东喊住他。

李银桥吓一跳，忙向毛泽东道歉："主席，是我手脚重了！"

毛泽东坐直了，用手提提大衣，"不是你手脚重，是我瞌睡而非熟睡。银桥，现在几点啦？"

李银桥看看腕上的手表，回答毛泽东："五点三十三分。"

毛泽东"哦"一声，"我要正式睡一会儿——中午要到怀仁堂宴请各党派人士和民主人士。哦，你把案头的那封给宋庆龄的信带上，交给邓颖超同志。"

"是！"李银桥应声，先服侍毛泽东到床上休息。

"给我两片安眠药吧！"毛泽东说，"真躺到床上怕是倒睡不着呢！对了，到点儿你叫我。注意那封信，别忘了交给邓颖超同志，她要去上海。"

李银桥有些明白了。几天前主席和周副主席同车中南海，在车上谈起给在上海的宋庆龄发了邀请，电报请她到北平参加政治协商会议，共商建国大计，宋庆龄却难于成行。毛泽东叹口气，为宋庆龄诠释不来北平的原因：当年，积劳成疾的孙中山先生为安定政局抱病北上，不幸病逝于北平，令宋庆龄伤心之至，曾发誓永不再到北平。但是，建立新中国，不能没有宋庆龄，开全国政治协商会议也不能没有宋庆龄。"她不但是一面旗帜，也是我们的战友和最真诚的朋友。还有李济深、张澜、郭沫若、黄炎培，以及张治中、傅作义、程潜、陈明仁等等帮助过我们和为抗日战争、解放战争做出过重大贡献的人们，都要请进来。"李银桥心里都清楚：在毛泽东的心目中宋庆龄的地位何等重要。

"主席和首长们正在'搭'国家的架构啊！"李银桥越想越兴奋。新中国是个什么样子的？李银桥自己问自己，"肯定和蒋介石的独裁政府不一样；也和孙中山的空架子民国不一样；更和封建王朝有本质的不同！"

李银桥琢磨不出个眉目来。

诗曰：

蓝图未绘心先醉，
风雨前程气象新。

第七十五回

雌雄会东方如愿　鸳鸯合司马交心

“绝密：接收台湾军统指令，潜伏在北平的敌特正在谋划刺杀毛泽东主席、炮轰开国大典会场！”

社会部部长李克农的神经马上紧张起来！

敌人不甘失败，要进行破坏活动，并不是什么秘密，可以说是司马昭之心路人皆知，这也是社会部部长李克农和公安部部长罗瑞卿工作中的重中之重。而把袭击目标直接对准毛泽东主席和开国大典，不能不引起两位部长的极度重视，并把截获的情报及时报告周恩来副主席。于是，调集强有力的侦破力量，侦破、抓捕潜伏的敌特工作开始秘密实施……

北平即北京是一个阶级现象明显的城市。它诞生于元大都，成形于明相刘伯温之手，增建于清朝，历经六百余年风雨沧桑，阶级痕迹越发明显。站在前门箭楼鸟瞰全城，就会发现偌大的北平城其实只居住着两家：官家和民家。官家者，大有皇宫王府，次有高门大宅；民家者，少有瓦房大屋，多是矮屋陋室。金碧辉煌不过鹤立鸡群，陋室小屋则遍布皇城外围。睁大眼睛看，要在这掺杂在一起的“两家人”汇成的茫茫人海里侦破潜伏的几个敌特，好比大海捞针。

中央同意两个部的意见，调有管理较大城市经验和反特经验的骨干参加侦破工作，司马龙珠也奉命来到北平。

中央社会部的李克农部长亲自与司马龙珠谈话。司马龙珠一走进李克农的办公室，李克农便放下手头的活儿，迎上来拉住司马龙珠的手，说：“你在石家庄刚刚坐稳交椅，气儿还没喘匀，又把你调来北平，是经过再三权衡的。你知道，刚刚接手北平，问题一大堆，忙也罢了，但面临召开政治协商会议和开国盛典，防止敌特破坏可是重中之重啊！”

“我是共产党员，随时听从党召唤。”司马龙珠坦然受命。

“好。你是我们党功勋卓著的老同志了，资格比我老，我就不多说了，”李克农婉言提醒司马龙珠，“只是，北平不同于石家庄，人事掺杂、矛盾重叠，你以商人的身份对外，以利开展工作。”

“请布置具体任务吧！”司马龙珠喜欢直截了当。

“是这样，蒋介石亡我之心不灭，由他的大公子蒋经国亲自策划破坏我们建立新中国的阴谋活动，目标就是暗杀中央首长和爆炸破坏开国大典现场，”李克农交代，“在北平，由潜伏下来的敌特通过秘密电台和台湾联络，按照台湾的指令实施破坏活动。为了破获

敌特电台、抓捕敌特分子，社会部组成反潜特别小组，我是组长，你是副组长，另抽调其他几十名有经验的同志组成反潜行动队。你有什么要求吗？”

“没有。”对组织的安排，司马龙珠从来不打折扣。

“那好，”李克农说，“反潜队指挥部就设在天安门、午门之间的廊庑里，成功队长马上来接你。”

“是！”司马敬礼，接受任务。这时，一位西装革履的男子出现在办公室门口，自报家门：“报告首长，反潜一队队长成功来接司马副组长！”司马龙珠打量着成队长，一看就喜欢上他，多健康英俊的小伙儿！

“这就是司马副组长，”李克农介绍大家认识，“这是成功队长。”

司马龙珠和成功握手，说：“好英俊的小伙子啊！”成功道：“还小伙子？都老小伙了——二十有七啦！”司马龙珠道：“那还不是小伙儿？在我这老头儿面前，你不就是小伙儿么？”李克农对成功道：“司马副组长可是比我资格还老的老革命，在他面前，你可真是个小字辈儿！”司马龙珠谦逊地道：“在反特方面我的经验有限，向你李部长、成队长学习——你们都成功了嘛！”

一句话，逗得大家笑了起来。成功也挺开心：嘿，这个老革命倒是挺没架子的！

午门，是故宫博物院的出入口，也是紫禁城的正门。人们在戏曲和评书中听到的“推出午门斩首”的午门正是此门。午门到端门之间的偌大院落左右廊庑曾是御林军驻扎的地方。当年李自成攻占北京，就是从这里进入他坐了十八天皇帝宝座的紫禁城金銮殿。

司马龙珠走出办公室，望望巍峨霸气的午门，感慨万千。这午门由东、西、北三面城台围起一个方方正正的铺砖广场，北面城台上门楼阔九间、重檐黄瓦庑殿顶，门楼两侧分别有庑房十三间，左右向南排开，犹如展开的雁翼，故称雁翅楼。看上去，威严的午门犹如三峦怀抱、五峰突起，蔚为壮观。辛亥革命之后，这座门不再是皇帝、皇族或显贵们各行其道的专利，而成为故宫博物院游人进出的大门。来到北平，司马龙珠印象颇深的就是门，太多的门，名字对称的门，像天安、地安，崇文、宣武，东直、西直，德胜、安定，建国、复兴等等，十几道大门定北京，彰显着中国封建王朝文化继承的经典。如今，象征皇威的门不再是重兵把守的关卡，只是作为古董保留了。

门……怎样找到潜伏的敌特出入的那道门呢？

司马龙珠的思绪又回到工作中来。茫茫人海，上千条胡同，数以万计的门户，从中找到寥寥几个深藏不露的敌特分子谈何容易！但是，他们是埋藏着的定时炸弹，社会部已经截获来自台湾的指令：中共高层领导尤其毛泽东是他们谋害的对象，开国大典是他们破坏的主要目标。破获暗藏的敌特组织迫在眉睫。作为高级指挥员的司马龙珠即使坐得住“中军帐”，也会在必要之时挺身而出——历史已经为他的革命历程做过注解。当成功队长安排的三个行动小组几天下来都没有线索的时候，司马龙珠坐不住了！

他决定自己亲自去摸查。警卫员李波见他更衣打扮成商人模样，就问：“首长，去哪儿呀？”

“去转转——对，你就不用跟着了。”司马龙珠说。

李波不干，“那怎么行？领导再三嘱咐过了，‘保护好首长安全，眨眼的纰漏都不能有！’”

“现在是人民政府当家作主的北平，不是汉奸流氓当道的过去啦，没那么危险！”

“那也不行……这是我的工作！”

司马龙珠瞪起轻易不瞪的眼睛，“我命令你，在电话机旁好好待着，等我电话！”

“是！”作为军人，李波条件反射地敬礼听命，等司马龙珠的身影闪出他的视线，才“啊”一声拍拍脑壳：“嗨！我怎么什么都‘是’啊！”

大栅栏是北平前门外大街横向的一条长不过千米、宽不过两丈的商业街，千百年传承下来的平民市场。说它小，不过类似山乡一街村；说它大，这里容得下南贾北商、东宾西客，成就了同仁堂、盛锡福、“八大祥”等名号，还诞生了中国第一家胶片放映院，可谓承前启后、融贯东西。无论是皇家嫡亲、达官贵族还是黎民百姓，这里都会容得下、送得出。自然，这里也就成了一个浓缩的、无所不有的小社会。正因如此，司马龙珠的目光也投向了这里。

走进大栅栏，司马龙珠看到了与其他地方大不一样的繁华。吃、喝、拉、撒、睡、玩、听、看、赌、逛，无所不有。再看看行人游客的穿衣打扮：清朝装束依然有，唐宋遗风亦有传；更有洋装多浪漫，裤腰一扎也坦然。传统的、现代的、国内的、国外的、新的、旧的……真是“千奇百怪何必怪？乱世刚安多风采”。司马龙珠一叹，这个世界的确得变变了！

一颗忠诚的心，一双警惕的眼睛，不同于其他的游人，对商品一扫而过，对行人高度警惕……走着走着，一双明亮的大眼睛对准了他！那是一双似曾相识的眼睛。

“是你？！”

“你？”

“我是东方……”

司马龙珠忙给异常惊喜的女子使个眼色，示意她不要说下去，故意表现得十分热情，“啊呀，表妹！想不到在这里碰到你！”说着，一扯女子的袖子进了身后的一家咖啡馆儿，找个僻静地儿坐下。还没开口，就被女子责怪：“你这大书记犯哪门子病啦？刚才把我整糊涂了哩。”司马龙珠这才解释道：“我在执行特别任务，不能随便和熟人打招呼。请原谅我，东方玉梅同志。”东方玉梅皱起眉头故作生气的样子，“既然不方便，我别干扰你的工作，告辞了！”说着站起来就要走。司马龙珠忙伸手拦住东方玉梅，“你别那么急嘛！听我仔细给你说，你就明白了！”见司马真的动了情，东方玉梅“噗”地笑了：“看你急得……俺逗你哩！”司马龙珠不好意思地笑了，“嘿嘿，你这个小同志，还挺有脾气啊！”司马龙珠挺挺腰板儿，做出严肃的样子，说：“玉梅同志，我请

你喝杯咖啡吧？”

“俺没喝过……”

“没喝过才要喝——多放点儿糖就不苦了。”司马龙珠解释。

“俺才不怕苦哩——莫非比苦菜还苦？”东方玉梅不无羞意。司马龙珠悄声问道：“你还在平山工作吗？到北平干什么来啦？”

东方玉梅道：“亏得你还是石家庄市委副书记，我调到西柏坡你不知道？”

司马龙珠瞅着东方玉梅一怔，“啊！我到天津参加会议回到机关，听组织部说过，有几个同志工作能力强，调中央机关了。原来其中就有你啊？”

“我说不是，你眼里、心里根本就没我！”东方玉梅撅起嘴。

司马龙珠自从听了朱德总司令提醒自己的话之后，自己心里还真的有了“追”东方玉梅的勇气，只可惜一直没有谋面的机会。

“司马呀，革命者不是苦行僧，有那么好的姑娘看上你，可别错失机会啊！”朱老总的话朴实、感人。——今天，他再也不想错过机会了。

“玉梅同志，请理解，我今天没有太多的时间陪你……但是，今后我愿意永远陪你！”司马龙珠一鼓气把话说完，睁大眼睛瞅定东方玉梅，生怕被拒绝似的。

东方玉梅没想到书生气十足的司马会如此直白、恳切真挚，出出神儿又马上回过味儿来，把头埋下，激动地说：“俺也愿意！”

司马龙珠一听高兴极了，双手抓住东方玉梅那双玉手，激动得声音有些颤抖，说：“等我完成这次任务就娶你。”

东方玉梅点点头，小嘴儿也有些颤抖，说：“嗯！俺等你……”

都说女儿的心，天上的云，说变就变。其实也不尽然。或者说那是女儿还没有真正爱上你。当一个女人真正把心掏给你的时候，那是八匹马也拽不动的。所以，又有人说“负心的汉，痴情的女”。自从东方玉梅认识司马龙珠之后，她的那颗心就再也无法收回，悬在对英雄的思念中。大栅栏一遇，可以说是天赐机缘，使女儿那颗悬着的心“扑通”一声落了地，不再茫然。但几天之后她就发现，定情而别离的苦滋味儿亦不好受。

相思也苦。

在西柏坡招待苏联客人的时候，中央办公厅专门儿派自己到石家庄找司马龙珠帮助采购招待用品，却扑了个空……今天证实了司马是到天津当先生给学员们上党课去了。空落落的心好久踏实不下来。今天好不容易遇到了，又执行特别任务“暂时不便来往”！“嗐！人家谈恋爱怎么就没这么多麻烦哩！司马你真是个‘扫帚星’！”

躺倒床上睡不着，女儿偷偷骂。骂归骂，牵挂才是真的，梦里都是司马，都是花前月下……

清晨醒来，缠绵的女儿身马上就会转变角色：办公厅后勤处副处长。她的主要任务是安排中央领导们的生活供应事宜。由于刚刚进城，中央领导居住分散，要合理地安排好每个领导及家庭的吃喝拉撒睡确实不容易。从睁开眼到睡到床上，几乎没有一刻闲着的工夫。

这天下午，中央办公厅的汪东兴同志派人叫她到办公室，先是问她工作怎么样，有什么困难没有，然后才说："今天晚上不用吃食堂的饭了，有人请你吃饭。六点钟有车接你。"

"是。"东方玉梅打个敬礼——虽然已在中央机关工作，大家还都穿着军装，依然是军事化管理，自然继续着部队模式，包括令行禁止。

六点钟，东方玉梅被请上小轿车。自从调到中办，坐小车的机会是不少了，但坐如此高级的小卧车还是第一次。坐在后排座上瞅瞅，才注意到副驾驶座上坐着的是认识的小王，毛主席的卫士之一。

东方玉梅的心"砰砰"地跳起来，情不自禁地问："我们去哪儿？"

"仿膳庄。"小王回答。

"有什么活动吗？我也没有准备啊。"

小王道："首长没有交代，不知道。我的任务是只管接送，不问其他。"

"啊！那只好这样了。"讲究穿衣打扮的东方玉梅不再问，只好就此前往了。虽然北平解放了，工作性质变了，但纪律的弦儿还是绷得紧紧的。

北海公园内的仿膳庄始建于一九二五年，是专营宫廷菜肴的饭店。它不同于民间烹饪高手掌灶的全聚德、便宜坊烤鸭店；也不同于名噪京城的鲁菜八大楼，而是京都唯一由御厨主灶，又环境得天独厚的饭庄。宫廷风格之装饰及仿皇家的桌椅餐具更是绝无仅有。共产党接管北平之前，富有神秘色彩的仿膳庄是只有具有特别身份的贵客可以光临的地方。见被恭候在饭庄门外的着解放军服装的卫士引进，东方玉梅就料到不是参加一般的宴会了。

"请进。"卫士停在一间雅室门前，轻轻推开门，对东方玉梅点头示意。东方玉梅往里看，不由得吓了一跳：里面坐着的不是毛主席吗？这是为什么？还有她敬重的周副主席、徐特立老人，另外还有两位她不熟悉的长者。

她惊得迈不动腿了。

屋里谈笑风生的人们注意到东方玉梅的出现。见她踌躇不前，周恩来招呼她："进来嘛，玉梅同志。"东方玉梅不知如何是好，下意识地敬礼："东方玉梅请首长指示！"一下惹得屋里人哈哈大笑。毛泽东风趣地说："瞧见没有？听'指示'都听成职业病了么！哪个请你吃饭还要指示呢？"

"请我？"东方玉梅弄不明白。

"是啊！"毛泽东说，"和我的师弟结秦晋之好，我请你这准弟妹不可以吗？"

东方玉梅的脸"腾"地红了，喃喃而语："毛主席……"

"快进来嘛玉梅同志！"周恩来站起来，伸出胳膊让东方玉梅。毛泽东见她还有些犹豫，说："进来么！这里是仿膳庄，不是白虎堂么！坐下说话——是不是看不到你那大司

马心里不踏实呀？”

“主席，不是呀！”

“那就大大方方来坐么！”毛泽东指指右边空着的两个座位，“司马一会儿就到……破获了潜伏下来的敌特，我要给他庆功哩！”正说着，只见司马龙珠额头上挂着汗珠赶了来，“报告首长，司马来迟了！”毛泽东招招手，说：“快来吧！你不来，东方玉梅她都不肯坐呢！”一句话把大家又逗乐了。

“谢谢主席。”司马龙珠流露出感激之情，“在这儿……是不是太奢侈了？”毛泽东道：“是啊！你我几十年了，从来没有请你下过像样的馆子。就是今天，你们也是吃‘跨邦’——文白将军为徐老做寿，也请你司马作陪，如果不介意，也算为你得红颜知己祝贺，怎么样？”司马龙珠忙向张治中将军、恩师徐特立表示谢意。徐特立老人乐着对司马龙珠道：“知道你和东方玉梅姑娘有缘分，我为你们高兴。大家为我祝寿，我为司马、东方祝福！”

一句话感动了司马、东方，一起向老先生鞠躬敬礼。大家坐定，毛泽东道：“菜都上了，来来，我提议，为了先生的身体健康，也为了司马、东方幸福，干杯！”

“干杯！”大家一齐站起来碰杯，一干而尽。

司马龙珠沉浸在莫大的幸福之中。知天命而得红颜；过半百又寿恩师，焉能不悦？三十年风雨历程，生死几度终得光明，怎不感慨？尤其为今生今世得遇师兄毛泽东为伍，从事着自己矢志不渝的事业，开创中国历史上第一个民主政权，使四万万同胞过上幸福的新生活，岂不自豪！

徐特立老人感慨不已，说：“老朽自弱冠起从事教育工作，留学法国，考察日、俄，于长沙创办湖南幼儿园、梨江高小、长沙师范和女子师范，接受革命思想再在根据地主持列宁师范工作，从教员而校长，尤以中央苏区教育部长和延安自然科学院院长之职为荣。中国社会几千年，教育一直是穷苦人家可望而不可即的事，是有钱人家的殿堂。我老了，已过古稀，中国教育之希望在新中国，而新中国之希望在共产党。诸君是国之栋梁、民族之希望，也是教育事业之推动者。老朽颇为欣慰。”

众人听了，莫不动情。老人家端起酒杯敬张治中道：“文白是共产党人的朋友，君之善行有口皆碑，我敬文白一杯。”张治中慌忙起身，“不敢不敢！我今天借徐老诞辰之机备薄酒请主席等人，也为感谢中共及时转移文白家眷，使文白全家得以团聚。来来。”张治中忙又敬毛、周，“感谢主席、周副主席关心爱护。”毛泽东道：“看到没有？今天已分不清谁主、谁宾喽！好，彻底打败蒋介石集团已无悬念，建设一个百废待兴的新中国，还须我们团结一心、艰苦奋斗，要付出更大的努力。为了新中国，干杯！”

……

“为了新中国！”毛泽东的话久久在司马龙珠的脑海里回响。他知道，另一股势力则千方百计地试图阻止新中国的到来。他感到自己肩上担子的沉重。虽然破获了几个潜伏的特务组织，但，针对建国庆典，蒋家派来组织指挥破坏活动的敌特还没有找到线索。

他们是当前最危险的敌人!

……顾不得多陪陪心上人，司马龙珠护送东方玉梅到中南海西门，匆匆话别：“玉梅，再见！”

“再见！”东方玉梅见司马龙珠转身就走，多少话堆在嘴巴里，却一句也吐不出来，依依不舍地望着司马的背影出神……

“瞧他心多硬，连个头也不回一回！”东方玉梅望着司马龙珠上了停在路旁的吉普车，随手拉上车门，把他挡在车门儿里。关上车门的刹那间，东方玉梅似乎听到了“砰”的关门声，把她惊得一个激灵!

正是：

男儿大意非有意，
常使婵娟意唐突。

第七十六回

双英喜会上海滩　两雄泛舟昆明湖

被称为西方冒险家乐园的上海，开始沐浴改朝换代的东风，率先在全国开展经济复苏工作和大生产运动。共产党的第一任上海市市长陈毅将军忙得不亦乐乎，但无论怎样忙，来自北京的指示必须马上执行。周恩来副主席在电话里说明，毛泽东主席、党中央邀请宋庆龄到北平参加全国政治协商会议，特别嘱咐说："陈老总，你要亲自把主席的邀请告诉宋庆龄先生，请她尽快安排北上。你陈老总亲自安排好宋庆龄先生的行程，确保她安全到达北平。"

宋庆龄是中国共产党肝胆相照的朋友，与党的主席毛泽东及许多领导人都保持着良好的革命友谊，以极大的热情关注、支持中国共产党的革命事业，无论是抗日战争还是解放战争期间，都做出了巨大的贡献。她的品质、她在中国人民心目中的地位和影响力，是任何一个其他党派领袖不能相比的，更是不能代替的。

为了保证宋庆龄在上海的安全，上海解放之后，陈毅亲自指示上海警备区做好宋庆龄的警卫事宜，也曾亲自到莫里哀路视察，因为宋庆龄的住所就在那里，即原来的孙公馆。陈毅知道，从美国留学回国后，宋家姊妹都是生活在上海并从上海滩展翅高飞：或事业、或嫁人。大姐霭龄，嫁得集财富与权势为一身的孔祥熙，一生内也不愁外也不愁。小妹美龄嫁得灵光，是不唤作娘娘的娘娘。二姐庆龄，乃三姐妹中最为伟大的一个：敢爱、敢恨，敢作为、敢牺牲，对真理和正义矢志不渝。她不但是一个伟大的女性，更是一个伟大的战士和革命领袖。作为上海市市长，陈毅为自己管理的"东方巴黎"居住着这样一位领袖人物而荣幸。

他曾经到莫里哀路拜访过宋庆龄，并听取她对共产党如何管理这座中国最大的也是工商业最发达的城市的意见。宋庆龄坦诚地讲出自己的意见和希望，对陈毅领导的人民政府在几个月内使偌大的上海市"如同换了一个模样"表示满意和赞赏，使陈毅感觉到用"息息相通"形容她同中共的关系是多么确切。

宋庆龄高兴地欢迎陈毅的到来，亲自为他沏咖啡。

"有什么困难吗？"陈毅本是快人快语，和朋友、同志从不客套寒暄，话语真切。

"一切很好，再也不担心特务骚扰威胁了。"宋庆龄面带笑容，"百废待兴，你这市长担子不轻，可要注意身体啊。"

"没得事呦！"陈毅开朗一笑，说："这担子不能我陈毅一个人挑嘛！国家的担子更是要大家一齐挑嘛！您可是毛主席最尊敬的人，不能看着接过来的破烂摊子不管啊？哈哈！少不了多多指教啊！对了，主席打电话给我，让我转告先生，请您尽快北上参加全国政治协商会议，还强调安全和服务问题由我陈毅负责。毛主席的嘱托我转达了，您何时动身，提前告诉我陈毅，保证不会有差错。”

“陈市长别误会，我绝非对建立新中国不热情，而是……”宋庆龄没有说下去，长叹一声：“那是我伤心的地方！我发过誓，永不去那里！”

“我当然知道先生的苦衷。可是，建立新中国，召开政治协商会议，没您宋庆龄说得过去吗？能向人民交代吗？”

望着激动起来的陈毅，宋庆龄看到了共产党人对自己的真诚和关心。一个崭新的国家就要诞生，作为一位忧国忧民、期望“天下为公”的政治家，宋庆龄何尝不希望共享那幸福的时刻？但是，心中那个解不开的结也是深深的伤痛，实在不愿去碰它。

“请向毛泽东主席、周恩来副主席转达我的谢意。”宋庆龄温文尔雅、亲切和蔼，“容我考虑之后再定好吗？”

“好！”陈毅和宋庆龄道别，“我马上把先生的意思转达给主席、周副主席。”

得知陈毅拜会宋庆龄的消息，毛泽东感慨不已：“庆龄先生自有她的难处。不过，相信她能克服的，因为她把人民的苦难和幸福看得更重。”周恩来提议：“宋庆龄不同于其他朋友，无论对我们，还是对我们的民族，她都做出了巨大的贡献和牺牲。主席，是不是派我们的同志专程到上海去接她来京？”

“去请！”毛泽东把话接过来，“可以考虑，派一名合适的同志作为我的代表去接她到北平来。”

“这样更好。”

毛泽东似胸有成竹，说：“这个代表，既要和她有交往甚至交情，又必须是能代表我们党的同志。我不是对你说过，请邓颖超同志辛苦一趟吗？我已让银桥把写给宋庆龄的信交给大姐，不知她意下如何？”周恩来爽朗地道：“这是主席给予小超的荣幸，小超一定乐于此行。”毛泽东又是一声感慨：“恐怕再没有比邓大姐更合适的人选了！”

原来，在长征路上，无论年龄大小的同志都尊称邓颖超作大姐，毛泽东也“借用”着这个称呼。周恩来听了道：“主席过誉了。倒是小超没有拖累，出行方便。”话这样说，周恩来明白毛泽东这一句感慨的含义，是对妻子邓颖超的倚重和肯定。要知道，毛泽东是极少当面夸奖自己的同志尤其是领导同志的。

和中南海一样，颐和园也得到美容的机会。解放军战士们把园中山山水水清扫得干干净净，还把昆明湖里的杂物打捞干净，只剩下游鱼追逐会结伴，芙蓉出水不染泥。湖面上，蜻蜓贴着湖面舞，鸟儿追着小虫飞。用诗情画意赞美这当年慈禧挪用海军经费换来的“杰作”恰如其分：水桥轻浮似飘来，雕廊蜿蜒如镶嵌。古柏参天，岸柳婆娑，万寿山永远披着节日般的盛装……

一叶轻舟在湖面上缓缓而行，接着荡漾于湖心岛北侧。坐在船上执桨的不是别人，

是领袖毛泽东；坐在船中伴行的也不是别人，是骚客柳亚子先生。这是难得的休闲，或者说是罕见的画面。传说当年周文王为请姜子牙出山而驾辕拉车八百步以图商殷。今毛泽东执桨载友人当然不是为图江山——天下姓共，连蒋家王朝都没什么怀疑的了！

大政治家自有大政治家的情怀。

“润之，我以为建都北平好。”与老朋友同舟，柳亚子畅所欲言，“和平解放北平，完整地保留了古都风貌，不用大兴土木就可以按部就班，省财、省力、省时间不说，连房舍都是现成的啊！”

毛泽东把手中的桨放到船帮上，点烟吸着，说：“持此意见者较多。我们曾经考虑过哈尔滨，那里和苏联交往方便；又考虑过承德，那里是关内外的结合点。但都因解放战争的进程而放弃了。”

“听说有人主张到南京？”柳亚子说着就摇头，“那个地方怎么行？中国之大，古都新城数以百计，何必到那晦气的地方去？大明不就是弃之而迁来北京吗？还有武汉，虽雄踞华夏中心，但在我看来，江隔三镇而气场散，不宜为都。”毛泽东听了，也不和柳亚子论辩是非，微微笑道：“虽然多数人觉得建都北平适宜，那也要在政治协商会议时听取代表们的意见，以法律的形式确定下来。昨天茶话会上，恩来听取大家的意见，就建国的若干问题展开讨论，很好。这样的‘群英会’我们要开十次、二十次或者更多。集思广益嘛！”柳亚子感叹不已，说：“都说民主，都讲共和，我看，这才是民主，这样才能达到‘共和’。”毛泽东道：“这还不是真正意义上的民主。不过，我们不能一口吃成个胖子，要一步一步来，要让人民大众都有参政议政的机会。”柳亚子听不明白，心里暗暗琢磨：让人民都参政议政？那会是怎样的情景呢？

正是：

都是寰球过客，
却因本性难同。

第七十七回

毛泽东凭吊碧云寺　邓颖超启程上海滩

难得休闲的毛泽东经不住女儿李讷的纠缠，答应陪女儿爬山。

毛泽东时年五十有六，战争岁月更锤炼了他的体魄，不像迈向花甲的暮年老人。仿佛走进了鸟语花香的童话世界，游兴盎然；似乎脚下走的不是逶迤山路，而是信步于诗的意境里，畅游在赋的自由王国。喜爱摄影的江青不失时机地抓拍，把巨人潇洒的瞬间留在历史的记忆中。

眼下正是香山最香的季节。满山的野菊花和喇叭花芳香四溢，似乎都陶醉了古柏新柳、潭溪飞云，令喜鹊展翅、黄雀争鸣。含着花香的新鲜空气沁入肺腑，令人心旷神怡、浑身舒畅。

小李讷弯腰采一朵灿黄如金的野菊花，往自己头发上一插，拽拽爸爸的袖口，仰起脸儿瞅着毛泽东不作声。毛泽东马上明白了女儿的意思，乐呵呵地点点头，说："嗯！好看！再唱打渔杀家可以不化妆了。"小李讷兴奋地回头望望正侧身于崖边取景的江青，喊："妈妈，快照呀！"

"咔嚓"，江青按下了快门儿，把相机挂回胸前，跟了上来，对毛泽东说："主席，这儿风景太美了！"

毛泽东兴致勃勃，用手帕抹一把额头上的汗水，说："人说北峻南秀。我看香山既有雄伟奇峻，又兼南国秀美，好地方啊！"

李讷眼珠儿一转，问爸爸："鬼见愁呢？它在哪儿？"

毛泽东目光在高山峻岭之间扫视，很快就停留在远远的、"会当凌绝顶"的香炉峰上，用手指给李讷看，"喏，那就是。"

"那么远啊！"李讷小脸儿流露无奈，久久瞅着鬼见愁发愣。跟在后面的李银桥对李讷说："别怕，叔叔背你上去。"毛泽东打个手势制止李银桥，说："那怎么可以？这是玩儿么，不能有此做法。山路虽难，要走，也要她自己一步步走。"

毛泽东不再多说。作为理论家的他，下笔可以洋洋万言，而生活中却惜字如金，常常点到为止。李讷虽生活中在严父面前也有童趣撒娇，但从小就知道进退，看得懂大人的眼色，马上对李银桥说："李叔叔，我不用背嘛！"

"好！大宝贝懂事。"毛泽东用欣赏的目光瞅着女儿，说："我们的时间有限。你看，太阳快要当头，一会儿热得不得了。我们趁着还凉快，去碧云寺——你不是要看孙逸仙先生吗？我们在此稍稍歇息，就下山去碧云寺。"

"嗯！"李讷点点头，表情又乖又可爱。江青过来给李讷擦擦头上汗水，说："我们

还有时间再玩，坐到石头上休息一下。‘上山容易下山难’，下山要累得小腿肚子疼哩。”李讷小嘴儿一抿，仰仰头，说：“我不怕！爸爸说过，我也是经过战火考验的红小鬼哩！”毛泽东哈哈大笑，说：“呵！瞧瞧我们的小英雄，自豪得很呢！”“长大了我也要当战斗英雄！”李讷挥挥拳头“宣誓”，把大家都逗乐了。

依山而建的碧云寺坐西朝东，照传统庙宇的规则建筑，顺中轴线为六进院落，南北各陪相应建筑独立成院，半隐于山之北侧的奇花异草、古松翠柏之中，堪为典雅之作。它历经元、明、清三代多次扩建修整，延续五百多年香火不断，成为京西最为有名的佛门圣地。

走进一进院落山门殿，毛泽东瞅瞅分列于左右的哼哈二将，问女儿李讷：“你怕不怕他们呀？”

“我才不怕呢，我知道他们是泥胎。”李讷嘴上说，眼睛还是飞快地一扫两位青面獠牙、先战死后封神的商殷名将，把目光转移开来。

“恶神你都不怕，好！往里走，你就更不怕了。”

毛泽东拉起女儿的小手往里走，进了第二个院落。李讷瞅见半仰在大殿里的笑弥勒，拍拍小手跳起来：“这个胖和尚真有意思！”然后问爸爸：“他怎么吃得这么胖啊？”

“他是弥勒佛，如来佛的法定接班人。此佛心宽，自然就体胖喽！”

毛泽东话刚落地大家就笑了。只要不是工作的时间里，陪着毛泽东的人都知道，幽默常常伴随着他。

第三进乃大雄宝殿，自然供奉着佛祖释迦牟尼。他慈眉善目，双耳垂肩，正孜孜不倦地给群佛说法。李讷面露惊诧，瞅上瞅下，自言自语道：“哎呀，神仙们长什么模样的都有啊！中间的神长那么高的个子呀？”

“这是凭想象塑造的形象，不是真的就这样。”江青解释给女儿听。但是，小李讷听不明白，用疑惑的眼睛瞅定父亲，问：“那么真的又是什么样子的呢？”

一句话问愣了毛泽东。但毛泽东旋即耐心地给女儿解释：“啊，是这样，你不是会演京戏吗？戏里的角色，像李逵呀，窦尔敦呀，都要画上脸谱……”

“我明白了！神仙也是扮了相的呀？”李讷说着，两眼直盯着如来佛祖，像是在琢磨佛祖的脸上是否抹了油彩？

“长大了你就彻底明白了。”毛泽东拍拍李讷的背，“往里走啊，爸爸有故事讲给你听。”

“我喜欢爸爸讲故事……可你总是没时间。”

“哦，爸爸给你补上，今天补上。”

跟随左右的李银桥听了心里不是个滋味儿。毛泽东是父亲，但不是随意可以享受天伦之乐的父亲；李讷是女儿，但是难以像普通人家那样得到父亲无微不至关怀的女儿。毛泽东把自己的心血都花费在党的事业和国家的命运上，他不但要承受已经为革命事业失去六位亲人的伤痛，也要牺牲生活中的天伦之乐——他，只能是这样的人。

四进院供奉的是大势至、文殊、观世音、普贤和地藏五位菩萨，毛泽东深入浅出、简要地给女儿讲他们的身世和造化，然后来到五进院普明妙觉殿。李讷一眼就发现大殿正中的孙中山先生雕像，眼睛一亮："这尊佛好眼熟……这不是孙中山先生吗？"

"是孙中山先生。"

李讷悄悄问爸爸："他也是佛、是神了吗？"

毛泽东哈哈一笑，说："他比神还神。你刚才看到的那些神仙可没有孙先生功劳大呀！"

"为什么呢？"

毛泽东又是一愣。把大道理浓缩为几句儿童语言，不是信手可以拈来的功夫。"因为他完成了几千年来所有英雄好汉都没有做到的事……"

"那是什么事呀？"

"把皇帝老子拉下马，推翻了封建制度。"

小李讷在琢磨着爸爸的话的意思。而注视着孙中山先生遗像的毛泽东心中已经心潮起伏，默默思量：

"如果孙中山没有过早谢世，也许中国的革命进程将会是另外一个样子！"

历史的契机往往瞬间即逝。历史没有假设。但正如滚滚长江水东流，没有什么力量可以改变它的方向。

午夜已过，毛泽东靠在沙发椅的靠背上尽情地享受着大前门卷烟的醇香，脑海里依然涛起浪涌，浮想联翩。偶抬望眼，窗外的群山在泛泛的星光下隐隐约约，空旷而沉寂，猛地被几声鸟啼惊动，就见一轮明月从山后移出来。"月出惊山鸟"！唐朝大诗人王维的诗句一下子从毛泽东的脑海里闪现出来，不由地轻轻吟诵王摩诘那首永不逊色的小诗：

人闲桂花落，
夜静春山空。
月出惊山鸟，
时鸣春涧中。

"好诗。"

此时此景，令毛泽东体验到了前人有诗时的境界——有感而有诗，诗方有生命。而要诗的完美，必有锤炼，炉火纯青出精品。

"我们要创作出精品，少不了持有金刚钻的巨匠高手。政治出'精品'，亦需要千百个为中华民族无私奉献的大家。"

想到这里，毛泽东再铺信纸，重持狼毫，润笔着墨，伏案而书：名儒大家、社会贤达、将星政客、优伶善友……上百个党外人氏的名字一一出现在笔下。这份出席政治协

商会议的建议名单中，既有功在千秋的宋庆龄，为解放事业建功立勋的程潜、傅作义和张治中，同情、支持革命的张澜、柳亚子，中国共产党的朋友郭沫若、何香凝……甚至还有国共通吃的封建文人龙兆庭！

邓颖超下了火车，就有陈毅亲自迎接，入住坐落于上海外滩南京路的和平饭店。不等陈毅接风洗尘，邓颖超便力主马上去见宋庆龄，递交毛泽东的亲笔信。宋庆龄得知来访者是中共副主席周恩来的夫人邓颖超，忙到门外迎候。邓颖超从车窗里看到站在门口的宋庆龄，下车快步和迎上来的宋庆龄握手、拥抱。

"宋先生您好！"

"周夫人您好！里边请。"

入客厅落座，不等品一口香茗，邓颖超从手包里取出毛泽东的信递给宋庆龄，说："这是毛泽东主席写给您的亲笔信，请先生过目。我此行专为请先生到北平参加政治协商会议，在和平饭店恭候您。"宋庆龄表示感谢，双手接过信札，瞅着信封上她并不陌生的毛体字，微微笑道："我这就拜读——润之的书法越发漂亮了！"

信的内容令宋庆龄十分感动：

庆龄先生：

重庆违教，忽近四年。仰望之诚，与日俱积。兹全国革命胜利在即，建设大计，亟待商筹，特派邓颖超同志趋前致候，专诚欢迎先生北上。敬希命驾莅平，以便就近请教，至祈勿却为盼！专此。敬颂

大安！

毛泽东

一九四九年六月十九日

"我再次感谢毛泽东主席的邀请，请周夫人转达我的谢意。"与毛泽东同庚的宋庆龄丽质不减，雍容华贵而具大家风范。望着二十世纪的传奇女性宋庆龄，邓颖超不无崇敬之意，"我是毛泽东主席派来专程接宋先生的特别代表，您有什么困难尽管提出来。我在和平饭店静候陪您北上。"

宋庆龄挽留邓颖超道："你我姐妹就不必客气，就住在这儿吧——陪我说说话好吗？"

邓颖超道："这真是我的荣幸。恭敬不如从命，今天我就不到饭店了，住在您家里。"

"好极了！我下厨给您做道菜——请您品尝！"宋庆龄十分高兴，"烤菠萝牛扒。"

"我来打下手。"邓颖超说着站起来，就跟着宋庆龄往厨房走。保姆李姐正在洗菜，见女主人下厨，知道来的是特别尊贵的客人；客人也陪进厨房来，证明主宾关系非常的不一般。最近共产党的大干部来访频繁，她预感到女主人就要离家北上了，就劝阻宋庆龄："您二位歇着，我一个人就行了。让我来吧。"宋庆龄道："我亲自为邓大姐做一道

菜，烤菠萝牛扒。”

保姆知道，这道菜不但女主人拿手，也是贵客才能享受到的秘制佳肴。

酒菜摆好，就听得马路上有“嘀嘀嘀”的汽车喇叭声传来，分明是“叫人”的信号。邓颖超听听声，说：“可能是陈老总派车接我来了。”宋庆龄微微笑道：“陈毅将军能文能武，是个奇才。没想到他很快就把一个满目疮痍的上海治理得井然有序、社会安定。您安心静气待着——我让李姐告诉司机就是了。”正说着，就见李姐满面春风地进来报告：“陈市长来了！”宋庆龄闻听忙站起来，“快请进来呀！”

说着就往外去迎接。高门大嗓的陈毅一到，莫里哀路二十九号就热闹起来。

“我是来接我尊敬的两位大姐到和平饭店吃饭的么！”陈毅见到宋庆龄和邓颖超就抱怨，“毛主席的特别代表大老远来了，我陈毅冷淡不得！再说了，借着机会连宋先生一道请，我陈毅划算么！”宋庆龄一听就乐了，说：“算你陈市长有口福，尝尝我做的宋氏烤菠萝牛扒吧！”陈毅乐呵呵地道：“有机会品尝国母做的菜，那是上辈子积下的福呦！顺便给宋先生下个请帖，星期天晚上在和平饭店举行招待会，您一定赏光啊！”

“只要需要我出面，一定会去的。”宋庆龄爽快地答应下来。

“太需要了！”陈毅在餐厅门口停住脚步，“如果把上海滩的名流比作星光，那您就是月亮！这不是客套话，您去了，蓬荜生辉啊！”邓颖超笑着道：“陈老总啊，你可不能占用宋先生太多时间。过几天她要到北平，毛主席和大家都翘首以待呢！”陈毅忙道：“当然，当然！到时候我亲自送二位大姐上火车包厢，由我的警卫员带人护送到北平。”宋庆龄表示感谢。陈毅爽快是爽快，亦爽中有细，不用察言观色，就知道宋庆龄已经同意成行了，十分的开心。

诗曰：

从来独艳不是春，
万紫千红满园春！

第七十八回

阳明山中正续梦　歌乐山英烈豪情

南海漂浮着一只不沉不移的“船”——台湾岛。多山的台湾岛山地、丘陵占去全岛面积的三分之二，平原被众多山体割为两大块：西部以台南居中，北起彰化，南到高雄，四千多平方公里的狭长地带人口密集、村镇棋布，是农业兴盛的家园；南部的屏东和东北部的宜兰地区也是果木粮米之乡。就岛之本身，从军事战略考量并无优势，海岸线为平原阔地，难守易攻。它凭借的是距离大陆遥远的汪洋大海，没有舰队的解放军对海作战还不能稳操胜券。

蒋介石当然知道这起码的军事常识。不过，要守住蒋家王朝的牌子，似乎别无选择。

台北草山，以草盛而得名。蒋介石来到台湾就住在此地。一日，蒋介石散步于山水之间，惬意之时，问身边侍卫：“此地叫什么名字呀？”侍卫不假思索地回答说：“草山。”蒋介石闻听顿时脸色变青，游兴全无，呆然良久。

这个看似有溪口感觉的美丽地方竟然冠以“草”字！蒋介石沮丧不已。

是啊！一个草字坏了蒋介石的心情。来台湾之前，或者说败退大陆之前，他最反感甚至最不能两立的就是和草沾边儿的人！比如他曾经视为草寇的毛泽东。而今自己却落户于草山，无论从哪种意义上说，自己和毛泽东真的来了个大调个儿！

毛泽东当年在上海宋庆龄寓所说过的话又在耳旁响起来：三五十年内，国共互换个位置！

不到三十年，毛泽东的预言已成铁打的现实。

“从此，自己真的为寇了吗？”

蒋介石问自己还是问苍天？不得而知。

岁月无情。历史像个大魔术师，它要变，无论是“力拔山兮”的楚霸王，还是神机妙算的诸葛亮，都没有回天之力。到现在，蒋介石也不明白自己的将官千员、大军几百万，是怎样被毛泽东一口一口吃掉的。

好歹本钱还没有完全输光，用仅剩下的一点本钱保住蒋家王朝，是蒋介石的根本大计。

福建兵败、羊城失守，在大陆的国军萎缩在云南、广西和川藏，也就是说，共产党已经控制了大陆百分之八十的地盘和三亿多人口，而且民心早已倒向共产党，只要时机一到，残余国军会乖乖把那仅存的百分之二十的地盘拱手送给共产党。而他认为造成今天这种局面的始作俑者就是毛泽东！

也许，置毛泽东于死地的机会就在中共的开国大典，在那一刻用炮火轰炸主席台，

“让毛泽东和他的左膀右臂及追随者一起到马克思那里去报到！”——儿子蒋经国策划并指挥斩首行动，如是说。

“主啊！保佑！”

既迷佛信道又进教堂的蒋介石更着迷风水说。据传，抗日战争中期，蒋介石曾到湖南宁远县的阳明山求卜，万寿寺住持先觉大师只告诉他六个字：“成在川，败走湾”，这和蒋介石在峨眉所得佛门赠语“胜不离川，败不离湾”雷同。现在，胜不离川的机会已经错过了，败不离湾是绝对不可违背的。这样，把民国置于台湾岛就成为蒋介石雷打不动的主意了！也因此，对于自己居住的地方就十分的敏感了！

“阳明山”！

想到这三个字，蒋介石心里倍感愉悦亲切，事实不是应验了大师的预言吗？接着，一个在他看来不错的念头在脑子里产生了：把草山改名为阳明山！

于是，台湾有了阳明山。蒋介石也因为自己把阳明山请到身边来自慰自安。

尽管如此，孤独感和失落感时时困惑着蒋介石。尽管这里的环境有溪口的感觉，他总觉得少了什么？蒋介石终于悟明白了：没有武岭门，没有雪窦山，没有丰镐房，没有蒋家祖坟……

这里没有的太多了！

想到自己曾让何键到毛泽东的故里挖掘毛家祖坟的糗事，蒋介石不寒而栗：现在共产党占领了宁波，驻进了奉化，溪口呢？

蒋介石越想越怕，不禁暗暗祈祷：中正有愧列祖列宗了！求列宗保佑国军重回大陆，再振朝纲。

望着中国地图出神的蒋介石，目光在沿海扫来扫去，停留在福建前线的厦门和金门之间。厦门是镶嵌在大陆东南海岸线上的一颗明珠；而金门则是距厦门湾两千多米远的群岛，位于台湾海峡西部，隶属泉州。大金门、小金门、大担、二担等十五个岛屿总共不过三万人左右。但它的战略地位极其重要，乃是厦门湾的出海要道，被称为“通为水衢，扼则为喉”。

“守住金门，就守住台湾的门户了！”蒋介石默默自嘱，“还可以以金门为风向标……”

此前，蒋介石早已把重兵投放金门。金门既和大陆凭海为障，不必远航就可以落草，兼有前朝于此筑建的固若金汤的防御体系，对于抵抗没有舰船的解放军占据极大优势。当时占据此岛为权宜之计，现在看来要重新定位了。

蒋介石亲临金门，重新部署军力。把解放军的注意力吸引到这不足一百五十平方公里的海岛来，甚至以此为两军争雄的主战场，则减轻台湾的军事压力，也好重整旗鼓，以备东山再起。

海风吹动着插在山头上的青天白日旗。用熙熙攘攘来形容正在修筑工事、搬运武

器弹药的大兵毫不夸张。海岛远离大陆，岛上的居民原本过着世外桃源式的生活，多少年来就没见过舞枪弄棒的军人，现在一下子进驻如此多的大兵，运来小山似的枪炮弹药，居民个个惊慌不已：屁股大的小岛上弄这么多人马干什么？

蒋介石从来不关注老百姓的感受，更不会考虑自己谋划战争和老百姓有什么关系，打仗是统帅的事。他的爱将们自然也是秉承这样的逻辑行事：有战争的地方，就没有军事行动之外的任何自由和利益。所以，有碍军事行动和军事行动需要的房屋、田地资产和居民都没得商量：长官说了算。于是，在大陆上发生过的抓壮丁之外的事件都在重演——之所以不再抓丁，是因为这个小岛上储备了太多的士兵，可以说，古今中外，这里是屯兵密度最高的弹丸之地。与以往不同的是：无论大兵们采取怎样的行动，没有什么人敢出来抗拒。小鱼自知身量小，奈何翻得滔天浪！

“有什么问题吗？”蒋介石问早于他来到金门的长子蒋经国。蒋经国报告：“父亲，一切正常。”

“嗯。”蒋介石的鼻音还是有特点的：声音越大，说明他越赞同。

“不过，有些家在福建的士兵，跑的跑，溜的溜，走了不少……”

蒋经国话没落地，就惹得老蒋来了气：“嗯？这不是问题吗？”

“是，父亲。”蒋经国是孝子，无论怎样，在老子面前都不大声喘气儿。倒是金门防卫司令胡琏敢于说话：“报告委员长！我们已对叛逃者采取强制措施，这两天没有发现叛逃者。”

蒋介石瞅都没瞅一眼，“嗯。小心有共产党的特务分子混进来！这方面，我们吃够了苦头的。”

“请校长放心，属下绝不允许一个共党分子在金门存在！”胡琏“啪”地一个立正敬礼。蒋介石挥挥手，示意和胡琏“拜拜”，顺着山路往前走去。

“父亲，就在这儿站站吧。”蒋经国劝止父亲。

悬崖之下就是大海。无风三尺浪的海面上波涛汹涌、水天无际。蒋介石眯缝起一双老眼望着对岸，久久不动身形。飞机已经侦探到，对岸的厦门沿海一带早已重兵待发，战斗随时可能爆发。也许揣摩到了父亲的心思，蒋经国对父亲道：“共军没有海军，他们是无法渡海的。”

老蒋睁开两眼瞅瞅小蒋，“攻破长江天险，他们有海军吗？”

“这个……”小蒋无言以对。

“毛泽东说共产党是用特殊材料制成的，没有夸张。”蒋介石望着北方，显得疲惫不堪，“谁能想象他们爬得过雪山？神仙也过不了的大渡河，没有翅膀的他们硬是冒着枪林弹雨冲过来……你说是什么材料制成的？如果国军有十分之一这样的特殊材料，我们能兵败大陆吗？”

“……经儿明白了！”

蒋介石叹一口气，说：“当然，有我的责任。骄兵必败呀！我轻视了毛泽东。”

看来，蒋介石至此还没有反省到自己兵败大陆的真正原因。

一股海浪怒吼着“哗”地拍上岸来，海水溅在老蒋的前胸上，也冷不防给小蒋洗了个脸。唬得蒋介石倒退三步，差点儿跌倒。蒋经国忙伸手扶定父亲，“父亲，我们下去吧！”

“嗯，好！”

老蒋转身迈步下山，蒋经国这才用袖子抹一把脸上的海水，去扶蹒跚而行的蒋介石。

“老了！”老蒋叹息，“不知何日能夺回大陆，重返南京！”

“毛泽东接收的是一个要钱没钱、要粮没粮的烂摊子，支持不了多长时间。”小蒋安慰父亲。老蒋扭过脸来瞅着小蒋没有说话，瞅得小蒋心直颤。

“父亲！”

小蒋恭敬地喊，目光里流露着敬畏之意。不知蒋介石懂没懂儿子的心思，回头一望大海，摇了摇头，便顺着小路走下去。恭候在路旁的胡琏等守岛将官们见蒋介石下来了，一齐向蒋介石行礼，蒋介石对众人道：“知道为什么还要加强工事吗？”

“抗击来犯共军！”胡琏回答。

“是的，”蒋介石提高了嗓门儿，“不过，你们也要做好准备：反攻大陆，打回我们的老家去！”

“是！”胡琏和众将领呼应。呼应是呼应，胡琏心里直敲小鼓：打回大陆？是一句话这么简单的事吗？得了吧，总裁！

回头再说还滞留在大陆的国民党旧部。

渣滓洞，位于重庆市歌乐山山麓。“中美特种技术合作所”的监狱就设在这里。和两公里以外的白公馆并称为“两口活棺材”，是关押、屠杀革命者的阎王殿。三百多名共产党人和爱国人士包括女共产党员江竹筠及革命者许建业、何雪松等就关在这里。两公里之外的白公馆则关押着“重犯”，如爱国将领黄显声、同济大学校长周均时、共产党员宋绮云夫妇及幼子小萝卜头。

渣滓洞曾是个小型煤窑。军统特务头子戴笠指使特务逼死矿主，强占煤窑和矿工住房，把它改造成监狱，用来关押革命者和爱国人士。由于国民党的军统局就设在歌乐山，所以，军统特务头子戴笠、毛人凤直接参与迫害、屠杀被抓来关押的政治犯。其迫害之疯狂，酷刑之残酷，实为亘古之罕见。

江竹筠被带到刑讯室。

她是一个美丽的弱女子，不过二十四五的年华。令毛人凤吃惊的是，面对各种酷刑：老虎凳、火烙铁、撬杠和皮鞭，她毫不畏惧。

“说！监狱中的共产党组织都有谁？”毛人凤亲自上阵，他就不信一群凶煞、满室酷刑都撬不开一个女人的嘴。

被严刑拷打折磨得死去活来的江竹筠拒绝开口。

皮鞭抽得她浑身都是浸透了衣服的道道血印，被绑在酷刑架上的两只胳膊鲜血直流。她的脸上纵横着几道血印，渗着鲜红的血。

“说！！”

刽子手喊。

江竹筠理都不理刽子手们的嚎叫，仿佛耳朵失聪、双目失明。

“接着打！”军统特务头目举起鞭子，被毛人凤制止，“那就换一个法子伺候：准备竹签儿！”

“是！”特务们开始准备刑具。

竹签，是刑讯室里所有刑具中最不起眼儿的刑具了，不过是人们常见的竹子劈开的竹签，比牙签儿宽些而已。但是，作为酷刑，它带给人的伤害和痛苦远比皮鞭、老虎凳残酷！

两个特务分别抓住江竹筠的左右手，先掐定一根手指，另两个刽子手各持竹签往手指缝里钉！十指连心，根根竹签都扎在心上！

“说！！”

即使没有昏迷，江竹筠也不会回答！一个心甘情愿把一切献给革命事业而视死如归的人，任何刑讯都不会奏效的。她们同样是用特殊材料制成的。

……被拉回牢房的江竹筠久久没有从昏迷中苏醒。姐妹们一边小心翼翼地为英雄擦拭血迹，一边焦急地呼喊：

“江姐，你醒醒！”

“醒醒，姐姐！”

仿佛，那竹签扎在每个人的心上！血，在每个人的心上流！

……

江姐终于苏醒了。她用微笑安慰围在身边的难友们，说：“马克思不让我留在天国，这里还需要我，和大家战斗到底。”

大家含泪望着坚贞不屈的好姐姐，纷纷点头。

被捕前，刘虹是医院的护士，她知道酷刑给江姐带来的后果是多么可怕：她还年轻啊！

江竹筠轻轻闭上了眼睛，刘虹的心一下子揪了起来！她的声音颤抖着，两眼泪流，轻轻地呼唤着江姐：“江姐！姐姐……”

江姐依然没有睁开眼睛，嘴唇微微一张一合，轻轻吟诵着：

我不是铁骨钢筋的伟丈夫，
心里包含着无限柔情：
没有什么可以改变我的信仰，
我们的旗帜是领袖毛泽东！
当举国欢庆新中国诞生的时候，
你会看到我灿烂幸福的笑容！

即使敌人焚烧这石洞铁窗，
我也会在烈火中永生！

“江姐！”刘虹忘情地扑倒江姐身上呜咽不止，战友们不约而同地朗诵起来：

……我也会在烈火中永生！

信仰的力量是无穷的！皮鞭和竹签不能阻止革命者的脚步。魔鬼可以把英雄志士投入牢房，却锁不住革命者的心。在这充满血腥的特殊战场上，江姐和她的战友们没有让戴笠、毛人凤得到想要的东西；而抽在共产党人身上的皮鞭，恰恰是敲响了魔鬼的丧钟！

有诗为证：

英雄何惧霸王鞭？
鲜血浇开胜利花！

第七十九回

丢江山是非天公道　赖南国成败是罪人

推动人类历史进程的角色只有两个：英雄和人民。

创造历史的是英雄。

长城，以民众的血汗筑起，以秦始皇的传承而彰显华夏文化的辉煌和文明。登上长城的每一个人首先感受到的是它的雄伟大气，都很少追究它伟大之下殉葬的千万血肉之躯。当我们驾驭文字和九百六十万平方公里上的代代先人交流的时候，焚书坑儒只是历史长河中的一个浪花。“福兮祸所伏；祸兮福所倚。”这是老子的辩证，也是我们一分为二看问题的一个朴素方法。历史不是一个任人打扮的小姑娘，是记录英雄历程的痕迹，是胜者和败者较量的过程。胜者欢庆，败者饮恨。无论是谁，当他进入毛泽东和蒋介石的内心世界的时候，就会震撼，也会欲罢不能。

陈布雷是蒋介石的文胆。提起陈布雷，文章还要回到蒋介石下野之前。

书生得势，多为轻狂。陈布雷和龙兆庭不同，更有的是清高。作为御用文人，陈布雷并不如人们看到的那样风光潇洒。作为蒋家王朝不装子弹的“枪”，他几乎不离蒋介石左右，手中握着的那支笔比大炮还重。文人在野，好歹我行我素；入阁御用，笔在手而魂出窍——灵魂必须交给“至尊”，仿佛自己握在手里的不是墨笔，而是画笔：要黑要白，要重要淡，由不得枪手自己。这，令陈布雷内心不能没有痛苦。

封建文人得势，不能无视“君叫臣三更死，不敢活到天明”的规则。尽管内心纠结，陈布雷只能逆来也要顺受，谓之忠。但因为是蒋介石肚中的蛔虫，太了解蒋介石内心世界的陈布雷惶惶不可终日！他预感到蒋家王朝大厦朝夕不保……

蒋介石到北平面谕傅作义之后，紧随左右的陈布雷以探望亲戚为由留在北平喘息几日，在六国饭店小住。这日，正在前门彷徨于廊坊二条，被人从背后轻轻一拍，猛回头大吃一惊：“是文昌兄？”

龙兆庭抱拳致意：“布雷兄还有雅兴逛闹市，宽宏大量也！”

陈布雷眉头一皱，“文昌兄已是轻松一身，倒看我的笑话了。我还有何宏量可言。瞒得别人，还能瞒得仁兄？”龙兆庭道：“此处不是说话之处，文昌请布雷兄到鸭子楼小酌如何？”陈布雷道：“我正想酒——好！”于是，蒋家王朝的两个文胆来到前门外大街的鸭子楼，找个僻静处坐了，点几样风味菜，要一只烤鸭，温一斤衡水老白干，边饮边聊。

“文昌兄何时来北平？”陈布雷关切地问，“没有人威胁你吗？”

龙兆庭诡秘地一笑，说：“想是委员长顾不得找我的麻烦了。仁兄看不出大势已去？”

陈布雷仰天一叹：“毛、蒋争锋，我辈又怎奈何？”

龙兆庭举杯和陈布雷碰碰，仰起脖儿一饮而干，说：“仁兄不知‘兔死狐悲，物伤其类’？蒋家王朝覆灭，你又怎能独善其身？”“这……”陈布雷无言以对。

龙兆庭含蓄地一笑，说：“我辈乃一介书生，当然左右不了政局。可悲的是我们被当枪使，别人装子弹，我们扣扳机，还自鸣得意……”陈布雷抢过话头道：“何谈得意？上了曹操船，面临火攻也只好等着挨烧。命运如此，我又奈何？”

龙兆庭道：“你何不也来个金蝉脱壳——一走了之？”陈布雷听了摇了摇头，叹道：“我即被一方斥骂，怎好再被另一方责骂？”

龙兆庭安慰陈布雷道：“我知道你自命清高，羞于改弦易张……但是你想想看，大丈夫在世，岂能知邪而不矫正？你本是孙文先生的追随者，为天下一个公字在舆论界打出拥护三民主义的旗帜而扬名天下。结果呢？成了蒋家的口舌，把笔锋杀向民众……”

“龙先生荒唐，我哪里把笔锋杀向民众了？”陈布雷责问龙兆庭。

龙兆庭微微含笑，问陈布雷：“为魔王做刀笔，焉能手上无血？你我乃蒋介石之哼哈二将，太公祭鞭便无路可逃！”

“听龙公之意，我陈布雷只有为蒋公殉葬了？”陈布雷瞪起老眼，死死盯着龙兆庭。龙兆庭呵呵一笑：“倒也未必！”陈布雷惊诧不已：“照你之言，既遭神鞭，又怎逃得过这一劫？”龙兆庭道：“你果真要回头是岸？”陈布雷问：“此话怎讲？”龙兆庭道：“脱离蒋家王朝的巢穴，就有光明之岸。”陈布雷听了哑然不语，默默连饮几杯酒，只是长吁短叹！

龙兆庭道，“我念陈先生并非势利小人，既然有缘在此重逢，愿以诚相劝：大丈夫可为知己者死，但要看死得其所否！为人民利益而死，重于泰山；为反动派殉葬，轻于鸿毛！”

“龙先生，毛、蒋之争乃主义之争，非民意之争。说蒋先生是反动派，未免有失偏颇吧？先生做墙头草两边倒吗？”

“不不！”龙兆庭辩解，“杀共产党人而破坏孙中山实施之国共合作，为何？面对日寇侵占中国而‘安内’不‘攘外’，为何？八年抗战而独享胜利之果，再行剿共，为何？由八百万而不足百万，以百万而雄狮四百万，是何道理？民心向背！文昌顺乎民意，弃暗投明，何愧之有？”

陈布雷望着凛然正气的龙兆庭，不禁目瞪口呆！没想到几载未曾谋面的龙兆庭换了个人似的，完全变了腔调……刹那间，他想起当年龙兆庭拒绝蒋介石的“诏书”而写给南京政府的那封信，算明白了龙兆庭早已和蒋家王朝决裂，今日之谈就不足为奇了！

“人各有志。”陈布雷感慨，“龙先生改变信仰，布雷无可厚非。”

龙兆庭道：“可我还是希望布雷兄弃暗投明。以先生之文采，必有宋玉司马之文章传世。”

陈布雷摇摇头，“悔也晚矣！”

"先生何谈一个'晚'字？"龙兆庭斗胆托出隐情："文昌骂过共产党和中共领袖，但他们不计前嫌，照样以礼相待。我去过延安，毛泽东、周恩来、朱德皆光明磊落之大丈夫，深得百姓热爱！陕人歌曰：'东方红，太阳升，中国出了个毛泽东。他为人民谋幸福，他是人民大救星。'有此民心，焉能不得天下？"

陈布雷依旧摇头，还是叹气。龙兆庭道："难道先生不闻傅作义也在与中共谋求和平解决北平？"

陈布雷当然知道这已不是秘密的秘密。傅作义与蒋介石明和暗不和也是公开的秘密，在北平的守和打、打或撤的问题上有自己的算盘打，权衡利弊，傅选择和平解决北平的可能性是非常大的。正因如此，蒋介石才亲临北平，摸傅的底牌。

"爹死娘嫁人，各人顾各人——悲哉！"陈布雷感伤不已，"谁'嫁'也罢，布雷别无选择了！"

"先生何有此言？"龙兆庭力劝陈布雷，"在魔鬼那棵树上吊死，岂不是迂腐糊涂？识时务者为俊杰，布雷兄不可执迷不悟啊！"陈布雷沮丧地低下头，说："多谢龙先生一片好意。但布雷家小亲人都在军统控制之下，若因布雷一人而株连九族，就无颜祖上了！"

龙兆庭知道再多说也无济于事，只得道："好，文昌不再难为先生。来，再喝一杯！"

"喝！莫谈国事！莫谈国事啊！"陈布雷老泪横流，举起杯来和龙兆庭碰杯，"龙兄善言相劝，布雷铭记在心。祝龙兄健康幸福，并代问嫂夫人好。"

"也请布雷兄带好给夫人及家人！"

酒罢，龙兆庭要送陈布雷回饭店，陈布雷极力拒绝，"别别！布雷认得路。先生的安全要紧！"

龙兆庭明白陈布雷的意思：目前北平还是党民国天下，龙兆庭不显山露水的好。龙兆庭只得和陈布雷惜惜而别。不久，报端突然刊出陈布雷莫名其妙自杀的消息，龙兆庭跺着脚地惊呼："布雷兄，迂腐糊涂啊！"

桂系大鳄李宗仁气不打一处来，却又没出气的地方。

蒋介石下野，只是把代总统的帽子借给自己戴，并没有实际权力。总裁、委员长才是党国权力的执掌者，而这些权力李宗仁摸都甭想摸一下。蒋介石退居台湾，李宗仁龟缩云贵川，并不是定格的政治局势和军事格局。中共的主要领导者在北平积极筹建新中国，大将林彪和刘伯承已摆开进取云贵川的架势，令桂系将领不战而怯。势如破竹的渡江之战历历在目，士兵们形如寒蝉，瑟瑟发抖。

桂林杉湖南岸，一座中西风格合璧的别墅坐落在秀美的山水之间。它就是当地人称为总统府的李宗仁的官邸。南京易帜之前，李宗仁弃城而逃，飞回他的旧巢。

其实，这旧巢不旧，乃是四十年代的建筑。别墅坐东朝西，一改中国传统坐北朝南的制式，独具匠心。主楼气派威严，配建之副官楼、警卫室、裙楼层次分明，实用漂亮。花园鲜花锦簇，停车坪栽种的绿树和上红下黄的建筑搭配成趣，成为桂林建筑之一绝。

车停在停车坪，李宗仁的一只脚刚踏上故土的大地，就又忐忑不安起来：这里，会是站得住脚的地方吗？望着他心爱的别墅，李宗仁的另一只脚久久没有动，似乎是看一眼就要走的样子。早就等候在院子里的夫人郭德洁的一声喊才叫动了他的另一只脚。

“德邻！还傻愣着干吗？快进屋吧，茶都沏好了！”

李宗仁“诺诺”两声，站直身形，向别墅走去。郭德洁关切地打量着丈夫，“又瘦了！”

“唔！”李宗仁回应夫人，“忙啊！”

进得书房，李宗仁坐在沙发椅上，把上将服的风纪扣扯开，端起茶几上的茶杯“咕咚咚”猛喝两口，夫人心疼地说他：“别打起仗来就不要命！为老蒋卖命值吗？”

“不是为老蒋卖命，”李宗仁解释，“为了民国。”

郭德洁撇撇嘴，“得啦！还民国民国！民国在哪里？在南京？在北平？还是在广州？”

李宗仁冲着夫人瞪瞪眼，话到口头又噎住了。是啊！民国在哪里呢？

“还不是在蒋介石手里？什么不在他手里呢？”

夫人又把李宗仁说愣了。

当局者迷。这么简单的问题自己竟没有想到过。李宗仁默默不语。郭德洁坐到对面的沙发椅上，温婉地对丈夫说：“你也不听听民众的呼声！还有几个拥戴他的？连桂林的学生们都游行啦！”

“他们游什么行？”

“反对内战呗！”

李宗仁用手敲着沙发扶手，“内战内战，这内战是一个巴掌拍得响的吗？”

“一个巴掌是拍不响——那得看哪个巴掌先拍吧？德邻，我担忧啊！”郭德洁一脸的忧患之情。李宗仁忙安慰夫人：“你担忧什么？共军离桂林还远着呢！”郭德洁道：“这仗打起来还有远近？从大东北打到广州不远吗？”

李宗仁愕然地望望夫人，“嗯？你也研究起军事来啦？”

“我懂什么军事，明摆着的。你和小诸葛在大陆顶着打，蒋介石带着嫡系跑到台湾重建小朝廷……”

“我比谁都明白！可是你让我怎么办？”李宗仁“腾”地从沙发椅上站起来，大声吼叫。郭德洁见丈夫大发雷霆，掩面哭泣着起身就往外走。特地来桂林看望李宗仁的原副官程思远闻声赶进来，站在门口默默望着李宗仁没有吭声。李宗仁怒气未消，对程思远道：“看见没有？连家眷都埋怨我！老蒋指责也就罢了，亲人也这样对我！我错在哪里啊？”

程思远是罗马大学的研究生，政治活动家，投笔从戎后逐渐进入桂系高层，为李宗仁竞选副总统、逼蒋下野立下汗马功劳，是李宗仁的高参。

“总统，夫人虽然话糙但理不糙啊！”

李宗仁叹口气：“事已至此，还有什么灵丹妙药。只有和共产党决战了！”

“决战的出路又在何处？”程思远提醒李宗仁。

“无论如何，我做不了程潜、陈明仁！”李宗仁一屁股坐回沙发椅上，“我是民国代总统，只有和民国共存亡！”

程思远试探着问：“总统，您看，是不是再见见共产党的代表？”

“哦？又是来劝降的？”李宗仁瞪着程思远。

程思远道：“和平谈判不同于投降，是否需要，总统来决策。”

李宗仁思索再三，对程思远说：“要不，你出面见见，先探探他们的口气。总之，我不会放下武器投降。是骡子是马，我还要接着遛遛！”

程思远只得领命。“好的，我见见他们，再向总统禀报。”

秋天的桂林山水更是美甲天下。那桂林山水到底有多么美？诗人贺敬之有诗赞美桂林山水：

> 云中的神啊，雾中的仙，
> 神姿仙态桂林的山！
> 情一样深啊，梦一样美，
> 如情似梦漓江的水！
> 水几重啊，山几重？
> 水绕山环桂林城……
> 是山城啊，是水城？
> 都在青山绿水中……

——真好诗也！

“都在青山绿水中”——此时，程思远和客人、也是老同学的邱明德，也在青山绿水中，一叶小舟荡漾，两个故友攀谈。水几重，山几重，重重心事不言中。

“明德，三十年啊！真是三十年河东，三十年河西！那时候，我们共同的梦想就是为自由民主幸福之中国而奋斗！”

“现在我依然如此！”邱明德说。

“可是，我们已是不同战车上的斗士……”程思远感慨不已，“各为其主。”

邱明德道：“不，我们之间的斗争不是封建士大夫的各为其主，不是！”

“那是什么？”

“为了人民大众，我们的‘主’是人民大众。”

“你们的主义是共产主义。”

“那是无产阶级奋斗的目标，是理想。”

“理想是现实吗？”

“现实是建立民主的共和国，人民当家作主的新中国。”

“人民？你是说老百姓当家作主？”

“是代表人民利益的政府——人民政府管理这个国家，而不是代表资产阶级利益的西方所谓的民主。”

程思远仔细地听，忘记了手中的双桨，任由轻舟漂流。鸟儿们在他们的左右飞翔；蜻蜓像是一群微型的直升机，在他们的头顶上方做着悬空停留、盘旋翱翔的特技；清澈的漓江水无私地把江中游鱼呈献给船上的游客随意观赏。真是“诗中有画，画中有诗”啊！

“思远，你是国民党中央执行委员会常委、立法院立法委员，还是国民党中央非常委员会副秘书长，你比一般人更了解蒋介石，你平心而讲，蒋介石不是战争罪犯吗？”

程思远把话岔开，说：“这个历史自有公论。明德兄，我不是李总统的代表，也不代表国民政府，我们推心置腹，谈思想而不求结论。”邱明德笑道：“也好。李宗仁不派他的代表和我谈，而是由你以老同学的身份先摸中共的底是吧？”程思远忙遮掩道：“哪里的话！我们不在火车上相遇，又怎有泛舟漓江？你就别猜疑我了！老同学，坦白地讲，我对中共的领袖怀有钦佩之情，他们的确得到老百姓的拥戴。如果蒋先生也注意这一点，也许就不会退守台湾了！”

“错！”邱明德马上批驳程思远，“蒋介石是不会注意老百姓的疾苦的！否则就不会‘攘外必先安内了’，就不会坚持内战了！这一点，他和孙中山先生差着十万八千里！孙中山先生为了百姓免受涂炭，他肯将总统的位子让给袁世凯坐；而蒋介石连一个军的番号都舍不得多给红军抗日将士！尽管如此，接受‘兵谏’而建立抗日统一战线倒是蒋某人唯一可圈可点的地方。”

“那么，其他的呢？比如北伐战争？”

邱明德笑道：“那不过是他走向独裁的必经之路。当他执掌民国大权的时候人们就看到了他反动的嘴脸。当然，重庆谈判不仅仅是共产党人取得合法地位的契机，也是为蒋介石自己搭建的一个走向和平建国的平台。可惜，只求独裁而再次发动内战，把他自己推到了人民的对立面，怎能不被历史淘汰？”

“你的意思，蒋介石彻底退出历史的舞台？”

“赶出大陆，就是人民给予他的无形审判。”

“你是说，云贵川藏也风雨飘摇？”

“思远该思远么！”邱明德不无幽默，“以四百万胜利之师对几十万惊弓之鸟，还有什么悬念吗？告诉你的昔日长官、今日益友：程潜、傅作义哪个不是重兵在握的一路诸侯？和平解放，可以冰释前嫌，共同建国，坚持扒着蒋家王朝的破船不放，其下场何用再解释？”

“这个……”

“思远，我们谈谈你吧？”

“谈我？”

“是啊！国民党的大印已被蒋介石装在皮包里带到那个巴掌大的海岛上，你这个执委常委还执行什么？你这立法委员还给谁立法？也准备到台湾立法去吗？”

“李代总统还在嘛！”

“是啊！他还在‘代’——恐怕‘代’的不是总统，是罪责！”邱明德对程思远道：“坦白讲，告诉李宗仁先生，中国人民是不会让一个傀儡代总统待在新中国的任何一个地方的。你不是他的代表，但是可以作为我的代表捎话给李宗仁：无论是和平解放还是战争解放，为时都不远了。”

程思远尴尬地笑笑，说：“当然可以转告，我转告就是了。”

“那么你呢？思远？”邱明德咄咄逼人似的。

“我？”程思远收敛了笑意，“我现在不能离开德邻，他需要我。”

“你是说你也需要他？”

程思远没有出声，两眼望着象鼻山呆呆出神。

邱明德知道，如果李宗仁再玩太极，林彪司令员是不会有耐心的了！

诗曰：

回头是岸不肯回，
固执到头亦折腰！

第八十回

润之迎宾前门站　稼轩酒醉益寿堂

按下桂林的李宗仁不表，回头继续看毛泽东怎样以博大的政治家的胸怀、高瞻远瞩的战略家情怀，面对从四面八方云集北平的社会贤达、革命志士。

打破晚上工作、上午休息的惯例，毛泽东于上午八点钟起床洗漱，吃了早餐，让李银桥找出自己那套灰色中山装穿了，赶到城里去——要赶在从上海开来的火车到达北平之前赶到前门火车站，亲自去欢迎宋庆龄。

已经从灾难中获得新生的古都到处呈现着安定祥和，洋溢欢歌笑语。商家重操旧业、市民不再彷徨，无不企盼新生活的到来。大街上那红红绿绿的标语口号为证：

伟大的中国共产党万岁！
毛主席万岁！
拥护人民子弟兵解放军！
解放全中国！
……

坐在车里的毛泽东还是不时地违反“纪律”，让李银桥左右为难。毛泽东发现了李银桥的窘态，不无幽默地说：“把毛泽东的眼睛遮在卧车里的纪律有失公平，嘴里喊着我是人民的领袖，而人民的领袖不能看一眼人民，岂不滑天下之大稽？”

李银桥差点儿笑出声来，说：“安全，为安全考虑，主席！”

“唉！可以在敌人的枪炮底下大踏步前进，却不可以在自己的车子里向外看一眼！”毛泽东遗憾地摇摇头，“事情就是这么不可思议。”

“这和在黄河边儿跟敌人‘捉迷藏’不同……”李银桥解释。

“是啊！”毛泽东叹口气，“失败了的敌人躲到了暗处……恐怕最危险的不是打黑枪，是向我们投掷‘糖衣炮弹’啊！”

“糖衣炮弹？”李银桥毫不怀疑毛泽东的话——远的不说，从自己跟着毛泽东以来，毛泽东什么时候说出的话，哪一句不被实践验证了呢？

“对，糖衣炮弹。”毛泽东像是自言自语。李银桥琢磨出道理来了：主席的意思是敌人用枪杆子征服不了我们，要用软刀子对付我们了！

“主席，我保证不中他们的糖衣炮弹！”

“好。”毛泽东说，“要时刻保持清醒的头脑，注意那些披着革命外衣或装成绵羊的敌

人！要练就孙悟空的火眼金睛。”

“记住了！”李银桥像在战场上接受命令那样严肃认真。

车进中南海的北门，直接开到勤政殿，周恩来、朱德、任弼时等领导同志正在谈论着什么，见毛泽东到了，停住话语站起来和毛泽东打招呼。任弼时首先通报刘少奇从莫斯科传回的消息：斯大林对中国共产党的胜利感到由衷高兴，并预祝建国大典顺利成功。毛泽东道：“苏联是我们的榜样，是我们的朋友，请以中央的名义向斯大林同志表示感谢。”

“斯大林同志希望早日在莫斯科见到主席。”

“哦！等建国之后，解放战争彻底胜利之后再考虑访苏吧。屁股底下收拾不干净不便离开呀！”

“无论怎样，斯大林同志不会再提划什么而治的意见了。”朱德乐呵呵地说，“大陆上快没他蒋介石站脚的地方喽！”

毛泽东笑道：“等我到莫斯科的时候，蒋介石只有在海岛上折腾，就不可能有类似以前的话题——不用担心有谁提划海而治，只有怎样解放台湾的议题了。”

大家听了一阵欢笑。周恩来看看腕上的手表，说：“主席，再有三十分钟上海来的火车就到站了，我们该动身了。”毛泽东高兴地说：“好呀！宋庆龄先生一到，我们的政治协商会议就可以正式确定开幕的时间了！走，欢迎我们的‘国母’去！”

从上海开来的列车缓缓驶进前门火车站。车停稳后，坐在包厢里的宋庆龄站起来和邓颖超收拾好东西准备往外走，猛地发现一个高大的熟悉的身影出现在包厢门前，不由地叫出声来：“润之先生！”

“先生辛苦了！”显然，毛泽东也有些激动。

“主席辛苦了！”

“很高兴我们重聚啊！”

“您亲自到车上来迎接，庆龄万分荣幸。和蒋介石换个位置，还没到三五十年啊！”

“这是人民的力量！——荣幸的是毛泽东和天天企盼你的朋友们。请先生下车吧。”

“谢谢大家的厚爱。”

走到车门，宋庆龄几乎惊呆了：中共核心领导者几乎悉数站在站台上欢迎自已，还有熟悉的老朋友们：张澜、李济深、邵力子、郭沫若、张治中、傅作义……大家一齐鼓掌欢迎自己。群众代表们手持彩旗，列队呼喊着“欢迎欢迎”，解放军仪仗队吹奏着欢迎曲，更多的战士们齐刷刷向她敬着军礼。这种场面是只有元首级贵宾才有的礼遇！

“谢谢同志们！”宋庆龄向人们致意。太出乎她的意料了，没有想到一进北平就被热情和温馨包围，感动得她说不出话来。周恩来、朱德、任弼时、叶剑英、聂荣臻、李维汉、李克农和张澜、李济深、邵力子、郭沫若、张治中、傅作义等一一和宋庆龄握手问候。

周恩来代表中共中央、中央军委和北平市政府致欢迎词：

“今天，我们在这里热烈欢迎我们尊敬的宋庆龄先生，感到十分高兴。众所周知，宋先生为了中国人民的革命事业做出了卓越的贡献，是中国共产党的亲密朋友，是中华民族的杰出代表。为了中国人民的革命事业，我们期待着同宋庆龄先生一起，将革命进行到底，为创建一个富强、自由、幸福的新中国而奋斗！”

雷鸣般的掌声之后，宋庆龄作了简短讲话：“非常感谢同志们给予我的荣誉和鞭策！我愿意和大家一起，为建设美好幸福的新中国而努力。谢谢同志们、先生们！谢谢！”

欢迎仪式结束，毛泽东请宋庆龄同自己和周恩来、邓颖超乘一辆车往后海 46 号下榻。这是一栋坐落在院子中央的假三层白色建筑，一位德国人建造的西式别墅。别墅的前后院落、花园草坪散发着清香，三十多棵香樟树围绕四周，优美而幽静。由选派来的解放军女战士担任宋庆龄的服务工作，早已把这里的衣食住行安排得井井有条，令宋庆龄深为感动，对毛泽东道：“我住一间饭店就可以了，不必如此铺张嘛！”毛泽东解释道：“哎，那怎么能行？请你来不是做客，不是做嘉宾，是安家落户、共同建国的。要有一个家么！”邓颖超解释道：“主席和恩来亲自为您挑选的这幢房子。主席说了，如住着不习惯，再另行安排。”宋庆龄忙道：“这就够奢华的了。很好，我一看就喜欢。”毛泽东便道：“这就好。派到这里的服务员中，有一个是上海姑娘，是恩来特意嘱咐挑选的，还会炒几个上海菜，好合先生口味。”宋庆龄连连致谢。看看一切安排得当，毛泽东、周恩来和邓颖超等和宋庆龄话别。

不久，九月七日，毛泽东又出现在前门火车站的站台上，欢迎从长沙来北平的原湖南省主席程潜。

程潜，字颂云，湖南醴陵人，清末秀才，同盟会元老，国民党陆军一级上将，抗日战争中任第一战区司令长官，国民政府湖南省政府主席，与陈明仁将军宣布起义，使三湘免遭战火，长沙和平解放。他怎么也没想到，开国领袖毛泽东曾是自己的旧部——北伐时的一名列兵。

程潜一行一走出车厢，毛泽东就迎上去握手致意、问寒问暖：“颂老一路辛苦了。”

“有劳润之先生迎接，真是诚惶诚恐啊！”程潜打量着高大魁伟的毛泽东，双手紧握着那双一只不离烟、一只握笔，战胜蒋介石的大手。

“你是我的老上级，又是我的父母官，更是湖南解放的功臣，毛泽东理应如此。”毛泽东轻松幽默的举止，让同行的陈明仁顿时体会到和蔼可亲的温馨，向毛泽东敬礼：“毛主席好！”毛泽东和陈明仁握握手，说：“三千万湘人免于战乱，兼得一员虎将，共和国之洪福哉！”陈明仁不无愧憾，说：“悔悟迟晚，今后还望主席多多教诲！”毛泽东面对程潜笑道：“我说过，革命不分早晚。那个常山赵子龙不是被刘玄德半路收入帐下，为蜀汉战斗到最后么？”程潜哈哈大笑，说：“子龙归刘不比陈将军投入人民怀抱，前程无量啊！”毛泽东对陈明仁说：“你来了好啊！我们的政治协商会议马上就要召开了，各方代表都有了，就等你这位蒋介石的嫡系将领了！你来，我们的代表就面面俱齐了！”陈明

仁道："明仁愿为新中国尽职尽责！"毛泽东一手拉住程潜，另一只手拉住陈明仁，高兴地说："走啊，还有你们的老对手新朋友朱老总等着为你们接风呢！"一行人这才离开车站，乘车往北京饭店驰去。

毛泽东礼贤下士的举动，令当事者感动自不必说，"局外人"也作为佳话风传。就连天桥撂摊儿的艺人们也被感动，成为相声的活儿。

甲：你懂得规矩吗？

乙：这是什么话！我从小就啥规矩都懂。

甲：你从小就懂规矩，谁教给你的？

乙：家父。

甲：你爸爸。那我问你，上学堂见到老先生你怎么办？

乙：还怎么办，问好呀！（鞠躬）先生好！

甲：在大街上碰到你姑妈……

乙：（鞠躬）姑妈好！

甲：碰到你媳妇……

乙：（鞠躬）媳妇好！这个没有！

甲：这也得有。夫妻相敬如宾，别坏了规矩！

乙：我媳妇厉害是厉害点儿，确实没给我立那规矩。

甲：碰见另一个厉害的，你就得遵守大规矩，行跪拜大礼。

乙：见了我爸也不跪——还有谁这么大的面子？在大街上撞见要下跪？

甲：慈禧太后！

乙：嚯嚯！停！我大街上撞见鬼呀？

甲：比方说你在大街上撞见慈禧，你怎么办？

乙：我跑！

甲：跑干吗呀？

乙：活见鬼我还不跑？

甲：这是打比方，现在你就是曾国藩，撞见慈禧，怎么办？

乙：敢情官还不小哪？那就磕头吧！

甲：你磕一个我看看！

乙：（动作）臣曾国藩拜见太后！

甲：（学慈禧腔）给我掌嘴！

乙：停！为何不分青红皂白就打人？

甲：还从小啥规矩都懂！外行了不是？

乙：没有啊？你瞅瞅这姿势，比曾国藩磕得都标准。

甲：光姿势标准不行啊！称呼惹得慈禧不高兴了！

乙：那该怎么称呼？

甲：老佛爷。

乙：是这么档子事儿！（动作）臣曾国藩拜见老佛爷！

甲：（慈禧腔）曾爱卿！

乙：臣在！

甲：你不够意思！

乙：臣不敢！

甲：我问你，你做梦骂我没有啊？

乙：冤枉啊老佛爷……这哪儿跟哪儿呀！

甲：不老实，掌嘴！

乙：又来了！你这老佛爷讲理不讲理呀？

甲：这是说个笑话。笑话是笑话，过去，皇帝老子那厉害，连心腹重臣都不能正眼看老佛爷，就别提其他人了！就你？惹烦了，不把你舌头割了才怪！

乙：割了舌头？别说吃饭，命都没了！

甲：她不管你死活，只管维护她自己的淫威。现在就不同了，你听说过毛主席礼贤下士的事吗？

乙：毛主席？就是人民的领袖毛泽东？

甲：对。咱不说是谁了，反正是清朝遗老一名人，听说毛主席要接见他，又激动又害怕，没进中南海的大门就两腿筛糠……

乙：瞧他那点儿出息！

甲：这也不能完全怪他！

乙：不怪他还怪我呀？

甲：怪你干吗？怪封建制度。封建制度是维护封建阶级统治的工具，残酷、腐朽！现在不是了，官兵一致，人人平等。尤其是领袖毛主席，对咱老百姓比爹娘对咱还好，对那些对人民犯下过大罪而又改过的人，既往不咎，一视同仁。

乙：这我相信，我表叔就是起义过来的战犯，朱总司令还请他喝酒。

甲：是啊！就拿咱们撂地儿的艺人，被人瞧不起的下九流。听说了吗？咱们相声行的侯宝林都被请到中南海和毛主席、周恩来、叶剑英谈心去了！

乙：嘿！还是共产党好啊！

围成一圈儿的听众纷纷拍起巴掌来。

社会在变，老百姓更深刻地感觉到了。

受到极高礼遇的柳亚子久久处于精神亢奋之中。寓住颐和园益寿堂，令他精神状态极佳。作为政客，他政治抱负在胸；作为诗人，他难置润墨之笔。欣赏着慈禧太后用过的龙床凤辇，遥望毛泽东摇桨伴自己游览的昆明湖，诗兴悠然而生，写于宣纸之上：

感事呈毛主席

开天辟地君真健，
说项依刘我大难。
夺席谈经非五鹿，
无车弹铗怨冯驩。
头颅早悔平生贱，
肝胆宁忘一寸丹！
安得南征驰捷报，
分湖便是子陵滩。

再吟，自觉并无不妥之处，交由驻颐和园军代表转呈毛泽东。令柳亚子没有想到的是，一个月后毛泽东以诗唱和：

和柳亚子先生

饮茶粤海未能忘，
索句渝州叶正黄。
三十一年还旧国，
落花时节读华章。
牢骚太盛防肠断，
风物长宜放眼量。
莫道昆明池水浅，
观鱼胜过富春江。

仔细拜读，柳亚子倍觉惭愧：毛泽东从自己的诗中发现自己隐退之意，以坦诚开导自己，甚为感动，使他更加钦佩毛泽东的胸怀和仁爱之心，激动而不能消停，即和诗曰：

得毛主席惠诗，即次其韵

东道恩深敢淡忘，

中原龙战血玄黄。
名园容我添诗料，
野史凭人入短章。
汉彘唐猫原有恨，
唐尧汉武讵能量。
昆明湖水清如许，
未必严光忆富江。

尚不尽兴，左手把壶、右手执笔，边饮边吟，半醉又作《叠韵寄呈毛主席一首》：

昌言吾拜心肝赤，
养士君倾醴酒黄。
陈亮陆游饶感慨，
杜陵李白富篇章。
《离骚》屈子幽兰怨，
风度元戎海水量。
倘遣名园长属我，
躬耕原不恋吴江。

诗寄出之后，柳亚子心里忐忑不安。为何？因为诗中有“倘遣名园长属我”句，是自己之奢望，又忧虑毛泽东不给面子碰个钉子，一连多日惴惴不安。

这天，柳亚子越想越后悔自己的莽撞，为解忧而多喝了几杯，大醉不起。第二天午时，北平市长叶剑英有请帖送来，邀请知名民主人士到北京饭店参加茶话会，听取大家对北平市文物保护的建议。柳亚子当然不能失约——他有话要对共产党的市长说，他的议题是砸烂旧世界和保护文物不是一码事。

北京饭店宴会厅灯火辉煌，名家济济一堂。直言不讳的梁漱溟，建筑学家梁思成，考古历史大家郭沫若，美术家徐悲鸿，民主爱国人士张澜、傅作义、沈钧儒、史良……如此之百家聚会真是难得。桌子上准备着茶水、糖果、点心、香烟，供不同嗜好的人们享用。宾主相聚而坐，畅所欲言，就像亲戚朋友聚会，好不开心。

就在茶话会进行到接近尾声之时，毛泽东和周恩来、朱德、任弼时走进来，即刻掌声响起来。周恩来举起双手高声对大家道：“听到北平市政府邀请各位名家商讨文物保护问题，毛主席特意带领我们来看望大家！”毛泽东神采奕奕，向大家鼓掌致意：“各位先生好！”掌声再次响起。毛泽东和大家一一握手问候，问生活怎样？住得可好？来到柳亚子面前，毛泽东问道：“稼轩先生，最近忙于工作，未及探望，身体可好？”心事重重的柳亚子诚惶诚恐般双手握着毛泽东的大手，说：“主席以诗教诲，稼轩甚为感动。”毛

泽东道："这两日不忙时约先生一叙如何？"柳亚子忙道："还望主席先生不吝赐教。"

果然，两日之后，毛泽东约柳亚子在颐和园玉澜堂叙话。由于大家早已是熟知的朋友，互相之间没有客套，而是直抒其言。

"稼轩先生，我理解你的心情。我们就要建立一个人民当家作主的人民共和国，共同管理、建设这个国家。我们任何人都是与人民群众平等的一分子，要做好为人民服务的准备。比方说，这颐和园，是人民大众游览休息的公共场所。我毛泽东没有权力把它馈赠给你。如果先生需要，把慈禧太后重建颐和园的两亿两白银送给你如何？"

"这……"柳亚子望着毛泽东那幽默而善意的微笑，明白了毛泽东是在开导自己，连忙对毛泽东道："惭愧惭愧！稼轩一时鬼迷心窍，主席原谅！"

毛泽东哈哈大笑，"现在，我也没有两亿两白银给你哟！"说着，神情变得严肃起来，接着说，"蒋介石把国库里的黄金、白银偷偷运到了台湾，留下一个破烂摊子，躲到台湾等着看我们的笑话呢！"

"主席，我们绝不能让老蒋看我们的笑话！"

"是啊！收拾这个破烂摊子，建设一个崭新的国家，要靠你我他……靠四万万同胞共同努力才行啊！"

一席话感动得柳亚子老泪盈眶，握住毛泽东的手，说："再不明白，老朽空为读书人！早年励志，曾以弃疾之名，今天幡然悔悟，确要弃头脑之疾了！"

毛泽东安慰柳亚子道："人非圣贤，孰能无过？过去的就让它过去，新的生活在召唤我们。稼轩先生，参加新政，任重道远哪！"

"主席放心！稼轩今后弃疾革面，心里装着新中国！"

"好！"

两位诗人一起抚掌大笑。

正是：

望重才能服大众，
德高势必是赢家。

第八十一回

搬新居高朋满座　说恩怨书屋菊香

周恩来可谓日理万机，且和诸葛亮般事必躬亲：大到前线战事、开国筹备、国际交往；小到百姓油盐酱醋茶的供应，事事在心，对于毛泽东的起居生活，更是心中记挂。

现在，西南地区之外的中国大地牢牢控制在解放军手里，北平的社会秩序也日趋安定。解放军自然是社会治安的主体，由爱国市民组织起来的治安联防队员们分布在城市的各个角落，是天罗地网的只只“网眼”，令暗藏的阶级敌人不敢轻易出动。总之，人民坐天下的时候开始了！

毛泽东该进城了。

周恩来是为新中国而生的大管家。和历史上的宰相不同，他不仅睿智聪慧、精力过人、襟怀坦荡，无私无畏更是他胜任这一角色的高尚品质。毛泽东慧眼独具，如同周恩来独具慧眼，天生般造就了中国现代史上无与伦比的“珠联璧合”。在周恩来的心目中，左右两肩各挑着对党的事业和毛泽东安危的两个重任，不偏不倚。

今天，他已经是第三次劝毛泽东进中南海居住、工作了。

太液池恢复了它的清洁和美丽，是已经入住中南海的领导干部和家属们游船、散步的好去处。毛泽东和周恩来也偶有机会在湖边散步小憩。

望着绿柳婆娑、湖水荡漾的“海景”，毛泽东停住了脚步，不无感慨：“嗯，真是一个都市里的田园风光，很美。”

周恩来不失时机地进言：“是啊，这里是最合适中央和中央人民政府办公的地方了，居住也方便。主席，朱总司令和少奇同志已经入住丰泽园的北院，我已经搬到西花厅，丰泽园的菊香书屋是为主席一家准备的，院落相对独立，又有一扇旁门可以开闭，到勤政殿开会时不必外出绕道，军委临时设在东厢，其他屋子已经修缮完毕，办公厅主任杨尚昆和汪东兴同志的意见也是希望主席搬过来住，无论从工作或生活和安全考虑，都到时候了。”

“是啊！住在香山，大家都辛苦，也浪费时间。”最近，毛泽东的耳边时时都有要他搬家的声音。也难怪，诸多问题摆在眼前：除了周恩来刚才讲的，比如李讷的上学问题，突如其来的大事的决策问题……都是几十公里之外的双清别墅难以克服的问题。

“那就搬到市里来吧？”周恩来依然以征求意见的口吻和毛泽东商量。毛泽东略加思索，说：“好吧！看来进京赶考第一份答卷合格了，那就进京接着考吧！”周恩来笑了，说：“明天就搬，请主席到菊香书屋看看，怎样布置好些。”毛泽东摆摆手，说：“那就不必了，你看了行就可以了。”周恩来道：“好吧。明天上午主席还要参加记者招待会，就请江青同志带韩桂馨同志到菊香书屋看着安排。”毛泽东点点头，说：“你不是住过吗？

那间大屋子就会客、书房和卧室在一起好了，省得累赘麻烦。”

周恩来太了解毛泽东的生活习惯和工作特点，对于毛泽东的“三位一体”的要求没持异议。方便和实用是这位大学问家、大政治家的本色之一。

家安顿好了。

毛泽东在菊香书屋各处走一遭，像是在品读一本又陌生又熟悉的书。

漆画的回廊在菊香书屋内院串起所有屋子，既挡风遮雨又可歇息乘凉。院子里那十几棵高耸入云的古柏挺拔、肃穆，和绿地茵茵绿草演绎着远古和现代的传奇。每个房间的门都对着院子，和古柏绿草默默交流。作为即将上任的世界上人口最多国家的元首的居所，这套院子的确不算大；作为中国建筑的典范之作，它不失精美而朴实大方，很合毛泽东的品位。

南屋和东西厢房是韵味一致也几乎结构相同的屋子，除门窗的雕琢顺应皇家风格之外，与普通住宅没太大区别。而正房即毛泽东那“三位一体”的用房及卫士、护理人员的值班室则高大一些，这和中国所有的官也好民也罢的住宅建筑风格一样，受着风水说排约。内墙糊着古色古香的壁纸，既整洁美观又保持着和整个建筑风格相一致的韵味。明亮的窗子下放一张宽大的简易木板硬床，挨窗的那从头到尾六十公分宽的地方摆满两排约十五公分厚的书籍，那是复原双清别墅毛泽东卧床的样子，当然，那床也是从双清别墅搬来。开始为毛泽东准备的是软软的沙发床，被毛泽东坚持换走。恋旧当然是毛泽东不轻易扔掉生活用品的习惯，而更主要的是，只有睡硬板床才踏实、舒坦是不换床的主要原因。屋内除了面对睡床的摆成环形的沙发外，其余空间几乎全被高大的书架占据。在客人眼里，这里更像是一位学者的工作室。

“主席，”李银桥不无遗憾地对毛泽东说，“就是这大木床显得不顺眼。”

毛泽东瞅着大木床，说：“只好将就了。我睡不惯沙发床么！”

“怕是有的客人看了笑话……”李银桥轻声嘟囔给毛泽东听，其实这不是他一个人的意见。毛泽东来“视察”之前，包括江青在内，卫士、医护人员多持此议。

“嗯，”毛泽东紧闭起的两唇动了动，“可是，毛泽东躺在这里是协调的，身体舒坦，还一床多用：睡觉，看书，读报，看文件，何乐而不为？”

“反正谁也说不过你！”李银桥直卜楞脑袋。毛泽东笑了，“你这个李银桥，有理说遍天下嘛！莫非我毛泽东仗势欺人么？”

“谁说主席欺人仗势了？”李银桥有点儿急了，想辩解又不知从哪里说得清楚。毛泽东哈哈大笑：“你呀，真是个忠贞不贰的李银桥！”李银桥故意装着生气的样子，噘起嘴，望着毛泽东掩饰不住的倦意，说：“主席，你累了！我给您梳梳头吧？”

“好，那好。”

仿佛有一股暖流在体内涌动，毛泽东的嗓音有些沙哑似的。

毛泽东乔迁之喜，是江青按照她的家乡搬家要“暖房”的习俗操办的两桌酒席。除自家人外，还请了周恩来、邓颖超夫妇，朱德、康克清夫妇，刘少奇、王光美夫妇及康生、杨尚昆、郭沫若、程潜、徐特立、柳亚子、李济深等人。毛岸英和刘思齐忙着帮厨，李敏、李讷端菜上盘，江青以女主人的身份照应客人，菊香书屋充满了欢笑声。

应该说，这不仅仅是毛家一家的乔迁之喜，也是中国共产党人的乔迁之喜。毛泽东入住中南海，标志着中国共产党将由在野党转变为执政党，标志着由农村包围城市到由城市领导农村的政治飞跃。

由于是家宴，也是毛泽东进城后的第一次家宴，主客都放松，心情畅快，大家无拘无束，话就随便一些。

“来啊，”毛泽东端起酒杯，“大家随便喝么！”

五大书记中只有周恩来好酒量。在座的柳亚子和程潜善酒，也难于和海量的周恩来相比。虽然有酒量，但不是礼节需要，周恩来是不会敞开量喝的。

“我代主席敬大家一杯，”周恩来端起酒杯依次和每个人碰杯，“请大家为即将诞生的新中国献计献策，为了祖国的未来，干杯！”

“干杯！”

大家纷纷响应。

柳亚子满斟一杯，先敬毛泽东，“毛主席，稼轩发自内心地说几句话。我稼轩轻狂了大半生，不服天不服地，到头来自己问自己：你词无雪国磅礴之作，诗逊祭陵感动古今。于革命并无建树，为民族何功之有？而建国大业未竟，豪夺之意萌生，惭愧！承蒙主席错爱，醒稼轩于迷途，归光明于新生。我敬主席！先喝为敬！”说罢，一饮而尽。毛泽东抿抿酒杯，谦虚而回：“先生言重了！还是那句老话：人非圣贤，孰能无过？先生才高八斗，学富五车，今后有得是用武之处。”柳亚子抱拳而复惭愧之词，毛泽东安慰柳亚子道：“稼轩先生，汝比龙兆庭如何？”

“比龙兆庭？”柳亚子当然知道那位昧过良心的文胆，不知如何答复。

周恩来笑着为柳亚子解了围，说：“主席的意思是像污骂过我们的龙兆庭先生都可以谅解，柳先生还有什么可顾虑的呢？”毛泽东对柳亚子道，“你看到了，我们党的主要负责同志都在，毛泽东可以重申：既往不咎，共创未来。你稼轩先生是我们重用的大学问家、爱国志士。这不是我毛泽东一个人的看法，是大家的共识。”柳亚子闻听感动得说不出话来，几乎哽咽。刘少奇也安慰柳亚子道：“稼轩先生就不要纠缠在过去的得与失了！主席讲得没错，建设一个繁荣富强的国家是我们共同的责任和义务，人人都是建设者，包括柳先生你。”

“好！好！”柳亚子连连说好。

徐特立老人道：“从重庆谈判到现在，稼轩先生一直都在为和平而奔走，为正义而呼号。我们是不会忘记老朋友的。”

郭沫若道：“由于毛泽东的出世，就像喷薄升起的太阳照亮了东方，使中国革命的道

路清晰而宽广。稼轩兄，振作起来吧！新中国更不缺你施展才华的舞台。”

大家纷纷赞同。毛泽东道：“今天是乔迁之喜，我请诸位吃酒的，不是让你们检讨自己、赞扬毛泽东的。大家共同祝愿我们的明天幸福、美好！”

看看已是夜间九点多钟，周恩来提议：“为了新中国，干杯！”

于是，气氛更加热烈、融洽！

送走了客人，毛泽东招呼家人亲戚到自己的“三位一体”小坐，他要告诫家人。

他首先对江青说：“工作中，你是我的秘书，将是执掌国家权力的领导者的秘书。大规模的战争已经过去，经过了残酷的战争考验，和平年代的另一种考验也未必轻松。工作环境变了，艰苦朴素的作风不能变，尤其不要翘尾巴。”

本来兴冲冲坐在毛泽东旁边的江青没想到毛泽东第一个就点自己，刹那间，那乐滋滋的脸儿就拉下来，“我知道这些，不翘尾巴。”

毛泽东看出江青的不快，也不计较她，又对长子岸英道：“你是毛泽东的儿子，也是祖国的儿子。你经历了国内外战争的考验，回国后表现不错。这些还不够。战士、农民你当过了，还要到工厂去拜无产阶级为师，把自己锻炼为一个又红又专的革命者。”

“是！我一定记住爸爸的话。”

“你要经常给弟弟写信，鼓励他完成学业，报效祖国。”

“记下了。我每个月都要给岸青写信。”

“我呢？”

李讷见父亲点了大哥哥，觉得该轮到点自己了，主动“出击”。毛泽东忍不住笑了笑，“哦！还没嘱咐我们的细妹子呢！你是一个经过两次战争洗礼的小战士呢！今后呢，要到正规的学校去读书，要好好学习。”

“记住了！”李讷高高兴兴答应父亲。

毛泽东吸口香烟，又说：“你们都要注意呢！我的身边的工作人员是配合我为国家服务的，只是分工不同。你们都要尊重他们，不许支配他们做本分工作之外的事情，更不允许有伤他们尊严的事情发生。总之，你们不能有特权思想，不能有优越感，要夹着尾巴做人。”

儿女们听了这些话会虚心接受，事实也是如此，可能江青就未必听着舒服。她和毛泽东结婚近十年了，也是陪伴毛泽东风一程、雨一程地走过来，并没有享受与其他革命队伍中的同志不一样的待遇，更不要说特殊了。胜利了，共产党就要坐江山了，丈夫借开家庭会特别告诫自己，觉得不仅不给面子，甚至有点儿过——自己毕竟是孩子们的长辈，是当仁不让的第一夫人，无论对外对内，也要有面子嘛！

“主席告诫得对，是给我们家人打的预防针。我们注意，给其他家庭做个榜样。”江青憋着气表态。毕竟，毛泽东的话无懈可击，即便有不妥，此时的她一如既往，默默承受。

毛泽东特请宋庆龄、郭沫若、何香凝到菊香书屋一叙。

在毛泽东的心目中，宋庆龄不仅为中国共产党的革命事业做出了巨大贡献，她还是唯一可代表孙中山先生主张的伟大女性。有她在，孙中山先生的追随者和留在大陆的中国国民党革命委员会的翘楚都会群龙有首，有利于中国共产党的统战工作，对于政治稳定起到重要作用，使党的“共产党主导，民主党派参政议政”的政策得以顺利实施。

郭沫若，极其特殊的一个人物。作为早期的共产党员，他在北伐战争时投笔从戎，成为北伐军政治部的副主任，可见其地位之高。继而留学日本，不乏风流佳话，为了拯救民族大业，撇下妻子儿女回国，在抗日战争和解放战争中同中国共产党保持一致，做了不少有益的工作。他敬仰毛泽东，毛泽东以“郭老”谓之，可谓英雄相惜。郭沫若的《甲午三百年祭》甚至被毛泽东推为全党的教科书。其书法、辞赋、戏剧、考古、历史研究更是无人比肩。新中国成立在即，如此才子，岂能不用？

何香凝，廖仲恺的夫人，中国国民党革命委员会的主要领导人之一，中国共产党的亲密朋友，社会活动家、画家。她善于丹青，有虎静而发威，有梅洁而灵动，女中丈夫也表现在笔端。她的高尚情操影响了子女，才有了廖梦醒、廖承志姐弟两位优秀的共产党人。

三位尊者，可谓时代之骄子、典范之代表。

毛泽东亲自到丰泽园的大门处恭候。温文尔雅、气质高贵的宋庆龄对迎上来的毛泽东深表谢意：“有劳主席远迎，不敢当啊！”

“国母驾到，润之荣幸之至！”毛泽东非常兴奋。

“主席辛苦了！”郭沫若问候。

毛泽东道：“郭老，统领文化科学大军的旗手非您莫属。你也必定要辛苦嘛！”

“有主席掌舵大船，我执浆奋力，义无反顾。”

何香凝最后和毛泽东握手，说：“您兑现了二十多年前的话，中国共产党代替了国民党政权，全国人民期盼着新中国的诞生。”

毛泽东道：“革命的成功是靠包括三位领袖在内的所有同志们的共同努力取得的。今天请三位大家来，就是想听听你们对建立新中国的建议的。”

大家进入客厅依次落座。宋庆龄再次感谢中共对自己的信任，对给予的特邀代表的荣誉倍感荣幸，“参与新中国的筹备，感到无比光荣。中国国民党革命委员会永远是中共的朋友。”

“是朋友，同时又是同志。”毛泽东说，“革命胜利了，我们共享胜利果实，共同管理新中国。三位先生和各党派领袖们接触多些，我们很想听听大家的意见和要求。你们不但是毛泽东的老朋友，也是共产党的好朋友，尽管直言。”

郭沫若道：“中国共产党是人民的大救星，从红军到人民解放军，无数先烈献出了自己宝贵的生命。可以说，新的人民政权是用鲜血和生命换来的。在几天前的茶话会上，

大家对中国共产党组建人民政府不持异议。”毛泽东听了摆摆手，说：“不是中国共产党一党组建人民政府，是以中国共产党人为主，多党及民主人士代表参加的人民政府。请各党派代表来协商建国大计，包括选举一定比例的党外人士进新的政府工作，也包括起义的原国民党将领和官员。”

“主席是说曾经双手沾满人民鲜血的人吗？”何香凝问。

“是的。”毛泽东肯定地回答，“比如程潜、傅作义、陈明仁等。”

何香凝颇感意外。

毛泽东解释道：“我们是有言在先的，只要为人民立新功，过去的不予追究，共产党是说话算数的。纵观历史，化敌为友的例子不胜枚举，比如关张赵马黄，五虎将中多是化敌为友的，为刘备得蜀立下汗马功劳。事实上，解放战争之初，我们解放军一百万人，蒋介石八百万大军。到今天，人民解放军达到四百万人，国民党只剩一百余万人，而解放军新增的二百多万人中就有相当一部分是解放过来的国民党兵。他们经过教育改造，成为人民解放军的组成部分，加速了解放战争的进程。而原国民党军中将领的起义，对局部战争贡献极大，以至影响了整个战场的形势，减少流血，减少战争破坏，做了有益于民族的事，我们不会忘记的。”

宋庆龄为毛泽东的坦诚和革命情怀所感动，对毛泽东道：“共产党肝胆相照，各党派同志一定会拥护新的国家政权，请主席放心。”毛泽东听了十分欣慰：宋庆龄是民革乃至其他党派崇敬、信赖的领袖人物，她的密切合作，必将对政治协商会议的胜利召开起到事半功倍的作用。

正是：

伟大人格得以服众，
英豪励志共效国家。

第八十二回

苦恋之旅终有时　挚爱缠绵却无期

进城之后不久，毛岸英就被分配到北京机器厂工作，担任厂党委副书记。对于新的工作，毛岸英投入极大的热情，连星期日都在厂里忙，很少回家。未婚妻刘思齐是个内向的姑娘，到丰泽园来过几次不见岸英的踪影，心里怏怏不乐，又不好意思问毛泽东。毛泽东比毛岸英更忙，只要没有大的会议活动，菊香书屋成了中共决策层的神经中枢：其他四大书记和党政要员不断有人来议事或请示，整个下午到深夜，几乎没有空闲的时候，刘思齐怎好打扰？

又到星期日，刘思齐又来，还是没有岸英的影子。

江青留刘思齐吃晚饭。毛泽东觉察到心神不定的刘思齐郁郁寡欢，关心地问她："是不是几天没见岸英了啊？"

"都两个多星期了。"说着，刘思齐流露出委屈。

毛泽东点点头，一边为刘思齐添菜一边说："北京机器厂是个大厂，岸英上任不久，事情多些，一时没顾上回家，你的心情我理解。"

"他也不打个电话来，叫人担心。"刘思齐轻声抱怨，那是情人的牵挂。

毛泽东道："唉！青年人么，可以理解。等他回家的时候，我来提醒他。"

"谢谢爸爸。"刘思齐声音有些颤抖。儿女情长，干扰到日理万机的毛主席，刘思齐又于心不忍。

吃过晚饭，刘思齐离开菊香书屋回家。走在中南海边的人行道上，刘思齐依旧心事重重。其实，就是思念而已。少女的情思，真的是越理越乱。

"海"岸华灯一字排开，把岸边的垂杨柳一同倒映水中。微风轻抚，水面上推过层层涟漪，使灯光、树影、繁星抖个不停。偶有蝉声几鸣；间或蛩声两吟。红墙里偌大的园林之夜，静谧而空旷，孤独顿时袭击而来。想起刚到北平那短短的时光，等待分配工作的岸英和自己朝夕相处的日子，刘思齐留恋不已。

"岸英！"

刘思齐心里喊着心上人的名字，惆怅不已。

猛地发现，那边有两个步伐一致的警卫战士迎面而来。刘思齐忙振作起来，向中南海的西大门走去。

回到家里，已是夜里十点又过五分。正在为次女邵华缝补衣服的张文秋瞅瞅大女儿，关切地问："怎么啦，哭丧着脸儿？"

"没怎么……"

“不是吧？”母亲停住手里的针线，望着女儿——她怎瞒得过母亲那双沧桑阅尽的眼睛？

泪水在女儿的眼眶眶里打着转转。

“你惹主席生气了？我嘱咐过你，主席太忙，不要打扰他。”

“不是。”

“哦！是和岸英闹别扭啦？”

“才不是哩！”

张文秋叹一口气，不再追问，继续缝补衣服。母亲不问，错过了情绪释放机会的女儿倒沉不住气了，用求助似的口吻倾诉：“好几个星期不见岸英……”

张文秋见状就忍不住笑了，“原来这样嘛！”

“您还笑……我心里可不踏实哩！”

张文秋开导女儿：“现在百废待兴——尤其他们机器厂，为支援前线，大家加班加点生产。他是党委副书记，能不忙啊？”

女儿睁大眼睛望着母亲，久久没有出声。一句话提醒了纠结惆怅的大姑娘。几天之后，岸英来看望未婚妻和准岳母，在闺房里，岸英拉住刘思齐的手，说：“我们结婚吧。”

近来情绪迷惘的刘思齐一听愣了，眼睛直直的。

“我们结婚吧，你已经够年龄啦！”毛岸英激动不已。

刘思齐听懂了，眼泪“刷”地夺眶而出。

毛泽东亲自为儿子岸英主婚。

毛泽东只请了几大书记和他们的夫人，李富春、蔡畅夫妇，还有身边的当值工作人员喝喜酒。说是婚宴，其实不过比平日餐桌上多了几道家常菜而已。酒是葡萄酒。他送给新人的礼物更是“前无古人后无来者”——一件自己穿过的呢子大衣。

“我没有更好的礼物送给你们。这件大衣旧是旧了点儿，白天岸英可以穿上挡挡风，晚上可以盖在被窝上取暖。”

当然的司仪周恩来看在眼里，感动在心里：这就是毛泽东，与众不同的毛泽东，领导千万党员、指挥千军万马的领袖毛泽东！他理解毛泽东，更理解毛泽东那朴素而又独特的深情！

婚礼简朴而隆重。有当今世界上最负盛名的政治家们参加的如此婚礼绝无仅有。

月洒西窗。四合院的菊香书屋安静下来，毛泽东的书房和卫士值班室的灯光没有熄灭。洞房花烛夜里的新人终于结束了漫长的苦恋之旅。祝福他们的，还有高悬窗外的一轮皓月。

婚姻的饥渴，一夜之间滋润甘霖。幸福，终于赐予有情人。

司马龙珠“消失”得无影无踪，令牵肠挂肚的东方玉梅茶饭无味。

已经三十岁的玉梅红颜不减，女子成熟美的标志是回头率——无论玉梅走在大街上还是经过有人群的地方，不但男子，连女人也会投以欣赏的眼光。舞厅里，她更是闪烁灯光下的绝色美人。

延安时期的周末舞会得以在中南海的春藕斋传承。晚七点钟，灯光师和音响师就按部就班地打开娱乐之门，迎接一个个再熟悉不过的老面孔：号令三军的总司令朱德在夫人康克清的陪同下“正步”走进来，他们总是先到早退，和早睡早起的生活习惯和谐衔接。接着走进来的是工运领袖刘少奇和年轻的妻子王光美，他们夫妇一般在七点半后进场。接着就是周恩来、邓颖超夫妇，他们留给人们的永远是亲切的微笑和谦和，还有温馨。这三位大首长一到，等候在舞厅里、从解放军文工团挑选来的姑娘们便站起来鼓掌致意，同时，音乐响起，彩灯流转，大首长们首先各自挽起夫人的手走进舞池，姑娘们也会被等在一旁的男同志们相约起舞……

每到周六的晚上，东方玉梅必到春藕斋执勤。作为中央办公厅的后勤处长，做好首长们的服务工作是她的天职。她很少下舞池跳舞，这是因为她要关注舞厅的正常运转和安全。看到老老少少成双成对的鸳鸯伉俪，她会想起未婚夫司马龙珠而无意牵起其他男人的手。

爱情的力量是奇妙的。自从平山相识，自己的心就被貌不惊人的司马“带”了走，为何如此，连她自己也说不明白。当局者迷，正恋者昏——政治性强的玉梅在婚姻之舟上也难以平衡自己的情感。

她理解司马龙珠的处境：一天不能抓到蓄意破坏新中国诞生的暗藏特务，他就一天也不能合上侦探的眼睛。与面对面、枪对枪的对抗不同，那是没有标签儿的对手，是伪装的敌人，他必须时时擦亮火眼金睛。想到不久前西城发生的暗杀革命干部事件，东方玉梅不由得暗暗为心上人担忧：“为什么这么多天没有联系？”

音乐停止，舞厅的大灯打开，东方玉梅知道，一号首长该到了，忙到舞厅门口迎接毛泽东主席。为了不影响大家跳舞，每次在八点半以后来到春藕斋的毛泽东，都要在舞厅外的休息室稍事休息，等正演奏着的音乐停止的时候才会走进舞厅。

在夫人江青和两名工作人员的陪伴下，身材魁伟的毛泽东走了进来。毛泽东一眼就认出了她，微笑着问东方玉梅：“你这东方之珠，怎么也不到家里来看我呀？司马还没有家，丰泽园就是你的家么！”

“周六晚上能在这里看到主席，我就不另打扰您了。”东方玉梅解释着，往里面让毛泽东。这时，看到毛泽东已经到来，人们会情不自禁地鼓起掌来。毛泽东不会立即跳舞，而是坐到舞池外的沙发椅上休息、吸烟，和大家聊聊天。

“主席您好！”工作人员及时地献茶。临近的姑娘们会保持着克制和毛泽东打招呼，毛泽东则会亲切地问坐在身边的姑娘们是哪个单位的，或者哪里人。这时，大家其乐融融，就像亲戚朋友乃至一家人，无拘无束。等毛泽东稍事休息站起身来的时候，看得真切的东方玉梅就会示意音乐起，而毛泽东就会邀请身边的演员姑娘跳舞，等毛泽东和舞

伴步入舞池，大家才会结伴儿进入舞池跳起来。这时，江青则会和卫士跳舞。她身材高挑苗条，舞姿漂亮，是舞场里的明星，但坐在旁边休息的演员们总是用目光在昏暗中觅寻毛泽东那高大的并不善跳舞的身影。

到这里来伴舞的红墙外面的姑娘们与商业舞厅里的舞女们不同，她们是带着憧憬和荣耀的心情来完成政治任务的，而不是纯粹来娱乐的。或许她们的同事朋友对她们走进红墙感到神秘，而走进春藕斋的姑娘们则感到没有任何神秘可言。中南海的管理原则是外紧内松，春藕斋更是如此，没有人感到紧张或忐忑，而是感受到温馨愉悦，幸福快乐。

严格地说，毛泽东和朱老总的舞姿平平：一个像行军踏步，一个似课间走操，共同的特点就是像在散步。毛泽东有两次邀请东方玉梅伴舞，东方玉梅感到共舞的巨人虽文韬盖世、武略独尊，但走进舞池的两条腿却不那么听使唤。不过，令东方玉梅和其他姑娘们感动的是这不臻舞道的两位巨人，同样特别尊重每一位伴舞者，每次舞曲结束，他们都会礼貌地把舞伴送回座椅原处，才自己回位坐下休息。休息的时候，刘少奇夫妇、周恩来伉俪等都会过来和毛泽东打招呼。有一次，毛泽东对邓颖超道："邓大姐和恩来，比翼齐飞，舞也漂亮，堪称奇葩。"

前文说过，毛泽东随大家的称呼，也叫邓颖超为邓大姐。邓颖超便笑着打趣说："在天津刚认识时第一次跳舞，我都踩掉过恩来的鞋子哩！"毛泽东哈哈大笑，说："不睬（踩）不相识哩！睬定了周公，得一世恩爱。"大家听了连连点头，觉得毛泽东幽默时也不乏睿智豁达。东方玉梅听了暗暗叹息：这几位领导者中毛、刘、朱无不经历过婚姻的坎坷苦痛，唯有周恩来、邓颖超二人携手至今，且恩爱有加，令人羡慕。她暗暗祈祷自己和司马龙珠也能像周、邓两位首长那样永远比翼齐飞。

躺到"家"的床上，东方玉梅久久没有入睡，想着司马，也怪着司马。女儿家怀春，想的就是心上人。与男人粗心大意而又霸道的爱相比，女儿的心细腻又挑剔，眼里揉不得沙子。舞会的时候，她动过问毛主席的念头，但很快就打消了：司马做的是非常紧要迫切的保密工作，自己怎么可以违反组织原则打扰主席呢？她注意到，舞会刚过半，周恩来副主席就被李克农部长叫走，会不会和反特有关？和司马有关？

第二天上午刚到办公室，中央办公厅杨主任就派人把东方玉梅叫了去。走进杨主任的办公室，见屋子里还有李克农部长，且两位首长面色凝重，东方玉梅预感到首长一定是有什么重要的事情找自己，屏住气等首长开口。杨主任和李克农部长互相递个眼色，对东方玉梅道："玉梅同志，本来是想昨天晚上和你谈的，中央首长指示还是今天告诉你好，所以才叫你来。"

"是不是司马有事啦？"东方玉梅猜个八九分。

杨尚昆主任点点头："是啊！所以找你谈谈。你是司马龙珠的未婚妻，应当告诉你。"

东方玉梅急急地问："他到底咋的啦？"

李克农部长从椅子上站起来，对东方玉梅说："你知道，司马龙珠同志肩负着的使命……经过几十天的侦察，我们破获了一些反革命分子，消除了影响建国工作的一些隐患。昨天，在抓捕敌特潜伏的二号特务时，司马龙珠同志中了黑枪，头部重伤……”

“重伤？有生命危险吗？”东方玉梅极力克制自己，生怕泪水冲出眼眶来。

李克农告诉东方玉梅：“子弹从左耳旁穿进脑壳，子弹已经取出。司马龙珠同志还在昏迷中。我已和杨主任商量过了，准备请你到医院照顾司马龙珠同志。”

“是！”

东方玉梅憋在眼眶里的泪水忽地滚了出来。

“玉梅同志，请你把手头的工作暂时交付给代处长李博，成功同志在车上等你。”杨主任叮嘱，“放心地去吧，等司马龙珠同志情况好转之后再回来。”

“嗯！”东方玉梅点点头，“谢谢首长。”

“是周副主席特别嘱咐安排你去司马龙珠同志身边的。”李克农解释，又提醒东方玉梅，“这件事主席可能还不知道，怕他难过。你暂时不要告诉他。”

“我明白了。”东方玉梅说完向两位首长敬礼，转身往外走，脚碰了门槛一下，差点摔倒。杨主任喊一声：

“玉梅同志，坚强些！”

司马龙珠躺在病床上，正在输液。东方玉梅迈着轻轻的步子，小心翼翼地凑近头部裹满绷带、看不到人模样的司马龙珠，轻轻地叫着：“司马！司马！你别吓唬我……”

“绷带头”没有反应，一动不动。

“司马！司马！”

依旧没有反应。东方玉梅“哇”地哭出声来，急忙用手捂住嘴巴跑出重症抢救室，靠在院子里的槐树身上呜呜咽咽哭起来。成功过来安慰她：“东方姐姐，别哭了！你的任务是护理、照顾司马副组长啊！”

话是这样劝，硬汉子的特别行动队队长成功也忍不住泪眼汪汪。

良久，东方玉梅的情绪稳定了下来，东方玉梅问医生：“司马有生命危险吗？”

外科主任告诉东方玉梅，“现在还不能下结论。”

“医生同志，请设法抢救他，他是人民英雄，战功赫赫！得抢救他！挽救他！”东方玉梅情绪激动，央求外科主任，“我求求您了！”

外科主任道：“不用客气，抢救病人是我们的责任。中央领导都来电话询问病情，已经指示全力抢救。我们正在积极想办法救治。”

“中央领导？”东方玉梅望着外科主任，问。

“周副主席昨天夜里就来医院看望病员，指示我们全力抢救。毛主席也有电话打来……”

东方玉梅一下子愣住了！呜咽着说：“谢谢主席！谢谢周副主席！”

守护在病房里的东方玉梅不肯休息，更不肯离开司马半步。夜深人静的时候，以泪洗面的她正在忧患悲伤，只见毛泽东走了进来，惊得东方玉梅忽地从凳子上跳起来，向毛泽东敬礼："首长好！"毛泽东和东方玉梅握握手，安慰她："战士可以流血，不可以流泪！不要害怕，司马命大，不会撒手人寰撇下你的！"

"嗯！"伤痛加激动，东方玉梅的泪水止也止不住地往外流。毛泽东走近病床，看看被绷带缠满脑壳的司马龙珠，回头对东方玉梅道："不用担心，司马死不了。他是个命硬得很的人呢！二万五千里长征，被河水卷走了都奇迹还生，刀搁脖子上都躲过一劫。他一定会好起来。"

"谢谢主席吉言。"东方玉梅抹着泪说。

毛泽东安慰东方玉梅："司马，福星。放宽心，在这里等着司马醒来。他一定醒来。"

"可是医生说什么可能都有。"

"医生对患者家人说话会留有余地。司马的可能就只有一个：康复。你不想想，大司马舍得撇下你这样好的爱人自己'走'么？还有我毛泽东，他扔下我想一个人到马克思那里享清福去，马克思会把他赶回来：'司马，快回去继续革命！你不看着新中国的诞生就当逃兵？'他肯定会回来的！"这一番幽默的安慰，算把东方玉梅说乐了，撒娇似的对毛泽东道："主席真会开导人，俺支持得住，您放心吧。"

见东方玉梅脸上有了笑模样，毛泽东才回身和身后的医生说话。"我想进一步了解司马的病情和救治方案，可以到医生办公室谈吗？"

"请主席到办公室喝茶、指导工作。"院长是第一次见到毛泽东，刚才还有三分紧张，通过刚才毛泽东主席和东方玉梅的谈话，坦然多了。

毛泽东和医生们走了。望着毛泽东那魁伟的背影，东方玉梅突然责备起自己来：看到自己的未婚夫有生命危险就架不住劲啦？要明白主席一家为中国人民的革命事业牺牲了五位亲人！自己怎么和农村的娘们儿一个水平？眼泪能救活司马吗？哭哭啼啼只能给治疗帮倒忙！干吗不振作起来？如果毛主席在亲人牺牲的时候像自己这样没出息，只顾悲伤哭啼，还怎么带领革命队伍建立革命根据地？怎样走二万五千里长征？怎样打鬼子？怎样解放全中国哩？！

坐在病榻旁，东方玉梅轻轻地按摩着司马龙珠的手，用心和心上人说着悄悄话：

龙珠，你是个福大命大造化大的福将，一定会好的。主席都来看你来啦，你知道吗？他那么忙，亲自来看你，说明主席多么关心你啊！主席是个工作中不掺杂个人感情的首长，他来看你，说明你真的是毛主席喜欢的爱将，是一名真正的革命战士！你要坚强，和伤病斗争也是对你的考验。主席说你闯过了回回灾难，经过了次次考验，这一回你可要挺住呀！听到没有啊？你不能躺倒不起，还有工作等着你做哪！龙珠，你醒醒，还有玉梅在等你……既然爱上你，虽然我们还没有结婚，没有同床共枕，但我是你的人。从平山相识，我就知道我遇到了“另一半”，我的心里再也盛不下别的男人了！

龙珠，你没有高大的体魄，但你是我心目中顶天立地的男子汉；虽然你貌不惊人，但你的精神和气质让人感觉到另一种美。也许这次负伤你被毁容，但你还是我心目中的美男子：你最美的心灵，你为革命献身的精神。

龙珠，如果你从此再也站不起来，那么，我就这样守你一辈子，只要你还有一口气！为爱人而做出牺牲是应该的、心甘情愿的。毛主席对中国革命的进程预算得那么准，对你的说法也一定准！我知道主席是安慰我，可大家的心情都一样：希望你快快康复！

龙珠，你说过你年龄比我大许多；我也说过，年龄不是问题，还可能是财富。年轻的财富是资本；年长的财富是资历。我们互补多好啊！咱们都是革命者，“新中国成立在即”，我们任重道远啊！

司马，你醒醒呀！

说不完的话，诉不尽的情。东方玉梅望着白花花的隐藏着心上人面目的绷带，倾听着司马那微弱的呼吸声。也许只有她才听得到的呼吸声，才是对她的莫大安慰：他没有向死神屈服，正在回到“奈何桥”的这边来……

正是：

人间自有真情在，
患难才知女与男。

第八十三回

明宗义酝酿乃金曲　立大旗筛选是五星

为了配合毛泽东，协调好日常工作，许久以来，周恩来只好随着毛泽东的作息时间而作息，但现在不行了：政治协商会议召开在即，云集北平的各地精英都是昼行夜眠的，而有些会议是毛泽东必须出席或出面的。毛泽东不得不改变自己的作息时间，或者说再也难以遵循自己的“规律”和“习惯”了！

一九四九年九月二十一日，期待已久的中国人民政治协商会议第一届全体会议马上就要在中南海怀仁堂召开。早餐之后，周恩来赶到菊香书屋，陪毛泽东一起到怀仁堂。

毛泽东装束停当正准备动身，江青叫住了他，说：“衣服不换新的，头该梳理一下吧？今天可不能邋里邋遢的。”毛泽东道：“这就很好了么！新衣服是准备开国大典穿的，今天多是朋友或熟面孔，没那么讲究。”江青了解毛泽东，认定的理儿是谁都无法改变的，便一边嘟囔一边转身离去。李银桥为毛泽东扯扯衣角，说：“干干净净，就是旧了些。”然后用梳子为毛泽东理了理乱发，说：“还是比平时讲究多了。”周恩来笑着说：“到会的许多人就是从主席穿着打补丁的衣服开始认识主席的。今天的确讲究得多了。主席啊，打打发胶怎么样？恐怕会议时间要长，打上发胶保持发型时间长一些。”毛泽东没有吭声，那是默许了。李银桥忙找来发胶，为毛泽东定好发型，大家这才有说有笑出门而去。

毛泽东就是“土性子”，谁说也不行。比如睡床，他一定要硬板木床，而且不能垫太多的东西，就连枕头也不要软的，睡觉的时候，把旧的报纸垫在枕头上，枕过扔掉，省得老洗枕巾。江青则与毛泽东相反：床铺要软，头下枕报纸就更不可能了。所以，随着生活习惯和生活态度的不同，两个人免不了有了矛盾纠纷。于是，毛泽东干脆住书房，江青另住一屋。

望着毛泽东远去的背影，江青由衷地感叹，“土！到大城市了还是改不了土性子！”

真是良才云集、高朋满座。

此前已经召集召开过多少次的会议，或听取意见，或专题讨论，或联欢茶话会，都没有今天如此盛会。除坚守在西南前线和大西北的一些将领之外，其他党政军的主要负责人全部到会。各党派代表、民主人士代表也都到来。一些避难于香港的爱国名流也辗转到来。到会代表共六百六十二人，涵盖了党政军工农商学各界，具有广泛的代表性和权威性。

主席台背景墙上高挂毛泽东和孙中山的画像，会议横标“中国人民政治协商会议第一届全体会议”赫然入目。此前通过的政协会标高悬在左右对称的五面红旗之间，令人振奋。由于此前各个专题委员会都完成了国徽之外的准备工作如《中国人民政治协商会议共同纲领》《中国人民政治协商会议组织法》《中华人民共和国中央人民政府组织法》三个奠基性的历史性文件，这次大会的主要任务就是对国旗、国歌、国都、纪年等进行协商、表决。会议一开始，就热烈而高潮不断：从古至今，朝朝代代，哪里有过如此平等、民主、自由的政治空气啊！

毛泽东是六百六十二个明星中的明星，或者说是一颗红彤彤的太阳。当他出现在主席台上的时候，会场上掌声便响起来。掌声如汹涌的大海掀起的波涛，一浪高过一浪。作为大政治家的毛泽东也是一名战士，一名坚忍不拔、坚强不屈的共产主义战士，一面光辉的旗帜。正是有了这面旗帜，中国人民才紧随他走出黑暗，奔向光明。

“没有他，我们还会在黑暗中摸索。”诗人、政治家郭沫若感慨不已。

毛泽东致开幕词。他说：

诸位代表先生们，全国人民所渴望的政治协商会议现在开幕了！

我们的会议包括六百多位代表，代表着全中国所有的民主党派，人民团体，人民解放军，各地区，各民族和国外华侨。这就指明，我们的会议是一个全国人民大团结的会议！

这种全国人民大团结之所以能够成功，是因为我们战胜了美国帝国主义所援助的国民党反动政府。在三年多的时间内，英勇的世界上少有的中国人民解放军，战胜了美国援助的国民党反动政府所有的数百万军队的进攻，并使自己转入反攻和进攻。现在，数百万人民解放军的野战军已经打到接近台湾，广东，广西，贵州，四川和新疆的地区去了，中国人民的大多数已经获得解放。在三年多的时间内，全国人民团结起来，援助人民解放军，反对自己的敌人，取得了基本的胜利。在这个基础上，召开了今天的人民政治协商会议。

我们的会议之所以称为政治协商会议，是因为三年以前我们曾和蒋介石国民党一道开过一次政治协商会议。那次会议的结果是被蒋介石国民党及其帮凶们破坏了，但是已在人民中留下了不可磨灭的印象。那次会议证明，和帝国主义的走狗蒋介石国民党及其帮凶们一道，是不能解决任何有利于人民的任务的。即使勉强地做了决议也是无益的，一待时机成熟他们就要撕毁一切协议，并以残酷的战争反对人民。那次会议的唯一收获是给了人民以深刻的教育，使人民懂得：和帝国主义的走狗蒋介石国民党及其帮凶们决无妥协的余地，或者是推翻这些敌人，或者是被这些敌人所屠杀和压迫，二者必居其一，其他的道路是没有的。中国人民在中国共产党的领导之下，在三年多的时间内，很快地觉悟起来，并且把自己组织起来，

形成了全国规模的反对帝国主义、封建主义、官僚资本主义及其集中的代表者国民党反动政府的统一战线，援助人民解放战争，基本上打倒了国民党反动政府，推翻了帝国主义在中国的统治，恢复了政治协商会议。

现在的中国人民政治协商会议是在完全新的基础上召开的，它具有代表全国人民的性质，它获得全国人民的信任和拥护。因此，中国人民政治协商会议宣布自己执行全国人民代表大会的职权。中国人民政治协商会议在自己的议程中将要制定中国人民政治协商会议的组织法，制定中华人民共和国中央人民政府的组织法，制定中国人民政治协商会议的共同纲领，选举中国人民政治协商会议的全国委员会，选举中华人民共和国中央人民政府委员会，制定中华人民共和国的国旗和国徽，决定中华人民共和国国都的所在地以及采取和世界大多数国家一样的年号。

诸位代表先生们：我们有一个共同的感觉，这就是我们的工作将写在人类的历史上，它将表明：占人类总数四分之一的中国人从此站立起来了。中国人从来就是一个伟大的勇敢的勤劳的民族，只是在近代是落伍了。这种落伍，完全是被外国帝国主义和本国反动政府所剥削和压迫的结果。一百多年以来，我们的先人以不屈不挠的精神反对内外压迫者，从来没有停止过，其中包括伟大的中国革命先行者孙中山先生所领导的辛亥革命名在内。我们的先人指示我们，叫我们完成他们的遗志。我们现在是这样做了。我们团结起来，以人民解放战争和人民大革命打倒了内外压迫者，宣布中华人民共和国的成立了！我们的民族从此将列入爱好和平自由的世界各民族的大家庭，以勇敢而勤劳的姿态工作着，创造自己的文明和幸福，同时也促进世界的和平和自由。我们的民族将再也不是一个被人侮辱的民族了，我们已经站起来了。我们的革命已经获得全世界广大人民的同情和欢呼，我们的朋友遍于全世界！

我们的革命工作还没有完结，人民解放战争和人民革命运动还在向前发展，我们还要继续努力。帝国主义者和国内反动派决不甘心于他们的失败，他们还要作最后的挣扎。在全国平定以后，他们也还会以各种方式从事破坏和捣乱，他们将每日每时企图在中国复辟。这是必然的，毫无疑义的，我们务必不要放松自己的警惕性。

我们的人民民主专政的国家制度是保障人民革命的胜利成果和反对内外敌人复辟阴谋的有力的武器，我们必须牢牢地掌握这个武器。在国际上，我们必须和一切爱好和平自由的国家和人民团结在一起，首先是和苏联及各新民主国家团结在一起，使我们的保障人民革命胜利成果和反对内外敌人复辟阴谋的斗争不致处于孤立地位。只要我们坚持人民民主专政和团结国际友人，我们就会是永远胜利的。

人民民主专政和团结国际友人，将使我们的建设工作获得迅速的成功。全国规模的经济建设工作也已摆在我们面前。我们的极好条件是有四万万七千五百万的人口和九百五十九万七千平方公里的国土。我们面前的困难是有的，而且是很多的，但是我们确信：一切困难都将被全国人民的英勇奋斗所战胜。中国人民已经具有战胜困难的极其丰富的经验。如果我们的先人和我们自己能够渡过长期的极端艰难岁月，战胜了强大的内外反动派，为什么不能在胜利以后建设一个繁荣昌盛的国家呢？只要我们仍然保持艰苦奋斗的作风，只要我们团结一致，只要我们坚持人民民主专政和团结国际友人，我们就能在经济战线上迅速地获得胜利。

随着经济建设高潮的到来，不可避免地要出现一个文化建设的高潮。中国人被认为不文明的时代已经过去了，我们将以一个具有高度文化的民族出现于世界。

我们的国防将获得巩固，不允许任何帝国主义者再来侵略我们的国土。在英勇的经过了考验的人民解放军的基础上，我们的人民武装力量必须保存和发展起来。

我们将不但有一个强大的陆军，还要有一个强大的空军和一个强大的海军！

让那些反动派在我们的面前发抖吧！

让他们去说我们这也不行那也不行吧！

中国人民的不屈不挠的努力必将稳步地达到自己的目的！

在人民解放战争和人民革命中牺牲的人民英雄们永垂不朽！

庆贺人民解放战争和人民革命的胜利！

庆贺中华人民共和国的成立！

庆贺中国人民政治协商会议的成功！

毛泽东的致辞不断被热烈的掌声打断。这是鼓舞人心的致辞！这是继续革命的纲领性动员令！这也是向世界人民庄严宣告：重新站立起来的中华民族必将立于世界之林！

大会执行主席周恩来向代表们报告各专门委员会的提案情况：

“各位代表，先生们！我受大会主席团的委托，对重要提案进行报告说明。”

“首先是国都。众所周知，在中华民族的几千年文明史中，改朝换代导致国都变迁，给中国版图上留下了如十三朝古都的西安和几代王朝荣衰的洛阳、七朝古都的南京，还有开封、北平等市，都曾经作为国都辉煌多少年。为此，专案委员会和社会上众多学者乃至领导同志都提出了自己的看法。我们认为：西安和南京作为历代废都，都不宜作为新中国的首都。现在的洛阳和开封规模较小，也不适于作为新中国的国都。还有的代表建议武汉、上海、承德、哈尔滨为国都，也得不到大多数专家的支持。最后，多数意见

统一到北平的方案上来。”

“选择北平，是考虑到它的政治渊源和战略地位。元、明、清三代，对北京进行了几百年的建设维护，保留了皇城的基本容貌，和平解放北平，使这座城市没有遭到破坏。另外，北平地处重工业基地的东三省和中原之间，背山面海，连接东西南北中，最为适宜。因此，决定中华人民共和国定都北平。”

“再就是国旗和国歌，国内外艺术家、爱国人士寄来了几千件设计方案。”

“先说国旗，曾联松先生设计的方案五星红旗为专门委员会所认同，也得到毛泽东主席的推荐。一颗大星代表的是中国共产党的领导，其他的四颗星围在大星周围，代表的是工人、农民、城市小资产阶级和民族资产阶级。”

“国歌的争论比较激烈。备选的歌中以《义勇军进行曲》为国歌的呼声较高。”

“纪年，则倾向于和世界上大多数国家一样采取公元纪年，便于和世界各国交流沟通。”

“以上各方案及各筛选的其他方案一并发给各位代表酝酿讨论，并登报向全国人民公布，以期听取更广泛的意见。会议期间，主席还将亲自主持座谈会听取代表们的意见，共同决定，通过国都、国旗、国歌和采用纪年的决议方案。”

代表们以同样热烈的掌声向周恩来致意。当周恩来宣布休会的时候，会场里的代表们不肯马上离去，一个个抱着国旗方案，挤上前和主席台上的毛泽东、周恩来、朱德、刘少奇、任弼时、宋庆龄、张澜、郭沫若等人握手、致意。

九月二十五日晚，毛泽东邀请大家在丰泽园就各个方案座谈。关于纪年，代表们一致赞成采用国际上多数国家使用的公元纪年，毛泽东没有多做诠释。关于定都北平，毛泽东道：“恩来同志已经讲过定都北平的理由，我是同意的。看来，多数代表也是这个意见。我还有一个建议，就是恢复它原来的名字，叫北京。”教育家、民主建国会领袖黄炎培代表说：“我坚决赞成叫北京。定都于此而为京，既合乎文化脉络，也与中国人的称呼习惯吻合。”毛泽东听了带头为老先生鼓掌。至此，定都北平并恢复原名北京，就确定下来了。毛泽东清楚记得，在早些时候代表们讨论国号时，各抒己见，最后统一到“中华人民民主共和国”上来，黄老先生力排群议，说：“我坚决反对沿用‘民国’，是因为蒋介石反动派糟蹋了民国，亵渎了民国的含义，既然是新中国，就要体现一个新字。‘中华人民民主共和国’这个称呼也须斟酌：焉有人民共和国不民主者乎？因此，叫‘中华人民共和国’足矣！”

到底是大学问家！黄炎培此言一出，令毛泽东大为赞赏，予以支持。的确，老先生把话说到了点儿上，代表们以热烈的掌声表示通过“中华人民共和国”为国名。

接着，是国旗的讨论。

毛泽东道：“五星红旗这个图案，表现我们革命人民大团结，将来也要大团结，因此，现在也好，将来也好，又是团结，又是革命。”

伟大的政治家总是会一眼看到问题的实质，一语道出事物的关键。这样，在筛选出的近三百个设计图案中，五星红旗图案脱颖而出，获得通过。

选定国歌的争议最大。大会共收到国内外几千件专供筛选的作品，专门委员会经过几十次的讨论比较，难有一首获得多数支持。对于新中国，大家寄予的希望由此可见一斑。近乎全才的毛泽东虽然对音乐不研究，但他对国歌的要求就使大家清晰了选择国歌方向：

“国歌，要能反映我们中华民族的气节和文化，要振奋人民向上，而且要简洁明快，朗朗上口。”

爱国人士、政治活动家陈叔通发言：“既然从征集之作品中没有合乎条件者，也可以考虑以往的传唱歌曲嘛！”

这个说法马上引起代表们的热议。著名画家徐悲鸿说：“《义勇军进行曲》可以作为国歌。”

《义勇军进行曲》是反映抗日战争题材的电影《风云儿女》的主题歌，由作家田汉作词，音乐家聂耳谱曲。

“这支曲子非常雄壮，歌唱了人民的意志，体现了人民的信念。”徐悲鸿解释说，“每当我想起它，就会使我热血沸腾。”

大家同意徐悲鸿的说法。有人指出歌词中“中华民族到了最危险的时候”是否过时了？这句话改一改是否更好？

毛泽东谈出自己的看法，说：“过去呢，我们受帝国主义的压迫；现在，帝国主义还在包围着我们，反动派仍然不甘心失败，我们仍然没有脱离最危险的时候。保留原歌词还是有它的好处，时时提醒、激励我们不能放松警惕。”

“如果改动了歌词，怕就没有那个感情了。”副主席周恩来也有自己看法。

代表们还是议论纷纷，但又别无良策。还是毛泽东高屋建瓴，说：“既然《义勇军进行曲》是目前最为可选的歌子，是否作为代国歌先用？我们在十月一日的开国大典上不能没有国歌么！”

“这是个好主意！”

有人觉得“代”字总不那么舒服。但，令所有人没有想到的是这一“代”就是几十年而没有人考虑拿什么曲子替下它。雄壮的旋律在每一次奏响的时候，就会令人振奋不已。而历史的演绎也证实了毛泽东的话：我们还是天天受到威胁的！于是，代国歌没有退出历史舞台，并在一九八二年十二月四日的第五届全国人民代表大会第五次会议上通过决议：正式将《义勇军进行曲》确定为《中华人民共和国国歌》——那是后话。

博才多学的马叙伦是第六组也即负责国旗、国歌、国徽和纪年诸项工作的组长，国旗、国歌、纪年都确定下来，还有国徽难以获得通过，心里总有一块石头没落地的感觉，提出疑问：“国徽怎么办？”

和其他几项相比，国徽征集到的图案要少，仅一百一十四幅，而且只有四幅候选。

就是这四幅，也没有一幅是没有缺陷的。

此前的小组讨论会上，大家已经争论了多少次而统一不下来。距离开国大典仅仅只剩五天时间了，今天不定下来，难说开国大典那天天安门城楼的二重檐上挂得上国徽呢。

洪深、郭沫若、沈雁冰、马叙伦、徐悲鸿、梁思成及夫人林徽因、贺绿汀、张奚若、艾青纷纷对四个不同的方案进行比较，指出各自的不足。毛泽东便谈了令大家想不到的办法：“国旗定了，国歌有了，国徽是否可以慢一点决定？留给政府去解决？”

马叙伦便道：“那就要确定一个原则，便于以后操作。”徐悲鸿拿起编号第一的设计图，说：“我觉得这张图可以修改一下，原则上我同意这张图案。”

“可是，现在我们设计的图案都太像苏联的国徽了！”张奚若马上提出反对意见。

“如果太像苏联……我们是不是先不决定原则？”毛泽东征求大家的意见。

艾青便道：“假使要定个原则，就叫原设计者张仃同志修改一下。”

“修改要根据一、三、四图的理念为好。”洪深建议。

又到了毛泽东表态的时候了。“原小组继续存在，再去设计。”

这样，开国大典必有的标志性要素，除国徽外都逐一确定了。

诗曰：

开国吹来民主风，
人人献策热忱中。
一心一意为中华，
寓意深长乃五星。

第八十四回

代表协商英雄谱　群英公举毛泽东

新中国必有一个新政府。新政府必有新的政治家、革命家、军事家和诸多方家组成。中国人民政治协商会议第一次会议将完成它伟大的使命——组建中华人民共和国中央人民政府。

一个崭新的国家机器即将诞生。

纵观中国历史几千年，帝王将相操纵的国家机器或盛或衰，或长或短，都是服务于统治阶级的工具，是以奴役人民大众为架构的“普天之下莫非王土”的王道。从现在开始，五千年文明史的华夏古国将从此颠覆这个架构：让人民当家做主人。也就是说，新的人民政府是体现人民意志、为人民服务的人民政权。

选举中央人民政府首脑的会议正在进行中。

参加投票的政协代表总共五百二十七人，一票之外的五百二十六票投了赞成票，毛泽东当选为新中国当之无愧的国家主席。中央人民政府组成如下：

中华人民共和国中央人民政府主席　毛泽东

中华人民共和国中央人民政府副主席　朱德　刘少奇　宋庆龄　李济深　张澜　高岗

中央人民政府秘书长　林伯渠

中国人民解放军总司令　朱德

中国人民解放军总参谋长　徐向前

中央人民政府最高人民法院院长　沈钧儒

中央人民政府最高人民检察署检察长　罗荣桓

毛泽东主席宣布，任命周恩来为中华人民共和国政务院总理。同样获得全场代表的热烈掌声。政务院组成如下：

中华人民共和国政务院总理　周恩来

政务院副总理　董必武　陈云　郭沫若　黄炎培

政务院政务委员　谭平山　谢觉哉　罗瑞卿　薄一波　曾山　滕代远　章伯钧　李立三　马叙伦　陈劭先　王昆仑　罗隆基　章乃器　邵力子　黄绍竑

秘书长　李维汉

政治法律委员会主任　董必武

财政经济委员会主任　陈云

文化教育委员会主任　郭沫若

人民监察委员会主任　谭平山

内务部部长　谢觉哉

外交部部长　周恩来

公安部部长　罗瑞卿

财政部部长　薄一波

贸易部部长　叶季壮

重工业部部长　陈云（兼）

燃料工业部部长　陈郁

纺织工业部部长　曾山

食品工业部部长　杨立三

轻工业部部长　曾培炎（兼）

铁道部部长　滕代远

邮电部部长　朱学范

交通部部长　章伯钧

农业部部长　李书城

水利部部长　傅作义

劳动部部长　李立三

文化部部长　沈雁冰

教育部部长　马叙伦

卫生部部长　李德全

司法部部长　史良

法制委员会主任委员　陈绍禹

民族事务委员会主任委员　李维汉

华侨事务委员会主任委员　何香凝

科学院院长　郭沫若（兼）

出版总署署长　胡愈之

中国人民银行行长　南汉宸

中华人民共和国军事委员会主席　毛泽东

中华人民共和国军事委员会副主席　朱德　刘少奇　周恩来　彭德怀　程潜

各委员会、部、院、署、行副职若干人，皆有民主党派、无党派人士入阁。名单发至代表手中，无不喜出望外，被中共宽大胸怀所感动，一致表示坚决拥护。主持第一届全国政治协商会议的周恩来宣布第一届政治协商会议圆满结束。

几个小时之后，代表们和产生的中央人民政府领导人、政务院各负责人将一起参加开国大典！

壮哉！

开天辟地君真健，
捧月众星是自然。

第八十五回

万众欢呼广场沸腾　独夫自闭阳明一叹

一九四九年十月一日下午三时，聚集在天安门广场的五十万首都群众翘首仰望的天安门城楼，那里登上了中国人民的伟大领袖毛泽东主席和中央人民政府、政务院的领导者以及特邀贵宾们。礼炮二十八响，暴风骤雨般的掌声在世界上最大的广场上响起！装有扩音器的灯柱上响起毛泽东那高亢激昂的声音：

"中华人民共和国中央人民政府今天成立了！"

"中国人民站起来了！"

欢呼声骤然响起，像春雷，在祖国大地响彻开来！

毛泽东亲自按动电钮，金水桥前，长安街南侧，广场居中的旗杆上缓缓升起那面划时代的五星红旗；军乐队奏响代国歌《义勇军进行曲》，伴随着五星红旗响彻云空。上百万只胳膊举起来，向五星红旗敬礼——霎时间，整个广场沸腾了！人们手里挥动着鲜花和国旗，欢呼声此起彼伏：

中国共产党万岁！

毛主席万岁！

中华人民共和国万岁！

……

中国人民解放军总司令朱德宣布阅兵开始。参加国庆阅兵式的空军驾驶战机飞过天安门广场上空；中国人民解放军的参阅部队依次经过天安门广场，炮兵、坦克部队、步兵、海军等方队，英雄们英姿勃发，举手向天安门城楼上的首长敬礼。中央军委主席毛泽东乘坐敞篷汽车检阅部队。

"同志们好！"

"首长好！"

主席和官兵互动，天地和人响应。天安门广场已是一个惊天动地的海洋，神仙也动容的欢乐世界！庄严与欢乐同步，雄壮和激情共生，只有人民庆祝自己的节日才会有的动人画面。

人民胜利了！

东方玉梅没能亲临现场感受节日的狂欢，继续守护在司马龙珠身旁。为了分享喜悦，感情。

这是真话。从某个角度讲，官高位重，自己没有了和常人一样的天伦之乐，也没有了其乐融融的家居人生。

中央军委会议室里的长条桌上已经布置好了茶水和炮弹皮做的烟灰缸，别无他物。粗制的木头椅子上没有坐垫，光板磨得又光又亮。五大书记坐到一起，先是拉家常似的扯过几句，副主席周恩来几句开场白后，毛泽东就当前的形势作了简要分析，说："惊弓之鸟离枝不离树，是抱有侥幸和幻想。既然形势比我们预计的要快，不失时机地把握战机，消灭国民党的有生力量是摆在我们面前的迫切任务。傅作义不是在观望吗？那我们就给他点儿颜色看看：前委的刘、陈、邓、粟、谭到了动手的时候了。我们对平津地区的国民党部队围而不打，是稳住傅作义，不让他产生逃跑的念头，希望他认真对待我们和平解放北平的主张，保护古都风貌和文物古迹。现在，徐蚌地区的战略部署已经完成，由地方党组织发动的民兵、民工后勤支援也等命待发。值得注意的是：天津筑起了铁桶般的防御工事，国民党天津警备司令陈长捷誓言天津是攻不破的堡垒，我们只好让他看看是他的铁桶结实，还是我们解放军的枪炮厉害。战胜徐蚌的杜聿明、刘峙；端掉天津卫的陈长捷；拔掉北平以西傅作义钉在那里的几颗'钉子'，使傅作义上天无路、入地无门，我们的和平攻势配合得好，固守北平'孤岛'的傅作义就没有资格顽固坚守了！"

大家听了，由衷地钦佩毛泽东的战略眼光。

精于演绎毛泽东战略思想的周恩来说："据傅作义的女儿傅冬菊反映，傅作义有亲自和我军高级将领接触的愿望，是否可以安排会谈？由谁出面谈较为合适？"

总司令朱德提议道："平津战役前委的罗荣桓比较合适。"

刘少奇道："政治工作，荣桓先行。"

周恩来说："我同意。主席，我看这件事就由前委的林、罗、聂安排吧。《大公报》记者即傅作义的爱女傅冬菊是我党地下党员，请李克农、薄一波安排合适的同志配合她的工作。"毛泽东感慨道："连剿总的女儿都姓了'共'，可见人心向背呀！"刘少奇道："据北平党组织反映，傅冬菊是傅作义的掌上明珠，傅疼爱有加。关键的时候她可以对傅公开自己的身份，做傅的工作。"

毛泽东若有所思，"好。等华东和北平的外围清理得差不多的时候，傅作义真正选择和平解放北平这条路的时候，女儿的话或许能起到特殊的作用。"

傅作义毕竟是自己的父亲，或者说是傅冬菊心目中的慈父。在战争年代里未曾颠沛流离且生活安定，是因为生活在手握重兵的父亲的翅膀下。当她步入社会了解到水深火热中的中国人民的苦难时，她选择了以拯救民族为己任的中国共产党，并以她的特殊身份为党做出了特殊的贡献。战争的进程不但牵动着父亲的心，也牵动着女儿的心：该和

蒋介石没有进卧室休息，而是继续坐在沙发上痴痴发愣。

北京，欢乐还在继续。

新华社的记者由桂英忙个不停。从白洋淀到天津，从天津到重庆，从重庆到延安，从延安到石家庄而进华北大学深造，年轻的由桂英成为一名共产党培养的知识分子。摄影，成为她的职业。记录辉煌的那一刻，是她的责任。十月一日，成为她事业的巅峰——她是被周恩来点名登上天安门城楼的摄影记者之一。

面对眼前的中华民族的精英群，由桂英有崇敬有热爱，责任心更强烈：一定要把最精彩的瞬间记录下来！

当各路精英簇拥着毛泽东走上天安门城楼，就要宣布中华人民共和国成立了的时候，由桂英不失时机地按下相机的快门儿。镜头中，毛泽东神情严肃而激越，在诸多熠熠生辉的政治明星中独领风骚，别具魅力。由桂英知道，人的气质是其道德、阅历、修养、知识、个性的结晶，是别人无法克隆的个人资产。毛泽东的博大精深和坚定；周恩来的机警睿智与温雅；朱德的坚定执著和忠诚；刘少奇的沉着冷静且自信；任弼时的鞠躬尽瘁并执著；彭德怀的坦诚刚烈加无畏；宋庆龄的雍容华贵和淡定；郭沫若的风采独具真风流；柳亚子的清狂不羁而潇洒……无论是伟人或方家，都大同于爱国，小别于气质。在由桂英的镜头里都展现着不一样的风采、一样的幸福。

办公厅主任杨尚昆轻声提醒她："要拍出关键点的精彩瞬间。要选择好角度拍好主席的风采。"由桂英点点头表示明白，忙着选择抢拍角度。为了抢拍到最佳画面，她紧靠城门楼的围栏，把身子仰探出城墙外选景时，发现有人扯住了自己的衣角，回目一望，是共和国的第一任总理周恩来。正要说话，周恩来悄声说："这样危险！拍吧。"由桂英激动地点点头，忙把眼睛放回取景框，手指稳稳地按下快门。

"总理……"由桂英不知用什么语言感谢才好。周恩来微笑着叮嘱她"小心啊"，便匆匆回到领导人的行列之中。

周恩来就是这样一位时时关心着别人的政治巨星。

早在政治协商会议刚刚结束之时，周恩来顾不上休息，就在北京市市长叶剑英的陪同下来到天安门，检查开国大典的现场准备工作。他从上城楼的第一个台阶亲自试走，看看新铺的地毯有否不平的地方，检查城门楼休息室安排得是否妥当。当他发现有的电线裸露在地毯上面时马上纠正："电线不能裸露在外面，要放在地毯下面，免得绊脚。"

是啊！登上天安门城楼的领导人不少已年过六旬，就连毛泽东主席也五十六岁之长，马虎不得。

"马上改过！"叶剑英命令负责天安门警卫的某部司令员——离开国大典的举行只有三个小时了！

当毛泽东走在登上天安门城楼的台阶上时，周恩来总是不离左右，注意着毛泽东的安全——这并不是他觉得比毛泽东年轻几岁的缘故，而是对毛泽东的爱护，更确切地说，是对无产阶级革命事业的忠诚：没有共产党就没有新中国；没有毛泽东就很难知道共产党的命运如何。雄才大略的毛泽东和缜密睿智的周恩来迫使坚持独裁的蒋介石逃亡海岛，在踏上新的征程时依然必须休戚与共。两位政治家对此心照不宣而更加坚定。

正是：

因征战定位伯仲，
为革命珠联璧合。

第八十六回

欢歌劲舞龙世界　火树银花不夜天

入夜，天安门城楼宫灯高挂，广场灯火辉煌。稍事休息的毛泽东匆匆吃过晚餐，就带上家人和首都人民群众共享胜利的喜悦。

广场上搭起了临时舞台。首都的艺术家和解放军文艺战士们联袂演出一个又一个精彩的文艺节目。抗战期间蓄须明志拒绝演出的爱国京剧名伶梅兰芳，以其代表剧目《贵妃醉酒》献礼新中国的狂欢之夜。梅兰芳先生从艺久矣，而今晚才是他演出的最大舞台：现场有数以万计的观众欣赏，中央人民广播电台同步转播，他那圆润甜美的声音响遍大江南北、长城内外！今夜有酒焉能不醉？舞台上的贵妃醉在寂寞，而四万万同胞喜在狂欢！

海岛冰轮初转腾，
见玉兔，玉兔又早东升。
那冰轮离海岛，乾坤分外明。
皓月当空，恰便似嫦娥离月宫……

此时，那歌唱祖国的歌词是否已在音乐家王莘的心中酝酿？

五星红旗迎风飘扬，
胜利歌声多么响亮！
歌唱我们亲爱的祖国，
从今走向繁荣富强。
越过高山，越过平原，
跨过奔腾的黄河长江……
英雄的人民站起来了……
独立自主是我们的理想。
伟大领袖毛主席，
指引着前进的方向……

这的确是那个时代的歌声和心声。

欢庆之夜的演出，舞蹈自然是节目之重。舞蹈家赛嫦娥表演的红绸舞《太阳升》以优美的舞蹈语言表达了人民群众对领袖毛泽东的热爱和崇敬。画家徐悲鸿当场泼墨写生，把自己的作品赠予现场观众。掏粪工人时传祥得到名家作品又包含特殊纪念意义欣喜万分，激动地向国画大师深鞠一躬，大师道："别谢我呀，谢毛主席、共产党吧！新中国会给我们每个人新的生活。"相声表演艺术家侯宝林把话接过去，说："是大实话。过去，我这说相声的活儿根本就只能在天桥撂地儿，没承想作家老舍先生推荐了我，到政协会上给毛主席和代表们演出，还说相声完全可以登大雅之殿！好么！"一位不知名的市民对三位道："小声点儿，小彩舞上台了！"

大家往台上看，艺名小彩舞的京韵大鼓名家骆玉笙已经摇板打鼓。

江山万里飘红旗，
华夏换了新天地。
人民当家做主人，
感谢领袖毛主席。
……

侯宝林在广场大舞台演出完了，刚要换装，中央办公室派人来叫："侯先生，城门楼上请。"

"这就来。"侯宝林忙扯扯郭启儒的胳膊，"别脱了，就穿这一身儿上去吧。"

"对对对。"郭启儒明白了，敢情是要到天安门楼子上去给首长演出啊！

二人被引到天安门城门楼上，一进去，就看到不但新当选的中央人民政府的众多领导人分别围定圆桌而坐，而且还有家属和孩子们，一定是等着看庆典焰火的。

"侯宝林同志，"毛泽东和侯宝林打招呼，"你的《戏剧杂谈》说得不错，健康，包袱也抖得好。还有什么好段子啊？"

"主席想听，我就说。我是捡煤核的穷孩子出身，文化底子薄，请主席批评教导。"侯宝林态度诚恳而谦恭。毛泽东道："你小的时候捡过煤核，我小的时候放过牛，我们都是劳动家庭出身。我们的共同语言就是都从生活中来又为人民服务。"一听这话，本来有些紧张的侯宝林顿时感到轻松许多，说："前几天报上有抓住了暗藏敌特蓄意破坏国庆大典的报道，我们试着把它编成了段子，请各位首长批评。"毛泽东听了对旁边的公安部长罗瑞卿说："听到没有，我们的艺术家要歌颂你们了！"罗瑞卿道："感谢人民的支持，我们一定把工作做得更好。"毛泽东带头鼓起掌来。侯宝林、郭启儒便说起来。

甲：（侯宝林，以下略）：你有孙子吗？
乙：（郭启儒，以下略）：我儿子还没结婚，哪来的孙子啊！
甲：你没孙子，那你见过装孙子的吗？
乙：还真没有。

甲：你起码听说过！

乙：还真想不起来是谁。

甲：这个人大大的有名！

乙：还是个名人？

甲：这人装孙子装得不怎么样，还一个劲儿装。

乙：哦，到底是谁呀？这么没脸没皮！

甲：蒋介石。

乙：蒋介石？他是杀人不眨眼的魔王，还用得着装孙子呀？

甲：装。不信，我就给你举个例子。

乙：还真有这事？

甲：咱面前就有证人。（望望毛泽东、周恩来）一九三六年，蒋介石就装了：三封电报催毛主席到重庆和平谈判，有这事没有？

乙：有。

甲：可蒋介石心里头打的主意是毛泽东肯定不去，哎，我这破坏和平的帽子就给共产党扣上了，然后“得理”不让人，进攻解放区！这不是装孙子是什么？

乙：不错，有道理。

甲：他万万没想到主席、总理带领代表团飞抵重庆！他懵啦：“还真来啦？”

乙：这叫明知山有虎，偏向虎山行！

甲：主要是中国共产党怀揣的是和平建国的诚心。蒋介石不是，心怀鬼胎呀！怎么办呢？还真的来了！我一点儿准备都没有啊！连谈什么、怎么谈都没谱啊！

乙：他就没想着真谈么！

甲：哎，要不说蒋介石是蹩脚演员呢！接着装吧：请主席住他在重庆的官邸，让世人看看，我蒋介石对毛泽东多好！

乙：（对毛泽东）主席，他家再舒服，咱也不住那儿！

甲：接着装！见到毛主席，蒋介石振臂高呼“毛主席万岁！”大家伙儿一愣：嗯？蒋介石还真挺敬重毛泽东主席，看来和平建国有戏！

乙：真有戏吗？

甲：有猫腻！这边拖着，马拉松地谈，背后调兵遣将进攻解放区！

乙：是这么回事！

甲：（对在座的张治中）张将军也可作证我说的是实情。

乙：那他就装不下去了！

甲：还装，接着装！勉强把和平协议签了，还装模作样地置酒欢送我们的毛泽东主席，大肆宣传和平啊，和平啊。最后不装了！

乙：怎么不装了？

甲：没法装了：打起来了！三年！

乙：三年解放战争。

甲：三年解放战争。他败了——八百万国民党大军打成了一百万，跑台湾孤岛去了，还装。

乙：还怎么装呀？

甲：和他的死党装呀。“我们很快会反败为胜的！熊老弟……”

乙：你等等，怎么和狗熊都称兄道弟了？

甲：暗藏在北京的特务叫熊三儿！

乙：是这么回事！

甲：“熊老弟，你执行任务成功，重赏千金，委任华北司令！”你听，这不痴人说梦呀？蒋介石自己都到巴掌大的海岛上当司令去了，还糊弄小特务当不存在一兵一卒的华北司令。

乙：顶多一画饼充饥！

甲：还别说，熊三儿还真不含糊：白天装孙子，为某贸易公司跑业务，黑夜里把北京解放前藏下的一门迫击炮擦了又擦，还准备了一发炮弹，准备十月一日那天搞破坏用。他转了天安门广场东边又转西边，就琢磨：在哪儿架炮呢？

乙：还真够险恶的！

甲：我们的侦察员注意到熊三儿的不正常举动……

乙：狐狸露出尾巴来了。

甲：我们的侦察员发现了熊三儿租天安门广场附近一栋小楼——他一个人租一栋楼干什么？

乙：逃不过侦察员的火眼金睛！

甲：九月三十日深夜，熊三儿悄悄把迫击炮架到了小楼顶，正趴在那里练习瞄准的时候，被我们的侦察员摁在现场！

乙：落网了！

甲：你猜怎么着？熊三儿还装孙子呢？

乙：他还怎么装呀？

甲：“我这是梦游！我有梦游症！”

乙：嘿！

毛泽东和周恩来等领导同志听了开怀大笑！是啊，在海岛的蒋介石即便亡我之心不死，也只有梦游大陆了。

“主席，总理，到了开始放礼花的时间了。”北京市市长叶剑英报告。

毛泽东兴奋地说：“好！哑了蒋介石的一管炮，放开万千礼花来。”话声刚落，就见千姿百态、绚丽多彩的礼花在天安门广场上空绽开，时而如繁星四溅，时而似天女散花，时而像飞龙当空，时而像仙子狂舞……这时，天安门广场上的欢庆活动又达到一次高潮：龙舞、狮舞、踩高跷、打花棍儿、扭秧歌……人们难以尽兴！走到天安门城楼护栏望着广场上欢乐的海洋，毛泽东激动不已，向广场上的群众挥手致意。广场上的群众看到城门楼上毛泽东和周恩来、朱德、刘少奇等党和国家领导人与人民同庆胜利的节日，欢呼声雷鸣般响起来：

“毛主席万岁！万岁！”

“共产党万岁！”

“中华人民共和国万岁！”

毛泽东挥动大手向人民致意：“人民万岁！”

“人民万岁！”这是毛泽东的心声！从另一种意义上说，是人民成就了中国共产党人的成功！

“主席，是不是该休息了？”周恩来提醒毛泽东。今天，从早晨召开政协会议到下午庆典，又夜间观礼，大家都十几个小时没有休息了。

“不能尽兴。”毛泽东毫无倦意，没有离去的意思。

回到丰泽园，已经是夜里十点多钟。刚要更衣的毛泽东突然又叫李银桥要车，他要到医院去看望司马龙珠。此前中央政治局研究决定，毛泽东的出行要由中央办公厅安排，首先要由主任杨尚昆批准。

李银桥马上向杨尚昆报告，杨尚昆看了下领导人活动的安排，对李银桥说：“考虑主席今天太累了，是否请主席考虑明天去？明天上午没有活动安排的。”李银桥向毛泽东转达杨尚昆主任的意见，毛泽东一听就皱起眉头，“是毛泽东领导中办？还是中办安排毛泽东干什么、毛泽东才能干什么？”

“这不能怪杨主任，主席。”李银桥提醒毛泽东，“中央定这纪律，您不是不知道。”

“我知道一名英雄为了我们的安全而负伤，不能亲眼看到五星红旗在天安门广场迎风飘扬。我看望他还要谁批准吗？给我接杨尚昆的电话。”

“您别急，杨主任是让我和您商量……”

“有什么好商量的！告诉他出车！”

“是！”

不用说，就依了毛泽东。

东方玉梅正在用热毛巾给司马龙珠擦脸，听门响一回头，见毛泽东走进来，又惊又喜，忙立正敬礼：“主席，您来了？”

毛泽东摆手示意东方玉梅免礼，说："我来看望我们的英雄么！"然后，走近病榻，瞅着司马龙珠问："怎么样？马克思那里不欢迎你吧？"司马龙珠望着毛泽东，嘴唇动了动，有点儿口吃，"没见着马克思，列宁就把我拦回来了，说：'毛泽东批准你来报到了吗？请回！'正犹豫，就听到你的声音……"

"哦，我的什么声音？"

"中华人民共和国中央人民政府今天成立了！"司马龙珠学着毛泽东的声韵，脸上充满自豪和兴奋。毛泽东抚摸着司马龙珠的头，动情地说："从革命那天起，我们就为着新中国而奋斗，今天，终于实现了。"

"因为有毛泽东的正确领导！"

"是同志们——包括牺牲了的千千万万烈士，还有支持我们的人民共同奋斗的结果。"

司马龙珠的眼睛湿润了，"可惜我很可能成了残疾，不能继续扛枪战斗了！"

"不拿枪也能战斗。"毛泽东安慰司马，"今后，我们的工作重点是建设新中国，你大有可为。"

司马龙珠摇摇头，"我的头有些不对劲儿……如果不能彻底恢复，就不能胜任重要职务了。还有，不能连累玉梅的工作……"

"你说什么呢？"东方玉梅制止司马，"你一出院，我们就结婚。"

"不行……"

"什么不行？你问主席行不行！"

毛泽东听着，为老同学的坦荡胸怀而感动，亦为东方玉梅的忠贞而感叹。在长征路上，他和贺子珍成全了洛甫和刘英；在西柏坡，他促成了李银桥和韩桂馨。面对司马龙珠和东方玉梅这两个又一类型的情侣，毛泽东自然乐观其成：

"你们互相有爱，是革命者的心心相印，我是赞成的。"

东方玉梅听了便道："主席说得真准确！因为你负伤有了残疾就离开你，那还叫人吗？"

司马龙珠再也无话可说。毛泽东感慨地对司马道："人间自有真情在。司马，好好养病，病好了再说工作的事。我等着喝你们的喜酒。"

回到菊香书屋，毛泽东没有休息。秘书放到案头的电讯赫然在目：感到大势已去的国民党反动派又祭起屠刀，囚禁在重庆白公馆和渣滓洞集中营中的革命志士正被大批血腥屠杀！

"鄙劣！"毛泽东拍案而起。

正是：

不因胜利自封步，
岂可沽名学霸王。

第八十七回

斯大林电贺新中国　毛泽东劝回众乡亲

十月二日晚，毛泽东主持召开书记处会议，研究西南、西北解放事宜，对战争形势仔细分析，制订出新的战略方针，命令作战部队迅速消灭盘踞西南、西北之国民党残部，解放全中国。

会议未结束，收到苏联政府委托其外交部长维辛斯基发给外交部长周恩来的贺电：苏维埃社会主义共和国联盟决定承认中华人民共和国并建立外交关系。这是世界上第一个向新中国发来贺电的国家。无疑，使参加会议的几大书记受到鼓舞：苏联是中共政权可以指望的国家。尽管在过去的革命历程中，斯大林对中国革命有过错误的估计乃至彷徨，但毕竟最终选择了中国共产党和新中国。

毛泽东当然关注着世界的格局，也思考着新中国的国际地位。

以美国为首的西方列强肆意扼杀新中国于摇篮之中已不是什么秘密，公开继续扶持蒋介石政权世人皆知。抗衡来自西方的威胁，同为社会主义革命阵营的苏联自然是最可依靠的盟友。而第一个发电祝贺并向世界宣称愿意和新中国建立外交关系，本身就揭开了两个意识形态即两个世界的新格局：新中国加入以苏俄为首的社会主义阵营，也增强了斯大林对抗西方列强的筹码。

新中国同样需要国际力量的支持。

刘少奇提议，毛泽东可以考虑访问苏联了。

“我访苏期间，斯大林同志就表示，新中国建立之后，毛泽东同志就可以考虑访苏了。”刘少奇解释说，“新中国刚刚建立，我们不但要收拾蒋介石留下的烂摊子，还面对百废待兴的局面，求得苏联帮助迫在眉睫。”

毛泽东把手中的烟蒂在烟灰缸里拧灭，“得到苏联的帮助当然好。但是我们也要清醒，借钱是要付出代价的。中国有句俗话，‘亲兄弟也要明算账’。今后，我们要和苏联做兄弟，心里得有数：一、在我们最需要的方面求得苏联帮助，要有的放矢，不盲目；二、我们打下了天下，但坐天下或许比打天下更难。国内的阶级斗争还会以另外形式继续，在外交工作中，独立自主和维护国家主权不受伤害是政策底线。恩来，你要给外交部的同志们上好这一课啊。”

周恩来道：“好。我和王稼祥、乔冠华同志开个碰头会，贯彻主席的指示。”

毛泽东点着头说：“外交工作无小事，要准备好。我建议由熟悉苏联情况的王稼祥同志出任首任驻苏大使。”

“稼祥是个合适人选。”周恩来同意，“配备驻苏使馆的人员，可以先请稼祥提出方案，再研究决定。”毛泽东道：“我只点王稼祥一个将，其他由你政务院定就是了。王稼祥可是外交部副部长兼驻苏大使。”

由此可见中共对中苏关系的重视。

广西及云南前线捷报频传，很快，新疆解放，解放军攻占了广州、南宁和昆明、成都、重庆，西藏的活佛达赖和班禅向中央人民政府传递了拥护共产党领导的信息。这样，新中国的版图上只有台湾及南海诸岛没有解放了。

访苏，已成为毛泽东的当务之急。当他和周恩来研究、确定访苏名单稍事休息的时候，秘书周小舟告诉他：“主席，家乡的亲戚来了，由于您太忙，没有及时告诉您，已安排他们到招待所住下了。”

毛泽东望望周小舟，冲周恩来笑笑，幽默地说：“哦！听到没有？乡亲们‘朝贺’来喽！毛泽东得要好好招待呢！我不胜酒力，恩来，你要为我‘解围’呢！”周恩来爽朗地笑了，说：“主席的座上客，我去敬几杯酒。”

国务院一招的客房里，来自韶山的几位客人被李银桥接到了丰泽园。毛泽东要开家宴为他们接风洗尘。

这几位“打头阵”闯京城的人可不是一般的人物：毛泽东的堂兄也是启蒙老师的毛宇居、韶山党支部书记毛福春、毛泽东的母亲文七妹的侄子文玉茗以及杨开慧的哥哥杨开智。读者知道，毛宇居不但是毛家人，是毛泽东的恩师，毫无疑问，他在毛泽东心目中的地位是韶山无人可比的。毛福春，韶山党支部书记，韶山冲革命的带头人，是当之无愧的乡亲们的政治代表。还有文七妹的侄儿、杨开慧的胞兄，没一个外人。

这几位虽然第一次进“朝廷”，可不似旧社会的皇亲国戚见“圣上”，无拘无束，因为他们谁都知道毛泽东是不拘小节的革命者，不讲旧的那一套！更甭说每个人都和毛泽东关系不一般。所以，他们一进丰泽园，大摇大摆，瞅瞅这，看看那，似乎有些不尽如人意。文玉茗也是识字的人，读过《封神演义》《杨家将》，知道皇帝要住宫殿的！眼前的菊香书屋有些寒酸了！

“喂！”文玉茗站在院子里指着四合院问李银桥，“毛泽东就住这儿？”

“对，住这儿啊。”李银桥肯定地回答。

文玉茗摇了摇头：“真想不到！放着金銮殿不住，住这窝囊地方？”

李银桥解释道：“就这，还是总理做了不少的工作，主席才住进来的。”

“啧啧啧！”文玉茗摇头叹息，“润之啊！他享不了福哇！”

李银桥往客厅里请大家：“请屋里坐吧！”

“屋里请，屋里请！”文玉茗有些反客为主的派头，仿佛他就是丰泽园的主人。大家“喏喏”应声，走进菊香书屋。毛宇居是见过世面的人，见毛泽东睡在书房里，眉头一皱：“润之就睡在这里？”

“主席就睡在这里。”

“这也太不讲究了！当了国家主席了，连个像样的寝室都没有么？不睡龙床也不至于睡硬木板么！”毛宇居也觉得毛泽东太随意了。

“主席习惯这样……”

“叫花子不习惯也得住寒窑——润之是主席呀，怎么这样对待他？”文玉茗不无抗议的意思。

这令李银桥哭笑不得，且很无奈。他忙着为客人斟茶、递烟。毛福春摸摸自己的头皮，说：“嗯！主席身边得有自己人！否则，照顾不好啊！”毛宇居瞅瞅书房里一排高大的书架，叹口气：“润之，大学问家！论读书，曾文正都不及啊！”

杨开智不曾多一言，此时方道：“今天我终于明白家父当年的器重，对家父的偏爱终于理解了。”文玉茗道：“你是谁？国母的兄长，国舅啊！尤其是嫂子英年早逝，为革命那也是立过大功的功臣！于公于私，你不能白来！”

“不不不！”杨开智摇摇手，“我随你们来，看看润之，他一切都好就够了，我没有什么个人要求。”

“别装了，也别不好意思！如今是咱们的天下！”文玉茗大大咧咧“开导”杨开智，“这么大个国家，还在乎几个官位？反正我是不走了！给个一官半职，总比在老家做泥腿子风光！”

几个人正水都顾不上喝地发表感慨，只见一位身材高挑英俊的青年人走进来，向大家问好：“长辈们好！我是毛岸英。父亲在忙，回不来，由我代他陪陪各位长辈。”

几双眼睛都盯看毛岸英。

杨开智瞅着毛岸英激动得说不出话来！他从外甥岸英的眉宇之间看到了胞妹开慧的影子，刹那间，仿佛往昔的峥嵘岁月就在眼前。

身材瘦小的毛宇居仰起老脸，望着高大英俊的毛家后生欣喜而感慨：好啊！又是一条好汉，少年英雄啊！

毛福春嘿嘿笑着问：“长得这么高……还记得你小时候我给你摘枣子吗？”

表舅文玉茗上前拍拍毛岸英的肩头，说：“好小子，真给我表兄争气！当什么官儿啦？”

“不是官儿，是党的工作者，北京机器厂上班。”毛岸英谦逊地解释，然后请长辈们到餐厅进餐。

“早就饿啦！”文玉茗拍拍肚皮，“看看这国宴味道怎么样！”

“吃饭吃饭！”

大家嚷嚷着，跟在岸英后边去进餐。走进餐厅纷纷落座，就有卫士把菜端上来。文玉茗一瞅，不觉心里一凉：就这个啊？

毛岸英从表舅的表情看出他的不快，忙解释说：“爸爸特别嘱咐多加几个菜——来，我代爸爸敬各位长辈一杯，祝您在北京玩得开心愉快。”

“喝！”文玉茗端起酒杯一饮而尽。一箸菜一口酒，几巡下来，并不善酒的文玉茗话就没有把门儿的了，对毛岸英说：“告诉你爸爸，我们千里迢迢来了，不是耍的！是让润之封个一官半职的，不走了。”毛岸英解释说：“表舅您喝多了！爸爸虽是主席，但他不能封官许愿，工作是组织安排的。”文玉茗更尽一杯酒，说：“别哄我！一个国家主席还没权力封个一官半职的？又不是要他封个封疆大吏！你小小年纪也骗我？”

“不是那样……”

“什么这样那样？连程潜、陈明仁都封了大官，他们是谁？该不是连何键都封吧？自己人倒扔到一边不搭不理的！不让乡亲们笑话？”

毛宇居等见文玉茗有了几分醉意，说话过头，纷纷劝止，但文玉茗犟劲儿、酒劲儿一起往脑门子涌，话越说越离谱。毛福春见这样下去会丢家乡人的面子，对毛宇居、杨开智使个眼色，对岸英道：“岸英你别在意，他喝多了。我们回招待所歇着去吧。”

“好，我送你们回去。”

“不好意思呢！”毛宇居表示歉意。

毛岸英架起趔趔趄趄的文玉茗，说：“没事的，酒醒了就好了。”

回到招待所，送走毛岸英，毛福春埋怨：“看看！让人家工作人员看笑话了不是？主席知道了会生气的！”

毛宇居若有所思，说：“润之宽宏大量！连陈明仁都待为上宾，还容不下亲友说错了话？不过，我看讨封的主意怕是没什么指望！还是开智主意稳，听了老娘的话：不要向润之、向国家伸手，该干吗还干吗去吧！”

第二天，有卫士带领毛宇居一行到北京颐和园、故宫游览，并按照毛泽东的意思，领着毛宇居等到裁缝店量了尺寸——他自己出钱给每人做一套新衣服。晚上，腾出时间的毛泽东亲自陪老乡亲们吃饭。别看文玉茗背后气壮如牛，没理也当理说，见了毛泽东，心虚不说，坐在魁伟的毛泽东旁边，就自觉形惭。面对伟人不发而压倒一切的威严，哪里还敢信口开河？

毛泽东端起酒杯，说：“来，我先敬大家一杯，略表歉意，实在是太忙了。请你们谅解。”

众人唯唯诺诺，举杯迎合。

“今天玩得可高兴？”

“高兴高兴！”

毛泽东一边劝大家吃菜，一边和大家叙话：“明天可以继续到北京其他地方转转。北京是几朝的古都，和平解放，使众多文物古迹保留下来，值得一转。你们看过了，北京故宫不但是中国也是世界上保存最完整、规模最大的宫殿群。宇居兄有何感想？”

毛宇居感叹：“封建王朝太奢靡了！皇帝太专制了！也太腐朽了！”

“讲得好！”毛泽东说，“这中南海和紫禁城一水之隔，但如今代表的是两个不同的社会。李自成打下北京就进紫禁城做皇帝，十八天的皇帝，就又丢掉了江山。玉茗兄，

你是不是也希望毛泽东十八天就退出北京啊？”

文玉茗连忙卜楞脑袋，“那怎会哩！”

“是啊，你不会。可是，学了李自成，坐了江山骄奢淫逸，无产阶级政权同样就不会长命。进北京前，我就告诫全党两个‘务必’，提醒同志们进京‘赶考’，请人民给执政的共产党打分。我可以自信地说，通过这几个月的工作实践，人民是给我们打了八十分以上的……”

“依我看打了一百分！”毛宇居说。

毛泽东摆摆手，“哎，那不是实事求是么！缺点错误还是有的，某些方面是很不足的，我们会一步步改正。”

“问题没那么严重，”毛宇居坚持说，“在大街上、公园里我们亲眼看到了，人们都流露着幸福笑容。这和过去是不一样的。”

“是啊，人民高兴我们心安，就是这么个道理，”毛泽东话锋一转，问文玉茗，“你试想，假如毛泽东封你个封疆大吏，不要说人民群众，譬如湖南，程潜省长会怎样对毛泽东？”

“我并没指望做那么大的官儿嘛……”文玉茗耷拉着脑袋，脸色一阵红一阵白。

毛泽东道：“大小一个道理，你看到的任何职位上的领导干部，都有两点是必需的：一、他是胜任的，或者说是需要的；二、他是经过革命斗争考验脱颖而出的人才。且不说你能力如何，毛泽东往里硬加个‘塞儿’，哪一个会欢迎呢？”

毛福春给文玉茗讲情：“主席，玉茗对昨天的事也后悔呢！”

毛泽东道：“我今天没有怪你们的意思，有这些思想也不奇怪，几千年的封建意识就是如此：一人得道，鸡犬升天。我们不行，是为人民的利益工作的。”毛泽东望望毛福春，说：“你在韶山工作得不错，是韶山党的负责人。踏踏实实做好韶山的事，把韶山的建设搞好。和全国一样，韶山人不用再担心三座大山压迫他们了，还要用愚公移山的精神改变一穷二白的面貌。将来，我要回去看看，看韶山变化了没有。”

毛福春表示：“我不想留在北京工作了，回韶山继续当我的支部书记。”

“那好，我敬你一杯！”毛泽东举杯。

“我没想在北京，只是想看看你，看看北京变化了没有。”杨开智解释。毛泽东不觉心里一阵酸楚，说：“没有毛宇居、王季范，也许毛泽东真的走不出韶山；没有谭咏春、李元甫，就没有全省考试第一名进四师的毛泽东。天赐良机，撤四师并一师恩遇杨教授、徐教授等良师益友，尤其是岳父大人，对毛泽东的成长至关重要。贤妻与战友，开慧之牺牲乃吾一生之痛……开智兄，代我问候岳母大人！”

一席话，感动了杨开智，也感动了所有人。毛宇居感慨不已：“自古以来，打天下的有几个不艰难坎坷的？万幸润之功成名就，少年壮志终得实现，也是咱韶山人的光荣。润之这么忙，忙着国家大事，我们就不过多地打扰你的工作了。”杨开智、毛福春再无话可说，只有文玉茗心里还是不大痛快。

又过了几日，在毛宇居等三人的劝说下，文玉茗也觉得再坚持留在北京也没别的指望，同意和大家一起回湖南老家。毛泽东安排毛岸英为他们买好返程车票，准备了礼物，并请周恩来作陪，置酒为毛宇居等送行。毛泽东对乡党们道："我是共和国的主席，是为人民工作的，和总理一样，生活由国家按标准供给，过的也是不富裕的日子，不能山珍海味地招待客人，花超了也要勒紧裤腰带，请你们理解。"

"理解，理解。"毛宇居等纷纷点头。

毛泽东叮嘱毛福春："我们的革命取得了胜利，并不意味着从此可以高枕无忧地享受，我们国家很穷很困难，我们过的是白手起家的日子，没有什么可供享受的，幸福还要靠我们自己劳动获得。我们的总理就坐在这里，他比我操心更多，四万万人的衣食住行他都得放在心上，是我们共和国的大管家。我们是共和国的主席、总理，不是封建王朝的帝王将相，权力是人民的。如果毛泽东枉法，一样被纪律处分。你们是我的亲戚家人，要带好头，坚守本分，好好劳动工作。你们做得好了，当地政府会表扬你们，我也高兴。"

周恩来向大家敬酒，说："主席讲过，在座的都是主席早期革命时给予过帮助的，党和政府不会忘记你们，主席不会忘记你们。如果有困难，政府有责任帮助你们。有解决不了的问题，也可以来信给我……"

"不不不！"杨开智第一个表示，"不打扰，不打扰——没啥问题。"

其他人也忙着说"不不"。周恩来欣慰地笑了，说："我们的工作就是为人民服务，也包括主席的亲友嘛！来来，我敬大家一杯，祝你们在北京玩得高兴！"

"谢谢总理！"

几个人忙举起酒杯，向总理致敬。他们心里明白：总理就是宰相啊！比曾国藩还大的官给自己敬酒，不得了哇！

"主席就要出国访问，有些准备工作还需要去安排，我就不多陪了。"周恩来端起酒杯和客人们一一碰过，一饮而尽。毛福春见周恩来喝酒似喝凉水般痛快，悄悄对毛宇居道："真好酒量！我们可不是个儿！"毛泽东笑了，对毛福春说："宰相肚里能撑船——几杯酒算得了啥子？"

虽然是借酒说话，的确也是毛泽东的溢美之词。周恩来，正是新中国肚里撑得船的"宰相"！

欲知毛泽东和周恩来怎样完成新的历史使命，打破国际上帝国主义者的政治经济封锁，本书会一一分解。

正是：

有爱必有真情意，
无私心里天地宽。

第八十八回

有底气勇往直前　无奈何流水无情

公安部部长罗瑞卿和社会部部长李克农听取下属的工作汇报后，神经不免紧张：龟缩在台湾的蒋家父子正在策划新一轮谋杀计划——在通往苏联的国际列车沿途，炸毁到苏联访问的毛泽东的专列！是埋藏定时炸弹，还是用重型武器伏击甚至空袭不得而知。

罗瑞卿没有将截获的情报告诉毛泽东，而是首先赶到西花厅向总理周恩来汇报。刚刚带上套袖坐到案头批阅文件的总理周恩来，得知公安部长罗瑞卿求见，知道一定有要事，否则不会半夜里求见的。

“总理，我有重要情况向您报告！”罗瑞卿脚没站稳就说明来意。

周恩来望着风风火火的公安部长，从椅子上站起来，示意罗瑞卿坐下说，罗瑞卿没有坐下，说：“蒋经国亲自策划了代号‘49’的炸毁毛主席专列行动，但采用何种方式破坏还不清楚。”

周恩来剑眉高挑，盯着罗瑞卿，“哦！蒋介石亡我之心不死，一定是要捣乱的。有进一步的情况吗？”

“蒋经国派遣的行动组长已经潜入大陆，准备和潜伏在北京的特务接头联系。派来的是什么人，怎样和潜伏的特务接头，还没有进一步的线索。”

周恩来道：“马上组织最好的侦查员侦破此案，不能让主席的专列冒着风险上路。时间很紧迫了。这样，马上请总参、北京市公安局的领导同志一起讨论，组成专案小组开展工作。我也要到会。”

“请总理拟定到会人员名单，由总理办公室通知为妥。”罗瑞卿建议。

“好吧，我考虑一下有谁参加，由总理办公室通知。”周恩来当即拍板。

凌晨两点，接到通知的人们准时赶到瀛台涵元殿，被总理办公室的工作人员请到一间宽大的屋子里。随后，周恩来总理快步走进来，扬手制止大家站起来向他致意的举动，在一张为他准备的椅子上坐下来，扫视一下问：

“大家都到齐了吗？”

“都到齐了！”

“好，现在开会。”周恩来开门见山，“紧急召集同志们来，是要布置一项重要任务。公安部截获了蒋匪帮妄图袭击毛主席访苏国际专列的情报，有迹象表明台湾特务已潜入大陆地区，指挥潜伏在北京等地的特务实施破坏活动。为了尽快破获代号‘49’的破坏计划，国务院决定成立专案组，由罗瑞卿部长挂帅，铁道部滕代远及北京卫戍区、北京公安局的负责同志组成领导小组，调集骨干力量完成侦破任务。大家知道，毛泽东主席带领代表团访苏不仅是新中国的大事，也是世人关注的国际大事。保证主席等领导同志出访安全，是我们大家的责任。专案小组尽快拿出侦破方案来，我亲自过问。”

“保证完成任务！”从战争硝烟中走出来的将军们，虽然有的已经不再是军人，但军人作风不改，立正敬礼，接受新的挑战。

不要说罗瑞卿，李克农的压力也非常的大，这无疑是又一次大海捞针。敌特的破坏目标不仅仅在北京，通往国境边界城市满洲里的几千里铁路线的任何地方，都有可能是敌人下手的目标。

站在新版中华人民共和国地图前，望着几千里铁路线，李克农双眉紧锁，久久没有离开。他思索着、分析着一个沉重的问题：敌人会在哪儿下手呢？

不得而知。

但是，有一点是肯定的：敌人一定会选择善于隐蔽的地方进行破坏。而在千里防线选择敌人可能的破坏点，凭自己的判断简直是不可能的。

怎么办呢？

猛地，毛泽东那句至理名言，也是中国共产党的法宝在耳旁响起：依靠人民群众是我们的制胜法宝！“对！依靠人民群众！”李克农豁然开朗：发动人民群众配合人民解放军、公安干警，在千里铁路线拉起一个天罗地网，让敌特无机可乘！在专案组的研究会上，公安部长罗瑞卿、铁道部长滕代远对李克农的想法表示支持。于是，由解放军、公安部队和地方政府发动的护路大军迅速拉开了严密的大网，在京哈、哈满铁路沿线张网以待！

第一次走出国门，乘专列前往社会主义革命的故乡，毛泽东的心情怎能平静？想当年，自己组织新民学会，和追求真理的热血青年们在三眼井胡同为出国学习而准备，不过是对革命的懵懂追求，是对改变旧中国的梦想求索。而即将以胜利者的身份成行的苏俄之旅，则是为建设强盛的社会主义新中国的外交活动，是两个大国领导人间的平等对话，毛泽东又怎能不感慨万分？

准备工作已接近尾声。外交部副部长兼第一任驻苏大使王稼祥是苏俄通，已先期抵达莫斯科为毛泽东等领导人访苏做准备。毛泽东和周恩来综合大家的意见，对于访苏的礼节、行程和谈判的内容胸有成竹，还没有最后敲定的是送给斯大林的礼物。从烂摊子脱胎出来的新中国可谓一穷二白，实在想不出送给斯大林什么像样的东西。琢磨来琢磨去，周恩来建议：“那就挑我们国家的特色东西准备，比如景德镇的瓷器、苏绣或湘绣。”毛泽东表示同意，说：“那些作为国礼。江青同志说可以送给斯大林同志一些山东的大葱、大白菜、大萝卜，算作大礼。我要带上韶山乡亲们送给我的红辣椒给斯大林，算作个人礼品。”

随团翻译师哲笑了，“米高扬到西柏坡访问，曾带来一块斯大林送给主席的毛料，主席这次带包辣椒给斯大林同志，也算礼尚往来。”

“这样，我就不欠斯大林同志人情了。”毛泽东幽默地说，“免得‘拿了人家的手短’——还了人情，对话就平等了。”

大家听了毛泽东带有调侃意味的话又笑了起来。周恩来则从毛泽东的话里听出作为新中国元首的自尊心，也似乎告诉大家此次出访的原则：平等对话。于是，他在接见随团人员的时候特别强调：作为新中国第一个外交使团的成员，每个成员都必须把尊严放在第一位，展现新中国外交官的崭新形象。

一九四九年十二月六日晚上九时整，专列离开了前门火车站，向天津方向驶去。

专列由三列火车组成，第一列已于晚八点半出发，作为前卫列车，由五节车厢组成，车上有五十名警卫部队的干部、战士和铁路工作人员；第二列为主列车，共十节车厢；第三列是后卫列车，也是五节车厢，载有五十名警卫部队干部、战士，不过，此列没有铁路工作人员的宿营车，而是装着礼品：绣有斯大林肖像的湘绣、景德镇瓷器，浙江的龙井茶、江西的竹笋、福建的漆器，还有一车厢山东大葱、一车厢江西蜜橘。第二列的十节车厢除一个连的警卫人员外，叶子龙、汪东兴和李家骥随同毛泽东乘坐一节车厢。这节车厢有四个房间，中间的房间住的是毛泽东，前面的房间是宽敞明亮的会客室，后面两间住的是叶子龙、汪东兴和李家骥。大秘书陈伯达和翻译师哲共用一节车厢，罗瑞卿和滕代远共用一节。其他人员分乘头等卧铺车。行李车和餐车也挂在主列。

习惯了晚上工作、白天休息的毛泽东不能进入休息状态。书，是他最贴身的伴侣。在跟随他访苏的两大箱书中，既有《资治通鉴》《史记》和鲁迅的著作，也有中文版的托尔斯泰、高尔基等苏联知名作家的名著。夜幕中，伴随着滚滚车轮的轰鸣声，灯下的毛泽东和高尔基一起走进人间的另一个世界交谈着……

列车到达天津站，负责地面警卫的天津地区指挥员上车报告：在杨村站轨道发现了手榴弹！罗瑞卿闻听大怒，批评那位指挥员：“怎么搞的，不是再三命令你们彻底肃清铁路沿线的一切可疑物吗？”

“专列经过前我们还组织过清查，没有发现问题啊！”

“那就很可能问题出在‘内部’！”罗瑞卿判断。他对铁道部长滕代远说：“滕部长，克农部长、奇清留在车上，我下车看看怎么回事。”

难怪罗部长光火：中国领导人的专列第一次出访，刚刚离开北京就出现手榴弹事件，他这个公安部长怎能不急？

问题很快查清：那是一颗锈成一团、无法爆炸的祖宗辈儿的手榴弹，而且证实了罗瑞卿的判断，是一个白俄籍铁路职工所为。罗瑞卿以此教育负责警卫的公安干警和武装部队：必须肃清沿线一切可疑事物，不允许有一寸“真空”存在！果然，前面又发现桥下有炸药包！罗瑞卿不敢怠慢，马上亲自勘探，确定为战争时期的丢弃物。

“尽管不是敌特所为，也不应该在清查时未被发现，这说明我们的工作不够细，防范意识薄弱！”罗瑞卿命令：“通知沿线，加强力量巡逻、侦查，不放过任何疑点！”

于是，在此后的列车经过之处，只要毛泽东撩开窗帘向外看，就会看到全副武装的警卫战士或者武装民兵的身影！

列车驶过有惊无险的京津地区，在辽阔的东北大地继续驰骋。为了不影响毛泽东的休息和工作，部长们并没有向毛泽东透露手榴弹和炸药包事件，但洞察一切的毛泽东还是产生了怀疑。当负责列车警卫的冯纪、任远自报家门请毛泽东休息时，毛泽东笑眯眯地说：“我们认识了。任远……”然后自言自语：“任远者，任重道远啊！我们任重道远啊！”

思想家又是哲学家和战略家，总是与众不同。

他突然问：“罗长子不大露面，怕是下车排难去了吧？”

冯纪一怔，不敢隐瞒，如实汇报。毛泽东听了略有沉思，说：“他们还能阻挡历史的车轮吗？”

是的，已经没有力量能阻止新中国前进的列车了。

得到毛泽东的专列顺利到达满洲里车站消息的蒋经国愕然一怔：实施暗杀和恐怖行动本是中统也好军统也罢的看家本领，怎么现在都失灵了呢？这就是说，毛泽东已经可以平安进入苏俄，开展国际外交活动了！不久前的十月一日，毛泽东在天安门城楼宣布中华人民共和国中央人民政府成立不过两个小时，苏联就照会外交部承认中共政权，随后欧亚十几个国家和中共政权建立了外交关系，引得世界上不少国家或明或暗向中共政权示好，就连西方一些老牌儿的帝国主义国家也给北京暗送秋波。如果策划的爆炸列车计划能够成功，毛泽东就会成为中国的张作霖第二！然而，奇迹并没有发生！

蒋经国万分沮丧，无颜父亲。到台湾之后，国民党励精图治，无论是老将张群、陈诚，还是少壮派们，都在被重用时各显身手，为台湾政权之巩固立下汗马功劳。而自己控制的三青团则一事无成：十月一日失手；毛泽东的专列在北中国两千多里大地行驶了那么多天，几个施爆小组竟然没有一个成功，不是没法下手就是现场被抓！令蒋经国脸面无光。

可是，蒋经国不敢隐瞒毛泽东到达满洲里的消息，何况父亲一直在收听广播！

阳明山是个美丽的地方。蒋家的官邸依山傍水，很有浙江奉化溪口镇的意象，令蒋介石别有一番滋味在心头！房前屋后的亚热带植物争相斗艳，把一组精巧的西式建筑装扮其中，仿佛是台湾岛上的一片世外桃源，而事实上，国民党的神经中枢就在这里做着东山再起之梦。

蒋经国最怕父亲那乜一下自己就不再瞅的三角眼，它传递给自己的是不满的信息。

“父亲。”蒋经国毕恭毕敬。

蒋介石默默地听大公子报告炸毁专列计划，从谋划到失败。

“情报就是这样。”蒋经国暗暗捏着一把汗，等待父亲训斥。

“还说什么情报！连美国之音都报了！都是全世界的新闻了！”

“经儿无能……”

蒋介石叹一口气，“你就是三头六臂又奈何？看来，毛泽东要在莫斯科大做文章了！”

“不过，斯大林对毛泽东也不是那么言听计从吧？”

“此一时也，彼一时也！”蒋介石若有所思，不无忧虑的样子，“你不了解毛泽东，他这个人，最大的特点就是对谁都不会妥协。”

蒋经国知道，在台湾，知毛泽东者，除父亲之外还有谁呢？“父亲，毛泽东回程时还有机会。”

“机会？”蒋介石陷入沉思。他知道，毛泽东是战略家，是自己比不了的宏观大家。毛泽东的手下，睿智、忠诚的将星如云，已经今非昔比。危难的是自己，是台湾。毛泽东回到北京，会继续谋划攻占他们还没有控制的地方，包括台湾岛。

“父亲……”蒋经国察言观色，欲言又止。

蒋介石摆摆手，“我累了，休息一会儿。”

“是！”

蒋经国忙告辞退出。

悲哉！

失去雄兵八百万，
依然说梦在台湾！

第八十九回

国门驻足问疾苦　官邸不眠换睡床

前往苏联的专列停在满洲里站，稍事休息。因为中苏铁路轨道宽窄不同，列车过境需要换车。此行，斯大林特意调来自己的专列迎接毛泽东一行。毛泽东的专列便不必过境了。

毛泽东信步车站月台，被值班的一位铁路工人认了出来，这位工人激动得不得了，忍不住脱口而出："毛主席！您是毛主席？"

毛泽东停住脚步，和他握手，亲切地问："你叫什么名字呀？哪里人啊？"

"我叫李来福，是河北安平县人。"工人回答。

"喔，"毛泽东回头望一眼李银桥，说，"是银桥的老乡呢。"然后对李来福道："来福，嗯，这个名字是祈福的意思。怎么样，你们家里来福了吗？"

"报告主席，我们家来福啦！"

毛泽东笑了。

李来福道："名字起得好，不如时气好：共产党领导土地改革，又分房子又分地，才过上好日子。这是俺当兵的时候现改的名字，俺原来没大名，小名叫腻歪，忒不带劲！"

大家一听都开心地笑起来。毛泽东说："真正的好日子可不是'有了二亩地，分了半头牛，娶了老婆暖了热炕头'啊！共产党还要领导人民努力奋斗，彻底把穷根子拔掉，过上丰衣足食、健康文明的新生活。"

李来福咧嘴笑了，说："那敢情好！"

大家又被李来福憨实的样子逗乐了。

"什么时候参加的工作？喜欢这工作吗？"毛泽东问。

"刚到这里有点受不了，现在逐渐习惯了。俺是今年秋天从四野部队转业来的，我们首长嘱咐我们'还要以军人的要求对待自己，党让干啥就干啥'。喜欢。不干这份工作，做梦也不敢想见到毛主席呀！"

"哦，这个小同志还蛮风趣么！"毛泽东乐了。

"主席，该换乘了，苏方接您的同志等候在海关那边。"李克农提醒毛泽东。

斯大林的专列就停在中苏边界的苏联境内车站。斯大林的全权代表柯瓦廖夫、苏联驻华大使罗申陪同毛泽东一行登上专列。斯大林的专列气派、豪华，设有客厅、餐车、浴室、卧室、书房，似奔驰在轨道上的官邸。列车停在苏联境内的第一个火车站奥特堡尔，苏联外交部副部长拉夫伦捷夫一行早就等候在那里迎接，并安排了简短的欢迎仪式。

毛泽东下车，在站台上检阅了仪仗队后上车继续前行。此后每到一站都有苏联地方官员热情迎接。列车行进在冰天雪地的西伯利亚时，外交部长维辛斯基特意打来电话问候毛泽东的健康情况，致以良好的祝愿。专列抵达雅罗斯拉夫时，早已等候在那里的中华人民共和国首任驻苏大使王稼祥上车欢迎毛泽东，陪同毛泽东到莫斯科。毛泽东望着精神矍铄的王稼祥，亲切之情溢于言表："冻着没有？你辛苦啦！"

"我很好。主席一路辛苦了。"王稼祥问候。

毛泽东说："在国内走了三天三夜，还算好吧。进入苏联境内，最初的几站接来送往，蛮热闹。在斯维尔洛德夫斯克车站感到头晕目眩，满头大汗，是感冒了，就再没踏出车门。"

"西伯利亚实在太冷了。主席须注意保暖啊。"王稼祥关切地提醒毛泽东。毛泽东望望车窗外飞舞的雪花，像是想起什么，说："西伯利亚要考验毛泽东的革命意志哩！"

作为毛泽东的老战友、毛泽东访苏的先锋官和助手，王稼祥猜到了毛泽东话中的另一层意思，说："放心吧主席同志，尽管斯大林是个傲慢的人，但他的立足点是苏联的国家利益和国际政治格局的需要，他需要毛泽东，需要中国共产党领导的中国。"

"说说看？"毛泽东十分感兴趣。

王稼祥接着谈自己的看法："第二次世界大战之后，世界分为美国和西方老牌儿的帝国主义国家及以苏联为首的社会主义国家两大阵营。而社会主义阵营中真正强大的只有苏联，其他东欧几个国家和亚洲几个小国都不是发达国家，这样，从对抗的力量来看，社会主义阵营需要大国中国的加入。另外，斯大林也需要和一个伟大的领袖人物合作，主席是不二的人选。"

毛泽东吸着香烟，听着王稼祥的陈述，没有表示对或否，但心里对王稼祥的分析是认可的。他知道自己此行肩负的责任。

毛泽东道："是啊，中国共产党出现在国际舞台上，必将影响世界格局。同时，也会促进我们的事业发展，我们需要苏联的支持，又要苏联废除过去沙皇政府和旧中国签订的不平等条约，谈起来也许有些困难。"

"很有可能是这样。"王稼祥赞同毛泽东的想法。

毛泽东道："但毕竟和重庆谈判不同。既然斯大林是马克思主义者，是社会主义阵营的老大哥，就会拿出老大哥的样子，公正客观地对待历史问题。稼祥，国家独立自主、维护民族尊严是我们的外交底线，任何时候都不能突破啊！"

"我一定把守住这个底线。"

"好。但愿我们达到预期的效果。稼祥，"毛泽东似乎动了感情，"还记得长征时候吗？遵义会议的成功，恩来、洛甫和你功莫大焉。现在，让中国共产党亮相国际舞台，少奇做了铺垫，你王稼祥做了先锋，我毛泽东才好唱戏啊！"

"主席过奖，我只是按照中央的指示落实工作而已。"

毛泽东若有所思，似自言自语，"以君为首任，善哉！"

十二月十六日正午，莫斯科时间十二点整，迎接毛泽东的专列稳稳地停在莫斯科北站，这时，车站钟楼上大钟正好敲响第十二响。钟声停而掌声起，站台上响起一阵“乌拉”声。毛泽东在驻苏大使王稼祥和斯大林全权代表柯瓦廖夫等人的陪同下走出车厢，向欢迎的人群挥手致意。苏共中央政治局委员、部长会议副主席莫洛托夫，苏共中央政治局委员、国防部长布尔加宁元帅，外贸部长孟什科夫，外交部副部长葛罗米柯等向前同毛泽东一一握手拥抱，互相问候。由于苏方知道毛泽东患了感冒，简化了欢迎仪式，毛泽东致辞之后在仪仗队的致敬中绕场一周，便乘车直往下榻的布里兹尼亚别墅。苏联的权威报纸《真理报》刊登了欢迎毛泽东的热烈场面的照片，刊发了毛泽东简要的书面致辞：

> 我这次有机会访问世界上第一个社会主义国家苏联的首都，是生平很愉快的事……
>
> 在差不多三十年的时间内，苏联人民和苏联政府又曾几次援助了中国人民的解放事业……
>
> 中国人民在患难中得到苏联人民和苏联政府这种兄弟般的友谊，是永远不会忘记的。

在刊发的图片下，还加注毛泽东在现场呼喊的口号：“中苏友谊与合作万岁！”

布里兹尼亚别墅是斯大林喜爱的别墅，相当豪华。当时，来苏联为斯大林祝寿的国家元首或社会主义性质的共产党负责人几十个，唯独请不曾谋面的毛泽东住进自己喜爱的别墅，可见斯大林对毛泽东的重视。但，毛泽东郁郁不乐。为什么？不但毛泽东，连国内的民主党派领袖们都愤怒起来，对斯大林未能到车站迎接中国国家元首而纠结：

“斯大林有大国沙文主义！”

“不懂礼仪的斯大林！”

“真是不可理喻！”

等等。

当晚，莫斯科时间六点整，斯大林邀请毛泽东在他的克里姆林宫办公室的小会议室里会谈。会谈的范围很小，中方只有毛泽东带翻译师哲，而苏方也只有斯大林、莫洛托夫和马林科夫（苏共书记处书记）、布尔加宁及外交部长维辛斯基。当斯大林看到毛泽东后不无惊讶地感叹：“原来毛泽东同志这样的年轻？伟大，真伟大！你对中国人民的贡献很大！”

毛泽东道：“我是长期受打击排斥的人，有话无处诉说……”

不知斯大林是否注意到毛泽东的话外之音，感慨地安慰毛泽东：“胜利者是不应受到谴责的！”

——这似乎只是小插曲，但实际上是两个政治家、两个共产党大国领导人的心声。

斯大林对毛泽东有好感，主动倡议：“毛泽东同志，你来了，不能空手回去，要不要搞个什么东西？”

斯大林指的是文字“东西”。

听了翻译过来的话，毛泽东略一思索，说：“这个东西是既好看，又好吃。”

当师哲把毛泽东的话翻译给苏联人时，从斯大林到维辛斯基，没有一个人明白是什么东西，个个目瞪口呆！

“所谓好看，就是形式上好看，要做给世界上的人看，冠冕堂皇；所谓好吃就是有内容、有味道，实实在在。”

苏联人仍然不解其中奥妙。

亦是幽默大师的毛泽东是有的放矢的，不再阐述关于“东西”的含义。于是，会谈一度无所适从。毛泽东微微一笑，把话题一转，说：“关于中苏条约，我们应该讨论。”斯大林立即回应：“是的，应该讨论和解决这个问题。”

这时，毛泽东心中些许安慰：他感觉到了斯大林对过去中苏之间不平等条约问题上的态度是积极的，也是释放了善意的。不过，作为宏观控制的大家，他有他的打算，不想自己和斯大林“当面鼓对面锣”地扯个清楚，把话题一转，说到贷款、贸易和建立航空联系事宜。

“在西柏坡，我曾请米高扬同志传递一个信息：迫切希望得到苏联三亿美元等值的贷款。我们的共和国接的是个一穷二白的烂摊子，满目疮痍、百废待兴，苏联的支持，将对新中国建设的起步至关重要。”

“是的，可以给予你们三亿美元的贷款。”斯大林一口应承。

这令毛泽东更加感到安慰，本来对斯大林未到场迎接自己的愤懑也化为乌有，接着提出自己的主张：“斯大林同志提出由两党还是两国政府签订贷款协定，我认为都可以。由于刚刚建国，事务繁忙，总理周恩来同志和我不能同时到苏联来……”

“我明白你的意思，毛泽东同志！”斯大林截住毛泽东的话，“如果你愿意两党来签，我们没有意见。”

“那，我们就签。”毛泽东表示。

“好，那现在就签。”斯大林一锤定音。

台湾问题自然也是必谈的问题。由于斯大林对与日益强大的美国的关系颇为慎重，婉言谢绝了。毛泽东理解斯大林的顾虑，便不再坚持——事情总要一个一个地解决。但就前面的谈判成果，毛泽东已经比较满意了。这样，初到西伯利亚的寒流不觉变得如春风习习，毛泽东的感冒确似已愈，呼吸通畅多了。

深夜回到布里兹尼亚别墅，洗漱之后，毛泽东一触睡床就皱起了眉，考虑之后，让李银桥把师哲叫了过来。

“主席，您叫我？”师哲面带倦意，直打哈欠。

毛泽东不紧不慢地说：“我呢，找你来是商量件事情。”

“您说。”师哲觉出毛泽东今天表情有点儿怪。

“我们换换房间怎么样？”

师哲吓一跳，倦意全无，连忙摇手拒绝：“不不不！这是斯大林同志亲自安排的！那可不行！”

毛泽东解释道：“这间屋子太豪华，我享受不了，睡不着觉的，尤其这床，软得像棉花堆砌的。你们知道，我是睡硬板床的，睡在棉花上难受。”

师哲忙解释：“主席，您不知道吧，我们的房间虽不似你的房间豪华，可床也是弹簧软床，一样的好比棉花堆砌的一般。”

毛泽东望望师哲，有些失望，“是这样！那怎么办呢？”

“这……没什么别的好办法啊！”师哲直摇头。

“真的没有办法了吗？”

“我看没有办法——这里哪里找硬板床？”

毛泽东望着漂亮的大床，自言自语：“是啊，斯大林的别墅里没有硬板床……没有！可是，毛泽东晚上不睡，明天白天也睡不成，还要工作。休息不好的人不会工作得好……”

“难住了，还真难住了！”师哲无奈，摊摊双手。

“有了！”毛泽东灵机一动，“就地取材就解决了！”

“就地取材？就地解决？”师哲迷惑不解：要拆，也得有工具，有材料，这西式家具不比北京机关里的家具，全是用皮革或高级布料“大包”起来的，无从下手。再说，作为客人，又怎么可以改造主人家的家具呢？

毛泽东似乎看出师哲的疑虑，说：“你就别乱想了，不是很简单吗？”

“简单？”师哲更听不明白了。

“这样，把那个垫子拿下来，翻个个儿放在地上不就有了硬板床了么？活人差点儿叫尿憋死！”

师哲“哦”一声，说：“对呀！”

“那就动手……”说着就要亲自动手。

“主席您等等，动手也轮不到您呀！我去叫卫士。”

李银桥、李家骥“哼哈”二将来到，按照毛泽东的要求，没费多大劲儿就揭下垫子放到地上，铺上褥子，放好枕头被子，为毛泽东打好了绝无仅有的地铺。毛泽东说：“你们想了没有？生活中充满了辩证法的！”

“什么辩证法？”李银桥条件反射似的脱口而出，他左看看，右瞅瞅，没发现辩证法

在哪里。

毛泽东一笑，说："任何事情都有反正两面，要一分为二。你们看，这只垫子，正面是软的，但另一面必然是硬的，要不然就没有支撑了，这也是一个矛盾存在的个体。对不对？"

"嗯嗯！"李银桥点头，师哲也信服：毛泽东就是毛泽东，他的大脑就是一个智慧的摇篮，随时产生着不朽的大智慧。

正是：

自打盘古开天地，
全才至尊乃此人。

第九十回

等总理润之赏雪国　问稼祥哲人谈异邦

接下来的时间里，苏联方面竟没有进一步的动作，既不进行谈判、落实贷款协议之外的其他议项，也不安排毛泽东到苏联各地看看，令毛泽东大为恼火，对来探望的驻华大使罗申大发雷霆：“你们这是要干什么？把毛泽东关到这里只吃饭、拉屎、睡觉？”

罗申吓一跳，“主席同志，我问过斯大林同志的全权代表柯瓦廖夫了，或许是因为您的健康原因。”

毛泽东质问：“这么说，你们和西方配合得很默契了？”

“主席，您知道，中苏之间的关系是我们最重要的关系，怎么可能配合西方？”罗申辩解。毛泽东气愤地道：“你是外交官，去看看西方报纸，听听他们的广播，他们说‘毛泽东被斯大林软禁在苏俄’‘毛泽东病危莫斯科’……你们充耳不闻么？”

毛泽东的愤怒不是没有道理。由于在第一次会谈之后，苏联的媒体再没有关于毛泽东在苏联的消息报道，闻不到新闻线索、看不到毛泽东身影的新闻记者和政治家们便发挥大脑的想象力，一时谣言四起，伪新闻满天飞。在国内，那些崇敬毛泽东的民主人士们更是焦急万分：在他们的心目中，毛泽东是当今中国无人可替代也无法复制的民族救星，新中国刚刚起步，没有了毛泽东简直不可思议！他们上书中共中央，没有得到明确回答；往报端寄稿泄愤，也是“纸沉大海”。留在国内的总理兼外交部长周恩来、副主席刘少奇和宋庆龄等领导人家里来访的客人多起来，电话多起来……

大使王稼祥也把“雪藏”毛泽东、引起世界级的“黑旋风”带来的负面影响照会苏联政府。斯大林听了维辛斯基的报告后停住“吱吱”吸烟斗的享受，“哦”了一声，说：“这好办，马上安排一个记者招待会，请毛泽东同志和记者见面。”

“好的，斯大林同志。”外交部长维辛斯基如释重负。

在苏联，斯大林的话就是铁板钉钉，没有商量的余地。也没有人试图得到这块“余地”。

记者招待会马上举行。除了世界各大媒体惊呼之外，一个重要的细节引起人们的注意：毛泽东透露——中华人民共和国同苏维埃社会主义共和国联盟的《中苏友好同盟互助条约》，将由共和国的总理周恩来完成。

和记者见面的真正意义就是粉碎西方种种谣言和猜想，表明毛泽东“在苏联一切正常”。来苏联访问，毛泽东的计划时间是三个月，“雪藏”而“复出”后，媒体很快恢复了理智。毛泽东也放下包袱轻装上阵——带上驻苏大使王稼祥去雪国畅游，等候政务院总理周恩来的到来。

专列直奔苏俄名城圣彼得堡。

隆冬的西伯利亚大地冰天雪地、茫茫无际。曾以《沁园春·雪》“北国风光”抒怀的诗人毛泽东透过车窗望着空旷无际的冰雪世界，虽然浮想联翩，却心动而情不动。

“主席，该以雪为题，可以有《沁园春》姊妹篇了。”

毛泽东呵呵一笑，说：“没有吟诗的冲动啊！有灵感而没有激情，是清泉窝于山石而不流；有激情而无灵感，如山洪四泄没灵魂。只有激情与灵感同在，才有诗的江河湖海啊！”

王稼祥当然理解毛泽东此番的心境。作为共和国的元首，毛泽东心系的是国家利益。在王稼祥看来，此访的主要意义有三：贷款协议、中苏友好条约和为斯大林七十寿辰祝寿。贷款协议以两党的名义签署，对新中国的建设意义重大；签订“中苏友好条约”，将对共和国的安全和国际地位有巨大影响，虽有待磋商其中某些分歧，出于各自国家利益的需要，也应是顺理成章的事；而为斯大林祝寿，其意义不在事件的本身，而在于通过祝寿而产生的政治“冲击波”——崭新的中华人民共和国将进入社会主义阵营，矗立于世界之林！

“主席，我看不必过于担心。不仅仅是中国需要俄罗斯，斯大林也需要毛泽东。”

“你是说斯大林不会因小失大，做出不利两国关系的事？”

“我是这么看的。”

毛泽东道：“你的分析是对的。我们希望达到访苏的预期效果。”

“我分析是可以的——少奇同志来的时候斯大林同志都表过态的。”

毛泽东感慨万千，说：“那就等恩来到了，请他和维辛斯基谈吧。”然后话锋一转，问王稼祥：“你到苏联有一段时间了，对苏联的情况有了进一步的了解。依你看，谁可能是斯大林之后的执牛耳的人？”

王稼祥没有想到毛泽东会提到这样一个他自己想都没想过的问题，不由得暗暗钦佩：作为战略家的毛泽东有和常人不一样的考量。不过，自己的确没有考虑过这个问题，便实话实说：“在苏联，斯大林有着独一无二的权威。因此，还没有关于斯大林之后的人事安排的信息。”

“中国有句古话：人活七十古来稀。毛泽东也一样，听着万岁，走着通向死亡的路。”毛泽东侃侃而谈，“据统计，我们国家人口平均寿命只有五十多岁，新中国成立前就更低了，当然，有战争的因素在里边，有非正常死亡的因素。我们的医疗条件很差，生活水平低，都是平均寿命不高，低于世界平均水平的原因。话说回来，人总是要死的，谁也不能回避。秦始皇也好，其他想长生不老的帝王也好，又是炼丹又是采药，不是都弃世而去了吗？封建王朝是世袭制，‘顺理’成章，太子继位；资本主义国家也有君主立宪制，可以世袭。社会主义国家就不是了，要民主选举产生。”

“主席是考虑斯大林之后对外交政策的影响？”

"是啊！好，这个问题就谈到这儿。如果苏联朋友听到为斯大林祝寿的毛泽东谈论这样的话题，就要怪毛泽东大不敬了！"

"对对。"

"你对尤金这个人怎么看？"

"就是曾经秘密去过北京，斯大林让他带着耳朵、闭着半边嘴的哲学家尤金？"

"是啊！斯大林同志提到编辑出版《毛泽东选集》的事，出乎我的意料。"

"这说明斯大林对您的著作感兴趣，或者说是认可毛泽东思想的。"

毛泽东若有所思，说："斯大林对中国革命的认识是有一个过程的。他讲胜利者是不受谴责的，正说出了苏共的微妙心理。在我们革命的早期，他们对我们能否取得胜利是有怀疑的。现在呢，他们可以巩固自己的认识了，中国共产党选择了一条正确的革命路线，就是马克思列宁主义和中国实际相结合的路线，即中国共产党领导的中国革命斗争。"

"《东方红》歌词好，用最朴实的语言唱出了中国革命的核心，唱出了中国的出路。"王稼祥婉转的话语中隐含的潜台词是——毛泽东思想是中国革命胜利的保障。

毛泽东微微一笑，说："领导我们事业的核心力量是中国共产党，指导我们的理论基础是马克思列宁主义。这一点不能动摇。喔！前面有了城市的影子，是不是圣彼得堡就要到了？"王稼祥向车窗外瞅瞅，说："是啊，就要到了。"

这时，陪同毛泽东考察的苏联驻华大使罗申和外交部官员来到毛泽东的房间，"主席同志，列宁格勒到了，请您准备下车。"

"哦！"

毛泽东点头致意。

圣彼得堡，一七〇三年沙皇一世下令建都于此，因该城的第一座建筑物扼守涅瓦河河口的彼得堡罗要塞而得名。一九一七年十一月七日，列宁领导的无产阶级武装攻破冬宫，宣告沙皇统治的终结，这座风光旖旎、被称为"北方威尼斯"的城市逐渐成为十月革命的象征。列宁逝世后，苏联人民为了纪念弗拉基米尔·伊里奇·列宁，将圣彼得堡改称为列宁格勒。

毛泽东了解冬宫不仅因为它是苏联革命的爆发点，还因为它是和北京故宫、巴黎卢浮宫、伦敦大英博物馆及纽约大都会艺术博物馆共称世界五大博物馆。冬宫坐落在圣彼得堡宫殿广场上，原为沙皇的宫殿，历经次次劫难，几次焚毁重建。第二次世界大战中亦不能幸免，遭到战火的毁损，战后经过精心修复，重现了它的设计者、著名建筑师拉斯特雷利的建筑风格，成为人们艺术享受的瑰宝。

呈现在毛泽东面前的是和华夏文化不同的蓝白色相间的建筑群。宫殿共有三层，呈封闭式长方形，和中国帝王们的飞檐斗拱宫殿相比，简洁明快，另具风采。从冬宫四周的高大廊柱可以发现中西建筑的共同之处：以廊柱烘托其威严之气势、独尊之骄奢。

走进宫内，望着大厅里镶嵌着的俄罗斯人奉为至宝的孔雀石、碧玉和玛瑙，毛泽东

对王稼祥道：“中国皇帝重金，沙皇重石，各有讲究。”

“嗯，是这样。”王稼祥点头称是。

毛泽东边看边道：“中式建筑，无论内外，皆以红木或其他贵重木头雕刻，而这里更多的是石头做原料。另有不同是，中国的高大建筑以木构架为骨，以土、石补之。俄是砖石为骨，木、玉镶嵌，就装饰而言，中国室内以字画补壁，西方没有书法，只有绘画加雕塑。而画风，一个重‘意’，一个讲形，各有千秋。”

王稼祥连连点头：“主席讲得好，真是入木三分。”

毛泽东道：“学习有机会，认识就可‘更上一层楼’。俄罗斯也是一个伟大的民族，创造了灿烂的文化。如果我们的文化巨匠郭老随团，或有‘彼得堡三百年祭’出炉。”

“主席看了冬宫，有诗兴吗？”王稼祥试探着问。

“没有。”毛泽东摇摇头，“没有方块字的感觉啊！”

王稼祥没有听懂，或者说是捉摸不透毛泽东话的寓意，没有吭声。随行的驻华大使罗申忙“见缝插针”地向毛泽东介绍：“主席同志，我是攻破冬宫的亲历者。当年，列宁同志就在这里向世界宣告苏维埃诞生。”

参观保密工厂，是毛泽东要求，苏方特意安排的行程。显然，怎样发展共和国的工业，已经是中国共产党人谋划的重大课题。

这里是生产飞机的工厂。

走过了二十几载征程的毛泽东，用他的双脚丈量了大半个中国，在天上飞的行程不过往返于延安、重庆而已。中国革命的成功之路是走出来的，而要立于世界强国之林，现代文明和科学技术至关重要，需要插上飞翔的翅膀。

金发蓝眼睛的厂长亲自为中国客人介绍工厂的概况和它对第二次世界大战的贡献，当然，对今后的国防甚至庇护社会主义阵营的安全也责无旁贷。而总工程师则就技术和米格战机在世界航空领域的地位作了解说：“毛泽东同志，我们的米格战机是领先于世界水平的最好的战斗机，更重要的意义是它也是太空技术的探索者。”

“太空探索者？”毛泽东含笑问，“是拜访嫦娥还是夸父追日？”

苏方的翻译目瞪口呆，不知所云。王稼祥是俄语通，只好代为翻译：中国古典神话有嫦娥奔月的故事，嫦娥就生活在月亮之上；夸父追日是讲中国《山海经》里的一个叫夸父的人追赶太阳的神话故事。“主席的意思是你们探索太空的目标是月亮还是太阳？”

总工程师听了耸耸肩，直把头来摇，“对不起，主席同志。我只能说我的任务是负责把图纸变为飞行器，而蓝图的设计者并不是我。所以，将来的飞行目标是太阳还是月亮，我真的一无所知。不过，就我所知，月亮是我们地球的近邻，科学家们可能不会舍近求远吧？”

毛泽东听了大笑，痛痛快快地幽默了一番：“哦！你们还没有想好到近邻串门还是飞向太阳！而我们的嫦娥几千年前就居住到月亮去了！”

俄国人不明白毛泽东为什么大笑。听了王稼祥的翻译，厂长和总工也善意地笑了。笑中隐隐约约感觉到这位中国客人有一颗强烈的自尊心。

的确，毛泽东怀揣的是强烈自尊心尤其是民族自尊心。从少年忧日必侵华起到毅然率领红军对日作战，完成了毛泽东成为民族英雄的坎坷之路。在此后的参观游览中，作为诗人无诗，但作为政治家则激励自己把强国梦如何变为现实。

“我们马上回莫斯科。”毛泽东告诉王稼祥。

王稼祥愕然：“飞机、坦克、重型机器厂看了，还有几个地方没去啊？”

毛泽东挥挥手，“不再看了。窥一斑而知全豹，不用再浪费时间了。”

“按照您三个月的行程计划，时间蛮充裕的！”王稼祥解释。毛泽东执拗地对王稼祥道：“时间紧迫，不能耽误了。马上通知恩来，尽快到莫斯科。我们回莫斯科等他。”

“主席同志，为什么现在就回莫斯科？是我们照顾不周吗？还是您的健康原因？”

“都不是。”

“那又为什么呢？”

“大使先生，不是什么事情都因为‘为什么’而改变，没有。”

尽管陪同的驻华大使罗申困惑不解，却知道很难有人改变毛泽东的主意，这在他驻华期间已经有所闻：当年，毛泽东留在延安和蒋介石的围剿部队周旋，行军中就常常有“突变”之举。

“我们马上回莫斯科，主席同志。”罗申刚刚领教过毛泽东愤怒时那毫不留情的发泄，绝不想在愉快的旅途中重演那让人尴尬的一幕。

正是：

非是客人喜怒致，
国家利益县攸关。

第九十一回

贺大寿群雄献厚礼　座上客一枝花独秀

十二月十八日是斯大林的七十寿诞，社会主义国家的首脑们无不准备厚礼贺寿，就连从战争的泥潭中不能拔出腿的越南共和国主席胡志明、朝鲜民主共和国主席金日成都有大礼奉上。中国代表团的礼物有：

中国共产党中央委员会礼品单

大元帅丝织像二帧
清代蓝花瓷花瓶一对
景泰法烧蓝茶具两套共十件
烧瓷寿盘一对
象牙雕刻大花瓶一件
象牙雕刻宝塔一座
象牙雕刻龙船一双
象牙雕刻球三个
象牙雕刻八仙人一套
象牙雕刻女英雄一对
烟台葡萄酒
贵州茅台酒
祁门红茶、上等龙井绿茶

中国人民解放军礼品单

大元帅丝绣像一帧
大元帅陶瓷像两座

中华人民共和国中央人民政府礼品单

大元帅像陶瓷盘十只

江西景德镇五彩瓷家具两套（每套九十九件）

中国农民所献礼品

山东胶东大棵白菜
山东济南小棵白菜
山东莱阳碧绿梨子
山东章丘大葱
北京南赵州雪梨
天津鸭梨
江西金橘
萝卜三种：天津绿、北京心里美、山东大白

——共两车皮。

不仅如此，中国国内也为祝贺斯大林寿辰举行了一系列庆祝活动。如在北京饭店举行的中餐西吃的寿宴和舞会，开祝寿之先河，各地根据中央指示精神，悬挂标语口号和中苏国旗，还有扭秧歌、专场文艺演出等，就像过一个盛大的节日。就连普通的老百姓都发自内心地欢呼，“斯大林万岁！”“向苏联老大哥学习致敬！”……

为斯大林祝寿的盛典在莫斯科大剧院隆重举行。而各国的礼品则展放在普希金博物馆。在斯大林的授意下，毛泽东的礼品展放在一号展厅。展厅里高悬五星红旗，毛泽东即时挥笔大书具有浓郁中国风格的对联助兴：

福如东海
寿比南山

相比其他共产党国家领导人“伟大的天才”“高挂世界之上的太阳”“天才的舵手”的歌功颂德，毛泽东的贺电则无阿谀奉承之意，更无献媚自贬之举：

主席先生：

值阁下七十寿辰之际，我荣幸地向您致以热烈的祝贺，并祝愿全世界的和平堡垒苏联在阁下领导下日益巩固和发展。

对此，苏联有人私下抱怨：“斯大林高规格接待毛泽东，毛泽东倒官气十足。”

的确，斯大林不但授意把毛泽东的礼物展放在一号展厅，更在庆典时安排毛泽东站在自己身边。毛泽东是中国人中的高个头，而斯大林是俄罗斯人中的普通身材，并肩一站，则毛泽东高过斯大林。于是，万众仰望斯大林的同时，毛泽东和斯大林自然“日月同辉”，令世人瞩目，正所谓“座上客一枝花独秀”。当斯大林首先把执掌国际共产主义大印的手握向毛泽东那不动一枪一刀就夺得中国革命胜利的大手时，给世界传递的信息是不言而喻的！

毛泽东的贺词也令斯大林满意：

> 亲爱的同志们、朋友们：
>
> 我这次有可能参加庆祝斯大林同志的七十寿辰的盛会，衷心至为愉快！斯大林同志是世界人民的导师和朋友，也是中国人民的导师和朋友。他发展了马克思列宁主义的革命理论，并对于世界共产主义运动的事业作了极其杰出和极其宽广的贡献。中国人民在反抗压迫者的艰苦斗争中，深切地感觉到斯大林同志的友谊的重要性。
>
> 在这个盛会上，我谨以中国人民和中国共产党的名义庆祝斯大林同志的七十寿辰，祝福他的健康与长寿，祝福我们伟大友邦苏联在斯大林同志的领导下的幸福与强盛，并欢呼世界工人阶级在斯大林同志的领导下的空前大团结。
>
> 世界工人阶级和国际共产主义运动的领袖——伟大的斯大林万岁！
>
> 世界和平与民主的堡垒苏联万岁！

回赠毛泽东的，是斯大林带头致意的掌声，长时间雷鸣般的掌声。各国领导人纷纷上前争相和毛泽东握手致意，“天然”地把毛主席捧为“一人之下，万人之上”了。人们目睹斯大林的威严的同时，也欣赏到毛泽东那东方文化特有的儒雅与谨慎、坚定和热情。

同是亚洲国家的共产党领袖，也是中国共产党的朋友的金日成和胡志明，虽座次排后，但为毛泽东的出彩而快慰。庆典的另一个高潮是观看苏联艺术家的精彩演出。当观众们看到斯大林和毛泽东同在一个包厢观看演出时，不约而同地站起来长时间地热烈鼓掌，欢呼声也一浪高过一浪：

“斯大林——毛泽东！”

“毛泽东——斯大林！”

“莫斯科——北京！”

“北京——莫斯科！”

……

整个演出大厅热情高涨，仿佛是中苏友好大联欢！

风光毕竟一时，利益才是内涵。回到下榻的别墅，代表团的成员们无不兴高采烈、欢欣鼓舞，叙说着寿典的隆重、价值连城礼品的炫目，更对毛主席在斯大林心目中的地位而津津乐道。毛泽东却皱起眉头，别有一番滋味在心头，对王稼祥道："斯大林可以这样，我们不可以这样搞，回去以后不能学这个。"

"主席的意思是——"

"总之，我们不祝寿，不搞。"毛泽东直摇头。王稼祥揣思：是因为我们底子薄怕浪费？还是其他什么原因，而有此说？看来，毛泽东真的另有思想。

"总之，我们不要搞。"毛泽东喃喃自语。

寿典结束，各国领袖们纷纷"打道回府"。越南民主共和国的胡志明和朝鲜民主共和国的金日成没有马上离开，他们准备"借光"——蹭毛泽东的专列回国。

两个人一起探访毛泽东。

越南民主共和国和朝鲜民主共和国，是继苏联之后最早承认新中国的邻邦。二人又都和中国有着千丝万缕的联系。中国东北的长白山下、松花江畔曾是金日成同抗日联军并肩战斗过的地方。云南、广西的山山水水和革命者胡志明有缘有分。中国，曾是他们的第二故乡。

见到友好邻邦的两个领导人，毛泽东非常高兴。

"恩来快到了，已经进入西伯利亚。他可以陪你们喝几杯，"毛泽东打趣地说，"胡主席和恩来是老朋友了，回去的路上有得是时间叙旧。"

"我们还可以探索未来。"金日成兴致勃勃，把话接过。

毛泽东请两位客人坐下，说："借老大哥的咖啡招待你们如何？茶也有，大部分送礼，小部分自用，还是上好的祁门红呢！"

"就喝茶——祁门红好啊！"胡志明并不客气，点中国名茶之榜眼，"不过，有普洱茶就更好了。"

"可见你和云南感情之深。可惜筛选礼品时普洱茶名落孙山，"毛泽东说，"其实，在西伯利亚喝普洱茶最佳，它是暖胃的。"

"在家里，我喝的就是普洱茶。"胡志明认同毛泽东的说法，"我就靠它养胃。"

"那好，"毛泽东说，"等你回越南时，送你一大包普洱茶回去养胃——在这里吃得惯面包、牛奶、香肠吗？"

"吃不惯也得吃呀，斯大林同志没给我们开小灶，总不能喝西北风呀。"金日成半是认真半是笑谈，"平等平等，平而不等。"毛泽东笑道："我们可以等——你们等也罢，我们等也罢，坐车一起回亚细亚。"

几个共产党人一起哈哈大笑。毕竟，虽有美中不足，但还是以美为主，共产党国家组织起来了，团结起来了，大家可以互相支持。

其实，无论胡志明还是金日成，他们的日子都还不好过。作为共产党的魁首，他们和毛泽东有着一样的忧虑：背后的祖国领土是不完整的。越有南北越，朝分南北朝，南

北之间不似中国大陆与台湾有大洋相隔，而是边界无形，一线而分你我，就是在非战争状态下，擦枪走火随时可能发生，更何况南北几乎势均力敌，不分伯仲。

“怎样，你们和斯大林谈得怎样？”毛泽东关切地问。他清楚，这两位同志对苏联也是有诉求的。求得苏联大哥的支持保护是共同的愿望，中国迫切的是获得经济建设的支持，而越、朝更关心的是红色政权的生存问题。

胡志明通报越南的严峻形势：由法国扶持的西贡越南共和国保大皇帝一直在策划着控制整个越南；建都河内的越南民主共和国与法国殖民军进行着不屈不挠的斗争，处境艰难。胡志明不但希望得到苏联人的帮助，更希冀于邻邦中国。朝鲜的金日成则信心满满，表示有决心、有能力打败韩国。

“我们的人民军是朝鲜劳动党培养起来的坚强的武装力量，保卫自己的领土是他们神圣的责任！”

望着意气风发的金日成元帅，毛泽东未置可否。朝鲜是中国和苏联的邻邦，一条鸭绿江为中朝之界，而苏、朝则在江南接壤。也就是说，美国支持的韩国如果危及了朝鲜的安全，唇露齿寒，中、苏都将受到威胁。

不过，目前没有来自美军对朝鲜的直接威胁，金日成认为李承晚集团不是对手。

毛泽东却不无忧虑，婉转地提醒金日成：“美国人的第七舰队驻扎台湾海峡，打的是维护世界和平的旗号，实际上干的是威胁亚洲和平的勾当。我说过美帝国主义是纸老虎，它有纸老虎的一面，但亦有真老虎的另一面，要提防它咬人。”

金日成再次向毛泽东表示：苏联同志表示坚决支持朝鲜人民的正义斗争，是强大的后盾，不过，朝鲜人民军是不可战胜的！

毛泽东不再多言，只表示说：“朝鲜、越南都是中国的友好邻邦。过去，我们互相支持，今后，作为社会主义大家庭的一员，我们继续互相支持。”胡志明笑着对毛泽东道：“我们越南被西方列强践踏、蹂躏多少年了，是帝国主义不肯罢手的殖民地，面临困难不少，该伸手时就伸手啊！”毛泽东也笑了，说：“我们是同志加兄弟，有什么客气的！”三个老朋友谈得高兴，不觉天色已晚，毛泽东留下二人共进晚餐。当胡志明看到俄侍者端上来的白米饭、香喷喷的红烧肉和清蒸鱼时，不禁感慨：“毛主席好口福，不但住在斯大林同志的大别墅里，还有家乡饭招待！”金日成则不无抱怨之意，“来苏联这么长时间，除了面包香肠就是香肠面包，实在是倒了胃口！今天得好好吃一顿！”

令中国代表团没有想到的是，驻华大使罗申打电话来：斯大林正在往别墅的路途中，专程看望毛泽东。王稼祥告诉毛泽东：“到代表团的驻地看望客人，斯大林还是第一遭。”

“是啊，”毛泽东一边脱拖鞋换皮鞋，一边感慨，“由婉言拒绝到登门拜访，可是变化不小呢！”

王稼祥忍不住地笑笑，说：“是主席的魅力征服了他们。”

“四万万五千万的民族大团结让世界刮目相看，中国人民站起来了！这是真正的力量。”毛泽东解释说。

“但不少兄弟党的领导人为主席的风采倾倒，包括苏联的一些同志。”

毛泽东若有所思，说：“这是面上的东西，真正的东西还要一步步做。稼祥，咱们的翻译家师哲呢？迎接斯大林同志吧！”

“都各就各位啦！朱仲丽都准备好了胶卷，好瞄准这异乎寻常的时刻。”

“是啊！毕竟异乎寻常嘛。”毛泽东表示赞同。

斯大林如约准时来到别墅。他从特制防弹车里走出来的时候，毛泽东等中国朋友已在院子里迎候。毛泽东迎上前去，和斯大林握手拥抱，欢迎斯大林一行：“谢谢斯大林同志百忙中来看望。”

斯大林借用中国思想家孔子的话说：“有朋自远方来，不亦乐乎？”

听过师哲的翻译，毛泽东非常感动，对斯大林客气道：“斯大林同志的来访，说明中苏友谊的重要性。我代表中国共产党和中央人民政府感谢你。”

斯大林道：“你的到来，让全世界知道，社会主义阵营强大到帝国主义者不得不收敛疯狂。”

“在斯大林同志的领导下，有苏联这不可动摇的和平基石，世界会越来越光明。”

向来不吹捧人的毛泽东尽是溢美之词。显然，斯大林非常开心。世界共产主义运动源于欧洲，波及亚洲。如果没有中国，那么，亚洲的共产主义运动是苍白无力的，世界共产主义运动也是跛脚的。

来到客厅落座，反客为主的毛泽东热情招待斯大林，水果和祁门红茶都引起斯大林的兴趣。斯大林尝一片锦州苹果，美美地点头“哈拉少”，抿一口祁门红茶，忍不住端起茶杯仔细打量，问王稼祥：“这是什么茶？非常独特的香味，妙极了！”

“这是产自我国安徽祁门的红茶。”王稼祥用俄语回答斯大林，并郑重补充一句：“祁门红茶的极品是用来给皇帝进贡的。香气浓郁，久闻不衰，入口甜爽，常饮可健胃提神。”

斯大林听了，望着毛泽东道：“哦！那我要少喝咖啡，多饮祁门红茶了。”

“您每个生日我们都会送给您祁门红茶。”毛泽东笑着说。斯大林表示感谢，说：“毛泽东同志，我们是不是该完成剩下的工作——比如中苏友好条约和其他合作条约？”

毛泽东不假思索地对斯大林道：“我们只谈宏观的东西，剩下的事可以交由我们的总理兼外交部长周恩来和你们的维辛斯基完成。”

斯大林听了默默地望望毛泽东，“是吗？也是一个不错的主意。”

于是，“剩下的事”就等周恩来了。

有诗为证：

领袖绝非是寡人，
珠联璧合定乾坤。

第九十二回

周恩来酒醉姆林宫　斯大林赴宴大饭店

周恩来的到来，令毛泽东如释重负，心情甚好。风尘仆仆的周恩来一见到毛泽东就说：“主席的身体很健康，家里就放心了。”毛泽东道：“知道家里的工作有条不紊，可见中央人民政府是个胜任的班子。辛苦你们了！我已告诉稼祥，备下茅台酒为你接风洗尘。”周恩来握着毛泽东的手，目光里不无感动，说：“我代表家里的同志们感谢主席的勉励。”然后回身招呼随行的秘书，“把‘寿礼’献上来嘛！”

呈现在毛泽东面前的，是一包鲜红的辣椒。周恩来解释说：“临行前，大家考虑到主席的寿辰，想带点什么礼物给主席，想来想去，还是老总有主意，‘辣子是润之最爱，天天离不开的，带包辣子，他就明白大家的心意啦！’”

毛泽东接过红辣椒，两眼显得湿润，说：“好！我个人带给斯大林的礼物也是一包红辣椒……我要敬一杯酒，遥祝同志们健康幸福。”周恩来招呼大家坐下，说：“今天是主席的五十六岁华诞，也是我们五十六个民族团结在新家的大喜年，同时，我们将要和苏联签订一百五十六个项目的援建合同，喜在一起！我们大家为主席、为年轻的共和国，共同举杯！”

周恩来的到来，无疑也给代表团的其他工作人员带来欣喜。周恩来是共和国的大管家，他又是一个牵挂着身边普通工作人员的长者，和大家建立起了深厚的感情，亦深得大家喜爱敬仰。他像慈父、像良师益友，是处理生活中“突发事件”的高手——就连毛泽东的两任妻子贺子珍和江青，遇到不顺心的事都会跑去找周恩来。他是一把打开矛盾纠结的金钥匙，更是一位感染、激励人热爱生活、积极工作的楷模。

寿宴中西合璧：既以中餐为主，还有西式蛋糕，蛋糕大到人人可以享受到一块。蛋糕上的花样更是突出主题：用奶油点缀一个大寿字，周边“写”有“1893—1949”和“56”字样。毛泽东微笑着看着艺术品般的杰作，说：“巧夺天工哩！团团圆圆五十六,五十六个民族。对，还有一百五十六个项目要合作，也有五十六！好啊！”

“为主席的健康干杯！”周恩来提议。

“干杯！”大家都端起酒来——无论自己会不会饮酒。

一生中，毛泽东从不看重祝寿，也从不做寿。开国之年的五十六岁诞辰又在苏联度过，不过是“意思意思”而已。而这样的“意思”却珍藏在每一个经历者的心中，尤其是还在苏联学习的毛泽东的次子毛岸青。

每到一年的十二月二十六日，毛岸青就会回忆起那短暂的永远抹不去的幸福时刻……而毛泽东的战友、前妻贺子珍虽然也在苏联，就在莫斯科，却无缘和共同生活了近十年的丈夫重逢，默默品味自己酿成的苦酒。

毛泽东对周恩来道："斯大林来这里时谈到了我们的想法，苏联之外，波兰、捷克、德国愿意通商贸易，我们是欢迎的。此外，美、日、英诸国或愿意或已开始和我们做生意，说明政治对峙和经济贸易可以同时存在。外交是门大学问，我看，光外交部的这些班底远远不够，要培养新生力量，是否考虑建立外交学院、贸易大学？"

周恩来想起什么，对毛泽东道："你那爱将陈毅早就嚷嚷在上海的大学里设立外交系——他这个人，对外交执著得很啊！"毛泽东笑笑说："我是答应过胖子做外交部长的。此人也胜任。不过，上海暂时不能没有他，外交部也不能不由你来挂帅。眼下百事待兴，人才奇缺，慢慢来。培养外交人才刻不容缓，回国就部署。"

周恩来既到，中苏谈判马上紧锣密鼓地展开。虽然中苏都以自己的国家利益为底线，但毕竟政治利益亦不可低估。所以，周恩来的出现，谈判桌上的气氛较为融洽，谈判进展顺利，包括《中苏友好同盟互助条约》在内的各条约、协定相继完成，似乎，斯大林和毛泽东，欧洲和亚洲的两个巨人共揽欧亚风云的时代已经到来！

为了庆祝中苏签约成功和蜜月的开始，苏方特意在克里姆林宫举行庆祝宴会。

此举，对于斯大林执掌的克里姆林宫是破天荒的。而且，苏联的全体政治局委员悉数出席，党和苏维埃的主要干部、将军、部长及各界代表纷纷亮相，其热闹程度不亚于庆祝盛大的节日。

斯大林身穿大元帅服，八面威风。其麾下战将或元帅或将军个个威武自傲，喜气洋洋。文官则西装革履，个个精神。与其说是庆祝宴会，不如说是一次不带枪的演练。

毛泽东身穿浅灰色中山装，庄重自信。周恩来身着深灰色中山装，潇洒儒雅。代表团的其他成员也都着装整洁，落落大方。这是新中国的使者第一次在国际舞台向世人展示自己亲和、自信的别样风采。

宴会开始，苏联部长会议主席阿列克谢·尼古拉耶维奇·柯西金首先致辞：中华人民共和国成为社会主义大家庭的一员，是世界反法西斯胜利的必然结果，也是社会主义革命伟大胜利的象征。中苏缔结友好条约，对维护亚欧和世界和平影响巨大。苏联人民愿意为中国的安全和经济建设提供无私援助。中苏两党、两国人民在斯大林和毛泽东的领导下胜利前进！

中华人民共和国政务院总理兼外交部长周恩来接着致答谢辞，他说：首先感谢苏共中央、斯大林同志、苏联人民对新中国的无私援助和支持。共产主义事业是一个伟大的事业，是共产党人神圣的光荣使命，我们有理由携起手来，'团结起来，到明天，英特纳雄耐尔，就一定要实现！'正如柯西金同志刚才讲到的，在斯大林和毛泽东同志的领导下，中苏两党、两国人民互相支持、互相帮助，为建设一个更加强盛的苏联和一个繁荣富强的中华人民共和国而奋斗！

毛泽东和斯大林同坐主席位子。以严肃、不苟言笑著称的斯大林，几次含笑和毛泽

东碰杯，无奈毛泽东不善酒，只好做做样子。轮到各元帅、将军和部长们来敬酒，见毛泽东只应酬不真喝，就有人表现得不高兴。周恩来知道俄罗斯是个少酒不敬的民族，便为毛泽东挡驾，代为饮酒。虽然周恩来在中国人眼里算得上酒圣，但在喝烈性酒如同灌凉水的俄罗斯人面前如何抵挡得了？时间长了便不胜酒力，出现头晕的反应，乃至吐酒。王稼祥忙安排工作人员护送周恩来到休息室休息。

宴会还没结束，苏方也有几位酒大过量，当场哭叫、失控，斯大林呵呵一笑，对毛泽东道："瞧见没有，你们的周恩来是文醉，我们的将军们是武醉，都是喜极痛饮所致。"毛泽东坦然一笑，说："在中国，朋友高兴了喜欢讲'一醉方休'，这说明我们这朋友是真朋友。"斯大林听了和毛泽东再次握手，说："好的，我们的议程圆满结束了——你可以继续旅游考察，我的专列继续陪伴你。"毛泽东道："谢谢斯大林同志，我该回国了。"

"按原定计划，你至少还有一个月的时间在苏联的。"斯大林颇感意外。

"有机会我还会来。等航空协定实施了，来往就方便了。"毛泽东婉言解释，"一则建国不久，好多大事亟待处理；二则，我多待一天，就有许多苏联同志为我操劳。两个月啦，我走了，他们也好去干自己的工作。"

"为你服务就是他们的工作，毛泽东同志。"

"在他们身上同样看到了中苏真诚的兄弟般的友谊，斯大林同志。"

"同样，你也带来了中国人民对苏联人民的真诚友谊，毛泽东同志。"

毛泽东决意提前回国是有原因的。首先，刚到苏俄被"放"在别墅而引起世界舆论的揣测令他不快，虽非耿耿于怀，却也心事难平；在整个活动中，苏方高级干部包括斯大林流露出来的大国沙文主义更令毛泽东不安；再就是到现在还适应不了的饮食习惯，在"任务"完成之前，饮食"问题"自然不能作为问题考虑，事情办完了，心事一平，思乡之念日益强烈；最重要的是放不下的国事：各级地方政权还不巩固，敌特活动尤其是某些地方土匪武装猖獗，国民经济计划正在酝酿制定，关乎国计民生……这诸多的一切，怎不让他牵肠挂肚？当然，家人的呼唤是否影响他的行程，不得而知。

总之，毛泽东要"提前"回国。

中国是礼仪之邦，不能一拍屁股就"拜拜"走人，也不能挥挥手就"达斯维达尼亚"。

毛泽东心不在焉地用目光浏览着寝室里的小小洋世界：洋座钟、洋烟灰缸、洋雕塑……当毛泽东的目光碰到墙上挂着的油画时，神经像被针刺般一个战栗！他想起几天前一位苏联画家拿着一幅为斯大林和自己创作的油画，画面上斯大林抽着烟斗，而毛泽东手中拿的不是香烟而是一本书。实际上比毛泽东矮的斯大林被放大到略高于毛泽东。这种"源于生活高于生活"的创作，显然违背了斯大林七十大寿庆典时宣布的社会主义国家人人平等的宣言，它直接告诉毛泽东：苏联人不但是老大哥，还是老子党。而就此沉默，接受苏联人的"调教"，四亿五千万人的中华民族就会成为苏联人的附属，自己也会言听计从于斯大林……独立自主、让中华民族自立于世界之林，是毛泽东永不动摇的追求和目标。作为大政治家，权衡利弊，在还没“触底”的情况下，用俗话说还没被逼急的情况下，需要的是握手言欢。

他请来周恩来。

“恩来，辛苦你了。”

周恩来歉意一笑，马上神色严肃地做自我批评：“主席，我酒醉克里姆林宫丢丑，给新中国的形象抹黑……”

“哎！”毛泽东挥挥大手制止周恩来，“话不是这样说！你不是因酒而醉，是因我而醉嘛！他们有酒量而少肚量，你何丑之有？”

可以说，在中共所有高级干部中，没有第二个人如毛泽东懂得周恩来，也没有第二个人像周恩来那样理解毛泽东。政治上的强强联合，谋略上的珠联璧合都不足以形容两个伟人的默契，用心心相印形容或许更为贴切一些。这不仅仅是个人的胸怀和睿智、学识和涵养，还应归功于他们毫无私念的为共产主义事业奋斗终生的精神，以及互相明白没有第二个人可以替代对方的挚情。此后的二十六年里，风风雨雨、坎坎坷坷，无论是遭遇挑拨离间还是“众味难调”之时，两个伟人都以不舍弃对方为底线。他们谁都不会忽视这一点。

“恩来，我们对苏联的答谢宴会准备得怎么样？”毛泽东话入正题，“及早举办，尽快走人。我是不想多待了。”

周恩来知道毛泽东的心情，说：“是该尽快回国了。就答谢宴会一事和苏方沟通过，他们主张在克里姆林宫举行，理由是斯大林同志从来不在克里姆林宫之外的地方出席宴会活动。”

“那怎么能行？”毛泽东的神经马上被触动，立即表示反对，“中华人民共和国的答谢宴会在克里姆林宫举行？岂不滑天下之大稽！”

“我已就此和苏外长维辛斯基交涉过，结果还不得而知。”周恩来面色凝重，流露不快。

毛泽东猛吸几口烟，站起来在屋子里踱步思考，久久未出一声。周恩来当然明白毛泽东的忧虑，在什么地方举行宴会，关键是中华人民共和国的答谢宴会，如果在克里姆林宫举行，那就不是在自己主权的地方，是不能接受的。驻苏大使馆还在筹建之中，使馆临时租住的地方不能胜任大型宴会的举办。

“包租莫斯科大饭店！”毛泽东下了狠心，“就是多花几个钱也要维护我们的尊严。”

“就怕斯大林同志不肯出席啊！”周恩来担忧。

毛泽东道：“有可能的。”

“如果斯大林同志拒绝出席怎么办？我们的答谢宴会在莫斯科举行，苏联的国家元首斯大林不出席，政治的风险代价太高了！”周恩来分析可能出现的后果。

毛泽东慎思良久，说：“腿长在斯大林的身上，他不走出克里姆林宫，我们也不好用轿子去抬他。请柬要给斯大林，地点在莫斯科大饭店。总之，我们不能反主为客，做贻

笑大方的事。”

周恩来知道毛泽东的脾气，更相信毛泽东超人的决策能力，此时，又有什么更好的办法呢？只能顺其自然了！

令周恩来暗叹的是，毛泽东不再提斯大林是否出席莫斯大饭店答谢宴会的事，听由周恩来等人在莫斯科大饭店准备举行答谢宴会的工作，轻松悠闲地欣赏苏联顶级艺术家的美术作品，请苏联现实主义文学著名作家亚历山德罗维奇·法捷耶夫介绍他的小说《逆流》《毁灭》，和来访的作家果戈理谈《死魂灵》，与师哲谈奥斯特洛夫斯基的《钢铁是怎样炼成的》。

“岸英还讲过《钢铁是怎样炼成的》。保尔·柯察金的精神值得青年们学习，人活着是要有精神的。你喜欢这本书吗？”毛泽东问师哲。师哲说喜欢。

毛泽东道：“看来，苏联有些作品是很有教育意义的。可以组织人搞一下翻译，包括高尔基的作品。我和总理讲了，苏联是芭蕾舞的故乡，像《天鹅湖》等，艺术水平很高，应该介绍给中国观众。我在延安就说过‘洋为中用’的话，马克思列宁主义可以洋为中用，文学艺术为什么不可以呢？不但要引进好的文学作品，还要请苏联的艺术家们到我们那里演出。当然，也要派我们的艺术家到苏联来，互相交流嘛。”

“主席的意见非常好。”

毛泽东接着道：“我们的民族曾经是世界科技和文化的旗帜；我们的先人为人类进步作出了巨大的无与伦比的贡献。可惜在近一个多世纪落后了，挨打了，这问题要研究。以史为鉴嘛！我们的四大发明领先多少年，却没能发扬光大，而西方层出不尽的发明像电灯、电话、蒸汽机、汽车机械设备等等，彻底改变了人们的生活方式和生产方式，促进了生产力的飞速发展。西方曾借助于东方文明改变了自己的生产生活方式，我们不能故步自封，要发展科学，搞工业建设，富民强国。”

莫斯科大饭店的宴会厅里人声鼎沸、灯火辉煌，横成排竖成行的餐桌上摆好了闪亮的西餐餐具和中餐筷子，每张餐桌上还摆上一盆出自中国厨师之手的“鲜花”——用萝卜和其他水果蔬菜雕刻而成，确是巧夺天工、叹为观止！

六点三十分，毛泽东、周恩来等中国领导人步入宴会厅，在全场宾客的热烈掌声中到主席主桌就座。等在宴会厅门口迎接客人的驻苏大使王稼祥、外交部礼宾司司长等中方人员和应邀而来的苏联客人包括苏共政治局成员、各位元帅及苏维埃政府官员们一一握手拥抱，欢迎他们的到来。王稼祥不时地看看腕上的手表，表针已指六点四十五分，距离宴会开始只剩一刻钟了！

王稼祥的心一下子紧张起来：苏方应邀的官员和各界代表悉数到场，唯独斯大林没有露面。

“莫非从不参加克里姆林宫之外宴会的斯大林今天真的缺席我们的答谢宴会吗？”王

稼祥站不住了，望着莫斯科大饭店外行人寥寥的大街怅然若失。这时，翻译师哲过来悄悄打探消息，王稼祥知道师哲的来意，无言地摇了摇头。

宴会厅里，和莫洛托夫等苏方同志交谈甚欢的毛泽东并非“稳坐钓鱼船”。斯大林能否出席今天的答谢宴会，是自己访苏能不能画个圆满句号的关键点，如果斯大林缺席今天的宴会，就给舆论界尤其西方媒体以不利中苏友谊的口实，贬低中苏合作的意义。探听消息的师哲回到外交部长周恩来的身边，失望地摇了摇头。当周恩来将目光转向维辛斯基的时候，维辛斯基无奈地耸了耸肩，脸上也是茫然。

周恩来靠近毛泽东，悄悄请示：“主席，只剩十分钟了……”

“宴会按计划在七点准时开始。”毛泽东回答，仿佛根本就没有邀请斯大林这回事一样，继续和苏方客人聊天。

此时，不但中国人心中纠结不安，等着搭便车回国，亦被邀请入席的越南民主共和国主席胡志明和朝鲜民主共和国主席金日成也窃窃私语：

“难道斯大林真的不来吗？”

“现在已是六点五十六分了！”

“最好留下的不是遗憾！”

“是啊——可是，斯大林没有出席克里姆林宫之外的宴会的先例！”

就连苏方的核心人物们也心里没底。斯大林能否参加今晚的宴会，他们亦不得而知。像莫洛托夫、布尔加宁就心里希望斯大林“屈尊”到来，但他们与斯大林不同于周恩来与毛泽东，相互交流沟通并不顺畅，或者说不是什么事情都好建议的。莫斯科市市长尼·赫鲁晓夫则不无幸灾乐祸，对身边的师哲道：“斯大林同志是不会来的了。也许，他对中国的茅台酒不感兴趣。”

师哲无言，他瞅瞅毛泽东，见毛泽东依旧淡定自如，暗暗叹息：斯大林为了自己的所谓尊严，无论怎样，其做法都伤害了中国人的尊严！

这时，宴会厅的大门已经关闭，离宴会开始只剩两分钟了。按照宴会安排，七点整将由中华人民共和国政务院总理兼外交部长周恩来致祝酒词。工作人员最后一次测试过扩音器，示意可以开始了。

嘈杂鼎沸的宴会厅一下子变得鸦雀无声。到场的宾客都是人中精英，懂得重大宴会的规矩，知道到了该静听主人致祝酒词的时候了。

两分钟，不，一分半钟，这短短的瞬间，只不过是秒针九十下的“滴答”声，是懒人足睡后做个舒展动作的工夫，或者和外交礼节的握手拥抱所占用的时间相差无几，但此时此刻的九十秒钟，却是影响两个历史巨人乃至两个大国感情的脆弱时刻，这瞬间即逝的九十秒，对于平淡生活的人们无足挂齿，而对于关注尊严的政治家们，在这九十秒面前面临考验——此后，是继续热烈地拥抱，还是装模作样地握手应酬。

中国领导人也知道，对于从不参加克里姆林宫之外宴会的斯大林来说，走进莫斯科大饭店是一个异乎寻常的选择，或者说是他困难的选择；而不得不做如此安排的中国领

导人更期待奇迹出现，让中苏的蜜月期继续，让全世界都看到中苏之间的友谊是平等的、真诚的、健康的、令人鼓舞的！

六点五十九分，奇迹还没有发生。莫斯科大饭店宴会厅的金色大门紧闭着，人们都静静地望着从中山装衣袋里掏出讲稿的周恩来。众目睽睽之下，周恩来开始转身，走向扩音器。周恩来迈着曾在巴黎公社起义的故乡踱步、走过长征的万水千山的脚步，踏着仅剩下的那六十秒——不，八秒，七秒，六秒……站在扩音器前！

就在这一瞬间，宴会厅的大门打开了！人们不约而同地一声惊呼——斯大林出现在众人面前！

宴会大厅墙上大挂钟的时针正指七点。仿佛，克里姆林宫钟楼上的钟声“铛”地也把最后一响送来！

“哗——”

掌声、欢呼声四起。整个宴会厅成为沸腾的海洋！

在人们的欢呼声中，斯大林一边招手致意，一边健步走向毛泽东。在莫洛托夫等苏联高官惊愕的神色包围下，毛泽东迎上去和斯大林握手，表示敬意：“欢迎你，斯大林同志！”

斯大林满面春风，向毛泽东致谢：“谢谢你的邀请，使我不但感受到中国同志的盛情和自豪，也使我看到莫斯科大饭店的金碧辉煌！”

人们笑起来，虽然笑点不尽相同。中国人觉得斯大林很幽默；而斯大林的同胞则因为他第一次走出克里姆林宫，走出别墅官邸参加宴会而意外惊喜。

有诗人感而有诗：

西伯利亚的春风开始刮起，
莫斯科河的坚冰啪啪裂响！
两只大手握在一起的巨人，
调整着世界革命航船的航向……

第九十三回

成果累累走异国　风光无限回国门

几十天的朝夕相处，使工作在布里兹尼亚别墅的工作人员——为毛泽东等客人服务的“达瓦里西”们，感受到中国客人不一样的友情和品德，当他们得知中国客人就要离开时，马上表现出依依不舍和伤感。厨娘佳娃甚至热泪盈眶，对卫士长李银桥道：“就要走了……我害怕这一天到来，它还是来了。还能见到主席同志吗？”

李银桥安慰佳娃：“佳娃妈妈，会的，还会的。感谢您的辛勤劳动和照顾。”

“不不，应该感谢的是我。”佳娃抹着泪水，“你们是我今生遇到的最可爱的人，最体贴人的好人。”

李银桥本不善言辞，只是安慰佳娃“还来，我们还会见面”，掏出手帕为佳娃擦去脸上的泪水。正巧，毛泽东走过来，见状问李银桥是怎么回事。得知原委之后，毛泽东也安慰佳娃：“不要难过，中苏是亲戚了，以后少不了来来往往，大家可以常常见面相处。在这里为中国代表团兢兢业业服务的苏联工作人员值得敬佩。”

“敬佩？您说您敬佩我们？”佳娃听了毛泽东的话十分惊讶。

“你们的工作为中苏友谊作出了贡献，理应得到尊重。”毛泽东说，“为了表示谢意，有一点小礼物要送给你们，作为谢意和纪念。”

“还给我们礼物？”

“对，你们人人有份儿。”

“是吗？”佳娃激动不已，“听说苏联要派工程技术人员到中国，支援你们建设新中国，我儿子是桥梁工程师，我一定鼓励他到中国工作。”

“谢谢你，佳娃同志！”毛泽东和佳娃握手致意。这时，在布里兹尼亚别墅工作的工作人员和男女服务人员纷纷围了来，用令中国客人想不到的齐声向毛泽东问好：

“我们热爱毛主席！我们喜欢中国同志！”

毛泽东一怔。尽管他们的中文说得还不怎么标准，但令毛泽东恍惚之间产生了到家了的感觉。王稼祥用俄语代毛泽东和中国使者们向苏方工作人员表示感谢，并表示对于他们的辛勤劳动和无私奉献精神将反馈给苏联政府。当佳娃等苏联服务员们每人得到中国客人送给的苹果、鸭梨和丝织头巾时，个个眉开眼笑，连连说“哈拉少”。

无疑，返程的毛泽东受到更高规格的欢送，依然由斯大林的专列送回并加强了专列和沿途的警卫。

毛泽东在莫斯科火车站发表临别演说：

“我们相互间在中苏两个大国人民根本利益的基础上所建立起来的充分了解与深厚友

谊，是难以用语言来形容的……我们在苏联首都莫斯科以及在十月革命策源地的列宁城（圣彼得堡），受到了热情的招待，当我们离开这伟大的社会主义首都的时候，特向斯大林大元帅、苏联政府和苏联人民致衷心的谢意。”

“中苏永久友好和永久合作万岁！”

“苏联人民万岁！”

“世界革命导师与中国人民的挚友——斯大林同志万岁！”

一九五〇年二月十七日，即一九四九年十二月十六日踏上莫斯科车站的月台整整两个月后，毛泽东坐进了返程的列车……

当毛泽东乘坐的列车行进在西伯利亚途中的时候，在东三省的千里铁路沿线上，几万名人民解放军指战员、公安干警正展开搜捕，挫败妄图破坏铁路、炸毁毛泽东专列的阴谋活动。

铁路沿线所有村庄都有工作组入驻，指导民兵武装做好本地段防特抓特工作。铁路所有涵洞、桥梁都有排班长带兵值守。沿途之森林湖泊、山高路险之处皆有驻军负责警卫。大小车站，更是森严壁垒，一只飞鸟也难以偷过。公安部长罗瑞卿和铁道部长滕代远不敢有丝毫松懈，从毛泽东离开莫斯科火车站那一刻开始就绷紧了神经。

不是空穴来风。正如公安部截获的情报，台湾派遣到大陆的特务分子已经和潜伏在东北的特务接头，并准备实施代号“二一七”的破坏行动，要在地广人稀的黑土地上制造一起“轰动世界的天大事件”。

“二一七”的大陆总指挥代号“飞雕”，即从台湾潜入大陆的特务分子、执行“二一七”任务的特派员。实施破坏行动的潜伏特务代号“老狐狸”和“夜猫子”，而传达“飞雕”密令给“老狐狸”和“夜猫子”的另一个潜藏特务则尚未露出马脚。敌特会采用什么样的手段进行破坏？是空中还是陆地？或者其他？设在东北局公安部院内的专案指挥部办公室里，侦破专家成功正瞅着墙上的地图出神。

桌上的电话铃声惊动了他。是公安部长罗瑞卿的声音：“成功同志吗？我是罗瑞卿。请你马上赶回北京。”

“马上赶回北京？”成功脱口而出。

“马上赶回。根据分析，‘老狐狸’和‘夜猫子’的确在东北等候指令进行破坏。但传递‘飞雕’指令的电台在北京，也就是说控制住使用电台的人，就可以掌握台湾、‘飞雕’及‘老狐狸’‘夜猫子’的活动情况，我们就变被动为主动。抓捕‘老狐狸’‘夜猫子’的任务交由东北局公安部完成，你的任务是挂帅破获电台。明白吗？”

“明白！”

放下电话立即行动——毛泽东的专列将在一周之后回国，也就是说，破案的时间只剩几天了！

罗瑞卿指示：台湾的特务头子毛人凤指令潜伏在北京的电台具体指挥这次破坏活动。起获电台是关键！

成功理解了上级的作战计划：起获电台就可以“顺藤摸瓜”抓获进行破坏的敌特。

二月的北京风疾雪封、天寒地冻。吉祥钟表修理店的钟表匠计浩祥捅捅煤火炉，一阵灰尘爆过，火苗儿呼呼地蹿上来。计浩祥伸出双手在火上烤着，以暖和暖和在外面冻得直哆嗦的身子。暖和过了，把茶壶重新放回炉子上把水烧开，沏一壶碧螺春，坐在火炉和案子中间，取一只青花瓷杯子倒上茶，一口一口地品，然后又在案头抄起大前门牌香烟磕出一支叼在嘴上，伸长脖子到炉火上点了吸。神稳了，又从橱柜里翻出一个油纸包，打开，是只肥嫩的烧鸡。计浩祥低下头闻闻，香得差点儿流出哈喇子。

“香！美！”

陶醉中又从橱柜里拿出一瓶衡水老白干酒，将瓶口在手中蹭蹭，对着嘴饮一口，砸吧砸吧嘴儿，撕下一个鸡腿就啃。

他计浩祥心里是有点儿美。不久前的区生产动员大会上，区领导还表扬了他遵纪守法、助人为乐，人们还给他鼓了掌。真是“人心隔肚皮，黑白两不知”！计浩祥又自己偷着乐：自己不动枪不动刀，暗地里用手指头击打几下发报机的指令键就够了。事情成功，自己就可以升官发财，不必继续窝在这钟表铺里当这个修表匠了！

计浩祥暗暗庆幸自己反侦破能力高超：毛人凤乃至蒋经国安插潜伏在北京的特务一个又一个被挖出来，包括实施轰炸天安门的资深中统特务，而唯独自己不显山不露水，继续为台湾提供了一个又一个政治、军事、经济情报，被蒋介石、蒋经国父子亲自嘉奖，封为“北平站上校站长”，奖美金五千元。要知道美金五千元是什么概念：可以买空北京东郊粮库一号库的小米；可以买前门外大街任何一栋楼房；可以在全聚德吃喝一辈子；可以天天到八大胡同里和“赛凤仙”快活多少年……共产党真厉害：一夜之间就端了全城窑子的窝，妓女们——包括“赛凤仙”，都被遣散或从良，无踪无影了！

“事成之后，就唱戏的拿鞭子——走人！谁还在这里装三孙子哩？香港、新加坡……不能去台湾，老蒋守不住大陆，谁又知道小蒋守不守得住台湾呢？自己才不到那个台湾孤岛上去当炮灰！人为财死，鸟为食亡，干特务这冒险活儿还不是升官发财为第一？毛人凤许下愿：爆炸专列成功，官升三级，奖美金百万元！有这百万元到美国都可以过舒坦日子了，谁还贪恋他蒋家的连升三级？封我个副总统不也是扣着屁股上房——自抬自？唉！还是钱好啊！”

烧鸡就小酒，越喝越滋润。

计浩祥相信宿命论，对于自己必将“大富”深信不疑。他曾在高山显寺得过高人指点：入仕不求升，图财不恋京。看起来，几天之后东北铁路线上一声轰响，自己就可以扔下这钟表摊子远走高飞了！

心喜酒多。计浩祥越盘算越乐，越吃喝越高兴，不觉发财的冲动直撞脑门，看看门

外天色正慢慢昏暗下来，便掩了店门，回身进内室，把床底下的两只盛着杂物的木箱子挪开，掀开地毯，麻利地把地面上的一块木板掀起来，便是一个暗井。于是，一个狗掉屁股动作，两条腿伸进洞里，用手把木板顺回原处，把自己盖进暗井中。接着，可以听到的“滴滴”声在床下响起来。

几分钟后，床下的木板被推开，计浩祥的脑袋从暗井里露了出来，完成了他的中转指令的一系列动作。但另一个动作让他骤然冒出一身冷汗：几只黑亮的皮鞋和枪口正对准着他！只听一个不无讽刺的男中音命令他：

“出来吧‘黑熊’！冬眠期已经过了！”

连他的外号都清楚，他明白这“动作”是谁做的了！被带到公安局的计浩祥在证据面前不得不认罪，交代了自己听从台湾特务机关的指挥，参与破坏活动的行径。

“愿意走将功折罪的道路吗？”审讯者问。

计浩祥一怔。当他明白自己没有听错时马上磕头如捣蒜：“计浩祥愿意立功赎罪啊！”

“那好吧！继续发报……”

“不敢！”

“按照我们的指令发报！”

计浩祥听明白了，连忙点头似鸡啄米：“是是是，我听长官的！”

“告诉‘老狐狸’和‘夜猫子’，按原计划行动。”

计浩祥用疑惑的目光打量着审讯者，“不！‘老狐狸’和‘夜猫子’要按台湾毛人凤的训令炸毁专列……他们组织了三个行动小组，分三个方案进行暗杀活动：一个炸桥，一个在隧道放置炸药包，一个在山顶上等专列经过时投掷炸药包……”

“就按我说的发报，按原来的阴谋计划向台湾、向‘老狐狸’和‘夜猫子’发报，剩下的你就不用管了。”

计浩祥终于又明白了，“啊……我听长官的！”

计浩祥重坐电台前。他依旧没事儿一样和台湾联系，然后把电文呈给人民警察过目，再按公安局的指令发报给潜伏在东北的“老狐狸”和“夜猫子”。不过，“按计划行动”的“老狐狸”及“夜猫子”等特务分子，纷纷“行动”到解放军指战员、公安干警拉开的天罗地网之中……

台湾阳明山蒋介石官邸，正在收听广播的蒋介石皱着眉关掉收音机，暗暗一叹，摇了摇头。夫人宋美龄端着咖啡送过来，揣测着问：“达令，不要让他们继续干费力不讨好的事情了吧？当年几十万大军都取不到毛泽东的人头，现在又怎么可能轻易得手？空给舆论反面造势，给党国脸上抹黑！”

“党国党国，这还叫党国么？”蒋介石气不打一处来，“颜面已经丢尽，还顾忌什么抹黑不抹黑吗？”

宋美龄冷冷笑道：“如果破罐破摔，那就让人忧虑今后了。”

“你……这话什么意思？”蒋介石有些恼怒。

宋美龄道：“你从来刚愎自用，听不得别人的意见。兵败大陆的教训不值得反思吗？”

“我反思什么？”

“那就是我反思喽？”宋美龄的脸上流露着讥讽。

蒋介石望着斗嘴不让的宋美龄，嘴唇嚅动一下没有说出话来。此时的蒋介石毕竟没有了底气和夫人论成败，虽然在外人面前从不肯承认三年内战失败的责任在自己。

宋美龄提醒蒋介石：“干些现实的事好不好？难道你不清楚台湾的局势？”

“难道没有海军的毛泽东还能打到台湾来？他叶飞的敢死队不是被消灭在登岛那一刻么？”

“这正说明毛泽东决心攻打台湾。”

“那他就等着一次次被消灭在海岸边吧！”

“你又小看毛泽东了！”宋美龄又提醒蒋介石，“大军渡江时毛泽东有海军吗？”

蒋介石又是哑口无言。

“还是考虑一下最值得做的事吧！”

最值得做的事？蒋介石认真地思索。

“学学毛泽东吧！”

“我学他？”蒋介石不屑地摇摇头，“难道我潜回大陆上山打游击，重新夺回江山？”

“你应该学学怎样获得民心。”

“民心？”

“你不就失败在失去民心上吗？”

蒋介石又是哑口无言。宋美龄提着喷壶为院子里的盆景喷水的时候，猛地被一阵“哗哗啦啦”的瓷器破碎声惊动，回首望见夫君正站在屋子里的红木家具前愣神！

——他又一次“扫荡”桌子上的摆设了！

毛泽东的专列顺利地到达哈尔滨。

这是建筑风格中西合璧、被称为“东北亚的巴黎”的东北名城。说它是东北亚的巴黎，是因为这座城市充满浪漫和人情味；说它中西合璧，则是因为它许多的建筑体现着俄罗斯之韵。从卧车车窗向外扫视，毛泽东就领略到又近莫斯科的感觉。同行的越南民主共和国主席胡志明和朝鲜民主共和国主席金日成浏览着哈尔滨的街容市貌，亦有同感。

“这里中苏文化交融啊！”胡志明感叹。

“据我所知，这是一个和谐的国际之城。”金日成说。胡志明相信，因为他知道，如同自己长期战斗生活在中国西南的云、桂一样，金日成则长期战斗生活在中国东北的吉林长白山，对中国的东北十分熟悉。毛泽东在陪同二位共进晚餐的时候提到中共中央曾经设想把首都设在哈尔滨，金日成道：“那样，我们就不便搭乘毛主席的车了。”周恩来仰天大笑。毛泽东道：“你们都是中国共产党的老朋友，到中国来，会有专列为

你们服务。”胡志明笑着说：“中国的版图太大了，有数不尽的名山大川。将来革命胜利了，请毛主席提供交通工具，我要好好游历一番。”毛泽东道：“总理在。他是我们的大管家，我想他对你们会慷慨的。”大家听了开心地笑起来。又吃又说，一顿晚餐吃了近一个小时。

到了重工业之城沈阳，毛泽东与转道丹东、新义州方向的金日成话别：

“南北朝形势不容乐观，要有艰苦斗争的准备啊！”

金日成信心满满地表示：英雄的朝鲜人民军有决心、有能力打败李承晚集团的挑衅和侵略，并将解放朝鲜半岛，统一祖国。

胡志明则不然，对越南的形势看得比较谨慎，“要打败法国殖民主义统治者，还有一段漫长的路要走。中国革命的胜利鼓舞着越南民主共和国人民的革命斗争，但得到中国人民的支持是自己的愿望，中国也是越南人民解放战争的可靠大后方。”毛泽东认真地听着他和周恩来的老朋友的话，说：“我说过，我们是同志加兄弟，支持你们，我们责无旁贷。”胡志明被毛泽东的真情所感染，说：“中国共产党和中国人民才是越南共产党和越南人民的真正好朋友。”

他的苏联之行没有像中国代表团那样风光而又收获颇丰。

从沈阳出发，专列直向首都北京。毛泽东请胡志明主席到自己的车厢里来聊天叙话。胡志明是一位朴素的无产阶级革命家，在老朋友毛泽东面前并无拘束之意，既不寒暄也无掩饰，接过毛泽东递给的苹果就吃起来，边嚼边说：“嗯！好吃。唉！在苏联就没吃上过这么好的苹果。”

“他们的日子也并不真的多富裕。”毛泽东说，“人民的生活也还艰苦。”

“总比我们强些。”胡志明说。

“是比我们好些。”毛泽东点点头。

胡志明道：“斯大林同志把对越南的援助搁置而不议，恐怕我回国后就更难谈了。”

毛泽东对胡志明的忧虑没有直接表达自己的意见，说：“我们的情况特殊一些。这次聚会莫斯科，政治上的议题占了时间，也许他们会回过头来考虑你们的事。”胡志明黯然摇头，没有再继续自己的话题，问毛泽东：“在您看来，有苏联老大哥的保护，亚洲会得到和平吗？”

这是一个耐人寻味的问题。中国的革命事业得到了苏联人民的支持，尤其是抗日战争的胜利。但是毛泽东清楚斯大林对中国革命尤其是无产阶级革命事业即中国共产党的态度，可谓朝秦暮楚，又有乱点鸳鸯谱甚至盲人摸象之嫌，最后才坚定不移。但是，兄弟党之间毕竟是分家过自己日子的，离共产主义理想的世界还遥远，互相之间的支持是不可能没有条件的，包括蜜月中的中苏两国。斯大林给予了中国巨大的支持，也给予了自己巨大的政治荣誉，而不如人意的安排和有意无意的冷落令毛泽东耿耿于怀。作为战略家和政治家，他只能顾大局而略小辱；作为肩负建国强国使命的共和国主席，他为了国家利益则处处责备求全。艰难和坎坷、忍辱并抗争已伴随他走过了半个世纪，也是他的无可复制的财富。和平，是人民当然也是革命者的奋斗目标之一。

“只要帝国主义不放弃侵略，国内反动派不放下屠刀，就没有和平。”毛泽东说着点起香烟吸。胡志明听了点点头说：“是这个道理。现在，中国还有跑到台湾的蒋介石，朝鲜还有北侵的李承晚，我们的对手也虎视眈眈，和平还遥遥无期。”

“我不像有的同志那样乐观。”毛泽东说，“就世界局势而言，无产阶级专政的社会主义阵营的力量相对薄弱一些，社会主义阵营只有苏联一家独大，其他国家……”

“中国是社会主义阵营中的大国。”胡志明插话提醒毛泽东。

“但不是强国。我们刚刚接过来的是一个烂摊子，没钱没物没底子，只有贫穷。”

“是啊！”

“但是我们有改变落后面貌的决心和意志。”毛泽东侃侃而谈，“一张白纸没有负担，好写最新最美的文字，好画最新最美的图画。我们正在着手酝酿第一个五年计划，要在第一个五年计划当中打好工业基础，让市民有工做，农民耕者有其田，人人有饭吃。在城乡逐渐消除贫困和愚昧，建设健康文明的社会环境，稳健地进行社会主义改造。当然，这个目标的实现，离不开军队建设和国防建设。你知道，我们虽然打败了蒋介石国民党反动派，有了一支英雄的人民解放军，但是，继续靠小米加步枪是不行的。要国家不被侵略，有一个经济建设的和平环境，只有一支强大的陆军不行，建设强大的海军和空军势在必行。我们的任务很重，使命也很光荣。”

胡志明听了打心里由衷地信服。他暗暗为脱离了长期的战争折磨的中国人民祝福：毛泽东不仅是中国人民的大救星，也是为人民谋幸福的无产阶级革命家。

专列平稳地驶进北京前门火车站。

火车站的站台上挤满了欢迎领袖归来的人群。他们当中有党和国家的领导人朱德、刘少奇、任弼时、宋庆龄、张澜、李济深、郭沫若……也有各民主党派及知名民主人士如张治中、柳亚子、傅作义……戴着团徽和系着红领巾的学生队伍格外惹眼。当毛泽东第一个走出车厢门的时候，军乐队高奏国歌，三军仪仗队接受主席检阅。接着，毛泽东和前来欢迎的领导人、朋友们一一握手，整个站台问候声、欢呼声交织在一起，形成一个欢乐的海洋。

前门箭楼还是三十多年前青年毛泽东带领出国留学青年走进北京时的箭楼，不过它今天迎接的是有志者事竟成的历史巨人——已是大国领袖的快到花甲之年的伟人毛泽东。在箭楼和火车站之间的广场上，它见证过中国革命的先行者孙中山先生的无畏风采，大军阀张作霖、袁世凯、吴佩孚、段祺瑞、冯国璋等匆匆走过的身影，以及多少忧国忧民仁人志士的遗憾……

当车子绕过天安门广场的时候，坐在车子里的毛泽东望见车窗外的五星红旗时，脸上流露出掩饰不住的激动。这时，他一定望到了前门和天安门之间那片预留的圣土。那是天安门广场的中心，是北京中轴线上的中心点，即将矗立在那里的人民英雄纪念碑位

于祖国的心脏——永垂不朽的人民英雄们永远活在人民心中！他们的血迹染红了高高飘扬的五星红旗，他们的血肉筑起了共和国的钢铁长城，他们的牺牲告诉活着的人们：夺得政权的无产阶级革命其实是另一种意义上的开始！

或许，主席会想得更多。

车子开进丰泽园。

“爸爸！”女儿李讷像燕子一样轻盈地“飞”过来，扑进父亲的怀抱。毛泽东用双手分别抚摸着女儿的头，问：“想爸爸没有啊？”

李讷俏皮地抬起脸儿反问爸爸：“想我们了没有啊？”

毛泽东高兴地大声笑道：“女儿想爸爸，爸爸想女儿，人之常情嘛！”

见此景，李银桥忍不住露出甜蜜的笑意。毛泽东是伟大的领袖同时也是一个普通人，一个慈父。他最清楚，伟大的人格和坚强的意志的深处，依然有着脆弱的一个点。这个点是美丽而动人的。

正是：

并非俗子易落泪，
高大英雄亦柔肠。

第九十四回

春藕斋共谋宏图　菊香屋畅谈未来

天下大事，无小人物弄潮不起，少英雄谋划不达。晚清衰败，黎民积怨促孙文领军反清；中正不正，逼毛泽东秋收起义揭竿起！——旧社会灭亡，新中国成立，新在何处？首曰民主，再则民生，三曰幸福。君主制既废，民主可望；民得以平等生活，即为幸福之本，可见民众的生存权利和生活保障是新中国领导者们必须攻克的最大课题。

苏联之行，激励着毛泽东思考改变民生。

毛泽东知道，无论和苏联还是和西方列强相比，中国有它独有的特点。说它是地大物博，但地大不过美国、加拿大，更比苏联的版图少到三有其二，人口却是这三个国家的总和还多，地无大的优势；说它物博，宝藏多多而无力勘探开发，端着饭碗没饭吃，却被列强掠夺而备受其辱。新中国正常运转，五亿人口的吃喝拉撒睡、生死婚嫁娶，都限制在一个“穷”字上。

政务院总理周恩来根据中央政治局的精神，召集并主持群英会，请大家共谋强国宏图。

春藕斋内外春意盎然。窗外绿柳婆娑、红杏正艳，引得蜂鸟鸣，春色尽泄。窗内人不分男女，位不论高低，人人欢声笑语、满面春风，倍感暖意融融。因为是“非正式”聚会，周恩来总理开场白就说：“我们谈的内容是国家大计，谈的形式则如同联欢。大家敞开心扉、畅所欲言，出主意、献良策，共同谋划我们共和国的蓝图，造福百姓。”

柳亚子慷慨进言：“现在，蒋介石集团已经龟缩台湾，就凭他回回策划爆炸、暗杀之能事，也成不了什么气候，也翻不起什么浪来。继续扩大统一祖国战果与发展国民经济应双轨并行。这是我的想法，妥当与否？起个抛砖引玉的作用足矣！我不懂经济，怎样做，是方家们的事。”

“也是我们大家共同的事。”周恩来说，“稼轩先生是中央人民政府委员，理当贡献自己的智慧啊！”

柳亚子忙说：“一定一定，言所欲言。”

周恩来了解这位毛泽东的老朋友。他是孙中山先生的“国府”秘书，忠诚于三民主义，是对入主国民政府后的蒋介石反革命嘴脸识破最早，反对最坚决的志士之一。他拥护中国共产党，在重庆谈判时将毛泽东的词《沁园春·雪》投发报端，引发的“词热”给予当时陷入冰点的政治空气以冲击，让世人了解毛泽东不但是共产党的“魁首”、抗日的民族大英雄，还是一位伟大的诗人。不仅如此，词的唱和同时让世人看到了一个真诚希望国家统一和平，给民众以民主幸福的共产党的领袖毛泽东。

柳亚子是一位敢于爱就亲、恨则骂的人。但他毕竟是资产阶级革命家，拥护共产党而思想上不等同于共产党人的一位政客，当毛泽东率领中央机关进京后，他感觉毛泽东怠慢了自己便“牢骚太盛”而被周恩来批评过：因颐和园门卫战士不认识老先生挡了他的驾，老先生举起拐杖就打；因管理员没有采购到他要吃的菜扬手就抽管理员的耳光；等等。“牢骚一浪高过一浪”，甚至借共产党内对毛泽东高规格接待国民党原战争罪犯不满而发泄自己的牢骚：“早革命不如晚革命，晚革命不如不革命，不革命不如反革命。”毛泽东知道后不像蒋介石那样马上翻脸不认人，而是虚怀若谷，请柳亚子共同瞻仰孙中山香山碧云寺的衣冠冢，游览香山，待为双清别墅座上客，在颐和园昆明湖亲自执桨划船共游……被感化的柳亚子又被毛泽东提议进中央人民政府任委员——要知道，不要说中共大员，就是军级以上的、省部级以上的名将功臣何止千人？而进入区区五十六人组成的中央人民政府任职委员，这五十六人中民主人士就占去二十七席！柳亚子感慨而呼：“大胸怀、大作为、大前途！”

三个“大”的感慨，道出了柳亚子心境，也流露出他对中国革命前途的信心。

进入中央人民政府机构的民主人士今天悉数到场，体现了大家对建设新中国的极端热情。他们是：

何香凝　中央人民政府委员，华侨事务委员会主任委员、主任
赛福鼎　中央人民政府委员，中央民族事务委员会副主任，新疆省人民政府副主席，新疆军区副司令员
陈嘉庚　中央人民政府委员，华侨事务委员会委员
马寅初　中央人民政府委员，政务院财经委员会副主任委员
马叙伦　中央人民政府委员，政务院委员，文化教育委员会副主任，教育部部长
郭沫若　中央人民政府委员，政务院副总理兼文化教育委员会主任，中国科学院院长
高崇民　中央人民政府委员，东北人民政府副主席
沈钧儒　中央人民政府委员，最高人民法院院长
沈雁冰　中央人民政府委员，文化部部长
陈叔通　中央人民政府委员，中国人民保卫世界和平委员会副主席
司徒美堂　中央人民政府委员，华侨事务委员会委员
李锡九　中央人民政府委员，最高人民检察署委员，河北省人民政府副主席
黄炎培　中央人民政府委员，政务院副总理兼轻工业部部长
蔡廷锴　中央人民政府委员，国防委员会副主席
彭泽民　中央人民政府委员，全国政协常委

张治中　　中央人民政府委员，人民革命军事委员会委员，西北军政委员会副主席

傅作义　　中央人民政府委员，国防委员会副主席，水利部部长

李烛尘　　中央人民政府委员，华北军政委员会副主席

程　潜　　中央人民政府委员，湖南省人民政府主席

张奚若　　中央人民政府委员，政务院政法委员会副主任

陈铭枢　　中央人民政府委员，中南行政委员会副主席

张难先　　中央人民政府委员，中南军政委员会副主席

柳亚子　　中央人民政府委员，华东行政委员会副主席

张东荪　　中央人民政府委员，政务院文化教育委员会委员

龙　云　　中央人民政府委员，西南行政委员会副主席

郭沫若是党外人士中职位最显要，身份更特殊的人物。早期，他曾是中国共产党党员，并担任北伐革命军政治部副主任，后不满蒋介石之独裁而留学东洋，继而抛下日籍妻小回国投身于抗日战争的洪流中。他是继文化革命的旗手鲁迅之后的又一面光彩夺目的旗帜，是集政治家、剧作家、历史学家、考古学家、书法家、教育家、文学家和学者型社会活动家、新诗奠基人为一身的极其特殊的人才，当下中国独一无二。他和毛泽东的私交也是众人皆知，他在新政权中身兼数个要职更令大家刮目相看。他说：

"主席说我们做着的是前人没有做过的伟大事业。在这伟大的事业面前，我们既是先生，也是学生。说是先生，是因为我们是各方面的专家，国家百废待兴，需要大家做先生领导群众做好自己执掌的工作；说是学生，就是主席的学生，要积极学习毛主席的思想理念，提高自己的政治理论水平。我们不能还用旧的思维方式面对新的社会，要用新的理念指导工作，就要敢当毛主席的学生。你们认识与否，我不得而知，反正我会努力。"

带领红军参加抗战，指挥人民解放军打败蒋介石反动集团，迅速建立起人民共和国，访苏的巨大成功，新中国地位的迅速提升……这一切都无人不晓，少有不钦佩者，郭沫若此语虽有吹捧之嫌，确是历史给予毛泽东的名正言顺的诠释。人们给予赞同的掌声。接着，大家的发言就热闹起来，多是颂扬之声。

周恩来道："感谢先生们对主席的爱戴。主席告诉我们，胜利了，会有赞扬声和掌声，但不能被掌声冲昏头脑，我们的任务还艰巨，现在的胜利只是万里长征的第一步。我们怎样迈开下一步？请先生们建言献策。"

周恩来的话声一落，立刻响起热烈的掌声。

张治中发言说："我们和苏联建立起了互助友好条约，北线安全得以保障。但南海的国防则不能因为沿海省份的解放而放松警惕。我最近注意到，美国的第七舰队进驻台湾海峡，直接威胁到我们的安全。我建议，不仅福建南海，两广沿海也应加强国防力量。"

国防委员会副主席蔡廷锴也是此意，“我赞同文白的意见，国防不能有漏洞。”

马叙伦是教育家，自然关注教育，说：“由于近百年来国内战乱不止，民不聊生，我们的新式教育刚刚萌芽就被扼杀在摇篮里。我建议除了建设供广大青少年就学的大、中、小学校之外，还应在全国范围内开展扫盲运动，提高普通群众的文化素质。”

郭沫若鼓掌表示支持，“没有文化的军队是愚蠢的军队，愚蠢的军队是不能战胜敌人的。同样，没有文化的国民也不能完成社会主义的千秋大业。马先生的建议可以认真研究。”

接下来，政务院副总理兼轻工业部部长黄炎培发言：“我们轻工部将根据国家将要出台的第一个五年计划制定轻工业生产的方案，报党中央、政务院批准，在尽量短的时间里缓和市场日用品紧张的状况。”

周恩来点着头，用铅笔在本子上记录着。

最高人民法院院长沈钧儒呼吁，国家应尽快制定新中国自己的法律，以便用法律的武器震慑和打击反革命分子的破坏活动。文化部部长沈雁冰则就文化事业的发展恳求大家的意见。政务院财经委员会副主任马寅初一拉开经济建设的话题，春藕斋就更热闹起来。到午时一点钟，发言一直没有停止……

菊香书屋里，毛泽东兴奋地和章士钊先生纵论天下事。

花甲已过九载的章士钊也是中国现代史上的一个传奇人物。对于他，虽褒贬不一，而推荐李大钊、杨昌济到北京大学任教的善举，筹两万银洋资助毛泽东等几十位新民学会的青年到法国留学，反对袁世凯复辟称帝，一九二一年共产党诞生后寄中国希望于中国共产党且热情拥戴，促进程潜的湖南和平起义等等大义之举，都是不容抹杀的。对于毛泽东的成功，章士钊由衷高兴，说：“杨昌济教授临终所嘱润之、和森必为救国之栋梁，我可以告慰他了。”听到这里，毛泽东神色黯淡下来，对章士钊道：“我对不起杨家父女，尤其开慧，百身莫赎。”章士钊道：“错不在你毛润之，罪在国民党反动派。你不必自责。新中国刚刚成立，百废待兴，你举足轻重，以国事为要啊！”

毛泽东点起一支烟吸着，缓缓地道：“虽然我们得到了苏联人的支持，三亿美元不是个小数目，可救燃眉之急，也可以用于一些国民经济和国防建设的重点项目。但是，我们不能太多地依赖别人，借人家的钱总是要看人家的脸色的，也是要还的。俗话说当家才知柴米贵，用着借来的钱不是那么舒服的啊！”

“代价是有的，但可以取得事半功倍的效果。”

“所以，中央在使用这笔款子上十分慎重，力争让它的作用发挥到极致。斯大林和我们签订了一百五十六个项目的援助协定，力争在第一个五年计划里建立起我们国家的工业体系，包括恢复、加强东北的重工业基地。穷总是要受气的，落后就难免挨打。我们的目标是建设一个富强文明的社会主义国家，任重道远啊！”

章士钊品一口茶，说：“我这黄土埋半截的人都有信心，相信共产党的能力。”

“你知道，我们共产党的绝大部分干部是扛枪杆子的英雄，管理国家和建设国家差不多是门外汉，还有一个学习、摸索的过程。我们的政务院请近半数的党外人士入阁，不仅仅是政治层面上的考虑，还考虑到发挥他们的特长才能。八仙过海，各显神通，尽快改变我们的落后面貌。”

两位智者正谈得高兴，就见毛岸英和刘思齐夫妇走了进来。毛泽东给他们介绍：“岸英，这是你外公的朋友章士钊爷爷，也是我的恩公。一会儿吃饭的时候你要敬酒谢章爷爷，当年你蔡和森叔叔他们到法国勤工俭学，还有我在湖南发起革命运动，章爷爷慷慨资助的两万银元功莫大焉！”章士钊笑着摆摆手说：“一点微薄的力量，不足挂齿！”毛岸英和刘思齐忙问章士钊爷爷好。章士钊望着岸英若有所思，说：“嗯！从岸英的容貌可以看到霞姑的影子——这孩子英俊高挑，好个后生！对了，还有岸青、岸龙，他们都好吗？一晃就过去几十年了。”

毛泽东叹口气：“他和岸青劫后余生，岸龙丢失了。”

“是这样……”章士钊唏嘘不已。

“岸青还在苏联继续他的学业。岸英在苏联上了大学，参加了反法西斯战争，回国后先是在延安拜农民为师，到西柏坡经过了土改锻炼，还不错。现在又拜工人阶级为师，供职于北京机器厂。”介绍儿子时，毛泽东既有父亲的骄傲，又有一个共产党人的坦荡胸怀，幸福感洋溢在眉宇之间。章士钊感慨万千：“屈指数来，你们老毛家为革命牺牲了夫人开慧，胞弟泽民、泽覃和侄子楚雄，对，还有过继的泽建，五口人那！”

屋子里一阵沉默。直到炊事员催促卫士长李银桥“菜凉了”，李银桥才过来提醒毛泽东：“主席，该吃饭了。”

毛泽东“哦”一声，笑道：“你看看，当年章老资助，填饱了千百人的肚子，今天毛泽东让章老饿着肚皮论未来——等我们填饱了肚皮再筹划未来好不好？”

大家都笑了，互相谦让着到餐厅就餐。

以个人身份待客，毛泽东从来不去饭店宾馆，而是在丰泽园自己的家里举行家宴。毛泽东的“家宴”实在算不上是“宴”，只不过来客人的时候多加两三道菜而已。即便是像章士钊这样在毛泽东心目中非常尊重的客人，也同样在乳豆腐、炸辣子和两三道家常菜的基础上加个红烧肉、一道时令蔬菜而已。米饭、馒头、玉米面窝头、稀粥是主食。只有客人来的时候桌子上才会有酒，毛泽东自己是不喝酒的。

毛岸英为章士钊老人斟上酒，自己也倒上一杯，双手端起来敬老人家：“章爷爷，祝您健康长寿，快乐幸福。”

“谢谢，谢谢！”章士钊举杯相碰，然后一饮而尽。

“吃菜吃菜。”毛泽东为章士钊夹菜劝菜，说：“我不善酒，只能陪章老一杯，剩下的由岸英来陪。”

“润之就不必客气了。”章士钊乐呵呵地说，“人说英雄善酒，我看润之就是不爱酒的英雄。”

毛泽东呵呵一笑，说："我不胜酒力，但不怕辣子。吃辣子有一拼。苏联人米高扬就被'辣'住了。"毛岸英听了说："苏联人能喝酒，不能吃辣。你和他比吃辣，当然他不是对手了。"毛泽东瞅瞅毛岸英说："听岸英的意思这比拼有些不公平？我看未必。不过，我们比了个平手。"章士钊道："润之说得好。米氏用酒，润之用辣，各有其长，各有其短，这个平手打得有哲学思想！"

"这还有什么哲学在里面？"岸英听着蹊跷，脱口而出。

章士钊哈哈大笑："这哲学么，就是扬长避短。革命实践证明，润之发挥到了极致。"毛泽东道："章老过誉。其实，说起此道理来无人不晓，运用起来就需要智慧和勇气了。就是在今后的经济建设中也少不了扬长避短，争取事半功倍的效果。"毛岸英道："打仗考虑这一因素好明白，搞经济建设，怎么扬长避短呢？"

毛泽东道："经济建设为什么就不可以扬长避短呢？比如，我们一穷二白，这是短；而我们的艰苦奋斗的精神就是长，穷则思变，就可以创造出奇迹。我们靠小米加步枪打败了蒋介石，我们也能够凭勤劳的双手建设一个繁荣富强的新中国。"

"我们的将来能和苏联一样强大吗？"毛岸英问得恳切，也有些天真。

从苏联归来，毛泽东一直耿耿于怀的就是访苏期间受到的冷遇和实际上的不平等，而之所以如此，就是弱国和强国之间存在的经济差异。以强欺弱，几乎是人类历史的惯例。虽然政治的联姻似乎忽略了经济差异，但斯大林那举手投足之间流露的掩饰不住的歧视着实令毛泽东隐隐作痛：没有国民经济的发展就谈不上强大。

"苏联很强大，但是还没有强大到不可战胜。第二次世界大战结束了，法西斯失败了，所谓中、美、苏、英、法之盟却开始分化，搞个联合国联而不和，新的对抗在资本主义和社会主义革命之间加快步伐，矛盾在一步步激化。新中国刚刚建立，西方社会就开始了反华大合唱。我们借助了苏联的力量，但是常借就恐怕难助了！我们的强大的标准不是和苏联比较，甚至没有可比性。我们强大的目标是不再被任何人侵略，不再受任何人的气；中国人不再被诬蔑为东亚病夫，中国人都将有文化、有品位，有好日子过。我们的国家要有先进的工业体系，先进的农业生产水平，强大的国防力量。到那时，中华民族才会真正自立于世界之林，才是真正的强大。"

毛岸英洗耳恭听。章士钊连连点头。与其说是共进晚餐，毋宁说是一次政治对话，也可以说是共和国的主席向世界宣告：中国共产党正在酝酿着新的长征——建设一个繁荣富强的社会主义强国！

诗曰：

得意捉鳖才收网，
上天揽月又启程。

第九十五回

金日成急电中共　周恩来速召俄使

日理万机的周恩来住在中南海的西花厅。一个大国的总理，对内是名副其实的大管家，对外则是饱览世界风云的政治家。身为“一穷二白”之大国的总理，内忧外患事事揪心。而身为处于政治漩涡中的社会主义新中国的总理，时时事事都要把握好手中的舵：不能让“航船”偏离“航线”和方向。总理兼外交部长任重道远，周恩来只好减少睡眠了！

西花厅位于中南海的西北角。如果你从新华门前往西，拐进府右街沿红墙北行，在府右街北口看到的挂有国徽的西北门，进门后向左一拐就到了西花厅。

西花厅地处僻静，原是清朝末代皇帝爱新觉罗·溥仪的父亲摄政王载沣居住过的西花园。北洋政府的国务院也曾在此办公。现在早已“红颜”消退，老残败落了。尽管如此，搬到这里办公居住的周恩来夫妇不许修缮装修，因陋就简凑合着。虽然陈旧，整个院子的布局还是韵味未减。院子由前后两个院子组成：后院是不规则的四合院，院内的正房与西厢房组成建筑主体，向南的厅房正好是前院的正房，素雅而不失巧妙。前院进门处的假山代影壁，为修竹环绕。院中有弯曲的长廊从南到北，精巧别致。长廊居中设凉亭，南端西延为水榭。院子旧而草木新，海棠艳伴月季香，鸟飞蝉鸣，盎然成趣。正厅配房都尽享草馨花香，美丽景色。

后院正是总理的办公区和居住所。他的卧房不大，睡床亦是简易木床，床上斜置软质靠垫，用以支撑劳累后继续办公的总理的身腰。他的三十平方米大小的办公室西南方位是办公桌，西墙靠着三个文件橱。其他空间留给了可以坐六七个人的会议桌，桌上放着报纸刊物。屋内别无他物。风和日丽时，拉开窗帘打开窗，灿烂的阳光照进来，屋子里明亮、清洁。

正在批阅文件的周恩来被响起的红色电话机的铃声惊动，拿起电话听，是中央办公厅杨尚昆的声音：“总理，我是尚昆。刚刚收到朝鲜金日成总书记的急电，是给主席和党中央的。这个时间主席正休息，我想把电报给您送去。”

“好吧。”

放下电话，周恩来马上想到，几天前朝鲜民主共和国驻华大使转达了金日成的亲笔信：由于美国出兵朝鲜半岛，朝鲜人民军在南线作战受阻，战场上的形势开始朝着不利于人民军的形势发展，请求中国给予援助。中央政治局专题进行了讨论，并就此向社会主义阵营的老大哥苏联通报，征求斯大林的意见。作为国际共产主义运动的旗手和“当家人”，斯大林的态度是坚决的：支持援助。对于中国共产党的要求也是明朗的：共为朝

鲜民主共和国的邻邦和社会主义阵营中的一员，支援朝鲜人民解放是天经地义的，责无旁贷的。现在，中央政治局还没有做出援朝的具体措施时，金日成又来电报，想必是战局危急，请求中国加快支援的步伐。

周恩来冷静地分析过朝鲜半岛的局势，也看到了发生在东北亚的军事冲突的背景：这不仅是南北朝鲜之争，也是世界两大阵营的较量。周恩来注意到，联合国安理会做出派联合国军对朝鲜宣战的决议，使朝鲜半岛的局势急转直下：弱小的朝鲜民主共和国怎能对抗强大的联合国军的进攻。

金日成的处境是可以理解的。

周恩来更理解党中央的难处。

新中国刚从战争的硝烟中走出来，或者说还在进行着局部的战争，自己的包袱依然沉重。如果按照斯大林的决策中苏联合出兵朝鲜，真正的对手不是韩国，而是以美国为首的西方列强。在帝国主义阵营，在亚洲横行霸道的大英帝国日渐衰落，新兴的美帝国主义取而代之，成为世界头号强国。按照马克思列宁主义的学说，帝国主义的本质特性就是对外扩张侵略，是与共产主义水火不能相容的，由此看来，“项庄舞剑，意在沛公”，朝鲜半岛的角逐实际上是国际势力的对垒，是“东风压倒西风还是西风压倒东风”的风向标。

中国不可能无动于衷。

然而，决策难啊！

金日成的电报说：

> 毛泽东同志：
>
> ……自九月中旬美军在仁川登陆以来，对我们已造成了很不利的情况。敌人利用约千架各种飞机，不分昼夜地轰炸我们的前方和后方。我们受到的兵力和物资方面的损失是非常严重的。敌人登陆部队与南线部队已经连接在一起，切断了我们的南北部队，如果敌人继续进攻“三八线”以北地区，只靠我们自己的力量是难以克服此危机的。因此，我们不得不请求您给予我们以特别的援助，即在敌人进攻“三八线”以北地区的情况下，极盼中国人民解放军直接出动援助我军作战。

金日成的电报非常简单明了：迫切要求中国出兵救援。而周恩来的心情何其煎熬：他知道，对于中国共产党来说，无论什么样的选择都是艰难的！出兵朝鲜，必然影响到新中国的经济建设，同时要和世界第一军事强国美国展开枪对枪、刀对刀的较量，将会付出怎样的代价不得而知。周恩来也知道，作为战略家的毛泽东主席此时也正在为援朝问题权衡利弊，酝酿决策。

周恩来驱车来到丰泽园菊香书屋，将金日成的电文呈送共和国的主席毛泽东，听取国家元首的意见。知道毛泽东作息规律的周恩来没有急迫的事情是不会来打扰毛泽东的休息的，值班卫士悄悄走进毛泽东的卧室，叫醒他：

“主席，总理来了。”

毛泽东睁开睡眼，望望李银桥，“哦”一声撩开搭在身上的毛巾被，穿着打了补丁的睡衣坐起来，“快请总理。”

周恩来走近毛泽东，关切地问：“主席啊，没睡好吧？”

“吃了两片安眠药，睡了一会儿了……是不是朝鲜又催啊？”

“不是金日成催得急，就不来打扰主席休息了。”

毛泽东望望周恩来，关心地说：“忙……你也要注意休息啊！”

“还好。有的时候也要吃安眠药催眠。”

毛泽东叹口气，“没有办法啊！帝国主义不让我们踏踏实实睡，我们只好打起精神面对了。”

两位巨人在沙发上相邻而坐。周恩来把电报递给毛泽东，说：“看来金日成同志非常着急，朝鲜战局有些危险了。”

“朝鲜人民军一鼓作气把李承晚快赶到汉城，没料到美军为首的联合国军在仁川登陆，把人民军拦腰截断，并被分散包围，伤亡极大，这仗是打不下去了。单凭人民军，是无法对抗了！所以，金日成要求我们出兵援助。”

毛泽东沉吟一下，接着说：“援助是要援助的，但是要和斯大林协调好，按照两党商定的方案进行。美国人有得是飞机、大炮和坦克，我们不能用对付蒋介石的老办法和美国人干。斯大林要出飞机、大炮，要出装备。”

“斯大林承诺了的。”

“承诺了还要兑现。问题是兑现。”

毛泽东的担心不是空穴来风。在为斯大林祝寿时，斯大林曾就朝鲜半岛的局势明确告诉金日成“帝国主义染指朝鲜，苏联人民不会坐视不管。”朝鲜半岛战争爆发，斯大林公开宣称支持朝鲜民主共和国抗击敌人，并和中国领导人达成协议，由中国人民解放军负责陆地作战，苏联红军保障空中安全。

在中共中央召开的会议上，政治局委员们终于统一了援朝认识，履行义不容辞的国际义务。令毛泽东焦虑的是朝鲜半岛战争步步升级，斯大林却稳坐钓鱼台，迟迟不能就援朝问题进行实质性的准备工作。朝鲜半岛的战火一天天向鸭绿江烧来，难道要等到火烧眉毛才出手吗？

“恩来，恐怕你要辛苦一趟了！”

“主席的意思是去莫斯科？”

“去推他一把。时间不等人了。”

“好吧。主席还有什么要交代的？”

“你去，就不用我交代什么了。”

周恩来知道，毛泽东的话是肺腑之言。

莫斯科的克里姆林宫，斯大林及时会见秘密来访的中国总理周周来。听完周恩来的来意，斯大林使劲地抽着烟斗，两股烟柱在他漂亮的胡子前方喷射而出，略一停顿道："请你告诉毛泽东同志作好出兵准备，苏联红军同样作好准备，立即调集飞机、大炮、坦克，我们共同打击侵略者。"

"斯大林同志，我们的援朝部队已在东北集结待命。"

"好的。"斯大林挥挥握着烟斗的手，"具体时间，我们另行商定。"

做好游说准备的周恩来没想到斯大林表态如此明快，当夜飞回北京，向毛泽东汇报莫斯科之行。毛泽东道："既然如此，我们就立即组建出兵部队的三大部。恩来，请总司令来，我们先议一议，再交由政治局研究。"

中国人民解放军总司令朱德就住在丰泽园的一座院子里，很快赶来。毛泽东对朱德道："恩来带来了斯大林同志的口信，要我们立即组建出国援朝部队。我们有几个问题要准备一下，然后到政治局研究。来来，我们坐下说。"

大家坐定，周恩来首先通报莫斯科之行。朱德谈出自己的看法："主席，斯大林和我们达成了共同援朝的口头协议，但不是铁板钉钉的事。根据过去的经验，我担心他生变啊！"毛泽东道："我也担心这一点。担心归担心，我们又不能不准备，不能失信于朋友。我们的部队已经在东北集结，作好了入朝的准备。现在，朝鲜的情况已经很紧急，有被美军吃掉的危险。我是坐不住了。"朱德点点头，说："那就尽快和斯大林同志商定入朝时间，尤其是苏联空军参战，对打赢战争十分重要。"毛泽东对周恩来道："老总言之有理啊，我们马上起草电文，请斯大林明确答复，然后决定入朝事宜。"周恩来说"好"，对毛泽东道："我立即起草电报致电斯大林。"

周、朱走后，毛泽东久久不能平静。第一个国庆节的烟火未熄，几十个国家的贺电未曾看完，就收到了来自朝鲜半岛的第二个"礼物"，而这个礼物如此沉重又棘手。少年立志改变中国，意在让人民得以自由平等，生活幸福，没料到新中国才一岁生日，就有战火烧到身边来！更不能蔑视的是，纵火人乃是世界第一强国美国。

"唇亡齿寒！无论如何，美国人打到鸭绿江边，对中国是一个不能回避的威胁！"毛泽东掂量着利弊：首先受到威胁的是重工业基地的东三省，而东三省的工业是新中国基础工业的命脉啊！

就在当晚，韩国的陆军第三师向"三八线"以北发起进攻。十月二日凌晨，麦克阿瑟接到美军参谋长联席会议命令，指挥"联合国军"从海上和陆地向"三八线"以北进攻！朝鲜人民军装备和军力无法抗衡"联合国军"的飞机大炮和"刀枪不入"的坦克部队，节节败退北撤，"联合国军"的大炮坦克直逼鸭绿江，飞机也肆无忌惮地在鸭绿江上空轰鸣！

毛泽定再也坐不住了！顾不得斯大林迟迟不动，凌晨两点马上给东北局主席高岗发电：一、高岗接到电报立即到京；二、邓华提前结束边防军的作战准备工作，随时待命出动；三、邓华随时报告准备情况，是否可以立即出动参战。

接到电报的高岗不敢怠慢，立即动身来到北京。匆匆赶到中南海时，政治局的会议正在进行。

毛泽东停住讲话，对高岗道："事不宜迟，只好召你进京。如今，朝鲜到了'最危险的时候'，你听到美军的炮声了吗？"

高岗似乎还喘着粗气，"怎么听不到呢？他妈的飞机都在鸭绿江上空横冲直闯了！恨得我牙根儿疼——真该打他狗日的！"

毛泽东对大家道："敌人打到我们门口来了！我们能坐得住吗？"然后问高岗："部队的情绪怎样？还有什么问题吗？"

"报告主席，问题是有，可是不能因为有困难就不参战了！美帝国主义都骑到我们脖子上拉屎了，我们能含糊？"

"高岗同志的话糙理不糙，我们不能亡羊补牢——那时就补不上了。"毛泽东表示赞同高岗的话。周恩来是党内最能理解毛泽东思想的人，也是最尊重毛泽东的意见并一丝不苟贯彻执行毛泽东指示的人，这倒不是盲从，而是革命实践赋予他的历史使命。

"我同意尽快决策出动——是否马上征求斯大林的意见？"

毛泽东略有思考，说："不是仅仅征求他的意见，而是请他马上按议定方案出动空军参战，将援朝之物资装备尽快运到！"朱德也强调，"支援朝鲜是社会主义阵营的共同责任和义务，必须按照预定方案才能打好这一仗。事到如今，该抹下脸较真儿了！"

真的较真儿发给斯大林电报，却如石沉大海，莫斯科方面没有回音。金日成一天三次电报告急，令遇事不慌的周恩来也心急火燎，不得不召见苏联驻华大使罗申。罗申知道中国领导人召见自己一定是援朝事宜，一边驱车中南海一边琢磨怎样应对周恩来。其实，他也不明白斯大林的葫芦里卖的什么药，自己也不敢多问。昨天自己曾试探着想从会议部长主席柯西金那里得到信息，柯西金说"我耳朵里没有听到的无法告诉你。"用中国人的话说，斯大林究竟打的什么算盘不得而知。

走进环境优美而房子陈旧的西花厅，罗申受到周恩来的热情接待，但很快就切入正题。周恩来通报了朝鲜半岛的紧张局势，说：

"朝鲜民主共和国已处于生死存亡之间。如果我们再无动于衷，中苏的邻居不再是兄弟的邻邦，而是虎视眈眈的敌人。"

"那将是社会主义阵营的一个悲剧，总理同志！"罗申耸耸肩头。

周恩来神色严肃地提醒罗申："我们两国政府就援朝问题是达成了协议的，协议的内容罗申同志不会忘记吧？"

"当然，总理同志！"

"但是直到今天莫斯科并没有具体的行动，也没有明确的解释。"

"没有……嗯，没有。我也没有得到国内的明确指示，所以，非常遗憾……"

“我担心更大的遗憾就要发生，斯大林同志将在世界地图上找不到朝鲜民主共和国，伟大的苏联人民将失去一个好兄弟。”

罗申算得上是周恩来的好朋友了。他就任驻华大使以来还不曾见过温文儒雅的周恩来如此拉下脸来对话，他也明白有求于斯大林的中国人此时的心情，他也感受到中国人有情有义有责任感的崇高精神。罗申被震撼了！

“总理同志，我马上和国内联系，尽快回答您！”

周恩来是既灵活又坚守底线的外交家，话到这个份上已经是破例之举了！

司马龙珠日渐康复，他的闲不住的心也日渐焦躁不安。中国人民解放军 301 医院的特护病房已容不下他跃动的心，“我得去工作了，不能待在这里享清福！”

“出院！我马上出院！”早餐的时候，司马当着护士向东方玉梅发脾气，似乎是东方玉梅把他困在这里的。东方玉梅耐心地解释：“医生不是说了吗，你还要经过一段时间的治疗……”

“都好了，还治疗什么！有没有病我自己还不知道吗？”

司马的目光咄咄逼人。

东方玉梅几次忍受着他的发泄，为他难过。他是个钢铁战士，更让她敬佩的是那颗对革命事业赤诚的心。他自己还不明白将伴随他康复的还有将与他终生相伴的残疾。在别人的眼里，无论是相貌或者年龄，两个人的爱是个奇迹——而少有人明白东方玉梅与本身就是一个奇迹的司马龙珠相爱的“秘密”。浪漫者说，爱就是奉献。

把自己的青春和爱情奉献给英雄，是东方玉梅永不松动的“结”，她认为自己就是为他而生的，与司马龙珠结为伉俪，是天作之合。

“司马，你应当相信医生的话。”东方玉梅劝慰司马龙珠，“养不好病就出院工作，会留下后患的呀！”

“什么后患？伤在我身上，好不好我还不清楚吗？赖在病床上不走算怎么回事？”司马龙珠喊起来。

但是，他的身体并不像他自己想的那么简单。穿颅而过的子弹“躲过了”他的生命线，却“骚扰”了他的神经线——也许，他再也不能像蛟龙那样畅游于江河湖海，也不能像猴子那样巧攀于山岩林木之间。医生说，子弹擦过他小脑的边缘，指挥人行动的小脑神经受到伤害，影响到了某些动作，也就是说，司马龙珠是个地地道道的残废军人了。

“不是你赖在病床上，是病魔还纠缠着你！”

“屁话！我就不信！”司马龙珠驳斥东方玉梅。护士看不下去了，忍不住插嘴：“首长，您有些过分了。东方处长对你多好！多关心你，呵护你，你都残废了，人家不嫌你就行了，你倒动不动就发脾气！”

“你说什么？！”司马龙珠睁大眼睛盯着护士，久久说不出话来，懵懂半天，冷静下来问东方玉梅：“我真的残废了吗？怎么个残废法？”

“其实没什么……可能活动受点儿影响。”

“是这样……”司马龙珠沉默了。

“没大事，真的没有大碍，只是一点点影响。”东方玉梅安慰他。

再次沉默之后，司马龙珠换了个人似的，温和地对东方玉梅道：“东方，请你请示一下，我要见主席。”

东方玉梅不假思索地道：“你可别！主席他们忙得连睡的时间都没有。……中央正为抗美援朝的事揪心呢！”

司马龙珠正色道：“正因如此，所以要见主席。你一定去请主席腾个时间，我有话对他说。”见司马龙珠认真的样子，东方玉梅怕司马急坏了身体，忙答应道：“我去还不行吗，你别急啊！”司马龙珠这才肯躺下假装休息，等东方玉梅走后，司马龙珠便悄悄下床到院子里活动身体，又是甩胳膊又是弄腿，然后打起太极拳来。当汗津津的司马龙珠正要回病房时，只见一辆苏产吉姆牌轿车停在院子那边，车里走出东方玉梅和毛泽东的卫士李银桥，没等司马龙珠开口，李银桥上前向司马龙珠立正敬礼：“首长，请上车。”

司马龙珠认得李银桥，知道是毛泽东派车接自己来了，高兴得眉飞色舞，“是银桥同志！好，我上车！”

走进毛泽东的书房兼卧室，司马龙珠感觉像置身于一名大学者、大教授的书房，扫视着一排排高大的书架，百感交集、感慨不已：润之，上下几千年，数百帝千王，谁比君学富五车哉！毛泽东早迎上前来，拉着司马龙珠的手往里走，说：“你呀！要来就来，还让东方搞什么请示，难道毛泽东做孤家寡人不成？”

司马龙珠激动地道：“不是万不得已，我不忍心打扰主席！”

“听听是什么话！‘不忍打扰’‘主席、主席’，你就不能唤声润之吗？”

“润之！”

“司马！见你重新站起来了，我万分高兴！来啊，坐下说话么！”

屁股刚挨沙发垫儿，司马龙珠就蹦出一句话：“我有话和你说！”

“那就竹筒倒豆子——一点儿别剩。”

“不不，我就一句话。”

“闹了半天就一句话？”

司马龙珠默默地点点头。

“那就说么！”

东方玉梅也催促司马：“一句话也得说出来呀，你倒客气起来了！”

司马龙珠忽地站起来，向毛泽东一个敬礼：“我请求抗美援朝上前线！”

谁都没想到司马龙珠会有此举。毛泽东一愣，东方玉梅一惊。

“别相信医生的话，我痊愈了！润之你看！”司马龙珠边说边甩着胳膊，“好好的了！”

毛泽东安慰司马道："别急么！你好了，我们都高兴。东方伺候你一年多，等你几年了，盼的就是你今天啊！你都知天命之年了，先把婚事办了，工作的事再安排。"司马龙珠主意不改，坚持说："我是共产党员，哪里最困难就到哪里去！美帝国主义绕着弯子来侵略中国，我坐得住吗？"

毛泽东听了心里一阵火辣辣的热。关于援朝抗美，党内外纷争不已。大多数人支持援朝，认为援朝抗美就是保家卫国。也有人觉得新中国刚刚成立一年，虽然大陆完全解放了，但台湾还被蒋介石控制着，自己的屁股还没擦干净就去帮别人，而且和世界头号强国打仗，风险太大。就连将帅中也有摇头怀疑者。还没有离开病床的司马却一马当先请战，令毛泽东感动不已。

"你是唯物主义者，是生死不惧的英雄，我坦率地告诉你，你虽然康复了，但造成的残疾使你不适应上前线参战了。大后方的工作也不轻松，你可以留在后方做力所能及的工作。"

"润之，我舍不得离开部队啊！"司马说着就眼圈红了。

毛泽东叹道："这我理解，毕竟一颗红星戴在头上二十几年。可是，我们的革命事业不仅仅要部队来做，各行各业都要有人做。现在，不少军队干部都转到地方工作，脱下了军装，包括你身边的东方玉梅同志。乍脱军装，可能一时难以割舍，但是，共产党员的职责是服从党的召唤，要想得通，行动快。王稼祥同志比你资格老吧，不穿军装穿中山装出任驻苏大使。恩来同志在红军中的地位和威望你清楚，他也脱军装了！和他们比，你有什么想不开的呢？"

司马龙珠顿时无言。

毛泽东继续劝慰司马："你本来就已经在地方工作过，熟悉地方工作了，还是回到地方工作好。你身体毕竟留有残疾，有东方玉梅在你身边，可以方便照顾你。你就不要任着性子了。能想通吗？"

"那，我就只好听组织安排了。"司马龙珠没有抵触学兄毛泽东的先例，不再坚持援朝参战了。

毛泽东语重心长地对司马道："你我几十年，可谓风雨同舟。遗憾的是没能帮你建立一个家庭。好了，巾帼东方挚爱你，是你的福气，我希望尽快喝上你的喜酒。"

"谢谢润之兄。"司马龙珠和毛泽东告别。毛泽东"哎"一声道："我不是请你来批评你的，是请你来叙叙话，顺便吃顿饭的，就算提前喝你的喜酒了。"

"润之……"司马丈二和尚摸不着头脑，一时愕然。

"你不是希望到最困难的地方去吗，我想跟总理提议，让你到河北省府去补个缺。"

"补个缺？"

"那里的政府秘书长是邓华的老部下，几天前就闹着要到东北去。你到那里去接任。怎么样，你有什么意见吗？"

司马龙珠听了咧咧嘴，"闹了半天让我到那么个'困难'的地方去呀？"

“不要小看了河北啊！那可是我们打底子的地方。我们的许多机构就是在石家庄建立起来的，你在石家庄工作过，你清楚。河北是京畿要地、渤海之滨，城市众多。它的好坏，关乎我们的经济建设。你这个秘书长是主持全省实际工作的灵魂人物，又是个忙差事，不能没有困难。”

“是！”司马龙珠向毛泽东敬礼。这也是他的军旅生涯中向毛泽东敬的最后一个军礼。

正是：

解甲依然乃战士，
风云人物看明天。

第九十六回

再议出兵难选帅　另择大将心事重

送走战友司马，迎来回国述职的驻苏大使王稼祥和共和国总理周恩来。斯大林到底要打什么牌？这是毛泽东将和王稼祥、周恩来要讨论的问题。朝鲜半岛的局势危在旦夕，容不得中苏按兵不动，也看不得斯大林耍太极了！

刚刚坐稳，风尘仆仆的王稼祥就向主席总理汇报莫斯科的情况：在援朝问题上，不仅苏共内部存在分歧，斯大林也摇摆不定。

“这就是说，斯大林不准备出兵了？”毛泽东强忍恼怒。

王稼祥回答：“我看结果会是这样。不过，斯大林表示援朝物资按计划经过满洲里运往丹东。”

“岂有此理！”毛泽东怒不可遏，“老大哥的国际共产主义精神跑到哪里去了？”

“我几次催促苏联外交部明确向我们答复出兵问题，维辛斯基总是说他们还没有准备好。据我分析，斯大林对和美国人作战不无忧虑。”

“美国人能等他们准备好吗？朝鲜人民军能等他们准备好吗？朋友面临生死存亡而不动，算什么朋友！”毛泽东气急，嗓门老高。

周恩来提醒毛泽东：“主席，无论怎样，到了下决心的时候了！我们是不是召开政治局紧急会议研究一下？”

毛泽东从茶几上抄起香烟拽出一支放到嘴上点着，狠狠地吸一口，“开会！马上通知开会！”

颐年堂小会议室，除彭德怀在西北局主持工作、林彪在广州养病外，其余政治局委员、军委委员悉数到会，大家个个神态严肃、不苟言笑，静得像掉在地上一根绣花针的声音都可听得到。毛泽东、刘少奇、高岗等大部分政治局委员都有吸烟的习惯，会议还没有开始，会议室就已经烟雾弥漫了。弥漫的烟雾中，大家可以互相看到朦胧中的一张张严肃的脸：今天的会议内容太纠结人们的神经了。

毛泽东亲自主持会议。

中央人民政府副主席、东北局主席高岗首先介绍朝鲜半岛的紧张局势：以美国为首的“联合国军”很有可能不用几日就拿下平壤，兵屯鸭绿江南岸。在丹东时常能看到轰炸袭击朝鲜民主共和国的美机影子。中国人民解放军边防部队正严阵以待，只要中央军委一声令下，即可出动。

“斯大林什么态度？苏联空军呢？”有人提问。这是每个人都关注的问题。

大家把目光投向毛泽东。毛泽东把手中的烟掐灭，神色凝重地道："这也是我们共同关心的问题。没有苏联的支持，尤其是空军的支持，困难会大一些。"

马上有人表示反对："不仅仅是困难大一些吧？我们的部队刚结束战争不久，喘息未定，还没有休整；再者，在战术上讲美帝国主义确实是只真老虎，实力强大！更重要的是我们刚刚建国，各行各业正要起步，如果卷进这场战争中去，经济建设必然受到重创，说不定会危及国家安全，危及我们的政权的巩固。我不赞成盲目出兵，尤其是抛开苏联单方面出兵。苏联都不敢和美国人硬碰，我们有把握吗？"

令毛泽东意外的是，持有这种观点的并非个别人。会场上议论纷纷：

"言之有理。"

"苏联号称社会主义阵营的老大，他为什么不出手？"

"万一打不赢，后果不堪设想。"

"还是集中人力物力财力搞好我们自己的事，强大了，就不怕他老美！"

"……"

大家的话，毛泽东句句听在耳朵里，放在心上。他没有立即反驳大家，而是一支接一支地抽着新中国创立的品牌"中华"牌香烟，思索着怎样说服大家。在他的心目中只有出动军队支援朝鲜一个选择。但是，作为集体领导决策的中国共产党的主席，必须遵守少数服从多数的原则，任何决议都要表决通过。在如此大的问题面前，他不愿意看到以微弱多数通过的现象。团结是事业成功的基础，打好基础是事业取得胜利的重要保障。

没有疑问，周恩来是毛泽东意见的支持者。他说，即使我们不出兵援朝，有谁相信美帝国主义侵略者下一个侵略目标不是中国呢？主席说过：晚打不如早打，无非是打破坛坛罐罐重来。

建国之前的民主之风不但令党外人士敢于建言，在党的最高领导层内，也形成了"知无不言"的党风。为了党和国家利益，政治局委员们都能大胆各抒己见，争辩是非。这时的毛泽东是人们心目中尊重又开明可亲的伟大领袖，大家在会议上几乎都是"言无不尽"。一个政治局委员说出"如果采取民主集中制的原则，在斯大林没有实际行动的情况下，我对出兵朝鲜投反对票"的话后，竟有相当一部分人持有同样意见。

"我理解大家的心情。我们的国家自己就很困难，百业待兴。可是，面对曾经为中国人民的抗日事业作出过贡献的老朋友，他和他的民族面临灭亡的危急时刻，我们瞪着眼睛看着不管，心里也不是滋味。"

毛泽东的话令人感动，甚至心酸。支持出兵者亦慷慨陈词，讲国际主义精神，讲"帝国主义你不打它就不倒"，讲凡事总是有利有弊，把帝国主义的威风打下去，会有一个更好的建设环境。反对者主张不打没把握的仗，这不是主席你主张的吗？总之，会议难以达成决议。

月上东楼，只好休会。

菊香书屋，毛泽东还被另一个问题困扰着，这就是由谁来挂帅出征。高岗来京的当天，毛泽东、朱德、周恩来、刘少奇、高岗和代总长聂荣臻在颐年堂举行过小范围的会议，研究出兵时间和选帅的问题，有人推荐林彪并达成共识。

毛泽东找来林彪谈话，林彪面露为难之意，说："主席真的主张出兵朝鲜吗？"

"呃？这你还怀疑吗？"

林彪摇摇头，"我以为不可。"

"谈谈你的看法么！"

林彪干咳一声，说："我们刚结束国内战争，军队还没有休整，各方面都待准备。而美国是世界强国，武器先进精良，每个军配备各种火炮就有一千五百门，我们每个军只有三十几门。更何况美方有强大的空军和海军支援。我们轻率入朝参战，既无空军掩护又无海军支援，贸然出兵必遭'引火烧身'，后果不堪设想！"

毛泽东道："你说的困难是存在的。可是，我们不出兵的后果又是什么呢？"

"不出兵的后果？"林彪望着毛泽东一句话也说不出来。他是杰出的军事家，考虑到仗怎样打，怎样打赢，对于战争背后的政治因素则虑之甚少。

毛泽东告诉他，虽然武器装备相比之下非常悬殊，但决定战争胜负的重要因素是人而不是武器。打击美帝国主义，抗美援朝也是为了保家卫国。从井冈山革命就和毛泽东打交道的林彪知道自己是讲不过毛泽东的，沉吟良久，向毛泽东诉苦道："主席，长期的战争，我负过伤，身体虚弱，晚上失眠，见不得光，吹不得风，听不得声音，医生说，这是我恢复健康的大忌。"

"喔？"

毛泽东愕然失声。林彪已婉言拒绝挂帅出征了！

那么，由谁来挂帅入朝呢？

毛泽东又想到了粟裕。

可以说，粟裕是众多将领中罕有的常胜将军，是具大将风度的军中智多星。斗智斗勇，在被国民党大军包围的苏区保存下革命武装力量，使共产党领导的武装力量在江南星火燎原；抗日战争中指挥新四军、江浙军区对敌作战，战功赫赫；解放战争中指挥、部署淮海战役功勋卓著。可是，在援朝问题之前就得到在青岛养病的粟裕近况，确实病情严重。到青岛看望过粟裕的罗瑞卿也曾提及，粟裕难以胜任。

那，又派谁呢？

昼夜不眠又重演，毛泽东纠结不已。可见，毛泽东对纸老虎又真老虎的美军的重视，出兵朝鲜半岛也是无奈之举。他比谁都清楚美国的那些飞机、大炮和游弋在大海上的舰队，他更清楚将要发生的中美对抗战的深远意义。要以装备落后于敌人多少倍的人民解放军战胜武装到牙齿的美国侵略军，将帅非常关键。

天气渐凉。坐在书案后的毛泽东却因焦急而倍感燥热，不时抄起报纸呼扇几下，然后扔掉报纸点烟吸起来。李银桥走进来为毛泽东换茶，见屋子里烟雾弥漫，呛得咳嗽两声，说："主席，打开窗子透透风吧？一会儿客人来了太呛啊。"

"哦！那好。"

毛泽东想起来了，司马龙珠和东方玉梅晚八点来辞行的。八点整，司马龙珠和东方玉梅来到菊香书屋。司马一眼就看出毛泽东满脸倦意，担忧他的健康，说："润之，又没休息好吧？"

"哪里睡得下啊！"毛泽东长叹一声。司马龙珠微微一笑，说："恐怕正为帅而举棋不定吧？"毛泽东望望司马，目光流露出一丝惊异。司马只作不知，道："我无意探听核心机密。我也不过多猜测。为什么不考虑彭大将军呢？"

"老彭？"毛泽东眼睛刹那间一亮。

司马摆摆手，说："这不是我该多问的事，话到此为止，你自己掂量。我虽不能参战朝鲜，但不能不牵挂。润之，我为有你这样的学兄而欣慰，无论在哪里，不会给你丢脸的。"

"你们就要走了？"

"明天就走。"

"为什么不举行了婚礼再走？"毛泽东问。

"昨天领了结婚证，"东方玉梅说，"依照他的主意，到了保定，就说办完婚礼了。"

"好主意，省事又不铺张，我赞成。保定离北京近得很，你们有时间就来看我。"

"嗯！"东方玉梅点头答应。司马龙珠心里一阵酸楚，至尊孤独，是客观条件形成的，是不以他个人的意志转移的。

为了安全，中央制定了铁的纪律：毛泽东的行动由中央办公厅安排，自己不能随意外出中南海，更不能由着自己的性子随意享受平民的自由自在，比如逛街……不久前，毛泽东带着李银桥悄悄"溜出"中南海，到一家小馆子里吃碗羊肉泡馍，回到中南海就发现等在菊香书屋的朱德、刘少奇和周恩来对自己"怒目而视"，不出一声。毛泽东立刻装作若无其事地坐到书案旁的椅子里自言自语：

"就差任弼时就可以开常委会了！"

虽然不失幽默，但是没有换来笑声。

"润之，少年时你是锻炼身体的楷模……菊香书屋虽小，但有院有廊，可以因地制宜锻炼。得保住'本钱'啊！"

"我晓得。"毛泽东和司马紧紧握手，内心不无感动。

战友走了，毛泽东的思绪又回到"帅"上来：真是一帅难求呀！可我为什么不考虑老彭呢？

他这样问自己。

"对！调老彭进京！"

这时，毛泽东的心情似乎好了许多，也更有信心了，便以个人的名义致电斯大林，强调以下三点：

我们决定以志愿军的名义派一部分军队至朝鲜境内和美国及其走狗李承晚的军队作战，援助朝鲜同志。我们认为这样做是必要的。因为如果让整个朝鲜被美国占去了，朝鲜力量受到根本的失败，则美国侵略者将更为猖獗，于整个东方都是不利的。

我们认为既然决定出动中国军队到朝鲜和美国人作战，第一，就要能解决问题，即要准备在朝鲜境内歼灭和驱逐美国及其走狗的侵略军；第二，既然中国军队在朝鲜境内和美国军队打起来（虽然我们用的是志愿军的名义），就要准备美国宣布和中国进入战争状态，要准备美国至少可能使用其空军轰炸中国许多大城市及工业基地，使用其海军攻击沿海地带。在这两个问题中，首先的问题是中国军队能否在朝鲜境内大量歼灭美国军队，有效地解决问题……只要我军能在朝鲜境内歼灭美军……那时的形势就变为于革命阵线和中国都是有利的了！

起草好电报文稿，毛泽东要通周恩来的电话，急不可待地说："我们明天先开常委会准备，然后于四日召开政治局扩大会议，各大局、各大军区的主要负责同志都要参加。请你明天设法派飞机把彭德怀同志接到北京来。"

这时，几天来"锁"在毛泽东脸上的愁云淡开，他伸着懒腰打个舒展，对李银桥说："洗洗澡，我要好好睡一觉。"

李银桥鼻子一酸：能放松地睡上一觉，好像是共和国主席的一次莫大的享受似的！

朦朦胧胧，飘飘欲仙，没有翅膀，不用驾云，毛泽东来到浩瀚的太空。琴瑟悠远，箫笛声美，分明伴有鼓乐之和鸣！细细辨听，是谁唱得如此优雅动人？

堆来枕上愁何状，
江海翻波浪。
夜长天色总难明，
寂寞披衣起坐数寒星。

晓来百念都灰烬，
剩有离人影。
一钩残月向西流，
对此不抛眼泪也无由！

啊？！

毛泽东的心骤然一紧：这不是爱妻开慧的声音吗？

这是什么地方？

毛泽东仔细观望，一片彩云正从那边飘来。彩云之上，影影绰绰有几个人影，原来开慧就在其间！彩云渐近，人影可辨，开慧之外，更有密髯长须者、顶谢净面者——那不是马克思、恩格斯和列宁吗？继续观察，还有蔡和森、向警予、李大钊、陈独秀、瞿秋白、邓中夏……

"这究竟是哪里？"

毛泽东惊讶不已。

"润之——"是爱妻开慧在呼唤！

毛泽东看清楚了，正是开慧。她还是那么年轻妩媚，还是那么俊秀漂亮！过耳短发，可体衣裙，还是二十年前的开慧！

"开慧！"毛泽东只喊出一句便呜咽了，再也说不出话来。向警予安慰他道："润之不必伤感！悲剧不是你的过……"

"不！我……"

杨开慧忍住悲痛强作笑脸，"润之，不要为我难过，革命就会有牺牲啊！你虽有志竟成，改变了中国，可是，还有人企图再变中国！"

"你是说复辟？"

"刚才列宁同志还和马克思谈起中国……蒋介石不甘心蜗居海岛，美国人不是逼近东北了吗？"开慧提醒毛泽东，"大家都认为朝鲜半岛之战，唯志愿军可打击侵略者，制止侵略者的侵略步伐，防止第三次世界大战发生……润之，回去吧！中国革命需要你继续，世界革命也需要你！"

毛泽东听了十分感动，"我绝不退缩……开慧、和森、警予、李教授、陈教授，无产阶级革命在中国胜利了！"

正在这时，开慧疾呼"润之小心！"毛泽东回头一看，只见蒋介石手持利刃，美国人扛着洋枪、大炮从侧面杀来！与此同时，只听得一声呼声震寰宇，"贼寇住手！彭德怀来也！"定睛看，彭德怀率领大军呼啸而来……

——原来是南柯一梦！

梦醒的毛泽东再也不能入睡，干脆半卧于床，找烟点了吸。尽管是梦，却牵动了毛泽东的神经。按照"日有所思夜有所梦"的说法，毛泽东的脑海里一定"活跃着"入梦的那些先贤至尊和先烈们。

作为"踏着他们的血迹前进"的伟大旗手，毛泽东当然不会忘记他们。正因如此，他才在新中国诞生之时便动议在天安门广场竖立人民英雄纪念碑，并亲自为纪念碑题写碑名"人民英雄纪念碑"，并起草碑文：

三年以来，在人民解放战争和人民革命中牺牲的人民英雄们永垂不朽！

三十年以来，在人民解放战争和人民革命中牺牲的人民英雄们永垂不朽！

由此上溯到一千八百四十年，从那时起，为了反对内外敌人，争取民族独立和人民自由幸福，在历次斗争中牺牲的人民英雄们永垂不朽！

由周恩来亲自撰写碑文的人民英雄纪念碑，可谓是中国现代革命史的见证：其一，毛泽东和周恩来的密切合作是中国无产阶级革命胜利的关键；其二，人民革命事业的胜利凝结着代代英烈们的心血和汗水，乃前仆后继、脉脉相承的千秋大业。

作为中国革命的集大成者，毛泽东自觉对历史负有不可推卸的责任。在抗美援朝问题上更是煞费苦心。

“烈士们为革命献出了他们宝贵的生命，我们绝不可以掉以轻心，断送掉胜利的果实。”

毛泽东喃喃自语。

不难理解此时毛泽东的心情。军队入朝，是有风险的。但是，任由美国人侵占朝鲜同样有风险。相对比较，后者的风险会更大一些。还有一个重要的因素影响着毛泽东的援朝决心，那就是国际主义精神。

然而，党内的意见还不能统一。斯大林的暧昧态度也影响到一些同志的考量：没有苏联的飞机、大炮援助，能打得过美国武装到牙齿的现代化军队吗？

林彪的表现让毛泽东尴尬而窝火。在抗日战争中，林彪战功显赫。在解放战争中，林彪功勋卓著。虽然在井冈山时期、辽沈战役中林彪时有“大不敬”对抗自己，但毛泽东并不因此而耿耿于怀。根据中央常委的推荐，本着唯才是用的原则选定林彪为抗美援朝之帅，却万万没有料到林彪会拒绝挂帅出征。

“手指的云彩不下雨啊！”毛泽东深感失望。而把目光聚焦在彭德怀身上，毛泽东豁然开朗：援朝之帅，非彭大将军不可！

毛泽东马上要通周恩来的电话，感慨地说：“恩来，明天就派飞机接彭德怀同志来。告诉接他的同志，在西安一刻也不要延误，到北京来谈。等他住下之后先请中央秘书长邓小平同志和他谈。”

“好，我亲自安排。”周恩来明白，毛泽东寄予彭德怀的希望，不仅仅是挂帅出征，还在于他在政治局会议上的作用。

正是：

临危只有英雄在，
为国担忧会献身。

第九十七回

彭德怀寄语习仲勋　洋顾问挽留大将军

周恩来立即调机往西安。真是天公不作美，没想到第二天北京上空乌云密布、细雨蒙蒙，伊尔－14螺旋桨飞机根本不能保障安全飞行。无奈，只好等到第二天天气放晴才起飞。

飞机降落在西安机场，奉命而来的中央警卫处的两位官员立即乘车赶往西北军政委员会大楼，直奔彭德怀的办公室。

“报告彭副总司令，中央警卫处李翔、刘彬奉主席之命来接您进京！”

正在伏案审阅西北地区三年经济恢复计划报告和图表的彭德怀见状一愣，暗暗自忖：“我接到北京的电话，让我立即往京，又不通知是什么事情……我正准备三年经济恢复计划报中央呢！是不是召开经济计划会议？”

“报告首长，中央办公厅领导只交代主席请您立即到京，其他没有交代。”

“哦？”彭德怀若有所思，“这么急吗？”

“是。”

彭德怀想了一下，说：“那好吧！我回家换换衣服。”

“总理特别交代过：立即出发，一分钟也不能耽误。”李翔提醒彭德怀。

“那，总得向习仲勋和其他负责同志打个招呼吧？我就这么扔下一摊子工作走了？”

“不行，对任何人都不能讲，马上去机场。”

从李翔的口气中可以知道情况紧急，但三年恢复经济计划会何必这样着急又神秘？莫非有别的什么紧急事情？可再紧急也不能就这么突然在西安“失踪”啊！大家找不到自己又不知什么原因不见了军政委员会的书记主任，那不乱了套？

“我必须交代一下。”彭德怀坚持自己的意见，立即让秘书叫来西北局的秘书常黎夫，简短交代说：“你转告习仲勋书记，我到北京开几天会，他可代行主持工作，由于时间紧急，来不及当面交代，请他们按照前天召开的西北局常委会议精神进行工作，有什么问题等我回来解决。”

“放心吧，彭总，我马上转告习仲勋同志。”常黎夫敬礼领命。

“走吧！”彭德怀这才向李翔挥挥手，大步向外走去。

伊尔－14飞机的螺旋桨轰鸣起来，慢慢滑行之后“轰”地飞向天空。

彭德怀问坐在旁边的秘书张养吾：“三年恢复经济计划的材料都带齐了吗？”

“首长，都带齐了。”

彭德怀点点头，心中的疑虑还是没有消除，说："主席十分关心经济恢复问题。是啊，我们必须尽快改变目前的落后面貌。我们的经济太落后了！小张，你看我们的计划还有什么不恰当的地方吗？"

"习仲勋同志熟悉西北的情况，他对计划原稿提出几点意见，领导们又进行了酝酿、调整，领导们比较满意。"

"嗯。"彭德怀又点点头，说："原来西北的老同志刘志丹牺牲了，徐海东和高岗都走了，就剩习仲勋是西北老人了。这个同志实事求是，工作踏实认真，中央让他主持西北局日常工作是正确的。"

"大家的反映也是如此。"

彭德怀道："计划里有些数据我记不太清，还需要你在飞行过程中整理个简要提纲出来，以便在会议上用。打仗我不外行，搞经济我不内行，需要边学边干。"

"首长谦虚……"

"什么谦虚，不懂就是不懂嘛！刚扛起枪杆子的时候我们也是不懂嘛！什么难得住咱共产党人？我们一定三年变他一个样，不能落在其他地区后边。从历史上看，西北地区也曾经辉煌过嘛！"

"是的。"

"对，你记一下，到了北京发报给习副书记，有两件事请他必须注意：一、研究工业领域布局，抓紧扶持民生企业，尽快满足老百姓生活必需品的生产；二、督查下乡的干部帮助群众解决实际问题。我回去之后要听取汇报。"

当然，彭老总不会想到，此去再也无缘主政西安。

虽然伊尔-14飞机只能乘坐二十余人，但现在的机舱内仍显得空荡荡的，因为只有中央警卫局的李翔、刘彬及彭德怀和秘书张养吾、警卫员郭洪光。机舱内的气氛也显得紧张严肃。因为北京的来人坚守周恩来的指示不多言；被接往北京的彭德怀知道党的保密原则，虽心里疑惑纳闷也只好内心揣测。这样，"各怀心事"的五位乘客就更不多言了。

由于伊尔-14飞机性能比较差，续航里程又短，中途要加油检修。经过一小时又二十分钟的飞行，飞机于十二时二十分降落在太原机场。走下飞机舷梯的彭德怀一行正巧被在机场的山西省委负责人赖若愚看到。赖急忙上前问候：

"是彭总啊，您这是去哪里啊？"

"去北京。"彭德怀是战场上的铁血将军，但也是生活中的性情中人，平时不摆架子，和赖若愚握手致意，"你好，若愚。"

赖若愚想起身后的苏联专家，便向彭老总介绍："这是苏联援华顾问沙契科夫。"

"哦！你好。"彭德怀和沙契科夫握手、问候。赖若愚接着给沙契科夫介绍："这就是我和你讲起过的中国人民解放军副总司令彭德怀同志。"

“啊？”沙契科夫打量着面前的彭大将军，惊喜不已，双手抱住彭德怀的手说了一大堆彭德怀听不懂的话，当他发现彭大将军只“啊啊”别无他话时，才明白面前的对话对象不懂俄语，立即改用不太流利的汉语对彭德怀说：“我向您致敬，彭副总司令！我非常敬佩您！我请您共进午餐，共进午餐！”

这下可难住了彭德怀。中央来人分明转告周总理叮嘱“一分钟也不能耽误”，现在遇上了“国际问题”，真是有点棘手，拒绝或答应都不好选择，自己又不能透露有要事在身——虽然自己也不知道事情重要在何处！

“对不起，顾问同志！我要抓紧时间走！”彭德怀谢绝沙契科夫。

“不不不，彭德怀同志！你是我敬佩的人，难得遇上你一次。这是……你们中国人讲的千载难逢的机会，千万不要让我留下遗憾！况且已是午餐时间，总是要吃东西的。你们有句俗话：人是铁，饭是钢，一顿不吃饿得慌！”

嘿！他还是个中国通呢！

但视党的纪律高于一切的彭德怀还是婉言谢绝。而执拗的沙契科夫依旧缠住不放，仿佛不陪彭德怀吃这顿饭天就会塌下来，他拉着彭德怀的手不肯放松，继续“纠缠”……秘书张养吾见状忙附在彭德怀耳旁低语：还是应付一下算了。

看来不应付一下真的还“算不了”！沙契科夫见彭德怀终于“妥协”和自己共进午餐，悄悄给赖若愚使个眼色，得意地笑了：“欧亲哈拉少！”

席间，沙契科夫乐得像个小孩子，以能和中国元帅级的彭大将军共进午餐而荣幸。心事重重的彭德怀却纳闷着：三年经济恢复计划会议怎么这么急着开？还这么神秘兮兮的？到底怎么回事？

诗曰：

公开秘密未公开，
须要周公慎安排。
揽月九天谁胜任？
横刀立马将军来！

第九十八回

毛泽东用心良苦　彭德怀受命出征

飞机于下午两点二十分从太原机场继续起飞，四点零五分在北京西郊机场安全降落。彭德怀一行走下舷梯时，中央办公厅警卫处处长李树槐迅速上前来敬礼迎接：

“彭总一路辛苦了！请上车。”

彭德怀望望，早有几辆轿车停在那边，便问：“去哪里？”

李树槐解释道：“主席交代，请您先到北京饭店休息一下，然后到中南海参加会议。”彭德怀一听浓眉一扬，严肃地道：“不是命令我一分钟也不能停留吗？我不需要休息，请司机同志直接把我送到中南海毛主席那里去！”

“是！”李树槐一个敬礼，然后转身到给彭德怀乘坐的轿车旁为他打开车门。车门“嘭”地关上，轮子便向前滚动起来，快速驶向市区。

几度秋雨落京城，五星红旗别样红。国庆节虽过，大街上依然延续着节日的气氛：工厂、机关、学校、商店和门楼上横幅标语格外醒目：庆祝中华人民共和国成立一周年！中华人民共和国万岁！中国共产党万岁！看到此景，彭德怀不无遗憾，对李树槐说：“去年十月一日开国大典，各地区的主要负责同志差不多都来了！一想起主席在天安门城楼上宣告中华人民共和国成立的情景，我就激动得不得了——咱们中国人站起来了，再也不受谁欺负了！可惜我那时正指挥部队在甘肃武威向新疆进军，没能在现场啊！”

李树槐亦感慨不已，说：“就是啊，那场面别提多动人了！毛主席宣告中华人民共和国成立的时候，我都激动得掉泪了！”

彭德怀听了不觉鼻子一酸，想说什么没说出来，感慨地长叹一声。作为指挥千军万马浴血奋战几十年的将领，他的内心世界何其复杂！今天的胜利是由杀开的一条血路冲过来的啊！

彭德怀暗暗自忖：“要珍惜和平啊！”

街上呈现的是从来没有过的和平景象。商店主顾喜笑颜开，行人自信坦然……仅此就可以看出老百姓再也用不着提心吊胆地过日子了。人民当家做主人再也不是一句空话。共产党解放了中国人，推翻了压在人民头上的三座大山，还要带领全国人民建设美丽幸福的家园。“延安是革命圣地，西北是红色革命政权得以生存发展的根据地，一定要在社会主义建设的道路上再创新的奇迹。”

彭德怀思索着怎样向毛主席、党中央描述大西北的明天……

车停在丰泽园门前，匆匆下车的彭德怀紧随李树槐走进丰泽园，向后院的颐年堂走去。

党中央副主席、政务院总理周恩来首先迎出颐年堂，握着彭德怀的手解释说，“彭总辛苦了！本来是想昨天把你接来，休息一下参加今天下午召开的政治局特别会议，由于昨天天气不好，飞机不能起飞，延误了接你的时间。吃过午饭了吗？”

“谢谢总理，吃过了。”

彭德怀一边回答着，一边跟随周恩来走进会场。正在激烈讨论的与会领导们见周恩来引着彭大将军走进来，不约而同地向他行着注目礼，然后依次和风尘仆仆的彭大将军握手问候。毛泽东用响亮的、浓重的家乡话对彭德怀说：

“老彭，辛苦你了！你来得正好。现在，美帝国主义的侵略军已经越过‘三八线’，向鸭绿江扑来。政治局正在讨论出兵援朝的相关问题，大家正在发表意见。请你也谈谈你的观点。”

坐到位子上的彭德怀猛地发现会场不同于此前的政治局会议，气氛异常紧张，就连与自己戎马生涯相伴几十个春秋的朱总司令也绷着脸没和自己打招呼！想起刚才自己走进来时大家依次和自己握手而不说话的情景，就知道今天的会议异乎寻常了。由于走进颐年堂之前自己满脑子装的都是三年经济恢复计划、开发大西北的问题，对抗美援朝问题毫无思想准备。见会场上人人严肃而紧张的神色，更不便于即时谈什么了，便静下神来默默地听大家发言。听过几位同志的发言后，他才知道到会的同志持有不同的意见，反对出兵者和主张暂不出兵者认为，经过几十年的战争摧残，国家创伤亟待恢复，财政极其困难，难以支撑这个不见底的战争消耗。具体原因有以下几点：

国内仍有一定数量的国民党残余部队和土匪武装需要肃清，一些边远地区和海岛尚未解放，需要很大的军力、物力支撑；不少新的解放区尚未进行土地改革，因此，新的政权还不巩固，需要军队武装保护；我们的军队武器装备落后美军太多，苏联又态度暧昧，无法保障战场的胜负，尤其没有制空权和制海权，贸然出兵后患无穷；长期的战争生活极其艰苦，刚刚过上和平、安定的日子，干部、战士中不少人有厌战情绪，影响战斗力等。

总之，大多数人的意见是不到万不得已，最好不打这一仗！

听了大家的话，毛泽东谈了自己的想法，说：“你们说的都有理由。但是别人处于危急时刻，我们站在旁边看，不论怎么说，心里也难过。”毛泽东用最朴素的、平日从没有过的语言表达了自己的感情，即使最反对出兵朝鲜的同志也没有再说什么。

当然，会议无果而休。

第二天上午九点钟，邓小平来到彭德怀下榻的北京饭店看望他。邓其实是奉毛泽东之命来探听彭的意见的。二人经过一个多小时的交谈之后，双双乘车来到中南海丰泽园毛泽东的住所。毛泽东握着彭德怀的手说：“我想听听‘谁敢横刀立马，唯我彭大将军’的意见，该不该出兵援朝？美军已大批越过‘三八线’，朝鲜危在旦夕！昨天政治局的会

议上你看到了，大家提出了不少困难。所提的困难是存在的。但是怎样面对困难，战胜困难？我们的有利条件呢？不知你彭老总是怎样考虑的？”

彭德怀端起茶几上的杯子大口地喝口茶，望着毛泽东疲惫的眼神，直截了当地谈出自己的想法：“主席，昨晚我也是一宿没合眼。我反复琢磨你昨天讲的四句话，认识到不是困难的问题，是国际主义和爱国主义的问题，是二者不能割舍的问题。假如我们只强调我们的困难，不考虑美帝国主义正向鸭绿江进犯的事实和危险的后果，不连起来考虑，不但朝鲜民主共和国不保，我们的东北边防也直接受到威胁。因此，出兵有利还是不利就弄明白了。所以，我拥护主席出兵援朝的英明决策。”

听了彭德怀的一席话，毛泽东本来还有点儿担忧的心一下子轻松下来，兴奋地说：“嗯，好啊！还是你彭老总有战略远见哪！这么说你是百分之百地支持我的意见喽？”

彭德怀激动地站起来回答：“主席指到哪里，我彭德怀就打到哪里！”

“坐下，坐下说嘛！”毛泽东冲彭德怀摆摆手，然后头往沙发靠背一仰，提高声音说：“我们有的同志只看眼前而看不到将来，更是有人被美帝国主义的飞机大炮吓破了胆。老彭，我们打了几十年的仗，不都是以弱胜强，以劣势战胜优势的吗？”

彭德怀听出调门越说越高的毛泽东话有所指，不便出声。两个人沉默之后，彭德怀首先打破沉默，说：“大家说的困难倒是存在的。但是敌人就只有优势没有困难吗？我看不是的！就拿美军来说，他兵力不足，补给线过长，从美国本土到朝鲜半岛有五千海里远，这是他的致命弱点。我们从全局的角度看，如果任凭美国人占领了朝鲜半岛，就可能重蹈日军覆辙，以朝鲜半岛为跳板，接着就会算计我们东三省。如果东三省落入美国人之手，关内就危险了！难道我们学蒋介石再移都重庆遭人民唾骂，成为历史的罪人吗？历史的教训就摆在眼前，不能不吸取。”

“讲得好！”毛泽东听得过瘾，拍案而呼。

彭德怀接着分析道：“这次，我们的作战对象虽然是武器装备占绝对优势的美国侵略军，也不必过高估计敌人的力量和过低估计自己的力量。就拿一九四七年胡宗南进攻延安来说吧，他的兵力是二十四万人，还有空军支援，几乎全套的美式装备，比我们不知强多少倍。可我们只有两万五千人，和敌人比是十比一！说到武器，我们每支枪不过几十发子弹。陕甘宁边区人口总共不过百万，土地瘠薄、经济落后……为什么我们打败了胡宗南？因为我们打的是正义战争，是自卫之战，这是其一。其二就是人民群众的大力支持。这三，是我们灵活机动的战略战术，我们的战争灵魂。现在，我们取得了全国政权，可以全国行动一盘棋，得到全国人民的支援。我们有对付优势装备之敌的经验，只要我们在战略战术上不犯重大错误，就有充分的信心打败美国侵略者！”

毛泽东聚精会神地听着彭大将军的陈述，激动得一拍沙发扶手站了起来，高声说道：“分析得好！我们想到一起了！真是不谋而合呀！”

“我的意见可供主席参考。”

“不是参考，我说过了，是不谋而合，或者说是志同道合。哈哈，好啊！有你仗义执言，我看明天的政治局会议就不一样喽。”

“我支持主席的主张。”

“那，你就是群英会上的主战派了。彭大将军出马，其威风关云长不比也！”

“主席过奖了。”

毛泽东道：“那个美国人麦克阿瑟已向朝鲜民主共和国发出所谓最后通牒，朝鲜已到了最危急的时刻，金日成再三恳求我们尽快出兵援助。如果等到朝鲜被彻底侵占，美国陈兵鸭绿江岸，我们还有保家卫国的主动权吗？后果不堪设想啊！”彭德怀接过话道：“我同意主席的分析！要和敌人抢时间！再举棋不定就十分的被动了！”

毛泽东俯身取出一支烟点着，猛吸一口，吐出好大一团烟雾，向彭德怀方向欠欠身子，微笑着问：“老彭，去朝鲜和美国人较量，你看派谁挂帅合适呢？”

彭德怀忙问：“我听说了，中央不是决定由林彪同志挂帅吗？”

毛泽东的神经被针刺般一震，极力平静下来，闭着眼睛沉默了一下，说：“不错，前些天我和恩来、朱老总、少奇商量，一致的意见是派林彪去啊！这你知道，他是解放战争中东北地区的领导人，东北四野的司令员。现在集结在南满地区的四个集团军都是原来驻扎在东北地区的部队。一旦打起来，首先要东北地区的支援。再就是我国长白山地区的地形特点及风俗民情和朝鲜北部大体相似，综合考虑，林彪合适去。”

“是这样。”

“可是我征求他的意见时，他马上神经紧张，强调自己身体状况不好，失眠，怕光怕风怕声音！多么不容置疑的拒绝理由啊！”

彭德怀听着，两道浓眉拧在一起，眼睛直盯着情绪激动的毛泽东。

毛泽东缓和了一下自己的情绪，说：“显然，我们是不会眼睁睁看着战火燃烧到我们的大门口的！到了当机立断的时候了！马上出兵和美国侵略者作战，保家卫国！常委几个同志商量过了，这副重担还是你彭老总来挑！但是，这是比延安保卫战更艰难复杂的战争，我们担心的是你的身体状况，不知你的身体怎样？另外，你还没有这一思想准备，考虑有什么困难啊？”

直到现在，彭德怀才理解中央派专机接自己的真正原因。既然对抗美援朝并无异议，彭德怀又是一个唯革命工作需要是从的共产党员，对“突如其来”的召唤就宠辱不惊了！他那紧锁的浓眉向上一扬，果断而坚定地向共和国的主席表示：“主席，你是了解我的！我坚决服从中央的决定！”毛泽东听罢眉毛一扬大声说声“好”，把夹在指间的烟拧灭在烟缸里，“这我就放心了！关键时刻还是你老彭啊！危难之时见栋梁，你为中央解忧排难，功载千秋！”

“这是革命军人的责任。”

“今天下午政治局继续开会。你该‘舌战群儒’了！”

这时，几天来情绪紧张、心绪不佳的毛泽东一扫脸上的愁云，又有幽默感了。

十月五日的下午，颐年堂里又继续几天来争论不断的援朝话题。和此前一样，仍旧是出兵与反对出兵或暂缓出兵之间的争论。胸有成竹的彭德怀听着大家的发言，和昨天“迟到”时听到的内容大同小异，认为再争论下去也没有多大意义，忍不住站起来发言：

“我们有些同志害怕战争。你害怕它就不来了吗？日本侵略者是请来的吗？不是！扩张侵略别国领土是帝国主义的本性，我们怕也改不了它！这是马克思主义的观点，不是我彭德怀的发明。现在，美军正向我们家门口扑来，大家都看到了！要等到狼蹲在家门口，想想看，那日子怎么个过法？我的意见是趁早把狼赶回狼窝去！无论如何不能等他蹲到我们家门外！我同意有些同志的意见，我们的难处有那么几条，说到底是担心惹得美国人打进中国来，把坛坛罐罐打烂！往坏处想，不是没有可能。可是我们不出兵援朝也会有那一天。等到‘迟到’的那一天再打烂你的坛坛罐罐不是更心疼？既然打是不可避免的，晚打就不如早打了！”

“我对抗美援朝没有那么悲观。同志们静下心来想想，我们不就是在以弱胜强的逆境中取得胜利的吗？美国人有的是飞机大炮，可他少的是地利人和，五千海里的补给线是它的弱势，不得人心也是它的软肋！至于天时，老天爷不会偏袒谁，谁抓住战争时机谁就占据‘天时’——尽快出兵，不但救朝鲜于水火，也保卫了我们自己的家园。从国际意义讲，可以教训不可一世的侵略者，可以震慑那些国内外的亲美势力！”

“往最坏处考虑，最多等于解放战争晚胜利几年罢了！打碎了我们重建么！”

彭德怀讲完坐下，毛泽东的情绪受到极大感染，目光环视会场后，手敲打着桌面说：“彭老总的话一针见血地指出了问题的要害，不是我们要找美国人去打，是美国侵略者逼着我们必须打。犹豫退缩、担惊受怕都无济于事，并且是敌人正需要的。我们是有那么多的困难，而困难是可以克服的！敌人找上门来打你，唯一的办法就是打败他！因此，在美帝国主义侵略者占领平壤之前，不管冒多大风险，克服多大困难，必须立刻出兵朝鲜！”

“还有，原定由林彪挂帅出征，鉴于林彪说他有病已到苏联养病去了，我提议，由彭德怀同志挂帅带领中国人民志愿军入朝参战。有关志愿军入朝的具体部署，会后和彭德怀同志再研究。”

这时，会场上本来严肃的气氛马上活跃起来，大家纷纷把敬重的目光投向彭德怀，随即报以热烈的掌声，一致同意毛泽东的提议，同意由彭德怀挂帅，率领中国人民志愿军出兵朝鲜。彭德怀站起来向大家致意，说：“我无条件地服从中央的决定！”

掌声再次响起。这掌声是送给彭德怀的，也是送给毛泽东的，或者说也是送给每一个人的：为达到统一认识，通过抗美援朝这一历史性决策而共鸣！

会后，毛泽东留下周恩来、高岗和彭德怀共进晚餐。席间，毛泽东不断为彭德怀夹菜，劝彭德怀多吃，“延安保卫战，是你率不到敌人十分之一的兵力保卫了党中央，在陕北牵制着几十万敌军，为整个解放战争赢得主动。今天，你又为中国人民的和平重操宝刀！老彭，朝鲜的形势十分危急，我们必须马上出兵援助。为了不贻误战机，你和高岗同志八日赶往沈阳，主持召开东北边防军高级干部会议，迅速传达中央政治局的决定，督促部队马上作好入朝准备。”

“就按主席说的办。”高岗抢先答应。

毛泽东接着道：“同时，我把中央政治局的出兵决定电告金日成。老彭，我给你十天的时间，初步定于十月十五日渡江入朝。”

“好。我就一天当十天来干！”彭德怀表态。

毛泽东又对周恩来道：“关于苏联为部队更换武器装备和空军支援问题，就请总理亲自跑一趟，到莫斯科同斯大林同志商谈，请他尽快解决，越快越好。我们在战略上藐视敌人，但不能用烧火棍捅下敌人飞机来。请斯大林这次遵守诺言。”

“我明天就动身去莫斯科。”周恩来是执行毛泽东指示的典范，是将毛泽东宏观决策变为微观现实的运作大师。没有毛泽东的高瞻远瞩就没有周恩来的卓越治军治国才能的发挥；同时，没有周恩来的紧密配合，毛泽东就难以将他的理想付诸现实，无论是长征路上还是西安事变、重庆谈判乃至筹建新中国，二人的默契和无间，使蒋介石由总裁天下到败居小岛，“配合”毛、周演绎了几十年的中国政治军事斗争史，使毛泽东少年的救国志成为现实。

同样，没有人怀疑，抗美援朝必将演绎一场惊动世界的令美国人汗颜的武装力量不对等而结果对等的战争史诗。

正是：

不惧敌顽担重任，
保家卫国是英豪。

第九十九回

主席家宴待彭帅　新娘忍泪送郎君

婚姻的甜蜜和小家庭的幸福、大家庭的荣耀使刘思齐像只快乐的小鸟。美丽的青春之花飘香四溢，自有风韵。虽是元首家的儿媳，生活中与其他同事相比却没有什么优越之处，一样坐公共汽车上下班，一样同身为北京机器厂党委副书记的毛岸英住在普通的集体宿舍。下班之后买菜做饭，是刘思齐必不可少的家庭“作业”；洗衣擦地，是她天天重复的家务之一。岸英担子重、工作忙，刘思齐心甘情愿做合格的班后家庭主妇。

她太爱丈夫岸英了。虽然是中国第一家庭的长子，毛岸英没有一点高人一等的浮躁。留苏生活使他兼有俄罗斯人的别样浪漫；回国后拜农民为师令他活泼中不失劳动人民的朴实谦让；他在苏联从军经过战争考验的经历使他意志坚强。当然，从小就颠沛流离的孤儿生活让他更加珍惜今天的幸福快乐，爱他的父亲、兄弟姊妹和爱妻。只要回到家里，刷锅洗碗等家务抢着做，常常被妻子思齐叫停：“你放下嘛，这是女人的活儿。”

毛岸英嘴不停手也不停，“这个还分男女？我来。”

“不嘛，你？”思齐会过来毫不客气地想把丈夫推到一边去——可惜，她那双女人的手撼不动岸英那铁打般的身板儿。

“你不让开我生气了！”思齐“威胁”丈夫。

岸英乐呵呵地逗妻子：“你推不开我，我生气了！”

思齐一听笑得直不起腰来，“你欺负我力气小，你坏！”

毛岸英从大盆里抓起湿淋淋的床单，抻顺了，拧成麻花状，把一头递给思齐，说：“来，下面我们共同完成，拧干它。”于是，思齐接过床单的一头，忍住笑，和岸英脸对脸拉直卷成麻花状的床单，两手使劲攥住，扭动细腰用力拧，岸英力量大，不几下就把旋转的力传到思齐手上来，像抓不住的大泥鳅直卜楞，往思齐手外挣脱。思齐尖叫着：“你轻点儿，我抓不住啦！”毛岸英开心地笑道：“好啦！拧干了！”思齐上前抢过攥在岸英手里的另一头，撒娇地说：“剩下的我来吧。”

“好好，你来你来。”

思齐把拧干的床单往院子里拉起的绳索上晾的时候，往高处一跃，身子像只小鹿那么灵活轻盈，岸英像欣赏俄罗斯的芭蕾舞《天鹅湖》里的天鹅起舞那样，美滋滋地瞅着乐。

“乐什么呀你？”思齐一回头发现岸英在乐，明知道丈夫在欣赏，故作生气的样子。

岸英直截了当，说：“你的姿势真美。”

“你哄人——干个粗活有什么美的？又不是梅兰芳的《贵妃醉酒》？”

“那你今晚就醉一回。”

“我不喝酒——你什么意思？”

“嘿嘿……今天是星期天，晚上去爸爸那里吃饭。”

“嗯。我们好长时间没看望爸爸了。”

“走喽！”毛岸英兴奋地抱起思齐原地打个转儿。思齐笑着用两只小拳头敲打着岸英的肩头直喊：“放下我，叫人家邻居看见！”岸英放下思齐，说：“看啊，天上掉下个刘妹妹！”

菊香书屋里，毛泽东和家人正在享受天伦之乐。今天可谓是个团圆的日子，毛泽东的亲人们悉数聚来：儿子岸英、儿媳刘思齐，长女李敏、次女李讷，收养在身边的毛泽民的遗孤毛远新，夫人江青和投奔她而来胞姊李某。桌上多了几个菜，还放上了一瓶葡萄酒。李讷年龄最小、最乖，双手抱着酒瓶给大家倒酒，看着女儿稚嫩可爱的表情和抖动的倒酒动作，毛泽东风趣地道：“呵！小将出马，一个顶俩，瞧，我们的小将上阵了！”李讷咕哝着小嘴儿，认真地继续着自己的“工作”，给每个人都斟上酒才长出一口气，笑着拍着手直跳：“好啦！好啦！”然后郑重其事地端起酒杯，冲大家晃晃：“来，我们大家共同敬爸爸一杯！”毛泽东被女儿的举动逗乐了，端起杯来笑眯眯地说：“好！谢谢宝贝女儿，谢谢你们！”

许久没有这样的好心情了。毛泽东一一接受家人的祝福，虽然杯子小，连喝几杯，毛泽东的脸马上就红了起来。江青悄悄提醒他：“不是彭老总一会儿还来谈工作吗？你别再喝了。我替你喝吧！”江青的话似乎让毛泽东有些扫兴，头也不抬地用不拿筷子的手冲江青做个“一边去”的动作，端起酒来对岸英夫妇道：“来来，爸爸祝你们生活幸福，工作进步！”

“谢谢爸爸！”

“祝爸爸身体健康！”

李讷挨着刘思齐坐，歪过头附在嫂嫂耳旁说悄悄话。只见思齐的脸“腾”地红了，尴尬得不知所措。毛泽东注意到思齐的尴尬，就关切地问李讷：“你怎么搞得嫂嫂难堪啦？”李讷放下手中的筷子跑到毛泽东身边，同样俯近爸爸耳旁悄悄说：“我问嫂嫂要小宝宝。”毛泽东听了忍不住笑了，“哦！原来如此！这个么……”毛岸英便问：“爸，你们嘀咕什么那？还挺神秘的。”李讷嘴快，对哥哥岸英道出“秘密”：“我问嫂嫂什么时候给我捡一个小宝宝。韩阿姨就从城墙底下捡了宝宝……”大家听了笑得差点儿喷饭。

大家正笑得开心，值班秘书周小川悄悄进来告诉毛泽东：彭总等在书房有要事求见。

“快请他到书房去，我马上来。”毛泽东忙着用筷子把碗里的饭扒拉进嘴里，站起来就走。

彭德怀正站在菊香书屋的书架前浏览毛泽东的藏书，见毛泽东来了，不无歉意地说：“主席，还有个要求得请你考虑啊。”

毛泽东道："坐下说么！别说一个，就是十个也要解决。抗美援朝是目前的重中之重，不但毛泽东和中央支持，全国人民都要支持。"

彭德怀道："我带兵入朝，既和金日成等朝鲜同志并肩作战，又要和苏联同志协作，这俄语翻译、朝鲜语翻译得配备呀。"

毛泽东道："这个当然。你可以列出需要的人数来。明天上午恩来主持中央军委扩大会议，进一步研究并决定入朝方案、更换武器装备、后勤供应办法和抽调干部组建指挥所等所有问题。会后，由代总长聂荣臻同志负责筹办。"

"好。"彭德怀松了一口气。和毛泽东告别后刚走出丰泽园大门，就见毛岸英追了出来，嘴里喊着"彭叔叔"，三步并作两步靠近彭德怀，悄声说："我跟您去抗美援朝。"

彭德怀一怔，望着灯光下毛岸英的脸，没有吭声。

"彭叔叔，我报名入朝参战。请您准许。"

彭德怀摇了摇头，"昨天我还听少奇同志说你在北京机器厂工作了，而且工作得很不错，是领导同志们后代的榜样。不是干得好好的吗？"

"到朝鲜打仗我也有决心干好。我会俄语，还有英语，您不得需要俄语翻译吗？"

"哦？这是你爸爸的意思？"

"是我自己。您担任抗美援朝志愿军的总指挥，我刚刚知道……"

"不行，你不能去。"

"为什么？"

彭德怀耐心解释："你从小就受苦，在苏联参加过了革命战争，又刚新婚不久。再说，你要陪陪爸爸……"

"爸爸会同意的！思齐也会同意的！彭叔叔，我是共产党员，是毛泽东的儿子，我不去谁去？"毛岸英扯住彭德怀的衣袖不放，"说什么您也要收下我啊！"

彭德怀为难地望着毛岸英那执著的神色，叹了口气，"真是有其父必有其子！你……好好工作，组织需要自然会找你谈话的。叔叔还有事，你回去吧。"说完轻轻推开岸英的手，拍拍他的肩膀，转身走进车里了。

回到北京饭店，彭德怀知道自己不可能再主持西北局的工作了，便指示秘书张养吾把从西安带来的文件材料交由中央办公厅封存，然后伏案在纸上记录明天的中央军委扩大会议上需要提供给主席、总理参考的问题。快十一点钟，房间的保密电话响起来，一接，是毛泽东的声音：

"我料到你此时也不会睡。那就和你说几句话。"

"请主席指示。"

"不是指示，是求你嘛。"

"求我？"

彭德怀知道，无论是什么情况下，春风得意或逆境困苦中，毛泽东从不求人。

"是岸英的事啊！他征求我的意见，我赞成！"

“主席，你是为他到朝鲜参战的事？”

“是啊，我向你推荐他啊。他有战争经验，而且是国际战争的考验。他还是很好的俄语翻译么！”

“不，主席，不能让他去。”彭德怀马上拒绝毛泽东。

“为什么？岸英不合格吗？”

“当然不是！”

“那就让他去吧！保家卫国，人人有责。你这个老彭！你需要俄语翻译，我给你推荐岸英，你就吞吞吐吐，是不是觉得毛泽东的儿子就可以不到危险的地方工作啊？”

“不不，主席误会了！恰恰相反，主席，老毛家为革命献出了五位亲人的生命，况且岸英的情况特殊……”

“他有什么特殊的？毛泽东的家属不能有任何特殊！岸英是毛泽东的儿子，也是祖国的儿子，祖国需要他，他责无旁贷。老彭，我可是替岸英报上名喽！”

“还是研究研究再说吧。”

等不得彭德怀“研究研究”，毛泽东就把他请上门了。

这是送行酒，也是毛泽东一生中少有的“有目的”地请人吃饭喝酒。这“目的”竟然是为儿子讲情，送儿子到最危险的前线去。

“老彭，岸英坚持要去，我是抗美援朝的发动者，没有理由不支持他。”毛泽东为岸英“说情”：“你要研究，我这中央军委主席不也得参加研究吗？我看，表决通过恐怕你是少数。”

彭德怀瞅着毛泽东不作声，但很快就猜出毛泽东的话外话：这就是说主席已和其他军委领导同志打过招呼了。

这时，毛岸英走了进来，向彭德怀一个立正敬礼：“彭叔叔，毛岸英向您呈送参战抗美援朝决心书，坚决要求上朝鲜前线，请首长批准。”彭德怀接过岸英的决心书，感动得泪水在眼眶子里打转转，长叹一声：“去年去苏联访问，到了满洲里换车时你发现岸英藏在专列上，把他撵下车赶回北京。今年出兵朝鲜，你第一个送他去参战！主席，我懂了，收下岸英，到指挥所担任我的俄语翻译兼秘书！”毛泽东对岸英道：“还不谢谢你彭叔叔？”毛岸英又是一个敬礼，“谢谢彭叔叔！来，我敬彭叔叔一杯！”

“好！”彭德怀爽快地端起酒杯和岸英一碰，仰脖把酒喝个底朝天。

“我等着胜利的好消息！”毛泽东也敬彭德怀。彭德怀满怀信心地说：“就是上刀山下火海，也得把美国侵略者打回老家去！”毛泽东欣慰地道：“唯我彭大将军有此胆略。你和高岗按计划先到沈阳作入朝准备，具体入朝的时间要和斯大林商定后再定。

“我和高岗同志明天就动身。”

十月八日下午，毛泽东以中央军委主席的名义发布命令：

一、为了援助朝鲜人民解放战争，反对美帝国主义及其走狗们的进攻，借以保卫朝鲜人民、中国人民及东方各国人民的利益，将东北边防军改为中国人民志愿军，迅即向朝鲜境内出动，协同朝鲜同志向侵略者作战并争取光荣的胜利。

二、中国人民志愿军辖十三兵团及所属之三十八军、三十九军、四十军、四十二军及边防炮兵司令部与所属之炮兵一师、二师、八师，上述各部须立即准备完毕，待令出动。

三、任命彭德怀同志为中国人民志愿军司令员兼政治委员。

四、中国人民解放军以东北行政区为总后方基地，所有一切后方工作供应事宜，以及有关援助朝鲜同志的事务，统由东北军区司令员兼政治委员高岗同志调度指挥并负责保证之。

五、我中国人民志愿军进入朝鲜境内，必须对朝鲜人民、朝鲜人民军、朝鲜民主政府、朝鲜劳动党、其他民主党及朝鲜人民的领袖金日成同志表示友爱和尊重，严格遵守军事纪律和政治纪律，这是保证完成军事任务的一个极重要的政治基础。

六、必须深刻地估计到各种可能遇到和必然会遇到的困难情况，并准备用高度的热情、勇气、细心和吃苦耐劳的精神去克服这些困难。只要同志们坚决勇敢，善于团结当地人民，善于和侵略者作战，最后的胜利就是我们的。

同时，毛泽东亲自起草了由中华人民共和国驻朝大使倪志亮转交给朝鲜民主共和国主席金日成同志的电报：

朝鲜劳动党总书记、朝鲜民主共和国主席金日成同志：

根据目前形势，我们决定派遣志愿军到朝鲜境内，帮助你们反对侵略者；

彭德怀同志为中国人民志愿军的司令员兼政治委员；

中国人民志愿军的后方勤务工作及其他在满洲境内有关援助朝鲜的工作，由东北军区司令员兼政治委员高岗同志负责；

请你即派朴一禹（内相）同志到沈阳与彭德怀、高岗二同志会商与中国人民志愿军进入朝鲜境内作战有关的诸项问题。彭、高二同志由北京去沈阳。

当晚，倪志亮大使和柴军武官将毛泽东的电文递交金日成，金日成高兴得一拍两手喊道：“太好了！太好了！”马上伸出双手分别拉住倪志亮和柴军的手直奔客厅，打开自己珍藏的名酒与倪、柴共饮，连连对中共中央和毛主席以及中国人民表示深深的谢意，

"中朝人民的战斗友谊将永垂青史！"

新房里依旧充满喜庆气氛。那贴在墙上的大红"囍"字、挂在显眼处的新婚合影尽情渲染着幸福和快乐。床上的被子叠得整整齐齐、方方正正，那是军人的骄傲。虽然简朴，但屋子里收拾得干干净净，则是妻子的一面镜子。无论岸英什么时间回到家里，妻子思齐捧上的都是一杯热茶。而丈夫回报妻子的一定是拥抱和热吻。

中国传统的美德和欧式的浪漫日日交融。

几个月的小家庭生活，已把思齐锻炼成一个合格的家庭主妇。从单位下班之后，思齐的第一件事就是煮饭炒菜，尽可能为忙碌一天的丈夫准备可口的饭菜。回到家里的岸英一定会高高兴兴地抢着做些家务：扫地、倒垃圾、洗碗——每当这时，思齐就会抢上前把碗夺过来，"你放下，这是我的活儿！"

"哪个说这些必须女同志干？"岸英不松手，"两个人的家庭为什么不可以两个人共同来做家务？"

"你那么忙，我又没什么事。"

"回到家里我就是丈夫，有责任共同操持家务。"

"听他们说苏联的老爷们儿不爱干家务，你在苏联那么多年，怎么没学会？"

"难道什么都学呀？我干一点儿你就少干一点儿，你多休息一会儿嘛！咱们不是说好夫妻互敬互爱、有福同享有难同当吗？"

"是啊……可是……"

"别可是了！"岸英收敛了笑容，双手扶定思齐的双肩，用深情的目光盯着妻子，"我跟你说件事，你别生气。"

"瞧你！什么事呀神秘兮兮的？"

岸英默默地望着妻子，郑重地说："日前还是秘密，你不能对外说，包括妈妈和你的妹妹。"

"到底什么呀？越说越神秘！"

"我要到朝鲜去了。"

思齐睁大眼睛望着丈夫："出国？干什么去？"

"还能干什么？抗美援朝呀！"

"抗美援朝？打仗去？"

"也可以说是吧。我给彭总当俄语翻译兼秘书。"

思齐望着岸英久未出声："爸爸知道吗？"

"知道。"

思齐明白了。

"怎么，你不支持？"

思齐避开岸英的目光，把头扭到一边去。作为毛泽东的儿媳，她懂得革命的大道

理；作为岸英的妻子，她太懂丈夫那颗为革命而跳动的心。自己没有理由阻止丈夫的行动，她知道岸英属于自己，更属于国家。

“我支持。可是……”当思齐回过头来的时候，泪水已浸满眼眶，流露出依依不舍的样子。岸英的眼圈儿也红了。

“我爱你。我也爱祖国。如果我们不打击侵略者，保卫祖国不受侵犯，我们的幸福还会有保障吗？我是毛泽东的儿子，我不站出来谁站出来？你说是吗？”

“嗯。”思齐点着头，泪珠儿就掉下来。岸英用手轻轻为妻子拭去泪花儿，安慰说：“放心地等着我，没事的。我又不是没上过战场，也算经过枪林弹雨的考验。没事的。”

“可是……”

“别‘可是’了好吗？我人到朝鲜，也带着思念，把你放在心里，等打败了美帝国主义侵略者，回来陪你，陪你一辈子，天天在一起。”

“你就会哄人！”

“不是哄你，是真的！”

小两口有说不完的话，诉不尽的情。

岸英走的日子到了，这一天，思齐表现得非常坚强，没有让泪水流出来。当着那么多人的面，岸英热烈地拥抱了自己，和父亲毛泽东，和继母江青，和妹妹叔弟，和叔叔伯伯阿姨们挥手作别，洋溢着激动和兴奋，怀揣着壮志与自豪！他的壮行，令在场的人们肃然起敬，也令大家对毛泽东心服口服：他的心里装着的是祖国的安危和世界和平，展现的是共产党人毫不利己专门利人的伟大情怀！

刹那间，思齐感到无限骄傲与光荣！她暗暗叫着：

“岸英，我等你回来啊！”

正是：

夫妻难舍为国舍，
父子英雄均称雄。

第一百回

彭帅轻车平壤道　英雄跨过鸭绿江

万事俱备，只欠东风——万事俱备者，志愿军按照中央军委主席毛泽东的命令已“各就各位”，只待命令一下即跨江出征。只欠东风者，苏联方面还没有兑现承诺：配合中国人民志愿军援朝的空军何时出动还不得而知，为中国人民志愿军调拨的军需物资、武器弹药还不见踪影。

毛泽东坐不住了，马上叫来聂荣臻问：“苏联那边还没有动静吗？”

聂荣臻回答：“我已几次打电话给王稼祥同志，说斯大林没在莫斯科，总理正在前往克里米亚东部的阿布哈吉亚见斯大林的途中。”

毛泽东大口地吸着香烟，思索着。和苏方约定十五日入朝，苏联援朝的空军配合行动，军用物资、武器弹药先期运抵我国辽宁地区。离约定的入朝日期只剩下最后五天了，苏方竟然纹丝不动，是否又要失守诺言？入朝第一战对朝鲜战场的影响、对世界舆论的影响巨大，如果苏方不予配合，初战能确保必胜吗？

毛泽东忧心忡忡。

“看来，恩来此去不太顺利呀。”

聂荣臻知道此时“当家人”的心情。他清楚毛泽东是不打无准备之仗的谋略家，面对险境，在江山百废待兴、军队还未喘息的情况下又出兵朝鲜，与强于自己的世界头号帝国主义国家交战，无论于国于民，都将是巨大的挑战！对于毛泽东自己，更是艰难的选择。但是，现在已箭在弦上，开弓没有回头箭，虽有的放矢，如果射出去的箭没有利刃，后果可想而知！

聂荣臻道：“斯大林正在阿布哈吉亚休假，我们在等候总理的消息。”

这时，只见中央办公厅主任杨尚昆风风火火闯进来报告：“主席，总理急电。”

毛泽东没有马上去接电文，而是冷静地对聂荣臻道：“哦！我估计不是什么好消息！”聂荣臻望望杨尚昆，杨尚昆明白聂荣臻的意思，忙报告周恩来急电的内容：“斯大林说，苏联空军还没有做好充分的准备，暂时还不能入朝作战。”

聂荣臻的脸色马上变得严峻而惊讶，无声地望着毛泽东。毛泽东回身到案头缓缓拿过香烟叼到嘴上，杨尚昆不失时机地掏出火柴划着了举了过来，毛泽东把香烟迎到火苗上深深一吸，喷出一团烟雾，长出一口气，“看来，斯大林不敢轻易打虎啊！”

“我们怎么办？”聂荣臻心急如焚。

毛泽东淡淡一笑，“还能怎么办？老作风：迎难而上！”接着把目光转向杨尚昆，

“通知彭、高二人立即回京。”

“是！”杨尚昆问，“主席，通知内容呢？”

毛泽东果断地道：“就说暂缓军事行动，速回京参加紧急会议。”

“彭总，北京有电话找您！”

彭德怀一听，是代总长聂荣臻的电话：“你给主席发来的为和金日成会面到德川的请求电报收到了。原定方案有变化，主席请你和高岗同志明天立即回京，中央有要事讨论。”

彭德怀大吃一惊：“怎么搞的？怎么又马上回京开会？”

“是啊！高司令也通知到了！”秘书毛岸英回答。

彭德怀略作思索，望望身后的邓华和洪学智，挥挥手道：“军事行动暂缓。我到北京参加紧急会议。”

“是！”邓华、洪学智向彭德怀敬礼，互递一个疑惑的目光：箭都上弦了，怎么回事？

彭德怀也是满腹狐疑，和高岗立即乘机飞回北京，直奔中南海丰泽园。毛泽东和军委其他领导同志早就等候在中央军委办公室里，彭德怀、高岗一到，会议便立即开始。毛泽东把周恩来的急电往彭德怀面前的案头一拍，说：“看看吧，这是总理的电报。”彭德怀拿起电报一看就火了：

> 斯大林答复：苏联空军目前尚未准备好，暂时无法支援志愿军作战。请中央对出兵问题再作考虑。

“这么严肃的问题，怎么开起玩笑来！”彭德怀满腔义愤，“我们已通知金日成总书记于十一日进入朝鲜参战，还怎么再考虑？”

“我看不是准备好没准备好的问题，本来他有充足的准备时间嘛！”毛泽东谈出自己的看法，“恐怕是怕引火烧身吧！斯大林担心和美国人发生直接军事冲突，怕引起第三次世界大战。我看这样的担心，一是不必要，二呢，你怕他就不来了吗？阻止第三次世界大战的方法只有一个，那就是打败他！让他知道这个世界不是他帝国主义哪里都可以横行霸道的。”

军委副主席、中国人民解放军总司令朱德感到很为难：“咱们已箭在弦上，还收得住手吗？怎么向金日成同志交代？”

“放弃援朝，就等于放弃我们自己的安危！”毛泽东说，“我们考虑的不是出不出兵的问题，是考虑在苏联暂时不能出动空军的情况下怎样打仗的问题。另一方面，现在美军正在进攻平壤，如果平壤失守，美军就可以直指鸭绿江了，那样，我们担心的问题就无可挽回了。我请彭德怀同志回京，就是考虑怎样克服没有空军支援的问题，怎样打赢的问题。”

彭德怀理解了毛泽东召回自己的原因：是要研究在没有苏联空军支援的情况下怎样作战的问题。自从接过志愿军司令员兼政委的重任后，他就全身心地投入到了研究入朝作战的一系列问题上面，包括在苏联空军支援下的作战方针和战略战术问题、部队部署问题。现在，在志愿军即要入朝的关键时刻，苏联突然表示空军不能出动，真有釜底抽薪的意味！可是，苏联人毕竟是“支援”，要打，还得靠志愿军自己去拼。从红军到中国人民解放军不就是拼出来的吗？想到这里，彭德怀坚定地对毛泽东道：“主席，既然出兵是铁定的，那就不必强调困难了。我代表志愿军司令部表示我们的决心：就是牺牲再大也不会让美国鬼子占领平壤，染指东北！”毛泽东说声“好”，动情地道：“你思想是通的，敢于面对困难，很好。高岗同志，你是东三省的父母官，肩负志愿军后勤供应的重任。俗话说‘兵马未到粮草先行’，你那里非同小可啊！”高岗冲毛泽东“啪”地一个敬礼，操着陕西腔向毛泽东保证：“苏联人吓蔫儿了，我们东三省的父老乡亲们就多出贡献，保证不让志愿军同志们饿着、冻着！”毛泽东似乎松了一口气，点了点头，说：“当然，我们会发动全社会支援抗美援朝，有钱的出钱，有力的出力，千方百计支援前方。老彭，你回到沈阳后立即召开师以上的干部会议，传达中央入朝作战的决心。听说志愿军政治部杜平主任要组织编印《中国人民志愿军入朝誓词》，很好。要让战士们包括战斗员都明白抗美援朝的意义，打起仗来才有必胜的信心。”

彭德怀表示：“请主席和中央放心！我们一定打好抗美援朝的战争，让号称世界第一的美国侵略军知道，正义之师是不可战胜的！”

回到沈阳即转丹东，彭德怀立即主持召开志愿军师级以上的干部大会，大家聚首倾听司令员的出征动员讲话。彭德怀首先宣布中共中央关于立即出兵朝鲜的决定，然后分析了朝鲜战场的形势，阐述了抗美援朝的伟大意义。他说：美军和韩国军队正在向朝鲜民主共和国北部疯狂进攻，形势十分严峻！我们对于兄弟党和邻国遭受侵略应该采取什么态度呢？中央经过反复地、认真地讨论研究，认为不能置之不理，决定大力支援朝鲜民主共和国反击外国侵略者，帮助他们争取独立、自由，获得解放！我认为此决定是非常正确的和及时的。我们如果不积极支援朝鲜人民和朝鲜劳动党，国内外反动派的反革命气焰就会更加嚣张！亲美派就会更加肆无忌惮。

同志们想一想，如果帝国主义侵略者占领了朝鲜半岛，不就直接威胁到我们国家的国防边防，使我们处于不利的地位吗？我还要提出，我们中有人患有“恐美症”，我请这些同志甩掉这个包袱！为什么呢？虽然敌人在武器装备方面占着绝对优势，但在战略战术上我们比敌人强，我们的战士坚定勇敢，敢于近战，敢于拼刺刀、用炸药、投手榴弹，这些敌人就做不到。

我们的子弟兵有着艰苦卓绝的作战史，作战经验丰富。不过，朝鲜半岛不同于国内面积大、迂回容易，因此要因地制宜，采取机动灵活的战略战术，比如打仗时要采取阵

地战和运动战相结合的作战方针，消灭和打击敌人。

还有，要注意我们的形象，我们是共产党人，是国际主义者，出兵援助朝鲜是我们应尽的义务，不能因帮助人家而骄傲，不要以大国自居。要切实尊重朝鲜劳动党、人民政府、朝鲜军队和人民，做合格的国际共产主义战士。

最后，彭德怀亲自领诵《中国人民志愿军入朝作战誓词》：

> 我们是中国人民志愿军，为了反对美帝国主义的残暴侵略，援助朝鲜兄弟民族的解放战争，保卫中国人民、朝鲜人民和全亚洲人民的利益，我们自愿开赴朝鲜战场，与朝鲜人民军并肩作战，为消灭共同的敌人，争取共同的胜利而奋斗！为了完成这一光荣、伟大的战斗任务，我们誓以英勇顽强的战斗意志，坚决服从命令，听从指挥……将美帝国主义的侵略军队全部、干净、彻底消灭！

此时，大洋彼岸的美国人包括在朝鲜半岛指挥侵略战争的司令麦克阿瑟非常乐观，庆幸中苏跨江援朝的传闻不过是传闻，中共武装跨江入朝的时机一过，美军很快就会占领整个朝鲜半岛，逼近鸭绿江。

但就在他们猖狂宣称感恩节前即一九五〇年十一月二十三日占领朝鲜，驻兵鸭绿江畔时，中国人民志愿军司令员兼政委彭德怀乘坐一辆吉普车，带着作战参谋等一行，已经趁着月色驱车鸭绿江大桥，过新义州，往平壤方向而来——他要深入朝鲜战争阵地，亲自掌握战场形势……

美国总统杜鲁门毕竟是政治家，他以政治家的敏锐嗅觉意识到，中国政府不可能对朝鲜半岛的安危坐视不管。而中国出兵援助朝鲜，朝鲜半岛的命运将不得而知，美国称霸亚洲的计划将难以实现。他收集到的情报中，多是中国人将出兵支援朝鲜。换句话说，中国出兵朝鲜，美国军队的对手将不再仅是朝鲜人民军，而是还有在抗日战争中独领风骚，又打败美国支持和给予武装的八百万国民党正规军的中国人民解放军，一支打不垮、拖不烂的军队。尤其中国共产党将星云集，总能在弱小的情况下战胜对手，回天有术。而具有神话色彩的毛泽东，总有不可战胜的魄力和智慧！

杜鲁门坐不住了，决定自己到东北亚巡视一番。

总统专机从美国本土起飞，在关岛降落稍事休息，便重新起飞，直奔朝鲜半岛。

鸟瞰舷窗下的大地，是东亚大陆最让杜鲁门垂涎的地方：鸭绿江在渤海湾轻轻划一道弯弯曲曲的蓝线，好似给太平洋戴上的一条蓝宝石项链，而朝鲜半岛犹如项链上的宝坠儿，悬挂在亚洲玉颈上。玉颈之上，那是令战略家朝思暮想的美人之首，大小兴安岭茂密的森林和内蒙古大草原连为一体，就像波浪式的长发飘逸万里。那张美人的脸颊更是冷艳动人：小丰满发电厂、沈阳、长春、哈尔滨百家重工业星罗棋布，还有松花江两岸广袤的万顷良田……他会对摘取她颈下的宝坠儿朝鲜半岛无动于衷吗？

目光放远，那是五千年文明史铸就的大中华之躯，怀揣着一颗独具风骚的中国心。杜鲁门研究过中国，知道有文化积淀深厚的三山五岳，充满诗情画意的黄河长江，数不清的楼堂庙宇，走不尽的万里长城……那是刚刚睡醒的雄狮，还是一条正在腾飞的中国龙！

杜鲁门不由地打个寒战，暗暗自问：美洲虎和中国龙就要开战了吗？

在杜鲁门的心目中，龙虎斗是不可避免的。两个世界不能共享一个地球的资源和空气，是不共戴天的。虽然中国历史悠久，曾经是这个星球上领先世界多少个世纪的“天朝”之国，是它的四大发明为人类文明打开了科学的窗口，但却没有在冷兵器时代向热兵器时代过渡中抢得先机，被西方的飞机大炮制服了近百年……这个人才辈出的古国终于诞生了传奇人物毛泽东，凭着小米加步枪打下天下，与“社会主义阵营”之首斯大林成为反西方霸权的当代双雄。斯大林和毛泽东会联手护朝吗？

杜鲁门呆呆地思索着：“如果我是斯大林和毛泽东呢？将如何应对？”

飞机在朝鲜半岛上空盘旋，杜鲁门的心揪得比飞机还高。

“朝鲜半岛就要被美军控制，美国大兵就要陈兵鸭绿江岸，可以挠‘龙颈’了！难道龙不感到痒吗？”

杜鲁门换位思考。他没有给自己找到答案，但舷窗下的鸭绿江北岸冷冷清清，并不见大规模的军事行动迹象。杜鲁门有些相信麦克阿瑟的乐观了：自己鳞甲尚未康复的中国龙还不至于向对岸战场舞动利爪引火烧身！

他准备和麦克阿瑟共享香槟了！

在鸭绿江对岸，杜鲁门观察不到敌情的地方，中国人民志愿军正在集结，司令员彭德怀在部署渡江方案，“麦克阿瑟越是疯狂，就对我们越有利，我们可以利用敌人的错误判断隐蔽渡江，对美帝国主义侵略者进行突然反击，打他个措手不及。”

这也是毛泽东的指示：稳定改变战局的关键，在于能不能利用突然袭击打击敌人。遵照毛泽东的指示，志愿军将改穿朝鲜人民军的服装，暂不以志愿军的名义出战，借以迷惑敌人。

就在中国人民志愿军易装待发的时候，美国总统杜鲁门正在和麦克阿瑟见面会谈，亲自授予麦克阿瑟橡叶勋章，以表彰其在朝鲜战争中的“卓越功勋”。然后返回旧金山就迫不及待地向全国发表广播演说：“我们在美国国内的人们对我们自己的陆海空三军和陆战队的战士们的卓越成就特别感到自豪。联合国要求我国为联合国提供第一位司令官也是我们莫大的光荣。我们有这么一位合适的人选来完成这个历史使命，真是全世界的幸运。这个人就是道格拉斯·麦克阿瑟将军——一个非常伟大的战士。”

这时，接到毛泽东急电的彭德怀又到北京参加紧急会议，原因就是到苏联面晤斯大林的周恩来将于十八日回京，毛泽东电告彭德怀：“出兵时间，以待周十八日回京向中央汇报后确定为宜。”同时要求彭、高紧急回京会商。彭、高回京向毛泽东汇报了渡江部队的情况，又当即收到邓华、洪学智跟过来的电报：“敌人进攻平壤甚急，金日成告急！”

当晚，毛泽东主持中央会议，听取周、彭的汇报后感到不能再犹豫不决，否则就会贻误战机，后果不堪设想！于是当机立断：“现在敌人已经围攻平壤，再过几天敌人就打到鸭绿江了！就算我们有天大的困难，志愿军渡江援朝不能再变，时间也不能再推迟，仍按原计划渡江。”毛泽东并指示彭德怀以保密电话通知邓华、洪学智：志愿军各部队要严格保密，严密伪装，立即进行政治动员，补充足食品弹药，召开誓师大会，立即进入备战状态。

彭德怀还受命以毛泽东的名义发特急绝密电：

> 邓、洪、韩、解并告贺副司令：
>
> 四个军及三个炮兵师决定按预定计划进入朝北作战。自明晚（十月十九日）从安东和辑安线开始渡鸭绿江。为严格保守秘密，渡江部队每日黄昏开始至翌晨四时即停止，五时以前隐蔽完毕，并须切实检查，为取得经验，第一晚准备渡两到三个师，第二晚再增加或减少，再行斟酌情形。余由高岗、德怀面告。
>
> 毛泽东　十月十八日　二十一时

同时，为加强和统一志愿军指挥机构，中央军委发布命令：“彭德怀的临时指挥所与东北军边防司令部合并，组成中国人民志愿军总部，彭德怀为司令员兼政治委员，邓华、洪学智、韩先楚为副司令员，解方为参谋长。”就在中国人民志愿军总部成立的同时，鸭绿江北岸各渡江部队开始向鸭绿江边挺进！

抗美援朝的序幕拉开了！

有诗为证：

步日本帝国主义的后尘，
揣着的是险恶用心：
以朝鲜半岛作为跳板，
妄图重新把中国版图瓜分！
打着的是联合国旗，
干的却是践踏乾坤。
遗憾的是今非昔比，
被挑战的是中国巨人！

虽然失去了科学进步的先机，

依旧是不屈的中国心：
用血肉筑起的新的长城，
绝不让疆土丧失半分！
五星红旗高高飘扬，
此乾坤已不是那乾坤。
为祖国安宁甘愿献身，
志愿军就是这样的人！
不要说我们武器落后，
更不为飞机大炮揪心：
战争有多种因素制约，
正义自掌胜券几分。
虽有列强疯狂侵略，
谁能改变朗朗乾坤？
菊香书屋运筹帷幄，
神兵天降震惊天下人！

胜利的战鼓声声回响，
新的号角又激励人心！
彭大将军亲自挂帅，
决战就在半岛之坤。
英雄儿女海外亮剑，
胜利一定属于正义的人民！

第一百零一回

神兵天降回天力　英雄战地展英姿

受到总统亲自嘉奖的麦克阿瑟陶醉在香槟与美色中。作为联合国军的司令官，身边虽非美女如云，却也不乏春色。李承晚派给他的美女翻译金姬花，早已使他垂涎欲滴，不能自已。

“麦克阿瑟将军，朝鲜半岛没有您的对手，您的出现将改写朝鲜半岛历史。”金姬花献媚。

麦克阿瑟用贪婪的目光盯着娇艳的东方丽人，“这难道还有什么怀疑吗？我们的军队马上就可以打到鸭绿江边。那时，我们将向世界宣告金日成的红色政权已在朝鲜半岛彻底消失，这里将变为自由世界！它的意义远不止此……难道不是吗？”

“是啊，将军！战争的胜利让我有喜有忧……”

“唔？我不明白你的意思，金姬花小姐！”

“将军！”金姬花的目光中流露着无奈，“当大韩民族欢庆胜利的时候，您就会凯旋回美利坚，我们天各一方……”

麦克阿瑟望着金姬花那伤感的神色，不觉心动，伸臂把金姬花揽在怀里，“我的美丽鸟儿，你长着美丽的翅膀，为什么不考虑飞向大洋彼岸呢？那里是一个自由的童话世界，你可以尽情地享受另一种生活。”

“‘另一种生活’我并不陌生，将军。”

“哦，是啊，是啊，你是加州大学的高材生嘛！”麦克阿瑟用他那沾满朝鲜人民鲜血的手爱抚着金姬花白如玉脂的脸蛋儿，“飞去吧，我要我的心肝宝贝儿永远陪伴我！”

“将军！”金姬花奋力扬起脸儿，把玉唇举向色迷迷的那张大脸。将军从来难过“美人关”，立即吸住美唇，于是，好比两团火烧在一起，滚向地板……

这个时候，菊香书屋里的毛泽东正在焦急地思考着朝鲜半岛的战争局势。

中国人民志愿军的三个师已经进入朝鲜境内，向平壤方向进军，计划在平壤以北抢筑三道防线，以阻击北犯之敌，但此时美军已经占得先机，控制了欲筑防线的地区——原来，志愿军渡江援朝的行动被美军发觉后，麦克阿瑟大吃一惊，立即下令出动飞机对鸭绿江大桥狂轰滥炸，截断志愿军后续部队进朝的通道；对已进入朝鲜境内的志愿军进行空中打击。苏联的空军没有出动，志愿军入朝部队没有对付美空军的能力，只好夜行昼藏，部队没能按毛泽东的计划到达指定地点，也就是说不能实现毛泽东下达的“进朝首战必赢，震慑敌人”的战略目标，势必影响到今后的作战目标。尤其令彭德怀恼火的是，隶属于三十八军的先头部队遭遇美军后展开交战，竟以失利鸣金。得到消息的毛泽东横下一条心，命令彭德怀：必须排除一切困难，无论付出多大牺牲，也要把美国侵略者打回“三八线”以南！

彭德怀理解毛泽东的心情和战略意图，如果不能一举得胜，打下美军的嚣张气焰，势必会影响志愿军的作战士气；美军的进攻态势不能遏制，危机中的平壤很可能被美军攻陷，金日成领导的朝鲜民主共和国政权夭折，中国人民抗美援朝之举就会功亏一篑，失去出兵朝鲜的意义。战火一旦燃烧到祖国的大门口，怎么向党中央、毛主席，向全国人民交代？

热血直往彭德怀的头上涌！他马上召集军级以上的指挥员开紧急会议，毫不留情地当众批评三十八军军长梁兴初：“你是怎么带兵打仗的？兵贵神速你不知道吗？由于贻误战机，我们未能完成构筑三道防线的部署，给取得首战必胜的战斗造成了困难。但是，打胜入朝第一仗的目标不能变，你梁大牙不胜任我就撤你！”

谁都知道，梁兴初是一员有勇有智的虎将。三十八军也是闻名遐迩的铁军。散会之后，被彭德怀痛斥了的梁兴初窝着一肚子火，站在挂在矿洞壁上的作战地图前久久没有离开。良久，梁兴初两眼圆瞪，近乎咆哮：“我梁大牙打铁出身，三十八军也不是泥捏的！彭总，叫你看看三十八军今后这仗怎么打！”

……接下来，梁兴初不辱使命，率领铁军，以落后的武器，在没有空军配合的情况下狠狠打击美国侵略者，打败妄图饮马鸭绿江的韩国军队，击溃包围平壤以为消灭金日成政权指日可待的美军，和志愿军入朝大军一起将美军打退到“三八线”以南！彭德怀大喜，嘉奖梁兴初道：“好！真是我们的万岁军！”梁兴初闻听两眼湿润了，深深感受到司令员那坦荡无私的胸怀和爱憎分明的品质！他清楚，此战的意义不仅挽救了朝鲜民主共和国，打破了美军染指鸭绿江的梦想，而且树立起了志愿军的军威——中国共产党领导下的人民子弟兵是不可战胜的正义之师！

在朝鲜北部大榆洞一间铁皮顶、木架支撑、阴暗潮湿的简易工棚里，毛岸英正解开行李整理“床铺”。由于他少年流浪、青年参加苏联卫国战争，回国又体验过农民的艰苦生活，也曾和工人阶级同甘共苦，所以，对这样的苦并不陌生，而是坦然以对。彭德怀的秘书张养吾早已收拾利索，望望这位没完没了地还在收拾行李的俄文翻译，便随口问道：“还没收拾好呀？”

“就要好了。”毛岸英嘴里说着，手里继续摆放着东西。

张养吾瞅瞅，毛岸英身边堆满了还没归置到位的东西：棉褥、棉被、毛毯、被单、枕巾、换洗衣物……更有一大摞书散在地上，中文的、俄文的、英文的，平装的、线装的、精装的，有几十种。

张养吾叹道：“真是‘书山有路勤为径’，你这不是搬着书山、扛着行李上战场呀！”

毛岸英不好意思地笑笑，“这是爸爸送给我的书，衣服被褥是妈妈送的，是太多了。”

“你妈妈？”张养吾脱口而出。

“哦，就是江青。”

张养吾点点头。他知道毛岸英的身世，彭德怀有交代，要他照顾毛岸英。已过不惑之年的知识分子的经历，他当然理解毛岸英的处境。正因如此，他喜欢上了这个年轻好学、不怕吃苦的青年人。进入战地，大家自己动手搭建指挥部，修造住所，彭德怀特意安排张养吾和毛岸英住在一起。二人原计划在志愿军政治部驻地的山沟里挖洞筑穴，但一镐下去捣在岩石上，火星四溅，岩石只碰出一点白印儿，根本打不出洞来，敌人的飞机随时来轰炸，他们只好往附近的树林里躲避轰炸。尽管已是大雪盖地的零下二十度气温，毛岸英依旧坚持读书学习，《孙子兵法》《欧洲哲学史》《三国志》……一本一本地看，在志愿军大军中，是没有二例的。毛岸英积极热情的工作态度更令大家钦佩。而他管“闲事”成就的一段佳话，更是为志愿军熟悉战场敌情作出了贡献。

那是十月底的一个上午，毛岸英主动请求担任审讯第一个美军战俘的翻译。在山坡下的简易棚子里，一条长桌后面坐着任荣部长、秘书张养吾和翻译毛岸英，两名全副武装的志愿军战士押着浑身颤抖的俘虏莱尔斯走了进来。莱尔斯瞅一眼威严而坐的三位“长官”，绝望的眼神不知投向何处。任荣指指前面的凳子，命令莱尔斯：“坐下！”莱尔斯虽不懂汉语，不等翻译，却明白了这句话的意思，木讷地坐在凳子上，身体僵直，惊恐地望望对面的三个人，他强打精神，不时地咽着口水，吊在胸前的受伤的胳膊和身子一起抖动着。

本来的审讯计划，是先给俘虏一个下马威：以威严震慑俘虏，迫使莱尔斯交代美军相关情报。当看到莱尔斯恐惧的状态时，主审任荣便准备用策划好的步骤“诈”莱尔斯，还没等他张口，看到莱尔斯那吊在胸前的伤臂时，岸英似乎产生了恻隐之心，用英语问道：

“你的左臂是怎么伤的？”

“哦，我怕贵军抓住我枪毙，拼命逃跑时摔的。”

“伤到骨头了吗？”

“没有没有，肌肉拉伤……”

“是这样……你不用怕，我们的政策是优待俘虏。”

“我明白了！”

“不盲目乱跑就不会摔着了，你还会吸烟吗？”

“会吸。”

于是，毛岸英离开审讯台，走到莱尔斯跟前，递给莱尔斯一支香烟，并为他点燃。此时的莱尔斯心神略定，毛岸英问他：“你想吃东西吗？”

莱尔斯的目光一亮，对毛岸英道：“如果可以的话，十分感谢。”

毛岸英转身出去，从宿舍取来一盒饼干，递给莱尔斯。莱尔斯用颤抖的右手接过饼干，感激地望一眼毛岸英便用受伤吊起的左手把饼干盒子“固定”在胸前，右手麻利地打开盒盖，拿起饼干就往嘴里送，边嚼着饼干边自言自语：“实在没有想到还会这样！没有想到！”等莱尔斯停住咀嚼的嘴巴，审讯才继续进行。

“你的名字？职务？”

“莱尔斯，韩国第六师美国顾问团少校顾问。”

“说说你的履历！”

“……在驻日美军任职，一九四九年到韩国担任军事顾问。”

“你是军事顾问，那你谈谈对中国人民志愿军作战的印象。”

莱尔斯见审讯者流露着善意，便直言不讳：“到战场前我曾是美国西点军校的教官，研究过各种各样的作战方法，但与贵军交手，发现贵军的作战方法并非常规打法，比如前头拦住后头截住，这种作战方法历史上也不见先例。”

出人意料的是，威严的审讯气氛逐渐为轻松的对话代替。“不觉”谈到美军在朝鲜战场上的情况包括机密，莱尔斯似乎忘记了入伍时严守国家秘密的誓言，顺理成章地“合作”到审讯结束。彭德怀看了审讯结果极为重视，立即指示张养吾和毛岸英：“俘虏提供的情况很有参考价值，要通报全军。”

回到住所，张养吾对毛岸英道：“通报就由你来写吧。”

“我？”

“你一定能写得好——你有战场经验，而我不懂军事。”

张养吾说的是实话：由于彭德怀不知道中央召他进京的意图，就把自己这个政治秘书带到朝鲜，把军事秘书留在了西安。

“那，我就起草，然后一起斟酌。”

毛岸英怀着极大的热情在烛光下执笔疾书，如画家之胸有成竹，挥墨而就《志司通报》，通过电台发至各军司令部，有云：“美军在与我们抢时间！各军不得延误进军时间。”

但是，在接下来的行动中，有的部队行动迟缓，令彭德怀大怒，“看来我们的政治工作还不够深入，部队还认识不到战局的紧迫性！”

政治部主任杜平亦有同感，对彭德怀道：“是否给各军发个动员电报，给大家敲敲警钟？”

彭德怀怒气难消，挥挥手，“很有必要！我看很有必要！”

“彭总，请批准我和张养吾秘书一起完成此任务！”毛岸英请缨。

彭德怀点点头，说：“好，要快！写好后请杜主任审定，立即发至各部队。”

“是！”毛岸英敬礼领命，拉拉张养吾的衣襟，二人回住所起草电文：

> 入朝以来，我军与敌军初战，有得有失。经验证明，没有空军配合的中国人民志愿军，以它的英勇和巧妙的战术，同样可以打败有空军配合的美军。亲爱的同志们，我们是有着光荣传统的革命军队，摆在我们面前的战场关乎祖国的荣誉和中朝的安危；可否取得胜利，关键不是飞机大炮，

而是坚决执行命令抓住战机!

……

天亮时，在写下落款“志愿军司令部、政治部”时，毛岸英停下了手中的笔，把稿子递给张养吾，“请你修改后报杜主任吧。”张养吾看后将稿子送杜平主任，杜平提了修改意见，再由毛岸英修改，直至彭德怀司令员签发，毛岸英足足三十几个小时没有合眼。

志愿军取得了入朝第一次战役的胜利，可以说是稳住了阵脚。为了更好地指挥作战，彭德怀任命了中国人民志愿军总部机关的处级干部，成立司令部办公室。办公室直属彭德怀领导，负责作战指挥和文、电处理工作，即大家称作的“彭总作战室”。这个作战室由彭德怀从西安带来的张养吾任主任，成员有警卫参谋杨风安，从解放军总参谋部调来的龚杰、成普和徐亩元；毛岸英也名列其中。

阴差阳错跟随彭德怀入朝的张养吾没有行伍经历，是一名向知天命之年迈进的知识分子，难以适应战场上的工作特点和生活节奏，感到力不从心，只得向彭德怀提出调换工作。彭德怀这才考虑到张养吾是自己“抓差”而来，确实是秀才上战场，便让张养吾回西安复职，调西北军区司令部的高瑞欣参谋来接替张养吾的工作。

就要回国的张养吾却产生了依依不舍的情感。当他离开的时候，为自己将和彭老总天各一方不免遗憾：彭老总的大无畏的革命精神、对革命事业的高度忠诚、独有的大将风度和必胜的信念深深感动着自己，此一别，自己也许再无缘跟随将军了！另一个不舍的就是俄语翻译兼机要秘书毛岸英。当他从彭德怀口中得知毛岸英就是毛泽东长子的时候，心中不免震撼：毛主席竟把自己的儿子送到朝鲜战场！而有的高级干部则反其道而行之……尤其令张养吾钦佩的是，毛岸英不但没有坏毛病，而且还是积极肯干、吃苦耐劳，更孜孜不倦学习的好青年，他聪明、阳光、知识渊博有才气，是青年人中的佼佼者。

“岸英，我们多多联系，写信给我。”张养吾叮嘱和自己年龄几乎相差一代人的青年同事，“记住，有个张养吾牵挂着你。”

“嗯。记住了。”毛岸英恳切地答应，“入朝以来，我们两个天天摸爬滚打在一起，你的帮助使我受益匪浅。张秘书，等打败美国侵略者我们再聚首。”

“好！”

“你要走了……有什么要嘱咐的吗？”

望着岸英那诚恳地流露着难舍难离的目光，张养吾道：“我把我保管的机要电报移交给你，千万保管好，不能有丝毫马虎。”

“我一定像爱护生命一样保护好它。”

“好。”

张养吾相信岸英说到做到，对此并无疑虑。当然，岸英并非完美无缺——由于读书太晚影响晨起，误了早餐是常有的事，久而久之会影响健康，便提示岸英：“你的学习精神值得钦佩，但耽误早餐不好，还是调整过来好。”

“这个毛病是不好，我努力改正。”岸英表示。

张养吾不知再说些什么好，目光看着地面思索着……猛地，目光被岸英一只脚上没有了后跟的靴子挡住！张养吾记得，雪天里，毛岸英给彭总送电报回来时靴子被雪浸湿，在火炉上烘烤时烧焦了靴子后跟……

张养吾把自己脚上的靴子脱下，放到岸英面前，示意岸英换上。岸英忙摇头拒绝：“不不不！”

“听话好不好！”张养吾用“命令”的口气要求比自己小好多岁的岸英。

刹那间的无言，四目相对，但似乎都听到了对方要说什么。

“岸英，”张养吾深情地提醒岸英，“我还有一件事放心不下！”

“您直言吧！”

“一定要按总部的规定注意防空，千万麻痹大意不得，记住！”

“记住了。”

两个身处异国他乡的志士，是战友，更像兄弟。

“对了，我有一事相托！”毛岸英对张养吾说。

张养吾爽快地道：“你客气什么？说！”

“帮我把妈妈给我带来的一些不用的东西捎回去。”

“当然没问题。”

“到家后给我写信。”毛岸英也叮嘱张养吾。

张养吾用手拍拍岸英的肩膀，用欣赏的目光瞅着那张英俊的、青春无限的脸，深深地点了点头。

张养吾走了。高瑞欣来了——这是一位比毛岸英还年轻几岁的小伙子。俗话说“铁打的营盘流水的兵”，古往今来，多少英雄豪杰前赴后继、驰骋疆场。

谁知，此一别，张养吾再也无缘他牵挂的岸英兄弟！

有诗曰：

战斗友谊炮火焙，
并非显贵动人心。

第一百零二回

美军偷袭大榆洞　新星陨落无名山

中国人民志愿军出兵朝鲜，无疑打破了美国人为首的西方反华势力的亚洲梦。从美国本土的五角大楼到朝鲜半岛的“联合国军司令部”，正酝酿着一个惊天阴谋……夜色渐渐笼罩无名山，封锁大榆洞，隐去中国人民志愿军最高指挥机关——司令部办公室的“容颜”，但，“狼”还是摸到跟前来！由美韩两军组成的全副武装的“特种兵”突击队正趁着夜色向志愿军司令部驻地大榆洞摸来！

远在北京的共和国主席毛泽东，正站在中央军委办公室挂着的朝鲜地图前慎思。斯大林刚刚发来密电：从截获的美军密电分析，美军要对大榆洞的志愿军司令部秘密展开“斩首”行动，请中方立即采取措施，包括司令部搬迁。而此前，臻于纵观全局的毛泽东也注意到，设在大榆洞的司令部作战室不利于隐蔽，曾电告彭德怀马上转移。美国人要对大榆洞进行“斩首”行动，直接威胁到朝鲜战场的局势和司令部安危，毛泽东当然牵挂在心！

事不宜迟！毛泽东马上又电催彭德怀：截获美军欲偷袭司令部作战室情报，情况危急，请即转移指挥所，刻不容缓！

但是，忙于战事的彭德怀忽视了这位大军事家、大战略家的指示！

夜幕渐渐拉下来。执行完任务的毛岸英和两名志愿军战士小魏和小李踏着湿滑的雪路回司令部指挥所驻地大榆洞。突然，几条黑影从侧面窜出来扑向毛岸英，战士小魏急忙迎身挡住不速之客，却被早有预谋的刺客开枪击中而倒地。面对冲上来的敌人，毛岸英果断地抄起冲锋枪向敌人扫射，两名敌人应声倒地。随后，又有几名潜伏的敌人从黑暗处冲上来。战士小李挺身而出，拉响手中的手榴弹——爆炸声中，几名围过来的敌人应声倒下，战士小李与敌人同归于尽！毛岸英见只剩自己一人，不敢恋战，忙向大榆洞方向撤退。此时又有几名敌人冲了过来！正在危险之时，只听身旁树林里传来志愿军的呐喊声——志愿军战友们赶来救援了！

敌人逃窜了！毛岸英得救了！

遗憾的是，此事依然没有引起志愿军司令部的高度重视，志愿军司令部也没有及时按照毛泽东的指示转移！

毛岸英是经过战争考验的战士，突发的事件并没有让他失魂落魄，他和往常一样工作、学习。

张养吾走后，高瑞欣到来，毛岸英不能没有思念——那个关怀自己、关照自己的大哥哥。自从母亲开慧牺牲后，作为长兄的岸英就在流浪中照顾着弟弟岸青、岸龙，既做爸爸又做妈妈，饱受人间艰辛，深知世事炎凉。正是这样的生活经历，铸就了他钢铁般的意志和不屈不挠的斗争精神；俄罗斯的求学之路和苏联卫国战争之旅，使他成为一名坚强的无产阶级战士。所以，在任何复杂的情况下，毛岸英不会六神无主。准确地说，二十几年的人生路，他缺少的是爱和亲情。回国后父亲毛泽东的爱近乎抽象，妻子刘思齐的爱虽刻骨铭心但远隔万里，此时可以触摸到的只有牵挂。战友张养吾的情谊却是身边难得的缘分！

岸英思念、牵挂着战友张养吾。

高瑞欣似乎发现了毛岸英的秘密。晚饭之后，见岸英没有像往常那样看书学习，便问岸英："毛翻译，有心事啊？"

"我在想，张秘书到底怎样了？为什么没有信来？"毛岸英直言不讳。

高瑞欣闻听一怔，半开玩笑地说："我还以为你想老婆了呢！"

"也想。"

看毛岸英那么平静、坦率地回答自己，高瑞欣不禁肃然起敬。毛岸英的身世已经不是秘密，高瑞欣当然知道。可以说，作为新中国的青年人，毛岸英有着无可比拟的、得天独厚的优越环境和条件，单就凭他在苏联卫国战争中的经历就完全可以安排到国家机关部门工作……他偏偏主动要求到炮火连天的朝鲜战场上来！仿佛，高瑞欣触摸到了他那颗火热的赤子之心！

"毛秘书，你的爱人一定很漂亮，很有背景吧？"高瑞欣问得很认真。

毛岸英听了淡淡一笑，指指高瑞欣，说："你一定是说我们'门当户对'是吧？"

"总不会找个农村的'解放脚'女人吧？嘻嘻！"

毛岸英认真地道："那又怎么样？看缘分啦！"

高瑞欣大吃一惊："你娶的小脚女人？不会吧？"

毛岸英开心地笑起来，"哈哈哈！看你惊得嘴都合不拢了！告诉你，不但我爱人不是，岳母大人也没裹小脚！"

"我说什么来着，肯定是门当户对！"

"是啊！"毛岸英感慨一叹，"是门当户对呀！"于是，陷入沉思之中。

高瑞欣似乎更感兴趣了，像是问岸英，又似自言自语，"哦！门当户对……和主席家门当户对……那是谁家的女儿？难道是……还是……这可难猜！"

"你是猜不着。"岸英开心地笑了笑，旋即又陷入沉思之中……

朝鲜半岛战争局势突变，令美国总统杜鲁门大伤脑筋。在他的如意算盘上，稚嫩的新中国无力向世界第一的美国挑战，精明的毛泽东也不大可能在朝鲜半岛战场上赌一

把——在他的眼里，中美的实力毕竟相差太大了，毛泽东不会引火烧身的！

但，事实让杜鲁门大跌眼镜：毛泽东不但在没有苏联人协助的情况下单独出兵，而且入朝就给了以美国为首的“联合国军”以重创，挡住了美军直袭鸭绿江岸的步伐。也就是说，朝鲜战场已是中美之间的对决。

虽然此前和中国共产党的军队没有直接交战经历，但杜鲁门对红军也好，解放军也罢不算陌生，以世界宪兵自居的美国人对有着五千年文明史的那块神奇土地有着浓厚兴趣。尽管中国有近五万万人口之众，但美国人关注的无非是那么几个人：巧取国民党大位的蒋介石，白手起家竟把蒋介石赶到台湾的共产党领袖毛泽东，还有那位不可思议的周恩来。杜鲁门早就看透了蒋介石：如果不是台湾岛的特殊位置，根本犯不上与他这败军之将勾勾搭搭。但他没有看透毛泽东：以百万之师而灭八百万大军是谜，刚刚从战争的泥潭里拔出腿来，自己的创伤还没医疗就出兵援朝与现代化的美军作战，几乎也是个谜。他毛泽东凭的是什么呢？

白宫椭圆形的总统办公室是当今世界大国中最年轻的元首办公室，比之俄罗斯的冬宫或克里姆林宫、大英帝国的白金汉宫和法国的爱丽舍宫，可谓小弟。和中国的任何一代王宫相比，白宫简直就是晚辈了！不过，在杜鲁门的心目中，后来居上的美国是不可触犯的，用中国人的话来形容：我州官可以放火，你百姓不许点灯！毛泽东太大胆了！

美国的政客们认为美利坚合众国的利益在全球。杜鲁门、美国国会都不会容忍毛泽东阻挡美国军队进军东南亚的步伐！中国出了个毛泽东，被誉为中国的太阳，照到哪里哪里亮——绝不能让毛泽东这颗太阳照遍全球！

想到这里，杜鲁门几乎咆哮地呼喊他的安全助理：“告诉麦克阿瑟将军，我要到关岛与他见面，见面！”

麦克阿瑟将军首先向总统杜鲁门摊摊双手，表示无奈：“总统阁下，我们对新中国估计不足，对毛泽东了解甚少。他们，我说的是志愿军，他们是人还是魔鬼？”

杜鲁门摆摆手，“他们的首领比魔鬼更可怕！不是吗？”

“总统的意思是……”

“如果我真的了解他，还认为他比魔鬼更可怕吗？”

“是否从台湾那边了解一下关于毛泽东的情况？”

“去请教一个手下败将，问他取胜毛泽东的秘密？”

“至少可以得到某些有用的信息……”

杜鲁门苦涩地一笑，“现在研究毛泽东有些晚了——睡醒的狮子已经扑过来，还研究什么？”

“我不懂，总统阁下！”

杜鲁门以手指天，“但你懂得飞机大炮的厉害！”

“轰炸？我们没有停止过对敌人的轰炸！”

“但是，你没有轰炸到敌人的神经中枢，毛的爱子和彭德怀在的地方！”

麦克阿瑟望着杜鲁门，默默地点点头，“中国兵法讲‘擒贼先擒王’，嗯！好！我马上布置新的作战方案！”

“我希望奇迹出现！”杜鲁门瞪着麦克阿瑟，长出一口气。

一九五〇年十一月二十四日下午，从彭总作战室出来，正要到前线布置黄昏前展开的第二次战役的参谋长解方，被天空中的一阵轰鸣声惊动，举目望去，两架美式“黑寡妇”侦察机向大榆洞这边飞来。敌机在上空轰鸣已不是什么稀罕事，但今天的这两架“黑寡妇”有点儿不寻常：它飞抵大榆洞上空后开始盘旋，久久不肯离去，竟有一个小时之久。这不能不引起解方的警觉：敌人是冲着大榆洞，换句话说是冲着司令部作战室来的！

事不宜迟，解方马上将自己的判断报告司令员彭德怀和副司令员邓华。首长当即定下工作、活动纪律：明天早起四点进早餐，然后钻防空洞防空，只留值班同志在作战室值班。

黎明前，大家便于早餐后躲进防空洞潜伏起来，静静地看着黎明前的黑暗被晨曦赶走。蹲在防空洞里的将士们可以看清楚对面同志的面容，接着，朝阳面防空洞里的同志看到一轮红日从东方冉冉升起，防空洞里透进了光明。

九点已过，不见美机飞来。习惯了美机到点儿就来骚扰的将士中有人嘀咕：“奶奶的，都几点了还不来！”

“对！今天是礼拜六吧？是不是美国鬼子休息了？”又有人说笑打诨。

“不来啦？老子早憋着一泡屎哩！解去！”操着山东话的那位老兵瞅瞅天空，晴得万里无云，哪里有飞机的半点儿影子？一尥蹶子奔出防空洞去一边拉屎去了。大家见天上确实没有什么敌情，便放心大胆地一个个走出山洞，在防空洞口散步聊天，放松放松。

十点过了，敌机“破例”没有出现。毛岸英想起自己手头还有一篇简报要写，给高瑞欣递个眼色，会意的高瑞欣便和岸英一起悄悄离开防空洞，奔向彭总指挥部办公室……令大家猝不及防的是，半个小时后，天空忽然响起凄厉的轰鸣声，一群美机向大榆洞方向袭来！炸弹在大榆洞附近连续爆响，其中一架飞机直扑彭总指挥部作战室，投下几枚燃烧弹！指挥部作战室是用伪装过的木板搭建的简易棚，又暴露在光天化日之下，顷刻之间已变为一片火海……

闻讯赶来的彭德怀喊着呼着直扑火海，被邓华等人死死拉住，口中大喊：“岸英——”

岸英还能听到司令员的声音吗？他已在烈火中得到永生！他和新战友高瑞欣一起，在烈火中永生！

彭德怀的心怎么也平静不下来！自己戎马一生，面对过多少同志倒在敌人的枪林弹雨中，葬身于刀山火海，而岸英的牺牲，令他格外痛心！这不仅仅因为他是共和国主席毛泽东的儿子，还因为他是一个志愿军中成长经历特殊的百炼成钢的青年人：母亲杨开慧牺牲时，他和两个弟弟还被关在狱中；流浪上海街头、辗转到苏联，又遭遇苏联卫国战争……回国后，毛泽东没让他躺到毛家的功劳簿上被优待，而是送他到农民那里拜师，熟悉农民；送他到工厂拜工人为师，熟悉工人。朝鲜战争爆发，他又将儿子送到朝鲜战场！岸英学识渊博、工作热情、为人忠良，是多么好的孩子啊！彭德怀清楚岸英在毛泽东心目中的位置，和所有父亲一样寄予厚望，但，这一切都被眼前的大火毁灭了！还有苦苦等在北京的新婚妻子刘思齐……

彭德怀简直不敢往下想！岸英的牺牲，会对毛家是个多么大的打击！而造成今天的局面，与自己的麻痹大意是分不开的。他想起毛泽东几次电报提醒、催促自己将指挥部办公室搬离大榆洞，心中不免疚愧伤情，忍不住老泪纵横，跺着脚自问："毛主席把岸英交给了我……这叫我怎么交代啊？"

的确不好交代。彭德怀准备拟电中央、毛泽东，报告岸英牺牲的消息，那支笔不听使唤似的，一句话也写不出来。

副司令员邓华、参谋长解方站在一旁，神色凝重，不敢说一句话，又无力安慰极度伤情的彭德怀。

彭德怀没能马上完成电稿。他浓眉一立，对副司令员邓华、参谋长解方、政治部主任杜平道："告诉全军指战员，为岸英烈士报仇！为祖国争光！立即作好战前动员，狠狠打击美帝国主义侵略者！"

"是！"邓华、解方、杜平齐向彭德怀敬礼。彭德怀看到了，他们的两眼也浸满着泪花！

嘹亮的冲锋号声响彻大地，激励着志愿军指战员，震撼着敌人！第二战役按计划在黄昏打响了！潜伏在山里的志愿军们不惧敌人的洋枪大炮，冲向敌人阵地。由于"美俘"莱尔斯的坦白合作，志愿军司令部根据美军的作战特点有针对性地制定了战略战术，以不怕牺牲的精神、压倒敌人的气势出现在美军面前，实在超乎美军的想象，手没软心先怯了！

志愿军用不怕牺牲的精神和血肉之躯赢得了第二次战役的胜利。

不得不放弃攻克平壤，退到"三八线"的"联合国军"司令官麦克阿瑟沮丧地望着半岛北方惊诧不已：莫非真如毛泽东所言，共产党的军队是钢铁铸就的？

无论怎样，麦克阿瑟明白：遇到真正的敌手了！而面对的对手竟然凭的不是飞机大炮……

战役的胜利并没有给司令员彭德怀带来快乐，只是获得几分安慰。就战争而言，彭德怀是大赢家；而战友们的牺牲，尤其是毛岸英的牺牲，像一块搬不动的巨石，重重地压在心上！他觉得没法向主席毛泽东交代！他担心毛泽东承受不了骤然失去爱子的残酷现实，又纠结于“瞒”下去而难以预测的后果，那支自来水笔久久在纸上“踌躇”。

“彭总，”邓华劝慰彭德怀，“岸英的牺牲我们都有责任，你不必太自责啊！”

“是我没有落实好指挥部搬家的工作……”解方也表示承担责任。

彭德怀一听“忽”地跳起来，用拳头擂着桌子吼道：“你们以为我为‘责任’犹豫不决啊？我考虑的是主席的感受！老毛家已经为革命献出了五个亲人的生命啊！岸英他不该啊！”

杜平道：“主席在延安时就讲过：人生固有一死，或重于泰山，或轻于鸿毛。岸英是为中国人民和朝鲜人民的安危而死，死得其所。彭总，你不必过于悲伤！我想，主席经得住打击的！”

“经不住又怎么样？大错已铸！”彭德怀仰天一叹，“我向中央作检讨！问问岸英的遗体怎么办……”

邓华鼻子一酸：烈士的遗体已被大火烧得面目全非，已经炭化得惨不忍睹，最好不让家人看到啊！

正在这时，朝鲜人民军最高指挥官金日成慰问来了。战役大捷，大家高兴才是，他见大家个个愁眉苦脸的样子，不禁一愣，轻声问解方：“这是怎么了？”

“主席的儿子岸英被美机投下的汽油弹烧死了！”

金日成闻听大惊失色，干张着嘴没说出话来。对毛泽东的家庭状况金日成是了解的，当然明白岸英在毛泽东心目中的位置。岸英的牺牲，令金日成心碎神伤！金日成轻声询问：

“告诉毛主席了吗？”

彭德怀摇摇头，“正左右为难——不知怎样开口！”

金日成无言以对。他看得出彭德怀情绪极坏，便不在性同猛张飞的志司一号首长面前莽撞了。斟酌之后，他问彭德怀：“烈士的遗体呢？我想看望他。”

“看了更难受！”说着，彭德怀老泪又流，“对不起主席啊！”

金日成想了想，说：“毛岸英是为朝鲜的解放事业牺牲的，是人民英雄。就让英雄安眠在这里吧！”

“要征求主席的意见。暂时先安葬吧。”彭德怀望望金日成，说出自己的意见。金日成点点头道：“好，就按彭总说的办。彭总，我看望烈士遗体之后就安排安葬，并请司令部派人一同处理岸英后事，你看……”

彭德怀点了点头，“请杜平主任代表全体志愿军指战员处理烈士后事。选择好墓地之后，请告诉我，我要亲自看看合适不合适。”

“彭总放心，我亲自过问此事。”金日成和彭德怀、邓华等人一一握手作别。第二天，在选择好的无名山“风水宝地”埋葬了烈士遗体。彭德怀、金日成等中朝军队将士亲自

为英灵送行。

当晚，彭德怀拟电向中央、主席报告岸英牺牲的消息。电报发出，彭大将军如同得场大病一般，伏案昏睡。

后来，某部参谋在清理一位战地诗人的遗物时发现了他的一首诗：

岸英，你在哪里?

多少次望着你那矫健的身影，
活跃在冰天雪地、大山密林之中。
你那回头一望的坦然一笑，
像冰天雪地送来的一阵春风。
和其他普通的战士一样，
风雪里去，枪林弹雨里来，
战斗在危机四伏的第一线，
无论如何，无论如何，
没想到您的父亲是毛泽东！

当我知道白色恐怖纠缠着你，
母子四人囚困在长沙监狱，
母亲坚贞不屈献出年轻的生命，
兄弟三人流落上海滩的时候，
才知道我们同病相怜：
我的父兄在抗日战场倒下，
姐姐在淮海战役中失踪。
接过父兄的枪又上战场，
你是我的榜样——英雄毛岸英！

从来就没有什么救世主，
改变世界靠的是人民群众！
为了共产主义的伟大理想，
我们何惧陷阵冲锋？
即使倒在了金达莱旁，
也要把这片土地染红！
用我们的血肉筑起新的长城，

鸭绿江你奔腾吧，
绝不让侵略者的铁蹄得逞！

岸英，你在哪里？
第二次战役大获成功！
请你睁开慧眼，
看看雪地上正刮起的春风！
胜利不属于飞机大炮，
属于正义的人民英雄！
我向大山大海呼唤：
岸英，你在哪里？
我们共同欢庆……

第一百零三回

闻噩耗总理瞒真相　无消息思齐寄情思

新中国在抚平战争创伤，百业待兴的同时，正凝全国之民心，聚全国之财力支援朝鲜前线，北京更是这场史无前例运动中的核心——周恩来总理是处于“核心”的总指挥：一个精力智力耐力的“超人”！

西花厅的后院里，总理办公室的灯几乎彻夜长明。为了配合昼夜工作时间颠倒的主席毛泽东，周恩来也适应性地晚上工作。但是他白天也难得有足够的睡眠时间，因为中央、国家机关是“正常”工作的，作为国家的“机器”，它服务的对象是昼作夜息的千万计的公务员和五万万人民。任何一个“动作”都可能触动总理的神经。抗美援朝则是共和国总理的最大牵挂。

中南海的夜晚寂静、安详。楼堂馆所、宅院厅房都熄灯伴随主人沉睡了，但西花厅和菊香书屋的两盏灯还亮着。毛泽东半卧床头读着“大参考”的时候，那封来自朝鲜半岛的电报惊得西花厅里的周恩来半晌说不出话来！

“总理，您看这事怎么办？”中央办公厅主任杨尚昆请示中央副主席、共和国总理，也是他尊敬的兄长，“是不是告诉主席？”

周恩来剑眉紧锁，摇了摇头，“先不要告诉主席！容我考虑考虑。”然后问杨尚昆：“这封电报都有谁看过吗？”

“值班的译电员直接送给我，没有别人知道。”

“那好，暂时不要扩散。此事由我亲自处理。”周恩来叮嘱杨尚昆。

“是！”杨尚昆敬礼退下。

周恩来把电报夹到保密夹里，思索着怎样处理这件棘手的事情。灯光里，那张祥和的感动过多少人，为多少人尊为慈父或兄长的脸骤然失色，变得痛苦伤感！国内战争已给毛泽东的家庭带来次次不幸，没想到岸英出征入朝就牺牲了！对于毛泽东来说，实在是太残酷了！

但是，人命关天啊！又怎好瞒得下去呢？

天亮了，邓颖超过来问候丈夫，提醒他该吃早餐了，“恩来，粥快凉了。”

周恩来眼睛一亮，望着夫人，点了点头，“请你到主席那里去一下。”

邓颖超见丈夫脸色凝重，走近一些，问：“一定有什么事吧？”

周恩来对夫人早有约法三章，不许过问总理工作方面的事。

“岸英牺牲了……”

邓颖超惊愕地望着丈夫，“啊？！什么时候？岸英才去几天就……”

周恩来强忍悲痛，“昨晚收到彭德怀的电报，还没有让主席知道……正好娇娇有些感冒，你借看娇娇，找机会告诉江青，看她的意思。”

娇娇，是贺子珍在长征路上生下瘦瘦的、可怜的李敏时，邓颖超为她起的乳名。娇娇——李敏平日里也喊邓颖超为邓妈妈，李敏从苏联回国来到中南海的大家庭后，邓颖超格外关心她。借看望李敏向江青透透风，不会引起毛泽东的怀疑。邓颖超看过李敏，江青表示谢意送邓颖超时，走到回廊无人注意的时候，邓颖超才悄悄对江青说：“昨晚收到朝鲜志愿军司令部电报，岸英牺牲了！总理让我征求一下你意见……”

“什么？”江青简直不相信自己的耳朵，一下子靠到回廊的墙面上，两眼发直，死盯着邓大姐，流露着但愿是自己听错了的表情。

邓颖超肯定地点点头，继续说明来意，“总理问，是否告诉主席？”

江青稳定自己的情绪，站稳身形，频频摇头，“别别，不！这对主席打击太大了！暂时不能让他知道！还有苦命的思齐……都不能知道！”

偏偏正在这时，休假来看望爸爸的儿媳思齐从回廊那边走来，见邓妈妈和江青妈妈神色不对地谈论着什么，走过来打着招呼，用奇怪的目光盯着二人，问：“妈妈们，怎么脸色这么不好看呀？出什么事啦？”

“是思齐啊，”邓颖超笑着应酬，“娇娇病了……没事的。”

思齐天真地解释：“不就是感冒吗？打打针吃吃药就好了，别担心啊。”江青忙把话接过去，说：“对对，吃点药就好了，已经打过针了……思齐来了，快去看看爸爸吧，主席他正好没睡呢。”思齐点头应着，走过去又下意识地回头望望两位妈妈，心里纳闷儿：“她们今天怎么的啦？怪怪的！”

毛泽东正在看“大参考”上国外媒体对朝鲜战争的报道和评论，见儿媳思齐到了，忙从床上坐起来，踏上拖鞋，坐到沙发上来。来到菊香书屋，毛泽东改不了战争年代形成的黑白颠倒的工作习惯，而且有的时候就侧身在木质硬板床上看文件、读报甚至批阅文件，一些老战友、老部下来到他的书房兼客厅和卧室，他如果正半躺床上，也就不客气了——保持原样接待他们。如果是党外人士或孔孟之道颇讲的“框框”有约，他老人家是一定正襟危坐，礼仪在先的。

“爸爸，您该休息了吧？午饭后我再进来和您说说话。”思齐说着就要退出。毛泽东呵呵笑着，说：“哪里睡得那么多觉呢，你陪爸爸吃早餐嘛！”

“我在单位食堂吃过啦。”思齐冲毛泽东摆摆手，“您自己吃吧。”

毛泽东点点头，“你们单位的职工食堂搞得怎么样？吃得饱吗？”

“我饭量不大，吃得饱。”

“哦！”毛泽东若有所思，问思齐：“工厂里生产怎样？对抗美援朝有什么反应？”

“都积极着哪！不过，也有捣乱分子，散布谣言搞破坏的，揪出来了！”

毛泽东道：“还有暗藏的阶级敌人，他们继续抱着反动派的大腿不放，与人民为敌，

自然就没有好的下场。但是，他们只是极少数人，阻挡不了历史前进的车轮！”

“就是哩！”思齐滔滔不绝地讲起来，“我们小组是支援抗美援朝的先进小组，每个人都捐献了一个月的薪水给志愿军。听说河南唱豫剧的常香玉都捐了一架飞机，我们组的小王都和爸爸快闹翻了……”

“那为什么呢？”毛泽东不解。

“小王他爸是大资本家呀！”

“原来如此！”毛泽东笑起来，明白了，“这位小王同志心愿是好的，方法嘛欠妥。为抗美援朝保家卫国作贡献是每个公民的义务，可不能强迫啊！告诉你的那位同事注意工作方法就是了，比如，上海的荣毅仁，天津的王光英，北京的同仁堂等等，他们为什么积极行动支援前线？”

思齐不假思索地道：“因为打败美帝国主义侵略者才能维护世界和平，我们才有一个稳定的建设环境，人民才能过上安定幸福的生活！”

毛泽东满意地点点头，“是这个道理。要讲道理，讲老百姓听得明白的道理，就会事半功倍。看起来，你还是个抗美援朝的积极分子哩。”思齐道：“爸！我都把爱人送到朝鲜战场上去了，谁能说我不是抗美援朝积极分子呀？”毛泽东听了认真地点点头，说：“就是，就是！一人参军，全家光荣！我们都光荣呢。”思齐听主席如是说，捂起脸儿笑，说：“爸，您说哪里去啦，还不是您教育得好。首长们哪一个不夸奖岸英……”

“思齐，”江青走进来，强作笑脸对思齐说：“主席还没吃早餐，该休息了，下午还有外事活动。今天就到这儿好吗？”

思齐愕然地望着江青颇感意外。毛泽东对江青的“横加干涉”流露出反感。而此前，江青从未像今天这样“横插一杠子”，扫毛泽东的兴！

毛泽东冲着江青摆摆手，“我不饿，也不困。”然后点起烟来吸——显然，是撵江青走的意思。但是江青不走，执意要劝开思齐，不让她和毛泽东扯家常尤其避开敏感的抗美援朝的话题。她拉着思齐的手，说：“让主席吃了饭好休息。来，帮我去收拾一下东西好吗？”

思齐点头同意，跟着江青来到她的卧室里。和毛泽东的卧室兼书房、会客室甚至兼饭厅不同，江青的卧室里看不到毛泽东喜欢的简易硬木板床，而是柔软的席梦思床，被窝松软蓬松，枕头也是软软的羽绒芯儿。绿色的地毯，绿色的窗帘儿，把卧室装扮得富有青春气息。思齐不经意地扫一眼江青，她虽三十有六，这在农村已是半老徐娘，邋遢一点儿的就是“糟糠之妻”了，而善于保养的江青看上去非常年轻，像是二十几岁的妙龄女，浑身充满活力，眉宇间流露着峥嵘。

“坐下吧！”江青热情又不太自然，还伸胳膊按按思齐的肩头，“在我这儿玩，不要拘束……”

思齐疑惑地瞅着江青，问：“妈妈，你有什么事吗？”

她从来没见过江青如此怪怪的样子。

“没有没有！我能有什么事呢？”

江青极力掩饰着自己内心里的纠结，生怕露了馅儿，暗暗叮嘱自己：“不，不能，现在不能走漏一点儿风声！”

自觉尴尬的思齐和江青搭话：

“妈妈，您听到岸英的消息了吗？怎么也不来封信呢？”

此言一出，着实把江青吓一跳！她打量着思齐，揣摸着思齐的意思，很快就料定思齐不过随意一问，紧张的情绪旋即平静下来，强作笑脸对思齐道：“瞧你说的。他是你的丈夫，我倒要问你呢。‘娶了媳妇忘了娘’，岸英是不是把父母抛到脑后了呢！”

“什么呀妈妈！岸英才不是那样的人呢！”思齐急了，“他临走的时候还嘱咐我孝敬父母，爱护弟弟妹妹……”

“看看！我就那么一说，你还当真啦？”江青就势伸出手抚摸着思齐的头，有些动情地说：“看看，年轻轻的也不知道打扮自己——来，妈妈给你梳梳头！”

“不用了妈妈，我自己来。”

“不听话不是？”江青故作生气的样子，“我这后妈当得不够格吗？”

“不是啊……”

“那就让我给你梳梳吧——你的头发多漂亮！年轻，到底是年轻啊！”

思齐离开丰泽园，一个人沿着“海”边的便道散步般地走着，不免狐疑：今天江青表现异常，魂不守舍似的，行动也异乎寻常，到底是怎么啦？

“海”面结着一层冰，像是一面扣在海面上的大镜子，反射着阳光。岸边的杨柳早已被寒风把叶子叼得精光，只剩下树干枝条在寒风中发抖。残雪躲在阳光照不到的地方苟延残喘。两只不知名的鸟儿鸣叫着从思齐的头顶上方飞过，落到瀛台那边的树丛中。此情此景，虽不似夏日般花样美丽，也足以勾起思齐对恋爱生活的回忆：

——难得可以休息的星期天，看望过爸爸，自己就拉着岸英到“海”里划船。初次登舟的思齐脚踏船头就叫出声来：船晃人也晃，差点儿仄到船下去。亏得岸英及时用双脚踏定船儿掌住平衡，自己才稳住身形，船儿也就平稳地驶向“海”的深处。坐稳了，含情脉脉地望着划桨的岸英，越看越爱：他不但长相英俊，更是心地善良，工作认真负责，为人谦和……当然尊老爱幼，尤其是对自己的呵护，是最为刻骨铭心的！

——每次下班回到家里，岸英一定和自己热烈拥抱，热吻自己；每天去上班的时候，他也一定给自己一个热烈的拥抱和吻。他的拥抱不是应酬性的照章办事，自己完全感觉得到，那是爱的传递！开始，自己对这种“异样”的举动感到难堪，久而久之，自己便融入亲密无间、激情四射的爱河中……

……

令思齐纠结的是，岸英竟没有一封“别有一番滋味在心头”的信寄回；自己的“别有一番滋味”的心情也无从倾诉！

不觉，思齐停住了脚步，望着“海”出神。这是世界上独一无二的被围在院子里的“海”。虽然围在院子里，却又是流动的——如果把北京喻为一个美丽佳人，“海”就是她的心脏，连接“海”的明河暗渠就是她的血脉，使这座历史文化名城青春永驻。思齐虽然住在中南海之外，只是每周来菊香书屋看望毛泽东，偶遇和目睹，使她明白生活和工作在“海”一方的革命名家们怎样牵动着全国人民的神经。看到毛泽东工作那样忙，每天只睡四五个小时的觉，真不愿意也不忍心打扰老人家。

可是，她知道自己同事的参加志愿军的哥哥早就有信回了，为什么岸英就不写封信来？难道他不想我吗？

思齐不能不“胡思乱想”！

夜色开始笼罩北京的上空。当“海”面的冰层上浮现月牙时，思齐才醒悟到天色不早了，急忙转身往西大门方向走去……

回到住所，思齐的心怎么也平静不下来。她想用读书来转移自己的思绪，坐到书桌前翻着书——岸英读过的书：《共产党宣言》《资本论》《唐诗三百首》《史记》《实践论》《静静的顿河》……不下百十种图书，她翻了一本又一本，哪一本也看不下去！

她把书一本本放回书架的时候，目光停留在摆放在书桌上的结婚纪念照，那是江青为他们拍下的，活泼的岸英在那一瞬间表现得过于严肃拘谨；而内向的自己倒露出几分微笑。独守空房很久了，苦苦的思念，思齐只有望着照片里的丈夫安慰自己：他一定是忙，腾不出时间写信，或者保密需要不能随便写信。妈妈张文秋就讲过：党的纪律高于一切，个人的任何事情都要服从于革命工作的需要。“岸英，我不怪你！我就是不放心你……你是个工作狂，可不大会料理个人生活，能不叫人牵挂吗？”

相框里的岸英没有笑意，严肃地望着自己。恍惚之间，思齐的脑海里闪念道：莫非岸英出了什么事？

此念一闪，思齐就惊出一身冷汗，一下子从凳子上蹿起来，她再也坐不住，不能自控地从门后的衣架上抄起棉衣外套拉开房门就冲到院子里。当她回身锁上门再转身时，望到的是满天星斗和一勾弯月，和她打招呼的是怒号的寒风！她犹豫了，暗暗问自己：我去哪儿？去中南海家里问爸爸？不！

思齐摇着头自我否定。

茫然和纠结折磨着少妇的心。犹豫再三，思齐又慢慢地打开房门，回到屋子里，摸着灯绳，“咔嚓”一声拉着了电灯。良久，她背靠屋门，痴呆呆地出神，不知所以然。当她倒在床上的时候，下夜班的邻居正好回来，因为他的天津籍的妻子照例扯着大嗓门儿迎接他：“二他爸，这么快就回来了嘿！”

“回来啦——奶奶的，不是想你嘛！”丈夫逗着老婆。她丈夫是山东济南人，越是亲近的，他越习惯甩出这改不掉的“乡音”。这“乡音”够糙的，却饱含着亲近和快乐。思齐知道，那位丈夫是战斗英雄，是革命功臣，没有文化，正科级保卫干事，威信不低。

“净拿嘴哄人！还不是想你那扫盲课本儿！”

“一块儿想——不学文化不行啊，大文盲怎么跟着毛主席建设社会主义？”

“别跟我讲大理论，我一家庭妇女……”

接着，“砰”的一声关门声，把后面的话关进邻居的家里。琢磨着邻居夫妻的方言“相声”，思齐忍不住也乐了：这两口子，活得倒蛮滋润哩！

接着想下去，思齐又有了安慰：当年那位正科级保卫干事在淮海战役里冲锋陷阵，他的妻子也一定有思念之苦！现在不是都过去了吗？有一次在院子里听她和同院的一位大嫂聊天，说“没有过不去的火焰山”，还挺有哲理的呢！瞧她那性格多开朗，我干吗庸人自扰呢？

思齐睡着了，时间已是凌晨两点钟。

醒来，已是早晨七点钟，思齐伸个懒腰，揉揉眼，看看“滴答、滴答”没有休息的马蹄子钟表，又迷迷糊糊睡去。周日休息，可着劲儿睡也没关系。再次醒来，她睁眼瞅瞅桌上的照片，想起什么来，鼻子一酸，用眼睛和岸英说话：

> 岸英，你真的不想我吗？可是我想你，每天每天都想你，不想你我想谁呢？因为你是我生命的“另一半”啊！也许你真的忙得没有时间写信，或者不方便寄信，我不怪你，革命利益高于一切，我懂，我也是革命家庭熏陶出来的革命青年。你跟着彭总到朝鲜去了，我更没有理由埋怨你啦——你不但是爸爸的骄傲，当然是我的骄傲，还是中央机关的骄傲！正像刘少奇叔叔说的：你是中央机关的骄傲！毛泽东的儿子上抗美援朝的战场了，这本身就是中南海青年们的榜样！
>
> 你也是我的榜样啊，真的！当抗美援朝的秘密不再是秘密的时候，我对同事们宣称我的爱人也是中国人民志愿军一员时，虽然不能公开说明我的爱人是国家主席的儿子毛岸英，但同样有自豪感和荣誉感！岸英，你的老婆虽然小你几岁，在大是大非面前绝不可能给你丢脸啊！
>
> 爸爸是精神贵族，可在生活中对物质的要求正相反。外人哪里知道共和国的主席每天吃的都是馒头、稀饭、豆腐乳、大白菜什么的，甚至不是天天有肉吃！和机关其他同志一样的供给制。就算在家里招待尊贵的客人，也不过在家常便饭的基础上添两个菜而已！有一次我坐公共汽车到爸爸那里，听车上的乘客聊天，说过去慈禧太后每顿饭要好几百道菜，鸡鸭鱼肉山珍海味的，每道菜尝尝甚至饱饱眼福就丢掉了！现在中南海里大官们不也得弄几十道上百道，怎么也得二三十道菜吧？我鼓了鼓劲儿想争辩，还是忍下了：我不能暴露身份啊！
>
> 爸爸身体很好。就是睡眠不够好，常靠吃安眠药入睡。我知道爸爸

肩上的担子太重了：他不但肩挑着民族的希望，也肩负着无产阶级革命事业的重任。我不太懂，但看得出来，自从去年爸爸他们到苏联庆贺斯大林七十大寿，参加国际共产主义大会之后，主席爸爸在社会主义阵营里的威望越来越高，他也就更忙了。有李银桥叔叔们、韩桂馨阿姨们细心照顾着爸爸和家务，我放心，也请你放心吧！

岸英，我多么盼望着有你的一封信啊！哪怕是只有一句话的信也好！说心里话，一封信都不寄来，有时我心里真不是滋味儿！尤其是比你晚些赴朝的同志都有信来而你没有，我心里酸酸的。但认真一想又心里甜甜的：我的爱人是谁呀？毛泽东的儿子，英俊能干的共产党员，胸前挂着英雄奖章的刘思齐的爱人……

酸甜的酒最可口，最容易醉人。爱情的语言无论正说反听，都“别有一番滋味在心头”！

正是：

几多情剧感人泪，
谁比英齐更动人？

第一百零四回

失爱子英雄强忍泪　蒙父爱女儿梦婵娟

纵观全局的大战略家毛泽东并非不注意细节，他对处于战争中的一山一水、一时一刻都有观察。毛泽东在庆幸彭大将军以无产阶级军事家的魄力和谋略指挥志愿军取得第二次战役的胜利的同时，似乎感到少了点什么。是什么呢？

躁动隐隐约约在心头。

博览群书、纵观天下，主席是自古以来坐江山的帝王们无可比拟的学者，无论是茶余饭后还是马背之旅，他几乎把所有“空闲”的时间都与书为伴。硬板大床靠窗“躺着的”是两摞“执勤”的他伸手可及的书籍；床头柜啊、沙发啊……凡是老人家常活动的地方都有书伺候着。书，从高大的书架延绵到沙发案头、床铺枕边，像一条或隐或现的龙，又像一座蜿蜒连绵的长城，在几乎是陋室的书房兼卧室里和它的主人一起演绎着共和国风云。当他带领军队为打江山踏遍大半个中国的时候，他是一条飞翔在理想苍穹上的龙，当共和国的旗帜在天安门广场高高飘扬的时候，老人家却被自己创立的纪律束缚在深宅大院中的“海”囿围：不要说那些昔日与他朝夕相处、风雨共度的战友部下，就是至亲儿女，也相见趋难。唯有书籍是他朝夕相处的“情人”。

没有人像他那样“轻易地”可以和古人隔空交谈并评点春秋，更没有人能靠传统文化和智慧扭转乾坤。现在，由“匪首”而至政党之巅，位大国之元首尽揽五洲风云，毛泽东独领风骚，舍又其谁？

遗憾的是，他再也不能生活在群众之间，享受人文之乐，确乎是无法逆转的遗憾！他也试图自我“修复”遗憾却“山重水复疑无路”，得到的是亲密战友的怒目而视的抗议和无声的谴责，这善意的挚爱使他无可奈何地生活在无形的“围墙”里。

爱，有时会以善意的谎言来体现，或者用沉默面对朋友的不幸。每当周恩来走进图书馆似的客厅面对菊香书屋主人的时候，就有难以克制的愧疚感：自从他认定这位共产党的巨人并决心辅佐他之后，就把自己的心交给了这位兄长和战友，坦诚无私、敬重爱护是自己的座右铭……唯有岸英之死，他怎么也张不开口对毛泽东透露一个字。太残忍了！

显然，毛泽东对朝鲜战场上的彭、邓、解、洪表示满意。周恩来太了解毛泽东了：以装备处劣势、兵员素质参差不齐的志愿军打败世界头号军事强国的虎狼之师，彭大将军要付出多大的心血，冒多大的风险啊！对于这一奇迹的产生，毛泽东对彭德怀尤其赞许。

问候过毛泽东，知道毛泽东这两天吃睡尚好，周恩来才坐到离卧床最近的沙发上，向毛泽东汇报各地积极开展抗美援朝运动的简报：继豫剧表演艺术家常香玉之后，又有

企业家如上海的荣毅仁等捐献飞机多架；天津市工商界又捐赠抗美援朝物资近亿元；河北省号召各行各业以抗美援朝为动力，增产增收为支援志愿军打胜仗作贡献；河南省、江苏省和山东省大批青年报名参军到朝鲜参战……毛泽东感慨地道："是人民群众成就了我们的事业。什么时候我们也不能愧对衣食父母啊！我们的人民是世界上最好的人民。"

周恩来介绍说："文化工作者和艺术家们也响应党的号召，以《在延安文艺座谈会上的讲话》为方向，不但深入工厂、农村宣传抗美援朝，还组团到朝鲜前线为志愿军慰问演出，鼓舞了前线志愿军指战员，也使艺术家们感受到谁是最可爱的人。回国之后，他们又写了大量的文章，编了大量的文艺节目演给国内观众，起到了很好的效果。"

"舆论的胜利和战场上的胜利同样重要。"毛泽东很高兴地听周恩来谈到的话题，"我们就是一个本事：依靠人民群众。群众发动起来了，没有克服不了的困难。"

周恩来接着汇报："斯大林同志委托驻华大使罗申转告，对于中国人民志愿军在朝鲜战场取得的胜利表示祝贺；苏联决定按照中方的要求，飞机、火炮等军用物资立即发往中国境内。"

毛泽东听了，微微点头，说："嗯，恩来，是不是我们打了鬼，也壮了朋友的胆子啊？"

周恩来爽朗地笑了，"在援朝问题上，斯大林同志一度摇摆不定啊！"

"他不雪中送炭，乐于锦上添花啊！"毛泽东也笑了，舞动着胳膊，"不过，对于朝鲜之战，过于乐观还早些。"

"主席的意思是战争不会短时间结束？"

毛泽东道："就算我们再打几个胜仗，美国人也不会甘心撤出朝鲜。因为他们的战略目的就是把朝鲜半岛变为不沉的航空母舰，会赖着不走。"

周恩来默默点头，若有所思。

"所以，这场战争的结果不是南北朝鲜谁吃掉谁的问题，而是两种势力互相妥协的问题。"

胜人一筹的战略眼光，总能使毛泽东在重大问题面前保持头脑清醒，高瞻远瞩，看到问题的本质。执行毛泽东的指示，周恩来从不打折扣。

"会不会也是一场持久战争呢？"周恩来像是问主席，又似问自己。毛泽东断言："如果长期陷入战争泥潭拔不出脚，美国国内就会对总统投不信任票。时间长了，美国人要设法脱身。我们呢，也是不得已而为之，也不希望长期在战场上消耗国力人力。"

"主席说得好。"

"可是，这反动派你不打他不倒，打不服他，他就张牙舞爪要吃你。起码要老虎嘴里拔颗牙，教训教训它！朝鲜一仗，其意义不但阻止了西方消灭朝鲜的步伐，打破美国人重蹈日本军国主义侵华之梦，更给美国资产阶级政客当头棒喝——随意欺负中国人民的时代一去不复返了！"

"西方不少有识之士在主流媒体发表文章，认为西方对朝作战是不明智的，尤其和中国大陆开战更是玩火行为。”

“我们双方都要付出代价，甚至我们付出的代价更多。但是，别无选择。”

毛泽东只一句话，就说出了他的内心世界。不是毛泽东好战，是敌人对你举起了枪，你能无动于衷吗?

回到西花厅，周恩来的心情久久不能平静。岸英之殇，他的心同样备受煎熬。他清楚岸英在毛泽东心目中的位置，万一因岸英的牺牲而给共和国主席带来不能承受的打击，发生更不幸的事情就会是连锁性的，驾驭中国革命的航船，没有舵手毛泽东是不可想象的！从迹象看，毛泽东还不知道岸英牺牲的事情，可是，长时间瞒下去也不是个办法，然而，现在就告诉他又觉得不合时宜。

睿智而多谋的总理也左右为难，不知所措了！直到彭德怀回国述职，周恩来才意外地得到某种程度上的精神解脱。

风尘仆仆住进北京饭店，不顾洗去征尘，彭德怀就急匆匆到丰泽园向毛泽东报到。知道彭大将军凯旋，毛泽东特意走出丰泽园，在门外迎接。彭德怀没下车就看到毛泽东站在那里，感动不已，下车快步奔到毛泽东跟前，“啪”地一个敬礼：“主席，中国人民志愿军司令员兼政委彭德怀代表三十万指战员向您致敬！”毛泽东哈哈笑着抢过彭德怀的大手握在掌中，对彭德怀道：“该是我毛泽东向你和参战的同志们致敬！你们打出了军威国威，大长了中国人民的志气！打得好！”

说着，毛泽东拉住彭德怀的手走进丰泽园，到菊香书屋坐定，亲自为彭德怀倒茶，关切而不失幽默地问：“朝鲜上空经常敌机比蜻蜓还多……没碰着你吧？”

彭德怀伸伸胳膊蹬蹬腿给毛泽东看，说：“就是溅到过泥巴、石硝，浑身上下都是原装，什么也不多，什么也没少。”

“嗯，”毛泽东打量着彭德怀，幽默地说，“好！就是少了一个手指头，浦安修同志也要找我毛泽东‘理论’哟！听说浦安修同志已调到北师大工作，这回，就不演牛郎织女，该团聚团聚啦！”

毛泽东兴致勃勃，就像拉家常，轻松自如。在共和国的上千员战将中，除朱德外，彭德怀是资格最老、战功最高也最得毛泽东喜欢的大将。彭德怀的爽快和为了革命事业从不计较个人得失的品德，令毛泽东刮目相看。在众星对志愿军司令员之位望而却步的时候，彭德怀勇于从毛泽东手中接过帅印出征，顶着悬念和世界头号帝国主义大国对决，是毛泽东眼里真正的英雄。

“主席，我对不起您！”彭德怀脸色惶恐，突然从沙发上站起来，向毛泽东俯首鞠躬，抬不起头来。

毛泽东好不诧异，问彭德怀：“你这爽快汉子怎么啦？像个什么样子！有话就说么！”

彭德怀顿时老泪横流，哽咽而难言：“岸英牺牲，我有责任，没有及时执行主席的指示！”

“你说什么？”毛泽东惊讶不已，脸色骤变。

“您不知道？”彭德怀猛地想起回国途中经过沈阳，高岗传总理周恩来的话：住到北京饭店后马上给西花厅打电话，总理要陪自己去见主席。彭德怀是个粗细兼备的帅才，此刻立即明白周恩来为什么要先见自己了。但既然自己冒失了，就索性把实情告诉毛泽东：“第二次战役开始之前，敌机突然轰炸大榆洞志愿军指挥部作战室……”

毛泽东是伟人，也是父亲。噩耗如同天降，猛地撕裂着父亲的心！毛泽东两眼直视，缓缓地坐回沙发上，然后，伸手到茶几上拿烟——几次都未能把香烟从烟盒里抽出来。正在这时，闻讯赶来的周恩来大步上前，抽出一支“泰山”牌香烟递到主席手里，又划着火柴为毛泽东点着，把火柴把儿放进烟缸里，不无责备地瞅一眼彭德怀。

彭德怀忙检讨：“总理，对岸英的牺牲我负有责任，请军委给予处分。”

没等周恩来说话，强忍痛苦的毛泽东极力镇定着自己，摆摆手，“不要说什么责任了！打仗，总是有人牺牲的。战士随时准备血洒疆场，岸英也不例外。”

“可是……”

彭德怀刚张口继续检讨，毛泽东扬手制止了他，“老彭，不要自责了。美国人得到岸英入朝参战的消息，就把暗杀的目标锁定在你和岸英身上了。这笔账要记在侵略者身上。美国人以为此举会吓倒毛泽东，真是错打了算盘！”

“主席，不彻底打败美国侵略者绝不松口气！”彭德怀含泪向毛泽东宣誓。

周恩来对彭德怀道：“中央召你回国，正是要研究朝鲜半岛的战略战术问题。主席最近很累，我代表主席给你接风洗尘。”

见总理如此说，彭德怀便站起来和毛泽东告别：“主席多保重！”毛泽东握着彭德怀的手，叮嘱道：“不要在岸英牺牲问题上背包袱。我们多少战士倒在朝鲜半岛的雪地里，他们的父母兄弟心里同样痛苦。岸英是毛泽东的儿子，也是祖国的儿子，他的牺牲是光荣的。”

“主席！”彭德怀忍不住那老泪又流，急忙转身走出菊香书屋。周恩来迟疑一下，要向毛泽东解释什么，毛泽东道：“事情都过去了，不要解释，我理解你的良苦用心。去劝慰一下老彭吧，他心里也不好受。”

周恩来默默地点点头，随后走出菊香书屋。

送走总理，毛泽东的腿一软坐回沙发上，用颤抖的手又去摸烟，却身子一晃倒在沙发上……当值的卫士长李银桥一个箭步冲进来，含着哭腔叫着“主席”，扶定毛泽东，冲外喊：“王医生快来啊！主席病啦！”

值班医生王鹤滨闻声急忙跑进来，为毛泽东把把脉，说：“先让主席休息一下吧。”

“要打针吗？”李银桥不放心，问王鹤滨。

“不要紧……用热毛巾给主席热敷一下。”

李敏、李讷闻声跑进来，见爸爸架势不对，双双叫着“爸爸怎么啦？”吓得小脸儿蜡黄。毛泽东闻声努力挣扎着坐直了，说：“不要紧！我没事。”李银桥从没见过毛泽东出现如此状况，见老人家神色渐渐恢复正常，才稍稍松口气，说："主席您真吓人！"毛泽东流露出一丝笑意，说："可能是累了，刚才突然脑袋里一片空白……"王鹤滨道："主席，我知道您难过，我们都难过。您想开些啊！"护士小孟忍不住抱怨一句："岸英也是的，彭总不收，他还拧着非去不可……思齐妹妹可怎么办？"

"他是毛泽东的儿子，他做得对。"毛泽东说着，又叮嘱身边的人："暂时不要告诉思齐，暂时不告诉她。"

大家听了纷纷点头，知道老人家的心思。这对于相恋数个春秋，才新婚不久的刘思齐，确实太残酷了！

周日，刘思齐来看望爸爸。毛泽东把一只又大又红的苹果递给她，"这是辽宁盘锦那个地方产的，你尝尝怎么样？"

"爸，我不吃。"刘思齐把苹果放回果盘，"我什么都不想吃。"

"那怎么能行？人是铁，饭是钢么！要吃的。"毛泽东劝思齐。

"给妹妹们吃吧。我不饿。"

"吃水果和饿不饿没啥关系吧？"毛泽东说着，见思齐没有吃的意思，便话题一转，说："岸英不在，你一个人感到孤单，可以搬到这里来住，大家好互相有个照顾。"

刘思齐摇摇头，"我们都结婚了，大人了，如您说的，自己过日子也好锻炼生活本领。再说，岸英也许快回来了。"

毛泽东听了，极力克制自己，搭讪道："岸英是彭老总的兵，何时回来要听彭总安排……"

"不是部队在轮换吗？我们单位同事的哥哥就回来了。"思齐问爸爸。

毛泽东当然知道部队轮换入朝作战的事，这本是他的决策：一则锻炼队伍，二则使参战部队永远保持战斗力。但即使可以轮换，儿子岸英也回不来了。毛泽东只好安慰思齐说："司令部指挥机关的人恐怕不在轮换之列。你明白吗？"

刘思齐想了想，明白了，"哦！我知道了！彭总不回，他们和彭总'配套'的人也回不来。"

"是啊，是啊！"毛泽东附和着，对思齐的说法表示满意。正在这时，从外面回来的江青过来问："主席，你刚才休克啦？没事了吧？是怎么回事？"

毛泽东冲江青使个眼色，又对思齐笑笑，说："许是累了，没休息好的缘故，没事了嘛！"

思齐睁大眼睛瞅瞅毛泽东，惊讶地问："爸爸您怎么了？"

"没什么，他们大惊小怪罢了！"毛泽东遮掩着刚才"累了"的真情，笑着解释。江青瞅瞅刘思齐，婉言对思齐道："主席不舒服，思齐，到我屋里坐吧——别走了，今天有肉菜呢。"

"我不想吃，妈妈。"思齐说，"我不饿。"

"少吃一点嘛！走走，我们先到餐厅看看去……"

毛泽东若有所思，对江青道："我们父女说会儿话，你先忙你的。"江青见毛泽东有点儿不耐烦儿，冷不丁甩下一句就走："我还不是为了你们好？"

毛泽东明白江青的好心，怕"话多了不严"而流露岸英牺牲的消息。但，毛泽东知道思齐对于岸英信息全无的疑虑和思念之情，作为父亲，他无力安抚思齐的伤感，又不忍心看着思齐那被思念困扰着的无助的样子，内心实在痛苦。

对岸英的思念，成为思齐的心病。又一个周末，思齐来到母亲家向母亲张文秋诉苦："妈，怎么岸英一封信也没来呢？"

"兴许他太忙吧！"张文秋安慰女儿。

"再忙也不会没写封信的时间吧？别的人为什么就有信回哩？"

"那我怎么知道！"

思齐抱怨母亲："人家不是求您分析分析吗？干嘛您'一推六二五'呀？"

"你这孩子！当妈的怎会对女儿'一推六二五'？"张文秋停住手中的缝补针线，批评女儿，"岸英去的是朝鲜战场，不是赶集上店儿，能随他的便啊。"

"可是……"

"别'可是'了！还不是你小资产阶级思想作怪？"

"妈！您说什么哪？我可是单位的模范工作者！"

"但你是生活中的弱者！"

"妈！"

张文秋叹口气，说："谁叫你爱上的是毛泽东的儿子呢？"

"爱上毛泽东的儿子怎么啦？妈！"

张文秋苦笑着对女儿道："爱上毛泽东的儿子，成为毛家的儿媳，你明白自己的角色吗？"

"角色？"思齐没听明白母亲的话的意思，"我嫁到毛家是和岸英过日子的，又不是学着梅兰芳唱戏的，什么角色不角色呀？"

张文秋把脸一沉道："你想得倒轻巧！你以为毛泽东的儿媳就那么好当呀！"

"难道毛家的儿媳有什么特殊吗？我一点儿都没把自己看得高人一等，甚至没有优越感，遵照爸爸嘱咐的'夹着尾巴做人'啊！"

张文秋微微一笑，"主席教育得好。你们自觉自律很好啊。但是，知道'高处不胜寒'吗？"

"模模糊糊知道……"

"尽管你和岸英的婚姻在社会上是保密的，可哪有不透风的墙呢？人们还是容易'聚焦'高层家庭的生活，甚至捕风捉影、离奇揣摸。懂妈的意思吗？"

"不就是怕给主席家抹黑吗？妈，您不了解女儿呀？"

"我当然了解。如果你品行不端，我不会让你和岸英恋爱，影响主席家的声誉。"

“这不结了——爸爸背地里都夸奖我听话懂事儿哩！你当亲妈妈的倒一百个不放心。”

“我放心！我相信女儿在大是大非面前懂得怎么做。”

说着，张文秋用期待的目光望着女儿。思齐分明看到那圣洁的目光传递出来的爱——母爱，情不自禁地扑进妈妈的怀抱里，控制不住地啜泣起来。张文秋轻轻地抚摸着女儿的秀发，安慰女儿：“妈妈告诉你咱家的传家宝……”

思齐抬起泪眼望着妈妈，“咱家的传家宝？我怎么没见过呀？”

“你也许看不到它，但不能没有它……”

“是什么呀？我不要，给妹妹华子留着吧。”

“你们姐妹俩和妈妈共享，谁都不能少。”

“到底是什么呀？妈！”

张文秋把目光对准女儿的眼神，说：“坚强！”

“坚强？”思齐睁大眼睛，注视着妈妈。顷刻她就懂了：如果不是坚强支撑着，妈妈怎会顺着传奇坎坷的人生一路走来？

“妈！”

思齐激动地叫着，紧紧地搂定妈妈，直到在外边和小朋友们玩耍回家的邵华过来和她“抢”妈妈……

时间在思齐的苦闷中流逝着，却不能抹去她对丈夫岸英的思念。热恋中的思念是刻骨铭心的。由此，我们知道，我们天才的文学前辈笔下的《梁山伯与祝英台》中的“化蝶”、《牛郎织女》中的“七夕会”等等艺术形象为何感动着一代又一代人！爱情是绝妙的、美好的和不可代替的。失恋——尤其当热恋升华到新婚阶段的“失恋”，更令钟情女魂难守舍。

嫩芽从柳丝上、草坪里悄悄钻出来，和中南海红墙外的玉兰花、御花园里的红杏闹春斗风光，燕子呢喃有语，像是在为即将百花盛开的人间谱写序曲。不知愁滋味的少男少女们在春天里激情奔放，尽情享受着新生活的美好和幸福，或嬉戏，或甜言蜜语，或轻歌曼舞，让走在劳动人民文化宫蜿蜒的、铺满石子的小径上的刘思齐不时投以羡慕的眼光——自己和岸英相恋可谓热烈浪漫，却只仅仅在颐和园散过步，现在想起来真是遗憾！

岸英是在苏联接受文化教育，经受过苏联卫国战争考验的知识分子，对生活充满热爱：别样的激情。或许是他的父亲引导、教育的原因，把革命工作摆在第一位是毋庸置疑的、天经地义的，好像他就是为革命而生。他忙于工作，在家陪妻子的时间要比一般人少，但生活的要素不是时间的数量而在乎它的质量——思齐尽情地享受到了作为女人的乐趣和作为妻子的幸福，她甚至觉得她就是为岸英而生。

一批又一批志愿军入朝部队回来了，为什么丈夫岸英音信杳无？为什么自己一提起岸英，爸爸毛泽东和江青妈妈总是含糊其辞？到底是怎么啦？莫非岸英遭遇不测？

不敢往下想！思齐浑身打个冷战，惊得心惊肉跳！

一位妈妈年纪的清扫工注意到思齐的异常，走近她轻轻地问："这位小同志，你哪儿不舒服啊？"

"我没事。"思齐苦笑着回答，"阿姨，我真的没事。"

"没事脸色刷白刷白的？刚才我就注意你啦，不大对劲儿的样子！小同志，你是不是搞对象被甩了？昨天就有这么一个，在这里……"

"不，我有丈夫，他对我特好。"思齐急忙解释。

"那就是……无论发生了什么事情，小同志，想开点儿！你们遇到的时候多么好啊！新社会多好啊……"清扫工看着愁眉苦脸的思齐不放心，尽管不相识，却传递的是亲人般的温暖！

"谢谢您，阿姨！我就是累了点儿，到公园里来散散心，没事啊！"说着，刘思齐强打精神奔出劳动人民文化宫，沿着十里长街向西匆匆而去……

同样，毛泽东再忙，也不可能不牵挂着已是寡女的儿媳思齐。抗美援朝已是全国人民的运动，没有什么秘密可言。包括司令员彭德怀在内，参战部队及指挥员的信息大白于天下，用保密来安慰思齐，继续对思齐隐瞒岸英的牺牲，结果会更糟。毛泽东决定把岸英牺牲的事告诉思齐。

周日的晚餐，毛泽东吩咐要多添两个菜，请周恩来、邓颖超夫妇来吃饭。见思齐姗姗来迟，已得到毛泽东暗示的邓颖超把思齐拉到自己身边，问寒问暖，十分亲切。吃饭的时候，邓妈妈不时地给思齐夹菜，劝她"要多吃一点"。正当邓颖超掂量着机会向思齐慢慢透露岸英牺牲的时候，李讷哭丧着脸儿问嫂嫂思齐："思齐嫂嫂，没有岸英哥哥了，今后你会常来看我吗？"

太出乎大家的意料了！由于决定把岸英牺牲的事告诉思齐，所以在思齐到来之前，江青嘱咐李敏、李讷等家人："岸英哥哥在朝鲜牺牲了。这件事没有让你们知道，怕的是思齐经受不住打击。今后，你们要像过去一样对待思齐，甚至比过去还要好。"李讷非常喜欢思齐，知道大哥哥岸英牺牲了，就联想到思齐的归宿，便说出了刚才的话。

李讷的一句话，令思齐突然明白岸英久久没有信息的原因了，顿时泪如泉涌，双手捂起脸儿抬腿就往外跑，伏在院子里的一棵松树上失声痛哭。江青、邓颖超妈妈和李敏、李讷先后跟出来。江青上前欲拉回思齐，邓颖超含着泪水阻止她，说："让思齐哭哭吧，好吐吐胸中的委屈和痛苦。"邓颖超接着又劝慰思齐道："思齐，岸英牺牲，我们大家都难过。你别再哭了，你这样哭个没完，爸爸更难受。"周恩来也过来劝慰思齐："别再哭了，主席的手都凉了！快去劝劝爸爸！听话！"

几年来，思齐感受到了爸爸那伟大的爱，更知道毛泽东的安危关乎共和国的命运，周恩来的一番话像警钟一样使思齐强打起精神，抹抹泪，忍住哭泣，回到毛泽东身边。"爸爸！您怎么啦？"她摸摸毛泽东的手，果然冰凉而麻木，吓得央求毛泽东："爸！您说话呀！我害怕……"

毛泽东缓缓出口长气，说："毛泽东是国家的主席，也是你们的父亲，和天下所有父母一样，牵挂着你们啊！"

"爸爸，我明白！"思齐泪眼婆娑。

没有一个人不动容。

夜沉沉。

躺在妈妈身边的思齐痴呆呆地望着天花板出神，久久不睡。多少个不眠之夜，岸英那熟悉的身影在眼前晃来晃去。梦里哭醒，夜半惊魂，思齐难以从失去夫君的痛苦中解脱出来！

"思齐，你不能这样长期自己折磨自己啊！"母亲劝女儿。

"我心里放不下岸英。"思齐又饮泣起来。

"可是，人死不能复生啊。"

"我知道！"

张文秋叹口气，"傻孩子，人死不能复生，你钻进牛角尖儿里自己折磨自己也不是办法啊！思齐，你知道你父亲是怎么死的吗？"

"被叛徒告密牺牲的。"

"那时，我才二十岁……我带着你，继续跟党干革命。难啊！"

"我知道啊，妈！"

"后来有了你的继父……有了邵华不久，他又遭毒手……妈一生都不幸。你的泽民婶婶、泽覃婶婶都是孤儿寡母熬过来啊！"

思齐当然知道毛家为革命献出过五个人的鲜活生命，再加上岸英，已经有六个亲人为革命捐躯了！活着的人们自然就没有一个有完整的家庭了！回想母亲带着自己和妹妹邵华一路走过的艰难岁月，暗暗下了决心，对母亲表示："妈，您别担心，我知道自己今后的路怎么走！"

"我相信。"张文秋说，"因为你是英雄的女儿和妻子。"

思齐终于睡着了。

"这是什么地方？"思齐感到身轻如燕，在广袤的大地上飞翔。她的两只臂膀就是翅膀，穿过平原高山，跨过大江大河，来到金达莱盛开的地方。令她惊喜的是一个熟悉的身影从对面飞来，他全副武装，英姿勃勃，渐渐靠近自己。她仔细看，原来是丈夫岸英！他依然是那么英俊潇洒、倜傥风流！

"岸英？"

她兴奋不已，叫着爱人的名字。

岸英竟置若罔闻！

"岸英——你听到没有？"思齐提高了嗓音。

岸英仍然不理睬自己。思齐又气又急。

“干吗不理我，岸英？”

岸英冲着自己深情地一笑，竟又飞驰而去！思齐急了，叫着岸英的名字调头就追，可怎么也飞不快，眼看着岸英渐渐远去。情急之中，思齐哭喊着求援：“爸爸！岸英走了……”

醒了，思齐醒了！

后思齐在日记里写下了刻骨铭心的两句诗珍藏于心：

你死了，却永远活着。
我活着，却永远死了。

第一百零五回

未一统海峡虎视　难共处东西飙风

朝鲜半岛的中美对决最后以和平谈判收场。台海局势却因朝鲜半岛之争而搁置。当中央人民政府腾出手来的时候，美国人和蒋介石集团更加紧密地勾结在一起：一个为保住苟延残喘的政权而奴颜婢膝；一个为谋求霸权而陈兵海峡。世界风云聚集亚洲。

蒋家父子着实欢喜了一阵子，希望美国军队占领整个朝鲜半岛，血洗鸭绿江！而几十个月的对决，双方竟打成个平手，令蒋介石大失所望！

朝战之初，蒋介石曾向联合国申请派军队到朝鲜半岛参战，被联合国军司令拒绝。这令蒋介石很不舒服：中华民国还是联合国常任理事国，为什么连派兵参战的权力都没有？但，二战后的联合国实际上已被美国操纵，舒服不舒服他蒋介石也要看美国人的脸色行事，这已是妇孺皆知的逻辑了。当然，蒋介石要派兵到朝鲜半岛参战的目的并不仅仅履行联合国宪章的什么义务，而在于将战火燃烧到鸭绿江，以引发中美之战，如果美国人和中国大陆开战，国民党军参战，好戏就在后头了！但令蒋介石沮丧的是共产党的志愿军竟然把美国人赶回“三八线”，形成不分胜负的对峙，蒋介石的梦想也彻底破灭了！

毛泽东真的厉害！蒋介石嘴上骂，心底里暗暗钦佩毛泽东胆识过人，雄才大略实非自己可比！

自从退败台湾，阳明山就成了他的第二故乡。这里风景宜人不说，前文说过，在蒋介石的眼里很有故里溪口的味道。但阳明山虽好，却不是蒋介石心目中的久恋之地，他永远放不下的还是对岸那黄河长江奔腾、三山五岳巍立的华夏大地，五千年文明史繁衍不息的万里江山！

可是，现实依旧残酷：自己反攻大陆的愿望还能实现吗？毛泽东竟然在朝鲜半岛打败了联合国军，阻止了美国人的全球战略计划，单凭台湾区区几十万败军将士，怎样“光复大陆”？

尽管自己没有底气，这反攻大陆的口号不能停，反攻大陆的动作不能停！蒋介石心里知道，跟随自己撤退到孤岛的近百万将士心里的归宿是大陆，在他们的心目中，蜗居台湾不过权宜之计，或者说台湾是“卧薪尝胆”的地方。

就这么待下去吗？在中国历史上，自己永远是毛泽东的手下败将，是一个悲剧人物？

蒋介石咽不下这口气。

反攻大陆，显然不过只是口号罢了，这，蒋介石比谁都清楚。前后逃到台湾来的国民党大员们大多树倒猢狲散，或遥居美国如李宗仁，或无所事事如政治投机家阎锡山。因为庙小，各路撤到岛上的“神仙”们只好将就着享受香火，挤在狭窄的空间熬日

月——那三山五岳、黄河长江虽然广阔无垠，却不是自己可以驰骋的天地了！

他们比蒋介石内心更纠结！于右任老先生晚年之叹可以反映“望大陆”之苦、诸多政客之无奈：

> 葬我于高山之上兮，望我大陆；大陆不可见兮，只有痛哭！葬我于高山之上兮，望我故乡；故乡不可见兮，永不能忘！天苍苍，野茫茫；山之上，国有殇！

得势者如陈诚，为台湾省主席，但“中华民国”者仅仅统治台湾岛而已，于是，他这台湾省主席就和“蒋总统”位不同而职同，真正的台湾省主席还是“总统”蒋介石！既然“民国总统”和“台湾省主席”同职，可以想象，台湾是世界上最奇特的政治怪胎：子孙不分，爷娘杂陈！

蒋介石如何不明此理？

秋风瑟瑟，叼着树上的老叶乱舞，散落在绿茵上，飘落在夕阳下的藤椅茶几上，不无凄凉之感。蒋介石眉头一皱从藤椅上站起来，扫兴地向屋子里走去。正在聚精会神作画的宋美龄瞥一眼蒋介石，说：“你不赏秋了？夕阳多好。”

蒋介石闻声一叹：“只是近黄昏啊！”拄着文明棍儿，头也不回地向屋里去。宋美龄略一停顿，又慎举画笔画起来。自从拜张大千为师习画以来，她的笔下多是花鸟如秋荷幽兰，写意如山水松壑，或绢或宣，颇为用工。和许多大员们同感，来到台湾无所事事，总要做点什么打发时光。消磨者麻将牌九为伍；解闷者寻花问柳不羁；郁闷者酗酒滋事张狂；移志者寻找海外谋生之路……这些，都为宋美龄所不齿。她不理解几十万官兵的处境，甚至不完全理解丈夫的心境：从长江拥抱的钟山到孤岛小溪的小山，从驰骋大江南北到蜗居小岛，纵然信誓旦旦反攻大陆，她都难以置信夫君何以如此痴人说梦？

收拾了画板笔墨颜料，宋美龄迈着斯文的步子回到屋里。她把画笔等放到它们固定的藏身处，把画板立在客厅的条几上，退回三五步欣赏，觉得还满意，便款款而行，到盥洗间去洗手净脸。坐在太师椅上闭目养神的蒋介石侧目瞅瞅那秋风扫落叶的画稿，气就不打一处来，抬屁股上前把画稿抄起来高举空中欲摔，听得“住手”一声喊，高举画稿的手没有松开，装作欣赏的样子，自言自语：“功夫不错，立意不好，不好！”

“哪里不好？”宋美龄冷冷地问。

蒋介石摇摇头，“悲观！悲观！”

“这是艺术！”宋美龄出声流露鄙夷之意。

“艺术不是反映作者的心境吗？”

“你把毛泽东的话都套上了？”

蒋介石把画稿放回原处，一点儿笑意都没有，“有些东西，毛泽东的确高明。哼！我要以其人之道还治其人之身！”

蒋介石似乎有了新发现。

“毛泽东的战略战术你能驾驭？”宋美龄觉得那是天方夜谭。

“派‘孙悟空’钻进他们的‘铁扇公主’肚里去……派更多‘时迁’去‘偷鸡摸狗’，派‘土行孙’，派飞机到大陆执行任务！总之，叫毛泽东不得安宁！我还要美国人发动国际势力围剿共产党政权！总之，毛泽东的‘新中国’不得长命！”

“你是说过，让毛泽东的新政权胎死腹中！可是……”宋美龄讥讽。

蒋介石面红耳又赤，争辩道：“那是那些废物不中用！今后会有好戏让你看！”

宋美龄不再吭声。她知道，尽管自己接受的是西洋教育，但“嫁夫随夫”的陋习虽是陋习，却是古老的传统……点到为止的好！

蒋介石在台湾吹风点火，潜伏大陆的反动分子频频进行破坏活动，引起毛泽东、周恩来的重视，也激起共和国高级将领们的愤怒。驻守福建前线，和蒋军隔水相望的福州部队司令员叶飞更是憋着一肚子火，恨不得马上渡江解放台湾。一九四九年攻打台湾失利，作为前线指挥员的叶飞一直耿耿于怀。

美丽的海滨城市厦门是御敌最前哨，鼓浪屿则是前哨的眼睛。不足两平方公里的小岛美丽多姿，因其被海水侵蚀的岩洞受海浪冲击声如擂鼓而名。鼓浪屿和厦门一江之隔，与蒋占之金门岛隔海相望，战略地位极其特殊。时刻准备着，只待中央军委一声令下就雪耻夺岛的叶飞司令员正用望远镜观察着水的那一方……

“报告司令员，北京急电，请您进京参加紧急会议。”机要参谋于辉追了过来。

叶飞把高倍率望远镜递给作战参谋，问机要参谋于辉：“什么时候？”

“明天下午三点，在中南海紫光阁。”

二话不说，叶飞忙转身离岛回福州准备起程。

毛泽东亲自主持会议。中共中央政治局和军委扩大会议聚集了全国各地军界大员。军委主席毛泽东、副主席兼中国人民解放军总司令朱德、副主席周恩来、副主席彭德怀、总参谋部参谋长徐向前、总政治部主任刘少奇、总后勤部主任杨立三，各大军区司令员、政治委员，各部队司令员、政治委员悉数到会。会议进行之前，多日不见的老战友们纷纷问候或开小会。

坐在主席位子上吸烟的毛泽东问：“福州部队的叶飞到了没有啊？”

坐在会场一角的叶飞站起来回答：“有！”毛泽东冲他招招手说：“你这‘封疆’大吏到了北京还坐得离我那么远啊？坐过来，近一些，让我看看我们的叶司令被海风吹黑了没有！”

叶飞疾步走近主席台，向毛泽东敬礼：“叶飞没有完成解放台湾的任务，愧对主席期望！”

毛泽东笑着看看左边的朱德，又望望右边的周恩来，对叶飞道："没完成解放台湾任务的不是你叶飞一人，是在座的和没到会的几百万人民子弟兵的未竟事业嘛！"

"我请求军委给我一次机会，一定拿下台湾，消灭蒋匪帮！"

毛泽东淡淡一笑，"关于台湾问题现在不讨论。叶司令，你先坐下，坐得离我和朱老总近一些，好听听你的意见。"

"是！"

叶飞就最近的一个空位子坐下来。周恩来首先致辞："好，同志们！现在开会。这次军委扩大会议是在抗美援朝取得辉煌战果，国际形势有利于我们的情况下召开的。为了适应新的发展形势，巩固国防，保卫我们的社会主义建设顺利进行，尽快把我们的国家建设成繁荣富强、人民安居乐业的社会主义强国，中央决定召开这次军委扩大会议，使广大官兵认识中国人民解放军在社会主义建设时期的光荣任务。下面，请主席讲话！"

会场上响起热烈的、长时间的掌声。此时，毛泽东的威望比之建国时更高——无论在军内还是人民群众中，毛泽东不但是共和国的一面旗帜，更是中华民族的象征。无论功高盖世的秦皇汉武，还是力挽狂澜的唐宗宋祖、驰骋欧亚的成吉思汗，在毛泽东面前无不黯然失色。他不习弓马而三军叹服，不事农耕却得百姓之心，黑暗之中国因他而光明，病夫之邦凭他能自强不息，不周游列国而看透天下事，壮哉！

精英荟萃、人才济济的紫光阁里，可以说是众星捧月、众志成城。

毛泽东环视会场，那大家熟悉的湘音扑面而来！

"同志们！把你们从四面八方、天涯海角请来，不是请大家赴庆功宴的，虽然你们在彻底打败蒋介石集团，新中国成立之后又战功赫赫；也不是论功行赏的，因为中央人民政府拿不出金银财宝来奖赏你们。请你们来，是研究怎样继续革命的。我是来给大家敲警钟的：我们决不可蒙起被子睡大觉，依然是任重而道远，荣辱伴我行！"

众人愕然：主席何出此言？

毛泽东把燃烧着的香烟掐灭在烟缸里，继续道："虽然我们在朝鲜战场上教训了美帝国主义侵略者，打出了国威军威，在某种意义上讲是大的胜利，但战争还没有结束，估计打打谈谈的日子不会很快结束。美帝国主义在朝鲜半岛不能得逞，便把目光瞄向了台湾，和蒋介石签订什么美台同盟，妄图建立反华包围圈。制华遏华！我是不怕帝国主义那一套的，不信邪！前天，一位爱国的民主人士对我说，美国人急了往我们头上扔原子弹怎么办？我说：拿原子弹吓人的美帝国主义是纸老虎，用飞机大炮侵略别国的美帝国主义是真老虎。对纸老虎，我还是老办法，不怕他核讹诈；对真老虎，要认真对待它，针锋相对。决定战争胜负的因素很多，但人的因素最重要。这一点在朝鲜半岛之战中又被证明了吧？一不怕苦二不怕死是我们的革命精神，但并不是说我们永远就靠它打胜仗。我们也要发展尖端国防工业！敌人有的我们也要有！"

"敌人有的我们也要有？"

会场上有人惊叹。也难怪，中国人民解放军是靠在战斗中缴获敌人的武器打败敌人的，不要说国防工业体系，连个像样的兵工厂都没有！什么飞机、坦克、大炮，都是带“洋”字的！原子弹的威力都是因日本广岛的悲剧而有所了解——我们也得有？造那玩意儿可不是谁都弄得出来的，连老大哥苏联都没有吧？

毛泽东微微一笑接着说：“我们不仅是底子薄，严格地说是没底子，一穷二白。一穷二白也有好的一方面，那就是没有负担，我说过，好写最新最美的文字，好画最新最美的画图。我们是敢于创造新世界的共产党人，什么人间奇迹都可以创造出来的。”

“哗——”台下掌声响起来。

大家都以为毛泽东还有话说，却不料毛泽东点起烟来抽，停止了讲话。叶飞本以为毛泽东要讲解放台湾问题，没想到毛泽东只是宏观地讲讲国际形势和革命精神就结束了讲话。瞅瞅参加会议的高级将领们，叶飞越发心里发毛：邓华、洪学智跟着彭总入朝，指挥部队立下赫赫战功；大西北的王震稳操胜券平定新疆；刘邓大军西南横扫国民党残部，剿匪成功……唯独自己没有拿下台湾！于是站起来请示：“主席，请允许我谈谈解放台湾的构想！”

毛泽东笑对朱老总，说：“看到没有？叶飞肚子里憋着一股气啊！是请战来了！”朱德爽朗地笑了，对叶飞说：“那一战，责任不全在你么！那时，我们攻克台湾的条件还不成熟。后来又抗美援朝，就把解放台湾给耽搁了。”

叶飞请战：“现在朝鲜战争已接近明朗化，我们可以腾出手来解放台湾了。我愿立军令状！”

毛泽东对叶飞道：“军令状的事以后再说，先提高形势认识。无论怎样，福建前线马虎不得，你叶飞担子不轻嘛！”

“我咽不下这口气！”叶飞说的是实话，背个败军之将的包袱总不是滋味，尤其眼睁睁盯着就没有复仇的机会。坐在主席台上的毛泽东、周恩来、朱德、刘少奇、彭德怀等几位元老谁不了解叶飞？都忍不住地笑了。毛泽东道：“不要以为让你按兵不动就冷落了你，军委有过派你带兵到朝鲜的想法，考虑到海峡军事形势才没有动你啊！”叶飞闻听大为感动，鼻子酸酸的，什么话也说不出来。

周恩来没有在会上讲话，但从毛泽东近乎海阔天空的讲话中，他准确地把握毛泽东的中心思想，并立即落实到实处。有人总结毛、周，说他们二人是中国历史上合作最默契、最成功的政治搭档，当毛泽东把握住大方向之后，周恩来便会指挥带领大家准确地到达目的地。

利用休会的空儿，彭德怀问周恩来：“主席讲了一通理论性的东西，我没理解透彻，是不是要解放台湾？我以为目前不宜动手。”

“晚上还要继续开会，传达中央关于时局的指示。你可以发表你的意见。”周恩来说，“不仅仅是台湾问题和听取你汇报朝鲜半岛问题，还有许多问题要听听大家的意见。”

彭德怀点点头，“哦，好。”

晚餐之后会议继续进行。毛泽东、刘少奇因参加民主人士座谈会没有出席，由周恩来主持会议。有人说毛泽东是制定政策的理想主义者，周恩来则是忠实的执行者。不仅如此，绝妙之处更在于，有的时候毛泽东只笼统地甚至浪漫地讲出“大道理”，周恩来就会“提炼”出该做的“123”来贯彻执行。如此逻辑在战争年代初露端倪，建国之后便“大行其道”了！

周恩来开宗明义地告诉大家，主席对国防建设的要求很明确：一、确保国家安全，保卫国家社会主义建设；二、加强国防建设，提升国防技术水平。“同志们，中央充分讨论了主席的意见，决定在国力允许的情况下建设我们自己的国防工业体系。这样一来，会有一些同志到新的工作岗位工作。我们制定了国民经济的第一个五年计划，国防工业是重中之重。有的同志可能认为我们把蒋介石集团赶到台湾去了，朝鲜战场的胜负也明朗化，可以松口气了！这是错误的想法。同志们，美帝国主义企图在朝鲜半岛打开通往中国的门户未遂，又利用台湾的蒋介石使第七舰队在台湾海峡‘合法化’！其目的就是扼杀新中国于摇篮之中……”

周恩来的阐述没有错，这正是毛泽东所忧虑和亟待解决的问题。

菊香书屋没有菊花，却有菊香：江青正在欣赏大画家齐白石呈送给毛泽东的画作《菊韵》，赞不绝口：“真是神来之笔！寥寥几笔便跃然纸上！”见医生王鹤滨从回廊那边走过来，江青便冲着王鹤滨抖抖手中画，问：“王大夫，你看这画多棒！这老人家好笔法。”王鹤滨只得停住脚步瞅瞅画面，点着头称赞：“真好真好！不愧是国画大师啊！”

这时，毛泽东和上海市市长陈毅边说边笑着走了进来，江青一边卷画一边和陈毅打招呼：“陈老总啊，您可是稀客呀！快屋里请。”陈毅哈哈笑着，说：“不是忙么。主席把上海这么个大摊子交给我，不敢掉以轻心哪！”

“是啊！上海号称东方巴黎——资产阶级的东西和无产阶级的肯定不相容……”江青目光瞅到毛泽东流露不悦之色，便不再往下说。她没有忘记毛泽东的家训：不许在任何场合以任何理由过问国事！

陈毅随毛泽东走进书房，没有马上坐下喝茶吸烟，而是顺着书架欣赏毛泽东的藏书，忍不住啧啧赞叹：“嘿！都胜过一个小型图书馆了！主席，用学富五车形容您都轻了！”毛泽东道：“你这个胖子也跟着他们起哄，忽悠毛泽东呀？”陈毅提高嗓门儿辩解：“主席！我陈毅可不敢。自从在苏区请您回去重掌红军大权开始，我就认准了跟着您走，无论何时何地，我别无选择！您可别冤枉我陈毅啊。”

毛泽东当然清楚陈毅的品行和为人，坦荡直言、爱憎分明是他的本色，诗人的气质又是他不同于其他将领的地方，干起工作来富有激情，充满革命的乐观主义。而后者正是他们二人共有的特点。也许是这个原因，陈毅是唯一在毛泽东面前无拘无束、高门大嗓又谈笑风生的高级领导人。

“主席啊！论藏书，你是富翁；看其他，你是贫农哟！”陈毅指指铺盖简洁的硬板床和书案、木椅，连连摇头，“不要说和皇帝老子比，还不如上海滩一个小业主的摆设呢！”

毛泽东道：“我享受不了席梦思软床，习惯了木板床。生活还是简朴的好。说到享受，有这么多书读就是享受了！胖子，你是来讨杯酒喝呢，还是向中央‘哭穷’啊？”

“主席啊，有的省‘哭穷’，我们上海可没那个意思。我这次来，就是受上海人民之托，除认缴的外，再贡献一万亿元（建国初期之旧币）支援中央财政。怎么样，主席？”

毛泽东闻听眉开眼笑，“嗯，大手笔！你回去后代我和中央向上海人民致意。好，我要陪你喝两杯。”陈毅哈哈大笑：“好！我还有个要求。”

毛泽东十分高兴，“讲！”

“把您的诗作给我拜读，我可是早就给您打招呼了啊。”

在共产党的高级干部中，陈毅算得上是一员儒将，喜欢赋诗唱和的人。朱德、叶剑英、延安五老、周恩来、学问大家郭沫若、民主人士柳亚子等等都有诗赋，但陈毅又和他们不同，独领一番风骚。

毛泽东感叹：“最近没有诗兴啊！”

毛泽东说过“愤怒出诗人”，是对的。比如《满江红》的作者岳飞，“生当作人杰，死亦为鬼雄。至今思项羽，不肯过江东”的李清照。当然，“举杯邀明月”或“莲动下渔舟”的李白和王维也是有感而发——激情和灵感成就诗人。

陈毅不免遗憾，“有酒无诗，酒也寡味。”

毛泽东道：“看来今日无诗就对不起你这劳苦功高的上海市长喽！好吧，我送你一首昔日所吟旧词怎样？”

“行啊！酒是陈的香——旧诗赠人，也一定是瑰宝哩！”

毛泽东走到书案前，翻出一张宣纸，展开看看，递给陈毅：“这是红军长征到达陕北时所填《念奴娇·昆仑》，前几天心血来潮，胡乱写在纸上的。也算不欠你胖子情了！”陈毅接过宣纸一看，大喜过望！

横空出世，莽昆仑，阅尽人间春色。飞起玉龙三百万，搅得周天寒彻。夏日消溶，江河横溢，人或为鱼鳖。千秋功罪，谁人曾与评说？

而今我谓昆仑：不要这高，不要这多雪。安得倚天抽宝剑，把汝裁为三截？一截遗欧，一截赠美，一截还东国。太平世界，环球同此凉热。

陈毅用他那改不掉的川音高声朗诵了一遍又一遍，乐呵呵地对毛泽东说：“主席，我陈毅再补充一个要求！”

毛泽东指点着陈毅，说：“你这个胖子！有话就讲嘛！”

“不不，我要独享这首词的‘收藏权’。主席，今后就不要再把这首词写了送人了！”

见陈毅颇为认真的样子，毛泽东笑了，说："又不是李太白的《将进酒》，没那么珍贵。你拿去就是了。"

陈毅高兴地将宣纸小心翼翼地叠好，放进公文包里，依旧是大嗓门儿："接下来吃酒，那味道就不一样喽！主席，我要代表上海人民敬您三杯！"

诗曰：

不堪艰难浪漫旅，
诗人兴会更无前。

第一百零六回

走黄埔诗人抒怀　巡江南才子建言

酒至半酣，陈毅对毛泽东道：“主席，我知道你的心思——现在的心思是什么！”

“那，你说说看！”陈毅的到来，毛泽东亦兴趣盎然。

陈毅大大咧咧地道：“你想的是两个问题……”

“我只想两个问题？”

“我是说两个最重要的问题。”

“你这胖子，还卖什么关子嘛！”

“没有，我哪敢在主席面前卖关子。是……第一，尽快结束战争，加快社会主义建设步伐，让全国老百姓过上好日子。”

“那么第二呢？”

“强军。强军才能保障和平的建设环境。强军，就不能靠别人恩赐或者看别人脸色过日子，要自力更生。”

“自力更生？好！讲得好！”毛泽东点头赞赏。这话说到毛泽东心里去了。

陈毅问毛泽东：“主席，我猜得对不对？”

“对呀！胖子，上海是我们国家的工商第一大城市，对国民经济的发展举足轻重啊！”毛泽东叮嘱陈毅，“哪儿出乱子，你上海不能出！”

“主席，我懂。”

“你懂就好。”说着，毛泽东用筷子夹一只辣子，放到嘴里香香地嚼着，“上海当好国民经济的‘龙头’，功莫大焉！”

陈毅看透了毛泽东的心，是出于政治家的敏锐目光。周恩来把毛泽东的意志转化为具体的工作，是不可复制的睿智而深思熟虑的大管家。千员将军几千名高级干部听命于伟大的统帅，是因为毛泽东那高瞻远瞩的伟大胸怀和伟大的人格魅力。

政治局、军委扩大会议之后，工农业展开大生产运动，国防建设向新的目标迈进，古老的中华大地上捷报频传。到底如何？毛泽东决定到外地去看看。

列车在京广铁路上飞驰。

这是一辆为毛泽东出行准备的专列，由逃亡到台湾岛的宋美龄女士遗留在大陆的专列稍加改造，共八节车厢组成。除了警卫车、行李车、工作人员车外，毛泽东的车厢有卧室、办公室、会客室，有专用餐厅和洗澡间。虽然是旅行，毛泽东依然是白天休息，晚上工作。早已习惯了毛泽东生活规律的卫士长李银桥总是不离左右，尤其毛泽东出行的时候，则没有上班、下班之分，悉心照料毛泽东的起居安全，情过父子。

李银桥给毛泽东沏茶的时候，毛泽东突然问他：“银桥，你在我这里几年了？”

“主席，您怎么问起这个来了？”似乎，李银桥对此话题有点儿敏感。

毛泽东笑了，说：“我们不是没有合同期限了吗？我是觉得时间真快。”

“是哩——好像一眨眼的工夫！”在毛泽东面前，李银桥规规矩矩而无拘无束，出语不多但有啥说啥，是里里外外公认的“大忠臣”。不过，用毛泽东的话讲，地位够高，职位蛮低。李银桥也是“三八式”的老干部哩，和他一起参军的战友们，有的都当上师长一级的领导或职位更高的首长，而中央警卫团团长才是团级，卫士长就算不上什么“像样”的官了。

毛泽东没有忘记李银桥初到自己身边时的坦白：“在中央领导身边‘进步’太慢”，但中央警卫团就是这么个团级的架子，确是地位够高，官位很低。

“主席，您就不用考虑我的官衔儿大小了，能伺候好您一辈子，是我们老李家的福分，我的荣耀。”李银桥当即“堵住”毛泽东后面的话。

和毛泽东朝夕相处几年了，早把毛泽东的“脾气”摸得透透的。他也知道洞察一切的毛泽东对自己了如指掌。岁月流逝，自己与毛泽东的感情也与日俱增，再也不能想象分开。

“哦！”毛泽东随口问李银桥，“你回过家……父母知道你在我身边工作吗？”

李银桥脑袋摇得像拨浪鼓，“那哪能告诉——保密条例有规定！”

毛泽东点着头，“是啊，你们是无名英雄，默默地为首长服务，只有到下边去了，才凸显地位之高——连省部级领导都在你们面前不摆架子。”

“有这现象……”

“你们卫士中有没有下去之后不守规矩的呀？比如占便宜揩油，甚至吃拿卡要？”

李银桥想了想，摇摇头，“目前还没发现……没有。”

“没有就好，永远也不要有。”毛泽东叮嘱李银桥，“我们胜利了，掌权了，但资产阶级出来捧场，送‘糖衣炮弹’，我们革命队伍中的某些不健康的思想也会滋生，一些不良倾向也会作祟！你们在我身边，要起好带头作用，以共产党员的标准和党的纪律约束自己。老百姓讲‘上梁不正下梁歪’，正人先正己，开党小组生活会的时候，这是一个重要议题。”

“主席，您放心，无论是谁搞不正之风，我都不放过。”

“好。你这个党的小组长管着党的主席哩，有没有压力啊？”

李银桥略有思索，说：“在您面前没有……”

“唔？”毛泽东瞅定李银桥，“就是说在他人面前有了？”

李银桥直言相告：“江青同志脾气越来越大，有的时候为不值得的小事和卫士们闹起矛盾来。”

毛泽东若有所思，说：“你反映的情况是存在的。她这个人有些膨胀……毛病不少。银桥，她是我的老婆，但也是共产党员嘛！她为什么不可以批评？”

“但是，怕影响不好……”

“没有批评和自我批评影响会更不好。”毛泽东神色严肃起来，“绝不能让不正之风在我的身边刮起！银桥，你不要怕得罪人，包括江青同志。”

李银桥知道毛泽东的话不是面子上的话。他亲眼目睹了毛泽东当众和江青的争吵，最厉害的一次是关于“红烧肉”争吵，导致夫妻两个“各吃各的”。毛泽东和江青也是夫妻，是夫妻就会“马勺碰锅沿”的，领袖家也不例外。“红烧肉”之争就是例子。只不过领袖家的生活冲突往往难以不影响“国事”。

“我不是怕……我这小组长说也白说啊。”

毛泽东知道李银桥的难处，便说：“是啊，她大小也是个处长，有架子哩！那就由我来批评她。总之，她对身边的工作人员不能摆资产阶级的架子，她没有跟来，你们可以过几天轻松的日子啦。”

“主席，不是这样讲……”

“回避！我看得到！”

毛泽东挥挥手制止李银桥。李银桥不再说下去，他知道毛泽东的脾气，他认定的事没人好改变他。

专列驶进羊城，停在广州城外的军用列车专线上。参加扩大会议回到广东的华南局第一书记、广东省省长兼广州市市长叶剑英连忙驱车来迎接毛泽东，到省迎宾馆下榻。这是毛泽东当选国家主席后第一次到广东，也是毛泽东二十五年后再回广州。

“大不一样了！”毛泽东透过汽车的窗玻璃浏览着广州市容：珠江的水浩浩荡荡，岸边的高大榕树把一根根气根垂到江水里尽享着滋润之美；马路整洁卫生，楼房店铺悬挂的标语赫然醒目：

伟大的中国共产党万岁！
伟大的领袖毛主席万岁！
中华人民共和国万岁！
我们一定要解放台湾！

前三条标语在北京随处可见。解放台湾的标语在华南赫然入目，令毛泽东敏感地想到自己已到南海地域，在海的那边万顷碧波中有一座小岛，自己的宿敌蒋介石就在那里煽风点火，鼓吹反攻大陆，派遣特务分子潜入大陆进行破坏，妄图颠覆红色政权。

“广东的民心怎样？对新政权满意吗？敌特活动猖狂吗？”毛泽东问坐在旁边的叶剑英。

叶剑英答道：“民心稳定。敌特破坏活动不得人心，市民积极配合抓特务，敌特成不了气候。”

毛泽东"哦"一声，继续用眼睛"扫描"车窗外的广州。令毛泽东欣慰的是，中国大陆上的任何一座城市再也没有洋人横行霸道了。少年时代起，毛泽东一直把拯救中华民族，推翻压在中国人民头上的三座大山视为己任，现在已成为现实。毛泽东怎能不感慨？

"黄埔军校做了保护措施了吗？"

"黄埔军校？"叶剑英没有想到主席问这个问题，思索了一下，向毛泽东汇报："这个问题还没进入议事日程。既然主席说了，我们尽快安排部队去看护。"

毛泽东道："要保护起来。我要看看去。"

"主席去黄埔？"

"是啊！黄埔军校是中国现代军事家的摇篮啊！你叶高参参加筹建并任教训部副主任是吧？"

"是在那里，我接受了马克思列宁主义，要求加入中国共产党。"

毛泽东意味深长地道："在国共战争史上，既是国民党的干将，更是共产党的功臣，你叶剑英独领风骚嘛！关键时刻显英雄本色。做华南'封疆大吏'，日子过得如何呀？"

"马马虎虎！"叶剑英意含诙谐，"'日子'如何，还请主席您亲自检验。"

叶剑英明白毛泽东的意思，问他工作怎么样。

"好。"毛泽东随口而吟，"千山万水何所惧？危难关头有剑英。扫尽京城陈旧气，再平南粤舞东风。"叶剑英善七律，自然听出毛泽东对自己的溢美之词，谦虚地道："主席过奖。不是主席领导好，哪能华夏有今天！"于是，二位智者会意一笑，那亲切坦诚令坐在副驾驶座上的卫士长李银桥深深感动。

次日，叶剑英陪同主席毛泽东到黄埔军校旧址游览。毛泽东站在黄埔陆军军官学校旧址前感慨不已，对叶剑英道："当年，孙中山先生认识到没有武装就没有政权的道理，和共产党合作创建黄埔军校。你也是创建人之一嘛。"

"您知道，我是教训部副主任。"

"这座学校为中国培养了数以千计的军事人才。"毛泽东叹口气，"可惜太多的将星或陨落在云雾山中，或葬身汪洋大海，死而不得其所！"

"是啊！"叶剑英道，"从这个意义上说，我军的政治工作尤其'支部建在连队'非常英明。它使我们的军队有了灵魂。有了人民之魂，军队才无往而不胜。"

毛泽东用欣赏的目光望望叶剑英，说："你是一个小事不亲，大事不疏的人。"

"是主席教导得好。"

叶剑英并不是恭维，而是肺腑之言。毛泽东嘱咐叶剑英，黄埔军校倾注着国共两党领导人的心血，为中国现代军队正规化、现代化建设作出了不可磨灭的贡献，要好好保护它。"蒋介石笃信风水，曾两度派人到韶山掘毛家祖坟。我们是无神论者，也秉持革命的人道主义，不会动蒋家祖坟一草一木，不因为蒋介石对革命犯下大罪就毁坟灭祖。蒋介石在黄埔军校的历史也要如实保留原样。历史就是历史嘛！"

“我一定遵照主席的指示，组织人力保护好它。”叶剑英激动地向毛泽东立定敬礼。

在羊城乘船浏览珠江夜景，视察了南方大厦，登了越秀山，深入部队和乡村，又听取了叶剑英的工作汇报，肯定了叶剑英主政广东的业绩，叮嘱叶剑英“安定边疆，发展经济，把华南沿海建成钢铁长城”，其后，毛泽东稍事小住，便回车北上，直达武汉三镇，下榻东湖宾馆。中南局第二书记王任重全程陪同。

毛泽东兴致勃勃地登上黄鹤楼，不觉诗兴涌动，连诵前人与黄鹤楼有关的诗词：

李白之《黄鹤楼送孟浩然之广陵》

故人西辞黄鹤楼，
烟花三月下扬州。
孤帆远影碧空尽，
唯见长江天际流。

崔颢之《黄鹤楼》

昔人已乘黄鹤去，
此地空余黄鹤楼。
黄鹤一去不复返，
白云千载空悠悠。
晴川历历汉阳树，
芳草萋萋鹦鹉洲。
日暮乡关何处是?
烟波江上使人愁。

李白之《与史郎中钦听黄鹤楼上吹笛》

一为迁客去长沙，
西望长安不见家。
黄鹤楼中吹玉笛，
江城五月落梅花。

李白之《江夏送友人》

雪点翠云裘，
送君黄鹤楼。
黄鹤振玉羽，
西飞帝王州。
凤无琅玕实，
何以赠远游？
徘徊相顾影，
泪下汉江流。

毛泽东连诵李、崔咏诗四首，令王任重钦佩不已。毛泽东道：“你算得上是北方才子，可知李白还有黄鹤楼诗否？”王任重谦恭一笑，答道：“主席是指李白的《醉后答丁十八以诗讥余捶碎黄鹤楼》吗？”

毛泽东微笑点头。王任重张口就诵“醉”诗全文：

黄鹤高楼已捶碎，
黄鹤仙人无所依。
黄鹤上天诉玉帝，
却放黄鹤江南归。
神明太守再雕饰，
新图粉壁还芳菲。
一州笑我为狂客，
少年往往来相讥。
君平帘下谁家子，
云是辽东丁令威。
作诗调我惊逸兴，
白云绕笔窗前飞。
待取明朝酒醒罢，
与君烂漫寻春晖。

毛泽东兴致极高，与王任重谈今说古，登上黄鹤楼第三层。极目远望，滚滚长江东逝去，浪花翻卷千层，星罗棋布万千户，都在茫茫烟雾中。“难怪诗仙多感，实在是江山多情啊！”

王任重道：“有人说‘无限风光黄鹤楼’，并不夸张。一座楼，引历代才子感怀，庶民皇帝凭吊，并不多见。”毛泽东道：“此黄鹤楼，彼岳阳楼，烟台蓬莱阁，南昌滕王阁，永济鹳雀楼，五楼分布大江南北，呼应三山五岳，中华之奇观也！”王任重听了心中敬佩不已：说到中华文化，国人又谁可与主席比肩？真乃千古一人也！

正在这时，只听楼下响起嘈杂之声。王任重大惊，生怕发生什么意外，就见卫士长李银桥上前报告：“主席，王书记，楼下一群老百姓争着要往黄鹤楼上挤……”

“发生了什么情况？”王任重紧张得不得了！

“人们喊着要见毛主席！”

毛泽东“哦”一声，点了点头，“只怕往事又重演啊。莫慌，老百姓要见就见么，毛泽东又不是未出阁的大姑娘么！”

“主席，您说得轻巧！”李银桥不无抱怨，“老百姓没组织又谈不上纪律，出个意外咋办？我十个脑袋也抵不了这个罪呀！”

王任重听了批评李银桥：“怎么跟主席说话？下去和老百姓讲道理嘛！”

毛泽东冲王任重摆摆手，解释说：“莫说卫士，我也不管用呢！这样的事遇到过了，怕是不好脱身呢。”

“那……怎么办？”王任重急了。

毛泽东幽默地笑笑，说：“真是下不了的黄鹤楼。‘解铃还靠系铃人’，事由毛泽东起，再由毛泽东解喽！走啊，没有怕老百姓的毛泽东，走啊！”

“那不行。”李银桥坚决反对，“必须疏导好下面的群众才可以下楼。”

毛泽东对王任重道：“看到没有？这位卫士长权力好大呢！”

王任重急得直搓手，“不能这样……我去和游客们做做工作。”

黄鹤楼下的游客越聚越多。听到在此不期而遇伟人毛泽东，哪个愿意失之交臂？

王任重下楼一看，卫士们在黄鹤楼入口前手拉手“筑”起一道人墙，把游人挡在外边。而被挡的游客们则仍然不顾一切地往黄鹤楼里挤，纷纷高呼“毛主席万岁”，有的激动得热泪盈眶，场面着实感人。虽然人们挤着、争着拥在黄鹤楼前，但并不混乱，在王任重眼里，他们是出于对人民领袖的爱和崇拜而非恶意，于是，抬高嗓门儿向游客喊话：“同志们，大家不要挤！”

“我们想见毛主席！”

人群中纷纷喊着一个调儿。

王任重长着一米八的个头，走近游客接着喊话：“我是中南局第二书记王任重，陪同毛主席登黄鹤楼。主席很忙，大家这样挤在一起，会影响主席的行程。我现在要求你们听从解放军同志的指挥，维持好秩序……”

“我们要见毛主席！”

“我们想和毛主席照相！”

“我们……”

游客们的喊叫声淹没了王任重的燕赵慷慨之声，人群一阵骚动。王任重急得汗流浃背，挥舞着两只胳膊破开嗓子再呼：“我是武汉军区政委王任重，现在命令大家给主席让开一条路，让开一条路！”

也就在这时，只见汪东兴带领一支“借”来的解放军部队赶到了，指挥战士们筑起一道从黄鹤楼到山下停车场的“人胡同”，接毛泽东下楼。王任重那颗悬着的心这才放回原处，请毛泽东下楼。显然，毛泽东也被眼前的一切感动了，挥动着胳膊高呼：“同志们万岁！”于是，蛇山峰岭之上，黄鹤楼之下，“人胡同”左右上千游客拼命挥动着帽子或衣物向毛泽东致敬，“毛主席万岁”的欢呼声不绝于耳。

亘古至今，哪朝哪代会有百姓对国家元首如此真情？

唯毛泽东时代矣！唯人民对人民领袖哉！

“北方才子王任重”岂能不为所动？

故有诗曰：

鹤楼久立大江边，
便有诗风代代传。
鸣过千年黄鹤去，
风流人物在今天！

第一百零七回

大当家更知柴米贵　小耕农忽觉合作好

毛泽东的专列离开武汉三镇没有返程回京，而是驰向上海，和其他中央领导同志会合，参加中央经济工作会议。车停长沙时，李银桥忍不住问毛泽东：“主席，到家门口了，不下车看看吗？”

毛泽东摇摇头，“还是暂不看的好。”

李银桥猜不透毛泽东的心思，不理解平日里对故乡常有思念的毛泽东为什么到了家门口却不回家看看。汪东兴悄悄请示毛泽东：“主席，要见地方的领导同志吗？”毛泽东不假思索地道：“就请黄克诚、王首道和颂云先生来吧。”

“是！”汪东兴领命而去。

黄克诚乃是从红军到解放军的高级将领，枪林弹雨、出生入死自不必说，战功赫赫也不用讲，于新中国成立前夕始任湖南省委书记、湖南省军区司令员兼政治委员，领导湖南军民完成了境内的剿匪工作、镇压反革命和土地改革工作，是一个工作作风扎实、实事求是的领导干部，与为和平解放湖南作出重大贡献的程潜、曾任东北行政委员会主任的王首道组成的“三驾马车”，在恢复生产发展国民经济中精诚团结、艰苦奋斗，使湖南的工作成绩在全国名列前茅。

“三驾马车”听命而来。要知道，地方首长虽可“一手遮天”，但平日里要见党和国家的主席也并不是那么容易的事。

三人上车之后就见毛泽东已经在车厢连接处等候，忙向毛泽东敬礼问候。毛泽东乐呵呵地请大家到里面落座，说：“你们是我的父母官哩！听说湖南几项工作都进行得不错，很好。”黄克诚道：“是主席、中央领导得好，是我们执行中央部属和指示的结果。”毛泽东笑着对程潜道：“这位以不拍马屁著称的大将军也尽溢美之词啊。”黄克诚道：“主席，我这个人不讲假话，是实情。”程潜笑眯眯地道：“黄书记讲得好，也是大家心里的话。”毛泽东道：“我在这里停车，就是想听你们的意见的，尤其经济方面的问题，正面的、反面的都要听，兼听则明，对不对？”黄克诚道：“主席愿意听，我们就愿意说，都说。”毛泽东哈哈笑了，“好！我就是要听实话，包括负面的东西。”

毛泽东给大家递烟后自己也点着一支，听黄克诚汇报工作。黄克诚便开门见山讲问题：“主席，当务之急是财政困难，这个家不好当。老百姓的日子好过了，生活还是困难啊。”

“日子好过，生活困难是怎么回事？”毛泽东听不明白。

黄克诚解释道：“旧社会三座大山压在人民头上，如今搬掉了，老百姓不用担惊受怕

地过日子了，‘日子’好过了；但是缺吃少穿的人家还不在少数。我们共产党是为人民谋幸福的，看到百姓受苦总不好受。”

程潜道：“省委和省政府派出了十几个调查小分队分别深入到醴陵、浏阳、岳阳和湘西民间，取得了大量一手资料：虽然基本上完成了土地改革，做到农户人人有田种，贫苦农民的生活大有改观，但寅吃卯粮甚至寅无粮吃的情况很多。尽管如此，农民兄弟还是响应国家号召，勒紧腰带，省出粮食支援抗美援朝，保家卫国。作为从旧政府过渡过来的官员，我深为感动！”

毛泽东听了黄、程的一番话，陷入沉思之中。毛泽东自己也曾到北京郊县走过，在农民的家里目睹了一位农妇为两个营养不良的孩子盛菜粥的情景。毛泽东看了心酸，“填不饱肚皮么！”农妇说：“如今有得吃就不错了。”她用满足的目光望着毛泽东，更令毛泽东心里不安，难道我们的人民盼望的就是用稀粥填满肚皮的生活吗？

当然不是！

黄克诚刚才讲得好，三座大山压迫的日子没有了，但一个仍然饥饿的民族怎么可能有能力建设社会主义的富强繁荣！

“你们反映的情况很好。中央政治局将举行经济工作会议，研究这些问题。”毛泽东动情地说，“人民把我们推上政治的舞台，我们不能为百姓造福，让他们过上好日子，对得起人民群众吗？”

黄克诚、程潜和王首道都被毛泽东那体恤民情、志在造福人民的精神感动了！“主席放心，我们湖南省委、省政府一定把为人民服务作为自己的座右铭。”

“下次我来湖南，希望看到‘湖广熟，天下足’。湖南是鱼米之乡啊，老百姓没有米吃，岂不滑天下之大稽！”毛泽东指示：“要有一名省的主要领导抓农业工作，彻底改变没粮吃的局面。”

“是！”三位脱下战袍的宿将，义无反顾地接过经济建设的重担，信心满满地再启征程。

中央经济工作会议在上海锦江饭店举行。中央委员、政务院副总理及部委办领导、各省市区党政“一把手”济济一堂，共商富国大计。

中共中央主席毛泽东主持会议，政务院总理周恩来致开幕词：

“同志们！根据主席毛泽东同志的提议，我们召开这次中央经济会议。会议的主要议题是发展国民经济，开展大生产运动，初步解决目前的经济困难问题，为今后制定下一个五年计划打好基础。”

……

周恩来讲这番话的时候心里沉甸甸的。俗话说“巧妇难为无米炊”，新中国的家底就是一穷二白，实在是无“米”可为，却又不得不为：抗美援朝的前方将士的军火弹药、衣食医行不能懈怠分毫；中央到地方政府、解放军及地方武装为主体的“国家机器”的运转支出亦不可误；军工、工农业在建项目处处用钱；五万万同胞的衣食住行支出是个天文数字；还有文化教育和外交……事事都得挂在他这个共和国总理的心上！

哪里来的钱呢？中央人民政府是人民推上历史舞台的政权，它既没有“继承”前任政府的资产——蒋介石在败退大陆前，就把国库里的黄金白银洗劫一空，海运台湾；更没有自己的“家底儿”——未曾休养生息又被朝鲜战争拖累，经济上可谓雪上加霜。

蒋介石就曾经预言共产党背不起大陆五亿人的包袱，再加上和美国人在朝鲜打仗，没有多久就会垮台。

蒋介石自信自己此后是大陆的预言家。回想起当年自己“糊里糊涂”输掉战争的岁月，感到成语之国的成语数“当局者迷”精辟！

不过，新中国的“当局者”没有迷。毛泽东和高层领导者们酝酿着的第一个五年计划就是要杀出重围——经济困局和国际反华制华大合唱的重围的国策。作为党和国家决策的最高执行官，周恩来信心满满：能用小米加步枪夺得天下的共产党人完全有能力建设一个繁荣昌盛的新中国。任何困难都吓不倒、难不住英雄的中国人民！

“我们的伟大领袖毛泽东主席说过：‘下定决心，不怕牺牲，排除万难，去争取胜利。’希望这次会议能集思广益，建立信心，力争在下一个五年计划制定之前，使我们的经济形势大有改观。每个省市都要作出具体规划，并落实实现……”

会议发言踊跃而热烈，每个发言者都信心十足。而许多领导者面对经济建设有着先天不足：没有理论基础也没有工作经验。毛泽东鼓励大家：在战争中学习战争并赢得战争，是我们的宝贵财富。这个财富告诉我们，经济建设也可以这样，在干中学，虚心向工人农民学，向方家秀才们学。我们党也有懂得经济的专家学者，但相对于五亿人口的国家，实在是少之又少。我们有个党校，在延安起就肩负党的干部的教育工作，今后它继续如此。在座的可以轮流去听听经济学、政治经济学。政治局也要请专家去讲课，我带头去听。我们用小米加步枪打败了国内外气势汹汹的敌人，用我们的精神和智慧同样可以建设好我们的国家，让国内外一切反动派在我们的胜利面前发抖吧！

……在巨大的困难面前，毛泽东、周恩来和我国的领导者们，能创造一个新的奇迹吗？

穷家难当。“大当家”如此，五口之家的户主李国藩也是如此。

日头照到屁股了，李国藩还懒睡不起。老婆丑妮早已到河边剜了半筐野菜回来，抓一把野菜放到边边沿沿儿磕得里出外进的瓦盆里，从缸里舀出一瓢水倒进去，双手麻利地洗过，转身一手掀开灶头上的草编锅盖，把野菜投进去，吆喝：“小三儿，烧火！”

“听见啦！”

奶声奶气的三儿子从炕上打个滚儿跳下来，手里拿着小人书，踏上鞋就直奔灶台，一屁股蹲到地上，伸脖子瞅瞅灶膛，把小人书往大腿上一掖，腾出手来抓起灶前的柴火往灶膛里一填，左手一拉风箱，窝在灶膛里的暗火“腾”地蹿起火苗来……和娘一样，

这一连串的动作那么熟悉自然，衔接无缝。接着，又把目光投向小人书。

“小三儿！”

正边烧火边看小人书的儿子“嗯”一声，瞅一眼娘亲，知道娘为什么喊他，不情愿地把小人书放到大腿和肚皮间的“夹缝”里，噘起嘴，又不敢反抗。这个家里，娘是主内的权威，包括管教孩子。

“看你哥哥姐姐，他们从小就知道过日子，一大早就去放羊割草。你倒好，迷上看书——能看来米面窝头啊？”

“我要上学！”

小三儿突然冒出一句娘亲想都没想过的话。丑妮望望儿子，目光流露惊疑。她虽然叫丑妮，的确并不丑：三十五六年纪了，脸上平平的没有一丝皱纹；五官端正不说，那双秀气会说话的眼睛谁对上眼神儿也会心里一个哆嗦，这不是织女下凡了吗？没人见过织女，但丑妮就让人想到织女。其实，她的“牛郎”也是一个挺不错的男人，除了家境贫寒，还真挑不出太多的毛病——如果容易喝醉酒不算毛病的话。

“找你爹说去！”丑妮往屋里撇撇嘴。

“不！要跟你说，爹说了不算你说了算！”小三儿直言娘亲。丑妮一怔，旋即“喷儿”地忍不住笑了，“你听谁说的？胡说！”

“大伙儿都说——我都见过多少次啦。”

丑妮把眼一瞪，吓唬三儿：“你小孩子懂什么？你爹才是真户主。鸡毛蒜皮的我才说了算，叫什么当家哩！”

儿子不再说了，丑妮的心里可没停下来。“日子总不能这样过下去吧？虽然土改了有地种了，也不能一家五口干啃呀？女儿出阁倒好说，有了多陪送，没有少陪送，大儿子德钢说话就长大成人，就这三间土屋，怎么说媳妇呢？”再想想小三儿，眼瞅着是个念书的料儿，可拿什么供他上学堂？想到这里，丑妮走到屋里把李国藩盖在身上的被子一撩，喊道：“太阳都晒腚了还不起来？看四两马尿把你灌的！”

李国藩揉揉眼，瞅瞅妻子，并不生气，解释说：“支书请的酒——议论互助合作的事……”

“你答应了？”

“答应了。”

“我说是不？这么大的事你也不回来商量商量？”

李国藩坐起身来，“这有什么好商量的？不就是甩膀子多卖点力气吗？”

“你话说起来轻巧！”丑妮质问丈夫李国藩：“眼瞅着老大到了说媳妇的年景，小三儿闹着要上学……不都得花销？拿钱来！”

她向丈夫伸出一双手，摊在李国藩面前。李国藩瞪瞪眼，两只脚去地下勾鞋子，说：“什么你也掺和——孩子们上学不要钱。”

“骗我……不要钱谁白教？先生喝西北风啊？”

“看哩不？还觉得自己能，什么都明白！上级——就是来咱家吃过饭的县里的肖书记，他正式通知了，从今年起，孩子们上学不掏学费，国家给掏。”

“是吗？”丑妮信了，因为是肖书记说的。土改的时候，就是肖书记宣布的分地主老财们的地、房子、耕牛和浮财……

“小三儿，别腻歪了——你也上学去！”

李国藩趁老婆高兴，问她：“这互助合作也是肖书记支持的，你也反对？”

“真的？”

“我敢打着肖书记的旗号糊弄你？”

“那就互助呗！”

“这就对了，要听党的话。”

“谁不听哩？少拿大帽子往我头上扣！”

“哈哈哈……”李国藩笑得蛮开心。丑妮用一根手指头往李国藩头上一戳，说：“互助就互助！你要是跟那个小寡妇眉来眼去的，我扒了你的皮！”李国藩镇起脸，呵斥丑妮：“你脏心烂肺不是？我李国藩是那样的人吗？咱品行不正，肖书记能当我的入党介绍人？”

这倒是。丑妮再没话说。

沿河庄的第一个互助合作组成立了。

也难怪丑妮有意见，这个互助组实在有悖常理：做生意讲有利可图，结亲家看门当户对，李国藩互助组讲的什么呢？除了李国藩家五口人有大小四个劳力外，其余的那四户人家：刘吉瑞家并不怎么吉利，刘吉瑞年纪轻轻得个痨病撒手人寰，撇下妻子兴华和两个未成年的孩子，度日如年；钱旺家没钱，父亲那半死不活的病是有多少钱也填不满的黑窟窿；老光棍石头，当年是沿河庄的一头用不完力气的牛，现在身体垮了；只有支部书记张玉臣家境不错，劳力强不说，还有儿媳娘家陪送过来的一头草驴。难怪村里人讥笑他们这五户人家组成的互助组是“缺心眼儿互助组”。

讥笑归讥笑，这个互助组或许是“三皇五帝”到如今诞生的第一个农业生产互助组。这个互助组约定：第一，大家志愿互助；第二，谁家的地还是谁家的，大伙儿一块儿种，收成归自家；第三，对等交换，各家劳力有多有少、有强有弱，农具牲口不一，记个账，到时候再“清楚算账糊涂结”。这五户人家成立互助组之后马上成为沿河庄一景：无论是耕、播、锄、收，大伙一齐上，好比战争中的“集中优势兵力各个击破”，劳动效率高，劳动热情高，粮食产量高，显示出集体力量的优势。连开始讥笑他们“缺心眼儿互助组”的人，也悄悄找李国藩托个人情：“给张玉臣支书那里填个好话，咱也加入行不？”

李国藩也成了沿河庄显鼻子显眼的人物了。年底，县委肖书记在全县劳模大会上亲自给李国藩的胸前佩上大红花。劳模会后，大儿子德钢参军到北京卫戍区当兵，“给党中央、毛主席站岗”，好家伙！乡亲们羡慕自不必说：“李国藩家祖坟冒青烟哩！”

《人民日报》的记者把沿河庄“互助合作”，穷帮穷共同奔好日子的事迹写了文章上了“内参”，毛泽东主席看了大加赞扬。文章又登上《人民日报》，“集体力量大”的事迹得到中央领导的推崇，一下子“蔚然成风”，在全国广大农村掀起了“互助合作”热潮，不久，由河北省饶阳县的耿长锁打头，掀起了成立农业合作社的“社会主义建设高潮”！

“团结起来”，这个在抗日战争中经过验证，在解放战争中发挥到极致，于抗美援朝中继续发扬光大的取胜法宝，再一次被高祭于共和国的朗朗乾坤！

正是：

人民领袖人民志，
为转乾坤一样心。

第一百零八回

工商改造大潮涌　大富领军上海滩

中央经济工作会议结束之后，趁毛泽东主席还没有离开上海，陈毅到毛泽东下榻的西郊宾馆看望。一走进会客室，见毛泽东正坐在沙发上思考什么，怕打扰毛泽东，便悄悄转身，想先躲到一边待会儿再进去，没想到毛泽东喊他："你这个胖子，缩手缩脚干什么？进来么！"

陈毅乐呵呵地跨进客厅，高门大嗓地道："主席，我怕干扰您的思路——说不定这瞬间就有毛泽东思想的又一高峰产生哟！"

"我批评过你的，我们是从井冈山一起走来的老战友，你还拍马屁？"

"主席冤枉我！陈毅拍过哪个的马屁么！我虽然没跟主席一起走过二万五千里长征，但我在苏区也是认真学习《论持久战》坚持斗争的……"

毛泽东摆摆手制止陈毅，说："我们就不用王婆卖瓜自卖自夸了！是啊，我们打了胜仗，建立了人民政权。可是，还没有坐稳哪！"

陈毅一怔，小声道："主席，是不是言重了？难道国内外敌人还能翻天？"

毛泽东递给陈毅一支烟，侃侃而谈："现在看来，敌人想用飞机大炮打败我们，恐怕连他们自己也怀疑了。但是，他们反革命的另一手更加恶毒啊！"

"主席指的是经济制裁？"陈毅不假思索而问。

毛泽东用欣赏的目光瞅一眼陈毅，继续道："对。他们想把新中国扼杀在摇篮里，朝鲜半岛之战只是序曲，跨过鸭绿江才是目标。现在，美帝国主义正在组织反华大合唱，明处是飞机大炮，暗里是特务破坏、经济封锁。我们借了苏联人的钱，对国民经济发展，建立自己的工业体系很有意义。但是，借钱是要还的，是包袱也是动力。我睡不踏实啊！陈老总，因此，对你，我是举棋不定啊！"

"我？陈毅有什么错误，请主席、中央处分就是！"

毛泽东摇摇手，"处分没有，表扬还是有的。我在经济会议上讲了，总理也讲了。你还记得我答应过你什么吗？"

毛泽东可不是随便答应人，给人许愿的！陈毅想不起来，摇摇头。

"你说过，希望胜利之后做外交部长的。"

陈毅"哦"一声想起来了，不好意思地笑了笑，"那是随口一说罢了！恩来同志当外交部长才是人才合一，无二的人选么。"

"你也是合适人选。"毛泽东说，"只不过上海这个地方没有你，中央还没有合适人

选。你知道，上海在国民经济中举足轻重，经济的‘龙头’伤不起啊！慎重考虑，目前还是请你陈老总把上海看好，发展好。”

“主席，我是一名老党员了，听从组织安排责无旁贷。我没意见。”

“光没意见还不够，上海这‘龙头’要带全国整个龙舞起来，你陈毅功莫大焉！”

陈毅听了好不感动，当即向毛泽东保证：“上海坚决执行中央部署，龙抬头，华夏飞腾！”

“就要你这个态度么！”毛泽东十分高兴，“总理还要和你谈，谈上海的经济工作。等你完成了上海明年的经济目标，我在北京等你到菊香书屋喝酒。”

“谢谢主席！我来，还有个请求。”

“么子？说就是了！”

“您不能白来一趟吧？有新作给我欣赏，或者留点什么墨宝也行。”

同是革命家和诗人，毛泽东不善酒，陈毅却豪饮。在中共高级干部中不乏诗人，但和毛泽东谈诗论赋又有诗词交流的，恐怕唯陈毅一人。难怪有人说陈毅是毛泽东的爱将之一……

“你这个胖子，吝啬得很哩！到你的地盘儿来还要买路钱！”毛泽东不无幽默，“那就试试看喽！”

“主席，你可是答应啦！”陈毅放松得很，就像和兄长在家里拉家常。

经历过抗日战争的洗劫和解放战争的洗礼，上海，这座英雄的城市以新的姿态屹立在黄浦江畔，东海之滨。这里曾经是“东方冒险家的乐园”，是资本主义萌芽的温床，是东西文化的撞击点和融合点。因此，它不仅是中国经济的龙头，也是亚洲经济的引擎。当人民解放军解放上海之后，重启引擎，让引擎飞快转起来，费尽了市长陈毅和市委、市政府同志们的心血。

陈毅知道，新的战役或许比战上海并不轻松。因为要用一种合适的方式争取资产阶级的支持，不能用粗暴简单的方法强行改造经济格局和工商业性质。从千年固有的私有制向社会主义公有制过渡，没有多少持有资本资产的人愿意乘看不到、摸不着的社会主义的船过渡，过渡到何等境地不得而知。

工作从何处着手呢？

是立即全面铺开，对上海滩数万工商户展开宣传教育，进行社会主义改造，实行国有化、公私合营，还是从试点做起，逐步达到社会主义改造的目的？太多的问号在市长的脑海里打转转。

低沉、悠远的汽笛声飘过江面，传到市长办公室来。已经是下午的六点五十三分，窗外已是一个霓虹灯的世界：红的黄的绿的，在夜空中闪烁张扬，个性十足。夜上海开始展示它独有的魅力。

“从何处着手呢？”

陈毅反复问自己。

作为将军，曾统领千军万马的陈毅清楚：再大的战役，展开总攻时也要攻破一个点，撕开一个口子，然后大军横扫过去。这个点，可能是敌人的最薄弱环节，也可能是敌人的强势所在！私有制不是持枪的千军万马，是万千工商户凭它生存赚钱、积累个人财富的命根子。动他们的命根子，又要他们顺应时代潮流，是强扭瓜，还是水到渠成呢？显然是要后者。那么，“水”就要到，“渠”怎样成呢？

他想起不久前在南京路上微服私访，听到了商家掌门人的心里话：

“……还是共产党好啊！大家眼睛都看得见啦，地痞恶霸不敢现身了吧？苛捐杂税没有了吧？生意一天比一天好嘞！不过……看侬是个面善人，不会密报……听说共产党又要共产……会不会共妻？好揪心喏！”

“这是谣言诽谤！”陈毅耐心解释，“共产党就是由咱们老百姓中的优秀分子组成的，为人民谋幸福的组织，怎么会干那种下三烂的事？”

“老先生，无风不起浪啊。”

陈毅一拍胸脯，大着嗓门说：“我是共产党上海市委书记兼上海市市长陈毅！我向你们澄清，所谓共产共妻是国民党反动派诬蔑共产党的陈词滥调，不值得一驳。上海解放两年多了，谁见过共产共妻的事情？”

“市长您好！我也是听别人说的……可是，共产呢？不是在宣传要共产吗？”

陈毅摇摇大手，微笑着解释：“我代表市政府在此重申，不是‘共产’，是社会主义改造。我们新中国要建设的是社会主义制度，当然，现在刚刚起步，比如你这绸缎庄，可以由国家和你合作经营。”

“请问市长，是怎么个合作法呢？”商户的胆子大起来，他发现这位共产党的市长没什么可怕的，甚至还挺平易近人。

“就是国家和你共同经营，按比例分成。你的那一部分还归你所有。”

“这么说真还可以考虑……”

陈毅认为：可以考虑总比拒绝考虑好，可以继续做他们的工作。

另一个财大气粗的老板则不以为然，表面大大咧咧，其实死硬得很！“嘛公私合营？我的就是我的。我经营得好好的，干吗合营？谁不知道买卖好做伙计难打，和国家合营，那不扯吗！到时候你胳膊拧得过大腿？”

陈毅耐心解释，那位老板根本听不进去，或者说就是不听，冲陈毅摆摆手：“哪儿凉快到哪儿去！我还做生意呢，没空和你闲扯白儿！”

陈毅没有暴露自己是暗访的上海市市长，他劝住了自己。这个世界，本来就不能一刀切，不能要求高粱谷子一般高，也不必指望麦子地里不长草。

月色朦胧。陈毅想起毛泽东临别上海时的嘱咐：“上海有最发达的经济，必然有最聪明的企业家。而真正聪明的企业家是识时务之俊杰，是顺应历史潮流的民族精英，是会

和人民合作的。”

的确，上海有着太多的聪明的、成功的企业家。他们没有登上逃亡台湾的轮船，就说明他们把根扎在大陆，相信中国共产党。做他们的朋友，是自己和工商界相处的基本点。在自己主政上海的日子里，接触过不少工商界大鳄小贩，可以说有的就到了朋友的份儿，比如荣毅仁。

荣毅仁是荣氏家族在上海的骄傲。其无锡茂新面粉公司经理、上海合丰企业公司董事、上海三新银行董事经理、上海市面粉工业同业公会主委等头衔让他在上海滩独树一帜。一九五〇年又任上海申新纺织印染公司总管理处总经理、华东军政委员会财经委员会委员。他荣老板已不仅仅是陈毅个人的朋友，也是共产党的朋友，是社会主义事业的领导者之一了。

当然，他的另一个身份依然没有变：资本家。但他是上海乃至全国最出色的资本家，一个把民族利益看得很重的资本家。在民族危难的时候，他总是挺身而出，出钱出力。抗美援朝，他带头捐款捐物，甚至捐飞机……荣毅仁总是与时代同步。

现在，国家要对工商业进行社会主义改造，荣老板是什么态度？如果荣毅仁像过去那样带头响应党的号召，对自己的企业进行社会主义改造，必将起到积极的作用——榜样的力量是无穷的！

秘书进来报告：财经委员会的委员们都到了。

“好。”

陈毅抓起帽子边走边戴，直奔政府小会议室。

委员们围坐在椭圆形的会议桌前，互相议论着什么。见市长进来，便停止了议论，把目光投向陈毅。陈毅没有马上坐下，微笑着向大家致歉：“同志们都是大忙人，夜间请你们来，占用你们的休息时间，非常抱歉。我陈毅也是没有办法，因为这几天实在是事情太多，只好请大家来熬夜。为了表示歉意，我陈毅掏腰包给大家准备了一份夜宵——每人一碗阳春面，就算不欠大家的情啦！”话声一落，会议室里就响起一阵笑声，气氛活跃起来。大家都喜欢这位将军出身的市长：没有架子还风趣幽默，诗人的气质和政治家的睿智亲切感人。

“同志们，在座的你们是上海经济发展的功臣，是我这个市长的顺风耳和千里眼，让我看到前途一片光明。没有你们的工作，我这市长手里恐怕就是一本糊涂账。大家清楚，上海解放之后的巨大变化，用主席的话说是一片新天地。这新天地来之不易啊，也有在座的各位的心血和汗水。我代表市委、市政府向你们致以崇高的敬意！”

大家被陈毅的坦诚感动，鼓掌致谢。

“不过，阳春面免费但可不是白请哟！”陈毅话锋一转，“还要请大家帮我陈毅一个忙。”

望着市长那严肃认真的样子，委员们睁大了眼睛：市长请大家帮忙？发生了什么事情吗？

荣毅仁就坐在副市长、财经委员会主任曾山身旁。他听出陈毅的弦外之音，立即表态：“陈市长！你不用担心，我愿意响应党中央的号召，把印染公司、面粉公司交由国家经营，其余商号可以公私合营。”

荣毅仁话声一落，陈毅带头鼓起掌来。坐在荣毅仁旁边的曾山站起来和荣毅仁握手致意，说：“荣先生和共产党同心同德，是民族资产阶级的楷模，我代表上海市六百万人民感谢你。”荣毅仁尽是谦谦君子风，说：“毛主席接见我们上海工商代表时对我说，‘你是开明爱国的资本家，我们的社会主义建设离不开你们，为振兴我国工业再建功劳’。我很感动。请市政府三天后安排接收小组到工厂接洽交接事宜。”

陈毅兴奋地上前和荣毅仁热烈拥抱，然后对参加会议的各位委员道：“有荣先生领军，上海的工商业社会主义改造不但开门红，必将顺利完成。”三天后，上海的文汇报等各大报纸登出上海荣氏家族企业华丽转身的报道：

享誉海内外的荣氏家族将旗下的两大支柱产业茂新面粉公司、申新纺织印染公司归由国家经营，其他产业亦公私合营。此举对上海工商业社会主义改造必将产生深远的影响，为社会主义建设注入新的活力……

消息传开，市民反响热烈，工商业主震撼：上海首富都“公营”和公私合营了，我们还等什么？于是，上海市首先在全国掀起工商业社会主义改造的热潮！在北京的龙兆庭先生感慨不已，写信给在石家庄开药铺的儿子迎春，阐述了自己对这场工商业社会主义改造的认识过程和对儿女们的希望：

迎春吾儿如面：

汝姊夏梦带来儿媳所制秋装两套，合体漂亮，父母皆喜。然闻尔等对国家号召之工商社会主义改造颇有微词，不胜忧虑：为父观沧桑，毛主席乃当今圣人，出其言必行其果，行其果必益于民，故无不受民众拥护者。识时务者为俊杰，万勿糊涂自陷也！

沪大富之家倘举财于国造福于民，尔区区一间店面何足道哉？况财为身外之物，生不带来死不带去，何必为之奴？又：为父助尔开药铺者，一可谋生，二为善行，并非唯利是图也。闻壮弱农家互助能化艰困为共赢，国家合营，岂不利大于弊，乐在其中？

再：天下大势趋合而非分裂，国有化大势也。地不分南北，人不分老少，社会主义潮流如江河奔腾，无可阻挡。有观察家预言社会巨变为时不远，尔等慎行多思，勿懈怠逆行也！

至嘱

父笔　辛卯　菊月

收到父亲来信，龙迎春不觉惭愧，想得通了，回信禀告父亲："父亲大人！儿子目光短浅不识时务，对共产党工商社会主义改造政策不甚了了，以致牢骚满腹。得父亲教诲开导，深知听党的话前途光明。儿明日即加入公私合营行列。"

龙兆庭阅罢儿子来信甚慰，有词《浣溪沙》曰：

犬子可教不抱怨，
公私合营慰争先。
人民群众喜空前！

不是主席领导好，
怎能天下有今天。
金秋花好月儿圆。

第一百零九回

得天下并非安定　守江山再论廉诚

古都新颜。北京从来没有像今天这样高墙内外同欢乐，不分贵贱一样人。文明古国几千年，什么时候有过今天这样的做官为民、人人平等的日子？

日子，人人都要过。领袖伟人也不例外。吃喝拉撒睡自不必说，亲情爱情战友情就在每个人的身边。失去丈夫的刘思齐虽有亲情眷顾，有毛泽东胜过慈父般的关怀，而无可替代的幸福和只有恩爱夫妻才有的快乐只能在回忆中回味……

没有了岸英，心中的天半塌。尽管下班之后可以与母亲张文秋、妹妹韶华相聚，但难以再现昔日的快乐时光，往往强撑郁郁寡欢做样子给母亲看，而自己的心里在暗暗淌血流泪。相恋几春秋，蜜月之后的离别竟成诀别，是谁会想到的呢！

思齐知道，伤痛的不仅仅是自己。身为国家元首的毛泽东同样也是父亲，但他以博大的胸怀和慈爱感动、教育了大家："不能因为他是毛泽东的儿子就特殊"，"今后你就是我的亲女儿"。这使刘思齐对父亲毛泽东更加崇敬。

已经有几个星期没有去看望父亲毛泽东了。

出示通行证，从西北门走进中南海，首先看到的是西花厅，周恩来副主席兼总理居住办公的地方。岸英牺牲后，总理和夫人邓颖超给予自己很大关怀，令思齐难以忘怀。每当她看到总理去找主席研究工作总是行色匆匆——可见总理是多么的忙。

不觉已走到海边，抬头望，丰泽园三个大字高悬门楣。思齐凝视着那古色古香的门楼，仿佛看到父亲毛泽东正在菊香书屋伏案工作的身影。老人家总是那么忙，开会、接待、看书、写文章，只有茶余饭后才有机会和家人有短暂的相聚。生活中的毛泽东并不像人们在照片中看到的那样偶像化，而是谦和幽默、平易近人。思齐永远记得毛泽东第一次和自己谈及今后的生活时的恳切和爱怜："女儿，你还年轻，不能这样苦守下去……"但思齐那颗心里满盛的是岸英，无论如何也没有别人占据的空隙。

思齐刚要走进丰泽园大门，就听得有寒暄之声传来，忙闪到一旁：分明是父亲毛泽东的声音。"荣先生不必客气，你是红色资本家么，是为社会主义工商改造作出贡献的么！"话声未落，就见毛泽东、周恩来及上海市长陈毅、荣毅仁等一行人走了出来。目送周、陈、荣等客人的轿车离开，当毛泽东发现了躲在一旁的思齐的时候，思齐忙喊"爸爸"，毛泽东笑了，对思齐道："女儿，多少天了不来看我？来了还躲躲闪闪？"思齐道："我正要进门儿，听到您说话声就闪到一旁，怕惊动您和贵客——就连总理、老总来，您都不送出来的呀？"

"我讨厌那些客套，自己的同志随意些好。"毛泽东坦言。事实上他就是如此，通常，

只有德高望重的民主人士来访，毛泽东才客气地送到门外。

来到书房坐下，思齐问："爸爸，您身体好吗？睡得怎样？"

烟不离口的毛泽东吸着香烟，话语沉重："睡不踏实啊！"

思齐一惊："是哪儿不舒服吗？"

毛泽东摇摇头，"不，有人作孽，我如何睡得好呢！"

思齐睁大眼睛望着父亲毛泽东，一脸的问号但把话卡在嘴里：主席有怒，一定是国家大事，而家规有律是不能过问的。

"刘青山、张子善是老革命，枪林弹雨过来了，却被糖衣炮弹击中！危害革命危害党，坑害人民群众，愧对党的教育培养……"

思齐点点头，"我们单位还组织大家对刘、张事件讨论呢！"

"好啦，不谈这些啦！"毛泽东话题一转，"你最近怎么样啊？"

"爸爸您不用多惦记我，挺好的。"思齐安慰父亲，又认真地对父亲道："您别再提那件事了——女儿心意已定，不考虑嫁人了。"

毛泽东没再讲下去。他知道，思齐的心里还放不下岸英。

"我们一起吃顿饭吧。"毛泽东说。令思齐没有想到的是饭桌上缺少了江青，便问："爸爸，妈妈呢？"

"她另起灶炉了。"毛泽东淡淡地回答。显然，李讷因今天饭桌上思齐"加盟"而显得很高兴，对思齐解释说："爸爸一累了就要吃红烧肉。妈妈劝不动爸爸，背地儿里嘟嘟爸爸吃得不科学，是老土。爸爸知道了急了，大手一挥说：'吃不到一起就分开吃，各吃各的！'就分开吃了。"

思齐听了忍不住要笑，扫视父亲毛泽东的脸上没有一丝笑意，便低头往嘴里扒口饭，心想：真是"家家都有一本难念的经"，连主席家也不例外。谁会想到主席和夫人为吃饭问题还会各吃各的呢！

共产党的大家又何尝好当呢？饭后，就有陈云来反映情况，令毛泽东颇为意外。刚刚坐定，陈云便说明来意："最近，高岗同志的表现有些不正常啊！"

毛泽东停住吸烟，意外地望着陈云："你说什么？高岗？"

陈云不慌不忙，向毛泽东揭露："高岗被任命为国家计划委员会主席后，集国家副主席、东北行政委员会主席、中央军委副主席于一身，权力够大的了，可他并不满足这些。"

毛泽东愕然："莫非他也头脑膨胀了？"

"何止膨胀？连阴谋都搞了。"

"有证据吗？"

"有。他和饶漱石就搞得很神秘。"

"就是那个调来不久的组织部长？"

"中央办公厅的同志就看到高岗和饶漱石在北京饭店包间密会喝酒。从后来听到的高、饶的言论分析，他们有私下的交易。”

毛泽东是最看不得在党内进行私下交易的行为，脸色变得难看，把手中的半截烟往烟缸里一摁，“是什么交易？”

“他就曾经找到我的门上，和我大谈国家体制调整，还问我的看法……说话极其不负责任。他说……”

“说什么？”

“少奇管议会。总理搞部长会议。还说是您的话。”

“哦！他借我的口宣扬的是苏联那一套。”毛泽东面带讥讽地一笑。

“他的意思是说您有意退居二线，政治局他来搞。还煞有介事地说是设总书记呢，还是增设副主席？”

“就这些？”毛泽东已怒不可遏。

“还有，他很赞赏林彪，说林懂军事，有政治头脑，可以让林彪搞部长会议。接着，便数落了少奇同志一大堆坏话，坚决反对少奇同志当总书记或副主席。还说了恩来同志的坏话。”

毛泽东是信任陈云的。长征途中，遵义会议之后，为了打通党和共产国际的联络，是毛泽东提议派陈云往上海寻找党的组织，转达遵义会议精神的。随着革命事业的进展，陈云肩上的担子也越来越重。

“你讲的是他的原话？”毛泽东严肃地问。

陈云态度坚决：“我以党性担保。”

以党性担保，可不是一个高级干部随便说出来的话。毛泽东预料到党将面临一次严峻考验。

陈云补充道：“我个人意见：虽然我当时就表示了反对意见，感到不足以遏制他，担心他向更多人去散布这些不当言论，造成极坏的影响。主席，高岗四处封官许愿，在党的高层领导中散布不良言论，是脱离中央另搞一套的分裂行为，到了解决的时候了。”

送走陈云，毛泽东的心情可谓纠结、沉重，毕竟，高岗不是一般的高级干部，他是集中共中央副主席、中央军委副主席、东北行政委员会主席于一身的核心人物，调他兼任国家计划委员会主席，更是对他的器重。而陈云反映的高岗的问题属实，无论如何都不能姑息，是必须处理的。对于高岗的处理又不仅仅是他一个人的问题，牵涉到党和国家的架构乃至国家安全问题。

当晚，总理周恩来到菊香书屋来请示毛泽东访苏代表团组成的事宜，因为此行要和苏方谈判长春铁路主权回归中国、旅顺港苏联驻军撤离问题，事关重大，必由主席定夺。而代表团团长是由一位中央领导出任，还是由熟悉东北也熟悉苏联情况的高岗担任？

听了周恩来的汇报，毛泽东摆摆大手，“团长的事暂且放放，先谈谈高岗的问题——你的耳朵也被塞住了吗？反正我是得了‘感冒’，没有嗅到啊！”

周恩来谦虚道：“听到高岗同志对我工作的一些批评，只是还没得机会和他谈谈。主

席，我工作中有缺点……”

“怕不是谈谈就解决得了那么容易喽！”毛泽东说，“陈云向我反映了高岗的一些问题，问题不小啊！他不是仅仅对你的问题。恩来，我在西柏坡就讲过，我们胜利了，不要学李自成他们！问题还是来了。”

“主席，是不是和高岗同志谈谈？”

“谈是要谈的。不过，最终要在政治局的会上谈。”面对重大的突发事件，毛泽东总能高瞻远瞩，技高一筹，“把事情搞明白了，也是对全党进行一次教育：我们是共产党，不是义和团小刀会，是有组织有纪律的执政党。任何一个高级干部的错误言行都会危害党的事业，是决不允许的。”

中共中央政治局扩大召开会议。这次会议召开之前，毛泽东为解决高、饶事件做了大量的工作，如在一九五三年审阅总路线学习和宣传提纲时加了一段话：

> 集体领导是我们这一类型党的最高原则，它能防止分散主义，它能防止党内个人野心家的非法活动（如像中国的张国焘，苏联的贝利亚），因此必须特别强调任何个人的英雄作用，绝不可以使共产党员由满腔热情地勤勤恳恳地为人民服务的高贵品质堕落到资产阶级的卑鄙的个人主义。

这是在党内一次不指名道姓、广大范围内地批评高岗。十二月十七日，毛泽东先后与陈云、邓小平谈话（中间有周恩来加入）；十八日、十九日又与周恩来、陈云、邓小平谈话；二十日与彭德怀、刘伯承、陈毅、贺龙、叶剑英谈话；接着与刘少奇谈话，与周恩来谈话；二十一日与朱德谈话；再约陈毅谈话；二十二日又约彭德怀谈话，都是围绕高、饶问题展开。二十三日，毛泽东和高岗谈话，严厉批评了高岗。当晚召集刘少奇、周恩来、彭德怀和邓小平开会。在充分准备之后，便有了今天——十二月二十四日的会议。在陈云、邓小平、周恩来等先后揭露高岗、饶漱石的篡党夺取更高国家权力的阴谋活动之后，其他与会者或多或少都有批评揭发。此时，高岗不禁脊梁上冷汗直冒。毛泽东的一席话，更令他毛骨悚然！

“北京有两个司令部，一个是以我为首的司令部，就是刮阳风，烧阳火；一个是以别人为首的司令部，刮阴风，烧阴火，一股地下水。”

此话一出，与会的二十九人包括高岗、饶漱石多会心惊肉跳：有谁掂量不出主席此言的政治分量呢？

高饶事件的发生，令毛泽东不得不认真考虑党和国家的建设问题。鉴于高、饶分裂党、篡夺党和国家最高权力的阴谋活动的发生，党内一些干部对党的团结的重要性认识不足，对集体领导和巩固提高中央威信的重要性认识不足，尤其是部分干部在革命胜利后滋长着的一种极端危险的骄傲情绪，毛泽东提出如何增强党的团结的建议，政治局同意并起草《关于增强党的团结的决议》。同时决定毛泽东休息期间由刘少奇代理主持中央工作。会议结束的当天，毛泽东便启程南下杭州去主持起草中华人民共和国第一部宪法草案。不久，在杭州的中共中央主席毛泽东得到高岗在北京寓所自杀身亡的报告，又是一个意料之外！

刘庄宾馆面湖而建，可乘山风之爽，可品湖光之色，山、湖、楼浑然成趣，可谓巧夺天工。每每有暇吸纳西湖之灵气，毛泽东都倍感神清气爽。高岗自杀身亡的结果却令他意外，更令他不无缺憾之感。按照党的给出路的政策，高岗虽然有错有罪，还是要安排适当的工作，要有生活出路的。高饶事件的教训在于由此而成为反面教材警示全党，使中国共产党成长为一个健康的、团结几千万党员不谋私利而全心全意为人民服务的先锋队。

高岗的一生令毛泽东惋惜不已！从陕北到东北，其功也甚；从东北到北京，其祸亦恶。斯人已去，无可补救，只有其家属不可累及。想到这里，毛泽东嘱咐身边的叶子龙转告中央办公厅主任杨尚昆安抚并安排好高岗的家属，使其工作、生活无忧。

回到北京，已是春暖花开季节。刘思齐接到电话，下班后就直奔中南海的丰泽园。刘思齐问安之后，毛泽东道：“我一切都好。这段时间到天上人间专门做一件事，也休息得好。女儿，看上去你倒是瘦了些。”

思齐不语。毛泽东道：“你这样下去总不是个办法。我不能眼睁睁看着你无端地消耗自己的青春，没有意义地坚守。这样好不好，送你去继续上学怎样？”

“我？上学？”刘思齐睁大了眼睛。

“学习是工作的需要，同时可以让郁闷的情绪得以转移，战争年代使你们失去了学习的机会，现在补上这一课吧。”

思齐没有继续学习的思想准备，但她接受了父亲的建议。因为她知道造就丈夫毛岸英高贵品质的不但有艰难的生活磨炼，和接受高等教育也是分不开的。他更理解父亲毛泽东的良苦用心。

“我听父亲的。”思齐终于点头——岸英牺牲后，思齐第一次真正听父亲的劝说。

诗曰：

治家治国都折磨，
多少霸主家未合。
儿女情长父自知，
人民利益是心歌。

第一百一十回

周恩来万隆展风采　毛泽东观海书豪情

建国之后百废待兴，台湾因朝鲜战争而搁置，未能一鼓作气解放；镇压反革命，三反五反……新中国在一次次惊涛骇浪中，迎来了一九五五年的春天。

这个春天显得喜气洋洋。几大运动之后，人们的情绪和生活节奏有所缓和，较为平静地享受生活与安定。

人类的生活状态只有两种：战争与和平，而和平才是人们体验幸福的过程。不过，这个过程对于政治家来说并不轻松。放下上海市委书记兼市长的重担，陈毅又肩负起共和国副总理兼外交部副部长的重任，足见陈毅在毛泽东心目中的分量。

从走进东交民巷中华人民共和国外交部的大门起，陈毅就明白，自己面对的是形形色色的、不同意识形态的、各自为自己的国家谋取利益的外交家和政治家。这些外交家们共同的特点是为了本国利益会不择手段、软硬兼施。尤其那些性本侵略的西方列强，它的外交家们总是绞尽脑汁企图遏制甚至扼杀欣欣向荣的新中国，鼓吹反华大合唱……

而另一种声音与之不同，由摆脱殖民统治取得独立的亚洲和非洲国家第一次召开的旨在维护民族独立和国家主权，制订团结反帝、反殖共同纲领的大型国际会议——第一次亚非会议，向北京发出友好邀请——请中国派代表团出席。

陈毅立即跑到中南海西花厅向总理周恩来汇报。周恩来闻听大喜道："好哇！兄弟国家的邀请来了，大喜事啊！报告主席没有？"

"还是请您报告主席好。"

"那就一块儿到主席那里去，听听主席的意见。"周恩来向陈毅摆手示意，"走吧！"

"哈哈哈，主席一定高兴得不得了！"陈毅从衣架上摘下自己的礼帽戴上，架起墨镜，抄起文明棍儿，一副与众不同的派头，一种儒雅但不失强势的外交风范，无后来者。

和往常一样，陈毅进门就向毛泽东敬礼："主席，陈毅又来报到！"毛泽东指着"胖子"笑着说："嗯，好派头呢！我还了你陈老总的愿，你这外交部常务副部长可要不辱使命喽！"

"我这外交部副部长，一听主席指挥；二协助好总理做好工作；三要碰碰那些不可一世的帝国主义分子，灭灭它的气焰。"

毛泽东笑着对周恩来说："陈老总早有精神准备啊！"

周恩来附和地笑着说："陈毅同志是厚积薄发么！"

"总理过奖。有主席、总理掌舵，我陈毅心里踏实。"陈毅一边说着，一边放文明棍，摘礼帽，去墨镜，在沙发上坐下，瞅瞅放在窗户下面的大木床，说："主席啊，你这木床一不舒服，二和这屋子布置不怎么协调，怎么还没换掉呀？”

“我睡不惯软床么！”毛泽东说，“协调的本质是和谐，我和屋子里的这些家具、书籍相处甚好，就继续相处吧！”

毛泽东的幽默，引起周恩来和陈毅的愉快笑声。当毛泽东听说第一次亚非会议邀请中国派代表团出席时，兴奋地说：“马上回应，一定要去参加，去和亚洲非洲的朋友们建立友谊，团结起来维护世界和平。”

“那就请陈毅同志准备代表团名单给国务院，再请主席酌定。”

周恩来话声刚落，毛泽东便道：“这个团长就由恩来你亲自担任，陈老总任副团长。阵容要强，人才配备要齐全。”

陈毅若有所思，说：“这要一百多人呢！”

毛泽东问陈毅道：“你是担心运输问题吧？”

“是啊！”

“我们没有通往印尼的航线，也没有自己的飞机……但可以租用他国飞机，在香港起飞，或在印度起飞。总之，一定要去。”

周恩来道：“我们马上联系飞机。”

“恩来一定要去。”毛泽东再次强调，然后分析说：“去年你访问印度、缅甸，倡导互相尊重领土主权、互不侵犯、互不干涉内政、平等互利与和平共处，这五项基本原则深得人心，影响很大。你去，会起到事半功倍的效果。从‘内参’登的消息看，由印尼政府提议，得到印度、锡兰、缅甸和巴基斯坦四国支持，决定召开亚非国家会议讨论世界局势，就大家关心的问题交换意见，协调立场——注意‘协调立场’这四个字，不外乎制定一个对付殖民主义者的纲领性的东西。”

“我们就当仁不让，团结亚非兄弟，维护地区和世界和平。”陈毅说话铿锵有力，掷地有声。

“要体现我们的国家形象，让亚非兄弟知道新中国五亿人民是爱好和平的人民。”毛泽东叮嘱。又提醒总理和外长：“注意准备工作中该保密的环节；另一方面，要大力宣传我们即将开始的和平之旅。”

周恩来不得不钦佩毛泽东那大战略家的胸怀和远见卓识，他总是不失时机地抓住机会，掌控政治局势的制高点。

就在中国政府筹备出席第一次亚非会议的时候，美国人也开始了跟踪破坏活动，第一招就是舆论惑众。当西方某国记者在提问时捏造说“中国要夺取亚非世界领导权”“已构成尖锐、迫切的威胁”时，首次亮相记者招待会、和外长周恩来打扮风格迥然不同的外交部副部长陈毅回答道：

“这本来就是不值一驳的谎言。但是我明确地回答你，没有任何证据可以证明中国要夺取亚非世界的领导权，何况没有一个领导亚非国家的组织存在呢？没有组织的权力只有上帝那里可能有。美国人散布这样的谣言不过贼喊捉贼罢了！倒是美帝国主义不在本

土安分守己，在朝鲜半岛、台湾海峡、岛国日本驻军打仗，称霸世界。”

说到义愤处，陈毅用手中的拐杖戳戳地板，接着痛斥：“这个世界上的真正的战争贩子不是别人，就是贼喊捉贼的美帝国主义者！我可以在这里警告那些不怀好意的人，飞机大炮打不赢我们，阴谋诡计照样赢不了我们！新中国是骂不倒也吓不倒的！新中国给亚非人民带来的不是尖锐、迫切的威胁，而是和平共处及平等互惠。”

“部长先生，”有记者问，“您可以评价第一次亚非会议的意义吗？”

陈毅微微点头，侃侃而谈：“可以说，第一次亚非会议的举行，是世界百年来的大事，是世界反殖民主义，寻求民主自由的一个分水岭。大家知道，亚非许多国家都是摆脱殖民获得独立的民族，为了自由独立走到一起，共同讨论寻求独立和尊严，是世界新秩序的起点……”

共和国的外交官没有说错，这个世界即将跨过一个新的里程碑，步入“新秩序的起点”！

……

飞机即将降落在岛国印度尼西亚。总理周恩来望着越来越清晰的南亚大地，含悲而叹：“沈建图、黄作梅……没能来啊！”陈毅见了忍不住也眼圈儿发红，厉声谴责道：“无耻下流！螳臂挡车！”——原来，外交部选派的八位同志：新华社对外新闻编辑部主任沈建图、新华社香港分社社长黄作梅、新华社对外新闻编辑部记者李炳衡、广播事业局对外广播部副主任杜宏、中央新闻电影制片厂摄影员郝凤格、总理司机钟步云、对外贸易部三局副局长石志昂、外交部情报司科员李肇基，以及越南代表团工作人员王明芳、奥地利记者严斐德、波兰记者斯塔列茨，乘坐的印度航空公司的“克什米尔公主号”专机从香港起飞五小时后，在空中爆炸。从掌握的情报看，这是美帝国主义和它的同盟者蒋介石共同策划的恐怖事件。

周恩来一叹：“如果我没动阑尾炎手术，而是乘坐‘克什米尔公主号’按原计划起飞，我们也就葬身太平洋了！”

陈毅安慰总理道：“上天有眼，敌人的阴谋没有得逞！总理，飞机就要降落了！”

飞机稳稳停在雅加达机场候机楼前的停机坪上。舱门打开，中华人民共和国总理周恩来出现在机舱口，向等候在停机坪的印度尼西亚总理及高级官员们挥手致意，然后一步步走下舷梯。跟随其后的是副总理、外交部副部长陈毅，代表团其他成员：叶季壮、章汉夫、黄镇及顾问廖承志、杨奇清、乔冠华、陈家康、黄华、达浦生，秘书长王倬如。在机场举行了隆重而热烈的欢迎仪式后，在印尼总理的陪同下，中国代表团乘车前往下榻宾馆，只见沿途街道两旁聚集着数以万计的欢迎队伍，人们或舞动中国、印尼国旗，或舞动鲜花，用汉语和本族语言欢呼“和平万岁”“中国、印度尼西亚友好万岁”……

周恩来为团长的中国代表团顺利抵达万隆的同时，来自台湾的破坏势力也紧锣密鼓地行动起来。他们试图以暗杀、爆炸、示威等方式阻挠中国代表团的工作，尽管绞尽脑汁，但被印尼总统苏哈托采取的果断措施一一挫败，此丑行不必赘述。而中国代表团一出现在大会现场，就受到与会国家代表团的热烈欢迎。虽然参加会议的其他二十八个亚非国家包括发起国缅甸、锡兰（后称斯里兰卡）、印度、印度尼西亚和巴基斯坦五国及阿富汗、柬埔寨、埃及、埃塞俄比亚、黄金海岸（后称加纳）、伊朗、伊拉克、日本、约旦、老挝、黎巴嫩、利比里亚、利比亚、尼泊尔、菲律宾、沙特阿拉伯、苏丹、叙利亚、泰国、土耳其、越南、南越和也门中，只有五个国家同新中国建立了外交关系，但从现场的热烈气氛可以看出，反殖民主义阵线的诞生，必将使更多的曾经被殖民主义者统治压迫过的民族向新中国张开拥抱的臂膀——世界和历史给予了新中国展示自己的平台。

周恩来当然会珍惜这一切。来到万隆的中国外交家们当然不会有辱使命。

为了保证总理的安全，驻印尼大使黄镇的夫人不顾个人安危当了一次总理的替身，使周恩来安全避开台湾派遣特务的暗杀活动；顾问杨奇清面对台湾军官暗杀小组的枪口挺身而出……险中求胜，是战争年代赋予革命家的特有品质。周恩来的“在妥协中坚持原则，在和解中达到目的”的指示精神，确保了万隆之行的硕果累累。会议期间之三次力挽狂澜而从容不迫，显示了伟大的外交家的非凡魄力和胸怀，赢得了荣誉和友谊，使万隆会议的精神永载史册!

谁也没有料到狂澜会在今天的会议结束之前掀起！始作俑者是伊拉克的发言人法迪尔·贾马利，他出言不逊，疯狂地攻击共产主义：“共产主义是恶魔，是扰乱和平的第三股势力，而它的共产党组织正在制造一种新形式的殖民主义！我号召非共产党国家团结起来，认真对待危险性极大的号称共产主义，实则殖民主义的世界新危机！”

贾马利的话瞬间激起轩然大波，会场一片混乱！在与会的共产党国家的代表还未及驳斥的时候，会议主持者宣布休会，“会议明天继续举行”。

宾馆的小会议室里气氛紧张。面对愤怒的同志们，周恩来告诫大家：“在妥协中坚持原则，在和解中达到目的是我们的方针，不能因为伊拉克的法迪尔·贾马利的非难就动摇。我们是来谋求和平团结、和平共处的，不是来吵架的。认识不到这一点，我们就上了他的后台老板美帝国主义的当了。”

陈毅道：“我们干什么来了？展示我们爱好和平，反对殖民主义的决心，交朋友来了！有人反对也不值得大惊小怪，只要不丧失原则，可以有妥协，而妥协可以和解的话，我们的目的就可以在妥协中达到嘛！”熟悉海外形势、以顾问身份来参会的廖承志和乔冠华分别介绍了参加会议的某些国家的政治状态、文化背景。黄镇大使说：“刚才廖公和老乔简要介绍了各国不同的政治制度和意识形态，确实，目前各方还没有一个共同的认识，这就是说使各方通过这次会议的讨论、辩论达成某些共识，比方‘五项基本原则’，反对殖民主义，就是对世界和平的最大贡献。五个发起国特别邀请我们参加会议，就是希望我们发挥独到的作用，开成一次成功的国际性的会议。”

黄镇大使之后，又有叶季壮、章汉夫、黄华发言，分别从不同的角度阐述了第一次亚非会议的产生背景和深远意义，强调大家要掌握原则，步调一致，协助周总理、陈毅副总理，不辱使命，胜利凯旋。看看时间不早，周恩来道：“大家谈得很好，认识统一了，胜利的信心就有了。今天，那个伊拉克人放了不负责任的一炮，明天，我们就以负责任的态度驳斥他——对于诽谤和故意诋毁共产主义事业的人，我们不会手软。”

第二天，会议继续进行。

果然，一石激起千层浪——反对法迪尔·贾马利和支持法迪尔·贾马利的与会代表纷纷发言，会场变成了吵架一锅粥！印度尼西亚总统苏哈托把希望的目光投向中国代表团座位上的周恩来。

一直观察着时机的周恩来站起来发言了！他的第一句话就掷地有声地告诉大家：

“各位代表，女士们，先生们！请允许我声明：我们中国代表团是来求团结而不是来吵架的，是来和大家一起探讨和平和反对殖民主义的！总之，是来寻求团结而不是来吵架的！”

被搅乱的“一锅粥”马上平静下来。大家幡然醒悟：可不就是嘛！

儒雅的大国总理，以谦谦君子风告诉大家：“我们知道，第一次亚非会议是由缅甸、锡兰、印度尼西亚、印度和巴基斯坦五国共同发起，并邀请中国在内的二十四个国家与会的。会议的宗旨是反对殖民主义、维护亚非和平，并没有关于共产主义的议题。参加会议的二十九个国家社会制度不同，意识形态各异，文化背景不同，但我们完全可以求同存异，和平共处。这也是发起国的出发点，更是会议的目标。任何与之背道而驰的言行都应受到谴责和抵制！”

中国总理的讲演得到全场热烈欢迎，掌声经久不息。印度总理尼赫鲁在来万隆之前邀请周恩来到印度访问，对会议的宗旨和目的有过深入的讨论，对周恩来的讲话颇为赞赏。他说：“我们不是研讨社会制度的，也不是评论什么主义的，周先生讲得好，是求同存异寻求和平共存的！无端的吵架能共存吗？说共产主义制造殖民主义有证据吗？我支持中国总理的发言主张，本着大会宗旨发言，而不是把会议引上歧路。”

尼赫鲁的话也获得一片掌声。那位伊拉克的发言人再也没有吭声。会议恢复到原来的道路上，继续讨论可以达成共识的各项原则……

周恩来以他的睿智和胸怀，化解了第一波狂澜！

然而，一波刚平一波又起：就在当天的会议进行到尾声的时候，锡兰总理节外生枝又挑事端！持有极端反共立场的科特拉瓦拉公然叫嚣“台湾应该成为一个‘独立国家’”，并扬言“将台湾置于联合国或者亚洲国家的托管之下！”

又是一个令中国代表团不能容忍的挑衅事端！见有的同志怒气难平，周恩来显出较为平静的样子。他摆摆手，说：“那个科特拉瓦拉既不懂联合国宪章，也不懂蒋介石的心思，更置亚非会议的精神而不顾，虽然可气，但翻不起什么浪来的。”

“那也不能听任他大放厥词吧？”有人气儿不顺，觉得一个小国就敢随便欺负新中国，忍不下去。

“从这样的角度考虑问题，你本身就是错误的！”周恩来批评，“什么叫平等？国家无论大小，一律平等相待，不能歧视。无论他反对自己与否。”

“这……”

“你这个同志，要洗洗脑壳喽！”陈毅诙谐地批评自己的部下，“此风不改，怎么做得好新中国的外交官！”

这话可着实让那位气不顺的同志腻歪了好几天呢，直到他主动找陈毅检讨获得通过——“认识了就好嘛！”

令大家想不到的是，在第二天的发言时，科特拉瓦拉竟一改此前的态度，表示“昨天的发言无意把会议引向分裂”，“各位可以不再考虑它。”还是乔冠华观察细微，说：“你们没有注意到昨天会后总理和科特拉瓦拉从会议室里并肩走出来的样子？”

“没有。”

“他们那么晚才出来，而且科特拉瓦拉表情平和……”

“你说是周总理和科特拉瓦拉谈的结果？”

乔冠华哈哈大笑。

但矛盾和冲突并没有到此结束。当会议进行到讨论结盟问题时，亲西方的国家代表们和中立国的领袖们又吵得不可开交！印度是中立国中的大国，总理尼赫鲁又是有名的社会活动家，于是，亲西方的国家发言人就把尼赫鲁当成活靶子进行攻击，以致尼赫鲁异常愤怒，连脸色都变了！在这个争吵的过程中周恩来没有发言和插话，见局面难以控制，便站出来以冷静的态度和过人的智慧避开争论的话题，重申亚非会议的主题“求同存异，和平共处”，都吵得的确累了又明白吵不出结果来的双方只好“就坡下驴”，偃旗息鼓，草草收兵。

会议终于达成共识，史称“万隆会议十原则”：

一、尊重基本人权、尊重《联合国宪章》的宗旨和原则；

二、尊重一切国家的主权和领土完整；

三、承认一切种族的平等，承认一切大小国家的平等；

四、不干预或干涉他国内政；

五、尊重每一个国家按照《联合国宪章》单独地或集体地进行自卫的权利；

六、不使用集体防御的安排来为任何一个大国的特殊利益服务；任何国家不对其他国家施加压力；

七、不以侵略行为或侵略威胁，或使用武力来侵犯任何国家的领土完整或政治独立；

八、按照《联合国宪章》，通过谈判、调停、仲裁或司法解决等和平方

法，以及有关方面自己选择的任何其他和平方法，来解决一切国际争端；

九、促进相互的利益和合作；

十、尊重正义和国际义务。

这是国际社会在矛盾冲突中达成的了不起的共识，对世界产生了积极的、有利于和平的深远影响。同时，它是继日内瓦会议周恩来“舌战群儒”赢得国际社会“外交舞台第一流人物的地位”之后的又一次胜利之旅！从周恩来的身上，国际社会看到了新中国的总理的风采，也看到一个伟大的民族正在复兴的决心……当收到在万隆的陈毅代表周恩来总理用电文发来的长篇报告时，毛泽东兴奋不已，马上让秘书胡乔木通知新华社、《人民日报》和中央人民广播电台、中国国际广播电台的负责同志：做好宣传，同时把新中国的形象展现给世界人民。此时，毛泽东的心情好到极致，革命家的豪情和诗人的浪漫交融，理想之花正在绽开……

夏至海滨景色新。

秦皇岛外十五公里处的北戴河的海滩上早已游人如织，舟飞船竞，彰显太平景象。海面上燕舞鸥鸣，浪花里鲨隐鱼跃，万千奇观尽显大自然的造化神奇。或许，这里展现的是千百年来唯有的百姓浴场。

共和国的领袖毛泽东亦在北戴河，一边疗养，一边办公。寓所面海听风、林掩树映，与林动静成趣，和海遥相呼应，可谓匠心独具之作。即使盛夏，其风也爽，其心也静，实在是天斧神工的问鼎之作。

看过早上递来的“大参考”和《人民日报》，浏览了外交部关于第一次亚非会议的简报，毛泽东心情舒畅而兴奋，性情中人的政治家毛泽东为共和国的胜利起步和第一个五年计划的愿景感到欣慰，也为新中国得到国际社会更多的国家的承认和尊重欢欣鼓舞。放下散发淡淡墨香的简报，点起支“特供”的大中华香烟，毛泽东漫步窗前，就看到渤海湾那边树摇风起、云翻浪急——大雨将至！

“哦！”

毛泽东眼睛一亮，望着大海，仿佛发现了什么奇迹。

卫士长李银桥早摸透了毛泽东的脾性，口气中流露担忧：“主席，你……”

毛泽东的目光不离远处的大海大浪，像是自言自语，又像告诉卫士长：“嗯，好！游泳去！”

李银桥一听心里就毛了，马上阻止：“不行！大风大浪的又下雨，绝对不行！”

毛泽东驳斥李银桥：“么子？不行还加绝对！大风大浪就那么可怕？我就不信！”

毛泽东在北戴河度假游泳不止一次了，在海水中可谓“胜似闲庭信步”。但今天要冒着风雨大浪下海，李银桥不敢眼睁睁地看着国家主席冒这个险。

“主席，你不能去……我做不了这个主！”李银桥只好亮出最后一招：纪律规定，像这般存在不安全因素的行为，如果不能制止毛泽东，要报告办公厅首长叶子龙或随行的八三四一部队首长汪东兴，由他们来处理。

毛泽东一听就火了，大声呵斥李银桥：“你跟毛泽东快十年了，还不知道毛泽东少年时就赛过混江龙……”

“你现在是老年！”李银桥“话赶话”的话“冒犯”了毛泽东，不服老的毛泽东一听就急了，质问李银桥：“你说我老？好，我们到海里比试，看毛泽东老是不老！”

“比就比……不去比！等大雨过后再比！”李银桥被“贯口”，差点儿当了“俘虏”。毛泽东忍不住笑了，缓和一下情绪，说：“我是不怕风雨的，我们可以在浅水先试试么！”

这一试，就试到深水区，游向大海。被毛泽东称作罗长子的公安部长罗瑞卿也赶来陪游——他可是为了保驾专门“半路出家”学会游泳的！毛泽东一见罗瑞卿就不无调侃地对游在身边的李银桥和卫士们说：“连‘旱鸭子’都不惧大风大浪了，我这混江龙还有什么可怕的？”

李银桥不服气，可也无可奈何，也无话可说。此时，他把注意力都集中到毛泽东的安全上，顾不得什么“理论”了！

海面上暴雨如注，那些活跃在海面上的生灵们除了海燕都躲藏无踪。暴风雨中，只有海燕惊叫着在海面上飞翔掠过，诧异海浪中的英雄们怎会如此勇敢地挑战大自然的狂虐！也正是这大风大浪中的一搏，满足了英雄搏浪之举，从而诞生了诗人那千古不朽的名篇《浪淘沙·北戴河》：

大雨落幽燕，白浪滔天，秦皇岛外打鱼船。一片汪洋都不见，知向谁边？
往事越千年，魏武挥鞭，东临碣石有遗篇。萧瑟秋风今又是，换了人间。

“换了人间”！毛泽东的哲学思想里的核心之一就是破旧立新——或许他正酝酿和憧憬着新中国的明天！

诗人毛泽东本身就是中华文明史中的绝唱！他的最大的功绩就是换了人间——中国有史以来体现民主制度的新中国。无论你崇拜他、赞扬他、非议他甚至痛恨他，他的历史地位都无人能撼。没有哪朝圣君堪比毛泽东，文采不输天下秀才，治军不让内外将帅；历史上没有哪代明君的治国之本是立足于为人民服务，并驾驭国家机器于股掌之间。他简朴的生活态度和革命家风令世人唏嘘而钦佩。

当他带着牵挂、带着遗憾、带着未酬壮志谢世之后，无论华夏大地还是大洋彼岸，不管你褒奖也好诽谤也罢，他就是一座矗立在人类历史上的丰碑……

威哉！伟人曾有诗曰：

任凭风吹浪打，
胜似闲庭信步。

后　记

心佛终悟淡泊好　悟道立言英雄谱

古城正定，乃古真定国旧都，虽经数千年沧桑，旧貌新颜共存，文化脉络清晰，乃是中华大地之极品，历史变迁之活化石。龙兆庭先生有诗《古城吟》但说正定文化底蕴深厚、焕发历史青春的：

城新未没古城楼，
不尽风流扬九州。
回望隋唐佛有寺，
宏观历史僧无忧。
改朝换代子龙醉，
斗转星移球圣吼！
滹沱河边景色好，
万紫千红水重流。

知正定者，必知老先生诗中之意：城老古风不减，历史名人荟萃，供奉大佛之隆兴寺乃国之名刹，历史文物丰厚，代代香火传延。二十世纪八十年代，主政正定的习近平引《红楼梦》剧组于大佛寺左翼造宁荣二府，其旧制与现代文明巧融一体、和谐共荣，是中华复兴之路的一朵奇葩——“万紫千红”，盛世也。“水重流”，乃干涸已近半个世纪之滹沱河重注太行之水也。此一举，古城正定与新兴都市之省城石家庄资源共享，交相辉映：有山有水，有旧有新，高楼大厦与平川相得益彰，农村乡镇与城区互补腾飞……龙先生如何不感动？

——做文章的，那龙兆庭晚清已是而立之年，如何会有共和国改革开放后之诗作？

——看官！人之有寿，不外乎遗传、环境、动静相宜和心胸豁达几大因素。龙老先生曾为追求名利而奔波，得势一时而疯狂，所幸悬崖勒马，人性回归，后多积善之举，为人民所谅解，被政府所器重，参事积极，政协有为，沐浴于新生活，得益于新时代，老有所为、老有所养、老有所乐……故长寿逾百而耳不聋眼不花，古城正定之寿星老也！

——怎的又是正定寿星老？原来，龙兆庭从全国政协文史专员位子退下来后到在石家庄工作的女儿家小住，到正定游览，见此民风纯朴，文化遗产丰厚，更因为小城生活安逸便利，没有大都市的拥挤堵塞和喧闹，是颐养天年的好地方，便和老伴儿用积蓄买下离隆兴寺不远处一座古朴之小院住了下来。这一住就是几十年。年年岁岁花相似，岁岁年年人不同。喜的是老来吃得香、喝得美，早练太极，晚修佛心，依旧手不释卷、脚不辞路，对中华民族百年沧桑熟读于心。一日，老先生到普宁寺造访智真长老。辰时入寺，见有女子跪于经幢前，巳时告辞回家，见其女仍长跪未起，不免生疑，怜悯之心所动，近前问少妇道："这位女信众从哪里来？为何长跪不起？"少妇抬头望望，见是位慈祥之银髯老者，便黯然回道："……为我心仪挚友祈祷。"

"哦？心仪挚友……莫非他有什么不测？"

"唉！一言难尽。"少妇坦然而诉，"他心高于天，命薄如纸，文不成，武不就，商不遂，工不达，终日爬格子度日，抱诗书而眠，眼看他青春渐渐逝去而一事无成，故代他祈祷。"

龙老先生见此女谈吐不凡，想必其友也非愚笨之人，"不得志者，应有志也"！龙老先生顿生恻隐之心。志不可得，或天时地利人和有悖，或好钢未得其刃，或利益之心太盛……不得而知。于是安慰道："原来是为友而上香——你既信佛，可知寺庙有门，佛本无门？"

"佛……无门？"女子愕然不解。

"佛无门因无墙——人人皆可佛。佛在心。"

女子面露尊敬之色，对龙兆庭道："老先生出语哲理，深悟禅道。您蓄发俗衣，莫非是隐世居士？"

龙老先生微微笑道："我百岁又得弱冠之寿，也曾经历生活之苦难，处世之彷徨，亦荣亦耻，有祸有福，腹内五味杂陈，心中是非纠结！后因趋心底之暗，投思想之明，才后半生幸福快乐，越活越有滋味。哦，只不过一寻常老人而已。"

女子似有疑惑，直把头来摇，"我不信。"龙老先生哈哈大笑，"我龙兆庭活到这大年纪，已与世无争，于人无求，何必骗你？"

"不是的老先生！我是说……我不知怎样用语言表达我的意思……我是说，您有如此高寿又如此健康，怎么可能曾备受生活煎熬？"

"小同志请你起来好吗？"老先生拉一把女子，"跪得太久，会伤及膝关节。起来说话不好？"

女子费了好大力气才从地上爬起来，腿部和胳膊有些颤抖，好不容易才站稳身形，向龙兆庭深鞠一躬："谢谢老爷爷牵挂。"

"小同志，你为挚友祈求什么啊？"

"我那朋友也算得上有些才华。比如钟情于著书立说。可是，他运气不好，或者说不为人赏识。"

"从你的眼神看出，他是你不寻常的朋友是吗？"

"是……"

"哦——"老先生微微点头，突然问："你可以不可以带你的朋友来见我？"

"见您？"女子若有所思，旋即默默地点点头。龙老先生把印有联系方式的名片递

给女子的时候，女子看着名片猛然醒悟：原来老人家是远近有名的世纪老人龙兆庭老先生！而女子早就看过龙兆庭的文章如《我和祖国一百年》……

“失敬失敬！小女子有眼不识泰山！”女子又惊又喜，“原来是毛主席周总理接见过的龙专员。您的著述我看过。”

“看过我的文章就该知道我刚才讲的是实话了。”龙老先生和蔼地笑笑，“我是一个犯下过大罪，迷途知返的人，是毛泽东主席、周恩来总理教育、鼓舞我走上光明大道，成为对国家有用的人。我愿和你的朋友交流，分享什么是快乐人生，如何？”

“谢谢！我就去说服他！”女子觉得此老人不是敷衍自己。

几天之后的下午，龙老先生家里来了一男一女两个客人，女子——紫云夫人和她的挚友采风楼主。

“他就是没有楼的楼主，”紫云夫人不无调侃地介绍，“我的朋友采风楼主。”

龙兆庭默默打量：“楼主”虽貌不惊人却透着一股书卷之气，的确是个读书人。看他的穿衣打扮可以印证他家境不是太好——分明是洗得干干净净的旧衣服。见龙先生书房藏书甚丰，楼主十分羡慕：“老先生目睹三个世纪之沧桑，屋藏几千年之竹简翰墨，真不负名儒身份啊！”龙兆庭连说“惭愧”，请两后生坐下，款以南橘北梨、酸奶香茗，开门见山问道：“伟人过世后你瞻仰过他的菊香书屋吗？”楼主默默点头。龙老先生感慨不已，“说主席读万卷书绝非夸张。更令人钦佩的是他开卷有益——我是说他不盲目读书，读必有解，繁衍其精华。他读马列之论为结合中国之革命实际，看古文亦求借鉴，是当之无愧的大学者。毛先生也影响了我的后半生。”

见老先生谈起毛泽东如此真切、动容，楼主不禁受到触动，说：“我与共和国也算同龄，虽无缘朝见伟人，但耳闻目染半个世纪之革命风云，对领袖之风范崇拜至极。对他老人家之哲学思想论著、文章、书法、诗词爱不释手。先生是后来接受毛泽东思想之人，对他如此恭维，可见毛泽东何其伟大。”

龙兆庭闻言银髯抖动，仰天大笑：“你有此论，老夫真真刮目相看！我虽与伟人密不如柳亚子，情不及章老夫子，毕竟有数次品茶饮酒或聆听肺腑之言的机会，更有在菊香书屋做客的幸福时光。此乃老朽今生最大财富也！”

行动同样自如的龙夫人亲为客人斟茶，坦然插话道：“我这老夫子，也是坎坎坷坷的，全亏了共产党毛主席不计前嫌原谅他，还让他当上文史专员，提议选他当政协委员，要不，说不定他——还有我，两把老骨头烂在哪里了呢！”龙老先生呵呵一笑，连连点头，说：“说得是，说得是。”楼主看过老先生所著《我和祖国一百年》，其中老先生自有“妻管严”之说，看来是老先生一辈子的软“功夫”了。

“二老有此肺腑之言，更见毛主席英明！”楼主恭敬地表示：“不瞒龙老先生，我虽非大家新贵，亦非既得利益者……”

“错！”龙老先生打断楼主的话，“我曾助纣为虐，写过不少污蔑、攻击共产党毛主席的文章，亦得益于党之统一战线政策，得以后半生明明白白做人，快快乐乐生活！你怎不是既得利益者？民族不立，谁人不奴？做亡国奴的滋味你哪里知道？”

“我们的父辈知道。”紫云夫人插话。楼主见状面有惭愧之意，向龙老先生表示歉意：“晚辈无知，出言不逊，请老先生指教！”

龙老先生感慨道：“龙之传人，因五千年文化而凝聚：凭封建架构而传承！但人类之进步，必打翻旧制，建立新型之社会——民主之国家，共和之民主国家。千年封建崩塌；外强奴役不再。虽有不平，乃家事之磨合，阖家之共图。淡泊明志，平安即福，民众岂非利益既得者乎？”

情急意迫，老先生语袭旧体，非文非白，倒也言语精炼简洁。楼主想起“姜还是老的辣”的道理，悟出“人生无常常有师”——面前的龙先生正是自己有幸遇到的一本活的百年“教科书”！于是冒昧下跪求师！龙老先生哪里有此心理准备？一时手足无措，连忙上前拉楼主起来：“哦！不敢当不敢当！”楼主固执不起：“先生不受，学生不起！”龙兆庭只得表示“我答应就是，请起来说话！”楼主这才站起身，又拜师娘。龙老夫人喜得合不上嘴儿，“老头子！你常叹龙家没人继承你那一肚子的墨水儿！这回如愿了吧？”龙兆庭呵呵乐个不停：“缘分何分早晚？是我后半生积德感动在天之灵——天色不早了，老伴儿，走，鸭子楼！恭贺师徒和缘之喜！”当宴，师徒唱和，有诗为证——

龙老先生吟道：

人生过百恋春秋，
春夏秋冬堪愧愁。
四万八千三百日，
盼来后辈赋出头！

楼主听得明白老师诗中之意，赋者，汉文之巅；“出头”之冀，文章之奇葩也！想这神州万里，十几亿国民中不乏屈子宋玉之才，曹罗施冯之辈，自己不过布衣拙笔，怎敢有非分之想？但又怕扫了老人家之兴，略一沉吟，步韵而和：

月下耕耘春到秋？
东西南北闯还忧！
老藤新蔓花绽晚，
硕果默默满枝头！

龙老先生听罢大喜，抚掌大笑：“‘默默’——好！虽硕而不张扬，事可也！有此步韵之诗，老朽慰矣！”后来，楼主结束北漂南移生涯，在古城正定文化街租下一间店面开为书屋，紫云夫人亦时有帮助，楼主卖书研读两不误，著书立说默耕耘。龙老先生早

练太极之后必往坐店，协助料理，给楼主讲述晚清以来目睹耳染之社会遗闻，推荐所发现之有关毛、周、朱等伟人之著述，津津乐道毛泽东周恩来等伟人之传闻轶事，对蒋家王朝的秘闻亦一一披露……久而久之，楼主脑海里形成挥不走、忘不掉的历史“影像”，每有创作之冲动。于是，广纳素材、博览群书，继而重拜韶山、几下江南，游西川、访甘陕，心田中播种，灯窗里拟纲，腹稿有形，只是未动笔也！

这日，乃龙老先生之诞辰。楼主尽师生之谊，在御膳阁设宴为恩师贺寿，招待亲戚宾朋。花甲双重又添岁，不但是家幸，也是古城之喜。政协、政府中之旧交闻讯亦前来祝寿。有了官员在场，席间的官话自然就多了政论，改革开放、金融民生、文化教育都是话题。龙老先生感谢大家赏光，说：

“老朽承蒙各位抬爱，不胜感激！能长寿至今，我不能不说说永远的真心话：我怀念毛泽东主席、周恩来总理和邓小平总书记。没有主席总理，我怎有新生！总书记审时度势改革开放，国人振奋我兴奋，——佛保佑我看到中华荣臻世界之巅之日！”

“一定一定！”政协云副主席举杯祝酒。他和龙老先生来往较多，又是一名学者型的干部，故而投缘，视为忘年交。在座的又数他职位最高，大家自然看他眼色行事，便纷纷站起敬酒。龙老先生谢过云副主席及大家，特别向众人介绍学生楼主：“我这学生采风楼主——哦，楼主无楼，但愿将来可入主层楼也——与共和国同龄。少小励志文学而不遇，却贵在锲而不舍！金生于地下，不出则已，出则发光！”楼主听了一身的不自在，觉得老先生对自己期望太高，不胜惶恐，便道：“晚生不敢……”不想老先生截住楼主的话，正色道：“不想当将军的士兵不是好士兵——不想做魁首的文学志士是何志士？”云副主席点点头，对楼主道：“老先生这么看重于你，努力啊！有什么困难告诉我。”这可不是空洞的一句话：云副主席原来就是常务副市长，是说话算数的一个人。听说楼主准备写的是有关共产党伟人的著作，显得格外高兴，道：“好啊！现在的书摊儿、屏幕上那么多的帝王将相充斥，歌颂的是一代代沿袭封建专制的统治者，为什么不可以像样地展现我们共和国的缔造者呢？”龙老先生听了亦点头赞成，说：“言之有理！你就说秦皇汉武成吉思汗，谁可与毛泽东相比？如此伟人，解放前美国人写；谢世后还是美国人写，西方人写！我们的作家干什么去了？岂不滑天下之大稽！”

老先生之一叹，引起云副主席一阵感慨，说：“或许是当局者迷吧？我们看待自己的领袖时好像心理不太健康……”龙老先生体味着云副主席的话的时候，楼主道：“云副主席说得很委婉。我在想：我们为什么喜欢给伟人的脸上抹上油彩呢？”见无人说话，楼主接着道：“其实，把伟人奉为偶像，结果会拉大伟人和人民间的距离。”云副主席又是一叹，说：“盛唐有诗，到今天还是不可逾越的高峰！乱宋有词，为什么今日无人能突破？在明清所著的四大名著面前我们的作家何不汗颜？为什么？”

楼主道：“也许是因为几十年来太多的紧箍咒影响了创作者。”

“是啊！有这原因。”云副主席不无遗憾。

话题似乎沉重。龙老先生问楼主道：“你现在头上有紧箍咒吗？”

“啊……没有。”

“那你就放开手脚，用‘源于生活高于生活’的创作方法表现伟人的风采和本色，而不是干巴巴的传记；不是所谓‘素材’的罗列，也不是历史的‘克隆’。”龙兆庭老人接着叮嘱楼主，“要尊重历史，万勿戏说；大事不虚假，人物不拘泥。要清楚是历史小说，不是通讯也不是报告文学，切记只有艺术性才是小说的生命。”

云副主席鼓励道：“要明白只有民族的才是世界的。要敢于挑战自我，要继承传统更要有创新。”

敢于挑战自我。继承传统更要有创新！

像重锤擂鼓，敲在楼主的心上！

为伟人立传，已有数版；种种怀念文章更是不胜枚举；高举研究大旗的著述林林总总。楼主逢传本必读，遇著述要看，不抄不袭，积益于心，裨益于志，为成书补充营养。而继承古典章法，汲取现代表现手法，“白描”和“渲染”并举，故事为之骨，语言为之肉，人物为之魂，节奏为之魄，骨、肉、魂、魄谐而味于韵，创作之纲也！虽清贫而淡泊明志，于嘈杂可静心墨香，寓乐于文，百一十回《大英雄本色》两载成稿。友紫云夫人文学造诣颇深，携书稿于西山红枫苑通阅并鼓励。尊厚积薄发之训，楼主遂将书稿沉压箱底，以待日后“再创作”也！

凡事总有一个机缘。

十几个春秋之后，玉兔迎春。楼主萍水相逢盖部长，酒水之间、品味之余，二人相谈甚欢，真有相见恨晚之意。从士兵到部长，盖霸气且谦慎；以布衣说伟人，楼主崇敬有加。知楼主有《大英雄本色》压箱，索其五回阅之，感慨不已，力陈面世……后又有央视冯丽梅女士激励、冯浩中先生力推，中国出版集团中国民主法制出版社副总编辑赵卜慧真挚沟通，编辑刘春雨不辞辛劳，编辑室主任刘向鸿亲自操刀斧正，其情其义感人至深。楼主之密友李国恒不离左右，来往于京冀，奔波于南北。中央文献研究室第一编研部副主任卢洁女士以高度负责的精神和诲人不倦的态度，对文章逐句推敲，令楼主受益匪浅，深为感动。而诸家关于毛泽东、周恩来等领袖们的著述给予营养，得以借鉴。楼主言及而动容：书之问世，非作者一人之力，乃集体创作之结晶也。

龙马之交，大家约会韶山。在伟人故里，漫山遍野都是前来纪念伟人的人群。12·26之夜，礼花爆竹装扮得韶山五彩缤纷，场面蔚为壮观。因数以万计的朝圣者从四面八方涌入山冲，导致车难停、宿无舍、食没位、行受阻……然无一人因“不便”而流露怨言，充分显示了大爱之下德行可风。在毛泽东铜像前献花的一家老少三代人异常激动，孙辈之言令楼主一行欣慰：

“毛爷爷！我是老红军的后人、党支部书记的儿子，是改革开放后的九〇后青年大学生。来到韶山，了解了您为了中国人民的革命事业和人民群众的幸福自由而奋斗的光辉一生。您为中国人民贡献了您的一生，永远活在中国人民心中。我明白了爷爷教育我‘不能忘本’的良苦用心！毛爷爷，您曾庄严宣告‘我们的目的一定要达到’，请您相信：革命自有后来人！在党的正确领导下，‘我们的目的一定能够达到’！”

这个目的，就是社会主义祖国的繁荣富强，伟大复兴！这个青年人，千千万万和他一样的青年人，就是祖国的未来。

紫云夫人有《清平乐》说：

铅华满纸，难尽江山泪。有虑后人失本色，只爱美酒自醉。
世界依旧纷争，江山远未遍红。天下兴亡谁知？百姓揣在心中。

采风楼主

二〇一四年三月二十三日修改于北京花水湾